U0399201

老有所依

陈彦 著

TO ELDERLY WITH LOVE

北京大学出版社
PEKING UNIVERSITY PRESS

图书在版编目（CIP）数据

老有所依 / 陈彦著．— 北京：北京大学出版社，2014.1
ISBN 978-7-301-23480-8
Ⅰ．①老… Ⅱ．①陈… Ⅲ．①电视文学剧本 - 中国 - 当代 Ⅳ．① I235.2

中国版本图书馆 CIP 数据核字（2014）第 273421 号

书　　名：老有所依
著作责任者：陈　彦　著
责 任 编 辑：姜　贞
标 准 书 号：ISBN 978-7-301-23480-8/J · 0551
出 版 发 行：北京大学出版社
地　　址：北京市海淀区成府路 205 号　100871
网　　址：http://www.pup.cn　新浪官方微博：@ 北京大学出版社 @ 培文图书
电 子 信 箱：zpup@pup.cn
电　　话：邮购部 62752015　发行部 62750672　编辑部 62750112　出版部 62754962
印　刷　者：三河市腾飞印务有限公司
经　销　者：新华书店
787 毫米 × 1092 毫米　16 开本　48.75 印张　115 千字
2014 年 1 月第 1 版　2014 年 1 月第 1 次印刷
定　　价：79.00 元

未经许可，不得以任何方式复制或抄袭本书之部分或全部内容。
版权所有，侵权必究
举报电话：010-62752024　电子信箱：fd@pup.pku.edu.cn

老有所依

目录

CONTENTS

江父寻子受伤住院，木兰接父进京治眼

1. 超市门口，日，外

还没开门，门口已排起了一条长龙，都是等着开门的老头老太们，拖着简易购物车，手里提着菜篮子、环保袋。有的拿着超市的打折商品清单，边看边在要买的东西上打勾；有的拉着吃着早餐的孩子，边给孩子擦嘴，边闲聊，各种方言夹杂着：纯京片子、江南普通话、东北话、广东普通话……

2. 超市门内，日，内

超市开门，老人们如潮水般涌入。木兰往后退了一步，镇定地看着场子。老人们纷纷去推车，也有去拿购物篮子的。有位老人拉不出推车，木兰赶紧过去，帮着把车拉了出来。老人点了点头，立刻推着车往卖场里快走。木兰继续看着场子。

3. 超市卖场，日，内

鲜肉柜台前，特价的牌子很醒目。老人们潮涌而来，顿时围了个水泄不通，都争抢着去挑拣。朱课长和一个员工在一旁维持着秩序。

朱课长：大家慢点啊，慢点。排队，一人两斤。啊，别挤别挤！

老太太［对自己老伴说］：你排我后头！咱一人两斤！

老人们还是挤着。有个带孩子的老大爷给挤倒在地，站不起身来，顿时现场就乱了。

孩　子［哇哇大哭］：姥爷！姥爷！

木兰赶紧跑过来，帮着朱课长一块儿扶老人。

木　兰：大叔，您没事吧？

老大爷［扶着腰］：没事，没事。

老大爷赶紧往肉柜台过去了。木兰特别有感触的眼神。她想起了自己的父亲。

4. 超市走廊，日，内

木兰掏出手机，很娴熟地拨号，立刻屏幕上自动显示："爸爸"。木兰给父亲打电话。

5. 桐城人民广场 / 超市走廊，日，外 / 内

街上正是车多的时候。一头黄毛、30 岁不到的青年，吊儿郎当地斜倚在电线杆子上，盯着来往的车看，不知道在琢磨什么。不远处，江开国站在不显眼处，看着“黄毛”，神情专注。江开国提着老式皮革公文包。江开国的手机响起，屏幕显示是女儿江木兰。

江开国［扁着嗓子］：找谁啊？

木　兰：爸，是我啊。

江开国：谁是你爸啊，打错了吧？

木　兰：爸，别编了行吗，就是你的声音。我是你女儿，江木兰。

江开国：小姑娘，爸不能乱叫，爹不能乱认哦。

木　兰：爸，怎么这么烦人啊，再不认我可挂了啊。

江开国［哈哈大笑］：认认认。敢不认嘛，统共就这么一个女儿。木兰啊，总算想起你老爸了。

木　兰［有点惭愧］：爸，好久没给你打电话，最近超市特别忙……

江开国：知道。我自己女儿我还不了解，肯定是很忙。我还知道，就算忙，我女儿心里肯定也惦记着老爸。

木　兰：嗯。桐城冷不冷？

江开国：前几天降温，这两天又暖和了。十月小阳春。

木　兰：就这会儿忽冷忽热最怕着凉。你们俩可别冻着啊。这大老远的生病了，我得打“飞的”回来看你们。

江开国：放心吧，老爸在大后方保重自己，你没有后顾之忧。你那么忙，自己也得注意身体。

木　兰：放心，我比牛还壮呢。

江开国：牛也得注意身体。

木　兰：爸，我想你，想爷爷。

江开国：傻丫头，我们……

“黄毛”直起身子，晃晃悠悠地往前走。江开国顿时紧张了。

江开国：哎哎，木兰不说了，他动了！

木　兰：谁动了？

“黄毛”已经往前走了。江开国着急了。

江开国：可能是小顺！回头再说再说。

江开国挂了电话，急忙追上去。木兰微微叹了口气。突然她的手机又响。

木　兰：喂？

同　事［画外音］：江经理，冷库有地方漏水了！

木　兰：好，我马上回来。

她放下电话急忙往出走。风风火火的样子。

6. 桐城闹市区，日，外

“黄毛”在前面走着，一副找着什么的吊儿郎当样儿。江开国在后面跟着，想找上前去。突然，江开国眼睛一模糊，差点跟迎面一个人撞上。他不由得伸手扶住了一旁的树，揉自己的眼睛。“黄毛”已经站住，两眼放光地看着前面路口过来的一辆车，那是一辆黑色的“大奔”。

“黄毛”：可等到你了。

从江开国的角度，“黄毛”好像准备过马路。“大奔”开过来，“黄毛”啐一口，眼看“大奔”离自己越来越近，看准时机突然往前走。“大奔”猝不及防，眼看就要撞上“黄毛”了。不远处的江开国放下揉眼睛的手，一抬眼，视线清晰了，正好看见了，大惊，奋不顾身地扑上去。就在“大奔”发出骇人的急刹车的声音的时候，江开国扑到“黄毛”身后，一把推开“黄毛”，结果自己被撞倒在地，小腿上流血。“黄毛”被江开国撞开，非常生气，回身就想破口大骂。一看江开国被撞了，“黄毛”一时也愣神。“大奔”车主已经推开门下来，惊慌失措地蹲下来看江开国。

“大奔”：你没事吧，老师傅？

江开国一时疼得说不出话来。黄毛见状，马上就扑到江开国身上，一副情急的样子。

“黄毛”：都流血了，能没事吗？！

“大奔”：不是，你们这突然过马路，也太……

“黄毛”：撞了人你还有理了你！［对江开国］爸爸，你怎么样？

江开国缓过劲来，听这一声喊，又惊讶又激动，抓住黄毛的手

江开国：小顺，你认出我来了？

“大奔”：老师傅老师傅，你没事吧！我可不是存心的！

“黄毛”：你还想存心啊，你要是存心还不得撞死我爸！你赔得起吗你！你说现在怎么办？！

江开国：小顺……

“黄毛”：爸，你别说话。［对奔驰车主］我告诉你，你得赔钱！

7. 超市冷库，日，内

木兰穿着皮围裙、雨靴子，跟着几个员工一块儿，刚刚收拾完毕。木兰也是一头大汗。

木　兰：行了，总算发现得早，没坏什么东西。这就万幸了。除霜要定时，要制度化，这点都做不到？

员　工：知道了，江经理。

8. 桐城医院挂号大厅，日，内

“大奔”陪着江开国和“黄毛”进来。江开国拉着“黄毛”的手。

“大奔”：老师傅，咱们先上外科处理一下，再上去骨科照个片子吧。

“黄毛”：先说说赔偿的事。

“大奔”：你这人怎么当儿子的，先给你爸看病要紧！

“黄毛”：别的你别管了，这样吧，我们也不多管你要，你就给三千块钱吧，给了钱你就走。

“大奔”［有点不想理他］：老师傅，你们等我一会儿，我去挂号去。

“黄毛”：哎……

“大奔”走开了。江开国拉住“黄毛”的手。

江开国：小顺，你真认出我来了？还记得小时候的事吗？

“黄毛”［心烦地］：你松开！

“黄毛”想走。江开国紧紧拽住了他的衣服。

江开国：小顺……

“黄毛”：谁是你小顺？！我让你撒手听没听见！

江开国：你不是都认出我来了吗？我是你爸啊，你是小顺。

“黄毛”：我不是小顺，你认错人了！

江开国：你身上不是有胎记吗？你还有癫痫是不是？

“黄毛”：我那癫痫是装的，知道吗，装的！你赶紧给我松手！

江开国：也许是你癫痫好了，胎记错不了，我们去做个亲子鉴定吧，那个准。

“黄毛”：你给我滚开！我告诉你认错人了！

江开国伸手在“黄毛”头上抓了一把，已拔了几根头发，小心翼翼地装进手上一个塑料袋里。

“黄毛”［吃痛，真急了］：你神经病吧，老东西！

“黄毛”使劲地推了江开国一把，夺路而走。江开国踉跄着追了几步，眼前突然一阵模糊，从楼梯上滚了下去，一直滚到地下，昏了过去。他的旧公文包掉到地上，里面的东西散落一地，是小顺小时候的照片、玩具等东西。周围的人都围上来，议论纷纷。

众　人：怎么回事啊这是？

江开国人事不省。

9. 超市员工休息区，日，内

朱课长与小夏、乔丽等几个员工在喝水。一边在闲聊。

朱课长：亲爱的早高峰总算是过去了。

小　夏：新店长今天还没露脸。搞得人心里七上八下的。

乔　丽：你七上八下什么呀，江经理扛着呢。

木　兰［端着个水杯走过来］：什么我扛着？

朱课长：我们“生鲜”啊。江姐，你说上头会派哪尊大神过来啊？

木　兰：我又不是上头。

乔　丽：谁都行，只要不是四店那个褚经理就好。我打过几次交道，那叫一个事儿啊。

众人大笑。唯有木兰淡淡笑着，静静听着。

10. 超市员工休息区 / 桐城医院，日，内

朱课长等还在说话。突然木兰的手机狂响起来。木兰一看是父亲，忙走到一角落，接起电话。

木　兰：爸……

"大奔"：我不是你爸！

木　兰［以为父亲又开玩笑］：爸，你又来了……

"大奔"：我真不是你爸。你爸昏倒了！

木　兰：什么？！

11. 江援朝家客厅 / 超市走廊，日，内

贾幸梅正在手洗衣服。江援朝在一边戴着老花镜在弄什么孩子东西。家里座机响。

贾幸梅：喂？

木　兰：婶婶，是我，木兰！

贾幸梅：木兰啊，真是稀罕啊……

木　兰：我叔叔在吗？

贾幸梅［怏怏地］：在。援朝，你大侄女儿。

江援朝：木兰啊，怎么想到给我们打电话……

木　兰：叔叔，我爸出事了！

江援朝：你爸出什么事了？

木　兰：我爸昏迷了！在人民三院！我马上回来！你们能不能先去帮我看看？

江援朝：能能能！我们马上去。

挂了电话，贾幸梅一脸不解地看着他。

贾幸梅：去哪儿啊？

江援朝：我哥说是昏迷了。这怎么回事？走走走，赶紧的！

12. 超市里木兰办公室，日，内

木兰正把柜子、钥匙之类的盘点推到朱课长和乔丽等几个重要员工面前。

木　兰：我尽快回来，你们就帮我盯着点。

朱课长：江姐，你放心吧。

乔　丽：就是，赶紧走吧，家里老人的事最大。

木兰感激地看了看他们，拎起包转身就快步出去了。众人都叹口气。

13. 文化馆会议室，日，内

吕希正在开会。手机突然震动起来，吕希悄悄看一眼正读文件的花馆长，悄悄起身弯腰出门。

14. 文化馆走廊 / 地铁，日，内

吕　希：木兰，什么事？

木兰几乎什么也没带，就拿着自己的背包，正在地铁上。

木　兰：吕希，我要回趟家。

吕　希：回家回吧。

木　兰：我是回桐城。

吕　希［吓一跳］：啊？出什么事了？

木　兰［心乱如麻］：我爸在医院……具体什么情况我也不知道，我快疯了！我现在在地铁上，去机场。

吕　希：别慌别慌，你爸吉人天相，肯定没事，你自己路上小心。

木　兰：门口鞋柜上有一个录音笔，是你妈让我买的。别忘了。

吕　希：知道了，家里就放心吧。

木　兰：好。到了跟你联系。

放下电话，吕希愣了会儿。

吕　希：没事儿吧。

15. 桐城机场门口，日，外

木兰急奔出来，坐上停着的一辆出租车。

木　兰：师傅，第三人民医院！

16. 桐城医院病房，傍晚，内

江开国躺着，还没醒。江援朝和贾幸梅在一旁，贾幸梅正拉着“大奔”不让走。

贾幸梅：想走是不可能的。

“大奔”：大姐，你想怎么着啊？我这该做的检查都做了，医药费也出了，都一整天了，也不能不让我回家吧。名片放这儿了，有什么事给我打电话，我马上来。

贾幸梅：我知道你这名片真的假的呀？打电话你不来，我们上哪儿找你去？这事不能就这么算了，把我们家大哥撞成这样，想这么便宜就走，没门儿！

"大奔"：你想怎么样吧？

贾幸梅：赔钱啊！怎么样。

"大奔"：你简直是蛮不讲理。

贾幸梅：你撞了人，你还横呢！撞了人让你赔钱有错吗？！我们家大哥到现在还昏迷不醒呢，不该赔钱吗？！

"大奔"：昏迷跟我没关系……

木兰心急火燎地冲进来。

木　兰：爸！叔叔！

江援朝：木兰。

木兰扑到病床旁，焦急地看着还没醒过来的江开国。

木　兰：叔叔，婶婶，我爸怎么样？大夫怎么说？

江援朝：木兰，你别太担心了，大夫说没伤到要紧的地方。

木　兰：那我爸怎么还没醒啊？

贾幸梅［揪着"大奔"］：木兰，就是这个人把你爸撞了，别让他跑了！

江开国缓缓地睁开眼睛。

木　兰：爸，爸，你醒了！

江开国：木兰，你怎么来了？援朝，幸梅……

贾幸梅：大哥，你可醒了，就是这个人撞的你，你放心，我不会让他跑了！

"大奔"：老师傅，你总算醒了，我冤死了我！

江开国：幸梅，让人走。

贾幸梅：大哥，怎么能让他走呢，他还没赔钱呢！

江开国：这事跟人家没关系，人家是好心。［对车主］谢谢你了。

贾幸梅：大哥，你可真是的，人家都把你撞成这样了，还不得跟人要个万八千的呀。援朝，你说是不是！

江援朝缩了缩脖子，没怎么吱声。

江开国：木兰，是我不小心，跟人没关系。［对车主］你走吧。

"大奔"：老师傅，你人好，有事给我打电话，该我负责我肯定负责。

木　兰：爸，到底怎么回事？怎么让车给碰了？

贾幸梅往一旁的那个旧公文包撇了撇嘴。

贾幸梅：还用说嘛，又出来找小顺呗。

木　兰：叔叔，婶婶，你们陪了好一会儿了吧？

贾幸梅［抢着说］：那可不，你一打电话给我们，我们就赶紧过来了。北京那么远，回来路上也得大半天，我们做叔婶的不得帮着照顾着点，是吧。

木　兰：麻烦叔叔婶婶了。

江援朝：你爸没事就好。

贾幸梅：怎么没事，眼睛……不是我说，大哥什么事都不跟木兰说哪儿行啊，毕竟就只有这么一个女儿，不靠她养老还靠谁呢……

江援朝：哎呀，你说那没边的干嘛。木兰来了就好了。你爸没事，我们就先走?

贾幸梅：就是，春妮最近吐得厉害，吃啥吐啥。得回家给她做饭。

木　兰：谢谢叔叔婶婶，你们慢点。

江援朝：哥，我们走了。

江开国：慢着点。

江援朝和贾幸梅走了。

木　兰：爸，你还哪儿不舒服吗?

江开国：没有。[看看床头柜上一堆单据]检查不都做过了。害你跑回来。其实没多大事……

木　兰：爸！对不起，今年事儿特别多，"十一"我都没回来看你。

江开国：说什么对不起，工作忙嘛，我也好好的啊。

医　生[走进来]：家属到了，过来一下。

木兰看江开国一眼，起身。

17. 桐城医生办公室，夜，内

木兰坐在医生面前，医生把一张CT片放到灯前。

木　兰：大夫，我爸没事吧?

医　生：轻微脑震荡，醒了就好了。

木兰松口气。

医　生：病人的白内障已经很严重了。

木　兰：白内障?！

医　生：如果不手术，几个月内就会发展到不可收拾的地步，眼睛这个东西，一旦失明就不可逆。

木　兰[惊呆了]：会失明?

医　生：不手术就会。两个眼睛都得做。必须手术，还得尽快。

木　兰：那就麻烦您立刻给我爸安排手术。

医　生：这个手术我们这儿做不了。

木　兰：为什么?

医　生：你爸以前做过青光眼手术，你知道吗?

木兰茫然地摇了摇头。医生显得有点不满意.

医　生：你这个做女儿的，也太不关心老人了，怎么什么情况都不知道。

木　兰[内疚地]：不好意思，我在北京工作，最近回来的少……

医　生：哎，尽是这样的。你爸的眼睛挺不好的，眼角膜上皮细胞只有806，低于1000，属于高危，存在较大的手术风险。我们这儿做不了。

木　兰［沉吟片刻］：北京能做吗？

医　生：北京也不是所有的眼科医生都能做这么高危的手术，但我可以推荐你一位很棒的大夫，同仁眼科的李清泉大夫。

木　兰：谢谢。

18. 桐城医院亲子鉴定科，夜，内

“亲子鉴定科”牌。江开国从包里小心地拿出装着“黄毛”头发的塑料袋子，送进窗口。

江开国：大夫，做个鉴定。

木　兰［无奈］：爸，这么多年了，你怎么还没死心呢。中国这么大，小顺都丢了多久了，快三十年了吧，还能找得到吗。就为了刘叔看见个发癫痫的人，你就以为能是小顺了啊。

江开国：万一是呢。总想着万一啊。

木　兰：爸，这么多年，为了这万一，你挨多少白眼，受多少挖苦。

江开国：爸知道你是心疼我，爸对不起小顺，更对不起你。

木　兰：爸，干嘛说这些啊。

窗口内的医生递出张几张单据来。江开国凑近点儿去签字，眼神不好，差点撞到栏杆上。

木　兰：爸，小心头。

江开国：没事。［把单据递进去］给，大夫。

木兰有些心酸地看着。

19. 江开国家客厅，夜，内

江多福心急如焚地等着，看看墙上挂着的钟。

江多福：怎么还不回来？

门一响，江开国推门进来。

江多福：回来了？

木　兰：爷爷。

江多福：木兰，你爸没事吧？

木　兰：有点皮外伤，没事。爷爷，明天我想带我爸上北京。

江开国：谁说要上北京了？

木　兰：爸，大夫跟我说了你眼睛的事。

江开国：我眼睛不是好好的嘛。

木　兰：爸，你还想瞒我啊。

江多福：木兰，我早就想跟你说了，你爸的白内障不是一天两天了，你爸就拦着我不让告诉你。

江开国：又不是什么大事，干嘛让木兰瞎担心呢。

木　兰［特别难受］：我是你女儿，怎么你什么事都不告诉我呢，做青光眼手术都不跟我说。

江多福：去年的事了，我说得告诉你一声，你爸就是不让。

江开国：不就是一个小手术嘛，你那么忙，我跟你说不给你添堵吗。这些小事我自己就能解决。

木　兰：大夫说了，这回白内障可不是小事，必须马上开刀，得去北京！

江开国［犹豫地］：还得去北京？白内障，桐城也能做。

木　兰：桐城做不了！你眼皮细胞太少了，属于高危，就北京一个专家叫李清泉的能做，必须得上北京，这事不开玩笑的。就这么定了。

江开国：爷爷怎么办？没人给做饭了。

江多福：你别担心我，你就跟着木兰去，我自己能行，每天做点粥就好。

江开国看到地上的书，弯腰捡起来

江开国：不行，我肯定不能走，没人照顾爷爷可不行。

木　兰：爸，你眼睛不能拖了。明天我去趟叔叔家，请他们帮着照顾一下爷爷，也就十天半个月。

江开国沉吟不语。

江多福：听木兰的，眼睛是大事。

木　兰：就这么说好了。爷爷还没吃饭吧，我也饿了，走我们去吃庆云楼去，我馋死瓤豆腐了。

木兰起身，一手挽起江多福，一手挽起江开国，三个人都笑了笑。

20. 江开国家小卧室 / 木兰卧室，夜，内

木兰躺在小床上，正在给吕希打电话。吕希搂着悦悦躺在大床上。

木　兰：我就说我爷爷好像有什么事跟我说。我爸也真是的，眼睛开刀都不跟我说。

吕　希：你爸还不是为了你好。

木　兰：我都后悔死了，也太不关心我爸了，每次打电话他都是报喜不报忧，比保密局还保密。

吕　希：我们不也一样，有事都想自己扛着，不让家里人担心。

木　兰：要早知道我爸青光眼，早接他到北京来看病了。

吕　希：就别找后账了。还好这次发现得及时，没出什么大事，来北京把手术做了就好了。行了，早点睡吧。

木兰挂了电话，抬头看见这个原来属于她的小屋，墙上依然还挂着她的照片、各种奖状、手工作业，但是家里还是那个旧旧的样子。木兰有一点心酸。

21. 吕家楼下，日，外

老小区，工厂家属院，破旧的老楼。吕希开着车过来，停下，悦悦从车上跳下来。正好吕父停好了自行车，正在松开车后座绑的煤气罐。悦悦看见了，跑了过来。

悦　悦：爷爷！

吕　父：哟，悦悦来了！来，亲爷爷一口！

悦悦跑过来，在吕父脸上亲了一口。

吕　父：宝贝哟，爷爷买了你最爱吃的大鲤鱼。

吕　希：爸，爸，您放下，我来。

吕父推开吕希的手，特别轻松地就把煤气罐往身上扛

吕　父：不用你，你这身板还不如我呢。

吕　希：可这太沉了……

吕　父：沉什么沉，你忘了你爸是干嘛的，翻砂我就翻了十七年，身体棒着呢。走起！

三人进楼道。

22. 吕家客厅，日，内

吕家也就五十多平米，客厅放着餐桌，还有一组单人沙发。吕母坐在沙发上，伸着脖子看着门口。门打开，悦悦先冲进门，扑到吕母身上。

悦　悦：奶奶！

吕　母［疼爱地摸着悦悦头］：悦悦，宝贝儿，想奶奶了吗？

悦　悦：想，特别想。

吕　母：钢琴课上得好吗？

悦悦嘟了嘟嘴。

吕　母［小声］：奶奶不问，奶奶不问。

悦悦笑了，祖孙俩很有默契的一笑。吕希和吕父已经进来，吕父搬着煤气罐进厨房去了。

吕　希：妈。

吕　母：小希，木兰呢？

吕　希：木兰回老家了。

吕　母：出什么事了？

吕父也从厨房探出头来，一面已经在穿围裙

吕　父：是不是她爸有什么事？

吕　希：她爸眼睛白内障，要手术，得带北京来。

吕　母：哦，白内障不管可不行。

吕　希：其实拖挺久了，她爸一直不跟她说，这回医生说，不手术要失明。

吕　母：那得赶紧。对了，她爸过来，她爷爷呢？

吕　父：那还用说，放叔叔家呗。

23. 江援朝家大卧室，日，内

大卧室也就十二平米左右，是江志新和春妮的卧室，挂着两人的结婚照。床靠着一面墙，旁边还放着一个大沙发，勉强算是一个会客的区域。沙发上堆满了各种跟生孩子有关的杂物。

木兰坐在沙发上勉强的一块空的地方，茶几上放着一大袋的水果和营养品，一杯水。江援朝和贾幸梅坐在对面。两口子都是一脸震惊的样子。

贾幸梅：你是说，把爷爷放我们家？

木　兰：我爸这手术不会很长时间，前后有个十几天就够了。

江援朝刚要说话，贾幸梅已经抢过话头。

贾幸梅：木兰，我们家的情况你也都看到了，这哪儿哪儿都堆满了东西，爷爷来了住哪儿啊。家里房子太小，真是愁死人啊。

江援朝：要不，就让爸在沙发上将就一下。

贾幸梅［瞪眼］：这沙发上都是东西，你让爸怎么将就啊，睡在孩子衣服奶瓶堆里啊。

江援朝：要不，去我们屋打个地铺。

贾幸梅：还打地铺，下脚的地都快没有了。都说人口密度哪儿哪儿高，我看我们家人口密度全世界第一，四十平米住了几口人，你数数！春妮大着肚子呢，晚上还让不让她好好睡觉？！

木兰看了看周围的情况，也知道为难。

木　兰：婶婶，让爷爷过来要实在没地，要不这样行不行，你们上我家住去，陪着爷爷就行。

贾幸梅：木兰啊，你叔叔每天还上班呢，这住自家工厂院上下班也就十几分钟，你们家整个一个大对角，上下班不得两个钟头啊。你叔叔也是五十好几的人了，身体也不怎么好的。

木　兰：就十几天，叔叔婶婶就当帮帮忙。

贾幸梅：真的不是我们不帮忙，实在是没这个能力啊，木兰！房子小，离得又远，你叔又老了……要我说，这次倒是一个好机会。

木　兰：好机会？

贾幸梅：爷爷还没去过北京呢，上回你结婚，你爸说一切从简，都没叫我们亲戚上北京喝喜酒，连爷爷都没去。这次正好，你带你爸上北京，把爷爷也带上，正好顺便带爷爷北京逛逛。

木兰愕然。

24. 吕家客厅，日，内

吕希和悦悦坐在吕母边上。悦悦吃着水果。吕希从包里掏出录音笔。

吕　希：差点给忘了。妈，木兰让我给你的。你让木兰买这个干嘛啊？

吕　母：有用呗。

吕　希：有什么用啊？这我们悦悦用还差不多，是吧悦悦，学英语用。

悦　悦：奶奶学英语。

吕　母：奶奶不学英语，奶奶有别的用。

吕　希：看不出来，妈还挺时髦。

吕父把最后一碗菜放桌上。

吕　父：开饭咯。

吕希起身，准备抱吕母。

吕　父：我来，我来。

吕父熟练地横抱起瘫痪的吕母，很轻松地抱到饭桌旁，顺了顺盖在腿上的小毯子。

25. 江援朝家大卧室，日，内

木兰和叔婶还对面坐着。江援朝有些不好意思的样子。贾幸梅拿眼神瞪他。

木　兰：婶婶，这回我带我爸上北京，是去治病，做手术，不是去玩。我爸这手术虽说不大，也是个手术，我得照顾他，恐怕照顾不了爷爷。

贾幸梅：我们也想照顾爷爷啊，真是腾不出地方，腾不出人手啊。木兰，我觉得还是让爷爷跟你们一块去北京最好了，平时你就让爷爷在家待着不就好了，其实也不用费什么精神。

木　兰：这次我爸去开刀，我真的没心思照看爷爷，等下回没事的时候，我肯定带爷爷上北京好好玩。这样吧，婶婶，就算帮帮忙，不让爷爷过来也行，你们不过去陪爷爷住也行，每天上家里给爷爷做个饭，收拾一下屋子，有脏衣服给洗一洗，这样总可以吧？

贾幸梅：你是说，让我每天大老远地斜穿桐城去给爷爷做饭洗衣服？

木　兰：你中午多做点，晚上就让爷爷把剩的热热凑合一下。半天就行。婶婶不是退休了嘛。

贾幸梅：哎哟喂，我厂里退休了，家里没退休啊。

江援朝：幸梅！

贾幸梅：我说错了吗？我成天要伺候你，伺候志新，伺候春妮和我没出生的大孙子，我有一分钟空闲没有啊？我上班时候，在厂里还八小时工作制呢，我现在，我二十四小时工作制！木兰，你一个人没法照顾两个老人，我们这儿压力也很大啊！我每天都是连轴转，连喘气的时间都没有，有谁替我想过。

江援朝：白天你就抽半天去趟爸那儿，给做个饭，耽误不了家里。

贾幸梅：你说得轻松啊！敢情你回家吃热乎睡暖和的，全都是现成，甩手掌柜什么都不操心！把我累死了，你有什么好处啊？不知道心疼自己老婆。大哥家那么远，来回不得大半天。我还有时间给家里你们几张嘴买菜做饭啊？我不能只顾得老头儿就不顾大孙子了吧！

木兰已经从包里拿出一个信封默默推到贾幸梅面前。江援朝和贾幸梅都愣住了。

贾幸梅：木兰，这什么意思？

木　兰：叔叔婶婶，我知道给你们添了很多麻烦，这里是一千块钱，谢谢你们照顾爷爷。

江援朝和贾幸梅又对视一眼。

江援朝：木兰，这何必……

贾幸梅拽了拽江援朝的袖子，态度立刻有点变化。

贾幸梅：大家都是一家人，这么客气干什么。也是，这回你爸去北京开刀，肯定事情不少，带着爷爷确实是太不方便了，我们这儿真的有困难，可是再困难总要伸手帮一把的，要不怎么叫亲戚呢。这样吧，还是我辛苦点，每天两头跑，累是累点，总不能让爷爷没饭吃吧。

木　兰：谢谢婶婶。

贾幸梅：自家人，不说这些客气话。

木　兰：那我就先走了，急着带我爸上北京。

江援朝：那行，就不留你了。

木兰笑笑。

26. 北京机场门口，夜，外

木兰和江开国走出机场。吕希和悦悦在一旁车边上等着。

吕　希：木兰！这儿呢。

木兰看过去，只见悦悦已经扑了过来。

悦　悦：妈妈！

木　兰［抱住悦悦］：悦悦！都快十点了，怎么还带她来啊。

吕　希：她非要来。［接过包，看向江开国］爸，一路上累了吧。

江开国：不累，不累。飞机快，一个多小时。

吕　希：晚饭吃了？

江开国：在飞机上吃了。挺好的。

木　兰：悦悦，叫外公啊。

悦　悦：外公。

江开国：悦悦真乖。让外公看看是不是又长个儿了？

悦悦躲在木兰身后不出来，有点腼腆地看看江开国。看得出来，悦悦和姥爷不是很亲。

吕　希：爸，咱上车吧。

一行人开车门上车。

27. 木兰卧室，夜，内

吕希躺在床上给悦悦读小人书。木兰擦着头发进来，坐在床上。悦悦兴奋得不行，马上扔下小人书，跳到木兰和吕希中间，使劲地挤开吕希，搂着木兰。

悦　悦：妈妈。

木　兰［摸着悦悦的头发］：跟爸爸上爷爷奶奶家了？

悦悦点点头。

木　兰：爷爷奶奶都好吗？

悦　悦：好。

木兰亲亲悦悦。

吕　希：明天我陪咱爸去同仁吧。

木　兰：还是我去吧。

吕　希：大医院名医的号得一大早去挂。你太累了，在家好好睡一天吧，后天就得上班了。

木　兰：还是我陪我爸去，我一个人请假就得了。你把悦悦管好就行。

吕　希：累坏了吧。

木　兰［呼一口气］：这会儿觉着累了。腰背，都酸。

吕　希：这两天一夜回趟老家，能不累吗？来，我给你揉揉。

木兰翻身俯卧，吕希给木兰背部做按摩。悦悦也在一旁帮着揉木兰的腰。

木　兰［咯咯笑］：痒啊。

悦悦索性咯吱木兰，母女俩笑成一团。

28. 同仁眼科挂号大厅，日，内

木兰领着江开国过来，惊呆了。挂号大厅里乌泱乌泱都是人。父女俩排在队尾。

木　兰：这才六点多，怎么这么多人。

江开国：北京人真多。

轮到了木兰了。木兰后面也已经有一溜长队。木兰赶紧凑到窗口。

木　兰：你好，我想挂李清泉大夫的号。

工作人员：没号了。

木　兰：你好，我们这早上六点多就来排队了，怎么就没号了。

工作人员：明天你们五点来吧，六点已经晚了。

木兰和江开国失望地离开窗口。

江开国：五点。明天早上我自己来吧。

木兰很焦虑的表情。

29. 超市办公区走廊，日，内

雷颂华走了过来，正要往店长办公室走。

工作人员：喂喂。

雷颂华：喂什么？

工作人员［指着一边的牌子］：顾客止步，看见了吗？

雷颂华：我不是顾客。

工作人员：你是谁呀？

雷颂华：我是雷颂华。

工作人员［张大了嘴巴］：店……店长？

30. 超市会议室，日，内

葛文倩等中层以上的员工坐满了整个会议室。朱课长和乔丽等互相看一眼，都是一脸的忧色。

雷颂华进来了。众人赶紧挺直身子。

众　人：店长好！

雷颂华：大家好，我是雷颂华，我来晚了，正好看了看店里的情况。

众人有些惶惶地互相看一眼。

雷颂华：我这次来得突然，你们大家当然都知道为什么，你们的前店长几天前走了。这是意外，对大家也是个打击。不过，我刚才看了，情况还不错，店长突然跑了，你们没乱。

众人都松了口气的表情。

雷颂华：这就说明，咱们店的业绩一直名列前茅，不是一个人的功劳，是在场的大家，所有人的功劳！集体过得硬，一个人两个人坏不了事！我很满意，也希望大家继续保持！

大家都是精神一振，纷纷鼓掌。

雷颂华：大家的努力，我都看到了。咱们上一个季度的利润是7%，这个成绩非常好，在全国整二十几家门店里排名第三。这是非常可喜的。不过，现在我要对大家提出更高的要求，我希望你们在下一个季度能上一个台阶，做第二名。

员工们立刻开始窃窃私语。

雷颂华：没有压力就没有动力，你们要相信自己，一定能行。好了，忙去吧。生鲜部经理先到我办公室。

朱课长和乔丽互相看一眼，暗暗叫苦。

31. 超市店长办公室，日，内

朱课长和乔丽等几个课长站在雷颂华面前。

雷颂华：你们谁是经理？

朱课长：店长，我们经理没在。

雷颂华［一脸寒霜］：没在？

乔　丽：店长，是这样的，江经理的父亲在老家出事了，她回老家了。

朱课长：没错，店长，江经理从来不请假，真的，这次是特殊情况。

生鲜部的几个课长都点头。

雷颂华［沉吟］：我要看生鲜部最近三个月的库存和损耗，得尽快拿个报告。

朱课长：能能能。我们能拿。

雷颂华总算脸色和缓了一点。

32. 另一个眼科医院诊室，日，内

木兰和江开国坐在医生面前，医生正在看江开国的病历和片子，父女俩都期待地看着医生。木兰的手机响了一下。木兰赶紧看，是朱课长给她发来的短信“江姐，店长来了！让我们出季度库存损耗的报告。我们应该能搞定”。木兰回了一个短信“好”。江开国询问地看了看木兰。木兰表示没事地摇了摇头。医生放下片子，摇摇头。

医　生：这个手术我们这儿恐怕做不了。建议你们去同仁眼科，李清泉大夫能做这个手术。

木兰和江开国都是十分失望。

33. 眼科医院门口，日，外

木兰和江开国走出来。江开国眼神不好，差点撞上电线杆子，木兰赶紧挽住父亲的手臂。

木　兰：没撞上吧。

江开国：这眼睛也怪了啊，怎么突然就看不清了。

木　兰［没好气的］：你老人家一直拖拖拖，现在好了。

江开国：还在生气？

木　兰：能不生气吗。青光眼开刀都不跟我说。我是你女儿吗，你跟我这么见外。

江开国：再次郑重地向江木兰同志表示歉意。

木　兰［笑了］：江开国同志，以后再有事不及时向组织通报，就开除你。

江开国：不当我女儿了？

木　兰：不当了。

江开国：这事你说了不算，我说了也不算，老天注定，你就是我女儿。

木　兰：老爸也要赖。

江开国：还真就李神医能做哈。

木　兰：那就李神医。大不了就去买号。

江开国：太贵了。

木　兰：瞧你小气的，爸，跟眼睛比起来，钱算什么呀。

江开国：你倒看得开。

木　兰：像你呗。

江开国开心地大笑。

木　兰［挽着江开国的胳膊］：爸，来北京挺开心的吧？

江开国：开心。

34. 江开国家客厅及厨房，日，内

江多福坐在椅子上，正在看书，门铃响，起身开门，贾幸梅拎着菜进来，一脸的不高兴。

贾幸梅：爸。

江多福：幸梅来了啊。

贾幸梅：累死了，倒了三趟公交车，路上就一个多小时。还没座，都得站着。爸，你说你怎么住这么远啊。

江多福没敢多说什么。贾幸梅边把塑料袋里的菜往外拿，边说话。

贾幸梅：爸，我给你做点菜包子吧，经放，晚上和明天早上你还能接着吃。

江多福：好。

贾幸梅打开水龙头择菜，买的菜都是便宜菜，有好多烂叶子。贾幸梅也懒得收拾，扒拉下来随意的往水池一扔。贾幸梅边收拾还边抱怨。

贾幸梅：爸啊，你说大哥也是的，自己的眼睛自己最知道了，也不早点告诉木兰。木兰在北京，医疗条件那么好，早该把你们都接过去的嘛。弄成现在这样，着急忙慌的，还得我跑这么大老远……爸，不是我不想照顾你，实在是春妮害喜特别厉害，我现在照顾她还来不及，你说呢。

江多福［胡乱应着］：幸梅你受累。

好多烂菜叶子就顺着水冲下去了。

35. 木兰家客厅，傍晚，内

木兰和江开国开门进来，吕希正把一碗菜端上桌。

吕　希：爸，木兰，回来了。

江开国：吕希饭都做好了，辛苦了。

吕　希：爸，我这是掐着你们点儿故意的。

江开国：好好。

一家人坐下。木兰给江开国盛饭。吕希给悦悦夹了筷子菜。一家人开始吃饭。

吕　希：怎么样？约上手术时间了？

木　兰：没有，连李大夫面都没见上。

吕　希：怎么了？没挂上号？

木　兰：号都在号贩子手里。跑了好几家医院，真的只有李清泉大夫能做这个手术。要不号贩子这么拽呢。

吕　希：怎么号贩子这么猖獗呢。要不咱花钱买。多少钱？

木　兰：一千。

吕　希［吓一跳］：抢钱呢。

江开国看了木兰一眼。

吕　希：嗨，不就一千块钱吗，钱能办的事不是事。

江开国［忍不住］：太贵了。

木　兰：哎，我想起来了。

吕　希：什么呀？

木　兰：上回张磊不是说你们有个女同学，叫韩什么的在同仁眼科当大夫的吗？

吕　希［冷淡地］：哦，韩冬啊。

木　兰：对对对，韩冬。要不然托托她？都是同仁医院的，应该有办法吧。

吕　希：多少年没联系了，关系又挺远的，要不还是花这一千块钱吧，省事。

木　兰：你真大方啊。一千块钱，悦悦能上多少节钢琴课呢。

吕　希：欠人情也不省钱。

木　兰：这倒也是。明天一早，我就去买号去。爸的眼睛不能拖了。

片刻，吕希放下了筷子。

木　兰：怎么了？

吕　希：我给韩冬打电话。

木　兰：啊？

吕　希：欠人情欠人情吧，先把一千块钱省下来再说。有个熟人，大夫也能上心点。

木　兰：谢谢谢谢。

吕希起身拿了手机上阳台去了。木兰和江开国互相看一眼，都是一笑。

江开国：吕希人真好。

木　兰：你女儿也不坏啊。

吕　希：说好了，明天一早陪着咱爸直接去同仁找她就行。

江开国：谢谢啊，吕希。

吕　希：爸，跟我怎么能说谢谢呢。女婿半个儿啊。应该的。

木　兰：真贫。

36. 江援朝家客厅，夜，内

江援朝一家也在吃晚饭。桌子上几个菜，只有一个荤菜，一碗红烧肉。

贾幸梅：志新，你多吃肉。千张红烧肉，你最喜欢的。

江志新：妈，你今天给爷爷做千张红烧肉没有，爷爷也最爱吃。

贾幸梅：做了，你让做我能不做吗。

江援朝：给爸收拾屋子了？

贾幸梅［没好气］：你们都当我是佣人啊，就知道使唤我，还查我岗，都按照你们家大能人江木兰的指示，给老头儿伺候好了。

江志新［给贾幸梅夹了块肉］：妈辛苦妈辛苦，妈也多吃点。

贾幸梅［又夹回江志新碗里］：我不爱吃肉，你吃，你是大男人，得吃肉。

春　妮：妈，要是我生个儿子出来，你是不是还这么疼志新？

贾幸梅：废话，志新是我儿子，志新我都那么疼，他儿子我还不更疼。春妮，给妈争气，生个儿子。

江志新和春妮都笑。

贾幸梅：援朝，我隔一天去一次你爸那儿行吗？

江援朝：什么？你不管我爸了？

贾幸梅：太远了，你知不知道我今天多累，你们怎么不知道心疼心疼我啊。

江志新：不是都答应姐姐了吗？

贾幸梅：她多能干啊，把老头扔给我们，她怎么不带去北京啊。

江志新：也就十来天，妈你就坚持一下吧。爸也是爷爷的儿子，咱们也有这个责任的。

贾幸梅不以为然地哼了一声。

37. 江开国家客厅及厨房 / 木兰家小卧室，夜，内

微弱的小灯，江多福一个人在啃冷包子，突然噎住了，拿起暖瓶倒水，却没水了。江多福忍着难受去厨房倒了杯自来水，把包子咽了下去。家里电话响了，江多福拿起电话。

江多福：喂。

江开国：爸，是我。

江多福：开国啊。

江开国：吃了吗？

江多福：正吃呢。

江开国：幸梅来了？给你做的什么吃？

江多福：幸梅给做了千张红烧肉，还炒了空心菜，蛋花汤也有。

江开国：伙食不错。

江多福：你在北京都挺顺利吧？

江开国［犹豫一下］：挺顺利的，你放心吧。

江多福：好。

江开国：爸，你吃吧，晚上睡觉之前别忘了关上门窗，水电小心。

江多福：都关好了。

江开国：那就先这样，明天再给你打。

江多福：明天不打了，别费钱。家里都挺好，别惦记我了。挂了。

挂上电话，江多福默默地继续就着自来水啃冷包子。

38. 木兰卧室，夜，内

木兰正在给悦悦梳理洗好的头发，吕希在一旁看杂志。

木　兰：谢谢啊。

吕　希：哦，还想那事呢。

木　兰：我知道你不爱求人帮忙。男的是不是都这样啊，宁肯花钱不想求人。

吕　希：求也就求了。省了一千块钱，不是挺好嘛。都赖我，要早点出去闯闯，也许咱家早发了。

木　兰：风险与机遇并存，你那工作稳定，对咱家也很重要。

吕　希：现在不也挺好。木兰，你要是能当上店长就好了。说不定以后也会有猎头来逮你，高价。

木　兰：没戏了，新店长已经来了。

木兰电话响。

木　兰：喂？小朱。

39. 超市里木兰办公室 / 木兰卧室，夜，内

朱课长正满头大汗地陪在一个修电脑的小伙子旁边，看着死机的电脑。

朱课长：江姐，你回来了吗？

木　兰：怎么了？

朱课长：电脑崩溃了，修电脑的小伙子弄了一天，说硬盘都不行了，最近三个月的进出全没了！

木　兰：别急。电脑上没了，原始单据都还在呢，在我手里。

朱课长：那咱就只能手工做一份报告了。关键是，百货和杂货都交了，明天最后一天，店长盯着呢，工作量挺大的，咱做得完吗？

木　兰：我知道了，我已经回北京了，明天就来。

40. 木兰卧室，夜，内

木兰放下电话，看着吕希。吕希放下杂志。

吕　希：你这眼神，像小妖怪看唐僧的眼神。准没好事。

木　兰：明天你陪我爸去行吗？

吕　希：怎么了？

木　兰：超市出了点状况，我必须去上班。老公，帮帮忙吧。

吕　希［苦笑］：我算知道什么叫得寸进尺了。答应了。有什么奖赏？

木　兰［想了想］：悦悦，亲你爸一下。

悦悦扑上去，狠狠地在吕希脸上亲了一下。吕希捂着脸看着木兰，木兰大笑。

第 1 集结束！

江父医院结识亚芝，木兰擅自脱岗被批

1. 超市里木兰办公室，日，内

木兰刚进办公室，朱课长就着急地进来。

朱课长：江姐。活菩萨可来了。

木　兰：别贫啊。这会儿什么情况？

朱课长：电脑还不行呢，瞧，这三天你不在，新的进出单子又堆起来了。

木兰桌子上堆着挺厚的一沓单子。木兰翻看着。

朱课长：昨天晚上下班的时候店长都急了，杂货百货的报告已经都做好了，就差咱们的了。店长说明天一早就要去总部汇报情况，得拿着数据，快逼死人了。

木　兰：好，我知道了，我现在就开始做，今天一定弄完。

朱课长［惭愧地］：江姐，这点事我都没给你办利索。

木　兰：行了行了，电脑崩溃了，又不是你崩溃了。你赶紧前面忙去吧，我弄这摊。

朱课长：哎。

木　兰：小朱。

朱课长［停住脚步］：江姐？

木　兰：昨天店长来，我不在，她说什么了？

朱课长［停了会儿］：没说什么。我们都说了，你从来不请假。

木　兰［愣了会儿］：谢谢。

朱课长出去了。

木　兰：从来不请假，偏偏就这一回……寸啊。

木兰笑着甩甩头，从柜子里搬出厚厚的一摞又一摞的单子，都放在桌子上，满满一桌子，然后拿出报表开始边翻看边填写。

2. 同仁医院眼科挂号大厅，日，内

吕希陪着江开国走来。远处，韩冬已等着了，看到吕希，眼神有些激动，收拾心神，迎上。

韩　冬：吕希，这儿！

吕　希：韩冬，你好。这是我岳父。[向江开国] 爸，这是我高中同学韩冬。

韩　冬：叔叔好。

江开国：你好，你好，韩大夫。

韩　冬：叔叔，你叫我韩冬小韩都行，我跟吕希是老同学。

吕　希：对对，老同学老同学。

韩　冬 [打量吕希]：几年没见了，你一点都没变。

吕　希：你可真会开玩笑，你才是一点没变呢。我这上有老小有小的，沧桑了沧桑了。这是我爸病历。

吕希把病历递给韩冬。韩冬打开认真地翻看一下。

韩　冬：情况挺清楚的，我已经跟李大夫打好招呼了，号也给你们拿了，咱们这就过去吧。

吕　希：谢谢你啊。

江开国：谢谢你，小韩，给你添麻烦了。

韩　冬：叔叔，这点小忙别客气。

吕希扶着江开国先往外走。韩冬在吕希背后注视他的眼神很是深情脉脉，显然喜欢吕希。

3. 同仁医院眼科诊室，日，内

李清泉大夫正在用仪器检查江开国的眼睛。吕希和韩冬在一边陪着。

李清泉：好了。

江开国离开仪器。

吕　希：李大夫，怎么样？

李清泉：眼角膜上皮细胞只有八百，这个手术肯定有风险。不过六百多的我都做过，不是问题。只要家属有治疗的意愿，就可以做。

吕　希：太好了，谢谢您。那什么时候能手术？

李清泉：虽然现在白内障手术不算什么大手术。不过，你岳父这种情况最好还是能住院治疗，方便术后检查。问题是最近我们医院床位特别紧张，排队的患者很多，半个月之后都不一定能有空床位。你岳父的眼睛最好赶紧动手术，不要再拖了。

吕希和江开国都看看韩冬。

韩　冬：李大夫，还有其他解决办法吗？

李清泉：还有另外一个方案，就是马上手术，回家休养，期间需要敷料两天，每天得来换药。

吕　希：行，李大夫，就按您说的。

江开国：不用跟木兰商量了？

吕　希：不用了，爸，木兰让我全权做主。只要能手术，把你眼睛治好，其他困难我们都能克服。

韩冬看他的眼神中有羡慕。

李清泉：那你们和小韩去挑款晶体吧。

4. 同仁医院眼科诊室，日，内

韩冬正拿着一个册子和吕希一起翻看。

韩　冬：这款虽然是国产的，但是质量相当不错，关键是价格实惠，从各方面来说性价比最高。

江开国：这还得小八千呢。小韩，还有更便宜的不？

吕　希：爸，就选这款吧。材料用好一点，对你眼睛也好啊。你眼睛好了，木兰才开心。

韩冬看着吕希为木兰着想的样子，很是羡慕。

韩　冬：叔叔，难得女儿女婿这么孝顺，你就听他们的吧。

江开国只好点了点头。

5. 同仁医院眼科手术室外 / 超市里木兰办公室，日，内

手术室门口已经排了不少等着做手术的老人，各种年龄段的都有。江开国也坐着。旁边坐的就是亚芝。老人们在聊天。

老人甲：您的眼睛是怎么了，是青光眼还是白内障？

老人乙：青光眼，一到晚上跟瞎子一样，不做不行。你呢？

老人甲：我是白内障……

江开国的电话响起，江开国一看是木兰，接起。

江开国：木兰。

木　兰［喝水］：爸，看上了吗？

江开国：排队，等着手术呢。

木　兰：人多吗？

江开国：多，这回要没有吕希这个同学啊，我们且看不上呢。回头得好好谢谢那闺女。

木　兰：知道。

江开国：你忙不忙？

木　兰：还行。

江开国［安徽方言］：你上班，我这边没事。

身旁的亚芝听到安徽方言，转脸看过来。

江开国：就这样，挂了啊。

亚芝犹豫了一会儿，终于忍不住开口跟江开国说话，说得也是安徽话。

亚　芝［安徽方言］：你是桐城人？

江开国［安徽方言］：哟，你也是桐城人。老乡啊。

亚　芝［普通话］：真没想到，还能在这儿遇上老乡。你是桐城哪儿的？

江开国：我家就在桐城，城东区。你呢？

亚　芝：我老家在启安。

江开国：启安啊，我去过，那儿山清水秀的，特别养人，好地方。

亚　芝：是啊，好地方。

江开国：你住北京啊？

亚　芝：对。

江开国：看你这北京话说得不错，来好多年了吧？

亚　芝：三十多年了。

江开国：来工作？

亚　芝：嫁人。我爱人北京的，我跟着他过来的。

江开国：嫁得够远的。

亚　芝：嗯，他去启安出差，认识了，就跟着来北京了。

江开国：北京还住得惯吧？

亚　芝：这么多年了，怎么都惯了。你呢，在北京上班？

江开国：不是，女儿在北京安家了，这不是眼睛要开刀嘛，白内障。

亚　芝：我也是白内障，右眼特别厉害，大夫说必须得把白给摘了。同仁的眼科最好了，咱的眼睛肯定能治好。

江开国：一定的。

6. 同仁医院眼科一角，日，内

吕希和韩冬聊着天。

吕　希：今天真是谢谢你了，韩冬，不然估计我们且还排不着号呢。

韩　冬：不是谢过了吗？还说就见外了啊。

吕　希：咱俩可小十年没见了，你现在怎么样啊，都挺好的吧。

韩　冬：算不坏。工作稳定，身体健康。

吕　希：那就挺好的了。结婚了吧？

韩　冬：没呢。

吕　希：挑花眼了吧，估计。

韩　冬：得了吧。

吕　希：就你这条件，还怕嫁不出去啊，迟早的事。

韩　冬：医学女博士，吓人不？

吕　希：没这么夸张吧。

韩　冬：反正就是剩下了呗。咱班女生没结婚的就我了吧。

吕　希：不会吧。

韩　冬：其实我想挺开的，一个人也挺好，什么都能按自己的想法来，自由自在的。再怎么着，也不能为了结婚就随随便便把自己的一辈子交出去吧。

吕　希：你能这么想就对了，结婚可不是吃饭，凑合凑合也行，朝夕相处过日子，随便不了。

韩　冬：你跟你媳妇感情特好吧？

吕　希：还行。

韩　冬：早听同学们说，吕希一毕业就找了个好媳妇，安安稳稳地过日子，感情特别好，羡慕死人。

吕　希：羡慕什么啊，我和我媳妇也就是运气好，正好碰上了，就成了。你就别有太重的心理压力，缘分说来说来，很快就会找着你那位的。

韩　冬：借你吉言，希望吧。

7. 江开国家客厅 / 桐城路上，日，内 / 外

江多福在看书。电话响。

江多福：喂？

贾幸梅：爸，是我，幸梅。我这儿突然有点急事，中午恐怕过不来了，你能自己找点吃的吗？也就是一顿饭的事，中午你凑合点，下午我就过去给你做。

江多福：没事，昨天还剩点包子呢，你忙你的吧。

贾幸梅：那就先这样，挂了啊爸。

电话断了。江多福看着电话叹了口气。

8. 同仁眼科医院走廊，日，内

吕希扶着江开国过来，江开国的两个眼睛上蒙着纱布。韩冬陪着送出来。

韩　冬：叔叔，手术非常成功，你放心吧。明天后天，记得过来换药就行。

江开国：小韩，谢谢你了啊。

韩　冬：别客气，赶紧回家歇着吧。

9. 同仁眼科医院门口，日，内

吕希开着车，江开国坐在副驾驶上。车缓缓开出医院大门。亚芝正站在门外马路上看公车牌。亚芝刚刚手术完，虽然没戴眼罩，但是视力还很模糊，看不清周围情况。亚芝看不清公交来的方向，走向中间，正好挡住了的一辆车开过来，急刹车。车主不耐烦地按喇叭。

车　主：喂你怎么回事？！你这么站着让别人怎么走啊！

亚　芝［吓一跳］：对不起啊，我眼睛看不见！

车　主：看不见你还在马路上走？！［冲周围］怎么瞎子还没人管啊！

亚芝惊吓，边道歉，边赶紧跌跌撞撞地让到一边。车呼啸而去。路过的江开国听到这一过程。

江开国：吕希，停下车！

吕　希［停下车］：怎么了爸？

江开国：我听着这个声音特耳熟，吕希，你看看是不是个阿姨？

吕　希：爸，是有个阿姨，好像等公交车呢。

江开国：就是她，是我老乡，刚才我们聊过。她也是刚开完刀，眼睛不好使，要不送送她吧。

吕　希：好。

吕希把车开到亚芝面前停下。江开国摇下车窗。

江开国：老乡，是我。

亚　芝：是你啊。

江开国：你上车吧，我们送你一程。

亚　芝［连连摆手］：不用了，谢谢你们，我自己坐车就行了。

吕　希［下车］：阿姨，您就上车吧，这会儿路上车多人多，您这眼睛不方便，我开车方便。

江开国：是啊，上来吧。

亚　芝：谢谢你们了。

吕希扶亚芝上车，然后发动汽车。

10. 路上，日，外

吕希开着车，亚芝坐在后排。

亚　芝：今天真的多亏你们，真是太谢谢了。

江开国：别客气，都是老乡嘛。对了，就知道是老乡，还不知道贵姓呢，我姓江，江开国。

亚　芝：哦，我叫谢亚芝。

江开国：刚做完手术眼睛还不行呢，要是有个人陪你来也方便点。老伴呢？

亚　芝：早就不在了。

江开国：不好意思啊。

亚　芝：早都过去的事了。

吕　希：阿姨，您家里孩子呢，怎么没陪你来啊？

亚　芝［支支吾吾］：他们忙，都忙。我就是一个眼睛手术，自己也能行的，就不让孩子陪着了。

江开国：孩子们现在工作不容易。

亚　芝：这是您儿子吗？

江开国：是我姑爷。

亚　芝［羡慕地］：真好啊，真孝顺。

江开国：人家都说女婿半个儿，我这女婿，是一整个儿子。

吕　希：爸，当木兰面也这么夸我啊。

江开国和亚芝都笑了。亚芝很羡慕的眼神。

亚　芝：桐城现在怎么样？变化大吗？

江开国：你多久没回去了？

亚　芝：有十来年了。

江开国：那变化大。盖了好多新房子，路也都修了，反正你肯定好多地方不怎么认识了。

亚　芝：真想回去看看。可就是没时间。时间过得真快，一晃眼我离开家乡都三十多年了。

11. 亚芝家胡同口，日，外

吕希缓缓地开着车过来。

亚　芝：好了，就停这儿吧。

吕　希：阿姨，您住哪儿，我给您开进去吧，您这眼睛也不方便。

亚　芝：不用了不用了，这胡同太窄了，你车进不去，别待会给蹭坏了。

吕　希：那好吧，阿姨您自己慢点。

亚　芝：谢谢你们了，谢谢啊老江。

江开国：别客气了，老乡帮老乡，应该的。

亚芝挥挥手，扶着墙慢慢往里走。江开国看着亚芝的背影出了会儿神。吕希微微笑，开车走。

12. 超市里木兰办公室，傍晚，内

木兰写完最后一个字，松了口气，赶紧把材料都整理一下，拿着走出办公室。

13. 超市店长办公室，傍晚，内

雷颂华正在翻看其他两个部门的材料，很是不清爽。她不时皱眉。木兰轻轻敲了敲门。

木　兰：店长，我是江木兰。

雷颂华抬头，审视地看着木兰。木兰坦然回视。

雷颂华：江经理，你总算出现了。

木　兰：店长，家里临时有事，很突然，没来得及跟你请假。

雷颂华：听说你父亲生病了？

木兰点了点头。

雷颂华：严重吗？

木　兰［摇了摇头］：白内障。没事了。

雷颂华：这次就算了，下不为例。

木　兰：知道了店长。店长，这是我们部门的报告。

木兰递上材料，雷颂华大致翻看，材料简单明了，神色顿时缓下来了。

雷颂华：条理很清楚。坐。

木兰在雷颂华面前坐下。

雷颂华：江经理，我这个人一向不喜欢藏着掖着，有什么都喜欢摊开桌面上。我这回来，是要在你们这儿选一个新店长的。

木兰略点了点头。

雷颂华：这两天你不在，你们部门上上下下该干嘛干嘛，可见你班子管得好。

木　兰：这是我应该的。

雷颂华：以前我就听说过你的名字。这回来，眼见为实，确实干得不错。你是生鲜部经理，生鲜部又是一个超市最重要的部门……你明白我的意思吗？

木　兰：明白。

雷颂华：想当店长还得业绩说话，要有业绩就得拼。知不知道挖你们老店长的是谁？

木　兰：不知道。

雷颂华：就对面，马上要新开的联合超市，他们把郭兴给挖走了。

木兰没有说话。

雷颂华：关于郭兴没什么要说？

木　兰［摇摇头］：同事一场，没什么要说的。

雷颂华：人后不说短。好。

木兰微微一笑。

雷颂华：联合跟我们就像麦当劳跟肯德基，那是天生死敌。我们在这一片一直算雄霸一方，可现在人家打上门来，人也挖走了，接下来一定是一场硬仗。零售行业现在竞争这么白热化，基本就是逆水行舟，不进则退。其实，干哪行都一样，不拼不行，你有这个能力，要是想当店长，就得专心。

木　兰：店长，你的意思我明白，这次我爸的事是个意外，不会有下次。

雷颂华：家里就你一个孩子？

木兰点点头。

雷颂华：你母亲呢？

木　兰：我妈早不在了。

雷颂华［口气软了］：江经理，我很看好你，希望你能以身作则，领着下面人好好干，我也好推荐你。

木　兰：店长你放心吧，我一定把全部力气都用在工作上！

雷颂华［点点头］：忙去吧。

木兰离开。

14. 超市员工休息区，日，内

木兰过来。朱课长、屠组长等一些生鲜部员工正在喝水说话。木兰慢下了脚步，在一旁听。

小　夏：雷总雷厉风行，确实名不虚传，不愧为大中华区第一人。

乔　丽：雷总这回来啊，肯定是来挑接班人的。

朱课长：乔大姐消息最灵通了。

乔　丽：我听说她要去总部做运营总监的，怎么会干店长。

小　夏：那你们说，谁能当新店长？

朱课长：那还用说，当然是我们江经理了。

屠组长：要我说，咱们超市就属咱们江经理最应该升店长了，把这超市真当自己家开的，把我们这些底下伙计都当家里人，还有谁比她用心。不升江经理那就是店长没开眼。

小　夏：要是江经理升了，朱课长就该升我们生鲜部经理了吧。

朱课长：我升经理，老屠这组长也就升课长了。

大家都笑。

朱课长：好了，玩笑也都开过了，先别提升不升的事了，店长不是凡人，咱们还是不能掉以轻心，现阶段是脑袋第一。晚高峰了，赶紧麻溜干活去，不能给咱江经理丢人。

众人纷纷放下水杯，整理仪容，离开。木兰缓缓过来，非常欣慰的表情。

15. 邻居牌友家，傍晚，内

贾幸梅［推倒麻将牌］：又和了！清一色！

三个牌友都懊丧地叹息。

中年女人：幸梅，你今天手气可真旺啊。

贾幸梅：运气来了，挡都挡不住。

中年女人：得，我的钱都输光了，今天就到这儿吧，该回家做饭去了。

贾幸梅这才意犹未尽地起身，一看窗外，天都快黑了。

贾幸梅：哎哟，忘了老头子了。

贾幸梅赶紧拿出电话拨了号码。

16. 邻居牌友家 / 江开国家客厅，傍晚，内

江多福正在看书，肚子发出了咕咕的叫声。电话响。

贾幸梅：爸，我是幸梅，晚饭你吃了吗？

江多福：没呢，等你呢，你什么时候过来？

贾幸梅：爸，你这么大人，等我干嘛呀，我这边事情还没完，今天怕是过不去了，你自己能吃吗？

江多福：能。

贾幸梅：那先这样了爸，我挂了啊。

17. 邻居牌友家，傍晚，内

挂上电话，贾幸梅收拾包。牌友明明妈边收拾麻将，边问贾幸梅。

明明妈：不用去你公公那儿了？

贾幸梅：这都几点了，我还得赶紧回家给我儿子孙子准备晚饭呢。走了啊。

贾幸梅离开。

18. 江开国家客厅及厨房，傍晚，内

江多福怔怔出了会儿神，肚子又响了。他走到厨房，翻找了一下，冷锅冷灶，菜包子也吃完了，冰箱里也空空如也。江多福待了会儿，走回客厅，拿了钥匙和钱塞在裤兜里，出门。

19. 木兰家客厅，夜，内

江开国两只眼睛都戴着眼罩，正在跟悦悦做盲人摸象的游戏。悦悦躲在角落里。

悦　悦：外公，你来找我啊，来啊。

江开国慢慢摸着，一点一点地往前走。但和悦悦的方向有点误差。

悦　悦：我在这里，外公，在这里。

江开国还是没找对方向，头撞到了家具上，差点摔倒。

悦　悦［皱眉头］：外公笨，比我们班高思佳还笨，都找不到我。

江开国：我们悦悦最聪明了，就你最聪明。

这时木兰开门进来，正看到江开国捂着撞疼的额头，还没完全站起来。木兰赶紧过去扶。

木　兰：爸，你没事吧？

悦　悦：妈妈！

江开国：木兰回来了。

木　兰［扶起江开国］：悦悦，是你让外公摔了？

悦　悦［撅嘴］：我们在玩盲人摸象。

木　兰：不懂事，外公眼睛刚刚做过手术，要休息。

江开国：没事，我可不就是盲人吗，玩得开心。

吕希端着一盘菜出来，摆在桌子上，桌子上已经摆好了碗筷。

吕　希：妈妈回来了，吃饭吃饭。

木　兰：还有什么菜没做，我过来帮你，老公辛苦啦。

边说边木兰就进厨房去了。江开国听着小两口的笑声，露出欣慰的笑容。

20. 馄饨摊，夜，外

江多福慢慢走过来，一个简易而热闹的馄饨摊，江多福过来，找空桌子，在凳子上坐下。

老板娘：大爷，吃馄饨？

江多福：来一碗菜肉馅的。

老板娘：一碗菜肉大馄饨！

21. 木兰家餐厅，夜，内

一家四口在吃饭。江开国用勺子吃饭，很慢。木兰细心地把菜放到碗里，和饭搅在一起。

木　兰：爸，这儿，有块肉片，和饭一起舀起来。

悦悦好奇地看着江开国，学样子，闭上眼睛，用勺舀饭菜，却弄在桌子上。

木　兰：悦悦，好好吃饭。

吕　希［收拾］：宝宝乖。

悦悦睁开眼睛，跟吕希吐吐舌头，乖乖吃饭。

吕　希：爸这次手术，我才知道眼睛是多么重要啊。

江开国：全身都重要，身体健康最重要，你们还年轻，工作是要顾，也别太拼命了，钱要挣，身体更得保护，我这是老了眼睛不好了才悟到这道理，年轻时候哪儿知道。

木　兰：我爸年轻时候可不容易，厂子里一百多号人的生计都得他操心。爸，等眼睛好了，带爷爷上北京来，享几天清福。

吕　希：就是。再换两天药，爸就好了。

木　兰：最近我那儿事情挺多的，估计没时间陪爸去换药。

吕　希：新店长不好伺候？

木　兰：相反，新店长是个性情中人。说话特别直接，不用猜。今天找我谈话了，说我有可能能当新店长呢。

吕　希：慢点慢点，爸你耳朵好使，咱没听错吧，木兰是说她有可能当店长？

江开国：我也竖着耳朵呢。

木　兰［点点头］：没听错。店长让我好好干，她看好我。

吕　希：你们店长太有眼光了，这家店交给你，那算是找对人了。爸你不知道，我们木兰在工作岗位上真的是尽忠职守，兢兢业业。

江开国：那应该的，木兰从小就是个好孩子，干什么都不马虎。

吕　希：哎，老婆，当了店长工资能涨不少吧？

木　兰：老吕同志，三观端正点，工作荣誉感放第一位。

吕　希［笑］：对对对，工资放第零位。未来的店长，来，多吃点。

木　兰：讨厌。这几天你也挺辛苦，你也多吃点。

一家人都开开心心的。

22. 馄饨摊，夜，外

江多福端着碗喝完了馄饨汤，把空碗放下。

江多福：老板，结账。

老板娘［在远处］：大爷，三块。

江多福从兜里掏出钱，连带的钥匙掉在了地上，却没有发现。江多福把三块钱放在桌上，站起来，剩下的钱往兜里塞，也没塞进去，掉在地上。江多福一无所知，慢慢地往回走。

23. 江援朝家客厅，夜，内

江援朝一家也在吃饭。

江志新：妈，今天给爷爷做什么了？

贾幸梅［心虚地］：千张红烧肉啊，老祖宗不是最爱吃了吗？

江志新：哟，难得妈舍得天天做红烧肉了啊。

贾幸梅有点心虚地端碗喝汤，遮住脸。

24. 江开国家门口，夜，内

江多福走到家门口，摸口袋，发现没有钥匙，再摸另一边，还是没有，这才发现钥匙不见了。

江多福：钥匙呢？

江多福在门口待了一会儿，转了两圈，有点懵懂地转身往外走。

25. 小卖部的公用电话，夜，外

江多福慢慢走过来，到一个小卖部，有公用电话。

江多福：我打个电话。

看电话的：打吧。

江多福拎起电话，拨了几个号，却怎么也想不起来后面的号了。

江多福：援朝，6735……6735……

江多福茫然地只能放下了电话，往前走。

26. 路上，夜，外

江多福只能慢慢地在路上走着。

（跳接）江多福茫然地看着周围的建筑，不知道该往哪儿走。

江多福［自言自语］：这儿是哪儿，我怎么都不认识。这是哪儿啊。

远远的，江多福看到前面有一个警察局。江多福冲着警察局方向走了过去。

27. 江援朝家客厅，夜，内

饭桌已经靠墙，贾幸梅正坐在小矮凳上，在客厅拥挤的角落手洗衣服。门铃响。

贾幸梅：援朝，开一下门。

江援朝［里屋出来］：来了。

江援朝走过去开门。门打开，只见一个警察扶着江多福站着。江多福看着特别可怜。

江援朝［傻了］：爸！

江多福［可怜兮兮］：援朝，我找不着你家了。

江志新听到声音也从厕所出来，刚洗完澡，也惊呆。贾幸梅也两手沾着泡沫吃惊地站起来，愣愣地看着江多福。春妮也从里屋探出半个身子吃惊地看着。

江援朝：同志，这是怎么回事啊？

警　察：具体情况我们也不是很清楚，老大爷说自己出门吃了碗馄饨，结果就找不到钥匙了。想来找你们，又迷路了。是你们家老人吧？

江援朝：是是是，警察同志，是我爸。

警　察：老人家得八十多了吧，一个人在外面太危险，你们做子女的还是尽量不要让他单独出门。

江援朝：谢谢您啊同志，麻烦您了。

警察走了。江援朝和江志新扶着江多福坐到沙发上。

江援朝：爸，你怎么晚上去吃馄饨了，幸梅不是给你做饭了吗？

江多福：幸梅说今天有事，过不去。

江援朝和江志新都看着贾幸梅。贾幸梅暗暗咬牙切齿。

贾幸梅：都看我干嘛。

江志新：妈，你怎么没给爷爷做饭去啊！

贾幸梅：我临时有事。

江援朝： 临时有什么事啊。不是说好了给爸做饭的吗？你怎么能不去呢！

贾幸梅［眼睛一瞪］**：** 你们可真是站直了说话不腰疼。我早上一扒开俩眼就得伺候你们这一大家子，然后还得跑那么远去照顾老爷子，晚上又得回来照顾你们，我容易嘛。

江援朝［有点怂］**：** 这，这不是都答应木兰了吗……

贾幸梅： 答应了怎么了？我是铁打的啊？骡子累了还知道停下来歇歇呢，我怎么就这么命苦，一刻都停不下来！

江志新： 妈，你今天到底有什么事去不了爷爷那儿？

贾幸梅： 我，我头疼，头疼得厉害，一步都走不了！现在都还没好呢！我嫁给你们老江家我享过一天福没有啊？！这么多年伺候大的伺候小的，现在还伺候老的！我干脆死了算了我！

贾幸梅说着捂着额头倒在小板凳上叫唤。大家也都没办法。

江志新： 妈，你真是……

江多福： 好了好了，别怪你妈了。

贾幸梅： 爸，你也真是的，怎么这么笨啊，出门吃个饭，连钥匙都能给丢了，你又不是三岁小孩，连家门钥匙都看不住，真是要命！

江援朝： 你行了吧，爸都八十多的人了，就算不是三岁小孩，也不能像年轻时候那么记事了。再说了，谁没个忘了钥匙的时候啊。

江志新： 就是，妈你就别再说爷爷了。妈说得也有道理，她一个人一天来回地对角跑也确实太累了，要不明天起我去大伯家住吧。

贾幸梅［跳起来］**：** 不行，你自己都照顾不了你自己，凡事还都得靠我呢。再说了，你天天那么早出门，天黑了才回来，怎么管爷爷啊，这事绝对不行！

江援朝： 志新，这事你妈说的对，你上班也够累的了。还是让你妈每天白天去吧。熬一熬，等你大伯回来就好了。

江多福： 志新，你上班累，不管我。

江志新： 也只能这样了。不早了，要不爷爷在我们家睡吧。

贾幸梅： 睡哪儿啊？睡地板也得有空地板啊，东西都没地方放了。

江多福： 我回家。

贾幸梅立刻撇向江援朝。

江援朝： 爸，我给你拿备用钥匙去。

江志新： 我送爷爷。

江援朝进屋，一会儿拿出一把钥匙，交给江志新。江志新搀起江多福。

江志新： 爷爷，走，我送您回去。

江多福紧紧握住江志新的手，像个小孩子一样听话。江志新用眼神安慰爷爷。

贾幸梅： 志新，早点回来啊。

江志新： 知道了妈。

江志新扶着江多福离开。

贾幸梅［抱怨］**：** 你哥什么时候回来啊？

江援朝：不说了十天吗？

贾幸梅：老这么下去也不是个事儿吧，照顾老头子可不是我们一家的事。江援朝，你说他们别是想趁机把老头这个包袱扔给我们了吧。

江援朝：不可能的事，你瞎琢磨什么呢。

贾幸梅：他们不是那么打算的就最好，不然就算是追到北京我也会去的！

28. 木兰家小卧室，夜，内

木兰扶着江开国进来，扶江开国坐在床上。

木　兰：爸，今天还没给爷爷打电话呢。

江开国：现在打吧。

木兰拿手机在拨号码。一直没人接。

木　兰：没人接啊。

江开国：爷爷应该在家啊。

木　兰：会不会睡着了？

江开国：这点儿应该还在看书啊。

木　兰：要不我给叔叔打一个。

江开国［想了想］：再打家里试试，要还没人接，再给你叔叔打。轻易不惊动你叔他们了，大晚上的，别影响春妮休息。

木兰点点头。

29. 江开国家客厅／木兰家小卧室，夜，内

江志新打开门，亮灯，然后扶江多福进屋。这时家里电话响起来。

江多福：肯定是你大伯。

江志新赶紧扶江多福到电话旁。江多福接起电话。

江多福：喂，开国吗？

木　兰：爷爷，是我。

江多福：木兰啊。

木　兰：爷爷，我们刚刚打了好几个电话都没人接，你去哪儿了。

江多福［看了眼江志新］：晚上你叔叔接我上他们家吃饭去了，志新刚送我回来，这不刚进家门嘛。

一旁江志新羞愧的表情。

木　兰：跟志新他们一块儿吃饭热闹。

江多福：你爸眼睛怎么样？

木　兰：今天已经做过手术了，做得特别好。

江多福：那就好那就好。

木　兰：让爸跟你说。

江多福：不了不了，长途电话挺贵的，挂了吧。

挂上电话，江多福看到江志新一脸的惭愧。

江多福：志新，赶紧回去吧，很晚了。

江志新：对不起，爷爷，今天你受苦了。不过你放心，我妈明天肯定能来给你做饭。

江多福：乖乖，爷爷知道你对爷爷好。赶紧走吧。

江志新紧紧握了握江多福的手，转身出门了。江多福看着冷冷清清的屋子，十分凄凉。

30. 木兰家小卧室，夜，内

木兰和江开国坐着。

江开国：关键时刻还是得有亲戚啊。

木　兰：是啊，这次幸亏有叔叔婶婶帮着看爷爷，回去的时候得带点礼物给他们。我记得婶婶以前说过北京的茯苓饼好吃，就带茯苓饼。

江开国：木兰，我这么一生病，可给你们添事了，吕希还请半天假，不会耽误他工作吧？

木　兰：不会。他单位本来也挺清闲的，平时也都是他接送悦悦。

江开国：还是得帮我谢谢他。

木　兰：爸，他是你女婿，别跟他客气。

江开国：你婆婆身体还挺好的吧？

木　兰：还挺好的，吕希他爸照顾得好。

江开国：老亲家真挺不容易的，感情那么深，赶上个中风。这些年我也没帮上你们什么，悦悦小的时候也都是你婆婆帮忙带，将来他们二老你可得好好地照顾着。

木　兰：知道。爸，你和爷爷我也要照顾的。

江开国：难为你们啊。

31. 木兰卧室，夜，内

吕希在给悦悦读小人书。木兰进来。

吕　希：你爸睡了？

木　兰：睡了。手术这么顺利，我心里一块大石头放下了。最近正好赶上超市这大风波。要不是你陪着去，我都不知道怎么办了。谢谢了。

吕　希：废话，我不帮你谁帮你。

木　兰：我好好表现，一定争取当上店长。

吕　希：这就对了。我给你当后勤部长。对了，你爸今天在医院还认了个老乡呢。也是去做眼睛手术的。还让我给送回家了。

木　兰：是吗。我爸这人心特好，爱帮人。

吕　希：是一个阿姨。

木　兰：你笑什么呀。

吕　希：没什么，真的没什么。

木　兰［作势要掐］**：**肯定有什么。

吕　希：老房子要着火。

木兰一愣。这时吕希的电话响起。

吕　希：喂，馆长，是的……啊……馆长，是这样，最近我老丈人从老家过来了，白内障手术……[脸色也有点难看起来]好的，知道了，我这就准备准备。

挂上电话，吕希显得有点郁闷。

木　兰：怎么了？

吕　希：明天恐怕不能陪你爸去换药了。我们馆长，让我明天陪他去密云开会。

木兰愣住了。

吕　希：我想都跟他说了家里老人手术，他不高兴了，说我应该以工作为重，还说什么谁家里没点困难，都得是需要自己想办法解决克服的。总之一句话，就是我必须得去。

木　兰：你们馆长说的也没错，也不能老因为家里的事耽误你的工作，影响不好。

吕　希：得去两天，明天一大早六点多就得走，你爸怎么办？悦悦谁接送？

木兰一时没有头绪，没说话。

吕　希：要不这两天就把悦悦交给我爸妈吧。

木　兰：不行，你爸妈家离太远了，要让你爸每天过来接送悦悦，路上的早晚高峰，太可怕了，再说你妈也离不开人。悦悦好解决，就托隔壁悠悠妈妈帮着带一起上下学就行了。

吕　希：那你爸……

木　兰：我应该行。

吕　希：行吗？

木　兰：每天早高峰刚过去那会儿，我应该可以开溜一下子。

吕　希：真的行吗？

木　兰：不行也得行啊。那会儿超市没什么事，抽空带爸去换个药，应该不是什么大事。

吕　希：也只能这样了。

32. 超市卖场，日，内

超市早高峰，生鲜部摊位前都挤满了老头老太，场面甚是壮观。木兰站在一旁，镇着场子。(跳接)超市里人少了很多。木兰看看大堂的挂钟，已过九点半。木兰拉住了葛文倩。

木　兰：文倩，你帮我看着点行吗？我要出去一下。

葛文倩：去吧。店长去总部开会。

木　兰：那我走了啊，办完事马上就回来。

木兰放心地走了。

33. 同仁医院眼科走廊，日，内

木兰扶着江开国走过来，这时候迎面亚芝过来，看见了江开国。

亚　芝：老江。

江开国：亚芝？木兰，这个是亚芝阿姨，是咱们的老乡。

木　兰：阿姨好。

亚　芝［友好一笑］：你好。你爸真的好福气哦，女婿那么孝顺，女儿就更不用说了。

江开国：你也来换药？

亚　芝：是啊。

江开国：那咱们正好做个伴。

34. 超市卖场，日，内

鲜肉柜台旁，黄大刀正在给顾客非常卖力地剁骨头。剁完一块肋排，黄大刀面无表情地装袋，递给顾客，没有一句话。一个中年男人拎着块肉过来，扔在黄大刀面前的垛子上。

中年男人：师傅，麻烦你给切成小块。

黄大刀看了眼，摇摇头。

中年男人：什么意思？

黄大刀：砍骨头，不切肉。

中年男人：师傅，我们家刀没你的快，反正这会也没人砍骨头，你就给切一下吧。

黄大刀［双眼一瞪］：规定，没骨头，不切。

中年男人：我就让你给我切一下，不行吗？

黄大刀［面无表情］：不切。

中年男人：我说你这个人是什么态度啊，规定是死的，人是活的，我们顾客是上帝，这么一点小小的要求都不能满足吗？

黄大刀［面无表情］：规定。

这时候来了一个中年妇女，把一块棒骨扔在砧板上，黄大刀一言不发，挥起大刀开始砍。

中年男人［火了］：成心啊！欺负人是不是？！规定！规你妈个头的定！经理呢，我要找经理，让你们经理来跟我说话！

黄大刀还是一言不发，只管砍骨头。朱课长这时走了过来。

朱课长：先生，怎么了，出什么事了？

中年男人：你是经理吗？

朱课长：不是，我是课长，我们经理……

中年男人［更生气］：我不跟你说话，我要找你们经理！经理呢？！

35. 同仁医院眼科换药室，日，内

木兰陪着江开国和亚芝换药。

木　兰：爸，今天这药有什么感觉？

江开国：感觉……就要好了。

木兰和亚芝都笑了。这时接到电话。木兰一看是朱课长的名字，赶紧走到一边。

木　兰：小朱。

朱课长［画外音］：江经理，不好了，出事了！

木　兰：怎么了？

朱课长［画外音］：黄大刀和顾客吵起来了，顾客吵着要见你！

木　兰：怎么搞的？

朱课长［画外音］：不知道啊，莫名其妙就干起来了。

木　兰：你先想办法赶紧把顾客安抚下来，我这边事情完了就去。

朱课长［画外音］：哦。

挂上电话，木兰眉头深锁。木兰回到江开国身边。

江开国：怎么了木兰，超市有事？

木　兰：没事，爸。

江开国有些不安地点了点头。

36. 超市卖场，日，内

朱课长满头大汗地站在顾客面前。周围已经围起了不少人。

朱课长：先生，您先别生气，我们经理有事出去了，很快就会回来，请您耐心等待一会儿。

中年男人：出这种事了还让我耐心等待？你让我怎么耐心？我的时间难道不宝贵吗？你们超市难道不应该有问题就立刻给顾客解决吗？

朱课长：黄大刀，你还不给客人道歉？！

黄大刀［委屈又倔强］：我没错。

中年男人［火更大］：什么态度？！你道歉我都不接受！

葛文倩［走过来］：你们这儿是怎么了？

朱课长：葛经理，这……

中年男人：你是经理？

葛文倩：是的，请问您有什么事？咱们慢慢说。

中年男人：这生鲜部是你负责的吧。

葛文倩：对不起，生鲜部经理正好不在，我是杂货部的经理，您要是有什么事可以先跟我说……

中年男人：你不是负责生鲜部的我不跟你说话！找你们管事的来！

葛文倩：先生，您先别着急，有什么问题我们一定会尽量帮您解决的……

中年男人：你别说话，我不跟你对话！好嘛，我就不明白了，我又不是要见你们超市的 CEO，不过就是想见一个部门经理，怎么就这么难，等了二十分钟还不出现，牛啊你们，店大欺客是吧，什么顾客是上帝，全是狗屁！

葛文倩：先生，您别这么激动行吗……

中年男人［拨打电话］：喂，《人间百态》栏目吗？家福多超市店大欺客，你们赶紧过来吧……

葛文倩和朱课长两人对视一眼，脸色剧变。

37. 同仁医院眼科大楼外，日，外

木兰开着车刚从医院大门缓缓开出来，江开国和亚芝都坐在后座上。

亚　芝：今天又得麻烦你们，谢谢啊。

江开国：客气什么，顺路的事。

木兰的电话响起。

木　兰：小朱。

朱课长［画外音］：江经理，你什么时候能回来？坏菜了，电视台来了！

木　兰：什么？！

朱课长［画外音］：江经理……你们干嘛？别拍了！喂喂……

电话突然断了。木兰看着电话呆呆地出了会儿神，果断地停下车。

木　兰：爸，阿姨，超市里有点急事，我必须马上回去处理，你们自己打车回去吧。

江开国：单位的事要紧，你赶紧回去吧，不用担心我们。

亚　芝：你爸爸我帮你送到家。

木　兰：阿姨，实在是不好意思，送不了您，还得麻烦您送我爸到家里，真的是太对不住您了！

亚　芝：没事没事，你赶紧忙去吧。

木兰下车，扶出江开国，拦下一辆出租车，扶江开国和亚芝进去，递给亚芝一百块钱。

木　兰：阿姨，这个您拿着。［对江开国］爸，有事给我打电话。

江开国：哎，知道了。

看着出租车离开，木兰赶紧上车离开。

38. 路上，日，外

出租车往前开。

江开国：亚芝，还看得见我女儿吗？

亚　芝［回头看］：看不见。

江开国：师傅，麻烦您前边靠边停。［对亚芝］亚芝，我们下车吧。

车停下，亚芝也没多问，付了钱，扶着江开国下车。

江开国：这附近有公交车站吧，咱们还是坐公交车回去吧。

亚　芝：好。

39. 公交车上，日，外

亚芝和江开国坐在车上。

江开国：还是坐在公交车上踏实。子女挣钱不容易，我们老年人时间不值钱，打什么出租，就这样公交慢慢回去挺好的。

亚　芝：可不是吗，坐出租，每次蹦字儿都蹦得我心惊肉跳的。公交好。

江开国：女儿从上大学来北京，十来年了，我还是头一回跟他们住一起，一来就成负担，影响他们了。

亚　芝：别发愁，不就是明天来换药嘛，明天咱俩就伴，我接你去。

江开国：亚芝，这太麻烦你了。你眼睛也不利索。

亚　芝：比你总强点嘛。老乡帮老乡，应该的。

江开国笑了。

40. 超市卖场，日，内

场面一团混乱。电视台摄像扛着大摄影机对着黄大刀。中年男人和黄大刀对视，朱课长和葛文倩在一旁劝架，想让摄像别拍了。

朱课长：黄大刀，你道歉！快给顾客道歉！

黄大刀：不道歉！规定，我没错！

中年男人：瞧瞧瞧瞧！什么态度？！

葛文倩：同志同志，你们先别拍了好吗？！咱们有话慢慢商量！

中年男人：商量什么商量，让电视台把你们这些丑陋嘴脸都拍下来曝光！

黄大刀：你丑陋！横什么横，电视台了不起啊？！看谁曝光！

中年男人：抬头看看牌子，是不是你们自己说的，顾客永远是对的吗！我今天就要你道歉！非道歉不可！

木兰满头大汗地赶到，插进黄大刀和顾客中间。众人看见她，都松了一口气。

木　兰：先生，您好，我是生鲜部的经理，有什么事您跟我说。

中年男人：你就是生鲜部的经理啊，好大的脾气，我等了你足足一个小时零五分钟啊，够牛的啊。

木　兰：对不起，今天是我不对，我没有能及时帮您解决问题。请您先消消气，有什么事咱们好好说，一定会让您满意。

中年男人[指黄大刀]：我要他向我道歉！

黄大刀[要急]：江经理……

木　兰[摆手制止]：先生，我作为生鲜部的经理，他的领导，这件事我要负全部的责任。先生，我们超市的牌子上写得清清楚楚，顾客永远是对的，这句话不是标语口号，这是我们的服务宗旨，我们的行为准则，所以，您肯定是对的。现在，我代表他，代表我们整个部门，代表超市，郑重地向您道歉，请您接受我们生鲜部诚挚的歉意！

中年男人没有说话，冷哼一声。

木　兰：如果您能接受我的道歉，就请电视台的朋友休息一下，咱们找地方喝杯茶去吧。

中年男人：浪费我一个多钟头，气得我肝疼，我把电视台的朋友都惊动了，你一句对不起就这么完了？太便宜了吧。

木　兰：您说，需要我为您做什么？

中年男人：不是不给我切肉吗，我今天还偏就要你给我切肉。

木　兰：没问题，这块儿里脊是吗？想切成什么样？切片还是切丝？是要炒菜用还是包饺子？

中年男人：慢着。这块里脊有两斤，半斤给我切片，半斤给我切丝，半斤切丁，最后半斤剁肉馅。

朱课长[气愤]：你当我们经理是镇关西啊。

中年男人：我今天还就扮鲁智深了怎么的。

黄大刀[后悔的样子]：江经理，我来……

中年男人[指着木兰的鼻子]：你，亲自给我切。不是要表示诚挚的歉意吗？这就是表示。

朱课长还想说话，木兰拉住了他，摇头示意他不要再说。

木　兰[拿起刀]：包您满意。

41. 木兰家客厅，日，内

江开国推开门，亚芝扶着江开国颤颤巍巍地进来，到沙发上坐下。

亚　芝：你到家了。我走了。

江开国：坐坐，喝杯水再走。

亚　芝：不了不，家里还有事。明天早上我来接你。

江开国：亚芝，谢谢了，你可慢点。

亚芝笑笑，离开。

42. 超市卖场，日，内

木兰擦了擦汗，把四袋肉放到中年男人面前，一脸诚恳的笑容。

木　兰：先生，都按您的要求切好了。半斤片，半斤丁，半斤丝，半斤馅，您炒菜，包饺子，下面条，怎么都好。

中年男人[消气了]：你这个经理态度还是可以的，那就这样吧。

木　兰：谢谢您的理解。

中年男人拿着肉走了。电视台的人也收拾东西打算离开。

木　兰：您好，主持人，您也看见了，刚才是误会，能不能请你们不要把刚才拍的拿出去播放？

主持人：为什么？

木　兰：人跟人之间本来误会就很多，如果这样的节目播出，只会增加更多的误会，我们超市和顾客之间既然误会已经解除，请你们也能体谅一下。

电视台的人不置可否地走了。

葛文倩：总算是消停了。

朱课长：多大点事，闹成这个样子，现在的人怎么火气就都这么大呢。

木兰面有忧色。

43. 江开国家客厅及厨房，日，内

江多福坐在桌旁，伸直脖子往厨房看。桌上堆了很惊人的一摞饼子。厨房里，贾幸梅一面熬一锅粥，一面唠叨。

贾幸梅：爸，这锅粥你就放冰箱，每顿吃的时候盛一碗，微波炉一转，再加上块饼，不挺好嘛。

江多福看看那一摞饼，不说话。贾幸梅已经端着粥出来了，放在饼边上。

贾幸梅：爸，你也别给我看脸子，我是真的没办法，那边还一大家子等着我伺候呢，你儿子，你孙子，你重孙子，我真的保证不了每天都来。

江多福：就这么样吧。

贾幸梅：大哥什么时候回来啊？他倒好，借着什么开刀，跑到北京躲清闲去了，把你扔给我们，我们能跟他比吗，一个人吃饱全家不愁，两袖一甩比神仙还自在，我们是大大小小……

江多福：她婶啊，你大哥管我这么多年，什么时候麻烦过你们？说这些话是不是让你哥心寒啊。

贾幸梅：爸，还有你，别再往外跑了行吗，一出门就丢钥匙，老这么折腾我们志新也不行啊，他要上班，每天那么累，你让他省点心行不行。

江多福：知道了。

贾幸梅［拎起包］：那我走了，你自己吃吧。

贾幸梅走了。江多福坐着，叹气。厨房里，下水道的烂菜叶子堵住了，污水缓缓地涌出来。

44. 木兰家客厅，夜，内

木兰疲惫不堪地推门进来。江开国和悦悦正看电视，电视上在放白天超市发生的事。吕希擦着头发，站在旁边，也看着电视，一脸惊愕。所有人都回头看着木兰。

木　兰：怎么了？

悦　悦：妈妈，是你的超市。

木兰也看到了电视，一时无语。

江开国［内疚地］：木兰，这事要紧吗？

木　兰：没事，我们超市没做错。

江开国：那怎么电视说你们……

木　兰：电视节目唯恐天下不乱，我们问心无愧，不怕。爸，我洗澡去了。

木兰疲惫地走开。江开国虽然蒙着眼睛，还是不安地随着木兰的脚步转着头。

45. 木兰卧室，夜，内

吕希和悦悦躺在床上。木兰疲惫地过来，钻进被窝。

吕　希：木兰，今天那事，真没事？

木　兰：希望没事吧。

吕　希：对不起，要是我没这临时考察的事，就不用你上着班还得两头跑。

木　兰：我突然明白我爸为什么那么想把我弟弟找回来。

吕　希：嗯？

木　兰：家里多个人，有事的时候也好多个帮手啊。以前爸爸身体好，又在老家那么远，我根本就没负担。可今天我真觉得，要是有个兄弟姐妹多好，至少能有个人陪我爸上医院换药。

吕　希［搂住木兰］：其实我也老害怕。现在我爸身体还行，还能照顾我妈，我是真不敢想要是有一天我爸也上岁数了，我爸身体也不行了，也得我们照顾了，到时候加上你爸，我们俩得伺候三个老人，我们还活不活啊。这个事不能想。

木　兰：这回总算是熬过去了，我爸明天就能拆眼罩了。

悦　悦：妈妈，外公什么时候走啊，我不喜欢外公动我的小熊，那是我的床，我就喜欢小熊在床上，我想我的小熊，想和它睡我自己的床了。

木　兰：悦悦，你怎么能这么说话，外公是你的亲人，怎么能撵外公走。

悦悦委屈地缩吕希怀里。

吕　希：悦悦是小孩子，不懂事瞎说。

木　兰：小孩子不懂事才得教育。行了睡觉吧，浑身快散架了。

木兰拉灯。

46. 木兰卧室外，夜，内

江开国正站在门外，无意间听到了，挺难受的。江开国慢慢摸着墙进小卧室了。

47. 江开国家小卧室，夜，内

江多福躺在床上，地上污水正慢慢得淌过来。江多福无奈地看着污水。

48. 超市店长办公室，日，内

雷颂华面色不佳地坐着。木兰出现在门口。

木　兰：店长，你找我？

雷颂华阴沉着脸看着木兰。木兰走到雷颂华面前。

木　兰：店长，昨天的事我给你解释一下……

雷颂华［突然爆发］：还解释什么？！先斩后奏吗！我才一天没在店里你就给我丢人丢到电视上去了？！我雷颂华管过的店，还从来没出过这么露丑的事！江经理你能耐啊！

木　兰：对不起，店长。

雷颂华：对不起管什么用？！都等着闻你们这店的臭味呢，你倒好，送上门去！总部都知道了！一早给我打电话一顿臭骂！超市这行还嫌不够难看的！

木　兰［平静地］：店长，你发脾气我理解，电视上放的都是片面之词，这事我们真没做错。

雷颂华：那顾客错了？

木　兰：顾客也没错。

雷颂华［气地］：那谁错了？

木　兰：死的规定错了。

雷颂华愕然。

木　兰：其实真没多大事，顾客想让帮着切肉，没错，可就因为那么个规定，规定只给切带骨头的，这就有了双方误解的基础。我觉得这次的事其实恰恰给咱们提了一个醒，咱们超市是不是能灵活点，规定不要那么死，客人不想切肉，咱们不切，可要人家想切，咱们还是应该给切一下。如果在规章制度上能够有一些类似于这样的灵活的条款，是不是就能让员工在一些突发事件上能有一个参照。我觉得再一个，现在的顾客也确实火气太大，很容易就激动，做出偏激的行为，这件事双方都有责任。

雷颂华［脸色更难看了］：双方都有责任，就你没责任！江经理你口才好啊，这长篇大论的，无非就把你的责任推卸了！

木　兰：店长……

雷颂华：你怎么就没有想过，这个不可收拾的局面完全是因为你？！当时你在哪儿？！作为经理，在最需要你的时候没有及时出现，没有在第一时间平息事态，让顾客把电视台招来了，让事情发展到最不可收拾的一步！你为什么脱岗？！敢情我那天一番话全都白说了？

49. 超市员工休息区，日，内

几个员工正在忐忑不安。黄大刀一脸悔恨。

朱课长：黄大刀，黄大刀，你怎么就不能让江经理省省心呢？要不是江经理，你能有这份工作吗？！你忘了你当初到处碰壁找不着工作的惨样了？

黄大刀：我没忘，我一个释放人员，粗人，没文化，没人肯用我，是江经理顶住压力，让我在这儿上班的，我没忘！

朱课长：那你就这么回报江经理？我让你道歉的时候你就服个软不就没事了？非得跟人较劲，闹到那步田地？

黄大刀：让店长罚我吧，要杀要剐随便！不能让江经理为难！

黄大刀说着要往外冲，让屠组长和小夏等拉住。

乔　丽：黄大刀你就别再添乱了行吗？！店长正找江经理谈话，回头你给惊了驾，更没法收拾了。你要真给开了，拿什么养活你老娘和女儿？

黄大刀颓然站住。

50. 超市店长办公室，日，内

木　兰：事情就是这样，我不想给自己辩解，可当时确实没办法，不知道还能托谁陪我爸去换药。

雷颂华［脸色缓和］：家事我真的不想来点评你，你们家是两口子独生子女，别人家也是，你有的困难，别人也有。

木　兰：我知道，这些都不是理由，店长问起原因，我照实回答。这次确实都是我的责任。

雷颂华［沉吟片刻］：事不过三，你已经一次两次，我真的希望不要再有第三次。不要再因为家里事影响工作。

木　兰：我知道了。

雷颂华：至于黄勇，通知他不用再来上班了。

木　兰：店长，这个我不同意。

雷颂华［要怒］：我是店长。

木　兰：店长，黄勇是我的员工，他的错就是我的错，请你处理我吧。

雷颂华：这件事他有直接责任，莫名其妙跟顾客吵架，这在我们这儿是绝对不允许的！我要是不处罚他，怎么服众？怎么跟总部交代？

木　兰：店长，这次的事不是黄勇的责任，错全在我一个人，是我没在岗，没有稳住事态，才导致这么严重的后果。这事要罚就罚我吧，不管你怎么处置，我都接受！

雷颂华思索地看着木兰坚持的样子。

51. 超市员工休息区，日，内

木兰走过来，朱课长和黄大刀等人都焦急地等待着。

朱课长：江姐来了来了。

黄大刀：江经理，店长怎么说？

木　兰：没事了。

黄大刀［不敢置信］：店长没开我？

木　兰：怎么，不开你就这么惊讶啊。

黄大刀挠挠头。这时候葛文倩过来了。

葛文倩：木兰，扣了一个月奖金啊！

所有人都吃惊地看着木兰。黄大刀一脸愧疚。

乔　丽：什么，一个月奖金呢！

朱课长：黄大刀，看看你干的好事，就因为你，经理一个月白干了。

黄大刀［愧疚］：对不起江经理，这次是我不对。

葛文倩：黄大刀啊黄大刀，你说你又不是面瘫，你就不能笑一笑嘛，我们是服务型行业啊，服务，得微笑！

木　兰：老黄，这次的事就过去了，可别再有下回了啊。其实仔细想想，没多大事，碰到这种轴的客人，你就让他一回，他想当上帝，你就成全他一回，也没什么对吧，有想不通的，咱们可以拿到会上讨论。

黄大刀：江经理，我知道是我的脾气不好，全是我的错。

木　兰：以后改改你的脾气吧，一句话，不较劲就都没事了。也许人家顾客不是因为你不给他切肉不高兴，是因为你的态度不够好才不高兴的。你能不能练练温柔点的说话方式，就像在家跟你女儿说话那样。

黄大刀：江经理，你放心，我听你的，我一定好好练！

木　兰：行了没事了，都忙去吧。

52. 同仁医院眼科诊室，日，内

江开国已经打开了眼罩。李清泉正在用仪器检查恢复情况。亚芝和韩冬都陪着。

李清泉：恢复情况很好。不过您毕竟是上了年纪，还是有可能会复发的，这次手术效果好也不能掉以轻心，平时用眼还是得多注意。

江开国：谢谢你了，李大夫。

韩　冬：谢谢主任。

李清泉：没事。

韩冬扶着江开国出去。亚芝也跟出去。

53. 同仁医院眼科走廊，日，内

韩冬和江开国，亚芝出来。

江开国：谢谢你了，韩冬，这次真是多亏你了。

韩　冬：别客气，叔叔。您眼睛好了大家都开心。以后要是还有什么问题您就尽管找我。

江开国：有机会你去桐城玩啊，叔叔招待你。

韩　冬：好，有机会一定上桐城玩去。

54. 公交车上，日，内

江开国和亚芝坐着。

江开国：亚芝，谢谢你陪我啊，辛苦你了。

亚　芝：你都谢我一路了。老乡啊，用不着这么客气。

江开国：就是，咱俩也是有缘，在医院碰上老乡了。

亚　芝：你女儿在哪儿上班？挺忙的。

江开国：她是超市的经理，家福多。

亚　芝：真好，有出息。哪家家福多？

江开国：西直门。你儿子呢？做什么工作的？

亚　芝[不愿多说]：自己有个小买卖。

江开国：那挺好。哦对了，这是我电话，你留着，回头要是回桐城，一定找我。

亚　芝：你要走？

江开国：女儿太忙了，每天都一早就出门，晚上还不一定能回来吃晚饭呢。现在的孩子都不容易，生活太辛苦。本来家里三个人已经够她忙的了，我不想再给她增加负担，再说了，我家里还有个老的呢。

亚　芝：爷爷还是奶奶？

江开国：爷爷还在。八十多了，跟我住。

亚　芝：没想到你这么快就走了。

江开国：你抽空回去探探亲，路过桐城给我打电话，到时候我招待你好好住几天。

亚　芝：好。

亚芝宝贝似的把纸条折起来，收进衣兜里。

55. 木兰家客厅，夜，内

江开国又在跟悦悦玩盲人摸象，悦悦躲着，江开国睁开眼睛，一下子抱住了悦悦。

悦　悦：外公耍赖！妈妈外公耍赖！外公睁眼睛了！

木兰和吕希端着菜出来。

木　兰：悦悦，外公的眼睛好了，能看清楚了。耍赖就耍赖吧。

吕　希：爸，吃饭了。

（跳接）一家四口在饭桌旁，准备吃饭。江开国把一张火车票放到桌上，木兰和吕希呆住了。

吕　希：爸，这是……

江开国：回桐城的火车票，晚上我就走。

木　兰：爸，怎么晚上就走了，都没跟我们商量。

吕　希：是啊爸，眼睛才刚好，再多住几天吧，马上周末了，我们带您去鸟巢啊奥运公园哪儿的转转，咱们一家人好好玩两天。

江开国：心意我知道，我得赶紧回去了，爷爷一个人在家我也不放心啊。现在火车这么方便，以后还怕没机会。

木　兰：又这样，也不跟我商量一下，说走就要走。

江开国：丫头，别怪爸爸，实在是放心不下爷爷，你们这儿上班也忙，我在也给你们添负担。

木　兰：爸，我正好赶上这阵忙，没好好陪你。

江开国：别说这些，我是你爸，还用客气陪我啊。让我回去吧，我惦记爷爷。以后有机会再来。

吕　希［一看火车票］：哟，爸你怎么买个坐票啊，这一晚上多累啊。

木　兰［一看也急了］：不行，我去退了，换个卧铺。

江开国［夺回票］：你们这俩孩子真是的，就一宿的事，卧铺要贵出一倍价钱呢，我这身体好得很，坐坐有什么的。用不着换！这事就这么定了。

木　兰：明天我休息，我陪你一块儿回去。

江开国：不用。好不容易歇一天，你还跑什么。

木　兰：不行，你真要走我就得陪你。让你一个人回去我不放心。你这视力是恢复了一些，可还没完全恢复呢，这路上万一出点事怎么办。

吕　希：是啊爸，就让木兰陪您吧，不然她在家也不踏实。

江开国：行吧。对了，吕希啊，走之前，我想去看看你爸妈。就上次你们结婚之后，都还没再见过，这趟来都还没时间去会一会他们，不合礼数。

吕　希：好。

56. 吕家客厅，夜，内

吕希和木兰抱着悦悦，陪着江开国进来。吕父吕母已准备好茶点，穿戴整齐，吕父起身相迎。

吕　希：爸，妈，木兰爸爸来了。

吕　父：老亲家，欢迎欢迎。

江开国：亲家公亲家母，你们身体都还好吧。

吕　母：都好都好，赶快请坐请坐。

一家人坐定。悦悦立刻跳到吕父怀里。

悦　悦：爷爷。

吕　父［抱着悦悦］：来，吃个橘子吧，爷爷给你剥。

悦悦在爷爷怀里明显活络多了，吃着水果，玩着手里的益智玩具。

江开国：亲家公，亲家母，这次来得匆忙，也没给带点老家的特产，还是临走了才过来看望你们，真是对不住了。

吕　母：瞧你说的，太见外了，本来我们是想过去看你的，就是知道你眼睛不利索，就想着等手术的事好了再约上吃饭的，没想到这就要走啊。

吕　父：是啊，怎么老亲家走得这么着急，难得来一趟，多住一段啊，让孩子们带你好好出去转转，北京这几年变化挺大的，能逛逛。

江开国：是啊是啊，北京真像个外国电影里的大城市，肯定有的逛，就是，家里还有爷爷在呢，走不开。眼睛治好了，就着急回去。

吕　父：老爷子得有八十多了吧？

江开国［自豪地］：八十三了。

吕　父：老寿星，真棒。身体好吧？

江开国：身体特别硬朗，不怎么让人操心，就是毕竟上了年纪，没个人陪总是不放心。

吕　父：应该的，你这眼睛好了，等有机会了再来，下次一定得长住。

江开国：是是。

吕　母［心疼地抚着木兰的鬓角］：最近班上忙吧？看着有点累。

木　兰：就那样。超市嘛，每天都挺热闹。对了，妈，录音笔用上了？

吕　母［拿出录音笔］：还没学会呢。

吕　父：我就说让你妈一把年纪了别赶时髦了，还玩什么录音笔，捣鼓了好几天还是不会用。

木　兰：妈，我教你，其实不难。［耐心地按了个按钮］妈看见了吧，有字了，再按一下这个，灯一闪一闪，就开始录音了。

吕母认真地看着。

吕　希：爸，你知道妈到底要用这个录什么呀？

吕　父：我也不知道啊。老婆子，不会是要唱歌录下来去参加“超女”吧。

吕　母：去你的！

悦悦从吕父怀里跳下来，扭着唱了两句儿歌，大声：“我是超女！”全家都轰然而笑。江开国看到这和谐的一家子，也由衷地笑了。

木　兰［按下键］：妈，这样就是存储了。你听听。

木兰播放，刚才那段声音又重现了。

悦　悦：呀，我唱的歌哎！

木　兰［搂住悦悦］：悦悦唱歌最好听了！悦悦是妈妈的超女！超级女儿！

悦　悦［搂住木兰］：妈妈是悦悦的超级妈妈！

吕　母：亲家，木兰真是个好孩子，我们家吕希娶了木兰是福分。

江开国：哪儿的话，吕希能做我女婿也是我们木兰的幸运啊。

吕希笑：大家都有福！都有福！

众人一起笑。

木　兰：爸，差不多咱们就动身吧。快十点了。

吕　父：赶火车，就不留你了，亲家。一路顺风。

吕　母：小希路上来得及吧。

吕　希：应该没问题，北京晚上不堵车。

57. 梦境，不明空间

嘈杂的人群中，一只大手牵着一只小手。突然人群一冲，小手从大手中滑脱，越离越远。孩童刚学会的呼声："爸爸……"

58. 火车上，夜，内

江开国［呓语］：小顺！小顺！

硬座席，木兰半靠着，被江开国的呓语惊醒，推了推江开国。

江开国［茫然醒来］：木兰……

木　兰［递水］：爸喝口水吧。

江开国喝了口水，有些茫然地看着窗外黑郁一片。

木　兰：你又梦见小顺了？

江开国：嗯。

木　兰：爸，这么多年了，也该放下这件事了。

江开国：放不下啊，小顺到底在哪儿？是死是活？活得好不好？

木　兰：他是男孩，肯定不会遭太大罪。

江开国：每次我看见路上要饭的孩子，有些还残废了，我就想，该不会小顺……

木　兰［靠在江开国肩上］：爸，别想了啊，别再想了，人生不如意，十有八九，你不是老跟我说要乐观积极地看人生嘛，怎么你自己就过不去这个坎了呢。

江开国：都是因为我撒谎，这是老天爷对我的惩罚，我对不起你们姐弟俩。

木　兰：爸，我们是亲人啊，亲人之间没有对得起对不起，过去的事就让它过去吧。你是世界上最好的爸爸。

江开国轻轻拍了拍木兰的手背，惆怅地望着窗外。

59. 江开国家客厅，晨，内

江开国打开门，屋子里静悄悄的。

江开国：爸！

江开国走进屋子，身后跟进来的木兰捂着鼻子。

木　兰：爷爷！［皱眉］爸，家里这是什么味啊。

江开国：不知道啊。［朝屋里］爸！

木　兰：爸，地上怎么都是水！

两人跑到厨房，下水道都堵住了，地上全是污水，菜叶子也全烂了。江开国转身往卧室走去。

江开国：爸！

60. 江开国家卧室，日，内

江开国进来，就看到江多福可怜兮兮地躺在床上。两只鞋都泡在污水里。

江开国：爸！

老有所依

木　兰［跟着进来］：爷爷！爷爷你没事吧？

江多福缓慢地睁开眼睛，半天才看清眼前的人。

江多福：开国，木兰……

江开国：爸，你怎么了？出什么事了？

木兰看到了床头柜上的饼子，还有没吃完的半块，都已经长毛了。

木　兰：爷爷，到底怎么回事？婶婶没有过来给你做饭吗？

江多福虚弱地摇摇头。

木　兰［愤怒］：怎么把爷爷扔这儿没人管了？！我找他们评理去！

江开国［赶紧拉住］：先给爷爷弄吃的要紧！我看爷爷快饿坏了！

江多福［虚弱］：饿。

木　兰［忍住愤怒］：爷爷，你想吃什么，我去买去。

江多福：肉包子。

61. 江开国家客厅，日，内

江多福坐在桌子旁，吃包子。木兰和江开国卷着裤腿。江开国在通下水道，木兰在拖地。

（跳接）屋子总算收拾干净了，木兰和江开国擦着汗，走过来。江多福已经吃完了。

江多福：你们爷俩喝口水吧，忙活大半天了。

江开国：爸，现在好点了吧？

江多福：吃饱了就好了。

江开国：没事，就是饿的。

木　兰：叔叔婶婶也太过分了！当初是怎么答应我的！把爷爷一个人放在这儿不闻不问的！

江多福：木兰，别生气，就三天没来。

木　兰：三天不管你死活，还不够啊？我们要再不回来，他们还不来，你就饿死了！

江多福：给做了粥，还有饼。

木　兰：爷爷，粥都馊了，饼都长毛了，你还替他们说话呢。叔叔婶婶真的太过分了，这么多年根本就不管你也就算了，这回让他们帮两天忙，就让你住在臭水里，吃长毛的饼！太不像话了！我要找他们说理去！

木兰说着就想往外冲。江开国赶紧拉住她。

江开国：木兰！

木　兰：爸！

江开国：你叔他们最近不是家里有添丁进口的大事嘛，照顾不周，你就别跟他们计较了。你再把事情闹大，大家都面子上挂不住。

江多福：是啊，我不也没事吗？就算了。

木　兰：爸，爷爷，你们都是替别人想得多，婶婶就是吃准了你们这点软心肠，干什么都不吝。

江开国：你晚上就走，赶紧歇歇收拾收拾，也差不多了。

木　兰：爸，那个鉴定结果应该能拿了吧，我陪你去吧。

江开国：好。

62. 桐城医院亲子鉴定科，日，内

江开国：大夫，拿报告。

窗口从里面递出一份报告来。江开国略有点颤抖地打开看，片刻，失望地放下。

木　兰［安慰地］：爸，这是好事啊，你希望咱们家小顺是那样的人啊。

江开国［苦笑］：走吧。

63. 桐城江边，日，外

木兰父女慢慢走来，眼前是一条颇为宽阔的大江。父女俩不约而同地停住脚步。江开国靠在江边的护栏上，看着江水。木兰静静地站在一边。河岸用大石头整齐地砌好，变成人工的景色。

木　兰：岸边给砌上了？

江开国：是啊，修上一条小道，种了好多树，都给收拾过了，成一个江边花园了。

木　兰：东江变得也好快啊，除了这江水，其他都变了。小时候我们来游泳的时候，岸边是坡，长满了青草。每次游完泳躺在草地上，看着天上，一朵一朵的白云排着队往前缓缓移动，就觉得世界真奇妙。

江开国：还记得爸爸教你学游泳吗？

木　兰：有点印象。

江开国：那会儿你才三岁多吧，我每年夏天都来这儿游泳，你妈带着你陪我来，在岸边草地上铺上塑料布，摆上吃的喝的，你们娘儿俩在岸上看着，我在江里游着，真开心。你就跌着步想往下走，往水里走，我就想，得会水，会水了以后坐船不怕，就教你游泳。找根绳，一头系在你腰上，一头系在我身上，然后跟在你旁边游。你可聪明了，没两回就学会了。

木　兰：水感好，老爸的遗传。

江开国：后来每年夏天我都带着你来游泳，咱爷俩还比赛呢。

木　兰：爸老让着我。

江开国：那个时候年轻，横渡东江不在话下，一次游几个来回都没事，现在就算是让我游，我也游不动了。

木　兰：爸，你还年轻着呢。革命人永远是年轻。

江开国：你就会哄爸爸开心。

木　兰［靠着江开国肩］：你是我爸啊。

江开国［搂住木兰的肩］：你是个好女儿。

木　兰［摇摇头］：爸，这几年我太忙了，好多时候都没顾上你们，这回眼睛的事，要不是那个人给打电话，我不是又不知道？我心里挺难过。

江开国：不要难过，我和爷爷过得很好。我们现在身体不是都挺好嘛。

木兰不语。

江开国：木兰，这次去北京，我看你和吕希感情好，工作好，生活也好，你们一家三口的日子过得很好，我很放心。你答应我，就这么好好地和吕希带着悦悦过下去，不要再牵挂我和爷爷了。我将来打算和爷爷去养老院。

木　兰：爸，你干嘛说这种话。

江开国：到什么山头唱什么歌，老了就得说老了的事。

木　兰：爸，有我在呢，你想什么养老院的事。

江开国：该想了，养老院没什么不好的。

木　兰：爸，我不会让你上养老院，我一定接你和爷爷上北京去养老！我不会把你们单独放这儿，肯定得把你们带在我身边。

江开国：我不去北京，我在家乡过得挺好。

木　兰：爸！

江开国：我就是一棵老树，根都扎在这儿了，把我挪了，我会不习惯的。

木　兰：你担心养老的事是因为没找到小顺吗？没儿子怕什么，你不是有我吗？我能给你养老。

江开国：傻孩子，跟小顺没关系，爸以前脑筋封建，总想着养儿防老，现在我早明白了，儿子女儿都一样。木兰，我知道你是个孝顺孩子，爸爸都明白，这份孝心我领在心里。你就安心地在北京好好过，只要你过得好，爸心里就满足。等将来有一天我走了，你把我和你妈的骨灰一起撒在这大江里就好。

木　兰：爸……

江开国：这是你妈和我的心愿，从前就说好的，不留坟了，环保，也省得你老惦记我们，还老得回来扫墓。你心里记着我们，在哪儿都是一样的。

木兰看着江开国鬓边斑白的头发，眼中涌上泪光，别开头望着江水。

木　兰：爸，我不爱听这话。

父女俩远望江天之际。

[旁白]：这一刻，江木兰第一次领悟到，她曾经认为无所不能、包打天下的父亲已经垂垂老矣，并且即将面临人生的终局。这些年她忙于自己的小家庭，离开家乡，离开父亲，千里之远，其实是变相地逃避了赡养的责任……

64. 火车上，夜，内

木兰坐在火车上，窗外一片黑，木兰的脸倒映在玻璃上。木兰思绪万千。

[旁白]接上段……当父亲将身后事平静道出的那一瞬间，江木兰发现，人生的一个重大命题已经出现在眼前，作为女儿，该如何陪伴父亲走完人生最后一段旅程？

65. 空镜

火车在夜色中隆隆远去。如同人生。

第2集结束！

木兰接父同住看房，江父欲住老年公寓

1. 联合超市门口，日，外

新店开张，大搞特价活动的牌子非常醒目，老人们主妇们大排长龙。鞭炮声响过，大门打开，老人们蜂拥而入。木兰和葛文倩站在自己超市门口，望着对面的这个景象。

葛文倩：老郭对付起老部下来，还真是不含糊。

木兰不语，转身进去了。

2. 超市会议室，日，内

雷颂华正在给木兰等超市中高层开会。

雷颂华：对面联合超市开张了，从今天开始，这一片不再我们一家独大，有人来分蛋糕了。

众人脸色都有些不好看。

雷颂华：下个季度的利润目标我已经给大家了，现在狼来了，还是你们的老店长。大家有什么招儿没有？

葛文倩：店长，对面看着是挺热闹，不过也就是搞搞特价，吸引吸引人气。

雷颂华：人气很重要。咱们也得搞。

曾经理：店长发话了，那就搞吧。

雷颂华：总部那儿我会打报告，你们各部门去准备货去。对面不是搞十天大特价吗？我们搞一次半个月的！把人从对面吸引过来。尤其是江经理你那边，想办法多准备一些货源，生鲜必需品对超市顾客的吸引力最大了，最能聚拢人气。

木　兰：好的，店长，我尽量多去组织些货源。

曾经理：对了江经理，你们生鲜好像有一批大米面粉之类的快过期了，你把它们拆开了散装着卖。

木　兰：曾经理，这好像是我们部门的事。

曾经理：帮你出点主意嘛，每次搞活动，生鲜部压力都最大了，那些老头老太家庭主妇最爱买你们的货，不是每次都给你弄得发愁嘛。哦，对了，乔课长，你们面点课卖不掉的面点啊熟食的也可以回笼一下，拿出来再卖没问题的。

乔　丽：曾经理，我们部门不干这种缺德事。江经理管得严着呢。

曾经理：江经理，每次搞活动你们生鲜都赔钱啊，我是替你发愁呢。

木　兰：谢谢，不必。做特价是为了吸引人气，不是为了处理过期货品坑害消费者，搞特价的商品肯定会零利润或者负利润，但是这是食品安全基本原则，绝对不能踩过这条底线。我建议你也别太过火了。

曾经理：江经理！

雷颂华：我同意江经理的意见。

木兰不由得对雷颂华感激地看去。雷颂华却一脸的冷面。曾经理不说话了。

雷颂华：咱们让利是为了吸引人气，顾客都不傻，你要是拿次品忽悠他，他让你骗一次可以，没有下次了。我们在这儿开店，是为了做长久生意。好了，没事就散了。

众人起身出去。曾经理冷哼一声走了。葛文倩给木兰使了个眼色，木兰笑着摇了摇头。雷颂华目送木兰离开。

3. 超市卖场，日，内

黄大刀正挥舞着大刀，扯着难看的笑脸向每一个顾客招呼。

黄大刀：您要切肉吗？

有顾客被黄大刀吓一跳，避之不及。雷颂华路过，看见了，又好气又好笑。木兰也慢慢地巡场过来，有点若有所思的样子。黄大刀裂开嘴向木兰一笑，指着自己笑脸。

黄大刀：江经理，行吗？

木　兰［笑了］：老黄，你有这个意识就进步了。不过，还得以顾客的意愿为主。

黄大刀傻呵呵地笑了，砍骨头更带劲。雷颂华用嘉许的目光看看木兰，转身走开了。木兰看着场子内的一些正在挑拣肉类的老人，有些出神。葛文倩走过来，走到木兰身边。

葛文倩：木兰。

木　兰：哎，文倩。

葛文倩：怎么好像有心事。

木兰笑着摇了摇头。

葛文倩：木兰，方便借我五千块钱吗？前天我妈上田里干活，不小心摔沟里，把大腿骨摔断了。

木　兰：哎呀，要紧吗？

葛文倩：反正就得卧床养着呗，得两三个月。

木　兰：骨头的事就得靠慢慢养，急不得。

葛文倩：哥嫂说他们照顾行，但是没钱，最多只能出人力，这我就阿弥陀佛了，我这边也走不了，出钱应该的，就是最近实在是钱有点不够。

木　兰：没问题，一会儿我上门口 ATM 给你去取。

葛文倩：谢谢啊，木兰，我老公马上月底能领一笔奖金，领了先还你两千。

木　兰：不急不急，先把你妈伤养好。

葛文倩边谢边走开了。木兰还有点出神。远远的，挑拣肉类的老人中，亚芝转过身来，木兰显然没有看见她。亚芝望了望木兰，似乎想上去说话，但是终于还是默默离开。

4. 亚芝家胡同，日，外

亚芝拎着超市的环保袋，从远处向报刊亭走来，亭子里远看过去仿佛没人。亚芝走到报刊亭前，往里看，只见余淼正仰面靠在一堆杂志上，打着响鼾。亚芝非常无奈，走进报刊亭，推推余淼。余淼糊里糊涂地醒过来，随手擦了擦嘴角的口水，看到亚芝就在自己面前。

余　淼：妈，你回来了。

亚　芝：怎么又睡着了，你昨天晚上几点睡的？

余　淼［一脸茫然］：没几点。

亚　芝：肯定又打游戏打到天亮吧。

余　淼：哎呀，妈。

亚　芝：淼淼，你这样怎么行呢，天天晚上打游戏，白天在这儿睡觉，这要是有人要买报纸你都听不见。你都多大人了，别再像个小孩子似的……

余　淼［不耐烦］：哎呀，你唐僧啊，念叨念叨。

亚　芝：早饭吃了吗？

余　淼：吃什么呀，你一大早就不见了。

亚　芝：妈妈是去超市了。

余　淼：跑家多福去了？那么远？

亚　芝：哦，去看看有没有什么活动。

余　淼［打着哈欠］：为了省钱真不嫌累。

亚　芝：行了，回家睡去吧，我替你看一会儿，你睡好再过来。把菜带回去，搁那儿我回去收拾。

余　淼：那我回去了啊妈，困死我了，这儿睡得太不舒服了，要有个枕头就好了。

余淼打着哈欠，拎着购物袋走了。亚芝整理好杂志报纸，又整理摆在外面的报纸杂志。有邻居经过看到亚芝。

邻　居：亚芝，又替你们家淼淼看报亭啊。

亚　芝：是啊，他看了一上午了，也累了，我让他先回去休息一会儿。

邻　居［无奈得笑笑］：你对你这个宝贝儿子宠的哟，还当他三岁呢。

邻居摇着头走了。亚芝出了会儿神，继续低着头整理。

5. 服装店，日，内

田咪的两条腿高高地架在桌子上，锉搓着手指甲，眼睛向门外张望。这时进来一个身材矮胖的女顾客，随意得看着挂着的衣服。田咪立刻跳起来，迎上去。

田　咪：美女，我们家的衣服上身都可好看了，有喜欢的你就试试，包你穿上就不肯脱下来了。

顾客挑了一条很“仙”的长裙，然后又挑了一件衬衫和一条牛仔裤。

顾　客：我先试试这些吧。

田　咪：好的，这边是试衣间。

田咪拉起试衣间的布，让顾客进去。

（跳接）顾客穿着长裙站在镜子面前。因为身材矮胖，穿着这条裙子十分不合适。

田　咪：美女，你的身材也太好了吧，这条裙子太适合你了，这款裙子今年最流行了，我们店里走得特别好，穿上绝对回头率百分三百。

（跳接）顾客已换上了另外一身站在镜子前。这衣服也是不适合的，干练的风格和女人不符。

田　咪：美女，这身也超适合你，特别有型，有范，穿着上班就像老板。简直就是为你量身定做。

（跳接）顾客从试衣间出来，已经换好了自己的衣服出来，把衣服往田咪手里一塞。

田　咪：美女，我给你都包起来吧。

顾　客：你这满嘴跑火车的，说话也太没谱了，都不适合我。

田　咪：哎，挺好的衣服，怎么说不要就不要啊。

顾　客：不合适怎么要啊。

田　咪：试了又试的，一件不买，是不是没钱啊，没钱你别进来瞎看瞎试啊！

顾　客：你这是什么态度！试试怎么了，谁说试了就必须得买的！

田　咪：没钱充什么大个！

顾　客：有你这么说话的吗？！

田　咪：我就这么说话怎么着！

正好老板回来，看到吵起来了赶紧过来

老　板：怎么了怎么了，出什么事了！［对顾客］您好，我是老板，有什么事您跟我说！

顾　客：你是老板是吧，看看你找的都什么员工，有这么说话的吗，不想买还不行了是吧！

田　咪：没钱就别试，这不是浪费感情吗！也不瞧瞧你自己那德行！

老　板：田咪，你给我闭嘴！

田　咪：还冲我吼起来了！告诉你，姑奶奶我不干了！你还以为你这是什么了不起的好工作，我还看不上呢！

6. 余淼屋子，日，内

余淼正在床上蒙着头大睡。这是余淼和田咪的房间，十二三平米，放着大床、婚纱照之类的，到处都扔满了脏衣服，乱七八糟的。田咪冲进来，包一扔，重重坐到沙发上。余淼给吵醒了。

余　淼：咪子回来了？你不是上班吗？

田　咪：上什么破班？不上了。

余　淼：怎么了？又不干了？

田　咪：是我不想干了！是我炒的老板！

余　淼：哪回不是你炒的老板。

田　咪：你给我起来，我们去吃饭！

余　淼［看一眼钟］：哟，中午了，我得换我妈去。

田　咪［一瞪眼］：不许去！陪我吃饭！我现在心情特别不好！

余　淼：好好好好好，去吃饭去吃饭。

7. 饭馆，日，内

余淼和田咪正吃喝。

余　淼：咪子，现在找工作多难啊，你就这么不干了啊。

田　咪：请我回去我都不回去！干嘛啊，你怕养我啊？

余　淼：不怕不怕，我养你应该的。谁让你是我媳妇啊。

田　咪：我就知道你对我好。

余　淼：你对我更好。从小到大，别人都瞧不上我，就你认定我。

田　咪：一样啊，别人都说我脾气坏，就你觉得我可爱。老公啊，所以我们俩得争气啊，不能让人小看了。

余　淼：不理别人，咱俩自己开心就好。

田　咪：我是这么想的，与其给人打工，还不如给自己打工，挣的钱都是自己的，还不受气。

余　淼：你想自己做老板？做老板要本钱。我们哪有钱。

田　咪：我们是没钱，你妈有啊，跟你妈借。

余　淼：我妈能有多少钱，哪能给我们开店，你别开玩笑了。

田　咪：你妈怎么没钱，你妈手里，少说还有十万呢。

余　淼：有吗？

田　咪：我帮你妈算着呢，肯定有。

余　淼：就有，也是我妈养老防身钱。

田　咪：咱也没全让她拿出来啊，有两万就行了。

余　淼：两万能开店？你开什么店啊？

田　咪：服装店啊。万华市场租个摊位，肯定能开。

余　淼：能挣钱吗？

田　咪：怎么不能？卖服装最来钱了。你不知道我那肥猪老板，随便批来十几二十的衣服，就敢三百五百往外卖，暴利。两万块钱，给你妈要去，咱就能自己当老板了。挣了钱，买房生娃。

余淼有些迟疑。

田　咪：老公，这就是跟你妈借一下，要还的，总可以吧。回家跟你妈说去。

余　淼：那行吧。

田　咪：还是老公好！［给余淼夹了块肉］老公吃肉！

8. 报刊亭，日，外

亚芝还坐着，饥肠辘辘的样子。她看看手机上的时间，再看看胡同口，没有余淼的影子。

路　人：来份新京报。

亚　芝：哎。

余淼和田咪走过来，田咪推了推余淼。

田　咪：你去吧，我在这等你。你们娘俩好说话。

余淼过去，走进报刊亭。田咪远远看着。

余　淼：妈。

亚　芝：淼淼，你来了。快换妈妈回去做饭。

余　淼［坐在亚芝对面］：妈，等一下，我吃过了。

亚　芝：吃过了？

余　淼：跟咪子一块儿吃的。

亚　芝：咪子回来了？

余　淼：妈，我想跟你商量个事。

亚　芝：什么事？

余　淼：我跟咪子想开个服装店。

亚　芝：她是不是又不干了？

余淼默认。

亚　芝：好好的班不上，怎么又想着开店了。

余　淼：妈，咪子现在东一榔头西一棒子的打工也不是个事，能自己开个买卖多好啊，挣多挣少都是自己家的生意，心里也舒坦。

亚　芝：话是这么说，可自己开店有风险的。

余　淼：妈，不试过怎么知道呢。咪子有这个上进心，咱们应该支持她。

田咪在拐角那儿竖耳朵听着，很是受用的样子。亚芝不语。

余　淼：妈，就是呢，还差点本钱，想跟你借一下。两万块钱就够。

亚　芝［待了一会儿］：淼淼，妈妈手上没钱。

余　淼：不会吧妈，你手上至少还有十万吧，爸的抚恤金呢？

亚　芝：我手上那点钱，你也知道，里面有你爸爸的抚恤金，妈妈养老的钱也都在里面了，去年你们结婚，妈妈能拿的已经都拿出来了，剩下是还有几万块钱，都存着定期呢。有五年有十年的，都没到时候呢，取不出来。身上的活钱也就够咱们一家吃喝的。

余淼一时也张口结舌。

亚　芝：淼淼，妈不是不借，真的是没有。

田咪一下就变脸了，转身就走，踢掉了路边的东西，特别大声。亚芝和余淼都吓一跳。亚

芝看见了田咪，皱眉。余淼赶紧离开。

9. 余淼屋子，日，内

田咪气冲冲地冲进来，一下子蹦床上，躺着生气。

余　淼：咪子，咪子，别不高兴。

田　咪：你妈可真会装蒜，一提钱就哭穷。哭给谁听啊，不就哭给我这个儿媳妇听嘛！

余　淼：我妈手上就那么点钱，肯定都存死期了。总不能让她利息都不要了，多可惜啊。

田　咪：你也信你妈的鬼话！她手上能没一点活钱吗？

余　淼：两万不是小数，我妈估计真没有。

田　咪［瞪着余淼］：余淼，你妈说什么就是圣旨，我说什么就是放屁？

余　淼：没有，我就是说，我妈……

田　咪［揪住余淼耳朵］：这是你的事，你给我想办法解决了，反正明天我就要去找铺子，这个店我是开定了！

余　淼：松手松手，痛死了！我一定把钱要来！一定！

田　咪［松开了手］：老公，我不是拿钱去胡花，我是要去拿钱挣钱，两万块过几天变成四万八万了，你妈乐都来不及。

余　淼［揉着耳朵］：真的那么好挣？

田　咪：那么多人卖衣服都发财了，凭什么我们不能。

田咪又要揪余淼耳朵。余淼赶紧躲开。

余　淼：听媳妇话跟党走，媳妇指哪儿，我打哪儿！我会跟我妈要出钱来。

田咪这才笑了，一把搂过余淼。

10. 木兰家客厅，夜，内

吕希坐在饭桌上，正在写材料。木兰开门进来，脸上带着一种决心。

吕　希：哟，回来了。累了吧。

木　兰[坐在吕希对面]：我正好有个事想跟你商量。

吕　希：没问题啊，来，我给咱家未来的店长大人做个马杀鸡。

吕　希[给木兰按摩肩膀]：说吧什么事？是不是要去店长那儿拉拉关系？

木　兰：吕希，我想把我爸和爷爷接北京来。

吕　希：啊？

木　兰：这次回家，我突然觉得，我爸老了。以前都没想过给他养老的事，现在不想不行了。得马上开始做准备。

吕　希：倒也是，原来一直觉得你爸身体特别好，现在想起来，毕竟也是六十的人了。他跟你说想来？

木　兰：他不想来。他想去住养老院。

吕希一时沉默。

木　兰：这次回家，我算看明白了，爷爷是指望不上叔叔他们的。

吕　希：不管他们愿不愿意，赡养爷爷是他们的法律义务。

木　兰：家里事法律说了也不一定都管用。我就没想到，他们这么做得出来。以前他们最需要爷爷的时候，爷爷没少管他们。那会儿志新小，叔婶双职工，没人看孩子，就把爷爷硬是从老家接到桐城，放他们家，给他们看孩子，做饭洗衣服，家务活全是爷爷干的，后来志新大了，用不着爷爷了，就把爷爷扔给我爸，这么多年什么时候说过一句，把爷爷接他们家住两天的。太自私了。

吕　希：我觉得就是让你爸给惯的，要早早地就把爷爷分一半给他们管，就不会成现在这局面。

木　兰：爷爷将来肯定得跟着我爸。我爸说以后要带着爷爷去养老院养老。我没答应。我想把他们接北京来。

吕希沉默。

木　兰：怎么，你不想他们来？

吕　希：不是，我意思是，你爸都不愿意来，你强着，不太好吧。

木　兰：我爸是为了不拖累我。

吕希只好又以沉默表示反对意见。

木　兰：我爸老了。他自己也知道自己老了，都想着养老院，想着撒骨灰。这些年，我来北京上学，工作，成家，我其实都没怎么关心过我爸，老觉得我爸还是以前那个样，身体好，什么困难都不怕，该干嘛干嘛，就像家里的老房子一样，你不去管它，不去想它，不去关心它，它风里雨里都还在那儿，只要你想回去，它就还在那儿，随时迎接你回家，可我根本就没想一想，老房子还够不够坚固，老房子需不需要保护？我根本就没想过，老房子也会有倒塌的那一天。

木兰动容，涕然欲泣。

吕　希[搂住木兰]：傻妞，怎么说着说着要哭了呢。父母都会老，我们也会老，这是自然规律啊。

木　兰：吕希，我害怕，我从来没想过我爸有一天会不在，可是现在我发现，一定会有这一天的。我不敢想这一天。

吕　希：木兰，别想别想，人活着就得一天一天往下过，不能想太多。咱把你爸和爷爷接来，接到身边，趁着老人都还在的时候，多一天在一起就是一天。

木　兰［感激地看着吕希］：我真的很想把他们带在身边，我能感觉到我爸很需要我，这种需要不是一个电话，一点钱能弥补的。他需要的是我真真实实的在他身边。

吕　希：行，你说接来就接来。我没意见。

木　兰：我就知道你肯定会支持我。

吕　希：我不支持你，你不开心了，我能好过吗？

木　兰：谢谢老公。

吕　希［环顾一下屋子］：想过二老来了以后怎么住吗？

木　兰：我想过了，如果把我爸和爷爷接过来，那咱们的房子就太小了，至少得有三居，最好能在咱这小区置换一套三居的，不行的话再买一套小的也行。

吕　希：你知不知道咱家这小区现在多少钱？

木　兰：多少钱？

吕　希：我每天上下班路过楼下中介的时候都要看两眼橱窗，看了我心里那个高兴啊。

木　兰：高兴什么呀？

吕　希：高兴我们成三百万富翁了啊。

木　兰：咱家房子值三百万了？！

吕　希：可不是吗，现在咱们这小区和周边小区的二手房基本都在四万左右。

木　兰：四万？

吕　希：中介说咱这房棒着呢，中关村三小的学区房，能不抢手吗，这眼看着房价还得涨呢。

木　兰：那要是咱们想置换套大的，得添多少钱？

吕　希［拿过手机］：咱们算算账啊，咱们这房子是八十平，按揭已经交了六年。要是三居就至少一百一十平，我们现在是四万一平，咱们不是首次购房，得百分之三十首付，以前买时五十六万，交过百分十二十，是十一万二，咱们当时交了十二万，咱们是四十四万的贷款，一个月还三千，现在只还了六年，就算是卖了，付了首付，按揭要……

吕希给木兰看计算器上的数字。

吕　希：一万多，咱们俩一个月工资全没了。孩子上学，吃饭，养车，其他都不用想了。

两人都是犯愁。

木　兰：还有一个办法。

吕　希：什么呀？

木　兰：这儿三环边上，房价当然贵了，咱们可以住得远一点啊。四环外五环附近，房价就能便宜点，我们把这个房子卖了，肯定能买个三居。

吕　希：房价是下来了，可其他问题呢？咱们俩上班都在城里，住得远了，每天上下班的早晚高峰你也是知道的，路上堵你三两个钟头那是小菜。

木兰沉寂了。

吕　希：再一个，悦悦眼看着就要上小学了，现在放弃这么个让多少人羡慕的学区房这么好的小学不要，那悦悦上学怎么办？

木兰说不出话来。

吕　希：木兰，你看这样行不行，把爸和爷爷接过来，但是不一定需要住在一起。

木　兰：怎么分开住？

吕　希：我们还住这儿，爸和爷爷住远一些。

木　兰：那不一样吗，还是不能照顾到啊。

吕　希：怎么能一样，你爸在老家，要是有个什么事，你就是打飞的，再快也得半天，可要是在北京，你开个车，再远也就两个小时，能一样吗？

木兰不说话了。

吕　希：我知道你是想天天见着你爸，可咱们也得考虑周全了，不光要考虑老的，也得考虑小的，好小学，以后对口就是好中学，好大学，可关系到悦悦一辈子啊。

木兰沉默了。

吕　希：你先别着急，只要咱们有这个目标，慢慢努力总是能达成的。现在摆在我们面前的问题也不少，不是我们一下子就能全都解决的。我觉得我们还是先去看看房，了解了解现在的市场以后再做打算，你看呢？

木　兰：也只能先这样了。

吕　希：要是能找着你弟弟就好了。说不定特出息，一高富帅，出手阔绰，立马给爸和姐买一大“别野”，就全齐活了。

木　兰［笑着捶他］：做梦吧你就。

吕　希［笑着躲］：梦都不让做，还让不让人活了。

木　兰：梦里娶二房了吗？

吕　希［认真想想］：娶了。

木兰使劲捶他。

11. 桐城公园，日，外

江开国过来锻炼，碰到正在晨练的老刘。

江开国：老刘，这么早。

老　刘：年纪大了，觉少，还不如早点出来锻炼身体。上次那“黄毛”？

江开国摇了摇头。

老　刘：我当时看到他碰瓷了，觉得不是好人，可是看他发病，背上还有块记，就觉得像……这心里就是藏不住事，你这么多年的，有点线索总不能不跟你说，对不住啊害你又失望一回。

江开国：是我自己不死心。不过呀，歪打正着，也算帮那孩子走了条正道。想起来就开心。

老　刘：你就这脾气。全天下的闲心都爱操。

江开国：愿意。

老　刘：高兴就好，到咱们这个年纪，什么都别想，就想着怎么给自己安排好晚年就行了。

江开国：是啊。

老　刘：对了，我买了个老年公寓你知不知道？

江开国：什么老年公寓？

老　刘：正好今天奠基，你跟我一块儿去吧。

12. 桐城老年公寓售楼现场，日，外

乌泱乌泱的老头老太都在一个红线围起来的大坑前面看。这是生态老年公寓的启动仪式。

老　刘：来来，开国，这里。

几个相熟的老头迎上来。

江开国：哟，老赵，老乔，你们也来了。

老　赵：是啊，听到消息就过来了，没想到也碰上你们。老江，听说上北京看闺女去了，挺好吧。

江开国：挺好的。

老　赵：老刘呢？不去广州看婷婷了吗？怎么就回来了

老　刘：别提了，实在受不了，靠海，整天都潮乎乎的，我感觉人都要长霉了。而且啊，那路上走的人都跟赶着去捡钱，生怕跑慢了捡不着似的，我看着都觉得累，那种急吼吼的生活节奏我受不了。那边也没什么认识的人，平时就是屋子里一待，想出去公园里逛逛，我都找不着地方，整个跟坐禁闭也没什么两样，实在住不下去了。

众老头都了解地点点头。

老　刘：你和你老伴呢？干嘛不去日本跟你闺女待着啊，还能看着外孙，多好。

老　赵：嗨，哪儿那么容易，那个什么破签证，三个月就得重新回来签一签，还不够折腾的呢，我们都这把年纪了，尽在飞机上过了，一想还是算了吧。还是老乔好，儿子就在上海，近。

老　乔：好什么啊，都说上海近，可再近又能怎么着，连过年都没抽出空回来看看。想想他们也不容易，现在正是奔事业的时候，都辛苦着呢，别说回来看看我们，自己都没什么假，想歇歇都没时间。我们做父母的也别提什么要求了，只要他们自己好好的就行了。

众老头不免都有点唏嘘。

江开国：孩子也不容易啊，自己在外面打拼，有自己的生活，他们肯定也希望一家人能一起，可是难啊。既然不能跟着他们过，咱老的也不能给他们拖后腿啊。咱们把自己安排好了，他们就更能全心全意地给自己奔去了。

老　刘：老厂长就是觉悟高。

江开国：到哪座山唱哪支歌。就得自己找乐子。

众老头：没错，就得自己找乐子。

老　乔：有老江在，咱们就少不了乐子。

老　赵：不说这些了，老刘，听说你买了这个房子了？

老　刘：是啊，这儿刚开始卖的时候我就注意上了，后来和我老伴一商量，就买了。大家都买吧，以后这儿就是咱们的家了，咱几个老伙伴一块儿过，也能打打牌，遛遛弯儿，就个伴，过得也不闷。

两辆大吊车缓慢开进来，停在中间。开发商领导站在奠基石碑前，每人拿着一个铁锹。

主持人：大家静一静，静一静。

场面逐渐安静下来。

主持人：现在我宣布，逸静老年公寓启动仪式，现在开始。

开发商领导一起用铁锹挖了一锹土。底下的人集体鼓掌。围观的老年人们也激动地鼓掌，一下子场面显得十分热闹。立刻有几个老人激动地拉着身边的销售。

老人甲：我要买一套。

老人乙：给我也来一套。

这时一个销售小伙子走了过来，看到老刘就十分热情。

小　江：刘叔，过来了。您看这启动仪式一开始，咱这房子离咱可就更近了。

老　刘：可不是嘛，今天我特意带着我的老伙计过来看看的。[指着江开国]这就是我跟你提过的江叔，你们五百年前可是一家啊。

小　江[跟江开国握手]：江叔您好，早就听我刘叔念叨您，今天可终于见到您了。

江开国：你好你好。

小　江：江叔，我给您介绍一下我们这个项目吧。

13. 桐城老年公寓售楼处，日，内

小江陪着江开国在看沙盘。一旁其他几个老头都在。

小　江：本家大叔，咱们这个生态养老中心就是为老人家做养老服务的，自然环境一流，您看这儿，依山傍水，您是本地人，这片您应该熟吧，生态环境没得说。

老　乔：可不是，小时候远足，不是老上这一片来吗。

小　江：各位叔叔，咱们这中心不光环境好，将来的设施条件也一流，除生活设施以外，还会统一配备医护人员，每个房间里都有呼叫器，要是半夜您突然觉得哪儿不舒服，只要一按按钮，不出五分钟，专业医护人员就会立即对您进行检查。

老　刘：开国，你爹的年纪，太需要这个了。

江开国明显十分动心。

老　赵：价钱呢?

小　江：我们老总做这个项目就是为了社会公益，价钱很便宜，楼盘只租不卖，使用年限有四十年，按二十八平方米的公寓来计算，每月的租金只要一百多元，这样便宜的事世间难找啊。

众　人：才一百多，真是不贵。

小　江：而且啊，我们提供床、被子、炊具等，到时候各位拿着衣服就可以入住，完全不用自己操心还要装修啊，收拾啊，我们都替大家想到了。

老　乔：我儿子在上海，要是以后我们去上海了，不住了，可钱已经付了，该怎么办啊?

小　江：大叔，不用担心，这就是我们公司考虑周到的地方，我们会跟你们签订长期的租房合同，只要是认购的使用权者，除了可以常年自住外，不住的时候，还可以将房屋托管给养老中心管理者，管理者可以将房屋进行出租，按照一定比例分配租金。而且，等有一天您不在了，这六万块钱还能退给你们的子女呢。

江开国：真的能退？

小　江：那是白纸黑字写在合同里的，不是我小江信口雌黄，这是受到法律保护的。

老　乔：我这就回家，跟我老伴商量商量去。

江开国略有些犹豫。

小　江：哎哟，本家大叔，您还犹豫什么啊，多好的机会啊你还盘算呢。[凑到江开国面前，故作神秘]跟您说句交底的话，您要是有心想买可真得赶紧的了，咱们这公寓开盘还不到半年，就已经卖出去百分之七十了，现在就剩最后几十套了，机会可不多了，真的，绝对不蒙您。

江开国相当动心的眼神。

14. 亚芝屋子，傍晚，内

一间八九平米的平房，除了一张单人床，还摆着一个单人沙发，对着个小电视机，摆着套吃饭的桌椅，很是拥挤。但是打扫得很整洁。一家正在三口吃饭。一片沉默之声。

田　咪[突然笑眯眯地]：妈。

亚芝几乎一哆嗦。

田　咪：妈，淼淼，我今天找到摊位了，就在万华市场二楼，把着角，对着电梯口，最好的位置。

余　淼：是吗？

亚芝小心地看看田咪，没说话。

田　咪：妈，给我捡着一个现成的，老板赚够了嫌累才转的，马上就能开张。只要先交一个季度租金，两万就行。妈，这笔钱你得借我们啊。

余　淼：妈，都说了是借，又不是不还。

亚　芝：淼淼，不是借不借的，是妈真的没钱，家里那点存款都在定期定着呢，要是提前拿出来那些利息就都没了。

余　淼：利息能有多少钱啊，开了店挣的肯定比利息多，这点都算不过来。

田　咪：就是，过一段挣了钱，我翻倍还你。

亚　芝：开店的人多了，都挣钱啊。咪啊，你本来不是好好在上班的吗？怎么非想着自己当老板呢，当老板是痛快，可是有风险，万一亏了怎么办，那些钱就都回不来了。咱们家本来就没多少钱，经不起赔的。

田　咪：赔赔赔，说都让你说赔了。就这么看扁我们俩？

亚　芝：不是说你们俩，我是说这么个道理。不能光看人吃肉，不看人挨打。

田咪十分生气，板着脸。

亚　芝：别说了，吃饭吧，不然都凉了。

余　淼：先吃饭，先吃饭。

田咪生着闷气拨着眼前的菜，也不吃。

余　淼[夹了筷子菜]：妈，怎么天天都是素的啊，也不来点四条腿的……

田咪一下子把筷子拍在桌子上，吓了余淼和亚芝一大跳。

田　咪：吃吃吃，成天就知道吃，除了吃你就不能想点别的！还想吃四条腿的，没有钱吃西北风！

余　淼：你别生气……

田　咪：我能不生气吗！我怎么就这么命苦，找了你这么个窝囊废！你说一共就两万块钱，谁家会连这么点钱都拿不出来！什么活期定期，骗谁呢？你要是没钱，那你倒是出去挣啊，你怎么就这么没用啊你！这种日子过着还有什么劲！

余　淼：行了行了，说难听的干嘛。我明天找人借去。

田　咪：家里都借不出来，还想去外面借。自己挣不了钱，还不让媳妇出去挣钱！你就是废物！

田咪霍得起身出去了。

余　淼：咪子！

余淼一下子着急要起来追，却一下子倒在地上，竟然开始发癫痫。

亚　芝：淼淼！

她赶紧从抽屉里拿出一块大手帕，垫在余淼牙关里。她又是焦急又是郁闷。

15. 江开国家客厅，傍晚，内

江开国把一口小砂锅端到江多福面前。

江开国：爸，来，你想吃的砂锅豆腐。

江多福：香。

江开国：要趁热吃。

江多福立即开吃。江开国看着父亲吃，如同看一个孩子，充满慈爱。

江开国：好吃吗？

江多福：当然好吃。吃你做的饭，都十几年了。

江开国：往后都给你做。

江多福［放下筷子］：开国，要不是拖拉着我，你早就该找个伴。

江开国：你就是我的伴。

江多福：你说这话是宽我的心。援朝知道过自己的小日子，你莫非就不懂了。这么多年陪着我一个老头子，也真是难为你了。这回要不是因为我，你也不至于这么快就从北京回来。好不容易去趟女儿家，真该多住几天享享福。

江开国：这次上北京看病，可是给木兰小两口添了不少麻烦。为了陪我看病，他们得轮着请假，估计都没少耽误工作。怕我担心，还都瞒着哄着我。我眼睛蒙着，心里都明镜似的。

江多福：木兰是个孝顺女儿，她一定会管你的。

江开国：我知道。我才更不想让她管。爹啊，你不知道木兰不容易，在北京工作，孩子，家务，女人比男人辛苦多了。那个超市的活可是不好干，轮着她当值班经理那一天，就得等超市关门才能回家，就得十一点了。我这个当爸的帮不上她什么，反倒还多分她的心。我是真没想到，就眼睛看不清都会有这么大动静。

江多福：多亏木兰在北京，请那么好的大夫给你开刀，不都挺顺利嘛。

江开国：这次是眼睛，下次就不知道是别的什么了。爹，我原来不服老的，觉得自己身体硬实着，且不老呢，可这两年眼睛接二连三地开刀，不由我不服啊。我怕我将来老了，总有生病的一天，总有要人伺候的一天，可怎么办呢。

江多福：要照老理，那是父母在不远游，可是孩子们要远走高飞，做父母的不能拦着。就是，木兰走得也太远了点。当初要不让她考去北京就好了。

江开国：她打小就想考去北京，那是她的人生理想，哪能不让呢。北京就算不远了，至少还在自己国家地界上，赵一兵的女儿都嫁日本人了。

江多福：要是小顺在就……

江开国：小顺在，说不定比木兰跑得还远。不给孩子添负担了，我想来想去，还是得自己早做准备。

江多福：开国啊，不如你给我找个养老院去，我就在桐城是不走的。你好去北京跟木兰他们住。

江开国：爹，我要跟你说的就是这事，我想跟你一块儿去住养老院。也是瞌睡正好来个枕头，今天给我找到了一个不错的去处，是个老年公寓，就在东溪那边。

江多福：是吗？

江开国：我今天去看了，正合适我们这样的人住，价格也合适，我就想回家听听你的意思。

江多福：开国，你觉得好就好。我什么都听你的。

江开国：炳雄买了，估计一兵他们都会买，以后大家住在一块儿，热闹得很。

江多福：我反正都听你安排。

江开国：那就这么说定了，爹，趁热吃豆腐。

江多福：好，好。

16. 亚芝屋子，傍晚，内

余淼悠悠醒来。亚芝还把他抱在怀里。余淼挣扎着起身。

亚　芝：淼淼。

余　淼：妈，又让你担心了。都怪我没用。我要自己能挣钱，也不用跟你借了。

亚　芝：是妈妈不好，你这么个身体，妈妈不应该那么小气。咪子有上进心，我们应该支持她。

余　淼：妈。

亚芝拿出手里捏着的一个银行卡和她的身份证。

亚　芝：里面有一笔定期，两万，你明天去解了吧。你放心，妈妈不会让你在媳妇面前没面子的。

余　淼：妈，对不起。

亚　芝：你是我儿子啊，不用说对不起。去吧。

余淼看了看手里的银行卡和身份证，点了点头，出门。亚芝有些无奈的满足和伤感。

17. 亚芝家附近胡同里，傍晚，外

田咪正在胡同里等着。余淼有点郁郁地走出来，四下找田咪。

田　咪［赶紧招手］：这儿呢！

余淼慢吞吞走到田咪面前，伸出手掌。田咪看到银行卡，立刻笑了。

田　咪：刚才骂你可都是装的。

余　淼：我知道。

田　咪：谁让你妈那么小气，跟她借点钱跟要她命似的。

余　淼：咪子，这钱可真的是我妈的棺材本了，咱可不能给她赔了。

田　咪：等我还她四万块的时候，你看她高兴成什么样吧。

余　淼：真的能还她四万？

田　咪：我的能耐你还不相信。

余淼还是有些闷闷不乐地点了点头。

田　咪：哎呀，你高兴点行不行。

余　淼：觉得有点对不住我妈。她手上真没什么钱了。

田　咪：所以啊，她就得靠我们帮她挣钱养老了啊。

余淼点点头。

田　咪：还没吃饱吧？

余　淼：压根就没怎么吃。

田　咪：走，吃饭去。吃贵州菜去！老公你高兴点嘛！笑一笑！

田咪哄着余淼，余淼终于笑了笑，小两口手挽手心满意足地走了。

18. 亚芝屋子，夜，内

亚芝坐在床上发呆，突然她鼓起勇气似的，拉开床头柜，拿出一个古旧的铁盒子，打开，里面是江开国给她的那张纸条，上面写着电话号码。亚芝突然就抓起电话拨号。

19. 江开国家客厅 / 亚芝屋子，夜，内

江开国正给江多福加洗脚水。电话响。

江开国：怎么样？

江多福：够了。舒服。

江开国［一看电话］：北京的。喂。

亚　芝：老江吗？是我，谢亚芝。

江开国：亚芝？是你啊。你好啊。我还想着给你打电话呢，这两天正好有点事耽误了。你挺好吧？

亚　芝：挺好的，你呢？回去一路上顺利吧？

江开国：挺顺利挺顺利。现在火车都提速了，方便得很。

亚　芝：眼睛怎么样？

江开国：没事了，看得特别清楚，北京的大夫就是高明啊。你呢？

亚　芝［情绪好起来］：我也好了，看什么都清清楚楚。

江开国：那就好，那就好。你吃饭了吗？

亚　芝：吃了。你呢？

江开国：吃了。砂锅瓤豆腐。

亚　芝：哎呀，我最爱吃的！

她意识到自己的情不自禁，赶紧捂住了嘴。江开国不禁笑了。

江开国：爱吃瓤豆腐？

亚　芝：嗯。

江开国：买张火车票，马上回桐城，我保证你马上吃到瓤豆腐。

亚　芝：嗯。我真的很久没回了，家里还有个表姐，挺想她的。

江开国：那正好啊，明天就去买票去，买好了通知我，我去火车站接你。

亚　芝：行。

江开国：说定了啊？

亚　芝：说定了。

江开国：等着你啊。

亚　芝：哎。再会。

江开国［意犹未尽］：再会。

亚芝挂了电话，很暖心的样子。江开国放下电话，看见江多福的眼神，有点不打自招地笑。

江开国：在北京认识的一个老乡，启安的。

江多福：女的？

江开国：对，女的。

江多福：女的好。

江开国［顾左右而言他］：爹，你还要加水吗？

江多福：不加水。再说说这个女的。好看吗？

江开国：好看。哎，爹……

江多福：怎么认识的？

江开国：眼睛开刀时，在医院里认识的。她心特别好，看我耽误木兰上班，还特意接送我换药。

江多福：脾气是不是特别柔？

江开国［点点头，突然醒过神］：爹，你什么意思啊。我就是认识个朋友嘛。朋友多了走天下。你还要加水吗？

江多福大笑。

20. 小区门口，日，外

木兰和吕希跟着中介出来。

中　介：姐，这房东价钱真挺实在的。这个小区就是寸，虽说跟您家朗月园挨着，可正好就不在中关村三小的划片内。要不然，这楼比您家的新，您家现在都四万，您说这楼该多少？

吕　希：别说这些没用的，我们家好我们清楚。我们预算没那么多，附近还有没有不在划片里，价格更便宜的？

中　介：后面还有一栋矮楼，是原来棉纺厂的老房改房，价钱便宜。巧了，我手里正有一套。

木　兰：带我们去看。

21. 另一个房子外，日，外 / 内

木兰和吕希跟着过来，就是那种五层的居民楼，老旧。

中　介［带着往里走］：这楼啊最合适了，两居室也就不到五十平米，总价低，反正该有的都有，给老人住最合适了。还不用物业费。就在一楼。

中介开了门，木兰和吕希跟着进来，一下子就皱眉。这房子格局很差，都朝北，没有阳光。

木　兰：这房子空多久了？

中　介：反正挂我们这儿有大半年了。房东也不差钱，说了，差不多就出手。

吕　希：差不多是多少？

中　介：哥，这房子地段在这儿摆着，再便宜也不能低于两万五。

吕　希：就这房子两万五？

中　介：哥，地段，地段，地段。

木兰什么话没说，转身往外走。吕希跟上。

22. 小区外，傍晚，外

木兰和吕希出来跟着中介出来。

中　介：哥，姐，你们到底多少预算？给我交个底，我心里也好有个谱帮你们寻摸。

木兰和吕希互相看了一眼。吕希为难了一会儿。

吕　希：西三环现在还有单价一万左右的房吗？

中　介：哥，别说西三环了，就是西五环也不可能了。真的，现在不是您二位当初买朗月园时候的行情了，一万的房子，大概只能去河北了吧。

吕希和木兰默然。

中　介：我还得陪客户去看个房子，先走了。

吕　希：再见。木兰，咱还约了韩冬呢，差不多到点了。

木　兰：走吧。

23. 餐厅，夜，内

木兰和吕希坐着。韩冬走过来。吕希看见了。

吕　希：韩冬，这儿。

夫妇俩站起来迎韩冬。

韩　冬：吕希，你们等半天了吧。

吕　希：我们也刚到。介绍一下，这是我媳妇，江木兰，这是韩冬。

木　兰［很诚挚地与韩冬握手］：韩冬，这回我爸的事，真的非常感谢。

韩　冬［笑着认真地看了木兰］：木兰，你太客气了，还专门请我吃饭干嘛呀，我和吕希是老同学，这点小忙。

吕　希：都别客气了，坐吧。服务员，上热菜。

（跳接）三个人吃饭，甚欢的样子。

吕　希：高三填志愿那会儿我们就都扇乎张磊学医，那会儿我们几个铁磁就他理科班，成绩又好，我们都说要有个哥们学医，以后我们几个算是都有靠了，谁没个父母生病的时候啊，没想到他小子特别不是个爷们，说晕血，死活不敢。结果后来放了榜才知道，你一个姑娘家家倒是上了医大。

韩　冬：我也是高二那会儿看《回首又见他》，让给蛊惑了，织田裕二穿上白大褂，手往兜里这么一插，特别有范。

吕　希：原来不是怀着医生救死扶伤的崇高理想啊。

三个人都哈哈大笑。

韩　冬：木兰，你爸的眼睛恢复得还挺好的吧？

木　兰：挺好的，基本恢复以前的视力了。

韩　冬：白内障是个小事儿，一般老人多少都有点，没办法，这就是器官老化，不过如果平时用眼多注意一点，别太疲劳，就能缓解老化的速度，尤其是像你爸这样已经做过一次白内障手术的，更得小心点，不然白内障再长出来的速度会很快。

木　兰：我回头给我爸打电话再重点交代一下。

韩　冬：你爸不在北京？

木　兰：回去了。刚手术完就着急走。

韩　冬：这么快就回老家了。可能在北京也住不惯吧，毕竟南方气候什么的都比北京舒服。

木　兰：我是想把他接到北京来。家里就他带着爷爷，两个老头，我有点不放心。

韩　冬：你也肯定是独生子女吧？

木　兰：是啊。

韩　冬：我们这代人都一样，一个人得管两个老的。两个人就得管四个老的。

吕　希：你爸你妈都挺好的吧。

韩　冬：我们家老头老太身体都还挺好的，毕竟还年轻嘛，也就六十上下的人，可就是脾气倒是倒着长回去了，有时候任性，得我哄着，有时候闹腾，还得压着。不知不觉的，我们跟父母倒了个个儿了，我们成大人，他们是小孩儿了。

吕　希：这就知足吧，父母身体好，已经是上上大吉了。

韩　冬：我听说你妈妈……

吕　希［点点头］：一年多了，谁也没想到，突然中风……下半身不能动了。

韩　冬：那你们挺不容易。

吕　希：幸好我爸身体还挺好，全靠他照顾我妈，不然我跟木兰的日子就没这么轻松。

韩　冬：你这父母还是在身边的呢，木兰老家那么远，是得把老人接在身边，会比较安心。

木　兰：是这么打算，反正先得看看房子。

韩　冬：哦，你们看房呢，准备看哪儿啊？

木　兰：哪儿都贵啊现在。我还特天真，还以为四环五环的房子总能买得起。

吕　希：真怀念买朗月园那会儿啊，三环边上的学区房，七千啊。

韩　冬：我们单位有个同事，两口子都是外地的，最近刚给父母在燕郊买了套房，才八千一平米。

木兰 & 吕希：真的？八千？

韩　冬：嗯，听说是一个老年社区。叫夕阳新城。

吕　希：具体在哪儿？

韩　冬：你们要想知道，我马上发短信问他。

木　兰：谢谢。

韩　冬：都是小事不用谢。等你爸爸来北京了，以后眼睛有什么事尽管找我。

木　兰：好。

24. 路上，夜，外

吕希开车。

木　兰：韩冬人真不错。

吕　希：还行。

木　兰：这么好的人怎么到现在还单着啊？

吕　希：不知道，这事都是大家自己的事，我们男同学也不好多问。

木　兰：要有合适的人，咱给她介绍介绍。

吕　希：我说你们女人一旦自己嫁出去了怎么都成媒婆了。韩冬说那夕阳新城，我觉得挺不错的。

木　兰：燕郊啊，得在六环外了吧。

吕　希：其实在哪环不重要，重要的是社区，周围配套好，在哪儿都没关系，北京本来也不是一个中心，关键得生活便利。

木　兰：价钱是挺诱人的。

吕　希：要不这么行不行，我们明天去实地看一眼，比什么都强。

木兰点点头。

25. 吕家主卧室，晨，内

天还蒙蒙亮，吕母就醒了。

吕　母：大忠，醒了吗？

吕　父［睁开眼睛］：你醒了啊，那我不能睡啊，必须得陪你说话了，这是我的早功课啊。

吕　母：你还挺贫。

吕　父：不贫怎么娶上你。

吕　母：你还记得小希小时候门牙被磕掉的那事吗？

吕　父：今天想起这事来了。

吕　母：嗯，一睁眼，突然这事就跑脑子里来了。

吕　父：怎么忘得了。那天他高高兴兴地出门，和吴德全儿子玩去了。没多久就哭着回来，说是老吴儿子让他爬到栏杆上，刚爬上去，老吴儿子就踹了一脚，他腿一软，牙给嗑栏杆上了。

吕　母：那次真给吓得够呛，小希回来的时候满嘴的血，我还当吐血了呢。幸好人没嗑坏，本来也是要换牙了，小希就是吓了一大跳。结果你倒好，差点没打人儿子去。

吕　父：能不教训那浑小子吗？有这么开玩笑的吗？把我儿子吓成这样，让他爸打他一顿算是轻的。

吕　母：你这暴脾气，老了还这样。

吕　父：也就你能受得了我这脾气。

二老头挨着头，特别幸福的感觉。

吕　母：时间过得真快啊，一晃，小希都当爹了。

吕　父：可不是嘛，咱俩也老了。

吕　母：我这身体不争气，这两年连累你了。

吕　父：谁说的。

吕　母：年轻时候你最喜欢旅游，就是没时间，那时候就说等退休了，咱俩把祖国名山大川都跑一遍。好容易退休了，小希成家了，有了悦悦，他们小两口工作忙，带孩子有困难，不帮他们不行啊，好容易悦悦也上幼儿园了，想着终于能陪你旅游去了，我又……

吕　父：我伺候你，我乐意。再说了，怎么我们就不能去旅游了，我推着你，我们照样能登泰山，游黄河。要不咱们安排安排就走？

吕母笑笑，也知道老头是安慰她。她从枕头底下拿出录音笔。一按，刚才的对话传出来。

吕　父：原来你是派这个用场啊。

吕　母：咱俩每天早上醒过来都喜欢说会儿话，我就想着不能白说，得留个纪念。

吕　父：咱俩又不是名人，留给后世谁听啊。

吕　母：这不是留给后世的，这是我留给你的。

吕父愣。

吕　母：老伴老伴就是老来做伴的，我这身体，将来肯定得比你早走，有一天我走了，你早上醒得早睡不着了，就听听这录音，就好像我还伴着你。

吕　父［有些伤感］：别瞎说了，我没同意，你走什么走，得好好活着陪我，我伺候着你呢！

吕母感动地点点头。

吕　父［起身］：起床了，我得给心肝宝贝悦悦准备午饭去。

26. 老年社区售楼处，日，内

木兰和吕希看着沙盘，身边销售介绍楼盘情况。

销　售：我们这个老年社区的宗旨是为老年人打造一个安详幸福的晚年，提供了包括医疗门诊，紧急救护，医疗护理，基础护理，日常服务，休闲养生，文化娱乐，餐饮健身等专业化，规范化的服务内容，构筑全天候，全过程，全方位的亲情服务。

吕　希：多少钱一平？一般是多大的户型？

销　售：只要八千一一平，一个六十平米的小两居在四十多万，首付只要十几万。正好这个月在搞活动，月底前定还能有两个点的优惠。先生，来我们这儿给父母安排晚年居所的人特别多，这样的优惠活动结束了之后就不会再有了，如果看中的话还是早点定吧。

吕希看木兰。

木　兰：我们再考虑考虑吧，谢谢。

27. 路上，日，外

吕希开车，木兰坐在一旁。

吕　希：怎样？

木　兰：我不喜欢这儿。这儿唯一的优势就是便宜，可那是因为，往前一步就是河北了。

吕　希：要搁过去皇上手里，二环外都是河北。

木　兰：我爸是个喜欢热闹的人，可会找乐子了，在桐城过得挺快乐的，要是我把他接北京来，实际上是给安置在河北，他们又不会开车，这儿交通又不方便，住在这儿就等于被圈了起来，就像一个牢笼一样，这跟软禁有什么区别？

吕　希：你不要这么偏激好不好？还是那句话，再远这也是在北京的地界，再远也比桐城近。北京以后肯定能跟东京一样，东京周边地区全都是东京，这儿现在是河北，几年后肯定就是北京，地铁肯定会通的。

吕希观察木兰的神色。木兰紧闭双唇，不发一语。

吕　希：不管怎么样，你爸和你爷爷在这儿住，平时坐个公车就能进城上咱家，虽然路上时间久点，可老年人不就那么打发时间嘛。再说了，周末我们也可以上这儿看他们，万一要有个事开车也就是一个多小时的事，多好啊。

木　兰：反正我不忍心把两个老头放这儿。

吕　希：那你说怎么办？凭我们家现在的条件，除非是把朗月园的房子卖了，不然怎么能在城里买上三居？可卖了朗月园，悦悦不上中关村三小了？

木兰不说话了。

吕　希：木兰，我理解你想孝敬你爸的心情，可是也得面对现实是不是？！

悦　悦：爸爸你别这么大声。

吕希忍住气，沉默了。木兰也不再说话，转头望着窗外出神。

[旁白]：江木兰深深地感到了为难，做了母亲之后，她才越发理解父亲的舐犊之情，为了自己的孩子，父母是什么都可以付出的，这也就是为什么父亲为了不拖累她，考虑要去住养老院。生存现实是一道非此即彼的单选题，一头是老人，一头是孩子，顾得了一头就顾不了另一头，怎么就没有两全其美的办法呢？

28. 桐城老年公寓售楼处，日，内

江开国扶着江多福正在看沙盘。小江在一旁陪着。

小　江：爷爷您看，这儿将来是一个花园，您将来愿意下来遛个鸟啊，钓个鱼啊，都特别方便。

江开国：再给介绍介绍房间里的情况。

小　江：爷爷，房间里就更别提了，需要的我们全都帮您考虑到了。您就踏踏实实地活一百岁吧。

江开国：将来真有一天我们都老得动不了了，有专门的人照顾我们，做饭洗衣收拾屋子，保健看病，公寓全管。

江多福：我没意见，都听你的。

江开国：小江，我想要两间房。

小　江［喜笑颜开］：好，本家大叔，您不知道，就这么两天，订出去了二十几间，就剩三套了。

江开国：这么快？

小　江：我真没蒙您，真的很俏。我给您挑剩下的三间里最好的两间。

（跳接）江开国和江多福坐在签约的格子里。小江把合同拿给他们。

小　江：叔您看，一间房六万，两间一共是十二万，签约当天，先交两万定金，十五天之内，把余下全款全部交齐。

江多福：这么多钱呢。

小　江：爷爷啊，这还贵啊，能住四十年呢，还有专人服务。

江开国：十五天就要交齐？

小　江：对，全款。

江开国有些沉吟不语。

小　江：叔，是不是钱方面有点不方便？

江开国：不瞒你说，我手上现在就两万存款。前几年我女儿和女婿在北京买房，我把所有的积蓄都给他们了。

小　江：叔，都是您这情况，我们早帮您想周全了。

江开国：是吗？

小　江：您现在住房是自有的吧？

江开国：对。

小　江：那就行了，您看那儿。

江开国顺着小江的手指，看到一旁有一个台子，挂着XX银行横幅，坐着一个工作人员。

（跳接）江开国和江多福坐在工作人员对面。

小　陈：江叔，您好，我是小陈。我给您介绍一下程序。这次我们银行和逸静老年生态公寓联手推出的抵押贷款活动，就是为您这样的老人服务的。以房养老，安度晚年，您拿着您的房子来我们银行办贷款，贷着钱了就交给公寓开发商，然后您每月的工资还银行的贷款就行了。为了减少老人家的麻烦，我们特别为老年人提供的一条龙服务，现在办公，特事特办，一切手续尽量简化。估计从估价到放款只要一周就能搞定。

江开国［有些犹豫］：那我的房子还在吗？

小　陈：在啊。您只是抵押给银行了，让银行先借您钱买这公寓，解燃眉之急，等将来您手头宽裕了，把本金还了，房子就还是您的啊。

江多福［拉了拉江开国］：开国，这是大事，咱们回去再合计合计。

29. 吕家客厅，日，内

吕希开门，一家三口进来。他和木兰明显还别扭着。

吕　希：爸，我们回来了。

吕　母［摇着轮椅］：小希你们回来了。

悦　悦［扑进吕母怀里］：奶奶，看，我摘的花，给你的。

吕　母［把悦悦搂在怀里亲］：宝贝儿哟，谢谢啦。

吕　父［从厨房出来，手里抓着条大鱼］：回来了。

吕希 & 木兰：爸。

吕　父［晃晃手里的鱼］：悦悦，看这什么？

悦　悦：哇，大鲤鱼！

吕　父：爷爷特地为你去水库钓的，绿色的。

吕　希：爸，我来帮你收拾吧。

木　兰［从包里拿出一支染发膏］：妈，今天该染头发了。

老两口也看出小两口有点不对。

30. 吕家卫生间，日，内

吕母头边围着报纸，木兰正细心地给她染发。

吕　母：木兰，你跟小希没事吧。

木　兰：没事。

吕　母：我这身子不争气，一直拖累你爸，就希望以后别拖累你们俩。我要是瘫了不能动还得让你们来照顾我，我肯定得自己找个地儿自己死了算了。

木　兰：妈，干嘛这么说，现在爸不是陪着你嘛，爸是心甘情愿的，将来要我们照顾你们二老，我们也是心甘情愿的。你只管放宽心，把身体保养好。

吕　母：你是好孩子，能有你当儿媳妇，我真是有福。我只求将来能有个痛快，别给你们添负累。

木　兰：我妈走得早，自从我嫁给吕希，你对我就像自己女儿一样。你就是我的妈。别担心，一切都会好好的。

吕　母［点点头］：不管小希有什么地方让你生气，你看我面子上，都要原谅他。

木兰点了点头。

31. 客厅，日，内

木兰推着吕母出来。吕父和吕希在摆饭桌。看到吕母，吕父眼睛一亮。吕希有点惭愧。

吕　父：老太婆，又年轻十岁了啊。还是儿媳妇贴心。

吕　母：是啊，要不说生闺女是父母的贴心小棉袄呢。小希，木兰替你这个当儿子的对我好，你可不能欺负她啊，知道吗？

吕　希：我哪儿敢欺负她啊。她是我们家老大。

木　兰：我谢谢啊。

吕　母：好了好了，吃饭。

32. 路上，日，外

江开国扶着江多福缓缓走过来。江开国有些忧色。

江多福：走，去援朝家。

江开国：爹，去他们家干吗？

江多福：得去跟援朝他们要点钱，我不是你一个人的爹，也是他的爹，不能什么都你一个人负担。

33. 江援朝家大卧室，日，内

江开国和江多福坐在江援朝和贾幸梅面前，挤在堆满东西的沙发上。

江开国：援朝，现在就是这么个情况，给爸租那公寓要六万，我手头上确实是有点困难，看能不能你们家稍微出点，一万，两万都行。

贾幸梅［怪叫］：哎哟大哥，到底是见过大世面的人，随便开口都是一万、两万的。

江开国：不是这个意思，就是你们多少能不能出点。

江援朝闷声不说话。

贾幸梅：大哥，我们家条件向来都不如你们家，一直就没钱。我们家马上要添孙子，钱就更紧了。

江多福：援朝，这么多年，都是你大哥在养我，你还记不记得当初我搬你大哥家去的时候你怎么说的，说好了一个月给两百养老金的对不对？可后来给过吗？每个月都是催着才给的，也就给了五个月，后来就说单位效益不好，欠一欠，一直欠到现在，你好意思吗？

江援朝低着头就是不说话。贾幸梅立刻跳了起来。

贾幸梅：爸，你不能这么偏心吧，有你这么说自己儿子的吗，好像我们援朝多不孝顺似的。大哥以前是厂长哎，我们援朝是什么？

江多福：你大哥那是公家单位，厂长也没挣多少钱。

贾幸梅：我不说以前，就说现在，援朝也快退休了，才几个退休金啊，志新一个月才挣几个钱，春妮马上要生了，家里哪儿不得花钱啊，我们家现在经济负担多重啊，爸你是不是同情同情我们？！

江开国：幸梅……

贾幸梅：大哥家多轻松啊，木兰在北京，还是超市大经理，一个月怎么着也得挣个一万吧，房子车子都有了，大哥又有退休金，还在外面干活有外快，哪点不比我们强啊。我们有什么呀，一家四口，不，马上就五口了，就住在这么个破房子里，一分都恨不得能掰成两分花，你还让我们这么穷的人出钱，是不是不让我们活了呀，这志新可是要给老江家传宗接代的呀，爸你重孙子是不是得志新给你生啊，你是不是该心疼志新一点呢，木兰家孩子可不姓江。

江援朝：哎呀，你说这些干嘛。

贾幸梅［一瞪眼］：我说错了吗。

贾幸梅说完蹬蹬蹬地跑进屋，一会儿出来时手里拿着一张B超图，放到江多福和江开国面前。

贾幸梅：爸，大哥，你们看看，我们偷偷托人超过了，我们家春妮怀的是个男孩！看看，小鸡鸡清清楚楚！爸，这可是老江家第四代第一个，也可能是唯一一个男孙！只有他是姓江的！除非小顺找回来，不然，他就是独苗中的独苗！

江援朝偷偷拉贾幸梅的衣服，贾幸梅一把甩开，理直气壮地站着，一脸的得意。

贾幸梅：我说的都是大实话！

江多福［气得说不出话来］：你……

江开国：爹，我们回吧。

34. 江开国家客厅，日，内

江开国扶着江多福回来。江多福还气得发抖。

江开国：爸，别生气了，幸梅就是那么张嘴，我们都习惯了。

江多福：不肯出钱就算了，说话还句句戳人痛处。这个女人不像话！

江开国叹口气，拿起电话拨了一串号码。

江开国：小江吗，我是你本家大叔。我已经想好了，就那么办，拿房子抵押贷款交房费。就让小陈赶紧帮我办吧。

放下电话，江开国看见江多福面有忧色地看着他。

江多福：铁蛋，我总觉得押房子这事有点大，要不还是跟木兰商量一下？

江开国：跟木兰商量，她肯定就拦着不让我买。她不愿意我上养老院，觉得对不住我。我想着，就等事情都办妥当了，再告诉她。

江多福只好点了点头。

35. 路上，夜，外

吕希在开车。木兰抱着悦悦，悦悦已经睡着了。

吕　希：不生我气了吧。

木　兰：没那功夫。

吕　希：对不起啊，我不该那么大声。

木　兰：我也着急了。其实，想换房这事挺没谱的。

吕　希：不是没谱，是莫着急。

木　兰：夕阳新城我是不考虑的，太远了。

吕　希：不喜欢那儿咱就先不买。北京这么大，房子那么多，我就不信咱找不着一个合适的。别给自己太大压力，毕竟你爸身体还好，也不是说明天就得把你爸和爷爷接过来。我们还有时间考虑。

木　兰：还有时间多挣点钱。

吕　希：就是嘛，等再攒点钱，买个离咱们家近一点的房子，也不用耽误悦悦上学，你说是不是？

木　兰：要是我能当上店长就好了，当上店长至少能涨几千工资。

吕　希：你们店还有谁能比你好，你肯定能当上店长的，老婆，我相信你！

木　兰：我也相信我自己。

第 3 集结束！

田咪啃老倒卖旧衣，吕希父母慷慨解囊

1. 亚芝屋子，日，内

桌子上放着一张北京到桐城的火车票。亚芝正在收拾衣服。她看到那张火车票，不由自主地露出了笑意。这时候田咪拖着两大蛇皮袋进来。

田　咪：妈！快来帮忙！

亚芝忙过去，帮着把蛇皮袋拖进来。

亚　芝：这什么呀，这么沉？

田　咪［喘着气、擦着汗、拿过桌上的水喝］：妈，这是我的货。

亚　芝：进货去了啊。我说你怎么一大早就出门了。

田　咪：早起的鸟儿有食吃嘛。

亚　芝：到底是自己的生意，就是勤快。

田咪已经打开蛇皮袋，里面倒出一大堆旧衣服。

亚　芝：怎么是旧衣服？

田　咪：妈你小点声。这是我托关系才弄到的货。

亚　芝：你要卖旧衣服？

田　咪：哪有那么严重，这些衣服也都穿过一次半次的，洗洗干净，熨熨整齐，不跟新的一样嘛。

亚　芝：还要当新衣服卖？这不是骗人吗？

田　咪：什么骗人啊！别看是旧衣服，也就是人家穿了一次两次的，洗完以后根本看不出来的。

亚　芝：这不合适吧。

田　咪：有什么不合适，哎呀，妈，你就别操心了。等着数钱就行了。哈哈，当老板的感觉真好！

田咪跳着走了。亚芝看看那小山一样的脏衣服，无奈。她转身继续整理自己的行李袋。

2. 超市卖场，日，内

大米特价的牌子很醒目。老头老太在大米的柜台前排起了长龙，每人两袋。大爷大妈互相议论，“这大米真不错……比对面联合超市的强多了……”，“可不是，家福多就是有信誉，搞特价的大米跟平时一样好……”。木兰站在一旁看着，听到这些话露出了一丝笑意。

（跳接）台子上的大米已经一抢而空。工作人员在收拾了。木兰也准备离开。这时候一个七十多的老太太着急地走了过来，气喘吁吁的，看到台子上什么没了，一下子惊了。

陶老太太：大米没了？

工作人员：大妈，已经卖完了。

陶老太太［手里拿着宣传海报，快哭了］：怎么这么快就没了？我大老远地过来，怎么就没了？

木兰留了心，没走。

工作人员：大妈，咱们这活动搞六天，明天还有一天呢，人确实挺多的，明天您得早点过来。

陶老太太：我倒公交过来的，路上堵车啊，家住得远，来一趟太不容易了。

工作人员：不好意思啊，大妈，今天的大米全都卖完了。

陶老太太站着，走也不是，不走也不是，一时彷徨，看着挺可怜的。

木　兰［走过来］：大妈，我是这儿的经理小江，您先别着急，要不这样吧，您先回家，晚上我给您送点大米过去。

陶老太太：那就太谢谢你了，小江。

木　兰：您把您地址给我留下就行。

3. 江开国家客厅，日，内

小陈正在看房子，江开国和江多福在一旁陪着。

小　陈：大叔你放心，你这房子贷十万没问题。

江开国：咱们桐城的房价也就三千多，我这房子总共也就四十多平米，真的能贷十万？

小　陈：大叔，咱们国家现在进入老龄化了您知道吧。

江开国点了点头。

小　陈：老龄化社会，老人在人口中占的比例越来越高，让老人能老有所养是最重要的事，政府提倡老人家以房养老，所以我们银行也得响应啊，也是为和谐社会出一份力嘛。有政策倾斜的，您就放心吧。

江开国［有点懵懂地点了点头］：反正只要我按时还利息，房子就还是我的吗？

小　陈［从包里拿出文件］：房子一动不动，还在您名下的，谁也抢不走，按月给利息就行。大叔，在这儿这儿这儿签上字，就行了。

江开国：这么厚呢？

小　陈：我们这是统一的文件，标准格式，您放心，签个字就行，其他的事情我们替您操办。

江开国：就这么简单？

小　陈：就这么简单，您签完字，一周后就放款，直接从您户头上就打到开发商的户头上了，都不用再麻烦您倒腾来倒腾去。

江开国签好了字，小陈把文件收起来。

小　陈：大叔，您这个房子的抵押贷款时间是两年，两年之内必须把十万块钱给还上。

江开国：那要是两年后我还不上这十万块钱怎么办？你们银行要收我房？

小　陈：哎呀，大叔，您肯定能还上钱，两年后老年公寓建好了，您把这房子一卖，把银行本金还了不说，这两年房价再一涨，到时候还能富余不少钱呢。不是您一家这么干，我好多客户都是用这个方法买的养老公寓。

江开国：别怪大叔多嘴多问，实在是，老人家了，也没什么别的傍身的财产，就剩下这么一套房子，就全指着它将来养老了。

小　陈：您就放心吧。我自己爸妈跟您情况也一样，我这也是刚参加工作没挣什么大钱，他们也是做的房产抵押，买了静逸公寓。

江开国：真的？

小　陈：您就等着到时候带着老爷爷入住享福，还能跟我爸妈做邻居呢。

江开国：好好。

小　陈［一脸的忠厚老实］：大叔我先走了。

江开国：慢点。

小陈离开。

江开国：好了爹，这桩大事总算是落定了。我们就等着三年后入住吧。那儿环境是真不错，木兰小时候我老带她远足，将来她回来看我们，肯定也喜欢那儿。

江多福：这么多年，都是你一个人管我，这回这么大事，又让你一个人管我。援朝太不像话了。

江开国：爹，我管你应该的啊，我是你儿子啊。这不是问题也解决了吗？有了这个养老公寓，咱们就不用担心以后了。

4. 江开国家楼下，日，外

小陈出门，突然就收起那副忠厚老实的嘴脸，很阴险地笑了，掏出手机打电话。

小　陈：都搞定了，差不多准备收网了吧。

5. 亚芝屋子，日，内

亚芝正在摆碗筷。余淼打着哈欠进来了。

余　淼：妈，有饭了吧。饿死我了。

亚　芝：可以吃了。叫咪子。

余　淼：咪子，吃饭了！

一会儿，两人进来，坐下来，亚芝给两人盛上饭。

亚　芝：淼淼，妈妈想跟你说个事。

余　淼：什么事啊？

亚　芝：最近呢，我老想老家的亲戚。

余　淼：老家不都没人了吗？

亚　芝：你还有个表姨在呢。

余　淼：都十多年没回去了，跟表姨还走动吗。

亚　芝：就是十多年没回去了，最近还挺想回去的。想去看看启安现在成什么样子了。

余　淼［不走心］：去去呗。

亚　芝［掏出火车票］：那我今天晚上就走了啊。

田　咪：哟，票都买好了。妈，你这是早就打好的算盘了啊。

余　淼：就是啊妈，你怎么连票都买好了，这么急着走啊。

亚　芝：突然就起兴了，现在买火车票也方便。

余　淼：那就……

田　咪：妈，我还想请你帮忙呢。

亚　芝：什么？

田　咪［撇撇墙角那小山状的一堆衣服］：我这刚进了货，正缺人手呢。

余　淼：你不是要妈帮你去看店吧？

田　咪：不是，是想让妈帮着把衣服洗了。我自己熨就行。

亚　芝：咪子，把旧衣服当新衣服卖真的不好，你让淼淼说。

余淼看一眼那一堆衣服，其实也有点嘀咕，看了眼田咪。

田　咪［笑眯眯］：妈，我知道你是好人，心里有障碍，可做生意就是这样，首先得赚钱，这批衣服质量真的很不错，肯定能卖出去，马上就能回本。

余　淼：真的啊？

田　咪：当然了，这点账我还算不过来吗。等两万本钱回来了，我们就能把妈的养老钱还回去了是不是。妈，我们借钱心理压力也很大，就想快点还了，以后挣多挣少都是自己的。

亚　芝：我也没催你们还钱。只想着你们做生意能本本分分的。

田　咪：妈，大道理你就说了。我们也没不让你回老家，就是请你帮忙，别赶着现在正忙的时候走，洗那些衣服能用几天呢，等我的店一开张，上了正轨，你这么忙了，你再走也行嘛。

余　淼：妈，咪子说的也有道理，现在缺人手，你就当帮帮儿子媳妇，好不好。

亚芝只好点了点头，她失望的目光落在那张火车票上。

6. 江开国家客厅，日，内

江开国和江多福刚刚吃好饭。江开国收拾碗筷。

江多福：你是不是该给那个亚芝打电话了，问问她火车票买好了没有。

江开国：爹，你着什么急啊。

江多福：不是朋友吗？家里来客人热闹啊。

江开国：行，我洗好碗打。

江多福：现在先打。打。

江开国觉得好笑，只好过去打电话。

7. 亚芝屋子 / 江开国家客厅，日，内

亚芝正在把脏衣服装到一个大盆里。手机响。亚芝一看是江开国，有点愣神。江开国持续拨号，一旁江多福偷眼看他，禁不住地高兴。亚芝终于鼓足勇气接电话。

亚　芝：老江。

江开国：亚芝啊，饭吃了吧？

亚　芝：吃了。

江开国：那个，我就问问，你火车票买了吗？

亚芝的目光落到了床头柜上的火车票上。

亚　芝：没有。

江开国：不是想吃瓤豆腐吗？怎么还不去买票。

亚　芝［忍住委屈］**：**最近有点没时间。家里孩子有点事，我得帮帮。

江开国：哦，这样啊，孩子有事肯定得帮。不着急不着急，等忙过这段再说。

亚　芝：是啊。

江开国：你先忙，什么时候空下来了，随时回来，瓤豆腐随时有。

亚　芝［窝心地笑了］**：**谢谢。

江开国：谢就见外啦。咱们是老乡嘛。你忙你的，我等你电话。

亚　芝：好。

江开国：那我就先挂了。

亚　芝：挂了。

放下电话，江开国看看江多福。

江多福：不来了啊？

江开国：要帮孩子做事，暂时没时间回来。

江多福略有些失望地叹了口气。

江开国：爹，你叹什么气啊。

江多福：谁叹气了。

江开国笑着走开。亚芝放下电话，心情又好多了，坐了一会儿，继续去收拾脏衣服。

8. 陶老太太家楼道，夜，外

木兰拎着一大袋米，手里拿着纸条，爬楼梯，找门牌号码。然后敲门。

陶老太太［开门］**：**小江你真来了？

木　兰：陶大妈，我答应你的，肯定得来啊。

9. 陶老太太家客厅，夜，内

木兰拎着米跟着陶老太太进屋，光线较暗，里屋有微弱的光，灯下一张凳子，桌上有个灯泡。

木　兰：陶大妈，灯坏了啊？

陶老太太：泡憋了，刚去买的，正要换，年纪大了，腿脚不利索了。

木　兰：我来。

木兰爬上凳子，换灯泡。

（跳接）灯一下子亮了。屋子里的一切显现出来，狭小的空间，简单的桌椅。

木　兰：好了，陶大妈。

陶老太太：谢谢你小江。

木　兰：顺手的，不客气。

这时候从里屋颤颤巍巍走出一个更加干瘦的九十多岁的老太太。

老　母：灵子，家里有客人？

木兰有些诧异，没想到本来已经很老的陶老太太竟然还有一个更加老的妈。

陶老太太：妈，这是小江，家多福超市的经理，给我们送大米，早上我不是去晚了，没有买上嘛。

老　母［显然耳背］：哦，你要去买米，已经很晚了，明天再去买吧。

陶老太太：妈，不用去买了，这儿有大米了。

老　母：对，大米好吃，香，明天你一早就得去。

陶老太太：小江，我妈耳朵不太好使。

木　兰：老太太高寿？

陶老太太：九十一了。

木　兰：那真是老寿星了。陶大妈，家里就你们俩？

陶老太太：可不就我们娘儿俩，这把年纪了，就相依为命吧。我妈没劳保，就靠我那点退休金，米钱菜钱天天看涨，你们超市的大米打折，我是真想买。还好你这孩子心肠好，给我送来了，不然明天一早还得去，我这腿脚也不太好，拖这一袋米回家路上得一个多小时才得。

木　兰［环顾四周］：陶大妈，以后您有需要，就给我打电话，我给您送过来。

陶老太太：谢谢你了，你真是好心的孩子。

老　母［突然看着木兰］：灵子，这孩子是谁？

木　兰：老太太，我是小江。

老　母：哦，姜啊，姜好，去寒，特别好。是不是啊，孩子？

陶老太太无奈地看看木兰。

木　兰［笑着］：是的，老太太，姜是好东西。

10. 路上 / 江开国家客厅，夜，内

木兰在开车，若有所思。她拿起手机打电话。江开国正往盆里加热水，给江多福泡脚。

江开国：爸，还加吗？

江多福：再加。

江开国：现在够吗？

江多福：可以了，这还差不多，真舒服呀。

江开国：热水泡脚活血……

家里电话响。

江开国：喂？

木　兰：爸。

江开国：木兰啊，你下班了？

木　兰：嗯，回家路上。你和爷爷干嘛呢？

江开国：我跟你爷爷泡脚呢。

木　兰：对啊，爷爷最喜欢泡脚了，喜欢很烫的水。

江开国：你们都挺好的吧？

木　兰：我们都挺好的。[柔情顿起]爸，你和爷爷在家，灯泡没坏吧？

江开国：灯泡没坏啊，怎么突然问灯泡？

木　兰[忍住心酸]：万一灯泡坏了可别自己换，找人帮帮忙，换灯泡要爬高，万一摔了怎么办。

江开国：爸爸这点事还办得了，没问题的，别担心啊。

木　兰：爸，用电用煤气都小心点啊，千万别火上做着东西走开啊。

江开国：知道，怎么今天突然变成小唠叨了。

木　兰：不放心你们。

江开国：我们都多大人了，还用你不放心。

木　兰：爸，我关心你们太少了。

江开国[有点心酸]：谁说的，电话不是老打，还寄钱给我们，还要再怎么关心。我们都挺好的，不用操心。

木　兰：爸，等着，不会太久，我会接你们到北京来。

江开国：不用不用，我们在老家挺好的，其实我们已经定了一个……

木　兰：我想把你们接在身边。

江开国一下子又没说出口。

木　兰：爸，我快到家了，不打了，你们自己多照顾自己。

江开国：知道。挂了。

放下电话，江开国抬头，看到江多福正看着他。

江多福：没跟木兰说逸静公寓的事？

江开国摇了摇头。

江多福：这么大事，得跟木兰说。

江开国：我怕木兰知道了会伤心，会生气。她一门心思想接我们去北京，想把我带在身边照顾，我倒好，自己在桐城偷偷安排，这要让她知道，她会难过的，会觉得没对我尽到责任。上次就跟她提了一句，她就特别难受。我真不知道怎么跟她说。

江多福：你们父女俩啊，就是都太替对方着想了。你说你老婆走了之后，如果不是为了木兰，你肯定还会再婚的吧。

江开国：木兰是我女儿啊，为了她我什么不能忍。

11. 木兰卧室，夜，内

吕希靠坐在床头用笔记本写材料。木兰推门进来，一面抹着面霜，一面钻进被窝。

木　兰：还在写材料呢？

吕　希[合上电脑]：等你呢。

木　兰：我今天下班后去给一个老太太送了点大米。

吕　希：江大善人做好人好事去了。

木　兰：那家七十多的女儿带着九十多的妈过，是不是特别不容易。

吕　希：是啊，真够不容易的，两个老太太。

木　兰：家里换个灯泡，买袋大米啊，都不是件简单的事了，看着就揪心。我爸和我爷爷不一样嘛，我爸六十了，我爷爷八十多了，身体还能强壮几年，我真是不放心把他们自己放在桐城。

吕　希：其实夕阳新城真的不错。

木　兰：我现在也觉得不错了。本来想着能在家附近给安置一下，可不知道哪天能办到。你说的对，燕郊再远，也是开车一个多小时的事，怎么也比回桐城一趟方便。

吕　希：你想通了？

木　兰：想通也没用啊，首付不是还差五万块钱嘛。咱家全部的存款现在只有十万出头。

吕　希：像咱家这种情况，要不是你会持家，这些年怎么能攒下十万块钱。还差五万，不行我们去同事朋友那儿借一借。

木　兰：算了吧，五万不是小数，身边的人，谁家不跟咱家一样一堆花钱的地方，谁也不轻省，哪里有闲钱等着帮助朋友呢。现在要有朋友管我们家借五万，我也得想想。

吕　希：先别说钱的事，说是不是想好了买夕阳新城？

木　兰：想。你能变出钱来？

吕　希：不能。

木　兰：讨厌。

吕　希［搂住木兰］：咱还是今朝有酒今朝醉，先过夫妻生活吧。

木　兰［笑着拍他］：就为这个等我啊。

吕　希：那不是废话嘛，等你宠幸我啊，我容易嘛我。

木　兰［笑着依偎在吕希胸前］：不管在外面多累，回家听你说说这些话，就轻松了。

吕　希：木兰，咱俩都是独生子女，咱俩应该能生二胎吧，咱再给悦悦生个小弟弟出来。

木　兰：我倒是想啊，可是现在这负担就够压人的，再生一个，算了吧。

吕　希：等过两年，等把你爸你爷接来安顿好了，等你当上店长，等我当上馆长，咱家收入增加了，再换个大点的房子，咱们再生一个。

木　兰［笑着点点头］：希望有那么有一天吧。

吕　希：一定会有那么一天的。

12. 超市卖场，日，内

木兰和葛文倩在巡场，路过百货部。只见曾宏得意洋洋地正在场子里看着，左顾右盼的。

葛文倩：瞧瞧那小子得意成什么样了。

木　兰：他得意什么？

葛文倩：换新车了。

木　兰：可以啊。

葛文倩［小声］：那小子歪门邪道的东西太多了。

木　兰：什么意思？

葛文倩：你不知道，我听说啊，他老压着供货商的款不给。

木　兰：啊？

葛文倩：胆儿够大吧。说是挪去炒股了。前一阵子行情反弹，说是挣了不小一票。这不就换车了。

木兰难以置信的表情。

葛文倩：你说咱们怎么就没想到这么一招儿呢。不服不行啊，弄钱方面那小子确实是有两把刷子。

木　兰［目瞪口呆］：那可是挪用……

葛文倩：神不知鬼不觉的，压款一两个月算什么呀，其实也没事。嗨，人有多大胆地有多大产。

木兰看着得意洋洋的曾宏，还是一脸的不可思议。

13. 超市里木兰办公室，日，内

木兰进来，有些犯愁地坐下。这时候会计出现在门口，敲了敲门。

会　计：江经理。

木　兰：郝大姐。

会　计：这是珍奇食品公司这个月的货款，我给你拿过来。

木　兰：谢谢啊。我给忘了，该我去拿。

会　计：嗨，我正好过来，顺路。

木　兰：谢谢。

会计把支票放在木兰桌上，走了。支票上面五万五的数字很醒目。木兰有些出神。

14. 吕家客厅，日，内

吕希手里捧着个水果纸箱子往屋里走。

吕　希：爸，单位发的，给你们拿过来。

吕父从吕希手里接箱子，吕母从屋里出来了。

吕　父：一箱子大梨，看着倍儿棒啊。

吕　希：单位也就这点福利了。

吕　父：公家单位还是好的，工资是少点，可是福利全面，还稳定呢。当初要不是你季叔叔的发小还在位子上，咱也没地儿托关系，这单位你可进不去。

吕　希：好不好的，一半一半儿吧。

吕　母：给我们留下几个就行，别的拿家里你们吃。

吕　父：就是，这么多，我们哪儿吃的了。

吕　希［坐下来，削皮］：先尝尝好不好吃。妈我给你削一个。

吕　母：小希，那天你们俩是不是闹别扭了？

吕希点了点头。

吕　父：怎么了？

吕　希：木兰想把她爸和爷爷接北京来。

吕　父：接北京来长住？

吕希点点头。吕父吕母都沉默片刻。

吕　母：按说应该的……

吕　父：她爸是应该，可是爷爷不合适吧。不是还有个叔叔吗？

吕　母：来了北京，肯定就是你们小两口的事儿了，要是叔叔能轮着养，你们负担能减轻一半。

吕　希：她那叔叔就别提了。特别不是个东西。木兰是个孝顺女儿，当初如果不是跟我谈上朋友了，她说不定毕业就回合肥上班去了，至少也要去上海，离她爸近啊。

吕　母：木兰要给她爸她爷养老，咱也不能拦着呀。将心比心，你要给我们养老，木兰也不能拦你。

吕　父：可接过来，你们怎么住啊？

吕　希：这不是最近看房嘛，想再买一套，将来她爸和爷爷过来能有地方住。看了一圈，勉强能够得着的，在燕郊呢。

吕　母：什么房子？

吕　希：老年公寓。远是太远了点，木兰有点不同意。

吕　母［沉思片刻］：小希，得赶紧定那个老年公寓。

吕　父：在燕郊呢。

吕　母：再晚，恐怕连燕郊也买不起了。既然将来木兰的爸爸和爷爷过来是没跑的了，那就得趁着现在燕郊房价还没涨起来先把房子定了，将来分开住，肯定比住在一起强。

吕　希：来，妈，吃梨。

吕希把削好的梨递给吕母，吕母咬了一口。

吕　母：真甜。

吕　父：来我也咬一口尝尝。

吕　母［躲开梨］：不能分梨的，要吃自己削一个去。

吕希和吕父都笑了。

吕　希：爸，妈，你们手上还有能周转一下的钱吗？

吕父和吕母互相看一眼。

吕　父：小希，不瞒你说，我们本来还有一笔定期，最近就到期，可是那笔钱我们已经有用处了。

吕　希：爸，你那儿着急吗？要是不急就借我们一下。仨月就能还，我们不是马上就发年终奖了。

吕　父：小希，跟你说实话吧，那笔钱我们定了墓地。

吕母看一眼吕父。

吕　希［有些内疚］：对不起爸，你就当我没说。

15. 超市里木兰办公室，日，内

木兰看着那张支票，长长舒出一口气，把那张支票放进抽屉，拿起办公室电话。

木　兰：穆总啊，你们这个月的货款可以结了。

16. 木兰家客厅，傍晚，内

吕希带着悦悦进家门。悦悦眼尖，看见木兰的鞋和包已经在了。

悦　悦：妈妈回来了。

木　兰［画外音］：你们回来了？

17. 木兰卧室，傍晚，内

木兰正在看自己的首饰之类的东西。悦悦进来，一下子扑进木兰怀里。

悦　悦：妈妈！

悦　悦［拿过木兰手里的首饰］：真好看。

吕　希：是不是想去典当行抵押？

木　兰［点点头］：我回家路上去问了问，首饰可以。

吕　希：够吗？

木　兰［摇摇头］：估计够呛。

吕　希：哎，我刚去趟我爸妈家，想管他们借一下，他们也没有。

木　兰：不能再去跟你爸妈开口了。当初买这房子，他们已经帮我们凑过首付。不管怎么说，明天我先去把这些当了，看看能有多少钱。

吕希点了点头。

18. 吕家主卧室，清晨，内

吕母慢慢地睁开了眼睛，望着天花板出神。一旁吕父也慢慢睁开了眼睛，转头看吕母。

吕　父：老婆子，今天又想起哪出了？

吕　母［哼唱］：一条大河波浪宽，风吹稻浪向两岸，我家就在岸上住，听惯了艄公的号子……

吕父出神地听着，勾起了情怀，不禁也引吭高歌。

吕　父：这是美丽的祖国，是我生长的地方……

二人合唱：在这片美丽的土地上，到处都有……

歌毕，两人互相看看，都感觉到幸福。

吕　父：你唱歌还跟三十多年前一样好听。就是在厂里公会活动上听到你唱歌，我才想着，说什么也要娶上你。

吕　母：咱们那笔定期今天能解开了吧。

吕　父：对啊，一会儿我就去取了，上墓地把二期款交了。

吕　母：老吕，咱把这笔钱先给孩子们吧。

吕　父：把五万块钱给小希他们？

吕　母：小希他们不是买老年公寓首付差五万嘛，正好咱有这笔钱，帮他们分担一下吧。

吕　父：可咱们这笔钱早就想好了去买墓地的嘛，咱们上回都交了五百的定金了，人家肯定已经下料做碑了，不交二期款不行吧。

吕　母：最不行就是五百定金损失了，跟人说句对不起。这儿能先帮上孩子，让他们周转一下，先把老年公寓给定了，那是活人的事，更大，咱们还能帮孩子什么，就能减轻这么点负担。

吕父沉吟。

吕　母：等他们手头松快了肯定能把钱再给咱们，小希不是说了吗，就几个月就该发年终奖了，到时候再去把墓地买了也不迟，反正也不急着去住是不是。

吕　父：行，都听你的，老婆子，不过你得再给我唱一首，我喜欢听你唱那个[开唱]九九那个艳阳天来哟，十八岁的哥哥坐在……

19. 墓地，日，外

吕父跟着一个工作人员石同志走到做碑的角落，放着很多做了一半的墓碑。

石同志：看，都下料了，还怎么把合同撤了？

果然那墓碑上已经刻上了吕父和吕母的名字。

吕　父：石同志，真的对不住，确实是家里有点急事，急着用这笔钱，不然也不会改主意，你也知道，现在找到一块地方好价钱又合适的墓地太不容易了，如果不是万不得已，我们也不舍得不要这儿。这是我和我老伴一块儿看好的地方，这周围青山绿树的，死了躺在这儿也值了。

石同志[沉吟片刻]：我们这儿确实不错，剩下的空位也不多了，你要放弃了，估计再来也没地儿了。你不就是急用钱嘛，这样吧，我们把合同改一下，再分两笔付款，我们给你留着位子，你以后不还得来嘛，总是要用的，你今天把碑的三千块钱交了，合同我给你做成长期的，等回头你这边钱准备好了再来交全款吧。

吕　父：哟，那敢情太好了，谢谢你石同志，你真是太好了。

20. 吕家客厅，夜，内

木兰和吕希带着悦悦来了，和吕母坐在桌子前。吕父端着一个大盘子出来，放到桌上。

吕　父：我们悦悦最喜欢的……

悦　悦[拍手]：红烧大鲤鱼！

吕　父[笑得像朵花]：爷爷特意给你做的。

木　兰：爸，赶紧来吃饭吧，太丰盛了。

吕　父：来了来了。

吕　母：吃饭前，咱先把正事跟孩子说了吧。

吕　父：对对对，等着。

吕父进里屋。木兰和吕希互相看一眼，都转脸看吕母。

吕　希：妈，你跟爸有什么正事啊？搞得这么神秘。

吕　母：有点东西给你们。

吕父已经出来，把厚厚一大纸包放在桌上。吕希和木兰互相看一眼，打开纸包，是五万块钱。

吕　希：爸，这哪儿来的钱？

吕　母：我们有笔定期，今天刚到期。

吕　父：你妈的意思，这笔钱你们先拿着，去把燕郊那个老年公寓先买了，这个月月底不是还有五个点的优惠呢嘛，别耽误了。

吕希和木兰非常意外。

吕　母：爸妈现在也就这点能力，能帮上多少算多少，赶紧趁着有优惠把那房子买了，木兰爸爸和爷爷来北京要住的地方，那是最要紧的。

吕　希：爸，妈，这笔钱不是要买墓地的吗。

木　兰：那我们不能拿。

吕　希：爸不是说墓地已经看好了，定金都交了吗。这笔钱给我们怎么行。

吕　母：给你们先应应急，把公寓买了，那是大事，房子那么贵，还得涨，别一回头连那公寓都买不起了，那就真来不及了。墓地的事回头再说。

吕　希：妈，现在好的墓地也跟房子差不多了，得下手快。

吕　父：我们不急啊，我们不急。

吕　母：就是，人家公墓的人也挺好的，还给留着位子，等什么时候钱方便了，再去把二期款交了。

木兰和吕希看着那摞钱。

吕　母：木兰，你别多想，这钱我们真的不着急，你们能先用上最好了，把老年公寓买了，你爸你爷爷来北京不就有地方了吗，大家心里都踏实，我跟你爸还想着，等将来有一天小希他爸身体不中了，我们也一起去老年公寓，和你爸你爷爷一起住。

吕　希：木兰，咱就听爸妈的，先把这钱借了，回头咱连本带息一块儿还爸妈。

吕　父：臭小子，跟爸妈就不用利息了啊。

吕　希：爸，这不是逗你玩吗？

吕母吕父都笑了。

木　兰［非常感动］：爸，妈，谢谢你们。

吕　父：木兰啊，我们就小希一个儿子，小希娶你进门，就是给我们多赚回了一个女儿啊，你对你妈多孝顺，都是一家人，不说见外话。

木兰点点头。

吕　父：好，吃饭了。来悦悦，爷爷帮你挑鱼刺，吃鱼咯！

吕父把一块鱼肉喂进悦悦嘴里，看悦悦吃，比自己吃还开心。

吕　父：好吃吗？

悦　悦：好吃！爷爷的红烧大鲤鱼最好吃！

大人们都笑。

21. 路上，夜，外

吕希开车。木兰抱着已经睡着的悦悦坐在后面。

木　兰：吕希，你爸妈对我们太好了。把买墓地的钱让我们先用。

吕　希：你对我爸妈也很好啊。哪儿有婆媳关系像你跟我妈这样的。

木　兰：我十几岁就没妈妈了，嫁到你们家，你妈对我就像自己妈妈一样，伺候我坐月子，又帮我带悦悦，总是在我们最需要的时候出手帮我们，现在还把自己最后一笔钱拿出来帮我们，我们俩真幸福，能有这么好的父母。吕希，将来，爷爷，我爸，咱爸，咱妈，都是需要我们负起责任来的。

吕　希：那肯定的，这四个老人就全指着我们了，这个责任你放心，跑不了。我们会对他们好的。

木　兰：好。

吕　希：夕阳新城，我们来了！

木　兰：呆子。

吕　希：现在最流行，天然呆。

22. 超市会议室，日，内

雷颂华：这半个月的特价促销搞完了，应该说效果还是不错的，对面新店开张这一仗，咱们不算太输，问题是后面怎么办？门对门的竞争肯定是长期的，不可能天天都搞特价，那我们就没利润了，还是得想别的办法提高营业额。大家有什么想法尽管提。

众人互相看看。

木　兰：店长，我有一个想法。

雷颂华：江经理，你说。

木　兰：我们这种零售终端现在竞争这么激烈，价格战都没得打了，还能拼什么，不就是拼服务吗，拼服务本质就是拼人心，得人心者得天下。

雷颂华：接着说。

木　兰：最近我给一个七十多岁的老人家送过一次大米，老人家和九十多岁老母亲独居，两个老人都已经是风烛残年，像她们这样的空巢老人很多，我们能不能为六十五岁以上的空巢老人家庭实行送货上门的服务，把温暖和食物一起送到老人的家里，这样既能解决一些老人的实际问题，又能引起大家对超市的好感。

葛文倩：这个主意好，我赞成。

曾经理：我觉得太不怎么地。

众人都看着他。

曾经理：我反对。这绝对属于劳民伤财，咱们不是淘宝，不是电子商务，咱们是实体店，这儿几千平米的地方占着。送货上门，增加我们超市的成本，给老头老太送东西，完全是费力不讨好，能挣多少钱啊。跑一趟挣的利润还不够油费的呢，人就要半斤肉，你说送是不送？

木　兰：送啊，为什么不送？如果只有一个两个七八十岁的老年人在家，我们给送一趟怎么了？挣钱是很重要，可做点好事也没什么不好。刚开始肯定是会增加成本，但是如果将来形成规模了，在送货的操作上进行合理规划，肯定能把成本降下来。

曾经理［冷笑］：我倒觉得现在当务之急是赶紧把营业额做上去，别让对面联合超市给比下去了。

雷颂华：你有什么思路？

曾经理：走大客户路线。我觉得应该做高档礼品，让大单位买作为分给员工的福利，还有那些五星级酒店什么的，人家肯定都用好东西，咱们去那些地方推销，肯定能有效益。

木　兰：我们超市是零售终端，是最最基础的，大客户固然重要，但是普通消费者更重要，我们应该为民服务，为老百姓做事，咱们还是应该更多地考虑大家的利益。

曾经理：江经理，你们部门一天到晚地赔钱做好事，我怕你将来业绩太差，总部那儿交不了差啊。

朱课长：曾经理，我们生鲜部的事儿，你怎么这么爱插手啊。

曾经理：生鲜部老是拖整个超市的后腿！

葛文倩：好了好了，大家别吵了，好好说好好说。

雷颂华：葛经理，你的意见呢？

葛文倩［想半天］**：**我觉得江经理的主意挺好的，我们干嘛不试试。

曾经理［冷哼一声］**：**这种哗众取宠的搞法有什么好的，要真好怎么从来没见别人搞过。只会赔钱的事谁家也不会做。

雷颂华：会不会赔钱不试过怎么知道。

木兰有些意外而感激地看雷颂华。

雷颂华：做生意就要敢于不走寻常路，如果只是因循守旧，永远都只能跟在别人屁股后头捡吃剩的。

曾经理不敢说话了。

雷颂华：这样吧，两条腿走路，都试试，你们分头去办，一个月之后我来看效果怎么样。散会。

众人起身往外走。

雷颂华：江经理留一下。

木兰站住了，会议室只剩下了她和雷颂华。

木　兰：店长，谢谢你支持我。

雷颂华［冷面］**：**江经理，这次促销活动很成功，总部表扬我们了，应该说你们部门功不可没。

木兰笑了。

雷颂华：那么多供货商买你的账，这么配合，说明你平时做的到位。现在最关键的是业绩。

木　兰：我明白。

雷颂华：家里父亲都挺好的。

木　兰：我准备在北京买个老人公寓，把他们接过来。

雷颂华：这样好啊。接在身边方便照顾。

木　兰：谢谢店长关心。

雷颂华［一本正经］**：**我是希望你能把家里事安排好，才能全心全意干工作……

突然她的手机跟炸铃一样响起来。雷颂华一看不禁皱眉，按了。

木　兰：店长，没什么事我先出去了。

雷颂华点了点头。木兰出去。手机铃声再次炸响。

雷颂华［换了个人似的］**：**妈！

方　琼［画外音，大嗓门］**：**怎么还不来接我啊，不是说好十二点吗！

雷颂华：哎哟妈，又不是火箭升天，一分一秒都差不了的……

方　琼［画外音］**：**这叫承诺！这叫信用！这叫……

雷颂华：来了来了来了！

23. 超市走廊，日，内

木兰走过来，葛文倩正等着她。

葛文倩： 木兰……

木兰还没说话，只见雷颂华急匆匆从会议室出来，疾步越过两人，一脸冷面地快速离去。

葛文倩： 店长急着干嘛去？

木兰摇摇头。

葛文倩： 店长说什么了？

木　兰： 让我把业绩做上去。

葛文倩： 业绩。

木　兰： 谢谢你，文倩。回回都支持我。

葛文倩： 那个曾宏啊，上次搞活动弄一批残次货让你给点了，估计记恨在心呢，老跟你过不去。

木　兰： 他是业绩狂，为了业绩，什么都敢干。

葛文倩： 他肯定想当新店长。

木　兰： 我也想啊，你不想啊。

葛文倩： 我不想啊，论学历，论能力，你俩都比我强，我就凭个不要命苦干，怎么跟你们俩比。肯定是你俩 PK。我希望你上，你上了，以后我们这些老同事也算朝中有人好做官了，肯定比曾宏对我们好。

木　兰： 业绩。

24. 爱华家方琼卧室，日，内

雷爱华家房子不大，普通两居室。方琼正把一大堆的脏衣服和被单枕套往旅行包里装。

雷爱华： 妈，这些脏的就别带了，留我这儿，我给你洗。

方　琼： 没事，小三子家有保姆。

外面门铃响。

雷爱华： 小三子来了。

25. 爱华家客厅，日，外

雷爱华［开门］：颂华。

雷颂华［满头大汗］：姐，妈呢？

雷爱华： 里边收拾呢。

26. 爱华家方琼卧室，日，内

雷颂华跟着雷爱华进来。

雷颂华： 妈，我接你来了。

方　琼［气势很强］：来了啊，小三子。

雷颂华正好看见方琼使劲往有些夸张的大行李包里塞被单。

雷颂华：妈，姐家是没洗衣机还是怎么着，非得都攒着拿到我那儿洗去。

方　琼：我愿意拿谁家洗就拿谁家，怎么着，该着去你们家住了，我就不能做点自己想做的事了？

雷颂华一下子有点想回嘴。雷爱华赶紧悄悄拉着雷颂华的手，姐妹俩出去。

27. 爱华家客厅，日，内

姐俩出来。

雷颂华［委屈］：你说妈这心眼都偏到胳肢窝去了。

雷爱华［小声］：行了行了，你又不是不知道咱妈，她就这脾气，你就别当真了。

雷颂华［无奈］：小梦他们都挺好的吧。

雷爱华：都挺好的，小梦最近公司有点忙，让我过去帮着照顾点儿彬彬，［提着一个包］妈的常用药。颂华，妈是一辈子当领导的人，说话不饶人，有些地方你就让着她点啊。

雷颂华：行，我知道了。

28. 雷颂华家客厅，日，内

雷颂华和方琼站在客厅，放下手里的旅行包。雷颂华家是很宽敞的三居。小保姆小丽过来。

小　丽：姥姥来了。

方　琼［微微颔首］：来了。

雷颂华：帮姥姥把包放到房间里去。

小丽拎包进房间。方琼打量屋子，走到电视柜前，伸手摸了摸柜面，然后伸到雷颂华面前。

方　琼：你看看，这一手的灰啊，雇着人的房子呢，家里怎么都能脏成这样了也不说擦擦。

雷颂华：小丽，小丽。

小　丽［跑出来］：阿姨。

雷颂华：听姥姥的话，让你打扫哪儿就给弄干净。

小　丽：知道了。

方　琼：海洋呢，不在家啊。

雷颂华：他今天加班。

方　琼：那小豆儿呢？

雷颂华：他跟同学出去玩了。［看看时间］妈，我公司里还有点事，还得去一趟。

方　琼：走走走，就你们忙，成天不着家。晚饭回来吗？

雷颂华：不一定。［对小丽］小丽，好好照顾姥姥，有事给我打电话。

小丽点头。

雷颂华：妈，我走了。

雷颂华匆匆离开。方琼不舍地看着雷颂华离开的背影。一会儿，方琼仔细检查每一个角落。

方　琼：小丽，来，这个角都是灰，赶紧擦了。

小丽赶紧拿着抹布擦地。方琼看到电视机旁摆着盆盆景。

方　琼：这个怎么能放这儿呢，都不怎么晒得着太阳，小丽，把这个移到那边的边桌上去。

小丽把盆景搬到边桌上。方琼一会儿看茶几边儿单人沙发，一会儿又看茶几那边的双人沙发。

方　琼：我怎么看这两个沙发摆的这么别扭呢。小丽，来，把两个沙发换个位置。

小　丽：姥姥，这个很重的，我搬不动的。

方　琼：那我和你一起搬。

方琼说着就要动手。

小　丽：姥姥姥姥，还是我来吧，您别动手了，小心闪了腰。

小丽使出吃奶的力气推着沙发。

（跳接）客厅已经截然不同，家具的位置大挪移了。

方　琼［中气十足］：小丽，准备晚饭！

小　丽［累得不行地从卫生间探出头］：哎！

29. 雷颂华家餐厅，傍晚，内

桌子上摆着热气腾腾的烙饼，还有几个菜和一大盆汤，颇为丰盛。

方　琼：都是你阿姨爱吃的。［看看挂钟］都六点半了，怎么还不回来。

方琼拿起电话拨了一串号码，一直响但是没人接。

方　琼：忙什么呢，连电话都不接。

方琼又按下一串号码。响了几下，是外孙子豆豆接起了电话。

方　琼：小豆儿，是姥姥，你什么时候回来吃饭啊……哦，跟同学吃不回来了啊，那好吧。

挂上电话，方琼显得很失落。小丽站在桌子旁，胆怯地。

小　丽：姥姥，阿姨他们都不回来啊。

方　琼：不回。

小　丽：那我们吃不吃啊？

方　琼：吃啊。他们不吃我们吃。

方琼和小丽坐下，小丽给方琼盛了一碗汤，方琼拿起一块烙饼。方琼没吃几口就放下了。

方　琼：我吃饱了。

小　丽：姥姥你就吃这么点儿啊。

方　琼：饱了。你吃完了把剩下的饼和菜都搁冰箱，兴许晚上你阿姨回来还饿。

小　丽：知道了。

30. 雷颂华家方琼卧室，傍晚，内

方琼走进卧室，雷颂华家方琼的卧室比爱华家大不少。方琼坐在床边，想了想，拿起电话拨了一串号码。片刻，电话被接起，那边全是孩子的哭闹声。

方　琼：爱华，是我。

雷爱华［画外音］：妈，怎么了，有事吗？吃饭了吗？

方　琼：吃了，你那儿怎么那么吵啊。

雷爱华［画外音］：彬彬不知道怎么了，一直哭，怎么哄也不行。

这时电话那边又传来小梦的惊呼“妈，彬彬好像发烧了！“

雷爱华：妈，彬彬好像烧起来了，我们带他上医院去，先挂了啊，等有空了我再给你打！

不等方琼说话，那边已经挂了电话。方琼也只好放下电话。

方　琼：老头子，你不在了，怎么都没人陪我说话了。

31. 雷颂华家客厅，夜，内

屋里静悄悄，夜已经很深了。雷颂华开门进来，非常疲惫的样子，把钥匙扔在玄关柜上，缓慢地走进去，看到沙发的样子一下子愣了。小丽从自己屋里出来。

小　丽：阿姨回来了。

雷颂华：姥姥呢？

小　丽：姥姥遛弯回来就进屋了。

方琼卧室的门应声打开，方琼出来。

方　琼：谁睡了，一直等着你呢。

雷颂华：妈，你怎么把沙发的位置换了？这盆花好端端的角落不放放这当路口，不留神得绊脚！

方　琼［不以为然］：沙发悬空放，看着就别扭，这盆茉莉花开花的时候不是挺香的嘛，放角落里谁能闻到，不是可惜了。

雷颂华无语地在沙发上坐倒。

方　琼：吃了吗？我做了你最爱吃的烙饼，猪肉大葱馅的。

雷颂华［疲惫地摇摇头］：早吃过了，这都几点了。

方　琼：又在单位吃的盒饭？

雷颂华［点点头］：美国总公司来了个副总，下午一直开会开到晚上，说话说得嗓子都冒烟了。小丽，给我倒杯水吧。

方　琼：别，我特意给你炖了枸杞银耳汤，小丽，给你阿姨盛碗银耳汤。

雷颂华：妈，我不想吃，吃不下，就想喝口水。

方　琼：我特地给你炖的，就知道你上班说话多，日出千言不损也伤，吃碗银耳汤补补气。

说话间小丽已端过碗银耳汤了，雷颂华连拒绝的力气都没了，只好接过，慢慢地吃一口。

方　琼：好吃吗？

雷颂华［应付着］：好吃。

方　琼：要不是妈在，你哪儿能一回家就吃到银耳汤啊。

雷颂华：谢谢妈。

方　琼：烙饼真的不尝尝？

雷颂华：明天当早饭吧。

方　琼：吃汤啊。

雷颂华只好一口口慢慢地吃。

方　琼［谈兴正浓］：小三，今天我下楼遛弯，发现2号楼那个小马变年轻了，上次来的时候见到她，她满脸的褶子，这回全平了！

雷颂华［敷衍］：是吗?

方　琼［爆料状］：后来 1 号楼那个温小妹告诉我，小马那是拉皮了。

雷颂华：不会吧，那小马都快七十了吧，还拉皮干嘛。

方　琼：哎哟，她那个人就是臭美，还让她儿子给买貂皮大衣呢。

雷颂华敷衍地笑笑。

方　琼：哦对了，19 楼小包子家那只狗怎么变黑了？原来不是白的吗?

雷颂华：谁小包子?

方　琼：你们 19 楼那个小男孩啊，他叫小包子啊。就他们家狗，我记得明明是白的，特别大一条，怎么今天一见，变黑的了。

雷颂华：黑黑呗。

方　琼：对了对了，底下绿地那儿，有人围了一小块，给种上菜了……

雷颂华：妈，我要洗澡去了，真的很累了。

方　琼：跟你说几句话你就这么不耐烦。

雷颂华：妈我真的很累，今天开了一天的会，说了几千上万句话，我唾沫星子我都已经说干了。

方　琼：不就是给洋鬼子打工吗？至于嘛。

雷颂华：妈，我这工作是不至于，跟您原来妇联那工作比起来没什么意思，可是这是我的饭碗，我不干活就糊不了口！从小不是您教我们姐妹一辈子不能手心向上跟男人要钱的吗！

方琼被噎得没话说。母女俩互相瞪着。庄海洋正好开门进来，一见这架势一愣。

庄海洋：妈来了啊。

方　琼［放松脸色］：海洋回来了。

庄海洋：妈，不好意思啊，今天我单位一天的会。

方　琼［不咸不淡］：我知道你们都忙。

雷颂华：妈，你什么意思啊。

方　琼：我没什么意思，睡觉。

雷颂华还想说话，庄海洋赶紧拉住雷颂华。

庄海洋：妈说的对，该睡觉了。妈，您睡吧，我们也睡了。

庄海洋拉着雷颂华进卧室。

32. 雷颂华家方琼卧室，夜，内

方琼进来，不高兴地坐在床上，自言自语。

方　琼：开会的没完没了开会，住校的没完没了住校，就我这没完没了一个人待着！

33. 雷颂华卧室，夜，内

庄海洋把气呼呼的雷颂华摁坐在床上。

雷颂华：我妈特烦人，一来就要做主人翁，沙发放得好好的，挪地方干嘛。

庄海洋：行了，你妈喜欢弄就让她弄，不就是家具换个地方放，有什么大不了的，老太太在家没事干你就给她点事干，大家都太平。啊。

雷颂华：说起来就上火，我妈从我姐那儿过来，还把脏衣服脏被单攒着带过来，我姐家没洗衣机啊。

庄海洋：原来这股气的头在这儿呢。

雷颂华：我妈就是偏心眼。

庄海洋：你就爱多想，我觉得你妈是资源最大化利用。你姐家没小阿姨，我们家有。你妈想得挺明白的。不挺好吗？

雷颂华：你怎么老帮着我妈说话呀。

庄海洋：那是你妈啊，我这做女婿的不跟你妈闹别扭，还得在你跟你妈之间和稀泥，我容易嘛我。

雷颂华看着他，总算气平了一些。

庄海洋：你也多体谅体谅你妈。你爸在的时候她这样吗？

雷颂华［摇摇头］：我爸在的时候她就在家折腾我爸。这辈子她都在我爸面前天王盖地虎，横惯了。现在我爸不在了，改折腾我了。

庄海洋：你老了肯定跟你妈一个样。到时候我可怎么活啊。

雷颂华［瞪眼］：庄海洋！

庄海洋［笑］：这会儿尤其像你妈。

雷颂华不由也笑了。

庄海洋：让着你妈点吧，啊？

雷颂华笑着点点头。

第 4 集结束！

吕父浴室晕倒去世，以房抵押江父被骗

1. 小商品市场，日，内

田咪在自己的摊位旁站着，不时地对过路的女人吆喝。

田　咪：今年最流行的时装，国际名牌尾单，应有尽有，看一看不要钱，看一看不后悔。

一位女顾客进了店铺，看衣服。

田　咪：姐们，看看有没有喜欢的，有可以试试，都是今年新款，穿上绝对潮。

女顾客［拿起一件外套比划］：这件不错。

田　咪：穿上试试，衣服挂着看不出来，得穿上才出效果。

女顾客穿上，照着镜子，挺满意的样子。

田　咪：瞧瞧这面料，这裁剪，穿上特别显好。这是东莞工厂的尾单，出口的，我有关系，特殊渠道拿出来的，特别值。

女顾客：多少钱啊？

田　咪：姐们，我觉得你这人特爽快，我也不跟你说虚的，商场，这件没有一千二你拿不下来，我这儿，三百，最低价了，我也就是刚开张，走个量。绝对划算。

女顾客：行，要了。

田　咪［眉开眼笑］：我给你包上。再看看再看看，我这儿好货挺多的，给你推荐这条裤子，配这上衣绝对棒……

2. 报刊亭，傍晚，内

余淼坐在报刊亭里，拿着手机打游戏。田咪哼着歌过来了，手上还拎着菜。

田　咪：老公！

余　淼：哟，咪子，回来了，今天生意怎么样？

田　咪［得意］：猜。

余　淼：一百？

田　咪［从兜里掏出一叠钱晃了晃］：今天卖了小一千！

余　淼：这么厉害呢。我媳妇太牛了！是个做老板的料。

田　咪：你也该收摊了吧，我买大虾了，咱回家好好吃一顿去，今天我挣钱啦挣钱啦！

余　淼：走走，回家了回家了。媳妇挣钱啦！

3. 亚芝家院子，傍晚，外

亚芝正在晾洗完的二手衣服。满满一院子恨不得都晾满了。

邻　居：亚芝，你们家怎么洗这么多衣服呢，这是要干嘛呀。

亚　芝：没事，那个咪子开了个……二手店。

田咪和余淼进来了。

余　淼：妈，我们回来了，看，咪子买大虾了。

亚　芝：我做去。

田　咪[兴致很高]：今天我来。

亚芝很是意外，看看田咪，不禁有些暗中哆嗦。

余　淼：哟，今天太阳打西边出来了。

田咪掐余淼。

余　淼：我错了我错了。

田咪高高兴兴地走开了。

余　淼：老婆，我给你打下手去。

4. 亚芝家屋子，傍晚，内

一家三口在吃饭。亚芝有些小心地看田咪。

余　淼：妈，我们家咪子今天挣钱了，一千呢。

亚　芝：是吗？

田　咪：当然啦，开衣服店是我的长项，挣钱很正常。

余　淼：自己开买卖，挣的全是自己的，真爽。

亚　芝[担忧地]：有没有让人发现……

余　淼：发现什么呀？

田　咪：妈，饿死的都是你这样胆小的。有什么关系。衣服是你洗的，干不干净你应该最清楚啊。

亚芝顿时不敢说话了。

余　淼：咪子就是不做，做饭还真是好吃。

田　咪：好吃我以后常做。我开店挣了钱，以后家里伙食标准要升级。

亚　芝[观察田咪]：咪子，衣服今天都洗完了。

田　咪：洗完了好啊，妈辛苦了。

亚　芝：要是没别的事，我就想走了。

田　咪：走了？

亚　芝：回趟启安。

余　淼：妈，你真要回去啊。

亚　芝：真的。特别想回去看看。

余　淼：那就回去吧。衣服不是洗完了嘛。

田　咪：可我马上又要进一批。

亚　芝：咪子，不是说就卖完这一批吗。拿旧衣服当新衣服卖，我这心里总是不踏实。

田　咪：妈，我还想扩店呢，需要资金，我需要马上赚到第一桶金，明白吗。

亚芝不说话了。

余　淼：吃虾，虾好吃。

田　咪：妈要回去就快去快回，我这批货卖完了肯定还有别的货，妈总要帮忙的。

亚　芝［无奈］：好。

5. 江开国家客厅 / 亚芝屋子，夜，内

江开国正在缝一件衣服。电话响。江开国一看来电就笑了。

江开国：亚芝。

亚　芝：老江，我这边事情忙完了，就准备回了。

江开国：就等着你这句话呢。回来看看，我陪你好好在桐城转转。

亚　芝：好。

江开国：买了票就通知我，我去接站。

亚　芝：好。

江开国笑得灿烂。

6. 木兰家客厅，夜，内

吕希正在陪悦悦看动画片，悦悦嘎嘎直乐。木兰从大卧室出来。

木　兰：差不多该洗澡睡觉了吧。明天不是要去买房子吗？咱得起个大早。

吕　希：看完这一集就睡了。明天是得赶紧把这事办了，再不去月底前的优惠就没了。每天就是这么忙，你说售楼处怎么不晚上开门啊。

木兰笑。

7. 吕家主卧室，夜，内

吕父抱着吕母进来，吕母已经洗漱好了，吕父把吕母放到床上，半靠在床头上。

吕　父：来，得靠舒服了，遥控器，看会儿电视吧。

吕　母：你也忙了一晚上了，赶紧去洗洗睡了吧。

吕　父：知道了，你看电视，我洗澡去。

吕父笑笑，走出去。吕母笑笑，开了电视，随意浏览着。

8. 吕家卫生间 / 吕家主卧室，夜，内

吕父在洗澡，一面还哼着歌。大卧室，吕母浏览着各个频道，等着吕父。

吕父突然脚下一滑，整个人重重摔到地上。大卧室，吕母听到动静，停住了手里的遥控器。

吕　母：大忠？大忠？什么声音啊，大忠？

吕父躺在地上，已经昏迷了。水冲在吕父的脸上，他毫无知觉。

吕　母：大忠？大忠，你干嘛呢？怎么不出声？大忠！

吕母有些不安了，挣扎，从床上摔了下来。吕母用胳膊挪动身体，挪出门去。

卫生间，吕父躺在地上昏迷着。吕母用胳膊挪动着，挪到门口，一看，惊呆了。

吕　母：大忠！大忠！大忠！[挪进去，拍吕父脸]大忠，你醒醒！醒醒！救命啊！快来人救命啊！

水流哗哗，无人听见。吕母快要疯了，挣扎着又挪出去。

9. 吕家客厅，夜，内

吕母挪到客厅，去够茶几上的电话，却怎么也够不到。又挪到沙发后去拉电话线，一使劲，却只把电话线拖了下来。吕母急得快要疯了"救命！救命啊！"她又挣扎地爬到门口，用力捶门。

吕　母：救命啊！孟师傅，救命啊！君君妈救命啊！救救我们啊！

10. 吕家楼道，夜，内

楼道空无一人，吕母捶门和哭喊的声音隐约传出来。对面的门开了，邻居老孟出来扔垃圾，隐约听到了吕母的声音，停住脚步，贴到门上听。

老　孟：高大姐？高大姐？

吕　母[画外音，嘶哑]：孟师傅！孟师傅救命！

11. 木兰卧室，夜，内

吕希靠在床头看书。木兰进来，也钻进被窝准备睡觉。床头的座机狂响。

吕　希：喂……什么？！

12. 吕家楼门口，夜，外

救护车停在楼道门口，一群人忙乱着。木兰和吕希的车狂开过来，停下，吕希搂着悦悦，和木兰一起冲了下来，正好看见医护人员把吕父抬出来，往救护车上抬。

吕　希：爸！爸！我爸怎么了？大夫，我爸怎么了？

医　生：摔跤昏迷，得赶紧抢救。

这时候几个邻居抬着吕母的轮椅下来了，为首的正是老孟。

吕　希[扑上去]：妈！到底是怎么回事？爸前两天不还好好的，怎么就这样了？

吕　母[哭着]：洗澡的时候滑倒了……

老　孟：哎哟，吕希啊，白天你爸还好好的呢，我碰见他买菜回来，特利索。你们真该把你爸妈带在身边啊，要不然也不能够现在这样，你不知道，你爸在浴室地板上躺了半个多小时呢。

吕　母[拉着吕希的手直哭]：小希，你爸不会有事吧？

吕　希：妈你放心，有医生呢，不会有事的，爸不会有事的。

说话间，救护车已经呼啸而去。

木　兰：妈，咱们上车，去医院。

夫妻俩赶紧把吕母往自家车上抬。

13. 医院走廊，夜，内

急救室的灯亮着。所有人在焦急地等待。悦悦在木兰怀里，睁着两个大眼睛。

悦　悦：妈妈，爷爷怎么还不出来？

木　兰[强自镇定]：爷爷一会儿就出来了，没事的，宝贝，没事的。

吕母依偎在吕希身边，吕希紧握母亲的手。灯灭，门开了。医生出来，木兰等都迎上去。

木　兰：大夫，我爸？

医　生[摇摇头]：昏迷时间太长，错过了抢救最佳时机。你们节哀吧。

所有人都完全震惊了。

悦　悦：妈妈，爷爷呢？爷爷怎么不出来？

突然吕母一下子全身抽搐，软倒在吕希怀里。

吕　希：妈！妈！大夫救人！救救我妈！

14. 医院急救病房，晨，内

窗外天色已亮。吕母躺着，昏迷着。吕希肩上扛着睡着了的悦悦，和木兰站在门口。

医　生：脑部出血点已经止住了，病人应该没有生命危险了。具体情况等她醒过来才能知道。

吕　希：谢谢大夫。

医生离开。两人都是表情木然。

木　兰：放心吧，妈没事了。

吕　希[片刻醒过神]：木兰，你先带悦悦回家吧，今天她还得学钢琴呢。

木　兰[点点头]：你在这儿陪妈吧。

吕希点点头，木兰从吕希怀里接过悦悦，离开。吕希走进病房，在吕母身边缓缓坐下，呆呆地看着吕母。

15. 木兰家客厅，日，内

木兰正整理悦悦学钢琴的东西。悦悦在桌子上吃早餐。

悦　悦[没精打采]：妈妈，爷爷怎么没出来啊？医生说节哀，妈妈，节哀是什么意思啊？

木　兰[眼泪掉下来，赶紧擦了]：节哀就是不要难过。

悦　悦：为什么不要难过？妈妈，爷爷呢？爷爷怎么不回家？

木　兰[强忍悲痛]：悦悦，爷爷离开我们了，爷爷去一个很远很远的地方，再也不回来了。

悦　悦[惊呆了]：爷爷不给我做红烧大鲤鱼吃了？

木　兰：不了。

悦　悦[一下子哭了]：我要爷爷，我不要爷爷走。

木　兰：悦悦乖，谁也不想爷爷走，爷爷已经走了，悦悦要坚强。爷爷在天上看着悦悦呢。[把悦悦的眼泪擦掉] 吃吧，把牛奶都喝了，一会儿好好学琴。

门铃响。木兰开门。门外站着与悦悦年龄相仿的悠悠和她妈妈。悠悠妈妈和木兰年龄相仿。

木　兰：悠悠妈妈。

悠悠妈妈：悦悦妈妈，你没事吧？

木　兰 [眼眶又红了，摇了摇头]：悦悦又要麻烦你。

悠悠妈妈：你放心吧，俩孩子本来也一块儿学琴，悦悦就交给我。

木　兰 [忍住悲伤]：谢谢。

悠悠妈妈：都是老邻居了，别客气。来，悦悦，跟阿姨走，跟悠悠一块儿去学琴去。

木　兰 [给悦悦背上小书包]：去吧。

悦悦回头看看木兰，走了。木兰关上门，缓缓地坐在沙发上，眼泪掉下来，拿起手机拨号。

16. 桐城某饭馆厨房，日，内

江开国在后厨给人修排风扇，站在梯子上。

江开国：开开试试。

底下厨师一开开关，排风扇立刻开始工作。

江开国：好了。

厨　师：老师傅你这技术真棒，这老家伙本来都完蛋了，又让你给救活了。

江开国 [乐呵呵笑]：我就会这个。

厨师给江开国递钱。江开国高兴地往兜里揣。他手机响。

江开国：木兰啊。

17. 木兰家客厅 / 桐城某饭馆厨房外，日，内 / 外

木　兰 [哭了]：爸……

江开国：木兰，怎么了？出什么事了？

木　兰：吕希他爸爸，去世了。

江开国：什么？！

木　兰 [泣不成声]：就昨天晚上，洗澡的时候摔了一跤，医生说心梗……

江开国：这好好的，你公公怎么会……他身体那么好，怎么就心梗了。

木　兰 [内疚]：就是不知道啊，前几天还刚跟他一块儿吃饭，一直都好好的……都怪我们，我们注意他一点就好了……

江开国：木兰木兰，别哭孩子，别怪自己，这事谁都不怪。越是这种时候，越不能慌乱，你得担起事来，啊，后面还好多事得办呢。吕希和他妈妈怎么样？

木　兰：吕希他妈妈又中风了……

江开国：什么？人呢？

木　兰：人在。还没醒。

江开国［跺脚］：这怎么好，怎么突然出这么多事，木兰你没事吧，你别太伤心了啊，你公公的后事，你婆婆养病的事，你得好好的。要不要我过来帮帮你？

木　兰［眼泪哗哗］：爸，我打电话给你，就是想让你上北京来帮帮我。这一段吕希他妈妈住院，还得办丧事，我和吕希肯定是没时间管悦悦了，今天悦悦学钢琴，还是让邻居带着去的。爸，除了向你求助，我不知道还能怎么办。

江开国：傻丫头，关键时刻，可不得老爸出马。我一会儿就去买火车票，今晚的火车我就上北京。

木　兰：爷爷怎么办，不行把爷爷一块儿带来吧。

江开国［沉吟一下］：爷爷我来想办法。

18.江开国家客厅，日，内

江多福正在看书。江开国开门进来。

江开国：爹。

江多福：开国回来了，给人修好了。

江开国：嗯。爹，出大事了。我得上趟北京。木兰的公公，昨天晚上没了。

江多福［无比震惊］：什么？不是才六十出头吗？

江开国：比我还小一岁呢。真是可惜。木兰那儿好多事，悦悦没人管，我得去北京帮他。

江多福：赶紧去买火车票。

江开国：你怎么办？木兰的意思，让我带你一起去。

江多福：我不能去。北京现在木兰他们正乱着，你去是帮忙，我去不是添乱吗？我自己就行。

江开国：不行不行，你一个人我肯定不放心，木兰也不会放心。

江多福［沉吟片刻］：我给秀梅打个电话，不行我上她那儿住几天去。

江开国点点头，拿电话拨号。

19.医院急救病房，日，内

吕母还昏迷着。吕希一旁守着，表情麻木。木兰进来，站在吕希身边，把手轻轻按在他肩上。

木　兰：妈会醒的，一定会醒的。

20. 江开国家客厅，日，内

江开国［打电话］：……秀梅，所以想看看能不能让爸上你那儿住一阵去。

电话那头有点沉默，片刻。

江秀梅［画外音］：大哥，这样好不好，我过来吧，我陪着爸住。

江开国：好好好，这样好，谢谢谢谢，谢谢你啊秀梅。

江秀梅［画外音］：大哥，不好意思，我……

江开国：都别说了，已经很谢谢了，谢谢你。就先这样吧。秀梅一会儿就坐长途汽车过来。

江多福：你妹妹也不容易，一个农村妇女，没收入没劳保，住在儿子家，也要看媳妇眼色。

江开国：爸，我怎么会怪秀梅，秀梅肯过来帮我照顾你，我记着她的好。

江多福：行了，赶紧买火车票去吧。

江开国：哟，还得跟亚芝说一声。

21. 路上/江开国家客厅，日，外/内

亚芝正兴冲冲走在路上。手机响。

亚　芝：喂，老江。

江开国：亚芝啊，你还没去买票吧？

亚　芝：正要去的路上。

江开国：你回来，我恐怕招待不了你了。我得上北京。

亚　芝：你要上北京来？

江开国：是啊，女儿家出了点事，我得赶着过来帮他们看孩子。

亚　芝：要不要紧？需不需要帮忙？

江开国：一句话说不清。我马上去买票，今天晚上的火车就要上来，等到了有机会见面再说吧。

亚　芝：好吧。你别太着急了，自己小心点。

江开国［感激地］：好。

22. 医院急救病房，日，内

吕母缓缓地睁开眼睛，主观视点，出现模糊的木兰和吕希。二人都紧盯着她，眼睛红肿。

木　兰［高兴地］：妈醒了！

吕　希［惊喜万分，紧紧握住吕母的手］：妈，妈！你醒了！总算醒了！

吕母看着吕希，眼神中有千言万语，张开嘴巴，却是嗬嗬几声，发不出声音来。

吕　希［呆住了］：妈，你怎么了？你说话啊。

吕母就那么嗬嗬着，握着吕希的手想动，但是手指微微动了一下，就不动了。吕希感觉到了掌心母亲的手的动作，低头看看吕母的手，把吕母的手拉起来，举到木兰也看得到的地方。

吕　希：妈，你拉我的手。

吕母看着吕希，努力想动手，却动不了。吕母眼泪哗哗地流下来。

吕　希：妈，你怎么了？你怎么了？！

木　兰［立刻按床边的呼叫器］：叫大夫！

23. 桐城火车站售票处，日，内

长龙般的队伍，弯曲着。都是买票的人。江开国排在队伍中间，焦急的表情。

24. 医院急救病房，日，内

医生正握着吕母的一只手在做测试，也是眉头深锁。木兰和吕希在一旁看着，心急如焚。

医　生［放下吕母的手］：家属跟我来一下。

吕希和木兰互相看一眼，都有一种不祥的预感，跟着医生出门。

25. 医生办公室，日，内

木兰和吕希坐在医生对面，都很着急。

吕　希：大夫，我妈到底怎么了？

医　生：从目前的检查情况来看，病人是出现了中风后的最严重后遗症，丧失所有能力。

木　兰：所有能力？

医　生：语言能力，行动能力，全都丧失了。换句话说，她现在已经是一个完全失能的人，需要二十四小时的看护。

吕　希：完全失能……

医　生［点点头］：是的，你母亲已经不可能有任何一方面的生活自理能力了，她所有的动作都要别人来帮她完成，包括最隐私的事情，比如，进食，大小便。

吕希和木兰都惊呆了。

木　兰：大夫，还有治疗方法吗？

医　生［摇头］：基本没有。而且，瘫痪病人很容易出现褥疮等并发症，你们家属在日常护理中一定要多加注意。病人在医院再观察两天吧，我先给你们开点药。

木兰和吕希无比苦楚地互相看了一眼。

26. 医院走廊，日，内

木兰和吕希沉默地走过来。吕希突然一拳砸在墙上，眼中是充满痛苦。木兰忍住难受，伸手把吕希那个拳头从墙上拿下来，温柔地包在自己掌中。吕希回头看看她，木兰用目光安慰他。吕希反手紧紧握住了木兰的手。

吕　希：木兰，怎么会这样。怎么会这样。我们怎么办？怎么办？！

木　兰：别灰心，妈还在。

吕　希：还在，比死还难受的还在。

木　兰：不，还在。还在就好。妈需要照顾，我们照顾她。爸已经不在了，我们一定要把妈照顾好。

我已经跟我爸说好了，他去买火车票去了，今天晚上就来。

吕希点了点头。

木　兰[捧住吕希的脸，摇了摇]：振作一点，为了你妈。

吕希勉强振作一点。

27. 医院急救病房，日，内

木兰和吕希走进病房。吕母转头看着他们，眼泪哗哗，似乎想说什么，但只有嗬嗬声。木兰简直不忍直视，但还是过去，附在吕母近前，强颜欢笑。

木　兰：妈，你醒了，没事了，你饿不饿？想不想喝点粥？

吕母看着木兰，哗哗流泪，口型似乎是“爸”。吕希缓缓坐到吕母身边，拉起吕母的手。

吕　希：妈，你放心，我，我不会让你有事的，你一定要好好的……爸爸不在了，我只有你了……

吕希的声音越来越低，最后什么也说不出来，只是靠在吕母的手上，一动不动。吕母还是一动不能动，只是流泪。木兰站在一边，看着伤心的母子十分难受，可是她还是振作一下。

木　兰：吕希，妈，你们肯定都饿了，我回家去做点吃的来。

吕母看着她，闭上了眼睛。

吕　希：你去吧，我陪着妈。

木兰伸手在吕希肩膀上按了按，出去了。

28. 桐城火车站售票处，日，内

人头攒动，江开国手里举着张百元大钞，已排到窗口前，就差一个人了。江开国的电话响起。

江开国：喂，老刘。

老　刘[画外音]：开国你在哪儿呢？

江开国：我在火车站呢，怎么了？

老　刘[画外音]：你知不知道，出大事了！咱那房子的开发商跑了！

江开国[不敢相信]：什么？什么跑了？

老　刘[画外音]：跑了就是不见了！失踪了！

江开国：不可能吧，我前几天才刚办的贷款，买了他们的房子啊，不会吧。

这时候已经轮到江开国了，他迟疑着，马上被后面的人给挤到一边去了。

老　刘[画外音]：真的！都是真的！真的要出人命了！你快来吧！

电话断了，江开国愣了会儿，赶紧拨小江的号，已停机。江开国慌神了，跌跌撞撞地往外跑。

29. 桐城老年公寓工地，日，外

江开国跑到工地，老人在工地上，乱作一团，那两辆吊车还停在老地方。江开国往售楼处跑。

30. 桐城老年公寓售楼处，日，内

江开国跑进来，售楼处也是一片混乱，沙盘也倒了，墙上的各种图表也都撕得乱七八糟。

一大堆老头老太有敲办公室门的，有哭的嚷的，乱成一片。

老人们：开门！出来！人呢！都去哪儿了……我们的房子没了，钱呢？

江开国看到老刘也在其中，赶紧跑到老刘身边。

江开国：老刘！

老　刘［都快哭了］：开国，人都跑了！

响亮的警笛声，一辆警车开到门口停下，几个警察冲进售楼处。老人们一看到警察都跟看到救星似的，赶紧围了上去。江开国也跟着上前。

老人们［七嘴八舌］：同志同志！你们可一定要帮我们啊！

警　察：大家安静点，先安静点听我们说。

老人们都安静下来。

警　察：这里的情况我们已经大致了解了，开发商华建公司确实是突然不见了，公司办公室和工地都找不人，电话也全部打不通。大叔大妈，你们先别着急，想想还有什么线索？

一个大妈：卖我房子那个小伙子姓于，听口音不是我们安徽的。

警　察：初步调查，这个生态老年公寓应该是一个诈骗项目，注册人的姓名身份都是假的，下面销售人员的姓名肯定也是伪造的。

老头老太［都快哭了］：什么？！诈骗！那怎么办？！……我们的房子呢？……我们交的钱呢？

一个老头［指着窗外不远处的两辆工程车］：同志！工地上那两辆挖土机还停着呢，怎么看着都不像假的啊！他们怎么会突然跑了呢！

另外两个警察带个工人模样的人进来了。众人都盯着那个工人看。那工人都有点让看毛了。

带人的警察：这是李宾建筑设备公司的，他说这两辆工程车是管他们公司租的。

为首的警察：这两辆车是你们公司的？

工　人：是我们公司的。

警　察：你知道这儿的开发商去哪儿了吗？

工　人：不知道，我们就知道这两辆车是他们雇来放在这儿的。

警　察：放在这儿？那开工了吗？

工　人：没有，他们说就摆在这儿，没说开挖。

老人们［乱作一团］：怎么办！……真的是骗子！我们都上当了！

老　刘：天哪，我们家一辈子的积蓄全投进去呀，怎么能是骗子呢！

有老太太当场就坐在地上哭起来。江开国也惊呆了。

警　察：大叔大妈，大家先别急，大家先安静一下！这个案子我们公安局已经立案了，你们都是当事人，都跟我们回公安局录一下口供！

31. 桐城公安局，日，内

江开国和老刘坐在一个警察面前路口供。

警　察：来，江开国，在这儿签字。

江开国：同志，我这可怎么办啊，我连房子都押给银行了，现在他们跑了，我怎么办啊！

警　察：老师傅你先别急，现在没有别的办法，得先等我们把人抓回来，后面的事情就都清楚了。

江开国：那个小陈，陈国庆，银行的，是他给办的抵押贷款！你们去找他，他肯定会说清楚的。

警　察：现在情况还需要进一步调查，你们先回家吧，等我们的消息。

江开国和老刘一起缓缓起身，往外走。老刘一直没说话。

32. 桐城公安局门口，日，外

江开国和老刘从公安局门口出来。

老　刘［突然大声］：我们家一辈子攒的钱全让人骗走了！

老刘一下子一口气上不来，晕了过去。

江开国［扶住他大喊］：老刘！来人，快来人啊！

33. 医院急救病房，傍晚，内

吕希正守着吕母。木兰进来，手里拎着保温桶。

木　兰：吕希，粥来了，你和妈都吃点吧，都一天没吃东西了。

木兰从保温桶盛出一碗粥，吕希接过，给吕母喂饭。

吕　希：妈，来，吃点。

但是吕母紧咬牙关就是不张口，还把脸转开了。

木　兰：妈，你喜欢的小米粥，你吃点儿吧。

吕希又把勺凑到吕母嘴边，但吕母还是不张嘴。

吕　希［着急］：妈，你怎么不吃啊。

木　兰：我来吧。［接过碗勺，凑到吕母嘴边］妈，多少吃点吧，不吃身体怎么能好呢？

吕母索性闭上了眼睛。吕希和木兰互相看看，都是没有办法。

吕　希：妈，你想干嘛，不吃饭，是想饿死吗？

吕母不睁眼睛，眼泪流下来。

木　兰：妈，我知道你心里难受，可难受也得吃东西，你不吃，吕希也不吃了，身体都会拖垮的。

吕母还是不睁眼。吕希无奈地去按墙上的呼叫器。

（跳接）护士正在调节输液管的速度，一旁医生和吕母及木兰都看着。

医　生：打上葡萄糖了。不过，还是得让病人吃东西，病人的身体已经很虚弱了，再不进食更危险，光靠葡萄糖不行。老太太，你儿子媳妇都在呢，你得有活下去的意志，可不能放弃啊。

吕　希：谢谢大夫。

医生和护士都离开了。吕希转头看看窗外，天已经快黑了。

吕　希：木兰，你先回去吧，今天晚上我陪。

木　兰：还是你回去吧，你也已经一天一夜都没休息了。

吕　希：别跟我争了，赶紧回去睡吧，也不能老把悦悦放在邻居家。

木　兰：好吧，那我走了，明天来换你。［看向吕母］妈，我先回去了，你好好休息。

吕母还是紧闭双眼。木兰离开。

34. 悠悠家门口及楼道，夜，内

电梯门开了，木兰定一定神，打起精神往外走。她走到悠悠家门口，按门铃。门开了。悠悠妈妈带着悦悦出现在门口。悦悦一下子扑进木兰怀里。

悦　悦：妈妈。

悠悠妈妈：悦悦妈妈，你脸色不大好啊。

木　兰［搂住悦悦］：谢谢你啊，悠悠妈妈，帮我带了一天孩子。

悠悠妈妈：别客气，你婆婆怎么样了？

木　兰：不是很好，吕希还在医院陪着呢。

悠悠妈妈：你们俩又要上班又要照顾悦悦，现在还要去医院，忙得过来吗？

木　兰：我已经让我爸爸从老家过来帮着带悦悦了，等他来了就好了。

悠悠妈妈：那就好，要是有什么需要帮忙的，尽管跟我说。

木　兰：嗯。悦悦，跟阿姨再见，我们回家了。

悦　悦：阿姨再见。

木兰带着悦悦离开，走向楼道另一头自己家的门。

35. 木兰家小卧室，夜，内

木兰牵着悦悦回到卧室，悦悦爬上床，抱着自己的玩具。

悦　悦［嘟着嘴］：妈妈，奶奶醒了吗？

木　兰［忍了忍难受，点了点头］：醒了。

悦　悦：我要去看奶奶。

木　兰：乖，妈妈明天带你去看奶奶。

悦　悦［突然哭了］：妈妈，奶奶每次都要问我钢琴学的好不好，我好烦奶奶问，我不喜欢学钢琴，不想奶奶问。可是以后悦悦一定好好学钢琴，学好钢琴弹给爷爷奶奶听。

木兰泪水落下来，赶紧擦去，脱去悦悦外衣，让她躺到被窝里。

悦　悦：妈妈，明天去看奶奶。

木　兰［给悦悦盖好被子］：一定去。好了宝贝，赶紧睡。

悦悦听话地闭上眼睛。木兰轻轻地拍着悦悦。

36. 江开国家客厅，夜，内

江多福坐在桌子旁，不断抬头看钟，一脸焦急。门开了，江开国失魂落魄走进来。

江多福：开国你怎么才回来？不是买火车票去了吗？这都几点了，火车一会儿就该开了，你东西都还没收拾呢……

江开国：爹，我闯祸了，这次闯大祸了。

江多福：闯什么祸了？

江开国：那个逸静，我们那个老年公寓，恐怕是骗子。

江多福［傻眼了］：什么？！

江开国：根本就不是老年公寓，人都不见了，公司都是假的，名字也都是假的，连那个小江都是假的！

江多福：什么假的假的！你不要胡说！

江开国［欲哭无泪，一屁股坐下］：爹，我去看了，那就是个诈骗！

江多福：诈骗？怎么会？那不是售楼处都有，工地也都有吗？那么多人忙活着，怎么能是诈骗？！

江开国：全是假的。110全来了，警察都说是诈骗。

江多福：这么大的事都能是假的……

江开国：炳雄受不了刺激都晕过去了，现在还在医院打吊瓶。他和他老伴两个人一辈子的积蓄都投在那养老公寓上了。

江多福：开国，出大事了！咱这钱可连积蓄都不是，是这房子押来的呀！现在人家跑了，房子也没了，咱们会怎么样？

江开国：我也不知道。

江多福：天哪，真的出大事了！现在要怎么办呢？是不是得赶紧告诉木兰？

江开国［想起木兰］：木兰？木兰还等着我上北京去帮她呢。可我去不了了，还等着派出所喊呢。

江多福：这要紧关头，怎么都赶一块儿了。

37. 木兰家小卧室，夜，内

悦悦睡着了，木兰轻轻地拭去悦悦小脸蛋上的泪痕，帮她掖好被子，停了会儿，轻轻地出门。

38. 木兰家客厅/江开国家客厅，夜，内

木兰在沙发上坐下，看看墙上的钟，拿电话拨号。江开国正发愣，手机响。一看是木兰。

江多福：木兰？

江开国［艰难地接起］：木兰。

木　兰：爸，你买好票了吧，东西都收拾了吧，差不多该去火车站了吧。明天早上我去接你去。

江开国：木兰，爸去不了了。

木　兰［意外而失望］：爸，你不来了？

江开国：这儿出了点事……

木　兰：什么事啊就来不了了？我这儿等着你呢！

江开国：我……真有事，实在是走不了。

木　兰：是不是爷爷？找不着人照顾？我不是说让你带来嘛。

江开国：不是爷爷。

木　兰：那是什么？爸，我这儿真的很需要你，吕希他妈妈醒了，可是全身都瘫痪了，连话都说不了了，医生说以后要长期卧床，二十四小时都得有人照顾。吕希现在还在医院陪着，悦悦在邻居家呆了一天，我才刚回来接的她。

江开国［惊呆了］：你说什么？你婆婆全身瘫痪？

木　兰：是。爸，吕希他爸妈太可怜了，他们都是好人，不该落得这样的下场。他爸爸不在了，他妈妈我得照顾她，爸我需要你帮帮我。

江开国［艰难地］：木兰，对不起……我暂时来不了。

木　兰［难以相信］：爸！我们不是都说好了吗？怎么又变了？

江开国：我……真的对不住木兰，实在是有点事走不开。

木　兰：什么事走不开？

江开国嗫嚅着说不出来。

木　兰：爸，你到底怎么了？这么多年，我什么时候要你帮过我？这次我们是真没办法了，吕希爸妈一下子全出事了，我们要是自己能扛也不会来烦你啊。你到底有什么大事不能上来？

江多福［直捅江开国］：跟木兰直说。

木　兰：爸，你说话啊，到底什么大事比我们这儿更重要？！

江开国［咬着牙］：跟你说了没用。这次算爸对不住你，帮不了你。

木　兰：那好吧。就这样吧。

木兰一下子把电话扣了，坐着生气。江开国难受的放下电话，一声长叹。

江多福［直跺脚］：你说你这倔脾气，你跟女儿说实话啊。为什么不说？

江开国：木兰的婆婆全身瘫痪了。

江多福［完全惊呆］：屋漏偏逢连夜雨。

江开国：木兰那儿已经焦头烂额，我要是跟她说我们这儿……这不是要逼死她嘛。

江多福：要不你就走！上北京去！

江开国：警察让等着啊！说是要抓住了人，得去配合问话。

江多福彻底地叹了口气。

39. 木兰家客厅，夜，内

木兰满腹委屈。茶几上放着悦悦的画笔和纸。木兰木然地拿过，无意识地胡乱涂画。

40. 医院急救病房，夜，内

吕母睡着了。吕希呆坐着，看着母亲的脸，片刻回过神，看看手机上的时间，小声地出去了。

41. 医院走廊僻静一角 / 木兰家客厅，夜，内

吕希拿手机拨号。木兰还在乱涂乱画，她的手机蜂鸣起来。木兰才算定下神来，接电话。

木　兰：嗯？

吕　希：木兰。

木　兰：在。

吕　希：好。

木　兰：妈怎么样？

吕　希：刚睡着。悦悦呢？

木　兰：也睡了。你吃了吗？

吕　希：没有，不饿。

两人都沉默。

吕　希：你爸来了吗？

木兰突然委屈地掉下了眼泪。

吕　希：怎么了？

木　兰：我爸不来了。

吕　希：不来了？

木　兰：他不知道有什么要紧事说走不开。你说我爸怎么这样啊，关键时刻掉链子，什么事这么要紧，都不肯马上过来帮我。我们这儿的情况他都知道的，他有什么大事放不下呢，怎么就不知道替我想想！

吕　希：别急，也许你爸真的有急事，你爸那么爱你，不会无缘无故不管你。

木　兰：我爸以前绝对不会这样，我要有什么事他都放在第一位，这次都不管我。

吕　希：别埋怨你爸了。我们的问题我们自己想办法解决吧。

木　兰：怎么解决？现在这个情况，我们俩都要上班，又得照顾悦悦又得照顾妈。

吕　希：你能请假吗？

木　兰：不太能。美国总部来了个副总，这几天可能来我们店里视察。明天我必须去上班，这个礼拜都不一定能轮休了。

吕　希［想了想］：我先请一个礼拜的假吧，我们那儿比你们那儿强点。悦悦就靠你了。

木　兰［叹口气］：只好这样了。

吕　希：挂了。

吕希挂了电话，呆望着夜晚安静的医院走廊。木兰放下电话，待了会儿，又想下意识地去拿悦悦的画笔，却硬生生停住手，起身走开。

42. 木兰家卫生间，夜，内

木兰进来，打开水龙头，往自己脸上头发上泼了些冷水，一下子整个人冷得清醒了。

木　兰［看着镜子里的自己］：江木兰，你不许软弱！

43. 超市卖场，日，内

雷颂华［检查着卖场各个环节］：这个堆头再整理一下……角落卫生再检查一下！……

员工们都忙碌准备着。到生鲜卖场，雷颂华过来一看，一切都正常。

雷颂华：江经理呢？

朱课长：店长，江经理应该去冷库了。

雷颂华：再检查一下各个部分，亚太督导一会儿应该就到了。

员工们：是！

雷颂华雷厉风行地走开。

44. 超市冷库，日，内

雷颂华进来，冷库整整齐齐。雷颂华非常满意，转身正要离开，突然发现一堆货物后面似乎有人影。雷颂华慢慢走过去，非常惊讶。木兰蹲在地上偷偷地哭，拿着一小块冰，给眼皮消肿。

雷颂华：江经理？

木兰一下子站起来，赶紧抹掉眼泪，想扔掉手里的冰块一时又尴尬。

木　兰：店长。

雷颂华：出什么事了？

木　兰：家里有点事。店长我能处理。

雷颂华：家里出什么事了？

木兰迟疑着。

雷颂华：一个超市最重要部门的经理，上班时间躲在冷库里哭，作为店长不该问一问吗？

木　兰：我公公突然过世。我婆婆生病在医院。

雷颂华［吃惊］：那你今天还来上班？

木　兰：今天不是布朗先生来视察吗？

雷颂华：你觉得我是这么不近人情的领导吗？回家吧，我放你一个礼拜假。

木　兰：店长？

雷颂华：家里事处理好了才能安心工作。赶紧走吧。只有两天。你也知道最近非常时期，我不希望出纰漏。

木　兰［感激地］：我知道。谢谢店长。

木兰转身快步离开。雷颂华不由叹口气。

45. 吕家客厅 / 吕家主卧室，日，内

木兰开门进来，屋子里还是那天晚上一团混乱时候的样子。木兰待了一会儿，慢慢开始收拾。

木兰提着个旅行袋，打开，往里装吕母的衣物。收拾床的时候，木兰叠好了被子，拿起枕头拍拍，枕头下的录音笔赫然出现。木兰有些意外录音笔出现在这儿，下意识地按下播放键。

吕　父［画外音］：我伺候你，我乐意。再说了，怎么我们就不能去旅游了，我推着你，我们照样能登泰山，游黄河。要不咱们安排安排就走……

吕　母［画外音］：这不是留给后世的，这是我留给你的……老伴老伴就是老来做伴的，我这身体，将来肯定得比你早走，有一天我走了，你早上醒的早睡不着了，就听听这录音，就好像我还伴着你。

吕　父［画外音］：别瞎说了，我没同意，你走什么走，得好好活着陪我，我伺候着你呢……

木兰听着，一行眼泪滑下来。木兰伸手把眼泪抹去。

46. 医院停车场，傍晚，外

木兰开着车带着悦悦过来，停车。悦悦有些不安地看着她。

悦　悦：妈妈。

木　兰：悦悦，奶奶生病了，奶奶不能动了，奶奶也不会说话了。

悦悦紧张地看着她。

木　兰：可是奶奶能听见你叫她，她能看见你，她心里还是很爱很爱悦悦的，知道吗？

悦悦似懂非懂地点点头。

木　兰：悦悦要跟奶奶说话，让奶奶吃饭，让奶奶好起来，悦悦帮妈妈一起鼓励奶奶，能吗？

悦　悦［认真地点点头］：能。

木　兰［欣慰地搂搂她］：真是妈妈的好孩子。走，咱们看奶奶去。

47. 医院急救病房，傍晚，内

木兰一手牵着悦悦，一手拎着旅行包进来。吕希呆坐在床边，桌子上放着一动没动的饭菜。

悦　悦［扑进吕希怀里］：爸爸。

吕　希［紧紧抱住悦悦］：悦悦。

木　兰：妈还是不肯吃吗？

吕希摇摇头。

悦　悦：奶奶，奶奶是我，悦悦，悦悦来看你了。

吕母睁开眼睛，看着悦悦，想说话，却说不出话。

悦　悦：奶奶，悦悦在呢，悦悦陪着你。

木　兰：悦悦，喊奶奶吃饭。

悦　悦：奶奶，吃饭吧，悦悦很乖，吃饭，奶奶也很乖，吃饭。

吕母闭上了双眼，泪水长流。但就是不张嘴。

吕　希［悲切地］：妈，我知道爸走了你伤心难过，你也不想活了。可你有没有想过我？爸已经不在了，你要是也走了，让我还怎么办！

吕母就是紧闭双眼。木兰想了想，拿出了录音笔，打开，顿时，吕父洪亮的歌声应和着吕母的歌声传了出来。吕希惊呆了。

悦　悦：爷爷唱歌……

木　兰：妈，爸还在，爸的歌声一直陪着你呢，你不要放弃，为了爸，你也不要放弃。

吕母慢慢睁开眼睛，呆滞的目光渐渐有了反应，嘴唇颤抖着。

吕　希：妈，你就算为了我，也得吃饭啊，不能让我一下子爹妈都没了。

木　兰：妈，吕希需要你，悦悦也需要你，我也需要你，我们都需要你，你别老想着会拖累我们，你只要还在，对我们就还是精神上的支持，我们也才更有生活的动力啊。妈，活着是最大的胜利，为了我们，你也得胜利。

吕母流着眼泪，看着吕希和木兰。吕希把勺子放到吕母嘴边，吕母终于慢慢地张开嘴，吃了口饭。吕希和木兰总算都松了一口气，都带着泪笑了。

48. 木兰卧室，夜，内

吕希和木兰躺在床上。吕希一脸的筋疲力尽，整个人都憔悴不堪。

木　兰：自从妈住院，你就一直在医院陪夜，都几天没好好睡觉了，瞧你脸色差的。

吕　希：这两天我妈都不肯吃饭，交给护工我也不放心。总算现在没事了，我才能在自己家床上躺着。

木　兰：还得谢谢店长，肯给我这么长的假期。自从开始工作，除了探亲假，我就从来没休过一个礼拜的假。

吕　希：嗯，回头一定好好谢谢店长。

木　兰：总算妈没事了。

吕　希：我想尽快把我爸的后事给办了。

木　兰：嗯，该让爸早点入土为安。

吕　希［直愣愣地望着天花板］：木兰，我现在还跟做梦一样，我爸真的已经不在了？

木　兰：吕希，你哭出来吧，哭出来就好了。

吕　希：我哭不出来。我知道我该哭，可我真的哭不出来。尽快把你爸和你爷爷接来吧，命的事太说不准了，就那么忽忽一下，这个人你就再也见不到了，谁能想得到？我爸身体那么好，我从来没想过他会死，可是就一下子，他就死了，没有任何预告，我就再也没爸了。

吕希说着，眼窝却依然是干涸，一旁木兰却早已泪水滑落。

木　兰［心疼地把头抵在他下巴上］：我尝过这种味道，高一就尝过，早上出门上学的时候我妈还跟平常一样，晚上回家的时候我妈就已经不在了，再也见不到了。

吕　希：所以，得尽快把你爸他们接来，接到身边。

木　兰：我爸最近变了，什么事都不跟我说，也不知道是不是怪我这么多年不关心他，什么事都瞒着我，都不跟我商量，这次我求他帮忙他也不答应，我不知道怎么了，随他吧，估计想让他来他也不会来的。

吕　希：你还在跟你爸生气？

木　兰：能不生气吗？最需要他的时候他不理我，我知道我爸这辈子为我牺牲了很多，可是现在不是他最应该为我牺牲一下的时候吗？

吕　希：别怪你爸了。就算他这次不想为你牺牲，你也理解。对亲人要求也不要过高，你爸也有自己的生活。他要不愿意来你不能强迫他，你反正心意到了。

木　兰［赌气］：不说了，睡吧。

木兰关了灯。

49. 公墓门口，日，外

木兰开着车到门前停下。

吕　希［有些意外］：木兰？

木　兰［环顾一下周围，从包里掏出一张公墓的收据］：就是这儿。

50. 墓地，日，外

石同志领着木兰和吕布在墓碑间走，来到一个空位，地势比较高，能远眺远处的群山。

石同志：这儿，就是你父亲当初看好的地方。

木　兰：谢谢您给留着位置。

石同志：老爷子上次来才几天的事呀，他看着身体挺好的，怎么……真是天有不测风云。

木　兰［掏出用报纸包着的钱］：石经理，我爸这几天就火化，碑这边麻烦您让师傅们快点了。

石同志［接过钱］：你们放心，一定尽快刻好，绝对不会耽误。

吕　希［点点头］：谢谢您了。

石同志：应该的。

他离开。木兰和吕希站着，山间高处的风吹着两人的头发。吕希看着周围的环境。

木　兰：你爸挑的地方真不错，蓝天白云，青山绿树。

吕　希：夕阳新城呢？

木　兰：再说吧。这是你爸生前就想好的地方，我们得先让他高兴了。

吕希点点头。

51. 亚芝屋子 / 桐城公安局门外，日，内 / 外

亚芝坐在床边看手机。想了想，拨号。江开国走到公安局门口。手机响，停住了脚步。

江开国：喂？

亚　芝：老江，是我。

江开国：哦，亚芝啊。

亚　芝：你怎么样？到北京了吧？

江开国［心不在焉］：没有。

亚　芝：啊？怎么还没来？不是说这边孩子要你帮忙？

江开国：哦，桐城这边突然有点事。

亚　芝：听着你声儿好像特别着急，没什么事吧？

江开国［掩饰］：没事，没事。

江开国往里望，里面满满当当好像都是人，老刘也在其中。江开国着急起来。

江开国：亚芝，我这边有点事，回头咱们再聊，好吗？

亚　芝：你先忙。

江开国立刻挂了电话，往里走。亚芝慢慢放下电话，有些不解。

52. 桐城公安局，日，内

江开国进来，里面好多老人聚集，都是苦主。老刘也在，老伴还在旁边陪着，手里举着个挂点滴瓶的杆儿，老刘手上还打着吊瓶呢。

江开国：老刘。你没事吧？

老　刘：身体没事。这儿有事。

江开国：现在什么情况？

老　刘：确实是诈骗集团，整个老年公寓都是个骗局，是个阴谋，把当地镇政府都给骗了，还以为他们租一年的地是要搞生态研究呢，哪儿知道专门就是来骗我们这些老年人的钱的！

老刘的老伴：真是缺德啊！老天长眼就得拿雷劈他们啊！

几个穿着银行制服的人和警察从办公室出来，警察皱着眉不断地点头。老人们迎上去。

老人们：同志，怎么样了，有什么情况没有？……警官，抓到人没有啊？……警官我的钱……警察同志，我的房子都抵押给银行了……

警　察：大家耐心点听我说，这就是给你们办抵押贷款的银行支行行长，他今天来也是报案来的，当时在售楼处帮你们办理贷款手续的那个陈国庆，也跑了。

江开国：什么？！他也跑了？

银行行长：这个陈国庆四天没上班了，手机也停机，租住的房子也没人，看样子是跟那个逸静的开发商一伙的。

江开国：什么一伙儿的，他是你们银行的，他是代表你们银行跟我们签的合同，给我们做的贷款，你说他跟开发商一伙的，什么意思？

银行行长：他给你们做贷款是违规操作，要不然怎么可能几天就把钱放给你们？

江开国［真的吓坏了］：那我的房子呢，我拿房子贷了十万块钱，他们跑了我这钱怎么办？

银行行长：老师傅，十万块钱是我们银行借给你的，你还是得还，得付利息。

江开国：可我的钱给骗走了啊！

银行行长：对不起，这钱是被那个诈骗集团骗走了，跟我们银行没有关系。其实我们银行也是受害者啊。他们在合同上做了手脚，全都是按照市面价的百分百放款，我们银行这次不知道要多多少呆坏账了。

银行行长连连叹气。江开国等老人已经完全惊呆了。老刘顿时身子摇晃，老伴赶紧扶住。

老　伴：炳雄炳雄！

警　察：大爷大妈，你们的心情我们可以理解，但是千万别着急，身体要紧，我们已经对诈骗公司进行了立案通缉，一定会尽力进行搜查工作的。

老　刘：什么时候能破案啊？

警　察：具体时间说不好，我们一定会尽力的，你们就安心回家等消息吧。

老人们一片哗然。

53. 桐城江边，日，外

江开国失魂落魄地慢慢走过来，悔恨交加地望着滔滔的江水。

54. 小商品市场，日，内

田　咪：今年最流行的时装，国际名牌尾单，应有尽有，看一看不要钱，看一看不后悔。

前几天买衣服的那个女顾客带着工商来了。

女顾客：同志，就是这儿！

工　商：你是老板？

田　咪：对。怎么了？

女顾客［把手里的衣服拎到田咪面前］：你把旧衣服当新衣服卖！你欺诈！

田　咪：你别胡说八道啊，谁卖旧衣服了？这是新衣服，全新的！

女顾客［抖开衣服］：看看，上面都还有血迹呢！还敢撒谎！同志，她卖的是旧衣服，太恶心了！都不知道是从哪儿扒来的，说不定还有细菌传染病呢！

田　咪［嘴硬］：有血迹就是我这儿弄的吗？怎么不是你自己弄上去的？我卖给你的是新衣服，你自己弄脏了还来诬陷我，想干嘛？想敲诈啊？！

女顾客：同志你们看看，这人也太不像话了，欺骗顾客还这么嚣张！

田　咪：没有证据不要胡说八道！我这儿都是全新商品！全新的！

工　商：我们已经检测过了，确实是二手的，这个血迹的形成时间已经有半年了，［展开一张纸］这是检测报告。

田　咪：什么意思啊？我都不明白你们说的话，我什么都不知道……

工　商：把你的营业执照出示一下。

田　咪：营业执照……

工　商：出示一下！

田　咪：还没来得及办。

工　商：无照经营，出售假冒伪劣商品，我们现在对你依法进行处理，马上关闭店铺，违法商品全部没收，并处以两千元罚款。

田　咪［愣了会儿，撒泼似的哭闹］：你们不能没收我的东西！不能关我的店！你们不能这么对我！

工商才不理她，顾自收东西。

55. 亚芝家院子，傍晚，外

亚芝在晾自家的衣服，田咪冲过来，二话不说把绳子扯了，一绳子的衣服全部都掉在了地上。

亚　芝：这是干嘛？

田咪抓狂状地冲进屋里去了。亚芝不知所措地跟进去。

56. 余淼屋子，傍晚，内

余淼正在电脑上打游戏。田咪怒气冲冲地冲进来，一屁股坐在沙发上。把余淼给吓一跳。

余　淼：咪子你怎么回来了？今天这么早就收了？

田　咪：彻底收了！

余淼呆。亚芝跟了进来

亚　芝［气得发抖］：你说你好端端的怎么把我刚洗干净的衣服给扯了？

田　咪：洗干净的衣服？你洗的衣服根本就不干净！

余　淼：咪子干嘛呀，妈这天天地给我们洗衣服，你怎么能这么说妈呢。

田　咪：你妈洗衣服就是不干净！衣服上面还有血！让人给告工商了！

亚芝和余淼都震惊。

余　淼：啊？那然后呢？

田　咪：然后呢？店让工商给抄了，亏本了！

余　淼［哀嚎］：什么？咱家的钱呢？

田　咪：赔了！全赔了！

亚　芝：我就说了这种昧良心的事不能做，没挣着钱还把本蚀了……

田　咪：还不都赖你，要不是你没洗干净，会出这事吗？

亚　芝：还怪上我了。这种生意，本来不做也罢。

田　咪：不做生意挣钱，咱家就得挨穷！挨穷！

亚　芝［正色］：咪子，我们家是不富裕，可我们家的日子也没多穷，过得也一直挺快乐的，你说你嫁到我们家来，结婚的时候也是要钻戒给钻戒，要彩礼给彩礼，基本还是都满足了，我们家娶你并没有委屈你啊。

田咪一时语塞，狠狠地瞪着亚芝。余淼看着两个女人，简直快要抱头鼠窜了。

余　淼：咪子咪子，没多大事啊，店关了就关了……

田　咪［暴喝］：余淼！你妈在数落我！你听见没有？！

余　淼：没有的事没有的事……

田　咪：我嫁到你们家我不委屈嘛我！那什么钻戒啊，才几分大啊？给人家镶托都不够！彩礼也是打五折的！我们村里嫁姑娘都得要十万！

余　淼：别说了别说了……

田　咪：我就要说！让你干多大事了，不就让你洗个衣服吗你都洗不干净，还倒打一耙！多好的生意，全让你给坏了！

亚　芝：田咪，这件事是个教训，人不能干坏事，拿旧衣服当新衣服卖，迟早会有败露的一天，还是别想着做老板，去找个踏实的地方上班打工吧。

田　咪：要你管？！我要你管？！

余　淼［往外推亚芝］：行了行了，妈，你就别火上浇油了。啊？

亚芝只好出去了。余淼哄着田咪。

余　淼：咪子，钱赔了就赔了，再生气就更亏了，啊。

田　咪［大声］：你妈就是我克星！嫁到你们家我真是倒了十八辈子的大霉！

57. 余淼屋子外，傍晚，外

亚芝在门外，里面的话都听见了，满心委屈。

亚　芝：还当我是长辈吗！

58. 亚芝屋子，傍晚，内

亚芝走进，坐下，拿出手机，调出江开国的号，却不能拨出。长时间后，她颓然地放下手机。

59. 江开国家客厅，傍晚，内

江开国和江多福面对面地坐着。

江多福：怎么就能出这样的事呢。怎么连银行都会让人给骗了呢？现在的骗子这天都敢捅啊是。

江开国：我怎么就这么笨呢，会上这种当！想一想就该明白，我这房子也就值十二三万块钱，他怎么就肯给我贷十万呢。

江多福：谁能想到还会有这么狠毒的人，明明知道我们这种年纪的人就剩那点家当养老了，还都忍心骗！这世道到底是怎么了？开国，总不能让银行来收房子吧？要不，还是想想办法哪儿去筹筹钱？

江开国：爹，不是没想过，可是不能找别人筹钱，木兰那儿不能，援朝那儿也不能。这件事是我自己惹的，我得自己解决。

江多福：你想好法子了？

江开国：卖房。

江多福：卖这个房？

江开国点点头。

江多福：卖了房，咱们住哪儿？

江开国：爸，对不起，我犯了错，让你还得跟着我受罪。银行的人说了，那笔钱是一定要还的，既然迟早要还，还不如早点还，还能省下点利息。眼下我除了这房子，没别的值钱东西了。

江多福沉默了。

江开国［看着自己的家］：把这房子卖了，拿钱还银行，应该还能剩下两三万块钱，我想就拿着剩下的钱去郊区找个便宜地方租个房子过。

江多福：行，都听你的。

江开国：对不起爸，你都这么大年纪了，我却连个好好住的地方都不能给你。是我不好。

江多福［拍了拍江开国的手背］：不怪你，要怪也要怪现在人心太坏，欺负老年人容易上当。没事，真要不行了，咱还能回乡下老房子住去。乡下房子虽然破旧，可好歹是咱们自己的家，还能挡风遮雨。

江开国含着泪点点头。

60. 雷颂华家客厅及方琼卧室，傍晚，内

庄海洋一身正装在沙发上等着。一脸的焦急。小丽端着杯茶过来。

庄海洋：小丽啊，你阿姨怎么还没回来。

小　丽：叔叔别急，急你就越觉得时间过得慢。你爱喝的普洱。

庄海洋：还是你想的周到。对了，我有一次带回来一瓶特好的红酒，忘了给放哪儿了。

小　丽：哦，在储藏室架子上呢。我给你拿去？

庄海洋：拿来吧，晚上带去请客。

小　丽［拿红酒］：给叔叔。

庄海洋：就是这瓶。幸亏有你这记性。

方琼屋里，方琼坐在床上，正透过门缝看外面客厅的情况。

方　琼：跟小保姆倒是有的话说。

雷颂华［疲惫不堪地开门进来］：海洋，你这么早。

庄海洋：你可回来了，怎么电话关机了？

雷颂华：手机没电了。可算把美国佬送走了。这几天真是要累疯了。你穿成这样有应酬啊？

小　丽：叔叔等你急得都快冒烟了。

庄海洋：这丫头这嘴。

雷颂华也笑了。方琼在屋里很不爽地又哼了一声。

庄海洋：临时有个饭局，很重要，人家指明了要带太太出席的。衣服我已经给你选好了，你赶紧换吧。

雷颂华点点头，要往卧室走，才想起方琼来，停住脚步。

雷颂华：老太太呢？

方　琼：可算想起我来了。

庄海洋：在屋里吧。

雷颂华"哦"了一声，没再多说什么，走进卧室。庄海洋也跟进去。方琼一下子不爽之极，霍地起身，从自己卧室出来，走到客厅，在 DVD 机上一摁，突然，整个屋子响起了《常回家看看》的歌声，特别的大声，笼罩全场。已经换好衣服的雷颂华和庄海洋愕然地从卧室出来。

庄海洋：怎么了这是？妈……

方琼端坐在沙发上，闭着眼睛做欣赏状。

雷颂华：妈，你干嘛呢，听歌用这么大声吗？

方　琼：我耳朵背，大声点好。

雷颂华看小丽，小丽微微摇摇头。

方　琼：常回家看看，唱太好了，这歌真的唱太好了。我觉得咱家应该多听听这歌。

雷颂华和庄海洋都是哭笑不得。庄海洋拉拉雷颂华，指指手表。

雷颂华：妈，晚饭我和海洋不在家吃了，你们吃吧。我们得赶紧走了。

雷颂华和庄海洋匆忙地走了。方琼很是失落。《常回家看看》放完了，紧接着又从头开始唱。

方　琼［意兴阑珊］：小丽，关了吧。

小　丽［过去关了］：姥姥，咱们开饭吗？

方　琼［似笑非笑地看着小丽］：家里东西，你都知道在哪儿哈。

小　丽：差不多吧。

方　琼：我都不知道在哪儿呢。

小丽一时不知道怎么接口。

方　琼[挥挥手]：开饭吧。

61. 雷颂华家客厅，夜，内

雷颂华和庄海洋打开门，轻手轻脚地进屋。屋子里黑漆漆的，十分安静。

庄海洋：累死我了。总算是谈成了，没让你白受累。

雷颂华：庄总，你为公司真是鞠躬尽瘁，生意谈判还得把老婆白饶上。

庄海洋：军功章里有你的一半。太太万岁。

雷颂华：你先洗澡吧，洗完了赶紧睡，明天一早你不是还有会吗？

庄海洋点点头。两人正要往里走，就听到方琼屋里《常回家看看》又开始了。大晚上的声音显得尤其大声。庄海洋和雷颂华都皱起了眉头。

庄海洋：该让邻居说了。

雷颂华：你去洗澡，我来处理。

庄海洋走进卧室。雷颂华走到方琼卧室门口，敲敲门，然后打开，只见方琼躺在床上听着歌。

62. 雷颂华家方琼卧室，夜，内

雷颂华[进来，把DVD机关了]：妈，大晚上的该睡觉了，别听歌了。吵得街坊四邻都没法睡。

方　琼：我喜欢听，怎么在你们家我一点自由都没有了，还不让我听歌了？

雷颂华[耐着脾气]：喜欢听歌我能理解，可来回来地听这歌我就不理解了。

方　琼：我爱听。

雷颂华停顿一下，让自己内心的那阵火过去，尽量平静。

雷颂华：妈，我们俩没在外面玩，我们是在工作，在挣钱养家，我们也想天天在家陪你，可是我们真的没有这个时间，你体谅体谅我们好不好？

方　琼：知道你们应酬多，可总得有几天在家吃饭吧。我来的这段时间，你自己想想，有几天在家的？

雷颂华：前天我不是在家吃饭吗？

方　琼：那天你是在家，可我好像跟个哑巴在一块儿吃饭，想跟你多说几句话你就嫌我啰嗦。一点吃饭的乐趣都没有。

雷颂华张口结舌。

方　琼[得意]：我没编吧。跟你老公有说有笑，跟老妈就装聋作哑。知道孝心首先是什么吗？首先是耐心。

雷颂华[疲惫]：妈，我真说不过你。我已经累得不行了，要睡觉了。你也早点休息吧。

雷颂华抱着DVD机走了，关上门。方琼气得呼呼的。

63. 雷颂华家客厅，日，内

方琼从卧室里出来，整个屋子都静悄悄的。小丽从厨房出来。

小　丽：姥姥起来了。

方　琼：你阿姨叔叔呢？

小　丽：一早出门上班去了。

方琼哼了一声。

小　丽：姥姥，早饭是小米粥配油饼，我给你盛……

方　琼：不吃。没胃口。我去溜达溜达，你忙你的，不用跟着我了。

方琼独自出门。

64. 余淼屋子外，日，外

亚　芝［敲敲门］：咪子，吃饭了。

屋里一直没反应。亚芝推门一看。屋里没人。亚芝皱眉。

65. 街道，日，外

田咪百无聊赖地在街上瞎逛。路上行人行色匆匆。田咪坐在花坛边吃着冰激凌，目光无意识地扫过街上的型男索女，或者是开过的各式汽车。马路对面有一个很大的广告牌，上面是一个网站的广告语：还没赚到你的第一桶金吗？田咪眯起眼睛盯着那个广告牌看了很长时间。

66. 名品店门口，日，外

路过一个名品店，田咪在橱窗外站住了，看了半天，然后透过玻璃往里看。

田　咪［自言自语］：我就进去看看怎么了，看看又不要钱。

田咪走进去。

67. 名品店，日，内

田咪进来，四处看着。售货员迎上来。

售货员：您好，请问有什么需要吗？

田　咪：我随便看看。

售货员：好的，有什么喜欢的可以试一下。

田　咪：橱窗里那个能试吗？

售货员：您真是好眼光，那是我们这季的海报款，不过那款只剩一个了，已经有客人买了。

田咪顺着售货员的手一看，就看到一个背对着自己的打扮时髦的女孩正在付钱，旁边放的就是那款包。田咪撇撇嘴。女孩付了钱拿着包转身过来，和田咪一对视，两人都是意外。

田　咪：马夏？

马　夏：田咪！咱们都多少年没见了，真巧啊！

田　咪：是啊，你混得不错啊，都买上这包了。

马　夏［得意］：喜欢就买。走，找地方坐坐去。

68. 餐厅，日，内

田咪和马夏坐在大落地窗前。服务员放下菜单。

马　夏：你来点什么，今天我请客。

田咪打开菜单一看价格，吓一跳：什么都行，你定吧。

马　夏：那我点了。[对服务员]来一份英式下午茶套餐。

（跳接）很精致的三层小茶点。田咪正认真端详着各层的糕点。

马　夏：来，喝茶，尝尝这个蛋挞，特别好吃。

田咪拿起茶杯喝了一口，很舒服很享受的样子，又往嘴里塞了一个蛋挞。

田　咪：真好吃。

马　夏：好吃吧。今天真巧哎，咱们小学毕业都十多年了吧。

田　咪：是啊。你现在干什么呢，这么有钱。

马　夏[带点神秘]：我卖药呢。

田　咪：卖药？卖的什么药啊这么赚钱？

马　夏：我那工作提成特别高，这个月就提了一万多呢，还不包括底薪。

田　咪[羡慕]：不会吧，你们什么公司啊，能提这么多钱？

马　夏：是一个保健品公司，我是销售代表。我这都算一般的，做得好的销售一个月提个三五万绝对不成问题。

田　咪[两眼放光]：这么好呢，马夏马夏，我能去吗？

马　夏：来呗，跟我上公司，我做你的推荐人，肯定没问题的。我们公司不怕人多，就怕不会来事的。

田　咪：都要干些什么啊，我能行吗？

马　夏：说白了我们这工作不难，你要真有心，一会儿就跟我走？

田　咪[兴奋]：好！

69. 某普通居民楼底下，日，外

田咪跟着马夏过来，这就是一个普通的居民楼。

马　夏：我们公司就在楼上。

田　咪[有些疑惑地四处看看]：就这儿啊。

马　夏：上来就知道了。

田咪跟着她往里走。

70. 保健品公司客厅，日，内

田咪跟着马夏推门进来。一个普通的三居室，屋子里堆满了各种各样的保健品。几个工作人员忙碌着，看到马夏来了，就是点个头，都各自忙自己的。田咪好奇地看着。

马　夏：这儿就是我们公司的办公室，别觉得不起眼，我们老总不想把钱花在那些虚面上，租什么高档写字楼什么的，这样就能尽量降低成本，这样可以给我们更多提成。

田　咪：你们老总可真好，是真心为员工考虑。

马　夏：跟我来。

马夏走到一个门前，敲了敲。

马　夏：傅经理，我是马夏。

71. 经理办公室，日，内

马夏走进经理办公室，后面田咪小心地跟着。一个中年男人坐在办公桌前，正在看电脑。

傅经理：马夏，有事吗？

马　夏：傅经理，这是我小学同学，田咪，她也想上咱们公司来做销售代表。

傅经理［抬头打量一下田咪］：田咪是吧，马夏跟你说了我们这个工作的工作性质了吗？

田　咪：说了，卖药。

傅经理：怎么卖知道吗？

田咪摇了摇头。

傅经理［对马夏］：你同学口才怎么样？

马　夏：口才绝对没问题，从小就特能白活，是吧田咪。

田　咪［赶紧点头］：是，我能说。

傅经理：能说就行。做我们的销售不但要能说，还得特别有自信心，相信咱们的产品是最棒的，你有这样的自信心吗？

田　咪：有！

傅经理［点点头］：好，那就让马夏先给你做点简单的培训。

田　咪：谢谢经理。

傅经理点点头。马夏拉着田咪出去。

第5集结束！

江父携父随女同住，吕母失能须赖保姆

1. 路上，日，外

田咪跟着马夏在街上走着。

马　夏：你跟着我，看我怎么做你照着学样就行了。

田咪点点头。马夏四处寻觅着。迎面走来一个老头。马夏一拽田咪，两人走到老头面前。

马　夏：大爷，您好啊。

老　头［一看是两个年轻姑娘，也就没了戒心］：你好啊，小姑娘。

马　夏［笑得特别甜］：大爷，您看着身体真不错，方便问一下您的年龄吗？

老　头：我今天七十四了。

马　夏：哟，那可真看不出来，看着跟六十出头似的。

老　头［吃了蜜似的开心］：是吗？

马　夏：可不是，您看着就是少相。大爷，您平时身体都挺好的？

老　头：其他都挺好的，就是腰有点不好。有时候转身不小心扭一下，就得疼几天。

马　夏：哟，腰不好可是大事，上了年纪，腰是最重要的部位了，大爷，我呢，是正光保健公司的，正好，我们公司这个星期六有个专场，现场请了好多各大医院的老专家，都是名医，能免费给您检查身体，根据您身体的需要给您一些养身的小建议，还有小礼品赠送呢。

老　头：收费吗？

马　夏：不收，完全免费。是我们公司组织的敬老爱老活动。

老　头：真的是免费的？

马　夏［从包里往外掏宣传页］：当然是真的啊！我怎么能骗您呢，要是收费您找我！这是宣传册，您回家好好看看。

马夏递上宣传册。老头高高兴兴地拿了宣传册离开。

马　夏：搞定。

田　咪：就这么简单？这样就能一个月提一万多？

马　夏：就这么简单。你就上大街去拉人去，公园，菜市场，反正就是老头老太扎堆的地方，他们是我们的目标人群，当然了，也得分人，特别精明爱多问的就不用了，要那好说话的，耳根子软的，好面子的，让他们去参加我们的专场活动。简单得很。

田　咪［眨巴会儿眼睛］：这不就忽悠吗？

马　夏：对啊，忽悠不就是你长项吗？要不你能嫁到北京二环里，嫁给北京户口。这个工作最适合你了。

田咪看着马夏的名牌包，兴奋不已。

田　咪：我什么时候能上岗？

马　夏：这不就在岗了。

田咪一愣，然后会心地笑了。

2. 超市员工休息区，日，内

休息室聚集了不少员工，边吃午饭，边议论纷纷。桌子上摆着一份报纸，朱课长边吃边看着。

朱课长［惊叫起来］：哟，这不是江经理家乡的事吗？

乔　丽：桐城？

朱课长［把报纸推到乔丽面前］：对啊，桐城，一个什么生态养老公寓，以房养老，整个儿一个骗局，骗了几百个老人的钱。

小　夏：我也看见了，说还有好多老人是拿家里住的房子抵押的钱去买的房，全都给害惨了。

乔　丽：天哪，碰上这种事，可不得急得住院了，真够缺德的。

朱课长：现在的人可真是不怕报应，连老人家的棺材板钱都骗，真不是人！

屠组长：为了钱啊，真是什么都干得出来了现在。

朱课长：抓住了，得毙两个才行。

众人纷纷摇头叹息。这时候木兰过来了，众人顿时都安静了，看看木兰。

木　兰［笑笑］：大家别这么看我。我没事。

朱课长：就是啊江姐，家里有什么需要帮忙的，你随时支应一声。

众人纷纷点头：没错。

木　兰：好。谢谢。

众人都吃完了，收拾碗筷离开了。木兰才看到桌上的报纸，看到那篇报道，有些不安的感觉。她掏出手机想打电话给父亲，犹豫了一下还是把手机收起来了。

3. 江援朝家客厅，日，内

江援朝正在吃饭。贾幸梅在看报纸，头版头条也是关于老年公寓是个骗局的报道。

贾幸梅：援朝，你哥买的那个什么逸静不就在东溪吗？

江援朝：对啊。

贾幸梅：那不就是这个公寓吗，他们也上当受骗了？

江援朝：不会吧？

4. 公园，日，外

方琼一个人孤独地溜达着。田咪也在公园里溜达，四处看着。远远的，就看到方琼一个人走过来了，老太太满头银发，很有气势。田咪眼珠子一转，立刻迎上前。

田　咪：奶奶，您一个人散步呢？

方　琼[看她一眼]：你干嘛啊？

田　咪：奶奶，老远我就看见这一头银发了，我还以为我碰到大明星了呢。

方　琼：大明星？

田　咪：不是有个大明星，我妈我姥姥那辈儿特熟悉的，一头银发，老上节目的那个……

方　琼：田华？

田　咪：对对对，就是田华，我刚远远地看见，还以为您就是田华呢。您这一头银发，一万个人里边才能有一个吧，真是太漂亮了。

方　琼[很受用地摸了摸自己头发]：还行吧。

田　咪：要是将来我到您这岁数，头发能不掉，能白得这么不掺一根杂色，那我就谢天谢地了。

方　琼：你这孩子，真会说话。

田　咪：奶奶，您这气质非凡的，这么好形象，我想请您担任我们公司的形象代言人。

方　琼：形象代言人？这可新鲜了。你什么公司啊？

田　咪：我忘了介绍自己了。我是正光保健公司的业务员，这是我们公司的宣传册，您看看。

田咪递给方琼宣传册。方琼翻看着。

田　咪：奶奶，您有六十吗？

方　琼[笑得不行]：二十年前的事儿喽。

田　咪：天哪，不可能吧，您看着最多六十，身体挺好的吧？

方　琼：挺好的啊。

田　咪：太适合了！简直是太适合了！您要不给我们公司的营养品做形象代言人，简直就没天理了！我们就需要您这样有说服力的形象代言人！奶奶，我们公司周六有一个推广会，就在新华礼堂，您看这儿……来，奶奶您坐，我说给您听我们这个营养品的功效……

两人在长椅上坐下。

5. 江开国家客厅，日，内

江多福闷闷地坐在桌子旁。江开国正陪着中介和客户站在屋子中间看房子。

中　介：罗先生，您觉得怎么样？

罗先生：还行吧，价钱方面还能商量吗？

江开国：我这房子虽然面积不大，可挺合用的，两室一厅，一家三口肯定没问题，周围生活也很方便，超市学校都不远。价钱真的没有多要，已经比市面上少一万了。

罗先生[沉吟片刻]：我回去再想一想。

中　介：江先生，我们先走，回头联系。

江开国：好。

开门送客，门外，江援朝和贾幸梅站着。两口子眼睛盯着罗先生和中介离开，立刻进门。

江开国：援朝，你们来了。

江援朝：哥，报纸上登的那老年公寓的事是真的？你让人给骗了？

江开国点点头。

贾幸梅：哥，刚刚那……你不会是要卖房子吧？

江开国：刚才那个就是来看房子的，我欠了银行十万块钱，得还。

贾幸梅和江援朝万分吃惊地互相看看。

贾幸梅：十万？要出人命了！

江多福不满地横了贾幸梅一眼。这时候江开国手机响。

江开国：喂，小徐。

中介小徐[画外音]：江先生，罗先生挺成心想买你的房，不过他手头真的不宽裕，你又马上要全款，罗先生问十二万整行吗？

贾幸梅和江援朝都盯着江开国看。

江开国[跺跺脚]：就这样吧。卖了。

中介小徐[画外音]：那咱们就马上一块儿上公司签合同吧。

江开国：好。

江援朝：哥，你真的要卖房啊？

江开国：都跟人说好了，这就去签约。

江开国拿着旧公文包离开。江援朝和贾幸梅目光不约而同地落到一旁坐着的江多福身上。

贾幸梅：爸，大哥这么糊涂，你也不拦着他？！

江多福：不卖这房子，你们有钱借你哥吗。

贾幸梅和江援朝顿时不说话了。两人转身出门。

6. 路上，傍晚，外

贾幸梅和江援朝慢慢走过来，两人都是面色凝重。

江援朝：大哥怎么一辈子聪明，老了还犯这傻，把房子卖了，以后他们住哪儿啊。

贾幸梅突然站定了。

江援朝：怎么了？吓人一跳。

贾幸梅：这事得告诉木兰！

江援朝：我看大哥不想让木兰知道，咱们去说也不合适吧。

贾幸梅：不合适也得说，你哥出这么大事，她这个做女儿的不能蒙在鼓里。

江援朝：我哥家的事，你别掺和。

贾幸梅：什么叫我掺和，你傻啊，房子卖了，他们就没地儿，你大哥该不会想把老头扔给我们吧？

江援朝：不会吧。

贾幸梅：怎么不会了？木兰是咱家的能人，得让她出来管这事。不然万一以后有个什么事我们也得担责任。

江援朝[踌躇起来]：要不，还是告诉木兰一声吧。

贾幸梅：快！

江援朝从兜里掏手机。

7. 超市百货区 / 桐城路上，傍晚，内

木兰正在巡场。她手机响。木兰一看，是叔叔。

木　兰：喂？叔叔啊。

江援朝：木兰啊，你爸的事你知道了吗？

木　兰：我爸什么事啊？我不知道啊。

江援朝：你爸他……

贾幸梅［抢过手机］：木兰，你爸让人骗了十万块钱，现在要把家里房子卖了！

木　兰：不是那个生态老年公寓吧？

贾幸梅：你在北京也知道了啊，这事在桐城闹得特别大，都上报了。真是要命啊，你爸让他们给骗了，还不告诉你。你爸真是糊涂了，怎么能卖房子呢，卖了房子住大马路上啊……

木兰已经完全震惊了。

8. 中介公司 / 超市僻静一角，傍晚，内

江开国刚刚在准备跟人签合同。中介把文件放到江开国面前。

中　介：江先生，签这儿就行了。

江开国正要签，木兰来电话。江开国犹豫了一下，还是接电话。

江开国：木兰。

木　兰：爸，你不在家，在干嘛呢？

江开国：没干嘛，在外面有点事。

木　兰：你是不是要把家里房子卖了？

江开国：没有的事。

木　兰：到这会儿，你还骗我？！爸，你现在怎么变得这么自说自话了，买老年公寓这么大事，你怎么也不跟我商量啊！

江开国：你怎么知道的？

木　兰：你别管我怎么知道的，咱家的房子不能卖！

江开国：房子的事你就别管了！

木　兰：房子卖了，你和爷爷打算住大街上去吗？！不是早就跟你说过了，我想好了要接你们来北京的！

江开国：我们住哪儿，我们自己会解决。你就别操心了，就这样吧，我这儿还忙着呢。

江开国把电话挂了，狠狠心，在合同上签字。

9. 超市僻静一角，傍晚，内

电话断了。木兰一下子靠在墙上，心急如焚。

10. 雷颂华家方琼卧室 / 客厅，傍晚，内

方琼哼着歌，翻箱倒柜地把衣服都翻出来，在镜子前比划着，一件又一件。雷颂华疲惫地进屋，隐约听见方琼屋里传出哼唱的革命歌曲。

小　丽［从厨房出来］：阿姨回来了。

雷颂华：姥姥今天这么高兴。

小　丽：嗯，一下午都在挑衣服。

雷颂华好奇地过去。

11. 雷颂华家方琼卧室，傍晚，内

方琼身上穿着件特别正式，特别显得有档次的好料子的衣服，正在镜子前照。

雷颂华［推门］：妈。哟，这身行头都搬出来了啊。

方　琼：小三子回来了。怎么样，还挺合身的吧？

雷颂华：太合身了，这还是你六十大寿那年找裁缝给你做的吧，腰这儿完全贴身，说明你这二十年身材一点都没变样。

方　琼［得意地看着镜中的自己］：楼下你做头发那美发店，我这两天也想去吹个头。

雷颂华：还要吹头啊，妈，这么隆重，有什么重大活动？

方　琼［得意］：有人请我去做形象代言人。

雷颂华：形象代言人？

方　琼：嗯。

雷颂华：什么方面的形象代言人？

方　琼［拿起床上的宣传页给她］：就这个，老年人的保健品，我看了资料了，挺正规的单位……

雷颂华［看了一会儿就急了］：什么永春口服液，这你也信，这种保健品都是骗人的！

方　琼［一把抢过宣传页］：怎么到你嘴里就没好话！

雷颂华：妈，这事怎么来的？怎么会请你去当形象代言人？有什么正规手续没有？这产品合不合格，到底有功效没有？这些都两眼一抹黑你就要去当形象代言人啊，你不怕上当啊？！

方　琼［一下子就火了］：什么上当上什么当？我看你就是见不得我好！人家公司的人看见我形象好，跟他们产品合适，请我去，有什么不行的？！就不会说一句我爱听的！

雷颂华：妈，你不爱听，可这是理儿，大街上人拉你你就信了，你的革命警惕性哪儿去了？

庄海洋［进来］：怎么了怎么了？怎么一回家就听见吵吵啊？颂华，怎么又惹妈生气了？

方　琼［生气地坐在床上］：海洋，把你媳妇起走。

雷颂华：妈，你！

雷颂华已经让庄海洋给拉出去了。

12. 雷颂华卧室，傍晚，内

庄海洋把雷颂华一路拉进了自己的卧室。

雷颂华［甩开］：你拉我干什么，我还没说完呢。

庄海洋：你就不会让老太太自说自话嘛，她说什么是什么，你当什么真啊。

雷颂华：敢情不是你妈你不闹心，就算她不高兴我也得说真话。

庄海洋：你妈的脾气你又不是不知道，不会跟你服软的，你学学你姐吧，哄字诀，哄得老太太高兴了就什么事都没了。

雷颂华：老太太糊涂的时候还哄，这不是跟着糊涂吗？你知不知道现在外面社会上针对老年人的骗局都有多少，咱小区门口，派出所贴的那个告示，上面列出好多针对老年人的骗局方式，今天早上又更新了，已经加到二十多条了，你知不知道，简直是防不胜防！

13. 超市店长办公室门口，傍晚，内

木兰心急如焚地敲门，店长办公室的门紧闭。一旁办公室门开了，店长的秘书之类的人出来。

秘　书：江经理？

木　兰：小尤，店长呢？

小　尤：去总部开会，今天不回来了。

木　兰：哦。谢谢。

小尤关上门消失了。木兰出了一会儿神，拿出手机拨号。

14. 雷颂华卧室 / 超市一角，傍晚，内

庄海洋：兴许你妈这回这事是真的呢，你妈那形象气质，还真有可能让人请去撑撑场面。

雷颂华：你真是是非不分啊，你走大街上有人让你去当形象代言人你信吗？！

庄海洋：维稳维稳，维稳是我们家第一位的……

雷颂华的电话响。

雷颂华［口气不佳地接起电话］：喂？

木　兰：店长，我是江木兰。

雷颂华：有什么事？

木　兰：我想请两天假。

雷颂华：又要请假？

木　兰：我家里我爸出了点急事，必须得回去一趟。

雷颂华［火儿了］：你说说就这么一个月你都请了多少回假了？

木　兰［委屈地］：上次我没请假，是店长特批……

雷颂华［更火大］：别以为我给你放假你就可以得寸进尺！

木　兰［愣会儿］：店长你不是说家里事处理好了才能安心工作……

雷颂华：可是谁有你家里事这么多？！

木　兰［忍着委屈］：对不起店长，我也不知道最近怎么就这么多事，我是真的没办法，我老家……

雷颂华：不要跟我解释你家里事我不想听！你家里事跟我一点关系都没有，跟超市一点关系都没有，你要明白我是你的上司，超市是你的工作！工作！要是每个员工都跟你一样，家里一点困难都克服不了，超市还要不要开？！你家里事多，谁家里事不多？！每次都这样，家里事和工作一冲突就放弃工作，你怎么好意思担这个职务领这份工资？！工作和家事本来就是一对对立的矛盾，如果你家里的事要影响工作，江经理，你应该辞职回家，专心料理家里的事，不要出来工作！

木兰愕然，哑口无言。电话两端都久久地沉默。雷颂华发过脾气，出过气了，情绪平静下来。

雷颂华：就这样吧，你可以请假，时间我也不规定你，你自己看着办。其他的我不想多说。

木　兰：谢谢店长。

雷颂华马上挂了电话。

庄海洋：你怎么这么刻薄说自己下属？

雷颂华：我说错了吗？这个经理是我最看好的，我对她严格要求有错吗？哪个想当店长的不得脱层皮。

庄海洋［摇摇头］：这个经理真够可怜的，你把对你妈的火都发她头上了，我都同情。

庄海洋出去。雷颂华平静下来，也是有点愧疚。

超市一角，木兰愣愣地待了一会儿，收摄心神，快步离开。

15. 江开国家客厅，夜，内

江开国和江多福相对枯坐。桌上放着签了字的卖房合同，还有整齐的十二万现金，非常醒目。

江多福：开国，卖都卖了，别想了。

江开国：爸，我怎么老了老了，还傻了。

江多福：不怪你，那么多人都上当了。你也是为了我……

木兰心急火燎地开门进来。江开国和江多福一看，都惊呆。

木　兰：爸，爷爷。

江多福：木兰回来了？

木兰一眼看到了桌上的合同和钱，马上拿起合同看，一下子就急了，把合同拍桌子上。

木　兰：让你别卖让你别卖！你现在怎么主意这么大啊你！

木兰委屈地把手上的包拉开扔到桌上，露出一扎扎的钱。江多福和江开国看见了，都惊呆了。

木　兰：我钱都带来了！十万块钱！帮你还银行的钱！你怎么就不能等等呢？！

木兰气得一下子坐倒在椅子上，别开头，气得要掉眼泪。江开国也是一脸的内疚和心酸。

江多福：木兰，你别怪你爸……

木　兰：爷爷，我爸现在是怎么了？我还是不是他女儿？什么事都瞒着我，什么事都不跟我说，青光眼开刀不跟我说，买老年公寓也不跟我说，卖房子还不跟我说！爸，你怎么就这么跟我见外呢！

江开国老泪纵横，哽咽着不知道该怎么说。

江多福：木兰啊，他都是为了你啊，他知道你在北京不容易，有什么事他都想自己担着。

木　兰：自己担着？结果呢？就成这样了？这么大年纪了连自己房子都没了！预备怎么着啊？！

江多福：你爸说了，我们去租房子住……

木　兰：你们俩都多大年纪了，加起来快一百五了，还要租房子住？！要不要这么惨啊！爸，你现在怎么跟孩子似的，做什么事都由着性子来？为什么做决定之前不跟我商量？为什么都到这个年纪了还要逞强？我都说了要带你们去北京的，怎么就不能多等等？我在北京是不容易，你到了北京以后不是还能帮帮我吗？你不想去北京就是不想照顾我，是吧？

江多福：你怎么能这么说你爸呢，是不是这回你爸没去帮你你心里生气？这不是正好赶上这事了，你爸买火车票的时候，人告诉他卖房子的人跑了……木兰，你爸是那样不肯帮你的人吗？！从小到大，你爸为你去死都肯！

江开国老泪纵横。

木　兰：爷爷……

江多福［也哭了］：不怪你爸，这些年要不是我拖累着他，他肯定能多腾出时间帮衬你们小两口，要怪，你就怪我。

木　兰［也哭了］：爷爷你别这么说，我不是这个意思，我就是太着急了，乱说话。爸，对不起……

江开国：不是你对不起我，是爸对不起你，爸做错了！

木　兰：爸，我知道这些年我在北京，没好好关心你，没好好照顾你，我知道错了，我现在正在北京努力呢，我是想接你们到北京去的。我接你们去，也不是要你们多辛苦照顾我们，我就是希望我们能住得近一点，要是有什么事也好有个照应，我就是希望我们一家人能一直在一起！

江开国：木兰，你是我女儿，你的心思我怎么会不知道！你都是为了我们好，我都知道的！我就是不想给你们添麻烦，在北京奋斗就够不容易的，再搭上我们两个老的，我怕你们太辛苦了。

木　兰：我不辛苦，不辛苦，你们是我的亲人，照顾你们我不辛苦！

父女俩抱头痛哭。江多福也很动容，走过去，把儿子和孙女都紧紧抱在怀里。

16. 江开国家小卧室 / 木兰卧室

木兰躺在原来自己的单人床上，这个小房间现在是江多福的房间。木兰正在给吕希打电话。北京，吕希躺在自家的大床上。

吕　希：还能毁约吗？

木　兰：不能。买家还着急让我爸交房呢，买的多值啊。咱的十万块钱没用了。房子保不住。

吕　希[沉默片刻]：木已成舟，别再怪你爸，也别再自责，想想下面怎么办。

木　兰：我想把他们暂时接北京住一段。

吕　希：应该的，你不是一直想把他们接来吗？索性现在就接来吧。

木　兰：夕阳新城也没买上，只能先跟我们挤一挤了。

吕　希[沉默了好一会儿]：挤挤挤挤吧，再攒一段钱，夕阳新城总能买得上。马上不是就该发年终奖了吗？

木　兰[微微叹口气]：吕希，你心里肯定特烦吧。

吕　希：烦啊。不烦我就不是人了。我们两家老人，都不让我们省心。

木　兰：我爸这事特殊。

吕　希：你别生气啊，我是说你爸这事出的不是时候。

木　兰：我也挺烦的。这下计划全打乱了。可是我肯定得管他们。

吕　希：咱俩互相吐吐槽就得了。肯定得管啊。想开点，别想太远了，就想着每一天都把该办的事办了，晚上躺床上，舒舒服服睡一觉，就挺好。睡吧。

木兰把电话放下，听话地闭上了眼睛。

17. 大礼堂，日，内

田咪带着方琼到大礼堂。场面非常壮观，全是老头老太，礼堂的一角弄了几个穿着白大褂的在给量血压把脉什么的。

方　琼：这么多人呢。

田　咪[特别温柔]：是啊奶奶，现在的人生活条件都好了，思想上也都更加进步，更懂得关心自己的身体，关注自己的健康，只有身体好才是一切的基础不是。

方琼点头，田咪把她往里让，直往前排去。一路上，好多销售跟田咪一样，都在向老头老太太们嘘寒问暖、夸赞衣服，老年人们都是一脸的如沐春风。田咪给方琼领到第一排坐下。

田　咪：方奶奶，昨天给你的资料，记熟了吧。

方　琼：你放心，都消化了。

傅经理走到讲台上，拿起话筒。

傅经理：各位老人家，大家静一静，听我说两句。

老人们都安静下来，看着傅经理。

傅经理：各位爷爷奶奶，各位大叔大婶，你们好，今天是我们正光保健品公司特意为老年朋友们举办的一个健康活动。咱们这个活动的主要宗旨是要带给大家健康的身体，健康的生活，以及一颗健康的心。现在我们的生活水平都提高了，我们更得关心自己的健康，这样才能长寿。大家说是不是？

众老人：是啊。

傅经理：咱们今天这儿请了几位大夫，都是各方面的专家，一会儿大家可以上他们那儿号个脉，量一量血压，让专家给看看日常养生需要注意点什么。

众老人都满意地点点头。

傅经理：我们公司呢，最近推出的这款永春口服液，特别的温补，里面有人参、灵芝、虫草等二十多种名贵的中草药，营养价值非常高，不光能调理我们的身体，还能增强我们的免疫力，是非常适合我们老年人的一款营养品。好，现在请我们的形象代言人上台说几句。

田　咪：方奶奶，该您上去说两句了。

方琼整理整理衣服，精神抖擞地上台，拿起话筒，目光非常到位地注视着下面地黑压压的人头，显然是见惯了这样的演说场面。

方　琼：大家好，我姓方，我看在座各位，有比我年长的，大家叫我老方也可以，小方也可以。正光公司让我来说两句，我就说两句，到了我们这个岁数，什么最重要，健康！年轻的时候，毛主席告诉我们，身体是革命的本钱，这话我一直牢牢记在心里，一直身体力行，我以前在妇联工作，工作了一辈子，奉献了一辈子，靠的什么，靠的就是强健的体魄！退休之后，社会上的任务完成了，家庭的任务还没完成呢，还得为家庭，为子女做奉献，这时候什么最重要呢，还是健康！只有我们的身体健康了，我们才不会给子女造成麻烦，我们也才能更久得发挥我们的余热，为咱们的国家，咱们的社会多尽一份力量！

大家热情地鼓掌。方琼站在上面觉得很有成就感。田咪上去小心地扶方琼下来。

田　咪：奶奶，您说的真是太好了，太感动我了！

方　琼［得意］：这种讲话对我来说是小菜了。

田　咪：奶奶，您不管在什么时期都绝对是大家的领军人物，就冲着这个，您也一定得好好保养啊。

老太太［看看方琼，对马夏］：小马，给我来一盒你们这个口服液。

周围好多老人都在买口服液了。

方　琼：你们这口服液真的这么管用？

田　咪：那当然了，专利产品，经过国家检验的，是江苏一个中医大师研究五十多年，亲自调配的方子，大师自己已经九十多了，就是吃自己这个方子吃的。

方　琼：多少钱一盒？

田　咪：我给您算算啊奶奶。［计算器一通按］奶奶，本来我们一个疗程是三个月，一共两千六百八十元，现在有活动，买三送一，可以吃一年，我再跟我们经理商量商量给你优惠点。

方　琼：行，你去问问。

田咪走到傅经理旁边，说着什么。傅经理不断地点头。一会儿，田咪回到方琼身边。

田　咪：奶奶，我跟我们经理说了，他说给您按 VIP 价格走，就收您五千。

方　琼：哟，五千呢，我今天出来身上就带了几百块钱，不够啊。

田　咪：没事，奶奶，您带银行卡了吗？旁边就有个取款机。

18. ATM 机，日，外

方琼在取款机取钱。田咪在一旁背对着候着。背对着方琼的田咪笑得合不拢嘴。

方　琼［取出钱］：小田，给，五千。

田　咪［换上稳重亲切的表情］：方奶奶，走，咱回会场领药去。

19. 大礼堂，日，内

老人们都散了，工作人员在整理东西，有人在给白大褂老专家发钱。田咪也在收拾东西。傅经理走过来。

傅经理：小田，过来一下。

田　咪［走过来］：经理。

傅经理：小田，今天这个方奶奶是一个亮点，你干得漂亮。

田　咪：我就觉得那老太太气质挺不错，能唬住人。

傅经理：今天这事我看出来你很有潜力，一定要好好干，有前途，等最近这几个大型活动搞完，我给你提成十万！

田　咪［眼睛都瞪圆］：十万？傅经理，你不是逗我玩吧？

傅经理：这种事怎么能开玩笑，业绩好，提成多，这是我们公司的一贯奖励原则。你好好干，我看你这个方奶奶挺有实力的，你一定要抓住这个机会，好好在她身上创造利润。

田　咪［使劲点头］：我一定会！

傅经理笑笑，转身离开。

田　咪［兴奋地回味］：十万……要发财了，这下真的要发财了！

20. 雷颂华家方琼卧室，夜，内

方琼坐在床上看说明书。一旁的床头柜上堆了不少药。雷颂华推门进来。、

雷颂华：妈，我回来了。［看到那些药，吃了一惊］哪儿来这么多药？

方　琼：都是保健口服液，里面全是名贵的草药，很好的。

雷颂华：在哪儿买的？

方　琼：我今天去的那个展会啊。

雷颂华：花了多少钱？

方　琼：五千。我看了说明书，真的挺值得，都用的整枝的虫草。

雷颂华：这你也信？！你知道现在虫草什么价钱？就这玩意给你用整枝你也信？五千块钱买这些骗人的东西，妈你让我说你什么好。

方　琼：你最好别说。

雷颂华［生气］：对啊，你不是说你是去做形象代言人的吗？这就是你代言的吧，怎么药还花钱啊？你都是代言人了，药不应该送的嘛，没送药，有代言费吗？

方琼也一时语塞。

雷颂华：没有吧。这就是一个忽悠，都说了让你别上当别上当，你就是不听劝。

方　琼：我就不爱听你说的！你出去，我要睡觉了！

雷颂华：五千块钱，你一个月工资啊，就买这么一堆三无产品……

方　琼：你别胡说八道，正规单位正规产品，怎么三无了，就你能耐，我就一定会上当，行了你赶紧出去吧，我要睡觉了。

方琼起身，把雷颂华推了出去，当着雷颂华的面关上门。

雷颂华[拍着门，画外音]：妈还没吃饭呢。

方　琼：不吃了，气都让你气饱了！最好别理我！

21. 江开国家客厅，日，内

江多福正在往一个旅行袋里装自己的几本书。木兰陪着江开国进来了。

木　兰：爷爷。

江多福：回来了，银行的钱还了？

木　兰[点点头]：还了。不欠银行钱了。爸，坐下喝口水吧。

父女俩都坐下。

木　兰：爸，什么时候给人交房？

江开国：说是越快越好，我都答应人家了。

木　兰：那咱们就收拾收拾，跟我上北京。

江开国：我不上北京。我跟你爷爷想好了，去凤凰岭租房子。

木　兰：爸，凤凰岭都那么郊区，怎么住啊。我一早就想接你们上北京，现在不是正好吗？

江开国：木兰，我为什么想买那老年公寓，不就是为了不上北京嘛。

木　兰：爸，为什么就不能上北京呢？

江开国：我一辈子都活得挺有自尊的，以前也是个厂长，手下也管过一百多号人，也算曾经辉煌过，我一辈子都没求过人，没给人添过累赘，到老了也不能。

木　兰：爸，我知道你是个自强自立的人，可我是你女儿，我又不是外人，再说谁说你给我添累赘了，你去北京，还能帮我带孩子呢。

江开国：你们在北京不容易，我去了，能不给你们添累赘吗？何况还有爷爷，就是吃饭还得多两张嘴呢。木兰，我这辈子唯一做过的一件后悔事，就是不该撒谎要二胎，对不起小顺，也对不起你，我老了想自己管自己，你们在北京好好的就行，甭惦记我。

木　兰：怎么可能不惦记你们？知道你跟爷爷去住郊区的房子，老了老了连个自己的窝都没有，你觉得我在北京我能安心吗？

江多福：开国，你就跟木兰去吧，难得女儿这一片孝心，你这身体还好，去了北京还能帮着木兰带带孩子做做家务，不是挺好的吗。孩子们现在正要你帮把手，你不管他们怎么行。

木　兰：就是啊，你不知道，我们最近都顾不上接悦悦，都是让邻居帮着接的，一天两天可以，长久不了啊。爸，你就当上北京管我看孩子去，行不行。

江开国[沉吟，对江多福]：爸，你呢？

木　兰：爷爷也跟我们一起去北京啊。

江多福：我不去北京。

木　兰：爷爷！

江多福：我真的不想去北京，我都这么老了，说不好哪天就该死了，我得死在自己家里，死在北京，那叫什么，那叫客死他乡。

江开国：爸，你不走我也不走。

江多福：你走你的，我有地儿去，我去援朝家住。

江开国和木兰都是一呆。

江多福：这么多年一直是你在养我，也该轮到小儿子养了。将来就两家轮着养，这样谁也不偏心。

江开国：这……

江多福：咱们走，这就上援朝家去，我跟他说这事。

22. 江援朝家客厅，日，内

木兰、江开国、江多福和江援朝坐在饭桌旁。贾幸梅从厨房出来，端着几杯水，放到各人面前。

贾幸梅：哥，别怪我多嘴跟木兰说这事，你们都要露宿街头了，这么大事不能不让孩子知道的。

江开国［有点没好气］：没人怪你。

江援朝：你还说什么呀，哥已经把房子卖了。

贾幸梅：房子卖了？住哪儿啊？

木　兰：我爸跟我上北京住一段。

贾幸梅：这就对了，我早就说过，该跟着女儿上北京享两年清……爷爷呢？

江多福：我想上你们家来。

江援朝和贾幸梅都愣住了，互相看着。等回过神来之后，贾幸梅一下子就急了。

贾幸梅：这怎么弄的，怎么大哥你自己把房子弄没了，就要把爸放我们家了？

江多福：这事儿是我自己的意思，跟你大哥没关系。开国是我儿子，援朝也是我儿子，开国照顾我十几年了，现在也该轮着你们了。

贾幸梅：之前跟大哥是你们自己的意思，我们可没强迫你们，现在你们也不能强迫我们吧。木兰，怎么不把爷爷带北京去？你也太不懂事了吧。

木　兰［忍住气］：婶婶，我想让爷爷上北京，爷爷不想去。爷爷不想离开老家。

贾幸梅：爷爷这么大年纪，能由着他胡来吗？他不想去就不去了啊。爸你得去北京！

木　兰：婶婶，让爷爷上北京没问题，可爷爷有他自己的想法，我们不能不管不顾，非让他走。我们家出了这么大事，暂时让爷爷在你们家住一段，也没什么大妨碍吧。

贾幸梅：怎么没有怎么没有！你们自己看看，这地方还能再多塞进来一个大活人吗?！我还是那句话，房子太小了，没地方供爷爷这尊大菩萨！你木兰在北京住着八十平米呢，你多担待点！

江多福：我不想去北京！

贾幸梅：爸，我们家真没你住的地方！

所有人都吃惊地看着贾幸梅。

江多福：援朝，你说句话，成不成？

江援朝张嘴想说话，但是又说不出来。

贾幸梅：这事问谁都没用，我不同意！

木　兰：婶婶，爷爷是你的公公，以前你们最需要的时候，爷爷也帮你们过带志新，做过家务，就念着那些，现在你怎么能这么对他？！

贾幸梅：我怎么了？我对你们老江家不好吗？我没给你们老江家立功吗？我给你们老江家生了江

志新！给你们老江家传宗接代了！我问心无愧我！大哥，我就不想说你什么了，你说说你这辈子办的错事还少吗？不就是看我们家生儿子了，眼热了，非要生二胎，瞒天过海，说谎钻空子，好不容易生个儿子，还把儿子弄丢了，要是不把小顺丢了，你们家现在至于没儿子养老……

江多福［气得浑身发抖］：够了！

贾幸梅：我说错了嘛！

江多福：你哥这么多年对你们怎么样你们心里没数吗？说这样的话也不怕闪了舌头？！

贾幸梅：爸，我反正在你眼里就是喜盈门里头那媳妇了，不是好人，随便你爱说我什么说什么，我就一句话，不行！你不能住我们家！我们家不欢迎你！说东说西就是多你一个！你怎么就这么老不死呢！

木　兰：婶婶！

贾幸梅：老不死老不死，我就要说，这么老了还不死，活着拖累儿女！

木　兰：叔叔你听婶婶说什么，你就这么听她说？！

江援朝缩着脖子一声不吭。

贾幸梅：你是孝顺女儿孝顺孙女儿，你带着老头子去北京啊！老不死的我们供不起，你供着啊！

江多福［伤心至极］：老不死，人老了，就该消失了是不是？！

贾幸梅冷哼一声。

江开国［看着江援朝］：援朝，你倒是说句话啊，你不能这么对爸吧，爸把你养这么大，又帮你带大志新，你总该念点情吧。现在你养不养爸，一句话！

大家都看着江援朝。江援朝憋红了脸，也急了。

江援朝：江多福啊江多福，你说你现在，除了给我们找麻烦，还能干嘛？！

江开国给了江援朝一个大嘴巴，大家都惊呆了。

江开国：这是我替爸打的！

江援朝：打了这一巴掌，我就不欠你们的了！

江开国和江多福都是十分悲痛。

木　兰：叔叔，你不养爷爷，没关系，我们养！爸，爷爷，我们走！

江开国和木兰扶着江多福离开。

贾幸梅：你这个侄女儿还把你这叔叔放在眼里当个长辈嘛。

江援朝［抱住脑袋］：烦。

23. 江开国家客厅，日，内

江开国和江多福和木兰推门，大家的心情都很难受。

江多福：你们也别担心了，不行我就一个人回乡下老家吧。乡下很多老人都这样，子女不管，就自己住着呗。

江开国：那我也跟你一起去乡下住。我得照顾你。

木　兰：老家的两间屋不是差不多都荒废掉了，已经没法住人了吗？如果要回去住，就得先修房。

修房不也得花钱。

江开国和江多福都不说话了。

木　兰：你们还是跟我去北京吧，就当先去散散心也好，以后再想办法，什么事咱们再慢慢商量。

江开国：爸，我们俩就跟着木兰去北京住一段去，你都还没去过北京，我陪你好好逛逛去。

江多福：行，听你们的，你们说怎么办就怎么办。

江开国和木兰都高兴起来。

木　兰：爷爷，北京我陪你逛胡同去。

江多福：好。好。

江开国：去北京至少我也能帮着木兰他们做做家务，带带孩子，还不是一个没用的人。

木　兰：谁说你没用了，你就算是一块老木头烧焦了，还是一块炭呢。

江开国：让爷爷瞧瞧，跟爸爸说话就是这么没大没小。

木　兰：那是，都是你惯的。

江多福看着父女俩直乐。

24. 江开国家客厅 / 小卧室，日，内

客厅里，全部东西都已归置，两个旅行箱子摆在屋子中央。小卧室里，江多福坐着，在看手里的一本非常非常老旧的相册，翻开的那一页上是一个穿民国大褂的年轻女人，显然是江多福的妻子，旧时农村妇女。木兰手里拿着另外一本相册过来，伸手来拿江多福手里那一本。

木　兰：爷爷，我收起来吧，放箱子里。

江多福点点头，把相册给木兰，木兰拿着出去，放进箱子里，郑重地合上箱子。

木　兰［冲着大卧室］：爸，都收拾好了。

屋里没声，木兰进去。

25. 江开国家卧室，日，内

江开国站在窗前，正望着窗外。木兰过来，并肩站着，可以看见窗外的院子里有一棵树。

木　兰：爸。

江开国：木兰的树，是你生那年我种的，都这么高了。

木　兰：可不是，三十多年了。

江开国：住了一辈子的房子，让我自己弄没了。

木　兰：爸，不就是房子么？没了就没了，亲人在哪儿，哪儿才是家。跟我上北京，北京是我们的家。自从我到北京上大学，我们已经十多年没在一块儿住。爸，我想跟你住一起，像小时候那样。

江开国［忍住难受］：嗯。

木　兰：走吧。

26. 江开国家门外，日，外

一辆出租车停着，江开国和木兰一人拎一个箱子，扶着江多福往外走。木兰和出租车司机把箱子往车上搬。那棵木兰的树就在门前。江开国走到树前，留恋地摸了摸树干。树干上有一块皮没有了，上面深深地刻着“木兰的树”。木兰放好箱子，把江多福扶上出租车，回头看到江开国。

木　兰［难受］：爸，走吧。

江开国点点头，转身上车。车启动。江开国从车窗伸出头，再次回首，留恋地看看自家的房子，充满了不舍。最后江开国忍痛转回了头，随车离开。

27. 木兰家客厅，日，内

木兰开门进来，把行李放在地上。身后江开国扶着江多福进来。

江开国：爸，这就是木兰家，不错吧。

江多福［四处看看］：这房子，好看。

木　兰：爷爷喜欢就好，当时装修的时候流行现代风格，我们也跟着学样。

28. 木兰家小卧室，日，内

木　兰［提着东西引江开国和江多福进来］：爸，你和爷爷先将就一下，住悦悦这小屋。

江多福：就一个小床，要不我睡沙发吧。

木　兰：我一会儿就去买个折叠床来，睡得舒服点。

江开国：买什么折叠床，我打个地铺就行了。

木　兰：那怎么行，睡地板对身体不好，有湿气。

江开国：这是北京，干燥得很，你这又是十九楼，睡地板不会有湿气的，就打个地铺挺好的，早上起来铺盖卷一卷还宽敞。

木兰一时沉吟。

江开国：放下东西，赶紧我跟你上医院去看看你婆婆去吧。

木兰点点头。

29. 医院急救病房，日，内

护工正在帮吕母捏腿。吕希在一旁看着。木兰和江开国走进来。

木　兰：吕希。妈。

吕　希：爸，来了。

江开国给吕希一个安慰的眼神，走到吕母身边，看着吕母，吕母也看着江开国，都是感慨万分。

江开国：亲家母，还好吗。

吕母只能看着江开国，嘴里啃啃两声，眼泪涌出来。

江开国［强忍住难受，还是乐观的笑脸］：不哭啊，亲家母，哭多伤身，孩子们都陪着你，不让他们看见你哭。

吕母微微眨了眨眼，想忍，泪水还是如雨而下。

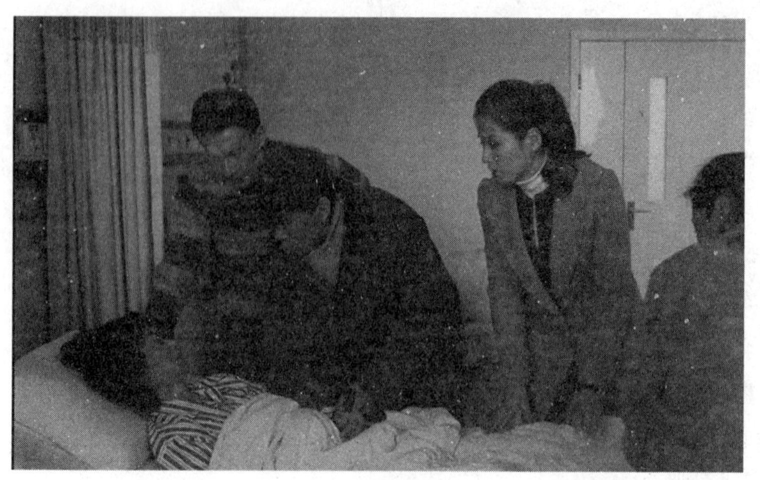

江开国：上次看望亲家公，谁能想到是最后一面，你心里难受，我特别明白。人生在世，来啥是啥，我们都得接着，总得往前看，往好了看，你说是不是。一定放宽心，心宽了身体就调养好了，只有你好好的，孩子们才能定下心来啊。

江开国在吕母的手背上安慰地握了一握，吕母渐渐停住了眼泪。吕希对木兰微微一笑。

木　兰［也拉住吕母的手］：妈，你别担心，这不是我爸也过来帮我们了，我们一家人手握手，什么困难都不怕。

吕　希［也把手盖上去］：就是，一家人手拉手，什么困难都不怕。

吕母同意地眨了眨眼睛。

医　生［进来］：家属来一下办公室。

吕希不安地看看木兰。

木　兰：我也去。

吕希点点头，两人跟着医生离开。

30. 医生办公室，日，内

吕希和木兰坐在医生面前。

吕　希［有点紧张地］：吉大夫，不是我妈有什么恶化吧？

医　生：不是，我们是通知你们可以出院了。

吕　希：这就出院了？我妈还动不了呢。

医　生：你母亲已经完全失能，动不了是正常的。病人现在的各项指标都比较正常，身体状况已经基本稳定了，剩下的就是长期护理了。

吕希和木兰互相看一眼。

医　生：另外一个，我们医院床位紧张，后面还有更多需要立刻接受治疗的病人，希望你们也能理解一下。

吕　希：吉大夫，我明白你的意思，可像我妈现在这样，我们应该怎么办呢？

医　生：像这样完全失能的病人，吃喝拉撒都是需要人照顾的，不能离人，最好是能送到专业的护理机构。

木　兰：吉大夫，什么样专业的护理机构？

医　生：比方说康复护理中心啊，特需养老院，等等。

吕　希：明白了。吉大夫，我们马上就去找地方。

医　生：好，就是得快点，医院床位确实很紧张，请你们理解。

吕　希：谢谢。

31. 医院急救病房，日，内

吕希和木兰进来。江开国正用小勺在给吕母喂水。

江开国：亲家母，多喝水身体就活泛。身体活泛了将来说不定就能恢复了。真的，不是有句广告吗，一切皆有可能。啊，别放弃，一切就都有可能。

木兰和吕希看见，都是欣慰的互相看一眼。

吕　希：爸，谢谢。

江开国：傻孩子，你都叫我爸了，还跟我说谢谢不是见外吗。大夫怎么说？

吕希脸色一变。

木　兰：大夫说妈身体没问题了，可以出院了。

江开国［一时也有点怔怔］：出院好啊，亲家母，大夫能让出院说明你身体没事。

吕母却是眼有忧色，使劲看着木兰和吕希，勉力地想摇头。

吕　希：妈，你不想出院？

吕母眨眼表示同意。

吕　希［安慰地握住吕母的手］：妈，我知道你担心以后护理的问题。放心，我们会安排好的。

吕母怔怔地看着吕希。

吕　希［不忍心看］：医生说最好是送你去护理机构，你是不是想回家？

吕母使劲地想摇头，做出拒绝的表示。

吕　希：别闹心，儿子不会让你受苦的。

木　兰：妈，我们不会再让你受苦，我向你保证。

32. 医院停车场，日，外

三个人过来，走向自家的车子。

江开国：小希，你妈妈不想回家，是不是怕拖累家里人？

吕希点了点头。

木　兰：哪儿都不能有家里好。

江开国：就是，回家也不怕，家里有我呢，总能帮上你们。

吕　希［叹口气］：爸，我妈现在这样子，最好就是送她去护理中心。

江开国不说话了。木兰看看吕希，不置可否。

吕　希：木兰，到点了，咱先去接悦悦吧。

江开国：好，今天跟你们去认回路，往后这孩子上下学就是我的事了。

33. 幼儿园院子及门口，日，外

江开国和木兰、吕希站在门口等着。悦悦和高思佳等一群小朋友结伴走出来。其他小朋友都说说笑笑的，悦悦有些落落寡欢。

高思佳：吕悦然，你怎么了？

悦　悦：我想我爷爷了。我很难过。我要节哀。

木　兰［挥手］：悦悦！

高思佳［看见了江开国］：哎，那老头儿谁啊？

悦　悦：我外公。

高思佳：外公？

悦　悦：我妈妈的爸爸。

高思佳：那不就是姥爷吗？你们叫外公真怪。

悦悦不理她，丢下她跑到木兰这边。看看江开国，悦悦撅嘴。

江开国：悦悦，外公来接你了。

悦　悦：外公真难听。

木　兰：悦悦！

悦　悦：不是姥爷吗？

吕　希：就是姥爷，姥爷是北京人的叫法，外公是桐城的叫法，是南方的叫法，都一样。

江开国：就是，悦悦爱叫什么都可以，外公……姥爷都喜欢。走，咱们回家了。

江开国要去拉江开国的手，悦悦却拉起了木兰的手，一家人往外走。

木　兰：悦悦，以后每天都外公来接你放学，好吗？

悦悦不置可否地别开了头。木兰跟江开国使个眼色，江开国笑笑。

34. 木兰家客厅，傍晚，内

江多福、江开国、木兰、吕希和悦悦一起坐在桌子旁，桌上有不少菜。

吕　希［举起饮料］：爸，爷爷，今天这顿算是给你们接风，欢迎你们到北京来。

江开国：吕希，这次我和爷爷给你们添麻烦了，家里出了那么大事，我们还……

吕　希：爸，千万别这么说，木兰这些年一直都想接你们上北京来，她总觉得自己以前都没机会对你们尽尽孝，也没机会跟你们在一块儿，心里愧疚得很，现在总算有这个机会了，我们高兴还来不及呢。你们就安心在这儿住着吧。

江开国：谢谢，好孩子。

吕　希：我爸这一走，我才知道，一家人能在一起就是好的。

木　兰［见吕希勾起难受，忙打岔］：你不是老说没机会吃我们爸做的好菜吗，这下有口福了，等着请好吧。

大家都笑了。

江开国：饭菜那肯定保证供应，想吃什么你们点，我给你们做，以后家里别的事也都全都归我了，我反正也没事，你们就安心地该工作工作，该干嘛干嘛。

吕　希：谢谢爸。

木　兰：吃饭吃饭，先尝尝我爸的红烧排骨。

35. 木兰家客厅，夜，内

江多福坐在沙发上，悦悦抱着她的泰迪熊在看动画片，江多福也跟着看。

江开国［擦着脸从卫生间里出来］：我洗好了，木兰，你们洗吧。

木　兰［画外音］：爸，你和爷爷赶紧睡觉吧。我们就来。

江开国［扶着江多福］：爸，咱们回屋吧。

36. 木兰家小卧室，夜，内

木　兰［手里捧着一床大被子进来］：爸，这被子……［看到悦悦躺着，很吃惊］悦悦，干嘛呢，起来。

悦　悦：我不！这是我的床，我和小熊的床！

木　兰：这屋以后给太公和外公住，你跟爸爸妈妈睡，你不是最喜欢跟妈妈睡嘛。

悦　悦：我不！

江开国和江多福面面相觑。

吕　希［也过来，想抱悦悦起来］：悦悦乖，快跟爸爸上那屋去，一会儿爸爸妈妈给悦悦讲故事。

悦　悦［来回翻滚，躲着吕希，就是不肯起来］：我不，我不，我就不！这是我的床，我的熊，我不喜欢他们睡我的床！我要自己睡！

吕　希：悦悦这样就不乖了啊，好了，来，爸爸抱你起来。

吕希想抱悦悦起来，但是悦悦使劲挣扎，吕希根本靠近不了。

悦　悦：你们都走，不要在我的房间里面，我不喜欢你们！这是我的房间，是我的！

江开国和江多福都挺尴尬的。

木　兰［脸色变得很难看，过去一把拎起悦悦，就在悦悦屁股上打了两下］：一点不懂事！

悦悦一下子傻了，然后大声哭了起来，一下子跳进吕希怀里。

吕　希：乖，不哭，不哭。［有点责怪地看木兰］有什么事和孩子好好说不就行了嘛，你动什么手啊！

木　兰：这不是说不通嘛！平时太宠了，一点都不懂事！

悦悦哭得越发大声。

木　兰：你再哭？！

江开国：木兰！怎么能打孩子？悦悦不哭了啊，外公不好，外公……

悦悦别开脸，不看江开国。木兰脸色更不好。

吕　希：爸，我带悦悦到楼下花园去散散步，你和爷爷先休息吧。

吕希抱着悦悦出去。余下的三个人一时也不知道说什么。

木　兰［转开话题］：爸，地铺够不够厚？

江开国：够。够……木兰，你怎么能打孩子呢？从小到大，我打过你没有。孩子小，闹情绪也正常，你得讲方法。快去哄哄悦悦，别让她觉得外公一来她就挨揍。

木　兰：我知道爸。你和爷爷早点歇着吧。我下去看看他们。

木兰走出卧室。江开国一时有些无语，在地铺上坐了下来。

江多福：我就说要不让我回乡下算了，这来了北京，给木兰添多大麻烦。这悦悦从小一个人睡惯的床，让我给占了。

江开国：爹，既来之则安之，先熬过这一段再说。木兰一心想让我们来北京，她是心里怪自己早几年太忙没顾上我们，她心里难受着，所以她得补偿我们。我们就成全孩子的这片孝心，在这儿住一段，让她心里好受一点。

江多福点了点头。

江开国：过一段，总要想办法回去的。

37. 木兰家小区花园，夜，外

木兰走到近旁，悦悦看到她，撅着嘴转开了头，不理她。木兰在旁边坐下。

木　兰：悦悦，还生妈妈气？

悦悦不理她。

吕　希：木兰，你也是，以前连骂都没怎么骂，今天还动手了，悦悦能不难过吗？

木　兰：最近多事，我心里有点烦躁，刚才确实没压住火。悦悦，妈妈先向你道歉，不该打你。

悦悦委屈地看着木兰，突然伸手搂住木兰的脖子，扑进木兰怀里。木兰柔情百转地抱住悦悦。

木　兰：悦悦，你以为妈妈想打你吗？妈妈刚才是太生气太难过了。外公和太公是妈妈的爸爸和爷爷，是你的长辈，你的亲人，你怎么可以这么对他们呢，你这样他们心里有多难受你知道吗？

悦　悦：我的床。

木　兰：妈妈知道。妈妈问你，如果妈妈要睡你的床，你肯吗？

悦悦想了想，点点头。

木　兰：外公如果要睡妈妈的床，妈妈也愿意。就跟悦悦肯让妈妈睡你的床一样。懂了吗？

悦　悦[很认真地想了想，微微点了点头]：妈妈，外公和太公要一直住我们家吗？

木兰看一眼吕希，点了点头。

吕　希：悦悦，外公和太公现在没地方住了，住我们家，等过一段，爸爸妈妈给他们买了新房子，他们就会搬走。是吧木兰？

木兰只好又点了点头。

悦　悦：妈妈，我和外公，你喜欢谁？

木　兰[愣了一下，一把搂过悦悦，紧紧抱在怀里]：妈妈喜欢你，也喜欢外公。你和外公都是妈妈最要紧的人。你不高兴，妈妈会伤心，外公不高兴，妈妈也会伤心。

悦　悦：我让外公睡我的床。

木　兰：这才是妈妈的好孩子。[心疼地揉着悦悦的屁股]还疼吗？

悦　悦[摇头]：不疼了。

吕　希[笑了]：好了，你们母女俩和好如初了。咱们也该上去睡觉了。

木　兰：吕希。

吕　希：嗯？

木　兰：一定要把妈送到护理中心吗？

吕　希[笑容渐渐消失了]：你不同意？

木　兰：妈这事我一直心里支棱着。不能在家我们自己照顾吗？还有哪儿能比自己家让妈更舒服？

吕　希：这阵子你不在你不知道，我天天在医院陪我妈，我是亲眼看见护工是怎么伺候我妈的，说句不好听的，我妈现在连小孩子都不如，吃的拉的，擤个鼻涕吐口痰……还得隔一两个钟头给翻身，每天还得擦洗，一次都马虎不得，否则就会生褥疮，我妈就要受活罪了。

木兰呆呆地说不出话来。

吕　希：你以为我不想让我妈回家，我是不敢，我们没这个能力，我们俩谁也伺候不了的。

吕　希：医院催得那么急，明天就得去找地方去。

木兰沉默地点点头，一家三口颇有点相依为命地起身回家。

38. 某养老机构，日，内

木兰和吕希坐在院长前面。

吕　希：院长，您看我妈这种情况可以来这儿吗？

院　长[摇头]：不失能是我们院入院的一个基本限制条件。照顾失能病人需要花费更多的人力和设施，我们这儿没有这样的条件。

吕希和木兰失望地对视。

39. 某公立养老机构，日，内

木兰、吕希和一个院长打扮的人在走廊上走着。木兰往里看，两边的病房里并排放着床，床上面躺着的基本都是失能老人，各自有护工在做着各种护理。

一个护工[从一个房间探出头来]：15床不行了！

就看到几个护工匆匆忙忙地跑进病房。木兰和吕希都很震惊的表情。

40. 某公立养老机构院长办公室，日，内

木兰和吕希跟着院长进来。

院　长：请坐。

三人对面坐下。

院　长：你母亲这样的情况，我们可以接收，问题是，没有床位。

吕　希：欧阳院长，能不能加张床，或者怎么样，总有解决的办法吧，我们夫妻俩跑遍了北京几十家养老敬老院，像您这儿的真的太少了。

欧阳院长：那肯定啊，全北京现在老龄人口接近三百万，其中失能半失能的占了百分之二十，可是像我们这样具有护理失能老人的敬老院才几十家，也就上千个床位，你们想想，中间的缺口是多大。

吕　希：要是居家看护，我们都不知道怎么办。

欧阳院长：想要在家里看护确实是比较困难的，毕竟想要全心全意照顾这样一个老人，对于任何一个家庭来说都是非常沉重的负担，所以大家都想把老人送到我们这样的专业机构来。说到底还是僧多粥少，就我们院，我们所涵盖的这一片社区，大约有近两百个失能老人，可我们的床位只有三十一张，就光是我们这一片，就排着一百多号人呢，更别提像你们这样，从别的区找过来的。实在不是我不想让你们进来，是客观条件，确实没法进来，已经没有空间了。如果没有人走，那就没有人能进来。

木　兰：欧阳院长，您还知道其他的，跟您这儿一样可以接收我婆婆的敬老院吗？

欧阳院长［摇了摇头］：恐怕全部都满员了。

吕　希：既然这方面的需求这么大，私立的敬老院怎么就不能提供这样的服务呢？

欧阳院长：整个社会的养老服务都刚刚起步嘛，也怪不得他们，照护失能老人需要的是专业人员，导便洗澡，没有经过正规培训的护工根本干不了，也干不好。说实话，即便私立敬老院有心想开展这样的服务，他们根本也找不到这么多专业的照护人员，得慢慢培养，这些都需要时间。说句实话，其实目前国内完全失能老人的照料主要还是依靠传统家庭成员。

木　兰：欧阳院长，谢谢您对我们这么坦诚。我们想在您这儿排队。

欧阳院长［无奈笑笑］：可以。

护　工［进来］：院长，15 床走了。

木兰和吕希都一愣。

欧阳院长：通知下一个等位的可以住进来了。

木兰和吕希互相看一眼，都是心下了然且失落。

41. 路上，日，外

吕希开着车，木兰在一边坐着。两人都是有点情绪低落。

木　兰：不看不知道，一看吓一跳。

吕　希：我也没想到，没想到像我妈这样的老人这么多，没想到能照顾我妈的地方这么少。

木　兰：这不是我们一个家的问题，是全社会的问题了，今天听欧阳院长一说，我才知道这个问题恐怕不是短时间内能解决的了。

吕　希：你还想着在家照顾是上策，现在知道了吧，在家照顾是下策，咱们根本就没有这个能力来照顾我妈。

木　兰：如果在家要想照顾好妈，就必须得有人做出牺牲。

吕　希：什么样的牺牲？

木　兰：辞职。

吕　希：辞职？

木兰点点头。

吕　希：你辞还是我辞呢？要从挣工资多少来说，还该我辞。可是，我一个大老爷们不上班真有点难受，何况，你还没有当上店长呢，靠你一个人的工资也养活不了我们这么一大家。

木　兰：是啊，我们家连辞职一个人的条件都还不具备。

吕　希：要是欧阳院长那儿有床位就好了。

木　兰：前面排着队的那几百个人的家属，跟你想的是一样的。

吕　希：咱们再找找看吧，能拖一天是一天，等医院催了再说。

42. 木兰家客厅，傍晚，内

木兰和吕希开门进来，两人眼前一亮。家里窗明几净，桌子上也已经摆好了热气腾腾的饭菜。江开国正拿着碗筷出来。

江开国：回来得挺巧，刚做好最后一个汤，可以开饭了。

木　兰：爸，你这把家里收拾的也太干净了吧。

吕　希：是啊爸，别累着了。

江开国：不累不累，反正闲着也是闲着，把家弄干净点多好啊。赶紧洗手洗手。

（跳接）一家五口坐着。吕希扒拉了一口饭，脸色就有点怪异，赶紧掩饰了。木兰吃了一口，也觉得有点不对劲。江开国给悦悦夹菜。

江开国：悦悦来，多吃点，你喜欢吃什么跟外公说，外公给你做。

悦　悦［吃了一口就放下了］：烂乎乎的，一点都不好吃。

吕　希［尴尬地］：悦悦！

江开国：太烂了是吗？爷爷牙口不好，我们一般都吃的比较软。

江多福：开国，明天别做这么软的了。

江开国：对对，明天一定做生一点的，一定。

吕　希：没事的爸，挺好的，挺好的。

两个老头有些诚惶诚恐的样子。看着爷爷和父亲一副寄人篱下的样子，木兰心里不忍。

（跳接）木兰和江开国收拾碗筷。碗里剩了不少菜。吕希和悦悦互相使个眼色。

吕　希：爸，木兰，我带着悦悦出去遛个弯。

木　兰：去吧。

吕希带着悦悦出门。

江开国［看着碗里剩下的饭菜］：木兰，吕希和悦悦平时都爱吃什么？你跟我说，我给他们做。

木　兰：爸，你别这么惯着他们，这儿就是你的家，你想做什么就做什么，不用太考虑我们。

江开国：要是就你，我肯定不用考虑，可吕希是一定要考虑的，毕竟这是女儿女婿的家，我们南方有句老话，吃儿子的骂着进骂着出，吃女儿的谢着进谢着出，女婿要是不高兴了，我女儿也不好受啊。

木　兰：爸。这都什么封建残余思想啊。现在女儿儿子都一样，都有义务对你们好，女婿跟儿子一样有责任。再说吕希这人挺好挺简单的，他才不会想那么多。

江多福：木兰，这不是封建，这是传统，是人之常情。你爸说的对，吕希大度，吕希是个好人，咱家更该对他好点。不就合着他口味做个饭菜嘛，我们能对他好的也就这点了。

木　兰：我就是不想你们受委屈。

江开国：我们不委屈。女儿女婿这么懂事孝顺，把我们接到北京来享福，我们怎么会委屈。不过，你也不能让吕希和悦悦委屈，听到没有？

木兰笑着点了点头。

43. 木兰家小区花园，夜，外

木兰走过来，四处寻找，但是没看到吕希和悦悦。木兰给吕希打电话。

木　兰：吕希，怎么没看到你们，在哪儿呢……啊？

44. 肯德基，夜，内

木兰走进来，正看到悦悦和吕希父女俩一人一个大鸡腿，正在大口大口的吃。吕希看到木兰，冲她招招手。木兰走过去，坐在吕希和悦悦身边。

木　兰：你怎么偷偷带悦悦吃这个来了？

吕　希：悦悦说没吃饱，我就想到这个了。

木兰看看悦悦，悦悦吃得不亦乐乎。

悦　悦：爸爸也没吃饱。

木　兰：悦悦，现在能听妈妈说话吗？

悦　悦：能。

木　兰：妈妈跟你说，你得学会体谅外公和太公，他们上了年纪，牙齿就不好了，所以他们要吃软的。

悦　悦[吃着]：我不爱吃，不好吃。

木　兰：不好吃也不能当着外公他们的面说，外公和太公会伤心的。就好像悦悦画画没画好，高思佳当着全班小朋友的面说你，你会不会很伤心？

悦　悦[想了想，点点头]：我以后不说了。

木　兰：真是妈妈的宝贝儿。

悦　悦：爸爸说了，以后老带我吃肯德基。

木　兰：不行。

悦　悦：为什么？

木　兰：因为肯德基是快餐，快餐没营养的，不能老吃，老吃悦悦以后就长不高，不聪明了。悦悦听妈妈的话吗？

悦悦撅着嘴看看吕希。吕希给她使了个眼色。悦悦只好点了点头。木兰笑了。

木　兰：乖。[看向吕希]谢谢。

吕　希[假装不懂]：谢我干嘛？

木　兰：吕先生，吕太太谢谢你大人有大量，能体谅两个老头。我知道你也不爱吃我爸做的软饭。

吕　希[扑哧笑了]：我成吃软饭的了。

木　兰[也笑了]：不生气了？

吕　希：跟你生气我有好儿吗？是你爸爸和你爷爷，我怎么也得给吕太太面子啊。

木　兰：行了，我爸说了，你老爱吃什么你就言语，江大厨保证供应。

吕　希：没那么严重。我吃什么不行啊，你做的猪食我都吃了这么多年。

木　兰：你自己说自己是猪，我可没说。

吕　希：好了好了，其实也没多大事。以后住在一起，互相磕磕碰碰肯定会有的，你夹在中间最难做了，不过互相理解一起，忍让一下，总能解决的。

木兰点点头。

吕　希：我现在闹心的是我妈那儿。明天你是不是要去上班了？

木　兰［点点头］：又休了一个礼拜了。我都不敢想象店长看到我的表情会是什么样。

吕　希：你这店长怎么六月天孩儿脸啊，一会儿火山一会儿冰川的。

木兰耸耸肩。

45. 超市走廊，日，内

木兰走过来，正好雷颂华快速走过来，往自己办公室走。

木　兰［有点紧张地］：店长！

雷颂华［转头看见了木兰，表情冷淡地］：江经理，销假了？

木　兰［点点头］：谢谢店长。

雷颂华［皱眉盯着她看］：我最不喜欢听到的是我的下属说谢谢，说谢谢就代表他们有愧于我，工作不到位。如果你让我说谢谢我会比较高兴。

木　兰［完全无语］：哦，那我就……

木兰转身要离开。

雷颂华［再次看了一眼木兰，其实有些不好意思，但还是假装冷面］：江经理？

木　兰：店长。

雷颂华：今天下班在门口等我，我想找你谈一谈。

木　兰［懵了一会儿］：好的。

雷颂华已经转身快步离去。木兰看着雷颂华的背影，感觉有些天威莫测。

46. 超市后门，夜，外

木兰从超市后门出来，正举目要望，雷颂华的车开到她面前。

木　兰：店长？

雷颂华：上车吧。

木兰坐上车。

雷颂华：能吃辣吗？

木　兰：能。

雷颂华：你们南方也吃辣？

木　兰：来北京之后学会的。

雷颂华：也是，不会吃辣就没饭吃了。

木　兰：四川人已经在饮食上统一全国了。

雷颂华愣了一会儿，突然大笑，开车！

47. 麻小排档，夜，外

雷颂华的车过来，在门口停下。店里人头攒动，热气腾腾。

雷颂华：这是我的老根据地了。跟我来。

48. 麻小排档，夜，内

雷颂华和木兰坐在一隅，店伙计端上热气腾腾的一大盆麻辣小龙虾和两大杯啤酒。

雷颂华：麻小配啤酒，人生何愁有。

木　兰［愣了一会儿，也大笑］：店长自己写的打油诗？

雷颂华：押韵的。来，干杯！

两人碰杯。

木　兰：店长，这次……真的很抱歉。

雷颂华［摆摆手］：是不是觉得这个店长怎么这么喜怒无常呢？

木兰看着她，点了点头。

雷颂华：那天我也不对，态度太过火了，无论如何，不该对你发脾气。其实，我是让我妈给气着了，一肚子火刚上来，正好你撞上枪口来了。

木　兰：能问问为什么事吗？

雷颂华：买药。

木　兰：买药？

雷颂华：要真是治病的药就好了。是不靠谱的保健品，让人忽悠了，还自以为是，洋洋得意呢。

木　兰：老人家是不是都这样，特别容易让人忽悠。也许好好劝劝会有用。

雷颂华：要能听劝就不是我妈了。我这个妈呀，一辈子都要强，说一不二，原来都是我爸由着她要，去年我爸走了，她开始轮着在我和我姐家住，可她就还改不了她那个强势的性格，什么都自己拿大主意，以为自己特对，也不想想，她都八十了，退出社会都二十年了，这二十年外面早不是那么回事了。可就是没用，说什么都没用，就以为我是要害她呢。

木　兰：现在外面的骗术也是防不胜防。这回知道我为什么惹你生气也非回老家不可？我爸在老家也让人骗了，还是一把大的，把我们家房子都给弄没了。

雷颂华［吃惊地张大嘴巴］：房子没了？

木　兰：没了。我回去的时候，他正准备带着我八十多的爷爷去郊区租房子住呢。

雷颂华［直摇头］：听你这么一说，我妈犯的事那就不叫事了。

木　兰：谁比谁惨啊。我回去那天，狠狠说了我爸一顿，把我爸都说哭了。我都没想过，我会这么说我爸，跟说我孩子似的。

雷颂华：可不就是孩子吗？还不如孩子能打能骂呢，只能哄。那现在呢？你爸他们怎么安置的？

木　兰：都跟我来北京了。

雷颂华：你是独生子女吧？

木兰点点头。

雷颂华：你爱人呢？

木　兰：也是。

雷颂华：你们家典型“421”，挺不容易的。我好赖还有个姐帮着。你妈呢？

木　兰：我高中的时候就去世了。

雷颂华：你妈在你就会轻松很多。两个老的齐全，他们自己就有伴了，互相照顾，能省子女很多心。以前我爸在的时候就是这样，自己家住着，请个小阿姨打扫打扫，做做饭，才没时间来折腾我们。我爸怎么就走了呢。

木　兰：其实，老太太身体健康，你就已经很幸运了。至少不用二十四小时照顾。

雷颂华：这倒是。你前一阵说你公婆……

木　兰：我公公婆婆感情特别好，我婆婆腿瘫痪，一直都是我公公照顾，从来没有给我们添过负担，可谁想到，说走就走了，心梗。我婆婆受不了刺激，又中风了，全瘫。

雷颂华完全目瞪口呆。

木　兰［笑笑］：所以啊店长，你母亲的事真的是小事小事再小事，你不要为这个烦恼。如果我是你，我天天都是艳阳天。

雷颂华：我真没想到你这么难。你婆婆这个情况，以后你们两口子可就辛苦了。

木　兰：最近正为这个犯愁呢。医院催着我们出院，都找不到愿意接收的地方。其实我特别想我婆婆回家自己照顾，可是现在家里房子太小，我爸和爷爷在，不可能住在一起。大概只能接回他们自己家。可是谁能分身去照顾呢？真的不知道怎么办。

雷颂华［果断地］：请保姆。

木兰愣。

雷颂华：接回家你能照顾吗？

木　兰：我能。

雷颂华：你能辞职吗？

木兰一时哑语。

雷颂华：你不能。即使你爱人能挣很多很多钱你也不能。是吧？

木兰点点头。

雷颂华：我看得出来。因为我也一样。我们家老庄也能养我啊，可我作为一个人，我还是想在这个世界上有我的一席之地，我是我自己，不仅仅是某人的某某。就这么简单。

木　兰：店长，你说到我心里了。

雷颂华：听我一句，你就把你婆婆接回家，甭管是你们家还是他们自己家，然后请个保姆，这是目前对你们家所有人最好的选择。

木兰若有所思。

雷颂华：来，干杯！

木　兰：麻小配啤酒，辣醉解千愁。

49. 木兰家客厅，夜，内

屋里黑着灯，已经都睡了。木兰蹑手蹑脚进门。

江开国［却从小屋出来了］：木兰才回来？

木　兰：爸，吵醒你了？

江开国：我也没睡死，就想着你还没回来。行了，回来就好了，早点睡吧。

木　兰：你也早点睡。

江开国回屋去了。

50. 木兰卧室，夜，内

木兰进来，悦悦已经睡着了。吕希却还醒着，望着天花板出神。

木　兰：还没睡呢。

吕　希：怎么这么晚，店长跟你说公事？是不是决定提你当店长了？

木　兰［摇摇头］：没有，跟店长聊家常。你怎么了？

吕　希：我闹心。今天医院打电话来催了，让赶紧出院。你说这医院也真是的，让我们多住几天多好啊，跟赶叫花子一样。

木　兰：医院催得那么急，看来是没法再拖了，咱们先把妈接回来家再说吧。

吕　希：接回哪儿呢？肯定只能是石景山。然后怎么办？

木　兰：对不起，要不是我爸和我爷爷住着，就能把你妈接回咱这儿了。

吕　希：不是这个问题。不管住哪儿，都不可能我们自己二十四小时照顾。

木　兰：请个保姆吧。

吕　希：你也想到了？

木　兰：我店长也这么说。

吕　希：所以啊，我们再拖拖医院，反正他们也不能给我妈扔外头。我们抓紧时间，先找保姆。

木　兰［点点头］：明天就去！

51. 家政公司，日，内

木兰和吕希坐在一个中年大妈王老师面前。

王老师：你们家里这种情况，需要找专业点的看护，一般的保姆还不行。

木　兰：王老师，专业看护工资多少？

王老师：至少四千一个月。

木兰和吕希都惊呆了。

吕　希：王老师，我们家的经济条件，这个价位真是有点请不起。

王老师：不那么专业的也有，至少也要两千五。

吕　希：这也不便宜啊。

王老师：你别嫌不便宜，就两千五还不一定有人愿意干。毕竟照顾那么一个全瘫病人是个脏活累活，你们自己想想，一个老太太的吃喝拉撒全归她了，能有几个人愿意干的？

木　兰：王老师，我们先看看人吧。

王老师：行，你们要多少钱的？

木兰和吕希对视一眼。

吕　希：两千五的吧。

王老师［走到门口，打开门］：你们三个过来吧。

三个年龄各异的农村女人出现，站在吕希和木兰面前。木兰和吕希一个一个看过去。

中年妇女［一看就有些经验了］：你们家要干什么活？

木　兰：我们家主要是要照顾我婆婆，老太太完全失能。

中年妇女：瘫子？

木兰和吕希互相看一眼，只好点了点头。

中年女人：不行，这个我干不了。

另一个中年女人［稍年轻］：我也没干过，不中的。

这两个人迅速消失在门口。木兰和吕希都惊呆了。就剩下一个女的看着他俩。

木　兰：你能干吗？

农村女人［四川土话］：你说啥？

木　兰：我们家老太太你能照顾的了吗？

农村女人：啥？

吕　希：王老师，这是不是刚从西站下车啊，怎么连普通话都不会说啊！

王老师也是一脸苦笑地挥挥手，"四川土话"也消失了。

王老师：我们公司今天就她们三个，别的没有了。

吕　希：王老师，你们这么大家政公司，北京也算是赫赫有名，就这么三个人？

王老师：别急你听我说，今天能派出来找东家就这么三个，其他的都有人用着呢，说句老实话，现在家政市场已经是个卖方市场了，要找到个合用的保姆真的很难，尤其你们家这情况。我这儿，只能给你们挂上号，只要再来新人，或者是有别人不用了，空下来的，我觉得合适你们家的，我就给你们打电话，好不好？

木兰和吕希互相看一眼，都十分无奈。

52. 路边停车位，日，外

吕希和木兰愁容满面地慢慢走过来，往自己家车子走。

吕　希：请保姆比请姑奶奶还难。

木　兰：再去别的家政公司看看吧。

吕　希：连阳光家政都找不着人，别的地方还有吗。

木　兰：也没那么绝对吧，说起来，只要是人的事，不都讲究个缘分嘛，也许在别家就能找到有缘的保姆。

吕　希[苦笑]：你还真有革命浪漫主义精神。[吕希手机响]喂？……哦，好吧，我们马上来。
　　吕希挂了电话，愁容满面。

木　兰：怎么了？

吕　希：医院，催着我们赶紧办出院。现在保姆还没找好，怎么出院啊。

木　兰：要不咱们问问蒲姐，看能不能请她跟着回家先照顾几天，比医院的费用再高点都行。

吕　希：行，咱们问问她。

53. 医院急救病房，日，内

木兰和吕希跑进病房。护士一看到他们就叹气。

护　士：5床家属，我说你们可不能这样啊，我们医院床位真的特别紧张，这么拖一天又一天的老压着床，后面等着治疗的病人都给延误了，你们不能只考虑自己啊。

木　兰：对不起啊，黎护士，真对不起。

护　士：别说对不起，你们还是赶紧办出院手续吧。

木兰和吕希俯身看着吕母。吕母看着两人，轻轻发出嗯嗯的声音，眼神中充满了渴望。

木　兰：妈，是不是想回家？

吕母微微闭了闭眼睛。

吕　希[无奈]：妈，咱回家。

护工拿着洗完的杯子什么的进来。

木　兰：蒲姐，我们得出院了，这些天一直都是你在照顾我婆婆，真的特别感谢。

蒲　姐：不用客气，我们在医院，可不就是照顾病人嘛。

木　兰：蒲姐，我们想请你跟我们回家。

蒲　姐：啊？

吕　希：上我们家照顾我妈，工资一定比现在高，你要是还有什么想法尽管提，只要我们能做到的，一定满足你。

蒲　姐：不是工资的事，我们护工中心跟医院绑定，都是签了合同的。现在医院里的病人都照顾不过来，哪儿还有时间能跟病人回家呢。

木兰和吕希十分失望。

54. 吕家客厅，日，内

木兰打开门，吕希背着吕母慢慢地进来。

吕　希：妈，咱到家了。

吕母眨着眼睛，环顾熟悉的家，眼泪扑扑地往下掉。屋子里已经打扫整洁，吕父的遗像已经摆好了，骨灰盒也摆着。吕母看着吕父的遗像，眼泪不住地掉下来。木兰看在眼里，黯然不已。

55. 吕家主卧室，傍晚，内

吕母已经被安置好了，躺在自己的床上。

木　兰［在她枕边放好录音笔］：妈，在这儿呢。

吕母用眼神对木兰表示感谢。木兰直起身子，吕母的手指动了动，似乎想拉住木兰的手，眼神中流露出孩子般恐惧的目光。

吕　希［握住吕母的手］：妈，我不走，我在这儿陪你。

吕母的眼神顿时感到安慰了。

56. 木兰家客厅，夜，内

木兰疲惫地进门。

江开国［从里屋出来］：回来了。

木　兰：爸。悦悦呢？

江开国：睡了。

木兰在沙发上坐下。

江开国：把你婆婆接回家了？

木兰点点头。

江开国：吕希陪着呢？

木　兰：没找到保姆前，只能先这样。

江开国：伺候一个瘫痪病人不是个轻松的事，吕希怕不行。要不要我去帮帮？

木　兰：爸，你带悦悦也挺累的，没事，我下班要是早，我就过去帮着收拾收拾。

江开国：还是得尽快找到保姆。

木　兰：知道。

57. 墓地，日，外

吕父的墓碑已经竖立。吕母的名字也在，尚未涂黑：高红霞。吕母坐在轮椅里，吕希在身后站着。江开国和江多福也带着悦悦站着。木兰正在墓前摆下鲜花。所有人都是神情悲戚。

木　兰：爸，你放心吧，妈有我们呢，我们会好好照顾妈。

58. 余淼屋子外，日，外

田咪哼着歌从屋里出来，正好碰上亚芝手里端着早饭路过。

亚　芝：咪子，不吃早饭就走？

田　咪：上班去。

亚　芝：上班也得吃早饭。

田　咪：来不及了。

亚　芝［有些不安地］：你这些天早出晚归的，到底在上什么班？

田　咪：不告诉你。

亚　芝：是什么工作没关系，别再惹事啊。上次赔钱……

田　咪［拉下脸］：妈，你能不能让我多高兴一会儿啊。上次为什么会赔钱？还不都是让你给说的！

亚　芝：怎么就成让我说的了。

田　咪：废话，这叫口彩知道吗，口彩！做生意嘴讲究的就是口彩了！你一起头就是不停地说赔啊赔啊赔啊，真赔了。本来你的两万能变四万，就让你自己乌鸦说赔了。这次求求你，别再说了好吗。我真的急着上班。拜拜。

田咪哼着歌走了。亚芝想了想，推开门进去。

59. 余淼屋子，日，内

余淼还躺在床上酣睡。亚芝过来拍他。

亚　芝：淼淼，该起床了，该去开门了。

余　淼：妈我困，你让我再睡会儿吧。求你了。

亚　芝：咪子都起床了，你还不起。

余　淼：咪子挣大钱去了，我就多睡会儿。

亚　芝：咪子到底干嘛呢最近？上什么班心情那么好？

余　淼：她在一个保健品公司，做销售，业绩不错，心情当然好了。哎呀妈，让我睡吧。再睡五分钟好吧？就五分钟。

余淼拉被子蒙住头。亚芝无奈，只好离开。

60. 亚芝屋子，日，内

亚芝进来，想了想，拿手机给江开国打电话。却已经停机。亚芝惊呆了。

亚　芝［不安地］：怎么停机了？这老江，不会出什么事了吧？

61. 超市卖场，日，内

亚芝有些期期艾艾地过来，目光扫过超市卖场，没有木兰的身影。一个工作人员路过，

亚　芝：你好，请问江木兰江经理在吗？

工作人员：江经理今天是值班经理，这会儿应该在巡场，不带手机的。

亚　芝：谢谢啊。

（跳接）亚芝在超市里走着，一边心不在焉地看看货架上的东西，一边四处寻找。果然看到了正在杂货部巡场的木兰。亚芝高兴地上前。

亚　芝：木兰。

木　兰［看到亚芝又意外又高兴］：亚芝阿姨？您来买东西啊。

亚　芝［假装偶遇］：对啊对啊，来买点菜。真巧啊，就碰到你了。今天忙吗？

木　兰：每天都差不多，早高峰过去了。阿姨想买点什么，我陪你去找。

亚　芝：哦，我没有特别想买的，看到什么就买什么。对了木兰，你爸爸他还好吗？

木　兰［稍迟疑了一下］：挺好的，他来北京了。

亚　芝［特别高兴］：是吗？他都没跟我说。

木　兰［颇有些意外］：您跟我爸有联系？

亚　芝［有点难为情］：我没事的时候跟你爸通过两次电话，就聊点老家的事。

木　兰［了解地点点头］：我爸跟阿姨挺投缘的。我爸在家呢，您要有空就过去找他玩。我爸来北京这次要长住，有您这朋友在，多点关照。

亚　芝：好。木兰你忙，我不耽误你工作了。

木　兰：阿姨那您慢点，我先过去了。

木兰离开。亚芝挺开心的表情。

62. 木兰家客厅，日，内

江开国正踩在凳子上擦主灯。江多福在一旁沙发上坐着。

江多福：小心点啊，别摔着。

江开国：爹，我摔不着。多漂亮的灯，擦擦就亮了。这孩子们平时上班忙，哪有工夫做大扫除。这房子这么好，收拾干净了更漂亮了。

江多福：你来北京了，怎么不跟那个亚芝联系啊？

江开国［愣了一会儿］：现在哪儿顾得上啊。

江多福：这有什么顾得上顾不上的，好歹多个朋友多条路，平时一起玩玩也热闹啊。

江开国：再说吧。

这时门铃响。

江开国：谁啊？

江开国过去开门。门打开，门外站的是亚芝。

亚　芝：老江。

江开国［很意外又有点不好意思，但还是很开心地］：亚芝，怎么是你啊？

亚　芝：不欢迎啊？

江开国：怎么会，太欢迎了。别站在门口说话，赶紧进来吧。

亚芝走进屋子，江开国给她让到沙发上坐，又给她倒水。

江开国：你怎么知道我在北京？

亚　芝：我今天去超市，正好碰见你女儿了。家里就你吗？

江开国：我爸也在，在里屋。大概睡着了。我去看看……

亚　芝：别打搅了。改天有机会再问好。

江开国：喝水。

亚　芝：怎么你来北京都不跟我说，这几天我打你电话都停机了，还怕你出什么事了呢。

江开国［有些羞愧地］：说来话长了。

63. 木兰家小卧室，日，内

江多福在里屋，在门缝里听着外面的说话声，回到床上躺下，挺替儿子高兴的表情。

64. 木兰家客厅，日，内

江开国：……老了老了还犯这么个低级的错误，我都不好意思跟你提。

亚　芝：那有什么不好意思的，难道你就打算这么来了北京也不告诉我，不跟我见面了吗？

江开国：肯定得联系你，就是这脑子还没缓过来呢。一想起这事心里就别扭。

亚　芝：别郁闷了，这不是还有闺女呢嘛，你闺女这么懂事，等于是个儿子，多好啊。

江开国：闺女是好，我也不能老这么拖累他们啊。现在就只能帮着他们做点家务，还算是有点用。

亚　芝：小两口都得上班，晚上回来马上就有口热饭吃，也是个幸福的事。

江开国：就是我们南方爱吃的菜这儿不好买，我们家木兰特别爱吃山笋，我把菜市场前前后后都转遍了，就是没看见。

亚　芝：你刚来不知道，小区的菜市场没那么全，我领你去个批发市场，就是远一点，品种齐全，好多南方的菜都有。

江开国［开心地］：那太好了，以后你就是我在北京的生活指南了。

亚　芝：今天想去吗？我也还没买菜呢。

江开国：说走就走。

65. 菜市场外路上及小家电修理铺，日，外

亚芝和江开国走出来，两人手上都拎了不少菜。

亚　芝：这儿是离咱们那儿最近的批发市场，路虽然远了点，不过还算方便，基本上咱们南方爱吃的菜都有了。

江开国［高兴地］：巧妇难为无米之炊，买着原料了，什么怕做不出来。

亚　芝：你特别会做菜？

江开国：一般一般，世界第三。

亚芝笑得不行。

江开国：太不谦虚了啊。也是练出来的，木兰她妈走得早，她妈那手菜她吃惯了，我就学着做，慢慢地就会了。

亚　芝：我都不会做老家菜了，来北京太久了，就会做北方菜。其实特别馋老家菜，只要一想起小时候吃的那个瓤豆腐，口水都要流出来了。

江开国：那个简单，改天我做给你吃。

亚　芝：真的呀，那我先谢谢你了。

两个老人边聊边走，十分开心。路过菜市场外一个半露天的小家电修理铺，有个中年男人拿着个小电扇正在师傅那儿咨询。

中年男人：师傅，这个能修吗？

师傅看了看，摇摇头：都这样了，还修它干吗呀，你还是买把新的吧。

中年男人［拎着小电扇想走］：哦，谢谢了。

江开国：等一下。

中年男人［回头看着江开国］：怎么了？

江开国：我帮你看看。

中年男人看看江开国，有点不信任地。

江开国［笑笑，对着里面那师傅］：老弟，借你的起子用一下行吗？

师　傅［也好奇，把起子递了出来］：坏成这样还能修吗？

江开国：我试试。

江开国蹲在地上小心地开始鼓捣。一旁亚芝也好奇地看着。

（跳接）电扇的电线插在接线板上了。江开国按下开关，电扇动起来了。所有人都很意外。

中年男人：老师傅，你真行啊！我这电扇都二十年了，这回估计是真不行了，你还真给修好了！谢谢啊！［掏出二十块钱，塞给江开国］这个给。

不等江开国说话，中年男人已把钱塞在江开国手里，拎着电扇走了。江开国看着手里的钱。

江开国：到底是北京首都大城市啊，在我们桐城，修这么个也就是两三块钱，这儿给二十呢。［高兴地把手里的起子还给师傅］谢谢啊。

两人往前走。

亚　芝：没想到你有这么个手艺呢。

江开国：我一辈子都跟电扇打交道。

亚　芝：凭这手艺，你能在北京再干点活挣点钱啊。

江开国：要能靠这个挣钱那当然好啊，我现在就想挣钱。

亚　芝［想一想］：这样吧，我儿子呢有个报刊亭，就在我们家胡同里，来往的人也挺多的，我在那儿给你支个点，要是有人有小家电要修，我就在那儿帮你收了，你拿回去修，修完了再给我。

江开国［特别高兴］：谢谢你了，亚芝。

亚　芝：老乡帮老乡。

江开国：铃儿响当当。

66. 报刊亭，日，外

亚芝和江开国一起走过来。江开国手里提着个刚做完的牌子，上面写着“修理各种小家电”。余淼正在手机上斗地主呢。只见余淼一声长叹，拍一下大腿。

余　淼：怎么又输了，真是的！你丫会不会打牌啊，手里抓着个炸弹不知道轰丫的！白白憋死了！

两人走到报刊亭近前。

亚　芝［走过来］：淼淼。

余　淼［抬头看亚芝］：妈，你回来了？买什么好菜了？

亚　芝：淼淼，这是江叔叔，是妈妈安徽的老乡。［对江开国］老江，这是我儿子，余淼。

江开国：你好啊。

余　淼［没当回事］：江叔好。

亚　芝：江叔叔想修小家电，这个牌子就放咱们这儿，要是有人送小家电来修你就帮着收一下，啊？

余　淼［心不在焉地点点头］：行。妈，正好你回来了，帮我盯会儿行吗？我肚子突然特难受，想上厕所。

亚　芝［有些无奈地看了眼江开国，还是宠溺地］：去吧，还跟三岁似的。

余淼傻笑一下，立刻跑走了。亚芝和江开国一起把牌子竖在报刊亭旁边。

亚　芝：等有人送来了，我就给你送过去。

江开国：我取就行。

亚芝笑：都行。你父亲第一次来北京，去哪儿玩了吗？

江开国［点点头］：还没呢，孩子们都忙，我们又哪儿都不认识。

亚　芝：想去哪儿，我陪你们去。

江开国：好啊，又得麻烦你了。

亚　芝：不麻烦，故宫长城的，我好像也有十好几年没去了吧，正好再去看看。

江开国笑得特别开心。

67. 木兰家客厅，日，内

江开国开门进来，看到江多福坐在沙发上。

江开国：爸，起来了。

江多福［用那种眼神看他］：哎。

江开国：爸，你这什么眼神啊？

江多福：那就是你那女老乡吧？

江开国［有些不好意思地］：就是她。

江多福：我在门缝里看见了，好看。

江开国：爸，你往哪儿想啊你。

江多福：我就往那儿想啊。

江开国：爸，我买到木兰最爱吃的山笋了。而且，看。［把二十块钱掏出来，郑重放江多福面前］

江多福：二十块钱？

江开国：我挣的，就给人修了个电扇。

江多福：这么多呢。

江开国：可不是嘛，要不人家都说大城市遍地都是黄金呢。咱们老家修个电扇三块五块的，这儿起步就是二十块三十块，要修个空调能给五十呢。

江多福：还是有一门手艺好，看来你当初进电扇厂太对了。

江开国：大小是门手艺，手艺人到什么时候都不会饿死。爸，北京有这样的机会，我要重新开始挣钱了。

江多福：挣钱好。

江开国［直抒胸臆地］：房子丢了，钱没了，我再挣呗。北京机会这么多，我才六十多，只要我勤快不怕吃苦，再挣出一笔钱给我们俩养老没问题。爸，不要担心将来，我再干十年，挣十万块钱，我们就有钱回桐城了，我一定让你在桐城安享晚年。

江多福：我不想再活十年，累赘。

江开国：爸，你再活十年不够，得二十年。援朝没良心，我养你。我有手艺，不会饿着的。

江多福［又伤感地］：开国，别怪你弟弟。你又不是不知道，他从小就是个耳根子软的，什么事都听他媳妇的，说到底，还是他媳妇没娶对，娶个泼妇进门，自己倒霉。

江开国：爸，你还帮援朝说话。

江多福：手心手背都是肉，援朝再不是东西，也是我儿子。

父子俩一时沉默。

江开国［又振作起来］：爸，今天好事多，买到木兰爱吃的菜，我还能挣钱，咱们后面不怕了！

江开国拎着菜进厨房。江多福其实心里也很难受。

江多福［喃喃自语］：志新怎么也不给我打个电话呢。

68. 一系列蒙太奇

木兰在给吕母擦身。吕希在给吕母喂饭。木兰在洗床单。被罩床单满满地晾了一阳台。木兰直起腰，轻轻捶了捶。木兰坐在公交车上，头一点一点地打瞌睡。天色还没有完全亮。大中午的，吕希在路上赶路。堵车。一路都是红色的尾灯。他的神色焦虑。木兰和吕希在一起面试保姆。木兰搂着悦悦睡在自己家床上。吕希一个人躺在吕家小卧室的单人床上，望着天花板，发呆。

69. 另一家政公司办公室，日，内

木兰和吕希走进门来。坐在办公桌后面的一个中年女人看见了，起身相迎。

中年女人：你们好。

木　兰：吕老师你好，我上午跟你联系过，我姓江。

吕老师：石景山，家里有个全瘫老太太的？

木　兰：对。

吕老师：正好，我们这儿有一个合适的，跟我来。

木兰和吕希惊喜对视。

70. 家政公司员工室，日，内

木兰和吕希跟着吕老师走过来。有个低眉顺眼三十多岁的女人坐着。

吕老师：来世勤，过来，这就是东家。

来世勤［站起来］：你们好。

木兰和吕希也点头示意。

吕老师：来世勤原来在天通苑照顾过一个跟你们家母亲一模一样情况的老人。

来世勤：对，我在他们家做了两年多，就是专门照顾那大爷，到老人走，他都没得过一回褥疮。他的家里人都很感谢我。

吕　希：这种情况最容易得褥疮，你怎么做到的？

来世勤：我每两个小时就给他翻一次身，要是情况严重一个半小时就翻一次，注意老人尿床的情况，一旦发生，马上换床单，尽量让老人保持干燥。

吕希和木兰对视一眼，都很满意。

木　兰：来姐，我们挺希望你能上我们家去，就是不知道你多少钱一个月？

来世勤：我从来不开高价，我觉得我就是个保姆，干多干少也就是个保姆的活，只要对得起这份工钱就行。两千五一个月。

木兰和吕希对视，更满意了。

木　兰：吕老师，就这么定了。

71. 吕家一系列蒙太奇，日，内

来世勤手脚麻利地在给吕母揉腿上的肌肉，并且翻身。来世勤在换被褥床单。来世勤在吕母喂饭。来世勤在给吕母擦洗脸。木兰和吕希一直在旁边看着，都很满意。

72. 吕家客厅，傍晚，内

来世勤在打扫卫生，把台面擦得干干净净。

木　兰：谢谢你了来姐。

来世勤：应该的应该的。

吕　希：木兰，你回去吧。今天我还在这儿陪着。

木　兰：怎么睡啊，除了小屋那张床就没地了。

吕　希：我在我妈那屋打个地铺，来姐睡小屋。

来世勤：哎呀，吕先生，你们都别在这儿了，上班都那么远，住在这儿太不方便了。再说你们小夫妻俩的，老分着也不是个事啊，都回去吧。

吕　希：我妈这边离不开人啊。

来世勤：你们花这么多钱请我来干嘛的，不就是来替你们伺候老太太的吗，老太太交给我就行了，你们就放心回去吧。

吕希和木兰都十分感动。

木　兰：来姐，谢谢。

来世勤：做人得讲良心，我既然干了这个工作，我就得干好。

吕　希：来姐，有你这句话，我们就踏实了。[对木兰]我们跟妈说一声去。

73. 吕家主卧室，傍晚，内

两人走进来，走到吕母床前。吕母躺着，眼巴巴地看着他们。

吕　希[有些艰难地]：妈，这个来姐挺不错的，有经验，她会好好照顾你。我跟木兰也放心。今天晚上，我们就回朗月园去了。

吕母看着吕希和木兰，眼神里全是恐惧和失落，又不敢让儿子儿媳看出来，只能强忍着。

木　兰[很不忍心]：妈，明天我们就回来看你。

吕母用眼神安慰他们，眨了一眨，似乎让他们走。

吕　希[忍住难受，一拉木兰]：走吧。

74. 木兰家卫生间，夜，内

木兰正在往脸上抹擦脸油。江开国在一旁陪着说话。

江开国：总算找到合用的保姆了。

木　兰：爸，这几天你辛苦了。

江开国：我辛苦什么呀，悦悦能有多少事。你婆婆是真不容易，要是我们不住这儿，你们按理是应该把她接到身边来，在这儿请个保姆。

木兰一时也有些黯然。

江开国：不说那些了，你也累了，早点休息吧。

江开国离开。木兰看着镜中的自己，微微叹口气。

75. 木兰卧室，夜，内

木兰和吕希并头躺在床上。

木　兰[靠在吕希身上，摸了摸吕希的肋骨，心疼地]：你瘦了。

吕　希：总算躺在自己家床上了。

木兰叹口气。

吕　希：木兰，我跟你说句实话，昨天晚上我一个人躺着的时候，我就在想，要是走的是我妈，我爸还在，就好了。

木　兰：吕希？

吕　希：我知道我这么想挺不是东西的。可我真的有一阵儿就那么想。

木　兰：我懂。这阵子，你过得太苦了。

吕　希：这会儿躺着，我突然觉得苦也有意义。

木　兰：苦有什么意义？

吕　希：让你知道什么是甜。知道什么是相对论吗？

木　兰：爱因斯坦？

吕　希［摇头］：吕氏相对论。幸福的相对论。天下一切都是相对而言。

木　兰：相对而言？

吕　希：因为天天上班，所以旅游才会那么快乐。因为天天吃家常菜，所以下馆子才会那么解馋。如果天天都是燕翅鲍，偶尔给你喝碗小米粥，你就觉得全天下最美味了。所以啊，苦难的意义呢，在于让我们知道幸福是多么的来之不易，是多么多么的幸福。

木　兰［依偎得更紧一点］：你真是革命乐观主义。

吕　希：不然怎么办呢，活着总是各种各样的事儿，碰到了就得一样一样去解决啊。自从我妈中风，我就明白了，人活着，就肯定有烦心事，真要想什么事没有，就得是两腿一蹬那一天了。

木　兰：所以啊，我们就把苦难当成燕翅鲍，天天吃燕翅鲍。如果有一天吃到小米粥，那就是世界上最幸福的事情。

吕　希：没错。

木　兰［深情地凝视吕希］：吕希，你答应我一件事。

吕希看着木兰。

木　兰［看着他的眼睛］：将来我们老了，我们得一块儿死，不能把谁一个人拉下，好吗？

吕希点点头，搂紧木兰。

吕　希：我们从现在开始，我们要为了将来保重身体。什么都没有健康重要，父母为什么会中风，会心梗，就是因为年轻时候不注意身体，落下了基础病，老了要受苦。我们从现在开始，为了我们俩自己，为了悦悦，我们要身体好。

木　兰：身体好，然后咱俩好好工作，努力挣钱，换个大房子，把你妈接来跟我们一起住！

第 6 集结束！

雷母高价买营养品，江父修家电惹家冤

1. 雷颂华家客厅 / 余淼屋子，日，内

小丽在收拾饭桌，方琼在一旁转圈，十分无聊的样子。这时方琼的手机响。

方　琼：喂。

田　咪：方奶奶，是我，小田。

方　琼［态度冷淡地］：是小田啊，怎么想着给我打电话啊。

田　咪：最近不是天气时好时坏嘛，我就在想，也不知道奶奶这两天好不好，这种天气要是不注意，特别容易感冒。奶奶你平时出门要记得多穿一点，不要贪凉啊。

方　琼：谢谢啊。我正想找你呢，那天都忘了说了，你们公司不是找我去做形象代言人嘛，都没说代言费的事也就罢了，怎么我的药还收钱啊？

田　咪［眼珠子乱转］：哟，方奶奶，我正想跟您说呢，真是对不住您，我们经理说了，那天会场人太多了，有点忙乱，对您有些招待不周，特别不好意思。您大人有大量，可千万别往心里去啊。

方　琼［稍微舒服点］：算了。

田　咪：我们经理说了，方奶奶真是气质高雅，不愧是高级干部，说话特别有分量，特别在点子上，您的养身观念非常先进，特别值得推广给广大的老人。

方　琼［面色缓和多了］：是吗？

田　咪：对了方奶奶，我们公司有一批南方刚刚送过来的水果，很新鲜，您方便告诉我您住哪儿吗，明天我给您送点过去。

方　琼：给我送水果啊，太客气了。

田　咪：应该的，我也想见您啊，您的气质我特别想学学。

方　琼［笑了］：行吧，我们家住……

2. 余淼屋子，日，内

田　咪［边在纸上记着边点头］……1206室……嗯，我记下了，我这就过去看您……奶奶再见。

亚芝手里捧着洗干净叠整齐的衣服进来，田咪看见了，示意亚芝一下，亚芝就把衣服整齐地堆放在床上。放下电话，田咪开心地哼着歌。

亚　芝：咪子，你给谁打电话呢，这么温柔。

田　咪［还保持着那个甜甜的样子］：好听吗？

亚　芝：好听啊。

田　咪：听了高兴吗？

亚　芝：高兴啊。你要是能跟我这么说话就好了。

田　咪：人家买我的药，你买吗？

亚芝被顶得没话说，转身出门。田咪立刻兴奋地哼着歌开始收拾东西准备出门。她把一首流行歌曲的歌词改成“方奶奶啊你是我最爱的人”之类的台词唱着。

3. 雷颂华家客厅，日，内

方琼穿戴整齐，坐在沙发上等着。门铃响起。

方　琼：小丽，去开门，是我的客人。

小　丽：哎。

小丽打开门，田咪一脸笑容地站在门口。

田　咪：我找方奶奶。［看见方琼了］方奶奶！

方　琼：小田，进来吧。

田　咪［走进屋子，羡慕地打量屋子］：奶奶，您家可真气派，瞧这大房子，这家具，都好贵的吧。

方　琼：还行还行。

田　咪：奶奶，要不说您一看就是一身的贵气呢，环境造就人。［举起手里的水果］奶奶，这点水果虽然不怎么贵重，但是我们公司全体员工的一点心意，请您笑纳！

方　琼［脸上乐出了花］：小丽，收起来吧。给小田泡杯碧螺春过来。

小丽应了，拎着水果进厨房。

方　琼：你坐吧。

田咪在沙发上坐下，还四下打量。小丽出来了，送上一杯茶。

田　咪：方奶奶，您这几天吃我们的口服液了吗？

方　琼：吃了。

田　咪：觉得效果怎么样？

方　琼：效果……还行吧。还说呢，怎么我的药还收钱呢，我还没管你们要代言费呢。

田　咪：方奶奶，您的药我们是给您打了非常大的折扣的，这种优惠是从来没有过的。这款口服液里面全是贵重药材，您要是长期服用，一定能延年益寿，以后不管您什么时候再买，这个折扣会一直给您。

方　琼：是吗？

田　咪：方奶奶，您就放心吧，有我在呢，您现在是我们公司的VIP。最近天气反复，您可得小心身体啊。

方　琼：其他都还好，就是腿上那个旧伤疤有时候有点难受。

田　咪：您腿上还有旧伤疤呢？是怎么受的伤？

方　琼：打鬼子的时候让鬼子的刺刀给挑的。

田　咪：呀，您还打过鬼子呢？你太厉害了！

方　琼：哎呀，我十三岁就参加革命了。我大舅是回民支队的，我跟着他骑着毛驴给抗日英雄送过粮食，来，我给你看照片。

4. 雷颂华家方琼卧室，日，内

田咪和方琼并排坐着方琼的床边，很亲热地一起在看相册。

方　琼：这是在康庄安家村，我们全歼了鬼子一个中队。

田　咪：哇，方奶奶，这张简直太酷了！是扛的枪吗？

方　琼：这叫四四式骑枪，从小鬼子手里缴下来的！

田　咪：真不得了，方奶奶，自古英雄出少年啊，您一定是你们部队的风云人物。

方　琼：那可不，当时谁不知道我方琼的名字啊。[翻到后一页]这张，这时候已经解放了，我已经调到妇联去工作了。

田　咪：方奶奶，这身衣服也适合你，看着特精神。

方　琼：那时候的生活可真充实啊，每天都有开不完的会，还要去帮人民群众解决各种各样的问题，天天都觉得时间不够用。

田　咪：方奶奶，您的一生真是太精彩了，难怪到了现在还这么神采奕奕。

方　琼[开心的笑着。笑着笑着，突然觉得肩膀有点不舒服]：哎哟，我这肩膀怎么突然有点抽筋了。

田　咪[关切地起身走到方琼身后，帮方琼按摩肩膀]：奶奶，这样有没有好点？

方　琼[点头]：好点了，这么按着真舒服。

田　咪：奶奶，到了您这个年纪，一定要多吃点营养品，就比如我们那个口服液，最适合老人家了，不仅能补充日常所需的维生素，还能防止骨质疏松。

方　琼：你这个孩子真是太懂事了，谁要有你这样的女儿真是福气啊。

田　咪：还疼吗？

方　琼：不疼了，你歇会吧。[看了眼挂钟]哟，这不知不觉的，都半天了，你陪我说了这么多话，不烦吧？

田　咪：怎么会烦呢，您那些故事，太好听了，平时想听还没机会呢。

方　琼[特别开心]：这就中午了，在这儿吃饭吧。

田　咪：不用了奶奶，我这就走了。

5. 雷颂华家客厅，日，内

方琼送田咪出来。

田　咪：对了方奶奶，其实今天来还想邀请您参加我们一个活动呢。

方　琼：什么活动？

田　咪[从拎包里拿出一张券递给方琼]：周末我们要举办一个新的活动，这是入场券，有时间您可以去看看。

方　琼［看着入场券，有点犹豫］：又是这种活动啊，是不是跟上次一样的啊？

田　咪：奶奶，您就去吧，就当没事溜达一圈，我跟您保证，这次肯定不花钱的。

方　琼：那好吧，我到时候去。

田　咪：谢谢奶奶。那我先走了，奶奶。到时候我在会场里等您啊，您可一定要来啊。

方　琼：好。

小丽已经打开了门，田咪心满意足地离开了。

6. 故宫午门门口，日，外

晴朗的好天气。亚芝陪着江开国和江多福走过来，悦悦也一起来了，开心地跑前跑后的。

江开国：慢点，悦悦，别跑太远。［对江多福］爹，看，这就是午门，皇上的家门口，多气派啊。

江多福［看得很有兴趣］：好，真是开眼界了，总算看到故宫了。

亚　芝：老爷子，里边还有好多有意思的呢，咱们进去，慢慢看。

一行人往门的方向走。

7. 会场，日，内

方琼走进会场，环顾。一个宾馆的一个大型多功能厅，布置成讲堂的样子，上面有讲台，下面密密麻麻的排满了桌椅，整齐的一排一排，像小学生的课桌，已经几乎坐满了老头老太了。讲台上拉了一个巨大的横幅，写着大字“老人膝盖的保护神”。

田　咪［看到了方琼，赶紧过来］：奶奶，您来了，路上堵车吧？

方　琼：还行吧。

田　咪：奶奶，来，我给您留了个好位子。

田咪领着方琼走到最前排的一个空位上坐下，然后离开。方琼坐下，旁边坐着一个看上去也有些劲儿劲儿的七十左右的老太太，看了方琼一眼，又开始跟旁边的人高谈阔论。

老太太：我女儿没别的，就是孝顺，我要是多看两眼的东西，她保准马上就给我买回家来了。

田　咪［已经回来，手里端着一杯茶和一小盘点心，放在方琼面前的桌子上］：方奶奶，碧螺春，我记得您就喜欢喝这个茶。这是一些小点心，您可以配着茶吃。

老太太：田咪啊，这个饼干味道不错，再给我来点。

田　咪：好嘞，郭奶奶，马上给您拿。［对方琼］方奶奶，您先喝着吃着，要是有什么需要的就立刻叫我。

傅经理：各位叔叔阿姨好，下面我们有请著名专家，医学院的闻老师上台。

一个老师样子的中年女人走上讲台，大厅里的灯光暗下来。所有老人都看着这个闻老师。

傅经理：闻老师在老年人钙质流失这个课题上研究多年，造诣很深，今天我们公司专门把她请来，给大家做个膝盖补钙的常识方面的讲座。大家欢迎。

闻老师：各位老年朋友，大家好。

老年人都热烈鼓掌。

8. 景山公园，日，外

悦　悦［远远地跑过来，对着后面的三个老人］：外公，快点！婆婆，快点！你们都好慢啊！

江开国［指着景山给江多福看］：爹，那就是景山，咱们上去吗？

江多福：上，为什么不上。

亚　芝［有些担心地］：老爷子还能爬山？

江多福：这小土包也能叫做山？

江开国：亚芝，你不知道，我爹最喜欢爬山了，这小山对他真不在话下。

江多福笑得很开心。

9. 会场，日，内

老人们还在聚精会神地听讲。

闻老师：……现在我给大家展示一下咱们膝盖内的胶原蛋白含量。

闻老师打开投影，出现一张图，上面显示了年轻人膝盖内胶原蛋白含量，柱状数值很高。

闻老师：这个是二十岁的青年体内含有的胶原蛋白数量。我们再看一下下一张。

闻老师按下按钮，另一张图显示是老年人膝盖内的胶原蛋白含量，柱状数值很低。

闻老师：这是一个六十岁的老人体内所含的胶原蛋白数量。大家看到差别了吗？

底下的老人都是一片惊呼声。

闻老师：大家知道为什么我们老年人运动能力差，常常觉得腿酸腿疼，膝盖酸胀，容易骨质疏松吗？

下面的老人都纷纷举手。

闻老师：这位叔叔，您回答一下。

被点到名的老人［特别激动，站起来大声回答］：因为缺少胶原蛋白。

闻老师：说得太对了叔叔！您请坐吧。

老人得意地坐下，非常自豪。其他老人都认真地做这笔记。

闻老师：这位叔叔说得非常正确，这就是胶原蛋白对我们的重要性。老年人胶原蛋白含量已经很少，必须补充，今天给大家推荐的这款胶原蛋白口服液，里面的胶原蛋白含量在百分之九十五以上！这是目前为止世界上销售的口服液里胶原蛋白含量最高的了！

老人们又是一片惊叹声。傅经理和马夏等一脸暗笑地看着老人们的反应。

闻老师：如果咱们叔叔阿姨天天吃这个口服液，不出一个月，您就会觉得自己走路有劲了，腿脚也都不酸痛了。在我们的研究过程中，有些老人原来抬不起来腿，喝了口服液以后，能劈叉了。

闻老师又放了一张图，一个老太太劈叉。底下的老人都沸腾了，议论纷纷。

郭奶奶：这口服液多少钱啊？

闻老师：阿姨，咱们这口服液真的不贵，一支就卖二十块钱，一盒是十支。

老人们：哟，一天一支，就得二十呢……不便宜，……真贵……吃不起……

傅经理［上台］：各位爷爷奶奶，叔叔阿姨，今天咱们这个讲座，同时也是一个推广活动，各位都是我们的老朋友了，这次是生产厂家对大家长久以来支持的一次反馈，一返一活动。

一个老人：什么叫一返一？

傅经理：今天您买一盒，两百，下回您来，我不但返回这两百块钱，我还再给您两百块钱。

所有人都惊呆了。

方　琼：这你们不是赔钱吗？

老人们：是啊……有这样的好事吗……这也太那啥了吧……

傅经理［示意大家安静］：老人家，要不说我们这活动是真情反馈呢，这款口服液刚刚投放市场，现在让大家免费吃，是为了让大家了解这个药的好处，也是为了给这个药做个广告，大家吃好了，给宣传宣传，这广告费不就出来了吗。

闻老师：没错，我们现在是扔钱阶段，就为推广我们这个品牌，让大家都知道我们有一款这么好的口服液。我们没有别的要求，只要你们回去吃了这药，都说好，跟人推荐就行了。

一个老人：真的一返一？

傅经理：大爷，你绝对放心，这活动不是针对您一个人的，我们公司办过这么多次活动，绝对有诚信。

老人们：给我来一盒。……给我来两盒……

郭奶奶：田咪，给我来十盒吧。

田　咪［高兴地］：郭奶奶，您真是大气，十盒，两千块，下次您就能返四千了。

方琼有些动心了，看着周围热闹非常的抢购场面。田咪捧着口服液过来，方琼叫住她。

方　琼：小田。

田　咪：方奶奶。

方　琼：下个星期真的能返钱？

田　咪：真的，奶奶，我还能骗你吗，您给我讲了那么多您的故事，您是抗日英雄啊！

方　琼［看一眼郭奶奶］：那给我也来十盒！

田　咪：好的方奶奶！我这就给您拿去！

10. 会场，日，内

老人们已经都走了。工作人员正在收拾会场。田咪也在收拾东西。傅经理过来。

傅经理：小田，今天你的销售业绩不错啊。

田　咪［有些迟疑地］：经理，下次真的会返钱？

傅经理：是啊。

田　咪：那厂家就是赔钱赚吆喝？

傅经理：不是说了嘛，权当广告费了，消费者的口碑很重要。

田　咪：那我能买吗？

傅经理［一愣］：你也要买？

田　咪：哦，我买给我婆婆吃。行吗？

傅经理［回过神来］：行啊，有什么不行的，自己人，给你打八折。

田　咪：谢谢经理。

傅经理：小田，再接再厉，到时候你那十万提成绝对没问题！

田　咪［兴奋地］：谢谢经理！

11. 报刊亭，傍晚，外

余淼无聊地守着报刊亭，呆呆地望着不知哪儿，不时打个呵欠。这时候来了一伙看着不像好人的人，手里都拿着收废旧报纸杂志的家伙什。

为首的［一口地方话］：你这儿有旧报纸杂志的吗？我们收。

余　淼［还挺高兴］：有啊。多少钱一斤？

收废品的：一分钱。

余　淼：什么？一分钱？那还不如送你们呢，哪儿那么便宜啊。

收废品的：我们就是这个价。

收废品的威胁地看着余淼。余淼顿时有些怂了。

余　淼：我……我有固定的收废报纸的。

收废品的：我们就要收你的！

收废品的重重的一拳打在报纸上，把余淼吓得一哆嗦。

收废品的：报纸呢？

余淼不敢反抗，指指角落里堆着的废报纸。收废品的们看了看，觉得有点少，翻着摆在前面的几份时装杂志。

收废品的：这些个我们也收了吧。五毛钱一本。

余　淼［有点急了］：不能这样吧，这些都还是当期的，时装杂志，二十块钱，你五毛一本，要赔死我啊。

收废品的［一副要揍余淼的样子］：老子要收你的杂志，哪儿这么多废话！

余　淼［吓得不行］：你们别，别……你们要干什么呀？！

田咪正手里提着一大包口服液，嘴里哼着歌过来，远远地看到这架势，立刻冲上来，一下子把堵在报刊亭门口的一个收废品的撞开了，挡在门口。

田　咪：干嘛呢干嘛呢这是！

余　淼［一下子就缩到田咪身后］：老婆，你来了！

田　咪［跟老母鸡似的把余淼护在身后］：你们干嘛呀？！光天化日的，要抢啊！

收废品的：我们是来收废报纸……

田　咪：收你大爷的头！

收废品的都愣住了。

田　咪［两眼一瞪，双手叉腰，特别凶悍的样子］：怎么着，你们丫一帮收废品的还敢到北京城里来撒野来了！也不看看这是什么地方，不去打听打听姑奶奶是什么人物，居然欺负到姑奶奶头上来了！什么他妈玩意！赶紧给我滚！滚不滚？！我报110你们滚不滚？！

田咪这一串话一口气下来都不打磕绊的。收废品的都懵了，互相看了看，跑了。

田　咪：哪儿来滚回哪儿去！

余　淼［探出头看，崇拜地看着田咪］：哇，老婆你太厉害了！

田　咪：废话，没我你就歇菜了。［看到牌子］这块牌子是怎么回事，谁要修小家电？你会啊？

余　淼：我妈一个老乡的，就是给帮个忙。

田　咪［扬扬手里的口服液］：回家。

12. 亚芝屋子，傍晚，内

田咪和余淼走进屋子。亚芝正在摆碗筷。

亚　芝：回来了，我这就去做饭去。

田　咪：妈，等等，这是给你的。

田咪地上打开口服液，拿出一盒给亚芝。亚芝很意外，接过。

亚　芝：胶原口服液？

田　咪：这个能补充老年人膝盖内流失的胶原蛋白，是最新出的营养品，二百块钱一盒呢。

亚　芝：这么贵啊？

田　咪：买给你的，你就吃吧。

亚　芝：太贵了，这真是……

余　淼：妈，难得咪子有这心，你就收下吧。我饿了。

亚　芝：谢谢啊咪子。我做饭去。

13. 亚芝屋子，夜，内

一家三口在吃饭。田咪不时地看一眼亚芝，欲言又止的样子。

余　淼：妈，你今天怎么想起去故宫啊？

亚　芝：陪江叔去。

田　咪：江叔？

余　淼：哦，我妈一老乡，就是修小家电那个。

亚　芝：江叔的小外孙女今天也跟着去，特别可爱。咪子，你和淼淼结婚也快一年了，什么时候打算要孩子啊？

田　咪：妈，我们没钱，怎么要孩子。

亚　芝：怎么没钱啊，你们俩都有收入，我也有退休金，孩子只愁生，不愁养，生出来咱们肯定养得起的。

田　咪：饿是肯定饿不死，随便给口饭吃还能活呢。可我们标准也不能这么低吧。

亚　芝：怎么低了？

田　咪：我可不想我的孩子出生在这种地方，你看看周围都什么人啊，档次太低了。

亚　芝：这儿不是挺好的嘛，街坊四邻都是几十年的，大家都很亲。

田　咪：妈，我们想买房。

亚芝呆。

余　淼［也呆呆地看着田咪］：我们什么时候说……

田　咪［掐余淼，不让他说话，还是笑眯眯的］：妈，我今天去看房了，就在前面二条那家属院里，四十平米的小两居，首付只要二十万。

余　淼：二十万？

田　咪［又掐他］：妈，我这个月业绩特别好，经理说能给我提十万，那剩下的十万，你帮我们出吧。

亚　芝：怎么要买这么贵的房子，也没听你们说起过啊。

田　咪：提没提过有什么关系，反正现在要买了。我希望我孩子能住上楼房。

亚　芝：咱家负担得起这么贵的房子吗？先不说首付的事，按揭呢？以后这房子你们养得起吗，淼淼的报亭每个月就那么点收入，你卖药也不稳定吧，这个月能提十万，下个月也能提十万吗？这些你们都考虑过没有啊？

田　咪：这些你都别管，现在我看好房子了，首付差十万，你出这钱，我们住上楼房了，就生孩子。

亚　芝：咪子，我哪里还能有十万块钱。

田　咪：哭穷，接着哭。

亚　芝：咪子，淼淼，钱的事我今天跟你们一口气说清楚吧，家里的积蓄，连你爸的抚恤金，总共也就不到二十万，去年结婚花了多少你们应该也知道。

田　咪：怎么每回都拿我们结婚说事啊，你们家娶媳妇，不该花钱啊。

亚　芝：该花的钱我没不花，大屋也让给你们做了新房，还拿了三万块钱装。

田　咪：新房新房的，当然得装修了，就花了三万，还算便宜的了。

亚　芝［忍着委屈］：淼淼，你知不知道你结个婚，花掉了妈一大半的养老钱啊。

余淼缩着脖子一声不吭。

亚　芝：前一阵你们开店，又出去两万。妈今天跟你们说句交底的话，妈手里就剩下七万块钱，是笔五年的国债，年初刚买的，我不会拿出来的。

余淼头低得更低了，既不敢看亚芝，也不敢看田咪。

亚　芝：淼淼，买房子真的是个大事，不能急的，等咱们经济能力允许了再说好吗？现在咱们不是住得好好的嘛，还是先生孩子吧，孩子生出来我先给你养着，怀孕到生也得一年呢。咱们慢慢打算。

田　咪：生孩子生孩子，生什么生啊！告诉你，没房子就不生孩子！

田咪起身就走了，用力甩上门。亚芝和余淼都吓得一哆嗦。

亚　芝：淼淼，不是妈不想给你们买，是你们得前前后后的都想清楚。买房不是个小事，几十上百万的房子呢，你们想过以后该怎么办没有，不能冲动啊。

余　淼：我知道了。

余淼也走了。亚芝呆呆地坐着。

14. 余淼屋子，夜，内

田咪坐在沙发上生气。余淼小心翼翼地进来。

余　淼：咪子，你这怎么突然就想买房了？

田　咪：什么突然，早想了！余淼我告诉你，我恨透这破平房了，冬天冷死夏天热死，上个厕所得走出五百里去，隔壁马大姐家吃瓣蒜，我们家就得冲鼻子！这种日子我不想再过了！

余　淼：也没你说得这么糟糕吧，当初你不是说我们家房子好，有老北京味……

田　咪：当初是当初，现在是现在！你说你这人怎么就没有一点上进心呢。

余　淼：老婆，买房压力太大了，我想一下我就肝颤，现在生活多好，轻轻松松的，房子不花钱，挣了钱好吃好喝的，晚上回来还能喝上啤酒，再打打游戏，多好啊。

田　咪：好个屁！

余淼立刻不敢吱声了。

田　咪：你怎么就这么点出息啊你！废物吧！成天除了吃喝拉撒脑子里就没有别的了是吧！我告诉你，要是你妈不给钱，等我以后自己挣钱买了房，她就别跟着搬过去！大孙子她也别想抱！

15. 雷颂华家客厅，夜，内

庄海洋难得在家，坐在沙发上喝茶看财经新闻。

雷颂华［开门进来］：哟，你难得在家啊。

庄海洋：今天没应酬，回家歇会儿。你吃了吗？

雷颂华：吃了。我妈呢？

庄海洋：在屋里呢。

方琼房间门开了，方琼手里端着几盒口服液出来了。

方　琼：小三子回来了。正好，给你们都分点。

雷颂华皱眉：妈，什么呀这么多？

方　琼［把口服液放到茶几上］：好东西。胶原蛋白。

雷颂华和庄海洋面面相觑。

方　琼：胶原蛋白对我们人体的重要性我相信你们都比我懂，人年纪越来越大，胶原蛋白就越少，这个我想你们肯定也都比我懂。这款胶原蛋白口服液特别好，胶原蛋白含量在百分之九十五以上！这是目前为止世界上销售的口服液里胶原蛋白含量最高的了！

雷颂华：今天又去买药了吧。你这口才，也可以去当销售了。

方　琼：你这孩子，老是把好心当驴肝肺。这都是实验证明的，有老年人吃了这口服液，原来腿脚酸疼好了，还能劈叉呢。你们俩人到中年，工作又那么辛苦，就得从现在开始补。

庄海洋：妈的好意我明白，谢谢妈，不过我吃不了补品的。

方　琼：为什么呀？又不是药，很容易入口的。

庄海洋［直看雷颂华］：我真不用。没这习惯。

方　琼：慢慢就习惯了。真的海洋，你说你一个大国企老总，日理万机的，自己得有保健意识，现在毕竟才四十多，一切都还来得及。咱家又有这个经济条件，何乐而不为呢，一般人想吃还吃不起呢。

雷颂华：妈，这多少钱？

方　琼：二十。

雷颂华［松口气］：倒是不贵。

方　琼：一支。

雷颂华［吸口气］：这一盒就二百呢？

方　琼：这是健康，多少钱都值。我真是为你们好，我帮你们也买了点，让你们一块儿吃，一块儿保健……

雷颂华：妈你到底买了多少？

方　琼：不多，十盒。我们三个人一天一支……

雷颂华［惊叫］：十盒？两千块钱呢！妈你……

庄海洋［赶紧］：颂华颂华，两千块钱真不贵，胶原蛋白。

雷颂华：也是，不就两千块钱嘛。妈高兴就好。

庄海洋［松了一大口气］：就是嘛，妈高兴就好。

方　琼：我当然高兴啊，这回不光是买到补品，还挣钱了呢。这两千块钱，下次能给返四千呢。

雷颂华：妈，买个高兴就好了，这话你还信。要是你买两千人家返你四千，那他挣什么钱啊，这不是赔本吗？

方　琼：人家厂商说了，现在是推广阶段，就是要扔钱的，就跟广告费一样，人家看的是以后，是未来，目光长远得很。

雷颂华：行行行，能返钱能返钱，就等着吧。口服液我们俩就不吃了，你慢慢吃吧。

她拿起那几盒口服液塞进方琼怀里。

方　琼：你们真不要？海洋？

庄海洋：妈，真的谢谢，您吃吧，挺好的东西，给我们俩吃就糟蹋了。

方　琼：我又白操心了。就知道你们现在都看不上我弄的事了。我现在是落后了。

雷颂华：妈妈妈，你想到哪儿去了，你做的大馒头，你烙的饼，不都是我们俩最爱吃的吗。

庄海洋：就是啊，妈的面食那简直就是天下第一。

方　琼：你们两口子一起忽悠我。

雷颂华：我们说的都是大实话。这个口服液我们真的没需要，你就自己吃吧。

方　琼：好吧。那我自己吃。你上一天班也挺累的，赶紧休息吧。

雷颂华：知道了，妈。

方琼捧着口服液进去了。雷颂华吐出一口气，转身进自己卧室。庄海洋赶紧跟上。

16. 雷颂华卧室，夜，内

雷颂华进来，一屁股在床上坐下。庄海洋进来，在她身边坐下。

庄海洋：颂华，今天你进步了呀，我还怕你又跟老太太干起来了。

雷颂华：我多少句话就在舌头尖上要冲口而出啊，硬生生忍住了。

庄海洋：表扬表扬。我媳妇终于知道一个最重要的道理，家不是讲理的地方。

雷颂华：想想也就是两千块钱，真要让老太太高兴了，就当花钱雇那帮卖药的陪她乐呵。

庄海洋：哎，我说媳妇，你长进得也太大了，让我真是刮目相看啊。

雷颂华：人跟人得比，才知道自己多幸福。

庄海洋：你跟谁比了。

雷颂华：我那个姓江的经理啊，她父亲比我妈可会闹腾多了，把老家房子都让骗子给骗走了，现在带着爷爷全都住在北京呢。

庄海洋：那她可是挺不容易的。

雷颂华：就是啊，我都觉得她坚强，本身两口子都是独生子女就不容易，最近两边老人还接二连三出事。说实话她真的比我惨多了，可她还是每天积极乐观地面对，跟她比起来，我这点事算什么啊。

庄海洋：那你干脆马上提这个江经理当店长得了。你也好早点脱身。

雷颂华：我肯定会提她。百善孝为先，一个对自己的父母长辈有爱心的人，任何工作交给她都可以放心。

17. 木兰卧室，夜，内

悦悦已经在床正中央睡着了。吕希在看杂志。木兰进来，钻进被窝。吕希立刻放下手里的杂志，想把悦悦抱开点。悦悦被打搅了，嘟囔。

木　兰：你干嘛呀，别把悦悦弄醒了。

吕　希：我把她抱旁边去。

木　兰：这不睡得好好的嘛，折腾什么。

吕　希［凑到木兰耳边，小声］：老婆，你都很久没有宠幸我了……

木　兰［脸红了］：别闹了，悦悦在呢。

吕　希：所以把她抱到一边去啊。

木　兰：好不容易才哄睡着，别又吵醒了。再说了，孩子在怎么……回头让她看见不该看的，多不好，算了吧。

吕希挺郁闷地躺回到自己那一边，把自己这边的台灯拉了。

木　兰：怎么了，生气了？

吕　希：不生气。没心思生气。

木　兰：为什么?

吕　希：那个不和谐。

木　兰[咯咯直笑]：你怎么跟个孩子似的。咱都老夫老妻了。

吕　希：食色，性也。老夫老妻不吃饭不那个了啊。

木　兰：我说错了行了吧，谢谢你，老夫老妻还有激情。不过当着孩子，我真的……睡吧，啊。

吕希闷闷地，转身背对木兰。木兰伸手摸他肩，吕希躲开。

吕　希：别招我。睡觉。

木兰笑笑，关上灯。

18. 木兰家客厅，日，内

江开国在厨房和客厅之间忙碌着。木兰和爷爷及悦悦已经坐在桌边。

江开国：稀饭，小菜，我楼下买的油饼。吕希呢?

木　兰：昨天他睡得晚。

大卧室门打开，吕希已经穿戴整齐，拎着包出来。

江开国：好了，吕希来了，快坐下吃早饭。

吕希点点头，坐下。江开国颠颠地进厨房去了。

木　兰[用胳膊肘碰一下吕希]：干嘛呀，一脸官司。

吕　希：没事。

这时候江开国已经端着一个碗出来，放在吕希面前。

江开国：专门给你做的。

悦　悦[捏着鼻子]：爸爸碗里的是什么呀，难闻死了。

吕　希：是豆汁?

江开国：我在外面买菜，老听老北京人说爱喝豆汁，我想着吕希说不定也爱喝，就学着做做。

吕　希[看看豆汁，有些勉强地]：我最喜欢喝豆汁了。谢谢爸。

江开国：入乡随俗，入乡随俗。你喜欢就好。

木　兰[知道父亲是为了自己讨好姑爷，感激地看着江开国]：爸，你这手艺准备南北通吃是吗?

江开国：做菜，也是一门学问，活到老，学到老。

吕　希：爸，以后也不用特意为我做什么东西，我这个人吃东西不怎么挑剔，管饱就行。您也别太累着了。

江开国：不累不累，我每天没什么事，不就琢磨这些事，把你们伙食搞好了，我也就发挥余热了。

木兰又碰了碰吕希的胳膊肘，吕希勉强笑了笑。

19. 木兰家楼下，日，外

木兰一家三口走出来。

木　兰：你干嘛呀，一直板着个脸。

吕　希：没有啊。着急上班去。

木　兰［拉住他］：你自己照照镜子，今天一起床就不对。不是还在为昨天晚上的事生气吧？

吕　希［叹口气］：你凭良心说，你爸和你爷爷来了之后，我们的生活是不是不方便了很多？

木　兰［沉默一会儿，点点头］：肯定的。可是能怎么办，现在就只能忍一忍。咱不是说好了努力挣钱，换个大房子。

吕　希：是，咱是定了目标，可是猴年马月能实现呢。有时候真的很烦。不过木兰，我什么都没说过，没有抱怨过。

木　兰：你今天的脸色就是抱怨。

吕　希：人总有点情绪，你别理我，让我一边待一会儿，就没事了。

吕希抱起悦悦，走到自己家的车旁，开门上车，走了。木兰怔怔地目送。

20. 木兰家客厅，日，内

江开国正在收拾饭桌。江多福在一旁坐着。两个老头都有点茫然。

江多福：今天吕希是不是有点不高兴？

江开国：是有点。

江多福：不是跟木兰吵架了吧？

江开国：不会吧。吕希这孩子对木兰真的挺好的，不会吧。

江多福：要么工作上有压力？

江开国：兴许是不是我会错意了，他根本就不爱喝豆汁？

江多福：总是咱们住在这儿不方便。要是我不在，好歹悦悦能睡这床。他们年轻小夫妻的，总要有点自己空间。

江开国：爹，我努力点，早点把我们的养老金挣出来，就能不麻烦孩子们了。

21. 亚芝家胡同，日，外

亚芝拎着菜篮子过来，正好看到老邻居拿着一个破旧的电饭锅犯愁。

亚　芝：老莫，怎么了？

老　莫：突然就不亮灯了，留着吧，都多少年的旧东西了也不知道上哪儿修去，扔了吧，又觉得怪可惜的。

亚　芝：我认识个师傅能修，手艺特别好，我们家淼淼那儿就有个点儿。

老　莫［高兴地］：好啊，我这就搁淼淼那儿去。

亚　芝：好。

22. 亚芝屋子，日，内

亚芝进屋放下菜篮子，拿起电话拨了一串号码。

亚　芝：老江，这里有个电饭锅要修，你得空来取一下吧。

23. 报刊亭，日，外

余淼递给江开国电饭锅。亚芝在一边陪着。

江开国：谢谢了，淼淼。

余　淼：没事的江叔。

正好田咪哼着歌儿过来了。

田　咪：余淼。

余　淼：咪子。

亚　芝：下班了。

田咪也不理亚芝，转头看江开国。

余　淼：咪子，这是江叔，我妈老乡。[对江开国]江叔，这是我媳妇。

江开国：你好。

田　咪[职业性地堆上了甜美的笑]：叔叔好。叔叔，您和我妈是老乡啊，安徽来的？

江开国：是啊是啊。

田　咪：叔叔看着身体不错啊。

江开国笑：还行还行。

田　咪：叔叔，身体好也得保养，上了年纪，就更得吃点营养品，我们公司有一款延年益寿的永春口服液特别好，您要不要来点试试？还有一款专门增加膝盖胶原蛋白的口服液，效果特别好，最近还搞活动，买了能返钱。

亚　芝：咪子……

田　咪：那口服液我妈也吃着呢，是吧，妈。

亚芝看一眼江开国。

江开国[笑]：谢谢啊，改天我需要的时候跟你买。[对亚芝]那我先走了，谢谢了。

亚　芝：我送送你。

江开国拎着电饭锅和亚芝离开。田咪眯着眼睛看着两人走远的背影，有点出神。

余　淼：想什么呢？

田　咪：这个老头你妈认识多久了？

余　淼：没多久吧，说是医院认识的。

田　咪：会不会上次你妈想回老家，是去看的这个老头啊？

余　淼：是吗，不会吧，不是看表姨嘛。

田　咪[眯起眼睛]：你妈不会是跟人家黄昏恋了吧？

余　淼：什么黄昏恋，你想象力太丰富了吧，不可能的事。

田　咪：怎么不可能，你妈是不是女的？

余　淼：我妈都一老太太了，你瞎想什么呢。

田　咪：老太太找老头，多了去了，你傻你看不出来，瞧你妈笑得都开花了。

余　淼：行了吧你，净瞎说。

田咪哼了一声。

24. 木兰家客厅，夜，内

一家人刚刚吃好饭。木兰起身开始收拾碗筷。江开国赶紧拦。

江开国：我来我来。

木　兰：我好不容易在家，我来洗碗。

江开国：就是难得一回在家，就更得好好休息。你们上一天班都累了，都忙自己的去，该洗澡洗澡，该歇着歇着。我洗碗，一会儿还有活呢。

木　兰：有什么活？

江开国［高兴地］：我在这儿有活儿干啦，是你亚芝阿姨帮忙给找的，帮人家修点家用电器，挣点钱。

木　兰：真的啊？咱爸真不赖啊，是吧吕希？

吕　希［笑笑］：爸是有手艺的人嘛。

木　兰：今天修什么呀？

江开国：小东西，就一个电饭锅。一会儿洗好碗，我就给修了，用不了半个钟头的。

木　兰［有意让老头开心］：爸你太厉害了，来北京才这么几天，就能找到工作了。

江开国［笑］：难怪大家都说北京遍地有黄金呢。不怕辛苦就有钱赚。

木兰笑。

（跳接）吕希和木兰带着悦悦坐在沙发上，正在看电视。一旁客厅桌上，江开国正在修电饭锅。桌上放满了电饭锅拆开之后的零件。吕希有一点不爽，但忍着。

木　兰：爸，能修好吗？

江开国：工具不称手，不过没问题，肯定能修好。明天我得去置办一整套家伙什。

江开国继续发出各种声音。

吕　希：木兰，我突然想起还有点材料要看，我进屋了。

他起身走了。江开国浑然不觉，继续埋头。

悦　悦：妈妈，我要看喜羊羊。

木　兰：好吧，妈妈给你放碟。

25. 木兰卧室，夜，内

吕希在看书。木兰进来，在他身边坐下。

木　兰：干嘛呀，哪儿又惹着你了。

吕　希：没有。

木　兰：没有你怎么进来了。

吕　希［叹口气，放下书］：木兰，给我点个人空间，让我一个人待一会儿就好。

木兰还想说什么，吕希已经拿起书不再理她。木兰待一会儿，只好出去。

26. 超市货区，日，内

几个穿着送货衣服的小伙子擦着汗刚走进超市，立刻有人过来，手上一叠单子。

送货部：小蔡，快，赶紧给这几家送去。

小　蔡［不高兴地翻看着］：一家米，一家面，一家就要两根白萝卜，这一天净在小区里来回跑了。

其余人［附和］：就是……腿都细了一圈。

曾经理［走过，全听见了，阴险一笑］：小蔡，刚回来？

小　蔡：曾经理，刚回来，又得去，我们几个天天都没歇的，连中饭都是随便扒拉了几口凉的。

曾经理［趁机拱火］：单子多好啊，说明咱超市生意好啊。

小　蔡：哪儿啊，您看看这订货单，全是一件两件的小件，我们送一趟，连油费都回不来，咱们超市还怎么创造利润，全成做慈善了。好多单子也就腿儿着能到，反正我们腿儿也不值钱。

曾经理：也是，辛苦都在你们身上，上面的领导发个话就行，好名声都他们得了，大老板还以为功劳都是他们呢。

曾经理说完拍拍小蔡的肩膀，离开。小蔡和其他几个小伙子都是满心怨言的样子。不远处角落，黄大刀正好路过，听见了。

27. 超市会议室，日，内

开例会。人人手里拿着份报表。

雷颂华：上个月的利润率出来了，达到了我要求的百分之八。大家辛苦了。

曾经理：店长，百分之八是平均数吧。我们百货可是百分之九呢。江经理，你们生鲜只有百分之六，拖我们后腿了。

木兰没说话，也用眼神止住了一旁想说话的朱课长和乔丽等。

葛文倩：生鲜的售出情况其实是很好的，主要是让免费给老年人送货这部分的成本给拉下来了。

曾经理：别管什么理由，结果是生鲜部把全店的利润拉下来了。

小　蔡：店长，我想说两句。

曾经理看了小蔡一眼。

雷颂华：你说吧。

小　蔡：店长，自从推出这个给老人免费送货上门的服务以后，我们送货部的电话就成热线了，订单多得不得了，可我们没那么多人手，根本来不及送。我们整个部门的员工，现在一天到晚的都脚不沾地，就在外面跑，连喝口水都得掐表。

员工甲：那些老年人买的都不是什么贵东西，就是贪图我们的力气，给白送上门。

员工乙：生鲜部这个服务大大增加了我们的工作量，也没给加钱……

员工丙：江经理自己想做好人，反正又不用她自己送。

朱课长［怒了］：你说什么呢？！

木　兰：这个月影响了全店的业绩，给送货部的同事增加了工作量，我向大家表示歉意。

曾经理：道歉就不必了，马上停止这个服务就行了。

木　兰：店长，我还是希望能坚持下去，任何事情都需要时间来检验结果，一个月的时间还太短。

葛文倩：我同意江经理，利润率虽然影响了一点，可是我们收到了好几十封表扬信，是老人写来的，还有社区街道写来的，都夸我们超市，这就说明这个服务的社会效益很好。

曾经理［讥笑地］：文姐，社会效益如果不能转化为经济效益，就是赔钱。我还是那句话，我们

是超市，不是福利机构，我们是要用盈利养活这儿所有员工的企业，不是靠别人的表扬就能不食人间烟火的神仙洞府。要做善事做善人应该自己去做，干嘛要拖着整个超市呢。

送货部众人：没错……就是……

雷颂华：好了，都别说了。试行这个服务才一个月，还不能说明什么问题，继续再看看吧。

木兰抬头看向雷颂华，看到雷颂华也正在看自己。雷颂华没有表情地转开眼睛。

雷颂华：没什么事，就散会吧。

小　蔡：走吧，还有好几张单子来不及送呢，一袋面粉，两斤大米，团团转。中午饭就别想了。

木　兰：小蔡，这几家的单子给我，中午吃饭的时候我去送。

黄大刀：江经理，我跟你一块儿去送。

曾经理不由得冷笑。

28. 路上，日，外

黄大刀和木兰推着超市运货的平拉车走着，车上装了一袋面粉。黄大刀肚子咕咕一下。

木　兰：饿了？

黄大刀［忙摇摇头］：不饿。

木　兰：就剩最后这一家了。辛苦你陪我。

黄大刀：该的。

木兰笑笑。

黄大刀：江经理，小蔡……全是姓曾的挑拨的。我亲眼看见。实在阴险，背后给人下刀子。

木兰没有说话。

黄大刀：江经理，要不，放弃吧。

木　兰［看着他］：你也这么想？

黄大刀：要当店长，这样不行。别便宜姓曾的。

木　兰：我们只做我们觉得对的事，其他的，听天由命。

黄大刀：可是，给老人送货到底有什么意义呢？这是个好事，可是，这个社会上需要帮助的人太多了，咱帮得过来吗？

木兰没有说话。

29. 陶老太太家客厅，日，内

黄大刀把面粉放到地上。一旁陶老太太拉着木兰的手，一脸的开心。

陶老太太：小江，你还自己跑一趟。

木　兰：店里人手不够，我也正好来看看您。身体挺好的吧？妈妈身体也挺好的吧？

陶老太太：都挺好的，谢谢你啊闺女。

木　兰：这都是我们应该做的，您别客气。

陶老太太：我现在逢人就说你们超市好，人性化，关心老人，是家好超市。不光我说你们好，我也听到邻居说你们好，给我们老年人提供了很多便利，大家都喜欢去你们超市买东西。

木　兰：谢谢您对我们的肯定，我们一定再接再厉。

陶老太太[拉住木兰的手]：我活了一辈子，快埋土里了，什么世态炎凉没见过，我们两个老太婆，孤寡老人，谁还在乎我们，心早凉了，闺女，你让我觉得热乎了。

木兰紧紧地握了握陶老太太的手。黄大刀在一旁看见，颇为动容。

30. 报刊亭，日，外

江开国过来。报刊亭里只有亚芝正在整理书报杂志。江开国在窗玻璃上轻轻敲了敲。亚芝抬头看见是他，很甜蜜地笑了。

亚　芝：来得倒快。

江开国：今天路上挺空的。[递过来一个饭盒]给你的。

亚　芝：什么呀？[打开一看，惊喜]呀，瓤豆腐！

江开国：你不是一直想吃吗？给你做的。

亚芝高兴又感动，看了江开国一眼，低下头，让这阵感动过去。拖过旁边一个鼓鼓的蛇皮袋。

亚　芝：东西都在这儿。

江开国[一看乐了]：这么多呢。

亚　芝：你修得好，修得又快，在我们这一片有口碑了。电风扇电饭锅，对了，这个收音机能不能快点修好？老牛头天天拿着这个走路，没一天都不行。

江开国：放心，今天晚上一准给修出来。

亚　芝[笑了]：我就知道你行，跟老牛头打了包票了。

31. 幼儿园门口，日，外

江开国在等悦悦，脚边放着那个蛇皮袋，身上的衣服旧旧的，看上去简直就像个捡破烂的。悦悦和小朋友们在老师带领下往外走。

江开国[看到悦悦和小朋友们走出来，高兴地招手]：悦悦，悦悦！

悦悦和小朋友们抬起头来都看到了江开国。

高思佳：吕悦然，那是你外公吧？怎么跟捡破烂的似的？

小朋友都哈哈大笑起来。悦悦觉得没面子，独自走到江开国面前，一脸的不高兴。

江开国［拎起蛇皮袋］：悦悦，走，外公接你回家。

江开国想拉悦悦的手。小朋友们还在后面哄笑。悦悦甩开江开国的手就自己往前走。

32. 木兰家客厅，傍晚，内

吕希进门，看到江多福和悦悦已经坐在桌子旁，江开国正在厨房忙着。客厅一角，蛇皮袋放着，很醒目。旁边也放了不少江开国的工具。

吕　希：爷爷，爸，我回来了。

江开国：吕希回来了。木兰今天值班，晚饭不回来，你洗手吃饭吧。

（跳接）吕希从卫生间洗手出来，坐到悦悦旁。悦悦撅着嘴，一脸的不高兴。

吕　希：悦悦，怎么今天不跟爸爸打招呼啊？

悦悦低着头不说话。

吕　希：怎么了今天，好像不高兴的样子。

江开国［端了一条红烧鲤鱼］：悦悦，你妈妈说你最爱吃红烧大鲤鱼，看，外公给你做的。

悦悦抬头看了一眼，还是那副半死不活的样子。

吕　希：怎么了，你不是最爱吃红烧大鲤鱼的吗？

江开国［夹了一大块鱼放到悦悦碗里］：悦悦来，这是你最喜欢吃的红烧鲤鱼，你尝尝，看外公做的好不好吃。

悦　悦［索性推开碗］：我不想吃饭。

大人们都愣住了。

吕　希：悦悦，是不是在幼儿园跟小朋友吵架了？怎么心情不好呢？

悦悦不说话，进了大卧室，关上了门。大人们面面相觑。

吕　希：小孩子不吃就不吃，不用管她，一会儿饿了就吃了。咱们吃吧。

江开国也不知道是怎么了，只能默默地吃饭。

33. 木兰卧室，夜，内

悦悦坐着，抱着小熊有一下没一下地玩着。

吕　希［拿着笔记本电脑进来］：宝贝儿。

悦悦看他一眼，不说话。

吕　希：悦悦，今天到底怎么了？为什么不高兴？

悦　悦：外公让我没面子。

吕希愕然。

34. 木兰家客厅，夜，内

江多福正在看电视，随意地转着台。

江开国［从厨房擦着手出来］：爸，你看电视，我去屋里干活。

江开国走进小屋去。

35. 木兰卧室，夜，内

悦　悦［一脸委屈］：外公像个捡破烂的，高思佳他们都笑我。好烦。不想外公来接我。

吕　希［也颇为无奈，只好安慰地抱住女儿］：悦悦，最近爸爸妈妈真的很忙，外公是在帮爸爸妈妈，你要乖一点，好吗？

悦悦还是撅着嘴。

吕　希：好了，爸爸要写材料，你就自己玩吧。

吕希打开笔记本电脑，开始写材料。

36. 木兰家客厅，夜，内

江多福转到一个台，正在唱黄梅戏，江多福重听，把音量调到很大。

37. 木兰家小卧室，夜，内

江开国在修收音机，地上堆满了零件和工具，已经很齐备。收音机发出刺耳的电波声。

38. 木兰卧室，夜，内

吕希正在写材料，就听到外面的噪音越来越大，黄梅戏的声音，收音机的噪声。吕希很用心地想写，可是怎么都写不下去了。

悦　悦［捂住了耳朵］：好烦。好烦！

吕希终于烦躁地一下子合上了电脑。

悦　悦：爸爸，我好烦。

吕　希：走，我们去别的地方。

39. 木兰家客厅，夜，内

吕希带着悦悦出来，快速路过客厅，出门走了。江多福还没回过神来，已经没人了。

江开国［从小卧室出来了，手里还拿着工具，不解地］：爸，怎么了这是？

江多福［愣愣地］：不知道啊，吕希带着悦悦，突然走了。

江开国［顿时茫然了］：说去哪儿了？

江多福：没。

江开国呆呆地站着，察觉到了吕希的不快。

40. 超市后门，夜，外

木兰正跟几个员工一起出来，一个值班的员工在锁后门。

木　兰：晚上注意点电闸，最近老要跳。

员　工：放心吧，江经理。

木　兰：行了，回家了，再见。

她的手机响。

木　兰：喂，吕希？

41. 文化馆里吕希办公室 / 超市后门外路上，夜，内

悦　悦：妈妈，是我。

木　兰：悦悦，是你啊。

悦　悦：妈妈你下班了吗？

木　兰：妈妈刚下班，这就回家了。

悦　悦：我和爸爸不在家。

木　兰：不在家？你们在哪啊？

悦　悦：在爸爸的办公室。

木兰愣。

42. 文化馆里吕希办公室，夜，内

木　兰［走过来，推门进来］：吕希。

悦　悦［跑过去扑到木兰身上］：妈妈！

吕希看看木兰，还面有不虞。木兰抱着悦悦坐到吕希旁边。

木　兰：怎么来这儿了？

吕　希：我得赶份材料，家里写不下去。

木　兰［察觉到了吕希的烦恼］：家里怎么了？嫌我爸他们碍事了？

悦　悦［在一边抢着说］：妈妈，我不要外公去接我！

木　兰：为什么？

悦　悦：高思佳说外公像个捡破烂的，我不想他们再看到外公。

木　兰：怎么这么说外公。

悦　悦［撅着嘴搂着木兰的脖子］：妈妈，妈妈，别让外公再去接我，我不要！

吕　希：木兰，你真的得说一说你爸了。爸想挣点钱，这是好事，可就是，家里弄得有点乱，哪儿哪儿都是小螺丝小钉子什么的。我现在下脚前，还得仔细看看有没有东西。

木兰不说话。

吕　希：现在天天晚上，家里就叮叮当当，想静下来看点书写点东西，完全不可能。木兰，要不你劝劝爸，别挣这点小钱了，给人修收音机，能挣多少钱呢，还弄得一屋子的噪音，让人都没法待。

木　兰：没想到这么快你就嫌我爸了。

吕　希：不是，我没有嫌你爸，把你爸他们接来，我不是一直都挺支持你的吗？我哪回不是站在你的角度考虑？把你爸接来，好好照顾他，我说的都是真心话。我也都做到了对不对？可是你爸是不是也得为我们考虑考虑？！是不是太由着自己性子了？

木　兰：我爸天天在家做饭，收拾屋子，天天伺候我们，还要想尽办法讨你高兴，你怎么能这么说我爸呢！

吕　希：打住打住！江木兰你可别拿这种大帽子来压我！怎么就成伺候我了！我可受不起！大家住在一起，平等的，分工不同罢了，谈不上谁伺候谁！

两人互相瞪着。

悦　悦［害怕地］：爸爸妈妈，你们不要吵架。

木　兰［忍耐地缓下口气］：吕希，我知道你为了我做了很多牺牲，也忍耐了很多事，我心里都记着你的好，我很感激。我也知道，我爸我爷爷住在我们家，肯定是影响了我们的生活，可是我们能怎么办，把他们撵大街上去？

吕希一时也语噎。

木　兰：目前这种状况我们谁也没法改变，就当是为了我，你再忍忍好吗？

吕　希：我一直都在忍啊，我总想着熬过这一段就好了，熬过这一段就会好，可现在看来这段什么时候能熬过去啊。家是什么，家应该是人觉得最舒服最自在的地方，可现在我回到家里，我就有点头大。木兰，我们这样总不能是常态吧，有时候我都觉得快要呼吸不过来了！

木　兰［沉吟］：要不，我们在附近租个房子，让我爸和我爷爷住过去，这样我们就有自己的空间了。

吕　希：租房子？说得轻巧！你知道咱家附近的小区什么价钱？！一居就得三千五以上！

木兰立刻默然了。

吕　希：其实你爸和你爷爷在这儿住，我真的没嫌他们，我知道他们在这儿，虽然不方便，可是你高兴，你高兴我就高兴。

木　兰：那不就行了。

吕　希：可是现在你爸把家里弄得像个修理铺，我受不了！

木　兰：我知道你烦我爸在家干活，可是，我爸多开心啊，让他有点事情干吧，有事情干就有寄托了。

吕　希：可是严重影响我了！特别简单，让你爸找点别的玩行吗？别玩这个了！

木　兰：你真是霸道！

吕　希：我在自己家都呆不下去躲出来了，到底谁霸道！

木　兰［突然颓丧地］：吕希，我们不要吵架好吗？生活已经够烦够累了，我们互相体谅一下好吗？

吕　希：我一直在体谅你，体谅你们全家。现在请你也体谅体谅我，让你爸别再修东西了！这有什么难的？！

木兰沉默。悦悦害怕地扑进木兰怀里。

悦　悦：妈妈，我们回家吧。我困了。

木　兰：回家吧。总要回家的。难道你想睡办公室？

吕希待了一会儿，叹口气，起身。

43. 木兰家客厅，夜，内

木兰和吕希抱着悦悦进门，屋里静悄悄的。小卧室的门紧闭着。江开国的蛇皮袋啊工具之类的东西也都不知去向了。木兰看看吕希，吕希不理她，只管自己进屋去了。木兰微微叹口气。

（跳接）半夜，木兰睡眼惺忪地打开房门往卫生间走去。木兰从卫生间出来，路过小卧室的时候看到小屋的门开着。木兰走过去，往里看，发现地铺上江开国并不在。木兰很意外。

44. 木兰家外楼梯间，夜，内

木兰慢慢地找过来。隐约的叮叮当当的声音。木兰走到楼梯间，一下子很难受的表情。江开国正在昏暗的灯光下修理收音机，怕吵到邻居，江开国开得特别小声，几乎是把耳朵凑到收音机边上才能听到声音。木兰很心疼地看着。江开国边修边调，修得差不多了。江开国再次把收音机放到耳边，已经能清晰地收到电台。江开国很是欣慰。江开国一抬头，看到了站在楼梯上的木兰。

木　兰：爸。

（跳接）父女俩并排坐在楼梯上。

木　兰：爸，是我不好。

江开国：傻丫头，莫名其妙的做什么自我批评。

木　兰：爸，你不用那么小心，就在家里弄，没关系的，这儿冷，光线还这么差，对你眼睛不好。

江开国：没事。这个人家着急要，答应人家的，已经修好了。是我没想周全，不该在家里弄，家里是休息的地方。吕希不生气吧？

木兰犹豫了一下，摇摇头。

江开国：就好。

木　兰：爸，我不想看到你这么辛苦。我是想让你来北京享福的。

江开国：在你身边，已经就是享福了。

木兰把头靠在江开国肩上。

江开国［有点愧疚地］**：**木兰，爸对不起你。爸忙活了一辈子，居然都没有给你留下点像样的财产，到老了还那么笨，连自己的房子也弄丢了……房子是我全部的财产，是养老的根本，让骗子骗走了，让你担上这么重的负担。

木　兰：爸！

江开国：其实我不是为了好玩，我是想挣钱。

木　兰［心疼地］**：**爸，你有我呢。

江开国：我知道你孝顺，我是你爹，你养我说得过去，可爷爷是我的爹，得我养他，不能把所有的担子都压在你身上啊。你们小两口，按揭着房子，养着女儿，哪头是轻松的？我想着哪怕挣个钱补贴点家用也好啊。

木　兰：钱的事你不要操心。

江开国：能做的事为什么不做呢。既然北京这么好，给我这么个机会，让我还能凭着手艺挣点钱，我就想把爷爷和我的养老钱挣出来。木兰，我们不可能永远住在你这儿的。

木　兰：为什么不能？

江开国：我和爷爷老了，以后总要回桐城去的，你们一家三口也是要过自己的日子的。我丢了十万块钱，就在北京把这钱挣出来，以后我们回到桐城也能过好日子。

木　兰：爸，你怎么还说这样的话。你明明知道我想你们在北京养老……

江开国：不说这个了。都是远着的事，现在不想那么多。让我修修家电我也乐意，不然我也手痒啊，在桐城时候我也老出去干点活，动动对身体对脑子都有好处。

木　兰：爸，只要你快乐，你干嘛我都支持。因为从小到大，我做什么你也都支持。

江开国［动容地在木兰手背上拍了拍］：爸心里都知道。好了，挺晚了，外面冷，咱回家吧。

父女俩要起身，却看见吕希站在那儿。

吕　希：爸，对不起。

江开国：别说对不起。你们对我真的很孝顺了。住在一起，本来很多不方便，以后，有什么大家都说出来，互相凑凑，这日子就能往下过了。我先回去了，你们小两口也别太晚了。

江开国离开。吕希过来，在木兰身边坐下。

吕　希：木兰，对不起，我不该那么说你爸。

木　兰：我态度也不好。

吕　希：放心，不会让你爸他们回桐城去。钱的事也不要他们操心。给他们养老是我们应该的。

木　兰：不怪我了？

吕　希：傻子，你够难的了，我要再跟你过不去，你怎么办。其实住在一起有利有弊，没什么不能克服的。当然最理想的状态就是能够住对门，既方便照顾又有独立空间。可惜啊，我们早几年没有这样的意识。现在房价这么高，暂时很难做到。不过，往前看，往长远看，我们俩努力工作，多挣点钱，肯定能买到合适的房子。

木　兰：再不行，等年终奖发了，我们先去把夕阳新城买了吧。就算现在不去住，先备着也强。

吕　希：好，都听你的。

吕　希：你爸想干活，咱们就由着他，不为了钱，就为了老人有个所为，所乐。

木　兰［感动地把头靠在吕希肩上］：老公，谢谢你。

夫妻俩紧紧手握手，和好了。

第7集结束！

田咪做销售成诈骗，江家失子现新线索

1. 会场，日，内

讲台上竖着一张席梦思。下面坐满了老头老太。方琼也在其中，旁边还坐着那个郭奶奶。

傅经理：爷爷奶奶，叔叔阿姨，磁疗床垫的演示就先到这儿。下面，我们给大家返上次买药的钱。

老头老太都沸腾了。

傅经理：大家不要着急，找你们的销售代表，凭上次的销售小票，他们会把钱返给你们。

田　咪［拿着钱过来找方琼］：方奶奶，我在这儿呢。［把手里的信封放到方琼手里］您上次买药的小票带了吧，一共能返四千块钱，都在这儿了，您数数。

田咪从方琼手里接过小票。方琼接过信封，打开，把钱都抽出来，数了数，果然是四千。

田　咪：奶奶，没骗你吧，说了会返钱就一定会返钱的。

方　琼［笑了］：好。

郭奶奶：田咪！

田　咪：郭奶奶，您有什么吩咐？

郭奶奶［把手里厚厚的四千块钱塞到田咪手里］：这四千块钱，全部给我买胶原口服液！

田　咪：好嘞！那您下次可以返八千了。

方　琼［一下子动心了］：小田，这个返钱的活动到什么时候啊？

田　咪：应该快完了。奶奶，如果您还想买药的话就要抓紧了，您看那边，剩的药不多了。

方琼顺着田咪手指的方向一看，只见老头老太们都围在傅经理身边伸着钱要买药。方琼赶紧从兜里掏出所有的钱，加上刚才的四千一起交给田咪。

方　琼：小田，我没法跟她们挤，你赶紧帮我再去买点。

田　咪：您等会儿，我马上就去。

2. 路边，日，外

田咪提着特别惊人的两大袋药，正陪方琼在路边打车。

田　咪：奶奶，您这些口服液吃完，那效果，估计我得管您叫姐了。

方　琼：你这丫头，说话没边了。

田　咪：奶奶，我们公司新引进那款磁疗床，您有兴趣没？

方　琼：就你们经理刚推荐那款？

田　咪：对啊，美国进口的，绝对高科技，对身体特别有好处。您要是平时容易腰酸背疼，睡几天就全没问题了。要是平时就都挺好，那这个磁疗床就会让您更健康，因为磁疗床可以通过磁疗作用净化您血液中带的脏东西，您的血液干净了，整个身体肯定会更好的。身体好了，自然就显得年轻漂亮了。

方　琼：这么好呢？

田　咪：奶奶，您看我什么时候骗过您啊，要不是好东西，我都不敢跟您推荐。我们傅经理说了，这个磁疗床来的特别少，只让我们推荐给最好的顾客。我第一个就想到您了。

方　琼：得多少钱啊？

田　咪：三万。

方　琼：这么贵呢！

田　咪：奶奶，这是花钱买健康，花钱买享受。三万，想想肯定觉得贵，可对您身体的好处那是三十万都买不来的。

方　琼：我想想。

田　咪：没事，您慢慢想。郭奶奶定了一个。

方琼听了这话，若有所思。一辆出租车停到了两人面前，方琼坐进去，田咪给把药放进去，笑眯眯地招手，目送出租车离开。

马　夏[过来了]：送走你的财神奶奶了？

田　咪：走了。

马　夏：她买床垫吗？

田　咪：还没定。不过，我相信我的财神奶奶有这个实力。

马　夏：可以，啊田咪，让你赶上这么好一个客户，一下子就是我们公司的销售明星了。

田　咪[笑]：你那几个马大爷牛大妈的也不错啊。

马　夏：这叫什么知道吗？日本人早总结了，银发经济。现在我们国家也进入老龄化社会了，这些白头发就是新的经济增长点，谁抓住了这个机遇谁就发财。

田　咪[笑，忽然]：马夏，我一直有一个问题想不通。

马　夏：什么问题？

田　咪：你说这些老头老太怎么就这么爱买药呢？吃得完吗？

马　夏：我打个比方好不好，你一天用一个包够不够？

田　咪：够。

马　夏：那你为什么要买那么多包？

田　咪[眨巴眼睛]：为了喜欢啊。

马　夏：这不就对了。不是为了用，是为了喜欢，买回家就算塞在柜子里心里也高兴。这些老头老太买药买保健品的意思是一样的，不是为了吃，是为了一种幻想，一种身体健康、长生不老的幻想，还有一种永远不被社会淘汰、永远都被社会需要的幻想。

田　咪：你太厉害了，这都能看出来。

马　夏：我们不卖产品，我们卖梦想。

田　咪：高级高级。我就好好给我这个财神奶奶卖几个梦想！

3. 余淼屋子，傍晚，内

田咪哼着歌进来了，余淼正在打游戏。

余　淼：咪子下班了，咪子辛苦了。

田　咪：不辛苦。挣钱我不怕辛苦。

余　淼：看样子今天又卖出大单了？

田　咪［满脸是笑］：我亲爱的财神奶奶啊，完全符合我们标准客户的条件，家里有经济实力，人又容易哄，最重要的，超级好面子，我真的爱死她了！

余　淼：又要买你什么大件？

田　咪：三万的床垫，我的提成至少能有三千。

余　淼：我老婆可真能干！

田　咪：你妈不给钱，我就从这方奶奶身上赚出咱们的房子钱来！到时候你妈不许跟着去住！

余　淼：你看你看，好好的又说这种扫兴的话。

田　咪：我是说真的。

余　淼：怎么能不让我妈跟着去呢。

田　咪：那就让你妈给钱啊。

余　淼：车轱辘话又说回去了。行了行了，先不说这个了，说说咱晚上吃什么吧，庆祝你的财神奶奶又要给你发钱了。

4. 雷颂华家客厅，傍晚，内

雷颂华开门进来。桌子上已经摆好了饭菜。

小　丽：阿姨，叔叔也刚到，马上能吃饭了。

雷颂华：好啊，真香啊。

小　丽：姥姥知道你们今天都回家吃饭，忙活了一下午菜。

方　琼［端着一大盘热气腾腾的大馒头从厨房出来］：小三子，快，来吃你最喜欢的大馒头。

雷颂华：妈真好。

庄海洋［从里屋出来，在桌旁坐下］：妈，我就沾颂华的光，先来一个。

方琼和雷颂华也坐下。

方　琼［给雷颂华拿一个馒头］：吃。

雷颂华［咬一口］：真香。

方　琼：小三，妈想买个磁疗床垫。

雷颂华：磁疗床垫？什么东西？

方　琼：就是个床垫，高科技，能发射……什么什么，净化血液，治疗腰酸背疼，反正就是对身体特别好，天天睡在上头，就健康长寿。

雷颂华：多少钱？

方　琼：三万。

雷颂华和庄海洋都惊着了，两人都停住了嘴里的馒头。

方　琼：干嘛呀，不就三万块钱嘛，你们俩至于嘛。

雷颂华：妈，那个玩意你用不着，你腰不是挺好的嘛。

方　琼：好什么，我是因为意志坚定，平时忍着疼不跟你们说，其实难受着呢。

庄海洋假装没听见，低头吃馒头。

雷颂华：又是卖药的地方忽悠的吧。

方　琼：跟他们有什么关系，我身体不舒服，想买个保健床垫，你们怎么一点都不知道心疼我。

雷颂华：身体不舒服咱们上医院瞧大夫去啊，自己瞎买这种东西，治不好病，说不定还治出病来。

方　琼：就不能跟你要点什么！

雷颂华：妈，你想要什么我们不是尽量满足你，最近买药是不是有点走火入魔了？你屋子里那药，堆得哪儿都是，你吃得了吗你？！

方　琼：你知道什么呀，就你能耐，跟你说了这回买药能返钱，今天返了，四千！

雷颂华：那就是大陷阱！谁知道后头什么花招等着你呢！对了，这个床垫不就来了，三万！四千骗你三万！

庄海洋：颂华颂华，吃馒头！

雷颂华：今天别拦着我，我上次我就憋着了。妈，你说你当我们家钱都是印出来的，由着性子买那些乌七八糟的东西！胶原口服液，泰鼎药业，都没听过，能吃吗？！都是骗你们的！早跟你说过了，现在时代不同了，不是你们老一辈那个世道，大家都是一颗赤诚的心，现在是个骗术满天飞的时代，你能不能就别再相信那些人了，瞎花什么钱啊！

方　琼：你就是要气死我才高兴！不就让你给买个床垫保健嘛，倒数落起我来了，没完没了的。

庄海洋：妈，先别生气，颂华也没说不给买，有什么事咱们吃完饭再说，好吗？

方　琼［顿时不说话了，抓起一个馒头咬一口］：小丽，这馒头放了多少碱？

小　丽［委屈］：姥姥，都是按您说的量……

方　琼：不吃了！教了你多少回，就是这么笨！

扔下馒头就进了自己屋子，砰地关上了门。雷颂华也气得够呛，一旁庄海洋直叹气。

雷颂华：这事我得让我姐说她。

庄海洋：是得让你姐跟你妈说，从来什么事，你跟你妈说别干，你妈就偏要干，你姐说她才管用。

5. 雷颂华家方琼卧室，夜，内

方琼坐在床边生闷气，屋子里堆得都是药。床头柜上的电话响。方琼不想接，但是电话持续响着，方琼赌气得接了起来。

方　琼［还没好气地］：喂。

爱　华［温柔的画外音］：妈，是我。

方　琼［立刻缓和了口气，有些委屈］：爱华。

爱　华［画外音］：妈，怎么了，晚饭也不吃。

方　琼：你那个好妹妹又跟你说我坏话了？

爱　华［画外音］：妈，你不吃饭，妹妹心里也难受啊，怕你饿坏了身体，让我来劝妈消气，吃饭。

方　琼：她能心疼我？我就想买个床垫，她都不肯。

爱　华［画外音］：妈，这个床垫呢，肯定是有用的。你一向都特别坚强，不怕疼，也不让我们操心，其实我们姐仨特别明白，你们老一辈革命家，枪林弹雨过来的，意志力坚强无比。

方　琼［舒服多了］：是吗？

爱　华［画外音］：妈，要不这样吧，回头咱们先上医院让大夫瞧瞧你的腰，确诊一下，然后咱们对症下药，再去买这个床垫，你说呢？

方　琼：还是你说话在理，就听你的。你说你们俩都是从我肚子里出来的，怎么她说话让人听着就那么不舒服呢！成天的就知道跟我对着干！

爱　华［画外音］：一娘生九子，连娘十个样，性格不同嘛，小三子就是那么个脾气，对你还是好的嘛。

方　琼［笑了］：你这个憨憨。

6. 雷颂华家客厅，夜，内

饭桌已经收摊了，雷颂华正在门上听着。庄海洋在沙发上看新闻。雷颂华走回沙发旁。

庄海洋［小声］：没事了？

雷颂华：我姐出马。

庄海洋：你妈是个顺毛驴，你也该学学你姐那招。

雷颂华：无原则地拍马屁，我学不来。

小　丽［端着水果过来了］：叔叔阿姨吃水果。

雷颂华：放那儿吧。姥姥估计没事了，去问问姥姥想吃什么，给做点。

小　丽：哎。［想走，又回身］阿姨，有件事我想跟你说。

雷颂华：什么事？

小　丽：姥姥肯定让人给忽悠了，那个卖药的来家里看过姥姥，陪姥姥聊了好长时间，还捶背什么的。姥姥给哄得可高兴了。

雷颂华和庄海洋都惊呆了。

雷颂华：都上家里来了？什么人？

小　丽：一个年轻女孩，二十多吧。嘴可甜了。

庄海洋：颂华，这事不是小事了，回头你得跟你妈说说，蒙点钱也就算了，万一真是坏人，这不就是引狼入室吗？回头把老太太人伤了可就出大事了。

雷颂华［沉思片刻］：小丽，要是那人再来你马上告诉我。

小丽点点头。

7. 木兰家客厅，日，内

一家人正在吃早饭。江开国从厨房献宝似的端出盘子，放悦悦面前。

江开国：来喽，悦悦的单面煎蛋加面包片！

悦　悦［惊喜地］：呀，是大象啊。

原来江开国用煎蛋模子煎成一个大象的形状。

木　兰：爸，你这也太牛了吧。

江开国：没什么难的，看看电视学学，煎蛋。不过这个模子是我自己打的，悦悦不是最喜欢大象嘛，外公给你打一个。

悦　悦：哇，谢谢外公。

一家人都笑。这时木兰的电话响起。

木　兰［接起电话］：喂，你好……哦，是是，魏叔叔，您好……对我爸在北京［把手机递给江开国］爸，是上海的魏警官。

江开国有些意外地接过电话，起身站到阳台上去了。江多福也关切地看着。

吕　希：魏叔叔是谁？

木　兰：魏叔叔是警察，小顺在上海丢的，魏警官是案子主办。

吕　希：哦，还有联系呢？

木　兰：这个魏警官人特别好，这么多年了，一直都记着我们家的事，有一点消息就来告诉我爸，他跟我爸差不多年龄，快三十年，都差不多成朋友了。

江开国已经进来了，若有所思。

木　兰：爸，魏叔叔说什么？

江开国：他来北京了，约我今天见面，天安门广场。

8. 天安门广场，日，外

江开国走过来，远远地就看到一个穿便衣的六十上下的老头站着，正在向他在招手。

江开国：老魏，真没想到会在北京见到你。咱们得有十几年没见了吧？

老　魏：十五年零三个月。

江开国：不愧是刑警队的，记得这么清楚。这次来北京是玩还是执行任务？

老　魏：我去年退休了，在家里待着也没什么事，儿子早就在北京安了家，非让我来玩玩，我就来了。你怎么来北京把原来的手机都给停了？差点找不到你，还好你女儿的电话我也有。你怎么样，看着精神头还不错，都挺好的吧，北京住得也挺习惯？

江开国：还行，人年纪大了，只要能跟子女在一块儿，就够了。

老　魏［停顿片刻］：这么多年了，还在找小顺吗？

江开国［苦笑一下］：还找。你以前劝过我，该放下得放下，可我……不到咽气大概都放不下。说起来我还得好好感谢你，以前只要有一点线索，你都马上告诉我，陪着我去认。

老　魏：天下父母心都一样，我老想，要是我儿子丢了，我不得疯了，将心比心。这些年，不少孩子在我手里找着了，就你们家儿子……一次次让你失望，我心里也不是滋味。

江开国：这话说得，你能一直惦记这事就很让我感激了。

老　魏：其实这次找你，不光是为了跟你叙旧，是有了一个新线索。

江开国：关于我儿子的？

老　魏［点头］：最近我们队打了一个儿童贩卖团伙，这个团伙里有个头目已经五十多了，可以说做了一辈子的人贩子，我徒弟给我看了他交代的犯罪记录，八三年他拐过一个孩子，非常像你儿子。

江开国［惊呆了，声音都有些颤抖］：真的？

老　魏：儿童医院，趁乱抱走的，孩子两岁不到，抱走了以后发现有癫痫，差点死在他手里。

江开国［浑身发抖］：全都对得上。后来呢？

老　魏：我让我徒弟又仔细审了他两次，他说把孩子带到北京，想卖，结果在北京站就让警察给解救了。

江开国：我儿子在北京？老魏后来呢？我儿子在哪儿？

老　魏：我来北京之后也没闲着，帮你找这边的同行查了，年深日久的，好多细节也没人记得了，就说当时是有这么个孩子，癫痫挺厉害的，解救下来之后就给送到了一家孤儿院，后来让一对夫妇给收养了。

江开国［难以抑制地激动］：我儿子就在北京。小顺就在北京。

老　魏：二十多年，时间隔太久了，中间人事更改太多，具体好多情况也不是十足有把握，如果你想进一步确定的话，最好先私底下跟那家人接触一下，看看情况再说。给你提供这么多信息已经是我职责之外了，我能帮你的，也只有这些了。

江开国：谢谢你老魏！除了谢谢，我不知道，不知道还能说什么！

老　魏：老江，来之前我还一直犹豫，到底该不该告诉你这个消息，毕竟过去快三十年了。三十年是一个太长的时间，可以成就很多事，也可以改变很多事。你儿子早就不是你印象中的小孩，他已经长大成人，有了自己熟悉的环境，有了自己的家庭和亲人，你现在和他相认，等于打乱了他现在的生活，对他会造成什么影响，他自己是不是愿意，谁也不知道。你一定要三思而后行。

江开国：你的意思我明白，我只希望知道我儿子活得好好的，我就是死也能闭眼了。

老　魏［了解地叹口气，从口袋里掏出一张纸条递过来］：这上面有那对夫妇的基本信息，你拿着。希望你能找到你儿子。

江开国紧紧地握住了那张纸条。

9. 木兰家客厅，夜，内

木兰、江开国和江多福围坐着，三人的脸上都是很严肃。木兰正看那张纸条。

木　兰：沈天明，物理研究院，教授。

江多福：开国，你怎么想的？

江开国［看着木兰］：木兰，你说呢？

木　兰：我觉得不是。

江开国：怎么不是？

木　兰：那人贩子拐过那么多孩子，哪儿还能记得住哪个是哪个。

江开国：话是这么说，可万一……

江多福：我看去吧，以前没消息都得满世界跑着去找，现在就在眼面前了，就更得去了。

江开国：我琢磨了一天，还是想去看看，这个结在我心里已经二十多年了，有生之年要是能解开……

木　兰：我就知道是这话。得了，我陪你一块儿吧。

江开国点点头，显得心情很复杂。木兰安慰地搂住江开国的肩膀。

10. 物理研究院走廊及办公室，日，内

木兰和江开国走过来。办公室门开着，木兰和江开国走过来，轻轻地敲了敲门。一个老头正查看资料。听到敲门声，老头抬起头来，扶扶眼镜。

老　头：有事吗？

木　兰：您好，请问沈天明沈教授在吗？

老　头：老沈啊，他不在。

木　兰：请问沈教授什么时候来？

老　头：你们找他有事吗？

木　兰：是，有挺重要的事找教授。

老　头：沈教授老毛病发作，住院了。

木兰和江开国都是吃惊。

11. 医院病房，日，内

沈教授住的是单人病房，无知无觉地躺着。何教授在一旁陪着。何教授瘦瘦弱弱的，是个六十多岁的老太太，但是表情却比较坚毅。

何教授［伸手摸了摸沈教授的脸］：老沈，你会醒的。

木兰和江开国拎着水果走到病房门口，敲了敲门。

木　兰：您好，请问沈教授在这屋吗？

何教授［抬头看见了他们，眼神中有疑惑］：我是他爱人。你们是？

木兰和江开国走进病房，放下水果，看这局面，一时都有些难以说话。

木　兰：何教授，您好，我叫江木兰，这是我爸爸，我们来看看沈教授。

何教授：谢谢你们。［看着木兰，不确定的］你是老沈的学生吗？

木　兰：我们……我们是……我们是听说沈教授生病住院了，过来看看他。

12. 路上，日，外

何教授走出医院大楼。小苏陪在一边。木兰和江开国追了出来。

木　兰：何教授，何教授。

何教授［停下脚步，回头看两人］：有什么事吗？

木　兰［看一眼小苏］：教授，能不能借一步说话？

何教授［审视地看了眼木兰，见木兰目光坦诚，点了点头］：小苏，你等我一下。

小苏点点头，停住脚步。何教授跟着木兰和江开国走到一边。

何教授：你们说吧。

江开国：何教授，您和沈教授的儿子，是不是领养的？

何教授：你们到底是谁？

江开国：教授，你别误会，我知道现在这个时候不应该说这些，不过您家的养子可能是我们家丢的儿子。

何教授［震惊，但还是很冷静，再次打量江开国］：你是什么人？

江开国：教授，我姓江，叫江开国，是安徽桐城人，我一直在找我儿子。我儿子打生出来就有癫痫，很小时候我带他去上海看病，在医院让人贩子抱走了，最近才从警察那儿得到消息，我儿子可能是您家收养的那个孩子。

何教授：不可能。

江开国：教授……

何教授：我们家儿子是我们亲生的。

江开国和木兰互相看一眼。

江开国：教授，是警察从丰台区儿童福利院查到资料……孩子是不是有先天癫痫？

何教授：领养的没错，不过他是孤儿，我们和孤儿院有正常手续，晓峰肯定是孤儿，不可能是你们家丢的孩子。

木　兰：教授，我们知道您肯定很难接受这个事实。这事对我们家来说也是非常突然。我弟弟丢了二十多年，我爸一直在找。直到昨天，才知道他原来在北京，很可能在您家。您只要让我们做个亲子鉴定就好。

何教授：不行。

木兰和江开国都愣了。

何教授：实话告诉你们，晓峰现在人不在这儿。况且，你们也都看到了，我们家里现在正这么多事，请你们不要再来找我们，晓峰真的是个孤儿，不可能是你们家的孩子！

江开国 & 木兰：何教授……

小　苏［已经过来了，戒备地护住何教授］：你们有什么事吗？［对何教授］师母，您认识他们吗？

何教授：不认识，我们走吧。

何教授提防地看着木兰和江开国。小苏搀扶着何教授离开。木兰和江开国无奈。

13. 路上，日，外

木兰开着车，江开国坐着。

木　兰：今天不是个时候，人家里有病人还昏迷不醒呢。

江开国：是，也不怪人家不理我们，谁愿意突然冒出个人来说自己养了这么多年的儿子是别人的，搁谁都得生气。

木　兰：何教授可能不会答应我们。

父女俩一时沉默。

木　兰：爸，我觉得这事教授没说错。她自己的孩子，当年怎么领养的，她应该最清楚。这个晓峰不大可能是我们家小顺。这天下哪有这么巧的事。

江开国［深深叹口气，看着窗外］：这辈子死之前，如果这件事能有一个结果，我这心里就算踏实了。

木兰眼神中有内容。

江开国：一会儿是要去看你婆婆吧？

木　兰：是啊，最近事多，好几天没过去了，心里觉得怪对不起老太太的。

江开国：房子再大一点就好了，一间就行，能把吕希妈妈接过来一起住。天天能看见心里就踏实。

木　兰：爸，你放心，我和吕希正在努力呢。再攒点钱，在自己小区换个三居的。

14. 木兰家楼下，日，外

木兰开车过来。吕希带着悦悦、拎着东西，等在门口等。车停下，江开国下车。

吕　希：爸。

江开国：走吧你们。

木兰下车，带着悦悦坐副驾驶。换吕希开车。车开走。

15. 路上，日，外

吕　希：怎么样，看到小顺了？

木　兰：没有，那个沈教授病了，在医院呢。养母也是个教授，在医院陪着。他们家儿子在美国呢。还不知道是不是小顺呢。

吕　希：在美国？

木　兰：嗯。

吕　希：那一定得是小顺。

木　兰［捶他］：瞧你这势利眼的样子。

吕希笑：别别，我可撒把了啊。不要干扰司机驾驶。

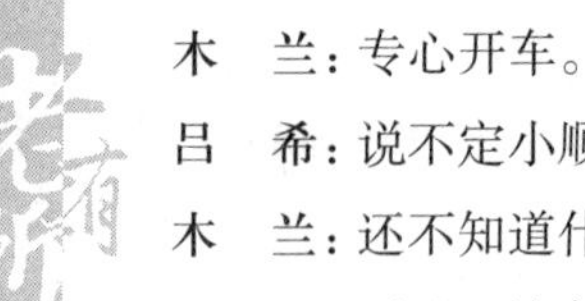

木　兰：专心开车。

吕　希：说不定小顺真的是一个高富帅呢。给咱爸寄点美刀，也替你这姐姐分点忧。

木　兰：还不知道什么时候那个沈晓峰能回来呢。我看两个教授也不容易，凡事都是学生在帮忙。而且，认亲这事何教授挺抵触的。

吕　希：那是，谁家愿意养半天的儿子让人给认走了。

木　兰：什么认走了，我爸才没有那种心思呢，不过就是想找一个答案，了解一桩人生心结而已。

吕　希：人家抵触，你怎么办？

木　兰［假装一本正经地］：只要功夫深，铁棒磨成针。

吕　希：江经理干什么都是俩字，执著。

16. 吕家主卧室，日，内

木兰和吕希带着悦悦开门进来。进来，来世勤正在给吕母揉腿部。

木兰 & 吕希：妈，我们来了。来姐。

来　姐：你们来了。正给老太太做按摩呢。

悦　悦［扑在吕母面前］：奶奶!

吕母看着悦悦，慈爱的眼神。

木　兰：悦悦，给奶奶的礼物呢？

悦　悦［从小书包里掏出一张画］：奶奶，这是我画的，老师奖我小红花了，我送给你。

吕母极其欣慰的眼神，然后使劲用眼神看床头柜上的水果。

来　姐：悦悦，奶奶是让你吃水果呢。

吕　希：妈，挺好的吧。

吕母眨一下眼睛示意。

来世勤：今天过的可好了，早上吃了饭，推着到下面遛个弯，呼吸呼吸新鲜空气，运动运动对身体也好。中午饭后睡了一会儿，睡醒了我就把那个录音笔打开，给她听。是吧，阿姨，挺好的吧。

木兰和吕希互看一眼，都是挺满意的。

木　兰：谢谢你了，来姐。

来世勤：别客气，我拿你们的工资，就得尽心尽力的做好了，我得对得起老太太，对得起你们做子女的，对得起拿的那份钱。你们千万别谢我，我还得谢你们呢，愿意给我这份工作。

木兰和吕希更是觉得感动。

吕　希：来姐，咱就不客气了。来日方长。

来世勤：对对对，来日方长来日方长。

木　兰：来姐，我们买了点菜，放厨房呢。

来世勤：好，我洗菜做饭去。

木　兰：好。这儿我来吧。

17. 吕家主卧室，夜，内

木兰正把最后一口饭喂进吕母嘴里。

悦　悦［在一旁陪着］：奶奶，好吃吗？

吕母用眼神示意。

来世勤［端着漱口水进来］：来，阿姨，漱漱口，咱们该睡觉了。

木兰和吕希直起腰，看着来世勤伺候吕母。

吕　希：妈，这两天单位事多，没过来，你别生气啊。

来世勤：这话说得，你是亲儿子，这么孝顺，老太太怎么会生气。

吕　希：我尽量每天过来看一下。

来世勤：吕希，要我说，往后你们也别天天地往这儿跑了，路那么远，你们两口子上班都挺辛苦的，还这么天天的来请安，太累了。老太太看了也心疼是不是。有我在，你们就放心吧，周末空了来看一下就行。阿姨，您说是不是？

木兰和吕希看着吕母，虽然吕母不能说话，但是她的眼神也表示让他们别天天来了。

来世勤：真的，我看你们这么天天跑，我都替你们着急。

来世勤端着水盆出去了。吕希俯身看着吕母。

吕　希：妈，我们只要得空，就肯定过来看你，现在先委屈你了，我跟木兰会努力挣钱，争取换个大房子，把你接到身边一块儿住。

木　兰［握住吕母的手］：是啊，妈，我们会努力的，你一定要养好身体。

吕母用眼神回应他们。

18. 雷颂华家客厅及厨房，日，内

小丽从厨房里悄悄往外看。

田　咪：田咪正把几盒点心放到方琼面前。奶奶，您不是最喜欢吃核桃酥吗？我路过稻香村买的，他们家的核桃酥最好吃了。

方　琼［高兴地拿起一块］：你这孩子有心了。

小丽缩回脑袋，悄悄地拿起电话发短信。

19. 超市会议室，日，内

雷颂华［正在开会］：……这次供货商联合涨价……

她的手机响了一下，她拿起来一看。小丽的短信：阿姨，那个推销的又来了！

雷颂华［顿时脸色一变］：今天先这样。散会。

她立刻起身离开。木兰等员工都很惊讶。

葛文倩：这什么情况？出什么大事了店长会都不开了？

曾经理［哼一声］：是不是让总部给停职了。

木兰不解而担心的眼神。

20. 雷颂华家客厅，日，内

田咪站在方琼身后，给方琼揉肩。方琼很受用的样子。

田　咪：奶奶，我那儿好几个客人都买磁疗床垫了。

方　琼：是吗？

田　咪：都说用了以后腰好多了，原来直都直不起来，现在都站的倍儿挺。

方　琼：那挺好啊。

田　咪：郭奶奶你记得吧。

方　琼：记得，说话喜欢鼻孔冲着人，好像一副牛得不得了的样子。

田　咪：郭奶奶是第一个买床垫的，特别见效，才睡了两天就给我打电话说全身都不疼了。

方琼鼻孔里哼了一声。

田　咪：郭奶奶年纪比您小两岁，看着比您可大多了，不过还挺知道保养，这么贵的床垫也舍得给自己买。奶奶，您也该跟郭奶奶一样，对自己好一点，别不舍得。

方　琼：有什么不舍得的，不就三万块钱嘛，我也买，这几天就给你打钱。

田　咪［高兴地］：哎，奶奶，我回去就给您下单。

田咪手上更是动得轻快。

雷颂华［突然推门进来，一脸怒意地看着田咪］：你谁啊，在我们家干嘛？！

方琼和田咪都没想到雷颂华会突然回来。田咪被雷颂华气势强硬地一问，一下子有点傻眼。

田　咪：我……

方　琼：干嘛你，怎么说话的这是？

雷颂华［紧紧盯着田咪，大发雷霆］：你到底是什么人，凭什么跑到我们家来胡说八道？！觉得老太太好忽悠是吧？！你立刻给我出去！

方　琼：你这是干什么，她是来看我的，是我的客人！

雷颂华［又把怒气转向方琼］：客人？你们才认识几天啊，你怎么知道人家心里打什么歪主意呢，怎么能随随便便往家里带呢？！妈，我不管你在外面怎么着，不能让这种人到我们家来！

方　琼［没面子，也很生气］：不来就不来呗！这是你家，我没有自由，什么都得是你说了算！

田　咪［一看情形不对］：奶奶，那我先走了。

雷颂华：不许你再来！再来我就报警！

田咪赶紧溜了。

方　琼：哎，小田……

雷颂华：妈，你还想留她是怎么着？！

方　琼：你突然回来干嘛呀？！

雷颂华：你说干嘛？家里都进贼了我还不回来？

方　琼：什么进贼了这么难听，人家小姑娘来陪我说说话，碍你什么事？你上班的人跑回来干嘛？！

她突然想到了，眼风凌冽地扫向小丽。小丽一哆嗦。

小　丽：姥姥……

方　琼：原来是你告密！奸细！日本人来了你肯定当汉奸！

小　丽：姥姥我也是为你好，阿姨他们挺不容易的，您就别老让他们担心了。

方　琼［怒吼］：轮着你说我？！

雷颂华：妈，谁懂道理谁就能说。

方　琼：合着你们都懂道理，就我不懂？！我看你们就是一鼻孔出气，就是想气死我！成天就知道跟我对着干，好不容易有个人关心我，你们非要给我轰走！

雷颂华：关心你？那是给你下套呢！

方　琼：什么下套？你知道什么啊！我关节疼你们关心过吗？我腰酸你们关心过吗？整天都不在家待着，你们还不如一个外人陪我说话多呢！

雷颂华：妈，你原来还知道她是个外人啊。那你就不仔细想想，一个外人凭什么对你那么上心，天天嘘寒问暖的，这难道还不是明摆着的吗？她就是想骗你的钱！不然人家干嘛花这么多时间在你一老太太身上啊，她傻啊！

方　琼：是，我现在就是一没用的老太太，谁见谁烦，除了对我有不良居心的愿意花时间骗我，就连我的子女都懒得搭理我！我老了，早就该死了，死了你们就清静了，就省心了！

雷颂华：妈，你怎么说话就这么能噎人啊！不管我跟你说什么，你都觉得我是跟你作对，你怎么就看不到这是为你好呢，我和你真是没法沟通！

方　琼：我还觉得跟你没话说呢！我见你就烦，你别跟我说话！

方琼生气地回屋，用力关上门。雷颂华倒在沙发上生闷气。

小　丽［一脸郁闷］：阿姨我真是为你家好。

雷颂华：我知道。姥姥的话你别忘心里去。

21. 路上 / 雷颂华家方琼卧室，日，外 / 内

田　咪［有点后怕地拍拍胸口］：什么人啊，真够凶的。

她在路边花坛边坐了下来，想了想，拿起电话拨了一串号码。方琼卧室，方琼正歪靠在床头生气。她的手机响。

方　琼：喂，小田啊。

田　咪：奶奶，今天对不起啊，给您添麻烦了。家里没事吧？

方　琼：没事。

田　咪：其实我真的没有别的意思，就是每次看到您，就让我想到了自己的奶奶，感觉特别亲切，总想多跟您说说话，有什么好东西也老想着先推荐给您。真没想到让您家里闹得这么不愉快。既然您女儿这么生气，以后就算了，床垫的事您就当我没说吧，也别再跟您女儿生气了，她也都是为了您好，怕您吃亏了。

方　琼：小田，你真是个好姑娘，我女儿这么对你，你还替她说话。你对奶奶的心思奶奶都知道。这事你别管了，奶奶会处理。这个床垫，奶奶买定了。

挂了电话，田咪得意地笑笑，起身走人。

22. 雷颂华家方琼卧室，日，内

挂上电话，方琼越想越气，拿起电话拨了一串号码。

方　琼：新华啊，是妈……妈想你了，想跟你说说话，听听你的声音。你人在美国，妈想见你一面也不容易……好，都挺好的，最近住小三子家呢……我知道，我知道，我不跟她闹脾气，我懒得跟她闹……对了，新华，妈最近总是觉得腰酸背痛的，有时候都直不起腰了……倒是不用去医院，不过妈最近看中一个磁疗床垫，要是买了那个，天天都能用着，比上医院省事……是好东西，妈都咨询过了，错不了的……[听着电话，脸上露出了笑容]还是我们家新华对妈好，知道心疼妈，谢谢儿子……

方琼心满意足地靠在床背上。

23. 报刊亭，日，外

田咪显然刚起床，有点睡眼朦胧地过来。看到余淼一个人在看漫画。

田　咪：你妈呢，这个时候跑哪儿去了？

余　淼：妈没在家啊。买菜去了呗。最近她老跟那江叔一块儿去新发地买菜。

田　咪：跑那么远去买菜？那老头肯定在勾搭你妈，我看他是不怀好意。

余　淼：别瞎说了你。

田　咪：怎么不是，你自己想想，一个外地老头，在北京要什么没什么吧，你妈不一样，你妈有房，我估计他肯定是想跟你妈来个黄昏恋，到时候人财两得。

余　淼：你这都想到哪儿去了你，你当写小说呢，看不出来你还有瞎编故事的爱好呢。

余淼摇着头又要看漫画。田咪一把抢过漫画书。

田　咪：什么我瞎编，你自己说，这么多年了，你妈跟哪个老头关系这么好？一见着人家就笑得跟什么似的，那个骚不拉儿的样，反正我上你们家这几年，我是没见过。

余　淼：什么骚不拉儿，有你这么说婆婆的吗？别闹了，让我看。[抢过漫画书继续看]

田　咪：你可真够缺心眼的。这事我得把它掐死在芽里。

24. 菜市场外路上，日，外

江开国和亚芝拎着菜往外走。

亚　芝：老江，今天是不是有心事？不是家里有什么事吧？

江开国叹口气，在路边花坛边坐了下来。

亚　芝：怎么了，你平时不这样的。

江开国：亚芝，我以前干过一件糊涂事，既对不起我女儿，也对不起我儿子。

亚　芝：什么？你有儿子？

江开国[点头，叹了口气]：我们家一共兄妹三个，当时我就木兰一个女儿，我妹也就是她姑就比我小一岁，结婚早，早就有两个儿子了。后来我弟也生了个儿子。我们家三兄妹，就我没儿子，我爸就劝我还得生一个，得生个儿子。你也知道南方老家，谁家都觉得嫁出去的女儿泼出去的水，闺女就是给别人家养的，将来不能给自己养老，只有儿子才是自

家养老的根本。我和我老婆就决定说什么也要再生一个。

亚芝点点头，认真地听着。

江开国：当时木兰已经快三岁了，我们那儿开始计划生育了。为了生二胎，我找关系托人开了一个假证明，说木兰生出来的时候脑子就不好，是个……脑瘫，符合生二胎的标准。

亚　芝：民政局的人信了？

江开国：我们家木兰从小就太聪明，当时民政局的人要来调查，我们就嘱咐她，一定要假装什么都不知道，人家问什么，都得答的乱七八糟的，虽说木兰那个时候才那么点大，可真的很懂事，帮着我们把民政局来调查的同志都给骗过去了。

亚　芝［不可置信地］**：**真难为那孩子了。

江开国：可不是，就这么样，我们家顺利地生下了老二，给取了个小名叫小顺。

亚　芝［若有所思地］**：**小顺。

江开国：我们全家都特别疼小顺，我也以为我老来有靠了。小顺两岁多的时候，有一次我带着他去上海，没看好他，被人贩子拐走了。

亚　芝：孩子丢了？

江开国：丢了，快三十年了，一直都没找着。这事也成了我一辈子的心结，可能到死都解不开了。我对不起两个孩子，因为我说谎，老天爷惩罚我。可为什么不惩罚我头上，把小顺给丢了。

亚　芝：你可千万别这么说，孩子现在肯定在哪儿好好的活着。

江开国［苦笑］**：**孩子可能让一对教授给收养了。就是不知道他们肯不肯让我和孩子验一下 DNA。

25. 报刊亭，日，外

亚芝和江开国慢慢走过来。两人走到报刊亭前，一抬头就愣了。原来放在亚芝屋子里的老余的照片现在放在报刊亭里了，正面对着江开国。

亚　芝［尴尬］**：**淼淼，这谁让把你爸照片拿这儿来了？！

余淼也有点讪讪地不说话。

江开国［有点啼笑皆非，转移话题］**：**淼淼，今天有件吗？有我取了就走。

26. 余淼屋子，日，内

田咪正坐着吃瓜子看电视。

亚　芝［拿着相片推门进来了］：咪子。

田　咪［斜瞥了一眼，满不在乎地］：妈怎么了？

亚　芝：这相片是你拿过去的吧，好好挂在我屋里的，你拿到外面去干嘛？

田　咪：我替我公公提醒你一下啊，人虽然走了那么多年了，也别让他在地底下还得戴绿帽子啊。

亚　芝［气得］：你真是胡闹，谁说我要……

田　咪：天天跟那个老头在一块儿，谁相信你们心里没鬼啊。

亚　芝［气得没话说］：就算我要找老伴，你也不能这样吧。

田　咪：妈，你要想找老伴，肯定是要经过你儿子儿媳妇同意的，明白吗？

亚　芝：这是哪儿的道理？

田　咪：哪儿都是这个道理。妈，你去别人家问问，谁家老太太想找老伴不用经过儿子儿媳妇同意的？

亚芝站着发呆。田咪继续吃瓜子看电视。亚芝转身就走了。

27. 亚芝屋子，日，内

亚芝进来，又把照片放到原来的位置。看着照片上的老余，亚芝默默出神。

28. 会场，日，内

会场照样是人满为患。所有人都在忙着交钱买药。

方　琼［进来了］：小田！

田　咪［看见了方琼，立刻过来］：方奶奶，您过来了。

方　琼［打开手里的包，从里面掏出钱］：我今天带钱来了，把那个床垫买了。

田　咪［惊喜］：奶奶，您女儿给买了？

方　琼：用她！我想买就买，我自己有钱！

田　咪：好好，我马上帮您去开单子。

方　琼：等等。［从口袋里又掏出三万块钱］这儿还有三万，你全部帮我买你们那个胶原口服液。

田　咪［眼睛都瞪圆了］：奶奶，三万都买口服液？

方　琼：对，都买。

田　咪［想了一下，立刻笑了］：哦，奶奶，我明白了，您这三万买口服液，下次就能返六万，等于这个床垫就是白送的了。

方　琼［笑］：你真是个小机灵鬼。

田　咪［高兴地把钱都抱在怀里］：奶奶，你歇着，我立刻就去！

田咪跑开。方琼满意地笑。

29. 雷颂华家客厅及方琼卧室，夜，内

雷颂华开门进来，在玄关脱鞋。

小　丽［迎出来］：阿姨回来了。

雷颂华：你们都吃了晚饭了？

小　丽：吃了。

雷颂华：姥姥呢？

小丽欲言又止地。

雷颂华：怎么了？

小　丽：姥姥一吃完饭就回自己屋躺着去了。

雷颂华：姥姥没事吧？

方琼屋子里放着那张磁疗床垫，方琼自己的床不睡，直挺挺地躺在那个床垫上，闭目养神。

雷颂华［几乎要跳起来］：妈！

方　琼［睁开眼睛］：干嘛呀，大呼小叫什么。

雷颂华：你哪儿来的钱？！

方　琼：你别管。

雷颂华：我偏要管！

方　琼：你管不着。因为不是你给的钱。

雷颂华：是不是哥的？

方　琼［眼一瞪］：怎么，你心疼钱不给我买，我还不能让儿子给我买了？

雷颂华：还真让哥给钱！三万块钱呢，你就愿意让那卖药的骗？！人家就那么几句甜言蜜语就把你骗个底掉！

方　琼：这你哥给我的钱，跟你没关系，你少来训我！

雷颂华：妈，你讲点理行不行？哥的钱你就不心疼了啊，哥的钱也不是大风刮来的，都是在美国一张一张起早贪黑挣来的！

方　琼：你真是太过分了！自己不孝敬我也就罢了，还想撺掇你哥也不孝敬我！有你这样的女儿吗？！没良心的东西！

雷颂华：我怕你上当受骗！

方　琼：你又没试过你怎么知道不好，你怎么知道是骗人的！你这是主观臆断你知道吗？你们以为我买药买保健床垫是为了谁，还不是为了你们，为了不拖累你们！我把自己身体弄好了，我健健康康的，就是你们儿女的福气！你们还怪我乱花钱，我都这把年纪了，我花钱除了买药还能买什么？！

雷颂华：你……

方　琼：我不想跟你说了，你给我出去！出去！

方琼不由分说把雷颂华推出门，重重地关上了门。

30. 雷颂华卧室，夜，内

雷颂华进来，在床上坐下，打电话。

雷颂华：哥，你怎么都不问清楚买什么就给妈寄钱啊？！

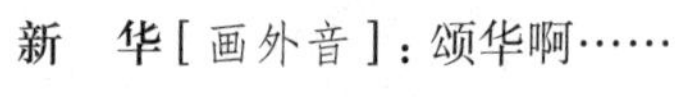

新　华[画外音]：颂华啊……

雷颂华：你不能这么给妈钱，三万块钱呢，你知道妈都买什么了吗？！

新　华[画外音]：买什么我都无所谓，不就是图妈一个开心嘛，我人在那么远，也不能像你们似的天天在身边尽孝，只能给点钱了。

雷颂华：哥，你不知道！

新　华[画外音]：颂华，我知道我这个当哥的不应该，就管自己在国外待着，把妈扔给你和爱华，我也想接妈过来住，可妈又说住不惯。你也知道，我这儿开着餐厅走不开，不然真挺想能经常回去看看你们，陪陪妈的。可心有余而力不足，妈既然想要买点东西，反正也不是太大拿不出来的数，我就给了，只要妈高兴就行。以后甭管妈想买什么，你都别反对，给我打电话。

雷颂华：哥，不是钱的事，是妈太闹腾了。

新　华[画外音]：理解理解妈，就当妈又更年期了。

雷颂华：妈，要更多少回才算更完啊？退下来那阵子更过一次了。

新　华[画外音]：这不是爸刚走嘛。一辈子陪着的人不见了，适应适应不得一段时间。

雷颂华[沉默了一会儿]：我知道情况，我们都顺着妈。可这事，明显就是上当受骗，我不能眼看着不管啊。三万块钱，哥，你不心疼我还心疼呢。

新　华[画外音]：我怎么能不心疼钱，可我更心疼老妈。小妹，千孝不如一顺，妈拿了钱，想买什么你就让她买，不就买个高兴嘛，只要妈高兴，这钱就值了。妈那脾气你又不是不知道，何必跟她较真呢。

雷颂华：真不是心疼这钱不让她买，问题是这东西就是骗钱的，买了就是白扔钱……

新　华[画外音]：颂华，你就别跟妈犟了，随妈去吧！把妈气坏了不值当的！我这儿忙着，回头再打吧。

雷颂华只能不说话了，挂了电话，坐着生闷气。

庄海洋[一边松着领带一边进来]：颂华，听小丽说你们母女又干仗了？既然你哥给钱了，你就当没看见不就完了。

雷颂华：可我看见了！

庄海洋：放松放松，上次不都想清楚了吗？就由着你妈去，花钱买高兴嘛。

雷颂华：两千块钱买高兴还能忍受，可三万块钱太贵了！你说我这个妈怎么就这么作，这么不让人省心呢。现在能像她这样条件的老太太可不多，家里不愁吃不愁穿的，你知道我们超市，好多年轻人根本就没能力赡养父母，天天还在为那个发愁。我妈倒好，吃饱穿暖了，就想着怎么折腾我们。现在越来越狮子大开口，一来就是三万，我哥是有钱，可是也是辛苦辛苦挣来的，她怎么就一点不替子女心疼一下啊！

庄海洋：也别这么想你妈，也许老太太的出发点真的是好的，她现在整天也没什么事，多花点时间在自己身上保健保健，不是挺好的嘛。只要她身体好，不生病，就是对我们最大的体恤。你哥说得对，花钱不就是买老太太一个高兴嘛。心情好了身体自然也好了。再怎么着也比生病强。老人要是生病了，家里还能有太平日子嘛。

雷颂华：我看我妈病在脑子里！

庄海洋：小点声！让你妈听见不得了！知道你们母女俩吵架谁最难受吗？我！我招谁惹谁了我。

雷颂华：三万块钱呢，我肉痛！

庄海洋：哎哟，知道，我也肉痛，你哥也肉痛，你妈回过头想一想，也会肉痛的。

雷颂华：我看我妈不会肉痛。再往下，就是五万十万了。

庄海洋：到时候再说呗。你说你真是杞人忧天。你啊，就是什么事都要强出头，多学学你姐你哥，顺着点老太太，天下太平。你得这么想，就当你哥尽点孝心，他不出人了，出点钱也应该。

雷颂华：也是。反正不是我的钱。反正我不给钱。有本事老太太再要十万八万他雷新华接着给啊。

庄海洋：想通了吧。你的思想工作还是得我给你做。我这辈子啊，净给你当政委了。

雷颂华：干嘛呀，委屈啊。

庄海洋：我容易嘛我，在你和你妈之间和稀泥，这都和了多少年了，本来这事应该你干，那可是你妈。你啊，三岁看老，跟你妈一样，这脾气是改不了了。也就我包容你。

雷颂华：你别包容别包容。

庄海洋：不包容行吗？你是我媳妇啊，你不爽了我有好日子过吗？咱家有好日子过吗？你就用我对你的心态对你妈，我们家就和谐。你得空再找那江经理喝酒去。我看她能劝你。

雷颂华：你劝。

庄海洋：好好，我劝我劝。

31. 学校教室外，傍晚，外

木兰在外面默默地等着。

32. 学校教室外，夜，外

（跳接）何教授走出教室，看见木兰站在教室外面看着自己。

何教授［表情立刻很冷淡］：又是你。

木　兰：教授您好，我……

何教授：我说过很多遍了，你们找错人了，请回吧。

木　兰：教授，请您给我几分钟好吗？

何教授只好忍耐地看着她。

木　兰［真诚地看着何教授］：教授，说实话，您家孩子是我弟弟这事，您不信，我也不信。

何教授看她的眼光变得认真起来。

木　兰：我弟弟两岁就丢了，丢了二十多年了，在我心里早就不抱希望了。可有一个人从来都没有放弃过。

何教授：你父亲？

木　兰［点点头］：二十多年了，我爸从来没有放弃过哪怕最微小的希望。我真的不知道他怎么做到的，这需要太大的意志力。为了找弟弟，我爸吃了不少苦，挨过别人的打，也上过别人的当，可我爸还是没放弃。

何教授有些动容了。

木　兰：其实我们也不是说非要把孩子认回来，生恩哪有养恩重，你们养育了他这么多年，他就是你们的儿子。我爸就是想在有生之年知道自己的孩子是生是死，过得好不好。只要做个亲子鉴定，知道结果就行，我们一定不会有过分的要求。

何教授［沉思片刻］：我能理解你们的心情，不过真的没有办法，晓峰现在人在美国，近期内不会回来的。

这时何教授的电话响起。

何教授［接起电话］：喂，我是……［神色紧张］什么？病危通知？……好，我马上过来。

挂上电话，何教授微微摇晃了一下。木兰赶紧扶住何教授。

木　兰：阿姨，您没事吧？

何教授［努力克制］：我要去医院。

木　兰：我开车送您。

33. 医院急救室门口走廊，夜，内

木兰陪着何教授疾步过来。沈教授的那两个研究生已经守在门口。何教授着急地走到急救室门口，学生们都迎上来。

学生们：师母！

何教授［着急地］：老师怎么样了？

小　苏：还在抢救。

医　生［从急救室出来］：病情暂时控制住了，不过扛不扛得过来还得看沈教授自己的意志。先把病人送到监护病房，密切关注病情。

何教授：谢谢你，叶大夫。

医生拍拍何教授的手，离开。

护　士［过来了］：何教授，这是病危通知书。家属最好做好心理准备。

何教授接过病危通知书，看了眼写着病危通知单，显得十分虚弱，但还是努力冷静克制。

小　鲁：师母，需不需要通知晓峰回来？

何教授没有说话，表情十分纠结，最后还是摇了摇头。木兰十分意外。

何教授：你们先回去吧，明天一早还有考试呢。

小　苏：师母，要不我陪你吧，明天一早我再赶回学校。

何教授：不行，明天的考试挺重要的，不能儿戏。你们走吧，我一个人就行。

两个学生都有些踌躇。

木　兰：你们走吧，我在这儿陪着就行。

两个学生都看看木兰，再用询问的眼神看看何教授。何教授点了点头。

小　鲁：那我们先走了，有什么事您再叫我们。师母再见。

两个学生离开。

何教授［看着木兰］：你也回去吧。

木　兰：阿姨，我都说了我陪您。

何教授：我们非亲非故的……

木　兰：不管晓峰是不是我弟弟，总归我们有这个缘分认识了，就不是非亲非故，我陪您吧，一个人怎么行。

何教授有些动容了，点了点头。

34. 木兰家客厅 / 医院监护病房外走廊，夜，内

江开国［正在接电话］：……好，要是需要我我就过去。

木　兰［在给江开国打电话］：嗯，放心吧，爸，我陪着就行。

挂了电话，木兰往监护病房走去。

35. 医院监护病房外 / 里，夜，内

木兰走到门口，停住了，有些动容地看着里面。沈教授躺在病床上，昏迷不醒。何教授十分憔悴，正紧紧握着沈教授的一只手。

木　兰［木兰走进去，在何教授身边坐下］：阿姨，叔叔一定能感受到您的力量。他会醒过来，他知道您在等他。

何教授［有些震动，看看木兰］：孩子，你叫什么？

木　兰：木兰，江木兰。

何教授：木兰，名字真好。木兰，你有丈夫吗？

木　兰：有。

何教授：有孩子吗？

木　兰：有，一个女儿。

何教授：我们也有，晓峰。

木兰默默倾听。

何教授［似乎陷入回忆］：两个人，一辈子，风雨同舟，就是幸福。我们在北大未名湖边第一次见面。物理是非常有意思的学科，我们都喜欢，有说不完的话。结婚几年，一直没孩子，后来才知道老沈得了睾丸癌。老沈摘除了睾丸，我们不会有孩子了，但还是有说不完的话。

木兰动容地听着。

何教授：我们去福利院领养了一个孩子，这个孩子有癫痫，别的夫妇都不愿意要他，我们第一眼就喜欢他。我们把他带回家，给他取名晓峰。黎明时候的山峰，太阳冉冉升起，充满希望。

木　兰：您和叔叔是好人，愿意领养有癫痫的孩子。

何教授：晓峰从小就是个聪明的孩子，癫痫其实是因为他脑子太好了，才会偶尔有些乱点。随着年龄的增长，晓峰癫痫发作的频率越来越低了，一开始是一年两三次，后来是一年一两次，再后来一次半次的。等到他去了美国之后就再也没发了。

木　兰：晓峰去美国很长时间了吗？

何教授［语气充满了骄傲］：晓峰打小念书就好，大学毕业之后就拿了全奖去美国，直博，他一直都是我们俩的骄傲，不知道的人以为他就是我们的亲生儿子，他的聪明都是随了我们做父母的好智商。

何教授的脸上充满了自豪的笑容。

木　兰：晓峰一定特别爱你们，以你们为荣。

何教授：是的，他说我们是世界上最好的爸爸和妈妈。

木　兰：阿姨，父子感情这么深，为什么这么危急的时候您不让他回来？万一，我说句不吉利的，阿姨您别见怪。万一叔叔有个好歹，父子俩连最后一面都没见着，不是终身遗憾吗？

何教授：我又何尝不希望晓峰立刻就能回来呢，老沈也一定很希望能见到他。可是现在美国经济状况不好，晓峰失业了七个月，好不容易才找到了一份工作，上班不过才一个多月，如果现在请假回来，还是个长假，那这份工作肯定马上会丢掉的。

木　兰：在他心里，父亲肯定比工作重要的。

何教授：我知道他孝顺，可他好不容易从低潮中走出来，我不想他立刻又陷入困境。也许老沈没事，能挺过来，这不是第一次了，上次就是这样，也下了病危通知，后来还是没事了。再等等吧。

［旁白］：看着这对高知老夫妇，风雨同舟一辈子，桃李满天下，但是却也免不了空巢老人的结局，江木兰非常感慨。作为人，想要追求个人价值，需要远走高飞，可是作为子女，需要孝敬父母不离左右，这道难题到底应该如何解？江木兰无法回答。

36. 医院监护病房，日，内

何教授靠在床边休息。木兰脸上挂着疲惫。病床上的沈教授慢慢地睁开了眼睛，醒了过来。

木　兰［高兴地轻轻摇着何教授］：阿姨，阿姨，叔叔醒过来了！

何教授［清醒过来，俯身到沈教授面前］：老沈，老沈。

沈教授：丰华，你陪我一夜？

何教授：醒了就好，醒了就好。木兰你看，我就说没事，还好没通知晓峰。

木兰也由衷地高兴。

叶大夫［进来，看到沈教授醒了，一脸意外］：沈教授。

沈教授：叶大夫。

何教授：叶大夫，我们家老沈没事了吧？我们什么时候可以出院？

叶大夫［沉吟片刻，谨慎地］：这种情况比较少见。还是再留院观察两天吧。

沈教授：丰华，回家去，歇一歇。

何教授［有点不放心地看着沈教授］：你想吃什么，我给你做。

沈教授：我很好。你回家。

何教授［点头］：好。

37. 沈家客厅，日，内

木兰扶着何教授进来。朴素的高知家庭的布置。墙上挂着戴博士帽的沈晓峰和父母的合影。

何教授：木兰，你也累了一晚上，回家吧。

木　兰：阿姨，我看看家里有什么，给您做个早饭再走。

墙上的钟响了几声。

何教授：到时间了。

木兰不解地看她。

何教授：我和晓峰每周这个时间都要视频聊天。

木　兰：您去吧，我给你做早饭。

38. 沈家客厅及书房，日，内

木兰在桌上放下早饭，走到书房门口，何教授在跟沈晓峰视频说话。木兰在门外默默看着。

沈晓峰：……试用期后正式录用应该没问题的。

何教授：那就好，我看你比上次瘦点了，别太辛苦，工作要紧，自己的身体也要当心啊。

沈晓峰：我知道的，放心吧。我看你才瘦了呢，是不是上课太累了，你也要多注意身体啊，别老为了备课晚上不睡觉。

何教授：好的。

沈晓峰：爸呢？

何教授：他今天有个会。

沈晓峰：什么会这么早？国内才早上七点多啊。

何教授：研究所一个学术方面的会，早点去做准备。明天，明天我让你爸在家等你电话。

沈晓峰正要说话，那边传来一阵模糊的电话铃声。

沈晓峰：妈，我老板来电话了，可能有急事，先挂了啊，到时候我再给你们打。

何教授：好。

那边已经下线了。何教授还有些恋恋不舍。一回头，何教授看见了木兰。

木　兰[看了也很难受]：阿姨，为什么不让晓峰回来工作呢？

何教授：一开始是那么想的，毕了业就回来。可毕业的时候晓峰又觉得都已经在美国待了五年了，只是念了个书，都没有工作过，挺可惜的，就找了个工作，没想到后来又找了个美国女孩做太太，就彻底不回来了。

木　兰：成家了，那是更难回来了。

何教授：其实晓峰真的是个好孩子，很懂事，很孝顺我们的。

木　兰：如果孝顺你们，他就应该回国定居，守在你们身边。你们年纪都大了，需要子女在身边照顾。

何教授：孩子有他自己的追求，我们做父母的只能够支持他，鼓励他，不应该束缚他。

木　兰：阿姨，您真的很爱晓峰，处处为他着想。

何教授：天下的父母都是这样的。谢谢你，木兰，你爸有你这么个女儿，挺有福的，有孝心又陪在身边。等晓峰回来，我让他跟你们去做亲子鉴定，了了你爸的心愿。

木　兰：谢谢阿姨。

39. 木兰家客厅，日，内

木　兰［开门进来］：爸，我回来了。

江开国［从厨房出来］：回来了，还没吃早饭吧，我给你留了八宝粥。

木　兰：我在何教授家陪她吃了。

江开国：沈教授醒了就好啊。

木　兰：何教授同意了，说等晓峰回来就让他跟我们去做亲子鉴定。

江开国：不着急，我们就等着吧，沈教授没事就好，不然何教授可怎么办。我这就去买只鸡，炖个鸡汤，你一会儿给他们送过去，两个教授都得补一补。

40. 医院走廊，日，内

木兰拎着鸡汤过来，在医院走廊碰见沈教授的那两个学生站着，大家都是神色悲戚。

木　兰：同学，怎么了？何老师呢？

小　苏：师母在病房呢，老师，老师就在刚刚已经走了。

木兰惊呆了。

41. 医院监护病房及门口，日，内

木兰心情沉重地来到病房门口。病床已经空了，只有何教授一个人坐在病床边，正在哭泣，非常克制，无声。木兰在病房外，只能看见何教授瘦弱的双肩微微地耸动着。

［旁白］：这是江木兰第一次看见何教授哭，一个六十多岁老太太，理性了一辈子，丈夫死了，还这么理性克制自己的悲恸。但是，这克制和理性之中更透着无边无际的悲凉。江木兰的内心只感到阵阵凄苦。

42. 医院监护病房外走廊，日，外

何老师走出来了，又恢复了理工科老师的冷静，看到木兰，也看到了木兰手里拎着的保温瓶。

何教授：谢谢了，孩子。

小　鲁：师母，学校已经成立了治丧委员会，会料理老师的后事。您一定要节哀。

木　兰：阿姨，该通知晓峰了吧。

何老师［摇摇头］：人都走了，算了吧。

木　兰：为什么？难道这么重要的时刻都不让他回来参加吗？

何教授：连他父亲最后一面也已经错过了，再回来又有什么意义呢，还不如就让他在那边安心工作吧。

何教授在两个学生陪伴下缓缓沿走廊走远。木兰看着，怅然无语。

43. 木兰家客厅，日，内

木兰心情沉重地开门进来，手里还拎着保温瓶。江开国正在修小家电，看到她进门。

江开国：这么快就回来了，沈教授好点了吗？

木　兰［摇头］：沈教授去世了。

江开国：什么？早上不是醒了吗？

木　兰：不知道。早上是醒了，医生还说很少见。

江开国：我知道了，回光返照。何教授该多难受。

木　兰：我不理解，为什么都这个时候了她还不叫晓峰回来？何教授可能认为她做的是对的，是为了晓峰好。可如果我是晓峰，等我回来知道了这一切，我一定会怪何教授的，我居然在我父亲最后的时刻都没有守在他身边，为他尽孝，这会是我一生的遗憾。我真的不理解。

江开国：我理解。这就是父母。

父女俩都十分感慨。

44. 报刊亭，日，外

亚芝正在看摊，有点出神。江开国过来了，手里照样拎着饭盒。江开国在玻璃上瞧瞧，亚芝抬头看到他，目光有些复杂。亚芝开门，让江开国进去。

江开国：森森呢？

亚　芝：让他回去睡个午觉。

江开国：你累不累，我替你看会儿。

亚　芝：我不累。惯了。

江开国：给你做的瓤豆腐。

亚　芝：费心了。

江开国：客气什么呀。这几天约你买菜你也不去。没事吧？

亚　芝［摇摇头］：老江，你说，人这一辈子，是不是都得让人管着啊。

江开国：什么意思？

亚　芝：小时候让父母管着，让老师管着，长大了让单位管着，让爱人管着，老了，就得让儿女管着了。就没有想干嘛干嘛的时候。

江开国：那可不是，小时候能不上学吗，长大了能不上班吗，老了能离家出走吗？都不能。人不就这样，这些是累赘，可也是安慰啊。

亚　芝：也是，是累赘，可也是安慰。老江，你总是会说话，有时候想不通的事，让你一说，就全简单了。

江开国：这叫什么你知道吗？这叫傻乐呵。

亚芝笑了。江开国却忽然有些忧郁地叹了口气。

亚　芝：怎么你把我说开了，自己叹上气了？是找儿子那事不顺利？

江开国：孩子的养父前两天突然发病，走了。

亚　芝：啊？孩子回来了吗？

江开国：没有。来不及通知。孩子在美国，太远了。最后一面都没见上。

亚　芝：教授家也不容易。

江开国：可不是嘛，还不是“中国移动”闹的。

亚　芝：怎么个说法？

江开国：你想，现在中国人都移动啊，咱们桐城的移动到北京，北京的移动到美国，大家都不在自

己的地儿待着。孩子有能耐，能跑远，说明他们出息了，做父母的替他们高兴，自己脸上也有光。可是回到家冷冷清清地再一想，孩子就是做了美国总统，就算是天天能在电视上看到他，这心里也还是难受，毕竟不在眼前，更别提万一有个病有个灾的，身边没人照顾。说起来还是你好，儿子就在身边。

亚　芝［有点讪讪地笑］：我们家淼淼从小就不是块读书的料，想他往远了跑他也跑不了。他身体一直也弱，干不了什么大事，有这么个小摊守着，我也满足了。

45. 路上，傍晚，内

田　咪［走过来，想着，掏出手机打电话］：傅经理，我是田咪。

傅经理［画外音］：小田啊，有事吗？

田　咪：是这样的，经理，这回我那个客户不是又买了六万块钱的东西吗？我就想问问，现在我的业绩在这些销售里面排在什么位子？

傅经理［画外音］：你不给我打，我都打算打给你呢。刚才财务把你们这些销售的业绩排名打出来交给我，我看了看，你排在第一位。不得了啊，你一个新进来的人，居然做得这么好。下次会议上我一定要重点表扬你，让你给其他人好好讲讲自己的成功经验。

田　咪：经理，您过奖了。那我那提成，什么时候能发啊？

傅经理［画外音］：下次我就给你结算。

田　咪：真的啊经理，您可要说话算话啊。

傅经理［画外音］：当然，你这么用心的员工，我们公司要重点培养的。小田，好好干，你很有前途，我看好你的！

田　咪：谢谢经理，谢谢经理！

挂上电话，田咪一脸兴奋。

46. 余淼屋子，日，内

田咪穿衣服，哼着歌，心情特别好。

余　淼［睡眼朦胧］：咪子，这么早就去上班啊？

田　咪：今天是去领钱。十万块钱。

田咪屁颠屁颠地出门。

47. 会场，日，内

田咪走进多功能厅，吃惊。她赶紧躲一边悄悄看。整个多功能厅都是空的，只有老头老太正在向几个警察控诉。方琼和郭奶奶也在其中。

老头老太：人呢？怎么都空了，什么都没了……今天不是要返钱的吗，怎么都没人了……警察，今天说好来开会的……

郭奶奶：警察同志，我们被骗了，这家公司说买药返钱的，结果今天来了人都不见了！

警　察：有人拍照了吗，犯罪嫌疑人的照片？

老人们［都摇头］：没有。

警　察：手机也没有拍过照的吗？

老　头：手机还能拍照呢？我的手机是我儿子不要了给我的，我只会打电话。

老　太：我也不会用，就会接电话。

警　察：别急别急，咱们有任何线索都说出来。

方　琼［一回头，看到躲在门后的田咪，立刻指着她的方向大声］：警察同志！

郭奶奶［也回头看见了田咪，也立刻大声］：田咪！是他们公司的！她骗了我好多钱！

方　琼：就是她，就是她！警察同志你们快抓她！

田咪吓得立刻掉头狂奔。警察赶紧追上去。

48. 路上，日，外

田咪在路上狂奔，朝一条巷子里跑进去，最后曲里拐弯地躲在一个垃圾桶后面。田咪捂着胸口十分害怕，听着外面的声音。一阵脚步声过去了，外面变得安静下来。田咪又等了一会儿，小心地探头出去看，已经没人了。田咪总算喘出口气。田咪掏出手机找出傅经理的号码，拨过去。

［女声画外音］：对不起，您拨打的号码是空号，请核对后……

田咪挂断，又找出马夏的号码打过去。

［女声画外音］：对不起，您拨打的号码是空号……

田咪完全慌神了，立刻又跑。

49. 保健品公司，日，内

田咪跑过来，才碰到门，门自己就开了。田咪傻眼了，地上扔满了乱七八糟的药盒子。

田　咪：马夏你这个王八蛋！你们一伙的，连我都骗！你们不得好死！

田咪的手机一阵响，掏出来一看是方琼打来的，吓得她赶紧把手机关了，惊魂不定地转身跑了。

50. 雷颂华家方琼卧室，日，内

方琼进来，看着屋子里堆的口服液，眼冒火光。方琼拆开一盒口服液，一个个的都拧开盖子，倒到杯子里。杯子里全是透明的液体。

小　丽［跟着进来，看了看］：姥姥，这好像就是白开水嘛，喝着有味吗？

方　琼［浑身发抖］：给我拿把剪刀来。

（跳接）方琼亲自拿着剪刀费劲地把床垫剪开，里面露出一坨坨的烂棉花。

小　丽：姥姥，哪儿有磁疗仪啊。

方　琼：小丽，把床垫和口服液都给我扔了！

51. 余淼屋子，傍晚，内 / 外

田咪冲进来，惊魂未定地坐在沙发上，打开手机后备盖，把旧卡挖出来扔进垃圾桶，又拿出一张新卡，塞进手机。

田　咪：马夏，姓傅的，你们等着，别让我再看到你们，不然有你们好看的！王八蛋，死了下地狱！

这时家里电话响起来，把田咪吓地一哆嗦。

田　咪［自言自语］：怕什么，她又不知道家里电话。［定定神，接起电话］喂？

中　介［画外音］：田姐，我是中介小席，您那房子还买吗？那房子真的特别好，您要是再不出手，就怕要被别人抢了。

田　咪：行了，我再想想，想好了再跟你联系。

田咪十分郁闷。亚芝拎着菜回来了，见门内开着，就走到门口，看到田咪在家有点意外。

亚　芝：田咪，不是上班去了吗？这么早就回来了。

田咪不理亚芝。

亚　芝：今天娃娃菜特别便宜，我买了挺大一把，一会儿中午就做给你们俩吃……

田　咪［突然恶狠狠地把桌子上所有的东西都扫到地上］：吃什么吃！

亚　芝：你干嘛啊这是，不想吃说就行了，发这么大火干嘛。

田　咪：告诉你，这个破屋子，我一分钟都呆不下去了！

田咪怒气冲冲地拉出一个旅行袋，乒里乓啷地开始往包里塞衣服。

亚　芝：田咪，怎么了你？什么事发这么大火？你要干嘛？

田　咪：我干嘛，我不想在这儿呆！不想看到你！

田咪提着行李包，看都不看亚芝一眼冲出门去。

亚　芝［傻眼了］：田咪，你去哪儿啊？

52. 雷颂华家方琼卧室，傍晚，内

雷颂华［走进来，非常意外］：妈？

方琼无精打采地靠在床上，屋子里的药也都不见了，床垫也不见了。

雷颂华：妈，怎么了这是？

方　琼：什么怎么了？

雷颂华：你的药呢？怎么都没了？床垫呢？

方　琼：药……送人了。

雷颂华：送人了？

方　琼：买太多了我也吃不了，送人怎么了，大惊小怪什么。

雷颂华：床垫呢？也送人了？

方　琼：对啊，送人了，怎么了，送给老战友了。

雷颂华：三万块钱呢，才睡了几天就送人了。妈，你是不是有点太大方了。

方　琼：你平时不是挺累的嘛，回家都不愿意跟我多说一句话，怎么今天在单位没说话啊！走走走，别来烦我！

53. 雷颂华家客厅，傍晚，内

雷颂华挺不高兴地转身到客厅，小丽走了过来。

小　丽［偷偷地告密状］：阿姨，姥姥的药和床垫都扔了。

雷颂华吃惊。

小　丽：姥姥上当受骗了！卖药的跑了，药和床垫都是假的。

雷颂华［恨恨地］：我就知道是这下场！

小　丽：而且，姥姥给骗走的，可能不是三万。

雷颂华：不是三万？是多少？

小　丽［有些不敢地］：那天姥姥让我陪着去银行取的钱。一共取了六万块钱。

雷颂华［瞪大了眼睛］：六万？！

54. 雷颂华家方琼卧室，傍晚，内

雷颂华［转身又冲进方琼卧室］：妈，我早说了吧，千万别轻信外头人，你偏不听！这下好了，六万块钱呢！你还真当钱是天上掉下来的啊！

方　琼［一下子从床上蹦起来］：又是那个奸细给你说的吧！就是六万怎么了？！那些钱都是我自己的！我愿意怎么花就怎么花！你甭管！

雷颂华：不管是谁的钱，钱就没了难道你就不心疼啊！你就是从来不听劝，你要是听我一句，现在也不至于吃这么大亏！六万块钱呢！够过一年的钱！你说让人骗走就让人骗走！

方　琼：住嘴！我是你妈，不是你女儿！你给我听好了，我方琼轮不着你来教训我，数落我！

雷颂华：谁教训你数落你了！妈，你讲讲道理好不好，一辈子都争强好胜，老了还是这么任性！要不是这么任性，你能让人骗吗？！

方　琼：你个雷颂华，说起我来一套一套的！我看你是存心要气死我！你给我走，我不想看到你！

方琼当着雷颂华的面嘭地把门关上。一屁股坐倒在床上。

55. 雷颂华家客厅，傍晚，内

雷颂华［被关在门外，片刻大声］：你就作吧你！我不管你了！

她也转身冲回自己屋，也是嘭地一声关上门。小丽两边看看，不敢出声。

56. 余淼屋子，夜，内

余淼打着酒嗝进门，随意地把鞋踢到两个方向，摇摇晃晃地倒在床上。

亚　芝［听到动静，进来］：淼淼，怎么才回来？还不到四点就收摊了，你跑哪儿去了呀？

余　淼：跟毛毛他们吃饭打牌去了。妈，给我倒杯水来，渴死了。

亚芝赶紧倒了杯水，递到他手里。余淼两三口就喝完了。

亚　芝：觉得怎么样？难受吗？

余　淼：不难受，这点酒算什么。咪子呢？

亚　芝：还问呢，她跑了。

余　淼：跑了？跑哪儿去？

亚　芝：好端端地也不知道哪句话得罪她了，她拎着东西就走了。我给她打电话，她电话停机了！

余淼酒醒了一半，赶紧拿起电话拨了田咪的电话。

[女声画外音]：对不起，您所拨打的电话已停机。

余　淼[奇怪地放下电话]：真的停机了？

亚　芝：要不给你丈母娘打个电话问问？

余淼又拨了一串号码。

57. 田咪娘家 / 余淼屋子，夜，内

田咪正四仰八叉地躺着，吃着苹果。田父田母一旁坐着。田母一脸泼妇样，电话响。

田　母：肯定是余淼。

田　咪：你接。告诉他我不回去。

田　母：喂。

余　淼：妈，是我，余淼。

田　母：余淼啊。

余　淼：咪子是不是回家了？

田　母：是。

余　淼：她电话怎么停机了？我想跟她说话。

田　母：咪子不想接电话。

余　淼：妈，到底出什么事了？咪子好端端的怎么回娘家了？

田　母：出什么事，你自己问你妈去！咪子不想理你！就这么着！

田母啪一下把电话挂了。

58. 余淼屋子，夜，内

余　淼[糊涂地看着电话]：怎么了这是？妈你又哪儿惹咪子不高兴了？

亚　芝：我没有啊。

余　淼[已经醉倒在床上]：搞不清楚你们女人……

余淼迅速睡着了，打起鼾来。亚芝无奈，帮他把被子盖好。

59. 田咪娘家，夜，内

田咪吃着苹果翘着腿。

田　父：咪子，有什么话跟余淼好好说，别老是发脾气。真的不回去了吗？

田　咪：回去啊，干嘛不回去，不过这回我非得把老太婆的钱都抠出来不可，让她再抠门。[恨恨地咬口苹果]

田　父：这样合适吗？你婆婆对你还是挺好的……

田　母[打断他]：好什么呀。哪回要钱不是抠出来的？当初那彩礼钱还不想给呢，还北京人呢。咪子说得对，我早就觉得她婆婆太小气，我们家咪子都嫁到他们家了，为什么有钱还不给？都是一家人了，反正等她死了以后都是他们小两口的，既然他们现在想买房，为什么不给他们买？

田　咪：还是妈说得对，老太婆越是把钱看得这么紧，我就越是要她吐出来！

田　母：还说呢，你可真没用，一个老太婆都搞不定！结婚都一年多了，事事还让你婆婆说了算！

田　父：咪子，这次你打算怎么办？

田　咪：除非他妈亲自来赔礼道歉，答应我所有的要求，不然我是绝对不会回去的。

田　父：万一她不来呢？

田　咪：不可能！有余森在呢，他敢在我面前说个不字！这次我一定要把老太婆给彻底镇压了！

60. 茶馆，傍晚，内

吕希和一个中年男人对面坐着。

中年男人［放下简历，抱歉地笑笑］：我说话比较直，别介意。专栏文章虽然看着短小，其实也不简单，你从来没写过，不一定能马上上手。不好意思啊。

吕　希［一脸尴尬］：没关系没关系，是我自己能力不够。

中年男人：千万别这么说，这次没有合作的机会，下次肯定会有的。那先这么着，我先走了。

吕　希［起身相送］：慢走。

正好韩冬也起身送一个男人。

男　人：你留步吧。

韩　冬：再见。

一回头，吕希和韩冬都看见了对方的窘态，一时都有点意外。片刻，两人都笑了。

（跳接）韩冬和吕希对面坐着。

吕　希：那男的看着不错。干什么的？

韩　冬：搞金融的，人五人六那样，估计有俩钱就想着找生孩子机器。

吕　希：嘴够毒的。有那么糟糕吗。

韩　冬：也不知道我爸托谁找来的这么一主，非让我来见。见了就一肚子气。

吕　希：处处看，说不定就有感觉了。

韩　冬：不可能，第一眼不来电，一辈子都不会来电。你跟你媳妇，肯定是第一眼就有感觉了吧？

吕希脸红了一下，默认。

韩　冬［看着杯子里的茶，情绪有点低落地］：我现在最怕就是过节，每次过节回家，爸妈就不停地唠叨，怎么还不结婚啊，怎么还没男朋友啊。车轱辘话来回来说。

吕　希：你爸妈说的也没错，他们也是替你着急，为你好。

韩　冬：为你好是天底下最大的枷锁。我爸脾气很暴躁，每次说急了都说你不嫁人，以后谁给我们养老啊，我说我给你们养老，这事跟我嫁不嫁人有一毛钱关系吗。我爸就说那万一我们生病了，你一个人忙得过来吗？嫁人了不就有老公帮忙了。你说是不是让人哭笑不得，难不成要我为了找个人照顾他们嫁人，我这是找老公还是找长工啊。

吕　希［笑］：你可真不像个白衣天使。说话太犀利。

韩　冬：白衣天使也都是人好不好，偏见。我们医院比我嘴刁的多了。别说我的事了，你怎么突然想赚外快啊，家里缺钱吗？

吕　希[顿时黯然了，点了点头]：想找个兼职。我爸前一段去世了，我妈现在瘫了。

韩　冬：太突然了。

吕　希：没错。

韩　冬：你爸不在了，谁照顾你妈啊？

吕　希：请了个保姆。

韩　冬：现在保姆不是个小开销。

吕　希：木兰的爸爸和爷爷也来北京了，跟我们住。房子不够想换房，哪儿哪儿都需要钱。

韩　冬：吕希，你可真是个好人，娶了个外地媳妇，对她家里人还那么好，挺少的。

吕　希：结了婚就是一家人，有什么困难都得一起面对，不然怎么叫一家人呢。

韩　冬：刚才那事，成了吗？

吕　希[摇头]：我在单位也就给领导写写材料，专业早就都荒废的差不多了。也不怪人家不用我。

两人一时沉默。

韩　冬：有任何医院方面的事，随时找我。我总能找着些人。

吕　希：谢谢。

61. 木兰卧室，夜，内

吕希躺在床上出神。悦悦已经睡着了。木兰进来，钻进被窝。

木　兰：老公，快元旦了，我想约何教授上我们家来，一块儿吃饭。大过节的，她老伴刚走，一个人多难受。

吕　希：好啊。人多热闹。

木　兰：我就知道你好。

吕　希：今天我碰到韩冬了。

木　兰：是吗？她挺好的吧？

吕　希：相亲。

木　兰：成了吗？

吕　希[摇了摇头]：我真够没用的，连找份兼职都找不到。

木　兰：别急，总会有机会的。

吕　希：破事业单位呆久了，跟社会真是有点脱节了。这把年纪了，再要扑腾好像也有点晚了。

木　兰：最近家里事太多，压力大，别责怪自己。睡吧。

62. 亚芝屋子，日，内

余淼和亚芝对坐在吃饭。余淼挺郁闷的样子。

亚　芝：都一个礼拜了，还不肯接你电话？

余　淼[无精打采地摇头]：不知道她哪根筋搭错了。

亚　芝：老在娘家住着算什么事，这马上就要元旦了，要不你去趟山上，把她接回来吧。

余　淼：行，我下午去。

63. 田咪娘家，日，内

田咪正坐在沙发上看电视。田父在一旁喝酒。

余　淼［跟着田母进来，赔笑地］：爸。咪子。

田　父：来了啊，坐吧。

余淼在钱家三口人对面坐下，显得势单力薄。田父田母都板着脸。田咪看都不看余淼一眼。

余　淼［赔笑地］：爸，妈，这一向身体还都挺好吧。这儿有两瓶白酒，给爸的。

钱家三口还是那样。

余　淼：咪子，回来也住了一个多礼拜了，也该回家了。

田　咪：回家？回什么家？

余　淼：当然是回咱家了。

田　咪：咱家？那是我的家吗？

余　淼：当然是你的家了，怎么不是。

田　咪：要我回家可以，让你老娘到山上来，亲自给我赔礼道歉。

余　淼：这不合适吧。

田　咪：怎么不适合了，你妈一直让我不开心！我就是要她道歉！

余　淼：我妈也没怎么样吧。你到底是为了什么事这么生气啊？说出来我们才能知道啊。

田　咪：我们我们，你还真是你妈的心肝宝贝儿子啊，那你还来找我干嘛！

余　淼：这都什么跟什么呀。咪子，消消气，我妈有什么地方得罪你了，我给你赔不是，行吗？

田　咪：不行！得你妈亲自来，不然我就不回去！

余　淼：不是……

田　母：什么不是，余淼，你自己好好想想，你对得起我们咪子吗？本来我们是不同意咪子跟你的，你说说你自己，没有好工作，没有大房子，身体还弱，可以说是要什么没什么，我们家咪子这么漂亮，找谁不行啊，偏就是喜欢你，愿意跟你过，这么好的媳妇你还上哪儿找去？

田　父：是啊，你自己说，我们咪子对你好不好？

余　淼：爸，妈，咪子对我好，我对咪子也是真心的。

田　母：真心也得有表现啊。人家媳妇进了门，什么都是听媳妇的，你们家倒好，你妈什么都不肯给你们，要什么都说没钱，存心不想你们小两口过得好是不是？

田　咪［站起来，指着余淼的鼻子］：就是！你说是姓余，其实你们余家你根本说了不算！什么都得听你老娘的！你有什么用！你就是个大废物！既然你们家这么没本事，那余淼你倒我们家来入赘吧。以后你姓田！到时候看我怎么收拾你！不整死你我不姓田！

余　淼：这话过分了啊！结婚时候我妈出了那么多钱，怎么你都忘了！不就是想买房子吗，我妈那点钱，能买什么房子啊？

田　咪：你还敢帮你妈说话！在你心里，到底是你妈重要还是我重要！你这么帮着你妈，那你还来找我干什么！你跟你妈过算了！你个没良心的！

田咪说到气头上，扑到余淼身上打了几下，余淼躲着让着不还手。

余　淼：你差不多得了啊！

田　咪［越打越来劲］：废物！就会跟我这儿闹！在你妈面前一点用都没有！我怎么找了你这么个窝囊废！

余　淼［终于忍不住抓住田咪的手］：行了！

田　咪：你居然敢跟我吼！

照着余淼的脸就给了一巴掌！余淼捂着脸，完全惊呆了。

余　淼：你还像个女人吗？！有你这么打老公的吗？！不回家就不回家，随你便！

余淼转身就走。田咪开始傻眼了，回过神来以后跳脚。

田　咪：好你个余淼！有本事别来求我！

田　父［有些担心地］：是不是闹过了？

田　母：不过！老太婆就是欠收拾！

64. 亚芝屋子，日，内

余淼回来，脸上五个指印非常明显，气呼呼得在沙发上坐下。

亚　芝［立刻过来，看见了手印，心疼地］：你脸怎么了？田咪呢？

余　淼：她不肯回来。

亚　芝：这可怎么办？

余　淼：算了，不回来就不回来，大不了离婚。

亚　芝：淼淼……

余　淼：不说了不说了，真烦人！

余淼立身走了。亚芝惶惶不安。

65. 木兰家客厅，夜，内

何教授和木兰一家人坐在桌子旁。吕母坐在轮椅上，桌上摆满了热气腾腾的饭菜。

江开国：何教授，这些都是我们安徽的家常菜，不知道合不合你口味，要是好吃你就多吃两口。

何教授：看着就好吃。

木　兰：今天元旦，我特别高兴，因为跟爸爸爷爷一起过，好多年都没能跟你们一起过元旦了。

江开国：可不是，自打你上北京上学，元旦都是分开过的。今天真高兴！

何教授：谢谢你们邀请我一块儿过元旦，真热闹。

吕　希：来，为一块儿过元旦干杯！

大家碰杯。木兰给吕母也喂一口果汁。

江开国：来，吃菜吃菜，看看我的手艺怎么样。

大家纷纷吃菜。木兰给爷爷布菜，吕希给吕母喂菜，江开国帮悦悦剔鱼骨。

何教授［看着这一大家子人，触景生情，十分感慨］：这才像个家。

大家顿时都看着她。

木　兰：阿姨。

何教授［忍住内心的悲伤］：我和老沈一辈子都在搞科研，教过的学生没有几千也有几百，可是再多有什么用呢？学生再好，也是别人家的子女，逢年过节都要陪在自己的父母身边。我们自己的儿子不能陪在身边，还是孤零零的，也不知道什么时候才能像你这样含饴弄孙。你们家四世同堂，我很羡慕。

江开国：教授，千万别这么说，其实谁家都一样，父母和子女，一辈子聚少离多，能团圆的日子都很珍贵。刚刚木兰也说了，多少年了，我们父女俩也才是第一次一块儿过元旦。

何教授：对不起，扫大家兴了。

木　兰：阿姨，没有的事，以后只要您愿意，您都可以跟我们一块儿过节。

何教授苦笑着点点头。

吕　希：阿姨，您现在还年轻，要是将来再上了年纪，需要人照顾，您想过怎么办吗？

何教授：我会给自己找敬老院的。

所有人都挺意外。

江开国：你也要上敬老院？

何教授：这不是我一个人的选择。我们研究所有不少我这样的空巢老人，最后都是选择这条路。

木　兰：您就没想过让晓峰回来工作吗？

何教授：我不想影响他的选择，自古忠孝不能两全，我能理解他，也支持他。

所有人都叹息不已。

66. 沈家客厅，夜，内

沈晓峰［开门进来，开了灯，兴奋地］：爸，妈，我回来了！

一下子他看见了沈父的遗像。沈晓峰惊呆了。

67. 沈家楼下，夜，外

木兰开着车过来，停下，陪着何教授往里走。

何教授：谢谢你木兰，我今天过得很好。

木　兰：阿姨，您随时想上我们家您就去。

68. 沈家客厅，夜，内

木兰陪着何教授开门进来，两个人都呆住了。

何教授：晓峰？

沈晓峰［回头直盯盯地看着何教授］：妈，你告诉我，这是怎么回事？！

何教授［呻吟颤抖］：你爸……老毛病突发……走了！

沈晓峰：为什么你没告诉我？！为什么我爸死了，你都不告诉我？！为什么不让我见我爸最后一面？！为什么？！

何教授［满眼泪水］：你的工作不能丢啊！

沈晓峰：工作再重要，还能有我爸重要？！［哭了］爸，我对不起你！连你最后一面都没见着！

何教授扑进儿子怀里大哭起来，母子俩抱头痛哭。木兰万分叹息，识趣地轻轻关上门离开。

69. 墓地，日，外

沈晓峰和何教授站在沈教授的墓碑前。沈晓峰看着墓碑上的照片，流下眼泪。

沈晓峰：爸，对不起，我回来晚了，没能给你送终。你不要怪我。

何教授［哭］：对不起儿子，对不起老沈，都是我做的决定，要怪你们就怪我吧。

沈晓峰：妈！

何教授：晓峰，你千万不要自责，这不是你的错。你爸自己也是这个意思，他希望你能以自己的事业为重。他不会怪你的。

沈晓峰［拥住何教授的肩］：妈，你别太伤心了，不然爸也不安。

何教授：晓峰，昨天我跟你说的那件事，你考虑得怎么样了？

沈晓峰：我不会去做亲子鉴定，我就是你和我爸的儿子，我才不要知道谁是我生父。

何教授：不要任性，你和人家去做这个鉴定，也就是了人家的一个心愿，并不是说你做这个鉴定就是对我们的背叛。我相信你爸也会很高兴的，如果他们真的跟你有血缘关系，你就当是再有一家亲人也好。

沈晓峰没有说话。

何教授：你不知道，这段时间多亏了木兰，她是个特别好的孩子，如果她真的是你姐姐，你今后要多跟她亲近，她真的很懂事。晓峰，你就答应了吧。

沈晓峰犹豫半晌，终于点头。何教授欣慰地笑了，依偎在儿子身旁。

70. 餐厅包间，日，内

木兰一家人和沈晓峰、何教授一起吃饭。

沈晓峰：木兰姐，吕哥，江叔叔，谢谢你们照顾我妈。我敬你们！

木　兰：别客气。

大家喝饮料。

木　兰：晓峰，你这就要走？

沈晓峰：这次也是临时的，上香港出差，事情办得顺利，中途能回来这么一趟。傍晚的飞机就要回美国。

江开国：这么快就走，你妈妈怎么办？

沈晓峰［看向何教授］：妈，我希望你能跟我一起走，把你一个人放在这儿我不放心。

何教授：我这边还带着博士生呢。

沈晓峰：本来也是返聘的，彻底退了吧。

何教授沉吟不语。

木　兰：晓峰，你就没想过回来工作吗？现在国内发展机会很多，国家对海归回来就业还有很多创业优惠政策。

吕　希：是啊，回来机会也多，还能陪着教授，一举多得啊。

沈晓峰［仰头喝了一杯酒］：我也很想回来，可是现在海归的行情不是前几年了，我身边也有同学回来的，发展得不是很好，海归太多了，不稀罕了，好的职位都已经让先回来的占了。

众人顿时一片沉默。

沈晓峰：再一个，我的太太是个 ABC，不会说中文，她在美国有家人有工作，现在又怀孕了，不可能跟着我回中国。

何教授［惊喜地］：艾米怀孕了？

沈晓峰［点头］：妈，跟我走吧，去美国，不光咱们母子能团聚，你还能带带孙子，多好啊。别怕孤单，旧金山华侨很多，移民也很多，你很快就会交到朋友的。

何教授：你让我想想，就算是要走，也不可能说走就走，我还有好多事得安排一下呢。

沈晓峰：你想好了告诉我。总之我希望你能去美国跟我们团圆。［看向木兰］这段时间就还麻烦木兰姐能帮着照顾一下我妈，她年纪大了，现在又一个人，我真的不放心。

木兰郑重地点点头。

沈晓峰［又看着江开国］：江叔叔，如果我真是您的小顺，将来一定跟木兰姐一块儿赡养您。

江开国［非常感动］：有你这句话，我就满足了。不用管我，照顾好教授就行。

第 8 集结束！

援朝为老房转态度，田咪列三条榨亚芝

1. 木兰家客厅，夜，内

一家人刚刚吃完晚饭，纷纷起身，木兰和江开国在收拾桌子。突然门铃响。

吕　希［奇怪］：这个时候谁啊。

木兰过去开门，竟然是江援朝和贾幸梅站在外面，一脸讨好的笑，还提着挺多东西。

江援朝 & 贾幸梅：木兰！［冲着屋里］爸！大哥！

一屋子人都惊呆了。

贾幸梅［讨好地］：木兰，第一次来你们家，北京太大了，我们坐错了车，耽误了半天。你们家装修得真不错，有品位！

木兰挺冷淡的，没说话，也不往里让。

江援朝［递上手里大包小包的东西］：爸，哥，这都是你们爱吃的，从家里带来的。

江开国和江多福也沉默。

吕　希［看看木兰，再看看江援朝］：叔叔婶婶好，进来坐吧。

江援朝 & 贾幸梅：吕希，两年多没见了，去年过年木兰回桐城你怎么也没跟着回去，都挺好的吧。

吕　希：挺好的，挺好的。

贾幸梅：来，赶紧收起来。都是家乡的一些土特产，不值钱，可北京没卖的。

吕　希：谢谢。

江援朝和贾幸梅就势进来，在沙发上坐下。

贾幸梅：爸，哥，你们也坐啊。

江多福和江开国没办法，在另一个沙发上也坐下。还是沉默。

吕　希［端着两杯茶过来，放在茶几上］：叔叔婶婶先喝茶。

江援朝［看到站在一边的悦悦，招手］：悦悦，长这么高了啊，越长越漂亮了，来，小外公这儿来。

悦悦没动，只是看着他们。

江开国：你们来，有事吗？

贾幸梅轻轻扯了扯江援朝的袖子。

江援朝：爸，哥，我们是来跟你们请罪的！

大家都是很惊讶。

江援朝： 爸，我对不住你，上次说了那么多不该说的话，我是混蛋！我知道错了，我们这次来是想接你回去跟我们住。

木　兰： 叔叔开玩笑吧。

江援朝： 不开玩笑不开玩笑，木兰，我们真的是来接爷爷回去的。

江开国： 援朝，这出什么事了？

江援朝： 没出什么事，是我知道自己错了。哥你是爸的儿子，我也是爸的儿子啊，哥养了爸这么多年，也该轮到我了！［对江多福］爸，跟我们回家吧。

江多福看看他，别开头，不说话。

木　兰： 叔叔，爷爷在这儿住得好好的，用不着你们养。

贾幸梅［一把鼻涕一把泪］：爸，千不该万不该，都是我们不该！是我们犯浑，说了错话，伤了你的心，你要打我们骂我们都行，你就跟我们回家去吧，我们以后一定好好伺候你。

江多福还是不说话。

江援朝［观察着江多福的表情］：爸，你不说话就是原谅我们了？咱们这就回家？

木　兰： 谁说爷爷要跟你们走了？我们上次就说过了，爷爷我们养，跟你们没关系了。

江援朝： 爸，我们错了，真的知道错了！你也得给我们一次改正错误的机会是不是。这次我们真的是来接你回家的。北京虽然好，但毕竟不是自己的家。你最念旧，一辈子都在老家过，肯定还是觉得自己家里住着舒服，是吧。

木　兰： 叔叔家那么小，恐怕没地方给爷爷住吧。

贾幸梅： 有的有的，家里我们都给收拾好了，爸你和援朝住我们那屋，我在厅里支个折叠床。

木兰顿时无语了。

贾幸梅： 爸，自从你和大哥来北京以后，志新老念叨你，每次都埋怨我们，他特别想你。要不是单位里忙走不开，这次他就来了。

江援朝： 爸，我知道你肯定想回家，你倒是说句话啊。

大家都看着江多福。江多福不说话，起身走回屋子，关上门。

江援朝： 爸……

木　兰： 叔叔婶婶，爷爷的意思应该很明白了。

江开国： 援朝，你们上次太过分了，爸这心里一直难受，三两句话的没用。你们走吧。

江援朝和贾幸梅都是有点讪讪的。

贾幸梅： 大哥，上次说的话伤了爸的心，也得罪了你。我们真的知道错了，这回我们是真心的想要接爸回去，好好待爸的。你和木兰已经尽了这么多年孝了，我们家也应该尽尽义务的。

江开国： 别说了，爸不想回去，你们也看见了。

江援朝和贾幸梅没办法，只好起身。

贾幸梅： 那我们不打扰你们休息，先走了。

木兰和江开国都冷着没动。江援朝和贾幸梅脸上都极为尴尬。

吕　希： 叔叔婶婶我送你们。

2. 木兰家楼下，夜，外

吕希送江援朝和贾幸梅下来。

吕　希：叔叔婶婶这次来住哪儿啊？

江援朝：住在一个小招待所。离这儿不远。

吕　希：不好意思，我们家实在太小了，不能招待你们住家里。

江援朝：没事没事。

贾幸梅：吕希，你肯定也知道上次老家的事，我们把木兰和你老丈人都给得罪了，他们心里肯定还生着气呢。我们知道错了，可也不知道他们怎么才能原谅我们，你得帮我们在木兰和她爸面前多说说好话啊。

江援朝：是啊，我们现在说什么他们都听不见去，你说话管用。

吕　希：叔叔婶婶，你们放心吧，都是一家人，哪儿有什么过不去的结呢，过一段就没事了。

贾幸梅：吕希，全拜托你了。

吕　希：好。

江援朝：我们走了啊。

吕　希：叔叔婶婶路上慢点。

江援朝和贾幸梅走了。吕希出了会儿神，转身上楼。

3. 木兰家客厅，夜，内

木兰和江开国还在沙发上坐着。

木　兰：爸，叔叔婶婶这是怎么了？

江开国：知道自己错了吧。

木　兰：会吗？

江开国：人心都是肉长的，哪有人对自己老爹真的无情无义。

木　兰：就算叔叔会，婶婶会吗？我不太相信。

江开国：别这么说，他们毕竟是长辈。

木兰一时沉默。

江开国：你不知道，爷爷嘴里不说，心里其实挺惦记你叔叔。手心手背都是肉，再不孝的儿子也是骨血。何况还有志新。

木　兰：说起志新，我还生气呢，好歹他也是爷爷一手带大的，爷爷来北京，他也不知道打个电话来关心一下。我看也是个没良心的。

江开国：说不定这回就是志新知道错了，才让你婶婶醒悟的。你婶婶这个人虽然自私，可听儿子话。

木　兰：就是不知道爷爷怎么想。爸，咱去问问吧。

江开国：问问去。

父女俩起身。

4. 木兰家小卧室，夜，内

江多福躺在床上，偷偷地在掉眼泪。木兰和江开国推门进来，江多福赶紧把眼泪抹了。

江开国：爸。

江多福：没事，我困了，要睡觉了。

木兰和江开国默然片刻。

木　兰：爸，爷爷，你们早点睡吧。

木兰关门离开。江开国看看江多福不想说话的样子，叹口气，打开地铺，也躺下睡觉。

5. 木兰家客厅，夜，内

木兰出来，吕希也刚刚回来。

吕　希：你爸他们睡了？

木　兰[点头]：我叔他们走了？

吕　希：走了，我给他们送到公交站。住得不远，两站地。

木兰点点头。

吕　希：木兰，这事你怎么想？

木　兰：什么怎么想？

吕　希：刚才我送你叔叔婶婶下去，他们还让我劝你们别再生气了，让爷爷跟他们回去。

木　兰：叔叔婶婶到底是怎么回事，突然就态度一百八十度大转变了？和上次完全是判若两人。

吕　希：会不会真的良心发现，真改了？

木　兰：我爸也这么说。我就觉得不可能，肯定发生什么事了，不然他们不会变化这么大的。

吕　希：你也别老把人家想的这么坏，毕竟都是亲人，以前可能是为了他们自己自私了点，没准现在真的反省了，悔悟了，想要尽孝了呢。

木　兰：你要是看见我婶婶上次骂我爷爷那样，你就绝对不会这么说了。骂我爷爷老不死，就巴不得爷爷立刻就死，马上从这个世界上消失，免得成为他们的负担。她那副嘴脸我这辈子都不会忘记，太狰狞了。我没办法相信他们真的是自己悔悟了。

吕　希：不管怎么说，都是亲戚，也不好对他们太冷淡。面子上也说不过去。

木　兰：到底出什么事了。

6. 木兰家小卧室，夜，内

虽然黑着灯，但是两个老头都是睁着眼睛。

江开国：爸，你是怎么想的，是不是想跟援朝回去？

江多福没有说话，但是从他的眼神中可以看出还是想回去的。

7. 报刊亭，日，外

余淼打着哈欠慢吞吞走来。配送报纸的小面停在一旁，司机蹲在车外，一看到余淼就跳起来。

司　机：你可总算是来了。等你这会儿我都该把附近几家都配完了，耽误多长时间。你要再这样你以后自己上公司取货去，我懒得给你送了。

余　淼：切，这就是你的活。等我一会儿怎么了？

他慢吞吞地开了锁，进去，司机没好气地把一大捆报纸扔在余淼的脚下，开着车走了。

余　淼：德行。

他把报纸搬进报亭，开始一份一份地铺排，眼神中有着忍耐，也在压抑自己的情绪，突然他猛地把一摞报纸甩在地上。

余　淼：去你大爷的！

8. 木兰家客厅，日，内

江开国修着小家电。江多福对着电视机发呆。江开国不时地看看江多福。

江开国：爹，你心里到底怎么想的？

江多福不说话。有人敲门。江开国和江多福互看一眼。江开国去开门，又是江援朝二人。

江开国：是你们？

江援朝：大哥，我和幸梅来看看你和爸。[对江多福]爸。

江开国：进来吧。

江援朝和贾幸梅进屋，坐到江多福身边。江多福不说话也不看他们。

贾幸梅：木兰和吕希上班去了？悦悦呢？

江开国：大人上班，孩子可不上幼儿园。你们俩说吧，到底是怎么了？

江援朝：爸，哥，这回我们是真心实意来跟你们认错的。我是个糊涂蛋，不是人，说的那都不是人该说的话，活该你们生气。自从爸走了，我就后悔了，我老想起以前小时候爸对我好的事，想起哥骑着自行车送我去上学的事，我这心里难受的不行。这回我是真的知道错了，你们就原谅我。

江多福：你说我就会给你找麻烦。

江援朝：爸，我那会儿脑子有问题，我才说出那样的胡话。你是我爸，不能一辈子记我仇吧。

江开国：援朝，这话可不对，你不是三岁小孩子了，说话不能像翻书，翻过来哭翻过去就笑的，上回说的那些话，爸可以当你是一时糊涂说的，可就算是一时糊涂，那些伤人话毕竟也是说出来了，它不是泼地上的水，一会儿就风干了，那些话就跟钉在木头里的钉子，在爸脑子里拔不出来了。

江援朝：爸，我求求你就忘了吧，你给我个机会弥补你，跟我回去，我好好伺候你。

贾幸梅：是啊，爸，我们知道其实你不想离开老家，你在安徽一辈子，吃不饱饭的时候都不走，那儿才是你的根啊，你就别生气了，跟我们一起回家吧。让我们援朝好好尽尽孝心。

江开国：这世上没有无缘无故的爱，也没有无缘无故的恨，你们上次恨爸恨成那样，现在又爱成这样，到底是为什么呀？

贾幸梅：大哥，爸对咱们的爱不就是无缘无故的嘛，咱对爸也一样啊，我们都是亲人，亲人没有隔夜仇，大哥你大人大量，就别再记着我们上次说的那些浑话了。

江开国叹口气。

贾幸梅：爸，千错万错都是我的错，其实上次那些话也不是援朝的意思，都赖我，是我这个媳妇做得不到位，惹你生气了。你要怪就都怪我，可不能怪援朝。援朝是你的亲儿子啊，他总归心里是跟你亲的，自从你跟大哥来北京之后，他天天晚上都睡不着觉，唉声叹气的，觉得自己太对不起你。

江多福虽然没说话，但显然一直在认真地听着。

贾幸梅：爸，我说的那些话真的太过分了，你心里不解气也应该的，你就打我几下出出气。我这个人就是这张嘴太臭，不然也不会人缘那么差。爸，来，你打我。

贾幸梅凑到江多福面前。江多福转开了身子，和江开国两人都是直叹气。

江援朝［坐到江多福面前］：爸，你别生我气了，我知道错了！

江多福不再转开身子，态度明显软化了。

江援朝：爸，我和幸梅说了这么多，可你一句话都没说过，难道你不把我当儿子了？

江援朝说着说着眼睛都红了。江多福看着他，终于是不忍心了。

江多福：你怎么这么大了还跟小时候那样，有什么事犯错了就知道满地打滚，耍赖求饶。

江援朝：爸，你肯跟我说话了，你是原谅我了吗？我怕你再也不认我了！

江开国：爸当然还把你当儿子，你以为爸在北京就不惦记你们。还不是三天两头地想起你。

江援朝：爸，那就跟我们回去吧，金窝银窝，不如自己的草窝，我们都挂念你。这回啊，本来志新也想上北京来接你的，就是他单位实在是请不开假。你要是跟我们回去，咱这就收拾收拾，一会儿就买火车票去。

江多福：就算要走，也不能这么急。再怎么说，也得等木兰回来吧。

江援朝：对对，应该跟木兰说一声的。

江开国：晚上等他们回来，咱去楼下吃烤鸭。楼下有家烤鸭坊，专做北京烤鸭，好吃还实惠，你们来北京一趟，北京烤鸭总要去尝尝。

贾幸梅：谢谢大哥谢谢大哥。［看向江多福］爸，那我帮你收拾收拾东西去？

江多福点点头。看老头这意思是愿意跟他们走了，贾幸梅和江援朝互相给个满意的眼色。

9. 报刊亭，日，外

余淼没精打采地在看店。想了想，还是拿起电话拨了田咪的电话。

［女声画外音］：对不起，您所拨打的用户已停机……

余　淼［嘟囔］：怎么还停机？［没办法，只能又拨了田咪娘家的电话］

田　母［画外音］：喂？

余　淼：妈，是我，余淼，咪子在吗？

田　母［画外音］：你还打电话来干嘛啊？我当初是瞎了眼把我女儿嫁给你！告诉你，要是不给咪子道歉，你就别再想见着她！她不会接你电话！

10. 田咪娘家，日，内

田咪坐着，也有些失魂落魄的样子，机械地往嘴里塞着零食。

田　母[刚放下电话，有点担心的]：咪子，咱们是不是演过了？万一真给余淼惹毛了翻车怎么办？

田　咪[突然烦躁的把手里一把零食丢在桌上]：凉拌！

田　母：干嘛呀？吓我一跳。

田　咪：妈，我特别心烦。

田　母：咪子，你跟妈说说，你到底为了什么事这么不开心呢？从你回家来，你就一直不开心，不就是工作丢了吗，再找不就完了，干嘛这么不开心呢？

田　咪：是啊，我到底为了什么事这么不开心呢？可是妈，到底能有什么事我能开心呢？什么事都让我烦！烦。

田咪起身就往外走。

田　母：哪儿去？

田　咪：走走。

11. 报刊亭，日，外

余淼还失魂落魄地垂着头坐着。这时有人敲敲报刊亭。

余　淼[边说话边抬头]：要什么？

余淼抬头就看到上回那帮收破烂的人正虎视眈眈地看着自己呢。余淼立刻就有点犯憷。

余　淼[颤抖着声音]：你们，你们干吗？

收废品的：我们来收废旧报刊啊。

余　淼：没有，我这儿没废旧报刊，昨天都刚收走。我要收摊了，你们请回吧。

余淼想锁门溜人，几个收废品的堵在门口，不让他走。

收废品的：还没说完呢怎么就要走啊。你那里边不挺多废旧报刊的吗，怎么说没有呢。

余　淼：你们赶紧走啊，不然，不然我喊人了。

收废品的[笑着打量余淼]：你那挺厉害的媳妇呢，赶紧喊她出来救你啊！[逼着嗓子装样]老婆救命啊！老婆快来救命啊！

一众收废品的都大笑。余淼又愤怒又害怕。

收废品的：可惜啊，你老婆不在。没人帮你了。[对着手下]来，全拉走。

手下们都开始搬报刊亭里的杂志报纸什么的。余淼拦着不让。

余　淼：你们干吗！这些不卖的！我不卖！你们快给我住手！

收废品的[使劲推了余淼一把]：瞎嚷嚷什么啊！给我滚开！

一下把余淼推得老远。余淼赶紧跑回来又想阻止。

余　淼：你们这群无赖！给我住手！

收废品的[抓住余淼]：无赖？爷爷我可不能白担了这个虚名！来，教训教训他！

几个收废品的围着余淼一顿拳打脚踢。一会儿，散开。余淼抱着头倒在地上一动不动。

收废品的：走了。

他们拉着余淼店里几乎所有的报纸杂志，得意洋洋地离开。余淼恨恨地看着。

12. 亚芝屋子，日，内

亚芝正在择菜，也是心神不宁的样子。这时余淼开门进来，鼻青眼肿的。

亚　芝：淼淼，你的脸怎么了，怎么弄成这样？

余淼“哎呦哎呦”地倒在沙发上。

亚　芝［心疼地过去查看］：淼淼，谁把你打成这样的？怎么能这样啊！

亚芝小心地碰碰余淼的伤口，余淼疼得哎哟一声大叫。

余　淼：妈疼死我了！别碰别碰！

亚　芝：淼淼，妈陪你上医院看看吧。

余　淼［郁闷地摇头］：我不去。我讨厌打针。妈，我就是想咪子了，我想她回来。

亚　芝：没人不让她回来啊，是她自己不肯。我们有什么办法。你就再去趟山上，接她回来。

余　淼：我去没用。得你去。

亚　芝：什么？

余　淼：妈，咪子想让你去请他回来。顺便给她赔个不是。

亚　芝：我给她赔不是？淼淼，我没得罪她，我为什么要去给她赔不是。

余　淼：妈我求你了，你就去一趟吧，帮儿子把咪子弄回来。

亚　芝：田咪平时是怎么对妈的你也都知道，这次不是我的错，就好好地问她想吃什么，她摔着东西就跑了。你怎么能让有理的人去给没理的人道歉呢。

余　淼：妈，我知道咪子平时对你态度不怎么好，可她就是那么个人，让着点她就好了。这次你就忍忍，别跟她计较了。

亚　芝：不行，没听过媳妇这么对婆婆的，我不会去。

余　淼：你真的不去？

亚　芝：不去。

余　淼：你要是不去，咪子肯定不会回来的。［起身要出门］

亚　芝：你去哪儿啊？

余　淼：找毛毛他们喝酒去。

余淼出门。亚芝也很郁闷。

13. 超市里木兰办公室，傍晚，内

木兰走进来，拿水喝，发了一会儿呆。木兰想了想，拿起电话找出姑姑的号码，拨了过去。

姑　姑［画外音］：喂，木兰啊。

木　兰：姑姑，是我。

姑　姑［画外音］：你们都挺好的吧？爷爷身体挺好吧？

木　兰：挺好的，都挺好的。姑姑，昨天叔叔婶婶突然来北京了，说是要接爷爷回去。婶婶态度可好了，跟换了个人似的。

姑　姑［画外音］：你们不知道啊？

木　兰：知道什么呀？

姑　姑［画外音］：乡下的老房子啊。这几天村委会正在挨家挨户地通知这事呢，我还以为你爸和爷爷早就知道这事了呢。

木　兰［吃惊的表情］：没人通知我们。老房子到底怎么了？

14. 木兰家客厅，傍晚，内

江援朝陪着江多福坐在沙发上看电视。贾幸梅从小卧室出来，把江多福小行李包放在地上。

贾幸梅：爸，东西都收拾好了，等吃完饭咱们就去火车站，明天一早就能到家了。

江多福［点头］：好。

江开国开门带着悦悦进来。悦悦一看他们都在，就往江开国身后稍躲了躲。

悦　悦：太公。

贾幸梅：悦悦回来了啊。一会儿你爸爸妈妈就该回来了吧。

悦悦点点头。

江开国：等他们回来了咱们就去吃烤鸭。

贾幸梅和江援朝都是有点迫不及待的样子。

15. 木兰家楼下，傍晚，外

吕希下班走过来，正好看到木兰怒不可遏地走过来。

吕　希：木兰。

木　兰［抬头看到吕希］：你回来了。

吕　希：怎么了你，干什么气成这样？

木　兰：我想骂人！

吕希愕然的表情。两人上楼。

16. 木兰家客厅，傍晚，内

木兰和吕希开门进来，看到大家都是一副等着的样子。木兰看见叔婶表情就很愤怒。

贾幸梅：木兰吕希回来了啊，那爸咱就吃饭去吧。

木　兰：你们干嘛呢？

江援朝：木兰，我们和爷爷说好了，带他回去，吃过晚饭就走。

木　兰：谁同意你们带爷爷回去了？

贾幸梅：爷爷自己同意的啊。

木　兰：我不同意！

所有人都吃惊地看着木兰。

江援朝：木兰……

贾幸梅：木兰，爷爷他老人家想回老家安享晚年，你这孙女应该尊重老人家的意思，不该拦着吧。

木　兰：婶婶，以前怎么一直没看出来，你应该去演戏啊，唱戏的都没你说的这么好听的。

贾幸梅［脸上有点挂不住］：你这孩子也嘴也太厉害了吧，我好歹是你长辈吧。

木　兰：这话你应该问你自己，上次骂爷爷老不死的时候你怎么忘了爷爷是你的长辈？！

江开国：木兰！

木　兰：爸，他们压根不是要爷爷，他们是要钱！

所有人都惊呆了。

江援朝［脸上青一阵白一阵］：木兰你怎么这么说话……

木　兰：叔叔你自己说，为什么非要带爷爷回去？不是因为爷爷乡下的老房子要拆迁了，能给钱？！

江援朝和贾幸梅互相看一眼，一时无语。江多福和江开国彻底震惊。

江多福：什么老房子要拆迁了？不可能啊，老家那两间房子，都快倒了，一钱不值的。

木　兰：爷爷，我给姑姑打电话了。姑姑说最近有一条新开的高速公路正好穿过村子，你的房子正好就在高速公路的路线上，所以得挪开，能给一笔补偿金，有八九万呢！

大家都是惊呆。江多福和江开国都转脸看着江援朝和贾幸梅，难以置信的表情。

木　兰：我说你们怎么态度一百八十度大转变，非死乞白赖地要爷爷跟你们回去！还说得那么好听，说自己知道错了，求爷爷原谅，要好好孝敬爷爷，其实你们就是想要爷爷的拆迁款！爷爷跟你们回去了，爷爷的钱也就是你们的了！

江开国［就看着江援朝］：援朝！是真的吗？你们就是为了那笔拆迁款来的？

江多福盯着江援朝。江援朝不敢正视老父亲，低着头。贾幸梅也低着头不说话。

木　兰：怎么了，不敢承认是吗？还在想编什么词儿接着蒙我们？

贾幸梅：对，没错，你说的全对，我们就是为了拆迁款来的。

江援朝：幸梅！

贾幸梅：承认了怎么了，就是因为会有这笔钱，我们才想来接爸的。怎么了，这有什么不对的，也不会天打雷劈吧。

江开国：爸没钱的时候是臭狗屎，有钱了就成了香饽饽，这还是个儿子该干的事吗？你们还有脸来说不怕天打雷劈！

江援朝的头低得更低了。

贾幸梅：大哥，你骂我们不是人，不要脸，天打雷劈，都行，援朝是爸的亲儿子，是你亲弟弟，你爱怎么骂都行，只要听我们把话说完。我们就想爸把这笔补偿款给我们，我们就能在桐城换个大一点的房子，我们保证给爸养老送终。

木　兰： 这算什么？交换吗？难道爷爷和你们之间就没有一点父子之情，只有交换了？！

贾幸梅［突然就哭了］：爸，我们在你心里是不孝子，远及不上大哥的万分之一，我们都明白。可你有没有替我们想过，我们不是不孝，是没有这个能力啊，房子就那么点大，马上还要添个小的，连个下脚的地方都快没了，还怎么接你一起住？想做孝子得有条件是不是？

大家都没有说话。顿时木兰也黯然了。

贾幸梅： 我是外人，可援朝终究是爸的亲骨肉，他心里怎么会不想给爸养老，怎么会不想跟爸住一块儿，马上志新的儿子一生，那老江家就是四世同堂，多好啊，难道援朝不想吗？四世同堂得有个四世同堂的房子吧，我们也一直想着能不能换个大点的房子，这样才能把爸接回去养老啊，可换房子多难你们也不是不知道，援朝和志新上班那么辛苦，也就挣那么点钱，狗年马月才能凑够换房钱啊。要是我们有个大点的房子，我们当然希望给爸尽孝了。木兰说我们是交换，我承认，可我们想交换也是希望能两全其美不是。

木　兰： 婶婶，别再说了。谁没苦衷。可有苦衷就能骂爷爷老不死？有苦衷就能见钱眼开，说变脸就变脸？你们走吧。我不会让爷爷跟你们回去。

江援朝： 爸！

江多福不说话。

江援朝： 哥！

江开国也不看他们。木兰已经把门打开，江援朝和贾幸梅再停了会儿，只好怏怏离开。

17. 木兰家楼下，夜，外

江援朝和贾幸梅出来。

江援朝： 看来不成了，爸是不会跟我们回去的。

贾幸梅［擦干眼泪，抖擞一下］：看样子得让志新过来一趟了。

18. 木兰家客厅，夜，内

大家散坐在屋子的各个角落，都挺郁闷的样子。

江开国： 到底该怎么办？

木　兰： 反正我绝对不同意爷爷跟他们回去。我现在是打心眼里讨厌他们！在他们身上只看得到唯利是图四个字，什么亲情血缘全没有。一把鼻涕一把泪的，全是为了钱！怎么可以这么无耻？

吕　希［拉拉木兰的胳膊］：行了。毕竟是长辈。

吕希示意她还是得顾及江多福的情绪。木兰看向江多福，只见老头儿特别特别伤心。

江开国： 爹，你没事吧？

江多福［抬头，可怜兮兮地看着江开国］：开国，钱比老子重要是不是？

江开国： 爹，你可别胡思乱想！援朝心里也不是这么想的。他不都说了吗，人穷志短。咱也理解他。

江多福：人穷志短？好一个人穷志短。从前饥荒的时候，有人宁愿饿死也要把吃的让给别人，有人却能易子而食，这也算人穷志短吧？可这样的人还配叫人吗。比畜生有什么两样。

江开国沉默了。木兰和吕希也都低下头。

江多福：他们再来，谁也不要开门。我不想见。

木　兰：爷爷……

江多福不再说话了，起身进了小屋，关上了门。剩下三人都是深深叹息一声。

19. 木兰卧室，夜，内

木兰和吕希躺在床上，两人都是有点睡不着。

吕　希：你啊，说的话都对，可也得注意点方式方法。你说你当着你爷爷的面这么一个劲地说你叔叔婶婶，你爷爷听了多难受。你叔叔终究是他的儿子，再不孝再不好，也是他的心头肉，你非逼着老爷子说出那种绝情的话。

木　兰：我也不知道为什么，就是压不住火气。就我叔叔婶婶那势利眼的样子，就算是把钱给他们了，我也怀疑他们是不是真的会对爷爷好，就算眼下对爷爷好，是不是能长久？我真的不信任他们，因为他们眼里没有亲情，只有利益。爷爷已经说了不想回去，正好我不想爷爷回去。

吕　希：老人家一时气头上说的话，也当不得太真。

木　兰：你是不是特想我爷爷回去？

吕　希：我没特别想。但我也不反对。你别说我自私什么的，这是人之常情，爷爷本来也是叔叔的责任，他应该担一半。

木　兰：可他们不是真心要爷爷回去啊，他们是看中了爷爷的钱。

吕　希：那有区别吗？

木　兰：没区别吗？

吕　希：你怎么就这么怡呢。邓爷爷说过，黑猫白猫，抓住老鼠就是好猫。非常时期，我们不要太拘泥，结果是我们想要的就好了。

木　兰：我就是想不通。要不是爷爷突然有钱了，他们根本就不会来接爷爷。

吕　希：木兰，你不觉得今天爷爷说的那番话让人听了心里揪得疼吗？他是多么想跟小儿子在一起啊。

木　兰：是吗？

吕　希：爱之深，责之切。爷爷如果真的不当一回事，就不会这么生气伤心。爷爷有钱了是好事啊，如果老人家的一笔钱能够买来子女的孝敬，何尝不是一种值得。

木　兰：吕希，让你说得好悲凉。

吕　希：我的看法恰恰相反。不悲凉，一点都不悲凉。我觉得什么事都应该看到积极的一面。人生本身就是赤条条来去，来到人世得到的一切如果都能换来我高兴我幸福，那就是值得。我想爷爷是想跟他们回去的。你非要拦着不让，好像就是不想让爷爷把这笔钱给他们似的。当然，如果这笔钱给咱家的话，咱就可以去买燕郊那个老年公寓了，这样很多问题都能解决了。

木　兰：这笔钱本来也不该给他们。这钱是爷爷的养老钱，天上掉下来的养老钱，我们要是也惦记，不就跟我那对叔婶一个德行了。这笔钱是爷爷的，应该让他自己决定。

吕　希：这就对了。我要的就是你这句话，一切都应该让爷爷自己决定，你不要太过于影响他。

20. 亚芝屋子，夜，内

亚芝躺在床上，翻过来翻过去，没睡踏实。她抬头看看床头柜上小闹钟，晚上快一点了。这时门外传来余淼喝多了走得踉踉跄跄，不小心踢倒了什么东西的声音。

亚　芝［不安地坐起身］：淼淼？

21. 余淼屋子，夜，内

余淼开门进来，喝的醉醺醺的，一下子倒在床上，又要吐又吐不出来的样子。

亚　芝［开门出来］：淼淼，怎么这么晚？喝这么多干嘛啊？

余　淼：妈，我心里难受，憋得慌。

亚　芝：是不是想吐？吐出来会舒服点，要不妈去给你做碗姜汤？

余　淼：妈，我知道我没用，我窝囊，从小身体差，学习差，干什么都差，我没给你争气。谁都能欺负我！可要是咪子在，你儿子我肯定不会挨打的！你老觉得她脾气不好，你怎么就看不见她好的地方呢？她对我好，还有哪个姑娘能跟她似的对我好，从小到大，还有哪个姑娘像她那样能喜欢我，肯嫁给我？！

亚　芝：淼淼……

余　淼［捂着头］：妈，我疼，特别疼。

亚　芝：哪儿疼啊？

余　淼：头疼，心疼，哪儿都疼，妈，我委屈！你是我妈，她是我媳妇，你们俩为什么就不能好好相处？！你们为什么就非要对着干？！你们都痛快了，都给我气受，就我最难受！

亚　芝：淼淼，妈妈就想你开开心心的啊。为了你能开开心心，妈妈能做的都做了。

余　淼：那你就依咪子说的好不好？

亚芝又答不上来。

余　淼：你看，你根本就不想我开心！你们都不想我开心！［说着说着流下了眼泪］你们都是骗子，什么爱我，什么对我好，全都是骗我！骗我！都是骗子！

余淼一边哭诉着一边难受地沉沉睡去。亚芝看着他这样，心软了，犹豫着。

22. 余淼屋子，日，内

亚芝推门进来，余淼睡得正熟。

亚　芝：淼淼，淼淼，起床了，要开门了。

余淼翻个身，继续睡。亚芝没办法，叹口气出门。

23. 报刊亭，日，外

亚芝坐着看铺子，心事重重。

年轻人：来份《新京报》。

亚芝机械地递过去一份报纸，对方一看就给扔回来了。

年轻人：大妈，要《新京报》！

亚　芝[赶紧给换了]：对不住啊。

江开国[来了，看到了刚才一幕]：亚芝。

亚　芝[回过神来]：你来了。都在这儿呢，我给收拾好了。

亚芝指指旁边的蛇皮袋。江开国点点头，也是没精打采的。

亚　芝：你昨天没睡好？两眼都是红丝。

江开国：你看着也精神也不怎么好。

亚芝叹口气，江开国在她身边坐了下来。

江开国：我弟弟和弟媳来了。

亚　芝：是吗？来看你们？

江开国：说想接我爸回老家去养老。

亚　芝：那不是好事吗？

江开国[摇头]：我就说没有无缘无故的爱，我爸老家的房子能得一笔拆迁的钱，他们就想着把老头接走，钱也归他们。

亚　芝：真现实啊。

江开国：你说，能不伤心吗？

亚　芝：家里闹腾，都是为了钱。

江开国：怎么？

亚　芝：我都不好意思跟你说，我儿媳妇，生气跑回娘家去了。

江开国也吃惊。

24. 木兰家楼下，日，外

吕希开车过来，停下，带着悦悦下车。

吕　希：悦悦，今天老师教的都学会了吗？

悦　悦[撅着嘴]：学会了。

吕　希：老师表扬悦悦了吗？

悦悦想点头，还是摇了摇头。

吕　希：悦悦回家后，还是得多练习，学琴就得靠多练。

悦悦不情愿地点了点头。吕希看到江援朝和贾幸梅提着大包小包的东西在门口等着。

贾幸梅：吕希，回来了。

吕　希：叔叔婶婶，你们等很久了？

江援朝：还行还行。刚到一会儿。

吕　希：下面风大，上去坐坐吧。

江援朝和贾幸梅都高兴地点头。跟着吕希父女进去。

25. 木兰家客厅，日，内

吕希抱着悦悦开门进来，后面江援朝和贾幸梅跟着进来。江多福闻声从里屋出来，一看是江援朝夫妇，立刻又回进去，把门关上了。江援朝和贾幸梅有点尴尬，互相看一眼，又看吕希。

吕　希：叔叔婶婶，你们坐吧，随意。

江援朝：你爸呢？

吕　希：爸去找他一个朋友去了。

江援朝：不错啊，有朋友在北京就住得下来。

贾幸梅打开手里的大包小包，全是男士衬衫和零食玩具之类的东西。吕希不解地看着。

贾幸梅：吕希，来，看看，这个衬衫合不合身？这是刚刚早上我们去商场买的。北京的商场太大了，跟迷宫一样，把我们都给逛迷路了，东西真多啊，不愧是首都啊，真是气派。

吕　希：别别别，叔叔婶婶你们太客气了，花钱买东西给我干嘛呀，我都有。

贾幸梅：应该的应该的。[拿起零食玩具]悦悦，来吃这个，小外婆给你撕开。对，还有这个玩具，喜欢吗？

吕　希：叔叔婶婶，你们是长辈，别这样，我们受不起啊。

贾幸梅：受得起受得起。爷爷在这儿住，你多担待了。悦悦来，吃吧。

悦悦躲在吕希身后，不肯接贾幸梅手里的东西。吕希有些想躲避，把悦悦抱起。

吕　希：叔叔婶婶，你们陪陪爷爷，我带悦悦出去转转。

贾幸梅：那你们忙你们忙。

吕希笑笑，抱着悦悦逃跑似的出门了。江援朝和贾幸梅互相看看，看看小卧室的关着的门。贾幸梅朝门努努嘴，江援朝过去，在门上敲了敲。

江援朝：爸。

26. 木兰家小卧室，日，内

江多福坐在床上，呆呆地出神。江援朝轻轻推门进来。

江援朝：爸。

江多福[有些凄楚地回头看他]：援朝，你是我儿子。

江援朝[顺势挨着江多福坐下]：爸，我是你儿子，你别生我气了。看在妈面子上，别再记恨我。

江多福：你妈走了多少年了？

江援朝：五十多年了。爸，你这一辈子，太不容易了。

江多福：你要有你哥一半，我将来到地底下，我跟你妈我就能交代了。

江援朝一时有些黯然。

27. 木兰家小卧室门外，日，内

贾幸梅头贴在门上，偷听着里面的情况。

28. 木兰家小卧室，日，内

江援朝：爸，今天天气不错，要不我陪你下去散散步？

江多福：不去。

贾幸梅：爸，你不是最喜欢泡脚的吗？我给你泡个脚吧。

江多福还是没说话。

贾幸梅［已经忍不住推门进来了］：爸，你就可怜可怜援朝一片孝心，让他给你泡个脚吧。

她给江援朝使个眼色，两口子一边一个，半扶半架地就把江多福往外搀了出去。

29. 报刊亭，日，外

亚芝正在倾诉，十分黯然。江开国倾听着。

亚　芝：……我真没抠门，能给他们的真的都给了，结个婚就把我积蓄花了一大半，开个服装摊说亏两万就亏两万，我也没说什么，她怎么还说我抠门呢，吃我的喝我的住我的，我自己平时多节俭，什么也不舍得买，我的钱都花在他们身上了啊。

亚芝伤心起来，忍不住掉下眼泪。江开国从兜里掏出手帕，递过去。亚芝接过，擦去眼泪。

亚　芝：家丑不可外扬，这些事我都埋在心里。平时她对我哪里有半点媳妇对婆婆的样子，说话没个好脸，动不动就发脾气，这些我也都忍了，为了就是一个家里能和和气气地过着。森森喜欢她，森森没她不行，我为了儿子我也得讨好媳妇。

江开国：可你毕竟是她婆婆，她不该这么对你。

亚　芝：这次我知道她为什么回娘家，自从上次想买楼房我不肯给钱，她就生气了。一直不肯回来，根子还在一个钱字上。我真的就那几万块钱的国债了，我可以心一横就往外拿了，可是那钱出去了，我们家就一点防身的钱都没有了。老江，我想起来心里慌啊。最主要的是，田咪的工作是不是稳定，能不能老有那么多提成，这都说不准，万一买了房子还不上按揭，银行把房子收了，那不就什么都没了吗？

江开国：人有多大头，就戴多大的帽子，他们要买楼房，就该自己去想办法挣钱。田咪闹，你就由她闹去。一个月不回来，看她两个月回不回来。

亚　芝：我本来是想随她去，不回来就算了。可看到森森那么难受，我心里也不好受。她非要我亲自去请她回来，我不敢去。她在我们家已经这么厉害了，要是到了她娘家，真不知道会是怎么个样子。

江开国：这叫什么事。

亚　芝［有点不好意思地］：老江，我知道提这事不应该，可我实在想不出别的办法，能不能麻烦你替我去一趟田咪娘家？你做个中间人，给我们婆媳俩说和说和。

江开国：可以啊，没问题。

亚　芝：谢谢你，老江。

江开国：见外。

30. 木兰家客厅，日，内

江援朝正在仔细地给江多福洗脚，每个脚趾揉搓着。江多福挺舒服的样子。

江援朝：爸，这样舒服吗？

江多福哼哼一声。

江援朝：我妈去得早，家里大大小小的事都靠你一个人，可不管家里多穷，你都不让我们仨饿肚子。爸，还记得铁锁家那只鸡吗？

江多福渐渐陷入回忆的样子。

江援朝：你一辈子都没干过一件亏心事，就那只鸡。

江多福：六三年，你们都饿得皮包骨头。

江援朝：那天晚上，铁锁家的老母鸡自己跑我们家来了，摔在猪圈里出不去了，你没把鸡还给他们家，偷偷给宰了，给我们仨饱饱地吃了一顿。多少年了，我还记得那天晚上，我们躲在厨房里，黑灯瞎火地吃鸡肉，喝鸡汤，连鸡骨头也都嚼碎了吞下去，太好吃了。爸，你一口没吃，在边上看着我们吃。你为了我们不饿死，把邻居家的鸡偷宰了。后来你跟土地公公告罪，我看见了。

江多福的眼睛渐渐湿润了。

31. 木兰家厨房，日，内

贾幸梅在做红烧肉。一面竖着耳朵听外面的动静。

32. 木兰家客厅，日，内

江援朝绞干毛巾，把江多福的脚搁到盆边上。

江援朝：爸，千错万错都是我不好，我人穷志短，自己条件不好，就怕担责任，死命地把你往外推。是我没良心不孝顺，伤了你的心，我一直都很后悔，可我没脸给你打电话。木兰说得对，这次我确实是为了拆迁款来的，可也不全是为了这个。我就是想着，等我们家有了钱，换了大房子，我也可以像大哥似的给你尽孝。我真的是这么想的！爸，跟我们回去吧，志新也在等着你呢。

江援朝擦着江多福的脚，眼泪滴在江多福脚上。江多福颤抖着双唇，还是没有说出话来。

33. 超市卖场，傍晚，内

木兰正在检查卖场，看到吕希带着悦悦走了进来。

悦　悦：妈妈！

木　兰［抱住悦悦］：你们怎么来了？

吕　希：叔叔和婶婶上家里了，我想他们一定有什么话跟爷爷说，就带着悦悦出来了。

木　兰：怎么又来了？他们这次决心倒大。

吕　希：我看他们的样子倒是挺诚恳的，也许他们真的认识到自己错了。

木　兰：只能说钱的力量真大啊。当初怎么对待爷爷的都忘了吗？就不能有点骨气吗？我都替他们不好意思。

吕　希：要我说，你也别太耿耿于怀了。他们毕竟是你的亲叔叔亲婶婶，他们的生活不富裕，你也得理解理解他们的不容易。我看他们这样也挺不落忍的，可能他们真的很需要这笔钱吧，这笔钱在北京的房价面前可能不值一提，可在你们老家可以买好几十平了。

木兰没有说话。

吕　希：好了，不说这个了，你快下班了吧，咱们一起回家吧。

悦　悦［搂着木兰的脖子］：妈妈，回家。

木　兰：走，回家。

34. 木兰家客厅，夜，内

木兰和吕希抱着悦悦开门进来。屋子里静悄悄的，江多福穿着干净的袜子坐在桌旁，桌上已经有几个菜，但是最醒目的是一大碗千张红烧肉。江多福看着这碗肉，神情复杂。

木　兰：爷爷。

江开国［从厨房端着菜出来］：你们回来了。

木　兰：叔叔婶婶呢？

江开国：已经走了。［冲红烧肉努努嘴］给爷爷做了千张红烧肉。咱们也吃饭吧。

木兰和吕希及悦悦都坐下来。

吕　希：这红烧肉真香。

木兰看看那红烧肉，再看看江多福。

江开国：爸，你别因为我们有压力，我们尊重你的意思，一切都在你自己，你想怎么样，我们都同意。

江多福［想了半天，还是摇摇头］：吃饭吧。

江开国［看向木兰］：木兰，明天我要去一趟门头沟。

木　兰：去门头沟干吗？

江开国：替亚芝阿姨去跟她儿媳妇说和。

35. 亚芝屋子，夜，内

亚芝和余淼一起吃饭。余淼还是闷闷不乐的样子。

亚　芝：淼淼，我已经托了江叔，明天和你一起去把田咪接回来。

余　淼：啊？托江叔跟我去接田咪？这算怎么回事？

亚　芝：让江叔当个中间人。

余　淼：妈，江叔是外人，不太合适吧。

亚　芝：这个江叔，妈妈跟他很有缘分，又是同乡，还是好朋友，你现在就当他是你的舅舅，在南方老家，舅舅是家里说话最有分量的人，这种事请舅舅出面调解最合适了。

余　淼：可咪子那儿我怕……

亚　芝：你也知道田咪的性格，再加上她妈，我真的不敢一个人去山上。森森，你也要替妈妈想想啊。

余淼沉默。

亚　芝：田咪看外人的面子上，也许不能太发作，你们再好好说话，她也有个台阶下。

余淼只好点了点头。亚芝叹了口气。

36. 木兰家客厅，夜，内

木　兰：……还让亚芝阿姨去道歉？这个媳妇真够可以的。

江开国：回娘家都一个月了，老不回来也不行，我就替他们走这一趟，也算帮个忙。

木　兰：亚芝阿姨真是不容易。爸，明天正好我轮休，我跟你一起去吧，门头沟可远了，你要自己坐车不方便。

江开国点点头。

37. 路上，日，外

木兰开车，江开国坐在副驾驶。

江开国：木兰，咱们可说好了，这次是去做和事老的，不是去评理的，不管田咪态度怎么样，你千万不能生气。

木　兰：放心吧爸，你这一早上就唠叨了好几遍了，我不是早就答应你了，绝对不会惹事的。再说了，亚芝阿姨的儿媳妇，也就是个二十多岁，还能比我婶婶厉害吗，我能跟她较劲。

江开国不置可否。

38. 亚芝家胡同口，日，外

木兰开着车过来。胡同口，余淼和亚芝已经等着了。

木　兰［停下车］：亚芝阿姨。

亚　芝：木兰你也来了。

木　兰：正好我休息，陪我爸一块儿。

亚　芝：太不好意思了，把你们都给麻烦了。

木　兰：阿姨，不客气的，我爸在北京，平时全靠您带他买菜啊干嘛的，还帮我爸找事情做，您是我爸的好朋友，这点小事算什么麻烦。

亚　芝：木兰真是懂事。这是我儿子，余淼。森森，快叫姐姐。

余　淼：江叔，木兰姐。

木　兰：你好。

江开国：森森，快上来吧。

余淼打开车门，坐上车。

亚　芝：老江，真的谢谢啊。

江开国：别客气了，我们走了。

木　兰：阿姨再见。

木兰发动车子，离开。

余　淼：江叔，木兰姐，这次谢谢你们，太麻烦了。

江开国：没事的。

39. 田咪娘家，日，内

田咪正在看电视，显然魂游天外。外面一阵敲门声。

田　咪：妈！妈！

没人应。田咪只好懒洋洋地起身，自己出去应门。

40. 田咪娘家院子门口，日，外

江开国和木兰跟着余淼站在院子门外。田咪过来开了门，只见余淼站在门口，走进来一步。

田　咪：是你啊。

余　淼：咪子，我是来接你回家的。

田　咪［往余淼身后一看］：你妈呢？

余　淼［吓的缩着脖子］：我妈没来，托江叔……

江开国［走到余淼身后］：田咪，你婆婆托我们来接你回家。

田　咪：托你们？［对余淼］你给我说说，现在是怎么回事？！

余　淼：咪子，你先别生气，是我妈托江叔陪我来的。我妈觉得她要是自己来了，你会更生气，所以……

田　咪：好你个余淼！现在跟你妈一个鼻孔出气，合起伙来对付我了是不是！我都说了必须得你妈亲自来跟我道歉，我说的话你们都当我放屁呢是吧！

余　淼：不是……

木　兰：田咪是吧，亚芝是你婆婆，你说话是不是可以客气一点呢。你一个做晚辈的这么说长辈好像不太好吧？

田　咪：你又是谁啊？

余　淼：这是江叔的女儿，木兰姐。

田　咪：江叔的女儿，那是姓江，不姓余。我怎么跟我婆婆说话那是我们家的事，轮不着你这个外人说话！

木　兰：你……

江开国微微按了按木兰的手。木兰不说话了。

田　咪：我什么我？我说错了吗？你们知道什么叫狗拿耗子多管闲事吗？说的就是你们这样的人！你们凭什么代我婆婆来说话？你们跟她是什么关系啊？

余　淼：咪子……

田　咪［恶狠狠地瞪着余淼］：别叫我！我不跟你回去！

田咪丢下他们管自己就走进屋子去了。

余　淼：江叔……

江开国点点头，也穿过院子往屋里走。木兰和余淼都跟上。

41. 田咪娘家，日，内

田咪进来，气呼呼地坐下。后面江开国他们也跟着进来。

余　淼：咪子，你爸妈不在啊？

田　咪：我爸妈跟你什么关系，少打听。

余　淼：江叔，木兰姐，你们坐。

江开国和木兰在田咪对面坐下，田咪立刻转过身子，背对他们。木兰看一眼江开国，忍住气。

江开国：咪子啊，你先别急，听我说两句。

田　咪［还是背对着，但是面对着余淼］：好你个余淼，学会搬救兵了，以为弄几个外人来给你撑腰我就怕你了。

江开国：咪子，我们不是余淼的救兵，也不是来跟你怎么样的，你婆婆呢，这几天身体也不是很好，你回娘家了，她心里也不好受，天天晚上睡不好觉，这才托我来接你，正好呢，我女儿木兰今天休息，就开车送我们过来，就这么简单，你别多想。

田咪哼了一声。

江开国：咪子，小夫妻闹点矛盾，正常，回娘家住一段，也正常，不过，凡事总有个度，差不多也可以了，回家吧，有什么事回家再说，总有解决的办法，也不是什么很严重的原则问题。

田　咪［一下子回过身，瞪着江开国］：我们就是原则问题！

木　兰［忍不住］：什么原则问题？不就是钱吗？

田　咪：钱还不是原则问题啊？！我嫁给他们家我亏死了！穷也就算了，死抠死抠！余淼你自己说，就你这号人，除了我还有谁要你？！家里条件那么差，自己又不能干，要什么没什么，我真的太傻了，怎么就嫁给你这么个没用的东西！要想嫁个有房有车的我分分钟！

木　兰：丈夫是你自己选的，现在再说这些不是多余吗？现在婚嫁也自由，也不是不能再选择。

田　咪：你……余淼，你就由着外人欺负我？！

木　兰：这会儿又知道余淼是你自己人了，刚才那么难听话说他。夫妻之间这种伤人的话也不能说的，说了就有裂痕。

田　咪：不用你来教训我！我嫁给余淼我就是委屈！他妈明明有钱，就是不肯拿出来帮我们！现在哪个做妈的不把自己所有的东西都给儿子，就她那么抠门！那些钱看得比命还紧！

余　淼：咪子，你撒撒气就行了，这么多天了，还没消气吗？我妈就那么几万块钱，也买不了房子，她不给就算了。

田　咪：我跟你说余淼，现在已经不仅仅是钱的事了，是我跟你妈，没法再在一块儿住下去了！

余　淼：你什么意思？

田　咪：意思很简单，我跟你妈合不来！

余　淼：你跟我妈合不来，不跟我回去了？

田　咪：要我跟你回去也行，答应我三条。

余　淼：你说。

田　咪：第一，你妈得把所有的存款都给我们，我要干什么她都别想管；第二，让她把退休金都给我们俩用，她这么大年纪了本来也什么都不买了，要钱也没用，还不如把钱给我们；最后一个，让你妈马上从这个房子里搬走，自己去外面租房子住。

余　淼［脸色奇差］：让我妈租房子住？她能去哪儿啊？

田　咪：那我不管。对了，我不许你妈租我们这个胡同里的房子，因为我不想再看到她。

余　淼：咪子……

田　咪［霸道之极的］：三条做到，我跟你回去，做不到，离婚！

木　兰：你让你婆婆搬出去，她已经这么大年纪了，你打算让她住哪儿去？退休金都给你们，那她呢，靠什么吃饭？

田　咪：住哪儿我不管，只要不出现在我面前，别让我碰见就行了。吃饭嘛，她不是做会计的吗，可以再去哪儿上班啊，总能找得到活儿吧。

江开国：田咪！做人不能这样，你也太过分了吧，别说她是你婆婆，就是一个外头人，你这不是要把她往死路上逼？！

田　咪：你少来帮她说话！你谁啊？你有什么身份帮她说话啊？我早就怀疑你跟她之间不清不楚的，平时眉来眼去的就不正常，现在还想帮她出头！她可真给我早死的公公丢脸！

江开国：你怎么能这么说话？

田　咪：怎么，我说的不是事实吗？不是吗？

木　兰：你小小年纪怎么说话这么难听？

田　咪：嫌难听你们别来啊！又不是我求你们来的！你们都给我请吧！

木兰还想说话，江开国死死地拉住她。

江开国：木兰，别说了，别说了。我们走。

江开国拉着木兰转身离开。余淼看看田咪。

田　咪：记住我刚刚说的三条，什么时候做到，什么时候我回去。

余淼停了会儿，也只好转身离开。

42. 亚芝屋子，日，内

亚芝有些着急地坐着。余淼垂头丧气地推门进来，后面江开国和木兰也跟进来。亚芝一看没有田咪跟着，知道事情不妙。

亚　芝：田咪呢？

余　淼［摇头］：不肯回来。

亚　芝：还不肯回来？老江，木兰，你们坐。我给你们倒水。

木兰和江开国坐下。余淼欲言又止。

亚　芝：淼淼，到底她说什么了，你倒是说啊。

余　淼：妈，我找毛毛他们喝酒去。

余淼说完就走了。亚芝倒了两杯水，放在江开国和木兰面前。

亚　芝：老江，田咪说什么了？怎么还不肯回来？

江开国一时不知道说才好，木兰也不敢看亚芝。

江开国：她的脾气你也知道，一时还没说通，再等等吧。

亚　芝：都怨我，我要是多忍一下就好了，田咪也不会这么生气。

江开国：你别这么想。

亚　芝：我就是觉得特别对不起淼淼，田咪以前生气归生气，可是从来没有这么长时间回娘家的，老江，你看她不会真的不想跟淼淼过，要闹离婚了吧？

木　兰：阿姨，您怕什么，要我说，这样的媳妇，不要也罢。你们平时就是太纵容她了，事事都顺着她，才会让她这么无法无天。

亚　芝：都怪我。

木　兰：阿姨。这种人就该晾着她，看她自己最后回不回来。

亚　芝：那要是，要是她真的不回来了怎么办？

木　兰：我看她的样子，肯定想回来，就是还放不下架子。再说了，离婚谁怕谁啊，余淼是男的，离了再娶也不难，可她是女的，离了就二婚了，她难道不会想一想吗。

江开国：没错，你也先别着急，再给她点时间，让她自己好好想想。

亚　芝［惴惴不安地点了点头］：今天谢谢你们。

江开国和木兰都是担心地看着亚芝。

43. 路上，傍晚，外

木兰和江开国在回家路上。

木　兰：爸，我终于知道为什么你千叮万嘱地让我别上火了。今天我可真是开眼了，以前我一直觉得婶婶是天下第一泼妇，没人能比。现在想来，婶婶只能认第二，第一非田咪莫属。

江开国：我原来见过田咪一次，笑起来甜甜的，想让我买药我没买，没想到凶起来这么吓人，完全不讲理。那个余淼也是，怎么这么软，田咪这么骂他和他妈，他连声儿都不敢出，怪不得亚芝不敢去呢。

木　兰：是啊，怎么会有这样的泼妇？这余淼也太没用了，这样的媳妇还不赶紧离婚，真够怂的。

江开国也是叹气。

木　兰：这余淼要是我弟弟，我马上大嘴巴扇他，要他醒醒。媳妇天天骂自己的妈，也不知道帮自己的妈说句话，出口气，真是气死我了。

江开国：可惜这余淼不是你弟弟，轮不着你管教。咱们说到底也是外人，很多事只能点到即止，不能胡乱插手的。

木兰点点头。已经开到了小区口，这时，父女俩无意中正好看见了江援朝和贾幸梅走出来。

木　兰［在路边停住了车］：哎，那不是叔叔婶婶吗？

江开国：是啊。

木　兰：肯定刚从咱家出来。

江开国：这马上吃饭的时候了，他们要上哪儿？

江援朝和贾幸梅走到了小区旁边一个看上去不怎么卫生的小吃摊，挺熟门熟路的样子。

老　板[招呼]：又来了？

江援朝：来了。

老　板：还跟昨天一样，两碗酸辣粉一个火烧？

贾幸梅：对。

老　板：好嘞。

江援朝：要不你也来个火烧吧，一碗酸辣粉不够。

贾幸梅：六毛呢，不花这钱。我够。

老板端上酸辣粉和烧饼。两口子狼吞虎咽地吃起来。木兰和江开国看了，不禁心里难受。

木　兰：爸，他们真的不走了啊。

江开国：不知道。

44. 木兰家客厅，傍晚，内

木兰和江开国走进门。江多福又洗过脚了，正舒舒服服地吃着千张红烧肉，悦悦也跟着在吃。

江多福：好吃吗？

悦　悦：好吃。

江多福笑得特别开心。

江开国：爸，吃着呢。

江多福：是幸梅给做的，做得正入味。你们也快来吃吧。

吕　希[坐在沙发上看电视]：我说留叔叔婶婶吃饭，可他们说什么也不肯，还是走了。

父女俩对看一眼，不由都有点心下戚戚。

江开国：我做饭去。

木　兰：爸我帮你。

45. 木兰家厨房，傍晚，内

父女俩进来，一个淘米，一个择菜。

木　兰：爸，爷爷这两天气色不错，天天有人伺候泡脚，还有千张红烧肉吃。

江开国：不知道爷爷心里到底怎么想的。

木　兰：叔叔婶婶不就是想要那笔钱改善住房嘛，要不给他们算了。

江开国出了会儿神，叹口气。

木　兰：不过啊，就算要给他们，也不能这么快。

江开国愕然地看着她。

木　兰：让爷爷多享受享受足浴和红烧肉啊。

江开国忍不住笑出声来。

46. 医院亲子鉴定中心，日，外

江开国[往窗口递进去单子]：你好，我来取亲子鉴定报告。

窗口把化验单递出来，江开国接过，紧张的小心地打开，看到检验报告写的不是亲属关系。

47. 超市门口，日，外

木兰走出来，江开国正在门外等她。

木　兰：爸。

江开国：木兰。

木　兰：拿到鉴定结果了？

江开国［点头，把鉴定证书给木兰］：不是小顺。

木兰看了，也是有点郁闷，但很快振作起来。

木　兰［搂住江开国肩膀］：爸，你是不是特失望？

江开国：有点。

木　兰：是不是看这个晓峰一表人才，有点高富帅的意思，错过了觉得不甘心？

江开国：你爸我是这么庸俗的人吗。没大没小。

木兰笑：我庸俗我庸俗。可是爸，真要往庸俗里说，这个沈晓峰可不是一个理想的小顺啊。

江开国：为什么？

木　兰：你看看何教授，他能顾上吗？

江开国一愣。

木　兰：就算是小顺，让你也去美国，你去得了吗？

江开国［摇摇头］：来北京就够远了，还美国。

木兰笑：就是啊，所以啊，他不是小顺也挺好的。我要说得自私点，假如可以让我选谁是我弟弟，我一定选一个就在北京的，工作好，收入高，人品善良有孝心的。

江开国［大笑］：木兰啊木兰，这世界上哪有十全十美的人。我只希望小顺是个懂事的孩子，不要走上歪道，能自食其力地好好活着就好。

木　兰：爸，如果有一天咱们能找到小顺，我一定跟他说，这么多年，爸爸一直在寻找他，只是因为，爸爸想知道他好好地活在这个世界上，堂堂正正地在做人。这是我们老江家的人应该的样子。

江开国动容。

木　兰：爸，你放心，就算沈晓峰不是小顺，小顺应该就在北京，我相信他应该过得挺好的，你别太担心。找小顺这件事，在我们家，永远都不会结束。我向你保证。

江开国：好。

木　兰：下班后我去看教授，正好超市里新进了一批新鲜的榴莲，教授喜欢吃，我给她带一个去。把这事跟她说一声。

江开国［点头］：帮我给她带个好。

48. 沈家客厅，日，内

前景是桌上的一个新鲜榴莲。后景木兰和何教授坐在沙发上，何教授正在看亲子鉴定书。

何教授［放下鉴定书，也是一脸遗憾］：没想到晓峰不是小顺，你爸爸一定有点失望。

木　兰：嗯。

何教授：他有你就够了，你是个好孩子。

木　兰［看到屋子里有几个大箱子］：阿姨，你收拾东西呢？要出远门吗？

何教授：我考虑了，决定结束研究所的返聘工作，去美国晓峰那儿。晓峰的媳妇要生孩子了，我也正好过去照顾照顾他们。

木　兰：您去那边能适应吗？

何教授：我以前去美国讲过学，生活环境也不算太陌生。唯一的担心是怕孤单，老同事老朋友都在北京。不过，有晓峰他们一家人在，也够了。

木　兰：挺好的，阿姨，你们母子团聚，比什么都重要。

何教授：你爸那天说的好，父母子女，本来就是聚少离多，团圆的日子是很珍贵的。年轻时候我也是奔忙事业，很多时候都顾不上家庭，现在老了，得抓紧珍惜跟儿子在一起的日子。

木兰动容。

何教授：木兰，虽然晓峰不是你的弟弟，以后我们还是要多保持联系。

木兰郑重地点点头。

49. 木兰家客厅，日，内

木兰进门，看到江多福坐着。江开国正在修小家电。悦悦在一旁看动画片。

木　兰：爸，爷爷，我回来了。

吕　希［从大卧室出来］：回来了。

江多福一副心神不宁的样子，好像没看到木兰回来。

木　兰：爸，爷爷怎么了？

江开国：今天你叔婶两口子没来。

木　兰：天天来，今天没来？是不是觉得没希望就放弃了，回老家去了？

江开国：不知道，昨天来的时候也没听他们说啊。

忽然一阵急促的敲门声。

江开国：谁啊？

江开国开门，就看到一脸焦急的江志新。

江志新：大伯。

江开国：志新，你怎么来了？快进来。

江志新［进门］：爷爷，姐。

江多福［看见江志新，立刻起身拉住他手］：志新，你怎么来了？

江志新［坐到江多福身边］：爷爷，我最近单位实在是有点忙，没跟爸妈一起过来看你。这几天稍微闲下来一点，我就请了几天的假想来接你回去，刚刚的火车到北京。

江开国：你爸妈呢？

江志新：他们生病了。

大家都是吃了一惊。

木　兰： 怎么生病了？

江志新： 我下了火车就去他们住的旅馆，他们俩还躺床上起不来，估计是吃坏了肚子，加上那个旅馆屋子里晚上很冷，可能又着了凉，就发烧拉稀了。

江开国和木兰互相看了一眼，都想起了那个小吃摊。

江开国： 去医院了吗？

江志新： 大伯，你还不知道我爸妈啊，他们怎么肯呢。在这边看病不能用医保，都得花自己的钱，这次来已经花了不少钱了，他们说什么也不肯去医院，就在旅馆里吃点从家里带来的常备药，就这么熬着。

江开国： 现在他们怎么样？

江志新： 都在旅馆躺着呢，比早上拉的好点了，这不赶紧让我过来看爷爷，别让爷爷担心。

江多福［一下子乱了心神］**：** 志新，快，带我去看看你爸妈。

江志新： 哎。

江志新赶紧扶着江多福出门。木兰和江开国及吕希带着悦悦也跟上。

50. 地下室小旅馆走廊，傍晚，内

一行人跟着江志新过来，整个走廊都没窗户，大白天的点着昏黑的灯。木兰往两边的房间开着门的看，全是没窗户的房间，有的摆着高低铺，睡着的基本都是民工。

木　兰： 叔叔婶婶怎么住在这儿？

江志新［低声地］**：** 这儿便宜，一个床位只要十块钱一晚。

木兰和江开国互相看一眼，都挺心酸。

51. 地下室小旅馆房间，傍晚，内

一行人走进屋子，只见这屋倒不是高低铺，两张单人床对着，江援朝和贾幸梅躺着。

江志新： 爸，妈，爷爷和大伯来了。

江援朝 & 贾幸梅： 爸，大哥，木兰，你们怎来了？

江援朝和贾幸梅看到木兰他们来了，挣扎着想下床，却起不来。两人看上去特别可怜。

江开国： 别动别动。怎么生病也不告诉我们一声。

江援朝： 你们也都忙，我们就是拉肚子，有点低烧，熬一熬就过去了。志新，扶爷爷坐啊。

江多福在江援朝床边坐下，看着小儿子，挺难受。

江援朝： 爸，我吃了药，捂着被子睡了一天，发了好几身汗，没事了。这些方子还都是你教我的。

江多福［哆嗦着伸手，在江援朝额头上摸了摸］**：** 你这是何苦。

木兰和江开国都不知道该说什么。

江志新： 爷爷，跟我们回家吧，我爸我妈知道错了。自从你们离开桐城以后，他们每天都很后悔。

江多福没有说话。

江志新［诚恳地看着木兰］**：** 姐，之前都是我们不对，我知道你和大伯还怪我们。不过我也是爷爷的孙子，我也想养爷爷的，以前都是你和大伯养爷爷，现在也该轮到我们了，我跟你们保证，一定会对爷爷好的。

江志新出面，让木兰不免有些态度软化。

木　兰：志新，爷爷这么大年纪了，可再也经不起伤心了。

江志新：爷爷，大伯，姐，你们别怪我爸妈，要怪怪我，是我没本事，不像姐读书好，能考上北京的大学，鲤鱼跳龙门，那以后就都不一样了。我就是凭个苦力挣点辛苦钱的人，我也想跟姐学，做个孝子贤孙，可我力不从心，是我没用。

江志新说着也哭了。

江多福［搂住大孙子的头］：不哭不哭，志新不哭啊。

江志新：爷爷，我是你一手带大的，你从小就特别疼我，我对不起你爷爷！

祖孙俩抱头痛哭。

江志新：爷爷，爷爷！

江多福：志新不哭，爷爷跟你回去。

江援朝、贾幸梅和江志新都很高兴。

江志新：真的爷爷？

江多福擦着眼睛点头。

江援朝［看着江开国］：大哥，行吗？

江开国：我们尊重爸的意见，听他的。

江援朝：太好了，爸要跟我们回家了。

吕　希：木兰，这儿的条件太差了，不能让叔叔婶婶再住这儿，好歹去住个如家吧，我去安排去。

木　兰：哎……

江援朝［立刻挣扎着坐起来］：别！

木　兰：叔叔，让吕希去找个好点的旅馆吧。

江援朝：真没事，这儿挺好的，经济实惠，现在挣点钱多不容易，能省就省一点。

贾幸梅：是啊，以前想着木兰在北京挣大钱了多风光，来了北京才知道，大城市花销也大啊。想想木兰也一样不容易，挣得多也花得多，能省一定要省。

木　兰：叔叔婶婶，你们要是真不舒服还是得上医院啊。

贾幸梅：知道了，谢谢。

一家人互相体谅，十分和谐。

52. 木兰家客厅，夜，内

木兰和吕希带着江多福和江开国回来了。

江开国：爸，你都想好了？

江多福：算了，看来要是我不走，他们也不肯走，还把自己弄得这么可怜。再说我也确实想回去了。来北京这了这么一段，给木兰和吕希添了不少麻烦。

木　兰：爷爷，没有的事。

江多福：爷爷知道你爸是个孝顺儿子，你是个孝顺孙女，就是因为你们这么懂事，我更得心疼你爷俩啊。我想好了，回去吧。

江开国：你一直也惦记老家，回去也好。就先跟援朝他们回去，我跟这儿再挣点钱，等手头宽裕了，我就回去陪你。

江多福：好。

吕　希：这回叔叔婶婶来，咱们也没尽尽地主之谊，好歹得请他们吃顿饭吧。

江开国：就楼下烤鸭坊的北京烤鸭吧。来了北京，不吃北京烤鸭，不算回事。

悦　悦：我要吃烤鸭。

大人们都笑了。

53. 烤鸭坊包间，日，内

木兰一家和江援朝一家人坐着吃饭。桌上摆满了菜，服务员正在上烤鸭。

木　兰：叔叔婶婶，志新，这家烤鸭店的北京烤鸭特别好吃，你们别客气，多吃点。

贾幸梅：谢谢啊木兰，谢谢你们，太丰富了。

志　新：爷爷，我就请了三天的假，要是东西收拾得差不多的话，咱们就赶早回去好吗？

大家都看着江多福。

江多福：回去可以。钱的事当着大家得说清楚。

众人都看着他。

江开国：爸，你说。

江多福：我昨天晚上想了想，这笔钱是老房子来的，姓江的儿子都应该有份，我想把这钱一分为二，一半给开国和木兰，一半给援朝和志新。

江援朝和贾幸梅有点面面相觑。

江多福：以后，我也想一直住援朝家，为什么呢？因为我已经在开国家住了十几年了，两个儿子，要一碗水端平。

贾幸梅：爸，住我们家绝对没问题，我们肯定给你养老送终，就是……

她不往下说，但是谁都明白她的意思。

江开国：爸，钱都给援朝吧，以后还是两家轮着住，都是儿子，都该养你，等我这边想办法再挣点钱，我还想着回桐城。

贾幸梅：大哥，爸说给你一半就拿着吧，毕竟你照顾了爸这么多年，没有功劳也有苦劳，不是不是，应该怎么说来着，瞧我这么不会说话，反正你就拿着吧。

江援朝：是啊，木兰在北京也不容易，好歹能补贴一点。

木　兰：叔叔婶婶，不用考虑我们，钱你们都拿着吧，只要让爷爷过得开心就行了。

江多福：开国，木兰……

江开国：爸，就这样吧。援朝他们家怎么说现在比我们家更需要这笔钱，就让他们换个大房子，志新的儿子一落地，四代同堂，也好住得宽敞点。

江多福［拗不过，只好点了点头］：那就这么着吧。

江援朝和贾幸梅都特别高兴。

江援朝：大哥，木兰，你们放心，我一定会好好伺候爸的，绝对不会让爸受半点委屈。

志　新：姐，你放心，我一定会帮着我爸一块儿把爷爷养好。

木　兰：那就好。

吕　希：别多说了，大家吃烤鸭，烤鸭得趁热吃。

大家都是笑着吃烤鸭，一家人算是和解了。

54. 烤鸭坊包间，日，内

桌上的饭菜都吃完了。

贾幸梅［满意地擦着嘴］：这北京烤鸭，真是名不虚传，好吃。

江援朝：木兰，吕希，真让你们破费了。

吕　希：叔叔婶婶难得来北京，吃好就好。

贾幸梅：好吃是好吃，就是贵。这年头啊，没钱是寸步难行，好吃的，好玩的，哪样不用钱。大哥，你来北京坐飞机了吗？

江开国：坐了，上次急急忙忙来看病，木兰又说我没坐过飞机，非要让我坐。

贾幸梅：飞机快，一下就到了。爸，不好意思，回去只能让你跟我们一块儿坐火车了。不过我们给你买个卧铺，我们三个坐硬座就行。说起来，我们都还没坐过飞机呢，大哥，从天上看地下，害怕吗？

江开国：不害怕，挺有意思的。

贾幸梅：以后要有钱了，再来北京一定坐飞机来，也尝尝新。

江援朝：你得了吧，别扯远了。

贾幸梅［有点讪讪地］：今天不是高兴嘛，多说两句。

木　兰：爷爷也还没坐过飞机，这样吧，这回我请爷爷坐飞机回去，爷爷一个人也不放心，就请叔叔婶婶陪着爷爷一块儿。叔叔婶婶发烧刚好一点，也不能太受累，火车回去一路上十几个钟头，不轻松，飞机回去路上省时间也少受点累。

江援朝和贾幸梅都是又意外又高兴。

贾幸梅：木兰，这怎么好意思……

江援朝：就是，太破费了，不用了。

木　兰：叔叔，婶婶，爷爷要拜托你们照顾，你们是我的叔叔婶婶啊，我请你们坐一趟飞机也是应该的。就这么说定了。

贾幸梅：那我们就老一回脸皮，不客气了。

江志新：姐，别给我买啊，我这次来的时候就买好了回程票。

贾幸梅［有点着急地］：志新！

江志新：真的真的！我还年轻呢，以后总有机会坐飞机的。

江开国：那就这么样，买三张机票，让叔叔婶婶陪着爷爷飞回去。

江援朝：谢谢啊，木兰。

贾幸梅：木兰真是孝顺啊。[对江多福]爸，你看你多有福气，我和援朝这次可都是沾了你的光了。

江多福开心地笑了。木兰也觉得挺满足的。

55. 北京机场，傍晚，内

吕希陪着江援朝和贾幸梅在办理乘机手续。江开国和木兰陪江多福站在一旁。

江多福：开国，你别怪我，这个钱我就给了你弟弟一个人。虽说没有多少钱，可是这个理……

江开国：爸，真没事，你别多想，我这不还能挣呢。

木　兰[非常舍不得]：爷爷，等有假了我就和爸回去看你。

江多福：木兰，你是个好孩子，你好好把你爸照顾好就行，你爸可就你一个孩子，我好歹还有两个呢。

木　兰[紧紧握着江多福的手]：爷爷，你一定要多保重，有事给我们打电话。

江多福拍拍木兰的手。吕希陪着江援朝和贾幸梅过来了。

吕　希：时间差不多了，该进去了。

木　兰：叔叔婶婶，你们都要保重身体，以后有机会了再来北京玩。

江援朝：好的，好的。

贾幸梅：有机会我们一定会来的。

木　兰：爷爷就都拜托你们了。

贾幸梅：放心吧。

江援朝和贾幸梅扶着江多福往里走。江开国和木兰挥手告别。

56. 木兰卧室，夜，内

木兰躺在床上，正在出神。吕希进来，钻进被窝。

吕　希：想什么呢？

木　兰：少了爷爷一个，好像就冷清了很多。

吕　希：那肯定，一个大活人呢。总算这屋就我们俩了。

木　兰：吕希，咱俩还是得努力挣钱，还是得想办法尽早换个大点儿的房子。

吕　希：爷爷刚走，家里空间大多了。

木　兰：还有你妈呢，总得把你妈接在身边才踏实，再一个，我爸从小就特别孝顺我爷爷，我也不忍心让我爸和爷爷长时间分开。现在是没办法，先让爷爷跟叔叔回去，等以后咱们这边房子弄好了，也能两家轮着养。

吕　希：知道了，一定努力。[伸手搂住木兰]现在，说点我们俩的事吧。

木　兰[笑着点点头]：行，小点声啊。

吕　希[笑了]：知道。

第9集结束！

颂华与雷母初和解，田咪撵亚芝宿街头

1. 雷颂华家方琼卧室，夜，内

方琼在床上躺着，望着窗外出神。雷颂华打开房门，看到方琼这样就气不打一处来。

雷颂华：妈，起来吃早饭。

方　琼：我不饿。

雷颂华：别这样行吗？不就几万块钱嘛，没了就没了，你就别难受了。靠不吃饭，什么时候能省回那笔钱啊。

方　琼［立刻坐直］：谁说跟那钱有关了？！我想多睡会儿不行嘛，一大早就吵吵什么啊！

雷颂华：我说这个，不是心疼那笔钱，是心疼你让人骗。事情出也出了，就当买个教训，下回长个心眼就是了，你老这么下去，钱省不出来不说，还把身体给饿坏了，那不是更不值了。

方　琼：我都说了跟那事没关系！我想睡觉！不想吃早饭！这也不行吗？！别理我，行不行，我懒得跟你说话！

雷颂华：你以为我想说你啊，你天天在家这么别扭着，我们看了可不是都跟着难受！早就说了让你别买别买，非要买，现在还不让人提！妈你怎么就这么霸道呢！领导当了一辈子，就知道批评人，不知道自我批评！

方　琼［气得从床上站起来］：雷小三，你一天不刺儿我，你就不舒服是不是！知道我心情不好，还老提老提，我看你不气死我就不算完事吧！

雷颂华：我就是让你别再想了，怎么又成要气你了！你成天地不吃饭饿着，我们怕你饿出个好歹来！不是我说你啊妈，你就是想得太多！本来没有的事，让你一想就复杂了！

方　琼：你别把自己说得那么好，好像多替我着想似的。你就是气我花了那么多冤枉钱，每时每刻都要提起来，嘲笑我，讽刺我，刺激我！

雷颂华：真是好心当作驴肝肺！你是我妈，我刺激你我有什么好处啊！我看是你老刺激我们！

方　琼［手指雷颂华，浑身颤抖］：就是因为我住在这儿，所以我才刺激得到你！只要我走了，不住这儿了，你看不到我，我也就刺激不了你了！你这么说就是想赶我走！我方琼自己有退休金，用不着在你这儿要饭！

庄海洋和豆豆终于都受不了，也都跑了进来。豆豆扶住方琼，庄海洋拉住雷颂华。

豆　豆：姥姥，别生气！

庄海洋：颂华！你就少说两句吧！

雷颂华：我说什么了我！我劝她去吃饭还是我的错了！

方　琼：你那是劝吗？你是在变着法子讽刺我，刺激我！听你说的这些话我就饱了，还吃什么吃！

庄海洋：妈，你别跟颂华一般见识。现在不想吃，什么时候想吃了，让小丽给你做。

庄海洋把雷颂华拉走了。方琼气得在床上坐下。

方　琼：豆豆，你妈就是跟我性格不合。

豆　豆：姥姥，我妈性格跟你最像了。你们俩是太后跟皇后。

豆豆扔下方琼走了。方琼愣了一下。

方　琼：太后跟皇后？都没好东西？

2. 雷颂华家客厅，夜，内

豆豆出来，庄海洋和雷颂华正坐在沙发上，雷颂华还气呼呼的。

庄海洋：你说跟你妈就不能好好说话，每次一说就急。连顿饭都吃不好。

雷颂华：我们在外面就够累够操心的了，回家还得哄她。

庄海洋：哄哄怎么了，你就这么点耐心啊。上回劝你的话都白说了。

雷颂华：我早看出来了，我跟我妈是前世的冤家！

她起身进自己卧室，关上门。豆豆拿起书包就准备走。

庄海洋：豆豆，你去哪儿？

豆　豆：我回学校了。好不容易回趟家，吵死了，还不如住校清静。老爸，留你一个人伺候太后跟皇后吧。我真同情你。

豆豆也走了。留下庄海洋一个人还在那儿回味孩子的话。

庄海洋：太后跟皇后？两个都是老佛爷啊。

3. 雷颂华卧室 / 小梦家客厅，夜，内

雷颂华坐在床上，余怒未消，拿起电话拨号。小梦家，爱华在给外孙喂饭。手机响。

雷爱华［接电话］：颂华。

雷颂华［几乎要委屈地哭出来］：姐。

爱　华：怎么了这是？不是又跟妈干起来了吧？

雷颂华：姐，我真是快让咱妈给气死了！

爱　华：又怎么了？还为买药受骗的事闹呢？

雷颂华：别提了，妈现在跟个马蜂窝似的，碰一下就炸了。

爱　华：钱都给骗走了，还说那事干嘛。

雷颂华：我也不想说，是妈自己还过不去劲呢，成天不吃饭，就在床上躺着，说是要把这钱给省回来。我劝她吃饭，她就跟我嚷嚷个没完！我知道她是在找我拱火呢，就想让我难受，我忍不住了，她就正好借机跟我吵，冲我撒气。姐你说咱妈是不是还更年期呢？！

爱华听着，外孙扭来扭去地不肯乖乖吃饭，把勺子碰到地上。爱华赶紧捡起来，拿纸巾擦。

雷颂华［听到动静］：姐，你那什么声啊，没事吧？

爱　华：没事，彬彬皮，把勺子碰掉了。［沉吟片刻］颂华，你先别着急。妈这事确实不对，钱已经骗走了，再生气也没用，把身体饿坏了，跟你过不去，都没用了。这样吧，这两天我找个时间过去，好好劝劝她。

雷颂华：姐，你可早点来啊。

爱　华：知道。挂了啊。

挂上电话，雷颂华头疼得揉着额角。

4. 余淼屋子，日，内

亚芝正在收拾余淼和田咪的屋子。亚芝抬头看着余淼和田咪的结婚照，一时出了会儿神。

5. 亚芝屋子 / 田咪娘家，日，内

亚芝进来，凝神想了一会儿，终于拿起电话拨了一串号码。田咪跷着二郎腿在看电视吃零食。

田　咪：喂？

亚　芝：咪子，是我，是妈。

田　咪：哦，有事吗？

亚　芝：屋子都给你收拾好了，就想问问你，都回去住了这么长时间，打算什么时候回来？

田　咪：妈，这得问你。

亚　芝：问我？

田　咪：你什么时候做到我那三个条件，我什么时候回来。

亚　芝：什么三个条件？

田　咪［坐正了］：怎么他们没告诉你吗？

亚　芝：到底什么呀？

田　咪［生气地］：好啊，他们不敢告诉你，那我就自己告诉你！

亚芝听着电话，脸色越来越差。

田　咪［特横］：……就这么三条，要是你不答应，那就等着我和你儿子离婚！

田咪把电话挂了。放下电话，亚芝直觉眼前一阵阵发黑。半晌，亚芝挣扎着站起来，往出走。

6. 田咪娘家 / 报刊亭，日，内 / 外

田咪越想越生气，拿起电话拨号。余淼正趴着，电话响，他一看是田咪打来的，接起电话。

余　淼：咪子。

田　咪：余淼，你现在长出息了啊，学会阳奉阴违了啊，合着我的话都说给空气听了，你没给你妈传达指示啊！

余　淼：咪子，那些话我真的没法跟我妈说出口啊。我想着你肯定是气头上说的，过两天就……

田　咪：我不是气头上说的！我是当真的！几天不见你就学会跟我玩心眼是不是？余淼给我你听

好了，别以为我不敢跟你离婚！

田咪说完就挂上电话，气呼呼的。余淼呆呆地看着手机，突然整个人蹦起来，立刻锁上报刊亭，匆匆离开。余淼刚走，亚芝从另一头过来，发现已经上锁了，余淼不知去向。亚芝待了一会儿，非常伤心地慢慢往回走。

7. 京郊山村公交站，日，外

一辆公交车停下，余淼从车上下来，往山村小路狂奔。

8. 田咪娘家院子门口，日，外

余淼气喘吁吁地跑到门口，敲门。门打开，田母皱着眉看着余淼。

田　母：你怎么来了？

余　淼：妈，咪子呢？

田　母：不在。

余　淼：不在？她去哪儿了？

田　母：她快让你们家气死了！刚刚下山，说去城里好朋友家住几天散散心！你走吧。

田母关上门。余淼着急，赶紧又下山。

9. 田咪闺蜜住处，日，内

田咪坐在沙发上，她的闺蜜潘娟和哥哥潘强坐在两边。

潘　强[挺殷勤地递吃的]：咪子，吃这个。

田　咪[接过吃]：谢谢啊，强哥。

潘　强[有些色迷迷地]：咪子，两年不见，还这么漂亮。

田　咪：快让我婆婆给气死了，还漂亮什么呀。

潘　娟：你那个婆婆，还没让你收拾下来啊？

田　咪：别提了……

有人敲门。潘娟起身去开门，门外是余淼。

余　淼：潘娟，咪子在你这儿吧？

余淼进来，看到潘强坐在田咪旁边，挺亲热的，有些不爽，走过来坐在田咪另一边。

田　咪：你怎么知道我在这儿？

余　淼：我去你们家了，你妈说你到朋友家住几天，我猜是潘娟这儿。是吧潘娟，咪子跟你最好了。

潘　娟[笑笑]：哥，你刚刚说要给咪子介绍工作那事，到底有谱没谱？

潘　强：当然有谱了。那公司老板我救过他命，咪子想去上班，绝对一句话。

余　淼：我们家咪子有工作，用不着你给介绍。

潘　强：什么工作啊？不是说卖药那事吧，咪子你还没跟他说呢？

田　咪：我懒得理他。

余　淼：什么事你没跟我说？卖药的事怎么了？

潘　娟：瞧你这老公当的，自己媳妇工作黄了都不知道，真够二的。

余　淼：啊，黄了？那十万的提成呢？

田　咪：别跟我提那十万，谁提我跟谁急！

余淼吓得不敢说了。

潘　娟［一看这两口子的情形，看看手表］：咪子，我要上班了，你们慢慢聊吧。

潘娟起身，潘强却还坐着不动，盯着田咪看。

潘　娟：哥，你走不走？

潘　强［才不情愿地起身］：好不容易见一回咪子，还没一块儿吃个饭呢……

已经让潘娟赶着出门了。

余　淼［不屑地］：什么玩意儿，还惦记你呢？

田　咪：对啊，就惦记我啊，我嫁人了还惦记我，怎么着？真以为我没人要了是不是？

余　淼：老婆，你这么漂亮，永远都有人要。

田　咪：所以啊，离婚也没什么。

余　淼：谁说我们要离婚了？别生气了，跟我回家吧。咪子，你行行好，跟我回家吧。我求求你了！

田　咪：你搞错了，你求我是没用的，得去求你妈。你自己想想，我跟你在一起五年了，有没有过过一天好日子？其实我也想跟你好好过日子，可我跟你妈的关系不好那也是没办法的，婆媳之间的关系本来就好不了！

余　淼：要不我们跟我妈分家吧，咱俩出去住去。你不是喜欢楼房吗？咱就去租个楼房住。

田　咪：你有钱吗？就你卖报纸一月挣的那点钱，你能租哪儿啊？

余　淼：那怎么办？不想跟我妈一块儿住，又没钱出去租房子，这到底该怎么办啊？弄死我得了！

田咪已经换上笑脸，在余淼脸上抹了一把，腻腻歪歪的样子。

余　淼［有些困惑的］：咪子？

田　咪［笑］：我现在就弄死你啊。

两人倒在沙发上。

（跳接）余淼和田咪躺在沙发上，两人紧紧挤着。

余　淼［一脸满足］：这么多天可把我憋坏了。

田　咪：这你妈能给你吗？

余　淼：这话可太不像话了。

田　咪：话糙理不糙啊，你自己说是不是吧？

余　淼：妈是妈，媳妇是媳妇。

田　咪：废话，吃奶的时候妈好，现在是不是媳妇好啊？是不是？是不是？！

余　淼：是。是。

田　咪：那就行了，知道怎么做了吧。

10. 亚芝屋子，傍晚，内

亚芝坐在屋子里，天光渐渐变暗，她就那么失神地坐着。余淼敲了敲门进来。

亚　芝[被惊醒，才回过神来]：森森？你去哪儿了？

余森一句话不说，直挺挺地站在亚芝面前，扑通一声跪下了。

亚　芝[无限凄苦]：森森，你又要逼妈妈？

余　森：妈，求你看在我的分上，你就答应她吧。

亚　芝：森森……

话音还没落，余森就倒在地上，开始发羊痫风了。

亚　芝[着急地]：森森，森森！

亚芝赶紧给余森放好脑袋，又立刻从床头柜里拿出一块手绢，在他牙关中轻轻垫好。亚芝显得很有经验。然后默默守着抽着羊角风的余森。

（跳接）亚芝担心地看着抽搐的余森，再看了看钟。时间过去了快半个小时。

亚　芝[担心地]：怎么这次都这么久还不醒呢？森森，森森？

余森还是一副失去意识的样子。亚芝抱着儿子内疚地哭了。不一会儿，余森渐渐醒过来。

余　森[虚弱地]：妈。

亚　芝：森森，森森你没事吧？

余　森：妈，你就答应吧，我求求你了，你就答应了吧。

亚　芝[伤心地]：森森，你真的要把妈妈从这房子里赶出去？我在这儿住了三十多年了，不住这儿，我住哪儿去？

余　森：咪子说可以去小汤山乡下的南石槽村，租那儿农民的房子很便宜的。

亚芝愣住了。

余　森[慢慢起身]：妈，你要不想我死，你就答应我吧。

余森出去了。亚芝呆呆地坐着。暮色彻底的笼罩下来。

11. 超市卖场，日，内

江开国兴冲冲地和亚芝一起进来。

江开国：木兰说今天他们超市有些肥皂搞促销，正好家里用完了，可以多屯点，反正肥皂也放不坏。

亚　芝[有些郁郁寡欢地笑了笑]：老爷子跟着你弟弟他们回去，一定挺高兴的吧？

江开国[点点头]：他一直都挺舍不得离开老家的，这次能回去，跟小儿子大孙子一起生活，别提多高兴了。

亚　芝：只要老人家开心就行了。钱是很重要，可哪有开心重要。

江开国：可不是，我爸这笔钱是从天上掉下来的，能让他和小儿子和解，就最值了。只要还不到揭不开锅的时候，钱就没有开心重要。

亚　芝：我就这么想的。我打算答应我儿媳妇的要求。

江开国[愣了]：什么要求？

亚　芝[平静地看着江开国]：她回家的三个要求。

江开国[有点不忍看她]：你知道了？

亚　芝：老江，你和木兰好心，不跟我说。这事是躲不过的。

江开国：那样的话，怎么能跟你说。我们本来想着，这孩子一时气头上，胡说八道的，等过一段了，再慢慢去做做工作。

亚　芝［摇摇头］：没用的。我这个媳妇，泼辣，要强，这次不知道什么事惹她了，她借题发挥，就惦记我那点钱。我心里其实都明白。这次熬不过了，肯定得给她。给就给吧，反正在我手里我也不会花，将来终究都是他们的，早给晚给一样，就这么多。

江开国：可是她那三条……不是钱的事了啊。

亚　芝：我也不知道怎么办啊。钱给他们都可以，可是为什么要赶我走呢？这个老房子，我在这儿住了三十几年了，就算闭着眼我都能摸回来，这是我的家啊。现在让我一个人孤零零地住到小汤山乡下南石槽村去，以后我该怎么办？可我要不答应，我就是看着森森活受罪。他从小身体就不好，这次从山上回来后，脸色一天比一天差，身子看着也越来越淡薄瘦弱，我真怕他生病。森森太可怜了，我是他妈，我希望他开心。

江开国：要我说，这事再想想，不急着决定。

亚　芝［黯然地摇头］：由不得我啊。

江开国一时也无言可劝。这时候正好木兰巡场过来，看见了。

木　兰：爸。阿姨。你们过来了。是来买点肥皂吧，就在那儿呢。

亚　芝［打起精神］：老江，咱过去选一下吧。

江开国［却闷闷地］：亚芝……

木　兰［看出不对］：爸，出什么事了？

江开国：亚芝阿姨她……

亚　芝：老江！别给木兰添堵了。

木　兰：到底怎么了？阿姨，是不是田咪又说什么了？

亚芝叹口气。

江开国：你阿姨都知道了，三条。

木　兰：阿姨，她自己跟你说了？

亚芝点点头。

木　兰：阿姨，你不是准备答应田咪的要求吧？

亚　芝［凄惶地］：不答应她会让森森越来越难受。

木　兰：余森这么着可不行，不能只帮着媳妇儿完全不顾自己的妈妈啊。

亚　芝：不能怪森森，是田咪脾气太坏了。说到底，田咪是个漂亮姑娘，我们家森森能娶上田咪这样的媳妇也不容易。

三人一时默然。

木　兰：阿姨你真的不能答应她。这样的说法是无理取闹，不能答应她。

江开国：不答应她就不回家啊。

木　兰：耍小性子也得有个度。要我说就晾着她，看她怎么办。

江开国：你这不是让余森难受嘛。余森难受亚芝就难受。

木　兰：她就是看准了这一点。要不我再约田咪出来聊聊，再劝劝她。她肯嫁给余森，就是有感情，

只要有感情，总还有商量的余地。说不定这几天她气消了，能好说话点。

江开国：要不再试试吧。年轻人之间也许能说上话。

亚芝点了点头。

12. 幼儿园门口，日，外

孩子们都在门口等家长。高思佳抱着娃娃哭得特别伤心。悦悦陪在一旁。

高思佳：我的娃娃不会动了，她死了！

悦　悦[挺难受地]：高思佳，你别哭了。

高思佳妈妈：好了，思佳，娃娃坏了就不要了。妈妈给思佳买新的，更好的更漂亮的。

高思佳妈妈想拿过娃娃，可是高思佳死死地抱着就是不松手。

高思佳：不要不要，我就要这个！她是我的好朋友，陪我上课，陪我看动画片，陪我睡觉，我就要她！就要她！

高思佳妈妈束手无策。江开国和亚芝正好一起过来，看到了这一幕。

江开国：悦悦，怎么了？高思佳怎么哭得这么伤心？

悦　悦[走到江开国身边，眼眶也红红的]：高思佳的娃娃坏了。

江开国[走到高思佳身边，看了看她手里的娃娃]：思佳，你这个娃娃让公公拿回家帮你看看能不能修好，好不好？

高思佳：你能修好吗？

江开国：公公试试看。

高思佳含着眼泪把娃娃递给江开国。

13. 文化馆里吕希办公室，日，内

吕希正在写材料，这时手机响。

吕　希[接起电话]：喂？韩冬。

韩　冬[画外音]：吕希，有个事找你帮忙。

吕　希：什么事你说。

韩　冬［画外音］：你今天有时间吗？我有个朋友要办一个社区的大型联欢活动，想找人给出策划案，我就想请你出马帮个忙。

吕　希：可以啊。

14. 茶楼，傍晚，内

吕希坐着等着。一个男人找过来。

男　人：吕希吧？

吕　希［起身跟他握手］：小陆，你好。

小　陆［坐下来］：韩冬大概跟你说了吧。

吕　希：韩冬把你们的创意书发我了。

小　陆：我们这个联欢活动主要是面对社区的，所以也不用弄得太复杂，但就是有点着急，一周以后就要用，能来得及吗？

吕　希：这种活动我们文化馆也办过，一周应该没问题。

小　陆：那就太好了。策划费是三千，不是特别多，多多包涵。策划案出来就结款。

吕　希［没想到还有钱，挺意外的表情］：谢谢。

15. 木兰家客厅，夜，内

江开国和亚芝及悦悦刚刚吃完饭。

亚　芝［很满足地放下筷子］：太好吃了，多少年没吃到这么地道的家乡菜，今天真是解馋了。

江开国：就是有些材料不好买，不然啊，我天天做给你吃都不难。

亚芝笑，动手开始收拾桌子上的碗筷。

江开国：亚芝，我来，你是客人。

亚　芝：客气什么呀，你请我吃这么好吃的菜。我来收拾，你不是要修娃娃吗？

悦　悦：外公，娃娃能修好吗？

江开国：来，外公这就修。

16. 茶馆，夜，内

木兰坐着。木兰看了看时间，微微皱着眉。余淼和田咪走了进来，田咪一脸不耐烦。

木　兰［看见他们，招招手］：余淼，田咪，这儿呢。

田咪跟着余淼不情愿地过来，在木兰对面坐下。木兰给他们倒上茶。

余　淼：木兰姐，那个，不好意思啊，路上有点堵车。

木　兰：没事。

田　咪［大剌剌地］：你非要我们来，到底要说什么呀？

木　兰：咪子，约你来，当然是想帮你婆婆来跟你做做工作。

田　咪：我猜就是。我说你怎么就这么爱操心我们家的事呢，跟你八竿子打不着的，我婆婆有什么好处给你啊。真是的。

木　兰：我本来真的没有立场来找你，清官难断家务事，谁家的事外人都不好多说，更何况是非曲直。实在是不忍心看阿姨老了老了还要搬乡下去住，就来帮你们婆媳调解调解。咪子，到底为了什么，就这么过不下去了？

田咪冷笑一声。余森缩着脑袋。

木　兰：婆媳之间要相处得好，不是一件容易的事，可是只要真诚沟通，也不是一件难事，我也有婆婆，我跟我婆婆关系一直挺不错，我婆婆人特别好，我们困难的时候帮我们带孩子，我特别感激她。平时有什么话，我们都说开了，心里就不结什么疙瘩。

田　咪：那是你婆婆，我婆婆可没那么好。

木　兰：怎么会呢，亚芝阿姨是个好人，她刚跟我爸认识的时候，我单位事情忙，没空陪我爸上医院换药，是阿姨陪的。对陌生人都这么好，何况对你呢。

田　咪：她就是那么个人，对外头人好，对我们不好。

木　兰：咪子，这中间一定有什么误会，大家可以拿到桌面上来说，如果你觉得婆婆哪儿做的不好，就大家一起沟通，什么事说出来就没事了。

田　咪［冷笑］：没什么误会，该说的都说了。

木　兰：阿姨是你的婆婆，更是余森的妈妈，她是余森最重要的人。你作为余森的妻子，也应该设身处地地替余森想想，一家人哪有什么深仇大恨，干嘛非弄得不能在一个屋檐下呆了呢，这样不光是难为你婆婆，更是难为你老公啊，是不是？再说一句，你们总要生孩子的，现在带孩子可不是一个轻松的事。就从功利角度讲，跟婆婆住一起也是有好处的，至少有人帮你带孩子啊。

田　咪：说来说去，还是让我别赶她出去。我说，我婆婆到底给了你什么好处，你一次又一次来帮她说话？我用不着她帮我带孩子，我自己能带，带不了请保姆！就是不想再见到她！

木　兰：这不是不讲理吗。

田　咪：我就不讲理怎么着？！

17. 木兰家客厅，夜，内

江开国在修娃娃，悦悦在旁边托着腮认真地看着。

江开国：悦悦，给外公那个小的螺丝刀。

悦　悦［赶紧仔细地在工具箱里寻找，然后找出螺丝刀递给江开国］：外公给。

亚　芝［在一旁看着，特别羡慕］：要是我们家能尽快添个小的就好了，这人老了，也没什么别的盼头了，就盼着家里能添丁进口，有个孙男孙女的让我侍弄侍弄。

江开国：你别着急，你们家很快也会有的，到时候你就有的忙了。

江开国又拧了几下，合上娃娃背后的盖，按下开关，娃娃顿时动了起来，又会走又会唱了。

悦　悦［高兴地］：娃娃活了，娃娃活了！外公真棒！

悦悦搂住江开国狠狠地亲了一口。江开国看着对自己这么亲热的悦悦，特别高兴。亚芝也看得直笑。

18. 茶馆，夜，内

木　兰：咪子，你和阿姨之间也许真的有什么矛盾，不可调和，我也不知道，我也不能评价。我就从人道主义角度来说，你婆婆年纪也不小了，小汤山是乡下，医疗条件那么差，离你们又那么远，你就真忍心让老太太一个人住哪儿去？人心都是肉长的，要是婆婆就是你亲妈，你还忍心这么对她吗？要是你妈也有个儿子，你妈也是别人的婆婆，别人像你对余森他妈这么对你妈，你受得了吗？

田　咪［烦了］：少跟我来摆大道理！你贤惠，你婆婆有福，我就不贤惠怎么了，我婆婆命不好，摊上我这个不贤惠的就是她的命！［盯着余森］余森，你自己说，老婆还是老太婆，你自己选一个吧！要是你选老太婆，那下半辈子你和老太婆过一辈子去吧！

木兰和田咪都看着余森。余森嗫嚅着说不出话来。

木　兰：余森，你真忍心把你妈发配到小汤山去？

余森看看木兰，一时有点动摇，田咪一看就炸了。

田　咪：余森，你想什么呢？！作死是不是！［对木兰］你谁啊！跟我们家狗拿耗子来了！我来是给你点面子，你还真当自己是根葱啊！说什么说，我们跟你说得着吗！

木　兰：你……

田　咪：余森，我们走！干嘛跟这种人浪费时间！

田咪拉着垂头丧气的余森牛气哄哄地走了。木兰气得不行。

19. 木兰家客厅，夜，内

客厅里，江开国正在收拾东西，悦悦很乖地在一旁帮忙。木兰开门进来，脸上还是一副怒容。

江开国：木兰回来了，说的怎么样？

木　兰：爸，差点没气死我！

江开国：不会吧？

木　兰：田咪我就不说了，她就是个蛮不讲理，关键还是余森太肉！这种事他得站出来给他妈撑腰的！他倒好，整个一个缩头乌龟！

江开国连连给木兰使眼色，木兰没感觉到。

木　兰：要我说，亚芝阿姨这种儿子，干脆小时候就捏死算了！留到现在也是个废物！

话音刚落，就看到亚芝从卫生间出来，显然都听到了。

木　兰［顿时尴尬］：阿姨，我……

亚　芝［一脸肃容］：木兰，你说得对，是我太宠他了。

木　兰：阿姨，我说话也是不过脑子，你别在意。

亚　芝［忍不住掉下眼泪］：这些话我心里何尝不知道，不过平时自己骗自己，不去想罢了。你今天说出来，倒帮我把心里这层窗户纸给捅开了。从小到大，森森所有的事都是我操心，他从小身体不好，性格又温和、老实巴交的。我特别心疼他，老怕他吃苦受罪，下雨天怕他淋着，大太阳又怕他晒着，什么事都跟着，什么事都保护着，就是不舍得让他自己去担当一下。念书不行，我不怪他，后来找不着工作，我也不怪他，实在没办法了，托了人，才给他开了这个报刊亭，就想着他能平平安安地过一辈子。我只要还活着，能帮他做的就都帮他做。

江开国和木兰听了，都非常难受。

亚　芝：我一辈子都以淼淼为第一，处处为他着想，以前我们娘儿俩也一向相依为命，挺好的，没想到……没想到他娶了媳妇以后会变成这样，连我这个妈都不要了。

江开国：这次这个田咪实在是太过分，太欺负人，亚芝，你别搬，要搬也是他们搬。

木　兰：没错阿姨，爱没错，溺爱就错了。余淼也不是小孩子了，二十大几的成年人，不能一辈子都在你的保护下过日子，他也该独立了。

亚　芝[点了点头]：你们说得对，就是为了淼淼，我跟他们妥协太多次了，结果是变本加厉，这次我不能再心软了。

木兰和江开国都重重地点了点头。

20. 亚芝屋子，夜，内

亚芝沉默地开门进来，看到余淼跷着腿坐在她屋里，正在看电视，还是一副没觉悟的样子。

余　淼：妈，你回来了，跑哪儿去了这么晚？

亚　芝：你在乎妈妈去哪儿了吗？

余　淼：妈，你不是答应那事了吗，你什么时候搬呢？

亚　芝：我搬了，田咪才肯回来，是不是？

余淼只好点了点头。

亚　芝：我不搬。

余　淼[惊讶地]：不搬了？那怎么行啊？

亚　芝：为什么不行？

余　淼：妈你答应过我的……

亚　芝：我反悔了。

余淼目瞪口呆。

亚　芝：如果真要搬，也应该是你们搬。

余　淼[结巴了]：我我们搬……搬搬哪儿去啊？

亚　芝：淼淼，你们去外面找房子住吧，你已经这么大了，总要独立的。这么多年来，妈妈管你太多了，可能是妈妈错了。

余　淼：妈……

亚　芝：你别觉得委屈，妈妈会再给你一万块钱，给你们去外面租房子用。这是妈能拿出来的最后一笔钱了，以后你就得靠你们自己了，妈妈只能管你到这儿了。出去吧，妈要睡了。

余淼木愣愣地，亚芝轻轻把他推出了们，关上门。亚芝一副硬起心肠的难受样子。

21. 亚芝屋子外，夜，外

余淼站在门外，张着嘴惊呆了。

22. 木兰家客厅，日，内

一家人一起吃早饭。悦悦喝光了碗里的粥，放下碗之后擦擦嘴。

悦　悦［特别亲热地］：外公，你今天煮的八宝粥真好喝！

江开国：那悦悦再多喝一点好吗？吃多点，能长得更高，更聪明。

悦　悦：好！

江开国［给悦悦盛了半碗粥］：来，悦悦真乖！

悦　悦：谢谢外公！

江开国开心地笑着。木兰十分意外地看着祖孙俩。

木　兰：爸，你给悦悦吃什么大枣了，我觉得现在你排名比我高了啊。到底发生什么好事了？

江开国：这是我跟悦悦之间的秘密，不能告诉你。

悦　悦：就是啊，是我和外公的秘密，不告诉你们！

木兰好笑地摇摇头。

23. 超市卖场，日，内

鸡蛋面条之类的货架旁，木兰正在和员工一块儿排货。

朱课长：江姐这两天气色不错啊。

木　兰：是吗？

乔　丽：可不是，是不是家里有什么喜事啊？

木　兰：哪儿有啊。就是这几天睡眠比较好。

乔　丽：难怪了，老话早说了，男靠吃，女靠睡，睡得好脸色就好。

屠组长：我们家去年也是，我老丈人丈母娘过来北京看病，一住住半年，就我们家那一居室，老的小的五口人，简直是……想起来后怕。

乔　丽：父母养老的事，能往哪儿躲。

朱课长：可别跟我提父母养老的事，我这儿房子，孩子，入学，事儿多了，都比父母养老紧迫得多，上吊也得先喘口气啊。

小　夏：是啊，你们都还好，在这儿还有自己的房呢。像我这样的，没房没钱的，别说养老问题，就是想接我爸妈来住一段都得琢磨半天。

众人都是唉声叹气地直摇头。豆制品厂的彭厂长推着一大车的豆制品过来。彭厂长是个忠厚长相的中年男人。

彭厂长：江经理，一大早的都忙着呢。

木　兰：彭厂长来了，今天要的货多，辛苦了。

彭厂长：不辛苦不辛苦，超市愿意让我多送一倍的货，我高兴还来不及呢。

木　兰：你们厂的豆制品特别受欢迎，尤其是老年人，每次上午就卖得差不多了，好多老人来晚了买不到，都失望得不行，不让你们多送点来怎么办呢。

彭厂长：江经理，我知道其实对你们超市来说，我这点豆制品的利润是很低很低的，超市的摊位本来就竞争激烈，你们还愿意给我多一点空间，我真的挺感谢的。

木　兰：别谢我们，要谢就谢你自己。这么多年来，你们厂的品质始终没变。这太难得了。

彭厂长：好的质量才是企业的立根之本，我们厂是个小厂，在质量上也是绝不敢马虎的。

木　兰：要是所有的企业都有你们这样的良心就好了。坚持一下很容易，坚持一辈子就太难。彭厂长，希望你们一直坚持，我们超市就永远把这么好的货架位置给你。顾客满意，你们也盈利，我们超市也挣钱，三赢。

彭厂长：你放心吧，江经理，就冲你对我们的支持，我们也得坚持。

木兰和彭厂长对视一笑。

雷颂华［正非常生气地看着超市的一个角落］：这片谁的包干？

保　洁［有点害怕地过来］：店长，是我。

雷颂华：你看看你看看，这儿怎么这么脏？不要以为这个角落顾客不会走过来就可以不擦！我都说多少遍，不能有卫生死角不能有卫生死角！整个超市都得弄干净！弄干净不是给别人看的是给我们自己看的！

保　洁［吓得快说不出话了］：店长，我错了……

雷颂华：认错管什么用?！开门前赶紧给我打扫干净！下次再让我看见你就给我走人！

保　洁：知道了店长。

雷颂华怒气冲冲地走掉了。这边木兰等都一脸愕然地看着。

朱课长：最近店长一直都心情很不好，经常骂人。

小　夏：是啊，害得我们干事都格外小心翼翼，生怕点雷。

木　兰：好了，都别说了，干活去吧。

大家都点头散开。木兰望着走廊尽头匆匆走开的雷颂华的背影出神。

24. 超市后门，夜，外

雷颂华心情烦躁郁闷地匆匆走出来，沿路碰到几个员工都瞬间立正。雷颂华却没心思理会，微微点头，匆匆走出。门外，木兰正在等她。

木　兰：店长。

雷颂华：你还没走？

木　兰：等你呢。

雷颂华：哦？

木　兰：想问问店长，要不要去麻小配啤酒一下？

雷颂华笑了。

25. 麻小排挡，夜，内

木兰和雷颂华碰杯痛饮吃麻小。

雷颂华：你这几天气色不错啊。

木　兰：后院平静。我爷爷回老家去了。

雷颂华：好事啊。你能轻松点。

木　兰：我爷爷其实一直都想回老家，他一走，我们家里的空间没那么拥挤了，我也知道我说这话好像挺不应该的，可还是不由自主地松了口气，这两天睡觉也睡得深了。

雷颂华：向你表示祝贺。

木　兰：店长，我也要谢谢你，上次听你的建议，我婆婆在家请了个保姆，现在也算挺省心的。谢谢。

雷颂华：没问题啊，这顿单你买。

木　兰：那也没问题啊，不算行贿索贿吧。

雷颂华［大笑］：上顿还是我买的呢。

木兰也大笑。两人又碰杯痛饮。

雷颂华：你当初怎么会来超市？

木　兰：啊？

雷颂华：你大学学的是商科吧？

木　兰：对。

雷颂华：商科毕业，能去的地方挺多的呀，干嘛来超市？说句实在话，超市这个地方特别鸡毛蒜皮的，你不烦吗？

木　兰［笑］：为了户口，你信不信？

雷颂华：对，我们虽然是超市，可算是外企，管理人员是有一定比例的进京指标的。

木　兰：我当时一门心思就想留在北京。

雷颂华：为了你爱人？

木　兰［点点头］：我爱人人真的很好。

雷颂华［笑了］：能感觉出来。你说就这一段你爸和你爷爷过来，你爱人能跟他们一起住，这样的男人也不是满大街随便能找到的。

木　兰［笑］：我挺满足的。家里，单位，都满意。超市工作虽然琐碎，不过也挺热闹的，况且，职业前景还是广阔的。

雷颂华：这倒是。毕竟是外企，升职的标准还是很公平的。我也从生鲜经理做起的，店长，大区总监，中国区运营总监，虽然辛苦点，乐趣也不少。每次往上走一步，就能看到更远的风景，让人意想不到的新鲜的风景。所以值得。

木　兰：店长，其实我早就对你久闻大名，家多福进中国，从一个水土不服的洋企业做成最本土化的优秀企业，中间有好几次本土化的革命性措施都是你提出的。家多福中国区高层原来都是老外，现在中国人越来越多。

雷颂华：做什么事都拗不过一个词，专注。

木　兰：店长，将来你肯定是中国区的第一个中国人总裁。

雷颂华：这就是我的奋斗目标。前提我能早点解决你们店的店长问题。

木　兰：店长，要不你就让我当店长吧。我工资翻番，家里问题就解决了。职业生涯也上一个台阶。

雷颂华：我想让你当店长。但是现在还有一点点小程序，就是利润。如果你要当这个店长，仅仅靠仁慈和口碑是不够的，你必须得有业绩，说白了，就是得有利润，得为这个店挣钱，不然你让我跟上面怎么推荐？在商言商，谁最后都得凭利润说话。只要你下个季度考核利润能比百货部高，我马上提你。

木　兰：我明白了。谢谢店长。干杯！

两人干杯痛饮。

木　兰：店长，现在你心情好多了吧？

雷颂华：好多了。

木　兰：看你最近老是发脾气，是你母亲又跟你闹腾了？

雷颂华：我那个老太太就是个作老太太，我让让她吧，她还变本加厉地作。买药的事东窗事发了，是个骗局！什么口服液就是水，保健床垫里头全是烂棉花，骗走了她好几万块钱！她不知道反省反省，还在家闹脾气。

木　兰：怎么都是骗局。

雷颂华：现在的人真是没有道德底线，知道老头老太最好骗，就在他们身上下手。你说像你爸和我妈这样的，自己都搞不清楚状况的，还不知道听儿女的，还在那儿自己瞎做主。

木　兰：也许不能怪老人，得怪我们自己。

雷颂华愣。

木　兰：我爸房子被骗了以后，我也是特别生气，特别生他的气，怪他这么大事都不提前跟我商量，出了事不还得牵连我。可是后来我又想，为什么这么大事我爸都不跟我说？

雷颂华：对啊，为什么？

木　兰：我以前没想过这个问题，就老觉得我爸作腾，自作主张，乱七八糟，可我后来想明白了，不是我爸的问题，是我的问题，是我不够关心他。

雷颂华：不够关心？

木　兰：没错，就是不够关心。我在北京这么多年，除了每年过年回去一趟，平时也就是一个礼拜打个电话问问好，有时候太忙了一个月打不了两回。每次打电话也就是例行公事，问的也就是那么几句老三篇，天气好不好啊，冷不冷啊，饭吃了吗，没了。光是打电话，真的很难知道我爸到底是个什么状态，日子过得好不好，心里高不高兴，那种浮光掠影的问好其实根本没用。

雷颂华［突然有些惭愧地］：别说你这北京桐城了，就我跟我妈一个房子，我好像也没怎么关心过她。就知道她好好的在家就行了。

木　兰：我觉得这就是问题所在。我老不关心我爸，时间久了，我爸就觉得他的事情他应该自己解决，就什么都不跟我说了。

雷颂华：可我妈不一样啊，要什么都跟我说啊。要钱买药买床垫可毫不含糊。

木　兰：可你知道她为什么非要买吗？

雷颂华［愕然］：买就买，有什么为什么的。

木　兰：有。肯定有。只是他们嘴里不说。透过现象看本质。我们都只看了一个现象，没有去想一想本质。

雷颂华若有所思。

木　兰：店长，干杯！

26. 雷颂华家客厅，夜，内

雷颂华进来，屋里已经黑灯了。

雷颂华［走到方琼卧室门口］：妈，睡了吗？

屋里一点声音都没有。

小　丽［从自己屋里出来］：阿姨回来了。

雷颂华：姥姥今天怎么样？

小　丽：还那样，吃得少，天擦黑就进屋睡了。

雷颂华［想了想］：行了，睡去吧。

27. 雷颂华家客厅，傍晚，内

方琼和小丽沉默地坐在一起吃饭。方琼只吃了半碗，就放下筷子。

小　丽：姥姥，又吃这么点啊？

方　琼：嗯。

方琼起身端着饭碗开门走了出去。小丽不解地看着。

28. 小区角落，傍晚，外

方琼端着半碗剩饭慢慢地走过来。小区的一个僻静角落，已经围了好些流浪猫，看见方琼也不怕，都慢慢过来，显然都熟了。方琼蹲下来，地上有一个塑料的小盆，方琼把手里的半碗剩饭倒在盆里，猫们都围过来吃起来。

方　琼［在一旁的石凳子上坐下，看着它们］：咪咪，吃吧。好吃吗？

小区另一边，雷颂华刚停好车，从车上下来。雷颂华看见了方琼的背影，远远地看见方琼坐在那儿，好像在跟地上的猫说话。雷颂华若有所思地慢慢过去。

方　琼：你们说，我对那个小姑娘多好啊，那么信任她，还跟她说那么多事，把她当我自己孙女儿，她怎么能骗我？骗走我这么多钱不算，还骗了我的感情！你说这她年纪轻轻的干什么不好非要干骗子。

雷颂华走到一边，悄悄地听着。

方　琼：我每天都是一个人对着一个空房子，房子再大，吃穿再多有什么用，都没个人陪我说话。就只有你愿意陪我说话，就只有你肯听我说那些老掉牙的事，就只有你愿意说好听的哄我高兴，我就是花钱买你那好听话也值了啊。那你倒是接着忽悠我啊，怎么就骗了钱就跑了呢？小骗子，你多骗一会儿也行啊。

方琼神情黯然。雷颂华都听见了，很是感触。方琼的手机响了。方琼一看，顿时精神一振。

方　琼：小二……我就在楼下，马上回马上回。

方琼拿着自己的空碗起身回去了。雷颂华看着方琼一个人走远的身影，有些内疚的表情。

29. 雷颂华家客厅，夜，内

雷颂华推门进来。爱华正陪方琼坐在沙发上，方琼正在吃点心。

爱　华：好不好吃？

方　琼：好吃。

爱　华：你最爱吃的稻香村锅盔饼，山楂馅的，能不好吃吗？哟，颂华回来了，来吃点心，也买了你爱吃的萨其马。

雷颂华在沙发另一边坐下，看着方琼。

方　琼：看着我干嘛。又想编排我什么呀。

爱　华［柔声柔气地］：妈，你跟我说说话不行啊，跟妹妹过不去何苦。你好像瘦了。

方　琼：是吗？

爱　华：瘦点好，千金难买老来瘦，现代人谁不想瘦，都怕胖，胖是百病之源。妈就是有福气哈，吃点心也不长胖。

方　琼［更是开心］：你说话就是中听。要搁你妹嘴里，又要说我用绝食抗战了。

爱　华：妈，那事啊，你要不提我们都忘了，算了，不就是几万块钱嘛，再说这是件好事。

方　琼［惊讶地看着她］：这还好事？

爱　华：妈，你得这么想，钱财身外物，破财能消灾。说不定本来你要碰到一件不好的事，说不定是一件特别不好的事，因为丢了这笔钱，不好的事就没了，全家都平安，这不是咱还得了便宜了吗，应该高兴才对啊。

方　琼［总算心里舒服点了］：爱华说得有道理啊，也不完全是坏事啊。毛主席告诉我们，事物都要看两面，对对对，坏事也就是好事。

爱　华：就是嘛，这下妈想通了？

方　琼：想通了想通了。

雷颂华：妈，对不起。

方琼意外地看着雷颂华。

雷颂华：这事也怪我。最近我工作上确实事特多，所有的精力都放超市了，把你给忽略了，你在我这儿住的这段时间，我都没有好好地陪过你，每天我们都早出晚归的，就让你和小丽在家待着，也没个人跟你说说话，是我不对，我不是一个称职的女儿。

方　琼［顿时心软了］：小三儿，这也不能怪你，我年轻的时候也跟你一样，为了工作家里都不管，都是你们的爸照顾你们兄妹仨。

雷颂华：妈，最近不是碰上状况了嘛，也是临时的，等忙过了这一段，这边门店的新店长选出来了，我就能去总公司复职，就不会这么忙了。到时候我好好安排安排，咱们全家，叫上小梦他们一块儿，去郊区找个好一点的私汤，住几天，连泡带吃，好好玩玩。

方　琼［挺高兴地］：你呀，就是太倔了。

爱　华：那还是跟你一样。

方　琼［想想，自己都觉得好笑］：是啊，你跟我这臭脾气，真是一模一样。

爱　华：这不就好了嘛，母女俩哪能像乌眼鸡似的天天互相瞪着，就该现在这样。

雷颂华和方琼都笑着，终于和解了。

方　琼：你那儿怎么样了？

爱　华：天天忙着照顾那个小东西，实在是没空。不然的话，我早就接你去我那儿先住着了，让小妹忙她的。

雷颂华：没事没事，我店里的事估计也快了，人选已经有了，就看她的表现了。

方　琼：是啊，我在这儿住的挺好，不搬来搬去的了，麻烦。

雷颂华：马上就咱妈的八十大寿了，这次咱一定给好好操办操办吧，把所有的亲戚朋友都请上，好好的热闹热闹。

爱　华：好啊，是该好好给妈过个生日了。

方　琼：用这么隆重吗？

爱　华：用。太用了。人生七十古来稀。你都八十了。脑门上顶个包，可以扮演老寿星了。

方　琼［笑得不行］：这张嘴啊，就像你爸。

爱　华：那是，爸不就是这么把你哄到手的嘛。

雷颂华：妈，到时候再去好好做身新衣服。

爱　华：对，小妹没时间，我陪妈做衣服去。

雷颂华：好，姐，你陪妈去做衣服，我负责订饭店。

方　琼［很高兴］：行，都听你们的。

母女三人都很高兴。

30. 田咪娘家，日，内

啪的一声，余淼捂着脸颊倒在一边，害怕地看着怒视自己的田咪。一旁田父田母看着。

田　咪：你妈居然敢那么说？！

余　淼：咪子，你，你别生气……

田　咪：你妈自己没那个胆子，肯定是让姓江的那父女俩给撺掇的，不然哪儿敢跟我们这么横！

余　淼：我看我妈这回是铁了心了，我妈从嫁给我爸就一直住那儿，三十多年了没挪过窝，这回估计也不干。

田　咪［气呼呼地］：就那俩父女挑拨了你妈几句，就让我算了？

余　淼：那不然还能怎么办嘛。

田　父：小咪，我看你还是算了吧。

田　母：是啊，我看这回你婆婆不会改主意了，你就别跟她死磕了，不然吃亏的是你。

田　咪［在屋里团团乱转］：真是气死我了！气死我了！气死我了！

余　淼［吓得要命］：咪子，你，你别着急，就算现在房子不是我们的，等我妈驾鹤西游了，不还都是咱的嘛。

田　咪［停住脚步，想了想］：这么跟你妈闹下去也没什么意义，这样吧，你回去跟你妈说，要我们搬出去住也可以，不过不是租房子，是给我们买房子，让我们另立门户。

余　淼：给我们买房子？我妈哪儿有钱啊？

田　咪：你妈那套别想骗我。我早就算过了，你妈手上还有差不多十万块钱呢，就想拿一万块钱打发我们，不愧是个会计，她倒是会算计。你回去跟她说，我们买不起商品房，可我们能买经济适用房，这笔钱必须得她拿出来，十六万，一分都不能少！

余　淼：不是，咪子，我妈哪儿还有十六万啊，她手上应该就那七万块钱，不会是假的。

田咪盯着余淼看，突然似笑非笑起来。余淼给她看毛了。

余　淼：咪子，你有话就说，别这么样看我。

田　咪［笑眯眯地］：余淼，我实话告诉你，我心里很不爽，很多事情都让我很不爽。这次你妈必须得给我把钱拿出来，不然我心里这口气难出，保不齐我就真的跟你散伙。

余淼完全愣住了。

31. 亚芝屋子，夜，内

余淼垂着头坐在亚芝面前。

余　淼：妈，看样子咪子这次是真的铁了心了。算我对不起你。

亚　芝：行，我把钱给你们。不够的部分，我还有些首饰，你都拿去。

余　淼：妈……

亚　芝：钱反正早晚也是要给你们的。既然你们小两口有这个心想买经济适用房，也是挺好的事，妈妈总是会支持你。以后就再也没有钱了。我全给你们了。

余　淼［羞愧地］：妈，对不起。

亚　芝：别说了，说多了心里更难受。淼淼，妈妈能给你的就到这儿了，往后，你得像个大人，跟田咪好好过你们自己的日子。

32. 田咪娘家，日，内

余淼把存折和首饰递给田咪。田咪仔细地看了一遍，终于露出了满意的笑容。

余　淼：姑奶奶，这下可以摆驾跟我回家了吧。

田　咪［昂着头］：想这么容易就把我请回去，那不是便宜你了？

余　淼［哭丧着脸］：你还想怎么着啊？

田　咪：让你妈出去避个两三天的，随便她去哪儿。

余　淼：这又是为什么啊？

田　咪：我不想一回家就看见她。

余　淼［为难地］：这……

田　咪［亲热地靠近余淼，在他脸上亲了一口］：乖，回家跟你妈说去。

余淼只好点了点头。

33. 亚芝屋子，日，内

余淼又是一脸哀求地跪在亚芝面前。亚芝无语地垂着头。

余　淼：妈，求求你了，你就去哪儿呆几天避避风头吧。

亚　芝：淼淼，我……

余　淼：妈，你就再忍忍吧，都已经到现在了，等她回来了不就好了。妈妈妈，求你了，谢谢妈。就差这一步了呀。

亚　芝［很难受］：你让妈妈这几天去哪儿呢？

余　淼：不行去江叔家住几天呗，他那么热心，肯定会帮忙。妈，就这么说定了，你快收拾东西。

余淼立刻去拿出一只袋子，塞在亚芝手里，几乎是推着亚芝去收拾东西。

34. 文化馆里吕希办公室，日，内

吕希正在打电话。

小　陆［画外音］：吕希，你写的策划案已经通过了，领导非常满意，我已经让会计把钱打到你的账户里了，你有空的时候查一查。

吕　希：谢谢谢谢。

小　陆［画外音］：我还得谢谢你呢。那先这样，有事咱们再联系。

挂上电话，吕希挺高兴的，想了一想，又拨了一串号码。

35. 韩冬办公室 / 文化馆里吕希办公室，日，内

韩冬正伏案，手机响。

韩　冬：喂，吕希。

吕　希：韩冬，我今天拿到策划费了，这事谢谢你。

韩　冬：客气什么，本来他们也是要找人的，正好你合适嘛。

吕　希：晚上有时间吗，我请你吃饭，你想吃什么随便点。

韩　冬：好啊，我想吃……炒肝。

吕　希：炒肝？就请你吃那么便宜的东西，我多不好意思啊。你可别给我省钱啊。

韩　冬：谁给你省钱了？告诉你，我要吃的那家可是老字号，我能吃十盘，一定吃死你。那晚上见了。

挂上电话，吕希觉得挺感动的。韩冬不由露出柔情的眼神。

36. 路上，日，外

亚芝拎着那个袋子万分郁闷地在路上走。

余　淼［画外音］：妈，过两天你再回来啊，千万别早回来，不然咪子又生气了。

37. 木兰家小区门口，日，外

亚芝来到木兰家小区门口，看见江开国接悦悦从幼儿园回来，祖孙俩手拉手的一起走着，悦悦兴高采烈地跟江开国说着什么，惹得江开国哈哈大笑。亚芝想张开嘴叫他们，还是犹豫了，没有勇气进去。江开国领着悦悦走进小区大门。亚芝站了一会儿，还是转身茫然地走了。

38. 亚芝屋子，日，内

田咪以君临天下的气势走进屋子，四处环顾。余淼一副奴颜婢膝的接驾状。

余　淼：老婆可算是愿意回家了，老婆不回家，我一个人晚上都做噩梦。可想死我了！

田　咪：现在知道我的重要性了吧，看你以后还敢不敢惹我。

余　淼：不敢，再也不敢了。

田　咪［大摇大摆地在饭桌的主位上满足地坐下来］：要是这屋里永远只有我们俩就好了。

余　淼［看她话头不对，赶紧打岔］：为了欢迎老婆回家，晚上咱去门口天外天吃大餐庆祝一下吧。

39. 商场，夜，内

亚芝进来，商场里人潮涌动。亚芝茫然地望着里面灯红酒绿的景象。一群一群的人从亚芝身边过去，根本没有人注意过她。

（跳接）亚芝慢慢地走过一个又一个时髦的店铺门口，里面都是说笑的年轻闺蜜们和恋人们，大家都是那么快乐，可这一切都跟她没有一点关系，更加衬托出亚芝内心的悲苦。

（跳接）亚芝呆呆地在休息区坐下来，呆呆地看着来往的人群。

40. 小饭馆，夜，内

服务员放了两盘炒肝在韩冬和吕希面前。

韩　冬［夸张地吸了吸鼻子］：真香啊！我好久没来吃了，馋死我了。

吕　希：那赶紧吃吧，不够再点。我可记得你说你能吃十盘。

韩　冬：那我可就不客气了，一会儿别哭。

韩冬有点不顾形象地大口大口吃起来。吕希有点意外地看着她的吃相。

韩　冬：真好吃，就是这个味道，想死我了！

吕　希：看不出来你平时文文静静的，吃起这个来的样子还，还真……［不由地笑起来］

韩　冬：怎么，是觉得我不像个医生？

吕　希：好像有点。

韩　冬［笑了］：医生是不是就应该一本正经，不苟言笑？患者才能放心地把自己托付给医生？

吕希笑着点点头。

韩　冬：医生也是人啊。人总得有个放松的时候，不然活着就太累了。说了你都不信，我们主任，五十多一老太太，还听 Hip-hop 呢，为什么呀，就是工作太累了，一天要看上百个病人，要做十几台手术，从来没在饭点吃过饭，从来没在十二点以前睡过觉，你想想，要再不给自己找个放松的方法，怎么办。你文化馆的工作怎么样，轻松吗？

吕　希：你一定觉得轻松吧？

韩冬点点头。

吕　希［笑着摇摇头］：看别人都觉得轻松，其中辛苦只有自己知道。任何行当的人，都有一把辛酸泪啊。

韩　冬［大笑］：不愧是中文系的，这酸劲儿还是没倒。

吕　希：人越大就越觉得活得累，想想咱们高中那时候，那才叫没心没肺，百事可乐。

韩　冬：是啊，那个时候生活的多简单，就是学校，家里，家里，学校。成天除了读书就没别的大事了。

吕　希：现在想想，那个时候自认为的痛苦跟成人世界的痛苦相比，简直不值一提。古人早就说了，为赋新词强说愁。

两人都大笑。

韩　冬：你还记得五班的冯晓吗？

吕　希：记得啊，他现在干嘛呢？

韩　冬：他高中毕业就去美国了，后来就一直留在那儿。去年结婚了，你知道是和谁吗？

吕　希：和谁？

韩　冬：赵琴琴。

吕　希：赵琴琴？不会吧？

韩　冬：一切皆有可能。读书的时候冯晓就喜欢赵琴琴，老找各种烂招接近她，没想到这么多年了，总算让他得手了。

吕　希：都十多年了，不容易啊。

韩　冬：可不是嘛，冯晓现在可是我们班女生心目中的情圣，太专一了。

两人说说笑笑，都陷入回忆之中。

41. 商场，夜，内

响起送客的音乐，客人寥寥无几。亚芝坐在休息区昏昏欲睡。一个保安走过来，轻轻地拍拍亚芝的肩膀。

保　安：阿姨，阿姨。

亚芝迷迷糊糊地睁开眼睛。

保　安：阿姨，我们打烊了。

亚　芝：打烊了？［清醒过来］哦哦，对不起，我这就走。

亚芝有点摇摇晃晃地站起来，保安赶紧扶住她。

保　安：阿姨，你没事吧？

亚　芝：我没事，谢谢你啊，小伙子。

亚芝拎着小包跟盲流似的走出商场。

42. 韩冬家楼下，夜，外

吕希开车把韩冬送到家楼下。

韩　冬：没想到不知不觉地聊天聊到了这么晚，还麻烦你送我回来。

吕　希：送女士回家是一个绅士应该做的。

韩　冬：谢谢你，今天晚上我过得特别开心。

吕　希：该说谢谢的是我。谢谢你把我的事放在心上，说是找我帮忙，其实是帮我挣钱。

韩　冬［看着吕希，有些情浓的眼神，马上低下头，没有流露］：我上去了。你赶紧回家吧。

韩冬下车，挥挥手。吕希走了。韩冬一直目送他离开。

43. 银行 ATM 区域，夜，内

亚芝走进 ATM 区域，里面还有人在排队取钱。亚芝不好意思就这么站着，也假装排在后面。（跳接）最后一个人取钱走了。亚芝看看再也没人了，走到角落里，靠着墙角坐下来，蜷缩成一团，把头靠在臂弯里，一会儿就睡着了。吕希进来了，他看到角落有个人坐着，有些意外，但也没多想，站到 ATM 机前，把三千块钱给取了出来。吕希把钱放进钱包然后转身准备离开。再次扫了一眼角落里的亚芝，亚芝的大半个脸都埋在袖子里，吕希看得有点不太真切。

吕　希［自己都有点不信］：不会吧？

他摇摇头，走出 ATM 区域。

44. 木兰家客厅，夜，内

吕希从钱包里拿出三千块钱，自豪地放到木兰面前。江开国抱着悦悦也在一旁看着。

吕　希：拿着，这是韩冬给我介绍的那个活挣的，三千呢。

悦　悦：哇，爸爸挣钱了？

木　兰：晚上你就请人吃炒肝，小气鬼。

吕　希：真不赖我，她非要吃。那家炒肝也确实挺地道的，改天带你和爸尝尝去。

木　兰：韩冬对咱们可真不错，都帮了我们好几次了，下次一定得找个机会再好好谢谢她。

吕　希：我们老同学了，没那么讲究的。［感叹地］三千块啊，也就几天的事，要是以后老有这样的活就好了。对了，刚才好像看到亚芝阿姨了。

木兰和江开国都是脸色一变。

45. 银行 ATM 区域，夜，内

亚芝正睡着，保安过来了，拍醒亚芝。

保　安：你好，这儿不能睡觉。

亚　芝：不好意思，我今天晚上没地方去，你就让我在这儿待一夜吧。我什么都不干的，就是想找个能避风的地方。

保　安：阿姨，你可不能在这儿过夜啊。不是我不让你睡在这儿，我们银行有规定的，不行的，要是明天领导在摄像头里看到了，要骂我的。阿姨，你走吧。

亚芝还想说什么，一抬头就看到了门外站着的一脸难受的江开国和木兰。亚芝特别难堪，转过了脸。江开国和木兰已经推门进来。

木　兰：阿姨，跟我们回家吧。

亚芝含着泪缓缓地点头。

46. 木兰家客厅，夜，内

木兰在沙发上铺好被子之类的寝具。江开国陪着亚芝一旁坐着。

木　兰：阿姨，今天晚上你就将就一下，在沙发上凑合一晚。明天我再看看跟悦悦睡一床。

亚　芝：睡沙发就好。已经很麻烦你们了，说谢谢都太轻了。

江开国和木兰看看她，一时都轻轻叹息。

亚　芝：是我没用，可我真的没法不答应。所有的事我都已经答应她了，要是不答应这个，她不肯回来，那些不都白做了吗？不就是出来住几天嘛，为了森森，我认了。我大概真的很抠门，走到旅馆门口了，还是不舍得进去。

木　兰：阿姨，你一早就应该来我们家啊。

亚　芝：我哪有那个脸。

木　兰［挺心酸地］：阿姨，您把所有的钱都给了他们，等他们买了房子，还真的要替他们还按揭？得还十五年，你自己的日子可怎么过。

亚　芝：田咪已经退一步了，不让我搬走，他们搬走。我也只能退一步，小两口要买经济适用房，也是个好事。我的钱存着，也是为了将来给他们，早给晚给都是个给。

木　兰：阿姨，你太宠他了，未见得对他就好。

亚　芝［忍不住哭了］：我知道我知道，太宠孩子不好，可我对不起森森，他根本就不是我亲生的！

江开国和木兰都是震惊。

亚　芝：我和老余结婚以后，接连怀孕几次都掉了，医生说是习惯性流产了，没有生育能力了。我和老余都很难过，可是老余不肯跟我离婚，说不在乎我不能给他生孩子。后来为了养老，我们决定领养一个孩子。

江开国：后来呢？

亚　芝：正好有个熟人来说，认识一个人，有个孩子，因为有癫痫，所以不想养了，问我们要不要。

听到癫痫，江开国和木兰对视一眼。

亚　芝：我们当时就知道，那人的说的是假话，什么自己的孩子不想养，就是人贩子要卖孩子，可我见了孩子第一面，我就喜欢他，我们就把孩子买了。

江开国和木兰完全惊呆了。

亚　芝：孩子到我们家的第一天开始，我就把一颗心都给他了。森森小时候真的很可爱，总是冲我笑，特别乖特别听话。

亚芝哽咽着。木兰递给她一张纸巾。亚芝接过，擦眼泪。

亚　芝：但是，从那开始，我也觉得特别对不起这个孩子。明明知道他是被拐的，我们买了他，也许他就永远失去了和亲生父母重逢的机会。我对不起他，我就想加倍地对他好，我想弥补他，我想把他亲生父母对他的爱一起给他。所以，不管淼淼怎么对我，我都认了，是我欠他的。他变成现在这样，也是因为我从小就过度溺爱他，都是我对不起他！

亚芝泣不成声。江开国和木兰都惊呆了。

江开国［声音颤抖］：亚芝，淼淼……淼淼身上有胎记吗？

亚　芝［点头］：有，在后背上，小时候像把小扇子，长大以后淡了很多。

江开国和木兰再次对视一眼，都完全惊呆了。

亚　芝：我知道你在想什么，其实上次你说你们家的事的时候，我就有点想到这个，但我一直安慰自己，应该没这么巧吧，世界这么大，不会就这么碰上了吧。再一个，说句自私点的话，我只有淼淼一个亲人了，我实在不想失去他，所以就让自己不往那方面想，而且那个时候警察也说沈家孩子是你的孩子，我就想着肯定不是。

江开国：那，那淼淼有可能……

亚　芝［点点头］：老江，淼淼说不定是你们家的小顺，咱们该怎么着就怎么着吧。

江开国和木兰沉默许久。

江开国：亚芝，你能帮我点忙吗？

亚　芝：你说。

江开国：我想先跟余淼悄悄地去做个亲子鉴定，等结果出来了再说。

亚　芝：好。

47. 木兰卧室，夜，内

木兰心情沉重地进来。吕希躺在床上看书，已经快睡着了。

吕　希：哟，给阿姨都安排好了。

木兰钻进被窝，了无睡意地望着天花板出神。

吕　希：怎么了，还不困？

木　兰：吕希，你客观点说，怎么的那个余淼都不能是我弟弟吧？他的脾气秉性，一点点都不像我和我爸吧？

吕　希：你别吓我啊，余淼要是你弟弟，那那个什么咪就是我们家亲戚了？你可别开这种玩笑啊！睡吧睡吧。［沉沉睡去］

木　兰［睁着双眼，内心十分复杂］：真希望就是个玩笑。

48. 余淼屋子，日，内 / 外

余淼打着哈欠打开门，愣了一下，江开国和亚芝正站在门外。

余　淼：妈？江叔？

江开国看着余淼，眼神非常复杂。

亚　芝：田咪在吗？

余　淼：她出去了。

余　淼：妈你怎么这么早就回来了？得亏她没在，不然肯定又发脾气。妈，你在江叔家多住几天吧，啊，也好让我和咪子多享受几天二人世界。

亚芝看一眼江开国，江开国没说话，表情复杂地看着余淼。

亚　芝：行，妈在江叔家多住几天，你也答应妈件事。

余　淼：什么事啊？

亚　芝：你跟妈去医院验个血。

余　淼：好端端的，验血干嘛啊？

亚　芝：妈听说有个老中医特别好，妈想看能不能把你的羊痫风治好了。

余　淼[挠挠头]：那行吧。

看着余淼傻乎乎的样子，江开国的内心十分复杂。

49. 医院抽血室，日，内

余淼刚刚抽完血。亚芝和江开国都看着他。

护　士：好了，按住十五分钟。

余　淼：妈，抽完了。

亚芝点点头。

余　淼：没事我先走了，你可千万过两天再回来啊。

亚芝只好点了点头。余淼立刻就走了。

江开国[伸出胳膊]：护士，该我了。

50. 医院门口，日，外

江开国按着针眼和亚芝慢慢走出来。两人都是一脸沉重。

江开国：咱们等结果吧，淼淼不是小顺，就不用惊动孩子了。

亚芝点了点头。

第10集结束！

余淼木兰一家相认，雷母聚会始惧死亡

1. 路上，日，外

余淼和田咪一边走一边说话。

余　淼：咪子，你说咱能摇上吗？

田　咪：凭什么不能？就咱家这么穷的，经济适用房不给我们给谁呀。

余　淼：瞧你这话说的，成天一口一个穷，咱家有这么穷吗？

田　咪：不穷，马上买个商品房去啊。

余淼只好不说话了。

田　咪：摇经济适用房还有一段时间呢，咱们现在手头有这么多钱，不能就这么干存着，太可惜，得想办法钱生钱才行。

余　淼：怎么钱生钱啊？

田　咪：我去股市看看。

余　淼：股市靠谱吗？

田　咪：看看再说。

余　淼［有些不安］：咪子，要我说，还是存个定期什么的。

田　咪：定期，定期能有几个利息啊。

余　淼：定期保险啊。

田　咪：没有风险就没有收益！你懂不懂！

余　淼：我真的不懂。我就知道，我妈的钱都在我们这儿了，我们说好要去买房子的，放股市……我们又不懂，挣钱就算了，万一赔呢。

田　咪［恨铁不成钢］：你就跟你妈一个德行。就你这胆小如鼠，我们家八百辈子都发不了财。

余　淼：为什么非得发大财呢？咱家就算不富裕，日子也过得去啊，天天有吃有喝，不挺好吗？

田　咪：好什么呀，光有个吃喝就够了吗。你瞧你这出息！我告诉你余淼，做人要有追求，不是光吃光喝凑合活着就行的！

余　淼：咪子，你原来不这样啊。

田　咪：原来不哪样啊？

余　淼：不这么烦人，天天就把钱啊房啊挂在嘴里。烦不烦呢。

田　咪：余淼，你这人还是不是男人啊，你自己没本事挣钱，你还怪我。

余　淼：你成天叨叨叨叨有用吗？！现在是怎么了，每次说什么事都要扯到钱上，扯到我没本事上。我就是个没本事挣钱的，你当初别找我啊！

田　咪：你？！

余淼不理她，已经扔下她往前走。田咪忍住气跟上。

2. 医院走廊，日，内

江开国和亚芝慢慢地走过来，都有些心事重重的样子。

亚　芝：老江，一会儿就知道结果了。

江开国：嗯。

亚　芝：我心里，又希望淼淼就是小顺，又希望不是。

江开国：为什么？

亚芝看一眼江开国，没有说话，微微叹息一声，走前。江开国看看亚芝，跟上。

3. 医院亲子鉴定科，日，内

江开国从窗口接过鉴定报告，和亚芝对视一眼，然后慢慢地打开报告。

亚　芝：经鉴定，二人的血缘相似度为百分之九十九点九九，为亲生父子关系。

江开国：淼淼真的是小顺。

两个老人互相看一眼，心情都十分复杂。

亚　芝：老江，对不起。

江开国：怎么这么说。你把我儿子养大，我该谢你。

亚　芝［苦涩地］：没有养好。我把孩子宠坏了。

江开国：亚芝，别这么说，淼淼也不是坏孩子，以后，多了一个亲人，大家一起帮帮他，会好的。

亚　芝［感激地］：没错，有你，有木兰，淼淼就有人看管了。

4. 木兰家客厅，傍晚，内

亲子鉴定放在桌上。江开国坐在桌旁出神。木兰和吕希带着悦悦进门了，都是脸色凝重。

木　兰：爸。

江开国：都回来了。

两人带着孩子坐到桌子旁。木兰拿起鉴定书看了看。

木　兰：真的是小顺。

她放下鉴定书，有些呆呆地坐下。吕希也拿起看了看。

吕　希：也真是机缘巧合，老天的安排，爸这么多年的心愿总算是了啦。

木　兰：可是，怎么会是他。

5. 亚芝屋子，傍晚，内 / 外

亚芝坐着，桌上放着鉴定书，也在出神。余淼赌气地快步往自己屋子走。田咪跟着，也是一脸不高兴。

亚　芝[开门出来]：淼淼，咪子。

余　淼：妈。

亚　芝：你们进来一下，有个重要的事跟你们说。

余淼停了一会儿，进去，田咪也跟进去。

6. 亚芝屋子，傍晚，内

余淼和田咪进来，在亚芝对面坐下，亚芝把鉴定书推到余淼面前。

余　淼：什么东西？

亚　芝：亲子鉴定书。

余　淼[拿起报告]：妈，这谁跟谁的啊？什么百分之九十九点九九，搞的跟千足金似的。

亚　芝：这是你跟江叔的。江叔是你的亲生父亲。

余淼震惊。田咪也吃惊之极，立刻从余淼手里抢过报告看。

田　咪：妈，这什么意思啊？什么江叔是亲生父亲？这什么八点档的剧情啊？！

余淼也瞪着亚芝。

亚　芝：其实妈妈早就应该告诉你了，你不是妈妈亲生的。

余　淼[瞪着亚芝]：原来那天骗我去抽血，是干这个啊。

亚　芝：淼淼，我们也没想到，就这么巧，大千世界，竟然就能让你们父子碰上……

余　淼：什么父子？！

亚　芝：江叔是你亲生父亲啊。

余　淼：他说是就是？！你说是就是？！你们问过我吗？！

亚芝完全惊呆了。田咪也因为余淼突然这么火爆而惊讶。

7. 木兰家客厅，傍晚，内

一家人还是呆呆地坐着。

木　兰：爸，怎么是他？怎么就会是他？

江开国[长叹一声]：我也没想到，我江开国一辈子都硬硬气气的，我儿子却是个没志气、没担当的软弱的人。你是个姑娘，你都随我，自尊自强。我这个儿子，我念叨了快三十年都放不下的儿子，竟然是这样一副德性！

木　兰：这么多年，我想象过任何一个人是我弟弟，哪怕是街边的叫花子，我都能接受，可怎么能是他呢？我打心眼里看不起的余淼！老天可真会捉弄人！

吕　希：木兰，都到这会儿了，你还说这些干嘛。不管怎么说，科学证明，余淼就是你弟弟。你再看不上他，他也是你弟弟。

江开国：吕希说的对。那孩子再不中用，总是我儿子，血缘关系断不了。木兰，再瞧不起他，也是你弟弟。

木　兰：爸，你打算怎么办？

江开国：不管他是个怎么样的人，咱们得认他。

木兰长叹一声，点了点头。

8. 亚芝屋子，傍晚，内

余淼还悲愤地瞪着亚芝。

亚　芝：……就这样，这么多年了，你爸一直在找你，从来就没有一天放弃过，真的没想到就这么巧。

余淼还那么瞪着亚芝。

亚　芝：淼淼，你怎么这么看妈妈？这事没有提前告诉你，也是没把握……

余　淼：我不是说这个！这么多年，你不是我亲妈，你怎么没跟我说啊？！

亚　芝：我心里，就当你是我亲生儿子一样，我不想告诉你，让你心里有疙瘩。

余　淼：那你现在也别告诉我啊！算什么啊？你们说什么就是什么啊？一会儿说你是我妈，一会儿又说你不是我妈！你们都当我是三岁小孩还是白痴啊！由着你们耍着玩！

亚　芝：淼淼！我是你妈，他是你亲爸，我们谁会耍着你玩。我们都是你的亲人。一切都是天意安排，让你们父子团圆……

余　淼：谁要跟他团圆！他想认我，还得问问我愿不愿意呢。

田　咪：妈，这些都是你们俩瞎编的吧？

亚　芝：这些都是真的，亲子鉴定在这儿呢。

田　咪：这十三不靠的突然出事儿，还偏偏是他们家，该不是有什么阴谋吧？

亚　芝：这能有什么阴谋，人江叔图什么呀。

田　咪：图儿子啊。

亚　芝：别瞎说了，要不是真的，人家为什么要认淼淼这样一个儿子。

余　淼［一下子爆发了］：我怎么了？！我这样一个儿子怎么丢人现眼了？！

亚　芝：我不是这个意思……

余　淼：你就是这个意思！

亚芝不敢说话了。

余　淼［愤愤地指着亚芝，也指指田咪］：我知道你们都嫌弃我！嫌我身体不好，嫌我没本事挣钱！给我找亲爸，你是不是嫌我了，要把我推出去？！

亚　芝：不是……

余　淼：就是！我烦你们！烦你们所有人！生我的人给我生这么破身体！养我的人又这么穷！你说你养我干吗呀？你让我给别人养好不好？！让一个大富翁养我好不好？！

亚　芝：淼淼，你怎么能这么说，妈妈对你不好吗？有什么都给你了！你亲爸找你找了二十多年！现在能骨肉团圆……你是个幸运儿！

余　淼：我呸！我幸运什么呀我，要身体没身体，要钱没钱！还来跟我说什么幸运！我是天下最倒霉的那个人！我就是个倒霉蛋！什么破事都能落我身上！我就是个倒霉蛋！

余淼跳起里，掉头冲出门去。

亚　芝［惊呆了］：淼淼……

田咪跟着跑了出去。亚芝叹口气。

9. 亚芝家胡同里，傍晚，外

余淼愤怒地跑过来。后面田咪追过来。

田　咪：余淼！余淼！

余淼不理，管自己跑远了。田咪没追上，靠在墙上喘气。

田　咪：这亲爸家要是个大富翁多好啊。

10. 路上，傍晚/夜，外

余淼一脸悲愤地跑过来，狂跑着。

（跳接）天已经黑了。余淼茫然地走在街上。前面有一个网吧招牌，余淼慢慢地走过去。

11. 亚芝屋子，夜，内

亚芝和田咪坐着。

田　咪［正在打电话，她放下电话］：没接。

亚　芝：这都半夜了，他上哪儿去了？

12. 网吧，夜，外

余淼正在打游戏。他发泄般地狠打。

余　淼：打死你！打死你打死你！

网吧老板［过来拍拍他肩］：哥们儿，你这么打法，一会儿这鼠标就废了。

余　淼：废了废了，赔你个不就完了！

网吧老板［讪讪地走开］：得得得，你打你打。

余　淼：老子就打了！我就是个废物！打你这个废物！你比我还废物！我打死你！

一行眼泪不知不觉落下来。

13. 亚芝屋子，夜，内

亚　芝［起身］：都没跟毛毛他们一块儿，这大半夜的，他跑哪儿去了？我得去找他。

田　咪［站起来］：妈我跟你一块儿去。我猜他肯定就在哪个网吧呢。

亚　芝：咱们一家一家去找。

田咪点点头。婆媳俩难得一致，一起出门。

14. 路上，夜，外/外

亚芝和田咪看到网吧就进去。亚芝和田咪进去，在昏暗的网吧里到处看有没有余淼。

15. 网吧，夜，内

余淼已经不打了，呆呆地看着屏幕。这时候亚芝和田咪已经找过来了。两人激动得过来。

亚　芝：淼淼！

余淼一回头看到亚芝和田咪，一下子就像个小孩子一样的委屈。

余　淼：妈。

田　咪：我们一直在找你。找了好多家网吧。

余　淼：你们一直在找我？不嫌我没出息？

亚　芝：妈妈从来没有嫌过你。

余　淼：妈，我不该说那些话。妈对我还真好，我不是你生的，这么多年你很疼我。

亚　芝：淼淼，妈妈一直都把你当亲生儿子，不管你什么样，你都是我儿子。我真没把你推出去，实在是那么巧，江叔就是你爸。

余　淼：我知道。我知道。

亚　芝：回家吧。

余淼点点头。

16. 余淼屋子，凌晨，内

余淼跟着田咪进来。田咪把余淼按坐在床边。

田　咪：我向你道歉。

余淼看看田咪。

田　咪：最近呢，我遇到不少烦心事，所以脾气不好。动不动就说那些话。你不要生气了。

余　淼：咪子，你也怕我生气？

田　咪：怕啊。你离家出走，我就没老公了。

余　淼：我这样没用的老公，要干吗？

田　咪：谁说你没用了。那不都是气头上乱说的话嘛，你不要记仇。我也没别的意思，就是想多挣点钱，让咱家的日子过好一点。

余　淼：我知道。

田　咪：最近我比较倒霉，干什么都吃瘪。我就想用你妈给的资金去搏一搏，要是赢了，来钱可比干别的快。不是都说资本市场才是最容易挣钱的地方嘛。

余　淼：你想放股市，放哪儿，我都同意。

田　咪：你放心，我肯定会很小心谨慎的，这笔钱是我们家全部的财富了。

余淼点点头。

田　咪：倒是你亲爹那儿，你怎么想？

余　淼：有什么怎么想的，这么多年都不在一块儿，都不亲。

田　咪：亲不亲的，也得去走动啊。

余　淼：为什么？

田　咪：没准还有油水可捞呢。

余　淼：还油水呢，多个爹，不得多个人管我啊。

田　咪：你傻啊，有人管你还不好，管可不能白管，管你不得给你东西给你钱啊。

余　淼：是吗？

田　咪：我问你，这个江叔，哦，不是，现在是你爸了，家里条件怎么样啊？

余　淼：他们家？不知道，我就知道他们住朗月园。

田　咪：朗月园？在万柳吧。那可是富人区。

余　淼：是吗？你倒门清儿。

田　咪：别的呢？那个什么木兰姐在哪儿上班？她老公呢？

余　淼：我妈好像说过，那木兰姐在超市当经理，她老公在文化馆工作，对了，他们家还有个两厢的“标致”，我坐过。

田　咪：住的是楼房，进出还有车，这不就行了，他们家比咱们强得多，是咱的靠山啊。

余　淼：他们又不是什么有权有势的人，能当什么靠山啊？

田　咪：你可真是个猪脑子。最近我找工作，可都不顺利，没人要我。

余　淼：人家不要你，他们能怎么着啊。

田　咪：不要我的人，那是他们有眼无珠，不知道我田咪的好处。以后就算他们求我，我都不去。你那姐姐姐夫好歹也是个中产阶级吧，说不定能帮我找个工作。

余　淼：他们行吗？

田　咪：行不行，等问了不就知道了。睡觉睡觉，睡起来认亲去！

17. 亚芝屋子外，日，外

亚　芝：淼淼？你们好了吗？

余淼和田咪出来，余淼手里还拎着水果。

亚　芝：还买水果了？

余　淼：咪子说第一次上门认亲戚，总不能空着手吧。

亚　芝[高兴地]：咪子懂事了。

田咪不咸不淡地笑了笑。

18. 木兰家客厅，日，内

门铃响。木兰穿着围裙的江开国赶紧过来开门。

木　兰：来了来了。

门外是亚芝、余淼和田咪。

江开国：亚芝，淼淼，咪子，你们来了。

余淼看看江开国，田咪赶紧捅捅他。

余　淼[勉强地]：江……爸。

江开国[百感交集地]：哎、进来吧进来吧。

木兰放下一盘菜，赶紧过来

木　兰：阿姨，你们来了，快请进吧。

田　咪［水果递上］：姐。

木　兰：谢谢。

大家往里走。田咪四处看看，挺羡慕的样子。

田　咪：这房子装修的真不错啊。

桌子上已经摆了一桌子的菜。

江开国：来，来，快坐，快坐。再有个汤就好了。

吕　希［带着悦悦从卧室出来，对他们点头］：来了，大家好。

田咪赶紧拉拉余淼的袖子。

余　淼：姐夫。

田　咪：姐夫好。

吕　希：你们好，坐吧，来，我来倒酒。大家都能喝点红酒吧。

余　淼：姐夫，我红的白的啤的，都行！

吕希顿时有些尴尬。众人也都有些尴尬。田咪拽了拽余淼的袖子，两人一起坐下。亚芝等也坐下。吕希给大家都倒上点酒。江开国举起杯子。

江开国：今天是个大日子，我们家和失散二十多年的儿子重逢了。这么多年，我真的以为这辈子找不着了，现在是老天的安排，让我们还有相见的一天，我真的没有遗憾了。亚芝，我先谢谢你，谢谢你把淼淼养大，谢谢你让他们父子相认。

亚　芝：你快别这么说，看到你们骨肉团聚，我也高兴。

江开国：淼淼虽然是我儿子，却是你养育长大，他其实是你儿子。以后，我们也不用客气，就当多了一门亲戚，你说好吗？

亚　芝：好。

木　兰：我弟弟回来了，我爸了了多年的心愿，我们一起干杯！

众人一起碰杯，饮酒。余淼一饮而尽，又给自己倒上。

江开国：淼淼，爸爸对不起你，是爸爸把你弄丢了。

余　淼：你以后对我好点就行。

众人顿时又有些尴尬。

亚　芝：淼淼。

余　淼：妈，我没说错吧，江爸不是说多了一门亲戚吗？以后江爸得罩着我啊。还多了一个姐，姐也该罩着我吧。不然怎么叫多了一门亲戚。

众人都不知道怎么接口了。

江开国：以后，大家就是一家人了。

亚　芝：对对，一家人，一家人。

吕　希：来，阿姨，尝尝这个鱼。余淼，田咪，尝尝这鸡肉，是安徽老家的做法，很好吃。

众人赶紧吃菜，化解余淼傻乎乎的话带来的尴尬。

田　咪：姐，我敬你一杯，以前有些胡说八道的话，是我不懂事，你可千万别在意，别往心里去啊。

木　兰：没事。

田　咪：姐，江爸以后都住在北京了吗，还回老家去吗？

木　兰：老家不准备回去了。

田　咪：是吗？那老家的房子怎么办？

木兰一愣。

亚　芝：田咪，你问这些干吗？

田　咪：哦，就是关心关心江爸，怎么说江爸也是余淼的亲生父亲。姐，你们家的房子真好，这么宽敞，万柳哎，富人区。

吕　希：我们也是买得早，那时候便宜。

田　咪：那现在就挣大发了，这房子多贵呀。

木　兰：我们这是自住，哪有什么挣不挣的。再说了，房子也好，车也好，全都按揭的，每个月还款的压力很大。

田　咪：还贷也是幸福啊，说明有自己的房子啊，要是哪天，我和余淼也能过上姐和姐夫这样的日子，那我们就心满意足了。

木兰和吕希互相看一眼，都有些接不上话。

江开国：淼淼，你姐姐姐夫，全都是靠自己奋斗来的。你要想努力，我们能帮你的肯定帮你。但是你得自己努力。

木　兰：没错，淼淼，你还年轻，还能奋斗一下。你自己有什么想干的，或者是你有什么样的人生理想，想过什么样的日子？说出来，我们一块儿帮你参谋参谋。

余淼苦恼地想着。

木　兰：你看要不要再上个学，去学个什么一技之长，有了技术哪儿怕找不到一个工作，将来也能在个人职业上有点发展，只要你想得到的就说出来，我们大家帮你一块儿想想。

大家都看着余淼。余淼想了半天，还是摇头。

余　淼：姐，我真没什么想法，我觉得现在挺好的。晚上玩玩游戏，喝点啤酒，早上睡到自然醒，报摊反正有我妈帮我盯着呢，我什么事都不用操心，我也不想操心。我知道你们觉得我没追求，可我真觉得挺满足的。

所有人都很无言。

木　兰：先不说这个事吧。我听我同事说认识个老中医，治癫痫很有一套，哪天有时间了我们一起去看看吧，去扎扎针，看能不能把这病根给去了。

余　淼：扎针？不去了吧，多疼啊，我现在挺好的，也不是经常犯病。

田　咪［立刻掐他］：去，当然得去。这不是挺好的嘛，姐姐想着你，你就去吧，要是能把病治好了那就太好了。

余　淼［只好点点头］：那好吧。

田　咪：姐夫，你们单位平时都干点什么工作？

吕　希：我们单位啊，平时就是组织点活动展览什么的。

田　咪：姐姐姐夫，这些都是小事，其实我们真的有事想要你们帮忙呢。

木兰和吕希对视一眼。

木　兰：什么事？

田　咪：我想找个地方上班。姐夫，其实我觉得我挺适合去你们单位的。真的，我组织能力特别强。

吕　希：这……

田　咪：姐夫，我保证一定会好好干的，你就帮我引荐一下吧！

吕　希：你会电脑吗？

田　咪：会。

余　淼：就你，会的都是些玩的东西，跟上班用的能一样吗？

吕　希：那 Office，Excel 什么的都会吗？

田　咪：什么 O……Office 是什么啊？

吕　希：你学历是什么？

田　咪：初中。

大家都是十分无奈地表情。

田　咪：姐夫，不是都说英雄不问出处嘛，学历不能代表能力对不对。我一定会好好干，就帮我推荐推荐吧。姐夫，真的全靠你了啊。

吕　希：我帮你留意一下吧。

田　咪［举起酒杯］：来，姐夫，我敬你！

吕　希：这个不用了吧。

田　咪：不行，一定得敬的！

吕希没办法，只好举起酒杯跟她碰了碰。

田　咪：姐夫，这事你可一定上心啊，我真的很想去你们文化馆上班的。

19. 亚芝家胡同，日，外

余淼一行人慢慢走过来，余淼还挺高兴的。

余　淼：还是咪子说得对，我亲爸亲姐对我挺好的。我今天去认亲去对了。

亚　芝：就知道你高兴，看你晚上喝了多少酒呢，你江爸也没少喝。

余　淼：今天高兴嘛，高兴就多喝点呗。妈，你说我姐是不是特厉害，说话什么的都特别有条理，还特别为我着想。

亚　芝：看你一口一个姐姐的，能像一家人一样，我看了也高兴。

田咪一直没说话。

余　淼：咪子，你说是不是？

田　咪：你说什么？

余　淼：你想什么呢，这么入神？

田　咪：我想着去文化馆上班呢。

田咪一个人想入非非地笑着。

20. 木兰家客厅，日，内

木兰和江开国正在收拾桌子。都是有点无语。

江开国：木兰，小顺和田咪的话，你别在意。

木　兰：没事，他们还年轻，说话都不走心的。

江开国：我知道，小顺说的那些话，你觉得他没出息。不过，这世上各样花不同，人也不同，你和吕希都是求上进的孩子。小顺呢不一样，就是个安于现状的孩子，虽然听着有点没志气，可没野心不惹事，安安分分地过一生，也没什么不好。

木　兰：各人有各人的活法。只要他自己高兴就行了。

江开国：木兰，不管怎么说，余淼也不是个坏孩子，想想这孩子也不容易，身上有病，又没什么一技之长，要在这个社会出人头地是难了点。你这做姐姐的，还是得想着点他，有什么能帮的，尽量帮着点。

木　兰［一时没有说话，片刻］：爸，我知道。田咪的事，我让吕希去问问。

江开国［有些歉意地笑笑］：谢谢了。

木　兰：爸。

江开国：对了，这大喜事还没跟爷爷说呢。

21. 桐城老家乡下拆迁办 / 木兰家客厅，日，内

江多福和江援朝、贾幸梅三人坐在工作人员面前。江多福被江援朝把手按在一份合同上。

贾幸梅：同志，这就行了吧？

工作人员［收拾那印了手印的文件］：行了。你们可以去领补偿款。新的宅基地位置也已经确定，你们去办相关手续吧。

江援朝［很高兴］：好的好的，谢谢谢谢！我这就领钱去。

贾幸梅：我跟你一起去！

两口子拿着领钱的手续往另一边走了，完全把江多福给忘了。江多福还一个人愣愣地看着自己手指上的红泥。

（跳接）贾幸梅和江援朝看着这一大摞红彤彤的现金，兴奋得不行。

贾幸梅[小心地伸手摸着钱]：援朝，这些，真的是我们的了？

江援朝不断点头，话都说不出来。两人都是开心得合不拢嘴。

贾幸梅[赶紧打开皮包]：快快快，这么多钱赶紧收起来！援朝，你说路上不会有人打劫我们吧？

江援朝[傻乐]：那我跟他拼命！

江多福看着儿子那么兴奋的样子，也挺欣慰的。江援朝和贾幸梅过来了。

江援朝：爸，钱都领到了，咱们回家吧。

江多福：好。

江援朝的手机响起来，江援朝拿出来一看，是江开国打来的。

江援朝：爸，你看，正好哥打来的。[接起电话]哥。

江开国：援朝，你们在外面呢？爸呢？

江援朝：爸就我边上呢，我们今天回溪临了，领拆迁款来了。等会儿啊，我让爸接电话。[把电话递给江多福]爸，哥要跟你说话。

江多福[接过电话]：开国。

江开国：爸，这两天怎么样吗，都挺好的吧？

江多福：都好都好，你们别挂念。你们呢，也都好吧？

江开国：我们都挺好的。爸，我有个大事要告诉你，小顺找到了！

江多福[惊喜]：什么？小顺找到了？

一旁江援朝和贾幸梅一听，也惊呆了。

江开国：是啊，你猜是谁？

江多福：谁？

江开国：远在天边近在眼前，说了都让人不信，是亚芝的儿子。爸，你说是不是太巧了。

江多福[很高兴]：真是缘分啊。开国，找了这么多年，皇天不负有心人，可让你给找到了。

江开国：是啊爸，我心里多年的石头也算是放下了。

江援朝：爸，我跟哥说两句。

江多福：开国，援朝要跟你说话。

江援朝[接过电话]：哥，小顺真的找到了？

江开国：是啊，找到了。

江援朝：恭喜你啊，哥，可算是找到儿子了。

江开国：是啊是啊。你们呢，怎么样了？

江援朝：我们已经开始看房子了，最近看中了一套二手房，特别的好，钱一到位了就能买。

江开国：好，好。都是好事。今天领着钱那就赶紧去买去。

江援朝：哥，我们这就回桐城去。再打电话。

江开国：好。

放下电话，江开国十分开心。

22. 超市卖场，日，内

木兰和朱课长带着员工正在检查豆腐等货品的货架，已经都摆放整齐了。木兰看了眼时间。

木　兰：到点了，大家打起精神，迎接早高峰。

大批顾客涌了过来，大多是老头老太。几个老太直接就过来了，拿彭厂长的豆制品。

老太太甲：你也喜欢这豆干啊。

老太太乙：这家豆干特别的香，炒个肉丝啊什么的可好吃了。

老太太丙：这牌子的，不光豆干好吃，白玉豆腐啊，老豆腐啊，红烧放汤的都特别好，我们家孩子也爱吃，我差不多天天来买。

几个老太太都伸手拿了各自喜欢的豆制品。

彭厂长［画外音］：都放下！

木兰和众人都惊讶回头，正好看见彭厂长带着厂里的两个人急急忙忙地跑过来。

彭厂长：江经理！

木　兰：彭厂长，怎么了这是？

彭厂长：大妈大婶，不好意思啊，今天的豆腐豆皮不能卖你们。你们放下吧，我们得拉回厂里去。

老太太甲：怎么了这是？

老太太乙：就是啊，好端端的，怎么就不卖我们了？

彭厂长：真的是对不住，不是不卖你们，是不能卖你们。

老太太丙：啊？有毒啊？哎哟，我们家天天吃你们的豆腐啊！

木　兰：彭厂长，到底出什么事了？

彭厂长：对不起，我也是刚刚知道，今天的豆制品有问题。点豆腐的用的内酯是假冒伪劣产品。

众人都惊。

彭厂长：我们平常都用一个正规厂家生产的内酯。厂里最近新招的一个原料进货员，为了在中间黑点钱，买了一个假的牌子，以次充好。我一得到消息就赶紧带人来了，幸好赶上了。大妈大婶，今天的货都得拉回去销毁。你们爱吃我们的豆制品，我们非常非常的荣幸，今天对不住了。明天，明天一定准时给你们上货。

木兰挺感动的。众老太太也都很动容。

老太太甲：你要不说，这事谁知道啊。你可真是个实在人，你这个厂长是这个！［竖起了大拇哥］

彭厂长：大妈，您说得对，我不说就没人知道，可我不说我这良心上过不去。不说我对得起您这样的顾客吗？做吃食就等于做人，要讲良心，不能假冒伪劣。虽然我做的只是豆腐豆皮，那也得凭良心做。大妈大婶，那个员工违反厂里的规章，已经让我给开了，以后谁要是再敢这么做，决不轻饶。我保证，你们吃到的豆制品，质量永远是好的。

老太太丙：那我们就还能天天吃到好吃的豆腐了。

老太太乙：明天啊，我再来。

彭厂长：好嘞。

众老太太散去。彭厂长指挥手下开始把货搬上拉车。很快，货架上空了。木兰一直默默看着。

彭厂长：江经理，真的很对不住，今天这个货架开天窗了。难看。

木　兰［敬佩地］：难看吗？不难看。相反，我觉得这个空的货架好看极了。这上面有两个字，良心。

彭厂长不好意思地挠了挠头，笑着跟着两个手下一起推着满满当当的货车走远了。木兰目送，听到一旁一声冷笑，回头一看，正是曾经理转身走开。显然刚才一幕都看见了。木兰也有些不屑地看看他，转身走开。朱课长跟着走。

（跳接）木兰和朱课长走过来，路过百货部的卖场，正看到很多员工都在重新摆排面，冰箱什么的在挪动，上下位置大调整。

木　兰［皱眉］：这干吗呢？都开门了还整理呢。

朱课长：那可不，新的排位合同今天要生效。

木　兰：什么新的排位合同？

朱课长：这个曾经理，真是太厉害了，他最近来了个狠招，把所有的位置都重新招标了。

木　兰：重新招标？

朱课长：是啊，我听说，利用这次招标，所有的供货商都让他给榨了一遍。

木　兰：原来不都是定好的吗，能由他搞？

朱课长：最近他不是搞了一个什么大客户路线嘛，专卖储值卡。很多单位啊公司的都让他给拿下，年终发福利，尽是发手机，发空调的，走货确实走得快。所以啊，所有供货商都只能听他的，瞧瞧现在摆前面的货，厂商肯定是花了大价钱的。这曾经理啊，为了业绩是玩命了。

木　兰［暗暗地摇摇头］：走吧。

23. 麻小排挡，夜，内

木兰和雷颂华碰杯。

雷颂华：谢谢你上次的建议。我跟我们家老太太和解了。

木　兰：这得好好祝贺一下。

雷颂华：是啊，后院不起火，前面怎么都好说。你上次说的那番话，我后来仔细想想，有道理，确实是太不关心老太太的心理了。老人家不是说光管好吃喝就行的。他们心里在想什么，为什么闹腾，不关心不行。

木　兰：知道老太太为什么要买药了？

雷颂华：还是为了寂寞。虽然住在我这儿，可是我们上班的上班，上学的上学，谁又有时间和精力去关心一个老太太在想什么。卖药的小姑娘甜言蜜语，嘘寒问暖，能不让老太太窝心吗？就是给骗走点钱也心甘情愿啊。

木　兰：如果不是个骗局，如果真的能有人还真的关心老人，该多好。

雷颂华：自己子女尚且不能完全做到，外人大约只能靠雇佣了。我想象了一下，我将来老了，是不是在情感上会这么依赖我儿子？

木　兰［看着她］：会吗？

雷颂华［郑重地点点头］：会。到了那个年纪，一切都应该已经是过眼云烟，事业啊，财富啊，都不再重要，不再是生命的支点。

木　兰：唯有亲情。

雷颂华：没错，唯有亲情。所以啊，我明白你的话了。最重要的还是要在心理上关心老人。虽然很忙，很累，很烦，可是真的还是得找出点时间来关心他们。对待老人应该多一点耐心。

木　兰［笑了］：对待老人应该多一点耐心。这话我们共勉！干杯！

二人痛饮。

雷颂华：对了，这次百货部调整货架，效果你看到了吧？

木　兰：曾经理把所有收入都上缴了。

雷颂华：是啊，他这笔做得漂亮啊。收入全部上缴了，总部非常满意，今天还特意把我召回去表扬。

木兰沉默不语。

雷颂华：你们生鲜部是不是也可以调整一次，想办法增加你们的利润。

木　兰：对不起，店长，我不想这么干。

雷颂华：为什么？

木　兰：调整货架只能保证那些大厂子大企业，他们有钱，可以给自己买到好的位置。可就怕会损害一些有良心的小企业。

雷颂华：接着说。

木　兰：我们部门有不少这样的小企业。他们虽然小，可是产品质量一直很好。就前几天，春元豆制品厂的彭厂长亲自带着人来，主动召回质量有问题的产品。他们是小厂，在哪个市场都是无足轻重，可是对消费者来说，他们是最重要的供货商。我不想损害他们的利益。

雷颂华：你有自己的原则，很好。这事我不该这么劝你。我是替你着急。

木　兰：我知道店长的苦心。就算是权宜之计，我也不想这么干。在超市上班十年，我什么不明白。可是我自己也吃五谷杂粮，我真的在很在意品质。我也知道自己挺傻的。好多事儿太较真。可是我就这个性格，改不了。

雷颂华：你这性格在超市吃亏。你说你干嘛非得在这个超市窝着呢。凭你的能力，去任何一家其他的外企应该也能做到部门长。

木　兰：现在来不及了，时间成本已经花了。我在超市花了我最好的十年，我不能再改换门庭，改换之后等于一切重来。我看过一本书，叫《野蛮生长》，对我影响很大，时间的积累是一切的基础，一个人在一件事上持续投入时间成本，最后的收获一定是最大的。所以，我轻易不会走。

雷颂华点点头。

木　兰：店长，别担心，我会想办法把业绩做上去。这个店长的职位，我奋斗了十年，不会轻易让给别人的。

雷颂华：我就喜欢你这点劲儿。我等着你。

木　兰：谢谢店长。

雷颂华：干杯！

24. 餐厅包间，夜，内

包间布置的庄重喜庆。挂着一个横幅：老一辈革命家方琼女士生日快乐！一屋子的人，一共三桌，笑声连连，十分热闹。主桌上，方琼坐在主位上，一边是雷颂华、豆豆、庄海洋，一边是爱华、爱华的女儿小梦、女婿郑翔、外孙子彬彬。另有几个年纪跟方琼差不多的老人。

雷颂华［端着酒杯站起来，调侃］：我来开头吧。今天是我们老一辈无产阶级革命家方琼方女士八十岁生日，是一个大喜的日子。各位至爱亲朋，大家百忙之中抽出时间从祖国的五湖四海赶来，欢聚一堂。我先代表方琼女士对大家表示衷心的感谢！

众人一起哈哈大笑。

一个四十出头的男人：借着大姨这生日，咱们亲戚也会会啊。

雷颂华［也笑得不行］：来，让我们共同举起欢庆的酒杯，祝愿妈妈福如东海，寿比南山！

众　人［纷纷］：福如东海，寿比南山！

一个小女孩［脆生生地］：祝姨姥姥今年二十，明年十八！

众人的笑声顿时要掀翻屋顶。

方　琼［乐得嘴都合不拢了］：谢谢大家！干杯干杯！

包间的灯关了，两层的大蛋糕摆在方琼面前，方琼的脸在烛光中红扑扑的。

爱　华：妈，闭上眼睛，许个心愿，一口气把蜡烛吹了。

方琼闭着眼睛许个愿，张开眼睛，一口气就把所有的蜡烛全都吹灭了。所有人都狂鼓掌。灯亮。

那个四十多岁的男人：大姨你这身体太棒了，我们还等着给你做九十大寿呢！

方　琼：劲松啊，就你这嘴刁！

大家哈哈大笑。爱华把切蛋糕的刀递给方琼。

方　琼［握着刀，一时有些忪怔］：今天就差新华。

雷颂华：妈，哥虽然没回来，他可没忘记您的生日。

雷颂华给豆豆一个眼色。豆豆正站在包间里的大挂壁液晶电视旁边，电视已经连接上电脑，豆豆立刻会意的在电脑上操作几下，顿时电视上出现了视频，新华出现。

新　华［五十多岁］：妈，生日快乐！

方　琼［一下子就有点激动了］：新华！新华！

雷颂华：妈，哥哥全家现在都在美国给你过生日呢！

新华让开，顿时他的全家都出现在镜头里，他的儿子，两个女儿，各自的家庭，有好几个小孩子，大的四五岁，小的还抱在怀里，老的小的有十几口，全都看着镜头。

众　人：姥姥！生日快乐……Happy birthday，great grandmum……

方琼激动得不行。

新　华：妈，今天孩子们都来了，今天是您的生日，虽然我们不在您的身边，但是我们的心永远跟您在一起，我们在这里祝我亲爱的妈妈革命人永远是年轻！

方　琼［眼睛湿润了］：谢谢！

新　华：妈，我和爱华颂华商量了，带着孩子们一块儿送您一个礼物。您是冬天出生的，跟小鬼子拼过刺刀，是真正的巾帼英雄，您就是一枝傲雪的红梅。我们练习了好久，就把这首歌送给您。

雷颂华：哥，我们大家一块儿唱。

新　华［指挥着自己的一大家子人唱］：红岩上红梅开……

25. 雷颂华家方琼卧室，夜，内

雷颂华陪着方琼进来，方琼心满意足的表情，坐到床上。雷颂华坐她下首。母女俩微笑相对。

雷颂华：妈，今天开心吗？

方　琼：开心，开心极了。

雷颂华：刚才许什么愿了？

方　琼：祝愿以后每天都是今天，全家团圆，万事如意。

雷颂华：嗯，一定如愿。妈，早点休息吧。

方琼点点头。雷颂华起身出门。这时方琼的手机响，她接起电话。

方　琼：喂？

中年男人［画外音］：是方主席吗？

方　琼：我就是，你哪位？

中年男人［画外音］：方主席，我是妇联办公室的小梁。

方　琼［有些不明所以］：哦，小梁，你好。单位都挺好的吧？

小　梁［画外音］：都挺好的，大家都挺想您的。今天给您打电话，是这么回事，您的秘书老乔去世了。

方　琼：老乔没了？

小　梁［画外音］：是的，前天的事，请您务必节哀。我现在负责老乔的治丧委员会，想请您参加老乔的追悼会。

方琼无比震惊。

26. 悼念厅外院子，日，外

方琼等一批人走出来，沿着长长的台阶往下走，一脸悲伤。走到院子里，突然大家眼泪一抹，就转换了氛围，都笑了。

一老人：老领导，下面我们什么安排啊？

方　琼：咱几个好不容易见上一面，走吧，都上我那儿去，我让我女儿在家安排了一桌。

众老人：走走，方主席说话了，必须得服从啊。

方琼大笑。

27. 雷颂华家客厅，日，内

老人们一桌子坐着，吃着喝着，欢声笑语，哪里像是刚参加完葬礼。

雷颂华［端菜上来］：鱼来了鱼来了！叔叔阿姨吃啊。

老战友甲：哟，这家里松鼠鱼能做成这样真是了不起啊。

方　琼［甚是得意］：马马虎虎吧。

老战友乙：那是，方主席的姑娘啊，随妈，出得厅堂，下得厨房。

方　琼[笑得不行]：吃吃，趁热。

老战友丙：跟女婿一块儿住，挺好？

方　琼：好，特好。我那女婿，国企大干部，性格还好，对我特好，没得挑。

老战友们：方主席就是有福。

方　琼：对了，今天怎么没看见小马？

老战友乙：小马现在很少出来了，她老伴去年刚走，她整个人都没了精气神。

方　琼：哟，小马老伴年纪不大吧？

老战友乙：可不是不大，也就六十大几，退下来还没几年，刚说要享几年清福。

说到生死话题，顿时老人们有一些静默。

老战友甲：嗨，要这么一比，小乔还算好的，好歹也七十了。

老战友丙：可小乔去的时候，听说可是受了些罪。

老战友甲：那可不，癌症不都这么痛苦，说是走的时候都瘦的脱型了。

大家都是感叹摇头。

老战友甲：瞧瞧人小乔，七十的人都走了，咱们都是八九十的人了，更是没几天活头了。

老战友乙：是啊，想我们当年一块儿战斗的老战友，就剩下咱们几个了。

老战友丙：老方，乔秘书可是跟了你一辈子，一辈子都在给你打前站，估计这次又是给你打前站，提前去下面给你安排事儿去了。倒也好，将来一起做伴也不寂寞。

方琼一下子就愣住了，感到了死亡的恐惧。

28. 不明空间

方琼站在一个黑乎乎的地方，忽然前方出现了乔秘书，毕恭毕敬地站在方琼面前，敬礼。

乔秘书：老首长，我在下面都已经给你安排好了！请指示！

29. 雷颂华家方琼卧室，夜，内

方琼躺在床上，一下子从噩梦中惊醒，害怕得不行。突然，方琼捂着胸口很难受的样子。

方　琼：哎哟，哎哟！来人，来人啊！

很快，外面亮起灯，传来一阵脚步声。门推开，雷颂华和庄海洋焦急地看着方琼。

雷颂华[俯身看她]：妈，妈，怎么了？！

方　琼[喘着气]：我，我觉得喘不上气来，胸闷，难受。

雷颂华：怎么突然这样？

方　琼：快，快送我去医院！不然就晚了！

庄海洋：好好，我们送你去医院！颂华，我背妈，你去开车！

雷颂华[也慌了]：行行。

30. 医院急诊室，夜，内

医生正拿听诊器在给方琼检查。

方　琼［还在叫唤］：哎哟，哎哟。

雷颂华［焦急的］：大夫，我妈怎么回事？要不要紧？

医　生［拿下听诊器］：看上去没什么事啊。

方　琼：怎么没什么事了，我心脏难受的很。

雷颂华：妈，你刚才说四肢麻痹，现在又说心脏难受，到底哪儿不舒服啊？

方　琼：我哪儿都不舒服！就是不对劲！

雷颂华［头疼地］：大夫，那现在怎么办？

医　生：刚才该做的，B 超 X 光心电图什么，都做了，没问题啊。要想再进一步检查，急诊做不了，得门诊才行。要不你们先回家，明天到门诊再好好的做个全身检查。

方　琼：不！我不回去！我就住急诊病房，等明天门诊开了直接转过去。

医　生：老太太，我们急诊的病床特别紧张，都是给需要紧急救护的病人的，您这什么事没有，占着床位不合适。

雷颂华：妈，就听大夫的，先回去吧，明天一早我就陪你过来。

方　琼：不！我不回去，我就在这儿待着！小三，给你韩阿姨打电话，让她找人给我弄个床位！

雷颂华：行吧。

31. 医院急诊病房，夜，内

方琼隔壁床是个老头，插着氧，进气多出气少。方琼躺在床上看着那老头，也难受起来。

方　琼：哎哟，我难受啊，难受。

雷颂华和庄海洋在一旁陪着。两人都是一脸焦急。

雷颂华：海洋，你先回去吧，我在这儿守着就行了。

庄海洋：你一个人行吗？

雷颂华：两个人有什么用啊，你走吧。

庄海洋［点点头，看着方琼］：妈，那我先回去了，明天再来看您。

方　琼：回去吧，哎哟。

庄海洋离开。雷颂华坐在一边，看着方琼在床上叫唤，眉头紧锁。

32. 老中医处，日，内

老中医拿着一根针对着余淼的脖子比划。亚芝和江开国在一旁紧张地看着。

余　淼［看着针就害怕］：哎，哎，哎哟！大夫，这么长的针，这是要往哪儿扎啊。

亚　芝：淼淼，你忍着点，扎扎你的病就好了。

江开国：是啊。

余　淼［还是一个劲儿叫唤］：哎，哎，疼啊！

老中医［无奈地放下手里的针］：你这么大个人了，能不能忍一忍啊，叫得我都不敢下针了。

余　淼［压着嗓子］：哎，哎。

33. 中医院外，日，外

余森捂着脖子和亚芝江开国出来。

余　森：哎哟。

亚　芝：森森，怎么样了，还那么疼呢？

余　森：什么老中医，是不是骗人的呀，这么长的针往我身上扎，也没觉得有什么用啊。害我跑这么远一趟。

江开国：治病哪儿有一次两次就能根治的……

余　森：太疼了，反正以后我不来了。

亚芝和江开国正要说话。

余　森：妈，江爸，我跟咪子约好了还有事呢，我先走了。

余森一伸手，招了一辆出租车，钻进出租车就走了。留下二老无语的。

亚　芝［抱歉地］：这孩子从小就这样，干什么都坚持不下来。

江开国也是默然。

34. 文化馆人事科，日，内

吕希坐在人事科一个中年女干部的对面。

吕　希：邵姐，我们家亲戚就是这么个情况，您看我们单位有没有什么职位能适合她干的？

邵姐犹豫片刻。

吕　希：有什么话您就直说吧。

邵　姐：小吕，就这种条件的，只有清洁工和看大门的。

35. 股票交易所，日，内

坐着很多人。田咪混在一堆股民中，一会儿听这个人说，一会儿听那个人说，看着显示屏上一会儿红一会儿绿，一脸茫然。田咪身边的男人正拿着电话小声说话。

男　人：记好了，号码是000389，现在是十五，有多少进多少，等到了三十再抛……

田咪凝神细听。

男　人：当然可靠了，这个庄家是我弟弟的小姨子的外甥的舅舅。放心吧，绝对错不了的，你就等着挣大钱吧。

田咪转头看看那男的，鬼头鬼脑的，也没当回事，不屑地切了一声。余森歪着脖子走进交易大厅，看到田咪走了过来。

余　森：咪子！

田　咪：你不是扎针去了吗？脖子怎么歪了？

余　森：差点没把我吓死，那么长的针……以后我再也不去了，没事我受那罪干嘛啊，反正就发作也没什么大事，不就是一会儿的事儿嘛，过去了就好了。

田　咪：你说你这人，是不是男人啊，扎针也怕疼。

余　森：你挑好哪支了吗？

田　咪：那么多股票，谁知道该买哪个啊，现在都说没内幕不行的。

田咪边说着边盯着大屏幕看。000389 那支股票突然就变红了。不断闪现，一路飙升，涨停了。

旁边一个人：看，富贵铜业涨停了！

田咪心里一动，转身看刚才打电话的男人，只见他一脸严肃状，却忍不住欣喜欲狂。

男　人[画外音]：记好了，号码是 000389，现在是十五，有多少进多少，等到了三十再抛。

田　咪[喃喃的]：天赐大内幕！

余　淼[盯着大屏幕]：这么多，真是把眼睛都看花了。该挑哪个呢？

田　咪[拉着余淼就走]：走，我们买股票去！

余　淼：这就买了？不是还没挑好吗……

（跳接）田咪在机器上按下一串数字，然后屏幕上显示全部买进。

余　淼：你怎么把九万块钱全买了！一下子就满仓，干嘛不留点再补啊？

田　咪：哎哟，就你还知道满仓啊。走走走，咱买点东西上你姐家去。

余　淼：去他们家干嘛啊……

田咪拉着余淼走了。

36. 木兰家客厅，傍晚，内

田咪和余淼坐在沙发上，把水果放在桌子上，热切地看着坐在对面的吕希和木兰。

木　兰：你们来就行了，不用每次都带东西。都是自家人，不用客气。

田　咪：来看江爸、姐姐姐夫，这是应该的。[对吕希]姐夫，我工作的事怎么样了？什么时候能去上班啊？

吕　希：田咪啊，这个事呢，我去单位打听了，实在是没有适合你的工作。

田　咪[有点不高兴]：姐夫你们单位的工作有什么难的，不就是组织点活动啊，跟人打打交道啊。我这么年轻，脑子转的也快，学学肯定就会了。

吕　希：不是这么个事。

田　咪[逼问]：那是什么？

吕　希：主要吧，我们单位大小也算是个事业单位，是要编制的，有门槛。

田　咪：什么门槛？

吕　希：至少，至少得是个本科学历。

一听到这个，田咪就拉下脸不说话了。

木　兰：余淼，你今天去扎针了，怎么样？

余　淼[苦着脸]：姐，以后我不去了。

木　兰：怎么才去了一次就不去了？要见效肯定也没这么快。

余　淼：我怕疼。反正我也快三十了，就这样吧，也不是什么大事，花这钱也没必要。

木兰无言以对。

吕　希：该吃晚饭了，你们留下来一块儿吃吧。

田　咪：不吃了，我们该回家了。

余淼一愣，田咪已经起身，并且把他也拉了起来。

余　淼：姐，姐夫，再见。

田咪都懒得道别，两人离开。木兰关上门，无奈地回到沙发上坐下。

吕　希：清洁工和看大门的，田咪肯定不干吧，这后半句我都没好意思说出口。邵姐这么跟我说的时候，我脸都烧起来了。

木　兰［叹息］：不是我们不帮小顺，是小顺烂泥扶不上墙，连扎个针都怕疼，我是没有办法了。

37. 余淼屋子，夜，内

田咪和余淼进屋，田咪气呼呼地坐下。

田　咪：拿什么学历卡人啊，不肯帮忙就直说好了。

余　淼：咪子，别生气了。人家正规单位，说不定就是要学历的。

田　咪：我看根本就不是什么学历的问题，是他们本来也不过如此，在单位里根本就说不上话，所以就拿这个来堵我们的嘴。

余　淼：不会吧？

田　咪：怎么不会？我已经看透了，他们家也不是什么大富大贵，你那个江爸身上根本就没什么油水可捞，我问你妈了，老头子在老家的房子让骗子给骗走了！现在除了每个月一千出头的退休金，什么都没有了。

余　淼：房子都给骗走了？这么惨。

田　咪：我警告你啊，那家人穷着呢，以后离那个老头子远点！

余　淼：他是我亲爹，总要走动走动的，不还是你说的要认这个亲的嘛。

田　咪：那个时候不是为了观察一下吗？现在老头子一分钱都没有，还指着你给他养老呢，你养得了吗？！

余　淼：那不是有我姐在养吗？我就偶尔看看他，说点好听的不就完了吗？

田　咪：呸，要不说你是个猪脑子呢，猪脑子里永远都是屎。我姐我姐的，你还叫的挺亲热，你也不好好想想，她有没有拿你当弟弟啊？让他们给介绍个工作都这么难。

余　淼：我看姐夫的样子也不像是假的，文化馆应该没那么好进的吧。

田　咪［直戳余淼的额头］：真是个蠢货！你忘了她是怎么骂你的了。你当你那姐是个什么省油的灯啊，当自己是美国人呢，都管到太平洋了！

余淼被骂的不敢说什么了。他闷闷地走到电脑前坐下，打开电脑，又打开一瓶啤酒，一边玩游戏，一边喝酒，很惬意的样子。田咪在一边看着直摇头，泄气地躺在床上。

38. 吕家楼下，日，外

来世勤推着轮椅陪吕母散步。来世勤看上去有点愁眉苦脸的。

来世勤：出来散步多好啊，吹吹风，透透气，心里就没那么憋闷了。

好像说给吕母听，又好像说给自己听。这时来世勤的电话响起。

来世勤［接起电话］：喂，我在下面陪老太太散步呢……什么，你要过来？……不是……好好，我马上就回去。

来世勤挂上电话，急急忙忙地带着吕母往回走。

39. 吕家主卧室，日，内

来世勤把吕母推进来。外面传来一阵急促的敲门声。来世勤赶紧把吕母放那儿，自己出去。

40. 吕家客厅，日，内

来世勤过来开门，门一打开，一个壮汉踉跄着进来。是来世勤的丈夫郝金元。

来世勤［赶紧扶住他］：怎么喝这么多？这大白天的，越来越没分寸了。

来世勤扶郝金元坐到沙发上，给他倒了杯水，看他咕咚咚把水喝了，起身就往厨房走。

来世勤：金元，你又干吗？

41. 吕家厨房，日，内

郝金元进来，熟门熟路地拉开冰箱门，拿出熟食就往嘴里塞，不断地吃着。来世勤进来，一看就皱眉。

来世勤：你别吃了，每次都把东西吃光，都是人家儿子媳妇买给老太太吃的，都让你给吃光了！

郝金元：你就说老太太吃光的不就完了。谁知道啊。蠢女人。

来世勤：你不在工地上干活，怎么又跑出来？赶紧走吧，今天东家要来，待会他们发现了就坏了！

郝金元：别废话，我想吃点热的，快给我下碗面，多放点那个什么撒尿丸子，放两个鸡蛋。快去！

来世勤只好从冰箱拿出煮面的材料。郝金元看到冰箱里有一瓶料酒，也拿出来，拧开盖子喝。

42. 吕家主卧室，日，内

吕母还坐在轮椅上，背对着门口，对于外面发生的事听得一清二楚。吕母的眼神非常愤怒。

43. 吕家厨房，日，内

郝金元仰头把面汤喝完，放下碗。

来世勤：吃饱了，赶紧走吧。我还得干活呢。

郝金元：给我点钱。

来世勤：什么钱？你不是二十五号才发的工资，这么快就花完了？是不是都喝酒了？

郝金元：你别管，给我点钱。

来世勤：我没钱。

郝金元：你这儿两千五一个月，吃喝都不用自己花钱，怎么会没钱？！

来世勤：真的没钱！钱都寄回家去了！家里你妈带着儿子，月月等着我们寄钱去呢。

郝金元：你这儿肯定有钱！

郝金元往外走。来世勤赶紧跟上。

44. 吕家小卧室，日，内

来世勤的房间。郝金元在来世勤的包里翻找。来世勤跟进来，赶紧拦着不让他翻。

来世勤：郝金元，真的没钱！钱都寄回家了！你干什么！

来世勤跟郝金元抢着包，她抢到了包，躲在身后。

郝金元：你给不给？

来世勤：没钱没钱！跟你说了没钱！

郝金元一巴掌就把来世勤给打倒地上，伸手就夺过包开始翻找，马上就翻出了一沓钱。

郝金元：还敢说没钱！

来世勤从地上爬起来，脸上马上有点肿了，看到郝金元手里的钱，立刻没命地上来抢。

来世勤：郝金元，你还是不是人？！这钱是要给儿子交学费的！你不能拿！

郝金元急了，一巴掌就打过去了，把来世勤扇地上，拿了钱就先出去。

来世勤：郝金元，你不能把钱拿走！那是要寄给儿子的！你不是人！

来世勤扑上去，夫妻俩扭打起来，争夺着那一沓钱，郝金元火大了，拎起来世勤就是一顿狠揍。

郝金元：拿钱怎么了？！就拿怎么啦！

来世勤［哭着］：你不能拿啊！那是给儿子的！你说你还是个人吗？！我们俩都在外面干活，家里就老人和孩子等着我们寄钱回去养老上学呢，你不好好干活挣钱，就知道喝酒！还拿我挣的钱去喝酒！你是不是人啊你！把钱给我！

郝金元［更加火大，更使劲打来世勤］：我够烦了！每天累死累活的，挣那么点钱！每天跟条狗似的，才挣那么点钱！喝口酒怎么啦？！不让我喝酒我还活个什么劲！

来世勤：你把钱还我，你爱喝我不管！别再来了，我好不容易遇到这家人，他们信任我，我也挺自在，要让你搅黄了，我怎么办啊！把钱还我！

来世勤死死拉住郝金元的手不让他走。郝金元一抬腿，踹了来世勤一脚。来世勤倒在地上，蜷成一团，脸埋在怀里看不见，一动不动。郝金元拿着钱，扬长而去。重重关门声。

（跳接）来世勤还那样躺在地上，她缓缓地坐起身，已经披头散发，神情却有些木然了。她慢慢地起身，整理了一下衣服，然后走出去。

45. 吕家主卧室，日，内

来世勤脸色木然地走过来。吕母背对她坐着，轮椅下有一滩尿。

来世勤［一下子就来气了］：不会忍一忍吗？！

吕母看着来世勤。来世勤走上前粗手粗脚地把吕母推到床上，开始重手重脚地给吕母换衣服。吕母脸贴着被子，眼神中透出恐惧。来世勤给吕母脱了上衣，要脱贴身衣物的时候怎么也脱不下来。

来世勤：我咋就这么命苦呢？！我怎么就嫁了这么个男人？！我要知道这么苦我嫁什么人呢，我还不如孤老一辈子好！我咋就这么命苦呢我？！

她边说边把脱下来的衣服狠狠得摔在地上，衣服带到了床头柜上的杯子砸在了吕母身上！吕母震惊的眼神。来世勤一下子缩回了手，有点害怕。

来世勤：阿姨我……

吕母的目光使她突然又怒了，竟然伸手在吕母身上打了一下。

来世勤：看什么看？！

吕母越发愤怒地看着她。来世勤又狠狠地拍了一下，在吕母背上拍打起来，越打越来劲。

来世勤：我叫你尿！叫你尿！

吕母双眼渗出泪水。

46. 钢琴教室外走廊，日，外

悦悦背着小书包，手上抱着琴谱出来。吕希已经在外面等着了。

悦　悦：爸爸！

吕　希［牵起悦悦的手］：走，咱们看奶奶去。

悦　悦［点点头］：嗯。

吕　希：你要多给奶奶说说幼儿园好玩的事啊。让奶奶高兴。

悦　悦［点头］：知道了。

吕希带着悦悦离开。

47. 吕家主卧室，日，内

来世勤筋疲力尽地坐在床上喘气，吕母还那样趴在床上。来世勤回过神来了，看见吕母那样子，吃了一惊，赶紧撩起吕母背上的衣服检查。腰背上已经好几块都通红通红了，全是指印。

来世勤［把吕母扶起来］：阿姨，对不起啊，我，我不是成心的，真的不是！

吕母流着泪看着来世勤。

来世勤：我……我是一时鬼迷心窍了，你也听见了刚才我们家那个死鬼又来……对不起啊，阿姨，对不起！其实我心里也苦，我觉得自己命苦啊！

说着说着来世勤还觉得挺委屈，哭了起来。吕母看着她，也流着眼泪。

来世勤［擤着鼻涕看了看时间］：哎呀，吕希他们要来了。阿姨，我们赶紧收拾收拾吧。

来世勤赶紧收拾吕母。

48. 吕家楼下，日，外

吕希开着车过来，停下。吕希和悦悦下来，拎着点心往里走。

49. 吕家客厅，日，内

吕希开门进来，一手牵着悦悦，一手拎着一盒点心。

吕　希：来姐。

来世勤［出来，恢复正常］：吕希来了啊。悦悦，来看奶奶了。

吕　希：妈都挺好的吧？

来世勤：挺好的，刚刚遛弯回来，歇会儿，一会儿该吃晚饭了。

吕希带着悦悦往里走。来世勤有些忐忑地进了厨房。

50. 吕家主卧室，日，内

吕母已经被收拾得干干净净的，身后垫着枕头半躺在床上，看着电视。吕希和悦悦进来。

悦　悦［跑到吕母床前］：奶奶！

吕母看着悦悦，眼睛里似有千言万语。

吕　希［把点心放床头柜上］：妈，木兰今天是值班经理，下班晚，先不过来了。这是她给你买的驴打滚，木兰说一次就吃半块，别多吃了。

吕希坐下来，拿起一块驴打滚，递到吕母嘴边，吕母却紧闭嘴唇，用眼睛看着吕希，嘴里发出嗬嗬的声音。

吕　希：怎么了，平时不是挺喜欢吃的吗？今天怎么不吃啊？

来世勤［端着切成块的苹果进来了，显得有点紧张］：吕希啊，老太太这两天遇到爱吃的菜，多吃了两口，有点积食了，可能吃不了驴打滚。来，阿姨，吃点水果吧，水果促消化。

吕　希［拿起一块苹果］：来妈，吃点水果消消食。

吕母还是别开点脸，闭上眼睛。

吕　希：妈，你怎么了？今天什么事不高兴？

吕母睁开眼睛，紧紧得看着吕希。

吕　希：妈，怎么了？

来世勤［紧张地］：哦，今天老太太是有点不高兴，早上就要听那个笔，听着听着就哭了。大概想起老爷子来了。

吕　希［顿时内疚地］：妈，对不起，这一段我们来的少了。我和木兰的单位事儿都有点多，又想着来姐挺好的，来得没以前勤了，妈，别怪我们。

吕母顿时两行眼泪下来了，微微眨了眨眼。

吕　希［握住吕母的手］：妈，会好起来的，我们一定抽空多陪你。来姐，这一段辛苦你了，把我妈照顾的这么好，真的谢谢。

来世勤：不谢不谢，应该的，应该的。

吕母只好低下点头，看着悦悦，眼神中有了言万语。

悦　悦：奶奶，你是要跟我说话吗？

悦悦凑到吕母面前，吕母只是使劲地看着她。

悦　悦：奶奶，你到底想跟我说什么啊？

来世勤：悦悦，奶奶是想看电视，这是奶奶最喜欢看的电视剧，你肯定挡着奶奶了，奶奶让你让一下。

悦　悦：哦。

悦悦让开一点，依偎在吕希身边坐下。来世勤总算松了一口气的样子。吕母彻底绝望了。

51. 吕家主卧室，夜，内

吕母已经躺下了，来世勤正在给吕母擦脸。吕希和悦悦在一旁看着。

来世勤：行了，老太太该睡觉了。

吕　希：我们也走吧。［走到吕母身边掖掖被子］妈，时间不早了，我就带悦悦先回去了，改天再来看你。

吕母一直使劲地看着吕希，可是吕希一点都没察觉到。

吕　希：悦悦，跟奶奶再见。

悦　悦：奶奶再见。

吕希带着悦悦出去。来世勤跟出去。

52. 吕家客厅，夜，内

来世勤送出来。

吕　希：来姐，我妈就都麻烦你了。

来世勤：放心吧，都有我呢，你们别担心。

吕希带着悦悦离开。关上门，来世勤总算是松了一口气。

53. 吕家主卧室，夜，内

来世勤进来，吕母紧盯着她，眼神中全是愤怒。

来世勤：阿姨，你也别这么看我，今天是我不对，我是真的让那死鬼给弄惨了。不会有下一次了。看在我伺候你也不容易的份儿上，你别放在心上。

来世勤一下子把灯拉了，重重地关上门出去。吕母在黑暗中躺着，眼泪流下来。

54. 木兰家客厅，夜，内

木兰开门，吕希正在看晚间新闻。

吕　希：回来了。

木　兰：我爸跟悦悦都睡了？

吕　希：睡了。

木　兰：妈那儿怎么样？

吕　希：挺好的。来姐照顾得挺好。

木　兰：那就好，这几天我得空就过去看看妈。

吕　希：你也累了，洗洗睡吧。

木兰点点头。

55. 医院走廊及核磁共振检查室，日，内

雷颂华匆匆赶过来。爱华正在走廊等着。

雷颂华：姐，妈怎么样了？

爱　华：在里面呢。

姐妹俩一起透过大窗玻璃往里看。里面，方琼正在做核磁共振。

雷颂华：这都已经在医院住了好几天了，每天都做不同的检查，大夫也都说没事，妈怎么还哪儿都不舒服呢？

爱　华：不知道啊。

56. 医院诊室，傍晚，内

雷颂华和爱华陪着方琼坐着。医生走了进来，手里拿着非常惊人的厚厚一沓各种片子。

雷颂华：肖大夫，我妈身体怎么样？

医　生［把手里的片子放在桌上］：检查结果全都出来了，老太太身体很好，什么病都没有，你们可以带她回家了。

雷颂华和爱华松了一口气，互相看一眼。

方　琼：肖大夫，要不再查查吧，说不定还哪儿没查出来呢。

医　生［无奈地］：老太太，该查的您都已经查过一遍，用不着查的您也都查了一遍了，确确实实，已经没什么可查的了。所有的检查结果都显示，您的身体特别健康，哪儿哪儿都没毛病，您就踏踏实实的跟着闺女回家吧。

方　琼［按住自己身上某一处］：不是，我这胸口总觉得有点……

雷颂华［受不了了］：妈，大夫都说了，您没事，您怎么就不相信呢！

爱　华：是啊妈，仪器是最准确的，这么多检查，都说没事，那就肯定没事了，您这是心理作用，您别这么紧张，想开点，胸口肯定就不难受了。

方　琼：真的吗？

雷颂华 & 爱华：真的！

方　琼：那好吧。

雷颂华和爱华无可奈何地对视一眼。

57. 雷颂华家客厅，傍晚，内

雷颂华和爱华扶着方琼进屋。庄海洋立刻从沙发上站起来。

庄海洋：妈回来了，姐，没事吧？

雷颂华：没事。都好着呢。

方　琼：你们没骗我吧，不会是我得了什么绝症，你们跟大夫合起伙来瞒着我吧？

雷颂华已经无语了。

爱　华：怎么可能呢，妈，您要是生病了，我们肯定得找最好的大夫用最好的药给您治病啊，带你回家来干吗呀？是不是？

方琼一时语噎。

爱　华：妈，你可是鬼子面前都不眨眼的英雄啊，真生病了，我们一定如实告诉你。我们相信你这个承受能力还是有的。

方琼点点头，总算安静下来。

爱　华：不早了，我得回去了。

雷颂华：姐，我送你吧。

爱　华：不用了，你上了一天班也挺累的，我打个车就行了。

雷颂华：那你慢点。

爱　华：妈，我先回去了，您早点休息吧。

方　琼［有气没力］：路上慢点。

58. 雷颂华卧室，夜，内

雷颂华疲惫地躺在床上出神。庄海洋进来，钻进被窝。

庄海洋：怎么了，心事重重的样子，你妈不没事吗。

雷颂华：你说我妈这是怎么了，怎么突然得上疑心病了？明明身体比我还好，还老觉得自己有病。

庄海洋：老年人不都这样嘛，最关心的就是自己的身体健康。

雷颂华：这几天我医院总公司超市三头的跑，可把我给累坏了。你说我妈怎么老有折腾人的招呢。

庄海洋：那是你妈，她养你大，现在折腾你也是应该的。

雷颂华：瞎说，以后我老了，我可不会这么折腾豆豆。

庄海洋：这就对了，我说话就这意思。

雷颂华：骂人带拐弯的。

庄海洋：行了，怕你又开始跟你妈较劲。别想了，既然累了，还不赶紧睡觉。

雷颂华叹气，拉灯。

第 11 集结束！

余淼为救田咪卖血，木兰察觉保姆虐母

1. 新房子客厅，日，内

江援朝一家人兴冲冲地在新房子里和房东交接。房东基本把大家具都留下了，只提着简单的行李箱。贾幸梅从房东手里接过钥匙，房东跟着中介转身离开。全家人看着贾幸梅手里那一串钥匙，都是无比激动的表情。

2. 超市卖场，日，内

木兰正在检查排面。一个老板模样的男人拎着油纸包扎好的包裹走过来。

男　人：江经理。

木　兰：范厂长，怎么有空过来了？

范厂长：江经理，最近都挺好的吧。

木　兰：托大家伙的帮衬，都挺好的。

范厂长：今天来啊，有个事想跟您商量。

木　兰：你说。

范厂长：江经理，您看我们在你们这儿也两年多了，是不是能给我们换个地？

木兰有些意外。

范厂长：您看能不能把我的货挪到豆腐那块？那块货架位置靠前，光线也好。

木　兰：这个恐怕不行吧，货架位置都是早就定了协议的，不能随便改动。

范厂长［递上手里的火腿］：江经理，您先别忙回我。我们厂最近改进这个生产工艺了，现在的火腿味道特别的棒，更鲜，更嫩，回味无穷。我给您带了两块，您回去尝尝，比别家的味道好，保证在超市能卖大钱。［边说边往木兰手里塞］

木　兰：不用，范厂长，真的不……

范厂长硬是把火腿塞进木兰手里就跑了。

范厂长：您尝尝尝尝，尝尝再说。

木　兰［看着手里的火腿十分无奈］：谢谢了啊。

3. 木兰家客厅，夜，内

木兰开门进来。在玄关换鞋。江开国正坐在沙发上高兴地打电话。悦悦起身扑过来。

悦　悦：妈妈！

木　兰：悦悦，今天乖不乖？

悦　悦：当然乖。

木　兰：外公打电话给谁呢？

悦　悦：小外公。

江开国［放下电话］：木兰回来了。手里拿的什么？

木　兰：哦，别人给的火腿。给叔叔打电话呢？

江开国已经过来从木兰手里接过火腿，往厨房去放，很高兴地。

江开国：叔叔他们房子买好了。

木　兰：真的啊？

江开国：对，就在解放碑，一百平米的三室两厅，得房率特别高。

木　兰：地段不错啊。二手房？

江开国：二手二手，你叔叔说那家装修的挺不错的，基本不用动，家具也送了一大半，特别的划算，那房东也爽快，钱一划过去就给钥匙了。

木　兰：那好啊，收拾收拾是不是就能搬了？

江开国：可不是，墙可能得粉一粉，再添点家具，用不了多长时间就能住新房子了。

木　兰：叔叔婶婶高兴坏了吧。

江开国：那还用说。爷爷这钱啊，算是花在刀刃上了。

木　兰：房子大了，爷爷也能有自己的屋子了。

江开国：那肯定，三室呢，你叔婶一个房间，志新和春妮一个房间，还有一个房间正好给爷爷。

木　兰［不由得看看自己家］：爷爷比在我这儿住的好。

江开国：傻丫头，你对爷爷的孝心，爷爷都明白。说句实在话，这回你叔叔他们能用这笔钱换个大房子，能把爷爷接回去，我特别高兴。

木　兰：爸……

江开国：能减轻你的负担。爷爷跟着我，也就是跟着你。你虽然一片孝心，可是爷爷住在这儿，终究给你添负累了。现在好了，什么都好了。

木　兰［笑了］：爷爷跟叔叔志新住在一起，心里肯定也高兴。

江开国：皆大欢喜嘛。［举举手里的火腿］过几天给你们炖汤。

木兰笑。

4. 某个人展会现场，夜，内

工作人员正在布置。吕希在一旁指挥着。

吕　希：这边再过来一点，可以可以。

一个头目状的男人：老吕，辛苦啊。

吕　希［笑］：客气客气。［递上一沓稿纸］司仪台词在这儿呢。

男　人［递过来一个信封］：一点茶水费。

吕　希：谢谢啊。

5. 木兰卧室，夜，内

木兰躺在床上正在看材料。吕希推门进来。

木　兰：回来了。你妈好吧？

吕　希：没去。

木　兰：怎么没去啊？

吕　希［拿出信封，放木兰手上］：那个书法展布展弄了一晚上，实在是太累了，想想就免一次。

木　兰［看信封里的钱］：老驴同志辛苦了。又挣外快去了。你早点说，我过去看看你妈。

吕　希：我本来想不管多晚都过去的，后来实在太累了。有点对不住我妈，好几天没去看她了。不过有来姐在，也放心。

木　兰：没事，明天下班我过去看看。

吕　希：行。

木　兰：能去还是得多去看看你妈。也做不了什么，可就是陪她坐一会儿，她心里也开心。［突然想到］你说我那个弟弟，怎么也不照面了？

吕　希：不照面不挺好，照面肯定是事。虽然找回来这个弟弟，可有什么用呢，能把他们自己管好就不错了。

木　兰：你们单位真的不要人？

吕　希：说要人啊，可不要田咪这样的啊。

木　兰：上次就那么一下，也不来了。

吕　希：不是我说，你那个弟弟，这么多年都不在一块儿，能有多少感情啊。你趁早劝你爸，别有太多期待。

木　兰：别说的这么难听好不好。毕竟是我弟弟，总是一家人，总还是想他能来看看我爸。

吕　希：这种事，强求不了。我洗澡去了。

吕希出去了。木兰看看手里的信封，笑笑。

6. 余淼屋子，日，内

田咪在家，正在电脑上看股票，一脸的喜色。

余　淼：咪子，都涨到二十了！不会吧？！

田　咪［得意］：那是。也不看看谁挑的。

余　淼：那就挣了好几块钱一股了，咱们赶紧卖了吧！

田　咪：你懂什么！还没到时候呢。

余　淼：还没到时候？都挣好几块了还没到时候？什么时候是时候啊？

田　咪：三十块。

余　淼：不会吧？那不是翻番了。

田　咪：那不废话，不翻番叫什么内幕。到时候能挣好几万块钱呢。

余　淼：你怎么知道这个内幕？

田　咪：我就是知道。

有人敲门。

余　淼：谁呀？

警　察［画外音］：田咪在吗？

余　淼［起身打开门］：谁找田咪？

一下子愣住了。门外站着两个警察。田咪一看是警察，也吃惊地站起来。

警察甲：你就是田咪吧。这是逮捕令。

余淼和田咪都惊呆了。

7. 亚芝家院子门口，日，外

亚芝拎着菜走过来。正看见警察把田咪押上警车。

亚　芝：你们，你们怎么……

警车呼啸而去。余淼哭丧着脸追了几步，没追上，快哭了。

亚　芝：淼淼！

余　淼：妈，警察把咪子抓走了，说她诈骗！

亚　芝［吓坏了］：什么？！

余　淼：妈，我们怎么办？我们现在怎么办？我们得救救咪子啊！

8. 木兰家客厅，傍晚，内

木兰等一家子正准备吃晚饭。门铃响。

木　兰：我去吧。

她起身开门，门外是惊慌失措的余淼和亚芝。

木　兰：阿姨，淼淼，来了啊。

江开国和吕希也都起身。江开国也是一脸意外和高兴。吕希却是不置可否。余淼和亚芝进去。

余　淼［一下子哭丧着脸］：江爸，姐，姐夫，救命！

吕希看一眼木兰，一副“我说吧”的表情。

木　兰：出什么事了？

余　淼：咪子让警察给抓了。

木兰等也都大惊。

江开国：犯什么事了怎么能让警察抓了？

亚　芝：她前一阵子不是在一个公司卖过药吗？早就不干了，不知道怎么了，警察说那是诈骗。

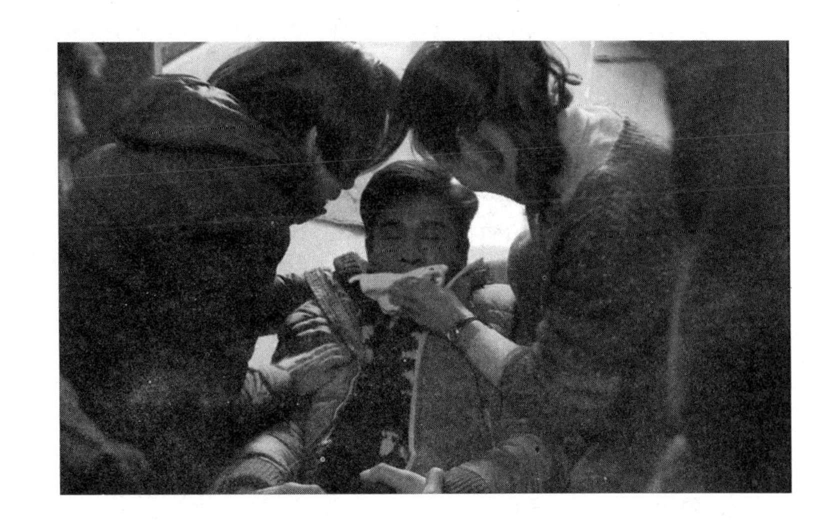

江开国：对啊，我想起来了，她那会儿还想让我买药呢，怎么就成诈骗了。

余　淼［痛哭流涕］：爸，姐，你们一定要想办法救救咪子啊。我跟你们保证，她也是被骗的，她自己也不知道那些药是假的，真的。那会儿她还自己买回来给我妈吃呢，她也是让他们给骗了！妈，你说是不是？你跟姐他们说是不是嘛。

亚　芝［点点头］：是，咪子是给我买过那个口服液，她也上当了。

余　淼：江爸，姐，姐夫，你们看，我妈都作证了，咪子真的是冤枉的。而且她根本就没拿到过钱，她也是受害者！

木兰和吕希互相看了一眼，都是十分无言。

木　兰：田咪，她怎么就不做一件正经事呢？

余　淼：姐夫，你得帮帮我，求求你们帮帮我，帮我救救咪子！

吕　希：余淼，你姐姐和我就是个普通人。我们自己都不敢做违法乱纪的事，哪有本事帮你去局子里捞人呢。

余　淼：姐！

木　兰：对不起，我也没有什么门路可以帮她。

余　淼：爸……

江开国无奈地摇摇头。余淼看看亚芝，亚芝也是一脸的无措。余淼两眼翻白，顺着沙发溜下去。把所有人都吓了一跳。

江开国：淼淼怎么了？

亚　芝：淼淼！淼淼！淼淼发病了。有软布吗？

木兰递过来悦悦的一块手帕，亚芝轻轻垫在余淼的牙关中，怜惜地搂着他。所有人都无措地看着发作的余淼。第一次看见的木兰和吕希都非常震撼。

江开国［难受地］：小顺。小顺。

木　兰［不知道该怎么办］：小顺……

吕　希［沉吟片刻］：我有个初中同学，是个律师，这样，我给他打个电话，看看什么情况。

木兰感激地看看他。吕希以眼神安慰。

（跳接）

吕　希［在打手机］：好好，那就拜托了晓东……嗯，等你消息，谢谢谢谢。

木兰等看着他。余淼也已经醒了，期待地看着吕希。

吕　希［放下手机］：易晓东明天就去看守所问情况。阿姨，淼淼，你们别着急，我这同学说帮忙一定会帮忙，咱们就等着吧。

余　淼［哽咽］：谢谢姐夫！谢谢姐夫！

吕　希：别，都是一家人。

9. 雷颂华家客厅，日，内

方琼无聊地在客厅里踱来踱去，时不时地摸摸自己的肝部、颈椎部。茶几上，她的手机响。

方　琼：喂……指认诈骗犯……好好。

方琼放下电话，一下子就来了精神头了。立刻穿戴起来。

方　琼：小丽，陪我去趟公安局。

10. 警局，日，内（此处删去方琼指认的戏）

11. 雷颂华家客厅，日，内

雷颂华［推门进来］：妈我回来了。

小　丽［从厨房出来］：阿姨回来了。姥姥在屋里呢。

雷颂华：哦，姥姥今天好不好？

小　丽：姥姥去警察局了。

雷颂华：啊？

小　丽：那个小骗子被抓了。

12. 雷颂华家方琼卧室，日，内

方琼斜倚在床头，有些飘渺地望着窗外。

雷颂华［进来］：妈，我听说好消息了。

方　琼：算是好消息吧。

雷颂华：诈骗犯抓住了，警察怎么说？

方　琼：特大诈骗案。为首的得判个十年八年。

雷颂华：你那个小骗子呢？肯定得治她吧。

方　琼：我看了她照片，指认她了。

雷颂华：该。

方　琼：后来我又饶她了。

雷颂华：妈？

方　琼：我想那会儿她对我其实还不错。

雷颂华：那是为了多卖药给你。

方　琼：药不都是我自己心甘情愿买的嘛。她也没什么错，不就多挣点钱。我估计她是真不知道这事是个诈骗，她也当会返钱呢，自己也买那口服液给她婆婆吃。我把这事也跟警察说了。

雷颂华：妈，那种人该治她。

方　琼：我实事求是。该什么样就跟警察说。怎么治她就是警察的事了。

雷颂华：妈大人大量，原谅她也好。案子破了，是不是六万块钱能回来？

方　琼［淡淡地笑了笑］：大概吧。你忙你的吧。

雷颂华离开了。

方　琼［有点出神］：钱算什么呀。

13. 律师事务所，日，内

吕希陪着余淼坐在易晓东对面。

易晓东：这个案子性质很明确，诈骗案，且涉案金额达几十万，根据刑法，已经属于数额特别巨大，主犯应处以十年以上有期徒刑。

吕希和余淼都吓一跳。

吕　希：田咪呢？

易晓东：田咪呢，已经审讯过了，她交代态度还挺好的，证据也很清晰，她应该是个外围人员，但是犯罪事实是存在的。现在刑侦这边的事基本已经完了，很快就会移交法院审判。

吕　希：移交法院？那人能出来吗？

易晓东：本来呢，数额这么大的诈骗案，嫌疑人是不能取保候审的……

余　淼：不能取保候审？易大哥，田咪真的是冤枉的，她根本不知道这事这么大，她也是受害者啊。

易晓东：别急，现在情况还好。这个案子当中，田咪只是个从犯，而且，有一个受害者的证词对她特别有利，证明她确实当时不知道这个事是个诈骗，所以呢，警察同意她可以取保候审。

余　淼：谢天谢地！

吕希也松了口气。

易晓东：不过，不能人保，得交保证金。

余　淼：交交，我们交。

易晓东：五万。

余　淼［一下子愣了］：易大哥，我们家田咪是冤枉的，还要五万……

易晓东：可别再说冤枉这种话了，这个案子挺大的，她就算是过失犯罪也不是一件小事，能够取保候审已经非常不容易了，其他的涉案人员多少钱都没用，根本不可能取保候审。

余　淼：我懂我懂，这次多亏易大哥帮忙。我们回去筹钱。

14. 木兰家客厅，傍晚，内

客厅里，所有人都坐在一起。

余　淼：这次多亏了姐夫帮忙，无论如何，只要先把咪子救出来就好。在里边多一天就是多受罪。

江开国：那赶紧的呀，拿钱去把人保出来啊。

亚　芝：就是啊，森森，上次给你们那九万块钱呢，赶紧拿出来。

余　淼［哭丧着脸］：拿不出来了。

亚　芝：什么？

余　淼：全在股票里套得死死的了。

亚　芝：怎么在股票里了？

余　淼：经济适用房还得等一段，我们不想让钱白白放着，想让钱生钱，所以就去炒股票……原来那支股票是涨的，咪子有内幕的，涨过好几块呢。

亚　芝：那现在呢？

余　淼：就这两天，跌得一塌糊涂，没剩多少了。

亚　芝：没剩多少，那到底还有多少？

余　淼：现在就算都卖了，大概还有两万多吧。

亚芝一阵头晕，身子摇晃一下。江开国赶紧扶住她。

江开国：亚芝，你没事吧？

亚　芝［心痛至极］：给你们九万啊，这才多长时间啊，怎么就剩两万了。

余　淼［懊悔］：我就是不让咪子炒股，可她老说富贵险中求……

亚　芝：钱到你们手里，就是都给糟蹋了啊！天天做白日梦想发财，还学人家炒股，你们也不想想自己有那能耐吗？那是我一辈子攒下来的养老钱啊，到你们手里就全没了！真是败家啊！

木　兰：余淼，你们到底是怎么想的？股市深浅不知，也敢所有钱都放进去？

余　淼：咪子，咪子说有内幕……

江开国：内幕？内幕是能让你们知道的吗？荒唐！

大家都是为这一对的不靠谱而感到愤怒。

余　淼：姐，你们能先借我吗？等股票上去了，我一定马上还你们。

木　兰：我们没钱借你。

余淼还想说什么，亚芝已经站起身来。

亚　芝：木兰，吕希，这次太麻烦你们了。谢谢。我们先回去了。

余　淼：妈……

亚芝不理他，率先离开。余淼只能赶紧跟出去。

江开国［叹气摇头］：我送送。

江开国跟着走出家门。木兰有点出神。

吕　希：你说得对，这钱不能借。我看你这个弟弟弟妹，就是两个啃老精，把他自己的妈啃完了，现在该惦记啃你爸了，还有你这个好心的傻姐姐。

木　兰：我也没想到，认回了这个弟弟，还认回了一堆的事。本来我还想着多个弟弟将来也能帮着一起照顾我爸，现在倒好。

吕　希［阴阳怪气］：要想得到，先得付出，义务和权利是并存的。

木　兰［叹口气，进厨房］：我做饭去。

15. 木兰家厨房，傍晚，内

木兰进来，案板上放着那个包着火腿的油纸包，还没来得及拆开。木兰动手拆开，一下子愣住了。两块火腿中间，露出两捆百元大钞。正好跟着进来的吕希也看到了，也愣住了。

吕　希：这什么火腿啊，还能生钱呢？

木　兰：是啊，火腿都能生钱了。

16. 木兰家楼下，傍晚，外

江开国送亚芝和余淼下来。

余　淼［突然拉住江开国袖子］：江爸，求求你了，救救咪子吧！求求你救救咪子吧！

江开国：淼淼，我拿不出五万块钱啊。

余淼待了会儿，扔下江开国和亚芝就狂跑而去。

江开国：亚芝……

亚　芝［心痛地］：知道？那九万块钱，是我全部的积蓄，还卖了首饰凑的，到他们手里，才几天，就都给糟蹋了。老江，九万块钱呢。他们怎么能这么糊涂呢。

亚芝摇摇头，慢慢地走了。江开国目送她，也是一脸郁闷。

17. 木兰家厨房，傍晚，内

夫妻俩还看着那两捆钱。

吕　希：这么说，这也算是潜规则，超市也是默许的？

木兰点了点头。

吕　希［看着那两万块钱，犹豫］：木兰，现在，咱们家挺缺钱的时候，再说不就重新排位吗？超市也允许的，咱就收了吧？

木兰看着这两捆钱，也是有点犹豫。半晌，木兰还是摇摇头，重新把那个纸包包起来。

吕　希：木兰！

木　兰：吕希，钱都不是好收的，都得拿东西换。我怕很多东西换出去了，就换不回来了。

吕希顿时哑然。木兰已经把纸包重新包好了。这时候江开国进来了。

江开国：你们俩没事吧？

吕希白了木兰一眼，走了。

江开国［担心］：不是为小顺的事吵架吧？

木　兰：没有。

江开国［看看木兰手上的纸包］：这火腿怎么又包起来了？

木　兰［笑笑］：这不是火腿，这是糖衣炮弹。

18. 亚芝屋子，日，内

亚芝把早饭放到桌子上，叹口气，出门。

19. 余淼屋子，日，外

亚　芝［敲敲门］：淼淼，淼淼，起来吃饭了。

没有人回应。亚芝推开门一看，里面已经没人了。

亚　芝：这么早，去哪儿了？

20. 超市里木兰办公室，日，内

木兰正坐着看电脑。范厂长出现在门口，在门上轻轻敲了敲。

范厂长［一脸谄媚］：江经理，您找我。

木　兰：范厂长来了。［起身拉开抽屉，把那包火腿拿出来，放桌上］这个你拿回去。

范厂长：江经理，这，你尝尝再说……

木　兰：我知道什么味儿。谢谢了，你赶紧拿回去吧。

范厂长：江经理，你这何必呢。我也没提什么非分的要求吧，每个超市都是有入场费的。你这儿装什么清高？再说了，百货和杂货部都重新排位了，咱这儿也应该……

木　兰：我这儿是生鲜，我不管百货杂货的事。如果你的产品确实质量过硬，受到消费者的追捧，营业额大幅上升，就算你不找我，我还要找你呢，我求着你给你最好的摆位。咱们都按照游戏规则来玩，这样对大家都公平，你说是不是？

范厂长：江经理……

木　兰：就到这儿吧。我还有点事。

范厂长狠看一眼木兰，一把抓起那包火腿，转身走了。他在门口和葛文倩擦肩而过。葛文倩看了看他的背影，走了进来。

葛文倩：木兰。

木　兰：哎，文倩。

葛文倩［递给木兰一个信封］：这是上次跟你借的五千块钱，你数数。

木兰拿着那信封，不由得看看葛文倩。葛文倩被她看的有些尴尬。

葛文倩：哎呀，木兰，别这么看着我，我们不也重新排面了嘛。

木兰明白了，也不说话了，低头看看那信封。

葛文倩：木兰，有些事要想开点，人没必要跟自己过不去，好多事，你不干，别人干，哪行没点潜规则。

木兰默然。

葛文倩：别太为难自己，我们都得先活着，活着才是一切的根本。你不是想再买个房给你爸你婆婆养老吗？你这么死硬，送到手边的钱都不拿，光靠咱们那点工资，什么时候才能有钱给他们养老？

葛文倩转身走了。木兰有些茫然地低头看看手里的信封。

21. 亚芝屋子，夜，内

天色渐渐暗下来，亚芝有点担心地看着外面，正在拨电话，电话一直响，都没人接。

亚　芝［不安地］：去哪儿了，怎么也不接电话？

门打开，余淼筋疲力尽地走了进来，瘫倒在沙发上。余淼的脸色看上去苍白得吓人。

亚　芝：淼淼，你一大早的就不见了，干吗去了……淼淼，你怎么了，怎么累成这样，脸色怎么这么难看啊？

余　淼［有气无力］：我去了趟河北。

亚　芝：去河北干吗？

余　淼［特别可怜］：妈，我要喝猪肝汤。

亚　芝：怎么突然要喝猪肝汤？家里没猪肝啊。

余淼突然就晕倒了。亚芝赶紧扶住他。

亚　芝：淼淼，淼淼！

余淼的一条胳膊横在亚芝面前，袖子捋了上去，只见他胳膊上全是针眼。亚芝一看，惊呆了。

亚　芝［掐余淼的人中］：淼淼，淼淼！

余　淼［慢慢醒过来，茫然地看看亚芝］：妈。

亚　芝［拉起他的胳膊］：淼淼，你这是干什么去了？

余　淼：妈，我去卖血了。

亚芝震惊而心痛。

余　淼：我这一天跑了好几个血站，抽了好几百 cc 的血。［从兜里抖着手抽出一把皱皱巴巴的钱放在桌子上］妈，这是要救咪子的，我不想让我的咪子坐牢。

亚　芝［心疼得不行］：你这孩子……你不要命了是不是？！

余　淼：妈，我媳妇了要坐牢了，我还能有命吗？

亚芝难受得不行，拉开自己的抽屉，从里面拿出存折和一些钱：

亚　芝：给你。

余　淼［接过钱和存折，数了数，丧气地］：妈，统共不就两千多吗？

亚　芝：这个月退休金，还有菜钱，妈妈其他的钱早就都给你们了。

余淼叹口气，把存折和菜钱放回亚芝手上，抓起自己卖血的那些钱，摇摇晃晃地走了。

22. 菜市场外，日，外

愁眉不展的江开国和失魂落魄的亚芝拎着菜慢慢走过来。突然亚芝一阵晕眩似的，在一旁的花坛边坐了下来。

江开国：亚芝你没事吧？

亚芝摇摇头，却不禁垂泪。

江开国：怎么了？还为了田咪的事烦心？

亚　芝：淼淼为了给田咪凑钱，竟然跑去河北卖血。

江开国［吃惊之极］：什么？！

亚　芝：你没看到他的脸色，白得吓人。现在还在家里躺着呢。

江开国［颇有些动容］：这孩子，倒是个对老婆有情有义的人。

亚　芝：他们两个，还真是天生一对。那时候田咪刚刚从门头沟山上下来，到北京城里来打工，两个人一见面就相对眼了，处了几天朋友，田咪就住进森森那屋了。当初为了这个事，我没少反对，一个十八九的大姑娘还没结婚，就先住进男朋友家，多不合适。森森从小到大都是个腼腆的孩子，什么事都不爱跟人吵跟人争。可就为了要跟这个田咪好，当时没跟我少闹，说什么也要让田咪住家里。

江开国：森森为了这个田咪，也算是付出一切了。

亚　芝：田咪长得挺好看的。听森森说，外面追她的人也不是没有。可自从跟森森谈朋友以后，倒挺一心一意的，快五年了，从谈恋爱到结婚，没有过二心。就是想着这点，所以平时她对我恶言恶语的，我也都能忍着，一切都为了儿子。

江开国：可惜田咪脾气实在是太坏了，哪怕是稍微的体谅一下你这个婆婆的，也不至于闹到今天这个婆媳关系。

亚　芝：这些我倒真的无所谓，她对我怎么样都行。只要她对森森好，能让森森幸福，就行。老江，昨天看到森森那么伤心，看到他去卖血筹钱，我这心里跟刀扎一样啊。哪儿能去弄这笔钱呢？数目太大了，五万块钱啊，去哪儿能弄这么大一笔钱啊！

23. 木兰家客厅，夜，内

吕希、木兰和悦悦在饭桌旁坐下。江开国从厨房出来，放下汤，也坐下，一脸凝重。

江开国：木兰，吕希，我想跟你们商量件事。

吕希和木兰对视一眼。

木　兰：爸，你说。

江开国：我今天和你亚芝阿姨去看田咪了。

木　兰：她怎么样？

江开国：在那里边，能好吗。

木　兰：在里面吃点苦头，对她也许不是坏事。

江开国：看着她是真的知道错了，这回这教训，恐怕一辈子都会记住。

木　兰：希望吧。

又是一阵默然。悦悦也不安地看看三个大人。

江开国：小顺为了给田咪凑钱，去卖血了。

木兰和吕希都吃了一惊。

江开国：我知道小顺有很多缺点，可我不能眼看着他天天去卖血。我这儿呢，老家卖房那钱还剩下两万，再加上这一段的退休工资，我修小家电也攒了两千，能凑个两万五。木兰，爸知道这件事不应该跟你开口借钱，可我实在是没有别的办法了。

木　兰：爸，我明白你的意思，我……

吕　希：爸，你心太软了！

木兰和江开国都看着吕希。

吕　希：爸，别说我们不能借这钱，就连爸的两万五都不该给。这是爸的养老钱，是防身用的。这个田咪确实是太不靠谱了，她进去，那也是自食其果，应该让她受点教训。亚芝阿姨的养老钱已经让他们俩给败光了，现在倒好，又来败老江家的钱。这事我们决不能惯着！

听到吕希这么说，江开国也不吭声了，默默拿起饭碗吃饭。

24. 木兰卧室，夜，内

吕希正在看电脑。木兰进来，在吕希身边坐下，默默地看着吕希。

吕　希：干吗？回回你这么看着我，就没好事。

木　兰：真的不借吗？

吕　希：不借。

木　兰：小顺去卖血，我完全没想到。

吕　希：要是你干出这样的事进去了，我得让你在里边长点教训。干什么就得担什么。

木　兰：一个人肯为另一个人牺牲，就值得人尊重。

吕　希：那也得看什么事。这个世界上不能没原则。

木　兰：我还是想帮他这一把。

吕　希：我不同意。要我说，小顺，就不该这么惯着他的这个媳妇。你们，更不该这么惯着小顺！这个叫什么你知道吗？这叫农夫与蛇！

木　兰：吕希，你怎么就知道不值得？每个人一生，都会有一次醍醐灌顶的觉悟的机会，也许这次对田咪对余森，就是一次觉悟的机会。

吕　希：江山易改本性难移，觉悟，我看难。木兰，他是余森，不是你们家小时候那个小顺了，他是个得对自己负责的成年人，不是丢掉那个时候人事不懂的小娃娃了！你爸想帮他是因为心里愧疚，难免会感情用事，你不能跟着糊涂！

木　兰：他毕竟是我的弟弟，总不能看着他去卖血无动于衷吧。

吕　希：咱们还有什么钱？就那十万块钱，是全家唯一的积蓄了，是要应急的，要救命的。你爸老家房子卖了，都没动我们这钱，现在为了田咪就要拿出去？要帮他也得有这个经济能力吧。古人都说了，达则兼济天下，咱家还没有独善其身呢。

木　兰：五万块钱，是借他们救急的，又不是给。

吕　希：你觉得他们还会还吗？还能还吗？

木兰有些哑然。

吕　希：不是我说你，火腿那钱收了，好歹也解决了两万。

木　兰：你怎么还想着那钱呢？收那钱容易，可是昧良心不容易。

吕　希：收了那钱怎么就昧良心？有你说得那么严重吗？那火腿有毒吗？能吃死人吗？至于吗你？

木　兰：火腿是没毒，可要是凭这些歪门邪道就能卖得好，挣得多，以后谁还肯实实在在地去抓产品质量呢？人都有惰性，只要能不劳而获，谁都会想偷懒，所以我这里绝对不能开这个口子。

吕　希［冷笑］：你真是圣姑啊。

木　兰：我不是圣姑，我是个普通人。我也得吃别人做的东西，我也怕吃进嘴里的东西有毒，替顾客把关就是替我自己把关。我只希望这个社会，人人都能为自己生产的东西负责，不管

吃的穿的用的，都能实实在在，安全优质。别人做不做得到我不知道，至少我们超市要给顾客把这第一道关。

吕　希［叹息］：木兰啊木兰，就你这么清高，还怎么在现在这个社会上混呢？难道你也想跟屈原一样，抱着自己的清高投河自尽，跟这个肮脏的世界划清界限？

木　兰：我没说我要当屈原，我只是想做我自己认为对的事。钱我喜欢，我也很需要钱，可是君子爱财取之以道。有个电影有一句话说得好，得站着挣钱，那才挣得光彩，挣得问心无愧，要只为了挣钱，别说跪着挣，还能躺着挣呢。这钱咱挣吗？

吕　希［终于扑哧一声笑了］：停停停，我说不过你，你是江经理，最会讲道理。哎，我说你当初怎么没考哲学系啊，说话这么形而上学，大道理一套一套，还身体力行。

木　兰［也笑了］：我这叫有理走遍天下。

吕　希：行，行，你有理，你有理。

木　兰：那你同意了？

吕　希［叹口气］：不同意还能怎么着？我哪儿有能耐跟你对着干啊！

木　兰［感动地］：谢谢你，老公。真的谢谢你对我的理解。

吕　希［摸着木兰的头发］：我这个傻老婆啊，心好。我就怕她一颗热乎乎的心给错了人，最后受伤的还是你自己。

木　兰：我知道你都是为了我好。可我总觉得，人心都是肉做的。田咪是年轻不懂事，自私一点，这次经过这么大事，她应该能吸取教训吧，以后凡事能多考虑考虑别人。

吕　希：希望她能体谅你们对她的一片苦心，以后能重新做人。

木　兰：当然最主要的，我还是为了我爸。我爸找了这么多年，终于找到了小顺，现在让他亲眼看着小顺这么受罪，他心里得多难受呢。钱的事总是小事，就算是为了不让我爸这么难受，这次我也得帮小顺。

吕　希：你说你……我怎么就摊上你这么个媳妇儿啊。

木　兰：现在后悔啊？晚了。

吕希扭着头不理她。

木　兰：干吗呀？真后悔了？

吕　希：后悔。

木　兰：后悔可以啊，扯证去。我也不是那离了婚就活不下去的主。

吕　希［一下子转过来按住木兰］：我是我是行了吧！

木　兰［笑着摸着吕希的眉毛］：我就知道你舍不得我。对不起啊，我知道你很烦。你以为我不烦吗？可是，不是你说的嘛，这是生活的燕翅鲍，天天吃，顿顿吃，等吃到小米粥的那一天就觉得特别幸福。

吕　希：是啊，谁让你是我媳妇呢，你赶上倒霉事，我要不帮你，你倒霉还不是我更倒霉。

木　兰：好了，让我们等待着甜美的小米粥的降临吧。

吕　希［笑了］：这钱就咱们全出吧，别让你爸拿他的钱了。还有，这笔钱出去了，你也就当给了他们了，别惦记他们还了。我放眼望去，那小两口不是借钱能还的主。

木兰点点头。

25. 亚芝屋子，日，内

余淼正仰头喝牛奶。亚芝在一旁担心地看着他。余淼喝完牛奶，放下杯子，一抹嘴要往外走。

亚　芝：淼淼，你要去哪儿？

余　淼：妈，钱还不够，我得再去想想办法。

亚　芝［上前拉住余淼］：淼淼，你别去了，你身体本来就不好，再这么下去会出事的！

余　淼［挣扎着想走］：妈你别管我。

有人敲门。

江开国［画外音］：亚芝，淼淼！

亚芝和余淼对视一眼。

余　淼：江爸怎么来了？

亚芝摇摇头，上前开门，江开国提着他那个老式的革公文包进来。

亚　芝：老江，你来得正好，帮我劝劝淼淼，别让他再去卖血！

江开国：淼淼，钱我们给凑好了。

江开国把袋子放到桌子上，打开，露出里面五捆钱。

亚　芝：老江？

江开国：这是木兰给拿的。淼淼，你赶紧拿着去接田咪回家吧。

余　淼［抱住江开国］：江爸，谢谢，谢谢你们！这钱算我们借的，等以后挣钱了，我们一定马上还给姐姐！

26. 看守所门口，日，外

易晓东陪着余淼等着。田咪蓬头垢面地出来。

余　淼［激动地］：咪子！

田咪回头看到余淼，满腔的委屈喷发出来，跑过来，扑到余淼怀里：

田　咪：老公！

余　淼［心疼地］：好了好了，出来就好了，出来就好了。咪子，这是易大哥，是姐夫的同学，是大律师，这回你能出来，全靠易大哥帮忙。

田　咪［抹着眼泪］：易大哥，谢谢你谢谢你！可我真的不知道这是犯罪啊。你得帮帮我。

余　淼：是啊，易大哥，后面审判的事还得拜托你啊。

易晓东：我跟你姐夫是哥们儿，会尽力而为。

田　咪［又哭了］：谢谢易大哥！

27. 木兰家客厅，傍晚，内

亚芝带着田咪和余淼坐在江开国一家对面，大家一起吃饭。余淼和田咪互相紧紧依偎着。

余　淼［举起酒杯］：姐姐，姐夫，这次要不是你们肯借钱给我们，咪子还不知道什么时候能出来呢，谢谢你们！我敬你们一杯！

吕希略有些冷淡地笑了笑。一时余淼和田咪有点干。

江开国：总算人出来就好。在里头吃苦头了吧？

田　咪［一脸委屈］：我长这么大我还没吃过这么大苦头呢，都跟一帮什么人关一块儿啊！我是冤枉的。

木　兰：还口口声声说冤枉呢。这就是犯罪。被动事实。警察抓你没抓错。

田　咪［扁着嘴］：姐，我就是去卖药去的，我一分钱我都没拿到，钱全部都交到公司去的，都没经过我手。我哪知道他们那么黑心呢。要换成姐你，你就能火眼金睛，马上看穿他们是诈骗？

木兰被她噎的一时无话。

吕　希［不咸不淡］：怎么你姐就不会碰上这种烂事呢？

田咪顿时不说话了。

吕　希：法盲就算了，要懂得知错就改。

余　淼：就是就是，姐夫说得对，这事说到底还得怪你自己法盲。以后咱就老老实实做人，别再沾那种事了。

田　咪：知道了，从今天开始，我田咪一定洗心革面，重新做人！这次都亏姐姐姐夫救我，我不会忘记的！

木　兰：都是一家人，就不说两家话。这次的事情是一个教训，希望咪子你真的能吸取这个教训，以后不要再犯同样的错误。

田　咪：姐说的是，这次在里面我也想了很多，以前我确实做了很多错事。谢谢你们关键时刻还愿意伸手拉我，以后我一定痛改前非，听大家的话，走正道。

余　淼：江爸，妈，谢谢你们帮我救咪子，敬你们一杯！

江开国：出来就好，干杯！

众人饮酒。

田　咪：姐，你放心，我以后一定当牛做马，努力挣钱，挣了钱就把跟姐借的钱早点还了。

木　兰：还钱的事你们放在心里就好，总是得先脚踏实地，努力工作。

田咪点点头，下面偷偷地拖余淼的袖子。

余　淼［吞吞吐吐］：姐，你看能不能给我们家咪子先找个超市的工作？

所有人都有些意外。

余　淼：那个姐夫那文化馆我们是够不着，不过超市应该还行吧，省得咪子老在家闲晃着又被骗。

吕希看了木兰一眼，有些无语的表情。

木　兰［沉吟一下］：我们超市特别缺收银员，你要不就先来试试。

田　咪：收银员？

木　兰：对，这个工作就是比较辛苦，挣得也不多，你要是愿意的话就先来干着，看以后有什么别的机会。不忙着回答，你考虑好了再告诉我。

田　咪：不用考虑了，姐，我愿意去。

28. 亚芝屋子，夜，内

田咪和余淼走进来，两人一起在沙发上坐下。

余　淼：超市收银员？就是结账的时候站在收钱那个人啊？你干吗，会不会嫌有点太低档了？

田　咪：骑驴找马吧。

余　淼：骑哪头驴？找哪匹马？

田　咪：先骑上收银员这头驴，慢慢找找换马的机会。你姐好歹也是超市的经理，我好好表现，她一高兴，肯定能给我个好职位。

余　淼：能吗？

田　咪：不能也得去啊。先找个地上上班再说。凭我这么聪明机灵，不可能一直干收银的。你相信我。

余　淼：咪子，这回这事太吓人了，咱真的得当个教训，以后可不敢了。

田　咪［撇嘴］：我又不知道他们是骗子。我要知道他们搞诈骗，我也不会掺和啊。

余　淼：我知道我知道。我就是说，现在这个案子怎么结还不知道呢，还得求着姐夫那个律师朋友帮忙。咱以后一定得好好做人了。啊。

田　咪：知道了。我发现你越来越像你那指导员姐姐了。

余　淼：咪子，我觉得吧，姐姐姐夫毕竟是比咱们多上过学，多经过事，他们说的话，也还是挺有道理的是不是。

田　咪：好吧，以后不想着发大财的事。我这不就去超市乖乖上班了嘛。

余　淼［笑了］：好好上班，也给姐长脸。

29. 超市走廊，日，内

木兰带着田咪过来。

木　兰：田咪，我再重申一下，收银不是一个很有前途的工作，你想明白了吗？我不希望你稀里糊涂上了岗，干不了几天就不干了。凡事都要想清楚自己要干嘛，提早做个打算。

田　咪：姐，你说的我都知道，我想好了，我真愿意。不就是站着累点嘛，吃点苦，受点锻炼，对我是好事。

木兰点了点头。

30. 吕家主卧室，日，内

来世勤正在给吕母按摩身体。

来世勤：也就我对你这么好了，天天这么给你按摩，不怕烦，不怕累，为了什么呀，就为了不让你肌肉萎缩。我自己胳膊多酸，你知道吗？每回给你按摩完了，我就得自己按摩半天，知道吗？我这么天天照顾你，你要知足。知道吗？

来世勤的手机响，她看了看，给按了，然后拿起床头柜上的电话拨过去。

来世勤：亮亮，你给妈妈打电话干吗？

电话那头是来世勤的儿子亮亮，一个十一二岁的男孩。

亮　亮［画外音］：妈，我不想读书了。

来世勤［着急］：咋不想读书了？又出啥事了？

亮　亮［画外音］：没出啥事，就是不想读书了。读书没用。

来世勤：不读书没出息！是不是又考不及格了？！

亮　亮［画外音］：我就是不想读书！不想读书！

来世勤：不读书你想干啥？

亮　亮［画外音］：我想来北京打工。

来世勤［气地］：你才几岁啊，就想出来打工，脑子有毛病了是不是？！

亮　亮［画外音］：妈，我要到北京打工，找你！找爸！你和爸一年到头在家都待不了几天，家里就我和爷爷奶奶。我想你们，我想跟你们在一起！反正我不想读书了，我要去北京找你们！

来世勤［哭了］：不行！你敢不读书我打断你腿知道不！

亮亮在那头哇哇哭。

来世勤［恶狠狠地］：郝亮，我跟你讲，不读书的人永远都不会有出息！读书考大学，到北京来上大学！别跟你爸妈似的，一辈子都给人做苦力，死了也就挣点辛苦钱！

亮　亮［画外音］：妈，我想你！我想你啊！

来世勤［哭得不行］：亮亮，妈妈在北京伺候人，挣钱，是为了啥，就是为了给你上学！你一定要给我好好上学！不然我回去就打断你的腿！听见了没有？！

亮亮抽泣着，挂断电话。来世勤抹着眼泪，十分伤心，回到床边继续给吕母按摩身体。

来世勤：为啥我们家孩子就这么没出息？不知道好好念书，就想着出来打工！我这么辛辛苦苦的，到底是为了什么？！

吕母表情痛楚，但什么都说不出来，只是看着来世勤。来世勤一抬头就看见吕母的眼神，更加生气。

来世勤：看什么看！你这是什么眼神？我这是在给你按摩，为你好，伺候你，你还这种眼神看我？！我下手就这么重，怎么着？！

来世勤更加死命地掐吕母。吕母的双眼中无限放大来世勤扭曲的面孔。

（跳接）来世勤坐在床边，喘着气，脸上没有一丝愧疚，全是发泄之后的痛快。

来世勤［自言自语］：你个死鬼，怪不得动不动就打我，原来打人这么痛快呢。

来世勤觉得口干舌燥，也不看吕母，自己起身，走出去。

31. 吕家客厅，日，内

来世勤走到客厅，倒了一大杯水，咕嘟咕嘟一口气喝光，有点神清气爽的样子。又回卧室。

32. 吕家主卧室，日，内

来世勤又进来，大剌剌地拉开衣服看吕母身上刚拧过的地方。吕母身上全是吓人的乌青。

来世勤［没好气］：又尿了啊？你说你有什么用？又得给你收拾，知道吗？你可真够麻烦的！反正今天就你儿子过来，你儿子那么粗心，肯定看不出来的。

来世勤重手重脚地给吕母换衣服。

33. 吕家客厅，傍晚，内

吕　希［开门进来］：来姐。

来世勤［端着个碗从厨房出来，一下子有点紧张］：木兰？

木　兰［跟着吕希后头进来］：来姐。

来世勤［有点小紧张］：木兰，你昨天刚来，今天又来啊。

木　兰：今天正好下班早了点，就一块儿过来看看妈。

木兰和吕希往卧室走去。来世勤有点紧张地跟着。

34. 吕家主卧室，傍晚，内

吕母靠坐在床头，换了干净的棉衣棉裤，头也梳过。吕母直盯盯地看着儿子媳妇。

木　兰［在床边坐下］：妈，今天都挺好的吧？

来世勤：挺好的，挺好的。

木　兰：妈昨天不是刚换过秋衣秋裤吗？今天又全换了啊。

来世勤：哦，今天我在厨房做吃的，一时没看住，结果老太太又把衣服裤子弄湿了，就给都换了。

吕　希：辛苦你了，来姐。

来世勤：没事，勤换着点舒服，不就是我勤洗着点嘛，老太太舒服就行了。来，老太太，咱们吃饭了。

来世勤过来，木兰自然从床头离开，把位置留给来世勤。

来世勤：来阿姨，今天晚上我们喝点绿豆粥，很有营养的。

吕母怎么也不张口，就是直盯盯地看着木兰。

吕　希：妈怎么不吃啊？

来世勤［掩饰］：老太太看你们来了太高兴了，就不肯好好吃饭，跟孩子似的。

吕　希［笑着］：还是来姐，天天跟妈在一块儿，知道妈的心思。妈，有来姐照顾你，我还真放心。

来世勤有点讪讪地笑着。

木　兰：妈最近气色好像没前一段好，是不是哪儿不舒服啊？

来世勤：哪儿能啊！老太太那是盼儿子盼的，一天都提着精神在盼儿子，到这会儿精神头自然就差点。

木兰还是有点不放心，坐到吕母身边，看着吕母。吕母则一直死命地盯着木兰看。

木　兰：妈，你想跟我说什么是吗，是身上哪儿不舒服吗？［摸吕母的手］吕希，你看妈，是不是有话要说啊？

吕　希：妈每次看到我们肯定都想说话，这不是，说不出来嘛。

吕母使劲用眼神示意自己身上。

木　兰：妈你身上哪儿不舒服？会不会这衣服哪儿扎还是？要不给妈检查检查。

木兰说着就要翻吕母的衣服。来世勤吓得赶紧按住木兰的手。木兰有些诧异地看着她。

来世勤：木兰，没事的，今天我给老太太换衣服的时候，都仔细检查过了，没问题的。天冷，还是给老太太盖的严实点吧，省得着凉。

来世勤伸手给吕母整理被子。木兰只好又起身让开。

当着吕希和木兰，来世勤特别细心地给老太太掖好被子，然后拿过床头柜上的闹钟，定好时间。

吕　希：来姐，还定闹钟干吗呢？

来世勤：最近老太太半夜经常会想小便，我定个时间，到点了就起夜给老太太排便，不让尿床上。

吕　希［感激地］：你太费心了来姐，谢谢你。

来世勤：别谢我，这是我分内嘛。

吕　希［看看表］：木兰，看过妈，要不我们也走吧。

木　兰［看了眼吕母，只好点了点头］：妈，我们就走了啊。

吕母努力动动自己的手指拉了拉木兰的衣角。来世勤在一旁看到，目露凶光。

木　兰［握住她的手］：妈，我知道你舍不得我们，有空就过来看你。

来世勤［轻轻拿开吕母的手］：阿姨，儿子媳妇上一天班也挺累的，让他们早点回去吧。吕希木兰，你们走吧。

吕希和木兰点点头，往外走。

35. 吕家客厅，傍晚，内

来世勤送吕希和木兰出来。

木　兰［从包里拿出一个信封］：来姐，这是这个月的工资，你数数。

来世勤：不会错的，不用数。谢谢。

吕希和木兰开门出去了。来世勤关上门，脸色马上大变，往卧室走去。

36. 吕家主卧室，傍晚，内

来世勤进屋，盯着吕母，吕母明显露出恐惧。

来世勤［上前把吕母从被子里拎出来］：你想告诉他们是不是？那你说话啊，你说出来他们就知道了！你能说话吗，啊，你能吗？

歇斯底里的来世勤开始狠揍吕母。吕母无声地流着眼泪。

37. 路上，傍晚，外

吕希在开车，时不时转过头看木兰。木兰一直在沉思。

吕　希：你想什么呢？

木　兰：我怎么总觉得妈好像有什么话想跟我们说呢。

吕　希：没有吧，你看来姐不是给照顾得挺好的嘛，衣服头发也都挺干净的，别瞎想了，没事的。

木兰看着窗外有点发呆。

38. 雷颂华家客厅，日，内

雷颂华开门进来。桌子上摆了一张纸。方琼坐在一边还是一脸的不爽。

雷颂华［拿起那张纸看］：哟，骗走的那六万有可能能回来？

小　丽［从厨房端着水果出来］：阿姨，姥姥今天去派出所领的单子，案子移交法院了，好像赃款基本都还在。

雷颂华［挺高兴］：真没想到，这钱还能回来呢。太好了，这下妈你心里踏实了吧，这事彻底翻篇了吧。

方琼看着并不高兴。雷颂华在她身边坐下。

雷颂华：妈，怎么了，看上去一点都不高兴。

方　琼：颂华，我还是觉得胸口闷，不舒服。

雷颂华：可不都检查过了嘛，没问题啊。

方　琼：上次那家医院我看水平有限，我想再去协和看看。

雷颂华：妈，协和也是一样的仪器，你不相信大夫，你还不相信科学仪器吗？

方　琼：不怎么信。小三子，陪我再去协和做一遍检查吧，好吗？

雷颂华［烦得不行，腾地站起来］：不好！妈，你肯定得病了！

方琼愕然地看着她。正好庄海洋开门进来，听到这话也愣。

庄海洋：颂华，妈得什么病了？

雷颂华：妈得的是疑心病，恐病症！妈，你身体什么毛病没有，医生都给你做了那么多检查，从头发到脚丫子都给你照个遍，哪个部分都没有癌变，你怎么就不肯相信呢？！就你这威风凛凛，癌细胞见你就怕！

方　琼：你嚷嚷什么？跟你说不了两句话就要跟我嚷嚷，嗓门大是怎么着？

庄海洋［去拉雷颂华］：颂华颂华，咱先不说了好吗？回屋回屋。

雷颂华［脱开］：回屋也烦！妈，你能不能让我消停两天，这买药的事刚过去，怎么又迷上跑医院做检查了呢？！你以前不这样啊，妈，以前不是对生死看得挺开的嘛，怎么突然连生个病都这么害怕呢？

方　琼［张口结舌］：以前是以前，现在是现在。

雷颂华：可你真的没事啊，你身体很好，我向毛主席保证，行吗？

方　琼［郁闷地］：毛主席都不在了，向他保证有什么用啊。

雷颂华［目瞪口呆］：妈，人都得死，这是自然规律，没办法的，你想它干嘛。

方　琼：我这是为了你们想，我死了你们姐儿个怎么办？

雷颂华：不管是谁死了，大家都还得接着过！

方　琼［气得不行］：你咒我呢！

雷颂华：我这是宽解你，我是劝你别胡思乱想，你知不知道你最近特别特别的作！要作死人了！

方　琼：我作！我哪儿作了？！

雷颂华瞪着方琼，方琼也瞪着雷颂华，母女俩互相瞪着，对峙。

突然，雷颂华胃疼的样子，一下子歪在沙发了，整个人蜷成一团。

方　琼［扶住雷颂华］：小三子！小三子你怎么了？

雷颂华［疼得说不出话来］：我……胃疼……

庄海洋：让你别动气别动气，偏不听，胃连着心呢！我先扶你床上躺会。

39. 雷颂华卧室，日，内

庄海洋扶着雷颂华进来，到床上躺下。方琼在一旁帮衬着。

方　琼［关切地］：小三，觉得怎么样？

雷颂华［脸色惨白］：胃疼！

方　琼：什么样的疼？

雷颂华：就一阵一阵的，都好几天了。有时候半夜还会疼醒。

庄海洋：哟，昨天半夜我醒过一次，见你好像是蜷着难受。

雷颂华点点头。

方　琼［吓坏了］：别是胃里长什么东西了，这么熬着可不行，赶紧上医院看看去，做个胃镜。

雷颂华：不行，一会儿总公司有会。

方　琼：有会也得请假去看病！工作再重要比不上身体重要，身体是革命的本钱。小病不能拖，拖成大病就完了，马上去医院！［给雷颂华擦着汗］看这一脑门子的汗，怎么忍得了啊！听妈的，一会儿不疼了就去！

雷颂华［挺感动地］：知道了，妈，一会儿我就去医院做胃镜。

方琼点点头，出去了。雷颂华松了口气。

庄海洋：好点了吗？

雷颂华：看来我生病了，我妈的心病就能忘了。

庄海洋：不管多作，你妈还是你妈啊，见不得你有事。你不是装的吧？

40. 雷颂华家客厅，日，内

雷颂华［开门进来，坐到沙发上］：小丽，给我泡杯碧螺春来。

方　琼［从自己屋里出来］：小三子回来了，做胃镜了？

雷颂华：做了，难受得哟。

方　琼：大夫怎么说？

雷颂华：没事。

方　琼：真的？

雷颂华：骗你干嘛呀，医生说没什么大事，就有一点轻微的溃疡，是工作压力太大引起的。大夫给配了点药，按时吃就行了。

方　琼：胃溃疡你爸以前也得过，虽然不是什么要命的大病，但要是不注意也会变严重，得小心点养着。单位的事，尽人事，听天命，别把自己命搭上。

雷颂华［笑］：哟哟哟，这是老一辈无产阶级革命家说的话吗？自己当初一心扑在工作上的时候忘了。

方　琼：我是我，你是你。我有专给胃溃疡吃的菜谱，每天给你做点，一定得把溃疡养好。

雷颂华［挺感动地］：谢谢妈。

方　琼［立刻来了精神头］：我这就给你做去！

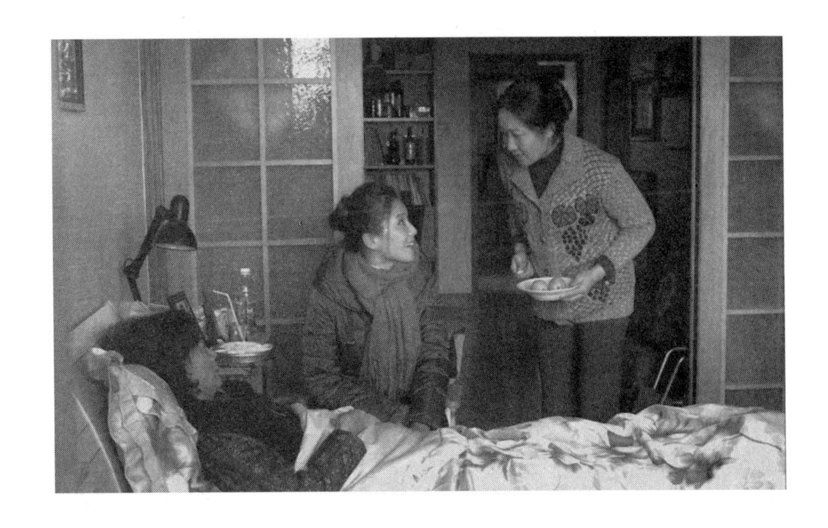

41. 吕家主卧室，日，内

来世勤大摇大摆地躺在沙发上，吃着饼干，看着电视。吕母在一旁躺着，眼睛一直盯着桌子上的水杯，嘴里发出啢啢的声音。

来世勤：怎么，想喝？喝了就得尿，又得我给你收拾，我累不累啊。

来世勤喝了一大口水，拿起饼干咬一口，继续看电视。这时门口传来钥匙开门声。

42. 吕家客厅，日，内

木兰打开门，走了进来。卧室里传来有电视声，木兰没说话，就朝卧室走过去。

43. 吕家主卧室，日，内

来世勤赶紧跳起来，坐到床边，打开枕边的录音笔，把自己嘴里含着的半块饼干往吕母嘴里塞。吕母咬紧牙关就是不张口。木兰走进卧室，只看到来世勤在给吕母喂饼干。

木　兰：来姐。

来世勤［假装刚发现木兰来了］：木兰，你怎么来了？今天不上班？

木　兰：中午休息。今天有特别甜的梨，我妈特别爱吃梨，就给拿点来。［看着眼前这一切，有点怀疑］在吃饼干啊？

来世勤：每天这个时候都是给老太太听录音的，我就喂她吃点点心。

木　兰：我怎么刚进来的时候好像没听到录音笔的声音啊？

来世勤：不会吧，大概是电视声音开得有点响吧，给挡住了。

木　兰［关上电视］：那以后给妈听录音的时候，就别看电视了，本来这种吵吵闹闹的电视剧妈也不是很喜欢看。

来世勤［讪讪地］：知道了。我去洗洗梨。

来世勤从木兰手里接过梨，惴惴地走出卧室。木兰坐到吕母身边，关切地看着她。

木　兰：妈，是不是有什么话想跟我说？

吕母看着木兰，眨眨眼，流下眼泪。

木　兰［擦着吕母的眼泪］：妈，怎么了？

吕母只是那么看着她，流着泪。木兰更怀疑，给了吕母眼神安慰，用力握了握吕母的手。

来世勤［拿着一盘洗好的梨进来了］：洗好了，我给老太太削个皮吧。

木　兰：来姐，你辛苦，我就得赶紧走了，下午还上班呢。

来世勤［一手拿着刀一手拿着个梨］：哦。

木兰笑笑，起身走了。来世勤还有些摸不着底的感觉。

44. 超市入口，日，内

木兰走过来，有点心事重重地。旁边两个保安在说话。

保安甲：今天抓住一个小偷。

保安乙：是吗？怎么抓住的？

保安甲［指着不远处的一个探头］：就那个探头拍到的。

木兰顺着他手也抬头看看房顶墙角的那个探头。木兰心里一动。

45. 超市监控室，日，内

木兰走进监控室。里面坐着两个保安。

保安甲：江经理来了。

木　兰：小赵，如果我也想在家里弄一个探头，像咱们超市这样能看监控录像，行吗？

小　赵：行，简单得很，装个摄像头，然后接到电脑上，利用电脑的硬盘储存数据，就能进行二十四小时的录像监控。

木　兰：就这么简单？

小　赵：是啊，只要电脑一直保持开机状态就行了。

木兰显得若有所思。

46. 木兰卧室，夜，内

木兰擦着头发进来。吕希躺在床上正在看书。

木　兰：今天中午我到妈那儿去了一趟。

吕　希：又去了？都挺好的吧？

木　兰：我觉得有点不对劲。

吕　希［翻了一页书，没上心］：不会吧。哪儿不对劲？

木　兰：我也说不上来，但就是有点不对劲。来姐有点不对劲。

吕　希：来姐能有什么不对劲？

木　兰：我总觉得她……我也不知道，就是感觉不对。

吕　希：疑人不用，用人不疑，来姐这么尽心尽力照顾我妈，你还怀疑人家干嘛啊。要是让人家知道了得多难受啊。

木　兰：那不让她知道不就行了嘛。咱们安个针眼。

吕　希：针眼？

木　兰：针眼摄像机。

吕　希：偷拍啊？

木兰郑重地点点头，从包里掏出一个针眼摄像机。

吕　希［合上书］：你说真的呢？这都什么呀？自己家搞偷拍？

木　兰：要是没事当然最好，到时候咱们再悄悄给拆了就完了。

吕　希［看着那个针眼摄像头一会儿］：你到底在怀疑什么？

木　兰：在看到事实之前，我不想说。

吕　希：行，这事你做主，不过记住一点，千万别让来姐知道，冤枉了她她肯定会生气，肯定就走了，那咱还上哪儿去找那么一个合适的人。

木兰点了点头。

47. 吕家客厅，日，内

来世勤从里屋推着吕母的轮椅出来，一面给她整理身上的毯子。

来世勤：推你下去遛弯去。你说，谁对你最好，是不是我啊。别拿这种眼神看我。也就我天天陪着你。你儿子媳妇忙，陪不了你的。也就我陪你。别以为我就是挣钱来的。你们家钱可不好挣。伺候你多累你知道吧。我是对你好。

她一面絮絮叨叨地说着，一面推着吕母出去了。

48. 楼下，日，外

来世勤［推着吕母］：看，外面天气多好，这么好的天，我陪你出来，我对你好不好啊。

她推着吕母走远了。木兰从一旁藏身处出来，木兰停一停，赶紧进去。

49. 吕家主卧室，日，内

木兰走进来，找着地方。最后目光落在了对着床的柜子顶。

（跳接）摄像头已经安装在柜子顶上一个隐蔽的地方，前面还有东西稍微遮挡了一下。木兰正在笔记本电脑上操作着。一会儿，电脑上出现了图像，能看见几乎整个卧室，主要是对着吕母的床。木兰很满意的表情。然后把电脑藏进柜子里，拿衣服挡上。

第 12 集结束！

援朝一家喜搬新房，江父接手照顾吕母

1. 江援朝家客厅，日，内

江援朝一家人忙着装箱打包。江多福坐在一角，脚边放着一个小小的行李袋。

2. 江援朝家楼下，日，外

一辆搬家公司的车已塞满了东西，江援朝、贾幸梅往车上搬零碎。旁边站了好多老邻居。

老邻居甲：援朝，你们这就要搬去新房子了啊？

江援朝：是啊。

老邻居乙：新房子多大？

贾幸梅：一百平方。三室两厅。

众邻居[皆惊讶艳羡]：呀，这么大房子呢，真好啊！

江志新已经扶着江多福出来，坐上了后面跟着的一辆出租车，春妮抱着孩子也跟着上车。贾幸梅和江援朝爬上了搬家车的副驾驶。

贾幸梅：我们走了，以后大家都来玩，都来玩啊。

在邻居艳羡的目光和议论声中，搬家车和出租车载着兴奋的江家人离开。

3. 江援朝新家客厅，日，内

一家人站在屋子里，都看着新家高兴。贾幸梅和江援朝正在指挥工人搬东西。

贾幸梅：这边这边，这个柜子放这边。

江多福站在门口，看着客厅。

江志新[扶着江多福]：爷爷，你是第一次来，我带你好好看看咱家的新房子。

江多福：好，好。

4. 江援朝新家大卧室，日，内

这屋挺大，放着三人衣柜，大双人床，还有婴儿床，依然不算挤。江志新陪着江多福进来。

江志新：看，爷爷，这是我和春妮的房间，爸妈把最大一屋给我们了。他们原来刷的是白色，春妮喜欢粉色，就重新刷了刷。

江多福环视着，老房子里江志新和春妮的结婚照已经挂在这儿的墙头了。

江志新：怎么样爷爷，好看吧？

江多福：好看极了。

5. 江援朝新家中卧室，日，内

这屋略小一点，但是也放下了双人床，还有个靠墙打的双人衣柜。江志新陪着江多福进来。

江志新：这是我爸妈的屋。原来装修就挺好，什么都没动，这柜子是原来房东打的，能放不少东西呢。

江多福：好，好。

6. 江援朝新家小卧室，日，内

江志新推开门，江多福一看，愣了一下。这屋只有四五平米，靠窗放着一张单人床和一个床头柜，也就没什么空间了。

江志新：爷爷，这屋给你的。这屋原来是书房，这床是新给你买的。喜欢吗？

江多福［慢慢走进去］：喜欢，喜欢。

江志新［回过身指着门上的位置］：爷爷看，这儿有一排柜子，能放好多东西。

江多福回头一看，果然门上打了一排吊柜，算是这屋唯一的储物空间。这时候贾幸梅指挥着两个搬家工人搬着两个挺大的纸板箱子进来了。

贾幸梅：来来，这些就搬这屋。

工人把两个箱子放在门边就转身走了。江志新打开几个纸箱子盖，拎出几样东西，不外乎一些老旧的被单衣服之类的。

江志新：妈，这些就不要了吧，都是些能进博物馆的东西，早就该扔了，留着还占地。

贾幸梅：那可都是我的嫁妆！没准以后还要用呢。

江援朝［走过来了］：什么陪嫁，还不就是些老被单旧衣服什么的，早就破了。别要了。

贾幸梅［护着］：不行不行！这都是我娘家带来的，以后肯定还能用上！得留着！

江志新：妈，爷爷这屋没地放了。

贾幸梅：别的房间都塞满了，就放爷爷这儿吧。

贾幸梅自己把两个箱子搬进去。箱子搬进去以后，几乎只留下从门口走到床边的通道了。

江志新：妈，小屋本来就够小的了，这么一放就更挤了，爷爷还怎么住啊。

贾幸梅：怎么不能住了，啊，怎么不能住了？这不是挺宽敞的嘛，爸你说是不是？

贾幸梅为了证实自己的话，还来回在过道里走来走去的，被磕到腿了也硬撑着。

江志新：妈……

江多福［赶紧］：挺好的挺好的。就放这儿，没事。

贾幸梅：你看，爷爷自己都说好了。都饿了吧，我这就做饭去。

贾幸梅和江援朝都走开了。

江志新［有点不好意思地］：爷爷，这屋真是小了点。

江多福[拍了拍江志新的手背]：不小，我够了，真的挺好的，只要你们好好的就好。

7. 江援朝新家客厅，夜，内

大家都坐在桌子旁。桌子上摆了一桌子的菜。贾幸梅亲自给江多福倒上酒。

贾幸梅[举起酒杯]：爸，咱家今天住新房子了，一百平方呢，我的天哪，我做梦都没想到我贾幸梅有一天能住一百平方的房子啊。爸，我敬你！

江援朝[也敬江多福]：爸，这次要没有你的支援，我们哪儿能买得起这么大的房子，爸，我也敬你！

江志新 & 春妮[也举起酒杯]：爷爷，敬你！

江多福[特别高兴]：好，好！

大家碰杯饮酒。江志新给江多福夹菜。

江志新：爷爷，来，你最喜欢的千张红烧肉。

江多福：好吃，真好吃。

贾幸梅：爸，以后天天给你做。

一家人其乐融融的样子。电话响。

江援朝[一看手机]：是哥。[接电话]哥。……对对，都挺好的，都搬好了，正吃饭呢。

8. 木兰家客厅 / 江援朝新家客厅，夜，内

江开国：援朝，祝贺你们，乔迁新居，大喜事。

江援朝：谢谢哥，对了，你们给我们的红包啊，我们买了个大冰箱，特别好。

江开国：那就好，那就好。

江援朝：哥，有空了回桐城来，上我们家来玩。

江开国：好的。爸挺好的吧？

江援朝：爸高兴啊，正吃红烧肉呢。

江开国：好好好，我就不跟爸说了，你们吃饭吧，回头再打电话。

放下电话，江开国脸上都是笑容。

9. 江援朝新家客厅，夜，内

贾幸梅在擦桌子，江援朝和江多福坐在沙发上看电视。江志新和春妮在一旁逗孩子。门铃响。贾幸梅开门，进来好多人，老老少少，男男女女的，十分热闹。

贾幸梅：志新，春妮，来，看谁来了。

江志新 & 春妮[抱着孩子过来]：大姨，大姨夫，大舅，舅妈，二舅，二舅妈，你们怎么都来了？

大　姨：你们搬新家，我们肯定要过来给你们热闹热闹啊，这叫暖房！

众人一起笑。

贾幸梅：来来来，赶紧进来吧，坐坐。

大舅妈[环顾]：哎哟，幸梅啊，你这房子也太好了吧，这么大的厅呢，够气派的呀。我们参观参观啊。

贾幸梅：随便参观随便参观。

二　舅［对江援朝］：二姐夫，你这房可真够大的，是一百平方吗？怎么感觉跟一百三一百五似的。
江援朝：这房特别值，板楼，得房率就高。
二舅妈［啧啧］：真是太值了，这房子真是太值了！

一众人在屋里各处看，见到江多福就点个头笑笑，也不当他一回事，接着参观。一片道贺之声。

贾幸梅［兴奋地］：你们随便看啊，我给你们泡茶去。

贾幸梅走进厨房。好几个人已经看完了，过来客厅坐。

江援朝：来，来，大姐，大姐夫，来这边坐。

江多福站起来让到一边，刚想在这儿坐，立马坐了一个人，江多福又起身往一旁一张椅子上坐，又来一个人。根本没江多福的地。江多福越让越远了，他笑了笑，进了自己的小屋。

10. 江援朝新家小卧室，夜，内

没开灯，只有窗外流进来的灯光，十分冷清。江多福在自己的床边默默坐下。外面客厅的声音不断传来。

大　姨［画外音］：幸梅，瞧你这大房子，装修是原来的？
贾幸梅［画外音］：是啊，那家才住了一年，跟新的一样。
大　姨［画外音］：可不就是新的。装的真不错。
贾幸梅［画外音］：房东还挺大方，好多家具都留给我们了，省我们不少事呢。
大　舅［画外音］：咱们家就数二姐日子过得最舒服，又做奶奶又住新房，双喜临门啊。
二舅妈［画外音］：二姐夫，还是你有实力，给咱二姐买上这么大的房了，真是让人羡慕。
大舅妈［画外音］：可不是，二姐就等着享清福了。

外面的欢声笑语跟江多福一点关系都没有。但江多福听到江援朝和江志新发自内心的笑声，还是由衷欣慰地笑了。

11. 超市卖场，日，内

木兰的主观视点。顾客把水果蔬菜挑得一塌糊涂。

12. 超市生鲜部员工休息区，日，内

木兰在给生鲜部的员工开会。

木　兰：整个超市，咱们生鲜部的耗损最大，这是我们的商品性质决定的。最近我们生鲜的业绩一直垫底，我觉得还是要在减少耗损这块想想办法。大家都分头想想，看怎么能减少耗损，增加销量。

众人都点点头。

13. 超市员工休息室，日，内

田咪和同事一起在吃饭。

同　事：田咪，听说你是江经理的弟媳妇，我们怎么以前没听说过江经理有弟弟啊？

田　咪：我老公是江经理的亲弟弟，可是二十多年前就失散了，江经理找弟弟找了这么多年，总算是皇天不负有心人，前一阵子才刚认回来的……

田咪说得特别姐弟情深，同事都听得津津有味。

14. 超市收银区，日，内

木兰走过来，正看见田咪跟着几个同事，拿着零钱包，准备上岗。

田　咪［看到木兰］：姐。

木　兰［走过来］：吃过饭了？

田　咪：是啊，你吃了吗？

木　兰：还没呢。怎么样，操作都熟悉了？

田　咪：都熟悉了，又不难。

木　兰：收银这个工作，最难的是最容易跟顾客正面冲突。一旦有什么冲突，你一定要忍住，不回嘴，不辩解，大事化小小事化了，绝对不能激化矛盾。总而言之一句话，别跟顾客较真儿，只管把你自己的工作做好，别出错就行。

田　咪：姐，我知道了。

木　兰：我觉得你现在真的比以前懂事多了，我也替你高兴。

田　咪：姐，你说我这收银要干得好，有没有做课长什么的机会啊？

木　兰：当然了，收银课长就是这么做起来的。不过谁都不可能一步登天，想要得到，就一定要先付出努力。

田　咪：放心吧，我会好好干的，我现在有一种很强烈的感觉，我觉得总能在超市里能找着自己的一席之地。

木　兰：你有这个决心就好，好好干吧。

田咪上岗去了。曾经理和手下远远地看见了。

曾经理：这谁啊？

手　下：是江经理家的亲戚。

曾经理显得有点阴险。

15. 超市店长办公室，日，内

雷颂华正在办公。曾经理到门边敲了敲。

曾经理：店长。

雷颂华：曾经理啊，有事吗？

曾经理：江经理好像把自己家的亲戚给安排到咱们超市来当收银员了。

雷颂华［头都没抬］：这是什么大事吗？需要我知道吗？

曾经理［不甘地］：这是不是有点徇私呢？

雷颂华［顿时抬头，冷凛的目光扫过去］：收银员我们每年都招不满，这个岗位还需要徇私吗？

曾经理［在雷颂华的目光下有点讪讪地］：店长没事，我干活去了。

雷颂华：我没事。

曾经理怏怏地离开。

16. 超市走廊，日，内

曾经理走过来，愤愤地，脸色变得更加阴险。

17. 余淼屋子，夜，内

田　咪［躺在沙发上直叫唤］：简直快累死我了。

余　淼［端着一盘水果过来，摆在她面前］：咪子，今天上班一天又辛苦了。来，先吃点苹果。妈正在做饭呢，马上就能吃了。你每天这么累，我让我妈给你炖鸡汤了。

田　咪［吃了一块苹果］：你没干过，你是不知道那收银真不是人干的工作。一站就是一天，除了吃饭上厕所，就是在那儿扫码敲键盘收钱，要不就是刷卡，然后就是再扫码敲键盘收钱或是刷卡，重复了一次又一次，一天下来，腿酸胳膊酸，没劲透了。

余　淼：咪子，来，我给你按摩按摩。按摩完了就不酸了。

余淼给田咪按摩手臂，按摩腿部。

田　咪：左边点左边点，上面点，对对，就是那儿，哎哟，酸死我了。

余　淼：那怎么办啊，这活也是咱们自己跟姐要求的，现在说不干是不是有点不合适啊。

田　咪：谁说不干了，先干着呗。

余　淼：对对对，坚持！坚持！

田　咪［推推余淼］：我最多再坚持一个月，到时候要还不给我升，你得跟你姐说去，给我换个岗位。不对，得跟你江爸哭去，你江爸吃这套，知不知道！

余　淼：行行，我去我去。

田咪边吃苹果边享受按摩边拿手机出来一看，顿时高兴了。

余　淼：股票涨了？

田　咪：还真让你说中了，涨了。

余　淼［拿过手机一看］：涨是涨了点，可差得还远着呢。你说咱的钱还能回来吗？

田　咪：只要在手里握着，肯定会回去的。［小声地］还有啊，这事你绝对不能往外说，要是你妈他们问起股票怎么样，就说还没涨呢，跌得特别特别惨，知道了吗？

余　淼：以后涨回去了也不还我姐他们钱了？

田　咪：你不是废话吗！傻吧你！反正不许说，知道吗？

余　淼：知道了知道了。

18. 文化馆馆长办公室，日，内

馆长正在看材料。吕希出现在门口，轻轻敲了敲门。

吕　希：馆长您找我？

馆　长：小吕，来来，坐下说。

吕希在馆长对面坐下。

馆　长：咱们要办的这个全城中老年文化双展节，忙活了快一年，最近有一个重大好消息，这个活动被市里定为了全国同类文化活动的代表项目，具有示范作用，要向全国推荐，到时候各级领导要来参加不算，还会有十几个国家的相关人士前来观礼。

吕　希：咱们全馆为这个活动忙了这么久，能得到上面领导的重视，就太好了。

馆　长：这次活动的开幕式，我有一个二十分钟的发言，就跟在丁副市长的发言后面。我们全馆就数你文笔最好，这个发言就由你来帮我写吧。

吕希一愣。馆长已经把一摞厚厚的文件推了过来。

馆　长：需要用到的材料都在这儿。这个发言的重要性，我就不用多说了，你就把你全部的实力都发挥出来吧。

吕希看着那一摞厚厚的材料，有些迟疑。

馆　长[语重心长]：小吕啊，老严再有两个月就退了，马上这个副馆长就要重新竞聘，我很看好你，你可得好好表现。

吕希顿[接过了那一摞材料]：谢谢馆长，我会努力的。

馆　长：好，那我就等着。

19. 文化馆走廊，日，内

吕希捧着一大摞厚厚的文件走过来，边走边看，不由吐出一口气。吕希的电话响起。

吕　希[接起电话]：喂？张磊，找我干吗？

张　磊[画外音]：吕希，谷栋梁那小子从德国回来了。

吕　希：是吗？

张　磊[画外音]：今天晚上约了一大帮老同学，先吃饭，后唱卡拉OK。

吕　希：我得回家写……

张　磊[画外音]：你可不许请假，他专门点名让你非到不可。来吧来吧，德国佬回来，吃大户去。

吕　希[笑]：行。

20. 餐厅包间，夜，内

吕希推门进来，里面已经满满坐了一桌的高中同学。

张　磊：吕希这个磨叽大王又迟到！罚酒罚酒！

谷栋梁[过来跟吕希拥抱]：吕希，好久不见啊！

吕　希：高中毕业就没见了。谷栋梁，都挺好的吧？

谷栋梁[拍了拍自己肚子]：别的没有，将军肚的干活。

众　人[一起笑]：英特尔奔四，奔四喽。

谷栋梁：坐坐坐。服务员上热菜。

吕希入座，正好挨着韩冬，韩冬坐在几个女同学边上，正听她们说话，看着有点心事的样子。

谷栋梁[举起杯子]：同学们，我胡汉山今天回来了，多年不见，大家还是男的帅，女的靓，废话少说，咱先干一个！

众　人：干一个！干一个！

酒杯碰在一起。

（跳接）大家都在吃热菜。

男同学甲：谷栋梁，你在德国这么多年，看样子混得不错嘛。

谷栋梁[面带得意]：马马虎虎吧。熬了十年，最近刚刚入籍。

张　磊：哟，那咱这饭局立马升级了，有国际友人了。

谷栋梁：去你大爷的。

谢晓莹：那你这次回来就是度假了？

谷栋梁：这次我回来想长住，想看看国内有没有什么机会。

男同学甲：你都是德国人了，国外福利多好，还回来干嘛呀。我们这样的想去还去不成呢。

谷栋梁：你们是不知道，国外福利也就是个饿不死。我入德国籍，那也是因为我最好的十年都熬给他们了，不拿回点什么觉得亏得慌。要想发展，现在全世界哪儿还能比中国机会来得多来得好啊。

大家也是纷纷点头。

谢晓莹：你们说这时间过得有多快，一晃，高中毕业十五年了。哎哟喂，回想那时候，跟上辈子似的。

张　磊：谢晓莹，报到那天我不小心撞了你一下，你给我那个大白眼啊，我到今天还清清楚楚。

谢晓莹：张磊啊张磊，你说说你这人多记仇，报到那天的事，都十八年了，还记着呢。

谷栋梁：那是人张磊对你谢晓莹十八年了还难以忘怀呢。

谢晓莹：哟，这话我怎么今天才听到啊，张磊，你那会儿怎么不表白啊。

张　磊：别价，谷栋梁，不带这么拿老同学寻开心的啊，万一人谢晓莹当了真，我可是有家室的人了。

谢晓莹：你想死啊张磊。

众人一通哄笑。韩冬淡淡一笑，看了一眼吕希。

吕　希[关心地]：韩冬，你今天怎么这么安静，脸色好像不太好，是不是医院太忙了？

韩　冬[疲惫地]：我妈最近做了个骨科手术，在积水潭医院住着呢。我每天下了班，出了医院，还得去医院，就一个字，累。

吕　希：最怕的就是这个，家里有老人孩子生病，白天上班，晚上还要陪夜。你自己要多注意身体。

韩冬点点头。

张　磊：喂喂喂，你们俩别说悄悄话，大家都要听。

吕　希：我跟韩冬正感叹呢，当初咱们可都是青葱少年啊，现在呢，上有老，下有小。想想真吓人。

男同学甲：就这年龄段，压力最大了，看我脸上这皱纹。

大　家[都纷纷附和]：可不是嘛……皱纹，白头发……来来来，喝酒喝酒。

众人都是碰杯喝酒，感慨万千状。

21. 餐厅门口，夜，外

大家互相扶着走出饭店门口。

谷栋梁：我已经订好包厢了，走，咱们唱歌去。

韩　冬：你们去玩吧，我就不去了，我妈住院了，我得去医院换我爸的班。

谷栋梁：慢点啊韩冬，保持联系。

韩冬笑笑，和众人挥挥手，离开。吕希看着她背影，也是有点替她担心。

22. 卡拉 OK 包房，夜，内

男同学甲［对着电视机声嘶力竭地唱着］：不变的你伫立在茫茫的尘世中，聪明的孩子提着易碎的灯笼，潇洒的你将心事化进尘缘中，孤独的孩子你是造物的恩宠……

大家跟着哼唱，仿佛被勾起了万般心事。吕希坐在角落喝着饮料。谷栋梁走到他身边坐下。

谷栋梁：怎么一个人坐在这儿，也不点歌唱？

吕　希［笑着摇摇头］：我唱得不好，就这样听他们唱，挺好的。感觉又像回到了高中的时候。

吕希和谷栋梁一起看着勾肩搭背唱得动情的几个人。

谷栋梁：是啊，老同学就是老同学，不管分开多久，再见感觉还是那么亲切。

吕　希：是啊。

谷栋梁：对了，这次回来，我还真的有件事想要跟你好好谈谈。

吕　希：什么事？

谷栋梁：这次我回来，想开一个艺术品鉴赏公司。

吕　希：什么叫艺术品鉴赏公司？

谷栋梁：中国的艺术品，不管是古董字画，还是当代现代作品，现在在国内国外，都有极大的市场，我想做这行。

吕希还是不明白。

谷栋梁：好吧，简单说，这个公司就是一个代理中国艺术品的一个中介，总部设在德国，在北京设一个点，明白了吧。

吕　希：明白是明白了，可你找我到底是想说什么？

谷栋梁：你在文化馆工作那么多年，肯定认识不少这方面的人，所以我想请你给我在北京的这个分公司做负责人。

吕　希［十分意外］：这，我哪儿做得了这个……

张　磊：谷栋梁，谢晓莹要你跟她对唱《明明白白我的心》！你快来啊！

谷栋梁：来了来了！［对吕希］不忙着回答，今天先唱歌，回头我们再细聊。

谷栋梁起身，开始跟谢晓莹对唱。吕希看看谷栋梁，笑着摇摇头，显然没把他刚才的话当回事。

23. 木兰家客厅，夜，内

江开国坐在桌旁，正在缝衣服扣子。这时木兰开门进来。

木　兰：爸。

江开国：回来了，累不累？

木　兰［笑着在他身旁坐下］：每天都这样，不累。

江开国：你等着。

江开国起身走进厨房。

木　兰：悦悦睡了？

江开国［画外音］：睡了。吕希是去同学吃饭了？

木　兰：嗯，说是一个老同学从外国回来了。又去唱歌去了。肯定得晚点。

江开国［出来了，端着一碗］：银耳汤，你这超市大经理每天日理万机的，得吃点补身体的东西。温度刚刚好，不会烫嘴，快喝吧。

木　兰［接过碗］：谢谢老爸。

木兰慢慢地吃着银耳汤，江开国笑着看木兰吃。橙色的灯光下，父女俩显得那么温馨。

［旁白］：这一刻，江木兰仿佛回到了孩童时期，父亲的疼爱挡住了外界所有的风雨。成年之后，在社会上拼搏，强迫自己变成钢铁战士。此时此刻，父亲的一碗银耳汤，化解了她内心的焦虑，使她再次体会到孩子般的松弛。这一刻因为短暂，更加珍贵。

24. 吕家小卧室，日，内

来世勤被郝金元的一个耳光打得滚到地上。

郝金元：发工资了吧，拿来，我要买酒喝！

来世勤［捂着脸］：我没钱。

郝金元：没钱是不是？！没钱是不是？！

郝金元上前抓着来世勤的头发就打。

来世勤：别打！别打了！

（跳接）郝金元已经走了。来世勤披头散发地坐在地上，双眼直愣愣的，抓狂的样子。

来世勤：我怎么就这么命苦呢。

25. 吕家主卧室，日，内

来世勤进来，吕母倚靠在床头，电视机开着，吕母看着来世勤，露出恐惧的表情。

来世勤［看见吕母的眼神，突然就很爽的样子］：你怕我是不是？怕不怕？啊，怕不怕？！

吕母的眼神瑟瑟发抖。来世勤过去，一把抓住吕母的脑袋就往墙上撞。砰的一声，吕母头上一股血流下来。来世勤看见了，吓了一跳，但还是很爽的样子。

来世勤：怕了吧！你怕了吧！

来世勤拿过毛巾给吕母擦血，擦干净之后额头上还能看见一条伤痕。来世勤丢下毛巾，在床边坐下，出神想，突然想到了什么，起身出去。吕母的眼神恐惧之极。

26. 吕家小卧室，日，内

来世勤跑进自己房间，从自己的行李包里翻出一顶帽子，出去。

27. 吕家主卧室，日，内

来世勤进来，把帽子给吕母戴上，遮住了那个伤痕。来世勤看着吕母的样子，满意地点头。

来世勤：这样不就看不出来了。

隐蔽处的探头记录着。

28. 路上，日，外

木兰开着车，吕希在一旁坐着，显然熬夜了，有点没精神。

木　兰：老同学见面，高兴吧，那么晚回家。

吕　希：嗯，也是借着这个谷栋梁回来，要不然一年都聚不上一次。昨天也不知道怎么回事，兴致都那么高，唱个没完。

木　兰：韩冬去了吗？

吕　希：去了。饭吃完就走了。她妈病了，在医院住着呢。

木　兰：啊？

吕　希：骨折了。她天天下了班还得去医院陪夜。

木　兰：真够不容易的。她一个人，都没个人帮一下。

吕　希：是啊。要是结婚了，至少她老公能帮她一把。

29. 吕家客厅，日，内

吕希和木兰开门进来。木兰手里拎着一袋梨。

吕　希：来姐？

来世勤［画外音］：屋里呢。

30. 吕家主卧室，日，内

吕希和木兰进来，来世勤正给吕母按摩腿部，一边听着录音笔。

来世勤：你们来了。我们正按摩呢。

吕　希：我妈都挺好的吧？

来世勤：都挺好的，跟平常一样。

木　兰［看到了吕母戴的帽子］：家里不是有暖气吗，干嘛还给戴帽子？

来世勤：哦，这是我们老家的习惯，老人到了冬天最需要保养的一个是头，一个是脚，老人的头最怕招风了，一招风就得病，屋里也有风，最好能戴个帽子。

吕　希：原来这样，那就戴着吧。

木　兰［注意到吕母还是用痛苦的眼神看着自己］：来姐，你去洗点梨来好吗？我想喂我妈吃点梨。

来世勤［有点犹豫着不想离开吕母］：哦，好。

来世勤接过梨，走出房间。吕希过去帮着揉腿。木兰赶紧从柜子里拿出移动硬盘，放进随身的包里。吕希看她那样，摇了摇头。

31. 木兰卧室，夜，内

画面上很平常，吕母躺着。长时间静止不动的画面。木兰躺在床上，用笔记本电脑看录像。一旁吕希早就打鼾了。木兰一边看一边打着哈欠。从录像上看，现在为止都很正常。木兰实在困了，打了个大哈欠，合上电脑，睡觉了。

32. 超市里木兰办公室，日，内

木兰边吃午餐边在电脑上看录像。画面上，来世勤进来，抓着吕母的头往墙上撞。木兰一下子惊呆了。半晌，木兰好不容易才回过神来，赶紧扔下饭碗，拿起电话拨了一串号码。

木　兰：吕希，出大事了！马上回家去看妈！

挂上电话，木兰拿着硬盘出去。

33. 路上，日，外

木兰跑过去，打开车门坐进去。

木　兰：快走！

吕希发动汽车，两人都是既惊且怒。

34. 吕家门口 / 吕家客厅，日，内

木兰和吕希快步跑到门口，听到里面传来拳打脚踢的声音。两人惊恐地对视一眼，开门进去。

一进门，木兰和吕希都惊呆了。郝金元正在痛打来世勤。因为有人突然进来，郝金元吃惊地转头看着他们，拳头还举在空中。来世勤嘴角肿胀，特别凄惨的样子。

吕　希［上前制住郝金元］：你是谁？！你在这儿干什么？！

郝金元死命挣扎着，终于挣脱了吕希的手，夺门而出。吕希赶紧揪住来世勤的领子。来世勤呜呜哭着。木兰赶紧冲进卧室。

35. 吕家主卧室，日，内

木　兰［冲进来］：妈你怎么样？

木兰拉起吕母的衣服，发现身上全是伤，再掀开帽子，头上是一道触目的伤痕。吕希拉着来世勤也走了进来。来世勤看到他们都发现了，一直低着头。

吕　希［看着吕母的伤］：妈，你怎么会这样？到底怎么了？姓来的，你把我妈打成这样！

吕希和木兰都是气得浑身发抖。

来世勤：我……我不知道……

木　兰［一把掀开柜子上的掩饰物，露出探头］：我们装了探头，什么都知道了！要我放给你看吗？！

来世勤［一下子号啕大哭］：我不对，我有罪，可我不是故意的！你们刚才也看到了我老公是怎么打我的，他根本就没把我当个人！

吕　希：你老公打你，你就打我妈？！你还是人吗？！

来世勤：我也不想的，可我也不知道怎么了，突然就对老太太……你们放过我吧，我再也不敢了！

吕　希：放过你？你干的是人事吗？打一个连话都说不出来的老人！我妈流眼泪的时候，你有没有想过放过她？！不行，这件事绝对不能就这么算了！木兰，报警！

木兰立刻拿出电话准备拨号。来世勤一下子冲上来死死的按住她的手，不让她拨号。

来世勤：求求你们，求求你们，千万不要报警！就算你们把我抓起来，我也没钱赔你们的！我知道我该死，我做了该死的事，可是我不能坐牢！我家里还有小孩和父母，他们都等着我每个月寄钱回去呢！求求你们了！

吕　希［咬牙切齿地］：来世勤啊来世勤，你居然对我妈下这种毒手！我他妈揍死你！

吕希说着揪着来世勤的领口，想要抽来世勤的脸。来世勤也是毫不抵抗地抬着头。吕希一下子就看到来世勤肿胀的脸上郝金元留下的指印。吕希想狠下心打上去，但还是下不去手。

木　兰：咱们还是赶紧带着妈上医院检查！

吕　希［揪着来世勤的领子］：要是有事我绝对跟你没完！

36. 医院急诊室，日，内

吕希和木兰押着来世勤陪着吕母，坐在医生对面。医生正在查看吕母身上的各种外伤。

吕　希：大夫，我妈怎么样？

医　生［叹息摇头］：怎么会弄成这样？先去拍片做检查吧，看看骨头内脏有没有受伤。

木兰和吕希都点头。来世勤更加紧张害怕。

37. 医院 CT 室门口及走廊，日，内

木兰推着吕母过来，吕希押着来世勤一起。到了 CT 室门口，木兰把手里的单子交给医生。

医　生［看着单子］：要做的检查不少，你们家属跟着进来吧。

木　兰：好。

两人只顾着听医生说话，来世勤一直偷偷地观察他们。趁吕希疏忽的一瞬间，来世勤突然转身就跑。木兰和吕希傻眼了。

吕　希：王八蛋！

吕希赶紧追了出去。

木　兰：大夫，麻烦你看一下，谢谢！

木兰放下吕母，也跟着追过去。医生都看傻了。来世勤在医院走廊上狂奔。木兰和吕希在后面狂追。

38. 医院门口，日，外

木兰和吕希追到门口，来世勤已经不见踪影了。木兰和吕希停下来喘气。

吕　希：跑得可真他妈快！王八蛋！

木　兰：妈还在医院呢。这样吧，我进去陪妈做检查，你去家政公司！

吕希点点头，离开。木兰转身往医院里跑。

39. 家政公司吕老师办公室，日，内

吕希坐在吕老师面前。吕老师正在看录像，十分震惊。

吕老师：怎么会出这种事？

吕　希：这事得问你们啊！

吕老师：吕先生，先别急先别急……

吕　希：能不急吗？！把我们家老太太虐待成这样，人还跑了！她去哪儿了？你们能找到她吗？

吕老师：我打电话试试。

吕　希：别打了，她手机早关机了！

吕老师也是一脸受惊吓的样子。

吕　希：你们这儿还有她其他的信息吗？

吕老师：我们跟来世勤就是个松散的中介关系，自从她去你们家干活以后就没再来过，我这儿就知道她是四川来的……

吕　希[急了]：你们家政公司出来的人，你们一问三不知！像什么话？！不管找不找得到她，她是你们家政公司介绍的，你们就得负责！我告诉你们，要是我妈有什么事，你们绝对脱不了干系！

吕老师[害怕了]：你先别急，冷静点，我们知道她老公在哪个工地干活！

40. 工地，日，外

吕老师陪着吕希过来，吕老师拉着一个民工。

吕老师：你们这儿负责人呢？

民　工[指着旁边一个督工的包工头状的人]：就他。

吕老师和吕希赶紧过来。

吕　希：你好，郝金元是你们这儿的吗？

工　头：是啊。

吕　希：他人呢？

工　头：好像他老婆来找他了，两人去屋里了。

吕　希：赶紧带我们去！

41. 工棚，日，内

工头带着吕希和吕老师跑过来，来到一个位子上。

工　头：这就郝金元的床。哎怎么？

床铺上乱七八糟的扔着些垃圾，包什么的都不见了。一个民工进来，工头立刻拉住他。

工　头：郝金元呢？

民　工：他回家了。

吕　希：什么回家了？

民　工：就是回老家了。不知道老家出啥事了，两人心急火燎地收拾了点东西就走了。

吕希和吕老师都惊呆了。

吕　希：法治社会，我就不信警察抓不到你！

吕希说着拿出手机就要拨号。吕老师死命拉住他。

吕老师：别别！咱有事好好说好好说，先别忙着报警！千万别报警！我们一定赔偿你们！一定！

42. 医院急救病房，日，内

吕老师和吕希站在吕母面前。木兰给吕老师看吕母头上的伤口。吕老师吓坏了。

吕老师：对不起对不起！我们也是第一次碰到这种事！真是，怎么会出这种事！我们公司开业也五六年了，真的是第一次出这样的事啊！对不起，真的对不起……

吕　希：现在说这个也没用，这事不能就这么算了，我们肯定得报警！你们是担保人，现在找不到当事人，你们得负全部的责任！

吕老师：先别急着报警好不好！大家有事慢慢商量！其实这件事我们也挺无辜的。我们就是负责给东家和保姆牵线搭桥，也不能负责保姆的人品啊，哪儿知道这个来世勤这么歹毒！

吕　希：现在她人找不到了，我们只能找你们！

吕老师：这个我知道，我很理解你们的心情。其实就算到了警察局，我们也不可能承担所有的责任的。你们看这样好不好，我们那儿还有很多好的保姆，我们负责给你们配最好的保姆，保证不会再发生这样的事了！来世勤在你们那儿做了三个月，我们再免费给你们配三个月，好不好？

木兰和吕希还没回答，就看到吕母一听到保姆的事，就声嘶力竭地发出啊啊的声音。

木　兰：妈是不是不想要保姆啊？

吕母发出更大的啊啊的声音，表示坚决不要保姆。

吕　希：看到没有，一提保姆就把我妈吓成这样！我们肯定不能要你们的保姆！

吕老师：你们先别生气，凡事好商量。这样好不好，我马上回去，跟总公司的领导商量商量，一定尽快拿出一个让你们满意的方案来。

吕希和木兰对视一眼。

木　兰：尽快是多快？

吕老师：你们放心，就这一两天，一定给回复！你们先安心照顾老太太，等有方案了我第一时间给你们打电话。我就先走了。

吕老师离开病房。医生带着护士进来。

吕　希：大夫，我妈怎么样？

医　生：检查结果都出来了，放心吧，都是些皮外伤，没什么大事，不需要住院，回去好好养着就行。

吕希 & 木兰：谢谢大夫！

43. 吕家主卧室，夜，内

吕希和木兰扶着吕母躺到床上。吕母看着两人，眼泪流下来。吕希握着吕母的手，万分歉疚。

吕　希：妈，对不起，都是我不好，我太粗心了，你受这么多罪我居然一点都没察觉。这次要不是木兰心细，你不知道还得受多久的罪！

吕母的眼泪不断涌出。

吕　希：那个王八蛋来世勤，欺负我妈动不了说不出话，骗我们骗得太狠了！别让我抓住她，抓住她我揍死她！

木　兰：妈，我们再也不会忽略你，再也不会让你受这样的苦了。

吕母发出呜呜的声音。

木　兰［忍住难受］：我去弄点吃的，吃完了给妈再收拾收拾。

44. 木兰家客厅，夜，内

木兰筋疲力尽地开门进来，江开国还坐在沙发上等着。

木　兰：爸，还没睡呢？

江开国［摇摇头］：你婆婆怎么样了？

木　兰：都查过了，还好，没什么大事。

江开国：这人都是怎么了，怎么能干得出这样的事来？不怕遭报应吗？！现在怎么办？

木　兰：先看看家政公司什么态度，肯定得让他们赔偿。

江开国［叹口气］：吕希陪着呢？

木　兰［点点头］：现在他妈妈一听到保姆两个字就害怕得直哆嗦，我们暂时也不敢给她找保姆了。

江开国：可现在她根本就离不了人不是，不找保姆谁伺候，你们也不能老请假啊。

木　兰：那怎么办呢，不能请假也得请啊。

江开国：明天我跟你一块儿过去，帮你们先看着老太太。

木　兰：也好，我和吕希想去找找养老院。

45. 吕家主卧室，日，内

江开国和木兰进来，吕希正双眼通红地在准备给吕母翻身。

吕　希［百感交集］：爸，你也来了。

江开国：我来看看亲家母。

木　兰：妈怎么样？

吕　希［痛苦地摇摇头］：还好吧，刚换过尿不湿，准备给她翻个身，该按摩了。

江开国：亲家母，没事，啊，没事。

吕母眼神也是十分痛苦。

木　兰［撸起袖子］：吕希，我来吧。

江开国［拦住］：行了，你们都别来，我来吧。

吕　希：爸？

江开国：你们俩赶紧办要紧的事去，这里交给我。

吕　希：谢谢爸。

江开国：你们走吧走吧。

木兰和吕希对看一眼，两人出门。

江开国[帮吕母翻过身]：亲家母，咱们都是为了子女，我给你按摩，你别介意啊。

江开国非常小心地开始按摩吕母背部的肌肉。吕母背对着江开国，眼中全是感激。

46. 公立养老机构，日，内

吕希和木兰都是一脸愁容地坐在欧阳院长前面。

吕　希：欧阳院长，还是没有空床位吗？

欧阳院长摇了摇头。

吕　希：欧阳院长，我们真的很急，我妈家出这事，真的没办法了。能不能帮我们？

欧阳院长[摇头]：不是我不想帮，是真的帮不了你们。你们家情况真的挺特殊，可是没有床位啊。总不能让住着的人回去吧。

吕希和木兰都很失望且发愁。

木　兰：院长，像我们这样的家庭这么多，床位真的太少了。

欧阳院长：没有床位说明什么，说明护理人员不够。说到底还是资源不够啊。我们国家刚刚进入老龄化，人们的意识也刚刚醒悟到这一点，一切都需要时间啊。

47. 豪华养老机构走廊，日，内

吕希和木兰跟着院长走过来。一切设施都很好，活动室，娱乐室，影音室，一应俱全。

院　长：我们这儿可以说是点对点的服务，床头铃的位置都经过专门设计，即便像你母亲这种情况，也可以凭借轻轻触摸触动叫人铃，十五秒之内护理人员就会出现。

吕　希：匡院长，你们这儿，怎么收费？

院　长：你们要什么档的？

吕　希：都有什么档？

院　长：我们中心一共有五档，最低的月费一万，最高的八万，你们想要哪档？

吕希和木兰顿时面面相觑。

48. 养老院托老所门口及胡同，日，外

木兰和吕希在一个曲里拐弯的胡同里走着，边走边看着两旁的门牌。拐过一个弯，一个不起眼的院子门出现，上面一个牌子：木鱼胡同街道办养老院托老所。

木　兰：就这儿。

两人推开虚掩的简陋的铁栅栏门，走进去。

49. 养老院托老所走廊，日，内

这个托老所就在一栋非常老旧破败的两层小楼里。院长带着吕希和木兰走过一条狭窄的走廊。

院　长：我们这个托老所啊是街道办的，资金很有限，你们也看到了，条件不是特别好。

吕　希：你们这里接受完全失能的老人吗？

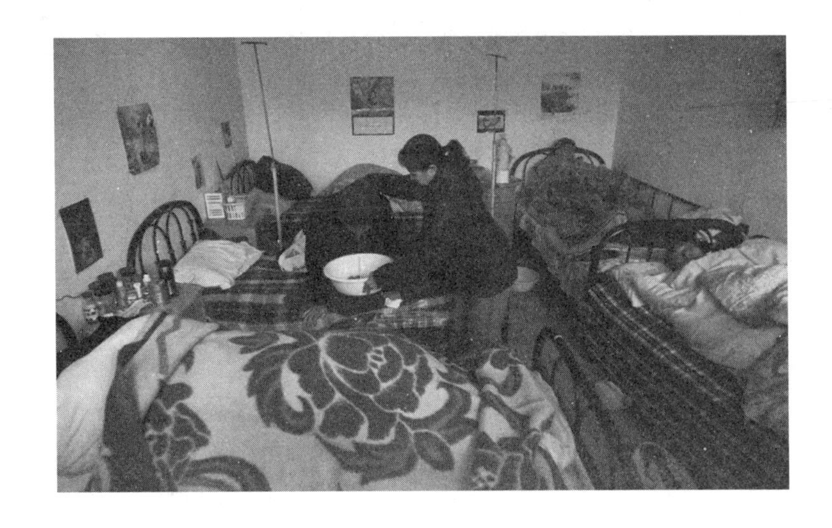

院　长：我们这儿对入住的老人没有任何限制，全瘫的也收。

木　兰：费用是多少？

院　长：半瘫的，八百，全瘫的，一千一。

木兰和吕希互相看了一眼。他们路过一个房间，院长推开门。

院　长：看看里面情况吧。

50. 养老院托老所房间内，日，内

吕希和木兰跟着进来，顿时吕希忍不住捂了捂鼻子，但是马上意识到，放下了手。很小的一个屋子，睡了七八个人。有的老人还能自己行动，正在倒水喝。

院　长：有点味儿，没办法，基本上吃喝拉撒都在这间屋子里解决，我们的钱不多，护理人员的数量也很不足，不可能谁尿了拉了就马上给倒掉。

木兰和吕希对视一眼，有点惊恐。靠边床上躺着个老头，头还能动，转过来看看院长。

老　头：唐院长，来看我们了。

院　长：马大爷，今天还挺好的吧。

马大爷：好死不如赖活着，活着就挺好。

院　长：这马大爷，家里的孙子要结婚了没房子，他为了给孙子腾婚房，就住到了这儿。

木　兰：他的孩子们就让他在这儿？

马大爷：这儿挺好，人老了，鼻子也就没那么灵了。要不是有这么个托老所收留我，在家就得拖累孙子了。

木兰和吕希都是表情复杂地看着马大爷。

51. 养老院托老所门口，日，外

吕希和木兰表情呆滞地走出来。

吕　希：木兰？

木　兰［忍不住扑进吕希怀里哭了］：吕希，我们俩就是要有一个辞职，在家照顾你妈，也不能让你妈到这种托老所来，这儿便宜是便宜，条件实在太差了！绝对不能让你妈来这种地方！

吕希点着头，轻轻地抚摸木兰的背。

52. 路上，日，外

吕希开着车，木兰看着窗外，两人都很沉默。

［旁白］：目睹的一切，使江木兰感到了一种深深的无助和困惑，老去之后，假如还失去健康，生存的意义是否只退化到生存本身？当生存都寄托在他人的帮助之时，尊严、愉悦等精神价值将从何而来？

木　兰［醒过神来］：我们现在去哪儿？

吕　希［握紧方向盘］：去家政公司！让她们赔偿，一定不能放过他们！

53. 家政公司吕老师办公室，日，内

吕希和木兰坐在吕老师面前。吕老师显得很紧张。

吕　希：怎么样了，你们有结果了吗？等你们一天电话，非得我们来才行，是不是！

吕老师：别急别急，正要给你们打电话，我已经跟总公司反映过了，总公司决定赔偿你们两万块钱。

吕　希：两万块？你们的保姆把我妈都折磨成那样了，你们两万块钱就想了事吗？没这么便宜！

吕老师：你先别生气，我们也不想发生这种事，但是……

吕　希：甭跟我说这些！你们想也好，你们不想也好，这事已经发生了！就是你们的疏忽！你们应该负全部责任！

吕老师：吕先生你消消气，我们没说不负责，我们真的也是能力有限，我们想多赔偿你们一点，我们没有这个钱啊。

吕　希：反正两万块钱我们是绝对不接受！

吕老师：那你们想要多少？

吕　希［看看木兰］：八万！

吕老师［苦笑］：这是不可能的。

吕　希：不可能是吧，我告诉你，不可能我们就法庭见，不可能我们就不走了！

吕老师：这样吧，我给总公司打电话再问问。

吕老师走到桌子旁，拿起电话拨了一串号码，小声地说着。吕希和木兰坐着，门外，有人领着一个瞎子和两个哭泣着的孩子经过办公室门口。

两个孩子：爸爸，我要妈妈……

木兰不由得凝神看着那个瞎子带着两个孩子走过去。

吕老师：总公司说了，最多最多，给你们四万。

吕　希：四万？太少了！

吕老师：真的就这么多了。我们家政公司，本身也就是个社会服务行业，盈利点单一，事务又非常繁琐，没什么利润，拿不出钱来。

吕　希：四万不可能，我们要六万。

吕老师［沉默片刻］：这样吧，我私下做主，给你们五万。我们公司也就这点能力，要是你们还接受不了，那就报警吧，我们也没办法了。

吕希和木兰互相看看，都是无奈地点头。

吕老师：我这就让财务过来。［拿起电话拨了几个号］小谭，你过来一下。

片刻，财务小姑娘敲敲门进来。

吕老师：小谭，带吕先生他们去领五万块钱。

小　谭［一脸苦相］：吕老师，公司哪里还有五万块钱啊！

吕老师：先把那笔钱挪一挪吧。

小　谭：可，可他们人都来了……

吕老师：让他们再等等，先把吕先生的钱结了。

吕老师给小谭一个带压力的眼神，小谭只好点了点头，看着木兰和吕希。

小　谭：请跟我来。

木兰和吕希跟着她出去。

54. 家政公司走廊，日，内

木兰和吕希跟着小谭走着。

木　兰［忍不住］：我问一下，本来这笔钱是要给谁的？

小　谭［叹口气］：前一阵公司组织了几个工人做蜘蛛人，去给一个大厦擦外墙玻璃，哪知道安全带不牢，掉下来一个。

木兰和吕希都吃了一惊。

木　兰：人呢？

小　谭：没了。才不到三十呢，甘肃来的，她老公是个瞎子，还有两个孩子，一个八岁，一个五岁，一家四口到北京来打工，瞎子老公干不了什么活，一家全靠她做小时工挣钱。都知道做蜘蛛人危险，但是钟点费也高，所以每次她都抢着去，没想到……

木　兰：那他们家以后怎么办？

小　谭：钟点工去做蜘蛛人都是签了协议的，公司不承担任何责任。不过这个工人在公司干了两年多，一直挺勤恳，还摊上这么个结果，公司可怜他们家的特殊情况，给他们五万块钱的抚恤金。正好这一段账上凑了这么一笔钱……

前面拐角的椅子上坐着那个瞎子搂着两个孩子正哭着呢，旁边家政工人陪着掉眼泪。

小　谭：就是他们，本来说好了让他们今天来领钱的，现在……我都不知道该怎么跟他们说。

吕希和木兰看见这一幕，心里就又不忍了。木兰拉拉吕希，吕希明白了她的心意，不由叹口气。

吕　希：我们这笔就先缓一缓，先给他们吧。

小　谭：先给他们？那不知道什么时候能给你们呢。

木　兰：我们能等。至少，我们这钱不是用来救命的。

小　谭：我替他们家谢谢你。有了钱我一定马上通知你们！

木兰和吕希看看那可怜的一家人，再次深深叹口气。

55. 吕家主卧室，夜，内

木兰和吕希站在床前，吕母已经给收拾的特别干净，躺着。屋子里也很整洁。

江开国［擦着手走进来］：亲家母，一天都没合眼了，想睡觉了吗？

吕母的眼神显示出对江开国的感激。

吕　希：爸，谢谢。

江开国：一家人说什么客套话。好了，咱们出去吧，让你妈也该休息了。

吕　希：妈，睡吧。

吕母放心地闭上眼睛。

56. 吕家客厅，夜，内

三人坐在客厅，都是面色凝重。

江开国：条件好的太贵，条件合适的没床位，有床位又便宜的又实在条件太差。依我看，现在没有别的办法了，只能暂时在家照顾。

吕希和木兰互相看一眼，没有说话。

江开国：你们放心，我来照顾。

木兰和吕希都是意外地看着江开国。

江开国：白天都我来，晚上呢，咱们三个轮班。

吕　希：爸，这怎么行，照顾我妈不是件小事，太辛苦了。

木　兰：是啊爸，每天来回，吃不消的。我有个想法。

吕希和江开国都看着木兰。

木　兰：我们把石景山这个房子租出去，在朗月园隔壁租一个小户型，小一点没关系，就那种一个开间的就行，只要妈能跟我们住得近，方便照顾，就好。租金付租金，钱上面也好一点。

吕　希［想了想，摇头］：租金付租金，恐怕差得挺远的。我妈这个房子说是两居，可是个老两居，总共只有四十平米，朗月园的一个开间，建筑面积也号称有五十平米呢。最主要的还是地段，这两个小区地段差得太远，租金不是一个级别，一来一去，是一个不小的缺口，你算过这个缺口得花多少钱吗？

木兰说不出话来。

吕　希：悦悦最近受钢琴老师的推荐好不容易拜了个名师，一个月也得两千多呢。咱们还能从哪儿把这笔租金的缺口挤出来？

木　兰：钱，又是钱。

吕　希：钱就是这个世界的上帝。要不是你把那笔钱借给你弟弟了……

江开国：行了，还是我每天过来吧，不就是路上花两个小时坐公交嘛，没事的，我早点起就行了。租房子这钱能省的，不用花。

木　兰：要不这样，咱们把妈接到我们那儿去住。

吕　希：接到我们那儿去？

木　兰［点头］：这样既不用租房，也不用天天来这儿。

吕　希［摇头］：住哪儿？

木　兰：住……

吕　希：我们家一共才多大，现在已经住了四口了。要是我妈过去，估计就只能在客厅里支个床。住呢肯定是能住，就怕家里所有人都过不好。

木　兰：怎么会？

吕　希：怎么不会，出出进进的，太挤。悦悦首先就睡不好，长期下去要生病的，再一个你要上早班，天天这么早出门，客厅里不停有人走动，我妈也休息不好。

木　兰：我可以尽量小声点，悦悦……

吕　希：木兰，住在一块儿，那就是全家人每天都得二十四小时面对照顾我妈的局面。我们平时都要上班，家里就得都靠爸。爸年纪也不小了，要是天天都照顾我妈，身体也会垮的。像现在这样轮班，好歹大家还能休息一天呢。况且，我觉得我妈也不愿意离开老房子，她肯定希望能离我爸近一点。

木兰沉默了。

吕　希：还是让我妈住这儿吧，我们每天过来照顾。

木　兰：那这样吧，白天我们请个钟点工，至少能帮着把家里的卫生工作做了，爸能轻松点。

吕　希［点头］：应该的。

江开国［摆手］：用不着用不着，钟点工一个小时十五块钱，还两小时起，随便弄弄就三十块钱呢，省下来咱家一顿饭钱就出来了，我挣好不好。

木　兰：可……

江开国：行了，这事就听我的，该花的地方咱不省，但是不该花的冤枉钱，咱也一分不多花。

吕　希：爸，这段是时间只能先辛苦您了，没准过一段我妈就能接受保姆了，也没准很快养老中心就有位子了。总之，我相信现在这个状态只是暂时的，很快就会过去的。

江开国：对，这么想就对了，世上没有过不去的坎儿，多大事。

木　兰：那就这么定了，先两头跑着，白天归我爸照顾，晚上我们三个人分成三班，轮流陪夜。

吕　希：暂时也只能这样了。

江开国：你俩赶紧回家吧，我在这儿就行，你们跑了一天也累了，快回去接悦悦。

木兰和吕希点了点头。

57. 木兰卧室，夜，内

木兰和吕希筋疲力尽地躺在床上，都是睁着双眼睡不着。

木　兰：幸好还有悠悠家，不然我们有事的时候悦悦都没地去。要不说远亲不如近邻呢。

吕希没有说话。

木　兰：你怎么了？

吕　希［眼神直愣愣地］：木兰，我怎么觉得我们的生活完了？

木　兰［沉默片刻］：这可不像你了啊，说这种丧气话。

吕　希［很低落］：现在的情况还不够让人丧气吗？

木　兰：不就是保姆跑了吗？你妈还在，还好好的，还陪着你，这不是好事嘛，我们还没到最绝望的时候呢。

吕　希[呆了半天]：是不是最绝望的时候我不知道，但我知道我已经很绝望了。

木　兰：好，我给你找根绳，你就都解决了。

吕　希[呆呆地看着她]：木兰……

木　兰：老公，振作！你忘了我们的小米粥了？

吕　希：小米粥。

木　兰：嗯，幸福的小米粥，一定会来的。燕翅鲍吃的时间越长，小米粥来的那一天越是美味。你的吕氏幸福相对论是对的，幸福就跟在苦难后面。

吕希点点头。木兰搂住吕希的脑袋，两人静静地躺着。

58. 麻小排挡，夜，内

木兰和雷颂华坐着，两人正在碰杯。木兰仰脖子干尽。她看上去脸色挺憔悴。

雷颂华[脸色凝重地]：真没想到，会碰上这么个变态的保姆。

木　兰[摇摇头]：其实我已经不恨她了。也是个可怜人，让她老公给打成那样。我就是觉得特别对不起我婆婆。

雷颂华：为什么？

木　兰：我婆婆那个情况，照理应该我和我爱人照顾的。我们都自私，不愿意放弃自己的工作，找外头人照顾她。所以，从根上来说，是我们先错了。

雷颂华：别这么想，你们的工作也确实没法放弃，都得先过日子啊，没工作怎么行。雇个人照顾也很正常。就是点儿背，赶上这么一个。再找别人，这个世界上绝大部分还是正常人，好人。

木　兰[摇摇头]：不行啊。我婆婆有心理障碍了。我们也有。只要不在眼前，换个人说不定还有别的什么事。

雷颂华：现在这么两头跑，你们亲自照顾，时间长了可不是个轻松的事。北京这么大，跑一趟就多长时间。真的不能在你们家挤挤？

木　兰：挤挤也只能是暂时。我们现在是想不到一个长久的办法。

雷颂华沉默。

木　兰：店长，说实话，我有时候也觉得自己挺没用的，就是那种不会计划的人，早几年，我爱人也是有机会出去闯闯的，可是怕闯不出名堂，就还在单位待着。这么些年，也没挣到什么钱，想换个房子都做不到。就差一间，多一间我婆婆就能跟我们住一块儿了。干杯！

木兰又是仰脖子一杯。

雷颂华：真是一个多事之秋。

木　兰[轻轻笑了笑，自嘲地]：天将降大任于斯人也。我可不可以这么理解呢。

雷颂华：没错。一切困难都有过去的那一天。那个时候回头想想，就是一笑的事。

木　兰：对，肯定会有那么一天的。

雷颂华[沉吟片刻]：江经理，请你做一下准备。

木　兰：什么准备？

雷颂华：当店长。

木　兰［很意外］：让我当店长？

雷颂华：对。不要太意外，本来我也是这个意思，只是还有一点最后的小程序。

木　兰：业绩。我还不如曾经理呢。

雷颂华：这点权力我还是有的。何况这家店交给你，业绩不是问题。我能看出来你是真的喜欢这份工作，你有责任心，还仁义，能力就更不用说了。一个店长还需要更多吗？

木　兰：店长，谢谢。

雷颂华：提前让你当店长，至少你的工作能早点涨。不过，当店长真的很累，可能会更加难以兼顾家庭，你要有心理准备。

木　兰：我有。

雷颂华：我相信你能做好。

木　兰：谢谢。

雷颂华：我也应该说谢谢。早点儿选出店长，我也能尽早回总部去复职。从具体的基层事务中出来这么多年了，再回到基层这几个月，我早就烦透了。你好好把这店长当好，我回去也安心，上面也好交代。

木　兰：我一定会。

雷颂华：干杯！

木　兰：干杯！

第13集结束！

雷母怀疑小丽做贼，江多福患老年痴呆

1. 江援朝新家客厅，傍晚，内

江援朝一家人正一起吃饭。桌子有一碗千张红烧肉，其他都是蔬菜。

江志新：妈，你这肉是越做越好吃了。是吧，爷爷。

江多福笑着点点头，伸手夹了一块肉，低头吃。贾幸梅看见了，撇了撇嘴，有些不爽。

春　妮：志新，嘟嘟的奶粉就剩最后半罐了。

江志新：一会儿吃完饭咱俩上超市买去吧。

春　妮：嘟嘟太能吃了，一罐奶粉吃不了几天。

江志新：那说明我儿子胃口好，身体棒啊。

江援朝和贾幸梅都笑。说话间，江多福已经吃完了那一块肉，又伸手夹了一块。贾幸梅看见，顿时笑容就下去了，冷眼看看老头。

2. 菜市场，日，外

贾幸梅走到肉摊前挑着肉。

贾幸梅：老板，五花肉多少钱？

肉　贩：二十三。

贾幸梅：什么？二十三？昨天还二十一呢，怎么又涨了？

肉　贩：进价就涨了，我有什么办法。

贾幸梅：天天涨价天天涨价，还让不让人吃肉啊。

肉　贩：大姐，我也不想涨价啊，可不涨价，我就赔钱了。

贾幸梅：你给我便宜点。

肉　贩：没法再便宜了。你老来买我肉，我不会卖你贵的。要这块吗？

贾幸梅点点头，把手里挑好的一块肉递过去，肉贩放在秤上。

肉　贩［估摸着］：一斤五两半。熟客，算你一斤半吧。

贾幸梅［看看手里的钱，盘算了一会儿］：不要了，给我来半斤肉末。

3. 江援朝新家客厅，傍晚，内

江志新开门进来。贾幸梅正好从厨房端着菜出来。

江志新：妈，今天累死我了，能吃饭了吗？饿得前胸贴后背了。

贾幸梅：饭好了，赶紧吃吧。[朝里屋]援朝，爸，吃饭了。

大家都出来，围着桌子坐下。桌子上除了一碗肉末豆角，其他都是炒蔬菜。

江援朝：今天全素啊。

贾幸梅：怎么全素了，这肉末豆角不是荤的啊。

江志新：妈，每天都有一碗红烧肉，怎么今天没了？

贾幸梅：现在物价多高，你不知道啊，咱们家五张嘴，养得起吗？天天都想吃肉，吃得起吗？

江多福伸筷子想去夹肉末。

贾幸梅[恨不得看着老头说]：现在家里就靠你跟你爸挣钱养家，你们得多吃点肉，像我们这种天天在家待着的人，还是多吃点素比较好。

江多福从肉末上缩回来，夹了个豆角。

4. 江援朝新家厨房，夜，内

江援朝和贾幸梅一起在厨房洗碗。

江援朝：以后你别那么说。

贾幸梅：说什么？

江援朝：别当着我爸的面说那些话，说得我爸都不敢吃肉了。

贾幸梅：他本来就应该少吃点肉。

江援朝：你这什么话，我爸就爱吃两块肉，咱还不让他吃。你看看咱们这房子，亲戚朋友来了都羡慕我们呢，这是哪儿来的，还不是我爸的钱。

贾幸梅[一扔抹布]：你真是不当家不知柴米贵，你知不知道现在肉价菜价都涨成什么样了啊，以前买一斤肉现在只能买六七两了！

5. 江援朝新家厨房外，夜，内

江多福端着自己的水杯过来，走到门口，听见里面的动静，站住了。

6. 江援朝新家厨房，夜，内

贾幸梅：我这红烧肉是买给儿子吃的，他天天上班，不吃肉不行。老头子都这把年纪了，还吃什么肉呢，消化得了么他。电视上都说老年人应该多吃点素，我那是为他好！

江援朝：话都让你说了，你就是小气。

贾幸梅：不是我小气，是没钱。老头子是个农民，一点退休金都没有，吃喝供养全靠咱家的工资，多一张嘴可不是多一双筷子那么简单，买五个人的菜就得比买四个人的菜多花一份钱！

江援朝：钱钱钱，整天就知道提钱。爸已经这么大年纪了，能吃多少，能花多少呢。

贾幸梅：你可别这么说，过日子天长日久的，就不是一个小数了！我说你哥也真好意思，把老头子放在我们家就真不管了啊，就算暂时不接到北京去住，好歹也给点生活费吧。真够做得出来的！

江援朝：幸梅，不管哥他们怎么做，我们是答应过咱爸的，拿他的钱买这房子，就要给他养老送终的。我是他儿子，说了必须得做到。生活费生活费，我告诉你咱家这房子就是生活费。反正以后我不想再听到你当着爸的面说那些话，我听了不舒服！

看江援朝态度有点强硬，贾幸梅闭嘴了。

7. 江援朝新家厨房外，夜，内

江多福全都听见了。这时家里的门铃又响起来。江多福有些紧张地，赶紧往回走。

8. 江援朝新家客厅，夜，内

江多福路过客厅。江志新和春妮已经抱着孩子过来开门，门外站着好几个年轻男女。

江志新：你们都来了啊。

同事甲：来看看孩子，看看你们新家。

江志新：欢迎欢迎！

同事乙：哇噻，你们家好大啊。

江多福已经自觉地穿过客厅，走进小屋。

9. 江援朝新家小卧室，夜，内

江多福进来，坐下，翻开一本书看。外面一片欢声笑语。江多福看着书，眼前的字一个一个跳动起来。江多福揉了揉眼睛想继续看，但还是看不下去，他只好把书放下，望着窗外出神。

10. 吕家客厅 / 江援朝新家客厅，夜，内

江开国在沙发上坐着，拿电话拨了一串号码。江援朝家，江志新和春妮正陪着客人说话时，家里电话响。

江志新[接起电话]：喂。

江开国：志新吗？是大伯。

江志新：大伯你好，跟爷爷说话吗？

江开国：好。

江志新[对着小卧室门]：爷爷，大伯电话！

11. 江援朝新家小卧室 / 吕家客厅，夜，内

江多福[拿起床头柜的电话]：开国。

江开国：爸，吃过了？

江多福：吃过了。你们呢？

江开国：我们也吃了，木兰单位忙，还没回来呢。

江多福：木兰上班不容易。
江开国：爸，你都挺好的吧。
江多福：都挺好的。
江开国：家里好多客人呢，听着挺热闹的。
江多福：是啊，新房子嘛，大家都过来看看。
江开国：你在自己屋里呢。
江多福：是啊，来的都是志新的同事，我也没什么可聊的，还是在屋里看书吧。
江开国：看书灯开得亮点，别舍不得电，不然对眼睛不好。
江多福：知道了。[忽然望着窗外，有些迷蒙地]看，杜鹃开了。[近乎耳语]丝盈，花开了。
江开国[奇怪]：爸，你说什么？什么杜鹃开了？
江多福[突然回过神来似的]：哦，什么？
江开国：爸，你刚才说什么？
江多福：我说什么？我什么也没说啊。开国，没事的话就挂了吧，长途电话很贵的。
江开国：哦，好。

挂上电话，江多福也是一脸茫然。

12. 吕家客厅，夜，内

江开国挂上电话，出了一会儿神。这时候吕希开门进来了。

吕　希：爸。
江开国：来了啊。
吕　希：爸，你受累啊。我今天班上有点事，来晚了。
江开国：没事没事。你妈妈今天都挺好的。已经睡下了。
吕　希：谢谢爸。
江开国：我就回去了。
吕　希：爸你路上慢点。
江开国：放心吧。

江开国离开。吕希走到卧室门口，轻轻推开门，望见里面吕母睡着了。吕希看着，出了会儿神。

13. 雷颂华家客厅，傍晚，内

又只有方琼和小丽两个人正在吃饭。桌上放了一大盘的馒头。小丽和方琼都拿着馒头在吃。

小　丽[有些扭捏地]：姥姥。
方　琼：怎么了？
小　丽：明天我想请一天假。
方　琼：请假？干嘛去？
小　丽：我老家的哥哥姐姐来了。
方　琼：是吗，来玩？

小　丽：不是，他们想留在北京打工。我已经大半年没见过他们了，想去见见他们。行吗，姥姥？

方　琼：哥哥姐姐来了，当然要去见见了。你去吧。

小　丽［高兴］：谢谢姥姥。［伸手又拿了个馒头］姥姥，你做的馒头真的太好吃了。

方　琼［苦笑］：你阿姨就爱吃我做的馒头，就是老吃不上。

14. 雷颂华家客厅，夜，内

方琼打着哈欠从自己屋里出来，往卫生间过去。屋子里黑着灯。

方　琼：这两口子这么晚还没回来。

（跳接）方琼从卫生间出来，路过小丽的房间，里面隐约透出灯光。方琼好奇地凑到门边听着，隐约听到窸窸窣窣的声音。方琼皱眉，正要说什么，灯灭了。方琼站了一会儿，走回自己的房间。

15. 雷颂华家客厅，日，内

方琼正在沙发上坐着看报纸。小丽拎着一个包过来了。

小　丽：姥姥，我走了，下午就回来。

方　琼［目光扫过她的包，点头］：走吧。

小丽离开。方琼还是翻着报纸，突然她像是想到了什么，放下报纸，起身。

16. 雷颂华家小丽房间，日，内

方琼推门进来。小丽的房间看上去没什么异常。方琼看了一会儿，转身出去。

17. 雷颂华家厨房，日，内

方琼进来，打开冰箱，在冰箱上下逡巡一番，最后盯住了那一大盆的馒头。方琼把馒头都拿出来，认真地数，数了好几遍，但还是一脸疑惑。

方　琼［自言自语］：昨天剩了几个？昨天晚上她不是往包里装馒头呢吧？哎呀，刚才没检查她包啊！

18. 雷颂华家客厅，日，内

方琼过来，在屋里转来转去，犹如困兽。片刻，方琼坐下拿起电话拨了一串号码。

19. 超市会议室 / 雷颂华家客厅，日，内

雷颂华正在给大家开会。所有人都坐着，看着雷颂华。

雷颂华：今天开个紧急会议，是因为……

突然，雷颂华的手机响起来。雷颂华看了众人一眼，众人都假装没听见。

雷颂华［接起电话］：喂，妈。

方　琼：三儿，我有个重要……

雷颂华：妈，我现在正在开会呢。

方　琼：哦，开会啊，那我一会儿等你开完会了再打。

雷颂华：好的。[放下电话]好，我们接着说，昨天通州门店起火了，这事大家恐怕都知道了吧。

有个别员工点了点头。木兰看了眼葛文倩。

雷颂华：幸亏发现及时，没有造成人员伤亡。不过起火面积不小，现在关门歇业了。

方琼在屋子里还来回地走，心神不宁，经常抬头看挂钟。方琼忍不住又拿起电话拨了一串号码。

雷颂华：今天一早，总部发文件了……

这时雷颂华的手机又响起来。雷颂华也一看号码，有点头疼。

雷颂华[压着声音]：妈。

方　琼：三儿，你会开完了吗？

雷颂华：没有呢。

方　琼：哦，那好吧，我等一会儿再给你打。

方琼有点失落地放下电话，双眼紧盯着挂钟。

雷颂华[无奈地放下电话]：刚才说到哪儿了？哦，对了，总部今天来了文件，说通州店起火的原因查清楚了，是有一条线路打孔的时候不小心打穿了……

（跳接）墙上的钟显示过了十分钟，方琼在屋里转悠着，终于耐不住，再次坐下，拿起电话拨了一串号码。会议室里，雷颂华的手机再次响了起来。

20. 超市会议室外走廊，日，内

雷颂华[走出来接电话]：妈，你这干嘛呀？五分钟十分钟就打一次，我这儿开会呢。

方　琼：还没开完？

雷颂华[十分郁闷又无奈地]：妈，你现在说吧，到底怎么了？

方　琼：小三，我怀疑小丽偷咱家的馒头！

雷颂华：什么？偷馒头？不可能。

方　琼：怎么不可能，她今天一早就拎着包出门，鼓鼓囊囊的，说是去见她兄弟姐妹去了。

雷颂华：哎哟喂，妈呀，她去见兄弟姐妹，拿馒头干嘛。

方　琼：给她那些兄弟姐妹吃啊。

雷颂华：妈妈妈，我告诉你，这是不可能的。小丽在我们家都干了三四年了，也没丢过什么东西。

方　琼：你上次不就说丢了个耳环吗？

雷颂华：那也可能不是丢家里了，再说了，人长两个耳朵，拿一个耳环有用吗？

方　琼：不是，我觉得……

雷颂华：妈，我真的很忙，会开了一半，把一屋子员工就那么扔着。有什么事都等我晚上回家再说吧，行吗？

方　琼：那好吧，下班了你就马上回来啊。

挂上电话，雷颂华头疼不已，赶紧收拾情绪走进办公室。

21. 雷颂华家客厅，夜，内

雷颂华和方琼一块儿放下了碗筷。

雷颂华：吃完了，小丽，你收吧。

小丽点点头，起身，收拾碗筷进厨房，一会儿响起了洗碗的声音。方琼一直在用怀疑的目光追随着小保姆。

雷颂华[小声地]：妈，行了，小丽都快被你盯出洞来了。

方　琼：你看她今天这个样子，就是做贼心虚。

雷颂华：不会的妈，人在我们家都这么多年了，至于偷咱家几个馒头吗？

方　琼：几个馒头？咱家这馒头外头可没地买去，和面的配料是我的秘方，特别好吃。她自己说她可喜欢吃了，你刚刚也看见了，吃了几个，三个。

雷颂华：她喜欢吃，在家吃就行了，吃三个我们也没说她啊，我们从来不管着她吃多少是不是，用不着还拿出去吃。

方　琼：拿出去就不是她自己吃，给她那些兄弟姐妹吃。

雷颂华[特无语]：妈，你这也想太远了吧。

方　琼：我是替你看家呢。

雷颂华：妈，小丽在我们家这么多年，就没往外拿过东西。

方　琼：以前就她一个人在北京，拿了也没去处啊。现在不一样，他们家都过来了，多的是人给她出主意，拿点什么不好啊。情况已经发生变化了，你也得多个心眼。

雷颂华：妈，你要是这么不放心，要不你哪天就试试她，你数清楚馒头的数量，就知道她偷没偷了。等有了确凿证据，咱们再说怎么办。不然，你现在这叫什么知道吗？这叫捕风捉影。

方琼却一副很受启发的样子，点了点头。雷颂华起身离开。

22. 雷颂华家客厅，夜，内

雷颂华进门，放钥匙换鞋。走到客厅，一下子惊叹了。桌子上满满当当地摆好了很多刚刚捏出来的馒头，非常惊人。方琼站在一边，手里正在捏着最后一团面。

雷颂华[真服了]：我的亲娘啊……

方　琼[立刻做个手势]：小点声。

雷颂华：你还真的准备试探小丽啊，不嫌累吗？做这么多馒头。

方　琼：多好啊，多她就以为我心里没数了，我数过了，[把手里最后捏好的一个馒头放到馒头堆里，一脸成就感]五十三个。

雷颂华简直啼笑皆非。这时小丽端着个大蒸屉从厨房出来了。

小　丽：姥姥……阿姨回来了。

雷颂华：要上锅了？

小　丽[边把馒头一个个放到蒸屉里，边笑]：姥姥今天可来劲了，一口气做这么多馒头。估计一屉蒸不下。

方　琼[特别期待地]：一屉蒸不下就分两屉，两屉蒸不下就分三屉，今天馒头做得是有点多，都数不过来了，慢慢蒸，慢慢蒸。

小丽已经端着一大蒸屉的馒头走进厨房去了。方琼一直笑眯眯地目送她。

23. 雷颂华家方琼卧室，晨，内

方琼睁着眼，竖起耳朵听着外面的动静。床头柜上的钟显示才六点多。外面传来小丽走动的声音。

24. 雷颂华家客厅，晨，内

小丽拎着包出门。门刚关上，方琼就从自己卧室里出来，直往厨房而去。

25. 雷颂华家厨房，晨，内

方琼进来，打开冰箱，冰箱里满满当当地塞满了馒头。方琼把馒头都拿出来，一个一个地排在料理台上，一边排一边数。

26. 雷颂华卧室，晨，内

雷颂华和庄海洋熟睡着。突然传来方琼的一声大叫。

方　琼[画外音]：有贼！

雷颂华一个激灵醒了，庄海洋嘟囔了一下，翻身接着睡。雷颂华赶紧下床，出去。

27. 雷颂华家厨房，晨，内

雷颂华进来，方琼一脸惊喜地回头看着她。

雷颂华[揉着眼睛]：妈，这大清早的，干嘛呢？

方　琼[激动地]：小三，你看我没说错吧！我就知道咱家有个贼，千防万防，家贼难防啊！

雷颂华[尤未睡醒，糊里糊涂地]：什么贼？

方　琼：小丽啊！她偷了我的馒头！我数过了，少了两个！

雷颂华[反应过来，也是一愣]：真的少了？

方　琼：是啊，我数了三遍呢，不会错的！昨天晚上明明是五十三个，现在只剩五十一个！不信你再数数！

方琼让开点儿，让料理台出现在雷颂华面前。雷颂华震撼地看着排列整齐的馒头阵。满满一台子的馒头，五个一排，最后一个孤零零地在最后一排站着，一目了然。

方　琼：我都摆好了，一行五个，一共十行，最后还有一个。是不是五十一个？是不是五十一个？

雷颂华看着最后那一个，脸色也变了。

方　琼：这下证据确凿了吧，我不是捕风捉影了吧，明明白白，少了两个馒头，就是她偷的，偷去给她兄弟姐妹吃去了！

28. 雷颂华卧室，晨，内

庄海洋还睡着，突然方琼的声音又传来。

方　琼[画外音]：我就说小丽是个家贼！你非不信非不信！现在信了吧！

庄海洋终于被吵醒了，摇了摇头，起身出去。

29. 雷颂华家厨房，晨，内

方　琼：我就说得防着得防着，就你这整天不着家，赶明儿家里让人搬空了都不知道！

雷颂华：这不可能啊，真要偷，偷什么不好，抽屉里钻戒金项链的不偷，偷两个不值钱的馒头。

方　琼：你可别小看这两个馒头，没有谁一下子就是那大拿，江洋大盗也是从那小偷小摸开始的！

雷颂华：妈，我总觉得小丽她不是这样的人……

方　琼：你知道什么呀，你成天跟小丽也见不了两面。我跟她天天在家，她有什么风吹草动我最清楚！

雷颂华沉默了。

庄海洋［睡眼惺忪地进来了］：颂华，妈，这出什么事了？［看见了馒头阵，非常惊讶］馒头怎么排队了？对了，妈，我昨天晚上应酬回来觉得特别饿，一看有馒头，就吃了两个。

轮到雷颂华和方琼吃惊地看着庄海洋。

庄海洋［不解地］：怎么了？这馒头有什么别的用处？不能吃啊？

雷颂华［笑得快趴下了］：妈，我们家这个馒头贼不是小丽，是海洋！

方　琼：海洋，真的是你吃的？

庄海洋：是啊，我还夹了一块豆腐乳，特别好吃。妈，不会真的有别的用处吧？

方琼张口结舌地看了庄海洋一会儿，再看看笑得不行的雷颂华，愤怒地转身走了。

雷颂华［对着她背影］：妈，小丽不偷馒头，你是不是特失落啊？

回答她的是方琼重重的关卧室门的声音。

庄海洋：你们娘俩唱的哪一出，这馒头到底什么路数啊？

雷颂华［更加笑得乐不可支］：这馒头是老鼠夹子上那块大肥肉，让你这大猫给吃了。

30. 亚芝屋子／公交车上，日，内

亚芝看看屋子一角放着的鼓鼓的蛇皮袋，拿起电话，拨了一串号码。

江开国［正坐在公交车上，手机响］：喂，亚芝啊。

亚　芝：老江，你最近怎么也不过来取小家电，我这儿都攒好多了。

江开国：哟，我都忘了，最近一直都忙着照顾我亲家母，没时间去找你。

亚　芝：亲家母出什么事了？要不要我过来帮帮你？

江开国：跟你，我就不客气了。正好，你给我带点新鲜菜过来。

亚　芝：好。

31. 吕家客厅，日，内

江开国过来开门，门外亚芝拎着菜。

江开国：来了，亚芝，好找吗？

亚　芝［进来］：挺好找的。给，你要的菜。

江开国［把菜放在饭桌上］：跟我进来。

32. 吕家主卧室，日，内

江开国陪着亚芝进来。吕母半靠在床头。看到吕母的情况，亚芝也惊呆了。

江开国：亲家母，这是我的一个老乡，亚芝，今天来看看我，顺便给带了点菜过来。

亚　芝：你好。

吕母眼神示意一下。

江开国［过去扶起吕母的胳膊，熟练地轻轻按摩］：正按摩呢。

亚　芝：一天一次？

江开国：上午一次，下午一次。我不怕累，多按两次，对肌肉有好处。

亚　芝：老这么着行吗？真的不找保姆了？

江开国：不敢啊。吃了这么大一个苦头，现在提起这事儿就心惊肉跳。先这么着吧。

亚　芝：这可不轻松。

江开国：还行还行，为了孩子们，怎么着都行。现在是他们最需要帮忙的时候，能起点儿作用，我心里也踏实。

亚　芝［动容地看看江开国］：我帮你干点活吧。

江开国：不用亚芝，你别动了。

亚　芝：跟我还客气啊，老乡帮老乡，铃儿响当当。

江开国笑了。

33. 文化馆里吕希办公室，日，内

吕希正在电脑上打字，写一行，马上删去。

馆　长［走了进来］：小吕。

吕　希：馆长。

馆　长：发言稿写完了吗？

吕　希［有点为难地］：还没呢。

馆　长：还没呢，抓紧啊。

吕　希：馆长，最近我家里出了点事，我实在是有点忙不过来。要不，要不您找别人写吧。

馆　长［有些不高兴了］：整个馆里就数你文笔不错，我是信任你才让你写。

吕　希：我知道我知道，就是最近我妈……

馆　长：吕希，养兵千日用在一时，平时咱们这儿的工作量也不大，挺轻松的吧，那是养兵，现在就是用兵了，希望你能发挥你应有的作用，别让单位白养你。可不能关键时刻掉链子啊！

吕　希：馆长，我……

馆　长：行了，我告诉你，这是工作，是任务，不是你想干就干，不想干就不干的，你得有责任感！

吕　希［只好点头］：知道了馆长，我会尽力的。

馆　长：不光是要尽力，还要保质保量。

馆长带着不满离开。吕希看着桌子上一大摞的文件很头疼。这时吕希的电话响。

吕　希［接起电话］：喂？谷栋梁……中午？可以吧。

34. 一系列蒙太奇

吕家厨房，江开国在切菜。吕家客厅，亚芝在打扫卫生。吕家厨房，江开国做饭。吕家主卧室，亚芝收拾柜子的时候，完全没有注意到探头，依然把前面遮挡的东西放回到远处。探头就这样被继续隐蔽起来了。

35. 吕家主卧室，日，内

吕母已经被半靠在床头。江开国端着碗在床边坐着。亚芝一旁陪着。

江开国：亲家母，吃饭了，今天给你做了几样我们老家菜。你这几天胃口都不开，我想着给你变点花样，南方菜清淡，对卧床的人也好。［把勺子递到吕母嘴边］亲家母，来，尝尝，看对不对胃口？

吕母却死咬牙关不张嘴。

江开国：你试试，很好吃的。

吕母还是不张嘴。

亚　芝：大姐，这是老江特地为你做的，你就尝尝吧，鲜笋炖豆腐，很清淡的菜，你会喜欢的。

吕母别开眼睛，但是流下眼泪。江开国和亚芝互相看一眼。

江开国［放下饭碗］：亲家母，我明白你的意思，你是不是不想活了，不想拖累儿子？

吕母闭了闭眼睛，表示同意，眼泪不停地往下流。亚芝在一旁看了，忍不住偷偷擦擦眼角。

江开国：亲家母，你一定要放宽心，别想太多。有我照顾你呢，你就安心吧。

吕母看着江开国。

江开国：人应该什么时候走，老天自有安排，想晚晚不了，想早也早不了。你肯定很想早点见亲家公，我也很想早点见到木兰的妈，我相信他们一直都在天上等着我们呢。可人间还有我们的孩子啊，我们得好好活着，给孩子们镇宅，父母就是孩子的定海神针啊，他们需要我们，我们也得陪着他们，能多陪一天是一天。所以为了儿子，你也得好好活下去，是不是？

江开国又把勺递到吕母嘴边。吕母流着眼泪张开了嘴。

36. 咖啡馆，日，内

吕希进来，谷栋梁坐着，已经看见他了，起身挥了挥手，吕希过去，在他对面坐下。

谷栋梁：突然约你出来，没影响你上班吧？

吕　希：没事，我们那单位最大的好处就是清闲。

谷栋梁：还没吃午饭吧，这儿的商务套餐不错。[对服务员]来两份商务套餐。

吕　希：找我什么事？

谷栋梁：还上回那事啊。

吕　希：上回什么事？

谷栋梁：我想开个艺术品鉴赏公司，想请你做头那事啊。

吕　希[才想起来]：哦，那事不是开玩笑啊？

谷栋梁：这是生意，怎么能开玩笑呢。上次老同学聚会，不是个说话的时候，今天我是正式来邀请你去我公司当老总的。

吕　希：栋梁，我说实话吧，这么好的事，你能带我玩，我特别感谢。可我干不了公司，我自打毕业，一直就在事业单位待着，完全都不知道公司啊做生意啊怎么回事。你还让我当老总，这是让诸葛亮打仗，张飞看星象，我觉得我真的不合适。

谷栋梁：吕希，你听我说，你啊，别把这件事想得太复杂。我这公司也不是那世界五百强，几万号人。我也就给你底下配那么三五个人，三五个人你还领导不了啊。

吕　希：真不行真不行，人员再少也得做生意，做生意的事我是真一窍不通。

谷栋梁：用不着你去吆喝买卖，你的主要工作就是联络。

吕　希：联络？

谷栋梁：对，公司主要是运作国内的艺术品，首先就得知道都有些什么东西可运作，得出去看，出去找，出去发现，这就是联络。以北京为中心，辐射全国，寻找有价值的艺术品，这就是我们公司的主要生意。我呢，不能每时每刻都待在北京，所以我必须找一个信得过的人来帮我看着这个点。

吕　希：栋梁，你还是高看我了，我大学学的中文，古董字画的，我也不懂啊。

谷栋梁：这个你放心，你负责联络就行，鉴定那块儿，有专业人员。

吕希还是很犹豫。

谷栋梁：至于薪酬方面嘛，暂时，一个月一万，你看怎么样？

吕希一下子有些惊讶地看着谷栋梁。

谷栋梁：公司刚起步，先这个数，回头做好了，肯定要涨。老同学，让你放弃现在这么稳定的工作来帮我，亏待你是绝不能够的。

吕希沉吟着。

谷栋梁：吕希，来帮我吧！

吕　希：栋梁，我也不是二十出头了，跳槽不是个小事，得给我点时间，容我想想。

谷栋梁：没问题，不是小事，想想，跟家里人也商量商量。

吕希的表情还是挺心动的。

37. 木兰家客厅，夜，内

木兰开门进来，吕希在陪悦悦看小人书。

悦　悦：妈妈。

吕　希：回来了，吃了吗？

木　兰：吃了。你妈那儿都好吧？

吕　希：我打过电话了，挺好的，这会儿估计他们已经睡了。木兰，跟你说个事。

木　兰［在沙发上坐下，看着吕希］：什么事？

吕　希：上次我跟你说过，有个高中同学，叫谷栋梁的，刚从德国回来。

木　兰：说过，约你们吃饭唱歌么不是。

吕　希：他想在国内创业，做个代理中国艺术品的中介公司，想让我给他北京的分公司做负责人。

木　兰：让你去做公司负责人？

吕希点点头。

木　兰：为什么？

吕　希：看中我在文化馆积累的人脉吧。

木　兰：谷栋梁人怎么样？你们俩好吗？

吕　希：高中的时候我跟他关系挺一般的。高中毕业后十多年都没见过。我也没想到他会想到找我。

木　兰：同学想着你，肯定是好事。不过，这么多年都没动，现在还动吗？

吕　希：是啊，文化馆好歹是个事业单位，旱涝保收，当初也是托了关系花了钱才进去的。这么多年了，想动也早就该动了，每次思前想后，都还是不动了，想着整个大环境也一直起伏不定，咱们家又是有老有小的，文化馆稳定，总还是求稳为主。十年了，每次都是这么想，每次都不动。可是这回我想动。

木　兰：吕希，换工作还是慎重点好。

吕　希：他每个月给我开一万。

木兰更加意外，看着吕希。

吕　希：一万月薪，代表什么？代表金天使养老院最低档的费用有了。

木兰愣住了。

吕　希：木兰，我们家太需要钱了。有了钱，就可以把我妈送进金天使养老院，接受专业护理，就不用家里人这么辛苦了。

木兰没有说话。

吕　希：最近这一段天天轮着去石景山，实在太熬人了。幸亏有你爸，我们俩三天里还能有一天一起在家陪悦悦。可就连你爸，最近脸都瘦了一圈了，你爸也是六十多的人了，这么熬怎么受得了。我们必须尽快改变这个现状。谷栋梁是我的财神爷，他看中我，给我送钱来了，我不想错过这个机会。

木　兰：其实啊，这两天我都没时间跟你说，我要当店长了。

吕　希［意外而高兴地］：真的啊？

木　兰：真的。店长已经报总部了。

吕　希：你这个店长真是慧眼识珠，了不起的领导。改天，请她吃饭。

木　兰：所以啊，我觉得咱家暂时经济上能宽裕点了。要不，你还是别动了。

吕　希：说实话，木兰，我在文化馆也呆烦了，天天混吃等死，要么就是给领导当烧火棍使，哪儿难受往哪儿捅。最近就为了领导那发言稿，我快让他逼死了。就想赶紧辞了。

木　兰：这儿多年都扛住了没动窝，这回是不是也慎重点。

吕　希：我都后悔死没早点动。前怕狼后怕虎，到今天不还是得动。

木　兰：谷栋梁那儿工资是挺高的，就是毕竟是同学，在生意上合伙总是……以后万一有个什么事连朋友都没得做了。

吕　希：哎呀，木兰，你这方面怎么这么老脑筋啊。同学合伙怎么了，大家看在以往的情面上，做事也会留三分余地的。再说了，也不是合伙，他是老板，我是打工的。

木兰沉吟。

吕　希：木兰，你要当店长了，我再出来，咱家一下子两条路全都通了。多好啊。我是真的挺想去的，趁着还没老透，换换环境。

木　兰：什么还没老透，你才三十出头，又是男的，花都还没开呢。

吕　希：这一段，我真的有点中年危机了。趁着这次有这么个机会，看看自己的人生还有没有新的思路。

木　兰［点点头］：也对，人生新的思路，应该的，我支持你。

吕　希：我的好老婆，我知道你会支持我。

木　兰：不过，就算去谷栋梁那儿，无论如何，你也把你手上的这些事做完了再辞吧，半路撂挑子总不太好，单位一直对你不也挺好的。

吕　希：你同意了？

木兰轻轻地点了点头。

吕　希［一下子很振奋］：放心吧，我知道该怎么做。一定站好最后一班岗。木兰，今天我觉得咱们的生活又有希望了。

他抱起悦悦，高兴地在厅里打着圈。悦悦也高兴地欢叫着。木兰看着父女俩，也笑了。

38. 江援朝新家客厅，傍晚，内

江援朝和春妮带着孩子坐在桌子旁，贾幸梅从厨房端着汤出来。

贾幸梅［冲着小卧室］：爸，准备吃饭了！

江多福没出来。

贾幸梅［有点不高兴地］：爸！爸！吃饭了！

江援朝：爸今天怎么了？没不舒服吧？

贾幸梅：成天好吃好喝的照顾着，有什么可不舒服的。［冲着小卧室］爸！吃不吃了？！

屋子里还是没声音。贾幸梅挺不高兴地站起来，朝小屋走去。

39. 江援朝新家小卧室，傍晚，内

贾幸梅［推开门进来］：爸，都喊了你好几声了，怎么都不出来啊！怎么吃个饭还得三催四请的！

屋子里，江多福呆呆地坐着，望着窗外。贾幸梅怒气冲冲地走到江多福面前。

贾幸梅：爸！跟你说话呢！

江多福［回头看着贾幸梅］：你是谁啊？

贾幸梅：我是幸梅啊，你媳妇啊！

江多福［特别可怜地］：幸梅是谁？我不认识啊。

贾幸梅［有点慌了，回头喊］：援朝援朝！

江援朝［也进来了］：怎么了？

贾幸梅：爸说不认识我！

江援朝：爸，怎么了？怎么会不认识幸梅。

江多福［看着江援朝，也是一脸陌生］：你是谁？

江援朝和贾幸梅互相看一眼，都傻了。

江援朝［着急地上前拉江多福的胳膊］：爸，你是怎么了？

江多福［躲开他的手］：你是谁呀？我又不认识你，拉我干嘛。

贾幸梅：援朝，你说这是怎么了！爸怎么连自己儿子儿媳妇都不认识了呢！

江多福还是一副痴痴呆呆的样子。这时江志新走了进来，显然刚下班，听到动静过来的。

江志新：爸，妈，怎么了？

贾幸梅：志新，你可回来了，不知道怎么了，爷爷说不认识我们了！

江志新［关心地看着江多福］：爷爷，你怎么了？

江多福［看着江志新，眼神一下子恢复了］：志新，你回来了啊，今天又累一天吧，赶紧吃饭。

江志新、江援朝和贾幸梅都是面面相觑。

江志新：爷爷，你没事吧？

江多福：没事啊，［看江援朝二人］援朝，幸梅，你们都干嘛呢，杵在这儿。

江援朝和贾幸梅都是有点不解。

江志新：爷爷，我们先去吃饭吧。

江多福点头，江志新扶着他走了出去。贾幸梅拉拉江援朝的衣服。

贾幸梅：刚才老头子干嘛呢，什么意思，跟我们演戏呢，假装不认识我们。

江援朝：我也不知道啊。看爸的样子也不像是装的啊。先吃饭吧。

两人出去。

40. 江援朝新家厨房，夜，内

江援朝把洗好的碗放进橱柜，拿抹布擦手。他想了想，不放心的样子，转身出去。

41. 江援朝新家小卧室，夜，内

江多福坐在窗边，望着外面发呆。江援朝进来。

江援朝：爸。

江多福慢慢地转头看着他，但是没有说话。

江援朝［小心翼翼的］：爸，怎么看着外面，没看书啊？

江多福［又看着外面］：杜鹃花都开了。

江援朝［也往窗外看］：住的高就是好，晚上看出去真漂亮，点这么多灯，真像是花开了，是吧，爸。

江多福没出声。

江援朝：爸，最近饭菜行吗？晚上的清炒空心菜好不好吃？要是你喜欢吃什么，以后我让幸梅给你做。

江多福［茫然地］：空心菜？晚上吃空心菜了吗？

江多福说完又双眼无神地看着窗外。江援朝看着父亲，很不安。

42. 江援朝新家卧室，夜，内

江援朝和贾幸梅在睡觉。江援朝翻了个身，很快又翻了个身。

贾幸梅［被吵醒］：怎么了你，一晚上都不消停，煎荷包蛋呢。

江援朝：我发现我爸最近爱忘事啊，你说会不会，会不会脑子有什么问题了？

贾幸梅：不可能的，年纪大的人忘性大一点有什么好奇怪的。

江援朝：不是，刚吃的晚饭，问他就说不记得吃过什么了，哪儿有这么健忘的。还说不认识我们，吓我一大跳。

贾幸梅：说起这个我还一肚子火呢，我看老头子根本就没病，就是装的，他就是想我们再对他好点，最好顿顿都红烧肉伺候他！这么大年纪还老想着吃肉，也不怕腻着！

江援朝：不会吧，我看我爸那样，不像是假的。

贾幸梅：他就是欺负你心软，容易相信别人。我话可先搁在这儿，他可千万别生病，现在的人哪儿生得起病啊，一进医院那花钱就无底洞了，咱家可没这么多钱。

江援朝：但愿爸没事。

贾幸梅：哎呀，你别神经了，老头子能吃能睡的好着呢。行了行了，赶紧睡吧，明天还上班呢你。

贾幸梅翻身睡了。江援朝叹了口气，闭上眼睛。

43. 江援朝新家客厅，日，内

江援朝一家已经围在桌子旁，准备入座。江多福慢慢从小卧室走出来，走到桌子旁坐下。

江援朝［试探地］：爸，晚上睡得好吗？

江多福：挺好的。

江援朝：你认识我吗？

江多福：你是我儿子援朝，我怎么会不认识。［对江志新］志新，你上班辛苦，早饭得吃饱。

江志新：知道了，爷爷。

江援朝看到贾幸梅瞥了自己一眼。

贾幸梅：我说爸没事吧，瞎操心。

江援朝放下心来。

44. 江援朝新家客厅，日，内

贾幸梅开门进来，春妮抱着孩子在看电视。

春　妮：妈，回来了。

贾幸梅：就你和嘟嘟啊。爷爷怎么没出来看电视？

春　妮：爷爷吃过中饭就出去了，说转一转，到现在都还没回来。

贾幸梅：这老头，一个人跑哪儿玩去了。

45. 路上，日，外

江多福一个人在路上走，特别茫然地看着周围的楼房。

江多福：在哪儿呢，我家在哪儿呢？

走着走着，看到一栋楼。他走进楼道。

46. 楼道，日，内

江多福［进来，喃喃地］：对，对，就是这儿。

他按了电梯，电梯门开了，走进去。

（跳接）江多福从电梯出来，到左边的门前，拿出钥匙开门，可怎么也开不开。

江多福［着急］：怎么开不开啊。［拿钥匙直捅钥匙眼］

一个男人［门从里面打开］：你什么人？想开我们家门干嘛？！

江多福［吓一跳］：这不是我家吗？

男　人：什么你家，这是我家，我根本不认识你！你赶紧走吧！

江多福：不是，我……

男　人：走走走，哪儿来的疯老头！

男人用力关上门。江多福还是一脸茫然，转身慢慢往外走。

47. 楼群间，日，外

江多福站在小区里长得差不多的楼中间，抬头环顾。

江多福［一脸茫然］：这儿是哪儿啊？我家在哪儿啊？

48. 江援朝新家客厅，傍晚，内

江志新开门，走进家门，江援朝跟着一块儿进来。

贾幸梅：哟，今天爷儿俩怎么一起回来了？

江志新：刚好在楼下碰到爸了。

江援朝：幸梅，爸今天怎么样？

贾幸梅：老头子精神太好了吧，下午出去玩一直都没回来。我们还等不等他一起吃饭啊？

江援朝和江志新都是一惊。

江志新：爷爷没在家？

贾幸梅：是啊，也不知道干嘛去了，人老心不老，还去外边儿野呢。

江援朝：怎么出去这么长时间，别是丢了吧。

贾幸梅：不会吧。

江志新：爸，我们快出去找找吧。

江援朝［点头］：赶紧走赶紧走。幸梅，你不跟我们一块儿去啊。

贾幸梅［只好跟上］：老头子可真够麻烦的。

三个人赶紧出门。

49. 路上，夜，外

一系列蒙太奇，江援朝和江志新及贾幸梅穿大街走小巷地寻找江多福。

江援朝：爸，爸！

江志新：爷爷，爷爷！

贾幸梅：爸，快出来吧！

（跳接）三个人走到一起，都是累得够呛，互相都摇了摇头，表示没找到。

贾幸梅［抱怨地］：哪儿哪儿都找过了，还没找到，累死我了。

江援朝：这下可怎么办啊？

贾幸梅：老头子故意的吧，是不是跟我们示威啊，不给他吃肉心里不高兴，一把年纪还学年轻人离家出走，不知道我们会着急啊。

江援朝：别瞎咋呼了，爸是那样人吗？不行去派出所报警吧。

江志新［突然想到］：爸，妈，咱们去老房子看看吧。

江援朝：对，老房子老房子！

三人又赶紧往一边跑去。

50. 江援朝老房子楼下的小区花园，夜，外

江援朝、江志新和贾幸梅跑过来，看到江多福呆坐在花园里的石凳子上。三个人赶紧扑过去。

江志新：爷爷！

江援朝：爸！

江多福［抬头看到他们，高兴地站起来］：志新！

江志新［扶住江多福］：爷爷，可算找到你了。

江援朝［气喘吁吁的］：爸，你还真在这儿啊。

江多福：志新，你来接我了。

贾幸梅：爸，你可真行，知道我们多着急吗！你不回家，来这儿坐着干嘛？！

江多福：我找不着家。

江志新：爷爷，你可别丢了呀。

江多福［只是紧紧地抓住他］：志新来接我了，可来接我了。

江援朝：爸，咱们回家吧。

江志新扶着江多福慢慢地往外走。江援朝和贾幸梅跟在后面。贾幸梅一脸不爽。

51. 江援朝新家客厅，夜，内

江志新扶着江多福进屋，身后跟着江援朝和贾幸梅。

春　妮［从大卧室出来］：找到爷爷了。

江志新：爷爷来，慢点，坐下。

江多福在沙发上坐下。

江援朝：爸，你一下午都去哪儿了？

江多福：我，我也不知道。我就是想出去走走，走着走着我就不认识了。

大家都是吃惊地互相看着。

江多福：援朝，我饿了。

江援朝：对对对，大家都还没吃，都饿了，幸梅赶紧弄饭。

贾幸梅不乐意地进了厨房。江志新给江援朝使个眼色，父子俩也一起进了厨房。

52. 江援朝新家厨房，夜，内

贾幸梅进来，准备下面。江志新和江援朝跟着进来。

江志新：爸，最近爷爷是有点不对劲，老爱忘事，还迷路，不会是得了什么病了吧。

贾幸梅：不会的，得什么病啊，就是上了年纪老糊涂了。

江志新：可……

贾幸梅：你爷爷身体多好啊，能吃能喝的，会得什么病，你们别自己吓自己了。

江志新［沉吟］：还是去医院看一下吧，保险一点。明天我休息，我带爷爷上医院去一趟。

江援朝：去看看也好。明天我跟你一块儿去。

贾幸梅：没事干嘛非要去医院啊，又得花钱了，现在看病多贵啊！爷爷一分钱医保都没有！

江志新：妈！你就少说两句吧！没医保的人多了，都不看病了？！

贾幸梅只好不说话了，愤愤地把装满了水的铁锅重重地端上煤气灶。

53. 医院医生办公室，日，内

江援朝、江志新站在江多福身边，看着医生。

江援朝：大夫，我爸是怎么了？

医　生：他这样有多久了？

江援朝：时好时不好的，有一段时间了。

医　生：你们先带他去做个核磁共振吧。

江援朝和江志新互相看一眼，都有些不安。

江多福：这个检查我不做，肯定很贵，我没事的，就是有时候记性不好。人老了不都这样吗。

医　生：老先生，你最好还是去做一下吧，你这个症状，不是记性不好。

江多福［还要说什么，江志新已经扶起他］：爷爷，去做吧，没多贵。

江多福正好跟着江援朝和江志新出去。

54. 医院核磁共振室，日，内

江多福被送进仪器。江援朝和江志新站在医生旁边，看着江多福做检查。

55. 医院走廊，日，内

江多福像个小孩子一样，坐在诊室外的走廊的长椅上，呆呆地望着远处。

56. 医生办公室，日，内

医生看着脑部CT片。江志新和江援朝焦急地看着。

江志新：大夫，怎么样？

医　生：现在可以确定，病人得的是阿尔兹海默症初期。

江志新：阿尔兹海默？

医　生：就是我们俗称的老年痴呆。

江援朝和江志新都惊呆了。

江援朝：老年痴呆？

江志新：大夫，会不会弄错了？我爷爷他，身体挺好的。

医　生：老年痴呆患者身体不一定差，老年痴呆是老年人脑部萎缩，不会马上影响身体其他功能。你们看这儿，［指着CT片上的一些阴影区域］这一片阴影很明显，是已经开始发生萎缩的部分，引起的症状就是丧失记忆。

江志新［呆呆而痛苦地］**：**丧失记忆，爷爷以后都不认识我们了。

江援朝：那，那该怎么办大夫，有治吗？

医　生：所有人体的机能老化都是正常的，基本上来说没有什么治疗的办法，只能是在日常生活里更加小心地照顾，让病人保持早睡早起的良好的生活习惯，多吃新鲜的蔬菜瓜果，多出去散散步，和邻居啊朋友啊什么的交流交流，这样对他保持脑部活动有好处，可以减缓萎缩的速度。

江援朝和江志新非常痛苦地互相看一眼。

57. 医院走廊，日，内

江志新和江援朝出来，万分悲苦地看着江多福。江多福看到他们，站起来。

江多福：我没事吧？

江志新［忍住难受］**：**没事爷爷，就是年纪大了，那个，脑子慢慢地就没那么灵了。

江多福：哦，没事就好，有事就得花钱了。太贵了。

江援朝［垂头丧气］**：**爸，咱回家吧。

58. 江援朝新家客厅，日，内

江援朝、江志新、贾幸梅和春妮都愁容满面地坐在沙发上。

贾幸梅：现在医院都是抢钱呢，拍一个片居然要收一千块钱！咱们家一个月的伙食费还不用这么多呢！

江援朝：现在这个是小事，关键是爸得了这个病，咱们得好好商量商量以后的事！

贾幸梅：就咱们家商量啊？得通知北京！老头子生病了，这就不是我们一家的事，不能让我们家一家扛着！

江援朝：你怎么一说就急一说就急……

贾幸梅：能不急嘛，老头子这可是生病了！

江志新：哎呀妈，你小点声行吗！不要让爷爷知道他生病了。

贾幸梅：为什么呀为什么呀？他就是生病了就是生病了！

江志新［心烦地］**：**医生说了，患者的心情愉快也是能缓解病情的，你老嚷嚷嚷嚷的干嘛呀。

贾幸梅［真急了，腾地站起来］**：**江援朝，我跟你说，这事不是闹着玩的，现在不是充大个的时候了，老头子不是只有你一个儿子，跟着我们吃跟着我们住也就算了，可是现在老头子生病了，这个责任我们负不起，得让你哥来负！你马上给你哥打电话，让他们快点把老头子接到北京治病去！

江援朝转开身子躲贾幸梅的话。

贾幸梅：你打不打？打不打？

江援朝沉默。贾幸梅一下子就往小卧室走。

59. 江援朝新家小卧室，日，内

江多福呆呆地望着窗外。冷不丁门被推开，贾幸梅进来了。

贾幸梅：爸，你得上北京去。

江多福：我上北京干嘛呀，我不去，我就在安徽待着。

贾幸梅：你不能在我们家拖累我们！你得上北京找大哥找木兰他们！你病了！你痴呆了！知道吗？！

江援朝和江志新已经追过来，拉住贾幸梅。

江志新：妈，你干嘛呀？！

江多福［呆呆地看着贾幸梅］**：**我没痴呆，我没病。医生说我没事。志新说我没事。

江志新：就是，爷爷……

贾幸梅［一把推开江志新］**：**爸，志新心疼你，不跟你说实话，其实你生病了！老年痴呆！脑子犯糊涂！越来越糊涂！以后我们谁你都不认识了！你得上北京去治病！

江多福［看看江援朝，又看看江志新］**：**我真的老年痴呆了？

江援朝和江志新都不忍地躲开眼睛，默认。

江多福［震惊而难受］**：**我生病了，老年痴呆了……

贾幸梅：爸，咱得面对现实，生病了就生病了，咱得上北京治病去，北京医疗条件好。

江多福：我不去。

贾幸梅愣。

江多福：痴呆我也得在安徽痴呆。死我也得死在自己家里。

贾幸梅气得要跳脚，已经让江援朝和江志新给拖走了。

江多福［看着窗外］：杜鹃开了。

60. 江援朝新家客厅，日，内

江援朝和江志新把贾幸梅拉到沙发这儿。

贾幸梅：看见没，偏心眼的时候就不痴呆了。你们心疼他，他可不心疼你们，就想着赖在我们家，给我们当包袱！江援朝，我告诉你啊，这事你赶紧给我解决了，马上让你哥把老头接走！

江援朝［十分为难］：这，这……

江志新：妈，爷爷现在不是什么疑难杂症确症不了，他的病在哪儿其实都一样。爷爷想呆在老家，就让他呆在老家，在熟悉的地方肯定比陌生地方要好。大夫也说了，这个病没什么特效治疗效果，只能平时多注意点，也用不着打针吃药花多大的钱。

贾幸梅：不花钱不得花精力啊，再怎么伺候不也好不了，只会越来越坏对不对？

江援朝和江志新都无法反驳。

贾幸梅：那担子就会越来越重！不管怎么说，这事不能就这么着，必须得马上通知你哥那边！

江援朝在贾幸梅的逼视下拿起电话拨了一串号码。

61. 吕家主卧室，日，内

江开国正在给吕母喂饭。这时他的手机响。

江开国：亲家母，我先接个电话啊。［接起电话］喂，援朝。

江援朝：哥，我有点事想跟你说。

江开国：什么事啊？

江援朝：哥，爸生病了，我带他去医院看了，医生说是老年痴呆。

江开国［惊呆了］：什么？！

62. 木兰家客厅，傍晚，内

江开国急急忙忙地开门进来，吕希和木兰正跟悦悦在吃饭。

木　兰［意外］：爸，你怎么回来了？

吕　希［着急］：爸，看你都急出一脑门子汗，不是我妈……

江开国：别着急，你妈妈没事，是老家爷爷的事。

木　兰：爸，爷爷怎么了？

江开国：木兰，你爷爷他得老年痴呆了。

木兰和吕希都惊呆了。

63. 江援朝新家客厅/木兰家客厅，傍晚，内

窗外暮色降至。所有人还那么老样子坐着。这时电话响。

江志新［接起电话］：喂。

木兰正打电话，一旁江开国和吕希都看着她。

木　兰：志新吗？我是木兰姐。

江志新：姐。

木　兰：志新，爷爷的事我知道了，你看能不能请几天假，赶紧带着爷爷来北京治病。

江志新：爷爷说了，他不想离开老家。

木　兰［着急］：我和大伯想马上就回去看爷爷，可是最近北京这边事儿特别多，乱得不行，真的有点走不开。

江志新：姐，我们都知道，你工作忙走不开，就先不用回来了。爷爷这病也不是什么急病，大夫说了没什么治疗的办法，只能靠平时多注意……

贾幸梅［急得直跺脚］：瞧你说的什么话！［抢过电话］木兰啊，别听你弟弟瞎说，他那是为了不让你们着急。要我说，你们还是赶紧把爷爷接北京去吧，北京是首都，医疗条件肯定是最好的。你们要是没时间回来，我们就在这边把爷爷送上火车，你们那边只要到车站接一下就行了。

贾幸梅的声音大得连一旁的江开国和吕希都听见了。木兰和江开国互相看一眼。

江志新：妈！爷爷都说了不去北京了，你还说这些干嘛！再说爷爷现在也没怎么样，不就是爱忘个事吗！你干嘛要跟姐这么说！

木　兰：婶婶，最近我们这边真的出了很多事，我和爸一时走不开。等我们这边一有空，我和爸就马上回去看爷爷，好吗？

贾幸梅：有空就回来？那到底什么时候有空？你们不会就这样不管爷爷了吧，这也太说不过去了吧。

木　兰：不是的，婶婶，最近真的走不开……

贾幸梅：是，你们是大城市的人，首都北京，祖国的心脏，你们都忙得很，可我们这边也不闲着啊。不要老是觉得只有你们事多，别人都是闲人似的。

木　兰：这样这样，婶婶，我和我爸商量一下，一会儿再给你打电话好吗？

贾幸梅不高兴地就把电话扣了。

64. 木兰家客厅，傍晚，内

木兰愣了一下，把电话放下。江开国和吕希也是一脸郁闷。

吕　希：真没想到，爷爷才回去多久，怎么就病了呢。木兰你不会要回去吧，你这正准备上岗当店长呢。

木　兰：这段时间真是走不开，等着任命肯定不能走，任命下来，肯定也有一段不能走。

江开国：是啊，好不容易要当上店长了，这时候多大事也得忍着。那要不我先回去一趟？不过这样吕希妈妈就都要靠你们两个了，你们俩哪儿顾得过来。

吕　希［很为难］：爸，我最近也特别忙，单位有个大任务，领导快逼死我了。另外，有个同学还拉着我一块儿弄公司，已经要抽不开身，更别提还照顾妈了。要是爸走了的话，那……

木　兰：可婶婶不是那么好打发的，不行的话只能我们俩尽量辛苦点，让爸先回去一趟。

江开国：你们俩上班那么忙，不行不行不行。

木　兰：没事的，你走你的，我们这儿会自己想办法的。

吕　希：木兰，你别急，这样行不行，我先去找专家问问，看爷爷这病怎么弄，老年痴呆暂时应该没有大危险的。再一个，别光让叔叔婶婶照顾爷爷，咱们家不能出人力，那就出物力，让叔叔婶婶心里也能舒服点。

木兰和江开国对视一眼。

65. 江援朝新家客厅 / 木兰家客厅，夜，内

贾幸梅：你们看着吧，什么忙啊回不来，全是借口，嘴上说得好听，一看老头子有病了躲地比谁都快。

江志新：妈，不会的，姐和大伯不是那样的人。

贾幸梅：要不是那样的人，那还商量什么呀，赶紧飞回来啊。

家里电话响起。江志新刚要接电话，贾幸梅立刻抢过去。

贾幸梅：我来！

木　兰：婶婶，我和我爸商量了一下，你看这样好不好，你们先把爷爷的片子寄过来，我们找这边的专家再看看，想想办法。最近实在是回不去，就麻烦叔叔和婶婶照顾爷爷，我们这就汇五千块钱过去，给爷爷买点吃的喝的。

贾幸梅［口气有些变了］：这样啊。

木　兰：叔叔婶婶受累，我和我爸一倒出空就立刻回去。

贾幸梅［装模作样地叹口气］：哎，也行吧，怎么说都是一家人，总好商量，你们先忙你们的，我们辛苦点就辛苦点吧。

木　兰：谢谢婶婶。有什么情况再通知我们。

66. 江援朝新家客厅，傍晚，内

贾幸梅［放下电话］：有力的出力，有钱的出钱，这还差不多。好了，我弄晚饭去。

她起身走进厨房。江援朝和江志新都叹口气。

67. 木兰家客厅，傍晚，内

木兰和江开国有些沉默地坐着，一时无语。

吕　希：爸，木兰，今天我陪夜，我就先过去了。

木　兰［才回过身来］：你赶紧去吧。路上慢点。

吕希点点头，拿了东西，出门。木兰和江开国互相看一眼，都挺难受的。

江开国：你爷爷怎么就老年痴呆了呢。走的时候不还好好的。最近太忙了，都没怎么给爷爷打电话。

木　兰：爸，你也别太难过了，等这边松快点，我们就回去看爷爷。

江开国点点头。

68. 吕家主卧室，夜，内

吕希给吕母掖掖被子。吕母已经熟睡了。吕希小心地走出去。

69. 吕家小卧室 / 韩冬家客厅，夜，内

吕希走进来，在床边坐下，想了想，拿出手机找出韩冬的电话拨了过去。

韩　冬[刚刚进家门，把包放下，接电话]：喂，吕希。

吕　希：韩冬，还没睡呢吧。

韩　冬[特别疲惫地坐到沙发上]：没呢，我刚到家。有事吧？

吕　希：又想麻烦你个事。

韩　冬：说吧。

吕　希：木兰的爷爷好像得老年痴呆了，现在人在安徽，我们让那边亲戚把 CT 片给寄过来，想在北京找个好点的大夫给看看。

韩　冬[笑了]：没问题，我马上打电话去问，肯定能找到这方面的专家的。

吕　希：谢谢你韩冬，每次碰到找大夫的事就第一个想到你。

韩　冬：我是大夫，你能第一个想到我，说明我是个值得信赖的大夫，是好事啊。

吕　希：你怎么样？听你的声音挺疲惫的，你妈好点了吗？

韩　冬：没什么大事，就是我们得多花点时间和精力。先挂了，我问问，一会儿有消息了给你回话。

吕希挂上电话，躺在小床上，望着天花板出神。

70. 医院医生办公室，日，内

木兰和吕希进来。一个医生正在伏案。

吕　希[轻轻磕了嗑门]：成大夫。

成大夫[抬起头]：哦，是韩冬？

吕　希：对对，我是韩冬同学。

成大夫：进来吧，坐。

两口子进去，在成大夫面前坐下，木兰把手里的片袋递过去。

木　兰：成大夫，麻烦您了。

成大夫[笑笑，拿出片子看]：没事。

木兰和吕希看着他。

成大夫[放下片子]：诊断结果没有问题，就是阿尔兹海默。

木　兰：真的没有办法医治吗？

成大夫：阿尔兹海默是一种退化性脑部疾病，大脑萎缩，相应的脑部功能渐渐丧失，成因很复杂，医学上到现在还没有定论，也就没有治疗的方法。这是一个不可逆转的疾病，唯一能做的就是尽量缓解病情的发展。

木　兰[表情沉重]：可以通过什么方式缓解？

成大夫：这种病症的治疗主要还是以心理治疗为主，保持大脑运转可以减缓病情发展，实际上就是

用进废退的道理。一般来说，可以在日常生活中进行智力训练，编一些数字，由简单到复杂反复进行训练，也可以把一些事情编成顺口溜，让他们记忆背诵，还可以利用玩扑克牌玩智力拼图、练书法等，用来帮助患者扩大思维和增强记忆，强化记忆。

木兰在一个小本子上认真地记着。

成大夫：还有，尽量不要让患者单独外出以免走失，在家里要反复带患者辨认卧室和厕所，亲人要经常和他们聊家常或讲述有趣的小故事来强化他的回忆和记忆，如果能坚持长久地循序渐进地训练，还是会有成功的希望的。

木　兰：需要进行什么体能上的训练吗？

成大夫：如果可以做到当然是更好，这些都不需要去医院，在家就可以完成。我们也有这样的案例，亲人手把手地教患者做些力所能及的，比如扫地、擦桌子、整理床铺等家务，尽量帮助患者生活能够自理，通过这些方法成功地延缓了脑部萎缩的速度。

木　兰：谢谢成大夫！

71. 中医院诊室，日，内

木兰和吕希坐在一个老中医面前。

老中医：我给你们开个方子，这个方子生地、熟地、山萸肉、枸杞子、菟丝子、茯苓、仙灵脾、女贞子、山药等入药，按时服用，能对减缓病情发作起一些作用。

木　兰：谢谢霍大夫。

老中医：这个病只能以调理为主，急不来，急也没用，就得靠坚持。

72. 路上，日，外

吕希在开车。木兰在副驾驶坐着，呆呆地出神。车后座上是挺大一扎一小包一小包的中药。

吕　希：木兰。

木　兰［回过神］：啊？

吕　希：别难过了，爷爷现在还只是初期，只要能控制好，会发展得很慢，也许得十年，那时候爷爷都九十多了，怎么着都是喜寿了。

木　兰：现在这个时候是应该把爷爷接过来的，和我爸住在一起，能照顾的好点，可是我们真的没有这个能力，我觉得很对不起爷爷。

吕　希：你堂弟不是说爷爷自己不想来北京吗？爷爷那么大年纪了，人都念旧，他喜欢呆在老家，那儿毕竟更适合他生活。

木　兰：可我就是不放心，我婶婶那个人……

吕　希：爷爷又不是就和你婶婶住，不还有你堂弟呢吗？你就别担心了，我看你那个堂弟人不错，他又是爷爷一手带大的，跟爷爷感情那么深，一定会好好照顾爷爷的。

木　兰［点点头］：有志新在我就放心多了。一旦超市这边松快点，就马上让我爸先回去一趟。

吕　希：我也希望能早点去公司，能把我妈早点送养老院，你爸也就解放了。

木　兰：对了，真得找机会好好谢谢韩冬，最近接二连三地麻烦她。

吕　希：改天吧，她最近妈妈住院，也忙得要命。

木兰点点头。

吕　希：行了，马上你当店长，我去公司，一切就都会好的。

73. 江援朝新家客厅 / 木兰家客厅，夜，内

江开国正在打电话，木兰在一旁看着。

江开国：钱已经汇过去了，药也寄出了，你们记着点收。

江援朝新家，江多福坐在沙发上逗重孙子玩。江援朝和江志新坐在一边，江援朝正在接电话。

江援朝：知道了哥。大夫别的没说啥？

江开国：就说想要缓解病情，一定要多陪爸说说话，回忆回忆以前的事，让他多记点事，刺激刺激脑子，爸也能慢点忘记以前的事，慢点忘记我们。

江援朝：我知道了，哥你放心吧。

江开国：援朝，爸就你受累了。

挂上电话，江援朝也是挺唏嘘的。江多福还在逗着孩子。

江多福：嘟嘟，嘟嘟，叫太公，太公。

江志新：爷爷，以后我每天下班回来就陪你说话，咱们一起回忆小时候你带着我玩的事。

江多福：志新，我不想去北京，我就在这儿，哪儿也不去。

江志新：不去，咱不去北京。爷爷，这儿就是你的家。你有我，有我爸呢，我们都会管你的，你放心。

江多福感动地点头。贾幸梅正好从厨房出来，听了这话，在一旁撇嘴。

第 14 集结束！

田咪超市钓鱼防损，江多福烧房扰四邻

1. 雷颂华家客厅，日，内

雷颂华一家坐着吃早饭。

雷颂华：今天难得我休息，大家又都在家吃饭，你们午饭想吃什么，我一会儿带小丽去买菜，亲自给你们做顿饭。

庄海洋：够难得的。看妈想吃什么。我都行。

方　琼：一家人一块儿吃饭就好，吃什么都行。

庄海洋：那就吃饺子吧，好久没吃家里做的饺子了。

方　琼：我想吃韭菜馅儿的。

雷颂华：好，猪肉韭菜饺子。

（跳接）雷颂华和小丽开门进来，小丽拎了一大袋菜。方琼无聊地坐着看电视。

雷颂华：妈，我们回来了。

庄海洋［穿着外出的衣服从卧室出来］：颂华，快，赶紧换衣服。

雷颂华：怎么了？

庄海洋：临时有个重要饭局，澳洲那个铁矿石公司的副总来了，老褚说了，必须带夫人去。

雷颂华：怎么这么麻烦，我就不能不去吗？难得休息能在家呆一天。

庄海洋：夫人赏脸吧，这个矿对我们公司特别重要的，老褚说了，这顿饭是政治任务。

雷颂华：那好吧。［抱歉地看着方琼］对不起啊，妈，中午你自己吃。

方　琼［不高兴］：你们都是大忙人，我有什么办法。去吧。

2. 雷颂华家客厅，傍晚，内

雷颂华和庄海洋推门进来。桌子上，两大盘饺子还在。

雷颂华：小丽，小丽。

小　丽［从厨房出来］：阿姨。

雷颂华：怎么还剩这么多饺子，姥姥吃了吗？

小　丽［小心翼翼地］：姥姥咬了一口饺子就生气不吃了，说不是韭菜馅的。我跟姥姥解释，阿姨把整个菜市场都跑遍了，就是没有买到韭菜。姥姥还是发脾气。

雷颂华皱眉，这时候方琼卧室门打开，方琼出来了。

庄海洋：妈。

打完招呼，赶紧溜自己卧室去了。

雷颂华：妈，又闹绝食啊。今天真的没看到韭菜，不然怎么会不给你买呢。

方　琼：我不就是想吃顿韭菜馅饺子嘛，有那么难吗？我看你们就是成心的，就是不让我吃这一口韭菜。

雷颂华：妈，为了点韭菜至于这么生气嘛，韭菜能值多少钱，我有那么舍不得嘛。

方　琼：你对我就是不好！一听说老公有事就跟着跑了，说好在家给我包饺子吃也不管了。老妈哪有老公重要啊。

雷颂华：干嘛呀，跟海洋吃醋了啊。

方　琼：别扯海洋，就说韭菜。

雷颂华：说韭菜就说韭菜，不就没买到韭菜嘛。妈你干嘛给我上纲上线，我好不容易能在家休息一天也没歇成，不是让小丽给你做了这么一大桌子。你还说我对你不好，我冤不冤啊。

方　琼：可我要吃的是韭菜馅饺子，这一桌子我都不想吃，我就想吃韭菜馅饺子，你就是不给我吃，就是成心的！

雷颂华［开始烦了］：买不到韭菜，你让我变出来吗？今天吃不上，明天让小丽再去给你买去，不就行了吗？差这一天啊。妈，我累了，想去冲个澡，歇一歇。

方　琼：我话还没说完呢。

雷颂华：妈，就消停这么几天怎么又开始了。你就当我胃病还没好，还心疼心疼我行吗！

方　琼：我知道心疼你，你怎么就不知道心疼心疼我啊！我就想吃口韭菜馅的饺子就这么难吗？！从现在开始你就没妈了，你就是从石头缝里蹦出来的！

雷颂华：随便你怎么说，蹦就蹦吧，别烦我就行！还嫌我不够累呢！

雷颂华疲惫地走进自己卧室，关上了门。方琼愣了一会儿，转身生气地跑自己屋里去，关上门。

3. 雷颂华家方琼卧室，夜，内

方　琼［在床上打电话，边打边抽泣］：……新华，你真的不知道，你小妹天天给我气受。就想吃个韭菜馅的饺子，有多难啊，她就是不给我吃，你说不是成心难受我是什么！

4. 雷颂华家客厅，夜，内

雷颂华从卧室出来，洗过澡，换了家居服。她看了看方琼卧室紧闭的门，走过去，贴在门上听。

方　琼［画外音］：她这是精神虐待我，新华，妈心里苦啊……

雷颂华一下子火了，推门。

5. 雷颂华家方琼卧室，夜，内

雷颂华怒气冲冲地进来。方琼吓一跳。

雷颂华：妈，你别打了，行不行！

方　琼：我打我的，关你什么事！

雷颂华：动不动就四处打电话，控诉我对你不好！我哪儿对不你好啊！打给姐还不够，现在都打到美国去了，不知道的真以为我怎么虐待你呢！

雷颂华气得把电话给摁了。

方　琼［急了］：你看看你现在对我这态度，不是虐待是什么？！我打电话怎么了，我哪句话是冤枉你了！现在我住你这儿，就得处处受你的限制是吧！说白了你嫌弃我，你就是嫌我老了没用了！在这儿住着看你的白眼，我，我索性死了算了，让你后悔去！

方琼伸手就去摸电门。正好庄海洋出现在门口，眼明手快，冲过来把老太太给一把推开。

庄海洋［急了］：妈！这是要干嘛？！

庄海洋难得嗓门大一回，方琼顿时扁起嘴委屈状。

庄海洋：颂华，你也是！能不能不跟妈较劲了啊？！不就是一把韭菜的事吗？！至于闹到摸电门的地步吗？！这个家还让不让人待了？！

雷颂华呆呆的。

庄海洋：颂华！

雷颂华：妈，我错了，我错了，我真的错了。我不该跟你大声嚷嚷惹你不高兴，你以后打我骂我都行，就是千万别再这么吓我了行吗？算我求求你，别再这样了，以后你想吃什么我们就做什么，不管怎么着也一定给你买到你要吃的东西。

方琼见雷颂华这样，突然也泄了气了，一屁股坐倒在床上。

雷颂华：妈，你到底有什么不开心的，是不是有什么事，你能跟我说说吗？

方琼看着雷颂华张口结舌半天，实在说不出口。

庄海洋：好了，妈也累了，先让妈休息会儿吧。走走。

庄海洋拉着雷颂华离开。方琼坐在床上发呆。

方　琼：我这是怎么了。

6. 雷颂华卧室，夜，内

雷颂华跟着庄海洋进来。

庄海洋：颂华，我郑重地告诉你，你要跟你妈再这么下去，这个家我就待不下去了！你妈是真摸电门，你看见没有？！

雷颂华［一屁股在床上坐下，特别委屈］：你说我妈这是怎么啦，多大点事，不就是没让她吃上韭菜馅饺子吗？闹出这么大阵仗。想吓死我是不是。

庄海洋：以后你妈要吃什么你就给买什么，千万别逆了她！

雷颂华：都说了不是我不买，买不到，我怎么办啊，我还能变出来啊。

庄海洋：买不到，北京买不到，你上天津买去！

雷颂华［崩溃］：我心情就够不好的了，你还消遣我。更年期之后还有什么期？我妈这是到哪期了？！

庄海洋［没好气地］：作期！

7. 雷颂华家方琼卧室，夜，内

方琼正在听电话，已经平静不少了。

爱　华［细声柔气的画外音］：妈，你就别生气了，小妹不是成心把你撩在家里不管的。她得陪着去应酬，又不是自愿的，她也是生活所迫。

方　琼：切。

爱　华［画外音］：妹夫可是个企业副总啊，他的事业是他们家的重心。小妹不能让妹夫在场面上失了面子啊。大家都带夫人，就他不带，让人家怎么想，还以为夫人带不出手呢。

方琼气又顺些。

爱　华［画外音］：妈，你那么疼小三。要是妹夫的事业出问题，你肯定比小妹还要担心，是不是？

方　琼：你说你那个妹妹说话怎么就不能跟你学学，语气永远都是横冲直撞的，我一听我就来气。

爱　华［画外音］：谁让我妹的脾气跟您那么像呢。不过妈，我得说句公道话，今天这事真是妈你不对，你得给妹妹道歉。

方　琼：让我跟她道歉？我不去！

爱　华［画外音］：妈，咱得讲道理。她错了肯定跟你道歉。那你有不对，也得跟妹妹道歉。今天小妹真是挺伤心的。她工作强度大压力也大，也挺不容易的。

方　琼：那好吧。

爱　华［画外音］：这才是我们的好妈妈。

8. 雷颂华卧室 / 雷颂华卧室门口，夜，内

方琼走过来，站在门口，想了半天，伸手敲了敲门。雷颂华在屋里郁闷呢，听到敲门声，正要去开门。

方　琼［对着门］：今天算我错，对不起啊。

说完，方琼扭头就走了。雷颂华打开门，已经没人了。雷颂华关上门。

雷颂华：这也算道歉？

庄海洋［又好气又好笑地看着她］：还不够啊。

9. 吕家主卧室，日，内

亚芝掖好吕母的被子，冲吕母温柔地笑一笑。吕母回一个含有笑意的眼神。亚芝端起一旁的水盆，出去。

10. 吕家客厅，日，内

亚芝出来，一下子愣了。江开国扶着拖把，坐在沙发上，呆呆地出神。亚芝在江开国身边坐下。

亚　芝：想你爸了？

江开国［特别难受］：不知道我爸还能记住我多久。我真怕下回回去，他已经不认识我了。

亚　芝：不会的，你是他亲人，他不会忘记你的。

江开国：我爸这个情况，最需要的就是亲人的陪伴。按道理，我这个做长子的，现在应该陪在他身边照顾他。可是我现在这么个处境，在老家又没房子，在北京也只是住在女儿家，实在是没法提出把我爸接过来。

亚　芝[安慰地]：你也别太难过了，你的心意你爸肯定都知道，而且他现在又不是一个人住，不是在你弟弟那儿吗。你是亲儿子，对爸好，你弟弟也是亲儿子，肯定也会好好陪你爸。

江开国[点点头]：你说的对，援朝也是我爸的亲人，他上回跟我保证过，会好好对爸的。亚芝，这段时间真是谢谢你。你老是大老远跑过来给我带菜，帮我照顾亲家母。这些事都不该麻烦你的。

亚　芝：你别这么说，哪有什么麻烦的。其实我跟你在一起，挺开心的，比一个人在家有意思。

亚芝忽然觉得说漏了嘴，看了看江开国，江开国也看了看亚芝，两个老人不由得都转开了脸，忽然有点不好意思的感觉。

亚　芝：我，我去倒水。

亚芝端着水盘急急忙忙地去了卫生间。江开国不由得一笑。

11. 写字楼走廊及公司外间，傍晚，内

吕希跟着谷栋梁沿走廊过来。

谷栋梁：就这儿，2508。

谷栋梁带着吕希进来，外间是一个能坐四五个人的空间，坐着一男一女两个员工。两个员工一看见谷栋梁立刻站了起来。

12. 公司里间，傍晚，内

谷栋梁领着吕希进来，是一个不大的独立办公室。

谷栋梁：老吕，你的办公室，怎么样，还行吧？

吕　希：挺好的。

谷栋梁：老吕，先给你配两个人。像我们这种公司，不在人多，在的是高效率，艺术的眼光及人脉。只要两边的关系一建立起来，就没问题了。我相信人脉和眼光这块，你吕总肯定行。

吕　希：我尽量，尽量。

谷栋梁：你什么时候能来上班？

吕　希：栋梁，我知道你这边着急。不过，我还是希望能在单位有个好聚好散，把领导交代的那个事办完了。毕竟那个文化活动已经筹备了一年多了，也是个挺有意义的事。

谷栋梁：没问题，那这段时间你就辛苦点。两边跑着，这边进行着，那边也不耽误，该认识人认识人，该联络先联络。等文化馆那边的事情结束了，就全身心投入到这儿来。

吕　希：你放心，我不会耽误公司这边的事。

谷栋梁：你办事，我当然是一百二十个放心了。现在是创业阶段，所以给你的待遇比较有限。等以后业绩上去了，我给你分红。

吕希也很兴奋。

13. 木兰卧室，夜，内

吕希跟木兰躺在床上说话，吕希还是掩不住的兴奋。

吕　希：到底是老同学，他今天说做的好还给我分红呢。

木兰没有说话。

吕　希：怎么了，听到这么好的事你不高兴吗？

木　兰：高兴，我当然高兴了。就是觉得这件事有点太好了，心里总觉得有点不太踏实。说实话，吕希，长这么大，身边认识的人，你见过谁中彩票的？

吕　希：我明白你的意思。最开始老谷找我说这事的时候，我心里也是这么个感觉，总觉得像是天上掉馅饼似的，格林童话，怎么能真的发生，还落在我头上呢。不过现在我觉得很踏实了，办公室都已经弄好了，钱都投进去了，难道还假的了？

木　兰：倒不是怕他假，就怕，没他说的那么好。做生意的事，有包挣的吗？

吕　希：好不好那还不是得靠我的努力。我觉得吧，凭我在文化馆干了这么多年积累的人脉，肯定没问题的。

木　兰：你觉得有信心就行。既然下决心了，就得往好里干。从小我爸就老说，世上无难事，只怕有心人。付出努力，肯定能有回报。

吕　希［搂住木兰］：老婆，真是天无绝人之路啊。自从我爸走了以后，我还是第一次觉得心情这么舒畅。山穷水复疑无路，柳暗花明又一村。你看啊，等我到老谷那儿一上班，每个月一万的工资，咱们家的日子就好了；等公司再做出业绩来，分上红了，那就更别提了，现在所有的问题都将迎刃而解。先让我妈住进那个豪华的金天使养老院，享受专业级别的护理；然后，我们在朗月园置换个大房子，让你爸单独住一屋；再然后，给悦悦买个三角钢琴，都齐活了。

吕希充满憧憬的样子，木兰尽管隐隐有些不安，还是笑了。

14. 银行 ATM 机，傍晚，外

田咪站在 ATM 机前，把卡塞进去，点密码，查工资。屏幕上显示余额才几百块钱。

15. 余淼屋子，傍晚，内

田咪气冲冲地推门进来，余淼正在玩游戏。

余　淼：咪子回来了。累了吧，我打完这局给你捶腿。

田　咪：你妈呢？

余　淼：没在啊，估计又找江爸玩去了。

田　咪［四仰八叉地在沙发上躺下］：这家里要是只有我们俩就好了。

余　淼：妈都给我们钱买房了，你还说这话。

田　咪：老公啊，收银员这工作真是又累又没前途。

余　淼：那怎么办啊，当初也是你自己说要吃苦的。

田　咪：哎，你那姐姐好像特傻。

余　淼：不会吧。

田　咪：她在超市吃不开。都是当经理的，人家经理变着法子弄钱，路子多得很，滋润着呢。就她傻乎乎的，钱送上门了还死命往外推。

余　淼：真的啊，白来的都不要？

田　咪：啊，超市大家都知道。

余　淼［继续打游戏，有一搭没一搭地应着］：怎么想的啊。

田　咪：我看我也不能老指着你那傻姐姐提拔我了，我得赶紧自己给自己谋点出路。

余　淼：有什么出路？

田　咪：第一步就是我先不干这个破收银了。

余　淼：不干收银你还能干嘛啊？

田咪哼了一声，显得胸有成竹。

16. 超市收银区，日，内

田咪正在给一个中年女人结账，中年女人后面排着一个老头。

田　咪：二十三块六。

中年女人从钱包里数钱。这时同事从田咪身后走过。

同　事：田咪，到点了，你去吃吧。

田　咪：好。

田咪从中年女人手里接过钱，数了数，放进收款机，然后拿过暂停收银的牌子放在台子前面，开始收拾自己的找钱包。排在中年女人后面的老头一下子就急了。

老　头：哎，你怎么回事，怎么走了？

田　咪：大爷，我交班了，您去旁边的柜台结吧。

老　头：什么你就交班了？谁让你交班的？成心的吧？轮到我你就交班去？！不行！得给我结完了再走！

田　咪：大爷，旁边那个柜台也没几个人，你就去那儿吧。我已经站了一上午了，现在轮到我休息，吃午饭。

老　头：你别走！要吃饭不早说，我白排了这么半天，轮到我了你说走！你他妈早干嘛去了！

田咪眼一瞪，但马上还是忍住脾气，不理老头，继续低头整理自己的小包。

老　头：你结不结？！你到底给我结不结？！

田咪还是不理他，已经整理好东西，准备了离开。老头愤怒地拦住她。

老　头：你他妈今天敢走试试？成心的是不是？！

田　咪：这么大把年纪，火气这么大干吗？

老　头：就火气大怎么着，就该你给我结！凭什么到我这儿就不结了！我排这么半天，你他妈要吃饭早说啊！早干嘛不说！就是成心的！今天不给我结就他妈别想走！

田咪再次忍气，准备绕过老头离开。老头却一把抓住田咪胳膊。

老　头：不理我是不是？！今儿我就不让你走了！不就一个收银的吗，要什么横啊？！

田　咪［甩开胳膊］：来劲了是不是？！老东西，给脸不要脸！

老　头：你骂人？！

田　咪：就骂你了怎么着！

17. 超市里木兰办公室，日，内

木兰正一边吃饭一边在看报表。小夏跑进来。

小　夏：江经理，田咪跟人打起来了！

木兰吃惊。

18. 超市收银区，日，内

田咪和老头针锋相对。一旁的收银员拉都拉不开。

田　咪：一大把年纪了，买这么十块二十块的东西，到我这儿来摆什么谱啊！

老　头：你不就一个收银员……

田　咪：你不就一个老东西！收银员收银员，收银员怎么了，就你那块儿八毛的我还不爱收呢！给你脸不要脸，老东西了，乖乖在家待着得了，还出来现什么眼！

老　头［颤抖着手指指着田咪］：你，你，你怎么能这么跟我说话！真他妈翻了天了！我找你们领导投诉你，开除你！

田　咪［冷笑］：去啊！去啊！吓唬谁呢！我要是缩缩脖子我是你孙子！忍你半天还来劲！来劲我就灭你！当我怕你啊！牛什么呀？！老东西！老东西老东西老东西！不知死活的老东西！

老头气得发抖。木兰赶了过来。

木　兰：怎么了这儿？田咪给我闭嘴！

田咪看到木兰，才算不说话了，恨恨地看着老头。

老　头：你是管事的吗？

木　兰：您好，我是今天的值班经理。

老　头：你们超市现在招的人怎么素质这么低！

木　兰：大爷，情况我都知道了。我们工作也挺辛苦的，希望您能理解。态度上的事，我替她向你道歉。您消消气，马上这边柜台给您结账。

田咪恨恨地瞪了一眼老头，管自己走了。

老　头：哎，她怎么就这么走了……看看看看，什么人啊，那厉害劲，说出来的话能把人呛死！

木　兰：对不起，大爷，是我们超市的疏忽。您别生气了，这就结账吧。大中午的，也都赶着回家吃饭吧。

老　头［一边被木兰陪着往一旁的收银台走，一边还抱怨］：我天天都来你们超市买东西，是你们的忠实顾客，知不知道，你们不能这么对待顾客！应该好好反省反省自己的行为！

木　兰［哄着］：是我们不对。您就别生气了，气坏了身体更不值当。

老头总算嘟嘟囔囔地去交钱去了。木兰不由得叹口气。

19. 超市会议室，日，内

雷颂华拿进来，三个经理已经坐在那儿了。

雷颂华：今天找大家开会，想说一说关于新店长的事。

木兰神色微微一动。

雷颂华：大家也知道，我来的目的就是为你们点选出一位新的店长。

曾经理有些得意地看看木兰。

雷颂华：我想推荐江经理升任店长。

曾经理和葛文倩都是一惊。

雷颂华：江经理的工作，大家有目共睹，我想应该都没有意见吧……

曾经理：店长。

雷颂华被打断，看着曾经理不说话。

曾经理：店长，底下有些事，我觉得你还是有必要知道一下的。

雷颂华：什么事？

曾经理：中午有个收银员跟顾客吵起来了。

葛文倩看一眼木兰，木兰没表情地等着。

曾经理：那个收银员特厉害，跟顾客对骂，当时在场的顾客全都看见了，影响特别不好。我觉得这个人应该马上开除，给其他员工做个警告。

木　兰：店长，我不同意。

曾经理［怪声怪气地］：江经理，不要因为这个收银员是你的弟媳妇，你就护短嘛。你作为超市的领导，应该要有原则。

雷颂华这才听明白了是怎么回事，没表态，看了木兰一眼。

木　兰：我对事不对人。不是因为她是我亲戚要护短。原则上讲，不是她一个人的错。

20. 超市僻静处，日，内

田　咪［愤怒地在吃饭，吃着就放下了勺子］：还让我闭嘴，低二下四的谁要干啊。

21. 超市会议室，日，内

木　兰：实事求是地说，今天这件事顾客也有不对的地方，火气太大，不依不饶。田咪肯定有处理不妥当的地方，但说到底不是她的错。

曾经理：江经理……

雷颂华：好了，都别说了，这个问题不是我们今天开会的主题。我们今天说店长的事。

曾经理只好怏怏地看了眼木兰，木兰面无表情。曾经理的眼神变得很怨毒。

雷颂华：我觉得江经理能够胜任店长的工作。我已经上报总部了。

22. 超市僻静处，日，内

木兰走过来，田咪没精打采地坐着。

木　兰：田咪。

田　咪［抬头看是木兰］：姐。

木　兰：怎么了，还不高兴呢？

田　咪［委屈］：姐，这次真不赖我，那老头吃枪药了！

木　兰：我知道，这次确实不是你的问题。不过我们作为服务行业的，还是要注意点自己的态度，不论发生什么情况，也要尽量避免和客人发生正面冲突。

田　咪：我让他好几回，拉着我不让走，不回嘴我就该抽他了！

木　兰：行了，大事化小小事化了不会吗？还嚷嚷。这回我替你担保了，下次可不能这样了。

田　咪：姐，我不想干收银了，这活儿没什么意思，任打任骂就算了，还没钱，上个月才给我发了八百块钱，这点钱够干嘛的啊。

木　兰：那你想做什么工作，要不我这个经理你来当？

田　咪：我觉得我也不见得就做得不如你，只不过我没这个机会罢了。

木兰简直无语了。

田　咪：姐，经理我现在肯定还不到时候，我想做防损员。

木　兰：想做防损员？

田　咪：防损员能来回走动，比傻站着强，工资又和业绩挂钩，能多挣点，这样也能提高我的劳动积极性。

木兰一时沉吟地看着她。

田　咪：姐，你总不忍心我一辈子都干收银吧，钱太少了，我还想跟余淼生孩子呢，没钱哪敢啊。

木　兰：防损员肯定比收银员挣得多。可你也别想得太简单了，防损员也有防损员的辛苦。

田　咪：姐，我想好了，我觉得就防损员适合我。辛苦我不怕，别让人莫名其妙指着鼻子骂就行。我从小到大，谁那么骂过我。

木　兰：行吧，就让你当防损员。

田　咪：谢谢姐！

木　兰：好好干就行了。

田　咪：知道了。

23. 余淼屋子，傍晚，内

田咪躺在沙发上，余淼在给她揉腿。

田　咪：终于换岗位了，再也不用干破收银了。

余　淼［也挺高兴地］：你看，我就说我姐还是向着咱的吧。

田　咪：去，那也是因为我有这个能力。告诉你，你媳妇我就是块金子，到哪儿都能发光的。

余　淼：是是，那绝对的。我媳妇儿谁啊。

亚　芝［从开着的门口路过，手里拎着菜，她到门口］：田咪也下班了，淼淼，妈买了你爱吃的鸡腿。晚上给你红烧。

余　淼：太好了。

田　咪：你怎么还回来啊。

亚　芝：你这孩子胡说什么呀，不回来，我还上哪儿去啊。

余淼求饶地看着田咪。田咪耸耸肩不说话了。亚芝离开。

24. 麻小排挡，夜，内

木兰和雷颂华正在喝酒。

木　兰：店长，今天不好意思，给你添麻烦了。我又自作主张，把她安排到防损部了。

雷颂华：放在哪个部门没关系，关键是得安分守己地干活。你那个弟妹，在超市挺活跃啊，到处跟人说你和你弟弟艰难相认的故事。是真的吗？

木　兰［叹口气］：是。我弟弟从小就丢了。我爸找了他二十多年，最近刚找回来。

雷颂华：你爸是不是心里一直觉得对不起这个丢掉的儿子？

木兰点点头。

雷颂华：因此就想弥补你弟弟，就让你把他媳妇安排到超市来了？

木　兰［点了点头］：没错。她最近一直没有工作，让我们帮忙好几次，实在也没什么能帮她的。她想来超市，我想了半天，让她从最基本干起，收银员本来也是我们比较缺人的部门。她自己答应我一定好好干的。其实我本来也一直有点担心她的脾气。不过，店长，今天的事确实那个顾客也有一半责任，我不是护短，就是实事求是。

雷颂华：这个我知道。上次黄勇的事我已经领教过了。

木　兰［不好意思地］：店长，谢谢。

两人干杯。

雷颂华：弟弟找回来了，也算一件大喜事，多个人帮你一块儿照顾你父亲总是好的。等你正式当上店长之后，有的你忙，家里事肯定是要顾不上的。

木　兰：这个我现在真的不太敢指望。我原来一直以为找回弟弟能帮我一块儿照顾照顾我爸，没想到弟弟找回来之后，倒是他给我了好几件麻烦了。好多事我其实不想管的，可是我不想让我爸难过，他希望我帮帮弟弟，我肯定得帮。

雷颂华［沉吟片刻］：我理解。不过，我的意见，不能让亲情绑架。有些事情，当断则断。

木　兰：有时候，我也觉得累，太多人需要顾及。希望身边所有人都开心，真的很难。

雷颂华：嗨，能做到哪一步就哪一步，不要勉强自己，其实每个人的生活都只有自己能负责。

木　兰：当断则断？店长，你家老太太最近好吗？

雷颂华［顿时沉默了，摇摇头］：最近换了一个作法了。老是没精打采的，老担心自己生病了，可带她上医院全都检查了，身体好着呢。前几天，就为了想吃韭菜馅饺子没买到韭菜，就在家里大闹了一场，寻死觅活的。我真的也不知道怎么办了。

木　兰：是不是还是在家待着太过于清闲，所以会胡思乱想。

雷颂华：有这个可能。可是，她老太太都八十了，还能干嘛呢。还自己学不会在家修身养性，叫我们做子女的怎么办。

木　兰：会不会心里还有什么事，没跟你说？

雷颂华：她倒是说过，怕死。可是，谁不怕死呢。这要是她自己调整不过来，我还真不知道该怎么劝解啊。

木兰也默然了。

雷颂华：马马虎虎吧。先喝酒。

两人干杯。

25. 路上，夜，外

一系列蒙太奇，路上，公园，江志新正焦急地四处寻找着江多福。

江志新：爷爷！爷爷！

江志新也跟路人比划有没有看见过这么一个老头。路人都摇头。终于，有一个路人往江的方向指了指。

26. 桐城江边，夜，外

江志新跑过来，突然就松了一口气。远远的江边，江多福的背影在那儿孤零零地坐着。

江志新［擦着汗］：爷爷，你吓死我了，还以为找不到你了呢，怎么上这儿来了？

江多福：坐船。

江志新：什么？

江多福：坐船。

江志新［想了想，在江多福身边蹲下］：爷爷，想奶奶了是不是？你以前跟我说过，当年你娶奶奶是坐船去娶的，对吗？

江多福：坐船。

江志新［有些心酸地］：爷爷，奶奶知道你还想着她。她知道。奶奶走了多少年了，你都想着她。

江多福：坐船。

江志新［如哄孩子］：好了，爷爷，下次我带你坐船好吗？现在回家了，啊，我们走吧。

江志新扶起江多福，江多福听话地跟着他慢慢离开。

27. 江援朝新家客厅，夜，内

江志新开门，扶着江多福进来，在沙发上坐下。贾幸梅从厨房出来，直冲到江多福面前。

贾幸梅：爸啊爸，我就在厨房做个饭，你怎么就自己出去了呢！不是跟你说别出去嘛，你脑子痴呆了，知道吗？出去了，你就找不着回家路了你，还老往外跑干嘛啊！真是的！

江多福缩在沙发里一言不发。

江志新：妈，你吓着爷爷，不是回来了吗？

贾幸梅：爸，你也好歹替我们想想。你看志新，在外面累了一天，回来连口水都没喝上，就得赶紧出去满大街找你。你怎么就不知道心疼心疼自己的大孙子呢！

江志新：行了妈，少说两句吧。

贾幸梅：儿子，累坏了吧，赶紧吃饭吧。

江志新：我爸呢？

踩着话点儿，江援朝开门进来了，手里拿着一把很大的挂锁。

江志新：爸，爷爷回来了。

贾幸梅［接过挂锁，仔细地看］：买这么大把锁干什么？

江援朝［从身上的包里往外掏工具］：我看啊，现在光是把爸的钥匙收了没用，他瞅准机会就自己出去，出去就得丢。得再安把锁。

（跳接）门里面安上了两片合页，大锁已经挂在上面。江援朝试了试，然后掏出一大把钥匙。

江援朝：这样就行了，从里面也能把门锁上，爸就不能自己从里面开门出去了。［把四把钥匙分给家里人］一人一把钥匙。幸梅，以后你出门买菜的时候必须在外面把门反锁上，千万别忘了。

贾幸梅［回头看一眼已经在饭桌上吃饭的江多福，不满之极］：这下好了，以后每次进出门得开两道锁，麻烦死了。

江援朝：行了行了，别说了，吃饭吧。饿死了。

贾幸梅：再不上桌，肉都让老头一个人吃了。

一家人在饭桌上坐下，春妮给大家盛饭。

春　妮：妈，明天我就上班去了。

贾幸梅：这么快？

春　妮：四个月的产假满了，再不回去上班老板该开我了。

江援朝：没事，你上你的班，白天你妈给你看着嘟嘟。

江志新：妈，以后白天就得你一个人照顾嘟嘟和爷爷，辛苦妈了。［给贾幸梅夹筷子肉］

贾幸梅［把肉夹回到江志新碗里］：你知道妈辛苦就好。

江志新［给江多福夹了筷子菜］：爷爷，你也吃。

江多福点点头，慢慢地吃着，看上去除了神情茫然，其他还好。

28. 江援朝新家小卧室，夜，内

江多福呆呆地看着窗外。江志新端着一碗热乎乎的汤药进来。

江志新：爷爷，该喝药了。

江多福［接过碗，喝了一口，推开］：苦。

江志新：爷爷，良药苦口利于病，喝了吧，啊。

江多福听话地把药喝了。江志新从兜里掏出一颗糖，塞在江多福嘴里。

江多福［笑了］：甜。

江志新：爷爷，你认识我吧？

江多福：你是志新。

江志新：对，爷爷，我是志新。

江多福：志新，志新。

江志新：爷爷，你得听话，以后别往外跑了啊，你要听志新的话。

江多福［点着头］：听话，听志新的话。

江志新看着江多福有点痴呆的样子挺难受的。

29. 江援朝新家客厅，日，内

贾幸梅正一边看电视一边逗着嘟嘟玩。这时家里电话响。

贾幸梅［接起电话］：哎，明明妈啊……对，在家呢……三缺一啊……行，正好要带我孙子出门买菜去，一会儿就过去啊。

挂上电话，贾幸梅把嘟嘟的奶瓶、玩具什么的都放到婴儿车的兜里，起身进厨房。

30. 江援朝新家小卧室，日，内

江多福还那样望着窗外。

31. 江援朝新家客厅，日，内

贾幸梅从厨房出来，端着一碗冷粥放到桌子上，冲着江多福的小卧室。

贾幸梅：爸，中饭给你放这儿了，你自己吃吧。

江多福无声。贾幸梅也不理他，把嘟嘟放进婴儿车，推着出门。

32. 江援朝新家门口，日，内

贾幸梅推着嘟嘟出来，掏钥匙把锁锁上，再使劲掰了掰锁，挺结实的，放心地点点头，离开。

33. 超市卖场，日，内

田咪穿着便服上岗了。她在卖场里慢慢走着，特别来劲，两眼放光地盯着身边的每个人看，都跟看贼似的。一个孕妇的大肚子非常明显。她正在挑选洗发水。田咪远远地看见了，眼睛一亮，走了过来，站在孕妇身边，假装也挑洗发水，一边紧盯着孕妇的肚子。

田　咪：你好。

孕妇奇怪地看了田咪一眼，应付地笑了笑。

田　咪：你几个月了？

孕妇再次奇怪地看了她一眼，没理她，把洗发水放进购物车，往前走。

田　咪：你这肚子看着真不错，我猜肯定是个儿子，我摸摸啊。

田咪说着就上前摸了一把，还摁了摁。孕妇气得不行，一把打开田咪的手。

孕　妇：你干嘛啊你！摁我肚子干吗？！神经病！

孕妇生气地推着购物车调头走了。田咪有些失望地垂下手。

田　咪：原来是真的啊，没劲。

田咪继续四处寻找目标。

34. 江援朝新家小卧室，日，内

江多福：吉时到了，要开船了。要开船了！

他着急地起身，往外走。

35. 江援朝新家客厅，日，内

江多福着急地走出来，去开大门。门锁上了。江多福急得不得了，推了会儿门，茫然地在厅里转了转，又往大卧室去。

36. 江援朝新家大卧室，日，内

江多福［走进来，趴在阳台上往外看，喃喃地］：坐船，我要坐船。我要坐船。要开船了！

无意中，他看见阳台的角落堆着的一摞废旧报纸，注意力又转移了，过去，拿起那堆报纸无意识地翻来翻去，拿起一张，无意识地撕成一条一条的，丢得满地都是。

37. 邻居牌友家，日，内

贾幸梅正打麻将。

贾幸梅［兴奋地推倒牌］：杠上开花！胡啦！

几个牌友：你手气也太好了吧。把把胡！

贾幸梅［兴奋地］：你们叫我来的嘛，肯定我手气好。

38. 江援朝新家大卧室，日，内

阳台上已经一地的报纸条。江多福正在屋子里无意识地乱转，看到床头柜上有一个打火机，过去把打火机抓在手里，又回到阳台上，到了窗户边，捡起一条报纸条，点着了往窗户下扔。

江多福：放炮仗喽！

39. 邻居家阳台卧室，日，内

着了火的小纸条一条一条地从空中落下来。终于有一条被风吹了一下，飘进了阳台，正好就掉在一堆废报纸上，顿时着火了。烧了起来。

中年眼镜男［进卧室拿东西，看见报纸烧起来了，惊呼］：着火了着火了！

（跳接）中年眼镜男端着盆水倒在火上，又扯过一件衣服猛拍，及时把火扑灭了，但阳台已经一片狼藉。中年眼镜男后怕地坐倒在床上，正好看见着火的报纸条悠悠然从阳台外飘过。

中年眼镜男［愤怒了］：谁啊？！小孩子玩火大人也不管管！疯了！

40. 邻居牌友家，日，内

嘟嘟在一边嗯嗯啊啊地咬着奶嘴。

贾幸梅［抓着一张牌，闭着眼睛，摸着花色］：我这清一色自摸啊，就靠你了，给我来！给我来！

三个牌友［紧张地看着她］：清一色？！自摸？！要弄死我们啦！

贾幸梅［兴奋地睁开眼睛］：九梭就是它……

手机狂响。

贾幸梅［接起电话］：喂？

江援朝［心急火燎的画外音］：你跑哪儿去了，家里出大事了！警察都来了！说我们家危害公共安全！

贾幸梅一惊，手里的牌掉下来打散了面前的牌。

41. 江援朝新家客厅，日，内

大门敞开着，门外挤满了邻居，贾幸梅推着嘟嘟急急忙忙地从人群里挤过，进门来。江援朝和江志新已经都在了，还有警察和邻居中年眼镜男。江多福一个人坐在沙发上。

贾幸梅［吓坏了］：没什么大事吧？怎么这么多人？

中年眼镜男［十分愤怒］：还没出大事？要不是我正好在家，今天这栋楼就全点着了！

贾幸梅：对不起对不起，真的对不起！我真的不知道会发生这种事，是我没把人看好！

中年眼镜男：你们家像话吗？！明明知道家里有这么个病人，还把他一个人放家里！也太不负责任了！这要是真的房子烧了，出人命了，你们不怕啊！

贾幸梅：对不起对不起！

中年眼镜男：对不起就没事了？跟你们这样的人做邻居我没有安全感！我害怕！

邻　居［都帮腔］：没错，吓死人了……赶紧搬走赶紧搬走……别住在这儿害我们！……

江家人全都吓坏了。

警　察：好了，大家都冷静点。不要有过激的语言，不要激化矛盾。

众人才慢慢安静下来。

警　察：这件事你们家要负全部的责任，家里老人有老年痴呆，是绝对不能让他单独在家，这太不安全了！你们家不安全！邻居家也不安全！你们这当儿子儿媳的太不负责任了！

江援朝：警察同志，都是我们的错。

警　察：幸好这次没有酿成大祸，今天的事就算了。但是以后，你们绝对不能让老人一个人在家了！

江援朝、江志新和贾幸梅都是连连点头。

贾幸梅：您放心，再也不会了。

江援朝：谢谢警察同志，我们以后一定会注意的。

警　察：今天就这样，大家都散了吧。

警察走了。中年眼镜男愤愤地瞪了他们一眼，也走了。邻居也都走了。贾幸梅赶紧过去，关上了门。江家人都垂头丧气的，只有江多福完全不知道发生什么事，还那样呆呆地坐着。

贾幸梅［凶巴巴地瞪着江多福］：爸你这是要干嘛呀？！你想害死我们是不是？！你想把这房子烧了，让我们大家全都陪你死是不是？！

贾幸梅冲过去，好像要打江多福。江多福害怕地抱住了头。江援朝和江志新都拉住贾幸梅。

江志新：妈，你干嘛啊！

江援朝：你这是干什么！

贾幸梅：我恨死这个老头子了！

江援朝：爸又不是故意的，你跟他一个生病的人发什么脾气！

江多福像个小孩子一样吓得直哆嗦。

江志新：妈，你怎么能怪爷爷！你就不该出门那么长时间，你肯定打麻将去了吧？

贾幸梅：打麻将怎么了？我成天在家伺候你们做牛做马的，就那么点消遣，你们还不让我去嘛！我就该天天在家给你们做老妈子是吧！

江志新：妈，我不是这个意思！以前你去打麻将，我们也没说过什么啊，可现在情况跟以前不一样了。爷爷现在需要人照顾，你不能放下他一个人在家不管啊，这是要出事的！

贾幸梅不说话，但还是愤愤地瞪着江多福。

江援朝：今天这事，多险啊。以后不能让爸一个人在家了，得一直有人陪着他。

贾幸梅：那我总要去买菜吧，不然一家人吃什么啊！

江援朝：以后买菜的事就交给我，我每天下班的时候把菜买回来，你只要把爸看好就行。

贾幸梅答应不出来。

江志新：妈，你就克服克服吧。你真想让邻居们把我们家赶出去啊？！

贾幸梅没办法，只好点了点头。

42. 余淼屋子，夜，内

田咪无精打采地进来，在沙发上躺倒。余淼正在打游戏。

余　淼：咪子，今天第一天上岗，怎么样啊？

田　咪：别提了，走了一天，累死我了。

余　淼：抓着小偷没？

田　咪［打开电视机，随意浏览着］：没有。超市里每年要给偷走上亿的东西，那应该有很多很多贼啊，怎么我一个都抓不到。

余　淼：别郁闷了，这不是刚开始嘛，慢慢来。肯定会有小偷出现在你眼前。

电视上出现一个新闻。

主　播：最近，发生在上海的涉嫌非法营运交通执法一事，引起各方面广泛关注，但事实上，这种“钓鱼执法”不但上海有，其他地方同样存在类似现象；不但交通运输行业有，其他行业也一样存在……

田咪凝神看着，有些出了神。

余　淼：咪子，你吃了吗？我妈还没回来，咱去吃串去吧。

田咪没理他。

余　淼：咪子？咪子！想什么呢？

田　咪：钓鱼。

43. 江援朝新家客厅，日，内

贾幸梅正坐在沙发上，摇着嘟嘟的婴儿床，挺郁闷的样子。这时电话响。

贾幸梅［接起电话］：喂，明明妈……又三缺一……我，我不去了……不是，我想去啊，可我去不了，以后恐怕都去不了了。

44. 江援朝新家小卧室，日，内

江多福坐在床边，看着窗外发呆。看着看着，他把手里的书啊什么的往下扔。再一抓，手边已经没什么东西了。一转头，他看见放在床后面的纸箱子，顺手打开，里面都是贾幸梅的旧被套旧床单之类的。江多福顺手就一件一件扯出来往窗外扔。

45. 江援朝新家客厅，日，内

贾幸梅［还在打电话，哭诉］：……我告诉你们，我心里太苦了，真的，比黄连还苦，我也不知道上辈子是不是做了什么孽，欠了他们姓江的……

突然一阵敲门声，吓了贾幸梅一跳。

贾幸梅：不说了，有人来了，我开门去了，有空再打啊。

贾幸梅［挂上电话，走过去开门］：谁啊？

门打开，只见外面站着两个穿着物业制服的人。

贾幸梅：你们找谁？

物　业：你好，我们是物业的。你们家怎么回事，把破烂扔得满小区一地，我们保洁员刚清洁过，既然有人在家，怎么也没人管啊！

贾幸梅：扔东西？不会啊。

物　业：怎么不会了，我们数好几遍，就是你们家！赶紧管管！

物业的人走了。贾幸梅关上门，突然想到，赶紧往小卧室走过去。

46. 江援朝新家小卧室，日，内

贾幸梅走进小屋，正看到江多福从箱子里拿出一件衣服想要扔到窗外去。贾幸梅赶紧上前一把抢下衣服，心疼得不行。

贾幸梅：给我放下！这是我结婚时候做的呢子大衣呀！

江多福缩回手，呆呆地看着她。贾幸梅往窗口下一看，底下一片狼藉，到处都是纸箱子里的旧衣服，好多人围着指指点点。贾幸梅赶紧缩回头，看到江多福，简直是恨得不行。

贾幸梅：老不死的，你要干嘛呀！你脑子真的有病吗？你是不是故意的，你装疯卖傻的，就为了折磨我是不是？！

江多福呆呆地看着贾幸梅。

贾幸梅：我上辈子是造了什么孽啊！你知不知道我现在就是在坐牢，因为你我哪儿也去不了！我现在一分钟自己的时间都没有，分分钟都得伺候你，看着你别惹祸！我这是倒了哪辈子的血霉啊我！[说着说着委屈地哭了]爸，我求求你了，你能不能放过我，能不能放过我们全家啊！

江多福：你是谁啊，为什么哭？

贾幸梅听了一呆，过了一会儿哭得更大声了。

47. 江援朝新家客厅，夜，内

屋里静悄悄的。江多福梦游般去卫生间，走着走着停住了脚步，站了一会儿，又梦游般往大卧室。

48. 江援朝新家大卧室，夜，内

江志新夫妇熟睡着。嘟嘟在江志新床后面的婴儿床里睡着。江多福走进来，站在婴儿床前面，俯身看着婴儿床里熟睡的嘟嘟，脸上露出了幸福的笑容，他伸手摇晃起婴儿床。江多福无意识地摇，越摇越大力，孩子在床上滚来滚去的，终于被滚醒了，开始哭起来。江志新和春妮被吵醒，睁开眼，都让江多福的黑影吓一跳，赶紧开灯。江援朝和贾幸梅也正好睡眼迷糊地出现在门口。

贾幸梅：嘟嘟怎么哭了……

灯光一亮，四个人正好看到婴儿床被推得老高，嘟嘟几乎要从床上飞出来！江志新眼明手快地一把抱住孩子。春妮吓得哭着抱住孩子。

春　妮：嘟嘟，嘟嘟！

贾幸梅[吓得把爷爷狠狠地从床边推开]：你这个老疯子！

江多福重重地摔倒在地上，一脸茫然。

49. 江援朝新家客厅，夜，内

大家都坐在客厅里，眉头紧皱。

贾幸梅：我受不了了！这种日子没法过了！成天对着这个老疯子，迟早我也得疯了！

江援朝呆呆坐着，一言不发。

贾幸梅：本来还以为住了大房子以后就能过上好日子了！谁知道就拿了老头子这么点钱，跟着来的还有这么大的麻烦！那个江开国呢，他不是号称是个大孝子吗？结果呢，把一个神经病老爹扔给自己弟弟就不管了，他还有良心吗！就欺负我们老实是吧！

江志新：妈，你别这么说行吗，大伯和姐姐又不是不管爷爷，不是寄钱来了吗？

贾幸梅：寄钱寄钱，一共就寄了这么几千块钱，在现在这个社会能管什么用啊！我们家付出这么多的人力物力，能用钱来衡量吗？他们可真会打算盘！按道理他们怎么也得寄个几万块钱来才算事，我们干脆给老头请个专人保姆，二十四小时专门看着！对，我马上就给他们打电话，让他们把老头接到北京去！

江多福［突然又清醒过来，很坚决地摇头］：我不去北京，我就在这儿。我死，要死在自己家乡，埋祖坟里。不去北京死。

贾幸梅：那你倒是快点死啊，还活着拖累我们干嘛啊？！

江志新：妈！

贾幸梅：叫我干嘛！我就这么说怎么着！他都要把你儿子给摔了！

江志新［看着江多福，也是一脸痛苦］：爷爷，我想给你好好养老的，可你怎么就变成这样了呢！好不容易我们家日子好点了，我本来以为我们能一起开开心心的……

江志新忍不住捂着脸无声地哭泣。江多福在他头上轻轻抚摸着。

贾幸梅：现在还说这些干嘛，还是赶紧给北京打电话吧！

江志新［抬起头］：不行！我们得管爷爷，大伯和姐姐出钱了，我们就得出力！

贾幸梅：你这个傻儿子，怎么就这么拧呢！

江志新：妈，你都忘了啊，上次我们上北京把爷爷接回来的时候，是怎么跟大伯和姐姐保证的？一定会给爷爷养老，这是我江志新说的话，不是我放的屁。

贾幸梅气得直摇头。

江援朝：志新说得对，这事咱家躲不了。这样吧，白天还是你妈看着，晚上就我和你轮班看着爷爷，就在小屋里打地铺，陪他一块儿睡，这样万一他再有什么危险动作咱们也马上能知道。

江志新：好的，爸。

贾幸梅：死老头子，你可真是要害死我们了你！

江多福又是一副痴痴呆呆的样子。

50. 超市卖场，日，内

田咪偷偷地藏起一瓶洗发水，塞在了松松垮垮的大衣里兜。然后若无其事地离开。旁边一个脏兮兮的民工样的男人一直偷偷地瞄田咪，见她走了，左右看看，也往兜里藏了一支牙膏。已经绕回到后面货架监视的田咪暗暗得意。

51. 超市收银区，日，内

民工小心翼翼地往外走，没有往收银台走，而是走未购物出口。田咪后面跟着，朝保安使了个眼色。保安立刻上去抓住民工。

民　工：干嘛？你们干嘛？

保　安：看监控去！

保安把民工带走了。田咪在后面看着，特别得意的样子。

52. 超市员工休息室，日，内

木兰和几个员工一起吃饭，议论纷纷的。

乔　丽：你们说，最近怎么小偷这么多，今天一上午都逮了三个了。

小　夏：是啊，以前几天也才抓住一个。

朱课长：防损做好了，我们业绩肯定能上去一大块。

木兰在一旁听着，也没多想。这时葛文倩端着饭盒过来了。

朱课长：哟，葛经理，请坐请坐。

葛文倩［在木兰身边坐下］：木兰，你那弟妹，好像干防损干得挺来劲的，老看见她在我们杂货部转来转去的。

木　兰：好像最近抓了不少小偷是吧，看样子她还真挺适合干这个。

葛文倩［欲言又止地］：她……

木　兰：怎么了？

葛文倩：没什么。

53. 文化馆门口，傍晚，外

吕希快步冲出单位大门，路边停着一辆车，谷栋梁靠在车旁，正在等他。

吕　希［抱歉地］：栋梁，等很长时间了吧？我到点儿就出来了。

谷栋梁：没事，刚到一会儿。走吧。

两人上车离开。

54. 某画家画室，傍晚，内

谷栋梁正在对着一张画拍照片。吕希在一旁跟画家小声地聊天。周围还有好几幅画。谷栋梁又给其他画拍照片。画家的手机响，画家出去接电话去了。

吕　希［走到谷栋梁身边］：这个画家在圈内知名度挺高的，画风跟王沂东很像，很多人都很喜欢他的画，最近刚有一幅五十万让人收了。

谷栋梁：好。

他继续拍着照。

55. 木兰家客厅，夜，内

木兰开门进来。吕希和悦悦都在桌旁坐着，悦悦在吃肯德基，吕希正在电脑上写材料。

悦　悦：妈妈。

吕　希［看到木兰回来了，赶紧收拾电脑］：你可回来了，我这就去我妈那儿跟你爸换班，晚上还得接着写发言稿。

木　兰：怎么又给悦悦吃快餐？

吕　希：我今天下了班，带着谷栋梁去一个画室看画去了，回来有点晚，来不及做饭，也累，就偷回懒，给买了点肯德基对付一顿。

木　兰［心疼地看着吕希］：你最近太累了，瞧你的脸，都凹进去了。

吕　希：凹凹吧，把发言稿写完那天，就是我解放之时。

木　兰：这么下去不行，你会累垮的。这样吧，这段你别管妈了，我来吧。

吕　希：什么意思？

木　兰：晚上陪夜的事就我和我爸轮，你别去了，就在家，只管把你的稿子写好。

吕　希：这样怎么行，你们就太累了。

木　兰：没事的，熬过这段不就好了。

吕　希：你这最近就要上任，也是最忙乱的时候。

木　兰：还好，毕竟任命还没下来。总比你强点。就听我的吧。

吕　希：谢谢好老婆理解，等忙完这段，我去了公司，下面就都简单了，到时候把我妈送进养老院，找专人照顾，你和你爸就都能好好歇一歇了。

木　兰[笑着点点头]：所以你要专心赶快把材料写完了。那我走了，悦悦都交给你了。

吕　希：放心吧。

木　兰：悦悦，吃完饭做作业，九点半上床睡觉，知道吗？

悦　悦：知道了妈妈。

吕希打开电脑。木兰离开。

56. 吕家主卧室，夜，内

吕母躺在床上，在听录音笔。吕父的歌声传出，吕母专注地听着。

57. 吕家客厅，夜，内

江开国和亚芝坐在沙发上，里间的歌声隐约地传出来，两老静静地听着，心有戚戚焉。

江开国：老伴，老伴，老了才知道，伴有多重要。木兰她妈，在她十六岁的时候，突然脑溢血去了。那会儿我才四十岁，年轻的时候就知道忙工作带孩子，忙忙叨叨地就这么过来了。现在回头看看，都不知道这二十年怎么熬过来的。

亚　芝：淼淼他爸走的时候我也就四十出头，早上去上班的时候还好好的，下午就说人没了。

江开国：怎么没的？

亚　芝：工伤。

江开国叹口气。

亚　芝：还好有淼淼。我一个人带着淼淼，十多年也就这么过来了，也没觉着孤单，我觉得一个人也能过得很好。可是听了吕希他爸爸妈妈的录音，我才觉得，人没老伴可不行。

江开国：是啊，父母比我们早几十年，孩子又比我们晚几十年，总是夫妻年龄相当，所以相伴时间最长。

亚　芝：有时候也想，要是身边还有个人，凡事能有商有量的，也是个好事。

江开国：幸好现在还有你呢，咱们也能做个伴。

两个老人都是有点伤感。木兰开门进来，看到两个老人相濡以沫，突然挺感动的。

木　兰：爸，亚芝阿姨还没走？

亚　芝：想多陪你爸坐会儿。

江开国：怎么你来了？

木　兰：吕希最近太忙了，我想着别让他跑了，路上来回也得一个多小时，还不如在家专心写材料呢。等材料写好就好了。

江开国：倒也是。让他也踏实。你婆婆吃过了，都收拾好了。我们就先走了。

木　兰：爸，亚芝阿姨，你们路上注意安全。

江开国和亚芝离开。木兰看着两人的身影消失，不觉露出一丝笑意。

58. 吕家主卧室，夜，内

木兰进来，吕母抬眼看看她，努力表示笑意。

木　兰：妈，您都听见了吧，最近一段吕希单位事多，就不过来了，啊。[从包里拿出了一管染发膏]妈，我给你带染发膏来了，咱们一边听爸唱歌，一边染染头发吧。

（跳接）吕母被横放在床边，她的头部出了床边，放在木兰的腿上，木兰腿上围了塑料围裙，正细细的用梳子在给吕母染发。

木　兰：妈，头发染好了人就有精神。从小我爸就告诉我，人什么时候都不能没了精神头，再苦再难，只要精神头还在，就都能跨得过去，跨过去了就好了，人活着一天，就得精神地过一天。

吕母感动的眼神。

（跳接）木兰拿着镜子在给吕母看，吕母看着镜子里的自己，果然精神多了。

木　兰[笑着]：妈，你看，是不是精神多了？

吕母努力地做了个笑的意思。

木　兰：妈，虽然现在很累很难，可是我们不气馁，你也别气馁啊。等吕希工作换好了，咱家经济条件好点了，我们就换个大房子，我们都住在一起，天天在一起。

吕母眨眨眼睛。

木　兰[忽然笑]：妈，我爸和亚芝阿姨，是不是挺好的。

吕母闭了闭眼睛表示同意，木兰笑了。

59. 江援朝新家，夜，内

一系列蒙太奇。小卧室，江多福在小床上睡着。床边有了一个折叠床，江志新睡着。突然，江多福起身，江志新惊醒。江多福往外走，江志新赶紧陪着往外走。卫生间门口，江志新陪着过来，江多福进卫生间，江志新在门外候着。江志新陪着江多福进来，江多福坐在床边，却不躺下。

江志新：爷爷，怎么了？

江多福：渴。

江志新立刻出去，片刻，又进来，端着杯水，递给江多福。江多福喝水，喝完水把杯子交还江志新，躺下睡觉。江志新把杯子放床头柜，躺到折叠床上睡觉。

60. 江志新单位，日，外

一个造纸厂之类的工厂。江志新开吊车，吊起扎好的沉甸甸的纸板，在仓库里一摞一摞地摞起来。他开着吊车，双眼通红，不时打哈欠。

61. 江援朝新家小卧室，夜，内

江志新睡在折叠床上，打着酣。江多福迷迷瞪瞪地起来。江志新听到声音似乎努力地想醒来，但是翻了个身，没醒过来。江多福起身，自己出去了。

62. 江援朝新家中卧室，夜，内

江多福迷迷瞪瞪地推开了门，走了进来。江多福走到熟睡的江援朝的床头，站定了，对着床头就开始尿。江援朝和贾幸梅当场就让尿给淋醒了，贾幸梅一声尖叫，从床上跳了起来，跌到了床下。江援朝打开灯，看到江多福站在床头，傻眼了。

江援朝：爸？

贾幸梅：什么呀这是！［一闻］我的天呀！

江志新［冲了进来］：怎么了，妈？

贾幸梅：你看看怎么了，把我们俩当马桶了！

江志新［傻眼了］：我睡得太死了，没听见爷爷起床的声音。

贾幸梅［想冲上去揍江多福］：死老头！你是存心跟我过不去你！往我们身上尿尿，太缺德了！

江多福却浑然不觉，转身出去了。所有人都怔怔地看着老头。

贾幸梅［披头散发地在床上捶，哭天抢地］：我们屋什么时候就成老头的厕所了啊，这日子还让不让人过了呀，没法过了！逼死我算了！你们都逼死我算了！

江援朝坐在湿漉漉的床上，也直叹气。

63. 银行ATM机，傍晚，内

田咪又在看卡上的钱，看了之后高兴地笑了。

64. 超市保安室门外，日，内

两个保安押着一个中年大妈往保安室走。

大　妈［一个劲儿叫屈］：你们怎么就抓我，不抓那个女的啊？！

保　安：什么女的男的，你偷东西就抓你！

大　妈：那个女的也偷东西！你们怎么不抓她？！

木　兰［经过］：哪个女的？

大　妈：就是那女的，短头发，衣服穿得特显眼，要不是她那么干，我也不敢啊！你们得把她抓起来！

木兰若有所思。

65. 超市监控室，日，内

木兰走到门口。保安们正在议论。

保安甲：这个防损员太有招了，最近真是百试不爽啊。

保安乙：这办法我在电视看过，叫钓鱼。

保安丙：钓鱼？嗨，形容的还真对！

木　兰［进来］：什么钓鱼？

保安们一看到木兰，顿时都不说话了。

木　兰：到底什么钓鱼？

众保安还是不敢说话。

木　兰：给我看刚才的监控。

保安只好点开录像回放，画面上田咪和那个大妈站得不远，田咪偷偷地往衣服兜里塞东西，一旁大妈吃惊地看着。木兰惊呆了，继而脸色变得铁青。

66. 超市卖场，日，内

田咪正在四下看，木兰过来。

木　兰：田咪，你过来一下。

田　咪：姐，我上班呢。

木　兰：过来！

67. 超市僻静处，日，内

田咪跟着木兰过来。两人站定。

木　兰［特别痛心地］：钓鱼是吧？你能耐啊。这种歪门邪道的方法，你也敢！

田　咪：是什么办法不重要，只要能创造利润就行。再说了，姜太公钓鱼，愿者上钩，他们自己贪心，爱占小便宜，才会受不了诱惑，怪得了谁啊。

木　兰：引诱人犯罪，也是犯罪。

田　咪：姐，你是超市的领导，我帮超市挣钱，你还骂我，这什么道理啊。

木　兰：你这么做，眼下确实是让超市挣到钱了，可往后呢？出来混，总要还的。总有一天，顾客会知道是我们超市的人自己干的，到时候会怎么看超市？！信任建立起来需要很长时间，可是毁掉只需要一瞬间！

田　咪：没那么恐怖吧。

木　兰：田咪，你有这样的聪明劲儿，为什么就不肯用在正当地方呢？

田　咪：聪明劲儿用来挣钱不就行了嘛。

木　兰：我不想跟你辩论，你走吧。

田　咪：我走哪儿去？

木　兰：离开超市，去哪儿都行。

田　咪：姐，什么意思啊？

木　兰：我现在开除你，听明白了吗？

田　咪：你凭什么开除我？！

木　兰：凭你做的这些事，凭我是生鲜部的经理，凭我是你姐。

田　咪：你！

木兰冷冷地看着她。田咪生气地跑了。木兰的眼神非常痛心。不远处，曾经理站着，眼神非常阴险。

68. 亚芝屋子，日，内

田咪把手里的碗狠狠砸在地上。一地碎片。亚芝和余淼都吓得不敢说话，看着她。

田　咪：张嘴就把我给开了！还凭这个凭那个的！凭什么呀？！不就当个破经理吗？！真拿自己当回事啊，就会在我面前摆谱！什么玩意！

余淼和亚芝都害怕得不行。

田　咪：我看姓江的父女俩都不是什么好东西！成天就知道在外面装好人，对自己家里人倒是舍得来狠的！我看她是见不得我能干，见不得我好！她怕我再在超市干下去，迟早赶到她前头，把她经理给抢了！你说这个江木兰心怎么就这么坏啊！

亚　芝：别这么说你江爸和姐姐，他们不是这样的人。

田　咪：你还帮着他们说话？！到底她是你媳妇还是我啊？！你怎么老胳膊肘往外拐啊？！就知道吃里爬外！

亚　芝：你，你怎么能这么说我呢，我是帮理不帮人……

田　咪：呸呸呸，一边去！你从来都是帮着他们说话！成天地去帮他们家做这做那，眼睛里就只有老头儿！

余　淼：你胡说什么呀。

田　咪：我干得好好的，指那儿挣钱买车呢。现在她一句话我就没工作了，我能高兴吗！还不能让我骂两句啊？！

亚　芝［打开钱包］：这样这样，我刚发了退休金，给你三百块钱，你去逛街买点喜欢的东西，就别生气了。

田　咪：我不想逛街！

余　淼：咪子，你也别不开心了，事情都这样了，再骂也没用。要不咱们出去玩两天，散散心。

田　咪：去哪儿？

余　淼：远地儿太累，要不就去郊区玩玩吧，反正好多地方咱们也没去过呢。［想了想］昨天我在报纸上看到介绍，阳台山特别好玩，咱们就去那儿吧，怎么样？

田咪没出声，但也没反对。

余　淼：那就这么说定了。妈，我和咪子去郊区连吃带住的，三百不够。

亚　芝：行行行，再加两百，够了吧。

余　淼：咪子，走，咱玩去。

余淼和田咪说走就走了。亚芝直叹气。

69. 木兰家客厅 / 江援朝新家客厅，傍晚，内

木兰郁闷地坐在沙发上。吕希在一旁坐着。

吕　希：行了，别生气了。

木　兰：能不生气嘛。本来是一心想帮帮他们的，没想到是那样的人，怎么帮啊。

吕　希：本来就不该帮。要我说，压根就不该让她去你们超市，免得给你丢脸。这种亲戚，少一个好。

木兰深深叹口气。这时家里电话响。

木　兰：喂？

贾幸梅：木兰，是我，婶婶。

木　兰：婶婶啊，爷爷最近还好吗？

贾幸梅：不好！很不好！

木　兰：又怎么了？

贾幸梅：你们不在不知道，你爷爷现在真是老糊涂了，整天从早到晚都不能离人，就是半夜也得提心吊胆地贴身伺候着，稍一分神就闯祸！现在闹的邻居物业都怪我们，要撵我们走，我们真的太苦了！

木　兰：婶婶，我知道辛苦你们，爷爷这病就得靠人陪，耐心照顾，还是麻烦你们多费点心了。

贾幸梅：我们对他还不费心啊，就差把命费给他了。木兰，爷爷挺挂念你们的，你们到底打算什么时候回来啊？

木　兰：最近真的走不开。家里，超市里，都是事，真的有实际困难。等过一段好点了我们一定马上回家看爷爷，你们就多担待点好吗？

贾幸梅：上次说没时间，过这么长时间了还说没时间，你们不会是不打算管爷爷了吧？！

木　兰：婶婶，我们不是不管爷爷，我们只是暂时没法管爷爷。我和吕希都要上班，我婆婆现在又那么个情况，我和我爸每天得轮班照顾，真的是一个人劈成两半都不够用啊。我知道你们辛苦，你们也替我们想想好吗？如果还需要钱的话，我再给爷爷寄点钱吧。

贾幸梅：钱算了，你们行行好，把爷爷接到北京去住一段吧，再这么下去，我们这儿都没法活了！你是不知道，为了晚上看着他，陪他上厕所，你叔叔和志新整宿整宿不能睡觉，都快熬死了！你们不能把爷爷往我们这儿一扔，只顾着自己在北京过快活日子吧！

木　兰［忍不住了］：婶婶，你和叔叔上次来北京接爷爷的时候怎么说的，你都忘了吗？想要钱的时候拼命要把爷爷接走，现在爷爷有事就又拼命往外推！

贾幸梅一下子说不出话来。

木　兰：婶婶，不好意思啊，我不是那个意思。最近真的事情太多，心里头乱七八糟的。我跟你保证，只要这边能脱开身，我们马上把爷爷接到北京住一段，好吗？

贾幸梅：那好吧，记着你说的这话。

木　兰：哎。

贾幸梅啪把电话扣了。木兰放下电话，头痛地捏住自己太阳穴。

木　兰：我们家的这些亲戚啊。就会添堵。

吕希安慰地拍拍木兰的手。

70. 江援朝新家客厅，傍晚，内

贾幸梅［瞪着一旁坐着的江援朝］：瞧你那侄女，牙尖嘴利的，不是好吃的果子！

江援朝闷闷的，不说话。

第 15 集结束！

雷母闹自杀冤女婿，幸梅嫌父烦故遗弃

1. 雷颂华家豆豆卧室，日，内

豆豆正在屋子里上网。方琼走了进来。

方　琼：豆豆。

豆　豆：姥姥，你怎么进来了。

方　琼：豆豆，你能不能教姥姥那个什么，就是能看见人聊天的。上回生日跟大舅网上见面那个。

豆　豆：视频聊天是吗？

方　琼：对，视频聊天，我想要是学会了，我就能跟你舅在网上聊天了。

豆　豆：好，我教你。[在电脑桌面上指着QQ图标]我先给你注册一个用户名……

（跳接）换方琼坐在电脑前，豆豆站在她身后。方琼笨拙地用鼠标在点图标。

豆　豆：点开。

方　琼[笨拙地点开图标]：然后呢？

豆　豆：然后呢，姥姥我跟你说好几遍了，你得记住啊，登录。

方　琼：对对对，登录，登录。有了，然后呢？

豆　豆[开始不耐烦]：点开以后就找舅舅的名字啊。

方　琼：在哪儿找？

豆　豆：在好友里找啊。

方　琼：什么好友，好友在哪儿？

豆　豆：姥姥，怎么怎么说你都不明白呢，不是已经跟你说了好几遍吗？！

方　琼：我年纪大了，记性不好。

豆　豆：那您非要视频聊天啊。还是以后我在家的时候聊吧。

方　琼：那多麻烦，我自己会了，什么时候都行。

豆　豆：可姥姥怎么都学不会啊，那怎么办！

方　琼：你多教我几遍，我就学会了。

外面门铃响起来，豆豆像是得了圣旨似的跳起来。

豆　豆：姥姥，我同学来了，我先不跟你说了啊，我得出去跟他们杀人去。

豆豆跑了。

方　琼：杀人？

2. 雷颂华家客厅，日，内

方琼出去。好几个孩子站在客厅，大家叽叽喳喳地很热闹。

方　琼：你们都是豆豆的同学吧，快坐快坐。

大家一下子都安静下来，看着豆豆。

豆　豆：这是我姥姥。

大　家：姥姥好。

方　琼：好好，快坐。[对小丽]小丽，快拿水果来。

小丽走进厨房。孩子们都有点拘束地坐下。方琼也想走到沙发旁坐下。

豆　豆[推着方琼]：姥姥，你回屋吧，我们要玩游戏。

方　琼[挺失落地]：哦，那好吧。

方琼走回自己的卧室。

豆　豆：来来来，赶紧坐下坐下，开始开始。

3. 雷颂华家方琼卧室，日，内

方琼进来，外面孩子们大声说笑，非常热闹。方琼坐在床边，出了一会儿神，又悄悄开了门缝，看着外面。

4. 雷颂华家客厅，日，内

豆豆和同学们坐成一圈，手里都拿着牌。

一个同学[翻过自己的牌]：我是法官。好了，现在黑夜到来了，请大家都闭眼睡觉。

大家都闭上眼。

法官同学：好了，现在杀手请睁开眼。

一个孩子睁开眼，冲法官眨眨眼。

法官同学：好了，你可以杀人了。

杀手指指其中一个孩子。法官点点头。杀手又闭上眼睛。方琼一直透过门缝看着孩子们。

法官同学：好了，大家都睁眼吧。[指着刚才杀手指的孩子]你死了。

大家都是一阵笑。

法官同学：好了，现在警察说谁是凶手。

豆豆就是警察，看着身边每个人，犹豫着。

方　琼[忍不住指着那个孩子]：豆豆，是他！

大家都傻了。

豆　豆：姥姥！你干吗偷看？还说出来！我们怎么玩啊。

方　琼：我不是怕你不知道着急嘛。

豆豆和同学们都很无奈。

方　琼：好了好了，我就看看，我保证绝对不出声。

豆　豆：算了算了，我们重新玩吧。

（跳接）大家手里拿着牌。

法官同学：杀手可以睁眼了。

这回杀手是个女孩，睁开眼睛，就看到法官和方琼都看着自己。方琼已经站在了沙发后面，正认真地盯着她看。杀手真是吓一跳。

法官同学：杀手杀人。

杀手从方琼的眼神中缓过神来，指指一个孩子。

法官同学：好了，大家都睁开眼睛吧。

大家都睁开眼睛。

法官同学：你死了。

被指的孩子“啊”的叫了一声。

法官同学：警察，现在请指出凶手。

警察看着每个人，一会儿指指这个，一会儿又指指那个，下不了决心。

方　琼［又忍不住了］：是她！

豆　豆：姥姥！

大家都觉得很无趣，都放下了手里的牌。

方　琼：我看他不知道，就忍不住说了。这样吧，你们重新玩，下次我肯定不会说的。

豆　豆［真烦了，起身拉着方琼往屋子里推］：姥姥，你进去行吗？！别烦我们！我们不欢迎你！

方　琼［一下子愣住了，看着豆豆］：我就这么不招你们待见？

豆　豆：真的很烦！真的不欢迎你！

方琼愤怒了，转身就进了卧室，重重地关上了门。

豆　豆［心烦地］：烦死了！我们玩我们玩！

5. 雷颂华家方琼卧室，日，内

方琼愤愤地进来，一屁股坐下，越来越憋气，她霍得拉开床头柜抽屉，里面一瓶安眠药。方琼想都不想，打开瓶盖全给吞了下去。

6. 雷颂华家客厅，日，内

孩子们重新在发牌，兴趣已经减弱很多。

男　孩：庄大可，你姥姥这么粘人呢。

豆豆不爽地发牌。这时候咣当的一声响，所有人都吓一跳。方琼卧室的门开了，能看见台灯掉在地上。豆豆惊呆了。

方　琼［脸出现在门缝］：豆豆，豆豆！

豆　豆：又怎么了姥姥？

方　琼：我吃了一瓶安眠药，赶紧给你妈打电话！

孩子们都惊呆了。豆豆崩溃之极。

7. 医院走廊，日，内

手术室的灯亮着。豆豆非常郁闷地在门口站着。雷颂华匆匆跑过来。

雷颂华：豆豆，姥姥怎么样了？

豆　豆：在洗胃呢。

雷颂华：这到底是怎么回事？！

豆　豆：我也不知道！妈，姥姥是不是得什么心理方面的病了呀？

雷颂华：姥姥年纪大了，你得多体谅体谅她，凡事顺着点她。

豆　豆：以后我周末再也不回来了。

雷颂华：为什么？

豆　豆：就算在学校吃方便面，也比回来强。妈，你不知道，姥姥太吓人了，我同学全都吓傻了。我特别没面子！

豆豆说完就跑了。雷颂华无语，内心火气在上升。急救室门打开，护士推着方琼出来。

雷颂华：妈，妈。[对医生]大夫，我妈没事吧？

医　生：没什么事，观察一个小时，胃不难受就能出院。

看着推床上面色苍白的方琼，雷颂华觉得十分疲惫。

8. 雷颂华家客厅，傍晚，内

雷颂华扶着虚弱的方琼开门进来，正好看到小丽附在庄海洋耳旁说话。一看到方琼，小丽就有些尴尬地不说了。庄海洋的脸色也是非常难看。方琼却马上来了精神，用很怀疑的眼光看着。

庄海洋[忍住不高兴，已经起身相迎]：妈，没事吧？

雷颂华[摇摇头]：没事了。

庄海洋扶方琼坐到沙发上。

雷颂华[生气地]：妈，我得跟你好好谈一谈了！你到底是怎么了？到底是因为什么理由总是要采取这种极端行为！一会儿摸电门，一会儿吞安眠药的，你到底是想干什么啊？！

方　琼：还不都是你！

雷颂华[惊呆]：怎么是我了？

方　琼：养不教父之过，你对我嚷嚷，你儿子也对我嚷嚷！嫌我烦，嫌我多余！你儿子这么对我就是你教的不好！你嫌弃我，不想搭理我，你儿子全学了个十足十！

雷颂华[特别委屈]：我怎么嫌弃你不搭理你了？你自己想想，孩子们好好地在玩，你捣什么乱啊！

方　琼[生气得站起来指着雷颂华]：你还怪我了你！你就是这样，一有什么事就先怪我头上！我怎么捣乱了，我想跟我外孙子好好待会怎么了，我错了吗？！

方琼气得浑身发抖，站立不稳。小丽伸手想去扶方琼。

方　琼[一把挣脱了小丽，瞪着她]：你走开！

小丽特别委屈地退开了。

庄海洋［上前扶住方琼］：妈，你别跟颂华一般见识，她说话就这个样，别理她就行了。

方琼坐倒在沙发上，气得说不出来话。

庄海洋：妈，你今天就有什么说什么，要是家里住的哪儿不开心，还是你想要什么，你就跟我们直说，我们一定尽量想办法给你办到。就是请妈别再伤害自己，你这么做让我们做女儿女婿的怎么受得了呢！

方琼就是死死地瞪着雷颂华，要她服软。

庄海洋［一个劲儿给雷颂华使眼色］：颂华，颂华！还不赶紧跟妈认错！

雷颂华［委屈地］：我认什么错呀，我都不知道出什么事了，就豆豆不让姥姥跟着一块儿玩，老太太就吞药。现在还害得豆豆都不想回家了，你说这时到底是谁的错？！

方　琼：你听听你听听！这都说的什么话！说来说去还是都是我的错！你眼里还有我这个妈吗！

庄海洋：妈，妈，你别急！颂华，这次是你不对啊！你怎么能跟妈这么说话呢！快，赶紧道歉！

雷颂华［看着庄海洋哀求的眼神］：妈，对不起，都是我态度不好，不该那么跟你说话，你别生气了。

方琼转开头，不理雷颂华。庄海洋又冲雷颂华使使眼色。雷颂华忍住气。

雷颂华：妈，别生气了，原谅我这一次吧。以后我不会再惹你生气了。

小　丽［战战兢兢地走过来］：阿姨，要不要做晚饭？早上姥姥说要吃豆芽，我已经都买来泡干净了。

方　琼：不吃了！成天就知道吃吃吃！

小　丽［吓得不轻］：姥姥想吃什么，我这就去买。

方　琼：我什么都不想吃！你们现在就是给我吃龙肉都不补！

方琼生气得走进屋子，关上门。所有人都是松了一口气。雷颂华筋疲力尽，情绪十分低落。

庄海洋：今天动静够大的，120都来了。刚才我回来的时候，你不知道邻居拿的什么眼神看我，他们还以为我虐待老岳母，老岳母生气了要自杀。

雷颂华：对不起海洋，我，我也不知道会这样的。你说我妈，我真是一点办法都没有。

庄海洋：你妈现在这个作法，有点无厘头，也不是一天两天了。你说会不会是老年痴呆，脑部萎缩了？

雷颂华：要是就好了，至少知道是为什么，知道为什么了就能对症下药，就能积极寻求治疗手段。可问题不是啊，上回在医院做的那一通检查，从头到脚的，脑子也都照过射线，绝对没问题。

庄海洋：那到底是为什么呢？吃的喝的用的都是好的，我们也没跟她对着干啊。

雷颂华：我看我妈就是跟我不对盘，你看她对我姐我哥不都挺好的，就是跟我过不去。

夫妻俩一时都沉默。

庄海洋：算了，你已经够累了，我再不心疼你，谁心疼你。早点洗澡休息吧。

雷颂华点点头。

9. 雷颂华家方琼卧室，夜，内

方琼坐在自己床上，却一脸的精神百倍、若有所思。

10. 雷颂华家卫生间里外，夜，内

庄海洋［擦着头发从卫生间开门出来］：小丽，我洗好了，你洗吧。

小　丽［拿着换洗衣服过来］：哎，好的。

庄海洋出了卫生间门。小丽走进卫生间。

11. 雷颂华家方琼卧室，夜，内

方琼偷偷地开了一条门缝，从她的门缝里，可以看见卫生间门的一角。她透过门缝窥视着。

12. 雷颂华家卫生间里，夜，内

小丽刚准备脱衣服，结果地上有水，小丽一下子滑得狠狠摔了一跤。

小　丽：哎哟！

13. 雷颂华家客厅，夜，内

庄海洋刚走到客厅，听到小丽的惊呼声赶紧转身回去。

14. 雷颂华家卫生间里，夜，内

庄海洋推开卫生间门，看到小丽坐在地上一脸的痛苦，还站不起来。庄海洋上前扶起小丽。

庄海洋：没事吧？

小　丽［靠在洗手池旁，揉着屁股］：没事没事。

15. 雷颂华家方琼卧室，夜，内

方琼伸着脖子，着急得想多看两眼，但是卫生间的门半关着，只能看见庄海洋的一半身子。

16. 雷颂华家卫生间里，夜，内

庄海洋［看到地上的水］：是我刚才没小心，水弄的外面都是，地太滑了。你怎么样？

小　丽［慢慢直起腰］：应该没事。

庄海洋：要是哪儿不舒服就说，万一摔坏了还是早点去医院看看的好。

小　丽：知道了，谢谢叔叔。

庄海洋点点头，出门，顺手带上了门。

17. 雷颂华家方琼卧室，夜，内

方琼从门缝里看见庄海洋出来，离开了，慢慢地掩上了房门。眼神急转。

18. 雷颂华卧室，夜，内

庄海洋走进卧室，雷颂华已经躺在床上了，但还是望着天花板出神。

庄海洋［躺到床上］：怎么还不睡？

雷颂华：也不知道怎么，明明觉得很累，可躺下来了就睡不着。

庄海洋：心里还压着工作上的事吧，这叫焦虑症，亚健康。

雷颂华：工作上没事，新店长一提，我就等着走了。关键是后院着火！家里有这么一妈，我能不亚健康嘛。

这时传来方琼的呻吟声。

方　琼［画外音］：哎哟，哎哟，难受啊。

雷颂华：又来了。我妈比豆豆吃奶时候还要闹夜。她要不睡，我也别想睡。我去看看，你先睡吧。

庄海洋了解地点了点头。雷颂华起身走出卧室。

19. 雷颂华家方琼卧室，夜，内

方琼靠在床头直哼哼。雷颂华推门进来，熟练地在床边坐下，身子也半靠在床头。

雷颂华：妈，我来陪你了，想说什么你就说吧。

方　琼：瞧你这不情愿劲。

雷颂华叹口气：情愿。特别情愿。

（跳接）方琼絮絮叨叨说着话。雷颂华在一边，眼皮直打架。

方　琼：小三子，你还记得咱家原来住的那个大院吗？院子里那棵老槐树，长得多好啊，夏天傍晚，风一吹过，叶子刷拉拉地响，跟唱歌似的。槐花开的时候，落的一地都是，那个香啊。那时候你多大？五岁吧，跟在你哥你姐屁股后头，在院子里跑来跑去。那个时候咱们一家子多开心啊。一晃都多少年了。

雷颂华已经快睡着了，头不断地从支着的手上滑落。方琼等着雷颂华回应自己，但等了一会儿也没听到雷颂华说话，转头一看，原来她快睡着了。

方　琼：哎，哎，我腰不舒服，疼！疼！

雷颂华［被叫醒了］：怎么了妈？

方　琼：我不舒服，难受。你别睡，陪我说会话。

雷颂华［强打精神］：妈，好，我不睡，刚才说到哪儿了，你接着说。

方　琼：刚才说哪儿了，我不记得了。

雷颂华［眼皮直打架］：那就再说点别的。

方　琼：对了，小丽你真的那么放心？

雷颂华：什么小丽不放心？还怕她偷馒头啊。

方　琼：不是偷馒头，是偷你老公。

雷颂华［失笑］：妈，你的思维跳跃别这么快好不好，一下从馒头跳海洋身上，太扯了吧。

方　琼：我跟你说，这事你得上点心！这不是开玩笑的！最近我观察好久了，我看这小丽怕是要勾引海洋。

雷颂华：妈，你别瞎说了，绝对不可能的事。小丽管海洋叫叔。

方　琼：叫爷爷的，该不要脸还是不要脸！现在这社会，尽是三啊五的，没有绝对不可能的事。

雷颂华：妈，你就别多事了。

方　琼：你这个人从小就粗枝大叶的，我这是帮你看着呢，你倒好，还嫌我多事。

雷颂华：妈，这是绝对绝对绝对不可能的。就算我不信任小保姆，我还信任我自己老公呢。

方　琼：我可是提醒你了，你别不当回事到时候后悔。

雷颂华［打着哈欠］：还有别的想说的事吗？快一点了，我睡去了。

雷颂华起身出门。方琼不爽。

20. 江援朝新家小卧室，夜，内

江多福已经躺在被窝。江志新进来，手里捧着个很高的枕头。江志新把枕头放在折叠床上，本来已经有一个枕头，两个枕头一放，很高。

贾幸梅［出现在门口］：志新，你用这么高的枕头啊。

江志新：妈你别管了，我又不是三岁小孩子。

贾幸梅［撇撇嘴］：是怕睡死了吧。

贾幸梅很不高兴地离开了。江志新叹口气，帮江多福掖掖被子。

江志新：爷爷，睡吧，有什么事就叫我。

江多福听话的点点头，闭上眼睛。江志新拉了灯，在折叠床上躺下，他几乎是半躺在枕头上。

（跳接）江多福含含糊糊地“嗯”了一声，从床上坐起来，就这么一动，江志新立刻就醒了。

江志新［马上跳起来］：爷爷，你是要上厕所吗？

江多福点点头。

江志新：我陪你去。

江志新起来扶着江多福起身。

21. 江援朝新家客厅，夜，内

江志新陪着江多福出来。江多福又要往中卧室方向。江志新赶紧扶住他往另一个方向。

江志新［打着哈欠］：爷爷，是这边，来。

22. 江志新单位，日，外

江志新正在开吊车，吊车臂上吊着很大的一扎硬质纸板，正要往货堆的顶层堆上去。江志新盯着车臂调动方向，眼睛老是忍不住闭在一块儿。忽然，江志新手一抖，眼看着车臂一晃，纸板就要掉下去，下面一行人经过，看到之后一阵惊呼。江志新听到噪声，猛一哆嗦，醒过神来，大惊，赶紧操作，总算纸板没掉下去，但是动作太猛，他自己一头砸在车玻璃上，额头立刻破了，流下血来。江志新靠在椅背上直喘气，抹一把额头，一脑门子的汗。

同　事［在下面喊］：志新，江志新！

江志新［探出头去］：怎么了？

同　事：霍主任让你去一趟！

23. 车间主任办公室，日，内

江志新［拿着手套］：主任你找我。

霍主任：江志新！你最近是怎么回事，上班时间老打瞌睡？知不知道你这个工作是要出人命的，底下都是人，这货要真掉下来就出大事了！

江志新：对不起主任，我，我保证不会再打瞌睡了！

霍主任：保证？你保证有什么用？白天犯困你倒是晚上早点睡啊！你晚上干吗去了？打麻将？还是陪老婆孩子？！

江志新：不是，我爷爷……我陪爷爷。

霍主任：陪爷爷要紧还是上班要紧？！你也是厂里的老工人了，怎么还这么分不清轻重？！要是觉得这单位不想干了，趁早走人，别在这儿搞七捻三！

江志新：主任主任，我错了，我知道错了！以后绝对不会了！

霍主任：志新，你是我招进来的，一直不都干得好好的，你是个老实本分孩子，我怕你这么下去，真要伤了人就惹大祸了！

江志新［垂头丧气］：我知道。不会了。

霍主任：这次的事就算了，我就不往厂长那儿报了。我知道你爷爷生病了，晚上陪夜的事让家里人多分担点。你怎么也算你家里的顶梁柱了吧，别把自己饭碗砸了。

江志新：谢谢主任。

24. 江援朝新家客厅，傍晚，内

江志新垂头丧气地开门进来，头上伤口简单处理了，包着一大块纱布，看着特别吓人。饭桌旁，江多福坐着，贾幸梅和江援朝正摆放碗筷，都是吃了一大惊。

贾幸梅：志新，额头怎么了？受伤了吗？

江援朝：出什么事了？

江志新没有理会他们，走到江多福面前，握住江多福的肩膀，使劲地摇晃。江多福懵懂地看着他。

江志新［非常郁闷］：爷爷，你为什么会变成这样？我该怎么办？你告诉我我到底该怎么办？

江多福害怕地看着江志新，不敢说话。

贾幸梅［拉过江志新］：志新，到底是怎么回事，怎么伤成这样？要不要上医院瞧瞧？伤在脸上，可别留疤啊！你倒是说话啊！

江志新［摇着头］：我饿了，吃饭吧。

25. 江援朝新家中卧室，夜，内

江援朝坐在床边。贾幸梅正在打电话。

贾幸梅：……哦哦，是这么回事……谢谢啊，张勇。［放下电话，直愣愣地待了一会儿，哭了］江援朝，你说现在怎么办？！

江援朝低着头不说话。

贾幸梅：你心疼你爹，你就不心疼你儿子。你看你儿子最近累得都什么熊样了，头也破了，还差点让厂里开除。这种日子到底要过到什么时候？！

江援朝：那能怎么办！爸生病了，生病又不是故意的，我们能怎么办。总不能不管他吧！

贾幸梅：再管下去，我们全家都比他早死！还是得给你哥打电话，他们要不回来，我们就把老头送北京去！路费我出！老头现在这么麻烦不能是我们一家的事！

江援朝：送北京，你有脸吗？

贾幸梅：都这会儿了，还要什么脸啊！

江援朝：再等等，再等等，大哥他们不是现在忙嘛，等他们忙完就好了。

贾幸梅：你还信他们的鬼话啊！什么忙完这段忙完那段，他们根本就是借口，就是摆明了把老头扔给我们不管！你那个侄女儿厉害着呢，看出老头是个大麻烦了，拿话哄你，让你扛大包！

江援朝：不会吧，大哥和木兰一直都挺孝顺的，不会的。

贾幸梅：那时候老头身体好，不是累赘，他们当然会假装了。现在事情大了，他们就躲了。反正我看这事不能就这么拖着，看把我们志新拖累成什么样了！说来说去都怪这个老不死的，有什么办法咱们可以把他处理掉啊？！

江援朝：你胡说什么呢，什么叫处理掉，我爸是一件东西吗！

贾幸梅：吼什么吼，要我说还不如一件东西呢。

江援朝：你别胡说八道了，睡觉睡觉。

江援朝翻身拿被子盖着头，拉了灯。贾幸梅也只好躺下，却翻来覆去的，眼睛望着窗帘缝隙的微光，眼神闪烁。

26. 江援朝新家客厅，日，内

江多福摇着空的婴儿床。贾幸梅在一旁坐着，直勾勾地看着江多福。

江多福［一边摇婴儿床一边呢喃］**：**铁蛋，铁蛋，爸爸带铁蛋去放羊去。

贾幸梅：爸，铁蛋在北京呢，咱上北京找铁蛋去？

江多福［摇头］**：**不去北京。不去。

贾幸梅［恨得牙痒痒］**：**到底真傻假傻啊。

江多福：水生呢？好久没见水生了。

贾幸梅不理他，管自己织毛活。

江多福［走到贾幸梅面前］**：**幸梅，我想去看水生。

贾幸梅［不耐烦］**：**水生早死了，上哪儿看去。

江多福：水生在，回勤县去了，“文革”的时候他在我那儿躲了一年多呢，我们可好了，他是个读书人，是个有文化的人。我要看水生。我要看水生！

江多福像个小孩子似的闹起来。

贾幸梅：吵什么呀。看水生自己去勤县去啊。别烦我。

江多福：水生，我要看水生。

贾幸梅看着他，突然若有所思。过了很长时间，她好像有了什么决心。

贾幸梅：爸，真的想去看水生？

江多福［点点头］：想。

贾幸梅［定定地看着他］：好，我带你去见水生。

27. 江援朝新家中卧室，日，内

贾幸梅走进来，在衣柜里翻了翻，翻出江援朝的一套旧衣服，从一个兜里掏出半张食堂的饭票，赶紧给揉成一团扔了，衣服里没有任何能表明身份的东西了。贾幸梅眼睛里火光跳动。她下了决心的样子，拿着衣服出门。

28. 江援朝新家客厅，日，内

贾幸梅［拿着衣服出来］：爸，来，把衣服换了，去人家里做客，咱得穿的体面点。

江多福听话地看着她。

29. 长途汽车站，日，外

贾幸梅带着江多福。江多福已经穿上了那件不属于他的衣服，乖乖地跟着贾幸梅。

江多福：看水生。看水生。

贾幸梅：对，看水生去。

贾幸梅看着一辆一辆的长途大巴，正好有一辆要开，贾幸梅拉着江多福上了车。

30. 某乡下村口，日，外

长途大巴开过来，停下。车门打开，贾幸梅带着江多福也从汽车上走下来。

江多福：我们这是去哪儿啊？

贾幸梅：爸，你糊涂了，不是说好了去看水生的嘛。

江多福：这是哪儿，我不认识这儿。

贾幸梅：你不认识，我认识啊。走吧，爸。

贾幸梅扶着江多福朝一条僻静的小路走去。

31. 乡下偏僻处，日，外

这是一个很偏僻的地方，四下无人。贾幸梅把江多福扶到一块大石头旁边。

贾幸梅：爸，累了吧，坐下休息休息。

江多福［坐下］：这是哪儿啊？

贾幸梅：爸，你不是跟水生约好在这儿见面的吗？

江多福［点点头］：水生，水生。

贾幸梅：爸，你就在这儿等着，一会儿水生就来找你了。你渴了吧，我去给你找口水喝。

贾幸梅要走，江多福却突然一把拉住她胳膊。贾幸梅吓一跳。

江多福［可怜巴巴地看着她］：你别走。

贾幸梅：爸，我不走，我是去给你找水喝。你等着，一会儿水生就来了。等着。

江多福乖乖地松开了手。贾幸梅转身走开了。走出好远，贾幸梅又绕回去一点，躲在一个破房子后头，往江多福那边看。江多福还是乖乖地坐着，往贾幸梅走掉的方向看着，嘴里嘀嘀咕咕的不知道在说什么。贾幸梅最后看了江多福一眼，跺跺脚，转身跑了。

32. 乡下村口，日，外

贾幸梅跑过来。正好一辆返程的长途大巴靠站，正要关门，贾幸梅冲过去。

贾幸梅［一路狂喊］：等等等等！

大巴关上的门又开了，贾幸梅跑过来，气喘吁吁地上了车。车立刻开走了。

33. 路上，日，外

大巴车正开着。贾幸梅失魂落魄地站在车上。她突然猛拍车门。

贾幸梅：停车！停车！

大巴猛地停住。

司　机：搞什么鬼啊？！

贾幸梅［快要哭了］：开门！开门！开开门啊！

司机开了门，贾幸梅不顾一切的跳下车去，往来路狂奔。

34. 乡下僻静处，日，外

贾幸梅［跟疯了一样的跑过来］：爸！爸！

可是刚刚江多福坐过的石头上已经空无一人。

贾幸梅［四下狂奔］：爸！爸！你在哪儿呢？我回来接你了！我不是有心的！爸你在哪儿啊？

哪儿都没有老头的踪影。暮色渐渐四合。贾幸梅失魂落魄地停下，难以控制地蹲下，抱头痛哭。

35. 江援朝新家客厅，夜，内

江志新和江援朝着急地等着。

江援朝：你妈上哪儿去了？这手机也不接。

这时候门一开，父子俩一振，却是春妮抱着嘟嘟进来了。

江志新：是你回来了。

春　妮［有些不高兴］：对啊，怎么啦，希望我长在娘家不回来了啊。

江志新：不是，我妈和爷爷都不见了。

春　妮：啊？

36. 江援朝新家楼下，夜，外

贾幸梅慢慢走过来，站住了，抬头望望自家的窗户。窗户里明亮的光显得很温馨。贾幸梅出神地看了会儿，这温馨使她平静下来，她伸出手抹了抹脸，定下神来，往里走。

37. 江援朝新家客厅，夜，内

江援朝：你妈和你爷爷能上哪儿呢……

这时候贾幸梅神情复杂地开门进来。一见到屋里的所有人，顿时瑟缩了一下。

江援朝：幸梅，你去哪儿了，怎么才回来？电话电话也不接！

贾幸梅没有说话，直愣愣地走到沙发旁，坐下。

江志新：妈，爷爷呢？爷爷没跟你一块儿吗？

江援朝：是啊，爸呢？

贾幸梅[一下子就哭了]：爸丢了。

江志新 & 江援朝[不约而同]：什么？

贾幸梅：下午，我织毛活呢，一下没看住，他就自己跑出去了。

江志新[不可置信]：爷爷自己跑出去？门上还挂着大锁呢！

贾幸梅：他拿了钥匙偷偷开的，我根本就不知道，等我听到动静，他已经跑出去了！我马上就去追的。

江援朝：没追上？

贾幸梅：你爸腿脚可好了，我都跑不过他。刚跑过新华路口，一眨眼就不见了！我为什么这么晚回来，是一直在外面找呢，哪儿哪儿都没找着！

江志新：爷爷能去哪儿呢！我再去找找！

贾幸梅[拉住他]：我哪儿哪儿都找过了，真的，整个桐城都让我跑了一个遍了。你们也不用再出去找了，我看爷爷肯定是丢了，找不着了！援朝，志新，你们要怪就怪我吧！是我不小心，把爷爷都弄丢了！[哭天抢地]爸，你到底是去哪儿了啊，你是不是不想再拖累我们了，所以自己走了啊！你这一走，我们可怎么办啊！

所有人都默然了。

贾幸梅[又是拍腿又是抹眼泪]：爸啊，你一走不要紧，我可完了！你儿子孙子一定会怪罪我的！我真是千古罪人啊！

江志新[暴喝]：妈，你行了！谁也没怪你！

贾幸梅收住嚎，看着众人。江志新闷闷地，转身进了自己卧室，重重地关上了门。

38. 江援朝新家中卧室，夜，内

贾幸梅和江援朝躺在床上。两人都有点沉默。

贾幸梅：援朝，你是不是还在怪我没把爸找回来？

江援朝沉默。

贾幸梅：要怪就怪吧。我反正也不是好人了，不在乎多担一条罪名。

江援朝：谁也没说你有罪。

贾幸梅：那这一晚上的，大家都不理我，喊你们吃饭都不吃。

江援朝：爸刚丢了，难不成马照跑舞照跳？

贾幸梅[呼出口气]：哎，明天就好了，爸不在了，日子还得照过不是。

江援朝[不爽]：什么爸不在了，爸是丢了！

贾幸梅［赶紧哄］：对对对对对，丢了丢了。

江援朝心烦地拉了灯。

贾幸梅［小声地］：总算有一天，大家各睡各床，有个安稳觉。

39. 江援朝新家大卧室，夜，内

嘟嘟躺在婴儿床里，熟睡着。江志新躺在自己的大床上，搂着春妮。两人都是沉默。

春　妮：志新，你说，爷爷真的是走丢了吗？

江志新沉默。

春　妮：爷爷要真的丢了，桐城就这么大，就找不回来了？

江志新继续沉默。

春　妮：爷爷……

江志新：好了，我妈说丢了就是丢了，难道还有假。

轮到春妮沉默了。

江志新：桐城说大不大，可说小也不小，爷爷又不是一块石头，在哪儿就不动了，他肯定走来走去的，一直在移动，咱上哪儿找他去。

春　妮［怯怯地］：爷爷丢了，不是小事，不跟你姐他们说一下？

江志新［烦躁地］：哎呀，你今天晚上干嘛呀，十万个为什么，问我我哪儿知道？！别再说这事了，睡觉！

40. 超市卖场，日，内

彭厂长刚刚整理好豆制品，正要去拉平板车。突然他定住了一般，望着不远处出神。不远处，走过一个老太太，正慢慢地挑挑拣拣。彭厂长定定地看着那个老太太慢慢地沿着货柜走，走出了这片区域。彭厂长跟着那个老太太走。

（跳接）已经到了日杂用品的区域。彭厂长跟着，一直看着老太太的背影，侧面。眼神中流露出复杂的感情。木兰正好路过，看见了彭厂长，刚要招呼，突然发现彭厂长似乎在跟踪一个老太太。木兰也悄悄跟上。冷不丁，老太太站住了，猛然转身，看着一直跟着自己的彭厂长。彭厂长也愣一下，赶紧停住脚。

老太太［紧张］：你有什么事吗，怎么一直跟着我？

彭厂长［凝视着老太太的脸］：对不起，我一时出了神，就是想多看您两眼。

老太太［防备］：为什么？

彭厂长［有些难受］：我看到您的时候，就好像看到了我去世的老母亲。您跟她有几分像。

老太太［同情］：原来是这样，你这么有孝心，你妈妈会知道的。

彭厂长：谢谢您。

老太太笑笑，转身慢慢离开。彭厂长一直站在原地看着她背影。直到老太太看不见了，彭厂长转过身，看到一直看着自己的木兰。

41. 超市外停车场，日，外

木兰和彭厂长站在停车场一角，一人手里拿着一个纸茶杯。

彭厂长［眼望远方］：我母亲走了快五年了。我一直都很想她。有时候梦里梦到她，面目却总是有些看不清。刚刚，我真以为我看到她了。明明知道是假的，多看一眼也是好的。

木兰默默地聆听，不置一词。

彭厂长：世上没有后悔药吃。早知道我妈那么快就走了，我不会为了不想见我弟弟，都不给我妈打电话。

木　兰：你跟你弟弟关系不好？

彭厂长：我老家是河北农村的，家里就我们兄弟两个，我父亲很早就走了，全靠老母亲辛苦地拉扯我们长大。我那个弟弟，也确实聪明，脑子特别好使，从小读书都是尖子，考上了北京的名牌大学，是我们全村第一个，成了我母亲的骄傲。大学毕业以后，他拿的奖学金去美国留学，学的金融。从美国回来之后，在北京一个私募基金做总裁，住大别墅，开豪车，特别有钱，成了我们全村人的骄傲。

木　兰：挣钱多就值得骄傲吗。

彭厂长：江经理，你说得太对了。挣钱多，心眼坏，一样是人渣。有钱了，他把妈接到身边一起住。当时村里所有人都觉得老太太这下有福了，小儿子这么能干这么有钱，能跟着上城里来过好日子了。我呢，自从他回来以后跟他见过几面，觉得他变了，有钱了，人五人六的，有点瞧不起我这个穷哥哥，把妈接北京，住大别墅，也从来没邀请我上他家里玩。我那会儿一直在南方办小厂子，以为妈在弟弟家享福，心想着他能把妈伺候好就行，我这个哥，认不认的随便。

木　兰：后来呢？

彭厂长［苦笑］：都怪我疏忽了，那年回老家过年，没见到那混蛋，就老太太一个人在家，说是弟弟忙，给她送到家就回北京了。我总觉得妈好像有什么心事，可问她，她也不说，只说都挺好的，说过了年弟弟还会来接她。我也就没当一回事，过完年就回南方。后来开了春才没多久，突然听说我妈一个人孤零零地在老家去世了。

木兰吃了一惊。

彭厂长：我当时那个悔恨交加啊，怎么我就没留在老家多陪陪我妈呢。她心里一定有事，一定很苦，我怎么就没问问呢。后来我上北京打听，才知道我妈都是让我那个没良心的好弟弟给寒心死的。原来我妈在弟弟家的时候，弟弟都跟别人介绍说这是他家的保姆。

木　兰：自己的母亲说是保姆？

彭厂长：何止是说，我妈也确实一直在干着保姆的工作。伺候他，伺候他女朋友，没白吃过他一顿饭，没白喝过他一口水！你说那畜生的良心是不是让狗给叼了？那是他亲妈啊！人人都当老太太在享福，谁能知道老太太是在受虐待！你说，老太太亲耳听到儿子跟别人说自己是保姆的时候，心能不碎吗？！

木　兰：母亲去世以后，他后悔了吗？

彭厂长：不知道。从我知道那一切，我恨透了，跟那个畜生断绝了关系，已经好几年没有听到他的消息了。我也不想关心他现在怎么样，他那么能干，想必现在挣了更多的钱，也更没人性了吧。

木兰也是十分唏嘘。

彭厂长：不好意思，江经理，让你见笑了。

木　兰：不会。

彭厂长［把纸杯放木兰手里］：江经理，谢谢你的茶。不耽误你上班，我先走了。

木　兰：好，改天见。

彭厂长上了单位的货车，离开。木兰看着他的背影叹了口气。

42. 超市走廊，日，内

木兰默默无言地走过来。葛文倩正好从后面路过，看见木兰，跑上来。

葛文倩：木兰！

木　兰：文倩，怎么了？

葛文倩：店长让开会。出事了。

木　兰：什么事？

葛文倩：关于你。

木兰一惊。

43. 超市会议室，日，内

木兰跟着葛文倩进来。会议室里坐了不少人。雷颂华脸色铁青。曾经理却是一脸坦然。木兰有些不安地挨着葛文倩坐下。

雷颂华［举起手里一封信］：曾经理，你什么意思？

曾经理：没什么意思，我觉得最近我们店里风气很不好，用人唯亲也就算了，还出了钓鱼执法这样的事，如果不跟总部汇报一下，不太好。

木　兰：曾经理，你举报我？

曾经理：没错。实名举报。我也没冤枉你吧，让你弟媳妇来超市，搞得这么一团乱七八糟的，严重影响我们店的声誉。

朱课长：人不是都开除了嘛。

曾经理［冷笑］：开除就算没事了？这件事应该通报总部，引以为戒。雷总，我这么做，没问题吧。

雷颂华一时无言以对。全场沉默。

雷颂华［咬着牙］：总部的意思，让我们店内部整顿一下。至于江经理升任店长的事，暂缓。

一片哗然。曾经理解恨的眼神。木兰狠狠地瞪了他一眼，然后默然垂目。

雷颂华［切齿地］：散会。

44. 超市走廊，日，外

雷颂华快步走过来。后面木兰跟出来。

木　兰：店长！

雷颂华停步，转身看她。

木　兰：对不起。

雷颂华：我早说过，当断则断，有些人不值得我们付出。反而让他们拖累得影响自己该付出的人。真的不值。

木兰点点头。雷颂华转身离开了。

45. 雷颂华家楼下，日，外

方琼在小区公园溜达，百无聊赖。看到一帮老头老太正站一起说话，方琼也溜达过去。

牛老太［穿着貂皮大衣］：哟，方大姐来了。

方　琼：聊着？

牛老太：方大姐，看我这大衣，还行吧？

方　琼［随意扫了一眼］：不错。

另一老太太：儿子给买的，五万八呢。

方　琼［不屑］：现在都讲究环保，谁还穿动物皮毛啊。小牛，你不知道啊，那都是活剥的。

牛老太等顿时有些哑了。

方　琼：我女婿可不得了，最近又提了。

一老头：是吗？升官了？

方　琼：升官谈不上，不过好歹也是大国企的副总，也相当于副局级了。

老头老太纷纷：哟，这么厉害啊。

方　琼［得意］：那当然了，我女婿，人才，可争气了。这还都没什么，现在世面上，能干的男人多了，关键是，我女婿那么能干，对我闺女还特别好，对我这个岳母也特别尊敬特别好。

牛老太：对你怎么好了？

方　琼：我女婿对我，那叫一个百依百顺，不管我要吃什么，要买什么，他都没二话的。

另一老太：你可真好福气，人家都是儿子女儿对自己好，你就连女婿都对你那么好。

大家都连声附和，十分羡慕。方琼觉得特别有面子，特别高兴。忽然，方琼望着小区的路，一愣。庄海洋的车回来了，直下地库。

方　琼［喃喃地］：今天怎么回来这么早？不好！

牛老太：方大姐，现在的男人，有点钱就都不歇着，你女婿还真是少见……

方　琼：我家里有点事，先回去了。

方琼急急忙忙地往家里走。

牛老太：正好我也回了。

46. 雷颂华家楼道，日，内

方琼和牛老太一起走到电梯前，急摁按钮。方琼急得不行。牛老太不动声色地观察方琼。

47. 雷颂华家客厅及门口，日，内 / 外

庄海洋把公文包扔在沙发上，在沙发上坐下。小丽端着杯茶出来。

小　丽：叔叔，喝茶。

庄海洋［看上去很疲惫］：放那儿吧。

小　丽：叔叔，你是不是不舒服啊？

庄海洋：今天从早上就一直在开会，现在觉得后脖子硬邦邦的。

小　丽：可能是有点劳损，要不我帮你按按。

庄海洋：你给我捶一捶，使点劲儿。

小丽走到庄海洋身后，给庄海洋捶肩。

庄海洋：真的挺舒服。

电梯门开了。

方　琼：回见啊。

她急急往家走。牛老太却按住了电梯门，探头看。方琼把门打开，正看见小丽在给庄海洋捶肩。

方　琼［大惊］：住手！

庄海洋和小丽都是一头雾水。

庄海洋：妈，这，这怎么回事啊？

牛老太［已经跟到后面了］：方大姐，我说你怎么这么急着回家呢，原来知道家里有问题啊。

庄海洋：妈，你胡闹什么呀？赶紧把门关上！

牛老太：这女婿怎么这么跟丈母娘说话呀。

方　琼［脸上挂不住了］：谁胡闹了谁胡闹了！还有脸叫我妈！我早就跟颂华说要提防你们提防你们，她还不信！我就看你们不对，眉来眼去、动手动脚的！可不是让我逮个正着！

庄海洋［着急地］：妈，你这说的都是什么啊！我和小丽我们俩干嘛了，你就这么骂！

方　琼：都被我当场抓住了还不承认呢！你这叫无耻知道吗！颂华对你死心塌地的，你倒好，居然跟小保姆好上了！你还是人吗！

小　丽：姥姥，不是的，我跟叔叔……

方　琼：你还敢说话！你这个小狐狸精！我们家对你这么好，这么相信你，把你当家里人，你怎么有脸干出这种恶心的勾当？！

因为敞着门，方琼声音又特别大，街坊邻居都闻声来了，聚在门口。

邻　居：怎么了这是，出什么事了？

牛老太：哎呀，能是什么新鲜事啊，我早说了，现在啊，有点钱的男人都不歇着。

庄海洋：妈，你进来说，这开着门丢不丢人？！

方　琼：你们怕丢人我不怕！邻居们来得正好！帮我评评理！就没见过这么不要脸的！趁着我女儿不在家，小保姆勾引男主人！

庄海洋［脸涨得通红］：不是的，妈，根本就没有的事！

庄海洋过去拉方琼进来，一下子把门关上了。

48. 雷颂华家客厅，日，内

方琼兀自狠狠地瞪着两人。小丽吓得呜呜直哭。

方　琼：哭什么哭？！养不熟的狼崽子，你阿姨对你这么好，你敢偷她的男人！

小　丽：姥姥，我没有！你血口喷人！

方　琼：那你手放他肩上干吗？！

小　丽：叔叔回来累了，我帮他捶捶……

方　琼：要你帮他捶！该你阿姨帮他捶，轮不到你！

庄海洋：妈，小丽在我们家这么多年，就跟我们家孩子似的，她帮我捶两下也没什么吧。

方　琼：那天晚上在厕所搞什么？！

庄海洋：什么厕所？

方　琼：还装！还装！你们就是知道我每天下午去楼下遛弯，趁我不在家的时候偷人！

庄海洋［暴喝］：妈，你这无中生有的到底要干吗？！把家里闹得乱七八糟的就踏实了！我跟豆豆一样我，这个家我待不下去了！

庄海洋冲进了卧室。

49. 雷颂华家门口，日，内

那些八婆的邻居还围着。突然门猛得开了，庄海洋拖着个行李箱出来，方琼在后面拉着。

方　琼［死死地拉住他］：东窗事发了就想走？告诉你，没这么容易！这事不说清楚谁都别想走！

庄海洋使劲一挣脱，头也不回地走了。邻居们指指点点。

牛老太：方大姐，你不是说你这女婿比儿子还好吗。

庄海洋铁青着脸穿过人群，直接推开楼梯间的门，拎着行李箱就走楼梯下去了。

方　琼［转向小丽，揪住她衣服］：还有你这个不要脸的东西！你也对得起我们！你老实给我说，你们这样到底多长时间了！

大　家［指责小丽］：怎么能这样啊，年纪轻轻的不知道学好，怎么学人家做这种缺德的事情！

小丽又害怕又伤心，哇哇直哭。

50. 雷颂华家客厅，傍晚，内

雷颂华神情焦急地开门进来。小丽坐在沙发上哭，脚边已经放着她的小行李包。

雷颂华［厉声］：小丽，到底怎么回事？！

小　丽［哭着］：阿姨，姥姥电话里跟你说的那些事，没有！真的没有！

雷颂华：姥姥误会了？

小　丽：当然了！阿姨，我在你们家都这么多年了，你和叔叔都拿我当孩子，我和叔叔是清白的，我真的没有那个想法！这不是屈死人了吗！

雷颂华：好了好了，先别急，也别哭了，哭的我心都乱了！

小　丽［委屈］：阿姨，姥姥最近这是怎么了，就跟变了个人似的，天天在家里闹，闹完这个闹那个，先是闹的豆豆不敢回家，现在又闹的叔叔离家出走。阿姨，我也没法干了。东西我都收拾好了，就想着等你回来，跟你说一声。

雷颂华：小丽，你别着急，阿姨相信你是清白的，是姥姥弄错了，你别走啊。

小　丽：不是我不想干，是没法干了。

雷颂华：不会的不会的，阿姨给你加工资好不好，你可千万别走啊。

小　丽［抽抽噎噎］：阿姨，我想在你们家干，可姥姥不会放过我的呀。

雷颂华：这样这样，小丽，你哥哥姐姐不是也在这边吗？我放你几天假，你去找他们好好玩玩，散散心好吧。姥姥这边工作我来做，等没事了你就回来上班。好不好？小丽，小丽！

小丽勉强地点点头，拎起包，走了门口，小丽站住了，回头看着雷颂华。

小　丽：阿姨，我知道姥姥为什么看我不顺眼。姥姥是嫉妒我，因为，我在这家里比她有用。在这个家里她是局外人。姥姥这么老了，还受不了做局外人。

雷颂华愣住了。小丽已经走了。

51. 雷颂华家方琼卧室，傍晚，内

雷颂华推门进来。方琼好整以暇地坐着。

雷颂华：妈。

方　琼：那小狐狸精呢？

雷颂华：走了。

方　琼：走了好。

雷颂华：哭着走的。

方　琼［冷笑］：还好意思哭。

雷颂华：不是她哭，是我哭。你知不知道现在找个信得过的保姆有多难啊。

方　琼：小丽那小狐狸精，有什么信得过的。

雷颂华：你到底有没有证据啊，非说他们有事！

方　琼：我都看见了，还能有假！

雷颂华：看见什么了，你就看见了？看见他们在床上了？

方　琼［顿时语塞］：就算这次没事，就她这样子，早晚也得出事！

雷颂华：妈，你怎么老捕风捉影的，上次馒头那事你忘了啊！

方　琼：我这不是为你好吗？你怎么吃里爬外啊？！

雷颂华：妈！算我谢谢你行吗？算我求求你行吗？你就安生点，别给我惹事了好不好！

方　琼［气得发抖］：我惹事？我辛辛苦苦都是为了谁？还不是为了你！你是我女儿，我得帮你维护家庭！我是在替你操心！大街上走的别人，求我替她操心我都不去！你倒好，狗咬吕洞宾，不去骂那对狗男女，反而来怪我！

雷颂华：什么狗男女。妈，你说话怎么这么难听啊！

方　琼：嫌我说话难听，你怎么不嫌他们做的事难看啊！

雷颂华［头疼］：这没有的事，怎么就让你说得好像真的了呢。

方　琼：未雨绸缪，现在好了，把小狐狸精开了，家里就安全了，你赶紧的，去把你老公叫回来。

对了，小狐狸精不在家了，得提防他们在外头！

雷颂华翻着白眼，彻底无语了。她疾步走出。

52. 宾馆走廊，夜，内

雷颂华匆匆过来，找到房间号，摁门铃。门开了，庄海洋铁青着脸，转身就走，雷颂华跟进去。

53. 宾馆房间，夜，内

雷颂华进来，庄海洋已经在床上坐下，一脸的余怒未消。

雷颂华：海洋，你还真在这儿住下了？不回家了？

庄海洋：你妈真的太过分了，没完没了地作，作完这个作那个，这次还作到我头上来了！

雷颂华：别生气，我妈最近是有点不对劲，我会好好和她谈的，咱们先回家吧。

庄海洋：我不回去！本来有什么事自己家关上门说就算了。这楼里住的都是我单位的人，不是上司就是下属，现在好了，闹得满城风雨。不知道的人还真以为我跟小保姆有什么呢，你让我脸以后还往哪儿搁！

雷颂华：海洋，我知道这次你受委屈了。你就看在我妈年纪大了的份儿上，别跟她当真。

庄海洋：一次又一次，多少次都没跟她当真，回回都跟她赔笑脸。可这次真的太过分了，我没法忍了！我算知道了为什么豆豆不愿意回家，家里有那么个作老太太，谁还敢回？！

雷颂华：我替我妈跟你道歉，跟我回去吧。

庄海洋：不回去！

雷颂华：海洋，我妈作，你也跟着作？

庄海洋：我就作了怎么着？！只要你妈还在，我就绝对不回去！

雷颂华：你就打算一直住宾馆？宾馆什么都没有……

庄海洋：宾馆有安静！

雷颂华：海洋，我今天已经很不好过了。我店里的百货部经理实名举报生鲜部经理徇私，总部让新店长暂缓。我在家多福干了这么多年，还没碰到过今年这样的多事之秋！我已经烦透了！你能不能同情同情我。

庄海洋：颂华，不是我不同情你，是你妈不同情你。咱俩夫妻一场，我不想为难你，可这日子真的没法过了。现在我给你两个选择，要么把你妈送走，要么咱俩离！

雷颂华骇然。

54. 雷颂华家客厅，夜，内

方琼坐在沙发上，等着。雷颂华疲惫地开门进来。

方　琼：咦，怎么就你一个人？海洋呢？

雷颂华［全面爆发］：妈，你说你是为了我好。可你把我们全家都闹磕了，现在闹的我都快离婚了，你满意了吗？！

方琼愕然。雷颂华走进卧室，用力关上门。

方　琼：这事我是不是为了你啊，我怕你吃亏怕你受委屈，你还怪我，真是没良心！

55. 木兰家客厅，夜，内

木兰和江开国及吕希坐在一起，都很郁闷。

江开国：好好的店长，就这么没了。

木　兰：也不是没了，暂缓嘛。还是有机会的。

吕　希：有什么机会啊？！那姓曾的实名举报你，你在总部就挂号了！有污点了！你以为下回还能选你吗？！我发现哪个单位都有这样的小人，该死！

木　兰：平时虽然互相看不惯吧，好像还没到你死我活的地步。这个店长难道就这么重要吗？

吕　希：对你很重要，对他就更重要了。他现在还是小小一个经理，就这么敢捞，要让他荣登大宝，你想得多大的油水。

木　兰：上次他搞特价活动以次充好，我怎么就没去举报他呢。

江开国：因为你是好人。下回碰到他有事，你也得举报。除恶等于扬善。

吕　希：爸，说到这儿，我也不得不说，这事儿根上得怪田咪！

江开国叹口气。

木　兰：吕希，你干嘛呀。

吕　希：我说错了吗？

木　兰：你没说错，可事情都发生了，在这儿怪这怪哪还有用。

吕　希：有用，很有用。前车之鉴，后事之师。今天出这事也就算了，关键是下回，不能再跟那小两口沾上，沾上了就全是倒霉！

木　兰：别说了。

江开国：吕希说得对，这事根上其实怪我。

木　兰：爸。

江开国：真的，我后悔。我一心想着毕竟小顺是咱家的人，让你这当姐姐的无论如何帮他一把。我没想到，他们俩是烂泥扶不上墙，不该帮。

木　兰：爸，不经事哪儿知道。经验都是教训得出的。

吕　希：就可惜了你店长这一片苦心哪。

56. 吕家客厅，日，内

门铃响。江开国有些郁郁不欢地从里屋出来开门，亚芝拎着一个蛇皮袋进来。

亚　芝：这些都是最近报亭收的，攒了不少了。你也老不来拿，我就给你送过来。

江开国［默默上前接过袋子］：辛苦你了，这么远帮我拎过来。

亚　芝：没事，反正也是坐车，花不了多少力气。

江开国默默地把亚芝让进屋子。

亚　芝：在忙呢。

江开国：做午饭呢。

亚　芝：我帮你。

江开国看看她，点了点头。

57. 吕家厨房，日，内

江开国和亚芝一块儿在择菜。

亚　芝：老江，你是不是有什么不高兴？

江开国想了想，还是摇了摇头。

亚　芝：老江，田咪的事，对不住木兰了。

江开国［放下手里的菜］：是，田咪太对不起木兰了。就因为她老想着歪门邪道的挣大钱，害得现在木兰店长都当不了了！

亚　芝：什么？

江开国：就她那事，让人给捅到公司总部去了。本来木兰都给选上新店长了，这下没戏了。

亚　芝：天哪，这可罪过大了。这田咪，真的是太过分了！我本来以为不会影响木兰的……

江开国：木兰一心想帮弟弟家一把，没想到最后落这么个结局。田咪这孩子怎么就没想着正正当当地干活挣钱呢。

亚　芝：她那个人，从来就没脚踏实地过。干活怕累，就想着一口气成大富翁。

江开国：一夜暴富，那都是故事，听听就完了，当真还了得？世上哪儿有这么便宜的事呢。

亚　芝：真对不起老江，本来田咪说要去超市上班，我还当她知道要好了，没想到还是弄成这样。对不起，对不起。都怨我，当时田咪动了去超市上班这个念头，我就应该拦着的，都怪我。我替她向木兰道歉。

江开国：亚芝，别说对不起，又不是你的事。往后啊，确实得对他们严厉一些。

亚芝点点头。

58. 一系列蒙太奇

怪异的音乐。江援朝新家客厅，早饭桌，春妮摆碗，还是放上五个碗，但是马上想起来，收起了一个碗。所有人都看见了，但是假装没看见，都坐下来。

江援朝正在看电视。电话响，江援朝接起电话。

江援朝：喂，哦，大哥啊……爸，爸……

贾幸梅［从厨房冲出来，抢过电话］：大哥，我是幸梅，爸最近精神好多了，志新陪他去楼下散步了……好，爸回来我会跟他说的。

邻居牌友家，日，内，贾幸梅在和几个牌友打麻将。

明明妈：幸梅，最近你老公公倒是挺省心的啊，你又能出来打牌，不用天天看着了。

贾幸梅［含含糊糊］：啊，嗯，是啊，打牌打牌。

江援朝新家客厅，夜，内

贾幸梅［又在接电话］：姐啊，爸已经睡了。就不喊他了啊。

江援朝新家客厅，日，内

贾幸梅[还在接电话]：大哥，援朝陪着爸去看老伙伴去了。不在家。

音乐止。

59. 江援朝新家中卧室，夜，内

江援朝和贾幸梅躺在床上。江援朝翻来覆去的，忽然猛地坐起来看着贾幸梅。

江援朝：你给我说实话，爸到底在哪儿？

贾幸梅[转身背对着江援朝]：你就别问了。

江援朝：怎么能不问，那要是爸醒了咋办？

贾幸梅[回头看着江援朝]：醒了那就回来呗。再说他就算醒了能清醒多久，等他犯糊涂的时候再领出去扔了不就完了。

江援朝[瞪着她]：真是给扔了？

贾幸梅[突然恼火]：谁扔了，是老头子自己走丢了，走丢了！

江援朝叹口气，又躺到床上发呆。贾幸梅虽然背对着江援朝，但其实也是睁着双眼没有睡意。

60. 江援朝新家客厅，日，内

贾幸梅和江援朝正在吃饭，突然有人敲门。贾幸梅去开门，打开一看，门外站着江秀梅。

江秀梅：幸梅，援朝。

贾幸梅和江援朝都傻眼了。

江援朝：姐？

贾幸梅：姐，你，你怎么来也不提前打个招呼啊？

江秀梅：我们家小杰要带我和他爸去趟新马泰旅游，让我回乡下办证明。这不顺路嘛，我就想着来看看爸，给爸带点合肥土特产。

江秀梅抬起手，手上拎着几大袋东西。江援朝和贾幸梅让开身，江秀梅走进门，把东西放在地上。江援朝和贾幸梅都是一脸紧张，急着想招。江秀梅坐在沙发上，转头四处看着。

江秀梅：爸呢，怎么没见着他啊？

江援朝：哦，爸……爸去散步了。

江秀梅：最近几次还真不赶巧的，打电话来爸不在，我来了，爸还不在。

贾幸梅：爸最近不是精神好些了嘛，就喜欢出去溜达溜达。

江秀梅：就他自己啊？

贾幸梅：怎么会，当然是志新陪着了。

江秀梅：哦，爸大概什么时候回来？

贾幸梅：这不知道呢，得看老爷子的心情。他可爱在外边玩了，一般都得天黑才肯回来。姐，你要着急你就先走吧，东西等爸回来我拿给他。

江秀梅：没事，我又没啥急事，就在这儿多等一会儿。好不容易过来一趟挺想见见爸，跟他说说话的。平时咱们就分着好几个地方，想见一面都难。

江援朝和贾幸梅互相看一眼，都是十分着急。

贾幸梅：姐，爸有时候来兴了，就去老伙伴家串门，一待就是一天的，真不知道什么时候能回来呢。

江秀梅：不管怎么着，晚上也得回来吃饭吧。

贾幸梅：那可没准儿，今天爸出门的时候，是不是说好像今天晚上不回来了，就住别人家了？

贾幸梅捅捅江援朝，江援朝赶紧点头。

江援朝：对对，爸好像是那么说来着。

江秀梅：不会吧？爸从来都不喜欢在别人家过夜的。爸不会是病了吧？

贾幸梅：没有没有，就是出去玩了。

江秀梅：爸住哪屋？援朝！

江援朝只好指了指小卧室。江秀梅站起来往小屋走去。

江秀梅：爸，爸！

江援朝和贾幸梅着急的上前想拉住江秀梅。

贾幸梅：没有，姐，爸没事……

61. 江援朝新家小卧室，日，内

江秀梅已经抢先推开小卧室的门。卧室里面铺盖什么都收起来了，床上空荡荡的，显然有一阵子没人住的样子。江援朝和贾幸梅跟在后面，也知道完了。

江秀梅：这是爸的屋？没人住啊！爸呢？援朝，咱爸呢？爸根本就不在家，你们为什么骗我？到底爸在哪儿？

贾幸梅：爸去水生叔家里做客去了。

江秀梅：水生叔早七八年就没了，你们骗谁呢！你们把爸怎么了？

江援朝和贾幸梅顿时神色慌张了。

江秀梅：还不说实话是不是？再不说我就去派出所了！

贾幸梅：姐，你别着急，其实爸是走丢了，不小心走丢了，我们怎么找也找不到。

江秀梅：走丢了？那为什么不早点告诉我们？

贾幸梅：这不是怕你们着急嘛。

江秀梅：这么大事能瞒得了我和哥吗？！你骗人！援朝，你给我说实话，爸到底去哪儿了？

江援朝：真没骗你，爸真丢了！

江秀梅：好，你们不说是吧！我给哥打电话！

62. 吕家主卧室 / 江援朝新家客厅，日，内

江开国正在拖地。一旁亚芝正在给吕母擦身。江开国手机响。

江开国：喂，秀梅啊。

江秀梅：哥，出大事了！爸不见了！

江开国：什么？

江秀梅：我在援朝家呢，爸根本就不在这儿！这两个没良心的东西，一直骗我们呢！你说爸是不是让他们给害死了！

江开国完全震惊的表情。

63. 超市里木兰办公室，日，内

木兰正在看电脑。她的手机响。

木　兰：爸……[眼神震惊]什么？！

64. 吕家主卧室，日，内

吕希、木兰、江开国、亚芝一起坐着。吕母在床上躺着。

木　兰：吕希，我和我爸想马上回桐城，妈和悦悦就交给你了。

吕　希：家里这么多事，我要上班，还得管妈和悦悦，一个人实在是忙不过来，要不就让爸一个人回去吧。

木　兰：不行，我得和爸一起回去，爷爷不知道出什么事了，现在都没个下落，我不回去心里不踏实。

吕　希：你姑姑说的话到底有谱没谱啊，怎么一句话，你们就得放下手里所有的事情回老家。

木　兰：我姑就在我叔家呢，这么大事能随便说吗？爷爷肯定是出什么事了！

吕　希：那也不一定吧，我看你这姑姑就没一次来给过好消息的。就算是叔叔婶婶怠慢了爷爷，也不见得有那么严重吧，爷爷毕竟是你叔叔的亲爸。你不也说你那堂弟对爷爷挺好的吗？他们不至于这么没人性吧。

木　兰：吕希，你可别忘了，这一段都是我爸在照顾你妈，怎么现在家里有事，我陪我爸回去看看爷爷，你就这么多牢骚呢？！

吕希特别不高兴，一句话不说起身就摔门走了。木兰也是气得不行。

江开国：木兰，你怎么能这么说吕希！家里出这些事，大家够不好受的，你们俩别再为了这个事闹得不愉快。其实我自己回去就行，你婆婆这边也走不开人，吕希又不是三头六臂，让他一个人又要带悦悦，又要照顾妈，这不是为难他吗？

木　兰：我知道不容易，可爷爷那边到底怎么样了，我们都不知道，你一个人回去能行吗！之前就一直想着忙完这段就回去，再说我单位都已经请好假了，我也想亲自回去找到爷爷。

亚　芝[沉吟片刻]：要不这样吧，你们爷俩都回去。吕希妈妈这边我帮着照顾，这不就好了。

江开国和木兰都看着她。

木　兰：阿姨，这不合适。

亚　芝：找爷爷要紧，有什么合不合适的。

木　兰[看着吕母]：妈，对不起，实在是家里出了大事了。我爷爷现在不知道人在哪儿，也不知道是死是活，我必须得马上回去找他，妈你能谅解我吗？

吕母闭了闭眼睛，表示同意。

木　兰：谢谢妈，我们一找到爷爷，就马上回来。妈，你等着我，等我回来再给你染头发。

吕母又闭闭眼睛。

木　兰[感激地看向亚芝]：阿姨，谢谢您，除了这句话，我不知道还能说什么。

亚　芝：快别这么客气了，我做这点事算得了什么。

江开国：好了，快好好找吕希谈谈，小两口别闹别扭。

木　兰［点点头，拿出手机］：我给他打电话。

65. 吕家楼下，日，外

吕希坐在花坛边发呆。木兰手里拿着手机，走楼门，向吕希走过来。木兰慢慢地走到吕希身边，也一起坐下。吕希看到她，叹了口气。

木　兰：刚才我口气太冲，你别生气了。

吕　希：我也好不到哪儿去。

木　兰：你别着急了，亚芝阿姨说她帮着照顾妈。

吕　希：阿姨照顾我妈？

木　兰［点点头］：你可以轻松点。

吕　希：刚才是我不对，不该那么大脾气，我也是一时急了。亚芝阿姨天天往这边赶太累了，只要她能帮着带一下悦悦就行，我妈这边还是我自己来吧。

木　兰：也行。

吕　希：家里人手太少了，关键时刻，就觉得顾不过来。

木　兰：对不起老公，我知道我对你要求太多了。最近我们家发生了太多的事，我自己都觉得快招架不住了，还反过来要求你配合我。我有时候是不是挺讨厌的？可我真的放不下我爸和我爷爷。

吕　希：谁家没个灾没个难？你是个孝顺的女儿，我早就知道了，这是美德，是好事，我要不理解，我还是人吗？就是最近我单位的事、家里的事都挤在一块儿了，我心里太烦。刚才的事，是我不对，你帮我跟爸也说声对不起。

木　兰：我爸不会放在心上的。你放心，一旦找到爷爷，我们马上就会回来的。

吕　希：最近我怎么就觉得家里头接二连三的事情不断呢，真希望这个多事之秋可以赶紧过去。

木　兰：会的，一定会的，我向你保证。记住我们的小米粥。

吕　希［苦笑笑，在木兰手背上轻轻拍了拍］：小米粥。

第 16 集结束！

田咪缠幸梅分家产，吕希失意延误救母

1. 亚芝家院子，日，外

余淼和田咪走进院子。

田　咪：哎哟，终于到家了，累死我了。

余　淼：玩得高兴吗？

田　咪：高兴什么呀，就那么点钱，够干什么的啊！

2. 亚芝屋子，日，内

田咪和余淼推门进来。亚芝还在收拾东西。

余　淼：妈，我们回来了。

亚　芝［一看到田咪，顿时很是生气］：咪子！

田　咪：干嘛呀，妈，一回来就吼我。

亚　芝：你知不知道你害得你木兰姐店长都当不了了！

田咪和余淼都意外。

余　淼：妈，我姐怎么了？

亚　芝：你姐本来都要当新店长了，让人给举报了，就咪子钓鱼那事！影响太坏了！

余　淼：啊？这事还没完呢。

田　咪：她让人给举报了，怎么成我害的了？管我什么事。

亚　芝：你要不做那样的事，她能让人举报吗？是替你在抗雷。

田　咪：是她自己不会做人，还以为自己特别光明正大，在超市结了很多仇自己都不知道。她那种人，在哪儿都不会吃得开。还赖到我头上来。

余　淼：咪子你别说了。姐的店长都让这事牵连了，还说什么风凉话。对了妈，你要出远门啊？

亚　芝：正要跟你们说呢，你江爸和木兰姐要回趟老家，我去他们家住几天，帮着照看照看悦悦。

余　淼：怎么突然要回老家，出什么事了？

亚　芝［感叹］：你爷爷丢了。

余　淼：啊？爷爷不是在叔叔婶婶家吗？

亚　芝：是啊，就是在他们家丢的，现在生死不明，你江爸和你姐都急坏了。这人真是没良心，拿钱的时候什么好听的不敢说，拿了钱说变脸就变脸。

田咪和余淼一听，两人对视一眼。

田　咪：什么拿钱？拿什么钱？

亚　芝：哎，爷爷老家的房子拆迁，给了一笔钱，让叔婶拿走买房子去了。[已经收拾完]你们在家待着，我走了。

亚芝要出门。

田　咪[突然灵机一动]：妈，等等！

亚　芝：什么事？

田　咪：妈，我跟余淼，我们陪江爸他们一块儿回老家去。你等等啊，我们也去收拾收拾东西。

田咪一扯余淼就出门。

3. 余淼屋子，日，内

田咪把余淼扯进来。

余　淼：咪子咪子，我们干吗去啊？

田　咪[眼珠转转]：咱们一块儿找爷爷去啊。

余　淼：对对，人多力量大，是该去帮着找爷爷。就是，我有点不敢去见我江爸和姐。

田　咪：就因为你姐让人举报的事？

余淼点点头。

田　咪：傻啊，这不是正好去帮忙弥补一下嘛。爷爷丢了，大家都急坏了，找爷爷要紧，能多一个人帮忙还不好，江爸和你姐不会骂你的。赶紧收拾东西吧。

4. 木兰家客厅，日，内

木兰父女已经收拾好简单的行李。门铃响。江开国去开门。门外田咪和余淼跟着亚芝出现。木兰和江开国看到两人也来了，一时有点不明白他们的用意。木兰很愤怒，立刻走开了。

江开国[勉强地]：你们也来了？

余　淼：姐，对不起。

木兰不说话。

田　咪：姐，我真的没想到这事会给你惹这么大麻烦，我真的就是想多挣点钱。都是我不好，你别生气。

木兰还是不想搭理他们。

余　淼：江爸，我们想跟你们一块儿回老家找爷爷去。

江开国：你们也去？

余　淼：对，人多能早点找到爷爷。

江开国：你们就别去了，桐城你们也不熟悉。

田　咪：江爸，我们是真的想去帮帮忙，算是给姐姐将功补过吧。妈都跟我们说了，把我们气得要命，叔叔婶婶也太不是东西了，我们不能让爷爷这么被他们欺负！江爸，你脾气好，又上了岁数，待会说不过他们，万一动个手什么的，得有儿子给你撑腰啊！

余　淼：是啊，江爸，我们真的想去帮忙。

江开国看一眼木兰，木兰没什么表情。

亚　芝：老江，让淼淼他们去吧，多个人多个帮手总是好的。

江开国只好点了点头。

5. 幼儿园门口，傍晚，外

木兰和亚芝一块儿在幼儿园门口等着。悦悦和小朋友们一起出来。

木　兰：悦悦！

悦　悦［看到木兰来特别高兴，跑过来，扑到木兰身上］：妈妈，今天怎么你来接我啊？

木　兰［搂住悦悦］：妈妈最近太忙了，真的很久没来接你了。宝贝，对不起。

悦悦紧紧地搂住木兰的脖子。亚芝含笑看着。

悦　悦［看到亚芝］：婆婆好。

亚　芝：乖孩子。

悦　悦：妈妈我们回家吧。

木　兰：悦悦，妈妈跟你商量件事，太公不见了，妈妈要陪外公回老家找太公。这段时间没人照顾你了，婆婆上咱们家陪你，好吗？

悦悦很意外，不情愿地撅着嘴没说话。木兰蹲下看着悦悦的眼睛。

木　兰：悦悦乖，妈妈保证很快就回来。妈妈不在家，你要乖，要听婆婆的话，这样才是妈妈的乖女儿，好吗？

悦悦勉强点点头。

木　兰：乖孩子，妈妈最喜欢悦悦了。

悦悦舍不得地抱住木兰的脖子。

木　兰［看着亚芝］：阿姨，这段时间辛苦您了，谢谢您。

亚　芝：别跟我说见外话。跟你们家在一块儿，我也开心。

6. 回老家的夜班火车上，夜，外

江开国、木兰和田咪及余淼坐着。江开国和木兰都是心急如焚。

田　咪［从包里往外掏一些零食］：江爸，姐，吃点零食吧，好打发时间。

江开国：你吃吧。

木兰摇摇头，不理他们。

田　咪［转头笑眯眯对着江开国］：对了江爸，爷爷乡下的房子拆迁，发了吧？北京郊区，多少村里就是靠着拆迁，家家都是千万富翁了。

江开国［叹气］：爷爷那房子是给高速公路腾地方，没多少钱，估计也就有个八九万。

田　咪［略有些失望］：哦。就全给叔叔婶婶了？

江开国：他们要买房，不够钱。唉，也不知道爷爷现在怎么样了，真是急死人了。

余淼已经歪着头睡着了，打着鼾，头靠在了田咪的肩上。

田　咪［推开他的头］：真是个草包，在哪儿都能睡。

7. 江援朝新家楼下，日，外

江秀梅一脸焦急地等着，江开国等过来。

江开国：秀梅！

江秀梅［快哭了］：哥！

8. 江援朝新家客厅，日，内

贾幸梅和江援朝坐在沙发上，一脸的官司。江志新和春妮也是一脸灰暗的坐着。门铃响。

贾幸梅：准是来兴师问罪的。

江援朝过去开门。门外，江秀梅领着江开国等站着。见到江开国，江援朝有些紧张。

江援朝：哥……你回来了。

江开国摇摇头，进了客厅，木兰和江秀梅后面跟着，田咪和余淼也跟着进来，两人眼睛提溜乱转，打量这个房子。贾幸梅和江志新及春妮见到众人进来，都站起身来。

贾幸梅：哥，木兰……［看到田咪和余淼］这两位是谁啊？

江开国：是小顺和她媳妇。

贾幸梅：哎呀，小顺，你跟你爸长的可真像啊，真是老天爷保佑你能回家……

江开国［打断］：援朝，幸梅，爸到底到哪儿去了？

贾幸梅：哥，爸生病的时候求你们回来看看他。你们找出一千个理由，就是不肯回来，怎么现在回来的这么快？还带了这么一大帮人的，是来找我们打架还是想干吗？

木　兰：婶婶，我们现在不跟你说那些，我们就想知道爷爷在哪儿！志新，你告诉我，爷爷到底出什么事了？

江志新低下头，回避木兰的眼光。

贾幸梅：干嘛干嘛呀，凶什么凶？！照顾爷爷不是我们一家的事吧，江援朝是儿子，哥和姐也是子女吧，爸病了这么一段，你们哪个尽过责任？不都是躲得远远的！漂亮话谁不会说，说说容易做起来难！你们一个北京一个合肥的，你们知道我们每天二十四小时似乎怎么伺候爸的？！

木　兰：婶婶，我们现在就是问爷爷怎么了？没有追究谁的责任，你说那些干嘛呀？！你们有功劳，我们都知道，用不着现在急着摆功。爷爷到底出什么事了？人去哪儿了？

江开国［抓住江援朝的衣领］：援朝，你要是还认我这个哥，你就老实告诉我们到底是怎么了？

江援朝躲着眼神，不说话。

贾幸梅：干嘛呀，昨天就跟姐都说了。也就是前天的事，我在家陪着爸，爸趁我没看见，偷偷开了锁，跑了！我追出去，追了一路，没追上。

木　兰［难以置信］：爷爷一个病人，你居然没追上？

贾幸梅：爷爷脑子有病，腿脚又没病。

木　兰：那你们没去找啊？！

贾幸梅：你怎么知道我们没去找，我们当然找了，哪儿哪儿都找遍了！没找着！

木　兰：没找着你们不会报警吗？

贾幸梅：警察说了，不到三天不管。

江秀梅［指着她］：什么三天不到！邻居说了，都有十多天没见着咱爸了！还睁着眼说瞎话呢！

贾幸梅［顿时哑巴了］：邻居知道什么。

木兰和江开国都是又生气又失望。

江开国：援朝，幸梅，你们也太不负责任了，明明知道爸是个病人，你们就这么任由他丢了，任由他在外面流浪？！你们有没有想过他的死活？！

贾幸梅：哥，你别给我们扣大帽子！还好意思来质问我们，你们早怎么不回来啊？！你们知道我们家最近都过的什么日子，不是人过的日子！［拉过江志新］你们看看，看看，志新脸上的伤多吓人呢！都是为了陪老头熬夜熬的！

木　兰：我看爷爷不是丢了，是让你们给扔了，是不是？！

贾幸梅：放屁！你凭什么这么说！你含血喷人你！

江秀梅：那你说，为什么最近我几次打电话来，爸不是这个事就是那个事，就是接不了电话？你说，那会儿爸是不是就已经让你给扔了？！

贾幸梅：爸就是走丢的！

木　兰：走丢的为什么你们不及时通知我们？你们遮遮掩掩的就是做贼心虚！

贾幸梅［孑直着脖子］：是又怎么样？！

一下子安静。众人都看着贾幸梅。

贾幸梅：是又怎么了。给你们打了多少个电话，你们也不管，这会儿还有什么脸怪我们？！都别在这儿给我装圣人嗷嗷，有本事把疯老头带走！姐，你把爸带合肥去啊。

江秀梅愣住了。

贾幸梅：对，嫁出去的女儿泼出去的水，自己也在儿子媳妇家小心做人，没法把老头带去，那你就没资格在这儿说话！

江秀梅哭了，再也不敢说话。

贾幸梅：木兰你呢，你在我们家最出息，最能干，又是大学生，又是经理的，你怎么不把爷爷带北京去啊，还到我们这儿来凶什么凶？！

木　兰［气得浑身发抖］：我现在不跟你啰嗦这些！我就要知道爷爷到底在哪儿！

贾幸梅：爷爷反正没在我们家，你们爱上哪儿找哪儿找去，我们家不欢迎你们！

田　咪：想赶我们走？！没门！

众人都转头看田咪，万分惊讶。

田　咪：叔叔婶婶你们胃口够大的啊！口口声声爷爷是三个人的爸，爷爷的钱，你们怎么就好意思一口独吞呢？！

大家突然听到这话，都是愣住了。

田　咪：你们拿着爷爷的钱，住这么好的房子，你们凭什么呀？！还敢虐待爷爷，你们简直是丧尽天良！告诉你们，爷爷的钱你们得分我们一半！

所有人都震惊了。江开国和木兰这时才明白两人跟着回老家的目的，更是震惊得无以复加。

贾幸梅：你说什么？

田　咪：把爷爷的钱拿出来！

贾幸梅：你们疯了吧！

田　咪：你才疯了！江志新是爷爷的亲种，我们小顺是不是叫江志远？是不是爷爷的亲种？凭什么你们独吞爷爷的钱啊！识相就赶紧给我们一半钱！

余　淼：没错！钱也有我们家一份！你们给我吐出来！

江志新：哪儿来的流氓无赖，给我滚出去！

余　淼：敢让我滚？告诉你，这房子有我一半！

江志新［比余淼高大，揪住余淼的领子，往门外拉］：给我滚出去！

余淼挣扎，不管不顾地扑打江志新，两人厮打起来。

田　咪［上前帮余淼，狂挠江志新］：给我滚开，滚开！

江志新脸上立刻多了几道血印子。贾幸梅一看不干，立刻上前揪住田咪。

贾幸梅：你个泼妇，你给我住手！

田咪也不甘示弱，立刻揪住贾幸梅的头发，顿时贾幸梅和田咪两人也厮打在一起。一时场面混乱不堪。战团外的人全都看傻了。

木　兰［简直看不下去了］：爸，咱走吧，咱去找爷爷。

江开国点点头。

9. 江援朝新家楼下，日，外

江开国和木兰及江秀梅走出来。三个人的表情都是悲愤凄苦。

江开国［伤心地］：家门不幸啊，怎么会有江援朝和小顺这样的人出现在我们老江家。

木　兰［十分悲愤］：为了点钱都疯了。我们去找爷爷。

江秀梅：我去报警。

10. 超市生鲜员工休息区，日，内

朱课长和其他几个课长级的员工在吃午饭，几个员工都是十分愤怒。

朱课长：好好的，眼看江经理就能当上店长了，就让那谁给搅黄了。

乔　丽：哎，说到底，还是江经理心太好，就她那弟媳妇，成事不足败事有余，压根不该让她来。

朱课长：咱家经理咱还不了解吗？不过总部说是暂缓，那就是还有戏。咱们想想还有什么能帮帮经理的。

乔　丽：咱们比百货就差点业绩，是不是在业绩上想想招。

屠组长：就是啊，要是业绩突出了，是不是就能弥补这回的小过失了呢。

朱课长：关键是怎么办。

大家都是绞尽脑汁地想着。

小　夏：咱们的营业额都在明面上呢，江经理为了保护小供货商，又不肯重新排面，想要超过百货挺难的。

朱课长：废话，我知道难，不难咱在这儿说个屁啊。三个臭皮匠赛过诸葛亮，想想，总有办法的。

屠组长：朱课长，你说咱们要不要还是在损耗面上再想想办法？

朱课长：说。

屠组长：咱们生鲜的损耗一直都是全超市最重的，也是最拖后腿的，要是能把损耗这块降下来，业绩肯定能上去。

朱课长：还是废话，降损耗我们都知道，关键是怎么降！

小　夏：要不……

朱课长［瞪着他］：说啊，吞吞吐吐的，急死人。

小　夏：其实就每天让顾客掰下来那些菜叶子什么的，就特别浪费……

小夏说一半不往下说了，众人互相看看，都心知肚明了。

黄大刀［质疑］：不好，江经理知道，肯定不高兴。

朱课长：别让她知道不就行了。江经理这么好的人，要是被小人踩了，不能当店长，那就太可惜了。

大　家［纷纷点头］：就是，一定得帮江经理。

朱课长：好，就这么办！

11. 超市卖场，日，内

一系列蒙太奇。蔬菜课的员工把掰下来的菜叶子重新整理好，包在净菜盒子里。水果课的员工装盒的时候把已经蔫得很严重的草莓放在最下面一排，上面用新鲜的盖上。面包课的员工把没卖完的面包重新换包装，贴上新的日期标签。黄大刀看了，叹气摇头。

12. 桐城各处，日/夜，外

一系列蒙太奇。江开国和木兰及江秀梅在派出所报警。三人拿着江多福的照片在各处询问

路人。路边，公园，菜市场，江开国的老房子，江援朝的老房子，三人拿着照片四处打听。可大家都是摇头。白天黑夜不断变换。

13. 吕家客厅，傍晚，内

吕　希［匆匆忙忙地走进门，手里拎着外卖的粥］：妈，我回来了！饿了吧，我买了你喜欢的青菜粥。

吕希把粥放桌子上，进主卧室。

14. 吕家主卧室，傍晚，内

吕希进来，吕母正眼巴巴地看着他。

吕　希：妈，今天我回来晚了点，你饿了吧，先吃饭，吃完了我给你按摩。

吕母内疚的眼神。

（跳接）吕希给吕母喂完饭，细心地擦嘴。吕母嗬嗬地示意。

吕　希：妈，我不着急吃，我先给你按摩。本来白天应该多给你翻身几次，现在都只能晚上我回来，得赶紧给你按摩。

吕希放下饭碗，立刻帮吕母翻身，然后开始按摩。吕母的眼神非常内疚。

15. 木兰家客厅，夜，内

亚芝陪着悦悦在看动画片。

悦　悦［突然就垂下头］：婆婆，我不看了。

亚　芝：怎么了悦悦？你不是最爱看喜洋洋灰太狼吗，怎么不看了？

悦　悦［委屈地］：我想爸爸想妈妈了。我不喜欢现在，我喜欢以前，以前爸爸妈妈每天都在家陪我的。

悦悦说着说着就流下眼泪。亚芝心疼地把悦悦搂进怀里。

亚　芝：乖乖宝贝，忍一忍啊，等你妈妈和你外公回来就都好了。事情都会过去的，那时候爸爸妈妈就能每天在家陪你了。

悦悦从亚芝怀里起身，跑进自己卧室，关上了门。亚芝叹了口气。

16. 吕家主卧室，夜，内

阳台上，吕希在晾吕母换洗下来的衣服。吕希晾完床单，回到屋子，一看钟，已经九点多了。

吕　希：哟，都九点了。我赶紧吃饭，吃完了还得写材料呢。

（跳接）吕希坐在写字台旁白，面前放着粥碗，还有电脑，他一边吃，一边打电脑。吕母发出嗬嗬的声音。

吕　希：妈，你是让我别边吃饭边干活？

吕母微微点了点头。

吕　希：没事，边吃边干效率高。

吕母流下了一行眼泪。吕希不忍地坐到吕母床边。

吕　希：妈，怎么哭了？

吕母微微摇了摇头。

吕　希：妈，别难过，照顾你是我这个做儿子应该的呀。我不嫌累，真的。

吕母眼巴巴地看着吕希。

吕　希［故作开心］：妈，我告诉你个好事，很快我就换工作了，我要去公司当老总了，一个月能挣一万呢。妈你别担心，等咱有钱了，咱就不用像现在这么累了，真的，很快就好了。

吕母眨了眨眼睛。

吕　希：你先歇着，我去吃了啊。

吕希坐回电脑，边吃边写。

（跳接）吕希已经累地趴在桌上睡着了。电脑上，材料已经写完了。吕母却还没有睡着，心疼的眼泪掉下来。

17. 小旅馆房间，夜，内

江开国、木兰和江秀梅疲惫的走进旅馆房间，在床边坐下。

江开国：找了两天了，哪儿都没有。

江秀梅：桐城才多大，爸还能去哪儿呢？

木　兰：爸，姑姑，爷爷会不会已经不在桐城了？

江秀梅：有可能，走着走着就走远了。那要出了桐城就大了！

江开国：这样吧，明天我们回乡下老家去找找，没准爸走回到老家去了也不一定。

江秀梅：对对对，回老家看看。

18. 江援朝新家楼下，日，外

田咪和余淼慢慢走过来。两人手上拎着自己的小行李包。

余　淼：咪子，咱们这么每天来，也没什么用啊，他们不肯拿出钱来，还能抄他们家啊。

田　咪：他们独吞了，就得给我吐出来。我就不信了，还要不出这钱来。接着跟他们理论。

余　淼：要我看，再理论也没多少钱，这破地方，破房子，能值多少钱啊。

田　咪：你傻啊，再不值钱也是钱，咱自己搭路费搭旅馆费来一趟，总不能空手就回去吧。

余淼只好点点头。说话间两人走到小花园里。小花园聚着不少老头老太在聊天。两人互相使个眼色，走上前去。

田　咪：爷爷奶奶，晒太阳呢。

老头老太都奇怪地看着她。

一个老太：你们是谁啊，看着面生，不是我们院里的吧？

田　咪：奶奶您眼神可真好，我们是来走亲戚的，刚到没两天。

大家都点头。

田　咪：奶奶，我看这院子里的房子好，不知道现在是多少钱了？

老　太［一脸自豪］：我们这小区可好了，就最近这三个月还涨了不少呢，得涨了……

老太一时算不出来，看着周围的老头老太们。

一个老头：涨了有两成呢！

老　太：对，两成！两成起码的！

众老头老太都是一脸的自豪和高兴。田咪不由得冷笑。

田　咪：哟，那可真值不少钱呢。爷爷奶奶你们聊着。

田咪拉着余淼往前走。

田　咪：听见了，就这仨月都涨了两成。要这么的，可就不止分他们四万五这么简单了，这房子现在增值了，增值部分我们也得分！

余　淼：咪子，你说得对，就听你的，管他们要去！

19. 江援朝新家客厅，日，内

贾幸梅、江援朝、江志新和春妮正坐在桌边，人人一脸犯愁。

春　妮：现在怎么办？这两个人天天来闹。家里都没法过日子了。

贾幸梅［咬牙切齿］：两个瘟神，再来我就报警。

正说着，门铃剧烈的响了起来，跟着剧烈地敲门声。大家都是一惊。

江援朝［害怕］：不会又是小顺吧？

江志新：还能是谁？肯定是他们！

贾幸梅：不管是谁，都不理睬，以为没人自然就走了。

所有人都端坐不动。

20. 乡下老家小路，日，外

江开国和木兰及江秀梅急急地走过来。一个已经变成工地的小村子，到处都是拆了一半的屋舍。

21. 老家房子，日，外

江开国和木兰及江秀梅走过来，都呆呆地看着眼前的这一堆半废墟。原来是江家的老宅，普通的三间农村瓦房，现在已经被推倒了一大半，只留下两堵残垣。三人都呆呆地看着。

江秀梅：哥，咱家已经给拆了。

江开国：没想到这么快。

木　兰［跑进残余的门框］：爷爷！爷爷！江多福！江多福！

江开国和江秀梅跟着进去，里面断瓦残砖，不见人影。三个人都颓然。

江开国：不在。

江秀梅［要哭了］：老家也没回来，爸还能去哪儿呢。

江开国、木兰和江秀梅站在废墟上，一时都有点茫然。

22. 文化馆里吕希办公室，日，内

吕希正在整理东西，馆长走了进来，把手里的文件夹重重地扔在吕希面前。吕希吃惊地抬头看着馆长。旁边的同事也都往这边看过来。

馆　长［非常不满意］：吕希，这是什么？！

吕　希：馆长，这是你的发言稿啊。

馆　长：你还知道这是我的发言稿啊，给你这么多天，你就给我写出个这么烂的发言稿？！

吕　希：馆长……

馆　长：都写的什么呀，干巴巴软绵绵，没有说服力没有感染力，让我在市长和外宾面前怎么读？你成心要出我洋相是不是？！

吕　希：不是啊，馆长，你给我的那些材料，我全都看了，也参照了很多国外的著名的演讲稿，连奥巴马的就职演说我都研究了，我真是尽力了。

馆　长：这也叫尽力？！你别当我不知道啊，最近老是请假，不是迟到就是早退！本来我想着你任务重，就不批评你了，你倒好，就给我交这么个东西！我拿你当我们馆的笔杆子，你倒把自己当狗尾巴草，尽给我糊弄事！你是不是不想在这儿干了你？！

吕　希：馆长，这稿子我真是尽力了，我觉得写得不差啊。请假的事事出有因，最近我家里出了不少事，我老婆陪她爸回老家了，我妈瘫痪了没人照顾，每天就靠我伺候，实在是时间不够用，您就理解理解我吧。

馆　长：谁家里没点事，不要拿这些说事，领工资的时候可没看你拒绝啊，单位每个月可是按时给你发工资的，怎么要你干活出力的时候你就找借口找理由啊！你应该想想，自己对不对得起这份工资！

吕　希：要不，我再给您重写。

馆　长：重写？！我还敢让你重写吗，啊？！

吕希强忍着气不说话。周围同事同情地看着他。吕希自尊受挫。

馆　长：都什么时候了，这马上就要用稿子了，写得这么一塌糊涂，马上找人去写也都来不及了！你说怎么办！［把稿子拍得啪啪响］吕希，你别以为我不知道你在外面干什么！你攀上高枝了是吧，什么家里有事没时间，明明是在外面弄公司干吗的！想自己当老板是不是，就是当老板你也得把这边活儿给我干完了才许走！

吕希死死忍住揍人的冲动。同事们都是拿异样的眼光看着吕希，吕希很没面子。

馆　长：成天就异想天开，这么点事还干不好，还想当老板！当什么老板啊，你以为老板那么好当呢！也不看看自己是不是这块料！

吕希终于忍无可忍，一甩手中的文件，把馆长吓一大跳。

馆　长：干什么你？！

吕　希［直视他］：老子不干了！

馆　长：你，这可是你自己说的要走啊！

吕　希：没错，就是我说的！

馆　长：好好，真是长出息了啊，不干就不干呗，我们文化馆缺了你还不行了是不是！马上给我去人事处办离职手续！马上给我走人！

馆长离开。吕希冷笑一下，开始收拾东西。

23. 老家房子外，日，外

三个人还是茫然地站着。一个跟江多福差不多年纪的老头，惊讶地看着三人。

老　头：这不是铁蛋吗？

江开国：汪叔！

汪　叔：听到喊江多福的名字，还以为你爸回来了呢。铁蛋，丫丫，好多年没见你们了，都挺好吧？

江开国：我们都挺好的。叔，最近见没见着我爸？

汪　叔：你爸？上次领拆迁款的时候见过一面，后来就没见了，不是说跟你弟住去了吗？

江开国［含糊］：是。

汪　叔：怎么，你爸回来了？

江开国：我爸走丢了。

汪　叔：啥？

江开国：我爸有些犯糊涂了。叔，如果我爸回这儿来，你给我打电话好吗？

江开国掏出纸笔写电话号码，撕下给汪叔，汪叔接住了。

汪　叔：好好。看到你爸我就给你打电话。

江开国：谢谢汪叔，你保重身体。

汪叔颤颤巍巍地离开。三人叹口气，离开。

24. 乡间小路，日，外

三人茫然地走过来。

木　兰：爷爷还会去哪儿呢？难道爷爷连自己的家乡也忘了吗？

江开国：你爷爷这辈子有两个地方，在他脑子肯定刻得最深，就算他的记忆会慢慢消失，那两个地方也应该是最后才会忘记的。

木　兰：哪两个？

江开国：一个是你奶奶娘家的村子，离这儿有二十里路，当年只有水路能通，你爷爷是坐船去娶回来的奶奶。

江秀梅：对对对，柳村爸肯定不会忘记。哥，另外一个地方呢？

江开国：另外一个就是水生叔的勤县，爸跟水生叔神交一辈子，水生走的时候爸还去送行，应该也不会忘。

木　兰：爸，姑姑，咱们分头去找吧，这样能减少和爷爷错开的可能。

江秀梅：木兰说的对，大哥，你和木兰去柳村，我去水生叔家里找找。

江开国：好！

25. 江援朝新家客厅，日，内 / 外

江援朝一家还坐着不敢动。门铃不响了，敲门声也没了。

江志新［有些不安］：没动静了，我去看看。

他起身走到门前，从猫眼往外看，外面没人了。余淼和田咪矮着身子站着，躲开了猫眼的范围。

26. 江援朝新家客厅，日，内

江志新：没人了。刚刚不是他们吧？会不会是别人？

江志新边说边把门开了往外看，一下子田咪和余淼就直起身子，气势汹汹地顶住了门。

田　咪：假装没人是不是？！不开门是不是？！知道你们在呢！骗谁呢！

贾幸梅［蹦到门前］：干吗啊你们！大声嚷嚷什么啊！就不给你们开门怎么着？！我们家不欢迎你们，你们赶紧走！

田咪和余淼也不说话，直接就硬生生地挤进去。

贾幸梅：哎哎，你们这是干什么啊！要脸不要脸，都说了不欢迎你们还进来干吗？！

二人大摇大摆地在沙发上坐下，把行李包往茶几上一放。

田　咪［不紧不慢］：论起不要脸来，谁能跟你们比啊。拿了爷爷的钱买了房子，把爷爷扔出去不顾死活，这么不要脸的事都干的出来，我们只能甘拜下风。

贾幸梅：你们给我出去，这是我们家，不准你们来！

田　咪：叫你们一声叔叔婶婶，那是给你们脸，还真以为自己是盘菜了是吗？还真以为自己是这房子的主人了是吗？！劝你们话别说得这么早，这房子是不是你们的，可还不一定呢！

贾幸梅：说什么呢你？！

田　咪：这房子可是用爷爷的钱买的，爷爷的钱里面有我们一半，这房子也有我们一半。

余　淼：没错！这房子涨价了，增值了，都有我们一半！

贾幸梅：你们，你们真是想得美！这么大房子有你们一半，你们红口白牙大白天的说什么胡话呢？！

田　咪：我们说胡话？你们自己出去问问去，我们说得有道理没道理？本来这房子该我们一半，现在你们竟然还坏了良心把爷爷给撵走了，那这个房子就该都是我们的！整个儿都是我们的！

贾幸梅：放屁放屁放屁！

田　咪：真臭真臭真臭。

贾幸梅气得都要站不住，江志新一把扶住。

江志新：妈，别跟这种无赖多废话，打电话报警撵走！

田　咪：报警好啊，报不报？你们不报我们报。黑了爷爷的钱，把爷爷扔了，看警察抓不抓这种丧尽天良的不肖子孙！

贾幸梅：这房子是我们家买的，是我们的！不是爷爷的，没你们的份！你们赶紧给我走，走！

田　咪：你放心，房子我们不要，你们尽管留着。我们只要我们应得的那部分，这房子现在值三十万，你们给我们十五万块钱，我们立刻就走。

江援朝等互相看一眼，都要崩溃了。

贾幸梅：十五万，你们抢啊！告诉你们没有！没有！

江援朝：小顺，我们家哪里能有十五万块钱啊？

田　咪：这钱你们给也得给，不给也得给！

贾幸梅：我们就不给，怎么着？

田　咪［向行李包撇撇嘴］：不给也行啊，从今天开始我们俩就在你们家住下了，你们什么时候给钱，我们什么时候走。

贾幸梅：你们凭什么住这儿？！

田　咪：凭什么？就凭这房子是爷爷的钱买的呀，就凭我们家余淼是江志远啊，凭什么，你说凭什么！

余　淼：是啊，这是你家吗，这家也有我们的份，我们住自己家，天经地义！

田　咪［抓过茶几上的电视机遥控器］：老公，咱们看电视。

田咪打开电视，和余淼津津有味地看起来。贾幸梅一家四口一旁站着，不知道该怎么办。

田　咪：哎呀，一早上起来还没吃什么东西呢。看看有什么吃的。

在江援朝一家愕然的目光中，田咪站起来，大摇大摆地走进厨房。贾幸梅赶紧跟过去。

27. 江援朝新家厨房，日，内

田咪走进厨房，锅里有冒着热气的千张红烧肉。

田　咪：哟，伙食不错啊，有肉呢，闻着还挺香的。碗呢？

田咪翻箱倒柜地找碗。贾幸梅已经跟进来，着急地上来拉她的手。

贾幸梅：你干什么啊你！

争夺中，一个碗啪掉地上摔粉碎。贾幸梅惊呆了，看着田咪。田咪却轻描淡写地看看她，又伸手拿了一个碗。

田　咪：再抢再砸，我无所谓，这屋里东西全砸了，我也不心疼，砸干净了把房子一卖，我们拿一半钱走人。

贾幸梅已经完全惊呆了，不知道该如何回嘴。田咪不再理她，盛了一大碗肉，端出去。

28. 江援朝新家客厅，日，内

田　咪［端着碗坐到余淼身边］：老公，来吃肉。

两人你一口我一口地吃起来，完全无视江援朝一家人。

贾幸梅［颤抖着手指着两人］：你们，你们简直就是强盗！

江志新：你们别太过分了！这是我家！

江志新一下子拉过余淼，瘦弱的余淼被江志新一拎就站起来，江志新一只手举到半空要打他。余淼吓得愣住了。田咪一看，大喝一声，特别彪悍地跳起来一把就揪住了春妮的头发！

田　咪：怎么的，想打架是吧！那就放马过来吧，谁怕谁啊！

春　妮［怀里还抱着嘟嘟，吓的哇哇大哭］：志新，志新！

江志新的手举着，就不敢打下去了。

田　咪：打啊，你把我老公打死，我把你老婆打死，反正谁也讨不了便宜！

春妮大哭，嘟嘟也大声地哭起来。江志新只好放开余淼。

江志新：什么东西！

田咪也放开了春妮，春妮立刻抱着嘟嘟跑进了大卧室，重重关上了门。

田　咪［捋捋余淼的领子］：老公，来，咱们吃。

两人坐下，继续吃千张，看电视。江志新跺跺脚，也进自己卧室去了。

29. 江援朝新家大卧室，日，内

江志新进来，春妮正在收拾嘟嘟的东西。

江志新：春妮，没事吧？

春　妮［抽抽噎噎］：这儿没法呆了，我带嘟嘟回我妈那儿去！

江志新：春妮，春妮！

春妮不理他，把东西都塞进婴儿车，嘟嘟放进婴儿车，推着就出门了。江志新十分郁闷。

30. 江援朝新家客厅，日，内

贾幸梅和江援朝还站着瞪着余淼和田咪。二人却看着一个综艺节目，嘎嘎直笑。春妮推着婴儿车出来。后面江志新跟着。

贾幸梅：春妮？

江志新：我送他们回外婆家。

江志新一家三口消失。田咪和余淼完全无视。贾幸梅跺跺脚，也回了中卧室。江援朝跟进。

余　淼：老婆，没玩过火吧？

田　咪：怕什么。理亏的是他们。

31. 江援朝新家中卧室，日，内

江援朝和贾幸梅进来，两人在床边坐下。江援朝垂头丧气。

贾幸梅：江援朝，你哥怎么会生出这么个儿子？怎么还会有这么个泼妇的媳妇？！

江援朝［叹气］：这两个瘟神要真不走了，我们可怎么办？

外面传来余淼和田咪的哈哈大笑声。

贾幸梅：让他们住，明天开始我什么吃的都不做了，看他们吃什么！没吃的他们肯定住不下去，肯定得走！看谁耗得过谁！

32. 文化馆人事处，日，内

吕希正在办手续，给他办手续的是邵姐。

邵　姐：真的就这么辞了？

吕　希：邵姐，我打大学一毕业就来这儿，十来年了，也算谨守本分勤恳工作吧，你说我得过单位什么好处？评职称没我份儿，让我等，我等，货币分房也没我份儿，让我让，我也让。可这回呢，给他干活啊，没落句好，还给当着同事一顿训孙子，你说我何苦还赖着不走。再不走就是窝囊废了。

邵　姐：你真的要去开公司了？

吕　希：怎么了？

邵　姐：你要真有下家了也就算了，不然可就真有点傻了。

吕　希：邵姐，什么意思？

邵　姐：哎呦，吕希啊，你知不知道有人正等着人给腾编制呢。

吕　希：谁啊？

邵　姐［四处看看，小声］：你真不知道啊，花馆长的侄女儿今年毕业，想来咱文化馆，苦于没有名额啊。你这么一来，正好，撞他枪口上了，如了他的意，给人空出这个编制来。

吕希彻底惊呆了。

33. 文化馆走廊，日，内

吕希愤怒地走过来。越走，脸上的愤懑越是难以抑制。他突然调头，冲着馆长办公室疾步而去。

34. 文化馆馆长办公室，日，内

馆长正在悠闲地喝茶。突然吕希一把推开门，冲了进来，直挺挺地站在馆长面前，瞪着他。

馆　长［吓一跳］：干吗呢你？！

吕　希：姓花的，我告诉你，就文化馆这小破庙，你们家侄女儿玩心眼的要来，我还真瞧不上。我从这儿一走，马上就去开公司当老总了！

馆　长：你胡说八道什么？

吕　希［冷笑］：你自己心里有数！你这破馆长一个月挣多少钱？五千？六千？我告诉你，我马上月薪就一万了，以后还有分红！你就眼红去吧！

吕希特别解气地说完，走了。馆长在后面生气。

馆　长：出了这门，别后悔！

35. 吕家主卧室，日，内

吕母躺着。吕希开门进来，兴高采烈地样子，举举手里的菜。

吕　希：妈，看我买什么了？今天我亲自下厨，给你做好吃的。对了，我还买了你最爱吃的梨。

吕母看看他，眼神中有询问。吕希出去了，显然去厨房了，片刻又进来，手里拿了一个大梨和水果刀。吕希在吕母床边坐下，准备给梨削皮。

吕　希：妈，我尝了，这梨可甜了。［突然又放下了梨和刀］对了，这两天都没顾上给木兰打电话。我先给她打个电话。

吕希拿手机拨号。

36. 崎岖的山路上，日，外

木兰和江开国正坐在一个手扶拖拉机上，颠簸在崎岖的山路上。木兰手机响。

木　兰：吕希。

吕　希：木兰，你们怎么样？找到爷爷了吗？

木　兰：还没呢。我们打算去奶奶娘家的村里看看。

吕　希：路上小心点。

木　兰：知道。你们呢，妈都挺好的吧？

吕　希：我们都挺好的。幸亏有亚芝阿姨陪着悦悦。对了，我今天辞职了。

木　兰[很意外]：这么快？不是说等文化节办完吗？

吕母的眼神也是一惊。

吕　希：反正也是要走的，早走晚走都一样。

木　兰：话是这么说，不过还是觉得有点太突然了。没出什么事吧？

吕　希：没有，能出什么事。本来这破文化馆也就是个鸡肋，早处理了挺好。

木　兰[还在沉吟]：这么冷不丁的，领导那儿有没有提前打招呼？手头的事交接清楚了吗？

吕　希[不耐烦了]：走都走了，管那么多呢。我没你那么好，什么事都得做的面面俱到。本来就准备要去谷栋梁那儿干公司的，我怕什么。好了，就是想跟你说这个事。你那儿忙着，先挂了。

吕希马上挂了电话。木兰看着电话，一时有些愣。

江开国：怎么了？

木　兰：没事。

37. 吕家主卧室，日，内

吕希有些不爽地放下手机，又拿起梨和刀，准备接着削皮。一抬头，看到吕母的眼神显得很不安。

吕　希：妈，我辞职了。

吕母看着他，眼神中很是不安。吕希被看得有些心虚。

吕　希：我知道，当初就为了我能去那个破单位，也是你和我爸把所有的关系都托了一个遍，又花了大几万块钱才办进去的，你肯定觉得辞了可惜。可那个单位饿不死也发不了财，这么多年耗着，我早就腻烦了，要早就下定决心出来，说不定早就挣大钱了，咱家也不用弄得像现在似的这么难。反正不管怎么说，现在好了，我就要去公司挣大钱了。

吕母还是不安地看着他，似乎想说什么。

吕　希：妈，你别这么看着我行吗？好像我犯了多大的错似的，不就辞职了吗？多大点事。现在人，没有一个单位干到底的，你们那都是老观念了，什么旱涝保收，公家单位，铁饭碗，那饭碗充其量也就是个塑料的！还得天天看那些官僚的丑陋嘴脸，还得忍着恶心歌功颂德，都快烦死我了！以后好了，我再不用看他们的脸色了！我是我自己的领导了！

吕母看着他的眼神更加惊愕。吕希被吕母看着，终于不高兴地放下了手里的梨和刀。

吕　希：妈，你歇着吧，我去做晚饭去。[起身，转身走出卧室，还自己嘟囔]我要挣大钱去了，也不知道为我高兴高兴。都烦人。

吕母一直担心地看着他。

38. 宾馆走廊，夜，内

雷颂华走过来。到房间门口，摁门铃。门开了，雷颂华进去。

39. 宾馆房间，夜，内

庄海洋坐回到床边，手上端着一碗方便面边吃边默默地看着雷颂华，不说话。床头柜脚下上放着一箱子方便面。雷颂华叹口气，在庄海洋对面坐下。

雷颂华：海洋，你就打算这么方便面抗战到底？不怕吃成木乃伊啊？

庄海洋：就你现在说这话，这不会聊天的样子，你绝对是你妈的亲闺女。

雷颂华［口气软下来］：海洋，跟我回去吧。你离家出走，表示你的不满和愤怒，诉求已经很清楚了，我妈也已经完全领会了，她肯定知道错了。可以了啊，跟我回家吧。

庄海洋［十分坚决］：我已经说过了，你不把你妈送走，我就不回去。

雷颂华：海洋……

庄海洋：这不是过家家，一哭一笑一抹脸，什么事没有。你妈那么闹，我已经没脸再在家属楼里住下去了。要是黑不提白不提的就这么回去了，小丽还走了，人人都会以为我和小保姆真有奸情，蒙太太和岳母原谅，浪子回头，灰溜溜地回来了。

雷颂华：要不我挨门跟人解释解释去？

庄海洋：雷颂华，我跟你说，你别学你妈胡搅蛮缠啊！我告诉你，我没法跟你妈一个门住下去了！再往下不定还有什么新的幺蛾子，我受不了！丢不起人！还是那句话，要么把老太太送走，要么咱俩散伙！

40. 路边，夜，外

雷颂华失魂落魄地进自己车里，呆呆地。突然她哭了出来，特别委屈，边哭边掏出手机打电话。

雷颂华：姐，是我……我真的没办法了，豆豆已经不回家了，现在连海洋都不肯回家，还说要跟我离婚！姐，我实在伺候不了妈了！

41. 雷颂华家客厅，夜，内

方琼一个人在沙发上坐着。房子里空荡荡的，只有她一个人了。方琼的神情又有些落寞。

方琼拿起电话，想要给谁打电话，可是呆了半天，还是把电话放下了。她继续呆呆地坐着。

42. 小梦家客厅 / 路边，夜，内

爱　华［正认真的倾听着］：……真是难为你了。

雷颂华［抽泣着］：姐，我现在真是两头不落好，里外不是人啊。说实话，我婆婆都没这么折磨我，她是我亲妈哎。

爱　华：你夫妻俩都快二十年了，感情好好的，为了老妈真离婚就冤枉了。这样吧，让妈上我那儿吧。

雷颂华：还没到去你那儿的时候呢？

爱　华：这会儿还管这些，先让妈上我这儿吧，我哄她一段。

雷颂华：那你小梦那儿？

爱　华：小梦这儿没事，他们自己也能带彬彬。先把你这火烧眉毛的局面给解决了。

雷颂华［感动地哭］：姐，要没你我可怎么办啊！

爱　华［笑］：傻妞，这值得哭一鼻子吗。

43. 雷颂华家客厅，夜，内

雷颂华进门，方琼正在接电话。雷颂华悄悄观察方琼。

方　琼［心情挺愉快］：好，当然好了。我这就收拾东西去。［挂上电话］你姐让我上她那儿住去。

雷颂华：啊？还没到日子呢。

方　琼：你姐说想我了，让我提前去。

雷颂华：你答应了？

方　琼：答应啊，去爱华那儿住我高兴。［站起来］我去收拾收拾，明天一早就过去。

雷颂华［松了一口气］：妈我送你。

44. 雷颂华家卫生间，日，内

雷颂华正对着镜子在抹擦脸油。方琼进来了。

雷颂华：妈，你都准备好了啊，我马上就好。

方　琼［到处看，一眼就看到了梳妆台上有一套包装精美的化妆品］：小三子。

雷颂华：怎么了妈？

方　琼：这哪儿来的？

雷颂华：是海洋的一个客户送的。

方　琼：是法国货吧。

雷颂华：是啊。

方　琼：能给我吗？

雷颂华［有些意外］：你要用？

方　琼：不是，我想送人。最近我那个老部下小徐，调去教委做主任了，想给他恭喜一下。反正你那么多化妆品也用不过来，这套就送给我吧。

雷颂华：喜欢就拿走。

45. 爱华家客厅，日，内

爱华扶着方琼坐到沙发上。雷颂华拎着行李袋放在一边。

方　琼：爱华啊，还是你贴心，妈只要一进你这门，就觉得心里舒坦。

爱　华：妈高兴就好，我反正一个人，有妈做伴更好啊，你愿意住多久就住多久。

方　琼［乐呵呵地拉着爱华的手］：带外孙子累了吧，看着瘦了。

爱　华：妈来就最好啊，我就回自己家，不用管彬彬了。

方琼窝心得不行。雷颂华一看也是大大松了一口气。

雷颂华：妈，姐，那我先走了。

方　琼：走吧，谁也没指着你陪。

爱　华：行，我送送你。

爱华推着雷颂华往外走。

46. 爱华家门外电梯前，日，内

姐俩走到电梯前。

雷颂华：姐，老太太现在特别怕死，特别注意养生，吃喝上面有些挑剔。

爱　华：你放心吧，对付妈，我比你有招。

雷颂华：那我走了。

电梯来了，雷颂华离开。爱华转身进去。

47. 爱华家客厅，日，内

爱华走回方琼身边。方琼正从行李袋里翻出那套化妆品，都摆在茶几上拆包装。

方　琼：爱华，过来过来。

爱华不解地坐到方琼身边，看着那套化妆品。

方　琼：这是给你的。我从你妹那儿要来的。你妹妹用的尽是高档货，你也用用。

爱　华：妈，我用不着。

方　琼［硬是塞给她］：得用，女人嘛，什么时候都得对自己好一点，赶紧收着。

爱华看着那套化妆品，简直是哭笑不得。方琼则是一副很满意的样子。

48. 雷颂华家客厅，夜，内

庄海洋拖着行李箱开门进来，雷颂华赶紧上前殷勤地接过来。

雷颂华：海洋，你可终于回来了，还是家里好吧。

庄海洋［坐在沙发上］：当然家里好，如果家里安静的话。

雷颂华：我妈送走了，没人烦你了。

庄海洋：颂华，我可没针对你妈。

雷颂华：我知道，是我妈太作了。我也烦。

庄海洋：你姐真是个好姐姐，也就你姐这么好脾气，能跟你妈长时间相处，真不容易。

雷颂华手机响起。

雷颂华：喂，姐。

爱　华［画外音］：颂华，那套化妆品是不是妈跟你要的？

雷颂华：是啊，妈说要去给小徐，小徐去教委当头了。

爱　华［画外音］：妈拿给我来了。我根本不用这个，下次你拿回去吧。

雷颂华：妈要给你直说啊，干嘛说送小徐呢。

爱　华［画外音］：妈估计不好意思吧，拿你的东西来我这儿做好人。

雷颂华：咱妈这心眼儿，都偏到咯吱窝里去了，姐你用吧，本来我也是想拿给你的。

爱　华［画外音］：那就谢谢了。挂了。

放下电话，雷颂华有点无奈地看着庄海洋。

庄海洋：又怎么了？

雷颂华：我妈把你客户送我的那套化妆品要去，说是送老部下，其实是送我姐了。

庄海洋：送送呗。

雷颂华：我妈这是在我们家劫富济贫呢，总觉得我姐老实，我是恶霸，她得帮着我姐打土豪分田地，我妈这是欺负我呢。

庄海洋：不就一套化妆品嘛，本来你都用不过来了，你妈给你姐就给了，再说你姐老是帮你承担责任，你也该好好谢谢她。

雷颂华：行了，别安慰我了，我没那么小气，只要我妈高兴，别折腾，我怎么都行。

49. 奶奶的村子，日，外

一系列蒙太奇。木兰和江开国正在到处给人看照片，打听。这是一个大山深处的村子，显得还很朴实。众人都是摇头。

（跳接）江开国和木兰分头在问人。木兰迎上了一个拎着一桶洗好的衣服的中年妇女，给她看照片。

木　兰：您好大姐，这照片上的老人您见过吗啊？

那妇女看着照片，点了点头。木兰很激动，赶紧向江开国挥手。

木　兰：爸，快过来！

江开国［赶紧走过去］：有消息了？

中年妇女［拿着照片］：这个老头我见过，两天前的事，早上我开门的时候看到他摇摇晃晃地路过我们家，看着饿得不了，嘴里也嘀嘀咕咕的不知道说什么，问他什么都说不清楚。我看他可怜，就给了他两个肉包子吃。

江开国 & 木兰［着急地看着她］：后来呢？他去哪儿了？

中年妇女：不知道，拿着包子他就边吃边走了，后来没再见过他。［回身指指］看着是往河那边走过去了。

江开国 & 木兰［又失望又感激］：谢谢，谢谢你！

中年妇女：不客气。是你们家的爷爷啊，老头子看上去怪可怜的，也不知道后来找着东西吃没有。

中年妇女走了。江开国和木兰都是一阵心酸。

江开国：走，咱上河边找爷爷去。就前天的事，爷爷肯定还在附近。

父女俩赶紧离开。

50. 奶奶的村子的河边，日，外

木兰和江开国沿着河边找过来。

木　兰：爷爷！爷爷！江多福！江多福！

江开国：爸！爸！江多福！

（跳接）江开国和木兰疲惫地坐在河边一块石头上。两人都非常失望。

木　兰：哪儿都找遍了。爷爷会去哪儿呢？

江开国茫然地摇摇头。

木　兰：爸，你别太担心了，肯定还会有好心人给爷爷吃的。

江开国：没错，这世上好心人还是多的，既然有人见过你爷爷，他肯定还在附近。咱们歇一歇，沿河上去，再去别的村子接着找。

木兰点点头。

51. 茶馆，日，内

谷栋梁神情复杂地坐着，正在出神。门口，吕希进来了。吕希已经看见了谷栋梁，兴高采烈地过来，在谷栋梁对面坐下，谷栋梁才看到他。

谷栋梁：来了。

吕　希：栋梁，等很久了？

谷栋梁：没有没有。先喝点茶吧。

谷栋梁给吕希倒上茶，有点欲言又止的。

吕　希［很兴奋］：我也正有事要跟你回报，这两天又联系了几个画家和书法家，他们也都挺兴奋的，说这两天有时间我们就可以去他们的工作室看看作品，都在 798。

谷栋梁没搭话。

吕　希：我单位的事已经完了，我已经正式出来了……

谷栋梁［呆了一下］：你已经辞职了？

吕　希：是啊。

谷栋梁：你不是说有个文化节还得一个多月吗？

吕　希：嗨，文化节的事该我干的都干完了，多我一个不多，少我一个也不少，想着还是咱们自己的事情要紧，就赶紧出来了。明天我就能到公司上班，以后全部身心就都投入到公司这边来了。

谷栋梁［面有难色］：吕希，我正要跟你说这事呢。

吕　希：什么？

谷栋梁：对不起啊，吕希，这事不做了。

吕希呆：不做了？什么不做了？

谷栋梁：公司不做了。

吕　希：为什么？

谷栋梁：这公司呢，本来我一个人也开不起来，后头有一个风投的，这事我也跟你说过，最近市场有些震荡，风投做了市场调查之后，觉得前景不明，所以暂时就不做了。

吕　希：办公室都租了，员工也都雇了，说不干就不干了？这不是儿戏吗！

谷栋梁：风投不投了，我也是没辙啊，现在打住还算是止损，不能等公司真的运行起来了再来关门，那时候就真的损失太大了。

吕希不知道还能说什么。

谷栋梁：我是真没想到你提前出来了，还想着现在跟你说还来得及……这回真的非常对不住啊，把你给闪了，哥们儿……

吕希非常受打击。

52. 奶奶的村子，日，外

木兰和江开国正沿着河走。身后路过两个人。

路人甲：你听说了吗，前天有个老头不小心掉进河里淹死了。

路人乙：谁家的老头啊？

路人甲：不知道，好像是个外地来的疯老头。

木兰和江开国一听都惊呆了，回身喊住两人。

江开国：兄弟，兄弟！

那两人不解地看着他们。

江开国：你们说的那个疯老头在哪儿？

路人甲：给县里的公安局拉走了啊，好像等着人去认尸呢。

木兰和江开国急坏了，赶紧往外跑。

53. 路上，日，外

吕希开着车，神情恍惚。忽然旁边一辆车不打灯就这儿并线，吕希本来让一让就没事了，可吕希就跟较了劲儿似的非不让，结果就蹭上了。顿时后面哔声四起。

吕　希［怒气冲天地跑到那车旁边］：下来！你给我下来！

那车上坐着三个年轻男人，一副爱答不理的样子。

司　机：你干吗你？！

吕　希［拍着门，大吼大叫］：下来！怎么开车的你们？！会开车吗？！有你们这样的吗？！什么玩意！有病！全他妈有病！

车门打开，三个人都下来了，司机揪住吕希的衣服。

司　机：你有种再说一遍！

吕　希：说怎么了！我就说了！你们他妈就是有病！社会上就是你们这种不负责任的人太多！像你们这种人都该抓起来！

司　机：还说！我看你就是欠抽！

三人揪住吕希就打。吕希不甘示弱，扑上去，揪住其中一个人猛打，自己挨拳也不撒手，就认准那个人打。场面一团混乱。一系列叠化。一个骑着摩托的警察来了。众人拉开吕希和那三个人。吕希挂彩了，对方被他揪住打的那个也挂彩了，吕希还要扑上去揍人，被警察紧紧拉住……

54. 奶奶的村子的山路上，日，外

江开国和木兰又坐在手扶拖拉机上急急赶路，两人都是一脸心急如焚。

55. 医院花园 / 县城路上，傍晚，外

吕希走出医院大楼，脸上的伤已经处理了。他慢慢地走到医院花园，神情沮丧。吕希在长椅上颓然坐倒，掏出手机拨了木兰的电话。木兰和江开国在县城的路上，急匆匆赶路。木兰手机响。

木　兰［心不在焉］：喂，吕希。

吕　希：木兰，我有事想跟你说……

正好拐过一个弯，不远处能看到公安局的招牌了。

木　兰：爸，就那边！

吕希这边听到，眉头一皱。

木　兰［无暇顾及］：我这边有事，回头给你打。

不等吕希说话，木兰已经挂了电话。

56. 医院花园，傍晚，外

吕希呆呆地看着手机，颓然地捂着自己的脸。片刻之后，他站起来往外走，不远处的长椅上，韩冬正坐着在哭。吕希很意外，走过去。

吕　希［走到韩冬身边］：韩冬？

韩　冬［抬头，看上去特别的憔悴］：是你啊。

吕　希：你怎么在这儿？怎么哭了？

韩　冬：你怎么在这儿？你脸上怎么了？

吕　希：心情不好，跟人打架了。你呢？

韩　冬：我爸在这儿住院。

吕　希：什么？

韩　冬：我妈还在积水潭没出来，我爸又查出初期肿瘤，也需要手术。

吕　希：那你完了。

韩　冬［呆呆地］：没错，完了。

吕　希：想喝酒吗？一起喝酒去。

韩　冬：我不想喝酒，想唱歌，你能陪我吗？

57. 县公安局停尸间，傍晚，内

屋子中间放着一具盖着白布的尸体。警察领着父女俩来到面前。

警　察：认吧。

江开国和木兰互相看一眼，颤抖着上前站在尸体旁边。江开国抖着手慢慢地伸过去，但是怎么也伸不过去，木兰心一横，飞快地掀开了布。躺着的老头不是江多福。江开国几乎站不住，木兰扶了他一把。

木　兰：不是我爷爷。

58. 小饭馆，夜，内

木兰和江开国吃饭。两人看上去惊魂甫定，都是食不下咽。

木　兰：爸，还好虚惊一场。

江开国：到现在这腿脚还软呢。你爷爷，一个八十多的老头，不认识人，身上又没钱，他到底在哪儿呢？

木兰也默然。这时江开国的电话响起。

江开国：喂，秀梅。

木兰关切地看着。

江开国［失望地］：……好，好。挂上电话。

木　兰：姑姑怎么说?

江开国：勤县那边也没有消息，你姑在那儿也报警了。

木　兰：有警察帮着找，应该会好一点。［突然想起来］得给吕希回个电话，他好像有什么事要跟我说。

木兰拿出电话拨了吕希的电话。

59. 卡拉 OK，夜，内

前景是吕希的手机在沙发角落狂响。后景是吕希正在嘶嚎的唱歌。手机一直亮着木兰的名字，电话声音让吕希唱歌的卡拉 OK 声给盖住了。

60. 小饭馆，夜，内

响了很久都没有人接。木兰放下电话。

江开国：没接?

木　兰：可能睡了吧。

江开国点点头，叹了口气。

61. 卡拉 OK，夜，内

韩　冬［拿着话筒声嘶力竭地唱着歌］：死了都要爱，不淋漓尽致不痛快。

一旁，吕希正着喝酒，他面前已经摆了很多空酒瓶了。只见吕希也拿起一边的话筒一起唱起来。

吕　希：感情多深只有这样才足够表白，死了都要爱，不哭到微笑不痛快，宇宙毁灭心还在!

两人声嘶力竭地一起唱着。一曲终了，吕希和韩冬都是筋疲力尽地倒在沙发上。

韩　冬［拿过酒瓶敬吕希］：来，干一杯!

吕希也拿起酒瓶，两人碰了一下，一饮而尽。

吕　希：仔细看我。

韩　冬［认真地看着他］：看你什么?

吕　希：看我头顶上，是不是站着一个衰神，正在狞笑?

韩　冬：对，站着个衰神，姓谷。

吕　希［仰头喝酒］：他不是故意的。

韩　冬：过失杀人也是杀人。你是个实诚人啊，吕希，谷栋梁个假洋鬼子，唯利是图，把你给害了。

吕　希：怪我自己。我太轻率了，太冒失了，我为了逞一时意气，为了嘴巴上痛快一次，我……［仰头咕咚咕咚喝酒］我快喘不过气来了，本来希望换个工作就能多挣钱，就能送我妈去养老院，我们家现在的困境就能有所改变……现在好了，这个希望破灭了。［呜呜咽咽］没钱，我妈还得在家照顾，永远都得在家照顾，我们三个轮班，永远都没有下班的时候……为什

么？！为什么别人的父母都健健康康的，就我妈的身体这么差？！为什么为什么为什么？！

韩　冬［难受地拍拍他的肩］：有我陪你呢。谁比谁惨。我就一个人，我爸我妈都住院，我一个人伺候两个人，每天晚上我回到家，我累得死的心我都有。

吕　希［目光直愣愣地］：就这几个月，好像半辈子已经过去了，我爸死了，我妈瘫了，一下子全都完了。我吕希，已经是个没前途的活死人了。过去多好，我想回到过去！就算回到没房子没车没钱的过去，我也愿意！想想刚毕业那时候，我和木兰还在谈恋爱，我住在石景山我爸妈那儿，木兰住在单位分的集体宿舍，我们俩什么都没有，可是很开心，每天都过得无忧无虑，一块儿吃顿肯德基，都很开心，一块儿骑自行车去皇城根溜达一圈都很开心，虽然没钱，可也没压力。就算后来，供了房子，养了孩子，经济上压力大了，可还是觉得生活是有奔头的，觉得是甜的。

韩冬静静地听着。

吕　希：可是最近，我觉得累了，灰了，好像就呼啦一下，完全没预警的，我突然就变成了一个上有老下有小的中年人了！我每天都在告诉自己，这是一个噩梦，这是一个噩梦，可这个噩梦居然他妈永远都不会醒！我自己的妈，木兰的爸，还有她的爷爷，像一个又一个孙悟空的紧箍，死死的把我的人生套牢了！

韩　冬［呆呆地］：谁的人生没被套牢。爸妈身体好的时候，不需要我们做子女的付出多少，什么感觉都没有，可一旦爸妈的身体出问题了，我们就完了。吕希，这不是你一个人的问题，这是我们全社会的问题，这叫未富先老。知道什么是未富先老吗？

吕希呆呆地看着她。

韩　冬［苦笑］：未富先老，就是再过五年，马路上走的人里，五个里面就有一个六十以上的老头老太，再过十年，餐厅里的服务生全是老头老太，足浴里给你洗脚的也是老头老太，就连老人院里伺候八十一百岁老头老太的是六十岁老头老太，你说吓人不吓人？！

吕希怔怔地，吓呆了。

韩　冬［又举起酒瓶跟他碰杯］：所以啊，我们要及时行乐。

这时屏幕上显示《明明白白我的心》。

韩　冬［举起话筒］：明明白白我的心，渴望一份真感情，曾经为爱伤透了心，为什么甜蜜的梦容易醒。

吕　希［也拿起话筒和她对唱］：你有一双温柔的眼睛，你有善解人意的心灵，如果你愿意，请让我靠近，我想你会明白我的心。

韩冬忽然放下话筒，沉默片刻，再抬起头看着吕希的时候双眼已经湿润。

韩　冬：吕希，你知道吗，我喜欢你，高中开始我就一直喜欢你，从来都没有忘记过你。

吕　希［十分感动］：我都知道，谢谢你今天跟我说出来。在我这辈子最狼狈不堪的晚上，你让我觉得我还是个人，还有点价值。

韩　冬：吕希……

吕　希：我们这辈子已经这样了，注定没缘分。

韩　冬［洒脱地摆摆手］：不说了不说了，唱歌唱歌！

两人举起话筒接着唱，都处于一种半迷幻状态。

62. 卡拉OK门口，夜，外

吕希和韩冬相互搀扶着走出大门，两人都是东倒西歪的，已经完全都喝高了。

吕　希：我打车送你回家。

吕希伸手拦车。

63. 韩冬家门口，夜，内

吕希送韩冬到门口，两人都还有醉意，靠在墙上。韩冬在包里，摸索着门钥匙。

吕　希：好了，安全把你送到家了，再见。

吕希挥挥手想离开，可是韩冬拉住了他的手。吕希愣住了。

韩　冬：今天晚上多美好，可是明天天一亮，我们就都给打回原形了。

吕希愣愣地看着韩冬，他挣扎着，想要拂开韩冬的手。

吕　希：我走了……

韩　冬[轻轻地]：你舍得就这么结束今天晚上？你一回去就要面对你妈。

吕希一下子踌躇了。韩冬已经打开了门，一拉吕希，吕希迷迷糊糊地就跟着韩冬进了门。

64. 韩冬家卧室，夜，内

月光落在吕希的脸上。吕希突然惊醒，捂着额角坐起来，发现自己衣衫不整。再一转头，躺在旁边的韩冬熟睡着。吕希仓皇起身，边走边捡起自己的衣服和包，踉跄着跑了。

65. 路边，夜，外

吕希边跑边穿整齐衣服，跑到路边一招手，一辆出租车停下来。吕希坐上车，惊魂未定。

66. 吕家主卧室，夜，内

吕希跑进卧室，一片漆黑。开了灯，惊呆了。吕母躺着，嘴里正在涌出血来，枕头上全是血迹。

吕　希[吓坏了，跑过去，着急地]：妈，你怎么了？！怎么会这样？！

吕母继续吐着。

吕　希：妈，你等着，我打电话叫救护车！

吕希说着伸手要拿电话。吕母嘴里努力的发出嗬嗬的声音，看着吕希，手指头勉强动着，紧紧扣住吕希的手指，不让他去拿电话。

吕　希[惊呆了]：妈？

吕母直盯盯地看着他，用眼神表示出了否定的意思。

吕　希：妈，你不要我叫救护车？

吕母闭了闭眼睛，表示同意，又吐出一大口血。吕希完全愣住了。吕母用千言万语的眼神看着吕希，母爱，牺牲，不舍，心甘情愿……同时吕母努力用手指头推吕希的手，让他走。

吕　希：妈，你这是什么意思啊？

吕　母[定定地看着他，突然艰难地说出三个字]：让，我，走。

吕　希[完全惊呆了]：妈，你是要我别救你，让我们都解脱，是吗？

吕母含泪闭了闭眼睛。吕希定定的，一连串镜头闪回，都是吕希和木兰照顾吕母所经受的种种痛苦，甚至还包括了刚刚犯下的可怕错误也闪现在脑海。吕希脸上的肌肉抽搐着，他突然逃跑一样地转身冲了出去。

67. 小区花园，夜，外

吕希跑出来，狂奔，一口气跑到街心，直到被什么东西绊了一下，他重重地摔在了草地上。吕希站不起来，蹲在地上痛哭起来。刚才的回忆继续闪动，出现了吕希小时候和母亲在一起的美好回忆。吕母做饭给小吕希吃。吕母给小吕希穿上新织好的毛衣。吕父吕母带着小吕希在放风筝。吕母抱着小吕希在春风中转圈。突然吕希惊醒了，他跳起身，转身狂奔。

68. 吕家客厅，夜，内

吕希推开门，冲进来。往卧室冲。

吕　希：妈，我错了！

69. 吕家主卧室，夜，内

吕　希[哭着跑进卧室]：妈，我错了，我错了！你是我妈，再累赘也是我妈啊！

吕母平静地躺着，已经闭上了眼睛。安详去世。

吕希愣愣地看着，一步一步慢慢地走到床前，看着吕母，他伸手慢慢地过去，抚在母亲的脸上。

吕　希：妈，你睁眼看我。

可是母亲再也不会睁开眼睛了。吕希呆呆地看着母亲，连哭都哭不出来了。

第 17 集结束！

木兰带爷爷回京住，田咪得逞拿钱回家

1. 奶奶的村子，日，外

木兰和江开国拿着照片问一个路人，路人摇摇头。两人都是已经有点麻木了的表情。

（跳接）父女俩慢慢地走过来。

江开国：木兰，咱们可能再也见不到爷爷了。也许爷爷在路上哪儿出了什么意外，再也找不到了。

木兰没有说话，两人都是特别难受。

江开国：回吧。不找了。你得回北京了。

木　兰［沉吟片刻］：爸，咱们再回老家看一次吧，也许爷爷走着走着，又走回去了。

江开国沉吟不说话。

木　兰：再找一次，就死心了。

江开国点了点头。

2. 江援朝新家客厅，日，内

田咪躺在沙发上看电视，余淼开门，拎着一个塑料袋进来。

余　淼：咪子，来，吃饭了。

余淼在沙发上坐下，从袋里拿出热气腾腾的包子和炒菜放到田咪面前，还给田咪掰好一次性筷子。田咪津津有味地吃起来。

余　淼：好吃吗，咪子？

田　咪：好吃，下次再试试旁边那家的。

余　淼：好，你想吃什么我就去买什么。

田　咪［冲着中卧室］：不做饭，不做饭我们就饿死了啊。德行。

3. 江援朝新家中卧室，日，内

江援朝和贾幸梅坐着，江援朝一脸的丧气，贾幸梅一脸抓狂。

贾幸梅：江援朝江援朝，想想办法想想办法啊！我要疯了！

江援朝整个人驼得更矮了。

4. 奶奶的村子里老家的废墟，日，外

木兰和江开国走过来。远远的，就看见江多福正坐在老家的废墟上啃着一个黑馒头呢。江多福穿着捡来的衣服，头上戴着花帽子，嘴里吃着发霉的半个馒头。

江开国：爹！

木　兰：爷爷！

两人狂跑着，跑到江多福身边。江多福看到两人，突然就醒了。

江多福［像个小孩子一样怯怯地］：开国，木兰，是你们吗？你们是来接我回家的吗？

江开国［抱住江多福痛哭］：爹，我就知道你活着！我就知道你活着！

木兰在一旁含笑，看着紧紧拥抱着的父亲和爷爷，一行眼泪滑落，但是笑容更加灿烂。

［旁白］：江木兰突然感到深深的幸福，对即将失去记忆的爷爷来说，故乡永不磨灭。对爷爷来说，一辈子的记忆都在故乡，即使故乡已经面目全非了，爷爷的心里也还是记挂着这片土地，还是会记得回来的路。

木　兰［上前握住江多福的手］：爷爷，别怕，我们回家！

5. 小饭馆，日，内

江多福正狼吞虎咽吃饭。江开国和木兰都是心疼地看着他。

木　兰：爷爷，你还记得是怎么回事吗？你怎么会一个人出来？

江多福［断断续续］：我想见水生。幸梅说带我去找水生。找水生。都没找到，没找到。没找到水生。幸梅不见了。

江开国和木兰心里都明白了，两人对视，心里都凉了。这时候江秀梅走进来。

江秀梅［冲到江多福面前］：爸！爸！

江多福：秀梅？

江秀梅［抱住江多福，痛哭］：贾幸梅这个狼心狗肺的东西，也太欺负人了！

江多福［忽然又糊涂起来］：别哭别哭，你是谁啊？这儿，这儿是哪儿啊？

江秀梅：爸，爸！

江开国：爸现在就是一会儿清楚，一会儿糊涂。

木　兰：姑姑，我和爸打算今天晚上就带爷爷回北京去。

江秀梅：爷爷跟着你们走，我也放心了。你们爷俩受累。

江多福：不去北京。

三个人都愣。

江开国：都怪我，我没能力，要是我的房子还在，我就陪着爸在桐城。

木　兰：爸，你别这么说，好不容易现在咱们一家人又团聚了，以后我们永远都不分开。［对江多福］爷爷，你就忘了叔叔吧，就当没生过这个孩子。

江多福：援朝？我想见援朝。我想见志新。

江开国、木兰和江秀梅互相看一眼，都是十分感慨。

6. 江援朝新家客厅，傍晚，内

田咪和余淼跷着二郎腿坐在沙发上看电视。贾幸梅和江援朝、江志新过来，站在二人面前。

田　咪：躲开，别挡我看电视。

贾幸梅［狠狠地抓过遥控器，关了电视］：这是我们家，这是我们家的电视，我不让你看！

田　咪：干什么干什么干什么？又要打架是不是？！来啊！谁怕谁？打死了大家都干净！

贾幸梅：你们到底想要赖着到什么时候？

田　咪：只要你们给钱，求我们待这儿我们也不会待。

贾幸梅：你们还讲不讲理啊？！说了没钱没钱，看看我们家，像是能拿出十五万的样子吗？！

田　咪：拿不出来卖房子啊！这房子就是钱！爷爷的钱！我们江志远的钱！

贾幸梅：江志远江志远，你是哪门子的江志远啊！你们现在就给我走！

贾幸梅冲到门边，拉开门指着门外，忽然贾幸梅看到屋子里的人都两眼发直地看着门外。她回头一看，吓了一大跳。江开国和木兰扶着江多福站在门口。

贾幸梅：你，你们……

江开国和木兰扶着江多福进来，看着贾幸梅和江援朝。

木　兰：怎么，看到爷爷回来了这么惊讶？

贾幸梅吓得说不出话来。江援朝看到江多福，有点羞愧地低着头。

江开国：援朝，你还有什么可说的？你们对爸这样，爸还惦记你们，想回来看你们。

江援朝和江志新都羞愧不已。

贾幸梅［哭天抢地］：爸，你可终于回来了！你说我就去给你找水喝，你怎么就跑了呢？你不知道我们有多担心啊！你不在家这些日子，我们全家都心里难受，吃不香睡不好……

木　兰：够了！

贾幸梅停嘴。

木　兰：别再演戏了。看着恶心。

贾幸梅：爸，我们是坏人，我们都不是人！可你也要体谅我们，不是我们不想孝顺你，实在是家里条件太差了，真的太难了，伺候不了你啊！爸，你就放过我们吧！求求你放过我们吧！

江开国：行了，别嚎了，我们就带爸去北京。

田咪和余淼立刻跑到江多福身边。

田　咪：没错，爷爷，你跟我们回北京吧，咱们管他们把钱要了，再也不理他们。

木　兰：你们俩闹够了没有？！该回去了！

余　淼：我们没想在这儿待着，他们什么时候给钱，我们什么时候就走。

木兰看着这两人简直是没话说。

江多福［环顾］：援朝，志新。

江援朝和江志新都是羞愧地不敢直视。

江多福：援朝，你还认不认我这个爸？

江援朝停顿了很长时间，所有人都看着他，他一下子跪下了。

江援朝：爸，是我不孝。

江多福看向江志新，江志新也跪下了。

江志新：爷爷，大伯，姐，我不孝。我想做姐姐那样的孝子，我也努力了，可久病床前无孝子，我是真的扛不住了！孝子不是嘴巴说说的，孝子的代价太大了，我是没用的人，我做不到啊！

木　兰：志新，这话是能说出口的吗？人活在世界上，谁不辛苦？辛苦就能不要爷爷了？赡养老人是天经地义，怎么能因为他们生病就抛弃他们呢？

江志新咬住嘴唇，垂下头，眼泪掉下来。

木　兰［眼泪也掉下来］：志新，你说话，我知道你不是这样的人，从小你是爷爷一手带大的，你跟爷爷最亲，你跟爷爷是有感情的，你不会嫌弃爷爷，是不是？

江志新［哭出声来］：姐，对不起。

木　兰：你别跟我说对不起！你没对不起我。江志新你对不起的是你自己！你将来总有一天你会后悔的！

江多福全明白了，缓缓地点着头，强忍着眼泪，转身就往门外走。

江开国：你们……你们……

木　兰［看着江援朝一家，一字一句地］：从今往后，我江木兰没有你们这样的亲戚，我不认识你们。爷爷我们带回北京去，只要有我江木兰一口气在，爷爷就不会变成流浪汉。这是今天当着皇天后土，我江木兰发的誓。爷爷，爸，我们走！

木兰和江开国扶着江多福离开。身后人都如泥塑木胎不动。

7. 江援朝新家楼下，傍晚，外

木兰和江开国、江多福走出楼门。

江开国：木兰，小顺他们，不管他们了？

木　兰：他们都是成年人了，他们得为自己的行为负责。

8. 江援朝新家客厅，傍晚，内

田咪和余淼看着这一变化，有点傻眼。

江志新：小顺，你爸和你姐都走了，你也走吧。

余　淼：我不走，我干嘛要走，你们还没给钱呢。我们家接爷爷去北京了，爷爷在北京是要花钱的，你们得给我们钱。这房子里有爷爷的钱，那就是等于有我爸的钱，也就是有我的钱，你们没把爷爷照顾好，就得还钱。

贾幸梅：就算是要给，也得给江开国和江木兰啊，凭什么给你们啊！

田　咪：嚷什么嚷什么？这是谁啊？这是江志远！是江家长房的孙子！现在我们志远就代表了姐姐、爸爸和爷爷！要是你们不把钱给我们，我们就报警去，告你们虐待爷爷！

9. 木兰家客厅，日，内

木兰和江开国扶着江多福走进家门，都愣了一下。吕希呆呆地坐在沙发上，看到他们回来，吕希慢慢站了起来。

吕　希［机械地］：爸，爷爷。

木兰和江开国扶着江多福坐下。

木　兰：吕希，我把爷爷带回来了。

吕希机械地点点头。

木　兰：吕希，以后，爷爷就跟我们一起住，好吗？

吕希机械地点点头。

木　兰：你怎么没去上班？

吕　希：我等你们回来。

木　兰：等我们？等我们干吗？

吕　希：木兰，爸，我妈，她不在了。

木兰和江开国都惊呆了。

木　兰：你说什么？妈怎么会不在了？

吕　希：妈走了。

木　兰：我不相信。

吕　希：你跟我走吧。

吕希起身往外走，木兰看看江开国，怔怔跟上。

10. 医院太平间，日，内

吕希陪着木兰，跟着一个工作人员推开门进来。工作人员拉开一个冰柜，走开了。木兰浑身颤抖着靠近。冰柜里，吕母安详地躺着。木兰几乎崩溃，一下子瘫倒了。吕希赶紧扶住木兰。

木　兰：怎么回事，妈怎么会？！

吕　希［机械地］：医生说是急性胃出血。妈其实胃出血好几天了……可我都没察觉……发现的时候，已经来不及了……一切都是我这个做儿子的错。

木　兰：什么时候的事？

吕　希：就是那天，公司的事黄了，我心情不好，跟人打了一架，也没跟你讲上电话。我一个人跑去喝闷酒，喝多睡着了，醒过来回家，妈已经不在了。

木　兰［哭出声］：对不起，那天我没办法跟你多说话，那时候我们以为爷爷死了，我们正要去认尸，以为要出大事了，对不起！

吕　希：你没对不起我，什么都是命，什么都晚了。

木　兰：妈，妈，你怎么都不等我回来呢？！我还没给你染头发呢妈！

木兰抑制不住，瘫在吕希身上失声痛哭。吕希任由木兰靠在他身上痛哭，却一滴眼泪都没有，已经完全麻木的样子。

11. 木兰家客厅，傍晚，内

江开国正在伺候江多福擦脸。亚芝领着悦悦进来了。

悦　悦［一下子扑进江开国怀里］：外公！

江开国：悦悦，乖宝贝，外公回来了。

亚　芝：老江，你们回来了？

江开国点点头，有些沉默。

亚　芝：老爷子找到就好。

江开国点点头，还是沉默。

亚　芝：对了，淼淼他们呢？

江开国摇了摇头。

亚　芝：他们怎么没跟你们一起回来？

江开国看看她，不知道该怎么开口，一声长叹。

亚　芝：出什么事了？

江开国想说话，张了张口，还是没说出来。

亚　芝：那先这样。既然你们回来了，我就先回去了。

江开国：亚芝，这阵子，真的太麻烦你了。

亚　芝：我能帮的，也就这点事。老江，淼淼他们没做什么错事吧？

江开国看看她，还是一声长叹。亚芝有不妙的感觉，点点头就赶紧离开了。

12. 江援朝新家大卧室，傍晚，内

田咪正在翻柜子抽屉。屋子里所有的角落都翻个遍。

田　咪［失望地一甩抽屉］：这家可真够穷的，怎么一点值钱东西都没有啊。

13. 亚芝屋子 / 江援朝新家客厅，傍晚，内

亚芝开门进来，在床边坐下，想了想，拿起电话拨了号码。江援朝家客厅，余淼的手机响。

余　淼［一看是亚芝，犹豫了一下，接］：妈。

亚　芝：淼淼，你们在哪儿呢？

余　淼：哦，我们还在安徽呢。

亚　芝：还在安徽？

余　淼：哦，在叔叔家。

亚　芝：你们怎么没跟江爸他们一块儿回来？

余　淼：我们在这儿还有事呢。

亚　芝：你们还能有什么事，爷爷和江爸他们都回来了。

余　淼：哎呀，跟你说你也不明白，问那么多干吗。

贾幸梅和江援朝开门进来，身后跟着一脸垂头丧气的江志新，在后面跟着两个警察。

余　淼：妈，不跟你说了啊！［挂上电话，冲里屋］咪子！

田咪立刻出来，两人戒备地看着进来的人。

田　咪：你们干嘛这是？

贾幸梅［回身看着警察］：警察同志，就是这两个人，一直赖在我们家不走，你们一定要给我们主持公道！

警　察［看着两人］：是怎么回事？

田　咪：警察同事，别听他们瞎说，这是我们家务事，这是我们叔叔婶婶，不是外人，我们在这儿是要替我们爷爷讨个公道。

警　察：到底怎么回事？

贾幸梅：警察同志，你们别听他们的，他们不是我们的亲戚，他们就是白闯赖着不走。

田　咪：见过住人家里不走的白闯吗？警察同志，他们才是坏人，我们家有个八十多的老爷爷，得病了，老年痴呆症，该轮着他们赡养，他们不想养，就偷偷把爷爷给扔了！这还不算，他们还把爷爷的房子拆迁款给独吞了！警察同志，你们要抓也应该把他们抓起来！

江志新听了，不由地眉心一抽。

警　察［看着贾幸梅和江援朝］：是这么回事吗？

贾幸梅：不，不是的，警察同志，不是她说的那样……

田　咪：怎么不是了？欺负爷爷是个病人，欺负咱爸是个好人，我现在就能找街坊邻居来给我们作证，说说你们做的这些坏良心的事！

贾幸梅：不，不是！警察同志，您别听她的……

田　咪：要是没做亏心事，你结巴什么啊！现在害怕了吧，告诉你，我们是有理走遍天下！

警　察：到底是怎么回事，你们自己协商好了再说！

贾幸梅：警察同志，真的是他们不对，你们得把他们赶走啊，他们不能这么占着我们家的地方！

田　咪：什么你们家的！这里也有我们的份！要我说你们才应该走呢，这是爷爷的钱买的房子！

贾幸梅［指着田咪］：你！

田　咪［拍掉她的手］：指什么指！

贾幸梅：警察同志，您……

警　察：这种事是你们的家务事，我们也处理不了，内部问题你们自己内部解决吧。我们是人民警察，出警一次有成本的，以后不要随便打 110！

警察说完就走了。贾幸梅和江援朝及江志新都傻眼了。

田　咪［特别得意］：看看吧，警察都看出你不是好人。你还真行啊，还真有脸去找警察呢，你还真以为自己占理？真是笑死人了！

贾幸梅：你，你！［发狠地］今天我就跟你们拼了！你们不让我好好过，我也不让你们好过！

贾幸梅扑上去就要跟田咪打。

田　咪：好啊，打啊，我会怕你啊！

眼看两人就要打起来了，江援朝和江志新赶紧拉住贾幸梅。

江援朝：幸梅幸梅，别打！

江志新：妈，别闹了，我们出去吧。

贾幸梅：干什么要走！这是我家，我不走，不走！

江援朝和江志新拉着贾幸梅走了。

田　咪：也不掂掂自己的分量，还想跟我斗！

余　淼：老婆真是太厉害了！快坐下坐下，吃汉堡，我给你捶腿。

田咪在沙发上坐下，吃着余淼递过来的汉堡。余淼起劲地给田咪捶腿。

14. 小饭馆，夜，内

贾幸梅和江援朝、江志新三个人愁苦地坐着，服务员过来，给放上三大海碗的面条。三人看着各自面前的面，但都没有胃口。江志新看着尤其没精打采。

江援朝：现在怎么办才好？这小顺和她媳妇实在是太无赖了，骂也骂不过他们，打也不能打他们，叫警察都没用，我们可怎么办啊。

贾幸梅：他们不走，春妮和嘟嘟就不敢回来。那是我们家，他们俩倒是大摇大摆地住着，我们连待的地儿都没有，这叫什么事！

江援朝：哪能想到他们这么能耗呢。

贾幸梅：干脆我跟他们拼了算了！志新，你倒是说话啊！

江志新：我没什么可说的。

贾幸梅：你……

江援朝：看样子，现在只能花钱送瘟神了。

贾幸梅：花钱？

江援朝：你还有不花钱的法子吗？

贾幸梅哑了。

江援朝：还是想办法凑点钱把他们打发了吧。

贾幸梅：咱家哪里还有钱啊？

江援朝：没有也得想办法去借，先把瘟神打发了再说。

15. 墓地，日，外

墓碑上，吕母的名字已经涂黑了。

江开国在墓碑前摆出饭菜。吕希麻木地站着。木兰搂着悦悦在一旁，也都是呆呆的。

吕　希［表情麻木而压抑］：妈，这些菜都是你爱吃的，都是特意给你做的。妈，你一定要吃啊。是我对不起你，我都没让你吃上最后一顿晚饭，我是让你饿着肚子走的。

木兰掩住嘴，一下子眼泪下来了。

江开国［点着了香］：亲家母，你饿着肚子走的，那是你对儿子媳妇孙女儿好。

吕希神情一动。

江开国：我们家乡有句老话说了，老人走的时候不吃饱，那就是把饭留给子孙后代了，是好事。你是个好母亲，我们知道你做的一切都是为了子孙后代好，是为了让子孙后代有饭吃，谢谢你，我在这儿给你们作揖了。你是个善良人，一辈子都做好事，相信你在那儿也会过的很开心。现在你可以跟老伴团聚了，将来咱们都得上那儿团聚去，你们等着我们。［拿着香朝四个方向都拜了拜］四方的菩萨，你们要保佑亲家公亲家母安息。

木　兰［拉着悦悦站在墓碑前一起跪下］：悦悦，给爷爷奶奶磕头。

悦悦听话地磕了一下头。

木　兰[含着眼泪]：妈，你和爸现在团聚了，你们再也不会分开了。你们在天上，一定要过的开心。

悦　悦[哭了]：奶奶，你和爷爷一定要过的开心。

木兰搂住悦悦，伤心地掉下眼泪。吕希还是那副表情。

16. 木兰卧室，夜，内

木兰推门进来，吕希和悦悦躺着床上，悦悦已经睡着了。吕希似乎也睡着了。木兰小心翼翼地钻进被窝，轻轻触了触吕希的胳膊。

木　兰：睡着了吗？

吕　希[含含糊糊]：嗯。

木　兰：这两天忙忙叨叨的，都还没来得及跟你说会儿话。我心里特别难受。我想跟你说说话。

吕　希[转身背对木兰]：我累了，睡觉吧。

木兰有些不解，待了一会儿，也把自己这边的灯拉了。黑暗中，她还大睁着眼睛。

她忍不住拿起手机，给雷颂华发了一个短信：店长，我回来了，明天来上班。这段时间请假真不好意思。没多一会儿，雷颂华的短信就过来了：现在能来喝酒吗？

木兰转身看了看吕希，吕希似乎睡着了。木兰暗暗叹了口气，轻手轻脚地起床。

17. 麻小排挡，夜，内

木兰进来，看到雷颂华已经在他们的老位子上坐好了。木兰过去，在对面坐下。

木　兰：店长……

她一下子神色凄楚，忍不住眼泪掉下来。

雷颂华：怎么了？爷爷出什么事了？

木　兰[摇摇头，伸手抹掉眼泪]：爷爷没事，找到了。

雷颂华：找到就好。带北京来了？

木兰点点头。

雷颂华：带回来就好。你为什么还哭？

木　兰：我婆婆没了。

雷颂华：婆婆没了？

木　兰：就这次我回家找爷爷，回来，婆婆已经没了。

雷颂华：真没想到，爷爷找回来了，婆婆又没了。

木　兰[忍不住掉下眼泪]：人生如果能知道提前发生什么，就会少很多遗憾。如果知道这次离开再也不会见面，我一定会跟我婆婆告个别。

雷颂华：木兰，我倒觉得这并不一定是坏事。

木　兰：店长。

雷颂华：你婆婆那个情况，要一直这么拖着，对她自己也是种折磨，老太太那么躺着，虽然还活着，可也没什么生活质量，往好了想，她现在这么走了，也不算遭了太多罪。

木　兰：我也知道她那么挺痛苦的，可活着总还是有点希望，只要她人在，我们总还没有失去她，苦点累点，心里还是踏实。

雷颂华：其实生和死到底是苦是乐，很多时候也难说的很。有时候，你希望你爱的人活着，也是一种自私，因为你自己的情感需要。

木　兰：我自己的情感需要？

雷颂华：难道不是吗？有时候爱何尝不是一种枷锁。

木　兰：我婆婆对我很好，像妈一样好。我舍不得她。

雷颂华：你婆婆对你好，她一定是笑着离开的。她一定希望别让你们两口子那么辛苦。她痛快地走了，是在帮你们解除后顾之忧，她是为你们着想。你不要太伤心，辜负了她的心意。

木　兰：店长，谢谢。

雷颂华：这段时间你不在，我也没闲着。我去总部帮你解释了上次的事。

木　兰：店长？

雷颂华：你是你，你弟媳妇是你弟媳妇，她犯错不等于你犯错。整个过程我都跟总部说了，你的处理没有问题。所以，还是可以让你当新店长。

木　兰：我不知道该怎么说谢谢。

雷颂华：不用谢我。职场女性不容易，家庭，事业，方方面面都是考验，能够存活下来的人都是好样的。我是真的希望看到你一步一步好好往前走。还有一个，这个曾宏犯了我的大忌，他越是这样，我越是不能让他得逞。这个世界太过于实际了，有时候还是需要一点这样的理想才够意思。我在你身上看到理想还留存着，我特别希望看到你能有机会创造一个理想中的好超市。

木　兰：店长，感谢的话我不说了，我敬你一杯。我会打起精神，明天永远会更好。

雷颂华：对，明天永远会更好。

两人干杯。

18. 木兰家客厅，日，内

吕希神色阴郁地走出卧室。桌子上已经摆着一锅热气腾腾的粥和小菜。江开国正在摆碗筷。江多福已经坐在桌子旁。木兰和悦悦从卫生间也走出来。木兰看了一眼吕希。吕希蔫头耷脑的，回避了木兰的目光。木兰心里有些小不安。

江开国：都起了，吃饭吧。

大家都坐下，沉默地吃早饭。刚吃两口，吕希就放下碗筷。

江开国：吕希，你爱喝的豆汁，不喝了？

吕　希［摇摇头］：我送悦悦吧。

木　兰：好。

吕　希：悦悦，拿上面包和牛奶，路上吃。

悦悦乖乖地点点头，吕希给悦悦背上书包，父女俩一起出门。留下江开国和木兰互相看一眼。

江开国：木兰，我看吕希一直情绪不高，他没事吧？

木　兰：他妈走得这么突然，肯定一时缓不过来。

江开国：也是，就这么小半年，前后脚的，爹走妈也走，换谁身上也受不了。木兰，你也得振作。

木　兰［点点头］：爸，吕希他妈妈对我真的很好，就跟自己女儿一样疼我。我相信，她一定是笑着走的。我会好好的，不会让她失望。

江开国：对的，人死不是坏事，换个地方过活去了，只是不跟咱们在一起了。一定得这么想。这段时间吕希挺难的，你多安慰安慰他，家里的事就都交给我吧。

19. 幼儿园门口，日，外

吕希带着悦悦走到幼儿园门口。小朋友都陆续地在往里走。高思佳走过来，拉住了悦悦的手。

高思佳：吕悦然，别难过了，我们进去吧，今天我让我妈妈带好吃的给你了。

悦　悦：谢谢。［回身对吕希挥手］爸爸再见。

悦悦拉着高思佳的手走进幼儿园。吕希一直茫然地站着，目送悦悦，然后回身，沿着马路走了一段。这时吕希手机响。

吕　希［接起电话］：喂？

邵　姐［画外音］：吕希，我是邵一兵。

吕　希：邵姐。

邵　姐［画外音］：哎，你什么时候能过来把关系转走？

吕希一愣。

邵　姐［画外音］：花馆长天天在催呢。

吕　希：我马上过去。

放下电话，吕希十分郁闷。

20. 超市卖场，日，内

木兰恢复了平时那个干练的样子，和朱课长一起巡场。路过水果摊位，员工们正在包装盒装草莓。朱课长悄悄地冲大家使了个眼色。大家都会意地点点头，快速地把好的草莓摆到盒子最上面，然后封好。木兰没有发现大家做的小动作。

21. 超市会议室，日，内

木兰和组长以上级别在开会。

木　兰：这几天我不在，辛苦大家了。我看了业绩表，上升了不少啊，你们用的什么方法把损耗降下来了？

朱课长等互相心照不宣地看了一眼。

朱课长：江姐，我们就是增加了在卖场内走动的频次，加强了跟顾客之间的沟通，让他们理解我们的难处，这不就大家都好了。

木　兰：你们干得不错，谢谢大家了。

朱课长：江姐，这是我们应该的。

木　兰［笑笑］：大家一起努力吧。看着这卖场里热热闹闹的情境，生活还是很美好的。我相信，总有一天我们和顾客之间能达成理解。

众人都点头。员工们再次互相看了一眼。

22. 文化馆走廊，日，内

吕希手里拿着个文件袋，从人事处办公室的门出来，默默地沿着走廊往前走。迎面正好馆长走了过来，和吕希碰了个正面。

馆　长：哟，吕希。

吕希看着他，没说话。

馆　长：关系拿走了，那就彻底跟我们文化馆没关系了。也是，人往高处走嘛，理解理解。这就要去上任了吧，以后可不得了了啊，该称呼吕总了。咱们好歹也是共事多年，发大财了可别忘了回来请我们吃饭啊。

吕希拿着文件袋的手指不断地收紧。

馆　长［装模作样地看看手表］：哎哟，我还有个会呢，就不耽误吕总您的时间了。回见回见。

馆长带着嘲笑离开。吕希满腔愤懑无处可去。

23. 街边，日，外

吕希拿着文件袋在路边茫然地走着。走着走着，他突然愤怒地把东西扔了，文件袋开了，里面的档案散落一地，周围路人吓一跳。吕希浑然不觉，在树上狠狠地砸了几下。忽然吕希的电话响起，他一看，是韩冬的名字。吕希任由电话响着，没有接，表情非常痛苦。好一会儿，手机不响了。吕希深深叹口气，弯腰捡起摔在地上散落一地的文件，一一收进文件袋。

24. 吕家客厅，傍晚，内

木兰开门进来，客厅保持着吕母出事那天凌乱的样子。只是在柜子上放着吕母的遗像。木兰看着照片上吕母慈祥的笑容，怔怔地出神。片刻，木兰振作精神，开始收拾。

25. 吕家主卧室，傍晚，内

木兰在收拾床单被罩，搬开枕头，露出了枕头底下的录音笔。木兰看着这个录音笔，不禁又有些悲从中来。不过她马上摆脱了这种情绪，还是打起精神。木兰小心地收起录音笔，放进了包里。木兰抬头的时候不经意看到摄像探头的位置，木兰想起了探头，走过去打开柜子门，发现摄像探头竟然还开着，愣了一下，叹口气，把探头给卸了，把电脑给收起来。

26. 吕家客厅，傍晚，内

屋里已经都收拾完了。遗像前摆上了吕母最爱吃的大梨。木兰站着，再看眼屋子，出门。

27. 吕家门外，傍晚，外

木兰锁好门，转身看到隔壁的邻居老孟正好出来。

老　孟： 木兰，过来了。

木　兰： 孟叔。

老　孟： 没想到你妈走得这么快，唉。

木兰难过地点点头。

老　孟： 也好，你妈解脱了，你们也解脱了。也别太伤心了。

木　兰： 谢谢孟叔。

老　孟： 对了，这房子你们有什么打算没有？

木　兰： 房子？

老　孟： 你公公婆婆现在都不在了，这房子你们打算卖吗？

木　兰： 您想买是吗？

老　孟： 我女儿不是刚结婚嘛，小两口也想买房。我们想着，要是能买的近点就最好了。如果你们家要卖，那就是成全我们家了。这两套房这么挨着，那我们和孩子住的就太近了，能相互照应，大家还都有自己的独立空间，不会互相打扰，特别合适。就是不知道你们家的意思？

木　兰： 孟叔，我们倒是没想过这个问题。

老　孟： 没事没事，我啊，就是有这么个心思，给你们提前打声招呼，万一你们家有一天想卖了，就不考虑别人了，一定告诉我们啊，我们愿意买。

木　兰： 好。

28. 木兰家客厅，夜，内

木兰开门进来，桌上饭菜摆好了。江开国和江多福及悦悦正等着。

江开国： 木兰回来了。

木　兰： 吕希呢？

江开国： 不知道啊，还没回来。下午打个电话回来，让我去接悦悦。也没说回不回来吃饭。

木　兰： 我问问他。

木兰坐下来，拿座机拨号。

29. 小饭馆，夜，内

吕希一个人坐着，两盘小菜，好几瓶啤酒。他正一个人默默地喝着酒。手机响。吕希看了看，是家里电话，吕希一下子挺心烦的样子。他把手机摁了。继续喝酒。

30. 木兰家客厅，夜，内

木兰有些愣，放下了电话。

江开国： 没接电话？

木　兰：估计在加班，没听见电话。别等他了，咱们吃吧。

江开国：开饭。

31. 木兰卧室，夜，内

吕希蹑手蹑脚地开门进来。黑着灯，木兰和悦悦已经熟睡了。吕希松了一口气，灯都没开，赶紧轻手轻脚地脱衣服，钻进被窝。木兰似乎感觉到了，迷迷糊糊地醒来。

木　兰：吕希？

吕希赶紧闭上眼睛。木兰开了灯，看吕希。

木　兰：你回来了？晚上……

吕希假装鼾声已经起来了。木兰很意外。她看看放在床头柜上的录音笔，愣了一会儿，明白吕希不想跟她说话，只好关了灯，怔怔地呆了会儿，闭上眼睛。那一头，吕希却睁开了眼睛，满眼的痛苦。

32. 江援朝新家客厅，日，内

余淼坐在沙发上，看着团团乱转的田咪。

余　淼：咪子，咱俩真的要在这儿一直耗下去？我想回北京了，想吃卤煮火烧。

田　咪：出息。

余淼扁扁嘴。

田　咪：还不都怪你那爸和姐，也不把你当回事，不给你撑腰！

余　淼：要不咱把这电视机拿去卖了吧，好歹能换点钱，咱们拿了好走。

田咪直翻白眼。门开了，江援朝和贾幸梅进来，在余淼二人对面坐下。田咪和余淼瞪着他们。贾幸梅从包里拿出两万块钱，放到余淼面前。

贾幸梅：这个，两万块钱，给你们，你们拿了就赶紧走吧。

田　咪：就两万块？！你们当打发叫花子呢！爷爷的房子一共拆出多少钱，这房子又增值多少钱，你们当我们傻子啊，这点钱就想哄我们走，没门！

贾幸梅：就这钱，还是春妮从娘家凑的，你们要也是这么多，不要也是这么多，反正我们家就只有这些了，再多就是把我们都杀了也没有了。

余淼和田咪看看桌子上的两万块钱，再互相看看。余淼已经挺动心了。

贾幸梅：你们要真不走也行，愿意怎么待着就怎么待着，我们毕竟是本地人，大家接着耗，看谁耗得过谁。这房子你们就不要想了，爷爷的钱谁也证明不了，房本上写的是我们家志新的名字，你们说到哪儿去都没份！

田　咪［伸手把两万块钱抓在手里］**：**穷鬼一家人，便宜你们了！

余淼赶紧接过田咪手里的钱，往自家的旅行包里塞。田咪也开始收拾东西。贾幸梅和江援朝起身，准备送瘟神的样子。两人拎起旅行包站起来往外走。田咪看到了门口衣架上挂着的一件还套着干洗店塑料袋的西装。

田　咪：老公，把这西装拿上。

余淼伸手去收西装。

贾幸梅：干什么呀这是，这是志新的！

田　咪：爷爷给你们买这么大个房子，你们就给了我们这么点钱，这件衣服能值多少钱，就当充数吧，算起来还是我们亏。

田咪和余淼把衣服塞进旅行包，开门走了。门重重地关上。贾幸梅二人愕然半天才回过身来。

贾幸梅：这可是志新结婚的时候做的，花了一千多呢，是志新最贵的衣服，就让他们这么给抢走了，太不要脸了！不要脸！

江援朝也是无奈地摇头。这时江志新开门，春妮带着嘟嘟也跟着进来了。

江援朝：春妮和嘟嘟回来了。

春　妮：爸，妈。

贾幸梅：瘟神走了，你们才能回自己家啊。春妮，带回来了？

春妮点点头，打开随身拎着一个小包袱，里面是几件金首饰。

贾幸梅：得亏我有先见之明，让春妮把值钱的东西都带走了，要不全没了。这两个不要脸的强盗，就是明抢啊！两万块钱啊！比割我肉还疼啊！

江志新：妈，你能不说了吗？

贾幸梅：好了好了，不想钱的事了，我得买挂鞭炮来放，好好去去晦气！

江志新失魂落魄地看着远处。

33. 机场门口，日，外

出租车开过来，停下。余淼和田咪从车上下来。站在机场门口。

田　咪：可算是能回北京了。这破地方，鸟不拉屎的，一天都没法呆。

余　淼：就是，一天都没法呆。

田　咪［得意地拍拍包］：也算不虚此行了。走，坐飞机回家！

两人特别得意地走进大门。

34. 亚芝屋子，日，内

亚芝正在屋子里坐着，发呆。余淼和田咪开门进来。

余　淼：妈，我们回来了。

亚　芝［站起来，又意外又高兴］：回来了？怎么也不提前给我打个电话？

田咪已经过去，在单人沙发上四仰八叉地坐下，拿起桌上的水果就吃。

余　淼：我们坐飞机回来的，就两个小时，呼啦一下就到了，可快了。

亚　芝：你们一直在叔叔家？

余　淼：啊。

亚　芝：你们到底干什么去了？

余　淼：我们要钱去了。

亚　芝：要什么钱？

余　淼：爷爷的钱啊，老家房子拆迁款，我也有份啊。妈，我和咪子可厉害了，跟他们斗智斗勇，这一趟，拿回了两万块钱。

亚　芝［完全惊呆了］：你们拿回来两万块钱？

余　淼［拉开包，拿出钱，放在桌子上］：那个婶婶啊，简直就是个悍妇啊，吓死人。要不是我跟咪子死扛到底，要她出钱比杀她还难。

亚　芝：跟你叔婶吵架了？

余　淼：何止吵架，简直就是群殴。她让他儿子打我，还算我堂兄呢，什么玩意，幸亏有咪子，咱家没让人欺负，还要出钱来了。［从包里拿出那件西装］这西服怎么样，还行吧，我能穿。

亚　芝：也是他们家拿来的？

余　淼：是啊。爷爷给他们钱买了那么大个房子，两万块钱算什么，多拿点应该的。

亚　芝：淼淼，你们不是说回老家是陪着江爸和姐姐去说理的吗？你们怎么能这么做吃这样丢人的事来！

田　咪：这话我不爱听啊。要钱怎么丢人了，这钱就该我们的。

余　淼：就是啊，妈，他们可不是东西了，嫌爷爷生病碍事，就把爷爷给扔了。要再不管他们要钱，也太便宜他们了。

亚　芝：好，既然他们狼心狗肺，要这钱也没错，现在就把钱给爷爷送去。

余　淼：什么？

亚　芝：这钱是以你爷爷的名义要来的，该去给爷爷。

余　淼［把两万块钱紧紧抓在手里］：不行！这钱是我的，我要来的，是我的！妈，你也不想想，我们要这钱容易吗？在那破地方耗了那么多天，吃苦受累的，凭什么给他们送去？！不行！

田　咪：就是！他们要钱他们自己去找叔叔婶婶要啊！那会儿在的时候装大度，一句不提钱的事，我们要钱也不知道帮着说话，凭什么现在要这钱了给他们？！

田咪从余淼手里拿过钱，出门。

亚　芝：淼淼……

余　淼：妈你别说了，钱的事没商量，我还一肚子委屈呢，爷爷偏心眼，把钱都给他们家了，一点都没留给我这个孙子！

亚芝简直是无话可说。余淼也赶紧拎着行李包和西服走了。亚芝非常郁闷。

35. 亚芝屋子，日，内

余淼走进屋子，田咪已经躺在沙发上，打开电视机。余淼关上门坐在她身边。

余　淼：咪子，咱们就这么回来了，要不要去看一下爷爷和江爸啊？

田　咪：看什么看。

余　淼：不用跟他们打声招呼了啊？

田　咪：我说你怎么这么贱啊，那个江木兰拿你当弟弟了吗，帮你说过句话吗，替你争取你应得的权益了吗？你还挺有良心，还想去看他们，我看你是傻！

余　淼：我不是想着好歹是我亲爸嘛。这钱总也是要跟他说一声。

田　咪［哼一声］：没必要。这是你自己争取来的钱，跟他们没关系。告诉你，以后我都不想再搭理他们家了，什么破玩意，也没什么油水可捞，还老摆出一副大圣人教训人的样子，我看着就烦！

余　森：好好，都听你的。

36. 木兰家客厅，夜，内

木兰开门进屋，悦悦和江多福在一起看电视。悦悦和江多福都看得挺高兴的。

木　兰：爷爷。悦悦。

悦　悦：妈妈回来了。

木　兰：吃饭了吧？

悦　悦：吃了。

木　兰［张望一下］：外公呢？

悦　悦：婆婆打电话来找外公，外公下楼去了。

木　兰：哦。

37. 木兰家楼下，夜，外

江开国走过来，亚芝在楼门外站着，夜色中，看上去背影相当的单薄，无限凄苦。

江开国［走到亚芝身后］：亚芝。

亚芝回过头来，满脸惭愧的泪水。

江开国：亚芝，怎么了？

亚　芝：老江，我对不起你！

38. 木兰家小区花园，夜，外

木兰走过来，远远的，能看见花园长椅上，江开国和亚芝坐着。木兰慢慢走过去。

亚　芝：……我怎么都没想到，森森为了钱，什么面子都不顾了。

江开国：能从我那弟妹手里要出钱来，这田咪本事真是够大。

亚　芝［又流泪］：对不起老江，我对不起你！都是我的错，是我没把孩子教育好，我太宠他了，把孩子都给宠坏了！都是我的错啊！

江开国［掏出大手帕递给她］：也不能怪你，是余森这孩子自己不争气。

亚　芝［接过手帕］：不，都是我的错。子不教，娘之过。我从小就知道事事顺着他，连重话都舍不得说一句，更是从来没碰过他一指头。他撒娇，他懦弱不顶事，我都以为他还小，以为长大了会懂事的，没想到会变成现在这样！是我没把你儿子教育好！给你丢脸了！我对不起你！

亚芝靠在江开国身上哭了。江开国轻轻地拍着亚芝的肩膀。两个老人都挺动情的。

江开国［轻轻叹息］：一切都是命啊，你别自责。这辈子，老天都给我们注定了，信命，心安。

亚　芝［哭得更伤心］：老江！

江开国：不哭，不哭。

亚芝一抬头，看见了不远处的木兰，顿时不好意思了，赶紧跟江开国分开，坐直身子，拿手帕擦眼泪。

亚　芝：木兰……

木　兰［赶紧走过来］：我听悦悦说婆婆来了，就下来看看。

江开国：余森他们回来了，从你叔你婶那儿要出了两万块钱。

木　兰：看来婶婶和田咪分出高低来了，还是田咪厉害。

亚　芝：木兰，要是知道他们俩去老家是为了去争钱，我绝对不会答应让他们去的。都怪我，一切都怪我。对不起木兰。

木　兰：阿姨，不是您的错，错的是余森。

亚　芝：木兰，这次淼淼回老家做的事，太丢人，太过分了。可是再怎么样，他还是你的亲弟弟，我替他向你道歉。你一定要原谅他，好吗？

木兰一时无语。

亚　芝：他真的就是个老实孩子，容易受人摆布，不是个坏孩子。他虽然二十多了，可真的还像个小孩子。

木　兰：阿姨，您爱淼淼，淼淼在您心目中，永远都是个小孩子，干了什么错事都该原谅。母亲的心情我能理解，我也是母亲。可是阿姨，您不能再这么护犊子了，原谅他很容易，可是原谅他，他就长记性了？就能悔改？小孩子被火烫了，疼了，才知道不能玩火。既然淼淼还是个小孩子，犯错了就得让他挨打，记打，才知道自己错了，才能长大。阿姨，二十多岁真的不是个小孩子了，您应该让他站起来做您的顶梁柱了。

亚　芝：我知道你们说的都对，我，我……我先走了。

亚芝低着头离开。木兰和江开国看了，都挺难受的。

39. 爱华家客厅，日，内

方琼显然刚起床，从卧室出来，边还揉着眼睛。门打开，爱华拎着大包小包的菜进来。

爱　华：妈，你起了。

方　琼：这么早就出去买菜了啊。

爱　华：今天不是小梦和郑翔带着彬彬回来吃饭吗？

方　琼：对对，我也有一段没见着小梦他们了。彬彬又长高了吧。

爱　华：这么大的孩子，一天不见就变个样。早市菜新鲜，我买了不少，全都是小梦和彬彬爱吃的。早饭我已经放在桌子上了，妈你自己吃吧，我得赶紧把菜择出来。

方　琼：得，又得忙活一整天了你。

爱　华：没事妈，一点都不累。

（跳接）方琼坐在桌子旁，抬头看看挂钟，已经十二点了。爱华端着一锅热汤出来，放在桌子上，看着一桌子热气腾腾的饭菜十分高兴。

爱　华：全都做得了。

方　琼：这都快到饭点了，怎么他们还没来啊？

爱　华：可能路上堵吧。大周末的路上车多。

方　琼：打电话问问他们到哪儿了。

爱　华：好。[拿起电话拨了一串号码]小梦，你们到哪儿了？

小　梦[画外音]：哎呀！糟了糟了糟了！

爱　华：怎么了？出什么事了？路上慢慢开，我不催你们！

小　梦[画外音]：不是。妈，早上郑翔的朋友约我们全家一块儿钓鱼，我们就把去你那儿吃饭的事给忘了。我们现在刚刚到密云。

爱　华：啊？你这孩子，不来也提前给我打个电话啊。

小　梦[画外音]：对不起啊妈，早上着急出门就给忘了。

郑　翔[画外音]：咬钩了！咬钩了！肯定是条大的！小梦快快快快快！拿水桶来！

小　梦[画外音]：来了来了！妈，今天我们就不过去吃饭了，你和姥姥吃吧。回头我们再回去看您！

小梦把电话挂了。爱华失落地挂上电话，泄了气似的，蔫蔫地坐到桌边。

方　琼：不来了？

爱　华[点点头]：跟朋友去钓鱼了。

方　琼：那也得说一声吧！

爱　华[苦笑]：年轻人，玩心大，顾不上。妈，我们吃吧。

方　琼：他们不来我们吃！[给爱华夹菜]来，你多吃点，忙了这一上午。

爱　华[拿起筷子，又放下筷子]：我也不是很饿。

方　琼：他们不来，你也不能不吃饭啊。

爱　华：以前彬彬还小的时候，放我这儿我帮他们带，他们再忙也要抽时间来看儿子。现在彬彬上幼儿园了，用不着我了，小两口总是忙啊，有事啊，没时间来看看我这个当妈的。我发现，现在不管什么情况，我这个老妈总是放在最后一位。真想知道他们是不是真有那么多事可忙。

方　琼：都是一路货色，什么忙忙忙的，国家主席都没她们忙！看自己老妈一趟就那么难吗？就是不当一回事！不行，不能就这么算了！[起身走到电话机旁，拿起电话拨了一串号码]

小　梦[画外音]：喂，妈……

方　琼：不是你妈，是你妈的妈！

小　梦[画外音]：姥姥啊……

方　琼[严厉地]：小梦，我跟你说，你们不能这样对你妈！你妈盼星星盼月亮盼你们来，一大早就去早市买了菜，忙活一上午做了这一大桌子菜，你们居然给忘了！居然不打声招呼就不来了！你们把她放哪儿了？太不像话了！

小梦那头不敢说话了。爱华也呆了。

方　琼[命令式]：下周你们一定得找时间回来！不许请假！

不等那边说话，方琼已经挂上了电话。

爱　华：妈……

方　琼［走回桌子旁，也是命令式］：好了，现在开始吃饭！

40. 路上，日，外

吕希开着车，送悦悦上幼儿园。吕希还是那样一副半死不活的样子。

悦　悦［歪着脑袋看他］：爸爸。

吕　希：嗯？

悦　悦：你最近好奇怪。

吕　希：爸爸哪儿奇怪了？

悦　悦：爸爸原来好像灰太狼，现在好像懒羊羊。

吕　希：懒羊羊？

悦　悦：是啊，不喜欢说话，老是闷闷的。

吕　希［愣了一会儿］：悦悦，今天咱们不上幼儿园了好不好？

悦　悦：不上幼儿园？那我们上哪儿？

吕　希：咱们上游乐园玩去！欢乐谷！

悦　悦［惊喜地从座位上蹦起来］：太好了。爸爸！太好了太好了！

41. 菜市场，日，外

江开国带着江多福一块儿买菜。江开国边走边不停地跟江多福说话，一样一样的菜指给他看。

江开国：爸，看这是什么？

江多福：黄瓜。

江开国：对，黄瓜。这个呢？

江多福：这个……这个……

江开国：这个是茄子。

江多福：茄子。

江开国：这是北方茄子，这么圆，像个紫色的球。咱们南方的茄子是什么样的？

江多福：是……长的。

江开国［笑得特别开心］：爸，你这脑袋好使着呢，咱南方的茄子就是长的，像根紫色的棍子，是吧。

江多福：是，是。

江开国［开心地拉住江多福的手］：我爸最棒了，什么都能记住啊，什么都不会忘的，咱们有信心，是吧？

江多福也跟着笑了。父子俩特别温情。

42. 欢乐谷，日，外

吕希带着悦悦玩各种游戏。悦悦开心得不得了。吕希也带着一种今朝有酒今朝醉的放纵。

43. 亚芝家胡同口，日，外

江开国带着江多福走过来。亚芝站在胡同口等着，远远地看见江开国过来，亚芝就甜甜地笑了。江开国和江多福走到亚芝面前。

江多福：亚芝。

亚　芝：老爷子认识我啊。

江多福：亚芝，好。

亚芝笑得很害羞。三人慢慢往胡同里走。

江开国：亚芝，我有个事想求你。

亚　芝：咱俩之间还用说求吗。说，什么事？

江开国：我想租个房子，便宜就行，只要有个地，能安置我和我爸就行。

亚　芝：怎么，想从木兰那儿搬出来？

江开国［点点头］：这次把我爸从老家带来，木兰家就又不够住了。悦悦老跟他们两口子挤一张床，不是长久之计。他们小两口，毕竟还是年轻夫妻嘛。

亚　芝：这倒是。木兰能答应？

江开国：还没跟她说，不答应也得说服她。分开住合适，反正也都在北京，怎么都方便。就是想找个便宜点的住处，我有份退休金，我还能修小家电，勤快点，再多修点电器，肯定能维持。

亚　芝：房子的事就包我身上了，只要你不嫌我们这胡同里的平房生活设施差，房价肯定是便宜。

江开国：开玩笑，住胡同里我高兴还来不及呢，胡同是啥，是历史啊，咱住在历史里，那是与古人同行啊，多美啊。

亚　芝［笑］：就有你说的。走吧，我领你们看看房去。我们家隔壁那大院里就有空房间出租，要是你能住那儿，以后离我就一个门，我就有靠了。

说完，亚芝突然意识到真情流露，不好意思地看了眼江开国和江多福，快步向前。江开国感觉到了亚芝的情意，也不好意思了。

江多福：亚芝，好。

44. 披萨饼店，日，内

吕希和悦悦坐在桌子旁，正在等着。

吕　希：刚才玩的开心吗？

悦　悦：开心，特别开心。

吕　希：玩什么最开心？

悦　悦［认真地想一想］：碰碰车！

吕希笑。服务员开始上菜，转眼间，悦悦面前堆满了沙拉、烤鸡翅、披萨饼、彩色的饮料。

悦　悦：爸爸，这么多啊？

吕　希：悦悦不是最喜欢吃披萨吗？

悦　悦［点头如捣蒜］：是啊是啊，悦悦最喜欢吃披萨，吃鸡翅！

吕　希：开吃吧，宝贝。

吕希给悦悦铲了一块披萨饼，悦悦用手拿着，大口地吃。

吕　希：好吃吗？

悦　悦：好吃好吃，太好吃了！

吕希托着腮帮子看着悦悦吃，内心非常的复杂。

悦　悦：爸爸，你天天不用上班，天天陪我游乐园玩，天天带我吃披萨饼，好不好？

吕　希：爸爸要是能中一张五百万的彩票就好了，就能天天陪着你吃啊玩啊。

悦　悦：高思佳说她爸爸也想中五百万彩票，想买大房子。

吕　希：五百万彩票，人人都想要，给谁呢？上帝也晕了。

45. 亚芝家胡同，日，外

亚芝陪着江开国和江多福慢慢走过来。

江开国：那房子真不错，干干净净的，价钱也实惠，我们俩住足够了，还跟你挨着院门，以后也互相有个照应。

亚　芝：老牛头人挺好的，住了几十年老邻居了。你回去跟木兰商量商量，早点过来住。

江开国［笑］：好嘞。

46. 超市会议室，日，内

雷颂华正在给中层以上的员工开会。木兰等都在下面。

雷颂华：我刚从总部回来，跟大家通报一个事。我们店的新店长已经选定了。

众人一时面面相觑。曾宏斜睨一眼木兰。木兰脸色很平静。

雷颂华：还是江经理。

所有人都意外。葛文倩和朱课长等都很高兴。曾宏却是不服。

曾　宏：店长！

雷颂华：怎么，你有异议？

曾　宏：上次……

雷颂华：上次的事跟江经理没关系，我已经跟总部解释过了。你如果还有什么疑问，可以直接去总部。

曾　宏：那业绩呢？当店长不是要看业绩的嘛。生鲜的业绩没我们好啊。

雷颂华：生鲜的业绩也不差啊。在整个大区，我们生鲜的成绩一直都在前三甲，够格了。

曾宏无话，狠狠看一眼木兰。木兰很淡然。葛文倩带头鼓掌。众人都跟着鼓掌。

47. 超市走廊，日，内

木兰走出来，后面葛文倩跟出来。

葛文倩：木兰，祝贺你。

木　兰：谢谢你文倩，你一直都支持我。

葛文倩：我们就希望你能上，上次让曾经理那么一闹，还真有点替你担心呢。还好，店长明事理，雨过天晴。

木　兰：谢谢。

葛文倩：这么多年辛劳，是你应得的，我们都替你高兴。

木兰笑。

48. 木兰家楼道，傍晚，内

木兰兴冲冲地拎着一兜子超市的菜进了楼道，正好电梯门要关。

木　兰：请等一下。

电梯门又开了，木兰赶紧进去。

木　兰：谢谢。

49. 木兰家电梯，傍晚，内

电梯里是一个房东带着一个中介。木兰站着他们后面。

中　介：贺先生，您这房子满五年了吗？

贺先生：满了满了。

中　介：那就免双税了。

贺先生：可不是，这要不是家里老人坐轮椅了，这房子我可舍不得卖，两间朝南的三居，这一栋楼里这样的户型也就左右把角两套。

木兰心里一动。电梯到了，门开了。贺先生带着中介走出去。木兰不由地也跟着走出去。

50. 贺先生家及门口，傍晚，内

贺先生开门，带着中介进来，木兰在后面也亦趋亦步地跟进来。贺先生带着各个房间的看。

贺先生：这客厅，饭厅，厨房，主卧室，两个次卧，两个卫生间，一家人三代同堂也不干扰。

木兰跟着到处看看，房子装的挺简单大方实用，维护的也不错。

中　介：你这房本面积才不到一百二十平米？

贺先生：是啊。

中　介：那得房率够高的呀。看着特显大。

贺先生：哎哟，板楼呀，也就是买得早，现在还哪儿去找户型这么正气的房子啊。我们装修的也不错，用的也仔细，都还挺好的，搬进来就能住，谁买还省笔装修钱呢。

中　介：是啊是啊。这房子评估完了。一会儿回去我就给您挂出去。您打算报多少价？

贺先生：我也不跟你说虚的，我另外已经选好一套房了，就等着这房脱手拿钱去买，所以呢，希望快点能成交，价钱比正常稍微低一点点也没关系。

中　介：现在您家这小区均价四万一左右，您这房子总面积不到一百二，咱就按一百二算，四百九十万不到，这样吧，我先给您按照四百八十万挂上，行吗？

贺先生：行。

中　介：那我就先走。您忙。

贺先生：再见。

中介越过木兰，走了。贺先生这才看见木兰。

贺先生：你是？

木　兰：哦，您好，我是19楼的，1903，我姓江，刚刚听说您想卖房，就跟着过来了。

贺先生：邻居啊，怎么，你想买？

木　兰：对，我们家现在就一个两居，老家老人过来，不够住了，就想同小区置换个大的。

贺先生：那买我这个合适啊。这房子你也看了，你也是业主，咱这小区的好处我就不用说了，挨着中关村三小，黄金学区房啊。

木　兰：贺先生，您家这房子真的很不错，价钱方面还有的商量吗？

贺先生［叹口气］：刚我跟中介说的你也听到了，都是邻居，别差太多就行。老实说，这房子我们家是真不舍得卖。可是没办法，家里老父亲腿脚不好了，以后都得坐轮椅。这楼层高进进出出的太不方便，就只好去五环附近买了一套一楼的房子，远点能大点，一楼，还带个小院子，进出都方便点。

木兰理解地点点头。

贺先生：这么着，别的也不说了，都是楼上楼下，你们要真有心买，价钱咱们能商量，尽快成交就行。

木　兰：行，谢谢您，我回家跟我爱人说一下，尽快给您答复。

51. 木兰家门口，傍晚，内

电梯门开，木兰很兴奋地出来，往自己家门走。正好对门悠悠妈妈带着悠悠要开门进家门。

木　兰：悠悠妈妈，悠悠，回来了。

悠悠妈妈：悦悦妈妈，你们家悦悦没事了吧？

木　兰：我们家悦悦，什么事？

悠　悠：今天悦悦没上幼儿园，老师说她请假了，发烧。

木兰吃惊。

52. 木兰家楼下，傍晚，外

吕希开车过来，停好，悦悦从车上蹦蹦跳跳地下来。吕希牵着悦悦的手，两人高兴地往里走。

53. 木兰家客厅，傍晚，内

吕希带着悦悦开门进来。木兰正端坐在沙发上。吕希给悦悦使个眼色，悦悦点点头。

悦　悦［扑到木兰怀里］：妈妈，我回来了。

木　兰：坐好。

悦　悦［有些紧张地坐好］：妈妈？

木　兰：今天上幼儿园了吗？

悦　悦［看一眼吕希］：上了。

吕　希：啊，下学后，我带悦悦去看了个画展，进行一下熏陶嘛。

木　兰：自己撒谎就算了，为什么还教悦悦撒谎？

吕　希：谁撒谎了……

木　兰：我碰到悠悠和她妈妈了。

吕希和悦悦顿时蔫了。

54. 木兰家厨房，傍晚，内

江开国在厨房做饭，竖起耳朵，担心的听着外面的动静。

55. 木兰家客厅，傍晚，内

木　兰：是谁的主意？

悦　悦：妈妈……

木　兰：谁的主意？！

吕　希［暴躁起来］：我的主意，怎么了？！

木　兰：吕希，你是个大人了，为什么带着孩子旷课呢。

吕　希：不就带着孩子出去透透气，至于吗，我犯多大错了，一进门就给我们俩看这扑克牌脸。

木　兰：带孩子透气我不反对，周末有的是时间，可是上班时间，大家是不是应该遵守自己的职责，该上学的上学，该上班……［突然意识到，停住］

吕　希：我现在不用上班！没班可上！

56. 木兰家厨房，傍晚，内

江开国一听，愣住了。颇为不安。

57. 木兰家客厅，傍晚，内

木　兰：吕希你怎么不讲理，我们现在说的是悦悦旷课的事，为了旷课还说谎，你不觉得不对吗？

吕　希：不是你老说要给孩子解放天性吗，这会儿怎么又教条主义？

木　兰：解放天性不等于脱离规矩！凡事随心所欲可能吗？随心所欲就一定幸福吗？

吕　希：你别扯那么远，我就带悦悦去玩了一天，怎么了？！你把我们父女俩都批斗你就痛快了？！

木兰气结。悦悦已经吓得缩在一边不动了。

江开国［端着汤出来］：哎哟烫烫烫！［放下汤，捏着自己耳朵］木兰，吕希，开饭了，咱们吃饭吧。

木兰和吕希顿时都不吱声了。

悦　悦［可怜巴巴地看着木兰］：妈妈，你别生气好不好？今天是悦悦不乖，没有上幼儿园，爸爸带我去欢乐谷玩了，我坐了三次碰碰车哦，好开心啊！中午爸爸还带我吃了披萨饼，我吃了好多好多好多！

看着孩子，所有人的脸色都柔和了。

木　兰［不免叹息，捧住悦悦的小脸］：对不起，妈妈错了，妈妈不该这么大声，你开心多好。

江开国：都饿了吧，吃饭吃饭。

（跳接）一家人围坐在桌子旁，正在吃饭。

木　兰：吕希，今天有个好事。

吕　希：什么？

木　兰：电梯里让我碰上了，1201 要卖。

吕　希：嗯？

江开国：这算什么好事？

木　兰：爸，你不知道，咱家这楼的三居就 01 和 06 两套，户型最好，买房那会儿我跟吕希就看过，就是买不起。三居的二手房很少有挂牌，大家都不舍得卖，这家邻居也是家里碰到事了，非得换房，所以才肯出手。

江开国：这倒是好事。

木　兰：我想把咱家这两居和石景山的房子都卖了，去买 1201。

吕　希［一下子看着她］：为什么？

木　兰：这不是我们一直想的吗？换个大房子，还在自家小区。这样既能和父亲及爷爷住在一起，又不影响悦悦将来上中关村三小，两全其美。刚好有这么个机会，多难得啊。对了，我还忘了跟你说，隔壁孟叔家还有意想买爸妈的房子呢。

吕　希：是吗？

木　兰：上回碰见我，特意跟我说的。他们想给女儿买，两家住的近一点。咱们卖给他们，也算好事。

吕　希［阴沉着脸］：换房子不是小事，再想想吧。

木　兰：真的机会难得，房东急着出手拿现钱，还愿意在价钱上让一点，我算过了，我们两套置换一套三居，首付应该够。

吕　希：就算首付够，还得不少按揭呢。1201 卖多少钱？

木　兰：顶天了四百八十万。

吕　希：好，咱家这房顶天了也就三百二十万，还得还掉银行欠款五十万，就只剩两百七十万了，我爸妈那房子，老房改房，四十平米，就算疯了两万一平米也有人要，也就八十万，两百七十万万加八十万，三百五十万，1201 是四百八十万，还要税费中介费也得十几万吧，好，满打满算我们至少还得贷款一百三十万以上，那就是一个月九千多的按揭。咱家不吃不喝了？

江开国：吕希说的对，这按揭的压力太大了。

木　兰[笑]：按揭不怕，我要当店长了。

吕希一愣。

江开国：真的？上次不是说……

木　兰：那事过去了，我特别感谢店长，这段时间我不在，她去总部帮我解释了。总部全明白了，还让我当店长。

江开国：你这个领导真是个好人。

木　兰：所以啊，爸你不用担心按揭，我当了店长，工资翻倍，一个月能有一万多……

吕　希[突然爆发]：什么意思啊，挣一万多就牛了？！

木兰和江开国都惊愕了。

木　兰：我没那个意思……

吕　希：你就是那个意思！不就是嫌我没工作了吗？！不就是嫌我没去找工作，带悦悦玩了一天吗？！凭什么你动我爸妈的房子？！就凭你当店长挣一万多就能动我爸妈的房子？！那是我爸妈留给我的房子，是他们留给我的念想，我不想卖！

大家都惊呆了。吕希推开碗筷，起身就跑走了。重重地关上门。木兰凄凄地坐着，无语。

江开国：吕希工作丢了？

木兰木然地点了点头。

58. 路上，夜，外

吕希快步走着，满脸的癫狂和愤懑。

59. 木兰家客厅，夜，内

木　兰：本来想着换个工作，能多挣钱，还能帮老同学的忙，还能做自己喜欢的工作，几方面都是好事，就万万没想到落个两头不靠。

江开国：这事你不能怪吕希。人哪能算到那么远。天下事要都算明白了再行动，那这个世界哪还能有进步。

木　兰：爸……

江开国：哪有事事尽在掌握，只成功不失败的？总要试过，才知道行不行。行，就最好，不行，就再努力，下次就行了。暂时没工作，不等于永远没工作，这个工作没了，还有别的工作，做什么工作不重要，重要的是开开心心的做工作。

木　兰：爸。

江开国：去找吕希，好好跟他说。

木兰点了点头。

60. 路上，夜，外

木兰在开车，她一边在打手机，吕希一直没接电话。

61. 吕家客厅，夜，内

木兰开门，开了灯，进来，吕母的遗像含笑看着她。显然吕希不在。木兰继续给吕希打电话。吕希还是不接。木兰转身出门。

62. 文化馆里吕希办公室外走廊，夜，内

木兰到吕希办公室门外，里面黑着灯。她推推门，门锁着。木兰站了一会儿，转身离开。

63. 木兰家客厅，夜，内

木兰开门进来，江开国还在沙发上等着。

江开国：没找到吕希？

木　兰［摇了摇头］：也许他想一个人静一静。明天我再去找他。

江开国点了点头。

64. 吕母坟前，日，外

吕希胡子拉杂，慢慢地一步一步地往父母坟前走过来。远远地看见一个人坐在坟前，正一边抽自己耳光一边哭诉着。竟然是来世勤。

来世勤：阿姨，我错了，你原谅我，我恨死我自己了，我鬼迷心窍，我日日夜夜睡不好，我对不起你，阿姨，你原谅我……

她边哭边抽自己。吕希慢慢地走到面前，无视来世勤，慢慢坐下来，一声不响，突然也狠狠抽了自己一个耳光。

来世勤［惊呆了］：吕希？

吕希不理她，接着又是一个耳光抽自己。

来世勤［哇地又哭了］：吕希，你打我吧，都是我不好，我让老太太受罪了，你打我吧，你替你妈狠狠打我！饶恕我的罪孽！

吕希还是无视她，继续抽自己。他的脸很快红肿起来。木兰缓缓走过来，她一切都看见了。她含着眼泪走到两人面前，伸手握住了吕希的手。吕希抬头，看着她，终于眼泪落下来。

来世勤［看见木兰］：木兰……

木　兰：来姐，我妈在天上都看见了，她原谅你了。

来世勤［大哭］：谢谢，谢谢……

木　兰：错了不要紧，改了就好。

来世勤：我改，我不改我自己良心也活下去了。

木　兰：我相信你。从今往后，你放下这桩心事吧。

来世勤：木兰，谢谢，谢谢。

来世勤起身，慢慢走远了。木兰俯下身，看着吕希。吕希满脸泪痕，有些凄楚地看着她。

木　兰：吕希，对不起，房子的事是我考虑不周。

吕　希［摇摇头］：木兰，对不起的是我，我不该那个态度。我心情很不好。妈走了，再也不会回来了。我在这个世界上，不会再有妈了。

木　兰：妈走了，我知道你很难过，但是妈肯定不希望你一直就这么消沉下去。只要世界末日还没到，咱们就还得往前看。

木兰拿出录音笔，递到吕希眼前。吕希怔怔地握住了录音笔。

吕　希：木兰，我知道你的打算对，是为了我们这个家。我只是还没有做好准备，我爸妈刚走，我就连他们的房子也放弃了，我觉得好像特别对不起他们。这个房子，从小我跟我爸妈生活在这里，有太多太多的回忆，是他们留给我的一个念想，我舍不得。

木　兰：我明白，都明白。家里赶上那么多事，我还说那些，是我太不体谅你了。

吕　希：你是对的，以前你就一直劝我要求稳求稳，我听你那么多次，就一次不听……我要不是贪心那一万块钱的月薪，也不会没这个工作了。文化馆钱再少再无趣，每个月到日子就给我发四千块钱。

木　兰：要是早几年你想出来，我能支持你一下，你早就成功了。过去的事别后悔，不就是没工作吗，正好，就先休息一段。咱们家不还有我呢吗？我们又有存款，反正饿不死的。

吕　希［靠在木兰身上］：木兰，我对不起你，对不起我妈，我谁都对不起。

木　兰［搂着他的头］：别这么说，咱们家现在又不是最糟的时候，没什么大不了的。

吕　希：明天我就去找工作。

木　兰：最近你的压力实在太大了，先在家待一段吧。你就是找不着工作又怎么样，在家带孩子也一样啊。要是我当上店长了，咱们家的收入不就高了嘛。

吕　希：我太没用了，像吃软饭的。

木　兰［捧起吕希的头，凝视着他的眼睛］：老公，我们是一家人，我们所有的努力都是为了我们全家能过上好日子，只要是这个大目标不偏，其他都无所谓，对不对。

吕希点点头，紧紧抱住木兰。

65. 木兰家客厅，日，内

吕希和木兰开门进来。只有江开国坐在沙发上。

江开国：回来了，回来就好。

吕　希：爸，对不起，昨天晚上我不该发火。

江开国：没事，都过去了，不提了。

吕希有些惭愧地低了低头。

江开国：木兰，吕希，其实我已经看好了一个房子，就是没来得及说。

吕希和木兰都惊讶地看着江开国。

木　兰：爸，什么看好了一个房子？

江开国：我托你亚芝阿姨帮忙，在他们家附近找了一个房，挺便宜的，房子也不错。我和你爷爷住过去，离亚芝阿姨也近，能有个伴。

木　兰：爸，谁让你们住外面去的？

江开国：木兰，是我们自己想住外面去。我和爷爷来北京投奔你们，以后就是长住了，长住就得有长住的打算，你们家房子也不大，大家挤在一起，互相都没空间，分开住好。

木　兰：爸，我们不怕挤！

江开国：我们怕。

木兰难受的。

江开国：别把住外面想得那么严重，亲人也不是每分钟黏糊在一起才叫亲，心挨着心的才是亲人。再说了，帽儿胡同又不远，换两趟公交就到了。

木　兰：我……反正我不答应。爸，胡同里生活不方便，你们怎么住。

江开国：胡同里那么多人都住着呢，也没见不好啊。老北京城，最有意思的不就是胡同吗？你也让我们去感受感受啊。

木　兰：爸，是我太没用了，把你们接到北京，还得让你们出去租房子住。

吕　希：爸，您也别去租房子了。咱们家不是还空着房子嘛。如果您不嫌弃的话，要不和爷爷先住那儿去。

江开国和木兰都看着吕希。

吕　希：先过渡一段。我和木兰会努力的，总有一天，不卖那个房也能买得起大房子。明天我就找工作去，我不怕吃苦，只要能挣到钱。您要是真和爷爷去外面租房子住，木兰心里该多难受。

江开国沉默。木兰也沉默。吕希也沉默。久久，江开国终于点了点头。

66. 吕家客厅 / 主卧室，日，内

一系列蒙太奇。吕希亲自在收拾，把灵堂撤了，把父母的生活用品该收起来的收起来，把父母和自己的全家福放到包里。

67. 吕家客厅，日，内

木兰开了门，手里拎着江开国和江多福的行李及一些日用家伙事儿进来。后面江开国扶着江多福进来，算是正式搬过来了。

木　兰：爸，对不起，不能让你和爷爷跟我们住在一起。

江开国：别这么说，可别这么说。毕竟我们现在都在北京，来去也方便，倒两趟车就能到你那儿，挺好挺好。

木兰有些默然。

江开国：傻丫头啊，高兴一点，笑笑。

木兰笑了笑。

江开国：对吕希好点，现在像他这么好的男人不多了，把自己父母的房子让给老亲爹和爷爷住。你孝顺我们，他更孝顺我们。

木　兰：我知道。我会多过来看你们。

江开国：不用不用，你们工作忙。你要当上了店长，可不就更忙了。不用管我们，我们自己挺好。行了，把我们送到了就好。你回去吧，晚了该堵车了。

木兰不舍，江开国把木兰推走了。门关上，江开国看看坐在沙发上呆呆的父亲，振作地笑笑。

江开国：爸，咱收拾吧。

68. 吕家主卧室，夜，内

屋子里已经收拾好了，江多福的书啊之类的老物件都摆着。床上，两个被窝，江开国和江多福并头躺在各自的被窝里，头挨着头，正在翻看一本老旧的相册。

江开国：爸，这是谁？

江多福：你奶奶。

江开国：对，这是我奶奶，是你的妈。这个呢？

江多福：你妈。

江开国：我妈叫什么名字？

江多福：丝盈。苏丝盈。

江开国：对，我妈叫苏丝盈。爸，你不要忘记啊。

江多福：不要忘记。

江开国：以后我们每天都看看这些照片，每天你跟着我一块儿认这些人。这些都是你的亲人，你慢点儿忘记他们，你慢点儿忘记我们。

江多福：不要忘记。

两人头挨头看着照片，江开国的眼睛突然模糊了一下，他闭了闭眼睛，再睁开眼睛，照片上的人影又清晰了。

69. 木兰家小卧室，夜，内

悦悦在自己床上，熟睡了。

70. 木兰卧室，夜，内

吕希和父母的全家福已经摆在了主卧室的柜子上。

吕希和木兰躺在自己床上，吕希搂着木兰，两人紧紧依偎在一起。

吕　希：木兰，对不起。

木　兰：以后我们夫妻之间再也不要说对不起了。我以后会对你更好一点。吕希，在这个世界上，你爸你妈都不在了，我和悦悦是你最亲最亲最亲的人了，我们三个，永远不要分开，永远都在一起。

吕希紧紧把脸贴在木兰头发上，眼泪滑过。

第 18 集结束！

第19集

雷母折腾到外孙家，田咪为房阻母再婚

1. 爱华家客厅，日，内

门开了，小梦和郑翔带着彬彬进来。郑翔一副懒洋洋的样子。

小　梦：妈，姥姥，我们回来了。

爱　华［从厨房出来，手上还是湿漉漉的］：小梦，郑翔，回来了。彬彬大宝贝！

彬　彬［奶声奶气］：姥姥。

郑　翔［懒懒散散］：妈。

爱　华：快坐快坐，桌上好多吃的，都给你们准备的。

小　梦：姥姥呢？

爱　华：在屋里啊。

小　梦［到门边敲了敲］：姥姥，我们来了。

里面没反应。

小　梦：姥姥不会还在睡吧。妈洗菜呢，我帮你。郑翔，你带着彬彬自己玩吧。

郑翔带着彬彬去沙发上坐下，拿了遥控器开电视机，开始看球。突然，里屋传来特别大声的《常回家看看》。郑翔愕然。

2. 爱华家厨房，日，内

正在择菜的爱华和小梦也惊呆了。

3. 爱华家方琼卧室，日，内

方琼看着正在播放的CD机，非常满意。

4. 爱华家客厅，日，内

郑翔忍耐地听着《常回家看看》。唱完了，郑翔刚刚松了一口气。歌声再次开始。郑翔直翻白眼。

5. 爱华家厨房，日，内

爱华也很意外。

小　梦：妈，姥姥在搞什么？

爱华说不出来。小梦出去。

6. 爱华家客厅，日，内

小梦穿过客厅，走到方琼卧室门前，正要伸手敲门，门却开了，歌的声音更大了。方琼威严的脸出现。

小　梦［吓一跳］：姥姥。

方琼嗯了一声，走出来，走到客厅。郑翔看到方琼也不免坐正一些。

郑　翔：姥姥。

方琼点了点头，在沙发上坐下。

小　梦：姥姥，那个歌……

方　琼：怎么，不好听啊？

小　梦：不是，就是，就那一首歌来回地听，不烦啊。

方　琼：不烦，好听，唱出了你妈跟我的心声。

小梦和郑翔都愕然。歌声还在重复。

7. 爱华家厨房，日，内

小　梦：妈，姥姥在搞什么？

爱华说不出来。小梦出去。

8. 爱华家客厅，日，内

郑　翔［歪在沙发上看篮球］：投啊！

那边，小梦端着一摞碗筷出来，放桌子上，方琼已经和彬彬坐在桌子旁。

小　梦：郑翔，吃饭了。你来分一下碗筷好不好。

郑　翔：马上。压哨三分！靠，没带准星。

小梦又进厨房帮忙去了。球看完了，郑翔关了电视机，慢吞吞地过来，也在桌子旁坐下，一副等吃的样子。

方　琼［已经看不顺眼］：郑翔，碗筷给我。

郑翔没办法，只好把碗筷分了。

爱　华［端着一锅热汤从厨房出来］：小心小心！特别烫！

桌上摆满了菜，爱华只好先把汤锅放在桌边，开始整理桌上的菜，想找出一个位子来放汤。方琼一手护着彬彬，一手也整理。郑翔却一动不动地就看着。

方　琼：郑翔，你也搭把手啊。

郑　翔：哦。

爱　华［已经整理好，把汤摆上］：不用了不用了，好了好了。

方　琼：彬彬，长大了，可别学你爸这么大爷，什么都等着别人伺候。自己动手，丰衣足食。

郑　翔：姥姥，我们好不容易回来一趟，您这是干嘛呀，净找茬。

小梦和爱华也已经坐下。

爱　华［赶紧打圆场］：吃饭吧吃饭吧，趁热。

方琼只好不说话了。

（跳接）一家人吃饭。

爱　华［给彬彬喂饭］：来，宝贝彬彬，好吃不好吃？

彬彬点点头。郑翔看爱华尽给彬彬吃肉，有点不爽，但忍住不说。

方　琼：小梦，最近上班挺忙吧？

小　梦：可不是嘛，姥姥，忙死了。

方　琼：那正好啊，让你妈上你家住去，能帮帮你。

小　梦：可是……妈要在家陪姥姥啊。

方　琼：我也可以跟你妈一块儿去啊。

小　梦［看看方琼，又看看爱华］：妈，你会不会太辛苦。

爱　华：这有什么呀。跟你们住一段好。

方　琼：就是，我们还能帮着你们带带彬彬，你们不是忙嘛，孩子就我们替你们带。

小梦有些为难，看一眼郑翔，郑翔假装没听见，小梦就应不出来。爱华就有些失望。方琼见小梦不爽快地答应，爱华受委屈，也不高兴了。顿时一片沉默。

爱　华［要喂彬彬胡萝卜］：彬彬，来，吃点蔬菜，这是胡萝卜，吃了咱们就长得快，长得高。

彬　彬［扭着脑袋，不肯吃］：不要！

爱　华：好吧好吧，不爱吃就不吃。

郑　翔：吃！

所有人都吓一跳。彬彬害怕得扁扁嘴。

爱　华：你这么大声，吓着孩子。

郑　翔：妈，你太宠了，不爱吃蔬菜就不吃了？彬彬，你给我吃！

彬彬吓得要哭。

爱　华：算了算了，不吃不吃。

郑　翔：吃！妈，孩子都让你给惯坏了，每次彬彬从姥姥家回家就不听话了，都是让姥姥给宠的。

爱华不说话。方琼不爽。

郑　翔：这要是天天都跟姥姥一块儿，那还得了，肯定教育不好了。

方　琼：怎么了，你不也有爱吃不爱吃的，不爱吃的非让你吃你不也难受吗？！孩子那么小，光严厉有什么用啊？！没教育好，倒把孩子胆子吓小了。

郑翔不说话了。

爱　华［夹了一个虾］：来，彬彬，吃个大虾。

彬　彬［又摇头］：不吃……

郑　翔［把彬彬的勺子夺下来］：给我吃！蔬菜不吃，虾也不吃！让你挑食！再挑食我揍你！

彬彬哇哇大哭起来。爱华又心疼又尴尬。

方　琼［火了，爆发］：这会儿当起爹来了！也不看看自己有没有个当爹的样子！

郑　翔：姥姥，我怎么没有当爹的样子了？

方　琼：来丈母娘家，也不说打个下手，做点家务，往那儿一坐，油瓶倒了都不伸手扶一扶。这给孩子做的什么好榜样啊？！有些话我早憋半天了，年纪轻轻的不勤快不努力，工作上懒散不上进，对家里也不负责任！明明知道老丈母娘就这么一个闺女，又是孤零零一个人，也不知道陪着媳妇对丈母娘多上点心！

爱　华：妈妈，别说了……

方　琼：得说！你这个女婿早就该说了，孩子不吃一口菜就要批评，他又懒又自私又没礼貌还不让说了？！

小　梦：姥姥……

方　琼：还有你！有你这样当女儿的吗？拿你妈当什么呢，平时想不来就不来，来看一趟你妈跟求你们似的，来了还由着你老公摆鼻子摆脸地给你妈看！你妈心疼彬彬怎么了？还不许我们心疼了啊？！要教育孩子回家教育去，当着我们面凶什么凶！自己当爸的合不合格啊，天天的钓鱼啊喝酒啊，上梁不正下梁歪！

郑　翔［气得够呛，一扔筷子］：小梦，咱回家吧！姥姥好像不欢迎我们！

彬彬吓得哇哇大哭。小梦惊呆了。

郑　翔：你走不走？！

他已经起身，一把抱起彬彬，立刻摔门而去。

小　梦［愣了愣，也只好拿起东西］：妈，我们走了。

小梦也出门去。爱华呆呆的。方琼还生气。

9. 爱华家楼下，日，外

郑翔愤怒地抱着彬彬出来，开自己家车门。后面小梦追上来。

小　梦：郑翔！

郑　翔：戴小梦，我告诉你，以后只要姥姥还住在你妈家，我就再也不跟你回去了！你自己爱谁谁吧！

10. 爱华家客厅，日，内

方　琼：像什么样子，一顿饭没吃完就走了，敢给长辈甩脸子！没上没下！没教养！

爱　华［特别委屈］：妈，好好的干嘛跟郑翔吵架啊。他是晚辈，是你外孙女婿，你跟他一般见识干嘛呀。

方　琼：我这不是为了你出头嘛。你就是个棉花脾气，谁都能捏几下！这个郑翔当初我就不看好他，没出息就算了，还又自私又没礼貌，你怎么能把你女儿嫁给那种人！

爱华想说什么，想了想还是忍下了。

11. 大雅文化公司，日，内

吕希进来。

前台女孩［笑着］：请问有什么事？

吕　希：我是来应聘的。

前台女孩：跟我来吧。

她带着吕希往里走。

12. 大雅文化公司经理室，日，内

前台女孩［敲开门］：经理，这位是来应聘的。

经　理：好，进，坐吧。

吕　希［在经理对面坐下，从包里掏出简历］：你好，经理，这是我的简历。

经　理：好。

他接过吕希的简历看。吕希在对面有些期待地坐着。

经　理［放下简历，笑着摇了摇头］：不好意思，我们想招一个策划部经理，要求有五年以上的从业资历。

吕　希：经理，我在区文化馆十年，工作性质是一样的。

经　理：文化馆是事业单位，跟公司的工作性质还是有挺大区别的。你的十年履历，老实说没有什么含金量。

吕希只好笑笑，伸手拿过桌上的简历，准备走。

经　理：请等一下。

吕希回身看着他。

经　理：策划部其实还在招普通文案，说你要是愿意，可以来，底薪三千，通过项目有提成。

吕希一时有些愣。

经　理：本来我们要的都是二十八岁以下的，年轻点，扛用。不过，你在文化馆做了十年，可能在策划上有些经验。

吕　希：我想一想。

13. 路上，日，外

吕希慢慢地沿着街往前走。一时表情有些茫然。手机响。吕希看，是韩冬。

吕　希［犹豫了一会儿，接了］：喂，韩冬，你好。

韩　冬［语气一如平常，画外音］：你好吕希。有个事想找你帮忙，我有一个朋友开的一家文化公司，最近想聘一个部门经理，我想问问你能不能去帮他？

吕　希［毫不犹豫］：对不起，我不去。

他的口气有些硬，一时韩冬也沉默了。

吕　希［又深呼吸一下，改口态度和缓一些］：不好意思啊，我已经有工作了。

韩　冬［松了口气，画外音］：是吗，那就好。

吕　希：没什么事就先挂了。再见。

韩　冬［画外音］：再见。

挂了电话，吕希想了想，回过神，又转身往回走。

14. 大雅文化公司经理室，日，内

经理正在看文案，有人敲门。

经　理：进。

吕　希［推门进来］：经理你好。

经　理：又是你。

吕　希：那个，我想好了，我愿意做普通文案的工作。

经　理：好啊，欢迎欢迎。

吕　希：我什么时候能来上班？

经　理：明天就可以，最近公司案子挺多，需要人手。

吕　希：好。

15. 木兰卧室，夜，内

木兰和吕希并头躺在床上。

吕　希：明天，就上班了。最近这一段晃荡，真觉得心里发虚，上班就好了，心里马上踏实。

木　兰［有点心疼］：会不会觉得委屈？等于从头打拼了。

吕　希：不委屈，只要能挣钱，没什么可委屈的。本来去谷栋梁那公司也是想多挣点钱，再折腾折腾，既然现在都出来了，索性我就再奋斗奋斗吧，底薪三千，通过案子提成两千，一个月只要一个案子通过，挣得就比在文化馆多，还是进步了。

木　兰［紧紧依偎吕希］：嗯。

吕　希［抚摸着木兰的头发］：生活总算是又恢复平静了。来之不易的平静。我们得好好珍惜。

木　兰：是啊。什么都好了。就是我爸和爷爷离得有点远。

吕　希：都在北京，不远。

木　兰：住石景山也有好处，亚芝阿姨老陪着他们去后面爬山。我爷爷可爱爬山了，石景山离西山近，倒也方便。

16. 八大处之类的山上，日，外

一系列蒙太奇。江开国和亚芝带着江多福在爬山。在中途停下来，亚芝和江开国打开随身携带的包，拿出野餐的食物，三个人一块儿吃。江多福像个小孩子一样，特别开心。

江开国：爹，八大处也来过了，还想去哪儿，我们照计划挨个去。

江多福：长城！

亚　芝：不到长城非好汉，等天暖和了咱就去！

17. 木兰家一系列蒙太奇，日，内

白天，家里没人。江开国开门，带着菜进来。打扫房子。洗衣服，晾衣服。做饭菜。屋子里一切都张罗好了，江开国回顾，才关门离开。

18. 吕家客厅，日，内

亚芝陪着江多福坐在沙发上，亚芝正在陪着江多福数数。茶几上是一大把的大芸豆子。

江多福［正一粒一粒的在数］：八十七，八十八，八十九……

亚　芝：八十九之后呢？

江多福呆呆地想。

亚　芝：老爷子，八后面是几？

江多福：八、九……

亚　芝：对啊，八十九后面呢？

江多福：九十。

亚　芝：对了，接着数。

江多福［又推开一粒豆子］：九十一……

江开国开门进来了。

亚　芝：回来了。

江开国：回来了回来了。

亚　芝：木兰家都给收拾好了？

江开国：都好了。

亚　芝：你这爸是模范爸爸。

江开国：都是力所能及的事。他们小夫妻，双职工不容易，回家能吃口现成的也好。

亚　芝：你回来了，我走了。

江开国：别走啊。在这儿吃饭。

亚　芝：要回去给余淼做饭的。

江开国：淼淼多大人了，自己能吃。一块儿吃饭吧，晚上我给你做瓤豆腐。

亚　芝［想了想，笑了］：行。

19. 玉器店，日，内

田咪在做销售员，巧舌如簧地拿着一个玉手镯对着一个中年顾客正在忽悠。

田　咪：和田玉这几年的价格是逐年飙升啊。阿姨，您现在要不买，再过三两个月，就又不是这个价了。您买这只镯子，又能戴着，好看，体现身份，还能保值、增值，将来留给子孙后代是一份财富，一箭双雕，多好啊……

20. 余淼屋子，傍晚，内

余淼正一个人打游戏，打到激动处，整个人都要蹦起来，手跟抽筋一样的点鼠标。

余　淼：打打打打打！你们都来一块儿打啊！这装备就要出来了！打不打啊，这帮不靠谱的货！

田咪推门进来，在沙发上坐下，拿过桌上的零食就吃。

余　淼：咪子回来了。今天卖玉卖的怎么样？

田　咪：还行吧，反正卖什么都一样，就得靠忽悠。你妈呢？又不在家？

余　淼：别提了，吃完午饭就不见了。到现在还不回来。饿死我了！

田　咪：肯定又是去找老头去了吧？

余　淼：估计是。

田　咪：你妈老了还没尊严，成天往那老头那儿跑。

余　淼：不是，江爸他们住的离西山近，我妈老跟他们去爬山。锻炼身体。

田　咪：什么锻炼身体，就是勾搭老头。

余　淼：别瞎说。当然，我妈最近这心确实玩得有点野了，这都几点了，干脆不回家了。

田　咪[若有所思]：你妈不回家也没什么不好啊，两间屋都是咱俩的，多宽敞多自在啊。要不索性让你妈搬过去跟老头他们住得了。

余　淼[吓一跳]：那怎么行啊，我妈走了就没人伺候我们了。再说咱们现在吃的喝的用的啥啥都不用我们掏钱，全是我妈花钱。

田　咪：你傻啊，我们是让你妈走，又没说让你妈带着钱走。人走可以，钱得留下。

余　淼：我妈的钱，咱能留得下吗？

田　咪：你是她儿子，她该养你，你要什么她能不给你吗？就你，[做抽抽状]一辈子都是残废，你妈就该养你一辈子。

余淼不说话，管自己打游戏。

田　咪：是不是？！

余　淼：是是是，养养养。

田　咪[拽余淼]：别打了！走，先吃饭去，不吃你妈这一口，我们能吃的多了。

21. 木兰家客厅，傍晚，内

木兰带着悦悦开门进来，一下子有点意外，屋子里窗明几净。

22. 木兰家厨房，傍晚，内

木兰和悦悦走进厨房。

悦　悦[吸着鼻子]：好香啊！是肉末蛋羹的味道！

木兰打开电饭锅，果然一层饭，一层菜，肉末蛋羹和青菜。木兰看着保着温的饭菜，非常动容。

悦　悦[拍手]：真的是肉末蛋羹啊！妈妈，是不是田螺姑娘来过了？

木　兰[微笑着点了点头]：是最爱我们的人来过了。

[旁白]：这世界有一种爱，不讲条件，不计成本，不求回报，甚至不露声色，那就是父母对子女的爱。江木兰从这一碗肉末蛋羹上，闻到了这种爱。

23. 亚芝屋子，夜，内

亚芝开门进来，心满意足的样子，挺高兴地在床边坐下来。田咪和余淼推门进来了。

余　淼：妈，你回来了。

亚　芝：回来了。你们吃了吧？

余　淼：吃了烤串。你不回家，没人做饭。

亚　芝［笑］：妈妈不做饭，你也没饿着啊。

田　咪：妈，我和余淼想请江爸和爷爷他们到家里来吃饭。

余淼一愣，看田咪，田咪掐了他一下，余淼不敢动了。

亚　芝［意外］：请江爸他们来吃饭？

田　咪［笑眯眯］：是啊，欢迎爷爷到北京来，爷爷还有我们志新这个孙子呢，毕竟是一家人嘛，我们请爷爷吃饭不是应该的。

亚　芝：这倒是，本来就是一家人，应该的。

田　咪：那就这么说定了，就这个周末，姐他们也都有空，都一块儿请来吧。妈，你马上给江爸打电话，把事儿定了。

亚　芝：好。

24. 吕家客厅 / 亚芝屋子，夜，内

江开国正在给江多福泡脚，正往里加热水。

江开国：爹，烫脚可说啊。

江多福：不烫不烫，正合适，舒服啊。

江开国笑。这时候电话响。

江开国：喂？亚芝啊。

亚　芝：老江，周末，淼淼和田咪想请你们上家里来吃饭。

江开国［愣了一下］：是吗？

亚　芝：孩子们也知道错了，想请爷爷上家里来玩，一家人一起联络联络感情。周末木兰不也有空嘛，说请姐姐姐夫一块儿来。

一旁的田咪连连点头，认可亚芝说的话。

亚　芝：老江，你们就来吧，啊。

江开国：行。

田　咪［对着话筒］：江爸，一定请木兰姐全家也来啊！

江开国：好。

25. 余淼屋子，夜，内

田咪和余淼进来。田咪一脸的得意。

余　淼：你怎么想通了，又想跟江爸他们来往了？

田　咪：你管呢。

余　淼［仔细看她的脸］：咪子，你是不是又憋什么坏？
田　咪：我憋坏？你就会憋笨！我都是为了我们俩的日子算计呢。你这猪脑子懂个屁。

26. 木兰家客厅 / 吕家客厅，夜，内

木兰正在给悦悦收拾书本。家里电话响。

木　兰［接电话］：喂。
江开国：木兰，是我。
木　兰：爸。你今天又来了啊，真是个田螺老爸，我们回家，屋子已经收拾干净，饭菜在电饭锅里保着温，也太幸福了点儿吧。
江开国：你们上班忙，过去帮你们做点家务，没事。
木　兰：就是怕你太累，这么远，两边跑。
江开国：不累不累。我反正也没事嘛，时间多下来干什么，跑跑挺好，还当锻炼了。
木　兰：爸，周末我去看你和爷爷。
江开国：正要跟你说周末的事，周末啊，咱们上亚芝阿姨家吃饭。

木兰一愣。

江开国：是淼淼和田咪来约的我们。
木　兰：我不去。那两个人，我不想见他们。
江开国：我知道。我本来也是不想答应，可你亚芝阿姨说，他们知道错了，是想给我们道歉，还欢迎爷爷。
木　兰：用不着。
江开国：木兰，再不出息，再讨人嫌，那毕竟是小顺啊，我们也不可能一辈子不跟他来往了，而且这回亚芝阿姨替他们来请我们，也不能让她为难啊。
木　兰：爸，阿姨对余淼的爱，太没有原则了。不管余淼干了什么，她都能无条件的原谅，余淼就不长教训。从小到大，我可是挨过你的打。
江开国：所以说，我们还是得去，余淼是我们家的小顺，我是他爸，你是他姐，你阿姨不舍得教训，我们得教训。
木　兰：爸，我也没那个心气儿去教训小顺。我只求他别再给我们家添麻烦就行。
江开国：那就是答应去了？
木　兰：答应。

放下电话，木兰一抬头，吕希站在大卧室门口，正看着她，显然刚才的话都听见了。

吕　希：你还真去啊。
木　兰：还是看在爸爸面子上。
吕　希［冷笑］：慈母多败儿，说的就是亚芝阿姨。
木　兰：我能不知道，放心，这回去，他们再求我帮什么忙我都不会应。我这个弟弟，基本上是无可救药了。
吕　希：我去不了，我得加班。

木　兰：我带悦悦去。

27. 亚芝家院子门口，日，外

木兰停下车，余淼和亚芝已经在门口迎接了。余淼赶紧上前来搀扶江多福下车。

余　淼：江爸！爷爷！姐！悦悦也来了！

木　兰［淡淡地］：悦悦，叫舅舅。

悦　悦：舅舅。

余　淼：乖。江爸，咱里边请吧。

亚　芝［落后一步，亲切而惭愧］：木兰，谢谢你能来。

木　兰：阿姨，别这么说。

28. 亚芝屋子，日，内

一行人进来。田咪显得比较懂事，正在亲自摆桌子，桌上菜和饮料已经都放整齐了。

田　咪［笑得特别甜］：江爸来了，爷爷，快请坐快请坐，姐，悦悦，请坐吧。

大家入座。

余　淼：今天这一大桌子菜，都是咪子帮着妈一块儿做的。

田　咪：这几个菜都是我做的，要是不好吃可别批评我啊。

江开国［只好笑笑］：不会不会。都坐都坐。

田　咪：我给大家倒饮料吧，爷爷爱喝什么？啤酒？雪碧？可乐？

木　兰：爷爷不喝酒，饮料也不喝，就给爷爷来碗汤吧。

田　咪：好的，爷爷，给你盛碗酸辣汤。

余　淼［举起酒杯］：江爸，爷爷，欢迎你们来北京长住，以后认识这儿了，就常来玩。

江开国等也都举起杯子。

江开国：谢谢。

余　淼：干杯干杯。

（跳接）众人都在吃饭。气氛略有些沉闷。

田　咪［看了眼大家，清了清嗓子］：江爸，你上回本来说要租隔壁牛大爷家的房子，我妈可高兴了，我妈可希望江爸离得近一点，后来江爸又说不租了，我妈那叫一个失望啊。

大家都有些意外。

亚　芝［很是不好意思］：田咪！

田　咪：妈，虽然你没说，可是我们都看出来了。是吧，余淼？

余　淼：啊，是。就是。

亚　芝［难为情］：淼淼，你们说什么呢？

田　咪［笑］：妈，你怕难为情，有些话不好意思说，我们做儿子媳妇的，我们可以帮你说。姐，你看，江爸和我妈在一起是不是挺开心的？

木　兰：你们的意思是？

田　咪：我和余淼觉得，江爸和妈应该在一起。

众人都很意外。

田　咪［诚恳状］：江爸，妈，我们做儿女都是很开明的，也不希望你们老了还孤单单一个人，能找着一个老来伴多不容易啊，你们俩应该在一起，互相照顾，一块就个伴还能参加个活动什么的，这样我们做儿女的也放心，这是两全其美的好事啊。［田咪捅捅余淼。］

余　淼：就是啊，江爸和妈，天生一对！妈现在天天这么远去石景山多累啊，住一块就方便了。天天在一起。

所有人都看二老。二老有点尴尬。

江开国：怎么突然说这个。咱们吃饭。

田　咪：江爸，你不喜欢我妈啊？

亚　芝：咪子！

田　咪：妈！我们这是为你们着想！这是好事！

木　兰：田咪，这事是好事，可是这事得我爸和亚芝阿姨自己说，对不对。做子女的为父母好，也得尊重父母自己的心意。

田咪只好闭嘴了。

余　淼：姐说的对，吃饭吃饭。

29. 路上，日，外

木兰开着车。江开国有些沉默。

木　兰：爸。

江开国：嗯？

木　兰：你对阿姨，有没有那个心啊？

江开国［沉默片刻］：有。

木　兰［笑了］：爸，我就知道你喜欢阿姨。

江开国：你妈走了这么多年，亚芝是我真的觉得喜欢的一个人。

木　兰：这就叫有缘千里来相会。爸，既然喜欢阿姨，那就一块儿过。

江开国：喜欢又怎么样，我现在哪有条件提这个。

木　兰：怎么就没条件了？

江开国：我住的还是你公婆的房子呢，我怎么还敢往那上面想呢。难道我带着爷爷住你亚芝阿姨的房子？那我也对不住她啊，让她没面子，找了这么个老头，连个住处都没有。我没这个资格。

30. 亚芝屋子，日，内

亚芝和余淼、田咪也坐着。

亚　芝［挺不好意思］：你们这俩孩子，今天吃饭，怎么冷不丁地说那些事。

田　咪［笑眯眯地］：妈，我们也是为你着想啊。现在像我们这么开明的儿女可不多。妈照顾我们这么多年了，也该追求一下自己的幸福了。

余　淼：妈，你就说吧，到底对我江爸有没有意思？

亚芝挺害羞地点了点头。田咪和余淼互相使个眼色，田咪偷偷捅了余淼一下。

余　淼：当然了，这个完全是考虑妈的情绪，对我们是很不利的。

田　咪：就是啊，妈也知道余淼的身体。妈要是跟江爸好，我们肯定有很多不方便的地方。当然了，现在我们希望妈能幸福，我们只能牺牲自己的一小部分了。你要跟江爸过，就能跟着去住石景山的楼房，多好啊，有厨房有厕所，你也享受享受呗。

亚芝一愣。

田　咪：住哪儿再说，关键是妈对江爸到底什么有没有意思？

亚　芝：我有意思，可江爸那边怎么样，也得看人家吧。

31. 路上，日，外

木　兰：爸，别去想那些条件不条件的，关键是自己喜欢的，你跟阿姨在一起，快乐，这比什么都重要。阿姨挺不容易的，有田咪那么个媳妇，天天都得受气。一辈子含辛茹苦，现在遇到了你，也是个好事啊。

江多福：亚芝，好。

木　兰：看看，连爷爷都说好。爸？

江开国重重地点了点头。

木　兰：就是同意了？

江开国再次点了点头。他看向窗外，眼神又凄凉又幸福。

32. 木兰卧室，夜，内

木兰和吕希并头躺着。

吕　希：原来今天叫你们去吃饭是说这个事。这个田咪，又在盘算什么呢？

木　兰：其实这事倒是我心里也一直在琢磨的。

吕　希：你也希望你爸跟阿姨好？

木　兰：我希望我爸幸福。

吕希出神。

木　兰：我妈走了十几年，我第一次见我爸喜欢上人。其实以前也有人给我爸介绍对象，都没成。你知道的，感情的事挺玄妙的，能找到有感觉的人不容易，尤其还到了这个年龄。我真的希望我爸和亚芝阿姨能老来就伴。

吕　希：你心里不觉得对不起你妈吗？

木　兰［想了想］：人爱一个人，思念一个人，不一定非要用殉道的方式，我爸爱我妈，这我深信不疑，我妈也爱我爸，这我也深信不疑。我相信我妈如果在天有灵，一定希望我爸过得好，过得开心，反过来也一样。

吕　希：过得开心。

木　兰：过得开心，物质是一个方面，情感是更重要的一个方面。老有所依，情感上有所依是不是更重要呢。

吕　希：也是，你爸要是跟亚芝阿姨好了，他们俩自己就伴，能减轻你的负担。

木　兰：嗯。

吕　希：我明白田咪的意思了。

木　兰：什么意思？

吕　希：她一定是惦记把阿姨轰走呢。

木　兰：啊？

吕　希：你爸跟阿姨好了，总不能让你爸带着爷爷去阿姨那儿住吧。

木　兰：我爸也不愿意。

吕　希：田咪早想到这一笔了。木兰，我们也不在乎这些，要是你爸跟阿姨好了，住石景山没问题。

木　兰［依偎紧吕希］：谢谢。

吕　希：我也是为咱家自己的小日子打算啊，亚芝阿姨要是能陪着你爸，你不就省心了嘛。

33. 爱华家客厅，日，内

爱华正坐在桌边发呆。方琼从自己卧室出来。

方　琼：爱华，你干嘛呢？

爱　华［醒过神来］：哦，妈，你起来了。早饭我给你热着呢。

方　琼：瞧你这没精打采的样子，是不是因为小梦他们没回来啊？

爱　华［躲避话题］：妈今天想吃什么？我买菜去。

爱华拿起钱包出门了。

方　琼［想了一会儿，愤愤地］：周末也不回来，太不像话！［拿起电话拨号］

34. 小梦家客厅 / 爱华家客厅，日，内

座机响了起来。彬彬摇摇晃晃地过来，接起电话。

彬　彬［含糊不清的］：喂？

方　琼：彬彬啊，让你妈接电话。

彬彬咿咿呀呀的，这时候过来一个中年女人，是郑翔的母亲。

郑　母［接过话筒］：喂？

方　琼：小梦？

郑　母：小梦不在家。

方　琼［皱眉］：郑翔呢？

郑　母：也出去了，跟小梦一块儿出去了。

方　琼：你是哪位？

郑　母：哦，我是小梦的婆婆。你是谁？

方琼一下子愤怒地扣下了电话。

郑　母［不明所以，放下电话］：谁啊。

方　琼［炸了］：怪不得不让我们过去住呢，敢情是公婆占着房子呢！

方琼越想越不忿，怒气冲冲地出门。

35. 小梦家客厅，日，内

门铃骤响。郑母过来开门。

郑　母：谁呀，这么死劲摁门铃。

一开门，门外是一脸怒气的方琼。郑母完全惊呆了。

郑　母：您是……是小梦的姥姥吧？

方　琼［跨进客厅，环顾］：就你在？

郑　父［抱着彬彬从里屋出来］：小梦的姥姥来了？快请坐快请坐……

方　琼：甭跟我客套！用不着你们招待我，我不是客人！这是我自己外孙女儿家！

郑父郑母都惊呆了，一时不知道说什么。

方　琼：你们什么时候住过来的？

郑　母：这个……

方　琼：有一个月了吧？

郑　母［只好点了点头］：那个，是小梦让我们过来帮着带彬彬……

方　琼：用不着！我们彬彬姥姥也能帮着带。小时候最难的时候，闹夜，断奶，都是姥姥带的！现在不难了，学走路学说话，正是最好玩的时候，怎么就要劳驾你们带了？！

郑　母：他太姥姥，话可不能这么说，我们来住一段，也没什么不对吧。

方　琼：我们还想来住一段呢，就因为你们住着，小梦就不让！这个房子，当初买的时候，首付还是我们爱华帮着出的呢，你们给出了多少啊，一分钱没有。现在倒好，你们堂而皇之地占着！占着房子不算，还占着孩子！你们是父母，想跟儿子孙子住在一起，享天伦之乐，我们家爱华也是当妈的呀，她也有权利跟自己的女儿外孙住在一起！

郑　母［生气了］：他太姥姥，您也一把年纪了，说话怎么这么不客气呢？！

方　琼：我就是说话不客气，你们是做事不客气！郑翔就活脱脱像你们，太自私，太不懂事！

36. 小梦家楼下，日，外

小梦开着车过来停下，郑翔从副驾驶下来，到后备箱拿出超市买的东西。

37. 小梦家客厅，日，内

方琼还跟郑翔父母对峙着。郑翔父母气地浑身发抖。

方　琼：……你们那个儿子郑翔，目无尊长，好吃懒做，将来怎么给彬彬做出表率？！

门开了，小梦和郑翔拎着满满的超市购物袋进来，看到这一幕，全都惊呆了。

郑　父［把彬彬往郑翔怀里一塞］：他妈，我们收拾东西，我们走。

郑　翔：爸？姥姥这是怎么了？

方　琼［冷笑］：你说怎么了？你丈母娘想来住就不行，你父母就行！你丈母娘想来带彬彬就不行，你父母就行！你太自私了！

小　梦：姥姥！

爱　华［推门进来］：妈，你在干吗？！快跟我回去！

方　琼：你看看你看看！你给出钱的房子，你的外孙，都让别人给占了！

郑翔和父母都急了。

爱　华［拉方琼］：妈，你别闹了！赶紧跟我回家！

方　琼［挣扎］：回什么家？！得评理！好好评评理！

爱　华：回家吧回家吧，妈求求你回家吧！

小　梦［过来扶住方琼］：姥姥，咱们回家吧！妈，我开车送你们！

母女俩把方琼给架走了。

郑　父［愤怒地］：走走走！不在这儿住了！

郑　翔：爸，妈，到底怎么了？

38. 爱华家客厅，日，内

爱华和小梦把方琼架进家门。

方　琼：你们俩干吗？我话还没说完呢。

爱　华：妈，你何必呢，不就是郑翔他爸妈住着吗？你这么去骂人，以后亲家怎么见面，让小梦多为难啊。

方　琼：猪八戒倒打一耙。我这是为了谁呀，还不是为了你！你这个姑爷简直就是个烂泥巴，你就惯着他吧，将来你自己小梦吃亏。小梦这话我撩在这儿！

小　梦［没好气］：姥姥，郑翔也没你说的那么糟吧。

爱　华：就是，你别掺和了，小梦不好做。

小　梦［电话响］：喂，郑翔。

郑　翔［画外音］：戴小梦，你那个姥姥简直就是个活土匪！她什么大干部了不起，不把我爸妈放在眼里，侮辱他们！我告诉你，我们家再也不跟她来往了！不然咱俩就离婚！

小梦惊呆了。郑翔把电话挂了。

小　梦：姥姥，看你办的这叫什么事？！

方　琼：怎么了怎么了？

小　梦：闹闹闹，闹得现在郑翔要跟我离婚！

方　琼：小梦，你怎么跟你姨一样，净会惯着男人！离婚离婚，把离婚挂在嘴巴上，郑翔还是不是个男人！

小　梦［气得直哭］：还不是姥姥你闹的？！你说你都这么大年纪了，还上我们家掺和什么呀，给我们家搅得乱七八糟的！

方　琼：你还敢怪我？！你自己帮着外人欺负你妈，你还怪我帮你妈打抱不平？！那房子是不是你妈拿钱帮你们买的，怎么公婆有脸长期占据着，你妈跟我就不能过去一块儿住？！你就是个白眼狼没良心的！谁给你伺候的月子，谁给你带的彬彬？现在彬彬上幼儿园了，你妈没

用了，你就给一脚蹬了！

小梦直抹眼泪，气得说不出话来。

爱　华：妈，你别这么说小梦，没那么严重……

方　琼：有那么严重！太严重了！你们娘儿俩真是没用啊，外人都欺负到头上来了，你们怎么还忍气吞声啊，要亡国灭种了，你们怎么还不奋起抗争啊？！我替你们不值啊，替你们出头啊，我倒落一身不是了我！

小　梦［哭着］：什么亡国灭种，什么奋起抗争，姥姥这都什么时候了，你还从你打鬼子的时代没穿越过来，是不是！我懒得理你，你爱怎么闹怎么闹，我反正以后是不来了！

爱　华：小梦！

小梦不理，开门跑了。

方　琼：白眼狼！

爱　华：妈！你干嘛呀？！我没让你去替我抱不平！我没什么不平！我就这么一个女儿，就这么一个外孙子，你把关系搞僵了，我以后还怎么跟他们一块儿过？！

方　琼：你也是白眼狼！

爱　华：怪不得妹妹受不了你！怪不得妹夫要跟妹妹离婚！妈，你现在又要搅和得郑翔和小梦离婚！你是不是成心的呀你！

方琼怒不可遏地瞪着爱华，方琼突然急火攻心，晕了过去。

爱　华［吓坏了］：妈！妈！

39. 医院诊室门口走廊，日，内

雷颂华匆匆地赶过来。爱华坐在诊室门口的长椅上，正哭着。

雷颂华：姐！

爱　华：颂华。

雷颂华：妈怎么样？

爱　华［摇摇头］：没事，在里边呢。

雷颂华：妈怎么了，怎么又跟郑翔较上劲了，多大人了，怎么还跟隔辈的孩子过不去呢。

爱　华：我不知道啊。她就是看郑翔不顺眼。

雷颂华：看样子在哪儿她都得找出个看不顺眼的。

里屋传来护士和方琼的声音。

护　士[画外音]：老太太，您没事了，可以回家了。

方　琼[画外音]：不回家！不想回家看到这些不孝子孙！

爱　华[无奈的]：小妹，这可怎么办啊。

雷颂华若有所思地一脸凝重。

40. 爱华家客厅，日，内

雷颂华和爱华带方琼开门进来。方琼一脸官司，在沙发上坐下。雷颂华和爱华在对面坐下。

雷颂华[表情严肃地看着方琼]：妈，今天医生还是那个结论，你身体很好，什么问题也没有。

爱　华：是啊妈，你到底为什么，要把我们闹磕了。

方琼哼了一声。

雷颂华[下决心的样子]：妈，我想来想去，不管是姐家还是我家，你住得都不开心，看来家庭环境有些不适宜了。

方　琼[转脸看她]：什么意思？

雷颂华：我想送你去养老院，换个环境，疗养一下。

此言一出，方琼和爱华都是一愣。

方　琼：小三子，你说你要送我去养老院？

雷颂华：没错。家里你住得不开心，应该换个环境了，我给你找个好点的养老院，住一段，等心情好了再回来，住谁家都行。

爱华想说什么，还是没说。

方　琼[愣了一会儿，冷笑]：用不着说得那么冠冕堂皇，疗养疗养？不就是想送我去养老院吗？你们都嫌我碍事，就是想扔了我。你们不是想要的就是这个结果吗，随便，反正我现在也不想看到你们。

爱　华[哭了]：妈，你为什么要这么难受我们啊。

雷颂华：姐，别哭。养老院挺好的，让妈换换心情，比在家生气强。

方　琼：养老院就养老院，我方琼三个子女，我住养老院。挺好。

她起身进自己卧室，重重把门关上了。

爱　华[哭得更委屈]：小妹，这样行吗？

雷颂华：姐别哭。我想过了，当断则断，我们不能再这样任由妈折磨我们了。妈的生命力还很旺盛，不用担心她。

41. 饭馆包间，日，内

亚芝一家坐着。门开了，领位小姐把江开国一家引进来，吕希也来了。亚芝等赶紧起身相迎。

余　淼：江爸，姐，哟，姐夫也来了。

吕　希：今天是大喜日子嘛。

余　淼［亲热地］：姐夫看着气色真不错。大家坐吧。

江开国和亚芝眼神对上，两人都有点不好意思。木兰看见了，暗暗笑了。

（跳接）所有人团团坐在一桌。

余　淼［举起杯子］：我先来说啊，今天呢，是我和我姐帮我江爸和我妈配对的大喜日子！祝贺咱爸咱妈黄昏恋成功！

众人都笑。二老笑的害羞。

木　兰：咱爸和阿姨为我们奉献了一辈子，没想到有这个缘分，阿姨就是小顺的妈妈，咱们这下可以说是亲上加亲。希望咱爸和阿姨能在一起能过几天属于自己的快乐的日子！

吕　希：爸和阿姨能走到一块儿，真的特别好。我爸我妈说了，老伴老伴，就是老来做伴，老了能一块儿吃饭的人才是真正的老伴。爸和阿姨能老来伴是个好事，大好事。我爸我妈这一走，我知道所有的事都是挺无常的，既然木兰和余淼姐弟俩都有这个心思，那咱们就一块儿把这个心愿完成了。本来是两家人，现在成了一家人，真正的一家人！咱们得把屋子好好收拾一下，找个好饭馆吃一顿！

亚　芝：谢谢孩子们。谢谢你们替我们想得这么好。

江开国：吕希，谢谢。

吕　希：爸，一家人还说谢干嘛，你跟阿姨把日子过好了，过开心了，我们做晚辈的也都放心。

余　淼：太好了太好了，大家干杯干杯，祝江爸和妈梅开二度！

众人干杯。

田　咪：那晚上回家我们就给妈收拾收拾东西，给送到江爸那儿去。

亚　芝：不急，等领证以后吧。

田　咪［意外］：啊，还领证呢。

亚　芝：是啊，我守寡守了一辈子了，不能老了还让人戳脊梁骨。

江开国：没错，该领证，堂堂正正地在一起。

田咪脸色就变了。

木　兰：那就找个好日子，我陪爸和阿姨去民政局。

余　淼：妈，江爸，结婚不能马虎，你们还拍婚纱照吗？

田咪狠狠地掐他。

余　淼［疼得龇牙咧嘴］：干嘛。

江开国：那些个就算了吧，太新潮了，咱也用不着花那些钱。都这个年纪了。领了证，全家人好好吃一顿就行。

余淼又想说话，田咪一个劲地捅他，不让他说话。

江多福：好。回去翻翻黄历，找个好日子。

大家都挺高兴的。只有田咪脸色不豫。

42. 余淼屋子，夜，内

田咪把包扔在沙发上，生气地坐在沙发上，脚一伸，把茶几上的东西都扫在地上。

余　淼：又怎么了咪子？不挺高兴的吗？

田　咪：高兴个屁。蠢货。

余　淼：不都是你的意思吗，现在不如愿了吗？咱妈要住到石景山去，这儿都是你的了，以后你想怎么安排就怎么安排。

田　咪：你傻啊，谁让他们结婚了，就让他们住一块儿啊。要是结婚了房子怎么办啊。

余　淼：什么房子怎么办？

田　咪：现在这二间房还是你妈名下，结了婚老头就有份了。

余　淼［眨巴半天眼睛］：不会吧，看着我亲爹不是那样的人。

田　咪：哎呀，你懂个屁，说你蠢货你还真是蠢货，你亲爹不是那样的人，你那亲姐呢。

余　淼：更不会吧，我姐怎么会要我的房子，她不是有房子吗？

田　咪：你是她肚子里的蛔虫吗，你知道她怎么想的？我看她就是个假圣人，一看我们家没什么就不跟我们来往了。

余　淼：没不来往啊，这回不是也挺痛快答应婚事吗？

田　咪：她算盘多精啊，家里一个老头一个老爷爷，你妈过去也是给他们做老妈子去了。人的坏心眼不会写在额头上告诉你的，惦记咱这房子她也不会让你知道。

余　淼：那你现在什么意思吧。

田　咪：要结婚可以，得保证咱们的房子安全。

余　淼：怎么保证？

田　咪：找你妈去。

43. 亚芝屋子门外，夜，外

余淼和田咪过来，敲了敲门。

余　淼：妈睡了吗？

亚　芝［画外音］：还没呢。

44. 亚芝屋子，夜，内

余淼和田咪推门进去。亚芝正在收拾床。

亚　芝：还有事？

田　咪：妈，我们俩觉得吧，关于你结婚的事不能这么草率。

亚　芝：怎么了？

田　咪：其实要我说，领证就多余，你们都这把年纪了，还在乎什么形式啊，一块儿过日子就行了。

亚　芝：那不成了非法同居了。

田　咪：现在没有非法同居这一说法了。同居不犯法。现在你们这个年龄的同居的挺多，可时髦了，叫银发同居族。

亚　芝：同居算什么时髦，挺不光彩的，妈一辈子贞洁，不想老了老了还让人笑话。我想结婚。

田　咪：结婚也没问题，就是，领证前把房子过户到余淼名下。

亚　芝［呆了］：这结婚跟房子有什么关系？

田　咪：妈，这房子以后是不是给余淼的？

亚　芝：当然了。

田　咪：那不如现在就先过户吧。

亚　芝：我这把年纪了，这些早晚都是你们的，你们着急什么的呀。结了婚，我都要住到人家里去，还是人吕希家的房子。这儿全都归你们住。

田　咪：那也不行。等你们结婚了，房子也就有江爸一份了！就算是你的婚前财产，说不定哪天政策就变了！

亚　芝［惊］：你都想哪儿去了？难不成你是怕江爸把这房子夺走了？这是你们谁的意思？

田咪指余淼。

余　淼：妈，这当然是我的意思了。

亚　芝：淼淼，你不信妈都没事，可江爸是你亲爸啊。

余　淼：害人之心不可有，防人之心不可无。

亚　芝：那是你亲爸，亲爸。都想哪儿去了。

余　淼：妈，就当我胡思乱想，你反正也是要给我的，晚给早给也一样。

亚　芝：不行。

余　淼：怎么就不行了？

亚　芝：房子是家里的根基，好端端的，动它干嘛，没有必要！我要睡觉了，你们出去吧。

余淼和田咪没办法，只好出去。亚芝郁闷。

45. 余淼屋子，夜，内

余淼和田咪进来。

余　淼：你真是多事，突然又想起这么一出。江爸是我亲爸，我是他亲儿子，他有什么还应该给我呢，怎么会来抢我的房子。

田　咪：他不抢，说不定你妈脑子一热，非要送他呢。

余　淼：我妈对我，还用怀疑吗？

田　咪：你又不是你妈的亲儿子，你是小顺，你是姓江的种，这房子可是姓余的，她想给谁就给谁。

余　淼：就算我妈给江爸了，江爸不还是会给我吗，不一样吗？

田　咪：猪脑子，能一样吗?！你江爸可不是只有你一个儿子，给你江爸了，你江爸就有可能给你姐！

余　淼：说半天怎么又绕回去了？！

46. 鹤鸣春养老院花园，日，外

挺豪华的养老院。姐俩儿陪着方琼走过来，一个院长状的中年男人陪着。花园很大，种满了奇花异草。雷颂华和爱华频频点头。方琼却一脸冷笑。

47. 鹤鸣春养老院房间，日，内

院　长：这个房间就是了。[领着参观]双人间，有单独的厨房，卫生间，还有单独的护士。

房间挺宽敞，雅洁。雷颂华和爱华互相看看，都点了点头。

院　长：对了，同屋的老太太姓毕，这会儿应该是小护士陪着去下面活动室参加集体活动去了。

雷颂华：谢谢您，梁院长。

梁院长：行了，我先过去了，你们安顿一下。

院长离开。姐俩把方琼的行李放在床上，爱华开始整理。

雷颂华：妈，还满意吗？

方　琼：还行吧。这得花多少钱啊？

雷颂华：妈，你别操心，不就是为了让你高兴吗？

方　琼[冷笑]：你们真行，为了把我赶走这么舍得花钱。

雷颂华：妈，不就是暂时的嘛，你先住着看看，有什么意见咱们再商量。

爱　华[把东西都归置好了]：妈，你的换洗衣服都给你搁衣柜里了，洗漱用品给你放卫生间台子上了，这儿真不错，哪儿哪儿都干干净净的。跟家里一样方便。

雷颂华：妈，你在这儿住着，要是想吃什么就给我们打电话，我们给你送来。

方　琼：这儿不是管饭吗？还用得着你们送。

雷颂华和爱华都有些噎着。

爱　华：颂华单位还有事，就先走吧，我再陪妈坐会。

方　琼[做出一副心特硬的样子]：走走，都走，都赶紧走，我不想看你们。

雷颂华：妈？

方　琼：你们还假惺惺的何必呢，把我送这儿来不就为了不看见我，干嘛还陪着。走吧，都走！

姐俩互相看一眼，只能转身走了。

48. 鹤鸣春养老院花园，日，外

姐俩穿过花园往外走。两人都是有些闷闷不乐。

爱　华：颂华，把妈放养老院，是不是不太好？

雷颂华：姐，试试看，也许对妈有好处。昨天我给哥打电话了，哥也觉得可以去养老院试住一下，老外都这样，那儿的护理专业。

雷颂华在爱华肩上安慰地拍了拍，爱华只好点了点头。

49. 商场，日，内

木兰带着亚芝和江开国逛服装区。木兰不断拎起新衣服在江开国身上比划着。江开国时而笑着摇头，时而笑着摆手。亚芝在一旁看着，也是直乐。

（跳接）在床上用品区。大家正围着一床红色绣花的床上用品。

木　兰：爸，阿姨，这套好看，喜庆。

亚　芝：要一千多，太贵了。

木　兰：阿姨，您和我爸大喜，我这做闺女的，帮你们置办点新的东西，也是沾沾喜气嘛。服务员，就要这套！

50. 茶餐厅，日，内

一行人坐着，在吃东西。

木　兰：爸，新衣服也买好了，你和阿姨打算哪天去领证？

江开国［笑着看了眼亚芝］：听你阿姨的。

亚　芝［有点忧郁］：有个事，正想听听你们的意见。

木　兰：阿姨你说。

亚　芝：淼淼和田咪提出，让我先把房子过户给他们。

木兰和江开国都一愣。

木　兰：是怕房子跟我爸有关系吧。他们想得够多的。

亚　芝：这肯定是田咪的意思。淼淼从来没有这些花花肠子。

木兰不以为然。

亚　芝：这房子本来也是要给他们的，其实在我，早给晚给，也没什么大关系。就是我怕房子到他们手里，别又出什么事。淼淼是耳根子软的，不经田咪撺掇。

木　兰：阿姨，千万不要把房子过户给余淼。阿姨，你想想上回你的钱给他们之后怎么样？还不是都给糟蹋了。要是房子给他们了，没准很快也都给败了。您现在还在世呢，绝对不能把房子过户给他们。

亚　芝：可是不过户，他们就不让……

江开国：不让什么？

亚芝说不出口。

木　兰：不让结婚？

亚芝默认了。木兰和江开国互相看看，都无语。

木　兰：我爸是他的亲爸啊，防的谁呢。

亚　芝：木兰木兰，淼淼没那个意思，他们肯定就是急着想把事情给办了。[犹豫着]反正迟早也是给他们的，要不然就现在过户，这样我们就能结婚了。

木　兰[坚决]：不行！

亚芝和江开国都看着她。

木　兰：阿姨，绝对不能改房本，绝对不能！这跟你和我爸结不结婚没关系，这关系您自己的命脉！您千万记住，房子是您最后的防线，绝对不能让他们突破了。您只要还在，绝对就不能把房子改余淼的名字，反正这房子最后也肯定是他的，不急在现在！

51. 亚芝屋子，夜，内

亚芝开门进来，木兰和江开国提着新买的东西也跟进来。田咪和余淼坐在沙发上，正在一边看电视一边吃东西。

余　淼：哟，江爸和姐也来了。没少买啊。

田　咪：都是给妈和江爸结婚用的啊。

木兰和江开国见到两人，都有些无语。

江开国：淼淼，听你妈说了房子的事。

余　淼[有些尴尬地看看亚芝]：江爸，其实我不是那个意思……

江开国：你的意思我都明白。这样好不好，我给你写个保证书，保证放弃你妈这房子的一切权利。以后不管怎么样，这个房子跟我一点关系都没有。

余淼看看田咪。

田　咪：江爸，保证书不管事吧。

江开国：你要再不放心，我再去公证处公证一下。

田　咪：那不也挺麻烦的，还不如去改一下房本快呢。

木　兰：田咪，不改房本，这房子也是余淼的，谁也抢不走。

田　咪[翻着白眼]：那可说不好。

木　兰：难道你还怕将来我来抢这房子吗？

田　咪：那谁说的好。姐姐现在是站着说话腰不疼，是啊，姐姐现在多牛啊，住着楼房，看不上我们这二间小破平房。可万一将来这房子姐姐也有份，也能分着，难保不起了坏心要来分这房子。再万一以后拆迁呢，二环里的地皮，值好几千万呢，姐姐能不眼红吗？

亚　芝：田咪，我们这儿不可能拆迁的。

木　兰[气得不得了]：你这儿就是金山银山我也不会眼红。

田　咪：大话谁不会说，姐姐现在条件比我们好这么多，也没想着帮帮我们，提携我们一把，将来的事就更说不好了。

江开国：田咪，你怎么能这么说你姐。

田　咪：江爸，我也不是针对姐姐，我们是针对我妈要结婚这事。我妈要结婚，这房子要有变化，就得提前都安排好了才能结！今天我妈是要嫁给江爸，明天要是我妈又看上王二麻子了，我们能怎么样。

亚　芝［直跺脚］：我是你婆婆，你怎么能说这话呢。什么王二麻子的，乱七八糟，难听死了。

田　咪：妈，人是会变的，你以前也说这辈子不会再嫁了，那现在呢？

亚芝一下子说不出话了。江开国和木兰都很尴尬。

52. 路上，夜，外

木兰开着车，江开国闷闷地坐着。

木　兰［特别生气］：这个田咪，就知道她不安好心，就想把亚芝阿姨推出，把房子占了！爸，他们这是啃老吗，他们简直就是吃老！

江开国也是叹息。

53. 亚芝屋子，夜，内

田咪和余淼还在劝说亚芝。

田　咪：妈，这房子你迟早也是要给余淼的，就给他一个安心吧。

余　淼：就是啊，妈，你就可怜我，提前给我个安心嘛。

亚　芝［左右为难］：这房子肯定是你的，可我真的没想过要提前动它。你有什么不安心的，江爸都说给你写公证了。

田　咪：公证这事我们不懂，我们就懂那房本上的名字，是谁就是谁，错不了。

亚　芝：这事别再说了，我现在没这个打算。

田咪暗中捅了捅余淼，余淼突然两眼一翻白，倒在地上，开始抽抽了。

亚　芝：淼淼！

她赶紧拿出手帕，垫在余淼的牙关里。余淼却抽搐的特别厉害。

田　咪：余淼，余淼，你怎么了？你不会抽死吧，为了个房子，不值得啊。你妈不给你就算了，可别连命都送了啊。

余淼抽得特别厉害。亚芝害怕，赶紧拿电话拨号。

54. 路上，夜，外

木兰和江开国正在路上。江开国手机响。

江开国［画外音］：喂亚芝……什么？好好，我们马上过来！［挂了电话，对木兰］木兰，回阿姨家！淼淼犯病了！

55. 亚芝屋子，夜，内

余淼还在狂抽。亚芝在一旁吓坏了。

亚　芝：淼淼，怎么还不醒？你怎么还不醒？！

木兰和江开国着急的推门进来。

江开国：亚芝怎么样？

亚　芝［如见救星］：这都四十分钟了，还不醒！

木　兰：赶紧送医院！

亚　芝：不行的，这个时候不能随便搬动的！淼淼，你别吓妈啊！你可千万不能有事啊！

田　咪［装腔作势］：妈，你就为了这个房子，连你儿子的命都不顾了。

亚　芝：行行行，什么都答应！我什么都答应！淼淼你能听见吗？妈妈都答应你，你别有事啊。

混乱中，木兰的手臂撞到了桌子上，桌子边缘有个杯子掉在地上，啪的一声摔碎了。那个杯子正好砸碎在余淼的脚后，余淼本能地吓了一跳，脚微微躲了躲。木兰看见了，疾步抢上前，对着余淼就是一个大嘴巴。

江开国：木兰？

余　淼［睁开眼睛，坐起来，躲开了］：姐，你打我干嘛？！

木　兰：不打你，你能醒吗？

亚　芝：原来你是装的？！

余淼别开头。田咪很生气。

木　兰：余淼，你就拿这招治你妈是不是？！话都说到这儿了，自己的亲爸都给你写保证书，你妈也给你们写，都不答应，就是要改房本，你们到底是安的什么心？！

田咪和余淼都不吭声了。

亚　芝：老江，木兰，你们回吧，我们的事再说吧。

江开国看了眼亚芝，摇摇头，拉着木兰走了。

亚　芝：你们俩出去。

余淼讪讪的，拉了拉田咪，田咪愤怒地瞪了亚芝一眼，冲了出去。余淼看一眼亚芝，也跟着出去。亚芝重重地关上了门。

56. 余淼屋子，夜，内

田　咪［冲进来，愤怒地摔东西］：我恨死她了，恨死她了恨死她了！

余淼跟在后面进来，什么话也不敢说。

57. 路上 / 亚芝屋子，夜，外 / 内

木兰开着车。江开国掏出手机拨号。亚芝坐在床边，正在怔怔地出神。手机响。

亚　芝：喂，老江。

江开国：你没事吧？

亚　芝：没事。老江，你别怪我，我是可以一狠心一跺脚跟你去领证的，可那不就跟淼淼闹别扭了吗？我也不想让孩子太难受。

江开国：你别难过，咱们也不急在这一两天，等过两天孩子们脑子转过来了，咱们再做做他们工作。

亚　芝：好。

挂了电话，江开国看了眼身边座位上新买的床单，深深叹口气。

第 19 集结束！

雷母养老院仍折腾，田咪扶怀孕索房本

1. 超市里木兰办公室，日，内

木兰正在电脑上操作。彭厂长出现在门口去，轻轻磕了磕门。

彭厂长：江经理？

木　兰［停下手中的事］：彭厂长过来了。请进。

彭厂长进来，身后跟进来一个瘸腿的中年男人焦场长。焦场长一看就老实巴交。

彭厂长：江经理，这就是我跟你说过的青松福利农场的焦场长。老焦，这是江经理。

焦场长：江经理，您好！

木　兰［跟焦场长握手］：你好，焦场长。请坐吧。

彭厂长和焦场长在木兰对面坐下，焦场长把手里拎着的一篮子土鸡蛋放到木兰面前。鸡蛋就是散装的，只是每个鸡蛋上盖了一个红戳。

木　兰［拿起一个鸡蛋仔细看看］：青松福利农场，你们在哪儿？

焦场长：在密云。我们原来是一个县办的福利农场，现在自负盈亏了，主要就是养鸡，捡鸡蛋。江经理，我们的鸡蛋是最最绿色的，鸡全都是散养的，吃的饲料大部分是我们自己农场种的杂粮，肯定无公害。

木　兰：听彭厂长说，你们的鸡蛋还没有进过超市？

焦场长［局促地］：没进过。我们这个鸡蛋没包装，没广告，啥也没有，就有个绿色，可是就没有超市肯给我们个机会进场卖卖看。

彭厂长：江经理，焦场长跟我是好多年的老朋友了，他们的鸡蛋真的是好，可就是没人给机会，我是看不下去了，想着给介绍介绍。

木　兰［沉吟片刻］：只要是好产品，就是我们超市欢迎的产品。

焦场长：江经理可以去我们农场看看，考察考察。

木　兰［点点头］：好，正好今天我有空，咱们现在就走。

2. 鹤鸣春养老院方琼房间／超市店长办公室，日，内

方琼慢慢地踱进来，有些无聊地坐下。长得很漂亮的小看护小曹进来了。

小　曹：方奶奶回来了，午饭时间，您去餐厅吃饭吗？

方　琼：不去。

小　曹：那就是在房间吃，您等着，我去帮您带回来。

小曹刚走，毕老太太也进来了。

毕老太太：老方回来了。

方琼看她一眼，微微点了点头，懒得说话。

毕老太太［笑笑，从抽屉里拿出一盒特别精致的巧克力，放到方琼面前］：我女儿早上刚给我送来的，刚从比利时出差回来，特意给我带的，可好吃了，要不要尝尝？

方　琼：谢谢了，我这一口牙还是真的，吃了巧克力就该换假的了。小毕，你那副假牙用的还习惯吗？跟真牙一样好使吗？你才七十出头啊，怎么牙就全掉了呢。真可惜。

毕老太太顿时无语，生气地扭头就出去了。方琼有些解气，但是回头看看桌上那盒包装精美的巧克力，顿时又生气了。拿起电话拨号。

雷颂华［正在打座机电话］：……对，推荐表已经上传了……［手机响。雷颂华看了，是方琼，顿时皱眉头］好，先这样。［挂了座机接手机］喂，妈。

方　琼：小三子，一会儿下了班来看我。

雷颂华：啊？昨天不是刚去过吗？

方　琼：昨天是昨天，今天是今天。

雷颂华：妈，不是说好了，周末我和姐一人去看你一天的吗？缺什么让小曹先帮你去买一下，我这儿正忙呢。

方　琼：我缺你们来看我。得天天来看我。

雷颂华：你要是天天想见我，那跟我们回家住，不就能天天见了吗？

方琼气得把电话扔了。雷颂华看着猛然挂断的手机，倒是比较淡定，她把手机放下，接着忙自己的事。

3. 路上 / 鹤鸣春养老院方琼房间，日，外 / 内

爱　华［拎着菜在路上走，在接方琼的电话］：妈你别哭啊。

方　琼［抽抽泣泣］：人家儿女都是天天来，就我孤苦伶仃的。爱华，妈心里难受啊。

爱　华［又心软了］：妈，别难过别难过，我明天就来陪你好吗？

方　琼：真的？

爱　华：真的。妈想我陪，我也想多陪陪妈。

4. 超市店长办公室，日，内

雷颂华正在看报表。木兰出现在门口，轻轻敲了敲门，她的手里拎着那篮子鸡蛋。

木　兰：店长？

雷颂华：进。有事？

木　兰［把鸡蛋放在雷颂华面前］：我刚刚去了一趟密云，去考察了一家福利农场。

雷颂华[拿起一个鸡蛋看]：青松福利农场？

木　兰：对。农场的鸡蛋，想进我们超市。

雷颂华：鸡蛋怎么样？

木　兰：很不错，绝对是绿色的。我去看了，鸡确实都是散养的，吃的饲料以农场自己种的杂粮为主，配合一部分绿色饲料，很健康，鸡蛋质量很好。我在那儿现场吃了一个刚下的蛋，很好吃。

雷颂华[颇有些玩味地看着那个鸡蛋]：有食品检验的证书吗？

木　兰：有。

雷颂华：进过别的卖场吗？

木　兰：没有。他们是非常典型的小供货商，几乎没有超市会让他们进场，他们也绝对交不起进场费。以前他们的鸡蛋也就是拿到密云县城去摆摊卖，因为鸡蛋的成本比普通鸡蛋高，价格也高，可又不是名牌，认知度不高，销路不好。这个农场大概有一百多员工，都是残疾人，以前是国家拨款，现在自负盈亏了。他们挺自立的，就是好好的养鸡，希望能通过自己的劳动养活自己。

雷颂华：到底是鸡蛋好还是残疾人值得同情？

木　兰：两者都有吧。当然，主要是鸡蛋好。店长，你拿回去尝尝。

雷颂华[笑了]：行吧，这事我拍板了，让这家的鸡蛋进场。

木兰笑：谢谢店长。

雷颂华：不必。马上你就是店长了,你可以按你的心意,让更多产品质量好的小供货商有一席之地。

木兰笑了。

雷颂华：鸡蛋你拿走吧。我就不尝了，你说好，一定好。

5. 大雅广告公司，日，内

吕希正在电脑上敲击。手机响。

吕　希：喂？

张　磊[画外音]：吕希，你小子干吗呢？

吕　希：废话，当然上班呢。

张　磊[画外音]：今天晚上有聚会，马蜂窝从唐山调回来了，官升一级，找咱们聚会撮一顿，腐败一下。

吕　希：都叫谁了？

张　磊[画外音]：陈靖文，张海威，王瑞，沈之予，谢晓莹，韩冬，李礼……反正十来号人吧。

吕　希[听到韩冬名字的时候就微微皱了皱眉]：哟，我估计去不了了。

张　磊[画外音]：别介啊，大家聚一回不容易。

吕　希：我今天要加班，走不了。你们好好玩。

张　磊[画外音]：啊，你真不来啊？不会有谁你不敢见吧？

吕　希：没有啊。刚换了工作，我得好好表现，下次吧，啊。

6. 回家路上，傍晚，外

吕希开着车，有点出神。他的眼前不由得出现那天晚上和韩冬在一起的一幕。吕希如同针扎一样，险些撞上前面停下的车。他急刹车，回神。吕希冷静地想了想，拿出手机拨号。

韩　冬［画外音］：喂，吕希。

吕　希：韩冬，你好。

韩　冬［画外音］：晚上你去吗？

吕　希：我今天加班。我想约你见一面。

韩　冬［沉吟片刻，画外音］：可以。时间地点？

吕　希：明天下班后，青藤茶楼。

韩　冬［画外音］：好。

挂了电话，吕希的表情有些悲哀。

7. 木兰家客厅，夜，内

吕希和悦悦坐在桌边，桌上已经摆好了饭菜。木兰从厨房出来，端着一盘炒鸡蛋，放到桌上。

木　兰：来来来，大菜来了。

吕　希［直笑］：木兰，知道什么大菜吗？这也叫大菜，不就是炒鸡蛋吗？

木　兰：尝尝，尝尝再发言。

吕希和悦悦都夹筷子炒鸡蛋吃。

悦　悦：妈妈，今天的鸡蛋真香！

吕　希：真的好吃啊，跟平时的鸡蛋味道好像不大一样。有股怎么说呢，有股醇香的味道。

木　兰：这个鸡蛋是真正的土鸡蛋，下蛋的母鸡全是走地鸡，吃的是谷物。

吕　希：哪儿来的？

木　兰：我们超市马上要上市的。我希望顾客能买这个鸡蛋。现在有良心的供货商是太可贵了，吃的东西能够凭良心来养来种来供应，这已经是一件了不起的事情。要是有一天，超市里所有吃的东西都是这样的品质，那共产主义就算实现了。

吕　希：你啊，就是想太多，就挣个卖白菜的钱，净操那卖白粉的心这么大国家，食品安全多大的事，有国家管呢，轮得着你操这心吗。

木　兰［由衷地］：国家不就是由我们这具体的一个一个的人组成的吗？如果人人都做好，国家不就好了吗？

吕　希：懒得理你。

悦　悦［大口地吃饭，吃炒鸡蛋］：妈妈，我想天天吃这个鸡蛋。

木　兰：鸡蛋一天只能吃一个。明天给你煮着吃。

悦悦笑着点头。

木　兰：公司怎么样，适应了吗？

吕　希：还行，文案那块儿也算是老本行了。就是觉得有点累，节奏太快，一天恨不得见五拨客户，每拨客户的诉求都不一样，脑子得不停地转。以前在文化馆，每天大半天都在喝茶看报纸，把骨头都给养松了，紧一紧也挺好，我才三十多，出来拼也正当时。

木兰笑了。

吕　希：对了，木兰，明天晚上不回家吃饭，要见客户。

木　兰：明天我是值班店长，回家不会早。我让我爸接一下悦悦。

8. 超市卖场，日，内

焦场长带着两个员工正在把鸡蛋放到货架上，这个货架的位置比较偏僻。木兰在一旁看着。

焦场长：江经理，好了。

木　兰：眼下只有这个货架还有空位置，等以后有机会再调吧。

焦场长：已经非常感谢了，这么多超市，就你们家不嫌弃我们小，给我们这个机会入场。

木　兰：只要你们质量好，顾客买账，以后可以调到更好的位置。在我们超市就是这样，质量决定一切。质量过得硬，什么都好说。

焦场长：江经理，你放心，我们的鸡蛋就一直这样养，不会玩那一套虎头蛇尾。

9. 鹤鸣春养老院休息室，日，内

方琼和一帮老太太做绢花。方琼显然不擅长这类事，笨手笨脚的。

白老太太：老方，其实特别简单，就这么绷着，再往这头上绷过去，扎紧就好了。

方琼只好学着做。

白老太太：你会绣花吗？

方　琼：不会。

白老太太：织毛活呢？

方　琼：不会。

白老太太：哦，没事，慢慢学，我教你，反正咱们现在也没什么事，有的是时间，慢慢都学会了。

方　琼：我学那个干嘛呀，织给谁穿？绣给谁看？

白老太太［一愣］：也不为谁，就为打发个时间啊。

方　琼：打发时间？我们还有多少时间？

白老太太愣，接不上话。

方　琼［自言自语］：人为什么要老呢？

白老太太：老方，我以前还会点裁缝，从小我闺女儿子的衣服就都是我做的，你要是愿意呀，我也可以教你点，夏天了，自己给自己做个褂子，也挺有趣的。

方琼看着温柔和善的絮叨的方老太太，也就微微一笑，跟着做花。

小　曹［出现在门口］：方奶奶，您女儿来了。

10. 鹤鸣春养老院方琼房间，日，内

方琼走进来，爱华正椅子上坐着，看见方琼，爱华立刻站起来。

爱　华：妈，你这儿服务真不错，想帮你收拾收拾，没什么可收拾的。

方　琼：那可不，小曹的工作就是帮我收拾，还用你。[扫视了一下爱华，有点不高兴]你怎么空手来的？

爱　华[一愣]：妈，你要吃什么？没提前跟我说啊。

方　琼：这还用我说吗？这是孝心。人家女儿来，都是带这带那，我女儿来，就带两只空手。

爱　华：妈，我早上从小梦家过来，临时的也没去买东西。

方　琼：从小梦家来？你住小梦家了？

爱　华[有些讪讪地]：那个，郑翔父母回自己家去了，小梦就让我住过去，帮着带彬彬。

方　琼：我一走，你们就和好了？合着就嫌我一个人碍事。

爱　华：妈，这话说的，我跟小梦，娘儿俩和好了还不行啊。

方　琼：那我呢？把我赶走了，你们怎么没想着跟我和好啊。

爱　华：妈，我们什么时候跟你不好了。是我们赶你走吗？上养老院来住一段，你自己不也愿意吗？又开始作。

方　琼：我作，对我作，你们一个两个，就都看我不顺眼，把我送养老院了，你们就称心如意了。

爱　华：妈，我这一大早就跑过来看你陪你，你也没句好话给我听。我容易嘛，从小梦家来一趟多远呢，你昨天一个电话，我说来就来。妈，我也五十的人了，你是不是也心疼我一下。

方　琼：就知道你不是心甘情愿，来看我一趟，就得数落我。你快跟你那没良心的妹妹一样了！

爱　华：妈，你到底要我们怎么着你才高兴啊？我跟小梦天天打，我们小梦跟郑翔离婚了，颂华跟庄海洋离婚了，是不是这么着，你才高兴啊？

方　琼：满嘴的胡说八道！我什么时候说让你们离婚的离婚，打架的打架？！我是你们的妈，我没不盼着你们好！别给我栽赃！

爱　华[跺脚]：妈，你到底让我来干吗？！陪你吵架是不是？！这儿没人陪你吵架，你才喊我们来的是不是？！

方　琼：谁让你们来了？！谁稀罕你们来！走走走，来这儿也是给我添堵！赶紧走！

方琼推着把爱华推出了门，重重地关上了门。

11. 超市送货部，傍晚，内

送货部的员工在小蔡带领下，正忙乱地照着单子一堆一堆的配货。木兰正好过来。

木　兰：忙着呢，小蔡？

小　蔡：江经理，今天老头老太订东西的特别多，有点忙不过来了，这不您看，下了班还有十几个单子呢。

木　兰：这样吧，把这两个单子给我，一会儿我帮你们送。

小　蔡：哟，这……

木　兰[拿过单子]：没事。

12. 某大爷家门口，傍晚，内

木兰拎着一袋大米过来，摁门铃。一个很老的大爷出现。

大　爷：谁呀？

木　兰：是柯大爷家吧，我是家多福超市，给您送大米来。

大　爷：哦，对对，大米，请进请进。

木　兰：好。

13. 大爷家厨房，傍晚，内

木　兰［拎着大米进厨房］：这大米沉，我给您拎到厨房吧。

大　爷：谢谢谢谢，真是谢谢你了，姑娘。

木　兰［把大米放到地上］：三十五块钱。

大　爷［把钱递给木兰］：给。辛苦你跑这一趟，我这个腿脚不好，现在都在你们超市买东西，你们给送，特别好。［给倒了一杯水］来，喝杯水。

木　兰［笑了笑，接过］：好。

木兰无意地往外看，正看见对面吕希的车开过来，停下。吕希从车上下来了。木兰愣了愣。

14. 茶馆门口，傍晚，外

吕希下了车，正要往里走，看见韩冬正好从另一边，走到他面前。两人面对面，都有点百感交集的感觉。

吕　希：进去吧。

韩冬点了点头，两人往里走。

15. 大爷家厨房，傍晚，内

木兰看见两人进去了，有点不解。她往外走。

16. 茶馆门口，傍晚，外

木兰走到茶馆门口，想了想，掏出手机。

吕　希［画外音］：木兰？

木　兰：你在哪儿呢？

吕　希［画外音］：在见客户谈事呢。

木　兰：哦。

吕　希［画外音］：谈完就回家。

木　兰：好。

吕希挂了电话，木兰站了一会儿，还是进了茶馆。

17. 茶馆，日，内

木兰慢慢走进来，隐约看见了一个帘子隔开的隔间里，吕希和韩冬对面坐着。

木　兰［对领位］：我就坐那边。一杯菊花。

领位把木兰领过去，在隔壁的那个隔间坐了下来。吕希低着头，没有看韩冬。服务员刚刚

放上两杯茶离开。

韩　冬：你不参加同学聚会是不是怕见我？

吕希默认。

韩　冬：那你今天约我出来，想说什么？

吕　希：说对不起。

韩冬默然。木兰听着，眉心一跳。

韩　冬：你真的有工作了？

吕　希：真的。

韩　冬：其实我给你介绍工作没有别的用意……

吕　希：我知道，我就是希望以后咱们别见面了。以后同学聚会，我也不可能跟你同时出现。今天是最后一面，这一面必须得见。

韩　冬：吕希，何必这样。你别以为我是要纠缠你或者怎么样，我只希望那个晚上的事过去了，以后我们还能当好朋友，跟以前一样。

吕　希：韩冬，你明明知道不可能跟以前一样了。

韩冬凄苦地看着吕希。默然。

吕　希：发生了那样的事，我们不可能再像以前那样跟没事一样见面了。我希望那个晚上能够彻底忘掉，我们也永远不要再见面了。

木兰全明白了。

吕　希：我是个男人，这事是我对不起，我对不起你。我今天约你出来就是想跟你说声对不起。我不能再逃避，我自己犯的错误，我得自己面对。我也对不起我家里人，我就希望这件事能够永远从我的生活里消失。永远都不要再想起来。

木兰整个人都震惊了。

韩　冬［终于笑了笑］**：**我明白了。再见。

韩冬起身走了。吕希还呆呆地坐着。隔壁，木兰也呆呆地坐着。片刻，两人几乎是同时机械地站了起来。吕希看到木兰，傻眼了。

木　兰[定定地看着吕希]：你们是不是上床了？

吕　希：能听我解释吗？就是那天……

木　兰：那天，你辞职了，公司也黄了，你说找人喝酒是跟她在一起吗？

吕　希：是。

木　兰：你跟她……所以你到妈那儿晚了，是吗？

吕　希：是。

木　兰：你说要跟我解释就是这些，是吗？

吕　希：是。

木　兰：那就没什么可解释了。

吕　希[悲凉地]：我确实没什么可解释的。木兰，那天是我人生中最灰暗的一天，我冲动之下辞了职，让谷栋梁被给闪了，我失业了，不能把我妈送到护理中心去了，我眼前一片黑。没前途了。那天我死的心都有，给你打电话你也没法接……当然这些都不是借口。我确实做错事了。结果谁也改变不了。

木兰悲愤地盯着吕希看半天，转身冲了出去。吕希赶紧追上。

18. 路上，傍晚 / 夜，外

一系列蒙太奇。木兰在路上漫无目的地走着。吕希在后面开着车跟着，只敢跟着。天黑了。木兰还在走着。吕希还在后面跟着。马路上的人越来越少，商店的灯次第关灭，木兰还是无目的地走着。

木　兰[手机响。木兰似乎回过神来，接电话]：喂，爸。

江开国[画外音]：木兰啊，你们事办完了吗？什么时候来接悦悦？悦悦都困了。

木　兰[有些茫然]：哦，就来。

放下电话，木兰站住了脚，呆呆地站着。吕希的车在她身边停下。

吕　希：我们先去接悦悦吧。错误是我犯的，可我希望你能给我个改正的机会。

木兰木然地看着他，一言不发地上车。

19. 吕家客厅，夜，内

悦悦依偎着江开国看电视，已经快睡着了。

江开国：悦悦，别睡着，一会儿妈妈就来接你了。

悦　悦：外公，妈妈什么时候来接我啊，好困啊。

吕希开门进来，后面木兰跟着。

吕　希：爸。

江开国：吕希，你们一块儿来了。

吕　希：啊。

悦　悦：爸爸，妈妈，好困。

木　兰[没看吕希，直接上来，抱起了悦悦]：爸，我带悦悦回去了。

吕希想要从木兰怀里接过悦悦，木兰让开他，过去了。

吕　希［讪讪地］：爸，我们走了。

江开国：木兰。

木　兰［站住了脚］：啊？

江开国：悦悦的书包。

吕希伸手接过。

江开国：你们俩没事吧？

木　兰［顿了顿，强颜欢笑的回头］：没事。不早了，走了。

木兰抱着悦悦离开。吕希跟着出去。江开国出了会儿神。

20. 木兰家客厅，夜，内

吕希开了门，木兰抱着悦悦进来，完全当吕希不存在，抱着悦悦就进了小卧室。

吕希呆呆地站着。

21. 木兰家小卧室，夜，内

木兰抱着悦悦进来，把悦悦放床上，给悦悦盖好被子，然后上床，搂着悦悦躺下。

悦　悦：妈妈，你跟我睡吗？

木　兰：是啊。

悦　悦：妈妈为什么跟我睡？

木　兰：妈妈想跟悦悦在一起，陪悦悦一起睡，好吗。

悦　悦：太好了太好了，妈妈陪我一块儿睡。妈妈，能不能再给我讲个故事？

木　兰：能，悦悦想听什么故事？

悦　悦［拿起床头柜上一本童话书］：妈妈，给我讲小红帽的故事好吗？

木　兰：从前有个可爱的小姑娘，谁见了都喜欢，但最喜欢她的是她的奶奶，简直是她要什么就给她什么。一次，奶奶送给小姑娘一顶用丝绒做的小红帽，戴在她的头上正好合适……

悦悦睡着了。木兰呆呆地地看着悦悦，放下了书，她抱住自己的胳膊，无声地哭泣起来。

22. 超市卖场，日，内

木兰正在巡场。她失魂落魄。突然小夏狂奔而来。

小　夏：江经理江经理！警察来了！来抓人！

木　兰［吃惊地回神］：抓谁？

23. 超市里曾经理办公室及外面走廊，日，内

木兰跟着小夏跑过来，办公室外已经围满了人，往里探头探脑，木兰挤过人群，进了办公室。

办公室里除了曾经理、两个警察、葛文倩，还有几个曾经理底下的员工。

一个警察［从包里掏出逮捕令］：曾宏，你涉嫌行贿索贿，现在依法对你进行正式批捕。

曾经理垂头丧气地跟着两个警察出去了。门外一片鸦雀无声。片刻，一阵喧哗四起。

众　人：到底出什么事了？……怎么把曾经理给抓走了？……

葛文倩：行贿索贿？什么情况？木兰，你知道吗？

木兰茫然地摇摇头。

葛文倩：出大事了，真出大事了！一会儿“雷”母回来，可怎么交代啊？！

话音刚落，雷颂华出现在门口，葛文倩几乎是张口结舌地看着雷颂华。雷颂华铁青着脸，让开点，后面跟着进来的是两个总公司来的会计状的工作人员。

雷颂华：那就是他办公桌。

两个工作人员过来，木兰和葛文倩赶紧让到一边去。两人把柜子、办公桌全部打开，把里面所有的账本全都放进随身的大包。

其中一人：雷总，我们走了。

雷颂华铁青着脸，微微点了点头。那两个人拿着东西离开了。

雷颂华：马上到会议室。

葛文倩［条件反射地立正］：是！

24. 超市会议室，日，内

木兰等员工都坐着。雷颂华脸色铁青地进来，坐下。众人一片肃静。

雷颂华：我刚刚从总部回来，那两个跟我一块儿来拿账本的人，是公司财务部的，要对曾宏进行审计取证。曾宏让供货商和购买单位两头同时给告了。

木兰和葛文倩互相看一眼。

雷颂华：他所谓的大客户路线，说白了就是行贿。卖东西给事业单位做福利，是靠给经办人大额回扣做成的生意。结果那些笔记本电脑、U盘发过去的货质量又太次，让人给投诉了。结果那边购买单位一查，经办人给抓了，就把曾宏给爆出来了。总部发现曾宏不但违规给回扣，而且还联合厂家给发压仓库的货。供货商那边，他也没闲着，一直跟人索贿，这次跟一个供货商开口要十万，人家不给，就要撤人家的柜，给人逼急了，把他告了。这个曾宏真是狗胆包天啊，我们就一个外资超市，他就一个小小经理，也能玩弄职权，两头骗，两头吃！简直是奇耻大辱！

她重重一掌拍在桌子上。众人噤若寒蝉。只有木兰显然魂不守舍。

雷颂华：我让总裁这一顿狠批，怪我眼皮底下发生了这么大事竟然是一无所知！我现在警告你们，谁要是还有类似的事情，马上给我出来自首！还能给你个既往不咎！要是让公司查出来，那就是死路一条！

雷颂华看一眼魂不守舍的木兰。

25. 麻小排挡，夜，内

雷颂华正给木兰倒酒。木兰魂不守舍。

雷颂华举起酒杯：来。

木兰回过神，举杯跟雷颂华碰一下。

雷颂华：怎么，有心事？

木兰愣了一会儿，轻轻点了点头。

雷颂华：很难吗？

木兰点点头。

雷颂华：能说吗？

木　兰［片刻，微微摇了摇头］：暂时不想说。

雷颂华［点点头］：肯定不是老人的事。

木　兰：店长？

雷颂华：老人的事你跟我说的还少啊。

木　兰：也是。

她仰脖子干了，雷颂华也干了，要再倒酒，木兰赶紧抢过。

木　兰：我来我来，哪能让店长倒酒呢。

雷颂华：很快你就是店长了。

木　兰：那雷总在总部，也是我领导啊。我这算不算朝中有人好做官呢。

雷颂华：算，当然算。

木　兰［笑笑］：谢谢。店长，我知道你的为人，眼里揉不得沙子。我不敢跟你说，我是怕……其实我自己心里也乱得很，我还没想好该怎么办。

雷颂华：明白了。你是怕我一下子给你出个断了后路的建议？

木兰叹口气，点了点头。

雷颂华：不说你了，说我吧。

木　兰：你家老太太最近挺好吧？

雷颂华：挺好，眼不见心不烦，可不就挺好。

木　兰：不是在你姐家吗？

雷颂华：别提了，在我家闹，在我姐家也闹，我姐让她吧，隔着辈闹，差点闹得我外甥女儿和外甥女婿都要打离婚。

木　兰：这这……这也太……那现在呢？

雷颂华：我给她送养老院了。

木　兰：店长？

雷颂华：木兰，别这么看我，你是不是觉得不认同？

木　兰：我从来没想过养老院。

雷颂华：你觉得送养老院不是孝子孝女应该有的行为？

木　兰：嗯。

雷颂华：我原来也这么想。总觉得养老院都是孤寡老人去的地儿。总觉得孝顺孩子应该什么都依着父母。可是最近我突然就醒悟了，孝顺不是没有原则的。像我妈那种作腾法，就得当断则断。

木　兰：可是养老院……

雷颂华：养老院条件好着呢，什么都有，不比家里差。木兰，要转变思路，世界每时每刻都在发生新的变化，我们不能总是用老一套眼光来看待事务。

木　兰：可是，总有一些传统的……价值观是永恒的吧？

雷颂华：没有什么是永恒的。中世纪人们还认为地球是宇宙的中心呢，哥白尼因为日心说还被烧死了。现在呢？

木　兰：可是父母和子女之间的感情，这是人类的基本人性，就算宇宙毁灭了，也不会变化啊。

雷颂华：送养老院不等于我不爱我妈。天下无不是的父母，这句话现在已经不对了。就算父母，也没有折腾儿女、折磨儿女的权力。你也知道我妈有多闹腾。要不到万不得已，我也绝对不会想到这一步。

木　兰：这倒是。店长你已经很不容易了。

雷颂华：是啊，你有你的不容易，我也有我的不容易。这天底下，每个人都有每个人的不容易。都得自己受着。

木　兰：干杯！

两人干杯。

26. 木兰家客厅，夜，内

吕希搂着悦悦在沙发上坐着。悦悦已经很困了，却还挣扎着睁着眼睛。

悦　悦：爸爸，妈妈怎么还不回来？

吕　希：没事，宝贝，妈妈肯定一会儿就回来了。

门铃响。吕希立刻起身，开门一看，门外是雷颂华扶着喝醉的木兰。

吕　希：木兰！

雷颂华［定睛看一看吕希］：她喝高了。

吕　希：您是店长吧。木兰老说起您，您对她特别好……

雷颂华：我对她好就不必说了。关键是你得对她好。

吕希张口结舌。

雷颂华：好了，人我安全给你了。

吕希从雷颂华手里接过木兰。雷颂华转身就走了。

吕　希：木兰？木兰醒醒。

悦　悦［走过来］：妈妈，妈妈你熏人！

木兰缓缓睁开眼睛，一下子看到吕希，立刻推开了他，结果一踉跄，一屁股坐在地上了。

吕　希：木兰。

悦　悦：妈妈！

木　兰：悦悦，你先去床上睡，妈妈洗完澡就来，好吗。

悦悦不安地看一眼吕希，懂事地点点头，转身进卧室了。

吕　希［伸手想拉木兰］：木兰。

木兰无视他的手，挣扎着起身，摸着进了卫生间。吕希深深叹口气。

27. 木兰家卫生间，夜，内

木兰进来，机械地开了水龙头，水冲在她的脸上，她慢慢地蹲下来，仰起脸，任水洒在脸上。

28. 亚芝屋子，傍晚，内

一家三口在吃饭。亚芝只管自己吃，也不看他们俩，田咪给余淼使眼色。

余　淼：妈。

亚　芝：吃饭。

余　淼：妈，你怎么不跟江爸结婚了？

亚　芝：你们不是不让我们结吗？

余　淼：让啊。谁敢不让。

田　咪：不就是想你们结之前把房子的事给安排好了嘛。

亚　芝：那我不结了，我什么存款也没了，就剩这个房子，不想现在就给你们。

田　咪：听妈的意思，这房子还打算以后卖了当钱花呢。

亚　芝：我不会卖房子。可这房子是我最后的财产，我得守着。

余　淼：妈，房子到了我手里，就飞了？我也会守着啊。我是你儿子，你怎么都不肯把房子给我呢。

亚　芝：等我死了，房子自然就是你的了。

余　淼：妈，我是你儿子，你是我妈，你说你跟我分这么清楚多伤感情啊。什么你的我的，我的不就是你的吗？

亚　芝：那在我这儿不就等于在你那儿吗？你急什么。

余淼和田咪被噎得说不出话来。

田　咪：妈，我们是为你好，希望你能跟江爸结婚，把房子的事料理了，你不就轻松了。

亚　芝：我用不着你们为我好，要么我就这么跟江爸结婚，要么就不结婚。反正房子我是不会动的。

亚芝不再理他们，顾自吃饭。余淼和田咪互相看一眼。

29. 余淼屋子，夜，内

田咪和余淼躺在床上。

田　咪：你妈就这房子怎么看这么紧啊，给你怎么了。

余　淼：还不都是你，本来我妈都搬走了，这房子就剩我们俩，想怎么住怎么住，现在好了，房本没改着，我妈连婚都不结了。

田　咪：哎，你说你妈还真是铁板一块了啊，好像没有突破口了，看房子看的跟命似的。以前你是你妈的突破口啊，要什么你妈都会给，连命也会给，现在看来不灵了。到底怎么才能让你妈把房本改你名呢。

余　淼：行了行了，改房本就这么重要啊，你成天就惦记这事，烦不烦啊。我妈不肯，我们也不能拿枪逼着她去改。反正我妈百年之后也还是我们的，早晚的事。

田　咪：你懂什么你，晚当然不如早了，笨得冒泡！你现在要不了你妈的命了，还能有谁行呢？哎，你说，大孙子行不行？

余　淼：大孙子，咱俩的孩子？

田　咪：对啊，你妈要是有大孙子了，肯不肯给这房呢？

余　淼：那敢情靠谱，来吧，我们现在就来给我妈制造一个大孙子。

他想跟田咪亲热，田咪突然想到什么似的把余淼推开。余淼头敲在床背上，哎呦一声捂住脑袋。

余　淼：干嘛呀，谋杀亲夫啊。

田　咪：那个迟了十几天了，这次像是真的，你可别把我儿子给弄没了。

30. 鹤鸣春养老院方琼房间，日，内

小曹在帮方琼整理床铺。方琼在一旁坐着。

方　琼：小曹，你老家哪儿的？

小　曹：湖南。

方　琼：湖南好地方啊。湖南哪儿的？

小　曹［礼节性地笑笑］：湘潭。

方　琼：湘潭更是个好地方了。家里都还有什么人？

小　曹［已经收拾好床铺，以标准化的笑容微笑着］：方奶奶，早饭有鸡蛋牛奶，稀饭油饼，还有酱菜和蔬菜沙拉，您要哪种？

方　琼：我不饿。不想吃。

小　曹［职业性的微笑，语调平淡］：方奶奶，早饭是一天最重要的一顿饭，一定得吃，还得吃好，早饭吃好了，一天的营养和动力都有了，早饭要是不吃……

方　琼：我要稀饭和酱菜！

（跳接）方琼面前摆好了餐盘，里面是稀饭和酱菜，还有水果和点心，看着挺丰盛。

小　曹［还那样微笑着，站在一旁］：方奶奶，您的早饭，请您慢慢吃吧。［转身要走］

方　琼：小曹！

小　曹：方奶奶，您还有什么需要的？

方　琼：你能跟我说说话吗？聊聊，家常什么的。

小　曹［还是保持着那个笑容］：方奶奶，您还有什么其他需要吗？

方　琼［无趣地］：没有了。

小　曹［还是微笑地］：那我就先走了。一会儿您吃完了我来收拾。

不等方琼说话，小曹就走了。方琼看着盘子里的东西，一点胃口都没了，愤愤地推开。

方　琼：机械人嘛，连拉个家常都不会！

31. 鹤鸣春养老院休息室，日，内

方琼进来，一圈老太太在做绢花，气氛有些沉闷。方琼看了一圈，没找着白老太太。

方　琼：老白呢，怎么没看见老白？

老太太：走了。

方　琼：什么走了？昨天不是还在吗？

老太太：就是昨晚上，心梗。

方　琼：什么？

老太太：这事，说多快就多快。半夜就给拉走了。

方琼震惊。

32. 鹤鸣春养老院方琼房间 / 超市店长办公室，日，内

方琼跌跌撞撞地走进来，一屁股在床上坐下，马上拿电话拨号。雷颂华正在办公室整理材料往包里放，准备出门。她的手机响。雷颂华一看是方琼，不由地要哀叹，还是打起精神接电话。

雷颂华：妈。

方　琼：小三子，你马上来！

雷颂华：妈，我马上要去总部开会，现在过不来。有什么急事吗，非得闹我？

方　琼：我心里烦！

雷颂华：谁心里不烦啊。妈，我真急着去开会呢，啊。

方　琼：开会要紧还是你妈要紧？工作就这么重要，比你妈都重要？！

雷颂华：妈，你到底是怎么了？你以前不是这样的，你难道就希望你的子女为了你把工作都丢了，你就满意了？回家住你不满意，在养老院住也不满意，到底想怎么着啊。

方　琼：我难受，真的难受！心口难受！特别难受！你马上来！马上来！

雷颂华：妈！这个地球不是围绕你一个人转的！我现在来不了！我要去开会！马上就得去！你要身上难受，就让小曹给你喊大夫！你要心里难受，就自己忍着！[深深吸一口气，缓和一口气]谁都得自己忍着。

雷颂华把电话挂了，拎起包，气冲冲地出门。方琼放下电话，然后猛摁墙上的叫人铃。

小　曹[进来]：方奶奶，有什么需要？

方　琼：我想拍张照片，给我美国的儿子在电脑上看看。

小　曹：好的，我陪您去电脑室吧，我帮你拍照传过去。

方　琼：你先去等我，我一会儿就到。

33. 鹤鸣春养老院电脑室，日，内

几个老人在上网。小曹在一台电脑前坐着，等着。方琼进来了，所有人看到她都吓一跳，方琼给自己化了妆，看上去一下子老了十岁的样子，看着特别憔悴。

小　曹：方奶奶，你没事吧？

方　琼：我看着是不是老了十岁？

小曹点点头。

方　琼：看着是不是特别憔悴？

小曹点点头。

方　琼：好。来吧，给我拍照，发给我儿子看。

34. 雷颂华家客厅，傍晚，内

雷颂华开门进来，筋疲力尽的样子，把包一扔，倒在沙发上起不来。座机响。

雷颂华：喂？

新　华［画外音］：颂华，是我，哥。

雷颂华：哥啊。

新　华［画外音］：妈是不是出什么事了？

雷颂华：没有啊。

新　华［画外音］：你们俩可别唬我。妈是不是生病了？

雷颂华：没有，妈比我健康。哥，怎么了？你干吗说妈生病了？

新　华［画外音］：妈要没生病，怎么气色看着那么差？

雷颂华：你见着妈了？

新　华［画外音］：今天妈在网上给我发了张照片。我看了我难受了一晚上，妈老了，比生日那会儿老了很多，憔悴的不得了。要没生病，你们是不是让妈生气了？

雷颂华：哥，不是我们让妈生气，是妈天天在气我们！

新　华［画外音］：颂华，我知道，你们姐俩辛苦了，这么多年，都是你们在照顾妈，替我在尽孝，这些哥心里都明白，都记着呢。妈的脾气我也知道，可她毕竟是我们的妈，孝顺孝顺，千孝不如一顺，你们辛苦点，多多顺着妈。颂华你的脾气最像妈，你一定得多让着点妈，好不好，算哥拜托你！

雷颂华：哥，你还特意从美国打电话回来教训我，你知不知道现在这儿什么情况啊？！站着说话不腰疼，你都不管妈了，就别在这儿瞎教训了！你都不知道妈现在变得有多烦人！

新　华［画外音］：多烦人她也是我们的妈呀，要没她，就没我们，就更没有底下那些了。树高千丈，百枝万叶，妈是我们的根呢，不饮水思源，你还嫌她烦人了?! 我看妈就是让你们给气的。

雷颂华：哥，你隔着太平洋，看妈哪儿哪儿好，那叫距离产生美！你马上回来，陪着妈住几天试试，能住下一个月我算你牛！

新　华［画外音］：颂华，你就这样的口气跟妈说话，妈能不炸嘛？！

雷颂华：雷新华，你有本事马上回来！

雷颂华气得把电话扣了。这时候手机响。雷颂华一看是爱华。

雷颂华：姐！哥刚刚打电话来把我训一顿！

爱　华［委屈得不行，画外音］：妈都跟哥说什么了呀，哥特地打电话给我，要我多陪陪妈，多顺着点妈。我们没有不陪妈啊，我去了她又怪我这个怪我那个，又轰我走，她到底要我们怎么样啊？！

雷颂华：让哥回来，自己来伺候妈！反正我是不伺候了！［手机又嘟嘟，雷颂华一看］姐，养老院给我打电话了。

爱　华［画外音］：你先接你先接。

雷颂华［切换到另一个电话］：喂，什么？！

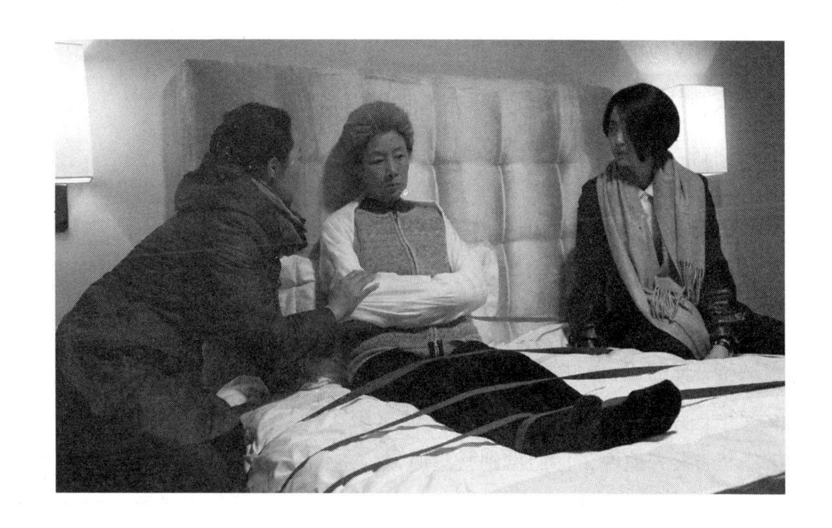

35. 鹤鸣春养老院方琼房间，夜，内

两姐妹急忙赶过来，都是一惊。方琼坐在床上，已经让用绳子把胳膊绑在床头。小曹和一个护工，还有梁院长，都在一旁站着，都是一脸的森然。

爱　华：妈，这是怎么了？怎么给绑上了？

雷颂华：梁院长，这到底什么情况？你们怎么能这么对待我们家老太太？

梁院长：你母亲要跳楼。不给绑上怎么办？

爱华和雷颂华都惊异地看着方琼。方琼毫无惧色。

梁院长：你们要不就把母亲领走，要不就听听老人家有什么要求，尽量满足。

他一挥手，带着手下人全部出去。爱华心疼，赶紧过去帮方琼解开绳子。

爱　华：妈，你是不是想起让鬼子绑起来的事了。胳膊疼不疼？

方　琼：你们跟鬼子也差不多。

雷颂华：我们是鬼子，你就是鬼子妈！妈说，你到底要干嘛呀？！你都给哥发什么照片了，苦肉计是不是？哥还以为我们虐待你呢。

方　琼：我都住养老院了，虐不虐待的你们自己心里有数。

雷颂华：这养老院怎么了，条件多好啊，多少人想来还来不了呢，一个月五千多呢。

方　琼：五千多怎么了，我退休金还五千多呢。

爱　华：妈，你到底想我们怎么做才算孝顺？

方　琼：我也没要你们怎么着，就想着你们能天天来陪我。就点儿要求也不肯答应，还不是虐待嘛！

雷颂华：要我们天天陪你，就跟我们回家！天天让我们这么大半个北京的跑，你折腾我们你就高兴是不是？！

方琼从床上蹦起来，又要往窗户那边跑，爱华死死地拉住。

爱　华：颂华颂华，你就少说两句！妈我陪我陪，我天天来陪你还不行吗？

方　琼［才算消停下来，坐回床上，盯着雷颂华］**：**你呢？

雷颂华要发作，死死忍住。

爱　华：妈，妹妹要上班。我是退了休无所谓，她真不行。这样好不好，平时我来，妹妹放假的时候她来，行吗？

方琼还瞪着雷颂华，雷颂华只好服软地点了点头。方琼也才点了点头。

36. 路边，夜，外

雷颂华的车停着。姐妹俩筋疲力尽地坐在车上，一时都没动。

雷颂华：妈鬼上身了。

爱　华：啊？

雷颂华：真的姐，她肯定不是咱的妈了，她就是想折磨我们，她如果还是咱妈，她不该这么变态！

爱　华：妈最近是怎么了，怎么哄都没用，连我都没辙了。

雷颂华：天天地说，你们没到我这时候，你们没到我这时候。我就不信，我到八十的时候我就变态了。从家里闹不够，到养老院还接着闹，跳什么楼啊，我才不信我妈肯跳楼呢。

爱　华：你可别这么说，万一妈要真跳了，咱俩都没处后悔去。妈作，作吧，不就是想我们陪嘛，我就每天来，只要能让妈高兴点，别再寻死觅活的就行。

雷颂华：姐，每天来，你行吗，不是要带彬彬吗？

爱　华：没事，我可以带着彬彬一起来？

雷颂华［深深叹了一口气］：放着家里好好的不住，每天祖孙三代在养老院会面，也算一绝了。

37. 医院门口，日，外

田咪从医院门口出来，手里拿着化验单。田咪掩不住地得意之色。

田　咪［挥着手里的化验单］：看你老太婆这回从不从。

38. 余淼屋子，傍晚，内

余淼正在打游戏。田咪哼着小曲就进来了。

余　淼：哟，咪子回来了，今天怎么这么高兴？

田　咪［把化验单往余淼面前一摆，得意地］：你看看这是什么。

余　淼：哟，你有了？

田　咪：你要当爹了，开心吧？

余　淼［一把抱住田咪］：开心！巨开心！咪子，谢谢你谢谢你！你真是我好老婆！我要升级了，我真的要升级了！我余淼后继有人了！

田　咪［推开余淼］：后继有人，你也得有东西让儿子继啊。走吧，咱们去把这个好消息告诉你妈去。

余　淼：对对对，让妈也高兴高兴！

39. 亚芝屋子，傍晚，内

亚芝在自己屋子里，正在择菜。余淼和田咪推门进来。

余　淼：妈！

亚　芝：淼淼啊，我刚买菜回来。

余　淼：妈，特大喜讯！你要当奶奶了！

余淼把化验单给亚芝看。田咪在一旁得意地暗笑。

亚　芝［惊喜之极］：田咪怀孕了？

田　咪［矜持的笑了笑］：嗯。

亚　芝：太好了太好了！我们家淼淼有孩子了！我有孙子了！

田咪在桌旁坐下，开始择菜。

亚　芝：咪子咪子，你别动手，妈来就行。

田　咪：妈，这个孩子，我还没想好要不要呢。

亚芝＆余淼［都惊着了］：啊？！

余　淼：咪子你说什么呢，我儿子怎么能不要呢。

亚　芝：就是啊咪子，这好不容易怀上了，怎么能不要呢。

田　咪［装腔作势］：妈，这个孩子是计划外，本来我们还没想好现在要孩子呢。

亚　芝：这还用计划什么呀，你们俩结婚也一年多了，淼淼都快三十的人了，早就该要孩子了。这孩子是天上下来的宝贝啊。

田　咪：妈，生孩子很贵的。以后养孩子就更贵了。

亚　芝：这叫什么话，生孩子养孩子不正常的事吗？哪有什么贵不贵的。

田　咪：真的妈，现在生活成本太高了，我们俩养自己都还不怎么够钱，哪儿还有钱养孩子啊。压力太大了。

亚　芝：你们要觉得压力大，妈来给你们养。妈还有退休金呢，够帮你们养孩子的。

余　淼：就是就是，咪子，我们家三口人，怎么会连一个孩子都养不起。你想太多了。

田　咪：我现在要不多想，等孩子生下来再想就来不及了。

余　淼：有那么恐怖嘛，那么多人生孩子，也不见得个个都有钱啊。

田　咪：余淼，咱们要生孩子，就得对孩子负责任，就得保障他来到这个世界上，能有好的生活，要就是为了生一个穷人出来受苦受难，咱们还是趁早饶了他。

余　淼：这都哪儿跟哪儿啊，咱们儿子怎么就出来受苦受难了？

田　咪：别人家孩子都有儿童房，你儿子能有吗？

余淼一愣。亚芝听到这儿，就明白了。顿时沉默不言。

田　咪：妈，不是我不要孩子，我也喜欢孩子，我也想当妈妈，可是我真的害怕啊。我们都没有自己的房子，住的还是婆婆的房子呢，妈说撵就能把我妈撵出去，我们都没安全感。我们自己没面子也就算了，何必连孩子以后都让人瞧不起呢。像我们这种穷二代，蒂根就没资格生孩子，等以后有房子了再养吧，这次就不要了。

亚　芝：说来说去还是房子的事。我蹬腿了不就是你们的了嘛。咪子，我是你婆婆，你还给我生大孙子，我怎么会撵你们？就是看在孩子的面子上，我也不可能撵你们。

余　淼：就是啊就是啊。

田　咪：就是什么啊，又不是你生孩子，你哪儿知道我心里的紧张？这叫生孩子忧郁症，你知不知道？！

余　淼：生个孩子，你有什么好忧郁的？

田　咪：万一我生孩子了，体型变了，万一以后你不要我了，我怎么办啊？！什么保障都没有，我不敢生孩子！

亚　芝：房子改你们名字，就是保障了？

田　咪：妈，你也别为难了。我知道这个房子就是你的命，是我们自己穷，我们没有要孩子的命。明天一早我就去做人流。

田咪扔下亚芝和余淼，一个人回自己屋去了。

亚　芝：淼淼，你得劝你媳妇把孩子生下来啊。

余　淼：妈，我当然想要这个孩子啊。我从小就是这个病，什么重活也干不了，这辈子估计就这样了。打小就是妈一直罩着我，帮我安排这安排那。我心里都明白，妈，谢谢你，你对我好。我怕你以后老了就管不了我了，现在要是有个孩子，等你老了，我们就还有孩子接上养我管我。

亚　芝：是啊，妈管你半辈子，接着孩子管你半辈子，我也就放心了。淼淼，这个孩子是你下半辈子的指望啊，一定让你媳妇别把孩子打了啊。

余　淼：咪子主意大，我做的了咪子的主嘛！

他跺着脚，冲出门去。亚芝缓缓坐下，一脸的惘然。

40. 院子空镜，夜色已至。

41. 亚芝屋子，夜，内

亚芝一个人坐着，还维持着刚刚那个姿势。她的表情是纠结而茫然的。

亚芝拿出手机，找到了江开国的电话号码，想拨出，但是久久之后，还是关上了手机。

亚　芝［抬头，看着墙上挂着的老余的照片］：老余，我该怎么办？我知道田咪的意思，把房本过户了，她就把孩子生下来。

42. 余淼屋子，夜，内

田咪跷着二郎腿，正在啃鸭脖子。一旁余淼谄媚地端着可乐。

田　咪：呀呀呀，加麻加辣，真够劲！真辣！

余　淼：老婆老婆，来来来，喝点可乐压一压压一压。

田　咪［咕咚咚喝可乐，放下杯子］：我要吃烤串！

余　淼［赶紧又奉上其他吃食］：来来来，烤串烤串。老婆啊，从今天开始，你想吃什么我就给你买去，你就是想吃月亮……

田　咪［斜睨着他］：想吃月亮，你怎么着啊？

余　淼：我也想办法去坐神六！

田　咪［笑］：你也就在我这儿像回人。

余　淼：咪子，你真的想把我儿子给……

田　咪：那得看你妈。

余　淼：万一我妈真的不把房子给我们呢？咪子，这不是你哪儿找人开的假证明吧？

田　咪：想死啊你！怀疑起你老婆来了！这可是我的尚方宝剑，是专门收拾你妈用的。

余　淼：我妈……

田　咪：我还是了解你妈的，她心软。

43. 亚芝屋子，夜，内

亚　芝［凝视着老余的照片］：我是真的想听木兰的话，活着的时候不改房本的名字。可是眼下看来，这一关是过不去了。

亚芝一行眼泪滑落。她却面无表情。

44. 亚芝家院子，日，外

余淼和田咪开门，一愣。亚芝在门外站着，手里拿着房本。

余　淼：妈？

亚　芝：淼淼，走吧，去房管所。

余　淼［看一眼田咪］：妈……我……

亚　芝：淼淼，妈这一辈子，就你这一个儿子，你就我一个妈，什么都不说了，走吧。

余　淼：谢谢妈。

田　咪：谢谢妈。

亚　芝：咪子，你跟淼淼好好过这一辈子，妈就什么都值了。

亚芝和余淼出门了。田咪满意之极。

第20集结束！

木兰原谅吕希出轨，雷母作爱华伤重孙

1. 钢琴教室内外，日，内

教室内，悦悦正在一个钢琴老师的指点下练习着。叮叮咚咚的琴声传出来。

门外，木兰坐在长椅上等着悦悦。她的目光远远地落在不知名处。

2. 木兰家客厅，日，内

木兰带着悦悦开门进来。木兰的神情始终是寥落的。

悦　悦［耸了耸鼻子］：好香啊，好像是红烧大鲤鱼。

吕　希［手里抓着菜，从厨房出来］：悦悦和妈妈回来了，爸爸在做饭，一会儿有好吃的！

悦　悦：爸爸……

木　兰［把书包放下］：悦悦，妈妈带你出去吃好吗？你想吃什么？披萨？

悦悦呆呆地看看吕希，又看看木兰，不敢回答。

吕　希：这家里都做好了。木兰，我早上特意去买的菜，有悦悦爱吃的鲤鱼，有你爱吃的肝尖……

木兰不说话，牵着悦悦要出去。吕希一下子拦在了木兰面前，伸手拽住了木兰的胳膊。

吕　希：木兰，别这样行吗？我想跟你谈谈。

悦悦紧张地攥紧了木兰的手。

木　兰：我现在不想谈，我脑子很乱，我也不知道该怎么办，你别逼我。

吕希盯着木兰看了一会儿，颓然地松开了手。木兰牵着悦悦出门。悦悦还不安地回头看了一眼吕希。母女俩消失在门外。门重重关上。吕希呆了一会儿，把手上的菜扔在了地上。

3. 披萨饼店，日，内

悦悦面前堆满了喜欢的吃的，她喜欢的披萨，鸡翅，沙拉，彩色的饮料。悦悦看着那一堆吃的，却没有动手。木兰有些神情落寞地发呆。

悦　悦：妈妈。

木　兰［回过神］：吃啊。怎么不吃。都是你最喜欢的。

悦　悦［小心翼翼］：妈妈，你是不是在跟爸爸吵架？

木兰面对孩子，一时惘然。

悦　悦：妈妈，爸爸说他是灰太狼，他要是犯错了，惹你生气了，你就拿平底锅敲他的头，可是不要不理他。妈妈，你跟爸爸吵架，悦悦害怕。

木　兰［心口一阵疼］：宝贝别怕。妈妈永远不会跟你分开。

悦　悦：妈妈，你不要跟我分开，爸爸也不要跟我分开。

木　兰［咬紧牙关］：悦悦，如果有一天，如果真有一天，妈妈跟爸爸要分开，你愿意跟谁？

悦　悦［哇地哭了］：爸爸妈妈为什么要分开？！你们不能分开！悦悦不同意你们分开！不同意！不同意！不同意！

木　兰［心疼地忙搂过悦悦］：不哭不哭，悦悦不哭，妈妈开玩笑的，骗悦悦的。

悦　悦［抽泣着］：真的骗我的？

木　兰［只好点点头］：真的。

悦　悦［搂紧木兰的脖子］：妈妈，你们不要分开，龚凌霄的爸爸妈妈离婚了，他特别特别可怜！

木兰心痛地搂紧女儿。

4. 路上，日，外

吕希茫然地在路上走着。他突然在路边站定了。不远处，韩冬正好开着车过来。她看见了失魂落魄的吕希，不由得关心，车速慢了下来。吕希站在路边出了会儿神，伸手打了个出租车。坐车往前去。韩冬慢慢开车跟上了吕希打的出租。

5. 墓地，日，外

吕希茫然地走过来。后面韩冬悄悄跟着。吕希走到了吕父吕母的墓前，呆呆地站着，看着墓碑。韩冬跟过来，远远地躲着，看着吕希。

吕　希［缓缓地在墓前坐下］：爸，妈，你们好吗？

回答他的只有吹过的风舞动哗哗的树叶。

吕　希［悔恨地］：这个世界上有没有后悔药？如果有，我想拿我的命来换一颗。到底是怎么了，怎么我就变成现在这个样子了呢？我不想木兰离开我！爸妈你们告诉我我该怎么做？我要怎么做才能挽回？！要是一切都没有发生该多好？！我恨我自己！我恨死我自己了！

吕希痛苦地把头抵在墓碑上。韩冬远远看见，大概明白一点了。

6. 超市卖场，日，内

木兰和葛文倩在杂货卖场巡场。木兰有点魂不守舍。不远处，火腿厂范厂长站着，看着木兰和葛文倩的身影，若有所思的样子。

葛文倩：木兰？

木兰没反应。

葛文倩：木兰！

木　兰［才醒过神］：哦。怎么了？

葛文倩：你怎么了？是不是有什么事？好像魂儿让小鬼儿给拿走了。

木　兰：是有事。

葛文倩：家里事吧？现在超市都如愿了。

木兰点点头。

葛文倩：你爸你爷爷又出什么事了？

木　兰［摇摇头］：文倩，你别问了。我还没想好怎么办。

葛文倩：这马上你就要去当大区专员了，以后，咱们俩一块儿说话的机会也没了。

木兰正要说话，这时候广播响起来。

广　播：江经理，服务台有人找，江经理，服务台有人找……

7. 超市服务台，日，内

木　兰［来到服务台］：谁找我？

服务台人员：江经理，那边。

木兰往那边一看，一愣。韩冬等着她。两人眼神对上，表情都是相当的复杂。

韩　冬：木兰，我们能谈谈吗？

木　兰：对不起，我在上班。

韩　冬：你什么时候下班，我等你。

木　兰：我不知道我什么时候下班。我也不想跟你谈。

韩　冬：木兰……

木兰回避她，快步走开了。韩冬望着木兰背影。

8. 幼儿园门口，日，外

江开国在门口等着。突然他眼前一阵模糊，身子晃了晃。他闭了闭眼睛，再睁开，眼前又清晰了。

悦悦跟着小朋友们走出来，悦悦愁眉苦脸的，走得很慢。

江开国：悦悦！

悦　悦［走到江开国面前，突然扑进江开国怀里，紧紧把脸埋在江开国怀里］：外公。

江开国［有些意外］：怎么了，悦悦？好像不开心啊。

悦悦把头埋在江开国怀里，不抬头。

江开国［抱起悦悦］：是不是外公好几天不来接你，生外公气了？

悦悦在江开国怀里摇了摇头，还是不肯抬头。

江开国：怎么了？我们大宝贝怎么了？走，外公带你买菜去，买点你爸你妈爱吃的，回家做去。

悦　悦［才抬起头，竟是满脸泪水］：外公，别买菜。

江开国［吓一跳］：悦悦怎么哭了？出什么事了？

悦　悦：爸爸妈妈吵架了。妈妈不让我告诉你。

江开国惊愕的表情。

9. 超市门口，傍晚，外

木兰下班了，有些茫然地走出超市大门。韩冬还在外面等着，看见木兰，迎了上来。木兰看见韩冬，也是一愣。

韩　冬：木兰，我知道你不想见我。我真的想跟你谈一谈。

木　兰：你怎么还有脸来找我谈？

韩　冬：我当然没脸。从我心里来说，我也特别想忘记那一晚上的事，但我还是想跟你见一面。不找你谈一次，我心里这事就过不去。

木兰沉吟片刻，终于轻轻点了点头。

10. 大雅文化公司，傍晚，内

同事们纷纷往外走。吕希慢吞吞地收拾包。

一个年轻男孩：吕哥，明儿见。

吕　希［苦笑一下］**：**明儿见。

他拿起包，缓缓地出门。

11. 咖啡馆，傍晚，内

木兰和韩冬面对面坐着。

韩　冬：……那一段我特崩溃。父母都生病了，住在两个医院，我每天下了班就要跑两个医院，挨个送饭，挨个安慰，挨个劝解……我爸脾气不太好，生病了就吵闹，我还得哄着他，可谁来哄我一下？！你试过那种感觉吗，简直要疯掉了！那天晚上，所有的事儿都赶一块儿了，我妈恢复得不好，大夫说可能还要再开一刀，我爸发脾气，把我送的饭全都扔地上，那么多事，我连个商量的人都没有，我觉得特别绝望，一个人坐在花园里哭，结果碰到了吕希。

木兰默默地听着。

韩　冬：吕希那天什么情况你应该也知道，可你没看见他当时的眼神，那眼神就像一只关在解剖室外面的笼子里的兔子。你没见过那样的兔子吧？我见过。我解剖过好多只。

木兰有些动容。

韩　冬：那天晚上我们都喝多了，是我拉了吕希一下，是我拖他下水！我太想干点什么让我暂时忘记我当时的处境！那天晚上不是一夜情，也不是出轨，如果非要定义一下，应该是迷幻，是逃避。

木　兰：不管是什么理由，结果不是一样吗？

韩　冬：即便真的有杀人事实，不也有法外容情吗。木兰？这个世界上的事，不全是黑和白那么简单的，我们都是三十多的人了，我们都明白。

木　兰［静静地看着韩冬］**：**你喜欢他吗？

韩　冬［也静静地回视她］**：**喜欢过。高中的时候，我喜欢他，我知道他不喜欢我，对他，我也就是个暗恋。这么多年了，我对他的感觉还在，可我跟他之间是不可能的，那种感觉其实只跟青春的记忆有关，跟真实的人无关。你也千万别把我当做小三，就算你现在跟吕希离婚了，把他推到我怀里，我跟他之间也不可能的。青春已经过去了，一切都只能存在于想象中。

木兰默默。

韩　冬：对不起木兰，我没想破坏你们的家庭，那天晚上对我来说也是一次梦魇，我也想彻底忘记。我更不希望这件事毁掉你们的婚姻。你们经历了那么多的困难，你为吕希付出了很多，吕希也为你付出了很多，这个世界上，像你们这么幸福的夫妻实在太少了，你们不珍惜，我都替你们可惜。

木兰有些动容。

韩　冬：木兰，我们都是女人，都知道最重要的是有一个真正值得相伴到老的人。你好好想想，还有没有男人能像吕希对你这么好？以前我挺挑的，我是北京人，长得也还行，自己能养活自己，我看哪个男人我都能看出一大堆的毛病，谁我都容忍不了，还觉得一个人挺自在的，想干嘛干嘛，挺美的。可是看到你，我觉得你才是最幸福的。吕希没有缺点吗？肯定有，可他把你当作他最重要的人，下定决心要陪你到老，他的缺点又算什么呢？谁是没有缺点的人呢？我们自己也不是完人。我已经想好了，找个有缺点的爱人，结婚生孩子。

木兰默默。

韩　冬[突然轻松地笑了]：这些话说出口，我就轻松了。木兰，要说的我都说完了，我觉得自己已经深刻检讨自己的过失了。这一页从我生活里翻篇了，以后我也不会再回头去想。我这番说话对你也算尽到责任了，听与不听就是你自己的事。

韩冬笑笑，起身走了。木兰默默地望着她的背影消失。

12. 路上，傍晚，外

吕希茫然地路上游荡着。一抬头，走到了原来的大学门口。吕希出了会儿神，信步走了进去。

13. 木兰家客厅，夜，内

木兰若有所思地开门进来，一愣。江开国坐在沙发上，一旁悦悦依偎着江开国，正在看童书。

木　兰：爸？

江开国：坐吧。悦悦，去自己屋里看书，好吗？

悦悦跟江开国点点头，进了自己卧室，关上了门。木兰过来，默默在江开国身边坐下。

江开国：你和吕希，为什么闹矛盾？

木　兰：爸……

江开国：悦悦都跟我说了，你们半个月都没说过话了。出什么事了？

木　兰：有点小矛盾。

江开国：夫妻吵架，床头打架床尾和，有什么大不了的矛盾要过夜。你不是个小气的人，什么事能半个月不跟吕希说话？

木兰看着江开国，说不出话来。

木　兰［终于鼓足勇气］：爸，吕希他……对不起我。

江开国震惊的眼神。

14. 大学校园，夜，外

吕希慢慢走过来，倚靠在石像脚下，看着周围安静下来的校园。吕希的眼前幻化出当年和木兰学生时期在同样地点谈恋爱的情景。年轻的吕希和木兰手拉手沿着小径走过来，彼此凝视的目光纯净，那样的幸福。

15. 木兰家客厅，夜，内

木　兰：爸，你说我该怎么办？我跟他之间十多年的感情，我没法说忘就忘。那个女的说的，我都相信，我也能理解。可是再理解，那事它就是发生了，它就是个事实。我一闭上眼睛，那事情就跑到我脑子里了。我不知道我怎么办才能把它忘了。我真的不知道。

江开国［沉吟着］：爷爷虽然是个农民，可是上过两年私塾，一辈子都爱读圣贤书。从小到大，爷爷在你心目中，是个什么人？

木　兰：好人。

江开国：爷爷偷过邻居的鸡，你信吗？

木兰愕然地看着江开国。

江开国：爷爷一辈子苦难。奶奶生叔叔的时候难产没了，他一个人拉扯着我们兄妹三个，还赶上三年自然灾害。六二年，大家整整饿了三年了，每天做梦梦见的就是吃一口肉。邻居家女主人偷偷养了一只鸡，那只鸡她要养到过年时候给孩子们吃肉的。有一天下雨，打雷，爷爷半夜去解手，看见那只鸡在我们家后院呢。估计是让雷给吓的，乱扑腾，翻过墙来了。

木　兰：后来呢？

江开国：后来，爷爷偷偷把鸡杀了，给我们兄妹三个饱饱的吃了一顿。你姑和你叔都是长身体的时候，多久没吃到肉了，特别你叔，营养不良，晕倒过好几次，那时候可能要没命了，就靠那只鸡救回来了。那天晚上吃着鸡肉，你叔都高兴哭了。我们都没敢点灯，怕人看见，就黑灯瞎火地吃，外面下雨，厨房里一团漆黑，就闻到满屋子的鸡肉香味。爷爷一口没吃。闪电的时候，我看见他坐在那儿，脸上有眼泪。我知道，他心里在恨自己。

木兰很是动容。

江开国：为了那只丢了的鸡，邻居大叔把他老婆揍的，差点没揍死。我们全家都听见了。后来邻居家盖房娶媳妇生孩子，好多事，爷爷都出钱出力的帮忙。就为了那只鸡，那只救命的鸡。木兰，爷爷一辈子都是好人，就干过那一件亏心事，能因为那件事就判江多福是个坏人吗？人活在世上，就跟在树林里捡柴枝一样，分分秒秒都站在岔路口，有时候走左边还是走右边不过一念之差，你能以一念之差就给他盖棺定论吗？

木兰沉思。

江开国：木兰啊，一个人一辈子犯一次错误的机会要给他的。一日夫妻百日恩，百夜夫妻海样深。你们结婚六年了，何止百夜，这份情分不要轻易的就忘了。现在人说离婚太简单，太容易，这不是好事。当初两个人能走到一块儿，就是老天安排好的缘分。出一点问题就散伙，那就是辜负老天爷的好意。人吃五谷杂粮，有七情六欲，怎么能不犯错。只要犯了错真心的能改，以后再也不犯，这就还是好人。如果还有第二次，那爸爸一定支持你离婚。

江开国说完，拍了拍木兰的手背，起身走了。留下木兰一个人。

16. 余淼屋子，日，内

田咪四仰八叉地坐在沙发上，一边看着电视，一边吃着零食。亚芝在一旁收拾脏衣服什么的。

亚　芝：咪子，晚上想吃什么，一会儿妈给你买去。

余　淼［进来了］：妈，咪子，我回来了。［从包里掏出房本递给田咪］老婆，看！

田咪打开一看，房本已经是余淼的名字。田咪高兴得一下子蹦起来，搂着余淼又蹦又跳。

田　咪：老公老公，太好了太好了！

亚　芝：别跳别跳，孩子孩子。

田　咪［还是对着房本狠狠亲了一口，又在余淼脸上亲了一口］：老公，你太棒了！

亚　芝［看他们俩这么高兴，又有点难受，又有点安慰，终于也笑了］：改好了就好，你们好好收起来，别弄丢了。

余　淼：妈，谢谢啊。你放心，房子在我名下，就等于是在你名下。

亚　芝：淼淼，妈妈已经把一切都给你了，你以后可不要嫌弃妈妈啊。

余　淼：妈怎么会呢，你就放心吧，这房子虽然名字改我的了，可还是你的家啊，你还有我这儿子呢，我给你养老送终。

亚　芝：淼淼，妈妈老了就指着你了。

田　咪：妈，你放心，我们俩一定好好给你养老，还有大孙子陪你呢。

余　淼：就是啊妈，你放心，我肯定管你。我是你儿子啊。

亚　芝：对，你是我儿子。

田　咪：对了，妈，怎么最近也不见你找江爸玩？你不跟江爸结婚了啊？

亚　芝［没说话，片刻］：该做晚饭了。

亚芝离开。

田　咪［捧着房本又认真地看了看，又亲了亲］：终于咱们有自己的房子了，再也不怕让人赶走了！

余　淼：别瞎说了，就算这房子没有我的名字，我妈也不会赶我们走。

田咪不置可否地哼了一声。

余　淼：我妈把房子都给我了，对我是真好，以后，我们也得对我妈好，是吧。

田　咪［敷衍］：是。

她满意地看着房本。

17. 吕家客厅，日，内

江多福［在茶几上数大芸豆］：……一百五十五，一百五十六，一百五十七……

江开国在一旁陪着，耐心地看着。

江多福［放下了手里的芸豆］：亚芝。

江开国：啊？

江多福［看着他］：亚芝教我数豆子。亚芝好久没来。

江开国［有些黯然］：嗯。爸，咱接着数。

江多福：铁蛋，亚芝为什么没来？是不是有什么事？孩子不让结婚，你们自己结啊。

江开国：亚芝是个好女人，心肠软，不想让孩子不高兴。

江多福［突然清醒了］：能遇上个中意的人不容易，你们俩为孩子活大半辈子了，也该为自己活一次。［抓起电话塞在江开国手里］给亚芝打电话。

江开国看着老头精神抖擞的样子，突然笑了，拨号。

18. 亚芝家厨房／吕家客厅，日，内

亚芝正在淘米，表情忧郁。手机响。亚芝一看，是江开国，表情有些复杂，想接又不敢。片刻，她还是接起电话。

亚　芝：喂，开国。

江开国［有些情怯］：亚芝，我……我爸想你了。

亚　芝［又难受又幸福］：我也想老爷子了。

江开国：那好啊，咱们一块儿爬山去，最近天气不错啊。

亚芝沉默。

江开国：咱俩那事，淼淼还没吐口？

亚　芝：没。

江开国［有些黯然，片刻又振作］：没事，就算咱们不结婚，也能一起出去玩玩啊，好赖是个伴。其实咱们都这把年纪了，也可以不必拘泥于这个形式了。走吧，明天去八大处。

亚　芝［沉默片刻］：最近我这儿有点事，就不去了。

亚芝把电话挂了，呆呆地。放下电话，江开国深深叹息，看见江多福关切的眼神，振作起来。

江开国：来，爸，咱们接着数，刚刚数哪儿了？是不是忘了？忘了就得从头来过哦。

19. 学校操场，日，外

海淀区幼儿园亲子运动会的大横幅挂在操场上。场内站满了熙熙攘攘的小朋友和爸爸妈妈，都是一家一家的幸福笑脸。木兰牵着悦悦的手走进来，意外地发现吕希已经站在场边，正等着她们。

吕　希［看到木兰，有些紧张］：木兰。

木兰不说话，看一眼悦悦。

悦　悦：妈妈，是我让爸爸来的，今天的运动会要爸爸妈妈一起来的，有全家绑腿跑，我报名了。［指着不远处高思佳一家］看，高思佳也报名了，她爸爸妈妈都来了。

高思佳［远远的招手］：吕悦然！这边这边！

悦　悦［哀求地看着木兰］：妈妈？

木　兰［只好］：好吧。

吕　希［感激］：谢谢。

木兰没理他，已经牵着悦悦手往前走。悦悦悄悄跟吕希使个高兴的眼色。

（跳接）场地上，悦悦正在一堆小朋友中比赛拍皮球之类的。家长们在一旁摇旗呐喊。木兰和吕希站在一旁。木兰沉默。

吕　希：木兰，我……

木　兰：韩冬找过我了。

吕　希：我真的不喜欢她。她也是我对不起的一个人。别怪她。

木　兰：我知道这事跟她没关系，说到底还是你的问题。

吕　希［沉默片刻］：那天我去学校了，我想起咱俩谈恋爱时候的好多事。我心里难受，可我后来又想，就算你真的不原谅我，不要我了，至少以前我们那么幸福，那些美好回忆谁也抢不走。

木兰不语。这个时候悦悦已经跑了过来。

悦　悦：妈妈，我得了第三名！第三名！

木　兰：悦悦真棒。

悦　悦：爸爸，妈妈，马上要绑腿跑啦！我们快去准备！

（跳接）一家三口站在跑道上，三个人的腿被绑在了一起。其他父母都是手拉手，吕希想拉木兰的手，木兰却把手躲开了，拉住了悦悦的手。一声令响，所有人都冲了出去。木兰一家也冲了出去。高思佳一家跑得特别快，但是很快因为步调不齐，高思佳的妈妈绊倒在跑道上，退出比赛。悦悦发奋地跑着，他们家落后于另外一家，那一家跑得特别快，步调很整齐。木兰很想跑快，可是她的步调总是跟吕希不一致。突然，木兰一下子绊倒，就在她要摔的时候，吕希一伸手，拖住了木兰的身子，木兰一抬头，正对上吕希坚定的眼神。

吕　希［沉声］：别怕，我们一定能跑第一。

吕希拉住了木兰的手，悦悦的手搭在二人的胳膊上，几乎是腾空了。吕希紧紧地握住木兰的手，两人顿时步调一致，往前狂跑。在最后五米的时候，木兰一家超越了前面那家，成功撞线！

悦　悦［欢呼］：我们家是第一名！

高思佳：吕悦然，你太棒啦！

悦悦笑得灿烂无比……吕希把悦悦抛向空中……木兰也展颜欢笑……周围都是欢呼声……

20. 路上，日，外

吕希开着车，悦悦坐在副驾驶上，木兰坐在后面。一路上悦悦兴高采烈地唱着歌。木兰默默地听着，表情还是沉静。

吕　希：悦悦，今天得了两个奖状，一个第三名，一个第一名！高兴吗？

悦　悦：高兴！高兴极了！爸爸妈妈好棒！悦悦好爱你们！

木兰沉静。

吕　希：木兰，看在女儿的份儿上，就原谅我这一次吧。我真的不会再有下一次了，下一次就让雷把我劈了。

木兰正要说话，突然车前跑过一条小狗，眼看就要撞上，木兰和悦悦惊声尖叫！吕希也是一脸惊恐，情急之中，吕希往右一打轮，一声巨响，一片黑！

（跳接）车撞在树上。

木　兰［睁开眼睛，看看自己，没事，立刻］：悦悦？！

悦　悦［从前座伸出头，显然也是刚刚醒］：妈妈？

木　兰：那儿受伤了吗？

悦　悦：没有……［看见吕希］爸爸！爸爸！

木兰大惊，立刻跳下车，跑到前面去拉门。吕希的头磕在方向盘上，眼睛紧闭，额头上血流下来。

木　兰［吓坏了］：吕希！吕希你醒醒！吕希你没事吧？！吕希你醒醒！

悦　悦：爸爸醒醒！爸爸醒醒！

吕　希［缓缓睁开眼睛］：木兰？

木　兰：你没事！你没事！

交警队的车呜呜开到。交警从车上下来，查看现场。

交　警：你怎么样？神智还可以吧？

吕　希［紧紧握住木兰的手，笑］：警官，我没事。我老婆陪着我，我就没事。

交　警［对木兰］：你和孩子都没事吧？

木　兰：没事。

交　警［一边做记录一边］：人没事就好，看你老公多爱你，一般出现这种情况，都是下意识的往左打轮，这是人的本能，保护自己，可你老公是往右打轮，一看就知道是为了保护你和女儿。

木兰十分感动，抱住吕希哭了。

吕　希：木兰，你为我哭，我死都愿意，我刚才就想，如果我就这么死了，你肯定能原谅我，你肯定一辈子都不会忘记我。

木　兰：我原谅你了，咱们俩这一辈子都不分开。

吕希紧紧搂住母女俩。夫妻和好。

21. 木兰卧室，夜，内

木兰和吕希并头躺在床上。吕希的额头贴了创可贴。

吕　希［伸手搂紧木兰］：木兰，谢谢你宽容大量，我真怕你这么着就跟我离婚了，我不想离开你，不想离开悦悦。你说过，我爸我妈都不在了，这个世界上，你和悦悦是我唯一的亲人了，你说过我们要互相陪伴到老死那一天的，你不能食言。

木　兰：我相信你只是一时犯糊涂，你不是有心的。我愿意忘了这事，往前看。我相信，等我们俩七十八十的时候，我就不会在乎这些事了，人活着比什么都重要，其他都是可以改变的。

吕　希：没错，一切交给时间。时间能证明我。

木兰紧紧依偎在吕希怀里。

22. 超市卖场，日，内

木兰站在鸡蛋货架的不远处看着。屠组长陪着，能看见有顾客还没走到鸡蛋附近就折返了。

屠组长：青松的鸡蛋卖的并不好，位置太偏，酒香也怕巷子深。

木　兰［皱眉］：知道了。

木兰转身走开。

（跳接）卖场中央。木兰走过来，看着那些堆头，有点出神。

葛文倩：木兰，干吗呢？

木　兰：哦，堆头都满了。

葛文倩：要给谁上堆头？

木　兰：鸡蛋。

葛文倩：我知道我知道，福利农场的鸡蛋是吧，听说特别好吃，咱超市不少员工自己都买了。怎么，卖的不好？

木　兰［点点头］：没包装，没广告，价钱不便宜。

葛文倩：听着没竞争力啊。

木　兰：绿色是竞争力，可是一眼看不见啊。顾客有时候也在盲区。现在堆头都已经满了，农场也不可能有实力买堆头，你说能怎么办？

葛文倩：你给挤挤呗。

木　兰［叹息］：这可是违规操作啊。

葛文倩：只要没人来查，谁知道啊。

木兰看着那些堆头，有些下决心的表情。

（跳接）木兰指挥着几个员工在调整堆头位置，挪动着，果然省出了一个小小的空间。

（跳接）此处已经布置成了一个小小的堆头，上面插着一个爱心的牌子，写着绿色等广告语，底下摆满了福利农场的鸡蛋。木兰在一旁站着，满意地看着。

顾　客［路过，拿起一个鸡蛋看］：哟，什么鸡蛋啊，五块钱一斤呢。

木　兰：您好，这是真正散养的土鸡蛋，吃的是农场自己种的谷物，绝对绿色。

顾　客：哟，是吗？这么好呢？

木　兰： 您可以拿两个试试。

顾　客： 好好，试试，试试。

（跳接）不少顾客都在堆头那儿取鸡蛋。去上称。其他人看见了，也纷纷驻足。一时鸡蛋堆头颇为热闹。木兰在一旁看着，很满意。葛文倩也在一旁站着。

葛文倩： 木兰，等你当了店长，小供货商就都有福了。

木　兰［摇头］：在我心里，供货商不分大小，只分好坏。大厂商也好，小厂商也好，谁要质量不过关，我就不让他来。

焦场长和身后两个工作人员拉着一平拉车的鸡蛋，看到这情景，都特别高兴。

焦场长： 江经理。

木　兰： 焦场长，送鸡蛋过来。

焦场长［握住木兰手］：谢谢江经理，真的太感谢了！

木　兰： 还是你们的鸡蛋好，如果哪一天我们超市发现你们的鸡蛋质量下降了，我会毫不客气的请你们出场的。

焦场长： 一定一定！

木　兰［笑］：忙吧。

不远处，范厂长一脸阴沉地看着。

23. 葛文倩办公室外，日，内

葛文倩走过来，后面范厂长追上来。

范厂长： 葛经理？

葛文倩［停住脚步］：你是？

范厂长： 哦，我是润丰肉制品厂的厂长，我姓范。

葛文倩： 有什么事吗？

范厂长： 葛经理，您不认识我，我早就知道您，这个超市三位经理，您年龄最大，资历最深，可以说是劳苦功高，可是这回选新店长，却不选您，有失公允啊。

葛文倩： 你什么人，我们超市的事论得着你指手画脚。

范厂长： 我替您叫屈。

葛文倩： 用不着。

范厂长： 我是超市供货商，超市的高层动荡跟我们关系太大了，我能不关心吗。葛经理，当上店长的好处，您肯定比我清楚。就这么不争放弃，是不是太可惜了。

葛文倩： 你过分了啊。

范厂长： 葛经理，您得当店长，江经理这么搞，绝对是鸡蛋碰石头，全行业都这个鸟样，她偏偏要出头成佛，能有什么好结果。只要您努努力，肯定能行。

葛文倩盯着范厂长。范厂长也看着她。葛文倩转身疾步走开。范厂长奸笑。

24. 木兰家楼下，日，外

余淼和田咪带着亚芝坐出租车过来，停下，亚芝一看就明白了。

亚　芝：上你姐家干吗？我不去。

余　淼：哎呀，妈，今天是姐请我们来玩的。怕你不好意思，没提前跟你说。

亚　芝：你们去吧，我回家。

田　咪：妈！都答应姐姐了，你不去，我们算怎么回事？你跟江爸怎么了？吵架了还是变心了？怎么就不见面了？

亚芝凝神想了一会儿，下了决心，下车。田咪捅捅余淼，得意一笑。

25. 木兰家客厅，日，内

木兰正在和江开国一块儿忙活着饭菜，悦悦陪江多福在看电视，吕希在帮忙摆碗筷。

江开国：摆这么多碗筷？

木　兰：爸，我今天还叫了阿姨他们过来吃饭。

江开国有些意外，顿时更开心了。

吕　希：爸，木兰知道你好久没见阿姨了。

江开国［有些不好意思地笑］：你们这两个孩子。

门铃响。

吕　希：我去开门。

吕希过去开门，门外是亚芝一家。

余　淼：姐夫！

吕　希：你好余淼，田咪你好，阿姨好久不见，快请进快请进。

三个人进来，木兰和江开国也迎过来。大家一通互相问好。

木　兰：阿姨，余淼，田咪。

田　咪［亲热］：姐，哟，做这么大一桌子菜啊，太辛苦了，还有什么没做的，我来帮你。

木　兰：差不多了，你们坐就好。

田　咪：江爸，我们把我妈给你带来了。

江开国［看看亚芝］：亚芝。

亚芝苦笑了一下。

（跳接）众人已经围桌子坐好了。

余　淼［举起杯子］：江爸，爷爷，姐，今天喊我们吃饭，谢了，我要先宣布一个好消息，我们家咪子怀孕了！

众人惊喜。

江开国：真的啊？多大了？

田　咪：刚四十多天。

木　兰：太好了，余淼要当爸爸了。恭喜恭喜！

江开国：爸，你听见了吗，小顺有孩子了，你要有重孙了。

江多福：好，好。

吕　希：来来来，得为这个大喜讯干一杯！

余　淼：干杯干杯！姐夫咱先先走一个！

众人碰杯。

木　兰：阿姨，你要当奶奶了，高兴了吧。

亚　芝：可不是，我最近把淼淼小时候穿过的好多衣服都找出来，打算改改做点小孩子衣服呢。

江开国：小孩子衣服就得拿旧衣服做最好，又软又卫生。难怪最近你老说忙，原来是忙这个呀。

田　咪：江爸，其实妈也没那么忙。现在孩子才多大呀，要做衣服早着呢。

亚芝看一眼江开国，不说话。田咪悄悄捅了捅余淼。

余　淼：江爸，你和我妈的事，得抓紧啊。爷爷不是都给挑好了好日子了嘛。

木　兰［意外］：你同意你妈结婚了？

余　淼：同意，当然同意。

田　咪：就是，结婚是好事啊。对了对了，昨天我们上街，还看到一套杯子，特别好看，特意买了，算是给爸妈的结婚礼物。

田咪从包里拿出一套玻璃茶具，一把壶六个杯子。木兰等看见，都挺欣慰的。

木　兰：爸，余淼和田咪这么有心，你和阿姨就定下，哪天领证去。

江开国：听你阿姨的。

众人都转头看着亚芝。亚芝沉静不语。众人都有些不解。

余　淼：我妈这是不好意思。妈，有什么不好意思的，都是一家人，你和江爸亲上加亲，我们做子女的高兴。姐，我替我妈定了，就明天！来，妈，江爸，祝贺你们大喜，我和咪子先敬你们一杯！

吕　希：对，我们也敬爸和阿姨一杯！

众人都举杯，悦悦和江多福也举杯。只有亚芝没有举杯。

亚　芝：谢谢你们的好意。这件事我又仔细地想过了，现在还不是时候，先不考虑了。

众人都挺意外，一时尴尬在那儿。江开国的眼神最受伤，意外而失望。

余　淼：妈，你不想结婚了？

亚　芝：不结了。这马上田咪就要生孩子，我得照顾田咪和孙子，个人问题就先放一放。开国，对不起。

江开国挺失望地看着亚芝。众人一时都无语。

田　咪：妈，说好的事，怎么又变卦，你这样让江爸多伤心啊。我生孩子的事还早呢，你要是为了我做这么大牺牲，我心里多不落忍啊……

亚　芝［坚决］：我说了，我现在没这个想法！你们就不用再劝了。

余淼捏了捏田咪的胳膊，田咪翻了个白眼，不说话了。一片沉默。

吕　希［打圆场］：大家吃菜，吃菜。

26. 鹤鸣春养老院方琼房间，日，内

方琼坐在阳台上，坐在躺椅上晒太阳，吃着水果，一旁爱华正在给她念报纸。不远处，彬彬正在地上坐着，自己在玩小汽车。突然方琼“哎哟”一声。

爱　华：妈怎么了？

方　琼：不知道，就坐直一下，腰有点不得劲。

爱　华：要不要我给你揉揉？

方　琼：揉揉吧。

爱华放下报纸，扶起点儿方琼，让她俯卧在躺椅上，帮她揉腰。两个人就都是背对着彬彬了。

爱　华：怎么样，是这儿吗？

方　琼：往上一点，过了过了，再下面一点，再稍稍往左一点……

爱华顺从地动作着。

方　琼：就是这儿就是这儿，揉揉，太舒服了。

爱　华：舒服吧。

方　琼：还是爱华好。

爱华苦笑笑。那边彬彬的小汽车一下子滑出去很远，滑到了桌子底下去了。彬彬跌跌撞撞地起身，一步三摇的慢慢走过去。

方　琼：爱华，还记得你爸以前最爱干嘛吗？

爱　华：记得，我爸最爱种花草。那时候咱们住公主坟那大院子，爸种了多少月季啊，红的黄的白的，漂亮的跟画一样。

方　琼：你爸那个人，没别的优点，就是脾气好，家里事都靠他了。你的脾气就像你爸。

爱　华：爸的脾气就是专门为了配妈生的。

彬彬摇摇晃晃地走到了桌子旁边，半个身子探入桌子下面去够小汽车。

够到了小汽车，彬彬特别高兴，往外退的时候，一抬头正好撞在桌子腿上。桌子上的暖水瓶掉下来，一暖瓶的热水洒在彬彬的胳膊上！彬彬惨叫！爱华和方琼听到声音，都跳起来，转身一看，惊呆了。

爱　华：彬彬！

扑过来抱住彬彬，彬彬惨声大哭。

爱　华［又惊又悔］：姥姥该死！姥姥该死！

方　琼：还哭？！赶紧带着孩子上医院去！

爱　华：有人吗？！救命！救命！给我叫救护车！

爱华抱着彬彬冲出门去。方琼呆呆地，也是心痛万分。

27. 木兰家厨房，日，内

江开国在洗碗，冲水之后把碗递给木兰，木兰擦干，收到橱柜里。江开国看着情绪很低落。

木　兰：爸，没事吧？

江开国［摇摇头］：没事。

木　兰：阿姨肯定有什么事，不然不会说那话。

28. 木兰家客厅，日，内

田咪和余森站在窗前，看着外面。亚芝陪着江多福和悦悦坐在沙发上。虽然眼睛看着电视机，亚芝却是神游。吕希端着水果过来，放到茶几上。

吕　希：阿姨，吃点水果吧。

亚芝点点头。

田　咪：姐夫姐夫！

吕　希［只好走到窗边］：看风景呢？

田　咪：姐夫，那个粉红色的房子，就是中关村三小？

吕　希：啊，是。

田　咪：你家这房子，悦悦能上学？

吕　希：能。

田　咪：姐夫，现在这房子多少钱啊？要四万吗？

吕　希［一愣］：差不多吧。

余　淼［咋舌］：妈呀，太贵了。

田　咪：这可是中关村三小的学区房啊，买了这儿的房，孩子能上这么好的学校，多值啊。

吕　希［敷衍］：你们要买房？

余　淼：我们哪儿有钱……

田　咪［掐了掐他］：姐夫，你们这儿有小户型吗？

吕希还没说话，木兰正好走到身后，显然听见了刚才的话，凝神看着余淼和田咪。余淼在木兰的目光下有些瑟缩。田咪一副无所谓的样子。

木　兰［转身走到沙发旁］：阿姨，你是不是把房子改余淼名字了？

所有人都惊呆了。

江开国［吃惊地看看木兰，又看看亚芝］：亚芝，你把房子给余淼了？

亚芝点了点头。江开国惊呆了。

木　兰［跺脚］：阿姨你怎么不听劝啊。

田　咪［拉下脸］：姐姐说这话不合适吧，妈把房子给自己儿子，给自己大孙子，有什么不对的？！

木　兰：阿姨，不是说了，等你百年后才给。你着什么急呢？

田　咪：妈没有听外人的挑拨离间才是英明正确。没见过这样当姐姐的，见不得弟弟好，巴不得弟弟倒霉！

木　兰：怪不得呢，怪不得今天来我们家里献殷勤，怪不得同意两个老的结婚！原来房子到你们手里，就想把你妈往外推！

田　咪：这可是你说的，我们可没这么想。一码归一码的事。

木　兰：房子要是没过户，你们今天能上赶着要让爸妈领证？！

田　咪：又来了！又摆出一副教训人的样子来！是不是管的也太宽了点，这我们家的房子，要你来说三道四！

余　森［想息事宁人］：咪子……

田　咪［蛮横地一拉余森］：是不是你自己对我妈那房子居心不良啊，要不然你着什么急啊？！

木兰气得浑身发抖。

江开国：你们！太过分了！

田　咪：余森，看见没有，你爸就向着你姐！你就是个没人要的！谁稀罕看这副嘴脸！我们回家！

田咪和余森离开，完全把亚芝给忘了。亚芝坐着，抹眼泪。

江开国：亚芝，你怎么回事，我们都劝你别改别改，你怎么还……你糊涂啊。

亚　芝［抹掉眼泪，平静］：算了，迟早都是他们的。我就是个懦弱的人，我也知道这么做不对，可是我没有办法。要不改名，田咪就不肯生孩子。

所有人都震惊了。

木　兰：为了房子，连孩子都是筹码了。这是什么人啊。

亚　芝：我看她对森森还是好的。只要森森开心，我能忍，为了儿子我什么都能忍，什么都能看得开。

江开国叹息。

亚　芝：开国，看现在森森多开心，你说我还有什么舍不得的，给孩子我连这条命都舍得。

木　兰：阿姨，我只怕田咪会对你不好。我怕出大事。

亚　芝：田咪对我再凶其实都无所谓，只要她能对森森好就行，儿子能幸福我就心满意足了。田咪要给余森生孩子了，这就说明田咪这个人还是有她好的一面的，就是对森森有感情。一个女人肯为一个男人生孩子，这就说明她是真心要跟他过一辈子的。只要这一条，田咪怎么对我我都可以原谅。

木兰还想再说，吕希拉了拉她，给她使了个眼色。木兰只能叹息一声。

亚　芝：开国，对不起，我现在真的没心思想咱俩的事。我就想安安静静地过一天是一天，我就想着能抱上自己孙子的那一天。

江开国无语。亚芝起身，离开了。留下的人，都是无声叹息。

29. 鹤鸣春养老院方琼房间，傍晚，内

方琼坐在床边，有些焦虑，有些不安。

小　曹［进来］：奶奶，该吃晚饭了……

方　琼：不饿，我不吃。

小曹正要说话，雷颂华一阵风地进来了。

雷颂华：妈，彬彬怎么样了？

方　琼：你姐没给你打电话吗？

雷颂华：就知道上医院了，后来没再打。

方　琼：彬彬到底怎么样了？

小梦冲了进来，后面跟着爱华，想阻拦小梦的样子，拉着小梦的胳膊要往外。

小　梦：妈，你别拉我！我要找姥姥算账！

小曹悄悄地消失在门外。小梦已经站在方琼面前，愤怒地瞪着方琼。

方　琼[顿时又全身战备]：找我算账？找我算什么账啊？！没大没小，完全跟郑翔一个德性！

小　梦：姥姥你还倒打一耙！要不是你天天作，我妈用天天来陪你吗？！用带着彬彬来陪你吗？！不来陪你，彬彬就不会烫伤！

方　琼：你妈孝顺我，你还怪她？！你太不孝了！

小　梦：我妈是愚孝！愚孝！姥姥你就是作！作死了！

爱　华：好了，小梦，别说了，我们回去吧！

小　梦[挣脱开]：妈，你别拉我，我还没说你呢，干嘛每天都带着孩子到养老院？！你要没本事看彬彬你说啊，我们就不把彬彬交给你了！现在闹出这么大事，彬彬胳膊上这么大一块烫伤，要植皮！

方琼和雷颂华听了，都是一惊。方琼也后悔，但是死要面子不认错。

小　梦[哭了]：彬彬这么点的孩子，招谁惹谁啊，要受这么大罪！还不是因为姥姥你太作！姥姥你这么大把年纪了，你为什么还要这么作啊，不把家里人作死两个你不甘心是不是？！

方　琼：我哪儿作了哪儿作了！我老了，怕孤单，让你妈来陪我怎么了？！你也有老的时候！

爱　华[哭着]：小梦走吧走吧。

方　琼：走什么走，我还没说完呢！小梦你已经被郑翔染黑了！没良心的白眼狼！你妈来陪我错了吗？！你这孩子怎么这么自私啊，尽想着你自己！把你妈当什么呀，一会儿丢在一边不管不顾，一会儿又弄家里去当老保姆。你妈一辈子不容易，现在还要给老郑家外姓人看孩子，你这是连累你妈！

小　梦：外姓人，彬彬是不是管你喊太姥姥啊！

方　琼：不稀罕，我们老雷家不缺这一个，重孙子我有！

小梦无法置信地看着方琼，连哭一时都忘了。方琼也毫不犹豫地对视。

小　梦：以后不许你们任何人再碰我的孩子！我恨你们！

小梦转身，挣脱爱华的手，生气地跑了。

爱　华：小梦！

方　琼：让她跑！就是你从小太惯，嫁人又没嫁好，成现在这个目无尊长的样子！

爱　华［大吼］：妈，你讲点理行不行？！我是不是来陪你才让彬彬受伤的？！

方　琼：为什么要怪我头上？！是你自己没看好自己的外孙子！

爱　华：是你不停地指使我干这干那，我才没看住彬彬的！

方　琼：那就是孩子命中该着！

爱　华［愕然片刻］：我再也不管你了！我再也不会来看你了！你爱怎么样怎么样吧！

爱华也跑了。

方　琼［冲爱华背影］：总有一天你们都会跟我一样！

雷颂华［冷凛地看着方琼］：妈，我们不会跟你一样。

方　琼［一愣］：你？你怎么能这么说我？我是你妈！

雷颂华［笑］：妈，你从什么时候开始变得倚老卖老了？妈怎么了？妈就是天，就可以要我们的命了？这都是封建残余！妈，你十三岁就从大地主姥爷家跑出来参加革命打鬼子啊，你是一个革命青年啊，怎么现在变成一个倚老卖老欺负小辈的老封建了呢？

方琼张口结舌。

雷颂华：妈，君君臣臣那一套现在不灵了。我们就算是你生的，我们也不会任由你折磨，人人都是生来平等的。

雷颂华毅然转身走了。方琼颓然坐倒。

30. 路上，傍晚，外

雷颂华追出来，追上了边走边哭的爱华。

雷颂华：姐！

爱　华：颂华，彬彬肩膀上手臂上那么大一块烫伤，医生说是永久性伤疤，这辈子都去不掉了。

雷颂华难受的。

爱　华：我是为了她才带着外孙子来养老院的，她还怨我！咱妈现在是变态了！真的变态了！

爱华哭着跑了。雷颂华茫然地站着。

31. 超市服务台，日，内

木兰过来，一个老太太愤怒地在申诉。

老太太：你们这么大超市，太过分了！真的太过分了！

服务员：您别急别急，啊，生鲜部经理来了！

木　兰：您好，出什么事了？

老太太［愤怒地指着台子上的一盒提子］：你自己看！

木兰翻了翻，提子就上面一排是好的，下面都是烂的。木兰惊呆了。

木　兰：怎么会？

老太太：我早上刚买的！这盒提子二十块钱呢，是买给孩子吃的，居然是烂的！你们太坑人了！这就是骗钱！

服务员：阿姨，您消消气消消气，给您退了吧。

老太太［愤怒］：这不是退的问题。你们自己墙上写着呢。假一罚十，你们得给我赔二百块钱，这是对你们超市的教训！这么大超市还干这样的事！真的是太过分了！

服务员：老太太，您看这提子也就二十块钱，要我们赔二百……

木　兰［沉声］：赔二百。

服务员和老太太都看着木兰。

木　兰：阿姨，我代表超市跟您说，对不起！

32. 超市员工休息区，日，内

朱课长等正在喝水，说话。木兰沉着脸过来，把那盒提子放在桌上。众人都噤若寒蝉。

木　兰：说吧，谁的主意？

朱课长等互相看看，都不敢说话。

木　兰：那就是大家的主意？

众人都垂下眼睑，不敢看木兰。

木　兰［爆发］：这就是业绩提高的原因！我还高兴呢！这盒烂提子就是给我一个响亮耳光！

黄大刀［嗫嚅］：我说了别干，江经理肯定不喜欢。

朱课长：江姐，我们知道错了，可是我们也是为了咱们部门的业绩，那会儿百货部业绩那么好，我们怕你当不上店长……

木　兰：我做不做店长没那么重要！

众人又噤声。

木　兰：这么干一次，我们前面的努力全白费了。

朱课长：江姐，顾客都太自私了，要不是他们这么自私，我们的损耗面怎么会这么大。

木　兰：人都自私，你不自私，我不自私？我们都自私。自私就互相骗，互相玩阴的？大家一块儿玩黑心？比谁比谁更黑心？那我们这个社会还有什么前途。

众人都低下头。

木　兰：我想跟顾客真诚对真诚，真心换真心。大家体谅对方，为对方着想，总有一天，这些问题都会消失。

朱课长：那是先驱干的事，咱们干不起。还没等真诚来临，我们已经饿死了。

木　兰［情绪非常低落］：如果连这个代价都舍不得付出，那我们注定两手空空。

木兰转身走了。众人也都十分郁闷。

小　夏：我们可都是为了江经理好啊。

黄大刀：孬。

黄大刀也走了，葛文倩过来了，显然刚才的都看见了。

葛文倩：江经理也真是的，也太一板一眼了。你们都对她那么忠心耿耿，她怎么能这么说你们呢，不都是为了她好为了她能当上店长嘛。

朱课长委屈地起身走了。

乔　丽：我们经理境界太高，我们真是跟不上。

众人都心有怼地的离开。葛文倩表情复杂。

33.超市店长办公室，日，内

雷颂华坐着发呆，在为方琼郁闷。突然门被推开，秘书小尤出现。

小　尤：雷总，营运部的李督导来了！突击检查！

雷颂华一惊，霍地站起。

34.超市卖场，日，内

面无表情的李督导缓缓走过来。雷颂华小跑过来，身后，木兰、葛文倩和几个级别高的课长也都慢慢聚拢过来，跟在后面。

雷颂华：李督导！

李督导：雷总你好。

雷颂华：怎么突然，抽查？

李督导：不是。总部收到举报信，说你们超市有违规操作。

雷颂华：不会吧。

葛文倩不安地看一眼木兰。木兰浑然不觉。李督导已经往前走去，一双眼睛犀利地四下看。雷颂华等赶紧跟上。

（跳接）李督导走到了福利农场的鸡蛋堆头附近，突然眉头紧皱。

李督导：这个堆头不对。

雷颂华［一看也呆了呆］：江经理？

木　兰［立刻上前］：李督导，这个堆头是我设的。

李督导：堆头的数量和摆位各个超市都是统一的，你这么做违规了。

木　兰：李督导，堆头统一是为了各门店的销售公平。我们店这个鸡蛋堆头，不会影响其他门店。这个鸡蛋产量很小，只能供应北京。所以呢，虽然这个堆头确实是跟别的门店不太一样，但是不会影响到其他门店的业绩。

李督导：可还是违规了。堆头不是白给的，是有堆头费的。

木　兰：李督导，这个堆头真是白给的。这家供货商是一个残疾人办的福利农场，他们的鸡蛋质量好，产量也不大，就想找个能卖上价的市场。我们超市能把这么优质的鸡蛋介绍给顾客，是一个双赢的好事。如果今天举报的就是这件事，我认为没什么见不得人的。

李督导：真的没有堆头费？

木　兰：没有。

李督导：你敢说没受贿吗？

木　兰：我敢。

35. 超市里木兰办公室，日，内

木兰领着李督导进来，后面跟着雷颂华、葛文倩等一大堆人。

李督导：江经理，请打开抽屉。

木兰很坦然地打开抽屉。抽屉里面有两万块钱，被一张牛皮纸包着，上面盖着一个跟鸡蛋上一样的简单的红印，红印上是：青松农场。大家都惊呆。木兰更是完全惊呆了。葛文倩表情复杂。雷颂华不敢相信自己的眼睛。

木　兰：李督导，店长，这钱不是我的。

雷颂华[铁青着脸]：李督导……

李督导：不是你的钱，怎么会在你抽屉里？

木　兰：我不知道……

李督导：青松农场给你钱，你会不知道？！

木　兰：我真的不知道。

雷颂华：老李，我觉得这事可能有什么误会。

李督导：这证据确凿，怎么是误会。

雷颂华：江经理的为人我很了解，她应该不是这样的人。

木兰感激地看看雷颂华。

李督导：雷总，你一向是非分明，现在怎么也说起这么感情用事的话来。

雷颂华一噎。

李督导：这江经理是你选定的新店长，你肯定认为你了解她。可是，眼面前事实摆着，堆头违规操作了，钱又在抽屉里，还怎么解释？

木　兰：李督导，我已经解释过了，外面的堆头真的是免费的。我想试试看，给质量好的小供货商一个机会。我觉得现在超市竞争这么激烈，一味还是用老思路操作不行，得找找独特性才好，如果我们超市能够做成质量最过硬的超市，我觉得也许就是一条生路。至于这两万块钱，我真的不知道为什么会出现在我的抽屉里。

李督导：江经理，你在超市的工作成绩总部是有数的。不过，这两万块钱不可能自己跑到你抽屉里去。江经理，你马上要升职了，怎么就为了这么两万块钱就犯了错误？

木　兰：李督导，这钱我真的不知情，我也没犯错误。不是我干的事，我不能认。

李督导的脸色很难看。

雷颂华[一看不对，想打圆场]：当然，这件事也许不是你的本意，是对方一片感激之情，对不对？他们悄悄放在这儿的，你不知道。

木　兰：店长说的对。也许是这样的。

李督导[脸色更加难看]：雷总，我还从来没见过你如此护短。上次这个江经理纵容家里亲戚在店里搞钓鱼，都是你一力承担，为她辩白。这回又出这事，雷总还要替她打包票吗？

雷颂华：李督导，不管这件事真相到底怎么样，我想替我的下属求个情，让她马上做出书面检查。

李督导还没说话，木兰已经急了。

木　兰：店长，我没收这钱，我不知道这钱是怎么到我抽屉里的，我不能做书面检查。

雷颂华［脸色很难看］：江经理，这是我在给你机会挽回。

木　兰：店长，我没做的事，我不能认。

李督导［森然］：雷总，先是曾宏，再是这个，你们这个门店接二连三的出这样的事情，你的管理太有问题了吧。

雷颂华［脸上有点挂不住了］：江经理，我再问你一遍，这到底怎么回事？

木　兰：店长，我真的不知道。这钱怎么跑到我抽屉里的，我一点都不知道。

李督导：江经理，假如我们没有接到举报，没有打开这个抽屉，这笔你不知道怎么会出现的钱，你将会怎么处理？

木　兰［愤怒了］：李督导，你这话什么意思？

李督导：没什么意思，就是问问。

木　兰［忍住气］：我会上缴到总部，让总部定夺。

李督导：是吗？那上次润丰公司的两万块钱，怎么没见你上缴总部呢。

木　兰［惊呆了］：李督导，润丰公司是曾经给我塞过钱，我没拿，还给他们了。

李督导：那怎么润丰公司的范厂长实名举报你索贿受贿呢。

雷颂华也惊呆了。

木　兰：我没有！我真的没有！我可以和范经理当面对质。

李督导：正好他就在外面。范经理！

范厂长［应声进来］：李督导。雷总。江经理。

木　兰：范厂长，你上次塞在火腿里的两万块钱，我还给你了。你怎么能含血喷人呢。

范厂长［苦着脸］：江经理，你是还我了，可你是嫌少啊，后来不是给你送了五万嘛。

木　兰：你胡说！

范厂长：江经理，你要钱也就算了，你不能拿了钱不认账，还不给我们换位置啊。我也是实在没办法了，才去你们总部……

木　兰：你说这样的弥天大谎，不怕有报应吗？

范厂长：我怕，我没说谎啊。江经理，我也是真没辙了，只能是舍得一身剐敢把皇帝拉下马。

木兰气得身子打晃。

李督导：雷总，你怎么说？

雷颂华［铁青着脸］：我早就说过，有跟曾宏类似的事，自己说，自己改，既往不咎，如果是查出来的，开除。

木兰惊呆了。葛文倩有不忍之色。

木　兰：店长，这都是陷害！店长你得相信我！

雷颂华：我亲眼看见的，钱就在你抽屉里，你让我怎么相信你？！

李督导：雷总，做出决定了吗？

雷颂华：做出决定了。除名。

李督导在本子上写了什么，转身离开。木兰还无法置信地看着雷颂华。

木　兰：店长，我们一块儿……

雷颂华[厉声打断]：江经理！我给你机会了，你不知好歹！

木兰惊呆了。

雷颂华：我信任你，处处维护你，你就这么报答我？！

木兰[非常失望]：店长，你太刚愎自用了。

木兰动手开始收拾东西。

36. 超市走廊，日，内

木兰捧着装满自己东西的纸盒子，从办公室走了出来。外面走廊站满了人，大部分都是她底下的员工。看见木兰，所有人的表情都很复杂。木兰忍住愤怒和难受，往外走。朱课长等看着木兰走，都别开头或低下头。木兰有些难受，但还是忍住。

黄大刀：江经理，你肯定是冤枉的，我跟你走。

木　兰：你别跟我走。你好好在这儿上班，养好女儿，比什么都重要。

黄大刀：江经理……

木兰转身看，快步离开。

第21集结束！

木兰因陷害被开除，江父病恶化将失明

1. 超市门口，日，外

木兰捧着自己的东西从员工门走出来。木兰眼神中充满了悲愤。葛文倩追出来。

葛文倩：木兰！

木兰站住，回头看着她。

葛文倩：怎么会出这样的事？现在你怎么办？

木　兰：不知道。我没干这样的事。文倩，你相信我吗？

葛文倩：我当然相信你，可是……

木　兰：可是钱为什么在我抽屉里？

葛文倩看着她，不说话。

木　兰［冷笑］：人的眼睛最傻。

木兰离开了。葛文倩看着木兰的背影，葛文倩的眼神非常复杂。

葛文倩［轻声］：木兰，对不起。

2. 超市卖场，日，外

朱课长和黄大刀垂头丧气地走过来。

朱课长：江姐一向不是那样的人啊，要收钱，还用的着等现在。

黄大刀：陷害。王八蛋。

焦场长正领着员工拉着一平拉车鸡蛋过来。黄大刀看见了，立刻冲过来。朱课长也跟过来。

黄大刀［一把揪住焦场长领子，几乎咬牙切齿］：是不是你？！是不是你？！

焦场长：你干什么？！什么我？！我怎么了？！

朱课长［拉开黄大刀的手］：焦场长，你自己说，江经理对你好不好？

焦场长：那还用说，江经理是我们农场的大恩人。

朱课长：你是不是给江经理偷偷放钱了？！

焦场长［瞪目］：什么？！

3. 超市店长办公室，日，内

雷颂华还给李督导陪坐着。雷颂华面无表情。李督导却是一脸得意。

李督导：雷总，这店的情况不是一向挺好的嘛，怎么郭兴走了之后事儿这么多？

雷颂华：我还是那句话，总体班子没问题，就是个别老鼠屎，坏不了大事，这三个季度的利润额说明问题了。

李督导：要我说，这店的班子很有问题，要不然怎么三个经理，一个两个的出问题，还都是经济问题。

雷颂华沉吟不语。

李督导：正好趁着这次，中层大换血一下也好。

雷颂华：今天这事，我觉得不简单吧……

焦场长着急地推门进来，小尤在后面拉不住。

焦场长：店长！

小　尤：店长现在有事！店长他非要……

雷颂华［皱眉］：谁？

焦场长：我是青松福利农场的场长。我姓焦。

李督导顿时目光扫视焦场长，现厌恶之情，又看看雷颂华。

雷颂华：正好，我正要找你，你是青松的负责人，你说，你有没有给江经理放两万块钱在抽屉里？

焦场长：店长，没有！绝对没有！钱的事是误会，我们没有给江经理拿钱啊！真的没有！我拿人格担保没有！

雷颂华：我也相信你们没有这个胆子。要不是江经理一力推荐，你们根本进不了我们超市……

李督导［看一眼雷颂华］：雷总，正因为江经理对他们这么好，他们更有理由放钱。雷总，我知道你跟这个江经理私交不错，你们老去喝酒聊天，其实这些情况总部也是有所耳闻的。不过私交归私交，公事还是公事。

雷颂华大怒，但是脸色越发冷峻。

焦场长：店长，你要相信江经理！江经理是个好人……

李督导：堆头是江经理给你做的吧。

焦场长：是啊，可是我们没拿钱，我们是福利农场，也拿不上这钱。这位大领导，您可不能冤枉江经理啊，江经理真的是个好人……

李督导：堆头是她给你做的，就是违规操作，就得走人。

焦场长：领导领导，我求求你，可不能冤枉江经理啊！她是好人啊！

李督导：再往下说，可能就得给你们撤柜了啊。

焦场长：你不能这样啊，这不是欺负人吗？规矩是死的，人是活的啊。江经理好心，给我们做这个堆头，你不能一刀切啊……店长，您得说话呀。

雷颂华：够了！我们超市的事，你作为供货商，也敢来说三道四，还来教我怎么做。

焦场长：不是不是，店长您别生气。真的我是个乡下人，我不会说话。我们全农场可以拍着胸口对天发誓，我们真的没有给江经理拿钱！

雷颂华：焦场长，这事你别再说话了。违规的是江经理，跟你们农场无关，你们继续吧。小尤，送客。

小　尤：您请吧。

焦场长只好怏怏地走了。雷颂华看着李督导。李督导这才满意的样子。

李督导：雷总，这才是你一贯的作风。这个供货商的话不足取信，他跟江木兰是利益共同方。

雷颂华面无表情。

李督导：行了，这边事完了，我赶快得回去写报告。

雷颂华：你辛苦。

李督导起身走了。雷颂华颓然坐下，也觉得心力交瘁，片刻她的表情又变得坚毅起来。

4. 街上，日，外

木兰抱着东西在街上茫然地走。木兰手机响。

焦场长［画外音］：江经理。

木　兰：焦场长？

焦场长［画外音］：江经理，我都知道了，我没有放钱，我绝对没有！我怎么会干这样的事，这不是害你吗？钱，我们也给不起啊。

木兰哑然。

焦场长［画外音］：我跟店长去解释，还有那个什么督导，可他们怎么也不听。江经理，你是好人，怎么就成这样了？有人要害你，还赖我头上，我真想知道是谁，我剁了他我！江经理，你要相信我，真的不是我！

木　兰：我相信不是你。

5. 幼儿园门口，日，外

悦悦跟高思佳等小朋友往外走。突然悦悦眼睛一亮。

悦　悦：妈妈？

木兰站在门口，正有些出神地等着悦悦。悦悦特别高兴，一下子冲过去，扑在了木兰怀里。

悦　悦：妈妈！

木　兰：悦悦。

悦　悦：妈妈来接我了，妈妈今天下班好早啊。

木　兰：嗯。今天乖吗？

悦　悦：今天我得了一朵小红花。看，老师还表扬我画画的好。

悦悦从书包里掏出一张画给木兰看，上面画着海底世界，有一条鱼，上面骑着三个小人。

木　兰：这画的是海底世界？

悦　悦：嗯，这个是爸爸妈妈和悦悦，我们去海底世界玩，我们坐着鱼。

木　兰［笑着在悦悦脸上亲一口］：画的真好。妈妈喜欢。

6. 大雅文化公司门口，傍晚，外

吕希牵着悦悦在门口等着。吕希出来，看到母女俩，特别意外。

吕　希：木兰？今天下班真早啊，你们店长大发慈悲了啊。

悦　悦：爸爸，妈妈说今天晚上不做饭了，我们去吃披萨饼！

吕　希［看看木兰］：好啊，太好了，我们悦悦最爱吃披萨饼了是不是。

悦　悦［高兴地一手牵一个］：哦哦哦，吃披萨去喽！

7. 披萨店，傍晚，内

一家三口坐着。服务员在一旁点餐。

悦　悦：……海陆至尊披萨，要 13 寸的，还要鸡翅，还要水果沙拉……

木兰和吕希都在一旁笑盈盈地看着。

服务员：薯格要来一份吗？

悦悦看看木兰和吕希，木兰鼓励地笑一笑。

悦　悦：要！

（跳接）桌上堆满了吃的，悦悦在兴高采烈地吃披萨。木兰慢慢地吃着。

悦　悦：妈妈，好吃吗？

木　兰：好吃。

悦　悦：我最喜欢吃披萨了，今天爸爸妈妈一起陪我来吃披萨，我太高兴了！

木　兰：悦悦这么爱吃披萨，咱一年带她吃过几回。

吕　希：一顿饭两百多，一年可不就几回。每个月那么多硬开销，学英语，学钢琴。

悦　悦［嘟着嘴］：我不喜欢弹钢琴。

吕　希：那也得学。学什么技能是轻松的？就得靠吃苦。

木　兰：咱女儿需要学钢琴吗？

吕　希［一愣］：别人家孩子都在学啊。

木　兰：就因为别的小朋友都学了，悦悦就必须也得学吗，这是什么逻辑？

吕　希［愣了会儿］：不能让孩子输在起跑线上。回头别的小朋友都会琴棋书画，我们家悦悦什么不会，以后怎么在社会上竞争啊。

木　兰：为什么要竞争呢，难道我们从生下来就是为了跟别人竞争而活着吗？人得经过多少轮投胎才能做回人啊，难道不是应该来享受生命的吗。

吕　希：享受生命，那得是投胎在煤老板家，做个富二代官二代，那行，咱悦悦不行。谁让咱悦悦摊上我们这两个小老百姓家里，没那命，就得拼命学，不学没前途。

木　兰［幽幽地］：享受生命一定得要很多钱才行吗？

吕　希：啊？

木　兰：春天，爬到山顶，去湖边散步，吹面不寒杨柳风，需要钱吗？夏天，躺在楼顶天台上，抬头看天上的星星，需要钱吗？饿的时候，爸妈给端上一碗热气腾腾的泡饭，需要钱吗？困的时候，枕着心爱的人的胳膊，美美睡一觉，需要钱吗？大自然也好，人世间也好，总有很多快乐是天生的，管你有钱没钱都能平等享受到，是不是？

吕　希［看着木兰，张口结舌了好一会儿］：木兰？你中文系毕业还我是？怎么这么倒牙。

木兰惆怅地垂下了眼睑，微微叹口气。

吕　希：你的话是没错，可是这么淡定的人生，几个人能做到？做到的就是佛了。你没事吧？

木　兰［苦笑］：就是有点累了。

吕　希：是不是单位出什么事了？

木　兰［摇摇头］：吃饭吧。

8. 木兰家小卧室，夜，内

穿着睡衣的木兰正在给睡着的悦悦掖被子，木兰把散落的童书捡起来放在床头柜上，慈爱地看了眼悦悦，拉了台灯。起身出门。

9. 木兰卧室，夜，内

木兰进来。吕希躺在床上，看着她，显然在等她。木兰钻进被窝。

吕　希：木兰，你今天有事。

木　兰：我工作丢了。

吕希震惊。

10. 雷颂华卧室，夜，内

庄海洋进来。雷颂华坐在床上，直勾勾地看着墙上的电视机。庄海洋钻进被窝。

庄海洋：颂华？干嘛呢？一晚上都闷闷不乐的样子。

雷颂华：海洋，什么时候总部开始盯人战术了？

庄海洋：什么意思？

雷颂华：怎么连我跟江木兰喝个酒的事他们都知道？

庄海洋：知道知道呗，这多大事。同事之间总有亲疏之分，你跟这个江木兰谈得来，有点业余时间的来往也什么呀。总部难道还能因为这件事处分你们啊。

雷颂华：没事的时候当然没事，一旦有事，任何一个小蚁穴都有可能引起堤崩。

庄海洋：到底出什么事了？

雷颂华：今天，总部的李督导突然来了。有一个肉制品厂的厂长实名举报，说江木兰向他索贿，收了钱却不给换柜台。偏偏，江木兰确实违规给一家福利农场的鸡蛋做了一个小堆头，居然抽屉里放着两万块钱，是福利农场的包装。

庄海洋［皱眉］：怎么这么赶巧。

雷颂华：巧吧。就是太巧了。举报，违规，抽屉里居然有钱……这个江木兰，她要当店长怎么就这么难呢。

庄海洋：然后呢？

雷颂华：然后就回到了我刚刚最先的话头，我替她说话，李督导就把我们俩喝酒的事搬出来了。本来没什么的事，放在这个节骨眼上一说，好想我跟她之间有什么交换，我非得护着她，非得让她当店长，本来公事公办的事，好像就变成了她跟我之间有什么潜规则了。你说是不很烦。

庄海洋：我明白你的意思了。本来你可以替她辩白，替她包票，可是因为总部已经对你们的关系起了疑心，所以你反而不能说话了。

雷颂华：嗯。

11. 木兰卧室，夜，内

吕　希［惊呆了］：就这么把你开了？

木兰无奈地点了点头。

吕　希［怒］：你们店长太过分了！这么大的事，查都不查一下，这么武断就把你开了？！你为这个超市奉献了十年了啊，还有没有点情义啊！况且，你们俩还一块儿喝酒呢。

木　兰：其实我跟店长一块儿喝酒，是因为我们聊得来，我们三观很像，又不是说我巴结她，给她搞关系。我只是没想到，店长也会不相信我。她应该相信我不是那种人啊。我挺难受的。

吕　希：就凭抽屉里两万块钱能说明什么问题？两万块钱，谁都能给你塞两万块钱栽赃！

木　兰：是啊，两万块钱塞我抽屉，就能赶我走。成本真是不大。这么蹩脚的伎俩，居然奏效了。

吕　希：这么小的成本就买断了你们店长对你的信任，才叫冤枉。这事谁也别怪，就怪你那个店长。好歹也领导你大半年，你江木兰是个什么样的为人，难道她还不知道吗？！小人这么点点诡计就把她给蒙蔽了！真够蠢的！

木　兰：也不能完全怪店长。

吕　希：你还替她说话？

木　兰：你不知道当时那个场面，简直是一团混乱。你想想，看起来好像是我当着那么多人面给抓了现行啊。那个李督导咄咄逼人，完全已经铁定我就是曾宏第二了。也是我们店最近出状况太多了，总部估计宁可错杀不肯错放吧。

吕　希：我不说总部的事，我只说你们店长，她应该替你出头，死保你。

木　兰：上次她就死保过我一次了。

吕　希：哼，要我说，跟领导搞关系也没用，在领导的眼里，我们都是棋子，一到生死关头毫不犹豫就立刻弃子。

12. 雷颂华卧室，夜，内

庄海洋：那后来怎么处理的？

雷颂华：除名。

庄海洋：什么？当场就除名了？这事中间可能有误会，你怎么能当场就做决定呢？

雷颂华：不是我，是当时形势所逼。你不知道那个李红星的嘴脸，简直就是怀疑我跟这个江木兰沆瀣一气了。

庄海洋：你去总部解释一下吧。

雷颂华：不能去。

庄海洋：那就这么着了啊？

雷颂华：现在去解释，只能是越描越黑。你不知道，上次百货部出那些个烂事，我们店现在是公司重点监管对象，一有风吹草动立刻就是众矢之的。当时也是实名举报，一抓一个准。总部现在对实名举报已经是风声鹤唳草木皆兵了。你说我现在去解释，说得越多，是不是反作用力越大。

庄海洋［点点头］：也是这个道理。那你下面准备怎么样？

雷颂华：暂时我还不知道。

庄海洋：那这个江经理……她不会是这样的人啊。

雷颂华有些无奈地摇了摇头。

庄海洋：这下新店长的人选，你又交不了差了。

雷颂华：不还有杂货部那个经理嘛，好歹也是老员工，当了多少年经理，就让她上吧。我已经烦死了，这个店自从他们店长跑了之后，事儿就没消停过。我就想赶紧交差走人。

庄海洋［叹口气］：那不就行了，睡觉吧。

庄海洋拉了灯躺下。雷颂华望着天花板，又出了会儿神，心烦地拉了灯。

13. 木兰卧室，夜，内

木　兰：我就不明白了，什么人非用这样的手段赶我走。

吕　希：这还不是明摆着，你平时太正，得罪了多少人你自己大概都不知道。会不会是曾宏？

木　兰：不可能，他人都走了。

吕　希：那种人，什么事干不出来。你不是说以前他以次充好糊弄顾客，让你给点过，说不定临死拉个垫背的，报复你一下也好。

木　兰：我了解他，他干任何事，都有目的，都得有好处，没好处的事他不会白花那力气。就算把我弄走了，他也不可能回来了。

吕　希：你走了谁能得到最大的利益？

木　兰：谁会得到利益？

吕　希：你走了，你当不上店长了，谁能当上？

木　兰［想了想］：大概会是文倩。

吕　希［看着她］：会是她吗？

木　兰［看着吕希，摇摇头］：不可能，我跟文倩同事十年了，她不是那样的人。

吕　希：你就那么相信她，利益当前，什么事都有可能发生。

木　兰：世道人心不会那么糟糕吧，我不愿意那么想。

吕　希：木兰啊木兰，你让我说你什么好，你就跟那往怀里揣蛇的农夫一样的天真。

木　兰：我没那么傻，我只是对人性还没那么绝望。人说到底是走向死，差不多得了，多争一朝一夕，多得十万八万，也不改变生命的大结局。过程快乐难道不是最重要的吗。我爸总是说，人要往前看，往远处看，往后看是浪费时间。现在对我来说，再去分析那些已经发生的事没用，重要的是我得去找工作。

吕　希［搂紧她］：傻老婆啊，你就这点优点，心特大，什么都能装得下。

木　兰：傻人有傻福呗。

吕　希：又是你爸说的？

木兰点点头。

吕　希：超市工作其实也不是人干的，琐碎，繁重，钱还不多，作息还不规律。这么多年一直拼在一线，你也该好好歇一歇了。

木　兰：怎么敢歇，我歇银行按揭不歇啊，明天就得去找工作。睡觉吧。

14. 木兰卧室，晨，内

天色微亮。床头柜上，木兰的手机又开始蜂鸣。木兰习惯性地立刻醒来，悄悄起床。

吕　希［睡眼朦胧］：你怎么还这么早起啊。

木　兰：早起的鸟儿有食吃啊，可不敢睡懒觉。这阵子你多睡一会儿，悦悦我去送。

15. 幼儿园门口，日，外

木兰开车过来，在门口停下。木兰陪着悦悦下来。正好高思佳由保姆从路另一边送过来。

高思佳：吕悦然！

悦　悦：高思佳。

高思佳：哟，你妈妈来送你上学啊，你好幸福啊。

悦　悦：我妈妈是最好的妈妈。

木　兰［有些心酸］：快跟高思佳进去吧。

悦　悦：妈妈，你会来接我放学吗？

木兰点点头。悦悦欢天喜地地和高思佳手拉手进去了。木兰凝视着悦悦的背影，有些难受，但是马上甩甩头，赶紧开着车跑。

16. 人才市场，日，内

人才市场内都是人。木兰进来，看着到处张着的招聘广告。

（跳接）木兰在柜台投简历，填表。工作人员正在看木兰的简历。

工作人员：商科大本？

木　兰：对。

工作人员：在家多福超市就职十一年？

木　兰：对。

工作人员：还有什么特长？

木　兰［想一想］：没了。最熟悉的就是零售行业。

工作人员［收起表格］：回去等消息吧，一旦有合适的公司要找人，马上通知你。

木　兰：谢谢。

17. 木兰家客厅，日，内

墙上的钟指示已经十二点半。木兰开门进来，脸有疲惫之色。

（跳接）木兰在一边吃方便面，一边上网投简历。在招聘网站上挨个公司投。

18. 报刊亭，日，外

亚芝坐在报亭里，正替余淼看摊。她眼神落在胡同远处，神情很是落寞。远远的，从胡同那头走过来的正是江开国。亚芝眼睛一亮，正要说话，再定睛一看，那走过来的老头是一个陌生人。

亚芝掏出手机，找出江开国的电话号码，她很想拨号，但是手停住了。

[闪回第 21 集第 25 场]

亚　芝：谢谢你们的好意。这件事我又仔细的想过了，现在还不是时候，先不考虑了。

众人都挺意外，一时尴尬在那儿。江开国的眼神最受伤，意外而失望。

（跳接）亚芝难受的表情，她把手机收了起来。这时候有人在窗玻璃上敲了敲。亚芝抬头看。

亚　芝：你好？

来　人[指着修小家电的牌子]：我是十条口上那家新经典涮肉的，我们店里排风扇坏了。听说你们这儿有个江师傅能修，他有空吗？让他帮我们修一下吧，不然晚上营不了业了。

亚　芝：哦，好的好的。[拿起手机要打电话，想了想]我把江师傅电话给你，你们自己找他吧。

19. 木兰家客厅，日，内

木兰还在网上专注地看着，刷着。她手机响。

[手机里画外音]：你好，是江木兰吗？

木　兰：我是。

[手机里画外音]：我们是美又多超市，我们在 ** 招聘网站上看到你的简历，我们正在招经理，你能过来面试吗？

木　兰[惊喜]：能。

20. 美又多超市面试室，日，内

木兰坐在三个超市面试官对面。三个人两个看上去和善，另一个有些阴沉。

面试官甲[翻看着木兰的简历]：在家多福超市干了十一年？

木　兰：是的。

面试官甲：百货杂货生鲜都干过？

木　兰：对，从基层开始，各部门都挺熟悉的。不过最熟悉的还是生鲜。做生鲜经理六年多了。

面试官乙：生鲜是一个超市的重中之重，卖场的实际掌控对经理绝对是一个考验。

木　兰：生鲜最重要的还是要控制库存，因为生鲜的大部分产品保质期都很短。控制库存和排面布置很有关系，排面控制实际上就决定了库存，排面一天之内也不是不可调整的，还是得根据实时库存情况及时调整。

甲和乙互相看一眼，都面露惊喜之色。

面试官甲：我们这儿就是要招一个生鲜部经理，你这么有经验的经理能加盟我们店，真是太好了。

木　兰［笑］：谢谢。我……

面试官丙［突然说话］：等一下。

木兰看着他。甲和乙也都看着他。

面试官丙：说句实话，这年头自己来面试的经理很少，这个你也应该明白。一般你这样级别的人在圈子里都会有个互相推荐，怎么你自己来求职？

木兰愣了一下。

面试官丙：换句话说，你在家多福干了这么多年，为什么突然离职？说起来，家多福是个大超市，实力比我们强。

木　兰［迟疑了片刻］：有点误会。

面试官丙：什么误会？方便说一下吗？

木兰犹豫着，有点难以解释。甲和乙互相看一眼。丙微微摇了摇头。

面试官甲：这样吧，今天你先回去，回头我们给你打电话。

木　兰：好。

21. 新经典涮肉后厨，日，内

江开国［正站在梯子上，在拧螺丝，片刻对下面］：开开试试。

底下人开了开关，顿时排风扇运作起来。江开国从梯子上下来了。

刚才去报亭找他的男人［挺高兴，掏出五十块钱］：江师傅，谢谢啊。下回有什么问题再找你。

江开国：没问题，随时打电话。对了，想用一下卫生间，在哪儿？

男　人：哦，出了厨房右拐一直往前走。

22. 新经典涮肉走廊，日，内

江开国沿着走廊走过来。灯光很昏暗，江开国眼前有些模糊。走到卫生间门口，江开国看门上的标识。在他眼中，看见一个黑黑的人影，下面好像穿着裙子。于是，他推开另一个门进去。镜头再往旁边移到另一扇门上，两个小黑人其实都穿着裙子式样的衣服，差别很细微，江开国最初看见的那个，衣服下摆是翘起来的，表示是男人的燕尾服。进入的门上的衣服下摆是往下的伞形，女人的裙子。江开国显然一看见那个燕尾服就以为是裙子，想当然地以为另一扇门肯定就是男卫生间。门内传来女人的尖叫声。

23. 停车场，日，外

木兰的车停在停车场，木兰正慢慢向着车走过来，很失落的样子。木兰手机响。

木　兰：喂？

［手机里画外音］：是江木兰吗？

木　兰：我是。

［手机里画外音］：江开国是你父亲吗？

木　兰：是。请问您是？

[手机里画外音]：我是 ** 派出所，你父亲在这儿，你赶紧过来一下。

木兰惊呆。

24. 派出所，日，内

木兰紧急地赶过来。江开国委屈地坐着，旁边一个肥胖的中年妇女在骂。

胖女人：老色鬼，这么大年纪了还干这种勾当，真不要脸。

木　兰：爸！

江开国[看到木兰，特别委屈]：木兰……我没有……

胖女人：还敢抵赖？！女儿都这么大了，还摸进女厕所，恶心不恶心啊……

木　兰：你给我住嘴！

胖女人：你爸是流氓，你好好管管吧你！

木　兰：你别胡说八道好不好，我爸不是这种人！

江开国：你这人真是的，我都说了我眼睛看不清，进错门了，你怎么就不依不饶呢。还打 110。

胖女人：大白天的看不清门，谁信啊谁信啊？！就是要流氓！

警　察[过来了]：吵吵什么呢？

胖女人才住了嘴。

警　察：女儿来了。你爸说眼睛看不清。

木　兰：警官，我爸眼睛是一直不太好，以前有青光眼，后来白内障，才做过手术大半年。

警　察[看出江开国是无辜的]：那说清楚就没事了，眼睛不好，以后多注意，别再发生这种误会了。你们走吧。

木　兰：谢谢警官。爸，我们走吧。

胖女人：哎……警察……

木兰才不理她，扶着江开国走了。

25. 同仁医院眼科诊室，日，内

江开国正在仪器上检查眼睛。木兰在一旁看着。

李清泉[离开仪器]：好了。

江开国也离开仪器。

木　兰：李大夫，我爸的白内障是不是又厉害了？

李清泉脸色凝重。

江开国：李大夫，能不能不手术？这手术，太费钱。

李清泉[再次看看卡在读片板上的片子]：这回想做也不能做了。

木兰和江开国都愣。

木　兰：李大夫，你的意思是？

李清泉：你父亲的视神经已经开始萎缩，做手术没用。

木兰和江开国都惊呆了。

木　兰：视神经萎缩？

李清泉：没错，眼部神经萎缩。你的父亲的眼睛一直不太好，青光眼，白内障，又一直有炎症，最终引起视网膜神经节细胞和轴发生病变，导致视神经全部变细。这是眼部疾病发展到最后的病损结果。

江开国：李大夫，视神经萎缩，会怎么样？

李清泉［摇了摇头，叹口气］：神经萎缩，传导功能障碍，出现视野变化，视力减退直至……

江开国：李大夫，您这意思，我要瞎吗？

李清泉点了点头。木兰和江开国完全无措了。

木　兰：李大夫，一定还有办法的吧。我爸的眼睛不可能就这么慢慢的失明吧？求求您，给我爸手术吧。

李清泉：不是我不给做，事实是，做也没用。不手术还有一段时间，做手术可能马上就会失明。你们现在能做的，就是在完全失明之前做好准备，最好是有意识地慢慢培养你父亲失明以后的生活习惯。

江开国［懵了］：我……木兰，对不起，爸爸没听你的话，没好好保护眼睛……爸爸要变瞎子……

木兰也难受地说不出话来。

26. 同仁医院大楼门口，日，外

木兰和江开国一起慢慢地走出来，太阳光就刺目而来，江开国不由自主地眯起了眼睛。

木　兰［非常难受，但还是打起精神］：爸，我陪你去买副太阳镜吧。

27. 眼镜店，日，内

镜子里，江开国戴上一副墨镜。木兰和售货员在一旁看着。

售货员：老爷子戴这副好，有范儿。

木　兰：是吧，爸，你戴上墨镜还挺酷的呢，像个明星。

江开国［苦笑］：瞎子明星。

木　兰：爸，别这样，不是还没到那一天吗。咱们还是有办法的嘛，以后不管夏天冬天，出门都戴上墨镜，减少光线对眼睛的损害，还能装酷。

江开国没说话，在木兰手背上拍了拍。

28. 超市，日，内

木兰推着车，正在往车里放各种东西。江开国心灰意冷地跟在后面，一副心灰意冷的样子。木兰一回头，看到父亲这个样子，不由一阵心酸，可她还是得强颜欢笑。

木　兰：爸，你不是喜欢吃鸡爪吗？我给你买，回家卤鸡爪。

江开国［愣愣地看着木兰］：木兰，爸爸要变成你的累赘了。

木　兰：爸，爷爷是你的累赘吗？

江开国一愣。

木　兰：不是吧。你对我说，一样。

江开国表情又是欣慰又是凄苦。

29. 吕家客厅，日，内

一系列蒙太奇。木兰在打扫卫生；在洗衣服；在厨房做饭菜。江开国和江多福一起在沙发上坐着，痴痴呆呆地看着电视机。

（跳接）桌上已经放好了饭菜。木兰正在解围裙。江开国在一旁呆呆地坐着。

木　兰：爸，晚饭给你做好了。喏，卤鸡爪。

江开国呆呆地看着那一大碗的卤鸡爪。木兰心里难受，不能表现出来。

木　兰：我该走了，悦悦放学了。剩下的肉啊菜啊都在冰箱冰着呢，够吃几天的。以后你少就出门，我隔两天就给你送菜过来，有什么需要你就给我打电话。

江开国：怎么你今天不用去上班啊？

木　兰［停了停］：今天休息。没事。我走了。

江开国：走吧。

木　兰［走到门口，还是不放心地回头］：爸，你和爷爷自己小心啊，水电都别忘了关。要有什么事就赶紧给我打电话啊。

江开国呆呆地点了点头。木兰忍住内心的难受，关上门走了。

江开国：我要瞎了。

30. 厨房，日，内

木兰拎着菜进来，放在水池里。她一个人了，强装的坚强一下子松懈了，木兰难受地呆呆站着。木兰不由自主地闭上了眼睛，想感受一下盲人的世界。主观视点，眼前顿时一片漆黑。木兰慢慢伸出手，摸索着想拿东西，一下子头就重重地磕在了冰箱上。木兰没有睁开眼睛，怔怔地对着冰箱门，慢慢地把头向前靠，直到靠在冰箱上。她悄悄地流下了眼泪，难受之极，茫然之极。

[旁白]：江木兰闭上眼睛，这个世界就全都黑了。人的眼睛才是灯，没了眼睛，灯火再辉煌也是黑暗，星光再满天也是黑暗，在这一片无边无际的永恒的黑暗中，江木兰感到了深深的恐惧和无助。父亲将要失去眼睛，这世界再也不是摁一下开关就能明亮，再也不是乌云散去星月显露就能明亮，不论外界多么光明灿烂，父亲将永远生活在黑暗中，想到这些，江木兰感到阵阵心痛。

悦　悦：妈妈，你怎么了？

木　兰[才回过神来，忙掩饰地擦了眼泪]：没事。

悦　悦[走到木兰面前]：妈妈哭了？

木　兰[慢慢蹲了下来，和悦悦平视]：妈妈不小心撞头了。

悦　悦：疼吗？

木兰默默地看着悦悦，点了点头。

悦　悦：妈妈，不疼，不哭。

悦　悦[伸出手，温柔地在木兰的额角抚摸着]：妈妈不疼，有悦悦呢，不疼，不哭。

木兰凝视着悦悦，悲从中来，紧紧地搂住悦悦，把下巴压在悦悦头顶，泪水肆意流淌。

31. 吕家厨房，夜，内

江开国正把洗好的碗一个一个收到碗柜里。他的表情依然是机械而茫然的。

32. 吕家客厅，夜，内

江开国走出来。江多福坐在沙发上，还在痴痴呆呆地看电视。江开国坐到江多福身边。江多福手一张，一把纽扣叮叮当当地掉在地上。江开国一看，才发现江多福无意识地把自己衣服上的纽扣全都给揪下来了。

江开国[慢慢地把纽扣捡起来]：爸，来，把衣服脱了，我给你缝上。

江多福乖乖地把衣服脱下来。江开国已经拿过一旁的针线盒，拿出针和线，拿线穿针。但是眼睛怎么都看不清，线穿不进针孔。对着灯光，费劲半天，还是穿不进。江开国一下子捂住脸，哭了。江多福懵懂地转头看他。

江多福：铁蛋，你干嘛哭啊，是不是隔壁阿毛又欺负你呢。

江多福还像江开国小时候那样，用手摸着他的头。江开国抬脸，满脸老泪，也像小孩子一样看着江多福。

江开国：爸，你得长寿啊，以后你就是我的眼睛了。

33. 木兰卧室，夜，内

木兰和吕希躺在床上，两人都是脸色凝重。

木　兰：我爸是个多好的人啊，老天爷太残忍了，要夺去他的眼睛。

吕　希：就一点办法都没有了？

木　兰[摇摇头]：李大夫是权威，是真正的专家，他都说没办法，那就真的没办法了。

吕希沉默了。

木　兰：我只是心疼我爸，他这一辈子，生在新中国，长在红旗下，却没过过几天轻松日子。长身体的时候三年自然灾害，学知识的时候红小兵打砸抢，勤恳工作一辈子，为厂子为集体奉献一切，可是厂子说卖就卖，人说遣就遣，他跟他那帮老伙伴一起，被整个滚滚向前的时代当作包袱给卸了。

吕希沉默。

木　兰：我爸这辈子吃了多少苦，好不容易现在生活安定了，能投靠女儿，能安享个晚年了，老天爷竟然还要夺走他的光明！老天爷你才是瞎子！只会欺负好人的瞎子！

木兰哭出声，吕希紧紧地把她的脑袋压在胸前，却是无语可对。

木　兰［呜咽着］：吕希我害怕，我真的害怕，我从来没有像现在这么害怕……我觉得自己就好像一只小渔船，台风中心的海面上，巨浪滔天，四下看，不知道岸在哪儿……

吕　希：睡吧，再难的事，睡着了就忘了。

木　兰：吕希，我需要钱。

吕　希：谁不需要钱。

木　兰：要是有钱，就能换个大房子，把我爸和爷爷接到身边一块儿住……吕希，我很担心。你知道嘛，我爸的眼睛不知道哪天就看不见了，他们两个老头，一个呆，一个瞎，孤零零住那么远。你让他们怎么活？你让我怎么活？！

吕希内心的那根弦快要绷断了，他的状态又有点像吕妈瘫痪的时候，但他还是努力克制着。

吕　希：别想那么多，眼下你爸眼睛不还好的吗？

木　兰：可总有那一天啊……

吕　希：等那一天来的时候再说好不好！

木兰愣。

吕　希［口气放软］：木兰，今天一天你累了。找工作跑一天，不顺利，你爸又出这事……什么都别想了好不好，闭上眼睛睡觉吧。明天睁开眼，又是新的一天。

木　兰［听话地闭上眼睛］：真希望明天起床，美又多超市通知我，他们要我了。

吕希无声但是深深地叹了一口气。

34. 鹤鸣春养老院方琼房间，夜，内

夜深人静。方琼和毕老太太正都熟睡着。突然走廊传来一阵的人声鼎沸，似乎一团混乱。

老　头［恐怖地尖叫，画外音］：啊！死人啦！死人啦！有人跳楼了！跳楼了！

方琼惊醒，腾地坐起来。毕老太太已经开了灯，两人互相看一眼，都是又惊又惧。

方　琼：出什么事了？

毕老太太：好像有人跳楼了。

两人起身，披上衣服，开门出去。

35. 楼下空地，夜，外

方琼和毕老太太走过来。楼下一团混乱，好多老头老太都围着，唏嘘着。方琼和毕老太太挤开人群，往里走。地上，躺着一个人形，已经用白布盖了起来。几个工作人员正忙碌着，在收拾现场。方琼和毕老太太都惊呆了。

毕老太太：这是谁啊？

老太太：老蔡。

毕老太太：老蔡？他不是都拴着的吗？

那老太太：今天晚上他跟看护说想打套拳，看护看他精神挺好，以为没事，就给松开了，没想到……

方　琼：为什么拴着？

毕老太太：抑郁症。

说话间工作人员已经把尸体抬上了担架，清理现场。方琼非常茫然地看着这一切。

36. 鹤鸣春养老院方琼房间，夜，内

方琼坐在床边，茫茫然发呆。站起来，慢慢走到窗户口，她轻轻地推开了阳台门，探出身子，望着楼下。方琼一只脚都伸出栏杆，想一闭眼睛跳下去，可是终究还是没有，又把脚缩了回来。

毕老太太［画外音］：你想跳下去吗？活着总还是比死了好。

方琼回头，看见毕老太其实没睡着，睁开了眼睛。方琼看着她。

毕老太太：你干嘛跟你女儿过不去呢？你女儿对你不错的。我女儿呢，大律师，合伙人，挣美金的，可嫌弃我，家里有佣人，菲佣，用不着我。我就是个累赘，宁肯花钱把我放在这儿也不肯让我在家待着，碍他们的眼。

方　琼：人老了，活着就为了去死。

毕老太太：人老了，就成了废物，可废物我也不死，我也得活着。我最难受是开始掉牙那会儿。人老了，好像就不是人了。身体越来越不好用，总是想起年轻时候，走路蹦蹦跳跳的时候。可是到牙全掉光那天，我反而想明白了，不难受了，人都得老，身体不中用了，活着也还是好，活着比什么都好。

方　琼：你能活多久呢，就算一百岁，也得死，你想过死没有？

毕老太太［沉默一会儿］：我不想那事，我只想活着的事，我得活着。总有一天要死，我不想知道，终究也会知道那是个什么滋味。

毕老太不再理方琼，闭上眼睛。方琼又呆呆地站了一会儿，还是回到自己床上躺下了。

第22集结束！

亚芝被迫睡杂物间，木兰价值观被冲击

1. 亚芝屋子，日，内

亚芝和田咪、余淼正在吃饭。

余　淼：妈，这什么玩意呀，酸不拉儿的。

亚　芝：酸豆角啊。田咪不是说想吃酸的嘛，我特地给买的。

田　咪：也不是我要吃，是你大孙子要吃。

亚芝只好笑笑。

田　咪：妈，你上次说的话，不是当真的吧？

亚　芝：什么话？

田　咪[看看余淼]：你真的不想嫁给江爸了吗？

亚芝摇摇头。

田　咪：妈，你这是何必呢。我们是为你好，你跟我们赌什么气呢。

亚　芝：我没赌气。我自己想好的，我要给你伺候月子，我要带孙子。我不想嫁人。

田　咪：你！

余　淼：好了好了，妈说不嫁就不嫁，哪有逼着妈嫁人的。

田咪直翻白眼。

亚　芝：我知道，你不就是怕添了宝宝没地方住吗？放心，婴儿床放我这儿，不影响你们俩的空间。

余　淼[笑嘻嘻]：妈，就知道你最心疼我了。

亚　芝[苦笑]：淼淼，妈妈这辈子啊，只要能看着你好好的，再能看着你的儿子好好的，我也就闭眼了。我自己，也没什么别的念想了，就一个，等我将来死了，你把我送回安徽老家，跟我父母埋一块儿。

余　淼：妈，你离死还远着呢，说这个干嘛。

亚　芝：妈老了，这些事该说了。我离开家乡一辈子，父母在的时候都没在他们身边伺候，就想死了之后在地底下陪陪父母。这是我这辈子最后的心愿，淼淼你要答应我。

亚芝认真地看着余淼。余淼愣。田咪在一旁直翻白眼。

余　淼：行行行，答应你。

亚芝安慰地笑了。

2. 田咪娘家，日，内

田咪四仰八叉地坐在沙发上，吃着水果。一旁，父母陪坐着。

田　母：觉得人怎么样？

田　咪：老觉得犯困，恶心，吃什么都恶心。

田　母：怀孕都这样，忍一忍就过去了。

田　咪：妈，我想吃你做的麻豆腐。余森他妈不会做，白在北京住这么多年。

田　母：要不你就在家住一段，想吃什么我给你做，害喜就这两三个月，熬过去就好了。

田　咪：我不上班了啊。光靠余森卖报纸挣的那钱够干嘛呀。

田　母：要不我去城里陪陪你？我都还没在城里住过呢，就等着给你伺候月子呢。

田　咪：妈，你来吧来吧，城里条件比山上好，热闹，也方便。我还能领你胡同游。

田　父：她妈，咪子家巴掌大点地方，你去了怎么住啊。

田　母：你婆婆嫁没嫁人呢？

田　咪：不嫁了。

田　母：怎么又不嫁了？

田　咪：老太婆脑子有问题，一会儿说嫁一会儿说不嫁，事儿特多！

田　母：她不嫁人，那房子就还是不够住。

田　咪：不嫁呢也有不嫁的好处，她可以伺候我们。妈你就来吧，来城里陪我，到时候让他妈做事，我们就指挥她，也省心。

田　母：我指挥你婆婆，不合适吧。

田　咪：有什么不合适的，她自己说她不嫁人就为了伺候大孙子，看她到时候敢不听使唤。

田　母：可是真的没地方住啊，我总不能跟你婆婆住一屋吧。

田咪狠狠地咬了一口手里的苹果，眼睛提溜乱转，显然又开始动歪脑筋。

3. 余森屋子，夜，内

余森正打游戏，拿起啤酒瓶子往嘴里倒酒。

余　森：杀杀杀！打不死你这没良心的！

田　咪［推门进来］：你不打游戏会死是不是？！就你这德性还想当爹呢？！

余森赶紧丢下鼠标，走过来，接过田咪手里带的东西放茶几上，把田咪扶到床边坐下。

余　森：咪子回来了，我正想着去胡同口接你呢。

田　咪：少来，等你接我，黄花菜都凉了。

余　森［端上杯水］：咱爸咱妈都挺好的吧？

田　咪［接过水喝］：挺好的。

余　森：回头我去山上看他们去。

田　咪：余森，我想了半天，我觉得咱们还是得给孩子准备个房间。

余　淼：孩子才多大点，要什么自己的房间，就一个婴儿床，我妈不是说放她那屋嘛。

田　咪：不行，孩子就得有自己的儿童房。江木兰家女儿是不是自己有间儿童房啊，我们家孩子不能没有。大家都是姓江的种，凭什么他们家女儿像个小公主，我们家孩子像个使唤丫头?!

余　淼：那也得咱家有房啊，咱家就这么两间房，哪儿去弄儿童房去，就别穷讲究了。

田　咪：你妈要是嫁给江爸不就好了，她那房间不就能当儿童房了嘛。

余　淼：这事再说还有用吗？我妈现在不想嫁人，我们总不能逼着她去嫁吧。

田　咪：管她嫁不嫁人，反正她那间房我们得拿来当儿童房。

余　淼：那让我妈住哪儿去啊。

田　咪：住那个小屋子不就行了嘛。

余淼一下子愣住了，不敢置信地看着田咪。田咪很理所应当地看着他，毫无愧色。

余　淼：那屋子不是住人的！

田　咪：你吼什么呀?！怎么不能住人了?！

余　淼：那屋真不是住人的，我爸起那屋就是为了堆东西的，冬天也不热，夏天也不凉的。

田　咪：夏天给把电扇，冬天给买个电炉子，不就都行了。那屋子四面有墙，头上有顶的，有什么不能住的。你妈又不是金枝玉叶，就不能克服克服啊。

余　淼：不行，不行，绝对不行！让我妈住那小黑屋，你想让邻居戳断我脊梁骨是不是?！

田　咪：那你打算让我孩子住哪儿?！

余　淼：孩子住婴儿床！这事别提了。睡觉。

余淼不理田咪，躺倒床上，拉了灯，闭上眼睛睡觉。田咪坐着一个人生气。过了一会儿，余淼鼾声起来。田咪虚抡起拳头，想砸他，还是没砸下去。田咪想了想，起身，拿了个手电筒，出去。

4. 亚芝家院子及杂物间，夜，外 / 内

田咪打着手电走过来，从兜里掏出钥匙，开了锁，打开铁皮门，然后拿手电筒往里照。这是一个三平米多的违章建筑，非常简陋，黑的，随着手电筒的光照过去，能看见里面堆满了乱七八糟的垃圾级的杂物。田咪看着，盘算着。

5. 一系列蒙太奇

木兰在见工。商场，小超市，餐厅。不是她摇头，就是人家摇头。

6. 吕家客厅，日，内

江开国呆呆地看着电视机，画面是模糊的。江开国眼神无光。江多福在旁边自己跟自己玩儿，在茶几上数大芸豆子。

江多福：三十三、三十四、三十五……

江开国［看着江多福］：爸，木兰好几天没来看我们了。

江多福：木兰没来看我们。［扳着手指头数］一、二、三、四……四天。

江开国：我们去看木兰吧。

江多福：好，看木兰。

江开国：我们去买菜，买木兰爱吃的菜，给木兰做饭。

7. 公交车上，日，内

木兰坐在公交车上。她看上去很疲惫。木兰想了一会儿，拿出手机拨号。

［手机里画外音］：喂？

木　兰：你好，是美又多超市吧？

［手机里画外音］：对。

木　兰：那个，我叫江木兰，前几天来你们这儿面试，想应聘生鲜经理。

［手机里画外音］：哦，记起来了，你好你好。

木　兰：我想问问怎么样了。

［手机里画外音］：那个……

木兰很期待地等着。

［手机里画外音］：那个……不好意思啊……我们已经招了别人了。

木　兰：哦，是吗？

［手机里画外音］：不好意思，下次有机会再合作。

木　兰：好的。

放下手机，木兰很沮丧。

8. 木兰家客厅，日，内

木兰一脸疲惫地开门进来，一愣。屋子里收拾过了，江多福正坐在沙发上看电视。

木　兰：爷爷？

江多福：木兰。

厨房传来剁肉末的声音。

9. 木兰家厨房，日，内

江开国正在厨房砧板上剁肉末。锅里显然炖着汤，咕咚咕咚的。木兰进来，皱眉。

木　兰：爸？

江开国：木兰，我给悦悦剁肉末呢，她最爱吃我做的肉末蛋羹。还炖着老鸭煲呢。哎，你今天这么早就下班了啊？车也没开，我看在下面停着呢。

木　兰：哦，我最近都坐公交车。最近超市没那么忙，不用早出晚归。

江开国：是吗？倒挺好的。

木　兰：爸，不是让你别出来跑动了嘛，得保护眼睛。你这么大老远的过来，多不方便啊。

江开国：在家待着闷啊，你好几天都没来看我。

木　兰：我这不是忙嘛。

江开国：对，你们都忙。我们两个老头太闲了，没事干，就过来给你买点菜做点饭。你们小两口回来，也好吃口现成的。

江开国一边说话，一边手中的刀不停，笃笃笃地剁着砧板，声音传到本来心情就不好的木兰耳朵里，被放大，显得非常的噪音。

木　兰：爸，不是让你在家好好待着吗？你还跑这么远来干嘛呀。你还是得多休息，大夫不是说你得少用眼少用眼，你怎么就不听劝呢。

江开国：不就是去买个菜，过来给你们做个饭，也没多用眼睛啊。想着你们上班的上学的，都挺辛苦，回来肯定没精力做好好做饭，我反正也闲着，我给你们做嘛。悦悦爱吃肉末蛋羹，这外面机器绞的肉馅哪有自家拿刀剁……

木　兰：用不着！爸，我们就算在外面吃一碗面，喝一碗粥都行，不必要每顿饭都非得弄的这么正式！这么麻烦！

江开国愣，停住了手。木兰也不高兴，不说话。江开国挺难受的，讪讪地放下手里的刀。

江开国：肉末好了。悦悦也该下学了，我去接她去。

木　兰：爸，你别去了！

江开国愣。

木　兰：我去就行了。

江开国：我去吧，我没事。就几步路的事……

木　兰：不用了爸，真的，我去吧。我知道你不服老，可是你现在的身体，真的不能劳累，劳累会加速眼睛的恶化！

江开国不说话了。

木　兰：都跟你说了，没事就别出门了。大夫说要保护眼睛，少用眼睛才行。

江开国：菜也不让我买，饭都不让我做，悦悦也不让我接，那我还干什么。

他茫然地走出厨房。木兰看着，很心烦的样子。

10. 木兰家客厅，日，内

江开国［茫然地走到沙发边，在江多福身边坐下］：爸，我老了，没用了，孩子们都大了，不需要我们了。

木　兰［站在厨房门口］：爸，你说这些话干嘛呀，跟个怨妇似的。我这不也是为了你好吗？医生让少用眼，我让你多休息休息，又怎么惹你伤心了啊。

江开国：爸就这么没用了？

木　兰：不是……怎么跟你说不明白呢，我不是心疼你嘛，你想到哪儿去了。

江开国：那行吧，饭菜也都差不多了。你自己去接悦悦吧，我和爷爷回去了。

木　兰［跺脚］：爸！都到饭点了，你们走什么走？就踏实做饭吧，我去把悦悦接回来，晚上吃完饭我开车送你们回去。

11. 吕家客厅，夜，内

木兰开门，江开国拉着江多福的手，跟着进门。两人闷闷地在沙发上坐下。江开国呆呆的样子。

木　兰：爸。

江开国：嗯？

木　兰：就在家好好待着吧，我有空就来看你。

江开国：要不，我和你爷爷还是回老家吧。毕竟家里还是熟悉，不像在这儿，干什么都不方便。

江多福：回家，回家。

木　兰：爸，你这不是添乱嘛，回家，房子都没了，还回什么回？回去住大街吗？

江开国：没房子了，还有点退休金，找个养老院住总行吧。老家什么都便宜，钱也够花。以前我身体好，在北京也不会影响你们，我要成瞎子了，在这儿就是你们的负担。

木　兰：那我成什么了？我爸能帮我做家务的时候让我爸在北京，我爸要我照顾的时候就撵你们回老家？不是早就说了嘛，在北京养老，在北京养老，怎么还提回老家？我能让你们回去嘛?!

江开国：是我们自己要回去，又不是你赶我们走。你用不着心里不舒服。北京对我们来说，没那么好，这么大。我们孤零零住着，人生地不熟的，离你又八丈远。倒不如老家，至少还是个熟悉地方……

木　兰：现在还说这些干吗！？家里已经什么都没有了，还回去干嘛啊。成心难受我是不是？！有没有考虑过我的感受啊，你们现在这情况，我放心你们自己待着吗？！要是你们回去出什么事了，我是不是还得回去照顾你们？！爸，你这不是成心给我出难题吗！

江开国想说什么，张了张嘴还是没说话。

木　兰［也觉得自己语气过激，放软些］：爸，今天大家都累了，不说了，我回去了，你和爷爷早点休息吧。

江开国点了点头。木兰走了。江开国看看江多福，觉得挺委屈的。

江开国：爸，我也知道自己有点不懂事。可是我们俩这么住着，我真的很孤单。我没别的要求啊，就想见见孩子，这有错吗？

12. 木兰卧室，夜，内

木兰进来，没精打采，心烦意乱的样子。吕希正在看电脑。

吕　希：回来了。

木　兰［点点头］：你说我爸现在怎么像个小孩子，一点都不听话。才几天没去看他，就非得来找我们。大夫都说让他别使劲用眼睛，非不听劝，还说要回老家什么的，哄半天。我都嫌累。

吕　希：劝劝老爷子，在家待着吧，老往外跑，还得你给送。家里最近这情况，他们还不知道吧。

木　兰：没告诉他们。我爸自己眼睛不好，白让他担心，也没用。

吕　希：这几天出去跑面试都没开车？

木　兰：省点油，坐公交车挺好的。今天刚把这个月的按揭款打到账户上。

吕　希：真快啊一个月，又到交按揭的时候了。今天怎么样，有合适的地方吗？

木　兰［摇摇头］：真没想到，找一个好一点儿的工作这么难。跑了好多地方，好职位都有人坐着呢。就算我肯去做基层工作，人家还愿意用那刚毕业的新人，年轻，精力壮，可以当牲口使。嫌我是个妈妈级，怕不好用。

吕　希：可不是，现在是僧多粥少。你原来那个经理，是你十年干出来的。现在一跳，外面一个萝卜一个坑，别人的经理也是十年干出来的，谁肯让给你，可不就难。

木　兰：没工资了心慌。一天不找到工作，一天就是只出不进，明天有一张信用卡要还了。

吕　希：我兜里还有几百块，要不……

木　兰：我已经把一部分基金解了，先对付过去再说。

吕希一时默然。

木　兰：得赶紧找到工作才行了，不然家里的积蓄很快就花光了。

吕　希：别急别急，要找个工作还不难。再等等，能找个好点的。

木兰只好点了点头。她出了会儿神，下意识地拿起手机，给雷颂华发了个短信。

13. 路上，夜，外

雷颂华正在开车，正好到一个红灯，停了下来。手机响。她看了，是木兰的短信："店长，方便出来喝酒吗？"雷颂华想了想，把手机放下，没回。

14. 木兰卧室，夜，内

木兰看着手机。手机一直沉默。木兰微微叹口气，把手机放下。

15. 亚芝屋子，日，内

田咪坐着，翘着腿，吃着东西看着电视。亚芝正在收拾包。

亚　芝：你想吃羊肝，得买新鲜的，我上牛街给你买去。

田　咪：辛苦妈。

亚　芝：中午饭我肯定赶不回来了，你就自己吃点吧。

田　咪：知道了，你放心吧。

亚芝笑笑，出门走了。田咪看亚芝消失，立刻掏出手机打电话。

田　咪：袁师傅，你过来吧。

16. 亚芝家院子及杂物间，日，外 / 内

田咪领着一个电工和小时工过来，田咪推开铁皮门。大白天，杂物间的脏乱情况更加清晰。

田　咪：袁师傅，这屋给我安个灯。

袁师傅［看看］：这不是个放杂物的地方吗？安灯，得从那边老远拉线过来。

田　咪：那就拉吧。

袁师傅：这电线得敞在露天，不太安全。

田　咪：没事，你就拉吧。

袁师傅：好吧。

田　咪［对小时工］：你就开始收拾吧。

一系列蒙太奇。田咪指挥着小时工在收拾那些破烂。电线拉好了，挂上了一个灯泡。袁师傅拉了一下灯绳，灯泡亮了。田咪指挥着小时工和袁师傅一块儿搬着亚芝那个单人床进来。又搬进亚芝那个床头柜进来。又搬进亚芝的被子什么的进来。这个三平米的小小空间已经被单人床和床头柜挤得满满的，一开门基本就直接上床了。田咪满意地看着。

17. 亚芝屋子，傍晚，内

亚　芝［拎着菜开门进来］：田咪，给你买到了，特别新鲜的羊肝……

她一下子愣住了。屋子完全大变样，原来她的床的地方已经摆上了一个崭新的婴儿床。亚芝手里的东西掉在了地上。这时候余森也推门进来，一看这情况也惊呆了。

余　森：妈……这是怎么啦？

亚　芝［盯着余森］：你告诉我怎么了？我的东西呢？

余　森：我不知道啊。妈，我这也是刚回来……

亚　芝：这到底怎么回事，谁让你们把我东西搬走的，都搬哪儿去了？！

余　森［怒］：谁同意这么干的？！

他转身冲出门。亚芝跟上。

18. 余森屋子，傍晚，内

田咪坐在沙发上看电视。余森冲进来，瞪着田咪。后面亚芝跟进来。

田　咪：干嘛呀？

余　森：是不是你干的？

田　咪［坦然］：是啊。

亚　芝：田咪？你！

田　咪：妈，你别急啊，我把话说白了吧。我的孩子，生下来必须得有自己的儿童房。别人家孩子都有的待遇，凭什么我孩子就没有啊？如果没有，那还不如不生他。

亚　芝：你？！你又拿孩子吓我？！

田　咪：妈，要这么想，我也没什么话说。你口口声声说为了儿子，为了孙了，什么都肯付出，那你把你的房间让给孙子有什么不对的？！

余　森：田咪，你太过分了！我都说了妈的房间别打主意！

田　咪：哟，这会儿你又扮起孝子来了。你有本事挣钱买个大房子啊！就不用为了一间房抢来抢去！

余森气得张口结舌。

田　咪：我们家孩子就是个穷二代，要再不对他好点，以后心理能健康吗？！别的小朋友都有儿童房，就他没有，你让他以后在外面抬得起头来吗？！

余　森：那你也不能不说一声就把妈东西都搬走！

田　咪：跟你说有用吗？废物。

亚　芝［浑身发抖］：你是要逼死我吗？！逼死我了好给你们腾地方！

田　咪：没那么惨，有地方给你住。

余　森：你把妈东西弄哪儿去了？！

田　咪：跟我来吧。

19. 杂物间，傍晚，内

三人站在杂物间前，田咪打开门，开了灯。

田　咪：有电灯了。

亚芝简直难以置信地看着这个狭小的空间。余淼也惊呆了。

田　咪：妈，以后这就是你的房间了。瞧瞧，收拾收拾不是挺好的嘛。其实住哪儿不是住，都在一个院子里，厨房啊什么的也都不远。这不还是跟以前是一样吗？咱们还是这么过日子啊。

亚　芝[浑身发抖]：这就是我的房间？！这是人住的地方吗？！

田　咪：都是砖砌泥糊的，怎么就不是人住的地方了。你搬这儿以后，晚上起来上厕所就不影响到我了。你不知道吧，你晚上上厕所每次都惊到我，害我做噩梦！我休息不好直接影响胎儿发育，你知道现在畸形儿几率有多高吗？！把你搬这儿，我不是为了我自己，都是为了孩子！为了孩子的健康！

亚　芝[捂住胸口]：你们怎么能这么对我？房子是我的，你们竟然要赶我走，让我住杂物间！这不是住人的！这是堆破烂的！你们把我也当破烂了是吗？！

田咪不说话。余淼低下头不敢看亚芝。

亚　芝：淼淼，淼淼你说话啊！你得替妈说话啊，你忍心让妈住这个地方吗？！你真的忍心吗？！

余淼看田咪眼神，田咪的眼神如刀子一般锋利，余淼支吾着不敢说话。亚芝非常心寒。

亚　芝：淼淼，你要还是我儿子，你说话啊！

余　淼[被田咪掐]：妈，你就暂时在这儿委屈一段好吗？就当我求你了。

亚　芝[捂紧胸口]：你们……

田　咪：我们什么？我们还不是为了余淼的孩子？！现在一家就一个孩子，能不当回事吗？你这做奶奶的，为孙子做牺牲一点也是应该的，犯不着在这儿大呼小叫的！

亚　芝[愤怒]：都让木兰说中了！你们骗我改了房本，接着就要把我赶出去了！什么都让木兰说中了！她早就看透你是个狼心狗肺的不孝子！

余　淼：我们家的事，提别人干吗？！

亚　芝：别人别人，那是你的亲姐姐！

余　淼：我没她那样的姐姐！说我是不孝子，她以为她谁啊？就她伟大！她伟大，全天下父母她都管去啊！最烦她那副教训人的样子了！

亚　芝：给我闭嘴！

余淼不甘地闭上了嘴。

亚　芝[看着他]：淼淼，你怎么成这样了？你还是我儿子吗？小时候那个天真善良可爱的孩子去哪儿了？！让我给养死了！让我给宠杀了！我错了，我把好好一个孩子养成这么一个不孝的东西！我错了，我就知道养儿防老，我哪儿知道，根本就不是养儿防老，简直就是养老防儿！

田　咪：余淼，看见没，你在你妈心目中，还不如一个外人。你就是个可怜的倒霉蛋，连自己妈都瞧不上你。

余　淼［一把拍开亚芝指到他面前的手］：我是不孝东西是吧，养老防儿，你防我是吧，防我你给我走！这房子是我的，连这杂物间都是我的，我不让你住！你爱上哪儿上哪儿！

亚　芝：我是你妈，你不养我你犯法，我告你去！

余　淼：你信不信我告你去！你根本就不是我妈！你生我了吗？我怎么来的？你买的！还好意思说自己是妈，你就是罪犯！拐卖儿童的罪犯！

亚芝当场就气得眼前一黑，晕过去了。

20. 杂物间，夜，内

天色已经全黑。亚芝躺在杂物间的床上，身上盖着毯子。只有铁皮门的缝里有外面的灯光漏进来，漏在亚芝身上。亚芝睁开眼睛，慢慢醒过来，慢慢坐起身，环顾身周，她的包啊什么的都放在床上她的身边，显然余淼已经把她安置在这里了。邻居家传来炒菜的声音，说话的声音，哄孩子的声音。亚芝的脸在缝隙的光线下半明半暗，她的眼神万念俱灰。

21. 亚芝屋子，夜，内

亚芝开了门，进来。田咪和余淼不在。她的屋子已经堆了很多田咪的东西，大包小包的暂时堆在地上，已经彻底没有她的地盘了。

亚芝木然地看着这一切。她的目光落在地上的一根绳子上。她过去，捡起了那根绳子。

22. 杂物间里外，夜，内 / 外

亚芝，关上了门。杂物间的墙上拉着一根很粗的铁丝。亚芝站到床上，伸手试了试铁丝的牢靠度，然后把绳子挂上去。亚芝下了床，把绳子打了一个结。她的表情木然，准备把脖子套上去。这时候传来敲门声。门外是余淼，手里提着打包的饭盒。

余　淼：妈，醒了吗？我给你带饭回来了。

亚芝停顿了动作。但是没出声。

余　淼：妈，您受委屈了。刚才那些话都是我气头上话赶话胡说八道的，你千万别当真。我说出口我就后悔了。妈，你原谅我。

亚芝呆滞的目光动了动。

余　淼：妈，从小到大，你对我好，我知道，我会给你养老的。你放心，你是我妈，我不会抛弃你。就是，现在家里就是这么个情况，实在是有困难。我好不容易要当爸了，我特别特别在乎这个孩子，我真的不想田咪动了胎气，孩子有个什么好歹。妈，我这心情，你肯定能理解。就求你委屈点，先在这儿住一段吧。

亚芝一行眼泪滑下来。

余　淼：妈，你开开门啊。说到底，全是因为我没本事。我是个残废，又笨，没本事挣钱买房，不然也不会让你受这个罪。要是妈你不在了，我也活不了了。［说着说着哭了］妈，你开门啊，你别再生我气了。生气也别不吃饭，我特意给你带的你爱吃的红烧带鱼。你开门啊。

亚　芝：我不饿。你回去吧。

余　淼：妈……

他站了会儿，转身离开了。亚芝把上吊绳拿下来。她认命了。

23. 吕家客厅内外，日，内

木兰带着悦悦走到吕家门外，刚要掏钥匙开门，江开国已经开了门，父女见面，有一点尴尬。

木　兰：爸。

江开国：嗯。悦悦，来，进来吧。

悦　悦：外公。

木　兰：爸，谢谢啊。吕希今天加班，悦悦就放你这儿啊。

江开国：我求之不得。

木　兰：我跟人约了9点，就不进去了。

江开国：走你的。

木兰站了一会儿，转身走下楼梯，不见了。江开国关上门，把悦悦领到沙发边上。

江开国：悦悦，外公中午给你做肉末蛋羹好不好？

悦悦还是闷闷不乐。

江开国：怎么了？怎么不高兴？

悦　悦：今天幼儿园小朋友都去欢乐谷玩。我也想去。妈妈没时间，不带我去。

江开国：悦悦特别想去？

悦悦重重地点了点头。

江开国：外公陪你去？

悦　悦：真的？

江开国：悦悦想去，外公就带着你去。

悦　悦［抱住江开国的脖子］：外公最好！

24. 面试室外走廊，日，内

站了好几个人，都跟木兰一样是来求职的，在窃窃私语。木兰站在稍远一点的地方。

路人甲：电视购物，这上面东西有人买吗？我肯定不买。他们怎么挣钱啊？

路人乙：外行了吧，电视购物可来钱了。要不能开出两万的月薪？你不买，自然有人买，就是专门卖给二三线城市的电视观众的。道道多了。

甲做恍然大悟状。木兰有些皱眉。

工作人员：面试主管马上过来，请大家静一静。

众人都安静下来，都看着走廊那一头。木兰也看着。走过来两个人，往面试室去了。木兰顺着那人目光一转身，一下子惊呆了。迎面走来的竟然是曾宏。曾宏看到木兰也惊呆了。

曾　宏：江木兰？

木　兰：你是这儿的……？

曾　宏［点点头］：营销总监。

木兰难以置信地看着曾宏。

曾　宏：你来求职？

木兰不说话，拔脚就走，越过曾宏继续往前走。拐过一个弯，后面曾宏已经追了上来。

曾　宏：江木兰，等一等！

木兰停住脚，看着曾宏。

曾　宏：面试不参加了？

木　兰：道不同不相为谋，我想我跟你不可能成为同事。再见。

曾　宏：等一下。

木兰再次站住脚。

曾　宏：老同事见面，总得说几句话吧。

木　兰：真没想到，你这么快就做上这儿的营销总监了。

曾　宏：不然呢？我就该坐牢？

木兰不说话。

曾　宏：我承认我不是正人君子，既然敢那么干，我也不傻，不会让自己进去不是。谁也没证据，口说无凭，不过就是让家多福开除了。我也不是只能在超市那行混，新工作哪儿哪儿都有，广阔天地大有可为。你呢，怎么也让他们赶出来了？不是都选你当店长了吗？

木　兰：这是我的事，跟你没关系。

曾　宏：江经理，作为个人，我对你没意见。说实话，有时候我真不知道该佩服你，还是该笑话你，你说你一天到晚的把良心啊道德的放第一位，你得到什么好处了？他们不也一样把你扫地出门了？

木　兰：请不要把你我相提并论。

曾　宏：江经理，你怎么还把你的清高当和田玉一样捧着啊。这样是要命滴。我劝你还是看清楚这个社会，顺应时事，让自己好过一点。我知道你家里负担也挺重的，你父亲和爷爷都来北京了，我也上有老下有小啊。可我就不一样，我给我爸妈我老婆孩子雇了两个保姆，因为我有钱。知道这儿给我开多少年薪吗？四十万。

木兰惊诧的眼神。

曾　宏：我都后悔没有早点跳槽。那个破超市算什么呀，想起来跟你们为了十几万年薪的店长争个高低就觉得自己可笑。

木　兰：对，在你心目中，一向，除了钱，全是狗屎。

曾　宏：难道不是吗？你的道德优越感给你带来什么好处了？给你的家人带来什么好处了？你怎么从来没想过，不是我们有问题，是你自己有问题。全社会，大家都在这么干。就你不干，你就很奇怪。你和整个社会整个时代格格不入！这个电视购物，你不参加面试是对的。参加了我也不会要你，即便我要你了，你也干不长。凭我对你的了解，在这儿干你不会开心的，这里边的水很深。你就是个理想主义，等你知道内幕你肯定受不了，你和你亲爱的良心一定又过不去了……

木　兰：说完了吗？

曾　宏：说完了。

木　兰：你以为你了解社会了解时代是吗？可惜，你不了解一样东西。

曾　宏：什么？

木　兰：人心。

木兰不再停留，快步离开。曾宏看着她背影消失，冷笑，摇了摇头。

工作人员：曾总监？可以开始了吗？

曾　宏：来了。

25. 街上，日，外

木兰失魂落魄地走着，刚才曾宏的那番话在她耳边盘旋。

曾　宏[画外音]：……你说你一天到晚的把良心啊道德的放第一位，你得到什么好处了？他们不也一样把你扫地出门了……你的道德优越感给你带来什么好处了？给你的家人带来什么好处了？你怎么从来没想过，不是我们有问题，是你自己有问题……你和整个社会整个时代格格不入！

木兰愤懑的表情。木兰手机响。

木　兰：爸……

江开国[焦急的画外音]：木兰，快来！悦悦出事了！

木兰惊呆。

26. 医院走廊，日，内

木兰心急火燎地冲过来。江开国和江多福陪着悦悦坐在诊室外的走廊长椅上。

木　兰：悦悦！

悦　悦：妈妈。

悦悦的一只脚高高翘着，看上去也没什么异常。江开国也很内疚，有点不敢看木兰。

木　兰：爸，出什么事了？悦悦的脚怎么了？

江开国：脚，受了点伤。

木　兰：好好的在家，脚怎么会受伤？

江开国：没在家。

木　兰：没在家？去哪儿了？

江开国：欢乐谷。

木兰简直惊诧，江开国和悦悦都害怕地低下了头。

木　兰：谁让你们去欢乐谷的？！

江开国：木兰，你别生气，悦悦特别想去，就……

木　兰：然后呢？脚怎么受伤了？

江开国：坐旋转木马下来的时候，我眼神不好，没看住，悦悦让小朋友给推到了，正好有个孩子跑过，踩在了悦悦的脚上……那孩子穿着旱冰鞋……倒是没出血，就是觉得疼……都怪我，我没看好悦悦。

护　士[出来了]：吕悦然？片子出来了。

木　兰[赶紧从护士手里接过片子]：谢谢。

27. 医院诊室，日，内

医生正在看片子。木兰和江开国等在一旁紧张地等着。

木　兰：大夫，我女儿脚没事吧？

医　生：看片子是没事。

木兰和江开国都松了一口气。

医　生：来，小朋友，把鞋子脱下来。

木兰不明所以，还是把悦悦的鞋子脱了下来。医生摸悦悦的脚丫子。木兰和江开国都不安地看着。医生摸了很长时间，木兰和江开国更加紧张。

医　生：再去做个CT吧。

木　兰：大夫，是有什么问题吗？

江开国：大夫，脚没什么事吧？

医　生：最好是去做一个CT，孩子的脚，有可能骨病变。

木兰和江开国及江多福都惊呆了。

28. 医院CT室外，日，内

木兰出来，靠着墙，眼泪就下来了。江开国在一旁等着，这时候过来。

江开国：木兰，孩子不会有事的……

木　兰[抓狂了]：谁让你带悦悦出去的？！

江开国被吓着了，呆呆看着木兰。

木　兰：我都说了不让悦悦去，你为什么要带她出去！爸，你怎么就不能好好在家待着呢？！明明知道自己眼睛不好，在家待着得了，非要出去非要出去！出去惹出这么大事！这下你踏实了？！

江开国［嚅嚅］：我是看悦悦真的很想去，觉得孩子也挺可怜的，平时都没空好好玩，好不容易小朋友一块儿去游乐园玩……

木　兰：爸，你眼睛不好了，你知道吗？！

江开国愣愣地看着木兰。

木　兰：拜托你别再逞强了行不行啊，你现在身体不如以前了，你根本就看不住悦悦了！

江开国：我知道我没用了。都不能帮你带悦悦了。不如还是让我带着爷爷回老家去吧，我们找个养老院挺好，不给你们添负累……

木　兰：又来了又来了！爸，你能不能别耍小孩子脾气了！明明知道不可能让你们回去，还老提老提，除了让我难受还有什么用？！我很累，我没力气再哄你！

江开国：木兰，我说的是真的，我们真的想回去，不是使性子……

木　兰：回去回去回去！都什么时候了，还跟我说回去！回去了又怎么样？你们两个老头现在什么情况，你以为回了桐城就好了？回了桐城你们就自力更生，不用我管了？那是不可能的！因为你们两个现在老了！

江开国：木兰……

木　兰：爸，知道你一辈子很能耐，一辈子不求人，一辈子自强自立。可是现在你已经老了！老了！老了老了老了！

江开国：老了……

木　兰：不光老了，你眼睛还不好，你知不知道！你真的不是年轻人了，求求你不要不服老，不要不服输，面对现实吧！

江开国：我现在眼睛还看得见，我总想着能多看两眼。

木　兰：可是你没看住啊！这次是悦悦出事，也许下次就是爷爷出事，就是你自己出事，你让我怎么办？！总有一天你的眼睛看不见，别说带悦悦，你自己都得我们照顾！我知道你心里难受，你接受不了眼睛要瞎这个事实，你总想着跟命运搏斗，可是没用的！爸，我说实话，我最近真的很累，心力交瘁，我天天都在问自己，为什么我这么倒霉？为什么我爸爸会变成瞎子？！为什么别人的爸爸都那么健康，为什么我的爸爸会生病？！会变这么麻烦？！

木兰几乎是爆发似的吼出声，她蹲在墙角，抱住了脑袋。江开国和江多福都惊呆了。江多福害怕地拉住江开国的手。两个老头悄悄地转身离开了。

29. 医院门口，日，外

江开国带着江多福出来，站在路边，茫然地呆了一会儿，然后沿着路走下去。

30. 医院诊室，日，内

医生正在看片子。木兰抱着悦悦，紧张万分的在一旁坐着。

医　生：孩子的脚没事。放心吧。

木兰紧紧抱住悦悦，一下子眼泪就下来了。

31. 木兰家客厅，夜，内

木兰开门，抱着悦悦进来。筋疲力尽的样子。吕希赶紧过来接过悦悦。

吕　希：这什么医生啊，闹这么大一场虚惊。不知道父母要给吓死的？！

木　兰［在沙发上瘫倒］：悦悦没事就好。

吕　希：你爸也真是的，让他在家看悦悦，非得出去，明明知道自己眼睛不好……

悦　悦：爸爸，是悦悦说很想很想去欢乐谷，外公才带我去的。妈妈，你们不要怪外公，不要骂外公，外公对悦悦好。

吕　希［叹口气］：悦悦，外公的眼睛生病了，以后会看不见。你以后再也不能让外公带你出去，知道吗？

悦　悦［撅嘴］：我不想外公看不见。

木兰突然凝神想想，拿起座机拨号。长音很久还没人接。

木　兰：我爸他们还没回家？

吕　希：不会吧，这都几点了。

木兰再次拨号。

［手机里画外音］：对不起，您所拨打的号码已关机……

木　兰［放下电话］：我爸手机关机了。他们去哪儿了？不行，我得去找他们。

吕　希：我跟你一块儿去？

木　兰：你在家陪悦悦吧。她还没吃饭。

木兰匆匆出门。

32. 路边，夜，外

江开国父子慢慢走着，突然江多福一屁股坐在了路边的花坛上。江开国也在一旁坐下。

江多福［看着街上川流不息的车］：坐船……坐船……

江开国：木兰嫌弃我。我没用，成了木兰的累赘。我对不起木兰。爸，我太没用了，我变成女儿的累赘了。

江多福［突然清醒片刻，看着江开国］：对不起啊，儿子，我活得太久了。

江开国呆呆地看着江多福。

江多福［又痴呆了，看着车流］：坐船……坐船……

江开国悲从中来，不由得捂住脸痛哭失声。

33. 吕家客厅，夜，内

木兰急匆匆开门进来，开了灯，里屋也一看，显然没人。木兰有点慌了，赶紧往外跑。

34. 路上，夜，外

夜深人静了。木兰开着车在路上焦急地找着。刚才说过的那些话在木兰耳边回响。

木　兰[画外音]：……爸，知道你一辈子很能耐，一辈子不求人，一辈子自强自立，可是现在你已经老了，老了老了老了……你眼睛还不好，你真的不是年轻人了，求求你不要不服老，不要不服输，面对现实吧……为什么我这么倒霉？为什么我爸爸会变成瞎子？！为什么别人的爸爸都那么健康，为什么我的爸爸会生病？！会变这么麻烦？！

木兰痛悔的表情。

[旁白]：我们对父母的爱总是有条件的。当我们自己的事业稳定，心情愉快，我们对父母就耐心些，顺从些，当我们自己的生活出现问题时，当我们自己心情不好时，我们对父母就变得不耐，变得暴躁。我们对父母的爱竟如此随意。这一刻，江木兰深深地感到了愧疚。她只祈求上天，一定让她找到两个老头，一定让他们安然无恙。否则，这一夜的愧疚将变成一生的遗憾。

（跳接）两个老人也在路上茫然地走着。

江多福：铁蛋，回家……饿……坐船……

江开国[非常悲伤]：回家……爸，哪儿是我们的家呢。

（跳接）木兰焦急地寻找着。她想起爷爷经常挂在嘴边的话：坐船……坐船……

木兰立刻掉头。

（跳接）木兰沿着河慢慢开过来。突然看见两个老头的背影在路上慢慢地走着。木兰赶紧开车上前。果然是江开国和江多福。

木　兰[停下车，从车上跳下来，冲上去]：爸！爷爷！

江开国和江多福回头看着木兰。木兰扑过去，死命的狠狠的抱住两个老头。

江多福[笑了]：木兰来接我们回家了。我就知道木兰会来接我们回家。

木　兰[紧紧攥住江多福的手，眼泪一下子下来了]：爷爷，我接你们回家！爸，你们吓死我了！我以为你们丢了！爸，对不起，我今天心情很不好，那些话都是胡说的，不是真心的！爸，对不起，你原谅我！

木兰紧紧抱住江开国。江开国也紧紧抱住木兰。

江开国[内疚]：对不起，木兰。爸没有把悦悦照顾好。

木　兰：对不起爸，我知道悦悦受伤你比她更疼，我不该那么说你。悦悦的脚没事。

江开国：没事就好，没事就好。

木　兰[哭着]：爸，对不起，是我自己心情不好，你别生气。

江开国：女儿，爸老了，爸身体不好，什么也帮不上你了。

木　兰：爸，我错了我错了！你别生气，别离开我！我说那些话都不是真心的，我自己都不知道在说什么，我后悔得不得了！我怎么会说出那些话，不是跟叔叔一样了吗？天底下我只有一个爸爸，这辈子我也只有这一个爸爸，如果这个爸爸没了，那我永远都不会有爸爸了！

江开国：爸不生气，爸不会怪你。

木　兰：爸，我们回家。

江开国：好，回家。

35. 吕家主卧室，夜，内

江多福已经安详地熟睡。

36. 吕家客厅，夜，内

江开国和木兰促膝坐在沙发上。

木　兰：……那个曾宏，我一直就不耻的人，他却能一直被社会接受，到哪儿都活的挺滋润。爸，你说我为什么呢？我勤劳刻苦，我问心无愧，可是我都没办法让你们过上不为钱发愁的日子！从小你就告诉我，做人决不能自甘下流，一定要活得堂堂正正。举头三尺有神明，做个好人，一定能有好报。活了三十二岁，我一直都是这么做，从来也没有怀疑过。可是今天，我真的怀疑了！我在坚持什么？我坚持的东西有价值有意义吗？！我坚持的东西都换不回给亲人的物质条件！我不想同流合污，可是到底现在还有没有一个干净的地方？！爸我想不通！我真的想不通！

江开国沉吟。

木　兰：老听到一句话说，高尚是高尚者的墓志铭，卑鄙是卑鄙者的通行证。难道这个社会就真的这么可悲？好人就真的太傻吗？

江开国：我不信这话。我相信，公道自在人心，老天自有安排。木兰，要相信自己的善意，做好人快乐。

木　兰：可我觉得对不起你们。

江开国［笑了］：给我们钱就是对得起我们了？

木　兰：难道不是吗？

江开国：钱当然很重要，钱能买来太多的东西，可就是买不来心安。别人我不知道，反正我们家的人，就天生不是那种人，不是那种人。干那种事，你晚上睡觉就会做噩梦。

木兰眉头渐渐舒缓。

江开国：不要怀疑自己，你天生是个好人，就按照自己好人的心意活下去。钱少点，没事，活得心安。钱再多，吃的还是一口饭，睡的还是一张床。这口饭香不香，这一觉踏不踏实，这都由我们自己的心说了算，不由钱说了算。

木　兰［笑了］：爸，我懂了，就算很傻，我也还是愿意做好人。

江开国：木兰，爸一辈子都没怕过，可这次我真的怕了，我怕黑。

木　兰：爸，不要怕，我是你的眼睛，我可以做你的眼睛。

江开国：好，你就是我的眼睛，答应爸爸，让我看见我想看见的世界。

木兰凝视着父亲。

江开国：什么样的眼睛，看见什么样的世界。木兰，爸还是愿意看见一个真善美的世界。

木　兰［点头］：爸，我答应你，我会振作起来。不就重新开始奋斗吗？有什么大不了的，别忘了我可是江开国的女儿啊，江开国是最乐观最坚强的人，我也能做到。

江开国看着木兰，满眼幸福的泪光。

37. 网上商城楼门口，日，外

木兰过来，有一男一女两个人正在门口等她。

男　方：是江木兰吗？

木　兰：对。是卞总？

卞　总［点点头］：你好。

木　兰［跟他握手］：你好。

卞　总［指着那女的］：这是我们公司的刘总。

木　兰［又跟刘总握手］：你好。

刘　总：你好你好，周末让你来，真是不好意思，我们也是着急。** 招聘网给我们强力推荐你，我们一看你的资料高兴啊。你在家多福超市十一年，工作经验太丰富了，我们特别需要你这样的人才。

木　兰：过奖了。

卞　总：那咱们就边走边说？

木　兰：好。

38. 网上商城大库，日，内

三人已经走到了仓库。仓库里到处堆的东一堆西一堆的货品，有些杂乱无章。

卞　总：我们的网购模式比较多样，有直接从我们这儿发货的，也有直接从厂家发货的，还有个人对个人通过我们的平台交易的。简单说，就是淘宝和京东的综合体。呵呵，所以啊，发错货，发错地址，货品显示状态和实际状态不符的情况时有发生。每天都能收到很多投诉，已经到了会影响销售业绩的地步。所以，我们特别需要一位强有力的仓库经理。

木　兰：仓库经理。

刘　总：我们知道，你原来在那么大型的超市工作了那么久，零售业的经验一定很丰富。仓库经理这个职务不是很大。不过，对我们公司特别重要。我们挺希望你能加入我们。

两人都期待地看着木兰。木兰沉吟。

刘　总：关于薪酬，我们现在的预算是八千。

卞　总：真的很希望你能加入我们。

木　兰：我很荣幸能加入。

卞总和刘总对视，都很高兴。

卞　总［握住木兰的手］：欢迎欢迎！

刘　总：江经理，能请到你这样的大实体店的人才来我们这儿做库房经理，我们很高兴！

木　兰［笑］：客气话就不说了，我什么时候上班？

第 23 集结束！

木兰新工作步正轨，江父亚芝住养老院

1. 一系列蒙太奇

音乐起。木兰在勤奋上班。木兰和工作人员一起查看各种货品，并对照着手里的单子。工作人员向她介绍着情况。木兰频频点头。

木兰家客厅，吕希和悦悦都睡了。木兰埋头在餐桌上写着材料，边写边凝神想。

网上商城大库，木兰指点着工作人员调整着货架的位置。重新分区。她自己也搭手忙活。

吕家客厅，江开国打开门，悦悦欢叫着扑进江开国的怀里。后面跟着提着大包小包的木兰。

（跳接）木兰端上热气腾腾的饭菜，四个人一起吃饭，欢声笑语的。江开国看着木兰，又安慰，又到内疚。

某养老院门口，看着挺不错的养老院门口，江开国和江多福手拉手过来，看一看，走进大门。

（跳接）两个老头从大门出来。江开国摇摇头。

网上商城大库，木兰设计出了新的出入库计划，木兰在给大家分发文件。木兰身后的白板上写着：出入库新制度表。一批员工坐在下面，看着手里的材料，听着木兰的讲解，都是信服地点头。

八大处，木兰和悦悦陪着江开国及江多福爬山。悦悦在前面欢跳着。后面木兰陪着两个老头走着，指点着风景。江多福特别开心。江开国眼神不好，脚下一绊，木兰忙扶住，父女对视一眼，都是微笑。

又一养老院，江开国带着江多福，正在跟院长状的人说话。院长拿出价目表给江开国看，江开国看了摇摇头。

路上，过马路，江开国眼睛不好没看见车，差点让车撞上，危险时刻还是江多福拉住江开国躲过了。江开国向江多福笑笑。江多福紧紧握住江开国的手。夕阳把两人的影子拉得长长的。

网上商城大库，所有的货品，分门别类，特别清楚。木兰一个人站在无人的仓库，非常满意。

音乐止。蒙太奇结束。

2. 超市会议室，日，内

底下中层以上的员工都坐着。雷颂华一脸面无表情地进来了。葛文倩表情复杂地看着雷颂华。

雷颂华[笑]：我刚从总部回来，跟大家通报一下咱们店的新的人事变动，我相信也是大家最关心的事。总部呢，已经确定了新店长，很快就来。我呢，也就完成任务，该跟大家告别了。大家也都知道我是为什么来的，来了这大半年，跟大家的相处非常的愉快。你们是一个健康的班子，大家都做得很好，我也代表总公司向大家表示感谢。

众人都表情复杂。

雷颂华：咱们店新的任命马上就会下来，朱课长担任生鲜部经理。葛经理升职为大区专员。祝贺你们。

朱课长的表情有些难受。葛文倩的表情更是有些复杂。雷颂华不动声色地暗中观察着各人。

3. 超市走廊角落，日，内

葛文倩过来，呆呆地站住了，出神。片刻，她忍不住掏出手机，拨电话给木兰。

木　兰[画外音]：文倩？

葛文倩：木兰，你好吗？

木　兰[画外音]：我挺好啊。上班呢。

葛文倩：能去看你吗？

木兰笑[画外音]：欢迎啊。

4. 网上商城大库，日，内

葛文倩跟着一个工作人员过来。

工作人员[指着远处]：江经理在那儿。

葛文倩看过去。货架中间，木兰在工作，跟着其他工作人员一起在照着单子看货品，还伸手搭把手帮着搬。葛文倩显现内疚的眼神。木兰回过头，看见了葛文倩，却绽开一个灿烂如旧的笑容。

5. 网上商城休息间，日，内

葛文倩坐着，打量周围，这是一个简单的休息间，墙上贴了好多年轻员工们一起活动的照片。木兰过来，手里拿着两个杯子，递给她一个。

木　兰：来，喝咖啡，同事给我的，你也尝尝。

葛文倩：这儿怎么样？习惯了？

木　兰：挺好的，都习惯了。

葛文倩：仓库经理，有点委屈你了。

木　兰：没有，我在这儿干得挺开心的。你怎么样？

葛文倩[迟疑了一会儿]：我升大区专员了。

木　兰：真的？太好了文倩！真的太好了！你为超市付出这么多年，早就应该你升职了。大区专员是个例行过渡，下一步就是店长了。祝贺！

葛文倩：本来这个店长，应该是你的。

木　兰：别这么说，我们俩谁当店长都是应该的。这么多年同事，还有谁比我更了解你。

葛文倩［沉默了一会儿］：你恨她吗？雷总。听说你们以前还老一块儿喝酒。

木　兰［摇了摇头］：喝酒的时候，我真的没把她完全当店长。我跟雷总聊得来，好多家里事，说说心里就痛快了。

葛文倩：按说你们有这个交情，她不应该不问青红皂白就开除你。

木　兰：我心里怨过她。后来就不怨了。也不能怪她，是我没办法证明我自己啊。真要恨，就该恨那个陷害我的人。

葛文倩脸上的肌肉不为所知地微微抽动了一下。

木　兰：现在都过去了。人活一世才几十年，想想高兴的事都来不及，哪有时间记仇。瞧我现在，新工作，新同事，新乐在其中。

葛文倩：木兰木兰，你还真是花木兰，什么困难都打不倒你。

木　兰：我也是人，没你说的那么强。前一阵子我也沮丧过。也是好不容易才想明白，跌倒了很正常，爬不起来才可悲。只要还能爬起来就还没失败，只要人还活着就还没到总结一生的时候，就还有希望，就还没到放手的时候。

葛文倩：你真了不起。

木　兰：不是我，是我爸。从小我爸就是这么处理每一次苦难的。他跟我妈感情多深，我妈死了，他还得接着活；他为他那个国营电扇厂付出了一辈子的心力，领导说卖就卖了；他手上那点技术，他到了北京他都没舍得扔下，还接着给人修小家电挣钱。有我爸在我前面戳着，我就是想放弃他也不干。人摔倒了爬起来了还得接着往前跑，只要活着就得这么继续。

葛文倩：只要活着……

木　兰：嗯，没有比活着更重要了。跟生死比起来，其他都是小事。只要还活着，就得打起精神好好过每一天！加油！干杯！

木兰做加油手势，同时举起咖啡杯，葛文倩笑一笑，跟她碰杯。

6. 麻小排挡，夜，内

雷颂华一个人坐着，喝酒，若有所思。片刻，她下定决心似的，仰头一口把杯中酒干尽。

7. 吕家厨房，日，内

江开国也在洗碗。他的视力模糊了，凑得很近，在洗碗。一旁江多福在给他念报纸。

江多福：……北京市调高职工最低工资标准［待查报纸］……

江多福突然放下报纸，看着江开国手里的碗，呆呆出神。

江开国：爸，接着念啊。

江多福：真的要去养老院？木兰不高兴。

江开国：爸，我的眼睛越来越不中用了，我自己心里明白。木兰怕我们孤单，怕没人照顾我们，抽空就过来陪我们，北京这么远，她太累了。我得趁着眼睛还看得见，安排好咱俩的日子啊。不能变成木兰的累赘。

江多福：亚芝。

江开国[苦笑]：我现在都这样了，怎么还能再去找亚芝呢。不也是拖累她吗。

8. 亚芝屋子，日，内

亚芝拎着菜推门进来。原来她的屋子，现在已经变成儿童房加客厅。放上了一组新的沙发。早饭桌上一片狼藉，亚芝放下菜，默默的过去，收拾了碗筷。

9. 公用厨房，日，内

亚芝端着碗筷过来，洗刷。一边洗，一边眼泪掉进水里。

10. 吕家厨房，日，内

江开国还在收拾流理台。江多福还在念报纸。

江多福：……招聘启事，老吾老养老院，急聘护工，特别要求，能听懂安徽绩溪话……

江开国：等等等等，爹，你不是会说绩溪话吗？

江多福懵懂地点了点头。

11. 老吾老养老院门口，日，外

江开国和江多福走过来。老吾老养老院的大门就是两扇不大的铁门，牌子也非常简单。但是都收拾得干净利索。江开国在铁门上敲了敲。传达室一个老头探出头来。

老　头：找谁啊？

江开国[掏出包里的报纸]：你们是不是要招会讲绩溪话的人？

老　头：你会讲？

江开国：我爹会。

老　头[来开门]：快进来快进来，院长天天盼星星盼月亮盼着有人来呢。

12. 老吾老养老院院子，日，外

江开国拉着江多福跟着老头走过院子。这个养老院有一个大院子，有一个两层的简易的楼，远远的，能看见后面还有一片一整排的平房。院子里有五六十个老人，有能自主活动的，也有坐轮椅由护工陪着的，老人们看上去都很开心，下棋，唱戏，说话，有老人在菜地里种菜，有老太太在养鸡。推着轮椅陪着老人晒太阳的看护陪着老人的说话。在看到看门老头陪着江开国他们进来，几个正在下棋的老头抬起头来。

老头甲：老马，来新人了？

老　马：老周头的翻译来啦！你们今天谁输了，明天替我看门啊。

众老头笑。江开国对这个养老院印象很好。说话间，老马已经带着江开国和江多福走进那两层小楼的门。

13. 老吾老养老院院长办公室，日，内

江开国和江多福跟着老马进门。

老　马： 院长，来人了来人了！这是老江，他老爷子会说绩溪话。老江啊，这就是我们彭院长。

彭院长 [跟江开国握手]：江师傅，您好。

江开国 [赶紧]：你好你好。你们要找懂绩溪话的人，我老头就懂。

彭院长： 您家老爷子会说绩溪话，那就赶快先跟我来吧。

14. 周大爷房间，日，内

彭院长领着江开国和江多福走进一间房间。这房间有三张床铺，此时只有靠窗的床上躺着一个形容枯槁的老人。旁边一个四十多岁的妇女正陪着，显然是个看护。

彭院长： 杨姐，还是不吃？

杨　姐 [摇头]：老说那话，也不知道啥意思。

彭院长： 这老爷子是周大爷老乡，能听懂。

几个人凑到周大爷身前。

彭院长： 周大爷，给你找了个老乡来，你想吃什么，想要什么，说吧。

周大爷睁开了眼睛，迷迷糊糊地看着人，嘴里嘟囔着，重复着一个词。所有人都转头看着江多福。江多福一副懵懂的样子。

江开国： 爸，能听懂周大爷说的什么吗？

江多福： 虾糕。

彭院长： 虾糕？

江开国： 哦，虾糕是我们安徽的一个菜，拿虾拌着米粉做，好吃。看样子，这周大爷想吃家乡菜了。

彭院长： 行了，知道说什么就好。杨姐，咱们赶紧买虾买米粉去，晚上一定让周大爷吃上虾糕！

江多福坐在床边的凳子上，跟周大爷说起了绩溪话。江开国和彭院长一见，都笑了。

15. 老吾老养老院院长办公室，日，内

江开国坐在椅子上，彭院长给他端上茶水。

彭院长： 江师傅，太谢谢你们了。周大爷是我们院最年长的老人，一百零二岁了。我刚开这个院没多久他就来了，是个五保户，没亲没故。在我们这儿住了这么两年多，一直都挺好，百岁大寿还是我们一块儿给他过的呢。就前一阵，突然就不会说普通话了。大夫也给看了，估计年事已高，大脑渐渐萎缩，只记得住乡音了。整个养老院没有人能听懂，连个寒暖都问不出来，实在没办法，就想找一个懂老人老家话的护工。您家老爷子要是能来给我们当个翻译，就太好了，要再能陪陪老人说说话，就更好了。

江开国： 院长，不瞒你说，我正在找养老院。我爹得老年痴呆了，我这眼睛，也快瞎了。我来北京，是投奔女儿来的。可是现在这情况，住在家里，孩子的负担太重，就想着能找个实惠的去处，有个依靠，也帮孩子去包袱。院长，我们想来你们这儿入伙。

彭院长： 太欢迎了。江师傅，如果不嫌弃我们这儿条件委屈些，大家在这儿都过得挺开心的。

江开国：就是不知道费用？

彭院长：一人一月七百。

江开国沉吟。

彭院长：江师傅，别管钱的事，只要我这儿还有能力，钱不是问题。

江开国：我和我爹两个人，我一个月退休金就一千二。

彭院长：没问题，不差这点，来吧。

江开国：谢谢！

16. 亚芝家院子，傍晚，外

木兰走进院子，手里拿着网上商城的袋子，里面是羊皮护腰。

17. 亚芝屋子内外，傍晚，内 / 外

余淼和田咪坐在新沙发上，在吃饭看电视。田咪手里啃着骨头，边看傻节目边笑。

木　兰［走到门外，在门上敲了敲］：阿姨，在吗？我是木兰。

余淼和田咪顿时惊呆了，手里的东西都停住了。

田　咪［用胳膊肘捅了捅余淼，小声］：她怎么来了？

余　淼［眼睛四下看，也小声］：怎么办？要让她看见这儿……

木　兰：阿姨？在家吗？我是木兰，我给你送一个护腰过来。

里屋两人如困兽。

余　淼：怎么办？怎么办？让她知道了，非……

田　咪：怕什么呀，她知道又怎么样？！

余　淼［赶紧捂住她嘴］：姑奶奶我求求你了！我去应付我去应付。

木兰听到里面似乎有动静，正要再敲门，门开了，余淼飞快地从门缝里钻出来，顺手带上了门。

木　兰：余淼？

余　淼：姐，你怎么来了？

木　兰：网上有秒杀的羊皮护腰，冬天用特别好，很实惠，我就给你妈也买了一条。你妈呢？

余　淼：哦，我妈她没在家。

木　兰：是吗？屋里我刚刚听见有人啊。

余　淼：田咪在呢，在吃饭。

木　兰：你妈没在家吃饭啊？

余　淼：那个，我妈她去邻居家了。邻居家今天约她去一块儿织毛活去了。

木　兰：我也好久没见你妈了，我等她一会儿。

木兰要推门，余淼拦着不让。

余　淼：姐，你别等了。我妈她且着呢，这么早不会回来。那个，你把东西给我吧，我妈回来我跟她说。

余淼从木兰手里几乎是抢过了那个袋子，一闪身进了门，把门关上了。

木兰不解地看着那门，站了一会儿，还是转身离开。

18. **亚芝家院子及杂物间，傍晚，外／内**

木兰走到院子门口，正要出院子门，无意中眼神往左一瞟。正看见一个背影往另一个方向走，有点像亚芝，明明是往大杂院深处走去。木兰有些意外，想喊，犹豫了一下，没喊出声，跟上。亚芝手里拿着刚洗好的一副碗筷，慢慢地走向杂物间。木兰在后面跟着，越跟越是疑惑。亚芝到杂物间，开了门进去。木兰也跟到门前，全都看见了。

木　兰：阿姨，你住在这儿？！

亚芝转头看到木兰，也惊呆了。木兰看着杂物间里的情景，简直难以置信。

木　兰：这到底怎么回事？谁让你搬这儿的？余淼？田咪？他们俩还是不是人！？

木兰转身要走，亚芝忙拉住她。亚芝忍住全部的悲痛，努力平静。

亚　芝：木兰，是我自己愿意的。

木　兰：阿姨？！

亚　芝：他们要添孩子了，地方不够住，我让让也是应该。

木　兰：应该什么呀应该？！从来没听说过要生孩子了，就要把自己妈妈赶出家门的！阿姨，为什么？为什么你要受这样的罪？！

亚　芝：我没事，住这儿挺好．真的木兰，人老了，真的也没什么要求了，给口饭吃就行。

木　兰：太过分了！真的太过分了！！

木兰挣脱亚芝的手，转身冲出。亚芝忙追。

19. **亚芝屋子里外，夜，外／内**

木　兰［冲过来，狂敲门］：余淼你给我开门！你给我开门！开门！

余　淼［害怕地站了起来］：我姐她知道了！

田　咪：你怕什么呀，她能把你怎么着？！开门去，我还就会会她了。

亚　芝：木兰走吧。

田　咪：干嘛呀干嘛呀？！

木　兰［挤开田咪，进屋，环视］：怪不得刚才不让我进门，原来这屋已经让你们弄成这样了。余淼！

余　淼［躲在田咪身后］：姐，我们家的事你别管。

木　兰：余淼，你还叫我声姐，那姐就求你，把你妈接回来住。

余淼别开脸。亚芝心如死灰。

田　咪［一声冷笑］：叫你声姐是给你脸，别来劲啊。那是我妈自己愿意的，你管得着吗？！这房子是我们的，轮得着你说话吗？！狗拿耗子……

木　兰：你给我闭嘴！你看你像一个要当妈妈的人的样子吗？！这是你婆婆，是你老公的亲妈，是你孩子的奶奶，你忍心把她赶出去，住那不是人住的地方？！你还是人吗？！你还有没有一点人性？！你看在你肚子里孩子的份儿上，你是不是给他积点德？！

田　咪：我怎么不积德了怎么不积德了？我肚子里可是你亲侄子，你别咒他！姐，我们家没法跟你们家比，你们家房子大。你要是真心疼我妈，请你接你们家去。

亚　芝：咪子！

田　咪：妈我说的都是实话。我知道委屈你了。我也知道你心里肯定怪我恨我，我也是没办法。我们是穷人，我们就这么屁大点地方，你做奶奶的让给大孙子住，那也是天经地义的对吧。

木　兰：还敢说天经地义，举头三尺有神明，你还敢提天提地！没听说过为了孩子要把老人逼死的！田咪，你也是要当妈妈的人了。你换位思考一下，将来你儿子大了，把你赶出去，你怎么活？！

田　咪：少来这套！每次都摆出一副道德楷模的样子，来我们家指手画脚！谁高兴听你说教！你给我赶紧走！

木　兰：你……

亚　芝：木兰，你走吧。

木　兰：余森，你还是不是人？！从小到大你妈怎么把你养大的你都忘了？！真的就由着田咪虐待你妈？！

田　咪：你说什么呢？！谁虐待了？！不收拾你，真拿自己当谁了呀，我们轮的着你管？！

田咪扑上去，要抓木兰脸，眼看五指就要抓在木兰脸上，关键时刻亚芝挡在木兰面前，让田咪一巴掌打在后脑上！

木　兰［要冲上去跟田咪玩命］：阿姨你别拦着！她不是孕妇是泼妇！

田　咪：就泼妇了怎么着？！

亚　芝［中间拦着］：余森，这是你亲姐姐啊，你还不快拉住你老婆！

余淼才赶紧上来，把田咪拉住。亚芝拖着木兰往外，踏出了房门。余淼立刻重重地关上了门。木兰惊呆了。周围已经有邻居探头探脑，亚芝简直恨不得钻地缝里，羞愧欲死。

亚　芝：木兰，你走吧。

木　兰：阿姨……

亚　芝：阿姨求求你走吧！你是个好孩子，你爸有福。我命苦，可再苦这就是我的命，我认了。你别管了，走吧，走吧。

木　兰［伸手握住亚芝的手］：好，阿姨我走，你跟我一块儿走。我不能眼睁睁看你住在那个地方。［一行眼泪下来］谁也不能这么对你。

亚　芝：我不走。这就是我的命，让我自生自灭吧，不要再拖累你了。

亚芝脱开了木兰的手，转身往自己的杂物间走去。木兰流着泪看着亚芝走远，她掉头冲出。

20.吕家客厅，夜，内

江多福坐在沙发上看电视。江开国坐在一旁，在往行李袋里收拾相册之类的东西。

木　兰［愤怒地推门进来］：爸，快去救救亚芝阿姨！

江开国：亚芝怎么了？

木　兰：爸，你知不知道阿姨现在成什么样了，她快让余淼和田咪虐待死了！

江开国无比震惊。

21.亚芝家胡同口，夜，外

木兰开着车飞驰而到，停在胡同口。江开国坐在副驾驶，后面江多福坐着。

江开国：我一个人进去吧。

木兰点点头。江开国开门下车，进胡同。木兰和爷爷在车上等。

22.杂物间内外，夜，内/外

亚芝一个人坐在床上，如泥塑木胎，昏黄的灯泡光照在她脸上，无比的凄凉。江开国慢慢走到杂物间门口，凝神看着这周围的情况，不禁悲从中来，他在铁皮门上轻轻扣了扣。

江开国：亚芝，是我。

亚　芝：我知道你会来。你知道我这样，你肯定会来。开国，木兰这副好心肠，是你给她的。我不是个坏人啊，怎么我儿子变成那样了。

江开国：亚芝，给我开门。

亚　芝：开国，你走吧，不要管我。一切都是我自己的命，是我活该。是我太宠孩子了。我不是个好妈妈。

江开国：你是个好妈妈。

亚　芝：好妈妈为什么落到这个结果？我那么宠爱他，为了他我什么都愿意，把我所有的东西全都给他了。可是为什么，为什么他成了这样一个人？！我肯定是哪儿错了。我不知道该怎么对他好才是对的，我错了，我肯定错了。［终于无法再抑制，哭］我后悔，我不该不听木兰的劝。木兰早就看出来，他们要夺我的房子，要我去死。木兰早看出来，房子在，我还能有点活路，房子没了，就什么都没了。可惜，我没听木兰的话。我落到今天，都是我活该。我一错再错！

亚芝哭得几乎要死过去。江开国焦急得不得了，直敲门。

江开国：开门，亚芝！给我开门！

亚芝哭着开了门闩，江开国出现在门口，江开国搂住了亚芝，两个老人依偎在一起。

江开国：不哭，不为那种不孝子哭。

亚　芝：人老了为什么就这么惨呢？到底是为什么要活着呢？为什么要养儿养女？为什么投胎做人？难道就是为了来受罪的吗？！

江开国：谁也不能给我们罪受，就是儿女也不能。亚芝，跟我走吧。我打算带着爷爷去住养老院，你一块儿去吧。

亚　芝［含着眼泪］：你去哪儿，我就跟着你去哪儿。

23. 吕家客厅，夜，内

木兰开门，陪着江开国和江多福进来。三个人在沙发上坐下。木兰悲愤过后，一身地疲惫。

木　兰：爸，阿姨怎么办？

江开国：木兰，爸正有事要跟你说。我和你爷爷，已经找好了养老院，明天就入住。

木　兰［惊呆了］：爸？

江开国：木兰，这是我想到的最好的办法。我跟爷爷，我们俩将来，肯定得有人照顾，我得提前安排好。

木　兰：爸，我照顾你们。

江开国：不行，你要上班，还要带悦悦，有自己的小家庭，不能把时间都花在我们两个老头身上。

木　兰：如果怕我们照顾不过来，就请个人照顾你们。

江开国：那得花不少钱，我也心疼。

木　兰：爸，我不会同意你们去住养老院。你们有我，咱家又有房子，只有孤寡老人、儿女不管的才会去住养老院。

江开国：别把老人院想得那么可怕。换个思路，就当是爸爸去参加夏令营了，去念老年大学了，住在宿舍里，还有专人照顾，随时你都能去看我们，随时我们想回家也能回家。这么想就不别扭了。

木　兰：爸，这不一样啊。

江开国：怎么不一样，完全一样。就像你小时候去上学，在学校跟老师同学在一起，参加集体活动，有自己的生活安排，我也没有什么不放心的呀。养老院也一样，能参加集体活动，有人专门照顾我们，能玩，还能种花种菜，多好啊。

木　兰：爸，你说的那种养老院不存在，那是个乌托邦，那样的养老院，如果真有，我肯定让你去。

江开国：真的有，我找着了。就在高碑店。那家养老院特别好，我跟你爷爷一看就喜欢，都想去。爷爷还答应了那儿的院长，要给一个百岁老人做翻译，那老人只会说绩溪话，你爷爷年轻时候在绩溪你太奶奶家住过几年，能听懂。

木　兰：真的？爸你没骗我？

江开国：我骗你干嘛，不信，你明天跟我们一块儿去。正好，你也能开车送我们。

木　兰：爸，我还是有点接受不了。我从来没想过让你们住养老院。

江开国：木兰，我知道你的心意，你想对我们好，我和爷爷都领情，这次，就尊重我们自己的想法吧。我跟你亚芝阿姨也约好了，她跟我们一块儿去。

木　兰［点头］：你们先去试试，要是不开心就赶紧回来。

24. 亚芝屋子，日，内

田咪蓬着头发，睡眼惺忪地推开门进来。一看桌上，早饭没放好。

田　咪：都几点了还不做早饭。想干吗？罢工啊。

25. 杂物间里外，日，外 / 内

田咪气势汹汹地过来。亚芝正在收拾东西，给自己收拾了一个行李袋。

田　咪：妈，你在干吗？

亚　芝：我在收拾东西。我要走了。

田　咪：走了？一大早，不给我们做早饭，你要去哪儿？

亚　芝：你们以后自己做早饭吧。我要去住养老院了。

田　咪：什么？

亚　芝：我就不跟淼淼告别了。等他醒了你跟他说一声。

亚芝不再理田咪，顾自己拎起行李包，往外走。田咪愣了一会儿，往回跑。

26. 余淼屋子，日，内

余淼趴在床上，还是昏睡。田咪推开门，冲进来，过去，把余淼从床上揪起来。

田　咪：你妈要走了！你赶快起来去拦着她！

27. 亚芝家院子门口，日，内

余淼手忙脚乱地跑过来，后面田咪跟着，追上了刚刚走出院子大门的亚芝。

余　淼：妈！妈！

亚芝停住脚步，回头看着余淼，眼神很平静。

余　淼：妈，你这是干嘛呀？咪子说你要去住养老院，开玩笑的吧？

亚　芝：淼淼，妈妈没开玩笑。我真的想去住养老院。

余　淼：不行。

亚　芝：为什么不行？

余　淼［抓着头发］：妈走了，没人给我们做饭洗衣服了。

亚　芝［笑了］：在你心里，妈就这点儿用了，是吧。

余　淼：妈，你这生的哪门子的气啊，昨天晚上闹了一晚上还不够啊。

亚芝摇摇头，不理他转身走。

田　咪［急了］：妈，你要走也行，钱得留下。

亚　芝：什么钱？我还有什么钱？

田　咪：你的退休金啊。你拍拍屁股走了，家里事没人做，我们不得请保姆啊。

亚　芝：你们的事你们自己想办法，我的退休金，我自己要用，不会给你们了。

亚芝这回铁了心，不理他们，转身走了。

田　咪：哎，有你这么小气的奶奶嘛。

28. 亚芝家胡同口，日，外

木兰的车停在胡同口，木兰在车上等着，江多福在后座坐着，江开国站在车外等着。亚芝远远走出来，后面余淼和田咪还追出来。

田　咪：妈，你不能就这么走了，你得把钱留下……

突然田咪看到了木兰的车，及站在车前的江开国。田咪特别生气。

田　咪：我猜又是他们！余淼，你妈为了老头，才不要你这个儿子呢！

亚　芝：你！

田咪冷笑两声，扭头就回去了。

余　淼：妈，你真的不管我了吗？

亚　芝：什么都是你的了，你还有什么不满足的，难道我这把老骨头你也不肯放过吗？

远远地看见亚芝站着和余淼说话，江开国有些不安。木兰也下车来。

江开国：余淼不会不让走吧？

木　兰：爸，我去看看。

木兰往亚芝那边走。

余　淼［看见木兰向他们走过来，跺跺脚］：你，你就是向着他们。

余淼转身也跑了。亚芝站着，木然。木兰已经走到面前。

木　兰：阿姨，没事吧？

亚芝摇了摇头。木兰接过亚芝手上的东西，往车走去。

29. 老吾老养老院，日，外

木兰的车停在养老院门口。彭院长在门口等着了，亲自来接。

江开国：木兰，来来，这是彭院长，彭院长，这是我女儿。

彭院长［伸手］：你好。

木　兰［跟彭院长一照面，稍愣了一下，马上伸手跟他握手］：彭院长，您好。

彭院长：怎么？

木　兰：您看着有点面善。

彭院长：是吗？非常感谢你父亲和爷爷，他们来了，周大爷就有伴了。

30. 老吾老养老院院子，日，外

木兰跟着一起走过院子，看到老人们的情景，木兰也不由点头。

彭院长［指点着］：食堂就在一楼，水房在后面，一楼还有个大活动室，可以打个牌啊，下个棋啊，也能唱唱歌。江师傅，谢大姐，你们要是喜欢，也能在院子里种点什么，养点什么，都没问题。

亚芝看看江开国，都笑了。

31. 周大爷房间，日，内

彭院长领着大家进来。杨姐正在给周大爷喂饭，周大爷吃得很开心。

看到江多福，周大爷兴奋地开始说绩溪话。江多福也立刻过去，坐在一旁，跟他一块儿说。

杨姐笑：哎呀，看到老爷子来就高兴了，能说上话了。

木　兰：爷爷，周大爷说什么呀？

江多福：好吃。虾糕好吃。

彭院长［笑］：多亏了老爷子能听懂绩溪话，周大爷吃上家乡小吃了。

周大爷看看彭院长，又对着江多福一通说。

江多福：他说院长是好人。他没亲人，没钱，没房子，在这儿住了好几年，院长把他当亲人。

所有人都很感动地看看彭院长。彭院长的表情一时却有些复杂。

彭院长［走过去，握住周大爷的手］：周大爷，我永远是你的亲人。

木兰看着，颇为动容。

32. 江开国房间，日，内

木兰和江开国坐在床边。房间不大，放了四张床。江开国和江多福的行李包已经放在了其中两张床上。

江开国：木兰，现在你相信老爸说的话了吧。

木　兰：爸，彭院长是个好人，把你们放在这里，我放心。

江开国：走吧，忙你的去，我们也有我们的要忙。你就安心工作，在新的岗位上做出成绩来。走吧。

木　兰：那我真走了。

江开国点点头。

木　兰：有什么事就给我打电话。我马上来。

江开国：放心，这儿不是挺好的嘛。走吧走吧。

木兰起身，依依不舍地走了。

33. 亚芝房间，日，内

亚芝在整理自己的床铺。屋有三张床，坐着两个老太太。

其中一个华大妈七十多了，戴着顶帽子，很健谈的样子。

华大妈：亚芝，你多大年纪了？

亚　芝：五十七。

华大妈：我说嘛，看着就嫩相，这还不到六十呢。我比你长个十来岁，你管我叫华姐就行。

亚　芝：华姐。

华大妈［高兴］：哎。这个小薛啊，也比你大，你管她叫薛姐就行。

亚　芝：薛姐。

薛大妈［笑］：太客气了，亚芝，以后咱们就是室友了，有什么事互相照应着。这个院人都处的特好，你可算来对了。

华大妈：对了，亚芝，你这身体健康，手脚都挺利索的，怎么会想着上这儿来啊？

亚　芝［迟疑］：这儿人多热闹，在家一个人冷清。

华大妈：倒也是，儿女们大了，也都有自己的事儿，咱们得自己找乐子。跟你一块儿来的那个是你老伴吗？

亚　芝：不是，是一个好朋友。

江开国［出现在门口］：亚芝。

华大妈：曹操来了。

亚　芝：开国，你那儿都收拾好了。

江开国：都好了。你这儿怎么样，被子够不够？我还多带了一条。

亚　芝：够了。

江开国：我先上周大爷那屋去，一会儿吃晚饭了我叫你。

亚　芝：好。

江开国走了。亚芝一回头，看见两个老太太笑眯眯的看着她。亚芝一下子红了脸。

华大妈：什么好朋友，我看你们俩特别像老伴，老头对你真不错！

薛大妈：可不是嘛。多爱护你啊。

亚　芝［不好意思］：真的是好朋友。

她脸都红了，心里却特别甜蜜。

34. 木兰卧室，夜，内

吕希刚洗完澡，开门进来。木兰坐在床上，正在出神。

吕　希：还没睡呢？

木　兰：在想我爸和爷爷。

吕　希：你不是说那个养老院挺不错的嘛。

木　兰：嗯。可我心里，还是有点过不去。我从来没想过让两个老头去住养老院。我一直觉得这是个不孝的事。

吕　希：木兰，你一定要改变观念，养老院又不是监狱，本身不是个贬义词。如果能找到一家好的养老院，其实是幸事。你爸他们这代，养老院还没发展，大家了解得少，误解就多。也许我们这代人，到我们老了的时候，我们都得去住养老院。悦悦他们这代人，零零后，可能更无法把父母带在身边生活了。木兰，世界每天都在变化，咱们得用发展的眼光看待问题。

木　兰：我明白。

吕　希：老人养老问题也不仅仅是中国一国的问题，是全世界的问题，也不仅仅是有钱没钱的问题，是关于生死本身的问题，谁也回避不了。当然了，有钱肯定比没钱好点，钱是基础，是必要条件，但不是唯一条件。

木　兰：我现在上班确实太忙了，顾不上他们。这个“老吾老”眼下看着真的不错，我有空了多去看看他们就是了。

吕　希：那不就行吗？老人开心就好了。

木　兰：我也想开了，就算不住养老院也是住石景山，离我们还是挺远的。倒还不如养老院，现在阿姨也能跟他们一块儿。

吕　希：你那个亲弟弟两口子啊，真是太极品了。阿姨能去养老院，能脱离他们，绝对是好事。

木　兰：他们俩不断地刷新我的世界观。亚芝阿姨虽然是养母，可是三十年养育之恩啊，天天在一起，那感情多深，他都做得出来那么狠的事。我爸就是他生物学上的父亲，更别指望了。

吕　希：所以啊，对亚芝阿姨来说，一个好的养老院，是不是比儿子还要管用？

木兰忽然出神了。

吕　希：想什么？

木　兰：想到我们店长了。

吕　希［不高兴］：想她干嘛呀。

木　兰：我想起她把她妈送养老院的事。也不知道，她家那老太太现在好不好。

吕　希：你还关心他们家的事。她对你可是够无情无义的。

木　兰：别这么说我店长。以前跟她去喝酒吃麻小，真的挺开心。每次互相吐吐槽，都能舒服点。

吕　希：她这次对你多狠，你还惦记她干嘛。

木兰摇摇头。

吕　希：还好你能干，到哪儿都有你的舞台。离开超市也挺好，现在这工作，每天都能正常下班，工资还高，也算是因祸得福吧。

木　兰［笑］：睡吧。

35. 江志新单位，日，内 / 外

江志新正在开吊车。

工　友：好了行了，下来了志新，吃午饭了。

江志新：哎。

单位角落。江志新倚着墙根坐着，手里端着饭盒，有一口没一口地吃着。他时不时地抬头望望天。江志新的脑海中闪现，江多福跟着木兰回北京之前，看着江志新的心碎的眼神。江志新眉心灼痛似的一跳。他颓然放下饭盒，从兜里掏出手机。他调出江开国的电话号码，想拨号。但是，那天江志新跪在地上不敢看爷爷，木兰鄙视地痛斥他的一幕闪现。江志新颓然放下手机。

36. 江援朝新家客厅，夜，内

江援朝一家在吃饭。江志新依然是那么一副淡淡哀愁的样子。

贾幸梅：来志新，多吃点肉。

江志新看一眼春妮，春妮有些不安地也看了他一眼。

江志新：爸，妈，有个事想跟你们说。

贾幸梅：干嘛呀，这么认真的样子？

江援朝：什么事啊？

江志新［看春妮］：我们准备搬出去住。

江援朝＆贾幸梅［都惊呆］：什么？

江志新：我们想搬出去住。房子都已经看好了。

贾幸梅：为什么呀？志新你这好端端的为什么要搬出去？春妮，这谁的主意？

春　妮：我们……

江志新：妈，是我们俩商量好的。

江援朝：这么冷不丁的，怎么要搬出去。咱家房子这么大，你们搬哪儿去啊？

贾幸梅：就是，咱家好不容易住上这么大房子了，你们干吗还要搬出去呢？

江志新：爸，妈，其实我早就应该搬出去的。我都这么大人了，我自己都有孩子了，应该自立门户了。

贾幸梅：什么自立门户，跟我们住一起不是应该的吗？不也挺好的，我还能帮你们带带孩子。

江志新：妈，你都辛苦了一辈子了，好不容易退休了，也该享享清福，就不要再替我们操劳了。养孩子是我们自己的事。

贾幸梅：这都什么话？怎么跟自己爹妈讲起客套来了！援朝，你倒是说话啊！

江援朝：志新，春妮，你们是不是什么地方不高兴了？跟我们说啊。

江志新：没什么，就是我们想自力更生，过自己的日子，不给爸妈再添麻烦了。

贾幸梅：可是，你们要搬到哪儿去啊？你们又没买房子。

江志新：我们租房子。

贾幸梅：这都怎么了？好好的放着家里这么大的房子不住，还要出去租房子！这么大房子，不就是为了我们一家一块儿住……

江志新［受不了］：妈！

贾幸梅吓一跳。

江志新：妈，不要再提这个大房子了。这个大房子是怎么来的，是爷爷的钱换来的。可是，我们竟然容不下爷爷。

江援朝羞愧地垂下眼。

贾幸梅：不是我们容不下他，是他……志新，爷爷跟着木兰去北京，是去享福了，比跟着咱们强啊。

江志新：妈，不要再说了，求求你真的不要再说了。我跟春妮都想好了，尽快找到房子搬出去。

贾幸梅：不行，你们不能搬。你们搬走了，我们要这么大房子干吗？

江志新：妈，这事我们已经决定了。

他起身就进了自己卧室，婴儿吓得哇哇大哭。春妮抱着孩子，也跟了进去，关上了门。

贾幸梅［坐倒］：江援朝，你倒是说话呀！不能让儿子走啊！

江援朝抱住自己脑袋。

37. 江援朝新家卧室，夜，内

江志新躺在床上。春妮抱着孩子在一旁。

春　妮：志新，我们真的要搬走吗？

江志新：搬。这个房子，我住不下了。我一进来，就想起爷爷那天伤心地走，就想起我唯一的堂姐指着我鼻子骂我。我从小是爷爷带大的，我和我姐感情可好了……我真的住不下去了。

春　妮：要不，咱们去把爷爷接回来吧。

江志新：接回来怎么照顾呢?

春妮沉默了。

江志新［惨淡地笑］：我是个王八蛋，没用的人。我心里难受，可我也没有勇气承担爷爷的重担。我只能躲，躲开这儿的一切，躲开记忆。

春　妮：鸵鸟。

江志新：我也瞧不起我自己。

38. 老吾老养老院，日，内/外

一系列蒙太奇。

院子里。能活动的老人跟着彭院长一起在做动作舒缓的保健操。亚芝跟江开国及江多福排在一起，一边跟着笨手笨脚地做操，一边互相看看，都特别快乐。江多福尤其学得有模有样。

食堂。亚芝和江开国及江多福跟着老人们一起吃饭，大家都吃得挺香。不远处，有一个坐轮椅的老头，看上去已经是奄奄一息。一旁显然是他儿子，三十多岁的男人，一看就是从外地来北京打工的。儿子从厨房出来，手里端着碗，坐在父亲对面，耐心地吹凉，一口一口地喂。江开国和亚芝都有些好奇。华大妈顺着两人的目光，也看见了。

华大妈：那一家挺不容易的，家里经济困难。老头得的这血癌啊，太贵了。就这么一个儿子，来北京打工的，家里还有老婆孩子，实在是治不起。没辙了，给送到这儿来，那就是来等死的，这儿子是个大孝子，天天来，他爸想吃什么就给买什么做什么，也算尽孝了。

江开国和亚芝都挺动容。

室内活动室及院子空地。老人们正在进行各种各样活动。有一堆织毛活的，有对面下棋的，有一块儿学唱戏的。华大妈陪着江开国及亚芝过来。

华大妈：这些个，身体都挺好，家里条件也不错，就是都上了年纪，孩子们忙，没时间陪，就给送来了，也挺好，这儿下下棋，唱唱戏，学做个手工，打发时间不难。

其中有一个老头老太正甩着水袖在唱戏。亚芝和江开国看了，都乐。

华大妈：这俩肯定有意思，成天一起唱戏，我们都让他们俩索性成一对算了。

华大妈爽朗地哈哈大笑。亚芝和江开国有点尴尬又有点甜蜜地互相看了一眼。

周大爷房间。江多福坐在周大爷床边聊天鸡同鸭讲，但都特别高兴。

活动室。江开国在修理旧式三叶大吊扇。眼睛模糊了，揉揉又好一点。接着修。一会儿下面亚芝一开开关，顿时电扇动了起来。所有下面活动室的老人一起鼓掌。江开国特别开心。

菜地。江开国跟亚芝一块儿，扎了一个篱笆，种了好多的月季。

亚　芝：我最喜欢月季花了，春天的时候开花了，红的黄的，好看极了。

江开国：等着，到了春天就开了。

亚芝笑得幸福。

院子空地。几棵老槐树下，做了一圈老人。江开国和亚芝两人唱黄梅戏《天仙配》。江开国

和亚芝出现在手机镜头里，被拍下了一张照片。拍照片的是木兰，她和悦悦正好过来，站在一旁看着，不禁非常感动。一曲唱毕，下面人都拼命鼓掌。江开国和亚芝互相看看，笑了。两人一抬头，看见了木兰，都有点不好意思。

木　兰：爸，阿姨，你们俩唱的太好了！看。

木兰给他们看手机上的照片。

江开国：拍我们干嘛呀。

悦　悦［笑］：发微博！晒幸福！

木　兰［笑了］：真的很幸福！

江开国和亚芝都笑了。

39. 老吾老养老院院子空地，日，外

悦悦追着一群鸭子跑开了。木兰正在做打扫工作。正好彭院长路过，看见了。

彭院长：小江。

木　兰：院长，您好。

彭院长：你帮着收拾呢。

木　兰：正好搭把手。

彭院长：谢谢。

木　兰：院长，该说谢谢的是我。我没想到，我爸在这儿这么开心，住了还不到一个月，他们气色都这么好了。我以前真的误解养老院了。用心办的养老院真的像我爸说的，就是个老人乐园。

彭院长：过奖了。让老人过得开心，其实特别简单，物质上他们要求的已经很少了，最多的还是精神慰藉，在这儿过得开心，他们其实更想看到子女，要是隔一段能接老人回家住一天，就特别好。

木　兰：我明白了。

彭院长［笑］：你已经做得很好了。我们这儿有一些子女工作太忙，有挺长一段没来探视。我们能做的让老人在这里尽量开心，也会跟他们的子女多沟通，希望他们能多花点时间陪陪老人。

木兰点点头。

彭院长：眼下最紧迫的困难是招不到青壮劳力来从事护理工作。我们院有一半老人是全失能，日常护理是一个不小的体力活，擦身洗澡，扶着大小便，需要年轻力壮的护工，可是现在很少有年轻人肯干这份工作。

木　兰：养老事业才刚刚开始，您已经大步向前了，以后一定会慢慢好起来。

彭院长点点头。这时候看门老马领着一个二十来岁的小伙子过来了。那小伙子看上去有些獐头鼠目，眼珠乱转地东看西看，显然是附近一个游手好闲的无业者。

老　马：院长，这个小伙子来应聘。

彭院长：是吗？你好，贵姓。

小　果：院长，您好，我叫果杰。听说你们这儿招人，我愿意来。

彭院长：小果，我们这儿的工作性质你了解了吗？

小　果：我知道，你们要招护理员。我想来。

彭院长：好，想来就好。护理工作，你会点什么？

小　果［摇摇头］：什么都不会。不就是照顾老头老太嘛。

彭院长：不会也没事，只要你有心就行，我们这儿就希望有你这样的年轻人来工作。

小　果：工资呢？

彭院长：一个月两千五。

小　果：好。

彭院长：今天就开始上班。跟我来。小江，我先过去了。

木　兰：您先忙。

彭院长带着小果走了。木兰目送，有些担忧。

40. 老吾老养老院后面一排平房门外，日，外

小果已经换上了工作服，彭院长带着小果过来上岗。那排平房离那两层小楼有点远，大约有四五间，最后一间门上写着 105。

彭院长：这间 105 号房以后就是你的包干区。这里一共有五位老人，都是全失能，需要全方位照顾。你的工作就是白天轮番给这五个老大爷擦身，上厕所，肌肉按摩，晚上值夜班，负责老人们喝水上厕所什么的。也不太难，主要就是用心。

小　果：我知道了，院长。

41. 平房 105，日，内

小果端着水盆进来了。屋里躺着五个老头，都转头看他。

老头甲：来新护工了，是个年轻小伙子，真好。

老头乙：小伙子，怎么称呼？

小　果［立刻换了一副嘴脸］：我姓果，你们叫我果大爷就行。

众老头顿时愣。

小　果：果大爷现在伺候你们。

他过去，随意的挑了一个老头，大剌剌地掀开了老头的被子。

老　头：你怎么回事，冷啊。

小　果：给你擦身啊，隔着被子我怎么擦啊。

那老头只好不说话了。小果毛手毛脚的开始脱老人的袜子。

小　果：真味儿。这么老了还不死，臭烘烘地活着，讨厌。

老　头：你怎么说话的?

小　果：你们都给我听好了，从现在开始，你们五个，归我管了，都给我老实点。也不想想，除了我，谁愿意来伺候你们这些臭烘烘的老头。

42. 超市，日，内

一系列蒙太奇。超市的善行得到回报。

朱经理办公室。一个经理模样的人正坐在朱经理对面。

经　理：我每次回家我老父亲都跟我说，你们这家超市良心品质，特别好，服务好，质量更好，所以啊，从今往后，我们餐厅就上你们这儿来进货了。

朱经理［跟他握手］：谢谢谢谢!

超市生鲜码头。朱经理正指挥着几个员工把一箱一箱的日用品和生鲜品往一辆写着 ** 老年公寓的厢车上搬。葛文倩在一旁看着，表情复杂。

某大型生活社区中心广场。设了一个社区菜点，一辆家多福超市的配送车开到，卸货。四面八方的老头老太及其他各年龄段男女都纷纷聚拢来拿菜。

43. 网上商城大库，日，内

雷颂华过来。

工作人员：您有事吗?

雷颂华：我找江木兰江经理。

工作人员：江经理正在那边忙着呢。

雷颂华走过去几步，看见木兰干得特别卖力。雷颂华默默看着。她暗暗下决心的样子，站了一会儿，没有上前跟木兰见面，转身走了。

44. 超市会议室，日，内

雷颂华正给大家开会。

雷颂华：我刚从总部回来，总部这次专门把我叫去，表扬我们店。最近咱们店的业绩非常出色，已经排名第一，尤其是生鲜部的业绩上升有其明显。不光业绩，品牌也做出来了，影响力越做越大，在整个零售行业都有点响当当了。总部最近可能就会开会通报情况，让其他的门店推广我们这种服务内容和质量。真正的用服务品质来拢住人心，得人心者得天下。

谢谢你们!

底下众人都鼓掌。

雷颂华［拿出一个信封］：这是总部给生鲜部的朱经理发的奖金，这次的荣誉是从生鲜部来的。

朱经理表情复杂地接过那个信封。

45. 超市店长办公室，日，内

朱经理坐在雷颂华对面。

雷颂华：朱经理，你跟了江木兰多久?

朱经理：五年。是江姐一手把我带出来的。说实话店长，今天的嘉奖，我受之有愧。其实这不是我的功劳，是江姐。她一直就让我们做事凭良心，做口碑。以前因为我偷偷把烂水果包在盒子里，江姐还骂过我，我心里还怪过她。今天我知道我错了，她是对的。前人种树，后人乘凉，今天我们超市得到广大顾客的认可，是江姐一直以真心换真心努力得到的回报。

雷颂华：没错，今天你们生鲜有这样的荣耀，其实是她的努力。

朱经理：店长，这次咱们在总部得了这么大的表扬，咱们能不能再去替江姐求求情，让她回来。

雷颂华：你也这么想?

朱经理点点头。

雷颂华：这次的成绩是一个机会。

朱经理：我们可以发动超市全体员工联名写信给总部。

雷颂华：可以。不过，还不够。经济上的事，仅凭这一点是不够的。

朱经理：你是说润丰那个范厂长说的事？他是血口喷人，诬陷江姐。

雷颂华：可是没有证据啊。

朱经理：您的意思?

雷颂华：以牙还牙。

朱经理：我明白了。您就等着请好吧。

雷颂华安慰地点点头。

46. 鹤鸣春养老院方琼房间，日，内

方琼百无聊赖的在窗边坐着，望着窗外发呆。

毕老太：老方，你就别跟你女儿别扭着了，都是亲人，你就服回软，给她们打个电话认个错又怎么了。

方　琼：我才不想理她们呢，都是白眼狼，没良心的。

毕老太：那你就活该没人来探视。

方　琼：谁稀罕探视。你女儿来探视，不就待五分钟，给你送点你不爱吃的东西。

毕老太：你这张嘴啊，哪儿都不肯吃亏。

小　曹［进来了］：方奶奶，毕奶奶，一会儿下午有活动，去参观密云一个生态园，吃农家菜，你们去吗?

毕老太：去啊。老方，你去吗?

方　琼［点了点头］：去就去呗。

47. 老吾老养老院院长办公室，日，内

彭院长正在伏案。手机响。

彭院长：喂，老蒲，怎么想起给我打电话了。

老　蒲［画外音］：老彭，我最近跟你学，返璞归真，新开了一个生态农场，经营农家乐一日游。刚开业，就想着请你们这帮老朋友带人来玩，吸引一下人气。

彭院长：我这边都是老人院的老人。

老　蒲［画外音］：正好啊，我这儿山清水秀，老人们来最合适了。你放心，就是请你们来给捧个人场，不收钱。就这么说定了啊。

彭院长：行吧。

48. 生态园外停车场，日，外

两个老人院的车前后脚开过来，鹤鸣春养老院的是一台豪华大巴，老吾老的是一个中巴。

49. 生态园，日，外

两拨老人在生态园里相遇了。“老吾老”的老人们情绪都特好，三五成群地在各处玩耍。亚芝跟着江开国，一会儿钓鱼，一会儿又去摘果子。相比较，“鹤鸣春”的老人们显得死气沉沉，虽然每个人身边都紧跟着一个小看护。

（跳接）“鹤鸣春”的老人们都坐在凉亭里，远远地看着水池子。那边“老吾老”的老人玩得特别开心。方琼看见江开国钓起了一条大鱼，周围老人发出一阵惊叹。她顿时也兴奋起来，走出凉亭，走到水池边，要去拿鱼竿。没想到小曹立刻过来，握住了鱼竿另一头。

方　琼：干吗呀？

小　曹［语调机械的］：奶奶，您不能靠近水边，太危险了，万一脚下一滑，您就掉水池子里了，你这个年纪，落水会危害生命。

方　琼：我年纪是大了，可我手脚利索着呢。

小　曹：奶奶，请您理解，这是我的职责，我必须得保护好您的安全。您如果有什么事，我会被开除。

方琼为之气结，松手，小曹从方琼手里拿走了鱼竿。

（跳接）方琼走到果园里，看着树上的果子长的好，一时兴起，踮起脚想要采果子。没想到这时候小曹已经出现面前，手里捧上了几个果子。

小　曹：奶奶，你是想要吃梨吗？我已经帮您摘好了。

方　琼：我用你摘？我要自己摘。

小　曹：奶奶，您不能自己摘。

方　琼：为什么？这是采摘园，就得自己摘才有意思。我光想吃还用跑这儿来。我自己来！

小　曹［拦在她面前］：奶奶，您上了年纪了，骨质都疏松了，可千万不能爬高踮脚什么的，万一摔着了，万一崴着了，不是个小事。

方　琼：你念我点好行不行？！

小　曹：奶奶，我就是为了您好。

方　琼：你说你长得挺漂亮一张脸蛋，怎么跟机器人似的，就没个笑呢。烦死人了！

方琼丢下小曹，管自己走了。

（跳接）方琼走过来，远远地看见水池旁，江开国等都拎着自己钓上来的鱼，都眉开眼笑的。已经有人招呼他们准备回去了。

彭院长："老吾老"的叔叔阿姨，大爷大妈，咱们准备回家喽。

方琼越看他们那么开心，再看看身后跟着的小曹，心情越发不好，想恶作剧。

方　琼：我要上卫生间。

小　曹：我陪您去。

50. 生态园卫生间里外，日，外

方琼走过来，这儿有简陋的厕所，只有木板围墙没有顶。后面跟着的小曹看了皱眉。

小　曹：奶奶，生态园大厅里有干净的卫生间。

方　琼：我就喜欢上这个。这才叫原生态。

方琼进去了，拉上了木板门。小曹只能在外面等着。方琼进了厕所之后，四处看，发现有一面木板很松，方琼像个小孩子一样调皮地笑了笑，用肩一下一下无声的顶那块木板，木板脱开，方琼弯腰从这个地方钻了出去。

51. 生态园停车场，日，外

方琼快步过来，"老吾老"的中巴车门已经开了，只有司机等着。司机还以为是自己院的老人。

司　机：您回来了。

方琼含糊地应了一声，上了车，在最后一排坐好。彭院长领着江开国等人，纷纷上车。

华大妈：今天小江头钓的鱼最大了，足足有三斤呢！

老　头：小江头，回去给我们熬鱼汤。

江开国：给你们来一道我们安徽的名菜，朱洪武鱼汤！

彭院长：晚上加菜喽！

众人都欢笑。方琼假装瞌睡了，把头深埋在自己胸前，其他人也没有注意到她。有老人开始唱《打靶归来》，顿时众老人都合唱起来。"老吾老"的中巴车在歌声中驰离了停车场。

第24集结束！

雷母终于解开心结，木兰之冤真相大白

1. 生态园停车场，傍晚，外

老人们已经都上车坐好了，有的开始打瞌睡了。

小　曹[跑过来]：郝老师，方奶奶不见了！

郝老师：怎么不见了？你没一直跟着吗？

小　曹：我一直跟着啊，在厕所外面一直等着，可方奶奶从厕所跑了！

郝老师[都要晕了]：什么？！

2. 生态园，傍晚，外

众人在四处寻找方琼。

众　人：方奶奶？您在哪儿呢？……方琼，方奶奶，您在哪儿呢？

天色渐渐暗下来。

3. 生态园停车场，傍晚，外

郝老师焦急万分地等着。车上一个老人从窗户探出头来，已经露出疲态。

老　人：什么时候能回去，我累了。

郝老师[看看手表，跺了跺脚]：不早了，你们先把其他人送回去，我赶紧跟方奶奶的家属联系。

4. 老吾老养老院门口，傍晚，内

中巴车停在门口。老人们依次从车上下来。江开国和亚芝扶着江多福下来。最后下来的是方琼。方琼跟着众人就往前走，一面四处打量着。

5. 老吾养老院老院子，傍晚，内

彭院长[在后面押后，突然看到方琼，很意外]：阿姨，您是哪儿的？

方琼看了他一眼，也不说话，就是四处看着。众人都看着方琼。

彭院长：您是跟着我们的车一块儿来的？

方琼看他一眼，还是不说话。

彭院长［看看大家］：你们都认识这个阿姨吗？

大　家［都摇头］：不认识。

华大妈：大姐，你叫什么名字，家住哪儿啊？

方琼还是不说话。众人都疑惑地互相看看。

彭院长：阿姨，您是不是迷路了？还是怎么了？我帮您通知家里人？知道家里地址吗？

方琼还是不说话。

彭院长：是不是不知道家在哪儿了啊，那还记得家里子女的电话名字什么的吗？

方琼还是四处审视着不言语。

江开国：这老太太该不会跟我爸似的，老年痴呆吧？

方琼看了他一眼。

华大妈：要不是不会说话，哑巴？

方琼不理他们。众人顿时都踌躇起来。

华大妈：去玩一趟，还捡回一个。

彭院长：这天不早了，不管怎么样，来了咱们都得安排。今天晚上先在哪儿挤一挤，明天再说。各位阿姨，哪屋还能有点空地？

华大妈：就在我们屋搭个铺呗。

6. 生态园门口，傍晚，外

雷颂华开着车飞快而来，郝老师和小曹及几个工作人员站在门口，都是焦急万分。雷颂华和爱华及庄海洋从车上跳下来。

雷颂华：郝老师，我妈好端端的，怎么会不见了？她的人身安全是不是应该你们负责啊？！

郝老师：小曹，你说！

小　曹：方奶奶就是故意的！

7. 生态园，傍晚，外

所有人站在厕所外面，小曹哭泣着指着那块松落的木板。

小　曹：方奶奶就是从这儿溜走的！

雷颂华等简直是哭笑不得。

雷颂华：溜走？！你们别想推卸责任！我妈要是有什么事，拿你们是问！

庄海洋：好了好了，先找妈要紧。

雷颂华：这园子后面就是山，马上天就黑了，上哪儿找妈去！

爱　华：也许就在园子里哪个地方呢，再找找吧。

郝老师：全都找遍了……

雷颂华：那也得再找！

众人只好又分散，开始喊话。

8. 亚芝房间，夜，内

三张床中间的空地上搭了一个折叠床。彭院长等都在一旁陪着。

亚　芝：院长，今天晚上我睡这张床吧，我那张床给这老姐姐睡。

方琼不由得看一眼亚芝。亚芝和善地向她笑笑。

彭院长：亚芝阿姨，那就谢谢你了。行了，该吃晚饭了，咱们上食堂去，江师傅说给做鱼汤啊。

亚　芝：老姐姐，跟我来吧。

方琼难得听话地跟着亚芝往出走。往饭堂走。

9. 老吾老养老院食堂，夜，内

江开国［端出一大脸盆的鱼汤］：朱洪武鱼汤来喽！

江开国把鱼汤放到亚芝这一桌上，不少老人聚集在方琼身边，大家都好奇地边吃饭边看她。

亚　芝［给盛碗鱼汤］：来，喝汤。

华大妈：大姐，你真的什么都不记得了？连自己叫什么名字都不记得了？不会真的跟电视剧里演的那样，脑子撞了失忆了吧。

另一个老头［启发式］：那记得你们家门口有什么东西吗？总能想起点什么来，也好有个思路帮你找找你家里人啊。

方琼挑剔地拨动盘子里的米粒，就是不说话。

华大妈：到底是不是哑巴呀？痴呆也应该会说话啊。

亚　芝：开国，这个老姐姐看着不像是老年痴呆，会不会出什么意外撞到过脑子，失忆了？

江开国［看着方琼］：老姐姐，你再好好想想，有没有什么印象特别深刻的地方或是什么人什么事？还记得自己家在哪儿吗？

方琼还是不说话。

江开国：那你总还记得孩子的名字吧？

方琼端起碗，慢条斯理地吹了吹，喝了一口汤。然后张开嘴准备说话的样子。众人都提起一口气，期待地看着她，她却是从嘴里掏出一根鱼刺，放在桌子上。众人随着她的动作也都散了气。

10. 生态园，夜，内

雷颂华和爱华及庄海洋从三个方向聚拢，都是一屁股坐在地上，又着急又紧张。

爱　华：颂华，这都这大半夜了，妈上哪儿去了？

庄海洋：姐，别着急，我们都已经报警了，肯定能把妈找回来。

爱　华：这荒郊野岭的，她要真走迷了，失踪了，能上哪儿找去？

雷颂华［突然就哭了］：都怪我们，我们说不去看妈，就真的不去看妈。妈肯定心里难受，妈故意想把自己弄丢了。要是妈真的再也回不来了，我可怎么办？

庄海洋：我就说了吧，别跟你妈治气别跟你妈治气。老太太都八十的人了，见一面少一面，你就偏不听。

雷颂华［大哭］：你现在说这些还有什么用？都是我不好，我干嘛老跟妈不对付。我其实早就想去看妈了，就是拉不下这个脸……

爱　华［哭］：妈这回要真是出个什么事，我们俩这辈子还能原谅自己吗？

姐妹俩抱成一团，哭成一团。庄海洋在一旁直叹气。

11. 老吾老养老院院子，日，外

方琼走出来，不禁莞尔。院子里，老人们都在各自忙着。方琼缓缓走过，跟首长阅兵似的挨个看着。

（跳接）方琼走到草地旁。江开国和亚芝正在侍弄月季。华大妈和其他几个老太太也在一旁看着。看到方琼，二人直起腰来。

江开国：老姐姐，起了，昨晚睡得好吗？

华大妈：小江头，你还跟她说话呢，她是哑巴，回不了你的。

方　琼：谁哑巴了，我也不是老年痴呆。

大家都愣住了。

江开国：老大姐，你，你会说话？那昨天怎么不跟我们说啊？

方　琼：我得先考察考察。

华大妈：这口气，当自己是个大首长啊。

方　琼：你们这儿挺不错的，我决定住下来。

12. 生态园停车场，晨，外

雷颂华的车停在停车场上。她和爱华坐在车上，都睡着了，蓬头垢面的。雷颂华的手机炸雷一样响了起来。雷颂华和爱华顿时都惊醒了。

雷颂华［接电话］：喂……妈？！

13. 亚芝房间，日，内

方琼坐在屋子里，挺悠闲的样子。门被大力推开，雷颂华和爱华满眼血丝、一脸着急地进来。两人都哭着扑上来抱住方琼。方琼倒有些意外。

爱　华：妈！你没事吧？

雷颂华：妈，你吓死我们了！

方　琼：怎么了？哭什么？

爱　华：我们找了你一宿，还以为你失踪了呢。妈你没事吧，没受伤吧？

方　琼：没事啊。

雷颂华［先从狂喜中醒过味来］：妈，你怎么会在这儿？我们都以为你在生态园里呢，这一通找。

方　琼：我坐错车了。

雷颂华：坐错车了？你上了这个养老院的车，跟他们回来了？

方　琼：是啊。

雷颂华：合着昨天晚上你好端端地在这儿睡的？

方　琼：没错啊。

爱　华［醒悟过来了，抹干眼泪］：那你不早点给我们打电话？我们还以为你失踪了呢，找了你一晚上！知不知道我们一宿都没睡着，心里多着急啊！

方　琼：我忘了。

雷颂华：什么？忘了？你知不知道这大半夜的，给大家折腾的，连警察都惊动了，还真以为你在荒郊野外丢了呢。

方　琼：你们不就是盼着我丢了，不就安的这心嘛。别假惺惺的，好像挺关心我的样子，我不吃这套，直说就得了。

雷颂华［愤怒］：妈，你成心的是吧。什么坐错车，什么忘了，压根你就是成心的！我和姐，我们俩还傻不拉儿的哭了大半夜呢，还后悔没好好孝顺妈呢，还怕再也见不着妈了呢，压根妈就没事！妈你这是变着新法子折腾我们呢！

方　琼：谁敢劳动你们俩大驾呢，你们眼里早就没我这个妈了。巴不得我死在荒郊野岭，你们再也用不着来看我了。

爱　华：妈，你何苦这么折磨我们呢。要是鹤鸣春住的不开心，跟我们回家不就好了。

方　琼：回什么家，我还有什么家可回？到哪儿都是遭你们嫌弃！我就住这儿！

爱　华：这儿？妈，这儿的条件怎么能跟鹤鸣春比，你这是又跟我们较什么劲呢？

方　琼：谁跟你们较劲了？

雷颂华：放着好好的鹤鸣春不住，非要住这儿，不是较劲是什么？！

方　琼：就较劲了怎么着。你们甭管我，我爱住哪儿住哪儿！

雷颂华［气得一下子站起来］：你以为人鹤鸣春稀罕你呢。人家都怕了你了！

方　琼：什么意思？

雷颂华［把身后行李箱上前一扔］：你的行李！人家一听你自己跑了，没他们责任，急着送瘟神！

方　琼：跟着外头人编排自己老妈，吃里扒外。

雷颂华：你一个老太太，已经闹得鸡飞狗跳了知不知道？我们做子女的，跟在后头给你收拾烂摊子，难听话也已经听够了！妈，我早知道你不会有事，就你这脾气，阎王爷见你都怕！你就在这儿住着吧，爱干嘛干嘛，我反正再也不会来看你，你也别再玩失踪，我也不吃这套，你爱失踪不失踪！

雷颂华就怒气冲冲地跑出房间。

爱　华：妈，我们白白担心了这一宿，你……

爱华跺跺脚，也转身跑了。方琼看着打开的门，其实也很郁闷。

14. 亚芝房间外，日，内

江开国和亚芝站着，与跑出去的爱华擦肩而过。显然刚才的话都听见了，两人都摇了摇头。

15. 网上商城大库，日，内

木兰正在盘点。卞总和刘总过来了。

卞　总：江经理。

木　兰：卞总，刘总。

刘　总：忙着呢。

木　兰：一周小盘点。

刘　总：江经理，你设计的这一套进出制度特别好用，最近公司上下普遍反映很好，订单再多也是井井有条。

卞　总：像我们这种网商，没有实体店面，最重要的就是仓库，前面销售和后台仓库能匹配，才能把生意做大做好。江经理，你才来了短短这么一段时间就能把仓库的局面捋顺。我们代表公司向你表示感谢。

木　兰：谢谢。这是我分内。

16. 木兰卧室，夜，内

木兰和吕希躺在床上。

木　兰：让人当面夸，感觉真好。觉得自己是个有用的人，感觉真好。

吕　希：你干活又认真，又拼命，在哪个单位都是老板的幸运，家多福超市没眼光，笨。

木　兰：也不知道他们现在好不好。

吕　希：你还惦记他们呢。

木　兰：我刚毕业就进去了，十一年啊，怎么能不惦记。人都是有感情。

吕　希：你对超市有感情，我看超市对你，没什么感情。

木　兰：我爸说了，不要抱怨，不要回头看，往前走才是最重要的。

吕　希［笑］：这就对了，你还是好好在网店干着吧。什么时候能加薪？

17. 超市经理办公室，日，内

朱经理［过来，拿座机拨电话］：范厂长吗？你过来一下行吗？

（跳接）朱经理坐着，好整以暇地在看材料。范厂长出现，在门上敲了敲，一脸谄媚。

范厂长：朱经理。

朱经理：坐。

范厂长坐下。朱经理假装在左右看了一眼，关上了门。

范厂长：您这么急着找我来，是？

朱经理：你想不想换位置？

范厂长：想啊，当然想了。

朱经理：挺好，最近正有个机会，我想把那福利农场的鸡蛋给请出去。他那个位置可以给你。

范厂长：那太好了，谢谢朱经理，谢谢您！我做梦都想要那个位置。

朱经理：眼下，你美梦要成真了。

范厂长：太好了，真是太好了。朱经理，我就知道你活泛，不像原来江经理……［自知有些说漏了］大家都方便，大家都方便。

朱经理［笑笑］：好说。范厂长，那个方面……

范厂长：那当然，那当然，朱经理你绝对放心，这点老范我明白，明白。其实，我今天有所准备，有所准备。

他从随身的包里掏出两万块钱，放在朱经理面前。

朱经理［看看，笑笑］：就这？

范厂长［愣］：朱经理……

朱经理：范厂长，我们店最近销售额井喷，已经是集团第一，想进我们卖场的供货商太多了，我们可能都要退一批换一批。你们能不能留下来还不一定，别说还给你调到那么好的位置。这么点，你说合适吗？

范厂长［愣了一会儿］：您的意思？

朱经理：我的意思简单，你回去再琢磨琢磨，好不好。

范厂长：好，好。

朱经理［似笑非笑］：行了，今天就先这么着。你忙去吧。

范厂长只好离开了。

朱经理［收起那副牛气哄哄索贿的嘴脸，转身对着电脑上的摄像头，用记录的口吻］：今天是2012年11月20日。以上是我第一次跟润丰肉制品厂的厂长厂长范友明的对话。［举起那两万块钱］这是他第一次的贿赂款，我封存于此，立为证据。

他郑重地面对摄像头，把那两万块钱放进后面的铁柜里，锁上了。

18. 老吾老养老院院子，日，外

大家都在下棋啊唱戏做手工。方琼一个人慢慢走过来，端着架子，四处看。路过棋局，两个老头对弈。

方　琼［看了两眼，不冷不热的］：下三五。

一个老头：观棋不语真君子。

方琼撇撇嘴，踱着步走开了。又走到鸭群面前，薛大妈等老太太正在喂鸭子。

薛大妈：方大姐，跟我们一块儿来喂鸭子吧。估摸着快要下蛋了。

方　琼：这鸭子这么肥，下不出蛋来。

众老太无语。这时候远远地看见华大妈走过来。

方　琼：这个小华，为什么晚上睡觉还戴着帽子？

众老太一愣。

方　琼：小薛，你见过她摘帽子吗？

薛大妈摇了摇头。方琼转脸，好奇地看着已经走近的华大妈。

华大妈［走近］：鸭子下蛋了吗？

方琼冷不丁一伸手，把华大妈的帽子给捋了，华大妈一声尖叫。众人也都惊呆了。原来华大妈头顶上像男人的“地中海”一样。方琼看到这情况，也呆住了。周围所有人都惊呆了。不远处，在伺弄月季的江开国和亚芝也都看到了，都惊呆了。华大妈哭着抢过帽子，戴回头上，跑了。

方　琼：都这么老了，秃顶怎么了，瞎臭美。

在众人惊愕的眼神中，她又踱着步走了。江开国和亚芝面面相觑。

19. 周大爷房间，日，内

周大爷躺着，快不行，江多福陪着，握着周大爷的手。两个老头低声地絮絮叨叨的在说绩溪话。

方　琼［有些好奇的推开门，踱着步进来了］：老爷子，你们好啊。

江多福：来，坐。

方琼慢慢走近，周大爷缓缓地转脸看着方琼，一脸枯槁，眼神涣散。方琼顿时惊着了。

江多福：陪他说说话，他就要走了。要回家了。

方琼突然转身就逃跑了。江多福和周大爷不以为意。周大爷转回头，依然和江多福面对面。

周大爷［绩溪话］：要回家了。

江多福［绩溪话］：回家好。

20. 老吾老养老院食堂，日，内

方琼端着餐盘，走过一张张桌子。她谁也不想搭理，最后捡了一张空桌子坐下。其他桌子上的老人们也都有些烦她的样子，也不搭理她。另一桌，江开国和亚芝坐着，都看见了。江开国给亚芝一个眼神。他端起自己的餐盘，走过去，坐在方琼身边。方琼看了他一眼，没说话。

江开国：老姐姐，怎么不跟我们一块儿坐，一起吃饭热闹。

方　琼：有什么可热闹的。大家都不认识，说什么呀。

江开国：一回生二回熟嘛，大家聚到这儿，就是有缘。我叫江开国，大家都叫我小江头，我爹老江头，陪着周大爷……

方　琼：那是你爹呀。

江开国点点头。

方　琼：你看着年纪轻轻，跑这儿来干吗？

江开国：我眼神不好。眼睛恐怕不中用了。给自己找个退路。

方　琼：家里有子女吗？不招待见？

江开国：就一个女儿，可孝顺了。

方　琼：可孝顺怎么让你上这儿来？

江开国：这你有所不知，是我自己要来的。我要是眼睛不坏，我就在闺女家，帮她做做家务，帮她带带孩子，可我……女儿特别孝顺，才更要离开她。

方　琼：不想拖累她？

江开国点点头。

方　琼［挺意外］：那你有福。

亚　芝：老姐姐，你要见过他们父女俩的感情，你肯定羡慕，你为我着想，我为你付出。这辈子，赶上这么个女儿，太值了。

江开国：老姐姐，那天我见你两个女儿也是孝顺孩子，你干嘛跟她们生气？

方　琼[顿时又拉下脸]：我说你这人真怪，管这么宽干嘛，这是我的事，跟你有什么关系。

江开国愣。方琼已经不再理他，扔下吃一半的饭菜，起身走了。亚芝坐过来。

亚　芝：这个老太太到底怎么回事？

江开国：这个老太太个性太强。

21. 平房106，夜，内

小果头上有一个铃铛，开始响。但小果呼呼大睡，根本没听见。

22. 平房105，日，内

小　果[打着哈欠懒懒散散地走进来]：起床了。又是他妈烦人的一天。

小　果[掀开老人的被子，一下子怒了]：老段头，你怎么又尿床了？！

老段头：我没办法，叫你你不理我啊。我昨晚上拉了好半天铃呢。

小　果：又得全换全洗，你想累死我是不是？！你个老不死的，就你事多！

老段头：这是你的工作啊，院长请你来是不是就是来照顾我们的。你自己想想，你哪天晚上不是睡的雷都打不醒。

其他老人：就是……可不吗……年轻人一点责任心没有……告诉院长去……

小　果：干什么干什么你们？！想造反啊。我告诉你们啊，要是敢说出去，我揍你们信不信！找院长也没用！我要不干了，根本就没人管你们！老实点，现在你们都得指着我活着！明白吗？！

小果凶神恶煞状，众老头都不说话了。

23. 超市经理办公室，日，内

朱经理正在等着，一副很拽的样子。他下意识地看一眼摄像头。

范厂长[过来，在门上敲了敲]：朱经理。

朱经理：请进吧。

范厂长关上门，坐下，从包里掏出五万块钱，放在桌子上，看着朱经理。

朱经理：老范，你这每次跟挤牙膏一样，让我怎么说你呢。

范厂长：朱经理，您还嫌少啊？

朱经理：你说呢？

范厂长：朱经理，这……说实话，我们的公关费也是有额度的，不可能无限制的……

朱经理：你说你，江木兰手里那么大方，怎么赶上到我这儿就小气了呢。

范厂长：江经理根本就没……

朱经理：没什么呀？

范厂长：没什么。

朱经理：老范，一朝天子一朝臣。现在这个生鲜部是我当家，你还在这儿跟我提江经理，你什么意思啊？

范厂长：不是，朱经理你……你原来跟江经理不是挺好的吗？

朱经理［冷笑］：是吗？

范厂长：我……

朱经理：原来她是我顶头上司，我不客气行吗？说起来也得感谢你，要不是你上次大义凛然，举报江木兰，她不走，我也当不上这经理啊。

范厂长暗暗咬牙。

朱经理：到底以前江木兰手里你给她多少钱啊？

范厂长张口结舌，说不出话来。

朱经理：我要求也不高，给她多少，给我双倍就行了。

范厂长：她根本就没……

朱经理：根本就没……什么？

范厂长咬着牙，说不出话。

朱经理［拉开抽屉，把那五沓钱像扫垃圾一样的扫了进去，然后漫不经心地关上了抽屉］：行了，今天就先这样，你回去，再想办法挤挤看吧。

范厂长待了一会儿，只好垂头丧气地出去了。

朱经理［打开抽屉，从里边把那五沓钱拿了出来，对着摄像头］：2012年11月26日，以上是我第二次跟润丰肉制品厂的厂长范友明的对话。［举起那五万块钱］这是他第二次的贿赂款，我封存于此，立为证据。

他打开铁柜子，把两万块钱还在里面，他把那五万块钱一起放好。

24. 超市走廊，日，内

葛文倩正走过来，后面范厂长追上来。

范厂长：葛经理！

葛文倩［回头看，停脚、有些不太愿意地看着他］：哦，范厂长啊。

范厂长：葛经理，你得帮帮我。

葛文倩：什么事啊？

范厂长：现在这生鲜经理简直是……简直是……

葛文倩：简直是什么呀？

范厂长：简直是欲壑难填！

葛文倩皱眉。

范厂长：上次给了两万，不够，今天我拿了五万，还不够。

葛文倩：这不就是你想要的吗？你不是就是在江木兰那儿搞不了潜规则才舍得一身剐吗？

范厂长：我……可我真没想到这个朱经理这么黑。

葛文倩：这就没办法了。

范厂长：不是，葛经理，你得帮帮我啊。

葛文倩：这我真帮不上你。我又不是生鲜经理。

范厂长：您是未来的店长啊。

葛文倩：我还不是店长呢。况且，我以后也不是这儿的店长。

范厂长：您这么说，那我怎么办？我们合着忙活这半天，就您一个人得利了。我们可是同盟啊……

葛文倩：闭嘴！

范厂长愣愣地看着她。

葛文倩：这样的话以后我不想听到。谁跟你同盟。我什么都不知道。你少在这儿胡说八道。

她扔下范厂长快步走远了。范厂长懊恼之极。

25. 超市卖场，日，内

葛文倩快步过来，有些心神不宁。她在卖场边站住了，看着场子里的情况，神色还有些慌乱而复杂。不远处，雷颂华若有所思地看着葛文倩。她在观察葛文倩。片刻，雷颂华转身离开。

26. 亚芝房间，日，内

方琼躺在床上，睁开眼睛，看到华大妈和薛大妈已经收拾好出门去了。

亚　芝：老姐姐，跟我们一块儿去锻炼一下吧。早上做一段操，一天身子骨都轻松，精神也好。老在屋里待着不行，都泄气了。

方　琼［有些扭捏地起身］：什么操啊？好学吗？

亚　芝［笑］：特别好学，是养身操，我这么笨的人都学会了。

方琼笑了笑，点了点头。

27. 老吾老养老院院子，日，外

方琼跟着众人一起做操。

亚　芝：老姐姐，挺简单的吧。

方琼笑笑，做一个扭腰的动作，没想到动作过大，痛喊出声，人就维持着那个动作不动了。

亚　芝［吓一跳］：老姐姐你怎么了？

方　琼：疼！疼！腰！

江开国：坏了，扭到腰了！赶紧给送宿舍。

众人顿时过来扶。

28. 亚芝房间，日，内

方琼侧躺着，江开国正在绞热毛巾，递给亚芝，亚芝用热毛巾给方琼热敷。

亚　芝：老姐姐，怎么样？

方　琼：舒服过了。

江开国：热敷管用。一会儿让亚芝再给你揉揉。老姐姐，不怕，腰扭了小事，躺几天就好了。饭菜我给你端。要上卫生间让亚芝陪你。

方　琼［背对着他们，不让他们看见她感动的表情，瓮声瓮气］：谢谢。

29. 亚芝房间，夜，内

方琼躺在床上，亚芝正陪着她在吃晚饭。江开国也在一旁吃晚饭。

方　琼：你们陪着我多闷得慌，在食堂吃饭热闹。

江开国：你一个人那不是更闷。我们三个，还能互相听个喘呢。人啊，活着最怕孤单，有个人陪着，哪怕就是听个喘，那也是安慰。

方　琼：说的真好。

进来了好几个老人，一下子把屋子挤满了。

一个老头：我们来看看老方，老方没事了吧？

方　琼：你们都来看我？

老　头：那可不是，我们都在这儿住，就是自己人，我们怕你孤单，给你送温暖来了。来，我们送老方一首歌，祝她早日康复！

老人齐唱《革命人永远是年轻》。方琼听着，特别感动。江开国和亚芝看着，也非常欣慰。

华大妈［进来了，手里捧着两个鸭蛋］：老方，鸭子刚下的蛋，还新鲜热乎着，给你吃，补补。

方　琼［接过那两个蛋］：小华，你不生气了？

华大妈：不了。你早点把腰养好，跟我们一块儿养鸭子。

方　琼［笑］：好。

彭院长［进来了，手里拿着虎骨膏药］：方奶奶，我刚从外面回来，听说您把腰扭了，这个虎骨膏，很有效，您晚上睡觉前贴上。

方　琼：谢谢。

老　头：老方，好好休息！明天再给你说段快板。

方　琼：哎。

众人都离开。屋里又只剩下三个人。

方　琼：小江头，这院里都七老八十了，大家怎么还这么开心？

江开国：为什么不能开心，老了就不能开心吗？开心是要自己找的。开心开心，心是我们自己的，我们想让它开它就能开。

方琼郑重地点了点头。

30. 老吾老养老院食堂厨房，日，内

江开国正在热火朝天地忙碌着。木兰和悦悦进来。

悦　悦［扑进江开国怀里］：外公！

江开国：悦悦，心肝宝贝！

木　兰：爸，你要的材料，我都给你备齐了。

江开国：太好了太好了，我给你说的那个方奶奶，天天听你亚芝阿姨给她精神会餐，一道一道的说咱们安徽的好菜，可给方奶奶馋坏了。今天啊，爸爸就要给方奶奶露一手。

木兰笑：爸爸恐怕也是为了让阿姨解解馋吧。

江开国也笑了。

31. 老吾老养老院食堂，日，内

桌上已经摆了几道小凉菜。亚芝扶着方琼慢慢过来。慢慢坐下。

亚　芝：老姐姐，我先给你介绍一下这几道小凉菜，这是茶叶熏鸡，这是虾糕，这是拌素丝，你尝尝。

方　琼：看着就好吃。我等着小江头来了一块儿吃。

江开国和木兰端着两个托盘出来了，一碗一碗放桌上。

江开国：老姐姐，这是爆乌花，这是全家富，这是八公山炒什锦，这是天下第一菜。

方　琼［笑］：自己就管自己叫天下第一菜，够胆识，够威风。我喜欢。

木　兰［最后端上一碗］：这是亚芝阿姨最喜欢的瓤豆腐。

亚芝笑着看了江开国一眼。方琼更是哈哈笑。

江开国：这是我女儿木兰。

木　兰：阿姨好。

方　琼：好，真是好姑娘。

众老人已经陆续进来了，见此情景，群情欢乐。

众老人：哟，今天小江头下厨，那咱们也跟着沾点老方的光，尝尝安徽菜。

江开国：一起来一起来！

（跳接）食堂里都是人。也有其他老人的子女来探视，一家人一家人的坐着。彭院长也在不时的和他们聊着。血癌老人奄奄一息，儿子一口一口地喂着食物。木兰看在眼里，十分感慨。这边桌子，方琼满意地放下了筷子。

江开国：怎么样，老姐姐，可不可口？

方　琼：可口，太可口了，怪不得亚芝天天念叨呢。

江开国和亚芝都笑。木兰也笑。

木　兰：阿姨，您要喜欢吃，我休息天我就买菜过来。

木兰端着空碗忙活去了。

方　琼：小江头，你是有福之人，你这女儿真不错。

江开国：老姐姐，你那俩女儿也不错啊，不是你自己赶她们走的。

方　琼[沉默一会儿，叹了口气]：我也不知道怎么回事，就老是跟女儿别扭着。就觉得心里燥得慌，就想闹事。其实回回闹完事，心里更是没着没落。

江开国：老姐姐……

高挑的女人[气势汹汹地进来]：彭雁鸣！

所有人都一愣，整个食堂安静下来，众人都转头看着这女人。

彭院长：小冬你怎么来了。

小　冬：彭雁鸣你是个王八蛋！

众人都惊愕。

彭院长[一脸平静]：对不起。

小　冬：你把咱家的别墅都卖了！为了这个破老人院把咱家的别墅都给卖了！你是不是疯了！疯了！

所有人都惊愕地看着彭院长。木兰更是意外。

彭院长[要拉小冬走]：小冬，有什么话咱们回家说去，别在这儿吓着人。

小　冬[挣扎着]：吓什么人，就在这儿说！凭什么不让这些老头老太知道你为了他们为了这破老人院你把自己所有的钱都搭进去了！

彭院长：够了！

小　冬：不够！我早憋坏了！这些话我早就想说了！你放着好好的金融不做，来办这个没前途的老人院。我还以为你闹着玩的，原来你是铁了心了呀！你早说啊，你别害我啊！存款、股票，全部都赔进来，现在连房子也赔进来。你心里就这帮老东西，你有过我没有啊？！

彭院长：对不起，小冬……

小　冬：对不起个鬼啊！你疯了，为了这帮老头老太婆连家都不要了！你当我不知道你啊，你这是在给你妈赎罪呢！你神经病，就是社会的一个怪物，你放着好好的生意不做，来赔着这些老头子老太婆陪葬！你有病！我要跟你离婚！

彭院长：我不想再耽误你。我同意离婚。

小　冬[盯着他看了一会儿]：变态！

她转身狂奔而出。彭院长黯然地佝偻着背离开。木兰若有所思地目送彭院长消失。

32. 木兰卧室，夜，内

木兰在笔记本电脑上敲击着，时而凝神沉思。吕希进来，边擦着头发边站在她身后。

吕　希：干吗呢？

木　兰：发微博。

吕　希：你也赶上这时髦了。[念]父母养老，我们做好准备了吗？

木　兰：今天在养老院，我觉得挺感触的，为父母养老，真不是一件简单的能归结为钱不钱的事。我心里好像塞满了各种想法，说不清。特别想听听大家都怎么想。

吕　希[有些失神，片刻回神]：忧国忧民的江木兰同志，这么重大的命题，留给明天吧，睡觉。

33. 亚芝屋子，日，内

余淼已经把他的电脑也搬到这屋了。正敲着二郎腿打游戏。田咪推开门进来，身后跟着两个男人，是房产中介陪着个看房的客户。

田　咪：进来看看吧。

余　淼：咪子，这谁呀？

田咪给他一个噤声的眼神，余淼立刻不说话了。

客　户：这间多大？

田　咪：十二平米多呢，差不多十三平米。

客　户：另外一间呢？

田　咪：隔壁。

三个人出去。余淼扔下鼠标，也跟着出去。

34. 余淼屋子，日，内

田咪带着那两个人进来。余淼跟进来，站在门边听着。

田　咪：这个屋九个多平米。

中　介：怎么样，熊先生？

客　户：看着还行吧。

中　介：熊先生，这房是真不错。这片什么位置，真正的皇城根儿啊，上有天下有地，住着接地气不说，以后还有可能会拆迁。您也知道，现在这只要是一拆迁，那就是天上下金雨，您随便拿个盆啊桶的接接后半辈子就齐活了。

田　咪：就是，去年南锣鼓巷那儿修地铁拆迁，就一个十平米的门脸房，要了几千万呢。

客户笑：那你们何必卖呢？

田　咪：我们着急用钱，等不了了。

客　户：产权呢？

中　介：这个平房呢，只有使用权。

客　户：平房使用权我知道的，房本归属房管所，这种房子是N多年前单位跟房管所租赁后福利分给本单位职工使用的吧，这样的房子不能买卖吧。

中　介：这个您别担心，我们可以帮您操作一下，弄成赠予的买卖形式，只要您有北京户口就行。

田　咪：是啊是啊，我们最近才刚刚用这个方法过户了一次。

中　介：熊先生，您绝对放心，这房子您买肯定值。田女士确实是急着用钱，价钱上也是挺优惠的。

客　户：这么着，我回去跟我家里人再商量一下。

中　介：好的好的。那田女士，我们就先走了。

田　咪：好。

中介带着客人走了。

余　淼：你干嘛呀，怎么都不跟我说一声就带人来看房子啊。

田咪不理他，出门。

35. 亚芝屋子，日，内

田咪进来，在沙发上舒舒服服地坐下，倒杯水喝。余淼跟着进来。

余　淼：咪子问你话呢，你想卖房子？

田　咪：是啊。我早就不想住平房了，我想住楼房，有自家的卫生间，有自家的厨房。

余　淼：折腾。你就是折腾。

田　咪：人都有追求美好生活的权利。我想住楼房，有什么不对的。

余　淼：可也得咱有那能力呀。咱这二间小平房能卖多少钱啊，楼房现在什么价啊，就算卖了小平房，咱也买不上楼房。

田　咪：中介说了，五十万保底。

余　淼［意外］：五十万？

田　咪：嗯。

余　淼：这么大一笔钱呢。可是，要买楼房，还是不靠谱。多大的钱在房子面前也是个怂。

田　咪：可以贷款嘛。反正我就想住楼房。

余　淼：咪子，咱真没那个还房贷的能力。

田　咪：你啊，去养老院看看你妈去，给她带点吃的什么。以后我们买房要按揭，你妈的退休金得帮我们出吧。

余　淼：还惦记我妈退休金呢。

田　咪：凭什么不惦记啊。她一个月一千七，养老院只要七百，还有一千块呢。她花不了那么多钱，应该补贴我们，补贴大孙子。想起那天早上你妈跟着老头跑了的事，我就来气，太自私了，就光顾自己去住养老院，也不伺候大孙子，也不给钱，简直太不像话了。明天你就去要钱去！

余　淼：我不去。高碑店那么远，坐车得好半天，你要去你自己去。

田　咪：余淼！

余　淼［拿起鼠标］：咪子，咱别老想着太飘的东西行吗？那样压力太大。我真的不想换房子，现在这么住着不是挺好的嘛。

田　咪［把手里的果核扔到余淼身上］：就你这没出息的样儿，你妈也不要你！

36. 周大爷房间，夜，内

周大爷平静地躺着，江多福紧紧地握着他的手。江开国，亚芝，彭院长及其他几个老人都陪着。所有人脸上的表情都很平静。周大爷缓缓地睁开了眼睛，目光掠过江多福等，最后落在彭院长脸上，轻轻吐出了几个字，然后慢慢闭上了眼睛。众人都看着江多福。

江开国：爹，周大爷说什么？

江多福［缓缓地］：谢谢，再见。

彭院长动容地闪动泪花。周大爷的手缓缓从江多福手里松开。他的表情无比安详。众人都动容。

37. 周大爷房间内外，晨，内

方琼手里拿着一枝月季，有些战战兢兢地沿着走廊过来，似乎有些胆怯，到了周大爷房门口，她停顿了一下，终于鼓足勇气进去。周大爷的空床上摆着一床的月季花，晨光洒在花上，使死亡显得庄重而平静，甚至还带着点美好。这个景象让方琼很触动。

38. 老吾老养老院院子，夜，外

方琼坐在月季花的花圃旁的石头上，默默出神。江开国过来，给她披了件衣服。

江开国：老姐姐，怎么一个人坐这儿，腰才刚好，还是要当心别着凉啊。

江多福跟在一旁，自己在方琼身边坐下。江开国也坐下。

方　琼［看着江多福］：老爷子，你想过死以后的事吗？

江多福：死，就是睡着了，什么也不知道了。不坏。

方　琼：人为什么要老呢？

江开国：老姐姐，难道你想永远十八岁？要真的永远十八岁不老，十八岁就不稀罕了。咱们有过十八岁，这就行了。

方　琼：可我怕……

江开国：怕什么？死？

方琼点了点头。

江开国：我也怕。可也不怕。

方琼不解地看着他。

江开国：想过没有，如果永远不死，一直活下去，真的就与天地同寿，就有意思吗？人来世上，不过就是来尝一遍爱怨嗔痴，尝过了就好了。要没完没了的接着尝，还是这一套，还会觉得有意思吗？

方琼若有所思。

江开国：老姐姐，人世间万事万物，有开始就一定要有结束，有结束也就有了开始，这样这个世界才能继续下去。

方　琼：天地万物，相生相克，有始有终，我明白。我都八十了，我知道死就在眼前了，可到底哪天才来？到底是个什么感觉？痛吗？［抑制不住哭了］死我不怕，明知要死没处躲我怕。我现在倒羡慕我战友，跟小鬼子拼的时候战死的战友，什么也不知道，什么也不害怕的时候，就突然死了。

江多福［眼神澄明地看着方琼］：别怕，死很快，就一会儿的事。死的时候只要握住儿女的手就行。我爹娘死的时候，我就紧紧握住他们的手，我看着他们就跟睡着了一样。回去了。

方　琼：回去了。

江多福：回去了。

方琼也跟着他望着天边。天边，如此辽远。

方　琼［忽然就微笑了］：也是，真的没那么吓人，就是回去了。

39. 亚芝房间，日，内

方琼坐在床边，拿起手机，她拨号。

方　琼： 爱华，对不起……

40. 老吾老养老院花圃边，日，外

雷颂华和爱华神色激动地匆匆而来。远远地看见方琼正坐在花圃边，看着江开国和亚芝在伺弄月季花。姐俩快步走到方琼面前，母女三个面对面，都是百感交集。江开国和亚芝看见了，会心一笑，悄然走远。

雷颂华： 妈，刚才你在电话里，是跟我说，对不起？

方　琼： 小三子，对不起。

雷颂华非常震撼。

方　琼： 爱华，对不起，也向小梦和彬彬说对不起。

爱　华［哇地哭了，紧搂住方琼］：妈！

方　琼： 我很害怕，怕死，怕孤单，我太作了，把你们都闹磕了……

雷颂华［和爱华一起抱住了方琼］：妈，你永远都是我们的妈……

母女三人抱作一团，欣慰地哭了。亚芝和江开国看见了一切，都笑了。

（跳接）母女三人相依坐着，三只手紧紧握在一起。

方　琼： ……小江头那点精气神儿让我佩服，他都快失明了，还是高高兴兴地过日子。我这浑身健康，没病没灾的，我不该这么胆小，人从生出来的时候就注定要死的，躲也躲不过，就得迎着上去。爱华，颂华，从现在开始我要拿出当年打小鬼子的勇气来过每一天，有你们在，有你们陪着我，我不怕死了。

爱　华： 我们陪着你，永远陪着你。

雷颂华［依靠着方琼的肩］：妈，我们的手再也不要分开。

方　琼： 永远不再分开。

爱　华： 妈，跟我们回家住吧。

方　琼： 妈还是愿意住这儿，我喜欢这儿，喜欢这儿的老伙伴。

雷颂华： 只要妈高兴。

方琼笑着，紧紧地把两个女儿的头压在自己胸前。

41. 雷颂华卧室，夜，内

雷颂华和庄海洋躺着。

雷颂华： 真的没想到，我妈回来了，通情达理，跟儿女相亲相爱的妈又回来了。

庄海洋： 这个养老院太神奇了。治好了你妈的心病。

雷颂华： 我现在真的觉得，钱不能解决的问题，爱能解决。这个“老吾老”，硬件跟鹤鸣春根本没法比，可是，是个好地方。那个江师傅，真是跟了不起的老头，能解开我妈的心结。

庄海洋： 你以后可得好好去感谢感谢。

雷颂华：我妈说江师傅的女儿才是个好孩子，有其父必有其女。我以后也要学她，有时间就去做义工。

庄海洋［幸福地搂紧她］：我们一起去。

42. 平房105，夜，内

小　果［站在门前］：熄灯睡觉了。

老段头：小果，我渴。

小　果：忍着。

老段头：真的渴，给我喝口水吧。

小　果：不行！不然又得尿床了！

老段头：我真的特别渴，胸口难受。

小　果［在老段头的头上打了几下］：不给就是不给！就你事多！

老段头：你怎么打人？！

小　果：就打你怎么着。敢告诉别人，我就让你喝尿。

小果拉了灯，关上门离开。

（跳接）半夜，所有人都熟睡。忽然老段头睁开眼睛，表情很痛苦。

老段头：难受，胸口难受……

他伸手拉绳。

43. 平房106，夜，内

铃声在小果头上响，小果照样呼呼大睡。

44. 平房105，夜，内

老段头拉着绳，突然就昏迷过去了。

另一个老人［惊醒了］：老段？老段你没事吧？

他连拉绳，却拉不到，只能抬手，拼命地敲击暖气片，发出了微弱的声响。

45. 江开国房间，夜，内

微弱的声音传过来。江开国突然惊醒了。他睁开眼睛，眼前依然是一片昏黑。听力却灵敏了，那微弱的声音一直在他耳边响。江开国摸索着起来，循着声音走出门去。

46. 老吾老养老院院子，夜，外

江开国摸索着走过来。还是能听到隐约地敲击暖气片的声音传来。江开国循着声音走。

47. 平房 105，夜，外

江开国［敲了敲门］：有事吗？

老　人［听见了，赶紧喊］：救命！救命！

江开国［一听大惊，赶紧冲着院子大喊］：救人！快救人！

48. 平房 105，日，外 / 内

江开国等老人们都聚集在 105 房，在讨论这个事情。

华大妈：这也太不像话了，要是小江头晚点过来，那就糟糕了。

一个老头：还不知道老段有事没事呢。

彭院长脸色铁青地过来了。老人们赶紧围上去。

另一个老头：院长，老段怎么样？

彭院长：心梗！幸亏发现及时，救回来了。

众老人都松了一口气。

华大妈：谢天谢地啊。

彭院长：医生说还得留院观察几天。

一个老头：没事就好。

彭院长［铁青着脸大喝］：小果！

小　果［走进来，一脸垂头丧气］：院长。

彭院长：你告诉我怎么回事？段大爷说他拉绳了，可是一直没人理！

小　果：我没听到动静。

彭院长：你还撒谎？！你平时都对他们干了什么？！

小　果：我干我该干的活啊，天天的按照程序照顾他们啊。

另一个老头：根本就不是！他老打骂我们！还说要是麻烦他就给我们喝尿！

老人们：什么？！……怎么能这样？！……太过分了！

小　果：你别胡说八道，我就是睡过头了了，我每天照顾这么多人，我累得不行，我没有虐待你们！

另一个老头：你还没虐待我们呀，你一天到晚的骂我们老不死，嫌我们臭，说我们这么老了，还臭烘烘的活着，浪费粮食，这些都是你说的！

又一个老头：言语上虐待是家常便饭，稍有不开心，还打我们出气，老段肾不好，就是老喝水老小便，好几回他都不给小便，弄湿了床，也不给换，我们都害怕老段得褥疮……

头一个老头[垂泪]：院长，我们一直都忍着，我们知道你要找一个年轻力壮的护理员来照顾我们太不容易了，我们想着能忍就忍，别再给你找麻烦，再让你费心，就是没想到这个小果太歧视我们了，根本没把我们当人看。

小　果[急了]：你这老不死的再说我揍你信不信……

他意识到说漏嘴了，看看周围，所有老人都非常愤怒。彭院长一把揪住了小果的领子。

彭院长：歧视老人，你配吗？！我们谁也不配！老了就臭了？我告诉你，有一天你也会老，你也会臭！

彭院长一拳就砸了下去。小果嗷嗷直叫。彭院长继续揍，一旁江开国等几个老人谁拉也拉不开。

49. 老吾老养老院门口，日，外

木兰带着悦悦，手里拎着东西，刚下车过来。正看见带着自己的东西狼狈离开的小果。小果脸上显然带着伤，如过街老鼠，后面跟着一批愤怒的老人。

小　果：这个院长神经病！还当人人都跟他一样变态呢！姓彭的我告诉你，就你那点破工资，谁他妈爱来啊！敢打我，我告你去！

华大妈：丧尽天良的混蛋！滚出去！

老人们[齐声]：滚！滚！滚！

小果从木兰身边经过，落荒而逃。木兰若有所思的表情。

50. 老吾老养老院院子僻静一角，日，外

木兰慢慢走过来。彭院长一个人躲在角落，在捂着脸哭。木兰远远的站住了，看着出神。彭院长抬起头来擦了擦眼泪，看到了木兰。

彭院长：小江，让你笑话了。

木兰摇了摇头。

（跳接）木兰在彭院长旁边坐着。

彭院长：……母亲为了把我哥和我拉扯长大，吃了太多苦。可我从来就没想过她的辛苦，在我心里，母亲跟家里的墙上那把旧锄头一样，反正也跑不了，根本用不着关心。我从华尔街回来，就做了一个私募基金负责人，手上管着几十个亿，做的也不错，就忘了自己姓什么了。我买了别墅，把母亲接来了，可我没好好孝顺她，反而拿她当保姆使唤。

木兰眉心一动。

彭院长：我对她太坏了，把她的心伤透了。她就在我那儿住了半年多，回老家过年我都没陪她，把她一个人扔在老房子，就急着跑回北京，急着回来花天酒地……那年冬天，母亲就在老家孤零零地走了，急性哮喘，走的时候身边竟然都没有一个儿子送终……我是个混蛋。子欲养而亲不待。有母亲的时候没珍惜，懂珍惜的时候，没母亲了。我就是再想，我也再没有机会喊一声妈了。

木　兰：所以，你把所有的钱全都投入到这个养老院来了，所以，这个养老院叫老吾老，及其人之老，所以，你揍的不是小果，是年轻时候的你自己？

彭院长看着木兰，点了点头。

木　兰：我认识另一个人，也在每一个老太太身上寻找自己母亲的影子。

51. 老吾老养老院门口，日，外

豆制品厂的小面开过来，停下。彭厂长从车上下来，不解地打量着养老院的门脸。木兰从铁门里走出来。

彭厂长[看到木兰，挺激动]：江经理，你都挺好的？

木　兰[点头]：挺好的。

彭厂长：你怎么约我上这儿来？

木　兰：跟我来。

52. 老吾老养老院院子，日，外

木兰带着彭厂长过来，彭厂长吃惊的睁大了眼睛。院子里坐着一个老太太，彭院长站着，正细心地给老太太梳头。

彭院长：章阿姨，每天这么梳梳头啊，头皮活血，对咱们的身体有好处。

那个老太太痴笑着，显然是个老年痴呆症患者。彭院长却是那么的耐心。

彭厂长：小鸣！

彭院长[抬头一看]：哥？哥！哥！

彭厂长哆嗦着，眼泪哗哗下来。

彭院长[跑到彭厂长面前，紧紧抱住了彭厂长]：哥，真的是你！你来看我了？你原谅我了？我知道错了，我后悔得要命！哥，你原谅我了吗？

彭厂长：小鸣，老娘不在了，这个世界上咱兄弟俩是最亲的亲人了，咱们再也不要分开了！

两人抱头痛哭。木兰在远处看着，十分欣慰。江开国走过来，也看见了这一幕。

江开国：木兰，世界真小啊。

木　兰[搂住江开国的胳膊]：爸，世界真美好。

江开国怜爱地拍了拍木兰的手。雷颂华手里提着大包小包地过来，看见了江开国的背影。

雷颂华：江师傅！

江开国和木兰一起回头。雷颂华和木兰同时都呆住了。

53. 老吾老养老院花圃边，日，外

雷颂华和木兰并排坐在石头上。

雷颂华：木兰，对不起。当时那个情形，我实在是没办法保你。

木　兰：我知道。我能理解。

雷颂华：事后我也一直没联系你，你给我发短信我也不回，你知道为什么？是因为我想给你一个答案。

木　兰：答案？

雷颂华：这件事太明显了，就是个圈套。当时我怕越描越黑，过后我得查个水落石出。有结果了，我才好面对你。

木　兰：雷总，能有这句话，我心无挂碍了。

雷颂华：我去看过你，看你挺好的，我就知道，你不会垮。我没看错你。

木　兰：没办法，必须得好好活下去。

雷颂华：你知道吗？你在的时候提出的那个给老人送货上门的服务，现在有了很好的结果，比我们能预想到更好的结果，给超市带来了荣誉，和利益。店里的同事已经写好了一封联名信，去总部要求你复职。

木　兰：什么？

雷颂华：可是这还不够。我要你昂首挺胸地回去。那个肉厂厂长口说无凭就能害你，我要他付出代价。你的冤屈其实已经洗刷了，是朱经理设计的，套出了姓范的话，也录像留了证据，总部看过了，都明白了。不过我想，最后一击，最好由你亲自实行。

木　兰：最后一击？

雷颂华：这个姓范的肯定是露出马脚了，但我觉得这事后面应该有个人，因为你的办公室那个姓范的不可能进去。

木兰沉默。

雷颂华：陷害你的人会是谁，你心目中有没有人选？

木　兰[迟疑了很长时间，还是缓缓摇了摇头]：我不知道。

54. 路上，傍晚，外

木兰开着车，她神情凝重。终于，她掏出手机拨号。

葛文倩[画外音]：木兰。

木　兰：文倩，你现在有空吗？我想跟你坐一坐。

葛文倩[迟疑了片刻]：木兰，我也正想找你。

55. 咖啡馆，傍晚，内

木兰和葛文倩对面坐着。两人都是神情凝重，一言不发。

木　兰：文倩，我就想知道，是不是你？

葛文倩[一下子哭了]：木兰，对不起。

56. 超市走廊，日，内

闪回。葛文倩和范厂长对面站着。范厂长手里拿着用福利农场的袋子包着的两万块钱。

范厂长：葛经理，万事俱备，只欠东风，一会儿你们总部的人就来了，你只要把这钱放进去，这店长就是你了。

他往葛文倩手里塞那钱，葛文倩痛苦地推开，如同推开烫手的碳。

葛文倩：我干不了这事。

范厂长：别啊，葛经理，我知道你是好人，好人也得先把自己日子过好了是不是。拿着吧，都是为了自己，为了家里人，都能理解。啊。

他把钱硬塞进葛文倩手里，转身走了。葛文倩看着手里的钱，表情挣扎。

57. 超市里木兰办公室，日，内

闪回。木兰办公室没人。葛文倩进来，挣扎着。门外似乎有脚步声走过，她一惊，赶紧从衣袋里掏出那包钱，放在木兰的抽屉里，转身疾步出门。

58. 咖啡馆，傍晚，内

木兰愕然的表情。

葛文倩［流着眼泪］：木兰，我对不起你，可我也是有苦衷的。我老家的父母，都等着我养呢。他们都是农民，一分钱养老金都没有，每个月就等着我寄那几百块钱回去买米买油呢。我那个哥，完全靠不住，经济条件更差。不像我，好歹还上了大学成了城市户口。哥哥就在外地到处打工，因为穷，所以不孝，父母身上一毛钱不出。上一次我妈大腿骨摔断，家里看病花了一万多，父母全部的积蓄都进去了，我还给了好五千，还是管你借的。

木兰表情复杂。

葛文倩：自己家里更别提了，我老公你也知道，就那破公司，每个月就挣两千块钱死工资，多一毛钱都拿不回来。一家六七口人，老的小的，全靠我的工资勉强支撑着。多少年了，我没给自己买过一件新衣服，我都不敢生病。你知道嘛木兰，因为现在的生活已经顶着天花板了，要是我的身体有个什么闪失，要是我的工作有个什么风吹草动，那我们全家就全完蛋了！木兰，我鬼迷心窍，我丧心病狂，可我真的太想升职加薪了！木兰，咱俩这么多年同事，请你原谅我，我也是逼不得已啊，我是个自私的人，可我也是为了家里人啊。

葛文倩泣不成声。木兰沉默良久。

木　兰：这件事到此为止，我不会说出去。

葛文倩：木兰，谢谢。

木　兰：这辈子，我希望再也不要碰见你。

木兰起身走了。葛文倩痛哭失声。

第25集结束！

木兰重返超市工作，养老院被拆众人散

1. 麻小排挡，夜，内

木兰正跟雷颂华干杯，两人都是仰脖子干了。

雷颂华：终于又跟你在这儿麻小配啤酒了。痛快。

木　兰［满上］：雷总，能跟你这么喝酒聊天，我觉得很快活。看来跟领导搞好关系还是有用的。谢谢你一直都信任我，为了我做了那么多，我敬你一杯。

雷颂华：我喜欢实事求是。大千世界都浓缩在我们超市了，任由那些人胡搞，这不是我的风格。那个人你找到了吗？

木兰点点头。

雷颂华：是不是那个……

木　兰：雷总，那件事已经过去了，我已经原谅她了。

雷颂华：什么叫原谅她了？她可是陷害你的人。

木　兰：她也有苦衷。她已经向我忏悔了。

雷颂华：忏悔又能说明什么。很多人嘴里说一套，做的是另外一套。你觉得像曾宏那种人会真正悔悟吗？

木　兰：曾宏不会，可那个人会。我爸说过，一个人，一生当中，犯一次错误的机会要给他，如果他知错就改，那就还是好样的，如果一错再错泥足深陷，那就算我们不惩罚他，自有老天惩罚他。

雷颂华：木兰，你真的相信善恶有报？

木　兰：我相信。我不是就已经得到报答了吗？雷总，你就是我的报答。

雷颂华［笑了］：也对，你父亲就是我的报答。

木兰也笑了。

雷颂华：还是做好人好，回报终有一天从不知何处来到。

木　兰：对，回报终有一天从不知何处来到。

雷颂华：我让你说服了。只要是你的决定，我都支持。

木　兰：谢谢。

雷颂华：木兰，回来吧，回超市来。

木兰抬头看着她。

雷颂华：我代表公司，郑重向你发出邀请。

木兰凝神。

2. 网上商城大库办公室，日，内

木兰正在整理报表。卞总和刘总进来。

卞　总：江经理。

木　兰：卞总，刘总。

卞　总：江经理，有个好消息要通知你。

木　兰：我喜欢听好消息。

卞　总：自从你来了以后，我们大库井井有条，效率提高了三成，带动整个商城业绩上升了十个百分点。公司决定，把京津地区的大库合并，提升你为大库总经理。

木兰意外。

刘　总：公司给你加薪百分之十五。江经理，你这么有能力，以后每年都会有百分二十的加薪。

木兰笑了，但是马上又有些犹豫。

3. 木兰家厨房，夜，内

木兰和吕希一起在洗碗。木兰冲干净了递给吕希，吕希擦干收到碗橱。

吕　希：超市？还是网城？这是一个问题。

木兰笑：我今天才知道，有的挑也是个烦恼啊。

吕　希：加薪百分之十五，那就是一千二，那你的月薪就是九千二了。九千二呢。

木兰笑笑，没说话。

吕　希：当然当然，钱不是最重要的。换一个角度来说，决策要有前瞻性。木兰，网城肯定是未来主流的商业模式，你想想，现在谁不网购，什么东西不能网购？远的不说，就咱们家旁边那小书店，前两天关张了。说明什么，说明实体店已经是落后的商业模式了。未来在网络。以后人们什么都会在网上购买，毕竟方便啊，人类的进步，动力不就是为了两个字，方便。并且我大胆预言，网购的范围会越来越广，就算是你最熟悉的猪肉圆白菜活鱼活虾，随着配送业的发展，一定也能网上交易。

木　兰：贫吧你就，直接说重点。

吕　希：好吧，简单地说，我觉得网城是新兴行业，更有前途和发展空间，我认为你应该留在网城。

木兰还是没有说话。

吕　希：你不是还想回超市吧？

木兰点了点头。

吕　希：木兰，回去你也不是店长，还当生鲜经理有意思吗？

木　兰：有意思。

吕希为之气结。

木　兰：我知道网城好，也会有大发展，可我还是喜欢超市。我在超市干了那么多年，我舍不得。超市是零售终端，是一个跟老百姓市井生活最贴近的地方，充满了人间的烟火气，是一个能体验生活最基本最微小乐趣的地方。你想，顾客来买东西，面对琳琅满目的商品，什么都是摸得着看得见的，心里有多高兴啊。

吕希没有说话。

木　兰：我不否认你的说法，网上生活的确是未来的生存模式。可我们超市也紧跟时代，也有网站啊，我们一样是可以送货上门的。

吕　希[板着脸]：决定了？

木　兰[点头]：对不起，九千二没了。

吕　希[笑了]：你可真是个傻瓜，不过这个社会就是需要你这样的傻瓜，不然人类就太绝望了。

木兰笑了。

4. 超市入口，日，内

木兰走过来，还没有营业，整个卖场入口静悄悄的。木兰走过来，看着熟悉的一切，露出了一丝微笑。忽然，所有人都从货架后面走出来，夹道欢迎，拼命地鼓掌。雷颂华和新来的店长也在。木兰乍看到故人，动容。

乔　丽：江经理，你可算是回来了，知道我们大家有多想你嘛！

木　兰：我也想你们。

朱经理：江姐，以前是我不对，耍小聪明，因小失大。最近我们生鲜业绩刷刷的往上走，是顾客对我们信任的回报！江姐，你是最对的，以诚换诚，最后才是你好我好大家好！

木　兰[笑着点点头，然后看向雷颂华]：雷总。

雷颂华：江经理，这是新来的店长老柯。

木　兰：店长。

柯店长：江经理，欢迎你回来。

木　兰：谢谢。

彭厂长[画外音]：江经理！

木兰回头看，只见彭厂长和焦场长都来了。

木　兰：彭厂长，焦场长，你们怎么也来了？

彭厂长：知道你回来了，我们当然要过来祝贺你了！欢迎你回来，江经理！

焦场长：江经理，你没事就好。

木　兰：谢谢你们，谢谢大家！

5. 超市后门外，日，外

木兰送雷颂华走出来。

雷颂华：木兰，我这就走了。这次委屈你了，本来这个店长应该你来当。可是总部的调令已经下来，葛文倩也已经去做大区专员了。不过，你这样光明磊落的人，我相信你会有更高的前途。别气馁，一定要坚持下去。

木　兰［笑了］：其实我挺喜欢现在这份工作的，每天面对这些老顾客和新顾客，我特别开心。当然，如果工资能涨就更好了。

雷颂华也笑了。

6. 老吾老养老院食堂，夜，内

江开国和江多福、亚芝、悦悦、方琼坐在桌子旁，桌子上摆上了不少菜和水果。木兰和吕希端着菜过来。

方　琼：木兰，够吃了，别忙了，快过来吃吧。

木　兰：阿姨，这就好了。我手艺不如我爸，献丑了献丑了。

方　琼［笑］：虎父无犬女。闻着就香。

江开国［端起饮料杯］：来来来，今天，庆祝木兰回超市上班了！

方　琼：木兰啊，真是有缘千里来相会，没想到你和我们家颂华是同事。颂华跟我说了，你特别正派，超市有你这样的经理，绝对放心。

吕　希：阿姨，您不知道，我们家木兰对超市那叫一个忠心不二，这回这网络公司，一个月给她多开好几千呢，她就是想回超市。

木　兰：你还惦记这事呢。

吕希笑。

江开国：千金难买我喜欢。

吕　希：就是就是，木兰做自己喜欢的事，我们都支持！干杯！

众人碰杯。这时候涌过来好几个华大妈等老头老太。

华大妈：小江头，就知道你闺女来了，准有好吃的，我们都来了。

江开国：都来都来！

众人欢笑。

一老头：开国啊，跟亚芝给我们来一段，助助兴。

华大妈：可不嘛，今天这么开心，我们就爱听你们俩唱《天仙配》。

众老人一起起哄。江开国和亚芝互相看看，都挺不好意思的。

木　兰：爸，阿姨，你们就来一段吧，也让吕希开开眼，听听咱们的黄梅戏。

江开国：好，来一段就来一段！亚芝？

亚芝虽然有点不好意思，但还是点点头。

江开国：好，那我们就来一个大家最熟悉的《天仙配》吧。

大　家［鼓掌］：好，好！

江开国和亚芝开始唱起来。阵阵的欢笑声中，张张笑脸。木兰看着，感到无比的幸福。

7. 路上，夜，外

吕希在开车，木兰抱着悦悦坐在副驾驶上。悦悦已经睡着了。

吕　希：睡着了？

木　兰：今天可把她乐坏了。又赶鸭子又学唱戏的。

吕　希：真没想到，还有这样一个世外桃源。咱们也算走过不少养老院，哪有像“老吾老”这样的好地方啊。

木　兰：是啊，来了这儿，我就觉得我爸和爷爷的养老不是那么没指望了。

吕　希：要是早点知道这个养老院，我就可以把我妈送这儿来，我妈就不会……

木　兰［握住吕希的手］：别难过，妈走了，也是去天上陪爸了，他们会有他们的快乐。只要我们都好好的，爸和妈就都放心了。

吕　希［点头］：希望有一天，所有的养老院都是老吾老。

木　兰：一定会有那么一天的。

8. 超市，日，内

一系列蒙太奇。木兰在超市里穿梭，不断地和顾客们交流，帮着解决问题。顾客们的脸上展露了越来越多的笑容。业绩表上，生鲜部的业绩越来越好。

9. 江援朝新家大卧室，日，内

江志新的屋里细软已经都搬走了，看上去非常的冷清。贾幸梅呆呆地站在门口，望着屋里的一切发呆。地上的角落有一个孙子留下的小玩具。贾幸梅看见了，不由自主地走过去，捡起来，紧紧捧在手里，十分怅然。

10. 江援朝新家客厅，夜，内

贾幸梅和江援朝在吃饭，气氛比较沉闷。贾幸梅明显食不下咽。

贾幸梅：援朝，我们就这么随儿子去？我们得叫他们回来住啊。

江援朝：叫了那么多次，他们不肯啊。从小到大，志新是头一回这么执拗。

贾幸梅：他们不在家，我们俩住在这儿有什么意思？

江援朝：我们把志新的心给伤了。

贾幸梅：你什么意思？

江援朝：我没什么意思，我心里也难受。前一段这儿多热闹，老的老，小的小，一大家子人……那才像个家的样子。

贾幸梅：怪我吗？怪我吗怪我吗？！要怪也得怪那个老头子！他要不生病不就没事了！他要不生病不是好好在这儿住着？！

江援朝：你这话不是不讲理嘛，我爸是自己愿意生病的嘛，那是天灾人祸，谁也不想的，赶上了就得面对！

贾幸梅：你！

江援朝：幸梅，我们太自私了，我们就想索要，不想付出。轻松的责任愿意担一点，一旦遇到大麻烦了，我们的骨头就软了。我爸病了，我哥和木兰怎么就能咬着牙把这事情扛下来？这点上我太不像我哥了。他是个强者，我是个懦夫。是我们让志新寒心的。

贾幸梅［愣了一会儿，突然狠狠地］：反正不是我们的错，就是老头子自己不争气！谁让他生病的！志新爱生气不生气！爱回家不回家！不吃了！

她生气地扔下碗筷，离开。江援朝直摇头。

11. 路上，日，外

贾幸梅拎着菜篮子，没精打采地走着。突然她因为神魂不守踩在了一块香蕉皮上，滑出去很远，狠狠地摔在地上。贾幸梅一声惨叫，却半天都爬不起来。

路　人［慢慢围拢来］：怎么了这是？……

贾幸梅满心委屈突然爆发，哇哇大哭起来。所有人都惊呆了。

12. 医院急诊室，日，内

江志新［着急地跑过来］：妈！

贾幸梅坐着，一条腿已经打了石膏。江援朝在一旁陪着。

贾幸梅：志新！

江志新：妈你怎么这么不小心！大夫我妈没事吧？

医　生：骨折，好好回家养着吧。

江志新：哦，谢谢大夫。妈，疼不疼？

贾幸梅：疼。

江志新：没事，养好就好了。

江援朝：志新，这儿没事儿，咱带你妈回家吧。

江志新：妈，回家吧。我背你。

江志新俯身，江援朝帮着把贾幸梅放到他背上，贾幸梅让儿子背着，悄悄流下了幸福的眼泪。

13. 江援朝新家客厅，日，内

江志新背着贾幸梅进来，给安置在沙发上。江援朝也进来，跟着坐下。

江援朝：你说你走路也不看这点，这么大人还能让香蕉皮给摔了。骨折挺厉害的，怎么也得养上个三两个月。

贾幸梅：志新，回家吧。你们不在家，我们老两口特别没意思。算妈求你了，回家吧。

江志新沉吟不语。

贾幸梅：你对我们有意见，我们都知道。可是毕竟我们是你的父母啊。

江志新：妈，你别说了。这些话我听了心里难受。

贾幸梅哭了。

江志新：这样吧，这段时间妈的腿不方便，爸又要上班，肯定照顾不过来，我们就先回来住一段，陪着妈养伤。等妈伤好了，我们就回去。

江援朝：那就正好搬回来就得了。那儿房子也别租了，怪费钱的。

江志新［摇摇头］：爸，你们就听我的吧。我们就是为了妈。

江援朝只好点了点头。

14. 江援朝新家中卧室，夜，内

贾幸梅和江援朝躺着。

贾幸梅：关键时刻，还是儿子好。

江援朝：那是，养儿防老。我们年纪越来越大，将来依靠儿子的地方只会越来越多。

贾幸梅深深地叹口气，若有所思。

15. 老吾老养老院门口，日，外

一个红色斗大的拆字，显得触目惊心。老人们都围在门口，看着几个工作人员正在刷拆字。

老人们：怎么了这是，出什么事了？

16. 老吾老养老院食堂，傍晚，内

彭院长面色沉重地站在上面，带着害怕和期盼眼神的老人们坐着。一时竟是鸦雀无声。

江开国：院长，是不是出什么事了？

华大妈：院长，这外面刷那大红字什么意思？不是这房子要拆吧？

彭院长沉重地点了点头。大家都惊呆了。

一老头：这到底怎么回事？

彭院长：这个村，前后左右都早就都是高楼大厦，现在他们也要拆迁了，村委会已经把地卖给了开发商，说是要盖高档商品房，所以要收回这地方。

所有老人都不知所措。

华大妈：他们收回这地方，那我们上哪儿去啊？

彭院长［都不敢看他们的眼睛］：咱们这个养老院，要解散了。

众老人彻底惊呆了。

江开国：可是咱们不是应该跟他们有合同的吗？这到时候了吗？

众老人［纷纷］：就是啊就是啊，到时候撵我们走了吗？

彭院长：我跟他们论了一天，没的商量，他们就要我们马上搬走，说违约金就照着合同赔好了。

众老人顿时哑然了。

华老太：那，那我们怎么办？

另一老头：院长，咱们再去别的地方找找吗？不能解散，解散了我们上哪儿再找这么好的养老院。

彭院长［默然片刻，含泪］：叔叔阿姨，大妈大爷，我一定会想办法，眼下，对不起……

大家都沉默了。彭院长忍住难受起身走出。留下老人们都是非常伤心。

17. 老吾老养老院院子，夜，外

亚芝在月季花圃旁边的石头上枯坐。江开国远远的走过来。江开国主观视点，月色下的景物已经非常朦胧。他一脚差点踩进花圃中，险些跌跤。亚芝看见，非常心疼，赶紧起身过去扶他，两人一起在大石上坐下。一时都无言。

亚　芝［凝视着江开国的眼睛］：眼睛越来越不好了？

江开国［苦笑］：也不知道哪天就突然看不见了。原本以为可以在这儿一直住下去……

亚　芝：村委会太过分了，明明跟他们签了十年合同的，这才三年，就为了钱！

江开国［叹气］：能怪谁呢，村里卖地，他们能致富，能过好日子，谁都得为了自己好。

亚　芝：彭院长肯定很难过。要是能再找到这样的地方就好了。

江开国：太难为他了，他收这么少的钱，也是因为这儿房租便宜，要想再有这样的地方，哪儿那么容易。北京的地多金贵啊。

两人默然片刻。

亚　芝：老江，你有什么打算？

江开国：我真的很想回桐城。来北京快一年了，虽说跟木兰近，可也给木兰添了不少包袱。现在我爸跟我这样，养老院又没了，还得回石景山。还得木兰操心不说，我们自己也不开心。人老了，就想落叶归根，就想着回家。

亚　芝：木兰能答应吗？

江开国［摇头］：木兰肯定不能答应。她明天就来接我。你呢？

亚　芝［出了一会儿神］：我也想回家。

江开国：回家？

亚　芝：启安。［出神地］时间过的多快，好像就一眨眼睛，三十多年了，最近我常想起以前在启安跟爸妈在一起的事，好多小事，本来都忘了，突然就会想起来了。将来有一天死了，我想回去，跟我父母葬在一起，陪他们。［忽然回过神来］我是不是很傻，其实人死了，什么都不知道了，陪不陪的，也没什么意思了。

江开国［摇头］：有意思。你又没死呢，你怎么知道人死了就什么也不知道了，说不定在另外一个地方，大家又在一起了呢。所以啊，怎么想，就一定要怎么去做。

亚芝笑着点了点头。

江开国：不过你还年轻呢，还早着，这么想回去，就该什么时候先回去看看。

亚　芝：对，你陪着我。

江开国也笑着点了点头。亚芝看着他，眼神中有内容。

18. 木兰家客厅，夜，内

木兰和吕希坐在沙发上。

吕　希［意外地看着木兰］：什么？养老院要拆了？

木　兰［点头］：而且要大家尽快搬走。说是一周之内就要来推房子。

吕　希：这叫什么事啊，哪有这样说撵人就撵人的，那里边住着好几十口子的老人呢。

木　兰：是啊，没了地方，那些老人还能去哪儿呢，尤其那些失能老人。

吕　希：这事没人能管吗？

木　兰：怎么管呢？村委会把违约金都给了，人家的东西，人家就有处理权。

吕　希［叹气］：好不容易你爸他们找到了一个能过得开心的地方，就这么说没就没了。

木　兰：现在老人家们心里肯定都很不好受。我都不能想。

两人都是深深叹息。

木　兰：不管怎么说，明天我先去把他们接回来。我想把亚芝阿姨一块儿接来。不能让阿姨再回那个杂物间住去了。

吕　希：就让阿姨跟你爸一块儿吧，回去也是受余淼的虐待。余淼这个混蛋，亚芝阿姨可以告他的。

木　兰：你觉得阿姨是那样的人吗？先接回来再说吧。

19. 老吾老养老院院子，日，内

江开国在月季花圃挖出一株月季，用塑料袋包起根部，他满怀感情地做着这一切。一旁江多福坐在石头上，默默地看着。

20. 亚芝房间，日，内

亚芝和华大妈、薛大妈都在收拾东西，脸上都是依依不舍，特别难受。

华大妈［拿着一副线织手套］：亚芝，这个送给你，我自己织的，你留着做个纪念。

亚　芝［接过来］：真好看，谢谢你，华姐。

华大妈［又拿出一顶帽子］：小薛，这个给你。

薛大妈［接过，强忍着难受］：好，以后冬天我遛弯都会戴着。

华大妈：跟你们一块儿住真是开心，老了老了还交你们这些朋友，我永远不会忘记你们。就是没想到这么快就要分开了，以后也不知道还有没有机会见面。

说着华大妈哭了。亚芝和薛大妈也非常难受。

亚　芝：华姐，一定还能见面的，一定。

华大妈：我要回甘肃了。

薛大妈：不上你儿子那儿住？

华大妈［伤心地摇头］：我媳妇不愿意我回去跟他们住，给我安排到老家甘肃的一个养老院去了。

亚芝和薛大妈都黯然。

亚　芝：华姐，我以后上甘肃去看你，找你玩。

华大妈［抱住亚芝哭了］：亚芝，你一定去，我等着你。

亚芝也非常伤感。这时候木兰出现在门口，显然刚才的情景都看见了。

亚　芝：木兰。

木　兰：阿姨，我来接你们。华姨薛姨，你们东西都收拾好了吗，我帮你们。

两个老太太都含着眼泪强笑一下。木兰从包里拿出一个发片。

木　兰：华姨，我给你带了个发片。

华大妈：木兰，你怎么知道的？

木　兰：我听亚芝阿姨提起过。马上天就太热了，老戴帽子难受，华姨，有了这个，您呀，再也不用担心头发问题了。来，我给您戴上。

华大妈含着泪点点头。

（跳接）华大妈已经戴好了发片，看上去就跟真的头发一样，木兰拿着一面镜子，给华大妈从后面照头顶的头发。

木　兰：华姨，您看看满意吗？

亚　芝：真好，跟真头发一样。

薛大妈：华姐，以后你就不用一年四季戴着帽子了。

华大妈［流着泪照镜子，使劲点头］：好看，真好看！［转身抱住木兰］谢谢你，闺女。

木　兰［笑着给华大妈擦干眼泪］：大家都有电话号码，也有地址，天涯海角，也不能阻挡你们的友谊。华姨，笑一笑！

华大妈努力微笑。老太太们都努力微笑。

21. 老吾老养老院院子，日，外

老人们纷纷拎着行李走到院子里，也有子女推着轮椅出来的，大家一时都站在院子里，惆怅不去。老吾老的牌子已经摘了下来，就靠在院子里的一棵树上。

彭院长［伤感地看着大家，挨个跟大家说话］：江老爷子，谢谢啊，周大爷走的安心。江师傅，以后要有什么要帮忙的，给我打电话。

江开国：院长你太费心了。

彭院长：薛妈妈，风湿自己要小心，给你带上那些膏药该贴还是得贴。

薛大妈［拉着彭院长的手］：你自己关节也不好，下雨天也要小心。

彭院长：哎。

彭厂长和杨姐等几个护工搬着东西出来，往停在院子一边的中巴车上搬。木兰迎上。

木　兰：彭厂长，你也来了。

彭厂长：来帮个忙。院里那几个失能的孤寡老人，说什么也不能不管，我弟他已经租了一个两居室，先挤挤住着，以后再慢慢想办法。哎，多好的事啊，可惜。

彭厂长他们又忙去了。木兰很伤感。

彭院长［站到中间］：大家这就要说再见了。还真有点舍不得。我们在这儿一块儿过了三年，很开心。

众老人：谢谢院长。

彭院长：应该说谢谢的是我。这三年，你们就跟我的爹、我的娘一样，让我很幸福。叔叔阿姨，大爷大妈，希望以后你们都能健健康康，快快乐乐的。为了我，为了我们心爱的人，你们一定要好好的。

众老人［哭了］：我们一定好好的，为了你。

彭院长：我还会接着找地方，只要能找到合适的地方，我就还会把这个养老院开起来。

众老人：好，我们等着你。不管你在哪儿开，我们都去！

彭院长：说定了。

木　兰：院长，大家合个影吧。

彭院长：好，合个影。

（跳接）大家排队站好，有人把那块简陋的老吾老的牌子扶着。华大妈终于把帽子摘了，跟大家站在一块儿。

木　兰［拿着手机］：都看我这儿，一，二，三。

手机里，大家虽然含着泪，但都带着笑容。定格。木兰含着眼泪把照片发出了微博。

［旁白］：世外桃源就这样再见了。江木兰发出了这条微博，这张照片是这个时代某一瞬间的微小见证。见证了老人们在这儿度过的一段岁月，见证了他们的欢笑与泪水。江木兰从内心深处乞求这一天能重现。

22. 吕家客厅，日，内

木兰开门，提着行李进来。后面，江开国和亚芝扶着江多福进来。

木　兰：爸，阿姨，你们先坐下歇歇，我帮你们收拾行李。

三个老人在沙发上坐了下来，江开国给江多福倒上杯水，江多福喝水。

木　兰：阿姨，小卧室我昨天已经过来收拾过了，你就住下吧。

江开国挺意外的，心绪有些复杂，转头看看亚芝。亚芝的表情非常沉静，似乎若有所思。

江多福：亚芝住这儿。好。

亚　芝［摇头］：木兰，我得回去。

木　兰：回去？回那个小黑屋去？阿姨，我不会你走的。

亚　芝：木兰，我得回去，那是我家。

木　兰：不行，阿姨，你别走。就在这儿住吧，这儿就是你家，我们都是你的亲人。爸，你说是吧？

江开国看了看亚芝，还是没说话。门铃响。木兰过去开门，一愣。门外竟然是余淼。

余　淼：姐。

木　兰［并不友好］：你怎么来了？

余淼一愣。

亚　芝：我让他来的。

余　淼：就是，我来接我妈回家。

木　兰：余淼，是回家吗，还是回杂物间？

余淼不说话了。

木　兰：阿姨，我不让你走。

亚　芝［异常坚决］：木兰，让我走吧。

亚芝拎起自己的行李，余淼忙接过，亚芝跟着余淼走了。木兰想挽留，却没话说。门关上了。江开国一直没说话。

木　兰：爸！为什么不把阿姨留下来？怎么忍心阿姨回去那种地方住，你们应该结婚。

江开国：我现在没有资格留她。我快成瞎子了，我要跟她好就是拖累她。

木兰愣，继而伤感。

23. 木兰家客厅，日，内

木兰开门进来，吕希坐在餐桌边，在电脑上忙着。木兰有些疲惫地在沙发上坐下。

吕　希：都安顿好了？

木　兰［点了点头］：阿姨回去了。

吕　希：回去了？

木　兰：让余淼来接的。不管我怎么劝，就是不肯留下来。

吕希一时默然。

木　兰：我爸的眼睛，比去的时候好像坏多了。我爷爷又那样。把他们两个人那么放着不行了。

吕　希：要不，还是给他们请个保姆。或者钟点工也行。你爸怕花钱，你就先给请了再说。

木兰犹疑不决。

吕　希：我知道，经过我妈那事，你们都怕保姆，不过你爸和爷爷毕竟不是我妈，保姆要虐待他们应该不行吧。

木　兰：不是这个问题，而是，保姆毕竟不是亲人，他们需要的除了日常的照顾，更重要的是心里的安慰。彭院长跟我说过，老人最需要的是子女的陪伴，比什么都重要。

吕　希：我知道，最好的办法当然是换房，两套小的换一套大的，大家都住一块儿。可是，木兰，我真的还是觉得，大家都各自的空间更好一点，是不是？对我们来说，对你爸他们来说，其实能有自己的空间都挺重要的。还有悦悦，她正在成长期，也得有自己的空间是不是？养老也不用每时每刻都跟他们在一起是不是。

木　兰：我再想想吧。

吕　希：这亚芝阿姨心里到底怎么想的，本来一块儿住不是挺好的，她也不用回去受罪，你爸也有人照顾。

24. 亚芝屋子，日，内

田咪在沙发上躺着看电视。亚芝跟着余淼开门进来了。田咪看到亚芝，立刻一副讥诮的表情。

田　咪：哟，妈回来了。还是儿子好吧，一个电话就大老远跑去接去，当妈的抛弃儿子，儿子可没抛弃你啊。

余　淼：咪子，你干嘛呀，妈这刚回来，还没坐下歇一歇呢，你能不能说两句好听的。

田　咪：你妈走的时候说的那些话你都忘了？你怎么一点记性都不长啊。妈，你走的时候多狠心啊，不是不要余淼了嘛，不是不要大孙子了嘛，怎么现在又回来了，没地方去了是吧？回来可以，得把退休金交出来，不然那间屋子也不让住。

余　淼：你？

亚芝一直非常平静。

田　咪：对了，既然回来了，正好，先把衣服给我洗了吧，洗完衣服给我做饭去。

亚　芝［像变了一个人］：衣服你得自己洗，饭你也得自己做，我不会再伺候你们。

田咪和余淼都呆。

田　咪：就你这样，还想回来？！

亚　芝：我没想回来。我打算跟江爸结婚。

田咪 & 余淼［都惊呆了］：什么？

余　淼：妈，你要跟江爸结婚，你今天还回来干吗？

亚　芝［很平静但很坚决］：回来，一是为了给你们说一下这个事，毕竟你们是我儿子儿媳妇；二，我要从这个房子出去，跟你江爸领证去，堂堂正正的跟你江爸结婚去。我不会不明不白地就跟着人回去住去的。

田　咪：听明白了吧？余淼你听明白了吧？你当你妈多心疼你多想你呢，你还屁颠屁颠跑过去接！你妈压根就是为了她自己！为了那个老头！

余　淼：我还以为你不舍得我，终于肯回来了呢。原来你就为了回来从这儿嫁出去啊，你对得起我爸吗？！

亚　芝：我没对不起任何人，这个事我已经决定了。

余　淼：我不同意！

亚　芝：淼淼，妈不是在征求你的同意。

亚芝起身，拎着自己的行李出去了。余淼彻底惊呆。田咪一个劲冷笑。

25. 杂物间，夜，内

亚芝坐在杂物间的床上。她的表情非常平静，而且坚定。她掏出手机打电话。

亚　芝：老江，明天，青藤茶楼，我们不见不散。

26. 茶楼，日，内

亚芝坐着，她穿着特别正式的衣服，静静地等着。江开国慢慢摸索着过来，在对面坐下。

江开国：亚芝，什么事还约我上茶楼来谈。

亚　芝［给江开国倒上茶］：今天我想跟你谈我们的婚事。

江开国呆。

亚　芝：老江，我今天正式向你提出结婚。

江开国：亚芝……

亚　芝：你先听我说完。我一直喜欢你，我早想跟你过。可是我没房子了。我心里就觉得自卑。你老江这么好的人，木兰这么好的孩子，我什么都没有，为了跟你在一起住在吕希家里的房子里，我心里真的别扭，我觉得太没面子了。我一辈子都挺要面子，日子再艰难，我也没放下过脸面。可现在，我想通了。在养老院过得太开心了，我天天跟你在一起，天天都是大晴天，以后要是不能跟你在一块儿了，那就天天都是下大雨，下冰雹！人情世故的事我都看开了，我没房子又怎么样，我喜欢你，我就舔着脸住在吕家的房子里，又怎么样。开国，只要能跟你在一起，我什么都不在乎。

江开国：亚芝，谢谢。你这份心，我领了。可我不能跟你结婚。

亚　芝：是因为你眼睛不好？

江开国：亚芝，我喜欢你，本来我真想跟你在一起，还能给你点轻松和快乐，能给你几天好日子。可是现在我这眼睛，跟你结婚，我就是要你来伺候我，我不能这么自私。你毕竟还不到六十，你还年轻，身体也还好，还能找个比我强的人去。

亚　芝［哭了］：我就想跟你在一起，你眼睛不好怎么了，我还什么都没了呢，没钱没房子，我一个什么没有的老太婆。你不要我，还有谁要我。

江开国：亚芝，我真的不能连累你，你嫁给我，你就得伺候我，还有我爸，我们俩一个瞎子，一个呆子，够你辛苦的。亚芝啊，你还年轻啊，你长的又好看，身体又好，肯定有比我强的人喜欢你，你还能过几十年幸福日子呢。别为了我耽误了。

亚　芝：你还是没明白我。

江开国：我明白。我都明白。我祝福你。再见。

江开国起身就摸索着走了。亚芝望着他背影消失，却擦去了眼泪。

27. 超市卖场，日，内

木兰正在巡场。

亚　芝［走过来］：木兰。

木　兰：阿姨？

28. 超市天台，日，外

亚芝和木兰坐在天台一角。

亚　芝：这一段跟你爸在养老院，我觉得特别开心。这么多年了，我一直挺孤单的。以前余淼是我的精神架子，为了他，我守寡十多年，多困难多孤单我都能忍。因为他是我儿子，是我亲人，为了他我什么都能做到。可最后，他让我挺失望的。我能给他的我都给他了，可他娶了媳妇之后，就完全把我这个妈放一边去了。我落的这么个结果，本来死的心都有了，幸好还能认识你爸，是你爸让我觉得活着还挺有意思的。木兰，我是真的喜欢你爸，想跟你爸过。

木　兰：阿姨，你喜欢我爸我当然高兴，我也知道我爸的顾虑。我爸眼睛就要不行了，他肯定是怕拖累你。我也不敢说您就该跟我爸一块儿，我爸马上需要人伺候，这应该是我的责任，我希望我爸开心，可也怕我的责任推给阿姨了。

亚　芝：木兰，照顾你爸，伺候你爸我心甘情愿。人活着，不就为了有个人牵挂，有个人喜欢嘛，你爸现在就是我活下去的理由，你说我会不会嫌弃他，你说我会不会觉得他是拖累呢。

木兰感动地看着亚芝。

亚　芝：你爸跟我说过，其实他挺想回桐城，毕竟老家环境熟悉，北京对他来说终究太大太陌生了，树高千丈叶落归根。可他又不想让你伤心难受，他知道你孝顺，希望把两个老头带在身边尽孝，他哪怕为了你他也得在北京待着，他不能辜负女儿的一片孝心啊。木兰啊，我相信你爸跟我在一起一定也挺高兴。我跟你爸结婚，这不是一个两全其美的方法吗？你们全家都能在北京团聚，我又能有个好的归宿。我想回老家，他也想老家，我跟他就个伴，我们俩还能时不时带着爷爷回去住一段，不是更好吗？木兰，你能明白阿姨的心意吗？

木　兰：阿姨，我相信你跟我爸在一起，一定会很幸福。

亚　芝：你回家帮我做你爸的工作。

木兰笑着点点头。

29. 吕家客厅，傍晚，内

江多福正在茶几上数大芸豆子，江开国在一旁呆呆地看着。

江多福：铁蛋？

江开国：嗯？

江多福：你有心事。

江开国一愣，有些苦涩地看着江多福。这时候木兰开门进来，手里拎了菜。

江开国：木兰？

木兰笑：爸，爷爷，我给你们做好吃的。

江多福[指指江开国]：木兰，你爸有心事。

30. 吕家客厅，夜，内

父子俩坐在沙发上。江多福正在泡脚。江开国看着电视机，呆呆的。木兰端着水果过来，放茶几上，在江开国身边坐下。

木　兰：爸，我要跟你谈一谈。

江开国看着木兰。

木　兰：爸，阿姨今天去找我了。

江开国意外。

木　兰：阿姨说喜欢你，要跟你结婚。

江开国：我不能跟她结婚。

木　兰：爸，你不就怕眼睛不好，让阿姨照顾你是吗？这有什么的，照顾自己喜欢的人，不是一件幸福的事吗？

江开国：亚芝是一个好女人，就可惜，我已经来不及了。

木　兰：来得及来得及，爸，你和阿姨，还有几十年的快乐，怎么就来不及了。

江开国：木兰，我瞎了，我什么也干不了了，还有什么快乐？

木　兰：爸，失明怎么了？你从来什么困难都不怕，怎么你现在怕起失明来了？这不像你了啊，爸！世界上那么多看不见的人，他们一样生活的好好的，一样能感受这个世界的美好，你也可以的！等到了那一天，我们一起陪你，陪你重新习惯变黑的世界！

江开国：爸自己根本就不怕。我早就已经做好思想准备了。我怕的是，连累了亚芝。她应该和一个健全的人在一起。

木　兰：爸，感情是不讲条件的。阿姨跟我说，如果不跟你在一起，她跟谁在一起都不会开心。

江开国：相见恨晚。

木　兰：不晚不晚！一点都不晚！爸，只要从这一刻开始，紧紧抓住手里的幸福，那就不晚！

江多福：铁蛋，你应该跟她结婚，别觉得你拖累她，你还救了她了。

木　兰：爷爷说得对，爸不要觉得拖累了阿姨，爸是救了阿姨。阿姨太不容易了，在余淼那儿太不幸福了，现在可以说是孤零零一个人，你能给她幸福。阿姨给你一双眼睛，你能给她一个怀抱，一个家！你说，到底谁得到的更多一点？

江开国很是动容。

木　兰：爸，我本来不能说这些，我是你女儿，我该照顾你，我该让你幸福。可是我知道，阿姨也能让你幸福，是一种跟女儿给你的幸福不一样的幸福。爸，我想看到你幸福，这一辈子，你为我付出太多了，我想看到你幸福。

木兰掉下了眼泪，江开国伸手擦去了木兰的眼泪。

木　兰：爸，你就成全我，也成全阿姨吧。

江开国终于点了点头。木兰笑了。江多福在一旁也笑了。

31. 亚芝家院子门口，夜，外

木兰的车过来，静悄悄地在门口停下。江开国从车上下来，又回身看看木兰，木兰给了父亲一个鼓励的眼神。江开国转身，摸索着进了大门。木兰看着父亲的背影，特别欣慰。

32. 杂物间里外，夜，外 / 内

江开国摸索着过来，走到了杂物间门口，他在铁皮门上敲了敲。亚芝开了门，看到江开国，她的眼神非常幸福。

江开国［凝视着亚芝］：亚芝，嫁给我。

亚　芝：好。

江开国：后半辈子，咱们还有多少年，我就对你好多少年，我要让你感到幸福。

亚　芝：只要在你身边，只要能陪着你，我就很幸福。

江开国：幸福。

江开国慢慢地向亚芝伸出了手，伸到亚芝的面前。亚芝伸出手，紧紧的握住了江开国的手。不远处，木兰悄悄地站在角落，目睹那一幕，泪水静静滑落。

[旁白]：这两双手，属于我们的父亲和母亲；这两双手，历经半世沧桑，人间辛苦；这两双手，维持了生计，操持了家务，抚育了儿女；这是人世间最普通的两双手，却是最珍贵的两双手。江木兰看着这两双手握在一起，她看到了两颗心贴在了一起。

33. 吕家客厅，日，内

门铃响，江开国和亚芝过来开门。门外是木兰一家，手里提着大包小包。

悦　悦[扑进江开国和亚芝怀里]：外公！婆婆！

亚　芝：悦悦心肝宝贝！

一家人进去，把大包小包放桌上。

吕　希：爸，阿姨，恭喜恭喜！

江开国和亚芝都有点不好意思。

吕　希：这是我们家的大喜事，我跟木兰说了，好事不能等，赶早不赶晚，干脆，明天就去登记去！

亚芝害羞地笑，江开国大笑。

江多福：后天，后天好日子，宜嫁娶。

木　兰：就听爷爷的。

吕　希：那就后天，咱们去定个餐厅包间，全家好好吃一顿。

江多福：烤鸭。

吕希笑：好，咱们就去吃烤鸭去。

亚　芝：吕希，住你爸妈的房子，真的不好意思。

木　兰：阿姨，爸，千万别跟吕希见外。他们家的房子，如果能给你们一个家，我相信吕希的爸妈泉下有知，也会高兴的。

吕　希：爸，阿姨，你们就好好在这儿过吧。这房子是我的，也就是木兰的，也就是你们的，你们放心尽管住。

亚　芝：吕希，谢谢。

吕　希：阿姨，我该谢谢您。您不知道木兰跟爸的感情有多深，能看到爸找到意中人，她不知道有多高兴。阿姨，您能跟爸就伴，等于代替我们小两口照顾了爸和爷爷，我们很感激您。

江开国和亚芝都很感动。

吕　希：今天也正好，我们帮着爸和阿姨把屋子好好收拾收拾，这是新房啊，得收拾得喜气洋洋的才行！

悦　悦：喜气洋洋！喜洋洋！

木　兰[笑]：三句不离喜洋洋。

众大人都欢笑。吕希已经打开手里拎的袋子，往出拿东西。一家人开始忙碌。

34. 亚芝屋子，日，内

田咪和余淼坐在沙发上。屋子里到处都是脏碗脏衣服，一片狼藉。余淼闷闷地用手机在打游戏。田咪正在翻一本孕妇的书，翻一半给扔地上了。

田　咪：你妈太自私了！

余淼不说话，一脸不高兴。

田　咪：没见过这么自私的妈，一大早就不见了，肯定是去老头那儿浪去了。那老头不是我说，还是你亲爸呢，更自私！把老太太拐跑了，让老太太伺候他们去！你倒是说话呀。

余　淼：你让我说什么呀，天要下雨娘要嫁人，我拦得住嘛。

田　咪：这么多年了，你想想余淼，你妈什么时候能对你这么狠心，说去养老院就去了，说要嫁人就嫁了，还不就是因为你这个江爸来了，就把你妈从你这儿给抢走了！

余　淼：你还想怎么着啊？

田　咪：反正不管怎么说，人留不下，钱也得留下，你妈那退休金不能带过去补贴他们老江家！

35. 吕家主卧室，日，内

爷爷的东西都已经搬走了，大卧室已经归置成了二老的卧室，亚芝的衣服之类的已经挂在了衣橱里。吕希和木兰正在墙上贴大红喜字。

木　兰：左边再往下一点点，过了过了，上去一点点一点点，好了！

吕　希：木兰，我想起咱俩结婚那会儿收拾新房了。

木兰笑。这时候外面门铃响。

36. 吕家客厅，日，内

江多福坐在沙发上看电视。听到门铃声，江开国和亚芝从厨房出来，木兰和吕希从主卧室出来。

亚　芝：我来开门吧。

门一开，所有人都愣住了。田咪和余淼在门外。

亚　芝：淼淼，田咪？你们？

田咪和余淼进来。大家看见他们，都不说话了。

田　咪：妈，你跟江爸大喜，怎么也不叫我们一声？你们在这儿热热闹闹的，把我们余淼还当不当儿子啊。

亚芝看了眼江开国，有些难堪。

江开国：余淼，田咪，今天就是收拾屋子，领证那天肯定会叫你们来吃饭。

田　咪：江爸，你要跟我妈结婚，可以。不过，我妈不能就这么嫁出去了，我们得替我妈要彩礼钱。

所有人都惊愕之极。

亚　芝［特别难堪］：你们怎么还能来说这种话，太过分了！赶紧回家。

田　咪：妈，你这当奶奶的也太过分了！上次是谁说的，不想结婚了，要在家里伺候大孙子的？现在倒好，就顾着自己嫁人，也不管我，也不管我儿子，有你这样当奶奶的吗！

亚　芝：当奶奶就非得给大孙子当老妈子吗？！

余　淼：上这儿来不也就是给他们当老妈子吗？！

木兰和吕希简直都惊愕了。

吕　希：余淼，你不能这么说你自己的爸妈啊，他们有感情，在一起过好日子。你做儿子的，应该高兴才对！

余　淼：我们家的事，轮不到你说话！

亚　芝：余淼，你给我住嘴！太过分了！这是你姐夫！

余　淼：妈，你现在就是帮外人不帮我！

田　咪：甭说这些废话了。江爸，没这么便宜的事，想跟我妈结婚，拿我妈当老妈子使唤，你们就得给我们家彩礼钱。

江开国：你们简直……

木　兰：田咪啊田咪，你脑子里就只有钱是吗？那我要告诉你一件事，越拼了命想要的东西，往往是你越得不到的。你为了钱不顾一切，可能就是不会有钱。

田咪气结地等着木兰。木兰平静回视。

田　咪：姐姐，你用不着吓唬我们。你算盘打得也不糊涂啊，我妈上你们家来，帮你照顾两个老头，你省了保姆钱不说，我妈的退休金还跟着来了，补贴你们老江家，得便宜还不都是你！

木　兰［拉开了门，毫不客气］：你们给我出去！

田咪和余淼都愣了。

余　淼：姐……

木　兰：别叫我姐，我可没有想把自己妈卖给自己爸的弟弟。你们出去。

田咪和余淼看了看亚芝，又看了看江开国，所有人都是一脸的厌恶。

田　咪：你们！

余淼已经拉着她出去了。木兰关上了门。

木　兰：阿姨，从今往后，你就跟我爸过开心的日子。谁也不能拦着你们幸福。

亚　芝：没错，我也总算想明白了，也许我不扶着搀着，他倒能成顶梁柱。我不会再心软。

37. 蛋糕店，日，内

木兰进来，看着琳琅满目的蛋糕。

店　员［迎上来］：你好，有什么需要？

木　兰：我想订一个结婚蛋糕。

店　员：结婚蛋糕我们这儿款式很多，您要哪种？

木　兰［看中了玻璃柜中的一款］：这款好看。

店　员：这款是我们这儿最受欢迎的，这上面的两个糖人是新郎新娘，看他们手拉手的样子，多幸福多甜蜜。

木　兰：结婚的是我爸，这两个糖人可以做成老人家吗？

店　员：可以可以。

木　兰：太好了。就订这款，明天傍晚给送到家里吧。

店　员：好的没问题。

木兰看着柜中的那个蛋糕，非常满意。

38. 路上，日，外

木兰从蛋糕店走出来，正好在街上偶遇沈晓峰。沈晓峰手上提着不少东西。

木　兰［意外而惊喜］：晓峰？

沈晓峰：木兰姐。

木　兰：你回来了，什么时候回来的？教授呢？

沈晓峰［表情有些复杂］：我妈……

木　兰：教授怎么了？

沈晓峰：我妈回来了。

木兰意外的眼神。

39. 高知养老院大门，日，外

木兰跟着沈晓峰走进大门。

木　兰：晓峰，你把你妈送养老院来了？

沈晓峰：我妈非要来。这个养老院是专门给高知老人办的。我妈好多同事都在这儿。

木兰无语。

40. 高知养老院图书室，日，内

木兰出现在门口。里面很安静，布置得像大学的阅览室，何教授一个人在桌边坐着，安静地看书。周围有几个跟她一样的老人，一看就都是老知识分子。

木　兰［轻轻的］：阿姨！

何教授一抬头，看到木兰来，何教授喜出望外。

41. 高知养老院花园，日，外

木兰和何教授沿着花园小路走过来。

何教授：我是一心投奔儿子媳妇去的，想着虽然是异国他乡，可是总是一家人在一起。我哪儿知道，我那个媳妇，虽然长着一张中国人的面孔，可她压根儿就是个美国人，根本说不到一块儿去。刚生完孩子回来没几天就蹦着出去找朋友玩了，我跟她说了中国坐月子的传统，她说她那些朋友都这样，我说她们是白种人，体质不一样，她就说我干涉她人身自由，还有种族歧视言论。

木兰无语了。

何教授：为了看孩子的方法，我跟她也是天天都得争论。她根本不让我带孩子，连碰孩子都得当着她的面。有一天我带着孩子去公园玩了玩，回来她就报警了……

木　兰：什么？

何教授：我实在住不下去了，我觉得自己快得抑郁症了，我让晓峰还是送我回来。梁园虽好不是我家，我还是想回到自己的故土终老。

木　兰：晓峰应该跟他老婆好好沟通一下。

何教授：没用的，文化差异，代沟，是一道又一道的天堑。我跟艾米永远都不可能走到一起，晓峰也是夹在中间两边为难。回来也好，人老了，在外国待不住，还是家里好啊。

木　兰：阿姨，这个养老院住着怎么样？

何教授：还不错，我有好几个研究所的老同事好朋友都在这儿住，大家就个伴，也算不寂寞。

木　兰：阿姨，您有任何需要，给我打电话。

何教授安慰地点点头。木兰特别感慨。

沈晓峰[找了过来]：妈，木兰姐。妈，我都东西都给你收拾好了。

何教授：行了，你赶紧走吧，一会儿就该上机场了。

沈晓峰有些无奈地点了点头。木兰无语。

42. 高知养老院门口，日，外

木兰和沈晓峰从养老院出来。两人都有些沉默。

木　兰：一会儿的飞机？

沈晓峰[点头]：把我妈安顿好就得走，公司也请不了太长时间的假。

木　兰[怔怔出神了片刻]：晓峰，你就没想过回国定居吗？父母在，不远游。

沈晓峰[苦笑]：如果现在让我重新选择，我可能不一定会出国。可是人生哪有重新选择的机会呢。我媳妇是第四代移民了，她不可能跟我回来，我现在工作、媳妇、孩子，都在美国，我真的回不来了。

木兰黯然。

沈晓峰：你还说我，你自己呢？你爸的故土在哪里，在安徽啊，你爸在北京，不就跟我妈在美国一样吗？可是你肯为了你爸回安徽定居吗。

木兰一愣，答不上来。

沈晓峰[摇头]：我们都是新移民，这个问题估计谁也没办法解决。

木　兰：我算幸运，我爸在北京找到了新的老伴，他在北京开始新的生活，也解决了我的最大难题。

沈晓峰：那祝贺你。木兰姐，我妈，拜托你关照一下。

木兰郑重地点了点头。

沈晓峰：谢谢。再见。

一辆出租车开到他面前，他上车，车开走了。木兰目送，感慨。

43. 吕家主卧室，夜，内

床上已经铺好了喜庆的床品，正是上次木兰陪着二老在商场挑的，亚芝正在掖被角，给捋平整了。江开国进来，在一旁含笑看着。

亚　芝：老爷子睡了？

江开国：临睡着前还夸你给他捏脚捏得太舒服了。

亚　芝：我随便捏的，他喜欢以后天天给他捏。

江开国：亚芝，谢谢。我怎么这么有福气啊。

亚芝笑：你是好人，有福气是应该的。看，好看吗？

江开国：好看，我们的床。

亚　芝：还有东西。[从包里拿出两套情侣家居服，展开]我今天在超市买的，一套给你，一套给我。好看吗？

江开国：好看极了，我知道了，这叫情侣服，对吧。

亚　芝[笑]：你还挺懂时髦。等明天领了证，咱俩就是一家人了，咱在家天天穿着这情侣服。过我们自己的好日子。

江开国[郑重地点点头]：过我们自己的好日子。

亚　芝[笑]：行了，我要回家了。

江开国：我送你。

亚　芝：不用。

江开国：我要送，不然晚上睡不着觉。就送到小区门口的车站，行吗？

亚芝笑着点了点头。

44. 车站，夜，外

江开国摸索着送亚芝过来，两人在站台等车。

亚　芝：回去吧。

江开国：我要看你上车。

亚　芝：看你这傻样。

江开国[拉起亚芝的手]：亚芝，过了明天，就不用送你回家了，我们就是一家。

亚　芝：是啊，我们就是一家了。

江开国：要不今天晚上别回去了。我不舍得你走。

亚芝笑：就最后一晚上还等不了了？明天领了证，我就跟着你一块儿回来了，咱俩就天天在一起。

江开国[揽住亚芝]：对，天天在一起，再也不分开，我们可以一块儿在北京，也可以一块儿回桐城，还可以一块儿回启安。再也不分开。

亚　芝：再也不分开。

公交车来了。江开国放开了亚芝，亚芝跟江开国挥挥手，上车走了。江开国目送。公交车远去，消失无影。

45. 杂物间门外，夜，外

亚芝走过来。余淼正站在杂物间外等着她。

余　淼［有些可怜兮兮地］：妈。

亚　芝：淼淼，妈明天就跟你江爸领证去。

余　淼：妈，你真的就只顾自己再嫁人，不管我了啊。

亚　芝：你已经是成年人了，应该有自己担当的能力了，从现在开始我不会再管你了。

余　淼：妈，我是你儿子，你也太狠心了吧。就算你不在乎我了，总还要在乎咪子肚子里那孩子吧，那可是你大孙子啊。

亚　芝：我知道，你说来说去，不就是还惦记我那点儿退休金嘛。我谢亚芝什么都没了，存款给了你，房子也给了你，就剩这点退休金和我这把老骨头还没给你。我也不会给你。

余　淼：妈，话说得这么绝干吗？！

亚　芝：淼淼，妈早就应该说这些话了。以前我一直觉得我什么都是你的，什么都能给你，命都可以给你。你一直烂泥扶不上墙，不上进，不勤奋，一丁点的苦也吃不下，就知道啃老，啃你妈我这块老骨头。从今天开始，我不会再惯着你，不会再让你啃。

余淼脸色越来越难看。

亚　芝：淼淼，我希望你能长大，我希望你能有点担当。你们也要为人父为人母了，不能再光顾着自己，你得像个男人，给你的儿子做个榜样，让他知道，为人子女应该怎么对待父母。你们将来也得有老的时候，好好想一想吧。

余　淼［跳脚］：你怎么跟江木兰一样讨厌了，不照顾我，非要去照顾那个瞎老头去，还在这儿教训个没完！

亚　芝：我只后悔我认识你江爸太晚，认识木兰太晚，我要是能像他们一样教育孩子，今天就不会是这个下场了。

余　淼：你什么意思！？啊，怪我不孝顺是不是？！

亚　芝：孝顺不孝顺，你自己心里明白。明天我踏出这个门，我也不指望你有一天能接我回来，也不指望你能给我养老送终，我都不指望了，我那点退休金，我会好好给自己安排。你和田咪，你们自己好自为之吧。

余　淼：好，既然你这么绝，那好，从今天开始，我也不认你这个妈了！

余淼跑了。亚芝微微叹了口气。

46. 吕家主卧室，日，内

江开国站在穿衣镜前，已经给自己收拾的整整齐齐的。

木　兰［出现在他身后］：爸，很帅。

江开国：你这丫头。

木　兰：走吧爸。

父女俩欢欢喜喜地出门。

47. 杂物间，日，内

亚芝也打扮得挺喜庆，刚刚把杂物间落了锁。她手里提着她的小小的行李包，往外走。

48. 余淼屋子里外，日，外 / 内

亚　芝[走到田咪和余淼屋子外头对着门]：森森，妈妈走了，再见。

屋里，余淼和田咪躺在床上，都假装没听见，不理她。亚芝也不以为意，站了一会儿，就自己走了。

49. 民政局外，日，外

木兰开着车过来，停下。父女俩从车上下来，走到民政局门口。不少人排着队等开门。

木　兰：爸，今天真是个好日子，这么多人来领证呢。

江开国：你爷爷不会弄错的。

江开国[掏出手机]：亚芝，……哦，好。[挂了电话]

木　兰：阿姨快到了？

江开国：嗯，再过两个路口就到了。

江开国充满期待地等待着。

50. 路口，日，外

亚芝走过来。这个路口是一个丁字口，路边的一个年轻妈妈推着婴儿车在打电话。打得兴起，一个不留神，手松开了，她打着打着背对着婴儿车，婴儿车慢慢地滑动。亚芝走着，看见了前面那辆横在路中间、慢慢滑动的婴儿车。亚芝正想出声喊那个妈妈。从地下车库开出一辆车来，眼看就要撞上那辆婴儿车！情急之中，亚芝奋不顾身地扑上去，一把推开了婴儿车，自己被车撞了个正着。司机和那个妈妈都惊呆了。

第 26 集结束！

飞来横祸亚芝辞世，田咪借机索要赔偿

1. 民政局门口，日，外

江开国和木兰等着。民政局已经开门了，其他排队的人陆陆续续地进去了。

木　兰［看看手表］：爸，怎么阿姨还没来？不是说就两个路口了吗？

江开国［有些不安］：是不是什么事耽误了。我给她打个电话。［拿手机拨号，电话通了之后片刻，震惊之极］什么？！

2. 医院走廊，日，内

江开国跌跌撞撞地冲过来，身后跟着木兰。抢救室外，警察站着，还有那个孩子妈妈，显然是她丈夫的男人抱着孩子在一旁站着，还有司机和两个穿着商场制服的男人。所有人都是脸色凝重。

江开国：谢亚芝人呢？

警　察：你们是家属？

木　兰：警官，我爸，今天跟阿姨去领证。

所有人都一震，看着江开国，表情复杂。

警　察：人还在抢救。

木　兰：警官，这到底是怎么回事？我们家阿姨是怎么了？

警　察：这货车差点撞上婴儿车，老太太是为了救这个孩子，让车给撞了。

江开国和木兰都呆了。孩子一家赶紧上前。

孩子妈妈：我光顾着打电话，婴儿车跑了，如果不是阿姨一推，我们家宝宝……

孩子爸爸：叔叔，我姓任，阿姨是我们全家的救命恩人！谢谢！谢谢！

抢救室的门开了。所有人都往那边看。门里，缓缓地推出来的亚芝已经让白布盖上了。

医　生：病人伤势太重，抢救无效。对不起。

江开国和木兰简直惊呆了。江开国上前，一把就扯开白布。亚芝安详的脸出现。江开国看着亚芝的脸，哆嗦着手伸过去，抚在亚芝脸上。

江开国：不，不可能，这不可能！亚芝，你醒醒，你醒醒啊！你忘了我们今天要去领证的？你快起来啊！

所有在场的人都不忍促睹。

木　兰［扶住江开国］：爸，阿姨走了，阿姨真的走了。

孩子妈妈［哭起来］：阿姨，阿姨您醒醒啊！你是为了救我孩子……

田咪和余淼沿着长长的走廊狂奔而来，奔到面前，看到这情况，也都惊呆了。

余　淼：这是怎么回事？这到底怎么回事？！

木　兰［哭了］：淼淼，阿姨她……

余　淼［走过去，看着亚芝的脸］：妈？妈！妈！！

警　察：你们是儿子和儿媳？

田　咪：是啊。警察，我妈这是怎么了？

警　察：老太太抢救无效，过世了。两位请节哀。

田　咪：好端端的，我妈怎么就没了？！谁把我妈撞死的？！司机呢？！

货车司机［吓得直哆嗦］：我没看见那个婴儿车，那个婴儿车突然滑过来的！

田　咪［一把揪住那司机的衣袖］：你把我妈撞死的！你这个杀人凶手！

司　机［哭丧着脸］：蓝主任！蓝主任！

一旁那两个商场工作人员只好走过来。田咪和江开国及木兰都盯着两人。

蓝主任：这个，你们请节哀顺变，我是这个百货商场的办公室主任，这个事情……这个事情……

田　咪：警察，这到底是怎么回事？！

警　察：这个事情经过我们的勘察，基本可以定性，是司机全责，谢亚芝是见义勇为。

孩子爸爸［再次拉着任孩子妈妈上前］：阿姨是为了救我们家孩子才……大恩大德，我们全家都不会忘记的。

警　察：行了，事故认定完毕。［对司机］你，跟我们上交警队去。家属请节哀，后续情况我们会及时跟你们联系。

护　士［推亚芝走］：家属请让一让，我们得去太平间了。

江开国舍不得放开手。余淼一直是懵的。田咪特别彪悍得上前，推开护士，护住亚芝的推床。

田　咪：谁也不许走！

所有人都惊了，看着田咪。

田　咪：我妈死得冤！谁也别动我妈！

警　察：别这样啊。

田　咪：警察，我妈死的太冤了！她今天可是去结婚去的！是去领结婚证去的！大喜的日子，他们把我妈撞死了！

警察也无语了。木兰掉下了眼泪。江开国呆呆的就看着亚芝的脸。

田　咪［恶狠狠地看着司机和蓝主任］：就是你们害死我妈！你们赔命来！

蓝主任：老太太的丧葬费我们肯定管。

田　咪：不是丧葬费的事！我妈一个大活人，早上高高兴兴出门去领证！要跟喜欢的人结婚！就这么让你们商场的车给撞死了！这太过分了！你们得赔偿我们精神损失费！

蓝主任：有话都好商量，别激动别激动！

田　咪：没法不激动！我妈刚要做奶奶！刚要结婚！一切就全没了！太惨了！太惨了！这事要不给个说法，就不能火化！谁敢动一下我妈试试！谁敢我跟他拼命！

蓝主任［擦着汗］：这事我们得回去商量，一定给你们一个满意的答复。先让老太太进去吧。

田　咪［死死抓着亚芝的车，就是不让推走］：我妈死得太冤了！警察同志要给我们做主啊！

警　察：责任已经认定完了。其他的事他们先自己协商，有事再找我们，好吗？先让老太太进去吧。

一通混乱。

木　兰［扶住田咪］：田咪，先让阿姨进去吧，你肚子里的孩子要紧，别太激动了。

田咪才松开了手，亚芝被护士推走。余淼茫然地看着亚芝远去。江开国目送的眼神简直是肝肠寸断。木兰看见父亲的眼神，更加悲痛万分。

3. 吕家客厅，日，内

木兰开门，陪着江开国进来。江开国整个人是懵的，让木兰半扶着进来。屋子里到处喜气洋洋的挂着各种喜字。

江多福［坐在沙发上看电视，看到江开国和木兰，高兴地］：回来了？亚芝呢？

江开国嘴唇哆嗦着，想说话，却怎么也说不出来。木兰看了太难受了。江开国终究什么没说出来，转身进了主卧室。木兰跟进。江多福完全愣神。

4. 吕家主卧室，日，内

木兰江开国进来，床上铺着大红色的喜气洋洋的床品，上面摆着那两套睡衣。新房里的一切都让两人触景难受。江开国呆呆地过去，在床边坐下。

木　兰：爸，你先歇会儿吧。

江开国无反应。木兰咬了咬牙，转身出去，轻轻带上了门。

5. 吕家客厅，日，内

江多福［站着，有些惶恐］：亚芝呢？

木　兰［忍住悲痛］：爷爷，亚芝阿姨她，没了。

江多福：没了？

木　兰［点头］：没了，死了。

江多福［直愣愣地看着她，突然转开眼睛，躲避似的］：骗人，你骗人。

木　兰：爷爷……

江多福：木兰骗人。木兰不是好孩子。

他推开木兰，一下子进了小卧室，重重地关上了门。木兰呆呆地站着，望着两扇紧闭的门，她慢慢走到沙发边坐下，全身如虚脱一般。

6. 亚芝屋子，日，内

余淼和田咪推门进来。余淼一脸的茫然，手里还拎着亚芝的包和行李袋。

余　淼：咪子，你掐我。

田　咪：干吗呀？

余　淼：我总觉得我在做梦，这事不是真的吧，我妈不是要结婚了吗，怎么就说她死了呢。

田　咪：余淼，我知道你心里难受，可这是真的，你得扛住了。

余淼突然转身就出门了。

田　咪：哎，你干嘛去……

7. 杂物间里外，日，外／内

余淼过来，从包里哆嗦着摸出钥匙，开了杂物间的铁皮门，里面虽然亚芝的东西都已经带走，依然很整洁。余淼呆呆的，一屁股坐在亚芝的小床上，发呆。

8. 吕家客厅，傍晚，内

木兰开门，吕希带着悦悦进来。两人一对眼，都是无言。

吕　希［举起手里拎的餐盒］：我给打包了点菜。

木　兰［点头］：我熬了粥。

吕　希［把餐盒放到桌上，看着木兰］：木兰，别太难过了。你爸说过，人生在世，来啥是啥，我们只能接着。

木　兰［点头］：我去喊我爸吃饭，中午也没吃。

吕　希：悦悦，去喊外公和太公吃晚饭了好不好。

9. 吕家主卧室，傍晚，内

江开国还维持着刚才那个姿势，呆呆地坐着。

木　兰［推门进来］：爸，吕希和悦悦来了，咱们吃晚饭吧。

江开国仿佛才回过神来，慢慢起身。

10. 吕家客厅，傍晚，内

江开国跟着木兰出来，江多福被悦悦牵着手从小卧室带出来，都在桌边坐下。吕希已经摆好了几个餐盒，正在盛粥。

吕　希［递了一碗粥］：爸，吃饭吧。

木兰接过，端给江开国，江开国根本吃不下。

木　兰：爸，总要吃点吧，不然身体受不了。

吕　希：爸，阿姨在天有灵，肯定也不想看到你这么难受。

悦　悦：外公，节哀。

江开国看着悦悦，点了点头，勉强拿起勺子，吃了几口稀饭。众人都是神情木然。门铃响。

吕　希：我去吧。

吕希开了门，门外是蛋糕店的送货小伙子，端着很高大的蛋糕盒子。

吕　希：这是？

小伙子：您好，您家订的结婚蛋糕。

所有人一时都恍惚了。

吕　希：哦，给放茶几上吧。

小伙子：好嘞。

小伙子捧着蛋糕盒进屋，放在茶几上，所有人都木然地看着。小伙子把外包装都拆了。

小伙子：您看，没问题吧。

小伙子笑着走了。留下一屋子人，都看着那个蛋糕。喜庆漂亮的双层结婚蛋糕，写着红艳艳的“祝爸爸和阿姨永远幸福”，最上面是手拉手的老头老太。江开国一下子起身，进了主卧室，关上了门。木兰不禁痛哭失声。

悦　悦［哭了］：婆婆……婆婆……

江多福［老泪纵横］：亚芝呢？亚芝怎么还不来？亚芝教我数豆子。亚芝帮我捏脚……亚芝……

11. 吕家主卧室，傍晚，内

江开国呆呆地在床边坐下，他看着那两身睡衣。

闪回第26集第43场。

亚　芝［手里拿着这两套睡衣］：等明天领了证，咱俩就是一家人了，咱在家天天穿着这情侣服。过我们自己的好日子。

江开国再也忍不住，伸手拿过那两身睡衣，捂在脸上痛哭。

12. 亚芝屋子／田咪娘家，夜，内

田咪在打电话。

田　咪：妈，我婆婆没了。

田　母：什么？

田　咪：让车给撞了。

田　母：这这……怎么还有这种事。怎么好好的人，说没就没了。余淼怎么样？

田　咪：伤心呗，毕竟是他妈。妈，这事儿还没完呢，得让他们赔钱。

田　母：哦，还能赔钱呢。

田　咪：那是。我就想找你们商量商量，这事要多少钱合适？

13. 路上 / 亚芝屋子，夜，外 / 内

田咪的闺蜜潘娟正坐在男友的车上，正在跟田咪通话。

潘　娟：咪子，我跟你说，这事肯定得要钱！得让他们赔！

田　咪：你说我们要多少钱合适啊？

潘　娟：要多少钱合适？

男　友：这事得揪住有钱的主。

潘　娟：咪子，我跟你说，这事就揪住商场的责任不放。那司机就是个打工的，没多少钱，得揪住有钱的主。司机只是商场的运货的员工，商场才是真正的责任人，又是在商场的地界上出的事，就死揪住商场不放，要钱。

田　咪：对对对。潘娟，你问问你男朋友，要多少钱合适？

潘　娟：要多少钱合适？

男　友：肯定得讨价还价，怎么也得先要个一百万吧。

潘　娟：咪子，要一百万。

田　咪：一百万？要的了那么多吗？

男　友：这事得闹大，有媒体介入就好了。

田咪深受启发的样子。

14. 杂物间里外，夜，外 / 内

田咪走过来。铁皮门半开着，没有开灯，余淼还是那样呆呆的坐着。

田　咪：余淼，别太伤心了，妈已经走了，你再伤心也没用了。

余　淼：咪子，我想起小时候，我妈抱着我去看医生的事，医生说我这辈子脑子里那个东西都不会好了，最怕的就是抽起来的时候正好在水边啊，在火边啊，没知觉，掉水里了，掉火里了，就危险了。我记得我妈抱着我回家的路上，我妈跟我说，淼淼，别怕，妈妈这辈子都不会离开你，陪着你，保护你，不会让你掉水里，不会让你掉火里……

田　咪：别想了啊，以后妈不在了，我保护你。

余　淼：咪子，我真后悔，早上妈跟我告别的时候，我怎么就不送她一下？我为什么要跟我自己妈治气呢？我连她最后一面都没见上！我最后跟她说的话，是我再也不认她这个妈了……咪子我心里难受的不行。

田　咪［搂住余淼的脑袋］：我知道我知道，我心里也难受，我特别理解你，真的。余淼，难受咱们得帮妈讨回公道，说这事不能就这么着，妈死得太冤了。

余　淼：没错，妈死得太冤了。

田　咪：不能放过他们。

余　淼：没错，不能放过他们。

田　咪：绝对不能放过他们！

田咪恶狠狠的样子，眼睛里闪烁着贪婪的光。

15. 商场办公室，日，内

余淼和田咪坐在沙发上，蓝主任正亲自给他们俩倒上两杯茶。

蓝主任：请喝茶。

田　咪：蓝主任，这些客套就不用了，咱们说要紧的吧。

蓝主任：余先生，田女士，今天把你们请来，首先是要向你们表示歉意，虽然这个事情是个意外，毕竟老太太是在我们的商场外边碰上这事，我们真的很抱歉。

田　咪：抱歉有什么用呢，我妈也活不过来了。我老公早就没了爸，就这么一个妈了，妈还是去领证路上，就这么没了！你不知道，我老公昨天晚上一宿都没睡，伤心坏了！

蓝主任：理解理解，你们家属的心情我们非常理解。因此我们商场呢，为了表示安慰，愿意赔偿一些款项。

田咪看着蓝主任。

蓝主任：我们经过讨论，决定补助你们四万块钱。

田　咪［失笑］：四万块钱？

蓝主任：我们觉得这个钱数是合理的，老人的丧葬费用，家属的精神安慰……

田　咪［打断］：不可能！

蓝主任［看着余淼］：余先生？

田　咪：甭问我老公，我老公伤心坏了，没法跟你对话，跟我谈就行。

蓝主任［看着田咪］：田女士，这是我们商场出于人道主义精神，这个事情我们商场没有责任的。

田　咪：说这话你也不怕闪了舌头！人是在你们商场门口撞的，车是你们商城的，你敢说你们商场没有责任？！

蓝主任：这个货车呢，确实是我们商场的。可是这个司机的行为，是他个人的责任。我们给予这个补助，完全是出于……

田　咪：你们别想推脱责任！我不找司机，我只找你们商场。我妈一条人命，四万块钱就想了账，没门！我们要一百万。

余淼微微一怔。田咪却理直气壮的样子。

蓝主任：这不可能。一百万？绝对不可能。出了这样的事我们也很遗憾，我们也想尽量能给你们家属一些安慰，可你们要是想趁机敲诈是不可能的。

田　咪：我们敲诈？！就凭你这句话我就要告你们！压死了人还诽谤！

蓝主任：田女士，你别急，我不是那个意思，我只是告诉你，一百万我们商场是绝对不会同意的。

田　咪：不同意是吧？等着，我会让你们同意的！反正我妈不能白死！

她拉住余淼的手，出去了。蓝主任愣神。

16. 商场外路上，日，外

田咪和余淼走出来。

余　淼：咪子，你怎么要一百万？也太多了吧。

田　咪：多什么呀，这么大百货商场呢，一百万对他们来说算什么。

余　淼：我看他们不肯给的，那个蓝主任话说的那么绝对。要我看，多一事不如少一事，四万块钱也差不多了。

田　咪：开玩笑，四万块钱你就满意了，真是没见过大钱的人！这么大商场呢，人命关天，得给咱妈一个说法！我还不要钱呢，我要他偿命，他不是偿不了吗，那就只能用钱来补。

余　淼：我妈人都没了，再要钱我妈也回不来了啊。

田　咪：废话，你妈没了，更加不能不要钱啊。人没了，你这感情上的伤害怎么弥补，就得靠钱弥补了。

余淼不说话。

田　咪［拉过余淼的手放在自己肚子上］：这里面是什么？

余淼愣。

田　咪：你儿子。你妈的大孙子。你妈活着的时候最想看到的是什么？就是她儿子和大孙子能过上好日子。是不是？

余淼点了点头。

田　咪：余淼，你想不想给你儿子要一笔教育基金，将来让他能上名牌大学，能出国留学？

余淼点点头。

田　咪：余淼，我告诉你，这次是一个大好机会，我们得要笔大钱！给你儿子做教育基金。

余淼终于点了点头。

田　咪：这就对了，你一定得跟我统一战线。

余　淼：可是，他们肯给吗？他们不给，我们怎么办？跟他们打官司？

田　咪［微笑］：有比打官司好用的招。

17. 医院太平间外走廊，日，内

田咪和余淼走过来。

田　咪：余淼，咱把妈请出去。

余　淼：请哪儿去？

田　咪：商场啊。

余　淼：啊？

到了门口，余淼站住了脚。田咪不满地看着他。

田　咪：走啊。

余　淼：咪子，这样不好吧，妈都去世了，就别再让她抛头露面，去受那种罪了吧。

田　咪：这是为了你好，为了咱孩子好，就请你妈出来再做一次贡献。

余　淼：咪子，我怕。

田　咪：你这个胆小鬼，她是你妈呀，不会害你的。

余淼死活不敢往里走了，田咪跺脚，自己要去推门。忽然不知哪儿吹来一阵风，田咪一下子打了一个寒战。田咪停住了动作，也有点吓住了。

余　淼：要不还是算了吧。

田咪跺跺脚，转身往外走。余淼赶紧跟上。

田　咪：我还有别办法。

18. 亚芝屋子，傍晚，内

江开国和木兰坐在沙发上，余淼和田咪坐在对面。余淼正给倒上几杯水。

余　淼：江爸，姐，喝水吧。

江开国：淼淼，你还好吧？

余　淼[红着眼睛]：我想我妈。

江开国：我也想。咱们都想。

木　兰：淼淼，阿姨的后事怎么安排？

田　咪[突然就哭起来]：妈死不瞑目啊，我们心里难受啊。

江开国：咪子，不哭，对孩子不好，为了孩子，得忍住。

田　咪[抽泣]：江爸，妈不能就这么白白走了。

木　兰：你有什么打算？

田　咪：我们今天去商场了，商场的人特别横，只肯赔一点点钱。

木　兰：赔偿的事重要，阿姨的后事也重要，让阿姨早点入土为安好。

田　咪：我们知道。就是现在赔偿的事还没说定，后事得等等。我妈好好一条命，反正不能白死。

余　淼：没错，这口恶气肯定得出。

江开国：你们打算怎么出这口恶气？

田　咪：江爸，这事你别管了，你只要支持我们就行。你跟我妈都要去领证了，本来都要过好日子了，让谁害了？还不是让他们商场害了。不能放过他们，我们得替你和妈讨回这个公道！

江开国：咪子，谢谢你们这一片心意。就是，我谁也不怪，就希望。让你妈早点安息。

田　咪：江爸，你就等着我们这边的消息就行了。你也这个年纪了，受这么大个打击，回家好好休息休息。

木兰和江开国互相看一眼，只好点点头。

江开国：那我们先走了。

19. 亚芝家胡同，傍晚，外

木兰挽着江开国慢慢走过来。

木　兰[有些不安]：爸，田咪想干嘛。

江开国突然怔怔地掉下眼泪。木兰顺着江开国的目光看过去，正看见余淼那个报刊亭。还可以看见那个修小家电的牌子。木兰不忍再看，扶着江开国匆匆而去。

20. 亚芝屋子，傍晚，内

余　淼：咪子，你真的有办法对付他们？

田咪得意地点了点头。

21. 亚芝家院子门外，日，外

一辆小面开到了亚芝家院子门口停下。田咪和余淼站在门口等着。

田　咪：妈！

田　母［从车上跳了下来］：咪子，舅舅舅妈，二大爷全家，姨奶奶，三姑妈，你大表姐，能来的亲戚都来了，你放心，唱念做打他们都会，不怕他们商场不给钱！

各路亲戚［从车上探出头来］：咪子，余淼，放心，我们家伙事儿全都带来了！就是来给你们助阵的！不怕他们不认怂！

余淼都看呆了。

田　咪：关键时刻，还是娘家人好。［特别豪迈的］咱们出发！

22. 商场门口，日，外

亚芝的遗像放大，摆在正中间，旁边打着幡，全套披挂上阵，余淼披麻戴孝的，田咪的亲戚们拿着各种东西，正一起嚎哭。

各路亲戚：有冤情啊！有冤情啊！

周围都是围观群众。有些不明真相的互相问。

围观群众：怎么了这是？……出什么事了？……怎么喊上冤了？……

田　咪［跪着，声泪俱下］：我妈死得冤啊，就在大前天早上，我妈大喜的日子，她是要跟新老伴去领证啊，可是半路上，让车给撞死了！

围观群众：真够惨的……太可怜了……

田　咪：就在这个商场门口啊，就在拐角，商场的车库外头啊，我妈让商场的货车给撞死了啊！可是商场不认账啊，就让我妈白死啊！我妈是为了救人啊，当时那货车要撞一个婴儿车，是我妈把婴儿车给推开了，我妈是做好人好事啊，可是商场根本不肯认账！我妈死得太冤了！真的太冤了！冤有头债有主，商场得给我们一个说法啊！

各路亲戚：真的太冤了！请大家给评评理啊！

蓝主任等几个商场的人站在一边，都快要抓狂了。

蓝主任［推几个保安］：去啊！去啊！

几个保安期期艾艾地刚要过来。

田　咪：谁敢过来？！死者在天上看着呢！

保安们不敢动了，远远地站着。电视台的采访车开到，从车上下来了主持人和摄像，对着现场拍。蓝主任一看更加崩溃。

田　咪：我妈是个善良的人，马上就要做奶奶了，自己也是去跟新老伴领证的路上，满心的幸福啊。可是就那么一下，人就没了！我妈一条人命，两个家庭的幸福，全都没了！你们说，该不该赔？该不该赔？朗朗乾坤，青天白日，我们相信一定会还我妈一个公道！

群情耸动，阵仗特别惊人。

23. 吕家客厅，傍晚，内

江多福呆呆地看着电视，手里拿着遥控器随意的换着台。江开国在一旁呆呆的坐着，双眼失神。木兰从厨房出来，手里端着饭菜，放在桌子上。

木　兰：爸，爷爷，吃饭了。

江开国正要起身，这时候电视上一闪而过亚芝的遗像。江开国的眼神聚焦了，他从江多福手里拿过遥控器，又返回刚才的台。电视上放地方新闻，正是白天商场门田咪他们闹腾的情况。田咪声泪俱下地控诉不绝于耳。木兰看见，惊呆了。江开国凑到电视机面前，看到亚芝的照片就那么示众，江开国浑身发抖。

江开国：他们怎么能这样对你？你都走了，怎么还能这样对你？！

木　兰［难受坏了］**：**爸，咱找他们去。

24. 亚芝屋子里外，傍晚，内 / 外

田咪和余淼陪着娘家一大家子正在吃饭，闹哄哄的。亚芝的照片就在角落随便一放，都歪倒了。

田　母：今天这头炮开的挺响，电视台都来了。

舅　妈：商场的人就跟缩头乌龟一样，根本就不敢出来。

大表姐：那是，他们理亏啊。

舅　舅：他们要老不出来怎么办？

姨奶奶：我们天天去，他们肯定得出来，没看今天都没人敢进商场，要是天天这样，他们怎么做生意啊。

各路亲戚［顿时哄笑］**：**就是就是，姜是老的辣，姨奶奶说的对。

大表姐：咱明天得想点新招，怎么闹得更凶……

门外，江开国和木兰走过来，远远就看见了敞着的门里这情景。江开国和木兰很难受。父女俩进去。木兰直接过去，先扶起亚芝的照片放正。众人也都看见了这父女俩，顿时静了下来，所有人就看着他们，都不怎么欢迎的样子。

余　淼：江爸，姐，你们怎么来了。

江开国：淼淼，你们上电视了。

余　淼［有些尴尬］**：**我们……

田　咪：江爸，我们要替我妈讨回公道，对付那种奸商，不这样不行。

江开国：你们这么闹，有没有顾及一点你妈的面子？你妈一辈子都很顾脸面，当初为了尊严宁愿不结婚也不愿意同居，你们忘了？现在人都走了，这样闹实在太难看了。

田　咪：不用这种方法，治不了他们，这事就得闹得越大越好。我们得维护我们家应得的权益。

江开国：为了赔点钱，把你妈的照片这么示众，好看吗？！为什么不能让你妈能走的有点尊严？！

田　咪［冷笑］**：**江爸你们是有钱人，把钱看得不在乎，可我们在乎！

木　兰：没人不在乎钱，可也得在乎点脸。

田　咪：江爸，姐，余森可是你们老江家亲骨血啊。可我看，你们打小就把余森弄丢了，三十年没在一块儿，根本就没什么感情。

木　兰：你胡说什么呢？

田　咪：难道不是嘛，要钱是为了谁啊，还不是为了余森，为了余森的孩子？你们还帮着外人说我们，真是莫名其妙！合着我妈白死了，没人给钱，没人养着余森后半辈子，没人给余森儿子钱，你们是不难受！

木　兰［强压着怒火］：商场确实有责任，确实应该赔偿，你们要钱可以，可是也该有个分寸吧。这么闹，亚芝阿姨在天有灵，你们让她情何以堪？！做人适可而止吧，要求自己的权益当然可以，可也得想想你婆婆，你给她留点脸面吧。

被救的孩子父母任先生、任太太全家出现在门口。两口子推着婴儿车，手上提着大包小包的礼品。众人顿时又都转头看着这一家人。

任先生：余先生，余太太，你们好。

余　森：是你们啊。你们好。

任太太：我们是来看望你们的，阿姨救了我们家宝宝。

两口子抱起孩子，到亚芝的照片前，深深举了个躬。

任太太：宝宝，你要记住，这个奶奶是你的救命恩人，要不是奶奶舍命救你，你就活不下来了。阿姨，您一路走好。

任太太哽咽了。江开国和木兰都非常动容。余森也很难受。

田　咪：任先生，任太太，表示感谢不能光用嘴说吧，得有点实际表示才行。

所有人都愕然地看着她。

田　咪：我妈可是一命换一命，救了你孩子，你们光嘴巴感谢可不行。

任先生两口子都呆住了。

田　咪：还不明白？

任先生：明白了。下次，下次我们再来。

田　咪：说话要算数。我们等着。

任先生两口子怏怏离去。

木　兰：田咪，你在干什么？！阿姨做好事，是凭良心。你们要拿她这良心卖钱是怎么着，太不像话了！如果你们顾念阿姨一点点，就马上停止这一切！

田　咪：如果你们是来教训我们的，赶紧请回吧。

木　兰：余森，你怎么说？到底她是你妈，你说了算！

田咪看着余森。木兰也逼视着余森。

余　森：我还生气呢，要不是你们忽悠我妈，我妈能死？我妈就是让你们给忽悠的，都不愿意照顾我，就想着嫁老头！我妈就是撇下我不管，着急忙慌去结婚路上让车给撞的！

木兰上前给了余森一个大耳光。

江开国：木兰！

木　兰：我替阿姨打这个混蛋！

田　咪：神经病！给我滚出去！滚出去！

田咪娘家人都站起身来，一副摩拳擦掌的样子。江开国扶住木兰的胳膊，父女俩转身离开。

25. 商场门口 / 办公室，日，内 / 外

商场门口。田咪领着娘家人继续闹。声泪俱下。

商场办公室。蓝主任坐着，对面余淼及田咪坐着。

蓝主任：你们也闹了好几天了，咱们还是商量商量吧。

田　咪：没什么好商量的，一百万，少一分不行。

商场门口。田咪领着娘家人继续闹。

商场办公室。

蓝主任：我们商场出于人道主义，愿意出十万块钱，作为对家属的安慰。

田　咪：不行，最少得五十！

商场门口。田咪领着娘家人继续闹。

商场办公室。

蓝主任：最多十二万！

田　咪：少于三十万不用谈！

（跳接）双方衣服换过，表示是另一天。

蓝主任：最多最多，我们商场只能给你们二十万。如果还不行，那你们爱怎么闹怎么闹吧，闹不下去了，大家走法律程序。

田咪和余淼互相看一眼。余淼示意差不多了。

田　咪：行吧，饶过你们，就二十万吧。

蓝主任呼出一口气。

26. 亚芝家院子外，傍晚，外

田咪和余淼站在门口，娘家人的小面要走了，亲戚们纷纷拿着那些家伙事儿上车。

余　淼：舅舅舅妈，谢谢啊。大表姐，谢谢啊。

田　母［拦着田咪的手］：总算是大功告成，二十万啊，有了这笔钱，你们俩就能养孩子了。

田　咪：妈，等回头这边事情弄完了，你和爸过来住。

田　母：好。

田母也上了车。田咪和余淼跟亲戚们挥手告别。

各路亲戚：再见啊。

田　咪：再见。

车开走了。田咪和余淼还站着。

田　咪：老公，最近你也辛苦了。

余　淼：总算拿到了这么大一笔钱。

田　咪：对了，太平间已经打电话来催了好几次了，催着火化。现在钱也拿到了，就把事了了吧。

余淼愣了一会儿，点了点头。

27. 吕家主卧室，日，内

江开国和木兰正在整理亚芝的衣服。木兰拿起一件衣服。

木　兰：爸，我记得阿姨以前说过，她最喜欢这件衣服，本来要穿着跟你去领证的，后来又买了那件新的，才穿那件的。

江开国：好，就让她穿着这件走吧。

28. 医院太平间护士站，日，内

江开国和木兰带着寿衣过来。

木　兰：你好，我们想给134号谢亚芝换衣服。

护　士［翻了翻本子］：134号已经走了？

江开国：走了？去哪儿了？

护　士：今天一早，家属已经把老太太送殡仪馆火化去了。

江开国和木兰惊呆了。

江开国：他们都没通知我！怎么能这样？！

木　兰［赶紧掏手机拨号，听了半天］：不接电话。爸我们赶紧过去。

父女俩赶紧转身往出走。

29. 殡仪馆大堂，日，内

江开国和木兰心急火燎地过来。到服务台询问。

木　兰：你好，请问谢亚芝的追悼会在哪个房间？

工作人员：请等一下。［他在电脑上查询，片刻摇摇头］：没有谢亚芝的追悼会。

江开国 & 木兰：没有追悼会？

工作人员［又看了会儿］：不过有直接火化的一个，叫谢亚芝。

江开国和木兰震惊。

30. 殡仪馆院子，日，外

江开国和木兰几乎是跌跌撞撞地跑过来，迎面碰上了余淼和田咪。余淼怀里捧着骨灰盒。双方见面，都愣住了。江开国和木兰悲愤地看着骨灰盒。

江开国：怎么没有追悼会？怎么连最后一面也不让我们见？衣服都没给换上！

田　咪：医院催了我们好几次，我们也没办法。再说妈生前就节俭，不会在意这些繁文缛节的。

江开国和木兰已经无言了。双方僵着片刻。

江开国：后面的事怎么办，咱们总得商量商量了吧。

田　咪：也别回家了，找地坐坐得了。

说完，她就昂着头先走了。后面余淼捧着骨灰盒跟上。江开国和木兰叹口气，只好跟上。

31. 茶楼，日，内

江开国和木兰及余淼和田咪对面坐着，一旁亚芝的骨灰盒放着。

江开国：余淼，你妈妈有个心愿，想回老家和父母合葬，这个你知道吧。

余淼默默地点了点头。

江开国：这个心愿，肯定得满足她吧。

余淼一时没说话。

田　咪：江爸，我觉得吧，其实也不用那么复杂。老家我们也不认识，去了也找不着地方。再说老家没人了妈回去不也寂寞。我觉得撒哪儿其实都一样。我们俩打算，就去北京郊区，找个山上，把骨灰撒了就好。

木兰已经出离愤怒了。

江开国：你们的意思就是不送妈妈回老家安葬了？

田咪和余淼都不说话。

江开国［直接拿过骨灰盒，紧紧抱在怀里］：你们不去我去。

田咪和余淼还是不说话，默认状。

木　兰［直盯着余淼］：余淼，这是你妈这辈子最后的愿望，你真的不去吗？

余淼在她的眼神下有些瑟缩。田咪暗中掐余淼。

余　淼：我身体也不是很好……就拜托江爸了。

木　兰：余淼，你还是人吗你？！这是你的妈，从小把你养大，为了你可以去死的人！你竟然能这么对待她！她活着时候没有好好孝顺她你不惭愧，难道她死了你还不孝顺她最后一次？！你不怕天打雷劈啊你！

田　咪：干嘛呀，吓谁啊，我们都是唯物主义者！

木　兰：那我们就等着瞧。余淼，田咪，人在做，天在看，你们会有报应的！别不相信，真的有报应的！

木兰扶起江开国，父女俩离开。

余　淼：咪子，为什么不让我送我回去？这是我妈最后的心愿。我作为儿子，我怎么能连我妈最后的心愿都帮她做到呢。

田　咪：回去一趟得花多少钱，你知道吗？当我们家钱大风刮来的啊。看见没有，不是有人送了嘛。

余淼无声地叹息一声。

32. 路上，日，外

木兰在开车。江开国怀里紧紧抱着骨灰盒坐在副驾驶座上。江开国既悲愤又焦灼。

木　兰：爸，我们一定会帮阿姨完成最后的心愿。这事有我呢，爸，我陪你回去，给阿姨安葬。

江开国老泪纵横，点了点头。

33. 木兰家客厅，傍晚，内

吕希带着悦悦开门进来，一愣。沙发上，江多福坐着在发呆。一旁，江开国也坐着发呆，亚芝的骨灰盒已经装在了一个行李包你，摆放着。木兰也坐着，已经收拾好了一个简单的行李包。

吕　希：木兰？爸？爷爷？

江开国［失神地看他一眼］：回来了。

木　兰［一拉吕希］：进来一下。

34. 木兰卧室，傍晚，内

吕希跟着木兰进来。

木　兰：我今天晚上陪我爸回趟安徽。

吕　希：啊？

木　兰：今天余森他们悄悄把阿姨火化了。

吕　希：什么？

木　兰：都没通知我们。没让爸见最后一面……我真不知道他们怎么想的。

吕　希：那俩儿真是禽兽不如啊。

木　兰：阿姨生前最后一个愿望是回老家安葬，跟父母葬一起。余森他们不肯送阿姨回去，我和我爸送。

吕希默然片刻，点了点头。

木　兰：阿姨家在启安县城，离桐城也就七十多公里。顺利的话，我们就过一宿就能回来，前后脚也就一个白天两个晚上，爷爷就交给你了。

吕希只好又点了点头。

木　兰：无论怎么样，也不能让爷爷离开你的眼皮。

吕　希：知道了。我跟领导请个假，这两天正好没什么事，就在家写文案。

木　兰：那就拜托你了。

吕　希：你说你爸怎么就这么倒霉呢。年轻轻的就没了媳妇，到老了好不容易找到一个中意的老伴，又没了。

木　兰：可我总相信，命会补偿。

35. 夜班火车上，夜，内

木兰和江开国坐在火车上。江开国怀里抱着装着亚芝的骨灰盒的行李袋。

江开国［望着窗外黑郁一片］：亚芝活着的时候，几次都想回老家看看，每次都让余森和田咪给说黄了，最后落的只能是身后回去。

木　兰：爸，我相信人有灵魂的，人不在了，灵魂肯定还在。阿姨肯定正跟着咱们的火车往家走呢。

江开国［忍住泪点点头，对着骨灰盒］：亚芝，我送你回家了。

36. 木兰家卫生间，日，内

江多福一手拿着装满水的口杯，吕希在一旁，给牙刷挤上牙膏，把牙刷递给江多福，江多福开始刷牙，吕希一旁看着。

37. 木兰家客厅，日，内

吕希把江多福引到桌子旁坐下。桌上摆了两份早饭，一份是悦悦的营养早餐，另一份是江多福的稀饭和小菜。

吕　希：爷爷，你先吃早饭，这是你最喜欢的螺蛳菜。我去给悦悦洗脸刷牙去。啊，乖啊。

江多福看着吃的，像个小孩一样很乖地点了点头。吕希放心地走开了。

38. 桐城火车站，日，外

木兰和江开国捧着骨灰盒走出火车站。木兰伸手，拦了一辆出租车，父女俩上车。

39. 木兰家客厅，日，内

吕　希［陪着悦悦过来］：来悦悦，吃早饭了。

悦悦却愣住了。吕希一看，也愣住了。桌上所有的东西全部都已经让江多福给吃了。

吕　希：爷爷，那份牛奶鸡蛋是悦悦的营养餐。

江多福憨憨地笑着，起身走到沙发那儿去坐下，拿起遥控器玩着。

吕　希［哭笑不得，看看钟］：没时间重新煮鸡蛋了。爸爸给你拿袋饼干吧。

悦悦点点头。

（跳接）吕希刚给悦悦把饼干放手里，门铃响。吕希过去开门。门外是悠悠妈妈带着悠悠。

悠悠妈妈：悦悦爸爸，我们来接悦悦上幼儿园。

吕　希：谢谢谢谢，悠悠妈妈，真的太感谢了，老是要麻烦你。

悠悠妈妈：客气什么呀，远亲不如近邻嘛。悦悦来，咱们走了。

悦悦过去，拉着悠悠的手，跟着悠悠妈妈离开。

吕　希［还对着背影］：谢谢啊。

他关上门，吐口气，看见爷爷还在玩着遥控器。吕希叹口气，过去。

吕　希：爷爷，是不是想看电视，来，我给你调。

他从江多福手里拿遥控器。江多福顺从地给他。吕希给开了电视，又把遥控器塞回江多福手里。

吕　希：爷爷，你自己看吧，我呢，就在屋里写东西。你要有什么事，就叫我，好不好。

江多福听话地点点头。吕希走开。

40. 长途汽车站，日，外

出租车开到长途汽车站停下。木兰扶着江开国下来。父女俩进了车站。有一辆车前面写着：桐城——启安。木兰扶着江开国上了这辆车。

41. 木兰卧室，日，内

吕希捧着笔记本电脑正在写文案。突然他手机响。

吕　希：哎，钟总。

钟　总：吕希，你马上上公司来，金德公司突然来人了，马上要看文案。

吕　希［为难］：钟总，我今天已经请假了，家里有急事……

钟　总：不行！金德的案子一直是你在跟，你得来跟他们沟通。家里只要不是出了人命的事，必须得马上来！

钟总把电话挂了。吕希呆呆地看着手机，没办法，只好起身。

42. 大雅文化公司大堂，日，内

吕希带着江多福走进公司所在写字楼的大堂。江多福很是懵懂地跟着他。吕希看看老头，十分为难。他四下看看，角落有一个小保安正站着。

吕　希：小皮。

小　皮：哎，吕哥啊。

吕　希：小皮，托你帮我个忙，我这爷爷……［小声］老年痴呆症，家里没人看，公司又急着让我见客户，我也不能把爷爷带上去，这样好不好，你帮我看一下，我开完会就下来。

小　皮［挠了挠头］：行吧。

吕　希：谢谢谢谢。太谢谢了。［掏出两包烟塞进小皮手里］

小　皮：吕哥不用不用，平时大家都挺熟的，帮个小忙嘛。

吕　希：拿着吧。谢谢你。我最多也就一小时，千万帮我盯着点爷爷，别让他走开了，好吗？

小　皮：放心吧吕哥。

吕　希［让江多福在角落的椅子上坐下］：爷爷，你就乖乖在这儿坐着等我，好不好？千万别走开，一会儿我就回来接你。好吗？

江多福懵懂地点了点头。吕希匆匆离开。

43. 亚芝家乡，日，外

木兰扶着江开国，按照手上的地址找着。

44. 亚芝家乡老房子门口，日，外

木兰和江开国到了门前，伸手敲门。门开了，出现一个六十多岁的老太太，和亚芝有几分相似。江开国说了几句话，捧起亚芝的骨灰盒，那老太太顿时颤抖着伸手抚摸着骨灰盒，泪如雨下。

第 27 集结束！

吕希看爷爷出状况，木兰离婚为父回乡

1. 大雅文化公司大堂，日，内

江多福坐在角落的椅子上，自己跟自己玩着。小皮边看着大堂里的情况，边陪着江多福。

路　人：保安！保安！

小　皮：有什么事？

路　人：跟你问一下，这个机电大厦到底在哪儿啊？我这儿转了好几圈都没找着入口。

小　皮：哦，机电大厦就在我们后面，入口是有点难找，来，我指给你看怎么走。

小皮跟着路人到门口，指指点点的。江多福突然站了起来，在原地团团转。

路　人：好的好的，谢谢啊。

小　皮：再见。

路人走了。小皮转身回到角落，江多福已经不见了。

小　皮：爷爷？

2. 写字楼电梯，日，内

江多福在电梯里，他看着楼层的数字，想了想，随意地按了一个。

3. 写字楼楼道，日，内

电梯门开了。江多福慢慢走出来。

江多福［走到就近的一个公司门口］：吕希在吗？

里面的人摇摇头。

（跳接）一系列镜头。

江多福［挨个写字间问］：吕希在吗？

江多福又在坐电梯。

4. 大雅文化公司前台，日，内

江多福［在门口］：吕希在吗？

前　台：吕希在开会。

江多福：我是爷爷。

前　台［吃惊，站起身来］：这边。

5. 大雅文化公司会议室，日，内

客户代表：……最后这部分感觉稍微仓促了一点，没有给予客户充分的时间来定产品，是不是能够再调整一下？

吕希认真地听着，坐做着笔记。

客户代表：另外，整个创意需要用到的费用是否还可以再节省一些……

门被推开，江多福出现在门口，客户发言被打断，所有人都转头看他。

吕　希：爷爷？

江多福：吕希，我想尿尿。

大家都惊呆了。吕希恨不得有条地缝钻进去。可江多福还是一脸无辜的表情。

6. 亚芝家乡小树林，日，内

江开国和木兰站着，亚芝的表姐在一旁陪着。几个青壮劳力正在把墓地合上。墓碑前摆着一些简单的贡品。

亚芝的表姐：这个小树林，小时候我们老来玩，亚芝最喜欢这儿了，姨妈和姨夫过世之后，就把坟做在这儿了。她上次回来都十多年前了，说以后要回来陪爹妈，我没想到她这么快就……

老太太泣不成声。江开国和木兰也是心有戚戚。

亚芝的表姐：小江啊，亚芝还能遇上你这么一个人，死也闭眼了。谢谢你把她送回来。

青壮劳力：老姑，好了。

三个人看过去，墓碑已经竖好，亚芝的名字涂黑了。亚芝的表姐蹲下去，烧纸钱。

亚芝的表姐：亚芝，你回来了，你的家乡，你最喜欢的地方，你现在回来了，你安息吧。姨啊，姨夫啊，亚芝回来了，回来陪你们了。你们一家三口分开了这么多年，现在在一起了。

江开国凝视着亚芝的坟，久久不语。木兰知道父亲在想什么，只是挽紧父亲的胳膊。

风从林间吹过，吹动父女俩的衣衫，瑟瑟。

7. 路上，日，外

吕希开着车，江多福在副驾驶坐着。吕希一脸的无可奈何。江多福还是一脸的无辜。

江多福［猛拍腿］：停！停车！

吕　希［吓一跳］：爷爷！怎么了又？我们回家去，这大马路上停什么车。

江多福：停车停车停车！包子包子包子！

吕希转头一看，原来路边有家小吃店，正在卖包子，热气腾腾刚出笼的。

江多福：我要吃！我要吃包子！

吕　希：不行，回家了，不吃包子。

江多福：要吃包子！包子好吃！包子！

江多福想开门，吕希不理他，不停车，江多福急了，竟然伸手过来，要抢方向盘。

吕　希［吓坏了，赶紧停车］：爷爷你要干嘛？！

江多福：我要吃包子，肉包子，香啊。

吕　希：这儿不能停车，没法买包子吃。

江多福［又捶腿又呜咽］：我要吃包子。我要吃包子。我要吃包子……

吕　希：爷爷你怎么比悦悦还不听话。

江多福：我要吃包子，我要吃包子……

吕希抓狂状，他深深呼吸一口，只能违规开过去，在包子铺不远处的路边停下车。

吕　希：爷爷，我去给你买包子，你乖乖的坐在车上，不许动，知道吗？

江多福听话地点点头。吕希叹口气，下车，往包子铺小跑着过去。

（跳接）吕希拿着包子小跑着回来，协警正在写罚单。

吕　希：同志同志，我回来了，马上走马上走。

协　警：这儿不能停车，罚款两百。

吕　希：别别，劳驾手下留情吧，两百块钱心疼啊。我实在没办法，家里这个爷爷老年痴呆，非要吃包子，我去给他买包子去了，前后就五分钟，真的求求你别给我贴这个单子好不好。

协　警：真没办法，都已经写好了，下次注意别再乱停车了，每个人都有不得不停车的理由，我们还得执法啊对不对。

协警说完就走了。吕希无奈地待了一会儿，拉开车门，把包子递给一直眼巴巴看着他的江多福。

吕　希：吃吧。

江多福高兴地接过包子，像个小孩子似的在吃包子。吕希看着他，非常无可奈何。

吕　希：爷爷，你变回小孩子了，你最合适，一个包子就让你很开心了。好吃吗？

江多福［冲他点点头］：好吃。

吕希无语了。这时候吕希手机响。

吕　希：喂？

［手机里画外音］：吕悦然家长，怎么还没来接吕悦然啊？就剩她一个人了。

吕　希：哦哦，对不起对不起。

8. 长途汽车站，日，外

一辆挂着牌子“启安——桐城”的长途汽车开进站，停下。江开国和木兰下车。

木　兰［看表］：才三点多。

江开国：我们晚上九点多的火车，还有小半天。

木　兰：爸我们去找个地方坐坐吧。

江开国：木兰，我们回老房子看一看吧。

木兰一愣。

江开国：反正也回来了，顺路嘛，去看看怎么样了。

木兰点了点头。

9. 公交车，日，外

一辆慢吞吞的公交车上，木兰和江开国坐在窗边，看着沿路的所有风景。一路上父女俩对看见的东西都如数家珍。一系列镜头不断叠化。

江开国：看木兰，秀才桥，上面的凤凰亭，你小时候学画画来这儿临摹过，还记得吗？那张画我还留着呢。

（叠化）

木　兰：爸，你看，那是少年宫吗，怎么搬这儿来了？不是应该在西寺那边吗？

（叠化）

江开国：木兰小广场到了，还记得以前每年春天我带你来放风筝吗……

（叠化）

木　兰：爸，那家包子店还在呢。

江开国：在在，你以前最喜欢吃那家的肉包子，一块钱一个。

木　兰［叹息］：是啊，一块钱一个，二十年前。

江开国：是啊，时间真快啊。

（叠化）窗外掠过各种熟悉的景色，江开国看着，指点着，表情动容。木兰看着父亲的表情，更加内心触动。

［旁白］：桐城的每一寸土地，每一尺光阴，父亲都如数家珍，因为这是他的故乡，他生活了一辈子的地方，这里的每一处景物都跟一段人生记忆有关，而每一段人生记忆都是一个人在这个世上活过的印记。这个领悟让江木兰内心有一种淡淡的忧伤无边无际的弥漫开来。

10. 幼儿园门口，日，外

吕希带着江多福接上悦悦了。老师挥手，进去了。

吕　希：悦悦，晚上不做饭了，爸爸给你买肯德基吧。

悦　悦：好。

吕希一手牵了悦悦，一手牵了爷爷，往出走。

11. 肯德基门口及路上，日，外

吕希一手牵着爷爷，一手牵着悦悦走出来，悦悦手里拿着吃的。突然，江多福似乎看见了什么，一下子就挣脱了吕希的手，往远处狂奔。

吕　希［吓一跳］：爷爷？！

江多福已经跑过了马路，一直往前跑。

悦　悦：太公！太公！

吕希真是急坏了，只能抱起悦悦，狂追过去。

12. 河边，日，外

江多福在前面跑。后面吕希抱着悦悦狂追。

吕　希：爷爷！别跑！小心车！

悦　悦：太公！太公！

江多福一直跑到了河边，终于停住了脚步，望着河的远方，怔怔出神。

吕　希［上气不接下去地追过来，站在一旁，放下了悦悦，一把抓住了江多福的手］：爷爷，爷爷，你可别丢了啊！

江多福：船来了吗？吉时已到，该去迎亲了。

悦　悦：爸爸，太公要去迎亲了？

吕　希：外公想起年轻时候跟太婆结婚的事了。爷爷，我们回家吧。

江多福：坐船。船马上来了。

吕　希：爷爷，我们回家吧，回家去坐船。

江多福：不，在这儿坐船，这儿有河，这儿坐船。

江多福用力挣脱吕希的手，顺着河慢慢走着。吕希实在没力气了，也只好慢慢跟着，把悦悦扛在脖子上，悦悦就这么坐在吕希脖子上吃着肯德基。三个人就这么沿着河慢慢走着。

13. 江开国家楼下，傍晚，外

江开国和木兰站在"木兰的树"下面，仰头望着原来家的窗户。

江开国：看，木兰，还是咱家那块窗帘。这家人会过日子，那块窗帘好好的，还可以用上十年八年。

木　兰：嗯，爸，买咱家房子的，是个懂生活的人，他们会在咱家的房子里过幸福的日子。

江开国［点头，回过头来，眷恋的抚摸着树身］：木兰的树，也还是老样子。树啊树啊，你要像我们木兰一样，继续好好的，风吹雨打都不怕。下次回来我再来看你。

木　兰：爸，看过了，咱走吧。

江开国点点头，恋恋不舍地跟着木兰往外走。

14. 路上，傍晚，外

江开国和木兰走过来，迎面老刘正好走过来。

老　刘：开国？是你吗？

江开国：丙雄！是我啊，丙雄！

老刘特别激动，扑上来就抱住江开国，江开国也紧紧抱住老刘。木兰在一旁静静地看着。

老　刘：开国，你终于回来了，在北京熬不下去了吧。我也是去广州住了一段，还是住不惯，还是家里好。

江开国：你挺好吧，大家都挺好吧。

老　刘：你这一去北京就是快一年。我们大家伙都回来了，就差你了。你回来了就好了，以后大家一块打牌，爬山，多好啊。

江开国：我不行，我眼睛不行了。这次回来临时的，有点事，女儿陪我回来的。

老　刘［失望］：啊，临时的？

木　兰［上前］：刘叔，好久不见，你看着身体不错。

老　刘：还行吧。陪你爸回来，呆多久？

木　兰：晚上的火车就走。

老　刘：这么急啊。

江开国有些黯然地点了点头。

老　刘：几点的火车？

江开国：九点。

老　刘：那还早呢。走走走，跟我走，家属院后面新开了一个社区老年活动中心，大家伙都在那儿呢，去看一看大家吧。

江开国让老刘拉走了。木兰跟上。

15. 社区老年活动中心，傍晚，内

江开国跟着老刘进来，后面木兰跟着。活动中心里面挺热闹，各种棋牌游戏的桌子旁，坐在不少老人，还有一堆老太太在织毛活。

老　刘：看看谁来了？

果然江开国好多老伙伴都在这儿玩，老乔、老赵、老蒲等，见到江开国都高兴地迎上来。

老　乔：老江回来了！

老　赵：老江你可回来了，可想死我们大伙儿了！

老　蒲：可不是，我们天天念叨，你要回来，我们这五虎将就凑齐了。

江开国：老乔老赵，你们看着都挺好啊。

众老头：马马虎虎吧，都还行。

众老头拉着手，絮叨着，另有一个老头老孙也起身过来，加入进去。木兰扫视着全场，突然跟在老孙身边的一个跟她同龄的女人跑过来。

女　人：江木兰！

木　兰：孙笑眉？

孙笑眉已经过来抱住了木兰，木兰也挺高兴的。

木　兰：多少年没见了？

孙笑眉：咱俩小学毕业之后见过吗？

木　兰：好像真的一次都没有哎。

两人都笑。

孙笑眉：听说你在北京工作？

木　兰［点头］：这次陪我爸回来办点事。你是在上海一个大公司上班吧？

孙笑眉：那是以前，我回来了。

木　兰：回来了？什么叫回来了？

孙笑眉：回来定居啊。

木　兰：你上海的工作呢？

孙笑眉：辞了。

木　兰：决心够大的呀，你老公支持吗？

孙笑眉：支持啊，干吗不支持。他也辞了，跟我一块儿回来了。说实话，上海是挺好的，大城市生活多精彩。可是大城市生活压力也很大，现在咱们桐城不也发展起来了吗？我们自己的欲望淡薄一点的话，回来不也挺好的嘛。再说了，爸妈都老了，能多陪陪他们特别重要，多陪一天是一天啊。

木　兰：孙叔和阿姨肯定高兴坏了吧。

孙笑眉：那还用说，自从我回来以后，我爸我妈脸上的老皱纹好像都化开了。

木兰顺着孙笑眉的目光看向那一堆正兴高采烈聊着天的老头。老孙果然笑得特别舒心。

孙笑眉：自从高中毕业离开家乡，上大学，参加工作，多少年，十四年了。十四年当中，我见我大学老师，我见我公司老板，我就是见我们家小区看大门的，都比见我爸妈的时间多。回头想想，这么多年了，就忙事业，忙房子，忙票子，真正为父母忙了什么？你看我现在多好，我告诉你啊江木兰，我原来在上海的房子才四十平米，一家三口挤得不得了。娘家婆家四个老人，谁想来住一段都受不了。我把那房子卖了，你知道我现在在这儿买了多大的房子吗？两百平米！还带车库呢，特别特别好。我公婆也跟着一块儿过来住了，怎么住都行，特别爽。

木兰非常受触动。

孙笑眉：三十多岁了，总算想明白了，人生其实就是一个过程，过得轻松开心最重要。在上海的时候太累了，回来之后，我们全家都觉得轻松多了。

木兰若有所思的表情。

江开国：哟，七点多了，我得赶火车去了，还得回北京呢。

老朋友们一下子也都醒悟过来了，顿时沉默了。

老　刘：真是的，这说着话，时间过得这么快。走吧走吧，上北京也好，好歹跟女儿在一块儿。

众老头：还是老孙最好了，女儿从上海回桐城定居了，大房子住着，一家人团圆，有福。

江开国：对了，原来二车间老跟我们一块儿玩那个小五，怎么没见着？

老　刘：早几个月去了。突然查出来有肿瘤。

江开国黯然。

老　刘：我们都是老东西了，见一面少一面。这次你走了，也不知道下次见是什么时候，没准是最后一面了。

大家都挺感慨的。木兰和孙笑眉在一旁，都看在眼里。木兰的眼神中有内容。

孙笑眉：你爸真好，能跟着你在北京住。刘叔就不肯去广州，上次我见着刘婷婷，她跟我抱怨半天她爸的倔脾气。

老　刘：行了，走吧开国，走吧走吧。

江开国：那我走了。大家保重。

众老头：保重。

江开国毅然调头，走出门去。木兰停顿了一下，转身跟着走了。

16. 河边，夜，外

天都黑了，江多福还在河边走。吕希在后面抱着悦悦跟着，悦悦已经趴在吕希肩上睡着了。

江多福：坐船……坐船……

吕　希：爷爷回家吧，下回再坐船，好吗？

江多福：不回家，要坐船，坐船去接丝盈。

吕　希［头痛，上前拉江多福］：爷爷，跟我回家！

江多福往后躲着，劲儿还特大。

吕　希［急了，大声］：爷爷赶紧回家！木兰在家等我们呢！

江多福：木兰？

吕　希：对，木兰，木兰的话你听吗？

江多福怔怔地点点头。

吕　希：木兰让我们回家。

江多福［终于听话地任由吕希拉住他的手］：好吧，我们回家。

吕希吐出一口长气。

17. 木兰家客厅，夜，内

吕希带着悦悦和爷爷开门进来，已是筋疲力尽。

吕　希：悦悦，醒一醒，到家了，爸爸帮你洗脸，洗完脸再睡觉。

悦　悦［醒了，迷迷糊糊地揉着眼睛］：爸爸，明天要上舞蹈课，我要找我的舞蹈鞋。

吕　希：舞蹈鞋？

悦　悦［点头］：老师说一定要穿舞蹈鞋才能上课。

吕　希：舞蹈鞋在哪儿？

悦　悦：在我衣柜里，妈妈收好了。

吕　希［点头］：好吧，爸爸带你去找鞋。

吕希带着悦悦进了小卧室。

18. 木兰家小卧室，夜，内

吕希带着悦悦进来，打开衣柜，一阵翻找。

吕　希：看到妈妈放哪儿了吗？没有啊。

悦　悦：妈妈跟我说放衣柜了，我也不知道在哪儿。

吕希一阵狂翻。外面传来一声巨响。吕希吓一跳，赶紧出去。

19. 木兰家客厅，夜，内

吕希出来一看，江多福正呆呆地看着地上一堆碎片，竟是把电视柜上的一个水晶花瓶打碎了。

吕　希［真有点儿急了］：爷爷你在干嘛？！这个水晶花瓶是别人送的结婚礼物！

江多福抬起头，看着吕希，怯怯的。吕希满腔的怒火不知道向谁发。江多福知道犯错了，识趣地一转身就往小卧室走。悦悦正站在门口，手里拿着一双舞蹈鞋，呆呆地看着这一切。江多福路过悦悦进了小卧室。

20. 木兰家小卧室，夜，内

江多福走进房间，一下子躺到床上，用被子盖住自己的头。吕希走到门口，看一眼，叹口气，把门带上。

21. 木兰卧室，夜，内

悦悦已经躺在床上睡着了。吕希给她掖好被子，出门。

22. 木兰家客厅，夜，内

吕希拿扫把簸箕收拾水晶花瓶的碎片。突然他的手机响了一下。吕希放下东西，过去拿手机看。手机上是钟总发来的短信："刚刚给你打电话怎么不接？金德公司创意要改的部分，明天早上一定要交！"吕希不禁一声哀叹，抬头看钟，已经一点多了。吕希从包里拿出笔记本电脑，目光呆滞地打开，突然他烦躁起来，高高举起电脑想砸了，可临了还是没舍得。他颓然放下电脑，开始敲击键盘。

23. 火车上，夜，内

父女俩坐在火车上，沉默着。江开国望着窗外出神。木兰在一旁若有所思地看着父亲。

木　兰：爸。

江开国：嗯？

木　兰：你是不是特别想回来住？

江开国［一愣，忙摇头］：没有没有。不想。不想。

木　兰：爸……

江开国：靠着睡会儿吧。

木兰只好不说话了，也望着黑郁的窗外。

沈晓峰［画外音］：……你爸的故土在哪里，在安徽啊，你爸在北京，不就跟我妈在美国一样吗？可是你肯为了你爸回安徽定居吗？

木兰的眼神中很有内容。

［旁白］：这一趟回老家让江木兰深深的领悟到一个事实，父亲其实是那么地想回到家乡养老，想回到自己熟悉的环境中去。虽然在故乡，房子也没有了，亲戚也断绝了，可是父亲还是留恋这里的一山一水，因为这里是他的故土，谁不爱故土？在自己的故乡，山水无言却有情，一花一树都是回忆，都是情感寄托。故乡是老人的精神家园。

24. 木兰家客厅，日，内

木兰和江开国开门进来。吕希正在收拾电脑。

木　兰：吕希，我们回来了。

吕　希［一脸疲惫］：正好，我得上班去了。［看到江开国，很勉强的］爸。

木　兰：爷爷呢？

吕　希：还在睡。

吕希拎起包就走了。木兰和江开国互相看一眼，有些不解。

木　兰：爸，我去做早饭，吃完了送你们回家。

江开国点点头。

25. 吕家客厅，日，内

木兰开门，后面江开国和江多福互相拉着进来。木兰把行李包放沙发上之后，拎着菜进厨房。

木　兰：爸，我帮你们把晚上的菜给洗了吧。

江开国自己拎起行李包进卧室，结果没看清，重重地撞在了门框上，一时疼得都没动。木兰听到动静，吓得从厨房出来了。

木　兰：爸怎么了？

江开国［捂着额头］：没看清。

木兰把江开国扶到沙发上，拉下他的手，吓一跳。江开国的额头上立刻肿起了大大的一块。

木　兰：爸，撞这么重！你等一下，我拿牙膏给你抹一下。

木兰进卫生间去了，江开国还在忍着疼痛。木兰出来了，手里拿了牙膏，她细心地用牙膏挤在江开国的红肿上。

江开国：凉。好多了。

木　兰：爸，是不是眼睛又看不清了？

江开国［点头］：没事。别担心。是我自己不小心，下次不会了。你去洗菜吧。

木兰忍住难受，点了点头，转身进了厨房。江开国抬头看看木兰，木兰的背影已经很模糊了。江开国不由得深深叹息一声。

26. 木兰卧室，夜，内

木兰穿着睡衣进来，吕希非常疲惫地躺在床上，已经快睡着了。木兰钻进被窝。

木　兰：吕希，睡着了吗？

吕　希：嗯？

木　兰：老公，我有事想跟你说。

吕　希：说。

木　兰：你有没有考虑过，咱们在北京这么大的压力，不如去另外一个城市发展？

吕　希［半闭着眼睛］：你什么意思，去哪儿啊，现在哪个大城市不是这样的压力。

木　兰：你有没有想过跟我回家。

吕　希：跟你回家，回哪儿啊？

木　兰：桐城啊。

吕　希［轻笑］：这怎么可能，别开玩笑了。

木　兰：我不是……

吕　希：木兰，我很累。你不知道这两天，悦悦五岁，你爷爷只有两岁，比悦悦还不听话，伺候他们两个，差点没把我累死。

木　兰：这次回家，我触动挺大的。就那么一会儿，我爸都愿意多走一走，多看一看。老家哪儿哪儿我爸都熟悉，都牵挂。老家还有那么多老朋友，聚在一起就有伴了。看那些老头儿一起玩，我爸却不得不走，我觉得心里挺不落忍的。吕希，咱们是不是也可以换个思路想想问题。这么多年我们俩一直是往前冲往前冲，都来不及停下来看一看，想一想，也许退一步海阔天空呢。我爸虽然嘴里说不，心里肯定特别想回老家。他的眼睛肯定要看不见了，我也很想跟他们住在一起。我们一块儿回桐城吧，把北京的房子卖掉一处，我们可以在桐城过的很舒服了。你说呢？

吕希没声音。木兰探过身去一看，吕希已经累得睡着了，确实是脸色憔悴。木兰心疼地给吕希掖好被子。木兰躺回到自己这边，望着天花板，睡不着，内心翻江倒海。木兰拿过手机，用手机上网，在微博上发帖子。

木　兰［画外音］：我们都是新移民，我们的父母怎么办？父母老了老了，还为了我们移民，到底该不该？父母为我们付出了一生，我们该为父母做点什么？我想辞职回老家给父亲养老，大家怎么看？

27. 超市卖场，日，内

木兰正在巡场。不断地跟顾客们打招呼。大家都是那么的亲切友好，其乐融融。

陶老太太：小江。

木　兰：陶大妈，今天有空自己过来。

陶老太太：对啊，就当锻炼身体，正好也来看看你们，跟大家拉拉家常。

小　夏［路过］：陶大妈您来了。

陶老太太：来了来了。

木兰微笑地看着这一切。眼前融洽的一切是她的理想国。

28. 吕家楼下，傍晚，外

木兰步行过来，手里拎着一些肉和菜，往前走，正好看见对面，江开国和江多福从外面回来。

江开国［一手拎着一个小塑料桶，另一手紧紧拉着江多福的手］：爸，咱家的月季土不够了，咱从院子里挖点土添上。亚芝最喜欢月季了。

江多福［拉住江开国的手］：有车。

两人站住，让车过去。

江开国：爸，你就是我的眼睛。

两个老头走过去了。木兰在一旁呆呆地看着，非常难受。

29. 路上，傍晚，外

吕希在开车，一旁副驾驶上坐着悦悦。

吕　希：悦悦，爸爸问你个事，你愿不愿意离开北京，回妈妈的老家？

悦　悦：什么回妈妈的老家？

吕　希：就是，我们全家都搬过去，以后就在妈妈的老家过日子，爸爸妈妈在那儿上班，悦悦在那儿上幼儿园，不回北京了。

悦　悦：不回北京了？

吕　希：对啊，以后你喜欢的披萨饼啊，欢乐谷啊，高思佳悠悠啊，全都没了。

悦　悦：那我不愿意。

吕　希：那你就和妈妈说，我们不愿意离开北京。

30. 木兰家客厅，傍晚，内

吕希和悦悦开门进来。木兰正好端着菜出来，桌子上已经摆好了晚饭。

悦　悦：妈妈！

木　兰：回来了。洗洗手，吃饭了。

吕　希：好，洗洗手吃饭喽。

（跳接）一家三口坐着吃饭。吕希给悦悦夹菜。

木　兰：吕希，昨天晚上我跟你说的事，我不是开玩笑。我希望咱们能郑重考虑一下。

吕希顿时放下了脸，不说话。

木　兰：我爸的眼睛真的不太好了，我今天去看他们，他得扶着爷爷，让爷爷给他指路……我很难受。

吕　希：咱们给他们找个保姆吧。爸和爷爷，肯定得专人照顾。

木　兰：吕希，这不是请不请保姆的问题，是我们全家要不要考虑新生活的问题。

吕　希［放下筷子］：什么新生活？跟你回桐城？

木　兰：对啊。你不知道，我有个小学同学，原来在上海上班，在一家很不错的公司，最近工作辞了，全家迁回桐城了，上海四十平米的房子，换了桐城二百平米带车库的房子，一家人过得可滋润了。

吕　希：木兰，你同学家是你同学家，我们家是我们家，永远不要去跟别人的生活看齐。你同学回桐城好，不等于我们回桐城也好。

木　兰：为什么我们回去不好？

吕　希：回桐城是为了陪你爸和你爷爷养老去是吧，我的工作怎么办，你的工作怎么办？

木　兰：桐城也有超市，也有文化公司。不要桐城把看成不毛之地，桐城这几年发展的很不错的。凭我的能力，到哪儿混不成啊，我回去立马就是一个超市店长。你也一样，到桐城你肯定就是一个人才。北京来的人才。

吕　希：甭扯那些，我宁肯当小职员我也愿意待在北京。木兰，我们可以不考虑我们自己，我们不能不考虑悦悦。悦悦马上要上小学了，中关村三小，搁北京都是响当当的好小学，请问贵故乡桐城有同等水平的小学吗？

木　兰：我不也是从桐城考过来的？凭什么看不起我们桐城的教育水平啊。

吕　希：我不跟你抬杠。我只告诉你一点，木兰，咱们都是马上要步入中年的人了，孩子才是咱们的主要目标，咱们俩怎么着都行，可以后大部分精力都得为孩子！孩子是我们的未来！要是和老年人的生活整天都搅和到一块儿，我们就没法过。

木　兰：好，你不喜欢桐城，我们不回桐城，回合肥也行啊，合肥总是省会城市嘛。你在北京住惯了，其实小城市的生活有另外一种味道，节奏慢了，才能有心情细细品味生活中的很多乐趣。我们把这儿的房子卖掉一处，在安徽任何地方都可以买很大的房子了……

吕　希：我还是那句话，就算抛开我们俩不说，我们都可以牺牲。可是悦悦呢，悦悦也要牺牲？她在北京所能享受到的优质的教育也要牺牲掉？！小城市是好，那是养老的地方。对，你爸你爷爷要养老了，咱俩到养老的时候了吗，悦悦到养老的时候了吗？！

悦悦看着父母，不敢说话。

木　兰：吕希，说实话，这一年我觉得我过了十年，你爸妈，我爷爷，我爸，亚芝阿姨，我们身边最亲最爱的老人，一个一个，不是离开，就是生病。我眼睁睁看着他们从大人又变回孩子去了。

吕希目光一黯。

木　兰：他们现在真的跟悦悦一样，就是小孩子，他们唯一的依靠就是我们。没有子女疼爱的老人就跟失去父母的孤儿一样可怜。我明白你的意思，我也一直矛盾着，一头老，一头小，当我只能为一头付出的时候，到底是应该为小的付出还是为老的付出？这是一个难题，也许没有标准答案，可是我总能有我自己的答案吧。

吕希冷笑。

木　兰：你永远不会明白这种心情，游子的心情，因为北京就是你的故乡。北京也是我的第二故乡，可不管怎么样在我爸的心里，这里不是他的故乡。就算他嘴上不说，我也知道他很想回去。谁也不想像亚芝阿姨一样，最后是骨灰盒了才回去。

吕　希［抬头看她］：你这是定了？

木　兰：我在跟你商量。

吕　希［愤怒地重重一拍桌子］：没得商量！

悦悦吓坏了。木兰也惊呆了。

吕　希：江木兰，我都没爹没娘了，怎么你不但有爹，还有个爷爷呢？！知不知道我们现在过得什么日子？就因为你的好心，我们的生活已经让老年人包围了！

木　兰：吕希……

吕　希：这事没得商量。木兰，这是过日子，没有那么多理想主义的浪漫，你要为了两个老头牺牲我女儿的命运，我不同意。如果是我自己父母，我也不会同意。你爸如果这么想回去，你可以让他们自己回去。如果你非要陪着，咱俩只能离婚！

木　兰：你说离婚？

吕　希：没错，就是离婚！

悦　悦［大叫］：你们不许离婚！

顿时两个大人都清醒一点。

木　兰［忍一忍］：吕希，我们不是说好，要一起陪着到老的嘛，我以为你能理解我。

吕　希：我不能理解，我也不想理解，你是圣人，我不是！

木　兰：我不是圣人，我只是一个女儿。

吕　希：对，你是个大孝女，天上地下第一大孝女！你愿意陪你爸你爷爷回老家，你去，我不拦着你，我也拦不住你。但是悦悦你得给我留下，我不能让我女儿去给两个老头陪葬！

木　兰［一下子把碗摔在了地上］：吕希你混蛋！

吕　希：江木兰你想干吗？

木　兰：你说我想干吗？！我想发脾气！你以为我是没脾气的人是吗？！我告诉你我有脾气！我脾气大得很！我都攒着呢！好多事，我还没跟你提离婚呢，你倒先吼起来！你还是不是人？！

吕　希：你什么意思？

木　兰：我没什么意思，你自己心里明白！

吕　希：江木兰你再说一个试试？

木　兰：我再说一个，你预备怎么着？我就是难受我就是要说！什么叫给两个老头陪葬，你怎么能说的这么难听?!那两个老头是谁，是我爸，我爷爷！他们跟你要过什么了，你就这么烦他们?!别忘了我爸还伺候过你妈！我爸为我们付出的还少吗?!我为你付出还少吗?!就算我们为了我爸我爷爷牺牲一回，就怎么了？

吕　希：要掰扯是吗？来吧。你爸是付出了，你也付出了，我没付出吗？！天地良心，我这个女婿做的也够可以了是不是？！俩老头来北京住，行，拿钱给你那不靠谱的弟弟，行，什么都行，你还要我怎么着啊？你知不知道，你不在的时候我怎么伺候你爷爷的？！你亲叔叔亲弟弟都做不了的事，我全替你扛了！我们家房子都腾给你们了，还不够吗？！你想过为什么吗？还不是为了你。我为了爱你，那些我都忍了，你还这么看我？！

木　兰：吕希，你摸着自己良心问问，房子腾给我爸他们住，你是安的好心吗？

吕　希：你！

木　兰：你不就为了把两个老头支出去，别跟我们一个屋檐下！少来那套冠冕堂皇！

吕　希：我就纳了闷了，你这么个大孝女，你当初怎么会留在北京嫁给我，你应该回桐城去啊！你应该嫁个跟着你回桐城的啊！

木　兰：所以我错了！我后悔了！

两人互相瞪着。

吕　希：后悔了是吧，来得及啊，去扯个绿证，简单！

木　兰：你又说离婚！

吕　希：对我就说了怎么的。我吕希对你江木兰忍了十几年，我现在不想忍了！

木　兰：你忍了我十几年？

吕　希：没错！

木　兰：是啊，你怎么会怕离呢，离了你也不愁啊，外面有的是人。

吕希气得举起手。

木　兰：你敢。

两人互相瞪着。久久，吕希恨恨地放下了手。

吕　希：我受够了，这日子没法过了！

吕希一甩手，就走了。门重重地关上。悦悦害怕地扑进木兰怀里，把头埋进木兰衣服中，瑟瑟发抖。木兰搂住悦悦，兀自气得发抖。

31. 吕家主卧室，夜，内

江开国躺在床上，他的眼睛大睁着，窗帘也大开着，窗外路灯的光照进来，屋里景物都很清晰，可是江开国的眼前却是一片模糊。家乡的一幕一幕景色和人事在他脑海中不停翻腾。

江开国［眼角泪水滑下来，轻轻地自语］：为了木兰，我得好好的，为了女儿，我得听她的安排，好好在北京待着。

32. 木兰卧室，夜，内

木兰呆坐着，目光无意中落到了床头柜上的笔记本电脑上。她机械地伸手过去，拿过笔记本，打开，点开里面的各种文档胡乱看。无意中点开了一个视频，木兰无意识地就任由里面几乎是静止的画面持续，画面是吕母躺在床上。

木　兰［几乎无声］：妈，我该怎么办……

33. 大雅文化公司办公室，清晨，内

吕希痛苦地坐着，桌上，台灯亮着，一家三口的照片上，木兰巧笑嫣然。

吕希的眼神非常复杂。终于，他起身，关了灯，拿起包和衣服，往出走。

34. 木兰卧室，清晨，内

木兰还看着电脑屏幕。突然她的眼神聚焦了。画面上，吕希出现。吕希离开。吕母去世。吕希再次出现，跪倒在母亲遗体前。正是吕母去世那天晚上的最后一段视频。木兰彻底地惊呆了。

吕　希［推门进来］：木兰，我们还是得好好谈谈。这是个大事，我可能态度不太好，可是……

木兰转身，用看陌生人的眼光看着他。

吕　希：木兰，你怎么了，怎么这么看着我。

木兰还是不说话，就那样看着他。吕希有点害怕了，走过去，木兰竟然下意识微微往后缩了缩身子躲他。吕希看到了电脑上的视频。吕希也惊呆了。

吕　希：木兰……

木　兰：那天晚上你在。

吕　希［伸手想碰触她］：木兰，你听我解释行吗……

木　兰［尖叫］：你别碰我！

吕　希［悲哀地垂下了手］：木兰，我在，可是，是妈让我走的！

木　兰［难以置信地看着他］：妈根本就不能说话。

吕　希：木兰，相信我，妈说话了……

木　兰：我不信！你还是不是人？那是你亲妈啊！

吕　希［大吼］：我都跟你说了，是我妈自己要走的！

木　兰：谁不想活着？！

吕　希：你爱信不信！

木　兰：怪不得呢，你连你自己的妈你都能这么狠心，你能为了我爸他们牺牲吗？！

吕　希：江木兰，我为了你们家还没牺牲吗？我只是不能连我女儿都牺牲了！

木　兰：你根本就不配说牺牲这两个字！你懂什么叫牺牲吗？！你妈的命，你都可以放弃，你还有什么事干不出来？！我真是瞎了眼了，我怎么就那么轻易原谅你了！

吕　希：对，我就是一王八蛋！我不配你江木兰原谅，我这辈子我都在你这儿抬不起头来了！求求你高抬贵手，你把我当个屁放了成不成？！

木　兰：离就离。走吧，民政局开门了。

吕　希：好，这可都是你说的，你将来别后悔。

木　兰：我只后悔怎么会嫁给你。那是你的亲生母亲，她妨碍你，你都可以放弃她，要是将来我有个三长两短，我能指望你守着我吗。

吕　希：什么都别说了，离。

35. 民政局门口，日，外

两人走出来。吕希已经有点颓丧了。

吕　希：木兰，我们真的离婚了。

木　兰：这不是你希望的吗？

吕　希：我们会后悔吗？

木　兰［沉默一会儿］：悦悦跟我。

吕　希：你要带她回安徽。

木　兰：不关你事了。

木兰头也不回地走了。吕希郁闷地目送，也转身离开。

36. 吕家客厅，傍晚，内

木兰抱着惊恐万状地悦悦、拖着行李箱子开门进来。江开国从厨房出来，一看这情景惊呆了。

江开国：木兰，出什么事了？

木兰看着父亲，无限凄苦，没说话，先哇得一声对着父亲哭了。

江开国：怎么了这是？

木兰从兜里掏出离婚证，放在茶几上。江开国一看惊呆了。

江开国：你们干什么呢？

木　兰：爸，吕希连自己妈都不在乎，我跟他过不下去了……

江开国［拍着她的背］：哭吧哭吧，哭出来就都好了。

木兰大恸不已。

37. 吕家客厅，夜，内

木兰已经平静了，坐在江开国对面。茶几上放着离婚证。

江开国：你们太冲动了，这么多年的夫妻，怎么能说离就离呢。多大的事，怎么能马上决定呢。那么多事都熬过来了……

木　兰：爸，我跟他肯定过不下去了。什么事我都能谅解，这件事不能。那是他的妈，他都能放弃，将来我万一有个三长两短，我能指望他吗？

江开国深深叹口气。

第28集结束！

第29集

木兰辞店长卖住房，江父劝阻木兰留下

1. 木兰家客厅，日，内

木兰带着悦悦开门进来，拎着父亲和爷爷的行李，后面江开国和江多福跟着进来。

2. 吕家客厅，傍晚，内

吕父吕母的照片已经在墙上挂了起来。吕希刚刚收拾完，走到照片面前，坐下，对着照片发呆。

吕　希： 爸，妈，我怎么把日子过成这样了。到底是谁的错呢？

窗外，天色渐渐暗下来。

3. 木兰家客厅，夜，内

一家四口围坐在桌子旁，可是所有人都沉默，一桌子的饭菜谁也没动。

木　兰［勉强打破僵局］：爸，爷爷，吃饭吧，悦悦，吃饭。

悦　悦［拿起筷子，扒拉了一口饭，忽然哭了］：我要爸爸。

所有大人都非常难受。江开国给悦悦擦去眼泪。

江开国： 不哭不哭，悦悦不哭。你哭你妈妈心里难受。

悦悦看了眼木兰，抽泣着止住了泪。江开国给悦悦擦干眼泪。

江开国： 好孩子不哭。爸爸还是爸爸，还能见着爸爸。不哭。

木　兰： 爸，对不起，没跟你商量就……

江开国： 爸不怪你，不管你做什么决定，爸爸都立场坚定支持你。

木　兰： 爸，从小到大，你总是支持我。考大学，我们班董慧要考北京，她爸妈哭着不让她考，留她在身边，我要考北京，你支持我。谈朋友，我们班杨晓楠谈了个外地男朋友，她爸妈以死相逼让她分手，就为了她毕业后回老家，可我要嫁吕希留北京，你也支持我。今天我离婚，你还支持我。

江开国： 木兰，你是我女儿，我相信你，我知道你不会胡来。我希望你能过的幸福，可什么是幸福，只有自己知道。我不会用我的想法来要求你。我就支持你，永远支持你。

木兰泪水一下子淌下来，她马上倔强地擦掉了。

江开国：不管怎么样，咱们还得往前看。你爷爷都活了八十多了，我也六十多了，什么风雨没见过，日子还得往前看。来，吃饭。天塌下来也得先把肚子吃饱。

一家人都伸手拿起筷子。

4. 木兰家客厅，日，内

木兰手里拿着包，要去上班，回头看，客厅餐桌旁，江开国和江多福及悦悦还在吃早饭。

木　兰：爸，我走了啊。

江开国：放心吧，悦悦我保证送到。

木兰笑：我绝对放心。

木兰再次看看这祖孙三人，出门。

5. 路上，日，外

祖孙三人的脚并排走着。悦悦的手拉着江开国的手，江开国的手拉着江多福的手。祖孙三人就这么紧紧的手拉手在路上走着。江开国的眼前已经一片模糊。他有点没看清对面走过来的人，迎着就往前走。

悦　悦［看见了，紧紧往一边拉了拉他的手］：外公，往右边靠！

江开国［往右，让过了那个人，对悦悦苦涩的笑了笑］：悦悦真好。

悦　悦：外公别怕，有我呢。

江开国［动容，忍不住紧紧握一握悦悦的手］：对，外公有悦悦呢，外公不怕。

6. 幼儿园门口，日，外

江开国和江多福站在门口，悦悦正跟着小朋友们一起往里走。

悦　悦［回头挥挥手］：外公，太公，再见。

江开国：再见。

悦悦进去了。江开国拉着江多福往回走。江开国的眼前本还有模糊的景象，但是突然之间一片漆黑了。江开国怔怔地停住了脚步。江开国彻底失明了。

江多福［被带着停住了脚步］：怎么了？

江开国［略有些苦涩］：爸，我看不见了。

7. 路边花坛边，日，外

木兰匆匆过来，正看见江开国和江多福坐在路边的花坛边等着她，江多福茫然地望着四处。周围车水马龙，熙熙攘攘的人来人往。江开国的眼睛直直望着前方，却没有焦点。木兰静静地走近，俯下，看着父亲的眼睛，百感交集。

木　兰：爸。

江开国：木兰。对不起，我变成你的负担了。

木　兰：爸，干嘛这么说呢，我们不是早就做好准备了吗？这一天来了，也没什么。

江开国：是啊，该来的总要来的。世事难料啊。来北京的时候，我以为我身体好，也还不老，还能帮帮你，给你做做家务，看看孩子，怎么也没想到，这么快眼睛就不中用了。

木　兰：爸，别这么说自己，眼睛看不见怎么了，世界上那么多人眼睛看不见，大家都生活得很好。你什么都看见过，什么东西都在你心里存着呢。爷爷的样子，我的样子，悦悦的样子，家的样子，瓢豆腐的样子，都在心里存着。

江开国：没错，都在我心里存着呢。不会忘。我这大半辈子啊，老天一直在用各种磨难考验我，可是再仔细想想，谁人又不是呢，活在这个世界上的哪个人不是天天都在经受各种考验呢。

木　兰：是啊爸，为了我，为了爷爷，你也要振作下去，你是我们的主心骨啊。

江开国：明白。所以啊，我不气馁，我不放弃，不就没眼睛了吗，我还有心呢，用心我也能好好活下去。

木　兰：爸，我爱听这话。这是我爸说的话。爸，只要你在，我就高兴。家有一老，如有一宝，你和爷爷在，我就有两宝。

木兰伸出另一只手，紧紧地搂住江多福的脖子。三个人紧紧地依偎在一起。

8. 木兰家一系列蒙太奇

木兰家客厅。江开国慢慢走着，摸索着家具的位置，熟悉着东西的放置。不小心桌子上的东西就让他扫落在地，打了。

木兰家小卧室。悦悦把一个放在小卧室的角落的大毛绒玩具拖开，横在了另一边。木兰过来，又把毛绒玩具放回原处。

木　兰：悦悦，屋子里的东西，咱们都不要随便搬动位置，为什么呢？因为外公好不容易才记住这个东西在这儿，要是搬动了，外公会绊脚，会摔跤。明白了吗？

悦悦懂事地点点头。

人行道上。江开国在练习使用盲人杖，熟悉盲道。悦悦和木兰带着江多福站在一旁陪着。

悦　悦：外公，你现在走的是盲道，是专门给你准备的路。跟我们的路不一样哦，你有感觉吗？

江开国［拿盲人杖试探着］：对，不一样，这条道的砖头是一条一条细砖头。

悦　悦：外公能认出来吗？

江开国：能。

悦　悦［指挥着］：好，那外公就往前走。外公左拐，外公小心右边，有一块小石头哦。

江开国的盲人杖随着悦悦的指挥在盲道上动着，时不时还会出盲道。木兰含笑看着。

木兰家卫生间。江开国正在洗脸，往后去挂毛巾的时候，不小心腰撞在了后面暖气片上。他一下子停了停，忍住疼，掀起衣服揉一揉。他的身上，有不少青一块紫一块，显然都是碰的。木兰在门外看见，忍住内心的情绪看着父亲。

9. 幼儿园教室，日，内

悦悦和小朋友们在一起画画。

老　师：吕悦然，出来一下吧。

10. 幼儿园教室外面，日，外

悦　悦［出来，惊喜的］：爸爸！

吕希正站在门外等她。悦悦扑进吕希怀里，父女俩紧紧拥抱。

吕　希：悦悦，想爸爸了吗？

悦　悦：想！每天都想！

吕希难受的眼神。

11. 披萨饼店，日，内

悦悦面前一堆吃的，悦悦正在吃。吕希爱怜地看着。

吕　希：好吃吗？

悦悦点了点头。

吕　希：妈妈好吗？

悦悦摇了摇头，愣了愣，又点了点头。

吕　希［有些苦涩］：外公好吗？太公好吗？

悦　悦：外公的眼睛看不见了。

吕　希：瞎了？

悦悦点了点头。

吕　希［沉默片刻］：悦悦，以后要是碰到什么事，妈妈忙不过来，你就给爸爸打电话，爸爸会马上出现在你面前。

悦　悦［扔下披萨饼，抱住吕希哭了］：爸爸，为什么你们要离婚？我不想跟你分开。

吕　希［紧紧抱住悦悦］：对不起。爸爸，对不起。

12. 木兰卧室，夜，内

夜深人静。木兰和悦悦熟睡着。突然，隔壁传来江多福的呻吟声。木兰惊醒了，侧耳听。呻吟声持续。木兰不安，悄悄地起床。

13. 木兰家小卧室，夜，内

江开国和江多福躺着，江多福呻吟着。木兰推门进来，摸索着开灯。

木　兰：爷爷？

江多福呻吟着。木兰过去，伸手在江多福额头上摸了一下，吃惊。

木　兰：爷爷你发烧了。

江开国一直就闷头躺在地铺上没出声。木兰过去，见江开国昏昏沉沉的样子。

木　兰：爸？爸你怎么样？［伸手一摸江开国额头］怎么这么热？！

江开国：木兰？

木　兰：爸，能起来吗？我送你们去医院。

14. 医院急诊室，夜，内

木兰一手一个，搀扶着腰都直不起来、歪歪斜斜走路的两个老头进来，到分诊台。

木　兰：你好，我爸和爷爷都发烧了。特别烫手！

护　士：估计是流感，最近高热的人很多……

说话间江开国就要倒下去。

木　兰：爸！

护　士：赶紧先让两位老人去找俩轮椅坐下吧，我给你拿号！

木　兰［手忙脚乱地扶着两个老头］：谢谢。

15. 木兰卧室，夜，内

悦　悦［醒了，坐起来］：妈妈？

她开了灯，一看妈妈不见了，有点懵，从床上下来了。

16. 木兰家小卧室，夜，内

悦　悦［走过来，一看更惊］：外公？太公？你们怎么都不见了？你们去哪儿了？妈妈？！

悦悦害怕，转身要出去，被江开国的地铺上胡乱推开的被子给绊了一下，一下子就摔了下去，正好磕在了床头柜的脚上，眼皮微破，微微流血了。

悦　悦［哇哇大哭］：妈妈！妈妈！

17. 医院急诊室 X 射线室门口，夜，内

木兰正推着江开国的轮椅从 X 射线室出来，后面跟着医生。

医　生：放心吧，你父亲肺部没问题。

木　兰：谢谢大夫，谢谢您。

医　生：行了，把你爷爷推进来吧。

木兰赶紧把江开国放在门外，把门外坐着另一个轮椅的江多福给推进检查室去里去。

18. 木兰家客厅，夜，内

悦悦捂着自己的眼角，哭着从小卧室出来，到沙发旁，拿起茶几上的电话拨号。拨号音长时间的响着，就是没人接电话。

悦　悦：妈妈接电话……妈妈接电话……

19. 医院急诊室，夜，内

一系列蒙太奇。木兰跑过来，在化验窗口翻看已经出来的化验报告。木兰拿着单子跑过去给医生看。医生给开药。木兰在交钱。木兰在领药。手机在包里微弱地响着，木兰完全没听到。

20. 木兰家客厅，夜，内

悦悦哭着，终于改拨另一个电话号码。

吕　希［画外音］：喂？

悦　悦［大哭］：爸爸！

21. 医院点滴室，夜，内

江开国和江多福歪斜地坐在椅子上，都已经打上了点滴。木兰在一旁，总算放下心来，拿出手机，看到有很多个家里的未接电话。木兰一下子惊了。木兰回拨，家里没人接电话。

木　兰［有些慌神］：爸，你们先挂着水，估计得到天亮才完，我回去看一眼悦悦，一会儿就过来。

江开国［勉力睁开眼睛］：赶紧去。

木兰赶紧往外跑。

22. 医院急诊室门口，夜，外

木兰跑出来，正好跟抱着悦悦跑进来的吕希迎面碰上。两个人都惊呆了。

木　兰：悦悦？

悦　悦［哭了］：妈妈！

木　兰［看到悦悦脸上的伤］：悦悦你怎么了？

吕　希［黑着脸］：磕着了。先看医生吧。

23. 医院急诊室，夜，内

吕希抱着悦悦，木兰站在一旁，医生在看化验单。

医　生：行了，没什么大事，挂点消炎针吧。

24. 医院点滴室，夜，内

悦悦坐在了江开国的旁边，祖孙三个排排坐着，一起打点滴。

25. 医院点滴室外走廊，夜，内

吕希站着。木兰走出来。两人对上眼神，都有些无奈地躲开了。

木　兰：谢谢。

吕　希：今天这种情况，你应该给我打电话，不管怎么说，悦悦是我的女儿。把孩子一个人放家里，挺危险的。

木　兰：没把孩子看好，抱歉。

吕　希［叹息］：悦悦最近先跟我住一段吧。你一个人照顾两个老的已经不容易，忙过这段再说。行吗？

木兰只好点了点头。

26. 超市卖场，日，内

雷颂华走过来。满意地看着卖场里的情景。一路上碰上了朱经理等几个员工。大家都挺高兴的。

朱经理：雷总来了，是来视察工作的吗？

雷颂华［笑］：不是，我来找江经理。

（跳接）货架旁，木兰正在整理鸡蛋，直起腰，看见了不远处站着的雷颂华。两人都笑了。

27. 超市天台，日，外

雷颂华坐在天台上。木兰端着两杯茶过来。

木　兰：雷总，喝茶。

雷颂华：听说你离婚了？

木　兰：是。

雷颂华：一切都还好吗？

木　兰：还好。

雷颂华：有需要帮忙的说话。

木　兰：一定。

雷颂华［点点头］：木兰，今天我来通知你一个好消息。亚北马上要开一家新的分店，是咱们在北京的第五家分店，你知道吧？

木兰点点头。

雷颂华：知道谁是开店店长？

木兰一愣，摇了摇头。

雷颂华［笑着喝口茶］：你。

木兰惊呆了。

雷颂华［笑了］：我早说过，会有报答的。这就是报答。我也当过第三店开店店长。现在，轮到你了。

木　兰：雷总，这也太好了。

雷颂华：你怕自己做不好？

木　兰：那不会，我有这个自信。

雷颂华：我也相信你行。这个其实早就应该是你的，不必谦让。等你做了开店店长，你可以按照你的意思去管理这个店，你可以真正按照你的理想，把超市变成一个人与人真诚相待的地方。另外，做了店长，收入方面也会更理想。调令应该很快会下来。你做一下准备。

木兰若有所思。

雷颂华：木兰，我曾经说过，我希望我的员工可以让我说谢谢。今天，我代表公司，向你说声谢谢。

木兰笑了笑，依然若有所思。

28. 吕家客厅，日，内

吕希正在陪悦悦下跳棋。茶几上堆满了各种吃的喝的玩的。

吕　希：呀，悦悦又赢了！悦悦真棒！悦悦可以吃一颗车厘子了，爸爸想吃吃不着啊，谁让爸爸棋下的这么臭。

吕希拈了一颗车厘子递给悦悦，悦悦接过，却不吃。

吕　希：怎么了，悦悦？不是最爱吃大樱桃的吗？爸爸特地给你买的啊。

悦　悦：爸爸，我想回去了。

吕　希［愣］：不想跟爸爸住了？

悦　悦［摇摇头］：我想妈妈。

吕　希：妈妈没时间照顾悦悦，悦悦还是跟爸爸住吧。

悦　悦：妈妈要照顾外公和太公，妈妈不是故意让悦悦疼的，爸爸不要怪妈妈，我想跟爸爸住，可我也想跟妈妈住。

吕　希［看着悦悦，百感交集，一把搂紧悦悦］：都是爸爸不好。

悦　悦［搂紧吕希］：悦悦永远爱爸爸。

29. 木兰家厨房，傍晚，内

木兰一边熬粥，一边切菜。她的表情是若有所思的。这时候门铃响。

30. 木兰家客厅，傍晚，内

木兰过来，开门。门外是吕希抱着悦悦。

悦　悦［扑进木兰怀里］：妈妈！

吕　希：悦悦想回来了。她没事了，你放心吧。

木　兰：谢谢。

吕　希：以后你要是顾不过来了，就给我打电话，我总还是悦悦的爸爸。

木　兰：谢谢。

夫妻俩相对，都是无言而无奈。吕希转身走了。木兰关上门，抱着悦悦到沙发上坐下，细细的看悦悦的脸，悦悦眼角那个淡淡的小伤口，木兰温柔地用手抚过。

木　兰：还疼吗？

悦　悦［摇摇头］：不疼了。

木　兰：是妈妈不好，让你受伤了。宝贝，对不起。

悦　悦：妈妈不要说对不起，悦悦真的不疼了。

木　兰：悦悦能理解妈妈吗？妈妈很爱你，妈妈也很爱外公和太公，因为是太公生了外公，外公生了妈妈，妈妈再生了悦悦，这个世界上才有悦悦这个人。所以悦悦会不会怪妈妈照顾太公和外公，没有照顾好你呢？

悦　悦［摇摇头］：悦悦不怪妈妈。悦悦爱妈妈。妈妈爱外公，外公爱太公，所以悦悦也爱太公。

木兰眼泪刷地下来了。江开国在小卧室的门口，用心聆听着，也是百感交集。

江开国：木兰啊，你是个孝顺的好女儿。

木　兰［回过头看着父亲，含着眼泪又笑了］：爸，知道我为什么孝顺你吗？其实是你给我做了样子。从小虽然你从来没教过我该怎么做，可是你对爷爷那么好，我都看见了。我就想，我也得对我爸爸这么好，爸你对我爷爷这么好，我要是对你不好，爸你多亏啊。再说我也是自私的，我希望悦悦看见了，将来对我也能这么好。

江开国［流着泪］：木兰木兰，我上辈子修来的，这辈子有你这么好的女儿。

木　兰：爸，别跟我客气，这是我应该的，你养我一小，我养你一老。

江开国流着眼泪点点头。木兰紧紧地把脸贴在悦悦脸上。

31. 木兰家厨房，夜，内

木兰在洗碗。传来客厅里悦悦和两个老头的对话。

悦　悦［画外音］：外公给我讲个故事好吗？

江开国［画外音］：悦悦想听什么故事？

悦　悦［画外音］：什么故事都想听。

江开国［画外音］：那我给悦悦讲一个孔融让梨的故事吧。

悦　悦［画外音］：孔融让梨的故事妈妈早就给我讲过了。外公，我给你们讲一个故事吧。

江开国［画外音］：好啊。

悦　悦［画外音］：我给你们讲一个故事，叫会唱歌的小水壶。有一把金色的小水壶，住在奶奶家，是奶奶的好朋友……

木兰露出了笑容。

［旁白］：听着女儿天籁般的童音讲故事，看着父亲和爷爷那如孩童般的神情，江木兰突然领悟到生命中最简单却最忽略的真相。作为一个人，上面是生养我们的父母，下面是我们生养的子女，这两头由我串联着，成为一个无法舍弃的链条，每一代人都承上启下，成为一个亲情的链条，这个链条是每一个人在这个世界上活下去的理由，无数这样的链条组成了生命生生不息的延续。

32. 木兰卧室，夜，内

悦悦已经在床上熟睡了。木兰还躺在床头用手机看微博。

网上是成千上万条留言，顺着这些留言，木兰仿佛看见了千千万万个普通人家庭中子女和父母之间的那种种故事和情绪。

［旁白］：江木兰的微博得到了无数人的共鸣。无数的网友在后面跟帖，人们倾诉着自己和父母之间的种种故事，种种心愿、思念、遗憾、歉疚……有选择的都是无价值的，无选择的才是无价之宝，父母子女都是无选择的，所以都是无价之宝。是我们一生最珍贵的所有。

木兰思绪万千。

33. 超市卖场，日，内

木兰来上班，好多员工都在卖场里站着准备开门。新店长老柯也在。看见木兰，好多人都围了上来。

员工们：江经理，祝贺啊……江经理你太棒了……祝贺江经理！

木　兰：你们？

老　柯［上前］：江经理，大家伙都听说了，好消息啊，要去五店做开店店长了！祝贺你！

木　兰：谢谢。

木兰往前走，后面朱经理和黄大刀等老部下跟着她。

朱经理：江姐，我们想跟着你去。

木兰回头，意外地看着他们。黄大刀、乔丽等都拼命点头。

黄大刀：你在哪儿，我们在哪儿。

乔　丽：没错没错，我们都愿意跟着江经理走。

木兰挺感动的，但没表态。

34. 超市走廊，日，内

木兰沿着走廊走过来。她的眼神越来越坚定，下定了决心的样子。

35. 茶馆，日，内

木兰和雷颂华对面坐着。

雷颂华：木兰，这么急约我？

木　兰：雷总，开店店长是你和公司对我的赏识，可是对不起，辜负你的信任，我准备辞职。

雷颂华［非常意外］：为什么？

木　兰：我打算回老家。

雷颂华：你的意思是，打算离开北京，彻底回老家了？

木兰郑重地点点头。

雷颂华［不解］：我还是要问，为什么？

木　兰：为了我爸，还有我爷爷。我想陪着他们回桐城，安度晚年。

雷颂华：在北京一样可以安度晚年。你爸在北京不是住的挺好的吗？

木　兰：有另一个老人跟我说过一句话，梁园虽好不是我家。我爸以前跟我说过，他就是一棵老树，把他从家乡的土地上挪了，他会难受。这一年多，他在北京住，我知道，完全是为了我，为了让我安心。其实他心里，他想回家乡。

雷颂华［若有所悟］：回家乡？

木　兰：家乡，我最近有点开始懂什么叫家乡了。家乡有一个人最重要的东西。离开家乡，就有乡愁，我想年纪越大，乡愁肯定越深。树高千丈叶落归根，虽然我爷爷和我爸不说，可我知道，他们想回去，没有人愿意客死他乡。我想陪他们回到家乡，给他们养老送终，这是我作为一个人应尽的责任，是我作为我爸的女儿情感上的需要。

雷颂华：木兰，这是一个太大的决定，改变你人生的决定，你真的想好了？真的要放弃在北京的一切？放弃你自己奋斗得来的一切？

木　兰［点了点头］：我心甘情愿。人生只有两件事，有尊严的活着，有尊严的死去。我爸一辈子都活得挺有尊严的，现在他老了，眼睛还失明了。古人说寿则辱，好像老人就不该活那么久，好像长寿就成了一种罪了，我偏不同意，我不能让我爸老了还要没尊严，我得陪他有尊严的离开，这是我作一个女儿该做的。

雷颂华渐渐理解了。

木　兰： 树欲静而风不止，子欲养而亲不待，这是天下最大的痛，只有痛过的人才知道这是什么感觉。雷总，别觉得我这个决定多不可思议，是因为我痛过，我知道失去亲人是一种什么样的痛。我真的很热爱北京的生活，我热爱这个城市，为我打开了整个世界，我不舍得离开。可是我一想，如果我失去了爸爸，我就失去了一切，就算拥有整个世界也会有遗憾，所以，我要陪我爸爸回故乡，我要珍惜爸爸还在我身边的日子，这日子过一天就少一天。

雷颂华［终于敬佩地点点头］：好。

木兰笑了。

36. 木兰家客厅，夜，内

一家人围坐在饭桌旁。

木　兰： 爸，爷爷，今天有个事想跟你们说。

江开国和江多福都看着她。

江开国： 听着像大事。

木　兰［点点头］：确实是大事。因为我决定回桐城。

江开国： 回桐城什么事？

木　兰： 爸，我打算全家一块儿回桐城。

江开国： 你是说搬回去了？

木　兰： 对。全家都搬回去定居。

江多福： 好。

江开国： 不好。木兰，怎么突然想回老家了？可别是为了我们两个老头啊。

木　兰： 是为了你们，也是为了我自己。我在北京累啊，回桐城也挺好的。

江开国： 可你这儿超市干得好好的，工作怎么办？悦悦上学怎么办？

木　兰： 爸，工作哪儿都能找到，只要我勤劳不怕吃苦，哪儿不能找到好工作呢。悦悦上学也简单，老家难道没有学校了吗？我当初是怎么从桐城考到北京来的，悦悦比我聪明，以后一定也可行。

江开国： 可是，这也太突然了。

木　兰： 其实也不突然，我心里盘算这事挺久了。自从上次在桐城碰到孙小猫，我就动心了。你想啊，我把这儿的房子卖了，回桐城也能跟她一样买个两百平米的大房子，还能有个大院子呢。我在北京真的是觉得累了，生活成本高，工作压力大，回桐城以后，生活肯定轻松得多。

江开国： 话是这么说，可是，悦悦眼看着就要上小学了，不能耽误她的学习啊。

木　兰： 没事的，爸，悦悦的户口在北京，她将来高考还是占便宜的，这就行了，在哪儿上学没多大影响。

江开国：真的？

木　兰：真的。

江开国不说话了。

木　兰：爸，爷爷想回去，你想回去吗？

江开国：想。

木　兰：我也想。如果当初没吕希我早回去了。现在也就没什么能留恋的了。

江开国［沉默一会儿］：也是，咱们桐城虽不比北京大城市，可也是好地方，回去好，回去好。

木　兰：那我们就说定了？

江开国：说定了说定了。［高兴地对江多福］爸，咱们要回老家了，木兰要带着我们一块儿回老家了！

江多福［憨笑］：回家了。

木兰看着，也笑了。

37. 木兰卧室，夜，内

木兰和悦悦并头躺在被窝里。

悦　悦：妈妈，我们离开北京，我以后再也见不到高思佳他们了？

木　兰：谁说的，当然能见了。你可以邀请他们假期去桐城玩啊。你也可以来北京找他们玩。妈妈会陪你来。

悦　悦：可是，我不能天天跟他们在一起了。

木　兰［搂紧悦悦］：宝贝，好朋友不用天天在一起，只要在心里永远记得他们就行。

悦悦似懂非懂地点点头。

38. 茶馆，日，内

木兰和吕希对面坐着。

吕　希［一脸失落］：真的决定了？

木兰点了点头。

吕　希［苦笑一下］：终于是要走了。当然你一直就想走。

木　兰：在北京我以前挺快乐的，北京还有我很多美好的回忆，我不会忘。

吕　希：我们夫妻一场，你心里总还记得我点好吧。

木　兰：当然。

吕　希：那就好。

木　兰：希望你以后过得好。

吕希忍住难受，点了点头。

木　兰：我打算把房子卖了，回桐城这些钱足够买个大房子了。当初你们家也出了首付，到时候房子卖了我把你那部分给你。

吕　希：别给我了，我用不着钱，你养两老一小用钱的地方多，你留着。

木　兰：可是……

吕　希：别可是了木兰，最后一次，听我的行吗？那钱就当做是我给悦悦的。

木兰看着吕希，两人心里都挺难受的。

木　兰：车我留给你吧。

吕　希：我现在也用不着车，坐地铁上下班，不堵车还低碳。你把车也卖了吧，好歹变点现。

木　兰［摇摇头］：还是留给你吧。卖也值不了多少钱，我们一直用得那么仔细，怪可惜的，你留着，好歹代个步。

吕　希：也好。这车里都是我们全家的回忆，我还能记得提车那天悦悦坐在车上那个兴奋劲……

木兰难受地不看他。

吕　希：我留着，以后开着去桐城看你们……看悦悦。

木兰点点头。

39. 报刊亭及胡同远处，傍晚，内／外

余淼在报刊亭里，正收拾杂志报纸，准备关门。

路　人：证券报还有吗？

余　淼：有。

路　人：来一份。

余　淼：好嘞。

胡同远处，江开国慢慢地走过来，靠墙站着，听着。余淼忙完了，落了锁，回身一抬头，看见了江开国。

余　淼：江爸？

40. 胡同花坛边，傍晚，外

江开国和余淼并肩坐在花坛边上。余淼看着江开国的眼睛，伸手在江开国眼前摇了摇，见江开国毫无反应，不由地摇了摇头。

江开国：想着这下回老家，恐怕以后再见难了，来跟你告个别。总归你是我儿子。

余　淼：江爸，妈的事，你不怪我了？

江开国：以后有时间，去给你妈上个坟。

余　淼：哎。

江开国：田咪快生了吧？

余　淼：嗯，还有十来天。

江开国：有了孩子，一个家就完整了，以后就好好过吧。

余　淼：哎。

父子俩沉默了一会儿。江开国起身。

江开国：行了，就这样吧。

余　淼：江爸……

江开国：小顺，再见了。

江开国转身走了。余淼怔怔目送。

41. 亚芝屋子，傍晚，内

田咪挺着大肚子，坐在沙发上，正在吃东西。田母在一旁伺候着。

田　咪：哎哟哎哟。

田　母：怎么了怎么了？

田　咪：小祖宗踢我！

田　母［笑了］：吓死我了。踢你你也美。男孩就是男孩，就爱动。

田　咪［得意］：也是，我儿子肯定像我，身体好，个子高，不能像他那没出息的爹。

田　母：行了，再怎么样没出息，在北京城里还有这么处房子，手上现在又有二十几万的存款，你就别老数落他了。

田　咪［笑］：妈，我是这个世界上对他最好的人了，嘴巴凶他，什么事不向着他。我跟他啊，天生一对。

田　母［也笑］：这倒是。

余　淼［推门进来］：妈，咪子。

田　母：余淼回来了。我做饭去。

田母出门去了。余淼在田咪身边坐下。

田　咪：干嘛呀你，看着蔫了吧唧的。

余　淼：刚刚江爸来了。

田　咪［不耐烦］：老头来干吗？

余　淼：他们要走了。

田　咪：走走呗。走哪儿去？

余　淼：回桐城。全家都回去。

田　咪：北京呆不下去了？

余　淼：我姐离婚了。

田　咪［愣了愣］：不会吧。

余　淼［叹口气］：我妈不在了，江爸和我姐也走了，我真是没亲人了。

田　咪［顿时揪住了余淼耳朵］：放什么屁啊。怎么就没亲人了？我和儿子不是你亲人啊？

余　淼［赔笑］：哟哟疼，老婆大人我说错了说错了。我有亲人有亲人。

田　咪：我和儿子是你最亲的亲人！

余　淼：是是是，最亲的亲人。

田　咪［才满意地笑了］：快点给我去拿个香梨过来。

余　淼：嗻！

42. 超市卖场，日，内

木兰走过来，底下员工正在摆货，连朱经理也在，却都是垂头丧气的样子。

木　兰：你们怎么了？

朱经理：江姐，听说你要辞职回老家？

木　兰［一愣，点了点头］：对。

朱经理：为什么呀？放着开店店长不做，连北京你都不呆了？我们还等着跟着你去开新店呢。

众　人：就是啊……为什么？

黄大刀：江经理，我们舍不得你。

木　兰：我也舍不得你们。

众人都一片静默，忍着难受。

木　兰：跟你们做同事，特别开心。我也就是回桐城，真没多远，人生也还长着，以后，总还有见面的机会。

朱经理：就是嘛，也没多远嘛。我们想江姐了，我们就组团去桐城看她！

木兰微微笑了。

43. 木兰家客厅，日，内

江多福坐在沙发上看电视。门铃响。江开国摸索着从里屋出来了。地上摆着一些要收拾的东西。

江开国：估计又是看房的。

门一开，雷颂华正陪着方琼在门口等着。

方　琼：小江头。

江开国：老姐姐？

方　琼［伸手在江开国面前挥了挥，知道江开国已经看不见，微微叹气］：知道你们要回去，来看看你们。

江开国：老姐姐，你有心了。请进请进。

雷颂华扶着方琼进来，在沙发上坐下。

方　琼［看看江多福］：老江头，你还挺好的吧。

江多福：好。你也挺好？

方　琼：挺好挺好。

江开国［端着两杯水过来放下］：喝水吧。

方　琼：你别忙了，我就是来看看你们，你们回去了，以后要见也没这么容易了。

江开国：是啊，女儿愿意回老家，我们当然再好不过了。

方　琼：那是，金窝银窝不如草窝，哪儿都没自己家乡好。你这个女儿啊，真是孝顺，为了你什么都肯舍得，这开店店长放弃是挺不容易。

江开国：什么开店店长？

方　琼：你不知道啊。

江开国摇摇头。

雷颂华：本来木兰要升职了，我们超市要新开一家店，选木兰当开店店长。

江开国非常意外。

44. 木兰家客厅，夜，内

木兰推门进来，愣了一下，江开国坐在沙发上，正在等她。

木　兰：爸，还没睡呢？

江开国：木兰，过来坐。

木　兰［到江开国身边坐下］：怎么了？

江开国：为什么不告诉我？

木　兰：什么事？

江开国：开店店长。这么好的事你怎么都不跟我说？

木　兰：是有这回事。可我已经决定要走了。

江开国：木兰，今天老方来看你爷爷和我，你们雷总陪着来的。我问你们雷总了，这开店店长是很了不起的一个事，你不能放弃。

木　兰：爸，也没什么，做不做开店店长都一样，我也拼了这么多年，也累了，就想回桐城，过几年轻松日子。

江开国［目光正对着木兰］：你是不是就为了我们两个老头？

木　兰［沉默了片刻］：不是。

江开国：我看就是。人往高处走，桐城当然好，可北京肯定比桐城好，桐城过的都是小日子，在北京见的世面就不一样。当上开店店长，地位高了，收入也多，悦悦又能上好学校，你说你还走什么走。

木　兰：爸，你就别劝我了，这事我已经定了。

江开国：从小到大，你拿主意我都支持。这回我反对。我们不回桐城了。

木　兰：爸！

江开国：不能走。木兰，咱不走了。

木　兰［沉默片刻］：这事不商量了，说好要走，就得走。

江开国：不能让你，让悦悦，为了我们两个老头牺牲！

木　兰：爸，不是牺牲。你别过意不去。就算是，也是我心甘情愿。从小到大，你为了我牺牲了多少次。难道我一次也不行吗？

江开国：我知道你心甘情愿，我心领了。别走了。开店店长挺好，更不能让悦悦牺牲。木兰，最重要得为孩子。我为你，你为悦悦，一代为一代，就是这么个理。

木　兰：爸，没多大事，回桐城也挺好的，就这么说好了。早点睡吧。

木兰起身离开。江开国犹自出神。

第29集结束！

江氏父子长城走失，养老院重新开张再团圆

1. 木兰家各个空间，日，内

中介带着客户来看房子，木兰特别有感情地介绍房子的角角落落。一系列镜头，木兰不断地换衣服，来的人也换了好几拨。

木　兰：我们家这两居特别合适，户型方正，利用率特别高。

客户一：这吊顶真是别致。

木　兰：是我自己看杂志设计的。

（跳接）

客户二：这瓷砖好看，乖乖看，全是小鱼。

小姑娘［跟着客户二，七八岁］：还有水草。

木　兰［笑］：是啊，当时装修的时候就想着把卫生间做成一个海底世界的主题。为了找这些瓷砖，我们可是逛遍了北京的建材城。

客户二：看得出来花心思了。

小姑娘：妈妈，我好喜欢这个卫生间。

（跳接）木兰在给不同的人介绍自己的家，江开国总是身处一旁，听着心里挺难受的。

2. 木兰卧室，夜，内

木兰依依不舍地收拾相册之类的东西，悦悦在一旁坐着。

悦　悦：妈妈，卫生间的小鱼和水草，我也很喜欢。

木　兰［放下相册，轻轻抚摸悦悦的头发］：宝贝，等我们回了桐城，我们也把卫生间装修成海底世界，好不好？

悦　悦［笑了笑，点了点头，忽然拿起木兰手里的一张照片］：妈妈，这是我们和爸爸的照片。

木　兰：嗯，爸爸妈妈带悦悦去海南岛玩，那是悦悦第一次去海边玩哦。

悦　悦：悦悦几岁？

木　兰：悦悦三岁。还记得吗？

悦悦摇了摇头，又点了点头。

木　兰：这些照片很珍贵，妈妈收好，我们带回桐城去。

悦　悦：妈妈收好。

木兰几不可闻的轻轻地叹息了一声。江开国在外面都听见了，他的眼神中百感交集。

3. 超市卖场，日，内

木兰正在巡场，用充满感情地眼神看着超市卖场的方方面面。

陶老太太［走过来，一把抓住她的手］**：**小江！

木　兰：陶大妈，您过来了。要什么打个电话就行。

陶老太太：听说你要回老家了？

木兰轻轻点了点头。

陶老太太［泪光闪烁］**：**好闺女，你这一回老家，咱们还能再见面吗？

木兰握住陶老太太的手，一时也是无言以对。

陶老太太［抹了抹眼泪］**：**回家也好，陪在父母身边，对老人是个安慰。大妈明白你的心意。大妈心里永远记着你，你就像在我身边。

木兰一怔，陶老太太紧握了一下她的手，转身离开了。木兰目送陶老太太在卖场走远。江开国拄着盲人杖在一旁悄悄地站着，他全都听见了。他悄悄地转身离开了。

4. 木兰家客厅，日，内

江开国和江多福对面坐着。

江开国：爹啊，跟你说个事。

江多福［看着他］**：**铁蛋，你妈做的拌素丝最好吃了。一会儿让你妈做。

江开国：爹，木兰在北京好，能当店长，能有自己的事业，她要回桐城全是为了我们俩。你说，木兰是不是牺牲太大了？

江多福：木兰……木兰……

江开国：我去超市了，她喜欢那工作，那儿也有人喜欢她，她舍不得走，我知道，当然她更舍不得我们。爹，我不想让女儿为了我耽误她自己，可我劝不了她，你说，我该怎么办？

江多福：桐城……桐城……

江开国：我想回桐城，可我不想木兰回。回桐城是我们好，木兰耽误，我想让木兰就管她自己，不要再这么辛苦。父女一场，已经很满足了。

江多福［突然似清醒非清醒地看着江开国］**：**走，回桐城，不带木兰。不让她牺牲。

江开国［眼睛一亮］**：**对啊。爹你说，咱俩自己走了？

江多福：走了，不让木兰找。

江开国：爹，你说得对，咱俩自己走，咱俩悄悄的走，回桐城去。咱自己找个地方住，不让木兰知道，不让木兰找着，断了她的念想，让她安心工作，安心在北京，是不？

江多福：是。

江开国［握住江多福的手］**：**就是，要让你跟着我吃苦了。

江多福：不吃苦。木兰为我们，我们也为她。

江开国：好，就这么说定了，我一会儿就买火车票去。

江多福：火车，回家。

江开国：爹，我带你回家。走前，我还陪你去长城。

江多福：长城？嗯，长城。

江开国：来北京这段，故宫，颐和园，八大处，你想去的地方都去了，就差长城。这一走，也不知道什么时候再有机会来北京。得让你这心愿了了。

江多福［突然清醒了］：不去了。你眼睛不好。

江开国［握握他的手］：爹，你一直想看长城啊，这个心愿又不难，我想陪着你去。

江多福：好，去长城。

5. 木兰家小卧室，夜，内

江开国收拾好了行李。他坐在床边，有些出神。传来开门关门的声音，江开国听见了，立刻把行李包塞进床底下。片刻，木兰出现在门口。

木　兰：爸，还没睡呢？

江开国：木兰，这么晚回来，累不累？

木　兰：还好，不累，快走了，好多事得交接。

江开国［拍拍身边］：坐，跟爸说会儿话。

木　兰［过去坐下］：领导请指示吧。

江开国：现在你是我领导。

木　兰［笑］：倒也是。说吧，有什么要汇报的。

江开国［也笑］：木兰，知道爸最希望的是什么吗？

木　兰：知道，我好好的。

江开国：对，你好好的，好好工作，好好过日子，好好带悦悦。不管我在不在身边，你都得好好的。

木　兰［笑着靠在江开国肩上］：爸，你不是在身边吗。我们一块儿回桐城。

江开国：如果有一天我不在身边了，你答应我，得好好的。

木　兰［看江开国］：爸，你怎么了？

江开国［掩饰］：没事，我就是说，将来总有一天，我不在你身边了，我们都不在了，没人陪你，你要照顾好自己。答应爸爸吗？

木　兰：答应。

江开国笑着在木兰的手背上拍了拍。

6. 幼儿园门口，日，内

江开国送悦悦到幼儿园门口。

悦　悦：外公我到了。

江开国［蹲下来］：悦悦，以后要好好听妈妈的话，好吗？

悦　悦：好。

江开国：外公以后不能给你做好吃的，不能陪你玩了。

悦　悦：为什么？

江开国：外公要跟太公去玩。

悦　悦：悦悦也要去，悦悦能帮外公看车。

江开国［欣慰地笑］：外公知道，悦悦是好孩子。悦悦今天要上幼儿园了。等晚上回家了，你要跟妈妈说，想在北京上学，想和高思佳他们在一起，好吗？

悦　悦：真的吗？

江开国：真的。悦悦就这样跟妈妈说。

悦　悦：哦。

江开国［难舍地紧紧搂了搂悦悦］：好了，去吧。

悦悦跟着小朋友们走进幼儿园去了。江开国用看不见的眼神目送。

7. 木兰家客厅，日，内

江开国在饭桌上，很费劲地在一张纸上写字。因为看不见，完全凭感觉写，字有点歪歪扭扭，还有点重叠。不过江开国写得很用心。或者用录音笔留言。江多福坐在沙发上，茶几上放着行李包。

江开国：爹，咱走吧。

江多福：走。

江开国拎起包，拉住江多福的手，两个老头一起出门。

8. 长城上，日，外

晴朗的天空下，空无一人的长城上，江开国和江多福爬了上来。

江多福［沿着长城走着，兴奋地像个孩子］：长城！长城！

江开国［在后面扶着墙，跟着］：长城棒吧？

江多福：棒，太棒了！果然了不起！

江开国：不到长城非好汉，爹，你是好汉了。

江多福：哈哈，我是好汉。铁蛋，要是再能照张相就好了。

江开国：能啊。干嘛不能。我带着相机呢。

江开国［摸索着，从包里掏出小照相机，摆弄一下，举起来对着］：爹，给我个响。

江多福：这儿呢。

江开国顺着声音用相机对准，咔嚓来了一下。

江多福：拍了吗？

江开国：拍了，放心吧。

江多福：好，拍了就好了。我到长城了。我看见长城了。了不起的长城。全都看见了，没遗憾了。铁蛋，爹谢谢你，你待我太好了。

江开国：爹高兴就值。好了，长城也看过了，咱们走吧，该去坐火车了。

江多福：走，坐火车去。

两个老头互相扶着往回走，又从刚刚那个上来的口下去了。

9. 山上，日，外

江多福紧拉着江开国走。

江开国：爹你可看着点来的路啊。

江多福：路。看路。

江开国：还认得吧？

江多福：认得。

江开国：那就好。咱得抓紧了，不能误了火车。

江多福又糊涂了，他错过了上山的路，拐上了上山的那个方向。叠化一系列两个老头在各个山路上走的镜头。越走越是偏远。天色渐渐暗了下来，江开国浑然不觉。

10. 超市卖场，傍晚，内

木兰正在巡场。乔丽拿着她的手机跑过来。

乔　丽：江经理，你的手机一直在响！

木兰［接过］**：**谢谢。喂？……胡老师？！

11. 幼儿园门口，傍晚，外

木兰开着车过来，停下，下车跑过来，门口，只有老师陪着悦悦站着。

悦　悦［扑进木兰怀里］**：**妈妈！

木　兰：胡老师，怎么姥爷没来接吗？

胡老师［摇摇头］**：**一直等着。给孩子姥爷打电话了，一直不在服务区。

木兰非常意外的表情。

12. 山上，傍晚，外

天已经渐渐黑了，两老头携手走着。已经深入了群山深处。

江开国：爸，到公交站了吗？怎么下山走了这么久，还没到吗？

江多福突然停住了脚步。

江开国：怎么了爸？

江多福环顾四周，周围只有隐约崎岖的小路，身处树林深处。江开国不安地转头，茫然四顾。

江开国［用盲人杖点着周围的地面］**：**爸，咱们走到哪儿了？怎么都没有石头路了？

江多福：我不认识。

江开国：不认识？这是哪儿？

江多福：不知道。开国，我不认识路。都是树。没路了。

江开国：我们迷路了？

江多福［茫然地往前走］：迷路了……

突然他脚下一滑，就滚落下去。

江开国：爹！

他跨出一脚，跟着也滚落下去。一起摔在一堆枯草上。江开国晕了过去。

江多福［摇着他］：铁蛋！铁蛋！

13. 木兰家客厅，傍晚，内

木兰开门，带着悦悦匆忙进来。

木　兰：爸！爷爷！

木兰推开每个房门看。

悦　悦：妈妈，外公和太公不在家。

木兰拿出手机拨号，手机里还是传出不在服务区的回答。

木兰［急得不得了］：到底去哪儿了？怎么会不在服务区？！

木兰突然看见了桌上的纸条，急忙拿来看。

江开国［画外音］：木兰，我和爷爷自己回桐城了。别来找我们。我们会好好过。你答应过我的话，要做到。家里钥匙我还拿着，房子你别卖，有一天，我和爷爷还回来看你们，用钥匙开门。别辜负我们。

木　兰：爸，你们怎么能这样？！怎么能这样？！

悦　悦：妈妈，外公说，让我跟你说，不要回桐城，在北京上学。

木兰呆呆的。

悦　悦：妈妈，外公呢？太公呢？

木　兰：外公带着太公走了。我们去找他们！

木兰抱起悦悦就出门。

14. 北京西站，夜，内

木兰抱着悦悦跑进来。木兰跑到站长值班室。

木　兰：同志，请帮帮忙。

值班人员：你好，有什么事吗？

木　兰：我父亲带着我爷爷回老家，不辞而别，我想知道他们坐哪趟火车。

值班人员：别急别急，我帮你查。是去哪儿？

木　兰：桐城。

值班人员：姓名。

木　兰：江开国，江多福。

值班人员［在电脑上一阵查］：有，** 次车。已经发车了。

木　兰：谢谢您。

值班人员：没事。……不对。

木　兰：什么？

值班人员：他们没上车。

木　兰：没上车！

15. 派出所，夜，内

木　兰［抱着悦悦匆匆进来］：警官！

警　察：你好，有什么事？

木　兰：我家里两个老人，不知道去哪儿了！

（跳接）

警　察［正在打电话］：……好的。［放下电话］航空公司都查了，没有购票记录。肯定是没有坐飞机走。

木　兰：没有坐飞机，也没有坐火车，那他们去哪儿？

警　察：两位老人估计是还在北京。

木　兰：他们都买了火车票了，怎么会没上车呢。警官，我爸他们会不会出什么事了？

警　察：这事我们给你按走失处理吧。这样马上能展开行动。

木　兰：谢谢！

16. 山上，夜，外

月亮明亮的光芒下，江开国还在枯草堆里躺着。江多福在不远处四下看。

江多福［跑回来］：铁蛋！铁蛋醒醒！

江开国［慢慢睁开眼睛］：爹。

江多福：醒了醒了。

江开国：爹，什么时候了？

江多福：天黑了。

江开国：天黑了，那火车要误点了。

他挣扎着想起来，却起不来，痛得轻呼一声。

江多福：怎么了？

江开国：腿好像摔着了。

江多福：打电话！

江开国［赶紧从兜里掏出手机来，捣鼓半天］：没声音啊。好像没信号。爹，我们这是在哪儿？

江多福：我看了，到处都没人。就是荒山。

江开国：长城呢？

江多福：长城看不见。

江开国［呆了］：长城都看不见。那我们在哪儿？

江多福［在他身边坐下］：冷。

江开国［把自己的外套脱下来］：你穿上。

江多福［却推开］：你也冷。

江开国［想了想，还是挣扎着站起身］：不行，我们不能在这儿坐着，必须得走。得找着回去的路。要不然晚上就冻死了。走！

江多福也起身，两个老头互相搀扶着，努力往前走。

江开国：爹，你看着亮啊，有亮的地方肯定就有人。

17. 木兰家客厅，夜，内

悦悦正坐在桌子旁吃面条。木兰坐在沙发上，看着电视机呆呆出神。电视上正在播出警察局的征集线索启事：……江多福，男，84 岁，患有老年痴呆症，走失时身穿黑色上衣，黑色裤子……电视上有两个老头的照片。木兰呆呆地看着。突然她手机响。

木　兰：喂？李警官。

李警官［画外音］：江木兰，我们接到两个知情人士的电话，说是今天傍晚，在八达岭长城脚下见过你父亲和你爷爷。

木　兰：八达岭长城脚下？

李警官［画外音］：你父亲和爷爷身体都不是很好，会去爬长城吗？

木　兰：这么大冷天……对了对了，我爷爷就差长城了！李警官，我爷爷北京的标志地方都去过了，就差长城。

李警官［画外音］：看来就是这样，老人家要离开北京了，就想着把长城给去了。

木　兰［要哭了］：李警官，这么冷的天，他们要是在长城……

李警官［画外音］：别慌，我们马上组织人员进山搜救！

18. 山上，夜，外

两个老头披荆斩棘地走着，江开国一条腿还不利索，咬牙坚持着。江多福突然扯住江开国站住了脚。面前是一片断崖。

江多福：开国小心！

江开国及时刹住了脚，后坐力一屁股坐在了地上。江多福顺势也在他身边坐了下来。

江多福：我好累。

江开国：坐会儿吧。

他拿出手机捣鼓半天，又颓然塞了回去。

江多福：开国，我饿。

江开国从袋里掏半天，掏出一堆小东西，却没有吃的。

江多福：没有吃的。饿。想吃包子。想吃千张红烧肉。

江开国：爹，这回我们可能糟糕了。

江多福：都怪我，我要不看长城就好了。

江开国［空茫地望着远方，突然笑了］：爹，我们不回去了好吗？我们就这么走，走，把我们自己交给大山，好不好？

江多福：交给大山？

江开国：人终有一了。这样也许对木兰更好。木兰，木兰为了我们，她能牺牲那么多，为什么我们不能牺牲。我们这么走了，对大家都是解脱。

江多福［怔怔的，突然大喝］：错！

江开国：爹。

江多福：木兰好孩子。她是好孩子。我们死了，她会伤心。

江开国［突然惊觉］：爹，我错了！我错了！我们得回去！不然木兰要伤心的！爹，我们不会有事的。木兰一定会来找我们的。木兰一定会接我们回家。不能在这儿等死，起来，我们接着走！

19. 山上，夜，外

大批消防队员出动，寻找两个老头。木兰也跟着大部队一起在找。

木　兰：爸！爷爷！

20. 山上，清晨，外

快要天亮了。木兰已经筋疲力尽，但同时又焦虑万分。

搜救人员：有发现！

众人立刻往一个方向过去，木兰赶紧也跟着过去。昨晚两个老头滚落下去的地方，那个行李包掉落在地上。

木　兰［颤抖着，伸手捡起了那个行李包］：是我爸的。

李警官［沉吟片刻，问旁边人］：还发现什么？

警　察：已经有人下去了。

木　兰［一下子要倒］：李警官，我爸他们不会有事的！

李警官：先别着急，不管怎么样，一定会有结果的。

木兰焦急紧张地望着断崖下，隐约能看见有人在活动，在搜寻。

搜救人员［从下面攀爬上来］：报告，下面没有任何发现！

木　兰：他们一定还活着！

她一下子晕了过去。

21. 木兰家客厅，日，内

木兰醒过来，看见周围围满了人，悦悦，朱经理等同事都来了。大家都关切地看着她。

悦　悦：妈妈！

木　兰：大家都来了。不上班了？

朱经理：江姐，店长说了，让我们来帮你。

木　兰［感动］：谢谢。

朱经理：别担心，好多人都在搜救，俩老爷子肯定不会有事！

黄大刀［从厨房出来，端着一个碗］：江经理，给你熬了粥。

乔　丽：江经理，你太累了，吃点东西吧。

木兰接过碗，感动的掉下了眼泪。这时候她的手机响。

木　兰：雷总？

22. 雷颂华家客厅 / 木兰家客厅，日，内

雷颂华陪着方琼在打电话。

雷颂华：木兰，新闻上都播了，大家都很关心两个老人的安危，已经有好几百人进山搜救，你别担心，肯定能找到。

木　兰：谢谢雷总。

方　琼［拿过电话］：木兰，好闺女。

木　兰：阿姨。

方　琼：好孩子，你放心，有你这么孝顺的孩子在，你爸和你爷爷自然吉人天相，老天爷心里明镜似的，绝对不会亏待你们这一家人，你要相信，好人一定是有好报的。

木　兰［眼泪滑下来］：谢谢阿姨。

23. 吕家客厅，日，内

吕希正在吃早饭。电视上正播放早间新闻：昨天走失的两个老人，61 岁的江开国和他的父亲 84 岁的江多福，今天早晨在长城 ** 段发现了掉落的旅行袋，据家属证实，正是江开国的……吕希完全惊呆了。

24. 木兰家客厅，日，内

木兰正在大口大口地喝粥。周围人都关切地看着。

木　兰［放下碗］：谢谢大家。我好多了。

朱经理：好啊，吃饱了饭，大家一起帮江姐去救人去！

木兰电话又响。

木　兰：喂？

年轻人［画外音］：你好，是江木兰吗？

木　兰：是。

年轻人［画外音］：你好。我们是山猫驴友会，我们听说了你家老人的事，我们对长城那一片特别熟，我们已经组织了五十六个志愿者，马上进山寻找。

木　兰：谢谢！谢谢！［放下电话，看着周围人］有个驴友会的志愿者很熟悉长城，这就进山。我要跟他们一起去。

朱经理：我们一起去！

木兰感动。

25. 亚芝屋子，日，内

田咪抱着孩子正在屋子里走来走去。余淼推开门神色慌张的进来，手里拿着张报纸。

余　淼：咪子，出大事了！

孩子顿时惊醒，哇哇大哭起来。

田　咪：你干嘛呀！大宝刚睡着。

余　淼［把手里报纸放桌上］：江爸和爷爷在长城失踪了！

田　咪：啊？！

余　淼：丢了一天一夜了，好多人都去找他们去了，到现在都还没找着！报纸上说是就找到了一袋行李！

田　咪：这俩老头你说也真是的，一个瞎一个傻，都要回桐城去的人，没事还上长城去干嘛呀。这么冷的天，不是没事找事嘛。

余　淼：现在怎么办，怎么办？这俩老头在山里没吃没喝又迷了路，什么时候能找到？

田　咪［看报纸］：不是那么多人都上山去找去了吗？

余　淼：我也去找找。

田　咪：长城那么长，你上哪儿找去？

余　淼：那也得去找。大家都在找，我这好歹也是亲生儿子。就跟你说一声，我这就去。

余淼走了。田咪翻个白眼，继续哄孩子睡觉。

26. 山上，日，外

木兰还跟着四散的人在寻找。余淼从后面赶了上来。

余　淼：姐！

木　兰：余淼？

余　淼：姐，我来找江爸和爷爷。

木　兰［有些动容］：好。我们一起去找爸和爷爷。

两人一起往前走。

木　兰：爸！爷爷！

余　淼：江爸！爷爷！

27. 山上，夜，外

没有路的山里，四周都是一样的景象。俩老头还在山上走着，第二个傍晚已经来临，天色又将黑暗。已经是江开国背着江多福，江多福给指路。

江多福［嗓子已经嘶哑了］：往左。饿。

江开国［强撑着］：爸，一定要坚持，木兰一定会来找我们。

江多福［又清醒了］：铁蛋，我们这是在哪儿啊？

江开国：爸，我们在长城旁边的山里头，不知道哪儿。我们丢了。

江多福［茫然四顾］：都是石头，到处都是石头，看不见路。儿啊，要不你把我丢下吧，你一个人好走。

江开国：丢下你，我看不见路啊。

江多福：看样子我们爷俩今天真是要在这儿交代了。

江开国：你怕吗？

江多福：我不怕，我都多老了。我不忍心的是你。都怪我，要不是我惦记长城，我们……

江开国：爸，不说后悔的话。不后悔。有我陪着你，有你陪着我，就算这次真的回不去了也没什么。

江多福[泪下来了]：儿啊，这辈子有你这儿子，我也值了。

江开国：爸，做你儿子，我也值了。

两老头都笑了，泪水也都滑下来。同时有雨点掉到脸上。江开国抬起头。开始下雨了。

（跳接）

木　兰[走着]：爸！爷爷！爸！爷爷！你们在哪儿？！你们听见吗？！

雨已经大起来了。可是木兰茫然无觉，仍是拼命前进，到处寻找。不远处，吕希也亦趋亦步的跟着，也在找着。看着木兰那个样子，吕希非常心疼，却无法过去。

（跳接）雨中，江开国背着江多福，已经走得很慢。

江开国：爸，想什么呢？

江多福：千张红烧肉。

江开国[笑了]：我想瓤豆腐。

江多福：木兰肯定在找我们。

江开国：肯定。木兰肯定急坏了。木兰肯定跟老天爷说，老天爷，减我十年寿命吧，只要让我爸和我爷爷平安回来。

泪水夹杂雨水纷纷落下。

（跳接）

木　兰[一脸泪水和雨水，望着远处黑郁一片]：老天爷，求求你，我用我的命求你，减我十年寿命，只要让我爸和爷爷平安回来。

（跳接）

江开国：我们俩死了，我们自己没什么，我们对不起木兰。

江多福：我们不能死。为了木兰，我们也得坚持着。他们肯定在找我们，我们得活着等他们来。我们得想办法活着！

江多福一下子就伸手摘了身边的草叶子塞进嘴里，用力嚼着，又抬头接天上的雨水喝。

江开国：不错，为了木兰，我们要坚持！木兰一定会找到我们！

江开国突然停住动作，静静听着。远处传来隐约的人声。在雨夜的空谷，这声音非常的飘忽。

江开国：爸你听见了吗？

江多福：听见什么？

江开国：有人的声音！是木兰他们！是木兰带人来救我们了！

江多福使劲儿往远处张望，似乎有隐隐约约的手电的光。

江多福：我们有救了！真的是有人来救我们了！我就知道木兰一定会来救我们的！[使劲冲着手电光的方向]救命啊！我们在这儿！我们在这儿！

江开国：我们在这儿！我们在这儿！

江多福［拍拍江开国］：往前跑！往左！往前跑！

江开国背着江多福拼命往前跑。突然他脚下一崴，两个人都消失在了一个断崖边。两人掉了下去，卡在石缝里。

（跳接）在队伍边缘的吕希似乎听到了什么，他停了一会儿，没听见什么动静，继续往前。

（跳接）两个老头卡在石缝里。一起直着嗓子拼命喊。两人的嗓子其实都已经嘶哑了。声音消失在雨声中。可以看见远远的手电光远去了。

江开国：我们在这儿！我们在这儿！

江多福：他们没听见……他们走开了……

江开国：爸，不放弃，为了木兰不放弃！救命！救命！我们在这儿！我们在这儿！我们在这儿！

江多福［老泪纵横，直起嗓子］：我们在这儿！我们在这儿！

突然一束手电筒照在了他们的脸上。竟然是吕希！

吕　希：爸！爷爷！

江开国：吕希？

吕　希［转身大喊］：找到了找到了！在这儿！

他用自己的手电光不停地晃。似乎有人看见了，有过来的迹象。

江多福［哭着喃喃］：吕希来了……吕希来了……

吕　希：爸，爷爷，别怕，我们都在，你们没事，没事……

吕希伸手拉住江开国的手，想把他拉出来，江开国却把江多福的手交到他手里。吕希立刻领会地握住了江多福的手，使劲往外拉。

吕　希：爷爷，我先拉你出来。

吕希慢慢把江多福拉出了石缝，就在这时一旁断崖边上的一块石头松动了，三个人听到动静，都抬头看，那块石头已经砸了下来。吕希一下子扑过去，挡在江开国的前面！那块石头正好砸在他的肩头。吕希一下子倒在地上。

江开国：吕希！

手电光一阵晃动，好多人赶到。

好多人［喊］：在这儿！找到了！

众人立刻把江开国拉出了石缝。这时候人群自动让开一条路，木兰发狂一样的跑过来，直扑到两个老头面前，紧紧的抱住了两个老头！

木　兰：爸！爷爷！我讨厌你们！讨厌你们讨厌你们！

江开国［老泪纵横］：爸爸就是讨厌！木兰不哭！

江多福：木兰我们不死，我们等你来，你肯定来，我们知道，我们不死。

木　兰［又哭又笑］：爷爷最好了！爷爷最好了！

三个人紧紧抱在一起，都是又哭又笑的。吕希已经隐退到一旁的黑暗中，他揉着自己的肩膀转身离开。走在雨夜中的吕希的脸上浮现的是幸福的笑容。

老有所依

28. 医院急诊病房，夜，内

两老头打着点滴。江多福大口大口地吃包子。江开国在吃稀饭。木兰搂着悦悦坐在一旁，看着两个老头吃，特别安详的感觉。

木　兰：爷爷，包子好吃吗？

江多福：好吃。

木　兰［笑了］：爷爷，以后我每天都给你买包子吃。

江多福：还要吃千张红烧肉。

木　兰：好，只要我们一家人在一块儿，你想吃什么我就给你做什么。

江多福：木兰最好。［突然想到什么，放下包子，从枕头底下掏出相机］我到长城了，我是好汉了，看你爸给我拍的照片。

木兰打开相机，出现江开国给江多福在长城拍得照片，但照片上的江多福几乎都是不全乎的。

江开国：拍得好吗？

木兰笑：拍得特别好。

江多福［也笑着冲悦悦眨了眨眼睛］：特别好。

悦　悦：特别好！

江开国开心得笑了。木兰对着江多福也笑了。

江开国：兰儿，对不起，这次闹出这么大阵仗，给大家添了麻烦。

木　兰：爸，用不着不好意思，社会不就应该起这样的作用吗，别人帮我们家，我们一样帮别人家。社会不就是把一个一个孤独的人变成一个互相依靠的团体嘛。

江开国［感动地点点头］：对，只要互相依靠，再难也能过得下去。

木　兰［笑了］：爸，你以为你和爷爷跑回桐城去隐居，我就不会回去找你们了？爸，答应我，不要再离开我。

江开国：兰儿，你也答应爸爸，不要离开北京。

木　兰：爸……

江开国：我知道你心里到底怎么想的，觉得我眼睛瞎了，爷爷又糊涂了，叶落得归根，回桐城安度晚年最好。是不是？

木　兰：是。爸，这个世界上再没有比家乡更好的地方。

江开国：家乡最好，可你知道家乡是什么？家乡不仅仅是一个具体的地方，最要紧的是有亲人在。

木　兰［回味着］：有亲人在。

江开国：亲人在哪儿，哪儿就是家乡。明白了吗？

木兰凝视着江开国的眼睛。

悦　悦：外公，我懂了，妈妈在哪儿，哪儿就是我家乡！

江开国［笑了］：悦悦最聪明。

悦悦扑进江开国怀里，江开国爱恋的搂紧悦悦的头。

木　兰［释然地笑了，伸手握住了父亲和女儿的手］：对，你们就是我的家乡，我是你们的家乡。

江多福［也伸手握住三人的手］：家乡。

一家人的手紧紧握在一起。

29. 医院急诊病房，日，内

医生站在窗前，正用听诊器在给江多福听胸口。木兰在一旁看着。

医　生：没事了，各方面的体征都平稳了，再观察一个白天，傍晚就可以出院了。

木　兰：谢谢孙大夫。

医　生：不客气。两位老人家身体底子不错。你们休息吧。

医生带着护士离开。正和进来的彭氏兄弟擦肩而过。

木　兰［惊喜的］：彭厂长？彭院长？

彭厂长：江经理，知道老爷子的事，赶紧来看看，没事了吧？

木　兰：没事了，都挺好。

彭院长：江师傅，江老爷子，你们都挺好吧？

江开国：院长，我们都没事，虚惊一场，放心吧。

彭院长：木兰，江师傅，有个好消息，我们的养老院有地方了！

木　兰：真的？

彭院长：你是不是发了微博？

木兰点了点头。

彭院长：是不是很多很多人转发？

木兰点了点头。

彭院长：市长也看到了。市长特别关心，亲自过问，最近已经批了在小汤山那边的一块地给我们，租金很优惠。我们的老吾老要重新开起来了！

木　兰：真的吗？真的吗？

彭厂长：真的！真的！

江开国：太好了！太好了！

雷颂华陪着方琼正好进来。

方　琼：小江头，什么事好成这个样？瞧把你乐的！

江开国：老姐姐，是咱养老院重开的事！

方　琼：对对对，我也知道了，这是咱们的大喜事。地方很好，占地十好几亩，还有温泉呢，咱们真的能修一个咱们老年人的世外桃源了。

雷颂华：彭院长，我还打算成立一个志愿者协会，以后去你们养老院帮忙。

彭院长：欢迎欢迎！

木　兰：我参加！

悦　悦［突然拍手］：我也要参加！

大家都笑起来。木兰搂紧悦悦。

30. 空镜。春天来了。

31. 超市卖场，日，内

员工们都整齐地站在下面，朱经理黄大刀等老员工都济济一堂。木兰站在前面。

木　兰：兄弟姐妹们，准备工作的这段时间大家都辛苦了，在这儿先跟大家说一声谢谢。

员工们都露出了笑容。

木　兰：今天开门，只是一个开始，过去的辛苦过去了，新的辛苦肯定在前面，希望大家还是能保持热情。

员工们凝神听着，有人露出不解的表情。

木　兰：有人可能会觉得我说得太远，不就是一份工作嘛，需要长期保持热情吗。我说，需要。不管是多么微小的工作，没有热情，自己也会觉得痛苦。有人会说，超市工作不是什么了不起的工作，就是个做零售的，可能很多人自己都看不起自己的工作。可是我觉得这个世界上没有小事，没有不值得做的工作。因为千里之行始于足下，伟大的起步都是平凡。没有平凡的工作，就不足以支持伟大的事业。所以我们不要小看我们自己，我们做的工作是很微小，却是这个世界上了不起的事业的基石。每个平凡的工作都是一块基石，奠定了人类的历史鸿篇。相信我，伟大属于平凡人。

员工们终于鼓起掌来。

木　兰[笑了]：到点了，开门！

32. 超市门口，日，外

新店门口张灯结彩，一串鞭炮响起来。木兰和员工们都含笑看着。超市大门打开了。很多人往里走。

木兰&员工们[热情的]：请进吧！

33. 老吾老养老院，日，外

院子里一片热闹气氛。好多老人都回来了，都在院子里忙。华大妈和薛大妈等都在，各自有自己的圈子一块儿玩着。花圃里，一片月季长得非常的美。江开国拄着盲人杖，伫立一旁，怔怔地出神。方琼走过来，在一旁站住。

方　琼：小江头，想起亚芝了？

江开国点了点头。

方　琼：花开得特别好，红的，粉的，黄的，白的，亚芝在天上一定都看见了。

江开国：嗯，一定都看见了。我们的养老院重新开起来，我们这些老伙伴又聚在一起，又这么开心，她也一定都看见了。

江开国对着远处的天空笑了。

34. 江援朝新家客厅，日，内

贾幸梅坐在沙发上，腿上的石膏已经没有了。她慢慢站立起来。江援朝和江志新一旁扶着她。

江援朝：慢点慢点。慢慢着地。

贾幸梅终于用伤腿着地，慢慢走了一步，又一步。江援朝和江志新慢慢放开了手。

贾幸梅：好了，伤全好了！

江援朝：好好，好了就好啊。

春妮和江志新也都笑了。

春　妮［举着孩子小手］：宝贝儿，奶奶好了，向奶奶祝贺。

贾幸梅笑得合不拢嘴。

江志新［笑容渐渐消散］：妈，你好了，我们也该回去了。

贾幸梅：志新！

江志新：妈，咱们不是说好的吗？这段时间就是为了你养伤，回家住，方便照顾你，既然你好了，我们也该回我们自己家了。

贾幸梅：这儿就是你们的家。这儿就是你们的家啊。

江志新：妈，我早就说过了，我们想自己住……

贾幸梅［哭了］：志新，妈错了！妈知道错了。

所有人都意外。

贾幸梅：这次你们回家来照顾我，我才知道，老了老了，有儿子媳妇在身边照顾是多幸福的事。老了，身体不好的时候，才知道，儿子媳妇是我最大的依靠。我现在明白爷爷的难受了！他最需要我和你爸的时候，我们没有做到。我错了。我真的错了。

江志新［一行泪水滑下来］：妈，我们不该那样对爷爷。

贾幸梅：没错，我们不该那样对爷爷，不管爷爷变得多麻烦，我们都不能抛弃他，我们要照顾他终老，将来你爸和我也得你照顾终老，再往后你和春妮也得嘟嘟照顾终老……这一辈一辈，不都是这么过的吗？我错了，援朝，咱去北京把爸接回来吧。

江援朝［感动得老泪纵横，紧紧搂住贾幸梅］：幸梅，谢谢！谢谢！你真是我的好老婆！

江志新也紧紧地把父母都一起搂在怀里。春妮在一旁抱着孩子看着，露出幸福的微笑。

35. 木兰家客厅，傍晚，内

江多福和江开国和悦悦及余森和田咪坐在饭桌旁，一桌子的菜。余森的儿子在沙发上睡着。

余　森：姐，别做了，已经这么多菜了。

木　兰［端着一碗菜出来］：最后一个了。

江开国［耸了耸鼻子］：爆炒猪肝。真香。

木　兰：得到你真传了吧。

江开国：那得吃了才知道。

众人都笑。

余　森［端起饮料杯］：姐，江爸，爷爷，我先敬你们一杯。谢谢你们原谅我。

江开国：森森，你现在自己也是当爹的人了，你能明白你妈从小到大养育你的恩情了吗？

余　森［惭愧］：全明白了。

江开国：以后有空了，去给你妈上上坟。

余　森：我知道。

田　咪：江爸，余森现在可像个当爹的样子了，为了儿子，什么懒毛病都改了。

余　森：那是，为了儿子，我怎么都行。以后咱们家儿子最大，什么都给儿子。

田　咪：这就对了，宝贝儿子最大。

木　兰［皱眉］：余森，爱孩子没错，过了就成溺爱了。

田　咪［撇嘴］：姐，我们疼自己儿子，也没什么错吧。

木兰想说什么，终归还是什么也没说。

江开国：森森，你姐说的对，孩子要疼，更得做规矩，没有规矩不成方圆……

余　森［敷衍］：江爸，我知道了。

江开国想说什么，终于也不说了。这时候田咪的手机响。

田　咪：喂？

［手机里画外音］：是田咪吗？

田　咪［有些不耐烦的］：是啊。谁呀？

［手机里画外音］：我们是法院。

田　咪：法院？

余森和木兰及江开国都是一惊。

［手机里画外音］：正光诈骗案，马上开庭审理。传票已经给你寄出。电话确认一下。你准时出庭。

田　咪：哎……

对方把电话挂了。田咪呆住。余森等都看着她，也都有些呆。田咪嘴唇哆嗦着，想说什么，就是说不出来，终于哇的哭了起来。

36. 法院门口，日，外

巍峨的法院大门。

法　官［画外音］：……根据中华人民共和国刑法第二百六十六条只规定，现判决如下，被告人田咪犯诈骗罪，因其认罪态度较好，判处有期徒刑两年，剥夺政治权利两年……

余森默默地从法院大门走出来。后面跟着易晓东和木兰。

余　森：易大哥，还有办法吗？

易晓东［摇了摇头］：这已经是最好的结果了。

余森沉默了。易晓东向木兰点了点头，转身离开了。

木　兰：森森。

余　森：姐？

木　兰：咪子应该受点教训。两年很快。

余　森［点点头］：我会等她。把大宝养好。

木　兰：淼淼，你要是真爱咪子，真爱大宝，就好好想想，爱的方式，是不是对。

余淼郑重地点了点头。

37. 亚芝墓前，日，外

余淼正抱着儿子在给亚芝磕头。

余　淼：妈，看见了吗？这是你大孙子，我把他带来给你看了。这是你最想最想要的大孙子，很健康，妈，你看见了吗？你高兴吗？［眼泪掉下来，忏悔］妈，你不要生气，你要原谅我，我知道自己错了。我自己当上爸爸之后，我才知道你对我有多好……妈，我为什么不能早点明白……［他慢慢擦去了眼泪，眼神第一次变得坚定起来］妈，我从前不懂事，太骄纵咪子，她现在受到惩罚了。妈，我相信她会改，我也会改，从今往后，我不会再惯着咪子，也绝对不会惯着大宝，妈，我会跟江爸学，我会把你的大孙子养好，养成一个顶天立地的男子汉。［举着大宝］大宝，奶奶在这儿，不要忘记奶奶。妈，以后，每年我都会带着大宝来看你。

38. 木兰家小卧室，日，内

江多福正在给自己收拾行李包。江开国在一旁笑眯眯地陪着。

江开国：你说你，志新下个礼拜天才能过来接你，你现在就急着收拾东西。

江多福：回家。高兴。

江开国：是啊，回家住一段，再来。

江多福突然“咦”一声，从那一大堆的老相册中间掉出一封信来。他捡起来看。

江多福：一封信？

江开国［一下子想起来，赶紧接过来］：我都给忘了。

39. 木兰家厨房，日，内

木兰正在收拾菜。江开国进来了。

江开国：木兰，有个东西要给你。

木　兰：什么？

江开国［递上那封信，木兰拿过一看，信封上写着］：木兰小希亲启。

江开国：这是我在吕希妈妈那儿收拾屋子的时候捡着的，掉在床底下了。忘了给你了。今天在爷爷包里找到，大概搬家的时候一块儿带来了。

40. 木兰卧室，日，内

木兰慢慢走过来，一边拆开信读。

吕　母［画外音］：小希，木兰，如果你们看到这封信，说明我已经完全瘫痪了。我就怕会有这么一天，所以想先把这封信写好。这封信是我这一辈子最后的一个愿望。就是让我痛快的离开这个世界，不要忍受常年卧床的病痛折磨。年轻的时候，我身体很好，从来都是过得利索，活得痛快，我最怕的就是不自在。没想到老了以后，小小一次中风，就会让我坐轮椅，变成一个半瘫老太太。这一年我过得很不容易，很长时间我才接受了这个事实，才能勉强忍受“好死不如赖活着”这句话。其实在我内心来说，我觉得怎样活着比活着本身更重要。如果有一天我的身体再不好了，更加没有生活质量，请你们一定尊重我个人的意愿，让我利索得走。孩子们，不要难受，不要误解，这是妈妈真实的心愿，对我来说，痛快地离开和痛快地活着一样重要。我希望我能够有这样的选择权。写信给你们，也是希望你们能劝劝爸爸，我不能陪他了，让他要好好过。我永远爱你们。妈妈。

木兰的泪水奔流，却望着窗外的远方，由衷地笑了。

41. 超市更衣室，夜，内

下班了，众人都在收拾东西。

朱经理[过来]：同志们同志们，都收到雷总的江湖令了吧，明天去老吾老活动，自带干粮哦！

大　家[纷纷]：收到了收到了！

乔　丽：雷总这个志愿者协会，最近我看粉丝是嗖嗖的往上涨啊。

朱经理：那还用说，现在谁不知道我们这个快乐老伙计联盟。

屠组长：不光是三四十岁的人来当志愿者，好多二十多十几岁的年轻人也都愿意参与活动。

朱经理：没错没错，养老问题有什么问题，现在拿到论坛上，大家都一块儿帮着出主意呢。

乔　丽：想的自私点，现在对老人好点，将来自己老了，小一辈也能对我们好点。

黄大刀：还是好人多。

众人都笑了。

42. 老吾老养老院院子，傍晚，外

院子里摆了流水席一样的桌子，上面都是吃的。老人们都开心的忙活着，等待着。

（跳接）花圃旁。木兰在给月季浇水。江开国抱着悦悦在一旁看着。江开国的手机响了。

江开国：喂……什么真的？……谢谢谢谢！真的太感谢你们了！[放下电话，激动的]木兰，骗子给抓住了？

木　兰：什么骗子？

江开国：老年公寓骗我们钱的那伙骗子！警察说都抓住了！

木　兰：太好了！爸，钱还能回来吗？

江开国[大笑]：还得跟骗子要回利息！

木兰也哈哈大笑。

方　琼：小江头，木兰，开饭啦！

江开国：来了！

（跳接）木兰和江开国带着悦悦过来。这边饭桌已经都准备好了。彭厂长和彭院长都在。雷颂华陪着方琼也坐着。朱经理他们也都还在。

木　兰：今天什么大活动？大家都在这儿蹭饭？

朱经理：对啊店长，蹭的就是你的饭。

木　兰：啊？

这时候已经有人推着一个蛋糕过来了。

江开国：今天是你生日啊。

木　兰：真的哎，我全忘了。

雷颂华：我们大伙儿给你记着呢。大家今天聚在这儿，就是要一块儿帮你过生日！

木　兰：你们……

彭院长：木兰，今天这儿的菜，全是我们志愿者做的，天南海北，中国八大菜系都有！

方　琼：一会儿饭后还有更好的呢，大家都准备了拿手的节目，比春晚也不差！

众人都大笑。

木　兰：谢谢。

江开国：木兰，爸还有一个礼物，今天想给你。

木兰一怔。悦悦已经走到一棵树后，牵出了一个人。正是吕希。木兰看见吕希，愣住了。吕希默默地凝视着木兰。

江开国：是我叫吕希来的。

木兰目光复杂。周围人都静静的看着这一幕。

江开国：你不知道，吕希常来。他是我们这儿最好的志愿者之一。

木兰默默凝视着吕希。吕希目光坦然。

江开国：你也不知道，在山上是吕希救了我和爷爷。

木　兰［再次凝视吕希］：对不起，我误解你了。妈妈的信……

吕　希：木兰，我们还能再试试吗？

周围一片安静，所有人都期待地看着木兰。

木　兰［点了点头］：好，我们再试试。

吕希笑了。江开国也笑了。众人爆发出火热的掌声。悦悦把木兰的手放到了吕希的手中。木兰和吕希相视，都笑了。

43. 老吾老养老院院子，夜，外

蛋糕上的蜡烛都亮了。烛光中，木兰被江开国和悦悦包围着，幸福的笑脸。

悦　悦［勾住木兰的脖子］：妈妈，生日快乐！祝妈妈每天都快乐！妈妈一定会快乐，因为，你养我一小，我养你一老！

木兰紧紧的抱住女儿，露出了无比动人的笑脸。她的目光望去，周围老人也都笑的很幸福。

［旁白］：看着老人们幸福的笑脸，江木兰感到了一种由衷的安宁，那是一种发自内心的安全感。期盼这一天将成为未来的每一天，当那一天我们也老了，现在我们给与老人的幸福，将来的我们自己也会得到……

44. 字幕：谨以此剧祝愿天下父母安度幸福晚年。

全剧圆满！

编剧与导演谈剧本

2011年1月，北京正值隆冬，我萌生了一个强烈的创作念头，想写一个故事，关于身边同龄人所面临或即将面临的问题：给远在家乡的父母养老。如何养老，怎样才能有个有质量、有尊严的晚年，一直是全世界都无法回避的话题，而对于中国这个人口众多且“未富先老”的国家尤其如此。

当今中国正好赶上职业大迁徙的时代，为了自己的理想和生计而远离故乡的人太多，致使父母变成空巢老人。第一代独生子女，也已经到了上有老、下有小的阶段。其实，不只是独生子女家庭，即使是多子女家庭，面对父母养老，依然有很多无法回避的问题。因为老人养老，除了物质上的需求，更重要的是精神上的需求。这种需求恰恰是忙于生计和理想的子女乃至整个忙于发展的社会都无暇顾及的。

我的这个创作想法得到了鑫宝源公司的支持，制片人丁芯大姐给予了极大的鼓励和帮助。因此，我开始了漫长的创作过程，直到2012年4月，才终于写完了剧本初稿。同年6月，宝刚导演第一次约我开会谈剧本意见。

·剧本来源与最初基调·

赵宝刚：从一个电视剧的角度，从市场收视和未来对于社会所谓的触动，这个剧都是没问题的。技术上也没有问题，就这么拍也没问题。稍微担心的就是有些情节审查时可能有问题。看完以后感觉比较郁闷，心情不太好，看一会就得歇会，有点堵得慌。

我特别想了解你创作想法的由来。比如说，你怎么就想起写这么个题材，然后怎么表现这个题材。因为现实生活中肯定有很多像剧中写到的这类事情，你肯定对生活会有一个感触或者感受，创作者可能会对现今的社会有一个心态。你在这种情况下去创作。我特别想了解，假设未来我要拍的话，肯定要把作者的意图搞清楚：你对现实社会期盼如何，对现在现实状态的想法，特别想听听你的想法。

陈　彦：当初有这个想法主要是有一天我们的一次同学聚会。我们中学同学六年，感情特别好，但是之后天南海北，好多同学高中毕业以后十来年都没有见面了。那一次，一个嫁到日

本的女同学到北京出差，我们五个女生一块唱卡拉 OK。唱着唱着，她就说，她爸妈当时在日本帮她带孩子，她老公当年向她父母提亲的时候说结婚以后一定争取来中国工作，到上海。实际上，结婚几年了，两口子在日本的工作都挺好的，也没有搬到上海的可能性。她父母去了以后看到他们工作挺好的，生活也挺好的，夫妻感情特别深。她妈妈就说：你们不用回来了，你们就安心在这里工作，好好带孩子，我们现在走得动，我们经常来。特别麻烦的是，每三个月必须得回中国来办签证。她妈妈说，以后老了不行了，就住养老院，走了骨灰就撒钱塘江。

大约三年前，我爸妈从杭州过来跟我们小住一段。我妈突然有一天跟我说起：现在我们还能干得动活，来北京能帮帮你们，如果以后我们不行了就在杭州找养老院，反正现在大家都住养老院，没事，以后老去了，骨灰就撒西湖，也不用每年想着回去扫墓。说了一堆这种话，我当时特别不爱听，说你说这干嘛呀，我不想听。

当时那女同学这么一说，其他女同学也说父母都说过类似的话。另外一个女同学嫁到美国了，跟父母保证过两年一定回中国，全是这样的话。我们同学感情特别好，都是十二三岁认识的。当时我们几个全哭了。这番话不只是我妈对我说了，而是我的那些女同学的父母都跟她们说了。我想回避、不想听这个事，但这个事是普遍存在的。于是，就有了这么一个想法。

然后，过一段时间，我看到一个期刊上关于老龄化社会的问题。其中有一段就是说他妈眼睛不好，白内障，老家在东北那边，来北京看眼睛，也没地儿住——我借鉴了其中一些情节。他父亲前几年就死了，老太太来北京求医，觉得住在儿子家挺麻烦的，动了手术就马上回东北了，眼睛还有点看不清，上火车时磕到门上了。儿子当时就特别难受，想着必须把妈接到北京来住。他们两口子在北京到处看房，想换个大点的，可找不着，因为房子太贵。

还有一个报道，高碑店有对夫妻开了个养老院，那块地特别便宜。收了二十几对老人。但是，养老院的地被政府收回去了，要开发了，不能这么便宜地租给他们，所以院长也挺郁闷的。

有了这个创作想法之后，我开始有意识地搜集这方面的资料。我发现关于失业这块也挺“要命”的，所以，就多方面想法综合起来。后来跟丁姐说过这个想法，就形成了文字。

刚开始的时候没有那么绝望，在收集资料过程中听别人的故事，对整个世界持产生了悲观的态度。其实，写的过程中，大家反馈的意见也都说比较郁闷，比较灰暗。但是，我真的不知道怎么解决这个问题。最近闲下来才看了刘慈欣的《三体》，我觉得他那个小说比较准确地让我感觉到——我也是这么想的——整个宇宙已经走到一个无可挽回的地步了，只能是一切重新洗牌。反正比较悲观，不知道怎么解决这个问题。我也想听听导演的意见，看看到底该怎么办。

• 创作者的客观心态 •

赵宝刚：从整个结构来看，一个剧本不管表现的是一个家庭，还是几个家庭，在家庭中肯定要出事儿，一出事儿就一个事儿接着一个事儿，反正不能平静了，平静了，剧情就不能往下发展了，因为无法构成很戏剧的人物关系了，所以只能是发生事儿，然后去解决。剧情就是永远发生着事儿。但是，发生的是什么事儿呢？发生的全是苦难的事儿，所有的事情都是苦难。那就会给人家一种印象，生活中处处全是苦难。这种印象在现实生活中是有的，但是我觉得它并不真实。为什么不真实呢？难道这些人除了苦难就是苦难吗？创作者可能有一个心态问题，也是意识问题。因为你在写作过程中，要搜集素材，要观察，要关注这方面的事情，听到的都是不如意的事情，所以你觉得这方面都是不如意的。如果反过来想，你去寻找好事，那我相信也会找到一堆好事，[当事人]会有办法解决，既有孩子孝顺父母的，也有父母理解孩子的。

这里就存在一个表现“老有所依”的客观视角问题，也就是创作者如何来看待“老有所依”。目前来看，我觉得你不用大改。通过一两次探讨看看能不能找到一个创作者的[客观]心态。当把这个心态附加到剧本里的时候，我觉得这个剧本就是非常优秀的剧本。因为我觉得优秀的剧目可能有两种方式：一种是故事的表述、编织，以及剧情安排都是出色的，但是存在“社会危险性”。我们费了这么大力气就是要把这个危险性去除。

与拍摄有关的可能有三大要素：第一，从私人民营公司的经营来讲，这部剧投放市场肯定得有人要。目前我觉得这一点是没有问题的。第二，要有人看，也就是收视率要高。这点也没有问题。第三，文化影响，这一点我们可能需要探讨一下，就是未来这部剧播出后会给社会造成一种什么样的文化影响。

我们作为创作者来讲，对于现在的人类，我们不讲有多大的贡献，我们只是要想一下，这个文化产品投入到社会之后，社会对于文化产品会有什么样的反应，文化产品到底起了什么样的作用，对人们的心态会产生什么样的影响，这是需要我们思考的。假设这个片子不改，就这样拍完了，未来对文化的影响是什么，可能有三方面：第一，人们觉得太真实了，我们身边无数这样的人，我的妈妈就是这样的，我们街坊的孩子就是那样的，会举出一堆的例子。反过来人们或许会有一种情绪，他恨这个社会，这是第一种情绪的表现。第二，人们或许会觉得不真实，为什么把所有苦难都集中在他们一家人身上，会有一部分人说这不真实，怎么全让你这戏里的人物赶上了，怎么那么倒霉。第三，从所谓国家的角度上来说，这是什么意思，这个社会难道都是这样吗，这不是有点哭诉的意思吗？有些人可能会有这个心态，未来可能存在这三方面的危险性。

从我这么多年做电视的经验来看，从一个题材表述的角度上，其实可以采取一点迂回的方式。可能还是跟你的创作意识有关：中国现在就是这样，就必须得用这种方式让大家进行反思。社会上确实有这样的人，但是电视剧表现出来之后就会变成你们都是这样的人，你们能不能不按剧里的这些人那样去“作”。其实，你们每个人都是剧中人，反过来还要唾骂剧中人，我就是要通过这个片子使你反思，你要善意对待自己的家长。那些父母看了也说，其实你们自身天天都在“作”，但是都不觉得。客观来看，也许会对社会有益处，从这方面想可能会出来这么一个题材。

假设我们中和一下，不站在任何人立场上，不站在受苦受难人的立场上，也不站在制造困难人的立场上，就站在社会客观立场上去讲述这个故事，可能就不一样了，可能在这里面会添加一些客观的东西。

人物的设立，我们先讲女主角木兰，我觉得按照你现在写的，就是当代刘惠芳，这样很好。可能她也代表了大多数现在所谓的“4+2+1”的生活状态，夫妻双方都有父母，有孩子，不仅在工作上得进取，而且到这个年龄还必须遇到养老这个问题，这是一个共性。但是，在这个共性里要有一个立场、心态，不是一味地去写她好。我们分析木兰这个人物时会有一个心态，假设你是一个这样的人，你不发脾气吗？

陈　彦：我不是这样的人。

·丰富主要人物的性格和心态·

赵宝刚：你不是这样的人，通过木兰这个形象应该可以看到你生活当中处理问题的方式，其实是有木兰的影子的，有一些思想表达与木兰相似。但是，假设你从社会同类群体的视角分析这个人物的时候，你要给木兰这个人物身上写点无奈，这个人物才能立体了。不然的话，这个人就太“刘惠芳”了，当代女性的思想意识显得略微不够，过于传统了。这是我个人的感觉。

她也有发难的时候，也有不如意的时候，但是她要解决，其实这个心态就代表了所有观众遇到这些问题的心态。她这种发难，只是发难吗？之后还要解决问题，我觉得这样这个人会丰满一些，可以重新挖掘木兰人物性格的魅力在哪儿？

包括她老公的人物魅力。她老公在前半部分表现得也是一个好人形象，什么都听媳妇的，说怎么着怎么着；中间部分有一点发难，这时就会觉得前半部分这个老公的性格因素弱了一点。假设在前半部分他们俩的人物关系再加上一个事件点儿，可能会不一样。其实，这个他们之间的事件点到处都是，在与他父母的关系上以及与他父母本身上事件点蛮多的，这些事件点难道不影响两个人的夫妻关系吗？我觉得一定是有的。于是，前半部分要影响夫妻关系，后面再解决，才能体现这两个人的孝心。

这些矛盾最终是作用于儿女的，但是，我个人认为你把儿女写得太顺了。这些矛盾必须造成这个家庭的困难，假设这些矛盾会使你显得比较有目的的是，现在有点儿为了事件而事件，而不作用于人物。假设前半部分一组戏全部作用于这两个人物，加一些这样的情节，其实就加一点儿戏，十来场，或者是加“两块”都行，人物一下就显得丰富了。在这一过程中，有为了处理矛盾而进行的“厮杀”，之后有反悔、和好的过程，就显得真实了。最后，所有发生的这些事情是作用于这两个人物的人物关系的。

现在感觉她老公，当然我从男人角度来说——你这么写男人我是比较同意的——还是比较懂事的，通情达理的。

陈　彦：一开始的考虑，如果吕希是一个比较小气、比较自私的人，就觉得木兰为了爱这么一个人，当时嫁给他，不回老家，我觉得有点可惜。

赵宝刚：男人心里有事，但是他不说，他也不诉说苦难。然后他反过头又觉得“我没事”，实际上他有事，因为他不可能没事。

你的初衷不要改，只是要丰富一点，因为你一改就会把原来的特色弄没了。我现在觉得吕希有点“弱”，他除了“我能接受你们家所有人状态”之外，其他就没有了。其实男人心里没想法吗，肯定有。只不过，对于男人来讲，在自我的心态中这些想法都不是事。因为男人太知道生活中会有很多苦难，最重要的是最后会用一个什么心态去对待苦难。在这一点上，我觉得你要把吕希写得再稍微深刻一点。也就是说，我现在说的这个心态在他身上要体现出来，可以让他们两个人聊天说出来，比如，“我爸我妈来住，你真不觉得烦吗？”他会说，媳妇我跟你说真烦。这才有两口子之间的那种心态，加一些这样的东西就可以使他更立体，这个人物就更丰满了。就等于说，我是男的嘛，你嫁给我了，你有事我反对，谁倒霉呀？不是你更倒霉嘛，我不能看着我媳妇倒霉。现在他一味地都接受了，我觉得这个人物就不太丰富了。

目前剧本的中间部分他还比较丰富，因为牵扯到工作问题，上当受骗，父亲的死、母亲的死，这些问题对他都有触动。

我再给你准确地讲一点，在父母的问题上，大多数男的，特别是中产阶级男性，其实是挺有代表性的。吕希这个人物就挺有代表性的。假设能把中产阶级男性的心态写足了——他有一个面对生活、承认生活、依附生活的心态：这怎么办呢？这是我媳妇，如果我媳妇跟我一闹，这日子更没法过了。假设你把这个东西写出来的时候，这个人物是丰满的。你加强了这方面的东西之后，人们对这个人物的认识就加深了。

陈　彦：是一种半认命的状态，是吗？

赵宝刚：不是，他不是半认命。我发现你这里边有点儿宿命的东西，同时还一定要有现代意识。所谓现代意识就是说我们一定会遇到苦难，用什么心态面对苦难。我很小的时候就理解这种面对苦难的心态了，我从16岁开始就付出了极大的体力消耗，那时候我姐姐到工厂去找我，她走到离我很近了，都没有认出我来——就算我受再大苦难也不会说，我有一种面对生活的态度。

我给你讲一个道理，当一件事情你特别不愿意做，但是又非做不可的时候，你怎么办呢？你一定要用乐观的心态去做，然后在这件事中寻求乐趣，这就是现代人的思想。现在人们常说及时行乐，我们不要按照过去的观念——及时行乐就是不好的东西，要按照现在的观念，现实有苦难，我们要在苦难中找到及时行乐的东西，这就是一种现代意识。我们在这部剧中要把每一个人物都赋予一种现代意识，面对生活窘迫的时候“我不能就认命”。

我一开始就跟你说了，其实就是创作者的心态，你把心态调整过来，客观对待这个事物。我们一样表现困难，因为生活中确实哪儿哪儿都是困难，怎么办呢？难道就这么着了吗？越说“我怎么这么倒霉，什么难事儿都让我碰上”，那就会越倒霉。

我接触过很多底层的人，我跟他们聊天，我说你们下班之后干什么？他们很乐呵，“我们没文化，只会手艺，那我就打工挣钱呗，我努力让自己天天快活”，这就是他们的心态。他们也去看电影，也去卡拉OK，但是找那种极破的卡拉OK厅。有一些群体也想办法去自娱自乐，今天老板终于给一天假了，他们也去玩，但是玩得特别简单、特别朴实。按理说他们没有梦想吗，他们对社会没有要求吗？肯定有，但是他们面对苦难怎么办，苦难就摆在这儿。这就是个人心态的问题了。另外一种就是逃避，他们不是不想孝顺，而是没有能力，所以就逃避，躲得远远的，眼不见心不烦。这都是及时行乐的一种方式，他们逃避了，这可能是穷人的另一种方式。

所以，在这一对人物身上，我们讲了面对父母的这么一段故事。因为我后半部分还没看，我只说我看过的这二十一集里，对于木兰他们家一组戏的设立，我觉得还可以，不用怎么大动，其实就是在人物性格、心态上去丰富一些。从前二十集来说，这条线的问题不是特别大。她的对立面的叔叔这一条线的设计，从戏剧安排来讲，我觉得问题也不大，从人物性格上也问题不大。可能就是遭恨，特别是这个婶婶比较遭恨。后边十集还有叔叔家的戏吗？后边十集怎么写的？

陈　彦：到最后也和谐了一下，就是暗线了，最后他们俩主动来接爷爷回老家，表明他们还是恢复关系了。没有再写他们有别的动作了，把爷爷接走以后就没了。

赵宝刚：他们把爷爷接走了？

陈　彦：木兰他们把爷爷从老家接回北京以后，叔叔就没再出现过。

赵宝刚：是，我看到爷爷不是丢了嘛，找到了，拉回北京，那边的戏就没法写了吧？

陈　彦：没法写了。

赵宝刚：那就是说，人家那边儿过得日子挺好？

陈　彦：是的。

•“作妈”人物的心理依据•

赵宝刚：我们再来说第二组人物关系，就是雷颂华他们这一家子，一个“作妈”，俩女儿，还有一个儿子在美国，是这样一个人物关系。

其实还可以，这一组挺好看的，而且写得也还算真实。但是，“作妈”为什么作呢？我觉得你要找一个更为合理的依据，我觉得“作妈”“作”得挺好，但是她的依据不足。当然，剧本中间有几个事件，把她的矛盾冲突推到了一个极致，包括秘书追悼会等。这里有一个怕死的原因，“作妈”就开始折腾，老是要去医院，七十三、八十四嘛，过了七十三岁就好了。这里边有一个迷信的东西，因为现在老太太上来就八十多岁了。

陈　彦：对，正好过八十大寿。

赵宝刚：我觉得她从一开始就要有一个心态，她“作”要有一个“作”的道理。当然，我不否认她跟女儿雷颂华有以前遗留下来的看法问题，可能两个人的性格也不太合。但是，我认为雷颂华说的话也挺有道理的，这妈就是那么“作”。这些道理挺对的，但是她妈为什么就听不进去，还得有一个心理依据。而且雷颂华也回家，也给她做饭，那她为什么还要“作”？这是第一个问题。

第二个问题，雷颂华是一个经理，是个有文化的人，尽管她脾气秉性是这样的，她会给她妈出一些主意，比如说，“你白天没事干，找点事情做”，因为她是有文化的人。但是，“作”完了她妈还“作”，矛盾再往下堆积的时候，你突然发现他妈“作”要有一个理由。但是，对于老年人来讲，你们都说没理由，因为老年人张口就说瞎话，他们心里边有理由但就是不说，永远都是说“我没事”，实际上心里是有理由的。这个理由，第一可能就是，原来“您风光惯了，驰骋天下”。她都八十了，假设她六十五岁退休都有十五年的老年生活经历了，那她为什么还要“作”呢？要找一个理由，比如说，她就是害怕寂寞，觉得每天都得有人陪着。如果没人陪着她就觉得自己一天不如一天，其实身体挺好的。我觉得人到这时候就爱琢磨，每天她就瞎琢磨。这一瞎琢磨，一上来就提到药会有点突然。可能一出场的时候，跟前提条件没搭上的时候就可以写药，比如说，突然有一天正弄药的时候，雷颂华回来了。前面铺垫一下，然后再过渡到这个药的过程中。她得有个理由，要不然，她的心理依据不足。

“作”的时候她又怕寂寞，她跟这个小保姆在一块的时候没法跟她聊。她还看不起街坊四邻，觉得“我的档次比他们高，我是文化人，我怎么能跟那些老头、老太太在一起呢”。所以，她回来就特别想跟雷颂华聊天，把今天见到的事情都跟她说。雷颂华累一天了，肯定不愿意跟她说，可能一开始还耐着性子陪着——都是一开始特和蔼，弄着弄着就急了。过渡到最后“作妈”就变成特别寂寞了，再过渡过渡就特别怕死，老觉得身上有什么毛病。她一步一步地发展，会有一个心理依据。于是，所有发生的这些事件就都合理了。

这个妈写得挺好，挺可爱的。但是，也把人气死，谁有这么一个妈基本上都没法活了。我觉得起码雷颂华她妈这条线并不苦难，这种写法倒是比较真实的。

陈　彦：丁姐跟我说这条线一定要写得比较喜感一点。

赵宝刚：然后过渡到她参加追悼会。其实追悼会特别有意思，我不知道你参加过没有。我参加过这样的追悼会，到了那儿之后都这样 [注：导演做出悲伤的表情]，然后就开始哭。哭完了，一出来，互相问“你闺女干吗呢？听说你闺女怎么着了“，就没事了，聊得特别High。然后还得聚。

其实，你可以加一场戏，请一帮老头儿、老太太到他们家。走了之后她就觉得，谁谁谁的老伴也没了，谁谁谁的也怎么着了。她还得比较，谁家的闺女多孝顺……老年人就比这个。

我参加过追悼会，其实跟我八竿子打不着。我原来在一个公司打工，我当副总，总经理的爸爸死了，我去参加追悼会。因为是我的老总，我就得张罗，然后还得请那帮人吃饭，我就听，太有生活了，前面还哭呢，后边乐得不行了。

她到雷颂华大姐家的时候，那个戏觉得稍微弱了一点，没有在雷颂华家这边的戏有意思。

好像后边她们也闹矛盾了是吧?

陈　彦：对，一直闹到把她姐也“作”得不行了，没办法，医生也说给她送到特别好的养老院，给她换个环境。

赵宝刚：对，后来也把她送到条件特别好的养老院了，但是她还“作”。

陈　彦：到后面其实是有点儿没依据的，我当时写的时候也这样觉得，但是没办法，只能死揪着那条线。

赵宝刚：我们有一个同事是制片人，他跟他妈不和，跟你写的这个人有点像。他搞制片，老得“上戏”，他妈跟他闹，他就得回来伺候他妈。最后他跟他妈商量把她送到养老院去，他妈说你什么意思?他最后就这样说，反正我又要“上戏”了，你在这儿试三个月，你觉得可以你就待着，你觉得不好我就来陪你。左说右说把他妈送去了，送去了之后他妈打电话说，你给我搁这儿你就不管我了，不看我了，接着闹，然后他去看了。等再过一段日子他又去看了。他妈说，你来这儿干嘛，我活得挺好的，你来这儿干嘛，你别来，我可解放了，特别好。后来他一打听有一个老头儿，俩人特别来劲。可踏实了，踏实了有半年，突然有一天，他妈又说，你过来，我要出院。“怎么了?跟老头儿不好了?”他妈说老头儿喜欢别的老太太了。

老人有争宠，我觉得可以把这个当作一个点。还有一种可能，那个老头儿死了。两种都行，加强“作妈”的喜感，她折腾。跟着过渡到她特别怕死，这样就可以了。前面也可以有点儿冲突，跟老头儿打架，等等。比如说，那边也有一个七十多的老太太，你看上她比我年轻，老头儿说她再年轻也七十多了。

我去过老人院，挺好玩的。你写点那个也写点儿好玩的，就是有的人生活得挺来劲的，你写一段，她的心还是在子女身上，子女要是不来看我，再怎么着还是不行。特别是在她遇到一点儿事儿的时候，她的承受能力受不了。我觉得你正好借这个点，比如说，我们写一个友好的老人院——确实有，我们同学开了一个。我一生的愿望就是开一个老人院，所以我现在跟我一个同学策划在西山那块儿弄一个老人院，我现在正跟他谈判，因为他正好有这么一个想法，我也有这么一个想法，同学聚会的时候说起来了，我就让他去操作了，在西山那块儿谈了一块地作为老人院，我去看了。

我原来没去过老人院。我们有一个小学一年级的老师，其实早忘了，他住到了老人院。有一次同学聚会说先去看那个老师，我们就去了。条件不是很好，也就这么大一个床、柜子，干干净净、整整齐齐，护士也挺好的。然后，我就跟他聊天，怎么样啊?“挺好的，全是老人，处相处得挺好的，每天也有各种活动，你愿意参加就参加，不愿意参加就不参加。”我一看他这个屋里还有小洗手间，“你自个儿可以吗?”他说能。我说要是不能呢?“如果不能你就交点钱，人家有护理的，你病了也有护理的。”条件说得过去，不是特别好，但是我觉得环境、氛围、气氛还可以，不是我们想的那么糟糕。

我刚才讲的那个制片人的妈住的老人院条件比较好，一个月五千块钱，小套间，娱乐设施都挺好的，没有我们想象的那么糟糕。所以，我们可以借此机会表现一个较好的氛围，她“作”归她“作”。你通过这个还得给人们一些希望，社会上还是有一些比较好的老人院。

这等于是她和她妈的人物关系，我觉得就是把她妈“作”的理由展示得再充分一点，这样戏更好。她有矛盾点，但是又不说。女儿也有问题，会抓住一个事情不放，为什么呢？可逮住理了，我得死乞白赖地说，但是越说越麻烦。你这里面得要有点夹叙夹议。所谓的夹叙夹议，就是说，颂华的丈夫他要用男人的心态去对待像颂华这样的女人，所以当她跟她妈吵架的时候，他的态度其实也要有说颂华的成分，“你妈本来就弄混了，你们女人就是这毛病”。而且他还得说，“你不会到你妈那岁数的时候这么‘作’我吧”，他也有这种心态。

后来跟小保姆事件有点突然。为什么我老是要你把所有的东西贯穿为一条线？就是人物得有心理依据。心理依据，可能一开始就是呈现为一个状态，可能正好过渡到小保姆这儿发生的这个事件。凭什么怀疑她呢？最合适的就是跟她的心态有关系。然后她又怀疑跟她有事儿，也得有点依据。现在的状况就是剧情突然来了，她的心理依据不足。其实，你找到一个心理依据，把这个事件一贯穿，她就都有理由了，就是她的心态的问题，我有理由怀疑你们。比如说，她就是寂寞，她就是希望有人陪着，结果就是没人陪着。

你怀疑她偷馒头，前面也得有点理由，因为什么事情就怀疑她。她丢三落四，这东西就找不着，因为找不着东西她就跟颂华闹别扭，然后开始怀疑，后来过渡到馒头少了，就有点理由了。我说的这些事都是来自我在我们家里的亲身经历的。比如说，我昨天买的东西搁这儿了，怎么少了十块钱，就是类似的这些小事。颂华就说，妈，您现在记性不好了。“我怎么记性不好了？”可能有一天她就说，我告诉你，我知道这钱谁拿走了，她不仅拿钱还拿馒头。通过馒头事件说出来了。就得有个过渡，过渡的过程当中她疑神疑鬼的镜头来了。

• 加强木兰与颂华之间的人物关联 •

赵宝刚：其实，我现在一说，你就知道了，所有的事件都没有问题，把她的心态写对，这些就都通了，而且她是很有喜感的，这块儿是奔着喜感去的。

颂华这条线，我觉得人物架构有问题，略显不舒服。咱们看一下这个问题怎么处理。因为木兰在超市工作，她的上级是雷颂华，她们之间是这样一个人物关系。如果从戏剧人物结构来说的话，情节突然就插到了颂华家里边，这其实是两条线，但是这两条线之间没有有机的联系。唯一的联系就是因为两人是同事，上下级，那么，这两个人物关系就变成了只是上下级关系。

因为一开始把人物关系确立之后，剧本就直接插入到雷颂华家里边。从传统戏剧角度来讲，两人之间应该还有点其他关联，但是，现在并没有写到。两人之间的关联作用于人物的时候，那么，木兰家里所发生的这些事儿，作用到了木兰的身上，然后她去找到颂华。颂华家里边发生了这么多的事情，也作用到了颂华的身上，两个人在一块的时候就会有另一个态度，它是起作用的。

你可能会说家里的事儿也可以不去跟工作的事儿搭边，但是，总会觉得这个人物关系有点蹩脚，就是说它永远差着点儿。有点儿平行的感觉，这边发生的就是这个故事，那边就是那个故事，两个故事都是我要表述的老有所依的状态，我要写这样一个家庭的这种父母，就变成这么一种状态了。这个状态也不是说不可以，后面也可能会有。

陈　彦：有一些。

赵宝刚：是有一些，但是我觉得就晚了，起码现在看到第二十集时还没有呢，到后面就晚了。我现在是瞎想，还没有完全想好。假设因为雷颂华到了这个超市任职之后，她就跟木兰搭上边儿了。木兰请假事情发生之后，剧情再带入雷颂华的家里，是不是好一些，这样就搭上了。

这里还有另外一个上下级的人物关系产生。你想，木兰要请假，必须得说这个事儿，我觉得同事之间就跟我们上下级的关系似的，突然有一个事儿聊着聊着就说到妈了，肯定是这样的人物关系。没错，是上下级领导，但是颂华有会点儿绷着。她妈头天晚上“作”得不行，正好木兰找她请假，她们家里发生了事儿，我觉得她们就有共同语言了。后来为什么让木兰当店长了？其实，在这个过程里，雷颂华对下属、对父母的状态都有了了解。

现在的剧本是发生了一个事件，那个男的行贿受贿。假设没有发生这个事件，因为生活中有可能不发生这个事件的，那你是选择他当经理，还是选择木兰当经理？你要从这个角度考虑的，要从一个人物自身逻辑出发。戏剧角度讲，可以现在出一个事儿，大家解决完这个事儿再弄一个事儿，这是一个戏剧安的排，是可以的。但是，最终要通过人物自身逻辑来推出这个事件，可能会显得更合理、更有说服力一些。我觉得这一稿中所有戏剧事件的安排已经足够了，现在是要在人物状态里去写。这样，我们可能就会把这些人物写得更丰满一些。目前是事件有点夺人，人物显得不够丰满。

雷颂华这个人物，职场女性，奋斗一生，现在混得不错。可是面对这么一个妈，“作”死你。木兰也是，挺好的，但是身上负有的责任跟雷颂华一样重。我其实是希望这两个人物之间稍微串通一点，也就是阶段式的串通。这样后边再往一块“和”[注：huò]的时候理由更充分一些，而且这里边也会产生一些戏。要不老感觉就是工作这点事儿。

像木兰和颂华的这两条线，从事件的安排上来讲——我不知道后来，只说前二十集——应该没有什么太大的问题。人们看了也觉得很真实，能够接受，也很好看，有矛盾冲突。同时，在这个过程中，这些人物的心态、行为塑造得都还能够认可，起码不反感，因为比较真实，也没有做出什么特别过激的行为，所以人们是能接受的。

· 叔叔一家副线的剧情推动 ·

赵宝刚：剩下的就是另外的副线。第一条副线就是叔叔这一家子，实际上这条副线也是作用于木兰这条主线的，形成了两家对待老人不同态度的鲜明的对比，也比较有说服力。但是，这牵扯到两个情节，我不知道从审查层面和观众接受心理来讲，是不是非常有说服力。关于开始不愿意接受老爷子这些都没有问题，然后老爷子到了北京了，他们又因为房产问题吵了起来，这个也可以理解。住了之后也不给爷爷吃的，我觉得也可以理解，反正是这么一个人。婶婶把爷爷扔了，其实也可以理解。但是，我在想这个人物的心理依据，就是这个婶婶的心理依据。她得有一套理由，也许这个理由是编的瞎话，她天天在这儿想，突然想到一个招儿，觉得这个招儿是严丝合缝的，于是就开始实施，最后让人家识破了，结果就不搭理他，不管他了，但是，爷爷不但没有得到惩罚，还过上好日子了。因为是一个亲戚关系，这也是可以理解的，就是不去报警，这事儿就忍了，反正自己受苦就得了。

但是，后来接回来的理由是什么呢？你不是说后来又接回去了嘛。

陈　彦：后来就是暗线，最后说叔叔欢迎爷爷回家去住，他们一块儿准备把爷爷送回家，完全是为了大团圆的效果，没有任何事件。

赵宝刚：不行，必须找一个理由。第一，这里有一个志新，志新是孙子，孙子打小跟爷爷比较亲。在这个过程中，我觉得志新要有点儿态度，要不然有点儿问题。原来志新和儿媳妇带着孩子住到他们家里边，然后爷爷在家里边，一大家子，不管怎么着，都其乐融融的。就是婶婶在心里烦这个老人，房子到手了，新鲜劲儿过去了，可能面对生活的时候苦难又来了。但是，在这个过程中，老爷子突然就说不吃肉，我觉得这个理由是不够的，你光说吃肉是不够的。老爷子就是这样，人家也不说话，你吃饭就叫我，我碍你什么事了。一定要让老爷子有一些行为老使她着急，让她不舒坦，她才会这样，得有一个理由。在这个过程中可能还得稍微加强一点儿理由，你要推理到，假设他走了——我觉得这个走是无意当中的，不要变成有意的，就是突然的一个念头。我是这么想的。

陈　彦：我明白。

赵宝刚：当然你要变成有意的，从戏剧和人物角度看，这样改变是有好处的。但是，不知道老百姓是不是能接受，还有审查的问题。从我个人的角度来讲，反正他就是这样一个人物，你也没法找补了。比如说，这个老爷子天天就闹，要到老家去看看，婶婶你必须带我去，弄得没辙了就去看了。去了之后，婶婶让老爷子坐在这儿别动，她去上个厕所或者买个什么东西，回来后人还在那儿坐着，突然想起什么，这是瞬间的，但效果是一样的；或者一出门老爷子就没了，结果找着找着看见老爷子在那儿干嘛呢，如果她说，就假装没看到，不就完了嘛，效果也是一样的。然后，她跟木兰他们说的时候理由特别充分，“我让他在这儿待着，他非得瞎跑”，就是说得特别合理，然后就没了。他非要看水生去，他闹着去的，这样他们也没辙，那就去呗，于是就发生了这个事。因为你太有目的了，今天有目的地把他领走了，老百姓不接受。

陈　彦：也有点不真实。

赵宝刚：其实就是把情节软化了，但是他的心态有了，这样更符合人性。坐在长途车回来的时候，突然拍着司机的门说下车，回来就找去了，这回真找不着了，回来了，那他只能把这个瞎话接着圆了。瞬间有这么一个信息，观众就会觉得能接受。

当找回来的时候，爷爷肯定是说不清楚，确实爷爷又走了，观众看的是门儿清。老爷子确实是走了，她又觉得我是找了，但是观众能看见中间的情节——她看见他了但是没找回来。她说她找了，但是老爷子说她去上厕所，等了一个钟头也没来，就走了。把这底一揭，我觉得这时候志新要有态度，当这笔钱还给了田咪他们之后又走了，志新和儿媳妇搬出去了，租房子自己过了。所以，她就有点孤独了，原来一大家子挺热闹的，还有个孙子，挺好的。志新这个行为是因为他是由爷爷带大的，我妈这么对爷爷，看不下去——给志新来这么一笔，然后俩人打了一架，就说怎么怎么着。最后还得回来找我，这帮人说不见她，不理她，甭想。然后这妈就说，不来更好。

其实，这里面你又写到了她自身未来的养老问题了，婶婶这么对待爷爷，其实更符合你的立意了，反衬出来她的问题，她马上要面临养老问题了，怎么办？你要写得再极致一点儿，写完之后，要不就是叔叔哪儿不对了，要不婶婶哪儿不对了，你怎么办？又牵扯到这个问题了，儿子要不管你，你怎么办？我觉得这个问题更深刻一点，省得前面铺了那么多，后面又不写她了。这条线前面铺好了，你往下一延伸，有个呼应。人们也别说，办了坏事最后有好报，你还住得挺舒服。咱们不能让她舒服，对这种行为还是得有点立场。

陈　彦：她怎么对老人，她以后就是这样的命运。

赵宝刚：对。演员都不好选，看这个剧本，演这个会遭人恨吧。